新日本古典文学大系 77

武道伝来記　西鶴置土産

万の文反古　西鶴名残の友

谷脇理史
冨士昭雄
井上敏幸　校注

岩波書店刊行

目次

西鶴置土産

万の文反古

西鶴名残の友

巻五

付録

解説

凡例

一　底本には、原則として初版の最善本を用いた。『武道伝来記』は早稲田大学蔵本、『西鶴置土産』は大阪府立中之島図書館蔵本、『万の文反古』は京都府立総合資料館蔵本、『西鶴名残の友』はケンブリッジ大学蔵本を底本とした。

二　本文作成にあたっては、できる限り原本を正確に伝えるようにつとめた。また、挿絵はそのすべてを本文の該当箇所に収めた。

三　本文には適宜段落を設けた。ただし、意味の上から読点の部分で段落を切った場合がある。また、会話や心内語(心中思惟)に相当する部分に「　」を付けた。

四　句読点は、『武道伝来記』と『西鶴名残の友』には白丸。点と黒丸・点がつけられているが、『西鶴置土産』は概して白丸点で一部黒丸点、『万の文反古』には白丸点のある章とない章とがある。またその付けられている位置は必ずしも厳密なものではない。そこで新たに校注者により句読点を付けた。

五　漢字の翻字にあたっては、原則として現在通行の字体に変えた。常用漢字表にあるものは新字体を用いたが、ないものはそのまま使った。また常用漢字と字体の違うもの(別字)はそのまま使った。

なお、特殊なものについては左の要領によった。

1　略字　通行の字体と一致するものはそのままとした。ただし、次のような草字・略字は改めた。

（例）壬→閏　丶・ル→候　ホ→等　鼡→鼠　卩→部

2　異体字　通行の活字体にみられない特殊な文字（古字・同字・俗字・国字などあるが、しばらく異体字という）は、次のように通行の文字に改めた。

（例）逺→違　勒→勤　筭→算　刕→州　敉→数　灵→霊

ただし、当時慣用のもののうち、次のようなものは残した。

（例）菴　礒　皀　躰　嶋　椙　薗　泪　寐　娌　窂

3　当て字　当時慣用のものはなるべく残した。

（例）社《こそ》　十面《じゅうめん》　扨《さて》　慥《たしか》・慥　迚《とて》　抔《など》　計《ばかり》　風与《ふと》

4　誤字・誤刻　明らかに誤字・誤刻と思われるものは改めたが、次のように当時広く慣用したものはそのままとした。

（例）維（帷）子　小性（姓）　灯挑（挑灯）　幡（播）磨

六　原本には歴史的仮名遣いに一致しない用例が多いが、これは概して当時の慣用によるものであるから、原本のままとして改めなかった。

七　振り仮名は、原則として原本どおりとした。また衍字は、捨て仮名など当時の慣用によるものもあるが、これを正しく改めた。

（例）捨難く《すてがたく》→捨難《すてがた》く　焼野の《やけの、》→焼野《やけの》のなお、その他次のような処置をした。

1　本来本文中にあるべき「に」「の」「は」などの助詞が、振り仮名中に含まれている場合は、これを本文に戻した。

（例）神田橋《かんだばしに》たてる→神田《かんだ》橋《ばし》にたてる

2　本文の変体仮名に振り仮名が付けられている場合は改めた。

（例）きら勢《せ》→きらせ　　手《て》越《を》取《とり》→手《て》を取《とり》

3　振り仮名の中には、当時の発音が二通りあったと思われるものがある。これは原本のまま両用とし、統一しなかった。

（例）北浜《きたはま》・北浜《きたばま》　　烏丸《からすま》・烏丸《からすまる》

4　振り仮名が必要と思われる箇所や、活用語尾を補う必要がある箇所には、（　）でそれらを補った。また、漢字に付けられた濁点は、訓みを示すものとして、振り仮名の形で（　）に入れて示した。

（例）共→共《（ども）》　　嬉し悲し→嬉し悲《（がな）》し

八　本文及び振り仮名の濁点表記・半濁点表記には誤脱が多いので、これを補正した。

九　特殊な合字・連体字などは、通行の字体に改めた。

（例）ヿ→こと　　〓→さま　　ゟ→より　　〓→かしく

十　反復記号（ヽ・ゝ・〱）は、原則として原本のままとした。ただし、平仮名の反復で、次のように品詞の異なる場合は、本文を正しい仮名に改め、反復記号は「　」に入れ、振り仮名の位置に残した。

（例）　野ゝ→野の〔ゝ〕　　思はゝ→思はば〔ゝ〕

十一　脚注では次のような方針をとった。

1　本文の見開きごとに通し番号を付けた。

2　引歌・引用文は、読みやすいように原典に整理を加え、時に漢文を訓み下した場合もある。原典の割り注は小字とせず、〈　〉で括った。

3　矢印(→)を用いて、脚注の別項や付図・解説を参照できるようにした。

4　縁語・付合語の類は、連想関係を―で示し、典拠のあるものは（　）内に示した。

（例）　慈悲―観音(類船集)

5　西鶴作品・古辞書類などの書名を適宜略称した。

（例）　諸艶大鑑(好色二代男)→二代男　　好色盛衰記→盛衰記

易林本節用集→易林本　　饅頭屋本節用集→饅頭屋本

書言字考節用集→書言字考　　日葡辞書→日葡

諸国色里案内→色里案内　　定本西鶴全集→定本

武道伝来記

谷脇理史 校注

西鶴にとって、また、西鶴作品の読者である当時の町人たちにとって、武士とはどのような存在であったのか。士農工商という厳然たる身分制度が確立している時代である、それが支配階層として敬意を表すべき存在であったことは言うまでもない。と同時に、生産にたずさわることのない武士は、町人たちにとっては上得意である高級品の消費者、大事な顧客でもあった。そのような武士たちは、どのような論理にもとづいて行為し、どんな心情を保持して生きているのか――西鶴自身はもとより町人たちもまた、強い興味と関心を持たざるをえないのが、同時代を生きる武士たちの世界だった。

貞享三年(一六八六)六月、『好色一代女』出刊後の西鶴は、好色物を中心として来たそれまでの世界を突然に転じ、さまざまな世界に作品の素材を求めて精力的に創作を続けて行くが、そのような時期に、その関心を武家の世界のみに集中して書いた作品を出刊する。貞享四年四月刊の『武道伝来記』八巻八冊である。それは、各巻四章全三十二話の短篇からなるが、いわゆる武家物の第一作としての意味を持つのみならず、その量においても質においても武家物の代表作と称するに足るものであった。

しかも『伝来記』は、「諸国敵討」と副題があるように、「敵討」という、非日常的な話題、常に劇的な状況を生む世界を素材とする。そして、敵討が行なわれる原因、その後の経過、その結末というストーリーの展開の中で、すこぶるバラエティに富んだ人物設定・状況設定によって各話に変化をつけ、武家の心情や行為のあり方を、鮮明に具象化して行く。死を賭した意地や義理による行為は、時に奇矯とも見られるが、西鶴は、十二分に虚構をまじえつつ、町人とは異なる武士の世界のありようをパノラマのごとくに読者の前に提示する。西鶴の武士の世界を見つめる視線は、いささかならず冷徹であり、かつ諷刺の姿勢もうかがわれるが、そこには武士という同時代を生きる人間の種々なありようが、町人の立場から見事に描きあげられている。武士の世界に強烈な関心を抱く町人西鶴は、『伝来記』によって、同じ関心を持つ読者の期待に十二分に応えたのである。

装丁　大本、和綴、八巻八冊
刊年　貞享四年(一六八七)四月
底本　早稲田大学蔵本

諸国
敵討

武道伝来記

一

絵入

[一]和朝兵揃《わてうつはものぞろへ》の中に、[二]為朝《ためとも》のくろがねの弓、[三]むさし坊が長刀《なぎなた》、[四]朝比奈《あさひな》がちからこぶ、[五]かげ清《きよ》が眼玉、これらは[六]見ぬ世の事、[七]中古、[八]武道の忠義、[九]諸国に高名の敵うち、其《その》はたらき聞伝《ききつたへ》て、[一〇]筆のはやし詞《ことば》の山、[一一]心のうみ静に、[一二]御《おん》松久かたの雲に、[一三]よろこびの舞鶴《まひづる》是を集《あつめ》ぬ。

[一四]

[一五]

一 日本の著名な武士を集成し並べるもの、の意。書名のようにも見えるが、「和朝兵揃」なる書の存在は未詳。以下武勇をもって知られる武士を列記する「兵揃」の形で敵討に縁ある四名を提示。
二 源為朝は「今まで命をおしむも、自然世もてなおらば、父の意趣をもとげ、わが本望も達せばやと思」う(保元物語・下)。弓の名手為朝が、「くろがねの弓」を引いたという記述は保元物語等になく、武家俗説弁(神田白竜子・享保二年刊)は、それを俗説として退ける。
三 武蔵坊弁慶は「都には九郎義経、武蔵坊といふ兵《つはもの》を語らひて、平家を狙ふと聞えありけり」(義経記・三)と記される。「長刀」は弁慶七つ道具の一、為朝の弓と対比。
四 朝比奈三郎義秀はその豪勇・大力によって曾我物の世界で活躍。「ちからこぶ」のことは「和田酒盛」(幸若舞曲)などに描かれる。
五 悪七兵衛景清は、頼朝を平家の敵としてねらうが、頼朝の恩義を謝しその眼玉を自らくりぬく(古浄瑠璃・かげきよ、出世景清など)。「ちからこぶ」に「眼玉」を対比。
六 「見ぬ」は、景清眼玉をくりぬくからの連想。
七 西鶴は寛永期前後をさして用いる場合が多い。
八 武士の正しいあり方である忠義。以下では、忠義と「敵うち」とを並列しているとも見られる。
九 本書の副題は「諸国敵討」。日本全国に舞台を求め作品に変化をつけるのは西鶴の常套手法。
一〇 文辞の豊かさのたとえ。「高名の敵うち」を虚構化していることを暗示するか。
一一 心が広く度量の大きいこと。「うみ静に」以下は徳川(松平)氏による天下太平を寿ぐ表現。「心のうみ静に」には、平静に武家のありようを見ようとする西鶴の姿勢を感得できる。
一二 「久かたの」には、御松(松平氏を暗示)の治

武《ぶ》道《だう》伝《でん》来《らい》記《き》

諸《しよ》国《こく》敵《かたき》討《うち》

目《もく》録《ろく》

巻一

政が末長く続くの意をこめる。
一三 徳川氏による天下太平をよろこぶ私(西鶴)が、の意。松・雲井・舞―鶴(類船集)。「舞鶴」は西鶴を暗示。
一四 「鶴永」の印。「鶴永」は西鶴の初号。
一五 「松寿」の印。西鶴の軒号松寿軒による。
一六 琵琶湖に船を浮かべ琵琶を弾じて深い思いをあらわした若衆たちの話。琵琶は上下にかかる。
一七 容姿も心の程も同じくらい美しい若衆のこと。似たる俤―琵琶の海(類船集)。
一八 毒薬は箱に入れて大事にされていたが、それを用いたことが露顕して、文字通り箱に入れられて大事な命を絶たれた話、の意。「箱入」は、箱に入れる、大事にするもの、の両意。
一九 人質をとって内蔵に逃げ込んだが、それはわずかの間のことで、たちまちはかなくも殺されてしまったこと。「夢の内」は、夢中のことのようにきわめてはかないことや時の経過の早いこと。ここは、人質をとった男の死を暗示。本文は「米蔵」(庭蔵の一)とし「内蔵」ではないが、「夢の内」の修辞を生かしたため本文と齟齬。
二〇 「物申す」「どれ」と言って挨拶をかわしあう俄正月の話。「俄正月」は、正月以外の月に、凶事などの縁起直しに正月の行事を行なうこと。正宝事録・寛文七年(一六六七)七月六日の項に、「今度在々所々にて松かざりを仕り、正月をいわゐ申す由にて…堅く無用可レ仕旨」の町触が出されている。「嘇」「嗒」は、その字形よりする戯訓か。
二一 本文に即すれば、死ぬことが分かっていて遊女遊びをしたこと、の意。ここのみでは、最後にはきまって女郎買いをすること、の意ともとれる。このような見出しの含みのある表現が読者の興味を喚起する。

第四

一 内儀《ないぎ》の利発《りはつ》は替《かはつ》た姿《すがた》

二 せはしき中に預《あづ》け物《もの》の事

一 奥様の賢さが変装した姿にあらわれた話。これだけでは「替た姿」は変な姿の意ともとれ、「利発」「替た」の落差により読者の興味を魅く。
二 火急のさなかに預け物をすること。
三 武士が人の模範となり正しく治政が行われている当世は、久遠に続く松平(徳川)氏の御代、の意。巻頭にふさわしく、太平の御代として当世を寿ぎ祝儀で書き起こす。「人の鑑」は、人の模範となるべきもの、の意で「鏡山」を引き出す。
四 江州(近江国)の歌枕「鏡山」。滋賀県蒲生郡竜王町と野洲郡との郡境にある。鏡―くもる。「鏡山」が、ここに出されることで、「くもらぬ…春」の部分は、「安土の城下」の太平の描写としても生かされる。
五 「亀は万年の齢を経、鶴も千代をや重ぬらん」(謡曲・鶴亀)といわれる鶴や亀。太平の御代の象徴。松―鶴―亀。
六 近江国の時(信長の時代)、その海は、の意。千鶴万亀の住む太平だった時の琵琶湖をいう。
七 湖の浪に影を映していた安土城。織田信長によって築かれた。天正四年(一五七六)着工、同七年落成。同十年、本能寺の変で信長が落命し、一時明智方のものとなるが、織田信雄の軍に焼かれ廃城となった。琵琶湖畔の突出した丘陵に築かれた安土城は、「浪に移ふ」位置にあった。
八 はるか昔のこととなった。「信長時代」という言葉は、当時、はるか昔の意の成語。
九 「安土の城下」のころ。「むかし」になったころ、すなわち、「久かたの松の春」(徳川氏の治政下)のころとも見られる書き方だが、以下は安土城下の話となる。実は江戸時代での事件であったものを意図的に信長時代のことにしたために生じた表現のゆれと見ることもできる。→解説。
一〇 未詳。天武天皇の皇統は奈良時代で絶え、

第一　心底《しんてい》を弾琵琶《ひくびわ》の海《うみ》

[三]武士《ぶし》は人の[四]鑑《かゞみ》山、くもらぬ御代《みよ》は久かたの松《まつ》の春《はる》、[五]千鶴万亀《せんくはくばんき》のすめる[六]江州《がうしう》の時津《ときつ》海《うみ》、風絶《かぜたへ》て、[七]浪《なみ》に移《うつろ》ふ安土《あづち》の城下《じやうか》は、[八]むかしになりぬ。

[九]其比《そのころ》、平尾修理《ひらをしゆり》といへる人、[一〇]天武天皇《てんむてんわう》の末裔《ばつえう》にして[一一]高家《かうけ》なれば、[一二]諸役御免《しよやくごめん》あつて、世《よ》を遊楽《ゆうらく》に其名《そのな》を埋《うづ》み、五十五歳《さい》の時《とき》、入道《にうだう》して眼夢《がんむ》と改《あらた》め、其後《そのゝち》は、[一三]長劒《ちやうけん》・馬上《ばしやう》をやめて、禅学《ぜんがく》にもとづき、常《つね》の[一四]屋かたをはなれ、にしのかたの山陰《かげ》に、小笹《をざゝ》かり葺《ぶき》の庵《いほり》むすべば、仏《ほとけ》のえんに引《ひか》れ、[一五]生死目前《しやうじもくぜん》の湖《みづうみ》、是則《これすなはち》弘誓《ぐぜい》の[一六]丸木船《まるきぶね》、[一七]一大事《だいじ》踏《ふみ》はづしては有《(ある)》べからずと、[一八]観念《くはんねん》の南窓《みなみまど》に[一九]諸釈《しよじやく》を集《あつ》めて、[二〇]見《けん》台気《だいき》を移《うつ》し、板戸《いたど》内《うち》よりしめて、[二一]人倫《(じん)りん》かよひ道なく、それ御姿《(お)すがた》を見ぬ事、百日にあまりて、すゑ〴〵の者《もの》、是《これ》を歎《なげ》きぬ。

かはらずして長屋《ながや》淋《さび》しく、花《はな》見し梢《こずへ》も前栽《せんざい》の秋《あき》の哀《あは》れに、匂《にほ》ひ有《(あり)》ながら蘭《らん》衰《をとろ》へ、芭蕉《ばせう》なを夕風に形《かたち》をうしなひ、[二二]門《もん》に人稀《まれ》なれば、鳥《とり》の声《こゑ》つのつて、いつとなく[二三]内証《ないしやう》は野《の》となりて、鹿《しか》もすむべき風情《ふぜい》、此《(この)》あるじの心ざし、市中《しちう》の山居《さんきよ》是《(これ)》なるべし。

その末裔の「高家」は存在しない。伝来記は実在事件をとりあげても仮名を用いている(八の四等)が、ここも実在人物をおぼめかしたか。
一一　高貴な家柄の武家。信長時代のこととしつつ江戸時代に有職故実を掌った「高家」を暗示。
一二　役職を免除され、無役となって。
一三　「バシャウ　馬の上、または、馬に乗っていること」(邦訳日葡)。「長剣・馬上」は武士の姿。
一四　屋形。武家屋敷をいう。
一五　死を目前にして目の前の湖を見れば、これこそ仏に縁のある「生死の海」(生死流転の迷いの境界をたとえた仏教語)であり、そこに浮かぶ丸木船は、「弘誓の船」(仏菩薩が生死の海を生きる衆生を救って彼岸に渡すことを船にたとえた仏教語)ともいうべきものだ、の意。眼前の景を「仏のえんに引れ」仏道のイメージに重ね合せて表現。
一六　旅客や荷物をはこぶ琵琶湖特有の船。「其形丸木を刻たるがごとし。故に又丸太舟と云」(和漢船用集・五)。同書に挿絵がある。
一七　悟りを開く契機を失ってはならぬ、の意。「一大事」は、衆生済度のため仏が因縁を結んでこの世に出現することをいう仏教語で、法華経・方便品よりの語。丸木―踏はづし。
一八　仏法の道理を深く考えようとする身となって南向きの窓の下に。「南」の「み」に「身」をかける。「観念」は仏教語。「仏のえん」からここまで、縁語的に仏教語を多用し、決意の堅さを強調。
一九　種々の仏典やその注釈書。
二〇　見台の上の書物に熱中し。「見台」は書見台。
二一　人、に同じ。
二二　「門前雀羅を張る」(白居易・寓意詩)の成句を具体化。
二三　屋敷内の荒れ果てた様子。

兼《かね》て妻女《さいぢよ》もたせ給はず、子孫《しそん》のねがひなく、[一]心の行《（ゆく）》するゑを見立《（み）たて》、[二]美童《びどう》を愛《あい》し給へり。是《（これ）》も、[三]みだりに此《（この）》道におぼれ給はず、[四]筋目《すぢめ》たゞしき浪人《らう（にん）》の子共《（こども）》に、[五]森坂采女《もりさかうねめ》・秋津左京《あきつさきやう》、此弐人《（このにゝん）》、同年《どうねん》にして十六才、心も形《かたち》も、是程《これほど》かはらぬ生《むま》れつきはなし。朝暮《てうぼ》御目《（お）め》どをりをはなれず、夜《よる》は御枕《（お）まくら》の左右《さう》にならび、わりなき御情《（お）なさけ》にあづかり、采女《うねめ》も左京《さきやう》もいやしからず、互《たがひ》に[六]衆道《しゆだう》の義《ぎ》理を恥《はぢ》かはし、旦那《だんな》一人の御心に、両人《りやう（にん）》[七]若命《じやくめい》を惜《をし》まず、骨髄《こつずい》に徹《てつ》して勤《つと》めける事、色《いろ》ばかりには非《あら》ず。武勇《ぶゆう》を元《もと》として、[八]前髪役《まへがみやく》の意気地立《いきぢたて》すまし、今四五年も過行《すぎゆき》、世間《せけん》なみに形《かたち》のかはり、[九]脇《わき》をもふさぎ、前がみ取《（とり）》なば、其節《そのせつ》は又《また》、[一〇]自然《しぜん》の御用《（ご）よう》にも立《たち》ぬべき心底《しんてい》、更《さら》に申《（まうす）》にはあらず、[一一]二人神文取《しんもんとり》かはし、かためのことばもあだに、おもひのほかなる主人《しゆ（じん）》の御発心《（ご）ほつしん》、生《いき》ながらあはで別《わか》るべきか、此程《（このほど）》は、しきりに御気をなやませ給ふをきけば、一《（ひと）》しほかなしさまさり、諸神諸仏《しよじんしよぶつ》を祈《いの》り、[一二]石山寺《いしやま（でら）》の[一三]観音経《くはんをんぎやう》をどくじゆし、[一四]多賀大明神《たがだいみやうじん》に[一五]千《（ち）》もとの小松《（こ）まつ》を植《うへ》させ、千よもとおもふかひなく、次第《しだい》に御こゝちいたませ給へば、「今は仰《おほ》せをそむき、戸《と》ざし引破《（ひき）やぶ》りてかけ入《（いり）》、御面影《（おん）をもかげ》を拝《をが》み奉らん」と立出《たちいで》しが、「爰《こゝ》は又《（また）》分別《ふんべつ》所《（どころ）》、さもあらば、結句《けつく》頼《たの》みすくなき御心にやさはらん。何とぞ今生《こんじやう》にて御拝顔《（ご）はいがん》すべき事を」と、やう〳〵に思案《しあん》をめぐらし、うら人をまねきよせ、[一六]棚《たな》なし小舟《をぶね》をか

一「心の行」は、思いのままに、心だてのよいものを見立て、の両意。
二 美少年。男色の風潮は近世初期の武家に一般的だが、「兼て妻女もた」ず「子孫のねがひ」のない「高家」の主という人物設定は、異色。
三 歌舞伎若衆や能役者などを対象とすることの多い当世の男色に対して言ったものか。
四 家柄のよい。近世初期には大名の改易・廃絶等により貧窮の境涯に沈む浪人も少なくない。信長時代としつつ、近世の事象を導入。
五 未詳。モデル説については→一二頁注九。
六 男色の世界の正しいあり方。
七 若衆として主人につくすべく命を惜しまず。
八 前髪を立てた若衆の役割ともいうべき意地。
九 若衆は元服すると、前髪をとり脇開けの振袖を詰袖とする。
一〇 万一の時の主人の御用。合戦などを指す。
一一 起請文。諸神の名を記し、それにそむいたらどんな罪を受けてもよいと誓う文書。
一二 滋賀県大津市石山にある真言宗の寺。本尊は十一面如意輪観音。琵琶湖を眺望でき、石山秋月は近江八景の一。
一三 法華経巻八・観世音菩薩普門品第二十五の通称。石山寺の本尊の観音の前で観音経を読誦し、の意。観音経の偈に「生老病死苦、以漸悉令滅」。
一四 近江国犬上郡(滋賀県犬上郡多賀町)の多賀大明神。古来長寿を祈る神とされる。
一五 千本の小松を植えさせ主君の千年の長寿をと祈る甲斐もなく、の意。
一六 上棚のない小舟。歌語(和漢船用集・五)。
一七 蓑笠をきて釣をする姿の描写は「孤舟蓑笠翁独釣二寒江雪一」(柳宋元・江雪詩)の詩句をきかせ、「独釣」を「琵琶・琴ひきつれ」に転ずる。
一八 八月十三日をいう。　一九 白浪の形容。

りもとめて、二人[一七]簑笠《みのかさ》に身を隠《かく》し、其《(その)》まゝ釣《つり》の翁《をきな》になりて、琵琶《びは》・琴《こと》ひきつれて、汀《みぎは》づたひに御《(ご)》庵室《あんじつ》のうしろにまはり、折ふし月[一八]の秋中の三日、[一九]浪《なみ》の花のうちつゞき、[二〇]春《はる》は磯《いそ》と詠《なが》め、[二一]旅鴈《りよがん》心あらば、其声《そのこゑ》にして此《(この)》歎《なげ》きつげよ、[二二]掛浪《かけなみ》の玉《たま》には濡《ぬれ》ぬ四つの袖、糸《いと》の音《ね》じめに愁歎《しうたん》ふくみて、いと哀《あは》れにぞ聞えし。

眼夢《がんむ》入道《にうだう》、うたゝねの枕《まくら》にひゞき、[二三]紙窓《しそう》を明《あけ》て見渡《わた》し給ふに、[二四]人の心をつなぎとめたる舟の中《うち》にして、[二五]いとなみ、いとま惜《をし》き身の、それにはやさしく、「[二六]漁父《ぎよふ》、かゝる者《もの》、[二七]有明移《ありあけうつ》る[二八]南江《なんがう》のおもしろや」と、御心おのづからに進《すゝみ》て、

此琴《(この)こと》にあはせてうたはせ給へり。

「[二九]歌台暖響春光融々《かだいのだんけいしゆんくはうゆう〳〵たり》、舞殿冷袖風雨凄々《ぶてんのれいしうふううせい〳〵たり》。春秋《しゆんじう》のしづかに、[三〇]世《よ》の替《かは》れる有様《ありさま》、覚《さむ》る間《ま》もなき夢《ゆめ》なり。しばしも是《これ》に気《き》をうつして、[三一]江《え》はよく舟《ふね》をうかべ、又よく舟《ふね》を覆《くつがへ》すの道理《だうり》、おこなひのさはりなり。[三二]明鏡《みやうきやう》に像《ざう》の跡《あと》なく、虚空《こくう》の色《いろ》にそまざるごとく」と、[三三]戸車《とぐるま》の鳴《なる》とき、二人、簑笠《みのかさ》をぬぎて、「是《これ》、殿《との》さま、采女《うねめ》・左京《さきやう》が、あまりにかなしくぞんじ、御《(おん)》音信《をとづれ》を申《(まうし)》あぐるなり。年月の御《(ご)》厚恩《かうをん》、そもやわすれはつべきか。御《(ご)》発心《ほつしん》のおりからは、なをもつてちかうめしつかはれ、[三四]朝《あした》に岩もる雫《しづく》を結《むす》びあげ、夕《(ゆふべ)》に[三五]お茶湯《ちやたう》のかよひをつかふまつり、むかしのみちをかへて、[三六]ぼだいの道《みち》に引入《(ひきいれ)》させ給へ。殊更《ことさら》御心も常《つね》ならずなやま

二〇 春の趣は秋の趣にくらべればとうてい及ばない、の意。「磯」は「富士は磯」(色道大鏡・一)で、高い富士山も磯のように低く、とうてい及ばない、の意。ここはそのもじり。
二一 この前後は、縁語仕立ての行文。鴈—月・秋の海顔(うみづら)・琴の音・咲花・比良の神・磯やま・玉章など(類船集)。また、「堅田落鴈」は、近江八景の一。
二二 打掛ける浪のしずく。
二三 窓の障子。ただし挿絵では、戸がはずされ、縁に出た姿として描かれている。
二四 自分(眼夢)の心を惹く、つなぎとめた舟の中で、の意。「つなぎ」は上下にかかる。
二五 生活のため寸暇を惜しむ身である漁師が。
二六 漁師にもこのように風流な者があるのか。
二七 「有」は上下にかかる。「有明」は有明の月。「有明移る」で時間の経過を示していると見られるが、前の「月の秋中の三日」とあわない。「かゝる者有」の掛詞にひかれた故か。
二八 琵琶湖の南側をさしていう。安土は琵琶湖の南側に位置する。
二九 杜牧「阿房宮賦」(古文真宝後集)の一節。鵜飼石斎の古文真宝後集諺解大成(寛文三年)は「或台の上に宮女の歌を唱る処あり、大勢の声にて囃せば人気にて其中が暖にて、春三月比の天気の融々とのどかなるが如し…或殿の内に舞楽をする処あり、是も大勢舞うことなれば、其翻す袖の羽風にて、其間冷かにして、風雨の時分凄々とそゞろさむきやう也とぞ」と説明する。
三〇 「阿房宮賦」は、秦始皇の阿房宮のかつての栄華と現在の荒廃を描き、「世の替れる有様」を述べる。ただし、本章は安土城下のこととして時代が設定されているから、「阿房宮賦」の引用は時代錯誤。実は江戸時代のこととして書かれていることを示す意図的な錯誤と見るべきか。

せ給へば、御命《(おん)いのち》の程も定《さだ》めがたし。今生《こんじやう》にして、名残《なごり》の拝顔《はいがん》を御ゆるしあそばされ、二人がおもひを晴《はら》させ給へ。いかなる御気《(お)き》をそむき、かほどまで御悪《(お)にく》しみの深《ふか》き事、運命《うんめい》につき果《はて》ける。是《(これ)》、殿様《とのさま》〳〵」となげくにぞ、眼夢《がんむ》も取《(とり)》みださせ給ひしが、「是もと色道《しきだう》のまよひなり。なんぞ此色《いろ》に大願《(たい)ぐはん》を破《やぶ》るべき事の道ならず」と、なを心底《しんてい》すはり、「[一]大かたの断《ことは》り、聞分《きゝ(わけ)》では帰らじ。爰《こゝ》は[二]方《はう》便《べん》の偽《いつは》り、[三]諸天《しよ(てん)》もゆるし給へ」と観念《くはんねん》して、「おのれら、爰《こゝ》に来《きた》れる者《もの》にあら

二一 「江ハ能ク舟ヲ渡シ、又舟ヲクツガエス、君ハ能ク民ヲメグミ、又民ヲ煩ハス」(沙石集・四上の一)。眼前の景を述べると同時に「君ハ舟臣ハ水」(太平記)という言い方から、水(左京・采女)に惹かれてくつがえされ、「おこなひのさはり」(仏道修行の障害)となることを自戒。
二二 「明鏡ニ像ノ迹ナク、虚空ノ色ニソマザルガゴトク、身ト心ヲ練ジナス、誠ノ道心ナルベシ」(沙石集・四下の八)の一部を引用。
二三 引戸の小車輪。戸を締める音がする時。
二四 「朝に…夕に…」の対句仕立ての表現。「朝に谷の下水を結びあげ、夕に峰の花を手折り」(五人女・一の五)その他、仏道精進をいう類似の表現が西鶴には多い。二の三章末にも出る。
二五 仏前にそなえる煎茶。 二六 菩提の道。仏道。

一 通り一ぺんの説明では納得しないだろうし、聞き分けないうちは帰らないだろう、の意。「聞分で」の濁点は原文のまま。
二 相手によかれと思っての嘘。諺「嘘も方便」。
三 仏法を守護する天上界の諸神。

ず。年月我をそむき、前後《ぜんご》わきまへぬ非道《ひだう》、其数《(その)かず》かさなつて、[四]須弥山《しゆみせん》にもあまれり。然《しか》れども、ゆくするゑ[五]此姿《(この)すがた》の願《ねが》ひあれば、日比《(ひ)ごろ》の情《なさけ》にそれをとがめず。まつたく対面《たいめん》、[六]正八幡《(しやうはち)まん》も照覧《せうらん》あれ、[七]七生《(しち)しやう》までの勘当《かんだう》」と、[八]あらけなく仰《をゝ》せければ、二人、[九]立《(たち)》ずくみて、かさねてかへす言葉《ことば》絶《た》へて、目《め》と目見あはせ、[一〇]涙湯玉《なみだゆだま》をつなぎ、[一一]覚えてあやまりはなき身にも、御一言《(ごいち)ごん》に[一二]さしあたり、「子細《しさい》をたづねたれば」とて、よもや[一三]分《わけ》ては語《かた》らせ給はじ。後日《ごにち》に[一四]分別有《ふんべつ(ある)》べし」と、[一五]帰る浪《なみ》の

四 仏説で、世界の中心にそびえたつという高山。大海中にあり、高さ八万由旬(ゆじゆん)、日月がそのまわりを巡るという。
五 出家の姿となり仏道に入る願い。
六 正八幡大菩薩。八幡大菩薩は武家の守護神。ここは、その神に誓うことば。
七 永遠に主従の縁を切る、の意。「勘当」は親子兄弟・主従の縁を切ること。「七生までの勘当と牙をかんで怒りける」(世継曾我・二)。
八 荒々しく、乱暴に。
九 立ったままで動けなくなって。
一〇 熱い涙を流して。
一一 身に覚えて誤りはない身。
一二 直面して困惑し。「覚えて…」から心中思惟の文と見ることもできるが、ここまで地の文。
一三 事を分けて。十分に理由を説明して。
一四 考えがある。具体的には、死の覚悟。
一五 「帰る」は上下にかかる。帰る時には、打ち寄せては帰る浪の上に伏せって泣きながら。

挿絵解説　右図は「棚なし小舟」にのり、蓑と笠を着て琵琶と琴をひいている釆女と左京。漁師が琵琶湖の上をこぎ渡し、二人は草庵にこもる眼夢入道の注意を惹こうとする。二人は振袖の若衆姿に蓑笠をきている。右上の建物は石山寺か。「石山秋月」の縁で月をあしらう。左図は掛作りの草庵の縁に出て湖上を見る眼夢。総髪の姿であり、五十五歳を過ぎた人物には描かれていない。若衆と念者(兄分)の関係で本文の人間関係をとらえて描いたためか。

うちふして、夢心《ゆめ(ごころ)》にて屋敷《しき》に入《(いり)》て、「[一]せんずる所最後《さいご》なり。[二]眼夢《がんむ》も、次第《しだい》によはり行《(ゆか)》せ給へば、御死去《(ご)しきよ》も程はあらじ。[三]願《ねが》はくは見奉りて後《のち》、心静《しづか》に御供《(おん)とも》申度《たき》物なれ共《(ども)》、兼《かね》て「[四]腹死《じゆんし》の事仕《つかまつ》るまじき」と、[五]再《さい》三の仰《おほ》せをかうぶりければ、是《これ》もまた主命《しゆうめい》をそむくの道理《だうり》、武士《ぶし》は命《いのち》を捨《すつ》る所をのがれては、其名《(その)な》をくだすなり。昔日《そのかみ》、[六]後光厳院《ごくはうごんゐん》[七]文和《ぶんわ》元《ぐはん》年二月三日に、[八]細《ほそ》川頼春《よりはる》の家来《けらい》追腹《をひばら》はじめて、今和朝《わてう》の手本《て(ほん)》として、其《(その)》ほまれ世に高《たか》し。只我〻《たゞわれ〱》は[九]先腹切《さきばらきつ》て、死出《しで》の山路《やまぢ》の案内《あんない》せん」と、おもひ立《(たち)》、日を定《さだ》め、一方口《(いつ)ぱう(ぐち)》の部屋《へ》に入《(いり)》、内より戸《と》ざしを釘付《くぎづけ》にして、采女《うねめ》・佐京《さ(きやう)》が最後《さいご》、銘〻《めい〱》に[一〇]腹《はら》二文字《じ》に引捨《(ひき)すて》、其後《(そののち)》さし向《むか》ひ、劔《つるぎ》を互《たがひ》につらぬき、「只今《(ただいま)》」といふ声《こゑ》におどろき、をの〱板戸《いたど》を破《やぶ》り、かけ入《(いり)》てみれば、魂《たましい》、はや浮世《うきよ》を去《(さり)》て、是非《ぜひ》もなき面影《おもかげ》、[一一]白小袖《(しろこ)そで》に紋《もん》なしの袴《はかま》ゆたかに、なでおろしたる鬢《びん》もそそけず、[一二]身をかため、二人ながら、[一三]中眼《(ちゆう)がん》にひらき笑《わら》へる皃《かほ》ばせ、つねにかはらず。

[一四]書置《かきをき》の段〻《だん〲》[一五]至極《しごく》して、此《(この)》事、眼夢《がんむ》に申あぐれば、[一六]御せいごんもわすれさせ給ひ、やう〱庵室《あんじつ》をはなれさせ給ふに、御足立《(たた)》せ給はぬを、人〻肩《かた》にかけ、屋かたにうつしければ、此有《(このあり)》さまに取《(とり)》みださせ給ひ、「勘当《かんだう》せしも、汝等《なんぢら》が命の程をおしみて、さま〲申せしもあだとなり、我《われ》に先立《さき(だつ)》心底《しんてい》、さりとは武士《ぶし》

一　所詮。どう考えて見ても。
二　「眼夢様」の「様」脱か。あるいは、眼夢との関係の親密さを表すため敬称を略したか。
三　出来ることならその死去を見申し上げた後で。
四　殉死の宛字。徳川幕府は、寛文三年(一六六三)五月二十三日に殉死を厳禁している(徳川実紀)。ここは信長時代のことと設定されているが、寛文三年の殉死禁令後の話を導入しているか。
五　寛文三年の禁令と対応する。
六　南北朝時代、北朝四代の天皇。
七　一三五二年。貞享元年(一六八四)刊の本朝年代記・二に「追腹(ヲヒハラ)　後光厳院文和元年二月細川頼春卒ス。始テ追腹ノ者有リ」によったか。ただし「三日」の出所は不明。なお、これを本朝の追腹始めとする出拠は未考。
八　足利尊氏の臣。弓を良くする武将として知られ、正平七(文和元)年(一三五二)死去。五十四歳。
九　主君の死に先立って切腹すること。太閤記、聚楽物語等には、秀次の最期に先立ち小姓らが切腹する話がある。また、明良洪範・六には、延宝三年(一六七五)五月三日、阿部忠秋死去の前に、その臣某が「追腹ハ制禁ナレド先腹ハ制外ナレバ」と言って主君の病死に先立ち切腹した話がある。本章は、後者のような殉死禁令後の一事件を導入したものと見られるが、殉死制禁の時代にその逆をついてあえて「先腹」を切るところが話の一つの眼目となる。と同時に、そのような人物を賞讃する話の展開ゆえに、江戸時代のこととせず、信長時代という設定としたか。
一〇　未詳。普通は「腹一文字」「腹十文字」という。
一一　死装束の白小袖に無地の袴。
一二　乱れずきちんとした様子。
一三　眼を半眼に開き笑っている顔つき。
一四　書置の形となってはいないが、「御死去も程

の子なり。[一七]老足《らうそく》なれ共《(ども)》、此《(この)》道は追付《をつつく》べし」と、左京《さきやう》が脇指《わきざし》を取《(とり)》給ふを、皆〻《みな〴〵》取つき、「[一八]世の聞《(きこ)》えもいかゞなり」と、無理《むり》にとゞめたてまつりしに、是《(これ)》より御心もつかれさせ給ひ、三日も立《たゝ》ぬに御命かぎりとなり、彼《かれ》是《(これ)》歎《なげ》きかさなり、一子《(いつし)》ももたせ給はねば、[一九]あたら平尾《ひらを》の家《いへ》絶《たへ》果《はて》ける。

[二〇]されば、人程心のおそろしき物はなし。両人が[二一]首尾《しゆび》、[二二]後記《こうき》にもとまるべき事なるに、同じ屋形《かた》に勤《つとめ》たる[二三]近習《きんじゆ》の侍に、[二四]関《せき》屋為右衛門《ため(ゑもん)》といふ者《もの》、武《ぶ》の本意《(ほん)い》をそむき、左《さ》京に[二五]執心《しうしん》の数通《すつう》かよはせける。はじめの程《ほど》は、恋《こひ》ぢを思ひやり、ひそかに[二六]道《だう》理を合点《がてん》させ、「主命《しうめい》そむく事、ぞんじもよらず」と、[二七]もつてひらきて申聞《(まうしきか)》せしに、又もや難義《なんぎ》をいひかけけるに、外《ほか》にも聞《(きく)》人の座《ざ》にて、為右衛門[二八]一分立《(いち)ぶんたゝ》ぬ程に[二九]返事《へんじ》申《(まうし)》きれば、[三〇]中〳〵いきては堪忍《かんにん》ならぬ所を、日比《(ひごろ)》の大胆《たん》とは違《ちが》ひ、おめ〳〵と其通《(その)とを》りに済《すま》しけるが、[三一]其野《や》心《しん》今《いま》に残《のこ》り、左京相果《さきやうあひはて》て、[三二]跡《あと》形《かた》もなき悪名《あくみやう》をさへづり、国中《こく(ちゆう)》に[三三]此《(この)》さたさせける事、人倫《(じん)りん》にはあらず。

「此たび左京は、命《いのち》を惜《をし》み、「主《しゆ》人御恨《(お)うら》みあれば、[三四]暇乞《いとまこひ》すて他国《たこく》」といふを、采女《うねめ》引《(ひき)》とゞめ、「申《(まうし)》かはせし通《とを》り、是非《ぜひ》さし違《ちが》へて[三五]二世《(に)せ》の同道《どう〴〵》」と、義《ぎ》理にせめられ、いたい腹《はら》を切《きり》ける」と申《(まうし)》なしぬ。左京《さきやう》、草《くさ》のかげにても、さぞ口惜《をし》かるべし。

はあらじ…死出の山路の案内せん」の部分が「書置の段々」の内容。
一五 もっともなことと納得して。
一六 御誓言。浮世を捨て仏道に入る誓いの言葉。
一七 老人の足でもあの世に行く道は追い付けよう。　一八 世間の評判。
一九 惜しいことに平尾家は断絶した。以上が本章の中心の話題で、以下は後日談。殉死制禁の時代にあえて「先腹」を切って「武道の忠義」(序)を尽す采女・左京の行為を具体化し、武士の心情・行動のありようを印象づける。その結果による平尾家の断絶という結末には、町人西鶴の武家に対するアイロニーがうかがえる。
二〇 さて。話を転ずる時の常套句。
二一 一部始終。すべての行為のあり方。
二二 後世に残る記録。
二三 「キンジュ 主君の側近に仕える家臣」(邦訳日葡)。
二四 人の邪魔をするお為者(主人のためになるように見せかけるゴマすり武士)の意の擬人名か。
二五 深く思いをかけること。
二六 従えない理由を納得させ。
二七 ひらき直って。厳しい改まった態度で。
二八 武士としての面目。
二九 断固とした返事をすると。
三〇 とても生きている以上我慢できない所なのに。　三一 その時の悪心や恨み。
三二 何の証拠もない悪い噂。「さへづり」には非難の意がある。
三三 この評判。内容は次行の「此たび」以下。
三四 自分勝手に主人に暇を告げ他国に行く。
三五 来世までも一緒に、の意。諺「親子は一世、夫婦は二世、主従は三世」をふまえ、男色の契りを夫婦の契りになぞらえて、二世という。

[一]有時《(ある)とき》、森坂釆女《もりさかうねめ》が弟《をとゝ》、求馬《もとめ》といふ人の一座《(いち)ざ》にて、為《ため》右衛門、左京事を又噂《うはさ》して、[二]「若道《じやくだう》にも各別《かくべつ》の違《ちが》ひあり」と、其座《(その)ざ》[三]なるに、釆女《うねめ》事を、言葉《ことば》ある程つくしてほめければ、求馬《もとめ》、よく〳〵聞届《きゝとゞ》け、「是《(これ)》は、為《ため》右衛門殿《どの》には無用《むよう》の御褒《(ご)ほう》美《び》。左《さ》京・釆女《うねめ》、いづれかあひおとるべき心底《(しん)てい》にあらず。然《しか》も左京は、釆女にまされるの所ありて、すこしも人におくるゝ若衆《わかしゅ》にあらず。其上《(その)うへ》、そなたにも傍輩《はうばい》の事、今になつて[四]よしなき流布《るふ》せらるゝ事、天命《めい》しらずなり。大勢《(おほ)ぜい》の中にして[五]露顕《ろけん》のうへなれば、かさねて申さぬとはいはせじ。此《(この)》事、左京弟左膳《さきやうをとゝさぜん》にしらせて、正八幡《(しやうはち)まん》も[六]御じげんあれ、其《(その)》身のがさじ」といへば、為《ため》右衛門、聞《きゝ》もあへず、[七]「推参《すいさん》なり」と立《たち》あがるを、求馬《もとめ》、天理《り》をもつてうつ太刀《たち》はやく、[八]車《くるま》に切《きり》はなち、静《しづか》に鞘《さや》におさめて立出《(たち)いづ》るを、いづれも[九]廃妄《はいまう》して、是《(これ)》をとゞむる人なし。

すぐに左膳宅《さぜんたく》に行《ゆき》て、此《(この)》[一〇]あらましを語《かた》るうちに、為《ため》右衛門一子《(いつ)し》次郎九郎、[一一]素鑓《すやり》ひつさげ懸《かけ》つけしに、左膳《(さ)ぜん》、長刀《なぎなた》にてわたしあひぬ。求馬《もとめ》は、[一二]鬢鏡《びんかゞみ》取出《(とり)いだ》し姿《すがた》を移《うつ》して、黒髪撫付《くろかみなでつけ》て、ゐながら見物《けんぶつ》をしける。跡《あと》より家来《けらい》はしりつく時《とき》、門《もん》をかため、[一三]「むくろは、[一四]おのればらにとらすべし」といふ。此勢《いきほ》ひに、下ゝ《したゞ》、あさましくにげかへりぬ。其《(その)》跡にて、左膳《さぜん》、次郎九郎を切《(きり)》ふせ、とゞめまでさ

一「有」は「或」に同じ。当時の慣用。
二 男色のあり方。その心構えや行為。
三 求馬がその場にいるのに。
四 つまらぬ噂を広めようとすること。
五 隠すべきことを表にあらわすこと。
六 御示現。神仏が霊験を示し現れること。「正八幡も御じげんあれ」は、正八幡（一一頁注六）への誓いの言葉。　七 無礼。
八 車切りに。刀を横に払い胴を輪切りにして。
九 うろたえあわてること。廃忘・敗亡と表記される場合が多い。　一〇 大体の様子。
一一 まっすぐな穂先の鑓。
一二 鬢のほつれなどを直す懐中用手鏡。求馬も男色にたしなみのある若衆であることを示し、悠然として落着いた振舞いぶりを賞讃する。
一三 死骸。
一四 お前たち。相手をいやしめていう語。
一五 今は国を立ち退こう。求馬と左膳は善、為右衛門と次郎九郎は悪役で、切られて当然という描き方をされているが、これまでの切合いは私闘・喧嘩の域を出ない。私闘・喧嘩は当然処罰の対象となるから、求馬と左膳は国を立ち退かざるをえないわけである。
一六 できるだけ急がず。追手がかかってもよいと、悠然と落ち着いている様子。
一七 京から丹波へ通じる街道。「丹波越」は出奔・駆落ちなどの場合に用いられることの多い趣向。
一八「其はたらき聞伝て」（序）と同じく、はるか昔のことと時代設定するための結び。他にも多い。以上の後日談は、「敵討」を意識して導入されたと思われるが、実質的には喧嘩・私闘の域を出ず、敵討とはなっていない。もっとも次郎九郎は親の敵討に失敗したわけだが、それはあくまでも添え物的である。「諸国敵討」として全

しおほせ、「[一五]今ぞのき道」と、二人、一家《(いっ)け》をつれて、[一六]成程《(なるほど)》いそがず、[一七]丹波《たんば》路《ぢ》に入《(いり)》ける。「古《こ》今《こん》の稀者《まれもの》、是《(これ)》ぞ」と、[一八]かたりつたへし。

第二　毒薬《どくやく》は箱入《はこいり》の命《いのち》

[一九]むかしの人の家の紋《もん》、橘《たちばな》山形部《ぎやうぶ》とて、[二〇]奥州福嶋《をうしうふくしま》にて、[二一]出頭《しゆっとう》此《(この)》ひとり、殿《との》の御心底我《(ごしん)ていわが》物にして、御《(ご)》機《き》嫌《げん》よろしければ、栄花《ゑいぐは》の時をえて、武士《ぶし》の冥加《みやう(が)》にかなひ、一家中《か(ちゆう)》此《(この)》人に思ひ付《つく》事、[二二]御威光《(ご)ゐくはう》ばかりにあらず。其《(その)》身更《さら》に悪心《あくしん》なく、[二三]智《ち》・仁《じん》・勇《よう》のかねそなはりし人、今年《こん(ねん)》廿五にして、なを行末《(ゆく)すへ》[二四]頼母子《たのもし》。

妻女《さい(ぢよ)》は、[二五]一家《か》老《らう》市川右衛門息《そく》女を、殿《との》の御《(おん)》姨君《をばぎみ》、妙松院《めうせうゐん》の娘御《むすめご》ぶんにあそばされ、おくり給はり、三年《(み)とせ》の契《ちぎ》り浅《あさ》からず、男子《なんし》を平産《へいざん》あり。名《な》を市丸《(いちまる)》と改《あらた》め、[二六]後喜《こうき》の祝《いは》ひをなしけるに、此母《(この)はゝ》、[二七]児枕《あとばら》なやませられ、さま〴〵医術《いじゆつ》をつくせるかひもなく、十八の秋《あき》のはじめ、[二八]紅葉《もみぢ》もうすきえん散《ちり》て、風は[二九]無常《むじやう》の世とて、親類歎《しんるいなげ》きのやむ事なし。

殊《こと》に[三〇]刑部《ぎやうぶ》は、愁《うれへ》に沈《しづ》み、「[三一]かゝるうきめは、我《われ》ばかりの[三二]袖《そで》の海《うみ》ぞ」と、[三三]命もつなぎかねたる舟の、[三四]行水《(ゆく)みづ》に数《かず》の思ひをなし、「泡《うたかた》の一どに消《きゆ》る身ならば、今

体をまとめるための後日談を付加する印象があらわな本章を巻頭に置いていることは、伝来記が敵討そのものを興味の対象としているわけではなく、武家の論理や行為のあり方に幅広く関心を寄せていることを表している。

一九 昔、家柄がよく家紋を橘とする橘山刑部という武士がいたが。「さ月待つ花橘の香をかげば昔の人の袖の香ぞする」(古今集・夏)による。「むかしの人」には、昔の人という時代設定の意味と先祖代々続く家柄の人との両意がかかる。

二〇 今の福島市。福島城下の話とするが、本章にその土地柄を生かそうとする姿勢は見られない。「むかし」(慶長以前)、はるか遠隔の地でのことといった時間と場所の設定と見ればよい。

二一 殿の側近として重用されること。時代の推移とともに寛永前後から官僚型の才能を持つ武士が重用され急激に立身して出頭人となることが多い(四の三)。「むかし」とするものの、本章にも近年の状況が十分に反映されている。

二二 殿の御威光を笠に着ているだけではない。

二三 「智仁勇三者天下達徳也」(中庸)。武士として理想とすべき徳を兼ね備えている人。「ヨウ」は当時の慣用的なよみ。

二四 頼もし、の慣用字。

二五 筆頭家老。

二六 後日の祝い事。「後喜」は当時書簡用語として「期後喜之時」(後日お目にかかりましょう、の意)などとして用いられていた語。

二七 出産後の腹痛。「児枕痛 あとはらいたむ」(世話字節用集)。

二八 紅葉もまだ色付かぬうちに散るように夫婦の縁も絶えて妻は死去し。紅葉—散—風。

二九 無情と無常をかける。

三〇 刑部は原本のまま。刑部・形部が混用される。

のかなしさ、あるまじき物」と、世間《けん》むきは歎《なげ》きをやめて、内証《しやう》の愁歎《しうたん》、外《ほか》より見る目もいたまし。[一]喪《も》に籠《こもり》給ふうちは、昼夜《ちうや》に法《ほ》花経《けきやう》二座《ざ》づゝ読誦《どくじゆ》、殊勝《しゆしやう》に哀《あは》れに、するゝの女房共《にようばう(ども)》まで香花《かう(はな)》のいとまなく、奥様御跡《をくさま(おん)あと》を吊《[二]とぶら》ひ奉りける。やうゝ日数《かず》ふりて、四十九日も過《(すぎ)》ければ、[三]肒《さかやき》などあらためて、[四]重陽菊《てうやうきく》の祝《しう》義《ぎ》に、御前に出初《(いで)そめ》て、替《かは》らず大役《(たい)やく》を勤《つとめ》られ、此《(この)》程重《かさ》なる御用共《(ども)》、埒《らち》の明《あく》事をよろこびける。[五]人はありて人なし、形部諸事《ぎやうぶしよじ》の取《とり》まはし、まねもならざる侍《さぶらひ》なり。[六]いかなる縁《えん》の深《ふか》きにや、今に妻《さい》の事忘《わす》れ給はねば、をのゝ内談《だん》して、「せめては御思ひ晴《ばら》しにも」と、[七]色盛《いろざかり》の艶女《えんぢよ》あまた取よせ、御寝間《(お)ね(ま)》のあげおろしに、風情《ふぜい》つくりて出《(いだ)》しけれ共、更《さら》に御心も通《かよ》はず、あたら姿《すがた》のいたづらに過《すぎ》行《(ゆき)》ける。

それより[八]豕《いのこ》の夜《よ》になりて、此御家《(このお)いへ》の作法《さほう》を覚《おぼ》えたる老女《らうによ》、花餅《はなもち》のしほらしく作《つく》りなし、上《かみ》へあげて、下まで祝《いは》ひぬ。盃《さかづき》、数《かず》めぐりて後《のち》、素人芸《しろとげい》の物《もの》まね、[九]引語《ひきがた》りの浄《じやう》るり、何《なに》の面白《をもしろ》き事もなかりけり。[一〇]義理《ぎり》誉《ぼめ》に夜《よ》をふかし、ひとりゝ座《ざ》敷《しき》を立《(たち)》、男《をとこ》は旦那《だんな》ばかりにして、女中《ぢよちう》は[一一]耳《みゝ》の役目《やくめ》に聞《きゝ》ぬれば、[一二]道行《(みちゆき)》の中《なか》程よりしらけて、三《さ》味《み》線《せん》すてて〔ゝ〕やめける。

其跡《(その)あと》は、俄《にはか》に淋《さび》しく成《(なり)》て、東《ひがし》のかたの書院《しよゐん》に出《いで》給へば、宵《よひ》は月《つき》を見しに、

二一　こんなつらい目を見るのは。以下、沈み、うき、海、舟、行水、泡、消ると縁語が続く。
二二　涙で袖がぬれることをたとえる。
二三　「論ㇾ命江頭不ㇾ繫舟」（和漢朗詠集・無常）、「江のほとりにつながざる舟にたがはず、此身いまに無常の風の吹きて」（撰集抄・三の二）。
二四　「行く水に数かくよりもはかなきは思はぬ人を思ふなりけり」（古今集・恋一）。

一　服忌令では「妻 忌十四日、服九十日」。
二　弔の慣用字。
三　月代の合字。
四　九月九日の菊の節句。
五　すぐれた人はめったにいない。諺「人ある中にも人なし」。
六　この前後の話の展開は、源氏物語・桐壺の巻を意識しているとみられる。一子誕生と妻の死、刑部の悲嘆、その展開過程の雅文調の採用を始め、この部分以下は「年月にそへてみやす所の御事をおぼし忘るゝをりなし。なぐさむやとさるべき人々をまゐらせ給へど、なずらひに思さるゝだにいとかたき世かなと、うとましうのみよろづに思しなりぬるに」（源氏物語・桐壺）の当世化の趣がある。
七　女盛りの美女。
八　十月の初亥の日に餅をついて一家の繁栄を祝う年中行事（日次紀事・十月など）。
九　自分で三味線を弾きながら浄瑠璃をかたること。「むかし」のことをとしつつ、この前後当世の風潮・風俗を導入。
一〇　仕方なしにおあいそで誉めること。
一一　耳があるので仕方なく聞くこと。
一二　浄瑠璃の道行（登場人物の旅中を描く部分）。

空定《そらさだ》めなく時雨《しぐれ》て、軒《のき》の松《まつ》、無用《むよう》の嵐《あらし》をおとづれ、[一三]瑠璃灯《るりとう》のゆらぐを、「誰《たれ》かは、はづせ」とありしに、野沢《のざは》といへる女、[一四]かいどりまへして、御意《ぎよい》にしたがひ、この灯《ともしび》をおろし立帰《たちかへ》る面影《をもかげ》、何ともなくしめやかに、悪《にく》からぬ身振《みぶり》、[一五]東《あづま》そだちの女には稀《まれ》なるやうに、御心うつりて、後帯《うしろをび》のはしをとらへて、「[一六]我《われ》にいふ事あり」と、口《くち》ばやに仰せられしを、聞捨《(きき)すて》にに行《ゆき》けるが、帯《をび》はほどけて跡《あと》に残《のこ》り、其身《そのみ》の[一七]かさねづままばらに、あまたの女部屋《をんなべや》にかけ込《こみ》しは、[一八]気うとかりき。

[一九]女郎あづかりの紫竹《しちく》といへる人、気《き》を通《とを》して、「そなたも、十九・廿《はたち》になりて、大かたならぬ初心《しよしん》」と、手を取腰《とりこし》を突出《つきいだ》せば、野《の》沢赤面《せきめん》して、「自《みづから》も、それほどのわきまへなきにはあらず。けふは、大事の[二〇]母人《はゝびと》様の命日《めい》」といへば、「扨《(さて)》も律義千万《りつぎ(せんばん)》なる人もあるものかな。主命《しうめい》に、親《をや》の日がかまふものか」と、[二一]往生《わうじやう》ずくめにすれど、「[二二]仏《ほとけ》は見通《どを》し、もつたいなき事」と、合点《がつてん》せぬをもどかしく、小梅《こむめ》といへる女、お座敷《ざしき》に行《(ゆき)》て、「野沢《のざは》どの《〔ゝ〕》の帯を御かへしあそばされませい」と、ひろき口をすぼめて、遠慮《えんりよ》もなくちかくよれば、折ふしよく、此《(この)》女もうつくしげに見えて、此帯《をび》、縁《えん》のむすびとなつて、ちよろりと人の恋《こひ》をぬすみける。

一三 ガラス製の油盞を入れた灯籠(類聚名物考・二六二)。
一四 着物の前褄をとること。
一五 東育ちの女は不細工というのが当時の定評。一代女・一の三、文反古・二の三などにも見える。
一六 お前。ここは二人称の「我」。
一七 重ねて着た着物の褄。
一八 気疎し。興ざめであった。
一九 女中頭。奥女中の取締り役。
二〇 親の命日と称していやな男をふる話が二代男・四の一にある。遊女の手管の一つを奥女中の世界に移して滑稽さを出す話の展開。
二一 無理に人を押しつけ納得させること。
二二 諺「神は見通し」を母の命日の縁で仏とする。

其《(その)》後は、おのづから奥《をく》に入《(いり)》て、御情《(お)なさけ》つのり、[一]我《(が)》になりて、是《これ》をにくまぬ人はなし。され共《(ども)》、小梅《(こ)むめ》の女、旦那《だんな》の御気《(お)き》に入《(いる)》事是非《ぜひ》なく、[二]様《さま》つけぬばかり、主《しう》あしらひになりぬ。次第《(しだい)》に[三]うるさく思ふうちに、心入《(いれ)》のあしき事あらはれ、又《(また)》、最前《さいぜん》の野沢《のざは》に移《うつ》りかはらせ給ふを、小梅《むめ》ふかくそねめど、[四]さもしからねば、[五]獺《をそ》のたはれのごとく、[六]浪《なみ》の瀬枕《せまくら》をかはすたび毎《ごと》に、[七]御不便深《(ご)(ふ)びんふか》く成《(なり)》て、外なく此《(この)》女に[八]悩《なづま》せ給へば、小むめ、[九]嗔恚《しんい》の[一〇]猛火燃《まやうくはもへ》やまずして、[一一]神木《しんぼく》に釘《くぎ》をうち、人像《ひとがた》を作《つく》りて、山伏《(やま)ぶし》に祈《いの》らすれど、元来《もとより》まことならねば、[一二]仏神《ぶつじん》是《(これ)》をうけ給はず、かへつて其身《(その)》をとがめ給ふ。

なを執念《しうねん》おこつて、野沢が命をうしなはん悪《あく》事をたくみ、有時《(ある)》、菓子《くはし》に[一三]斑猫《はんめう》の大毒《(たい)どく》をしこみて、野《の》沢のかたへおくりけるに、此《(この)》[一四]山吹餅《やまぶきもち》を、ひとりはひらかずして、[一五]女臈《ぢよらう》中間《(なかま)》をよび集《あつ》め、茶《ちや》事《(ごと)》して是《(これ)》をもてなしけるに、其夜《(その)よ》に入《(いり)》て、血《ち》をはくも有《(あり)》、又は胸《むね》をいたませ、あるひは腹《ふく》中《(ちゆう)》燃《もへ》て、[一六]うき目を見せて、此《(この)》難義《なんぎ》かなしく、彼是《かれこれ》七人の女房《にようばう》たち、同じ枕《まくら》に命をはりて、小梅壱人生残《いきのこ》るを穿鑿《せんさく》しけるに、因果《ゐんぐは》をばのがれず、其毒薬《そのどくやく》の事、終《つゐ》にあらはれ出《(いで)》、「[一七]此科《(この)とが》の果《はた》す所《ところ》、[一八]牛割《うしざき》にしてもあきたらず」と、松《まつ》の木の箱《はこ》を[一九]さして、目口の所に穴《あな》をあけて、彼女《かのをんな》を入《いれ》、[二〇]毒害《どくがい》にあひし女房《にようばう》どもの[二一]親兄弟《をやきやうだい》をよびよせ、「恨《うら》みを晴《はら》すた

一　わがままになって。
二　奥様とも言わんばかり。「後は様つけて呼ぶ」（一代男・五の一）。
三　うっとうしくいやな感じ。
四　主語は野沢。いやしく見苦しい所がないので。
五　男女の情合の深い様を獺《(かわうそ)》にたとえていう。「をそのたはれ　川うそ、始はたはれ、後くひ合ふ物なり」（匠材集・一）。獺を出すのは、野沢という名の女との情交であることからの連想。
六　枕をかわすたびごとに。野沢、獺、浪、瀬枕、深く、と連想によって縁語をつらね雅文調で表現し、小梅に対する野沢の優雅さを強調。
七　主人刑部の寵愛。
八　一筋に心をよせ執着する。「なづむ　おもひ入りて執着する心なり。心外にあらずして、一すぢにかたぶく㒵《(かたち)》也」（色道大鏡・一）。
九　怒り・恨みの深いさまを、はげしく火が燃えあがるさまにたとえた。「嗔恚の猛火は雨となつて身にかゝれば」（謡曲・経政）。
一〇　振仮名原本のまま。「ミョウカ」とよむ。
一一　呪詛・調伏する様子。神木・神像に釘を打ったり人形を作ってのろったりする。謡曲・鉄輪、御伽草子・いそざき、太平記・剣巻などに、女性の嫉妬による呪詛の様子が描かれている。
一二　諺「神は非礼を受け給はず」による表現。この諺は、平家物語、太平記などに用例が見られる。
一三　豆斑猫。ツチハンミョウ科の昆虫を乾燥したもの。劇薬（和漢三才図会・五十二）。
一四　山吹色（黄色）に黄粉などをまぶした餅か。二代男・四の二などにも出るが、製法など未詳。
一五　奥女中たちを呼び集め茶をふるまって。
一六　つらい思いをさせて。
一七　この罪科を処罰するには、の意。

め」とて、此箱《(この)はこ》の蓋《ふた》より、身にこたゆる程の大釘《(おほ)くぎ》をうたせける。[二二]歎《なげ》くかた手に、「悪《にく》や」と打《うち》ぬる者もあり。「かへらぬむかし」と、うたぬもあり。身うちにあき所《ど》もなくして、人の命もつよし、九日十日までは慥《たしか》に息《いき》のかよひ、十一日の暮《くれ》がたにおはりぬ。死骸《しがい》は野《の》に埋《うづ》みて、其悪名《(その)あくみやう》は世《よ》にのこれり。

此小梅《(この)(こ)むめ》、生国《(しやう)ごく》はむさしの[二三]熊谷《くまがへ》の者なりしが、弟《をとゝ》に九蔵《ぞう》とて、[二四]わたり奉公《ぼうこう》して浅草《あさくさ》に有《(あり)》しが、此事聞《(きき)》て、姉《あね》が科《とが》の程は[二五]外《(ほか)》になして、「[二六]菟角《とかく》かたきは、主人

一八　罪人の両足を別々に二頭あるいは四頭の牛につなぎ、牛を左右に走らせて身体を引裂く酷刑。キリシタンの処刑などに用いられた。

一九　作らせて。ものさしではかって箱などを作ることを「さす」という。

二〇　毒をのませて殺すこと。

二一　武家は一家内の処罰を主人の判断で行うことができる。私刑のようなやり方をとり、敵討の一つとして導入したものと見られる。

二二　嘆きながら一方で。「…もあり」という並列の書き方で種々の人間のありよう、人さまざまであることを西鶴はさりげなく書き込んでいる。

二三　埼玉県熊谷市。「くまがへ」は当時の訓み。

二四　半年、一年の年季をきって主家を替え、あちこち渡り歩いてする奉公。

二五　問題にもせず。

二六　ともかく。いずれにしても。理屈ではなく敵と認定し敵を討とうとするというやり方は正当的な敵討ではないが、これもまた敵討にまつわる一面である。

挿絵解説　原本では、ここに一の四の挿絵があり、これは一の四の部分に置かれている。今改めた。「毒害にあひし女房どもの親兄弟」が松の木の箱に入れられた小梅に大釘を打ち、恨みをはらす場面。本文には「目口の所に穴をあけて」とあるが、表蓋を描かず小梅の全身を描く。木箱の右側には親(老父、老母)、上には兄妹とおぼしき人物が描かれ、大釘を金鎚で打ち込んだ部分からは血がほとばしる残酷な画面。右下二人は検死役の武士。左下三人は私刑の場を見る奥女中。

形部《ぎやうぶ》」と思ひ定《さだ》め、[一]はる〲の陸奥《みちのく》にくだり、里の草《くさ》の屋に身をかくし、旅《たび》[二]がけの商人《あきんど》と申《(まうし)》なし、[三]小間《こま》物のいろ〲を仕込《しこみ》、[四]笈箱《をひばこ》に[五]心覚《をぼ》えの刀《かたな》を入《(いれ)》、[六]屋かた町に出入《(いでいり)》、いつぞの程に、刑部《ぎやうぶ》殿の[七]下台所《(しも)だい(どころ)》にも、自由《じゆう》にまいり、心をくだきねらひぬれ共《(ども)》、[八]たよるべき首尾《しゆび》なくて、程《ほど》ふりけるこそ[九]口おしけれ。

其《(その)》秋冬《あきふゆ》もくれ過《すぎ》て、明《(あく)》る年《とし》の二月のすゑに、花畠《はなばたけ》の菊植《きくうへ》かへらるゝとて、中間《(ちゆうげん)》壱人つれられ、萩垣《はぎがき》の外《ほか》に出られしを見届《(み)とゞ》け、「此《(この)》ときうたずは、又の時節《じせつ》もあらじ」と、[一〇]手ばしかく、くだんの刀《かたな》を取出《(とりいだ)》し、しのびてうしろに立《(たち)》まはり、[一一]名乗《なのり》もかけず打太刀《(うつ)たち》、夕日にうつりて、[一二]かゝやく影《かげ》におどろき、[一三]よげたまへば、[一四]すまたへ切付《きり(つけ)》し間《ま》に、脇指《わきざし》ぬきあはせ、打《(うち)》つけられしに、鬢先《びんさき》切《(きら)》れながら、かなはじとや、にげて出《(いで)》しが、折ふし、市丸《いちまる》殿、[一五]御乳《おち》の人抱《いだ》き参らせ、広庭《ひろには》に出《(いで)》しをうばひ取《(とり)》、ひつさげて米蔵《こめぐら》のうちにかけ込《こみ》、[一六]せつなきまゝに人質《(ひと)じち》をとりて、此《(この)》おさなき人に、すでにうきめを見せんとす。

此《(この)》めのと、かなしくて、かけいらんとする時、「おのれら、あたりへちかよらば、此世悴《せがれ》をさしころす」と、胸《むね》に劔《つるぎ》をさしあてければ、[一七]さながらそばへも近付《ちかづき》えず、遠《とを》くより身をひかへ、手をあはして、「自《みづから》と取《とり》かへて給はれ」ともだゆれど、其断《(その)ことは》りも[一八]聞《きゝ》わかばこそ、又其まゝにころしもせず。[一九]おのれ、[二〇]のがる

一 熊谷から福島までではないが、上方住いの作者の立場から「はる〲の陸奥」という表現となったものであろう。「はる〲」という感じ
二 旅の途中の行商人。小間物商いの行商人などは屋敷に出入りしても怪しまれず、敵の様子をさぐるのに好都合。↓三の一、八の一。
三 細物（こまもの）より転じ、装飾品・化粧品などの女性の日用品。「細物　コマモノ〈本朝俗謂二雑玩宝貨之類一為二細物一〉」（書言字考）。
四 行商人が商品を入れて背負って運ぶ箱。負箱とも書く。↓二三三頁挿絵。
五 使いなれて扱いやすい刀。
六 武家屋敷の並んでいる町。
七 奉公人のための炊事をする台所。主人の家族用の上（かみ）台所に対していう。
八 適当な機会。
九 残念だった。九蔵の立場からの思い。登場人物の視点・立場に立って地の文が書かれる例は少なくない。「…と思う」という客観的記述を行わず、登場人物の気持を直接表現する文体。
一〇 手ばやく。
一一 名乗らずに打ちかかるのは卑怯。
一二 輝く。当時は清音（日葡、他）。
一三 「よげ」は原本のまま。身を避ける。日葡は「ヨケ、ヨクル」と清音でとる。
一四 素股。股に同じ。　一五 乳母。
一六 どうにもしようがないままに。
一七 そのまま。　一八 聞きわけようともせず。
一九 以下は、九蔵の行為を糾弾する作者の気持が直接あらわれた文体。だれかの言葉とも見ることができるが、作者の評言としての地の文と見る。刑部家の者たちの気持を代弁し読者をその立場に立たせて、読者を作中に引き込む。
二〇 上下にかかる。「おのれ、のがれられるもの

べき所にあらず、天命《てんめい》つきて待《まち》ける所に、家来《け(らい)》の面〻《めん〳〵》、いづれもすゝみてかけいらんとするを、形部かけつけ給ひ、をしとゞめ、しばらく方便《てだて》をめぐらし給ふうちに、家《か》中一番の[二一]鉄炮《てつぽう》の上手、[二二]後藤流《ごとうりう》左衛門が二男《(じ)なん》、森之丞《もりぜう》とて十五歳なりしが、是《(これ)》を聞《(きく)》より、[二三]小筒《(こ)づゝ》に[二四]鎖玉《くさりだま》を仕込《しこみ》、[二五]火鋏《ひばさみ》切《(きつ)》てかけ寄《よる》を、皆〻《みな〳〵》引留《(ひき)とめ》、「爰《こゝ》は大事の所」といへば、「[二六]しそんじたらば[二七]それまでの命、手ぬるき評儀《ひやうぎ》、此《(この)》時にまつべきか」と、[二八]風通《かざどを》しの窓《まど》より、目《め》あてを定《さだ》め打《(うち)》けるに、劔持《つるぎ(もち)》たる腕首《うでくび》を、あやまたずして打落《をと》し、「それ」といふ声に、をの〳〵一同《どう》にかけ入《(いり)》、まづ市丸殿を子細《しさい》なく抱《いだき》とり、あやうき命をたすけ参らせ、跡《あと》にて、九蔵は切《(きり)》くだかれ、形《かたち》は[二九]当座《たうざ》になかりき。此《(この)》たびの手柄《てがら》、森之丞が働《はたら》き、国中《こく(ちゆう)》において[三〇]是《(これ)》ざたなり。形部殿よろこび浅からず、「扨《(さて)》いかなる事ぞ」と、[三一]きびしく吟味《ぎんみ》し給ふに、彼者《(かのもの)》、小梅《(こ)むめ》が弟《をとゝ》たる事、くはしくしれて、なを〳〵悪《にく》しみ深《ふか》かりき。

それより年《とし》ふりて、市丸殿十四歳の時、国中ならびなき美童《びどう》、すこしは[三二]我《(わが)》身ながら若衆自慢《じまん》なりしに、左のかたの鬢《びん》の脇《わき》に、わづかに黒《くろ》き疵《きづ》ありて、御髪《(おん)かみ》結《ゆは》せ給ふ度毎《たびごと》に、是《(これ)》をかくし奉らんとす、[三三]小者が[三四]気《き》をつくしける。姿見《すがた(み)》に御かたちをうつさせ給ふ毎《(ごと)》に、御心がゝりのひとつなり。

有《(ある)》時、めのとに、「是《(これ)》は」と尋ね給ふに、[三五]かの鉄炮《てつぽう》の玉のかすり、あぶなか

か」と「(九蔵は)逃げることもできず天命がつきてその死を待っている所に」の二重の意となる。
二一 火縄銃の鉄砲。当時は「鉄炮」(書言字考)。
二二 後藤流の男の擬人名か。ただし後藤流の砲術などは知られていない。 二三 小銃。
二四 二つの玉に穴を開け二、三寸の長さの鎖でつないだもの。
二五 火縄銃の火縄を支える金具。引金と連動して火縄をさしこみ、火皿に点火する装置。
二六 仕損じたらば。失敗したら。
二七 命はそれまで。市丸が殺されることと、失敗したら自分も責任をとって切腹する、の両意。
二八 米蔵に空気を入れる窓。
二九 たちまちその場で。 三〇 もっぱらの評判。
三一 きびしく取り調べてみると、その者は。ただし九蔵はすでに惨殺されているはず。
▽本朝武芸小伝(享保元年刊)は上泉伊勢守の逸事として、子供を人質にした咎人が家にこもっている所に行きかかり、僧形となって油断させ「其童子を奪て出る、郷人等終に咎人を殺す」といった話を伝える。以上の森之丞が市丸を救う話は、人質を救う武勇談の風説などをとり入れたものか。また、以上が本章の中心話であり、以下は後日談。ここまでに敵討とのかかわりがないわけではないが、「諸国敵討」と副見出しを付ける伝来記の一章としては不十分な印象がある。よって作者は、以下の後日談を付加し、森之丞の兄のための敵討を導入する。
三二 自分の身のことでありながら。
三三 原本のまま。「する」の「る」脱か。
三四 種々気づかいをする。気苦労をする。
三五 鉄砲の玉のかすり傷。「それは、あの鉄砲の玉のかすり傷で、あぶない所だったのです」というめのとの言葉が途中から地の文となる文体。

りしむかしを御物がたり申《(まうす)》。「扨《(さて)》は、森《もり》之丞殿の御はたらきにて、我《(われ)》必死《ひっし》[一]の難《なん》義《ぎ》をのがれし。命の親御《をやご》さまなれ。一向《ひたすら》兄《あに》[二]ぶんに頼み奉るべし」と、俄《にはか》にいとをしくなりて、衆道《(しゆだう)》[三]契約《けいやく》の状《じやう》をつくれば、森《もりの》之丞《ぜう》、うれしさあまりて念比《ねんごろ》するうちに、森《もりの》之丞《ぜう》兄《あに》森《もり》右衛門、不慮《ふりよ》[四]の喧花《けんくは》を仕出《しだ》し、相手《あいて》三人に切結《(きり)むすび》、一人を矢庭《やには》[五]に切ころし、相手二人になり、しばしたゝかひしが、天運《うん》や弱《よは》かりけん、二人がために、終《つゐ》にうたれてけり。其残《(その)のこ》る相手、留山《とめやま》義太夫《ぎ(だいふ)》・鳥崎《とりさき》勘九郎《(かんくらう)》両人、其《(その)》所より立退《たちのき》、逐電《ちくてん》[六]して失《うせ》けり。

森《もりの》之丞《ぜう》、安《やす》からず思ひ、兄の敵《かたき》をうたんため国《くに》もとを出《(いで)》けるに、市丸も共に付《(つき)》そひ、常陸国筑波山《ひたちのくにつくば(やま)》の麓《ふもと》の里《さと》にして見出し、市丸、助太刀《すけだち》を働《はたらき》て、首尾《しゆび》よく思ふ敵《かたき》を打《(うち)》とめて、本国《(ほん)ごく》[七]に帰宅《きたく》して、悦《よろこ》びの眉《まゆ》を開《ひら》きけり。敵《かたき》うつ人は、此森《(この)もり》之丞《のぜう》にあやかり物なり。市丸が心ざし、いとかたじけなし。「美形《びけい》[八]には、取《(とり)》わき摩利尊天《まりそんでん》[九]も、うしろ立強《だてつよ》く守《まも》らせ給はん」と、皆人《みな》是《(これ)》をうらやみけるも、ことはりぞかし。なを筑波根《つくばね》[一〇]のはたらきの後《のち》、いよ〳〵恋《こひ》ぞつもりける。

第三　嘇嗒《ものもうどれ》といふ俄《にはか》正月

一 死ぬにきまったような苦難の状況。
二 男色の兄分。念者。
三 男色関係を約束するための手紙。ここは市丸が森之丞に申し入れた手紙。若衆が念者をくどくのはめったにないこととされるのが当時の男色関係であるが、ここは命の恩人と知って市丸が積極的に申し入れたわけである。
四 思いがけぬ喧嘩。以下の敵討話の原因が「不慮の喧花」としか記されぬことも、本章後日談が付加的なものと見える一因となっている。
五 即座に。ただちに。
六 「逐電 チクテン〈本朝俗語晦レ迹出奔之義〉」(書言字考)。当時は清音。
七 謡曲「鉢木」の終末部「常世はよろこびの眉を開きつつ…本領に安堵して帰るぞうれしかりける」によった行文。 八 美人。男性にもいう。
九 武士の守護神摩利支天。
一〇 「つくばねの峰よりおつるみなの河恋ぞつもりて淵となりける」(後撰集・恋三・陽成院)。
▽以上は敵討の話柄を本章に取り入れるための後日談。本章の中心は、刑部の一子誕生と妻の死、その後の奥向の男女関係、毒殺と毒殺者への残酷な私刑、その弟の敵討の失敗と人質の救出といった、変化に富んだ部分にあると見られる。とりわけ、武家の奥向の詳細な描写には、「むかし」という時代設定とはなっているものの、当世の武家の奥向を覗き諷する意図を見ることもできよう。また、源氏物語・桐壺の趣を俗化しているという仮説がなりたつとすれば、当時の読者は、長子徳松が天和三年(一六八三)急逝後、後嗣を求めて努力していた将軍綱吉の大奥などをそれと重ね合せつつ読んでいたかもしれない。
二 天正年間(一五七三―九二)。一の一、五の四と同様、近年の話題を導入しつつ、何らかのはばかりか

[一一]天正《てんしやう》の比《ころ》、[一二]陸奥若松《みちのくわかまつ》に、[一三]五月《さ(つき)》のする大あられふりて、[一四]板屋《いたや》の軒端《のきば》はあれて、東《あづま》に不破《ふは》の関屋《せきや》見せける。其丸雪《そのあられ》、しばしは消《きへ》もやらず、秤《はかり》にかくれば、[一五]八匁五分《(ふん)》六分《(ぶん)》有《(あり)》といへり。是《(これ)》にさへ人は欲心《よくしん》おこりて、「是程《ほど》の珊瑚珠《さんごじゆ》あらば、[一六]爴《つかみ》どりの世中《よのなか》なる物を」と大笑《わら》ひして、[一七]人の心も空《そら》に成《(なり)》ける。

其後《(そののち)》、[一八]鹿嶋《かしま》の事ぶれや告来《つげきた》りけん、「此《(この)》六月朔日《ついたち》を、正月になして祝《いわ》ふべし。さもなくは、人間[一九]三合《がう》になるべし」と、[二〇]愚痴《ぐち》の世《よ》をはかりて、「神託《しんたく》」とおどしければ、智《ち》あるも死《し》ぬる事をすく人はなく、女は子共《(こども)》の身の上を思ひ、[二一]餅花《もちばな》に春《はる》をさかせ、[二二]千《(ち)》よもと祈《いの》る松立《まつたて》かざり、[二三]礼者《れいしや》は帷子《かたびら》を着《き》たるばかり、其外《(そのほか)》は、元日《ぐはんじつ》にすこしも替《かは》る事なし。[二四]陰陽師《をんやうじ》は、「[二五]事がな、笛《ふへ》ふかん」と、[二六]神楽姫《かぐらびめ》をこしらへ、[二七]お初尾袖《はつをそで》にあまりて、よろこびの舞《まひ》の拍子《ひやうし》、見し人山をなしける。

爰《こゝ》に、岩国善太夫《いはくにぜんだいふ》といへる人の一子《(いつし)》、善《ぜん》太郎とて七歳《(しち)さい》に成《なり》けるが、[二八]御乳《(お)ち》に、小坊主《(こ)ばうず》、[二九]抱守《だきもり》の者《もの》、草履《ざうり》取《とり》、いかめしくざゞめき、三千石の威勢《ゐせい》を見せて、人《(ひと)》立《だち》の中に遠慮《えんりよ》もなく割入《わり(いり)》、それより先《さき》に立《たつ》て、宮越《みやこし》十左衛門とて、百五十石にて[三〇]筆役《ふでやく》の人の二男《(じ)なん》、亀松《かめまつ》、下人《(げにん)》もなくて只《たゞ》壱人、神楽《かぐら》を見物しけるに、善《ぜん》太郎小者《(こ)もの》、首筋《くびすじ》に手《て》を掛《かけ》つきのけける。若年《じやくねん》なれ共《(ども)》、亀松《かめまつ》気色をかへて、「[三一]諸侍《しよさぶらひ》を、[三二]推参《すいさん》なる男目《をとこめ》」といふ。小者《もの》手を打《うつ》て、「袖《そで》につぎのあたりし帷子《かたびら》を着《き》ても、

ら百年以上前、徳川政権以前のこととしたものと見られる。

一二 今の福島県会津若松市。天正年間は黒川と称し、若松城と改名されたのは文禄元年(一五九二)。五頁注二〇に引用した寛文七年(一六六七)の俄正月禁令の出された時点は会津若松城主保科正之の大老職在任中。「天正の比陸奥若松」とする本章の設定と係わりあるか。

一三 近年の上方での事例をとりいれたか。万天日録・延宝二年(一六七四)六月十一日の条には「京都夥シキ雷鳴甚雨大霰降ル。重サ五六匁又八十匁ナリ」とある。

一四 「人住まぬ不破の関屋の板庇荒れにし後はただ秋の風」(新古今集・雑中・藤原良経)による。大霰に板屋の軒が破れる実景を不破の関にたとえた。不破の関は岐阜県関ヶ原町松尾にあった古代の関所。

一五 三十四、五グラム。→注一三。

一六 ぼろ儲け。「爴」は音「クハク」、訓「ツカム」、「与レ攫同」(玉篇大全)。

一七 心が落ちつかないこと。うわのそら。

一八 鹿島神宮の神託と称し神主姿で諸国を触れ歩いた物乞の一種(人倫訓蒙図彙・七)。

一九 陰陽道でいう、大歳・害気・大陰の三神が合う年のこと。この年には天変地異や災害がおこるとされた。ここは、三合の年のように、災害などで人が数多く死ぬだろうというお告げ。

二〇 愚かしいこの世を見すかして。

二一 柳の小枝に小さな餅を花のようにして付けた正月の飾り物。

二二 「世の中にさらぬ別れのなくも哉千よもといのる人の子のため」(伊勢物語・八十四段)。「女は子共の身の上を思ひ」から伊勢物語の話を連想、「千よもといのる」の歌を利用した行文。

[一]暦ゝ《れき〳〵》のお侍《さぶらひ》」と笑《わら》ふ。亀松《かめまつ》、脇《わき》ざしに手をかけしに、いまだ九歳《さい》なれば、小腕《(こ)うで》をとられ、[二]人ぜりにおしたふされ、其内《(その)うち》に、善太夫《ぜんだゆふ》小者は、屋敷《やしき》にかへりぬ。亀松兄《かめまつあに》に十太郎、当年《たうねん》十九になりけるが、つねぐ〳〵[三]おとなしき若《わか》い者《もの》、是《これ》を聞付《きゝつけ》、刀をつとりかけ出《(いで)》しを、母親抱《はゝをや(だき)》とゞめ、「[四]様子《やうす》聞届《きゝとゞけ》て後《のち》、何《なに》やうにもなるべき事なり。[五]はや此《(この)》さたあるなれば、善太夫《ぜん(だいふ)》より[六]届《とゞけ》の使《つかひ》参るべし。然《しか》らば、堪忍《かんにん》しても[七]ひけならず」と、せいし給へば、[八]進《しん》し胸《むね》をすへ、「[九]内通有《ないつう(ある)》か」と、

二三 俄正月の新年の挨拶に行く者。夏故に帷子(当時端午から九月一日まで着用)を着ているところが違っているだけで。
二四 占いや祈禱などを行う呪術師。
二五 何か事があればいい、その時ははやしたてうまくやろう、の意の諺。「事がな笛ふかんと思ひける北面の下﨟共」(源平盛衰記・十八)。毛吹草にも収録。
二六 神楽を舞う巫女。挿絵。
二七 お賽銭。「初尾」は「初穂」の慣用表記。
二八 乳母。御乳の人ともいう。
二九 お守り役の乳母。乳を与える乳母に対していう。 三〇 右筆役。書記役。
三一 侍たるもの。いやしくも侍に対して。
三二 無礼な。

一 歴々の慣用表記。家柄のよい一流の。
二 人ごみ。人が先を争いひしめきあうこと。
三 年よりも大人びている。一人前の。
四 諸般の事情。
五 もうこの噂がたっているのだから。
六 挨拶の使。小者の無礼を謝る使。
七 恥とはならない。卑怯といわれることはない。
八 振仮名誤りか。「すすみし胸」とすれば、はやりたっている心。
九 相手からの挨拶。

其《(その)》日夜《よる》まで相待《あひまつ》に其義《(その)ぎ》なく、「もし又、善太夫《ぜん(だいふ)》他行《たぎやう》[一〇]の事も」と聞《(きき)》あはすに、成《なる》[一一]程宿《ほどやど》[一二]に有《(あり)》ながら、踏付《ふみつけ》[一三]たるしかた、今[一四]は分別《ふんべつ》して、「善太夫を打《(うつ)》て捨《すて》、すぐに京《きやう》の姥《をば》の許《もと》へ立《(たち)》のけ」と、手箱《てばこ》[一五]を明《あけ》て、壱歩《ぶ》[一六]五十、肌着《はだぎ》[一七]の衣裏《えり》[一八]に縫《ぬい》こみ、九《(ここの)》[一九]重《え》の守袋《まもり》を掛《かけ》させて、暇乞《いとまごひ》の盃《さかづき》出《いだ》せし時《とき》、亀松袖《かめまつそで》にすがり、「我《(われ)》ひとつにつれさせ給へ」と、涙《なみだ》を漏《こぼ》す。「武運《ぶうん》つきて、我《われ》らうたれなば、成仁《せいじん》[二〇]の後《のち》に相手《あひて》をうつべし。此《(この)》たびは、ひとりの母《はゝ》に孝《かう》をつくせ」といひすて、明《あけ》がたに出《いで》て、

一〇 外出していて家にいなかったのかもと。
一一 まことに。いかにも。口語的言い方。
一二 自分の家。
一三 馬鹿にしたやり方。この前後、地の文と会話文が混合している。「成程…しかた」は母親の言葉の内容ととれる。
一四 今は考えを極めて。主語は母親。本章では父宮越十左衛門は名が出されるのみで全く活躍せず、母親が一家の中心となっている。本章の背景に曾我物の世界をかすめている(後述)ため、母親中心、父親不在での話の展開となっていると見ることができよう。
一五 身の回りの小道具などをいれておく箱。
一六 金一分。一両の四分の一相当の長方形の金貨。
一七 道中の用心のため金貨を衣類に縫い入れる。
一八 襟の慣用表記。「衣裏　エリ」(易林本)。
一九 御召縮緬。九重(御所)の貴人が着用したことから九重織といった。
二〇 成人。元服して一人前になった後で。

挿絵解説　右図には「神楽姫」の舞姿と、太鼓・鼓・笛で伴奏する芸人(本文では陰陽師)三人の姿が描かれている。左図はそれを見物する人たち。草履取りが子供を肩にかつぎ、用人風の侍が少年(善太郎)の手を引いている。乳母が子供をだき、腰元が子供を背負い、付添いの侍が一人と、「三千石の威勢」を示した善太郎の一行。一方、立姿の少年(亀松)には草履取りが一名付きそうのみ。本章の事件の契機となる小ぜりあいが起る直前の場面が描かれている。

善太夫《ぜんだゆふ》の[一]当番《たうばん》の日をくりて、[二]柳堤《やなぎづゝみ》に足場《あしば》を見合《みあはせ》、地《ち》蔵堂《ぞうだう》のうしろに、しばらく待処《まつところ》に、善太夫《ぜん(だいふ)》、[三]乗馬《ぜうめ》ひかせ、人あまためしつれきたり、十太郎を見かけて近《ちか》寄《より》、「きのふは小者が何とやら」と、いひも果《はて》ぬに、「其断《(その)ことは》りおそし」と、ぬきうちにして、早業《はやわざ》の首尾《しゆび》、残る所もなし。

それより[四]山伝《づた》ひの退道《のきみち》、他領《たりやう》へ入《(いり)》て、[五]花山院春林寺《くはざんゐんしゆんりんじ》といへる真言寺《しんごんじ》にかけ込《こみ》、子細《しさい》をかたれば、「扨《(さて)》も手柄《てがら》、それ程《ほど》の事は、しかねまじき人と、かねてぞんずる所なり。此《(この)》上は[六]愚僧請取《ぐそうけとり》、慥《たしか》に落付《おちつき》給へ」と、[七]大師堂《だいしだう》の[八]天井《てんじやう》にあげ置《をき》、[九]寺中を集《あつ》め、俄《にはか》に[一〇]密経《みつきやう》をはじめ、法事《ほうじ》にまぎらかし給へば、僧中《そう(ちゆう)》さへ気《き》のつく事にはあらず。[一一]つねだに出家は頼母敷《たのもしき》に、ましてや十太郎[一二]前髪《まへがみ》だちの時、かり初《そめ》ながらよしみあれば、[一三]かゝる時、[一四]命にかけて如在《ちよさい》なく、「たとへせんぎにあふとても、今生《(こんじやう)》後世《ごせ》、息《いき》の根《ね》のかよふうちは出《いだ》さじ」と、此《(この)》事思ひ定《さだめ》て、追手《をつて》を待《(まち)》給ふに、[一五]爰《(ここ)》には心つかず、善《ぜん》太夫一家《け》、[一六]はだし馬にてかけあつまり、十太郎かたへ行《(ゆく)》に、表《をもて》の門をも閉《とぢ》ず、母《はゝ》の親《をや》壱人、[一七]藤縄目《ふぢなはめ》の鎧《よろひ》を着《き》て、くれなひの天巻《はちまき》、長刀《なぎなた》の鞘《さや》はづして、[一八]鞍掛《くらかけ》に腰《こし》を置《をき》て、一命《めい》をしまぬ眼色《がんしよく》、「いにしへの[一九]巴《ともへ》・山吹《やまぶき》も、かくあらん」と、見し人、いさぎよくほめて、[二〇]女《をんな》なればかまはず、十太郎国《くに》を立《たち》のく事を聞届《きゝとゞけ》て、をの〳〵屋かたに帰《かへ》りて、内談評儀《ないだんひやうぎ》の所へ、[二一]横《よこ》

一 番に当って登城する日を数えて。
二 未詳。ただし、最上流武士であるはずの善太夫が、登城する途中に柳堤や地蔵堂など市外にあるような場所があるとは思われない。待伏せなどにふさわしい場所(地名)を出したものか。
三 馬をひかせ家来を多勢つれて来て。三千石クラスの侍の登城のばあい、馬に乗り、槍持ち、挟箱持ちその他の家来をつれるのが普通。
四 山伝いに逃げのびて他国へ入り。十太郎の京への道中は本文中に書かれていないが、会津から越後か下野方面へ山伝いに出たことになる。
五 未詳。　六 私が間違いなく引き受ける、しっかりして落着きなさい。「慥に」は上下にかかる。
七 真言宗の宗祖弘法大師をまつった堂。
八 逃走中の十太郎を「天井にあげ置…法事にまぎらかし」す部分は、説経・さんせう太夫のづし王丸が国分寺の聖に助けを乞う部分を利用したか。
九 寺内の僧侶たち。　一〇 真言密教の経典を唱え、護摩壇を設けて修法を始めて。
一一 普通の場合でも出家は頼りになるのに。春林寺の僧と十太郎とが以前男色関係にあったことをやや唐突に記し、「今生後世…」の僧の決意を合理化。「さんせう太夫」の聖を、男色を介在させることで近世期の俗僧に転じたか。
一二 前髪を剃らない元服前の少年の姿。
一三 男色関係の縁。
一四 一命をかけ必死になって手ぬかりなく。
一五 「さんせう太夫」では、聖が誓文・神降しをしてづし王丸を救うが、本章では、僧の決意のみで追手は来ず、「爰には心つかず」として話を転ずる。づし王と十太郎、国分寺の聖と春林寺の僧を重ね合せて追手の登場を待つ読者の期待を、作者は意図的にはぐらかす。
一六 「はだせ(裸背)馬」の訛。鞍を置いていない

目役《めやく》の両人、大平主水《おほひらもんど》・駒谷源《こまたにげん》右衛門まいられ、「十太郎罷出《まかりいづ》るまでは、一門《もん》のこらず[二二]閉門《へいもん》」仰《をゝ》せ付《(つけ)》られし。「[二三]此《(この)》かたにも、御《(ご)》僉儀《せんぎ》とげらるゝまでは、寄会《よりあい》遠慮有《えんりよ(ある)》べし」と、申渡《(まうし)わた》して帰《かへ》る。

其後《(その)》、十太郎は、国《くに》の様子《やうす》を聞《きく》に、「[二四]別義《べちぎ》なく其通《とを》り」といふ人あれば、母《はゝ》の御事あんどして、春林寺《しゆんりん(じ)》をひそかに出《いで》、道中《だうちう》を夜《よる》ばかりありき、無事《ぶじ》に京都《きやうと》につき、[二五]松原通《まつばらどをり》、因幡薬師《いなばやくし》のほとりに、[二六]外戚《はゝかた》の叔母《をば》、東本願寺《ひがしほんぐはんじ》のするゑの[二七]道場《だうぢやう》に、縁付《えんづき》しておはしける。此許《(この)もと》に身を隠《かく》し、都ながら[二八]花《はな》なき里《さと》の心ちして、[二九]夜《よる》見る東山《ひがしやま》・高尾《たかを》の秋の色《いろ》も、[三〇]闇《やみ》の錦《にしき》となし、[三一]古郷《ふるさと》の片便宜《かたびんぎ》に、なを気《き》をなやまし、日かずふるうちに、国《くに》もと僉儀《せんぎ》つのつて、「十太郎出《いだ》さぬにおひては、[三二]一家《け》いとこまで切腹《せつぷく》」と仰渡《をゝせわた》され、[三三]是非《ぜひ》もなき折ふしはうき秋《あき》のはじめ、十一日に御《ぎよ》意《い》あつて、「八月十五日までに捕《とつ》て出すべし。さもなきにおひては、宮越《みやこし》の[三四]一類滅亡《るいめつばう》たるべし」と、のがるべきやうなき仰《おほ》せ、承り届《とゞ》け、いづれも内談《ないだん》かため、「かくあればとて、十太郎は出《いだ》さじ。此上《(この)》は、死出《しで》の首途《かどで》に人の山をなし、[三五]岩国《いはくに》が屋形《やかた》を極楽《ごくらく》の西門《さいもん》」とさだめ、をの〳〵私宅《したく》に帰《かへ》る時《とき》、亀松《かめまつ》が申《(まうし)》けるは、「此義《ぎ》は、そも〳〵私《わたくし》の身《み》の上よりおこりし事、[三六]舎兄《しやきやう》十太郎のかはりに、我ら切腹《せつぷく》仕《(つかまつ)》るやうに、横目《よこめ》衆《しゆ》へ御申入《(まうしいれ)》頼《たの》み奉る」と、いさぎよくすゝみ出れば、

馬。裸馬。大あわてで駆け集った様子。
一七 伏縄目の鎧。白青紺を三重につづら折に染めた革を細く切って縅した鎧。
一八 四脚の腰掛。もとは馬の鞍をかけておく台。
一九 木曾義仲の愛妾。ともに武勇に秀でた美女。美人絵づくし(天和三年刊)などにも「ともへ山ぶき」と並称。
二〇 注一五と同様の、はぐらかしの手法。
二一 家中の諸士の行動を監視し不正を取締る役。
二二 門を閉じ出入を禁止し、謹慎させる刑罰。
二三 岩国善太夫の一家一門。　二四 変わったこと。
二五 京都市下京区松原通烏丸東入ルにある真言宗智山派平等寺の俗称。因幡堂ともいう。
二六 「外戚 ハヽカタ」(書言字考)。母の妹。
二七 浄土真宗・時宗の寺院を俗に道場という。
二八 京の富商灰屋紹益が、身受けした遊女吉野の死に際してよんだ「都をば花なき里になしにけり吉野は死手の山に移して」(一代男・五の一、にぎはひ草)による。
二九 (昼は身を隠す立場で外出できないので)夜見る東山や高尾の紅葉もその美しさが見えず、の意。ただし、ここは六月末から七月のはず。従ってここの花・紅葉は実景ではなく、「身を隠」す故に都の美景を見られぬことの強調表現。
三〇 諺「闇夜の錦」を転じ、昼間外出不能のため闇の中に美しい紅葉を見るのみ、の意。
三一 故郷から便りはあるが、こちらからは出せず。　三二 従兄弟関係までの一門の男子。
三三 どうにもならないその時はつらい七月の始。
三四 一門、一族に同じ。
三五 喧嘩相手の岩国家の屋敷を極楽への入口として、そこで切死して。「極楽の西門」は、東門(西方極楽浄土の入口は東ゆえ)というのが普通。
三六 兄に同じ。「舎兄 シヤキヤウ」(書言字考)。

此《(この)》なかにても義理《ぎり》[一]にせめられ、感涙《かんるい》をもよほし、しばらく皃《かほ》をうち詠《なが》め、「菟《と》[二]角《かく》は各《をの〳〵》次第《しだい》に、最後《さいご》の用意《ようい》」と有《ある》時、母《はゝ》のいはく、「とてもの事に、それがしが願《ねが》ひあり。十太郎をよびくだし、是《(これ)》も一所《しよ》に相果《あひはて》なば、何か[三]浮世《うきよ》に思ひ残《のこ》す事候《(さうらふ)》まじ。十太郎生残《いきのこ》り、跡《あと》にて恨《うら》むべき所もあり。日限《にちげん》は、名月《めいげつ》[四]まで御待《(お)まち》給はれ」と、都《みやこ》に刻付《こくづけ》[五]の早飛脚《はやびきやく》を立《たて》、くはしき状《じやう》をつかはしける。

七月廿五日に京着《きやうちやく》して、「姉《あね》の御かたの御文《(おん)ふみ》、心もとなし」と、明《あけ》そむるより泣出《なきいだ》し、十太郎への状をば、いまださし出しかねて、「扨《さて》も浅《あさ》ましや、是非《ぜひ》なき首尾《しゆび》」とうちふしけれど、十太郎は、元来覚悟《もとよりかくご》の身《み》にて、今更《いまさら》おどろく事もなく、「御歎《(お)なげ》きをやめさせ給へ。人を殺《ころ》して、のがるべき身にあらず」。女《をんな》ごゝろに道理《だうり》をふくめ、合点《がつてん》させ参らせ、「我此《われ(この)》たび、花洛《くはらく》[六]の帝都《ていと》を見はじめの見おさめなれば、日づもり[七]して、五日の隙有《ひまあり》。諸山《しよさん》[八]を詠《なが》め廻《めぐ》り、かりの世《よ》の思ひ出《で》に」、案内者《あんないしや》を一人めしつれ、方角《はうがく》をわけて、五条《でう》[九]を夢《ゆめ》[一〇]の浮橋《うきはし》と打渡《うちわた》り、音羽《をとは》[一一]の峰《みね》に別《わか》るゝも、東路《あづまぢ》[一二]の雲行《くもゆく》けしき、風《かぜ》よりさきに消散《きへちり》[一三]なん心に成《なり》て、無《む》[一四]常《じやう》は、鳥部山《とりべやま》[一五]にしれての命、三十三間《げん》[一六]に矢数《やかず》[一七]の武勇《ぶよう》を思はれ、河原《かはら》[一八]の狂言綺語《きやうげんきぎよ》も、移《うつ》り変《かは》れる慰《なぐさみ》、きのふは北山、けふはにし山、入日《(いりひ)》を名残《なごり》に、四日つゞき、今一日の遊山《ゆさん》に心ざす所は、爰遊女町《こゝゆうぢよ(まち)》[一九]六条《でう》を、[二〇]みよし野の花《はな》のえんといふ太

一 正しい道理。
二 ともかく皆の意見に従って、(亀松は)切腹の準備をせよ。
三 浮世に思い残す事は何もあるまい。
四 八月十五日の夜の名月。
五 封面に発信の時刻を記した急行便の飛脚。
六 花の都。京都。
七 日数を計算して。当時の旅程にあわせ、会津までの道中を十五日間と見積もる。
八 あちこちの寺院。
九 五条の大橋。以下西鶴作品でも多用される道行の文体。都に別れをつげる名残に京の名所を見巡る趣向は、謡曲・熊野、仮名草子・竹斎、浮世物語などにもある。
一〇 「春の夜の夢の浮橋とだえして峰に別るる横雲の空」(新古今集・春上・藤原定家)による。
一一 清水寺の背後にある山。音羽山。
一二 「只今東海道の下向仕り候。東路もそなたの空に行く雲の〳〵」(謡曲・江島)。
一三 原本「梢」。「消」の誤りと見て改む。
一四 人の死。「消散なん」から「無常」を出す。
一五 現在京都市東山区内、清水寺から西大谷に至るあたりの丘陵。平安時代以来の火葬場であったが、近世では墓地(京童跡追・二)。
一六 東山区七条通東大路西入ル下ルの、天台宗蓮華王院の別称。京童・二・三十三げん堂の項に解説及び矢数を行っている図がある。
一七 伝来記出刊の前年貞享三年(一六八六)四月二十六日に、紀州藩士和佐大八が、総矢数一万三〇五三の内、通し矢八一三三本の記録を打ちたて、寛文九年(一六六九)の星野勘左衛門の記録を破った。
一八 四条河原の歌舞伎芝居(東海道名所記等)。
一九 慶長七年(一六〇二)から寛永十七年(一六四〇)の嶋原移転まで六条室町にあった遊廓(色道大鏡)。

夫を、[二一]丸屋が座敷《ざしき》へ取《とり》よせ、人の詠《なが》めを無理《むり》共に[二二]もらひ、酒《さけ》おもしろくかはして、[二三]初会《しよくはい》とは思はれず。

十太郎より、女郎《ぢよらう》の心ふかく乱《みだ》れて、夕暮急《ゆふぐれいそ》ぐ床《とこ》の情《なさけ》、是《(これ)》には偽《いつは》りさつて、[二四]もだ〳〵となり行《(ゆく)》心、かしらから身を其《(その)》人の物にして、[二五]しやらほどけの黒髪《くろかみ》いとはず、枕《まくら》にちかき蠟燭《らうそく》の立切《たちきる》とき、夜《よ》の明《あけ》がたを惜《をし》み、「[二六]さりとては〳〵、更《さら》に申《(まうす)》もはづかしけれど、我《われ》、[二七]ながれを立初《たてそめ》、六年《ねん》の日数《かず》ふるうちに、それにこしらへ置《をく》、銀《かね》が敵《かたき》の身なれば、貴賤《きせん》のかぎりもなく逢《あひ》見し中に、馴染《なじみ》を恋《こひ》の種《たね》となし、正《まさ》しく其《(その)》御かたの心のかよひ、懐妊《くはいにん》せし程の男《をとこ》も、今宵《こよひ》はじめての君《きみ》にくらべて、[二八]富士《ふじ》のけぶりと、長柄《ながら》の水底《みなそこ》程の思はく違《ちが》ひ、[二九]いかなる縁《えん》にや、是《(これ)》程いとほしらしき御かたに、あひ参らするもふしぎのひとつ、[三〇]さゝまいりて、[三一]二世《せ》までと約束《やくそく》の此男目《(この)をとこめ》、大かたならぬ因果《ゐんぐは》」と、心底《(しん)てい》うち明《あけ》て語《かた》る時、十太郎《らう》身には嬉《うれ》しき事をいさまず、「是《(これ)》は、かたじけなさあまりて、とかふ言《こと》葉《ば》にのべがたし。然《しか》れ共《(ども)》、[三二]ぞんじ寄有《よりある》身なれば、御情《(お)なさけ》も今宵《こよひ》をかぎり、かさねては、またあひましての事」といへば、太夫、[三三]申《(まうし)》かゝつてせき面《めん》、「扨《(さて)》も〳〵口惜《くちをし》。[三四]此《(この)》身にまことすくなしと、御うたがひもにくからず。近道《ちかみち》に証拠《せうこ》」と、[三五]小指噛《(こ)ゆびくひ》きるを、やう〳〵に留《とゞ》め、「我ら事、おぼしめしの外《ほか》なる身にて、都《みやこ》を

二〇 見て、三吉野の花に縁のある花のえんという太夫を、の意。花のえんという太夫は未詳。

二一 揚屋の名。ただし三筋町の丸屋は未詳。嶋原の揚屋丸屋をとり入れたものか。

二二 先客のある遊女を無理やり自分の座敷に呼んで。「もらふ」は、他の座敷にいる遊女を自分の所へ呼ぶこと。作法等は、色道大鏡・二に詳しい。

二三 遊女との最初の出会い。

▽花のえんと十太郎の宿命的な縁ともいうべき出会いには、曾我物の世界の虎御前と十郎との関係をかすめていると見られる。十太郎という名自体が十郎を示唆し、その命名から遊女との出会いという展開が生まれたものであろう。

二四 心が乱れ興奮する様子。

二五 自然と解けること。

二六 「さてさて」の強調表現。

二七 流れ。遊女の身をいう。

二八 「今は富士の山の煙もたゝずなり、長柄の橋もつくるなりときく人は」(古今集・仮名序)から富士の煙と長柄(の水底)を出す。上と下とのへだたりの大きさを強調していう。

二九 合理的・理性的に説明できない人のつながりを「縁」「因果」などの語でとらえ話を展開する事例は、西鶴に限らず近世小説には多い。

三〇 「酒」の女房詞。

三一 諺「夫婦は二世」をきかす。

三二 思う子細のある身。特別の事情がある身の上。

三三 普通とは逆に遊女の方から口説いたにもかかわらず拒絶されて興奮して。

三四 諺「傾城に誠なし」を生かした言い方。

三五 指を切って客に与えるのは遊女の心中立ての一。色道大鏡・六に詳しい。

見しも今晩《こんばん》ばかり。[一]鶏鳴《とりなか》ば東《あづま》に行《(ゆき)》て、八月十四日に相果《あひはつ》る[二]至極《しごく》」、段ゝ《だん〴〵》語《かた》り聞《きか》せ、男《をとこ》なきに前後《ぜんご》を忘《わす》れ、身にたはひはなかりけり。

太夫、聞《きく》になを哀《あは》れのまさり、「死《しな》せ給ひて済《すむ》事ならば、所《ところ》にかまひは候《(さうらふ)》まじ。いざ自《みづから》と同《をな》じ道に」と、思ひ切《きつ》たる気色《けしき》を見て、「爰《こゝ》は大事」とふんべつをめぐらし、「いまだよしみなきに、さばかり御心ざしのうれしさ、[三]神《しん》もつて忘《わす》れがたし。さもあらば、宿《やど》なる身じまひして、最後《さいご》は爰《こゝ》に来《き》て、明日《あす》の事」と契約《けいやく》して、「おそろしや」と立帰《たちかへ》り、門《かど》から姨《をば》に、いとまの泪《なみだ》。

[四]関《せき》の清水《しみづ》も濁《にご》りて、[五]大津馬《(おほ)つむま》に次《つぎ》かへて、いそぐに程《ほど》なく、生国若松《しやうごくわかまつ》に着《つき》て、檀那《だんな》[六]寺徳泉寺《でらとくせんじ》に入《(いり)》て、大平主水《(おほ)ひらもんど》かたへ内通《ないつう》して、検使《けんし》を[七]待宵《まつよひ》の、月の顔《かほ》もかはらず、親類《しんるい》にもしらせず、切腹《せつぷく》の次第《しだい》、流石《さすが》弓馬《きうば》の家《いへ》のほまれを残しぬ。其跡目《(その)あとめ》は、別条《べちでう》なく、善太夫《ぜん(だいふ)》家督《かとく》は[八]長《ちやう》太郎、十太郎跡《あと》は、其弟亀松《そのをとゝかめまつ》に仰《おほ》せ付《(つけ)》られ、両家共《りやうか(とも)》に筋目《すぢめ》ある者なれば、其通《とを》りにしづまりぬ。

扨《(さて)》は流《なが》れの都《みやこ》の女、十太郎を思ひにこがれ、十四日の月見るまでは待《(また)》ずして、[九]身事《しんじ》、書置《かきをき》したゝめ、「心ざしは万里《ばんり》にかよへ。是《(これ)》より[一〇]女の追腹《をひばら》」と、[一一]男《をとこ》のすなるやうに、此自害《(この)じがい》のさま、ほめぬ人なく、「後代《こうだい》にもためし有《(ある)》まじ」と、聞《きゝ》伝《つた》へて袖をひたせり。

一 東の枕詞「鶏が鳴く」をきかした表現。
二 考えた末にきめたこと。強い決意。
三 誓いの言葉。
四 逢坂山の関の明神下の清水。歌枕。
五 大津の宿場の荷物運送用の駄馬。人も乗せた。
六 未詳。
七 八月十四日の月。検使を待つ待宵の月の姿も。
八 原本「長太郎」は「善太郎」の誤り。
九 身の上のこと。
一〇 江戸吉原の遊女小紫の跡追い心中などもあるが、当時の遊廓での噂をとり入れたか。
一一 「男もすなる日記といふものを女もしてみんとてするなり」(土佐日記)をきかした表現。
▽以上までで本章の主要話題は終り、以下は後日談。冒頭部よりここまでの展開は起伏に富み、種々の趣向をとり入れた各場面もそれぞれに生きている。

そのの《〔ゝ〕》ち、善太郎《ぜんたらう》・亀松成人《かめまつせい(じん)》して、[一二]十七・十五歳になりぬ。「互《たがひ》に[一三]意趣《いしゆ》ふくむ事なかれ」と仰付《をゝせつけ》なれ共《(ども)》、[一四]武勇《ぶよう》はそれに遠慮《えんりよ》なく、両方ともに時節《(じ)せつ》を見あはせけるに、人も此色《(この)いろ》を見て、出合《であひ》なきやうに、其《(その)》中をへだてぬ。

有時《あるとき》、[一五]野寺《のでら》の観音《くはんをん》に参詣《さんけい》して、善《ぜん》太郎は参《まい》り、亀松《かめまつ》は下向《げかう》、壱騎打《いつきうち》の細道《ほそみち》にして、両人出合《であい》けるこそ、生涯《しやうがい》の最後《さいご》なれ。[一六]年来宿祖《ねんらいしゆくそ》の怨《あた》、思ひの晴《はら》し所、爰《こゝ》ぞかし。「是偏《これひとへ》に、仏神御引合《ぶつじん(お)ひきあはせ》」と、互《たがい》の心にうけ悦《よろこ》び、いやしくもまぬかれず、「[一七]すゑ〴〵一人も助太刀無用《すけだちむよう》」とせいし、股立取《もゝだち(とつ)》て、羽織《はをり》をぬぎ、大振袖《(おほ)ふりそで》のひるがへるは、花紅葉《はなもみぢ》の色《いろ》みだれて、さながら[一八]化粧軍《けしやういくさ》かとおもはれ、下〻《(した)じた》、拳《こぶし》を握《にぎ》り歯《きば》をかみ、銘〻《めい〳〵》の主人《しゆじん》祈《いの》るに、まけずおとらず、浅手《あさで》を覚《をぼ》えず、[一九]冬野《ふゆの》の薄《すゝき》、真紅《しんく》の糸《いと》をみだし、火焔《くはえん》を立《(たて)》て切《(きり)》むすべば、つゐに、弐人共《(とも)》にたゝかひつかれ、相《(あひ)》うちに、切こまれ、切込《こみ》て、うき世の夢とは果《はて》にける。

第四　内儀《ないぎ》の利発《りはつ》は替《かはつ》た姿《すがた》

「[二〇]御吉例《ごきちれい》の御謡初《(お)うたひぞめ》、二日[二一]未明《びめい》より、紅梅《かうばい》の間《ま》へ、いづれも相《あひ》つめ申さるべし。十三以下《い(か)》は、若松《わかまつ》の間《ま》へ出座御免《しゆつざ(ご)めん》、又老人《(また)らうじん》は、鳴戸《なると》の間《ま》にて安座《あんざ》御ゆるさる。

一二　善太郎が十五、亀松が十七。
一三　遺恨。恨み。喧嘩両成敗の形で決着が付けられ、両家も無事跡目相続が行われた故の仰せ。
一四　武勇を重んじる二人は殿の仰せにも遠慮せず。常識的・世俗的な決着に満足できず切合いへと走る武家の論理や行動の一面を具体化。
一五　未詳。野寺、すなわち野中の寺という意の決闘にふさわしい地名を出したものか。
一六　長年の恨み。
一七　末々。お伴の奉公人。
一八　「本気ではなくて、軽くちょっとだけした戦闘、または喧嘩」(邦訳日葡)。大振袖の若衆姿の二人の切合いを遠景として優雅に表現。
一九　冬野の薄に血が飛び散り、火花を散らして切合う様子。ここまで、優雅な若衆姿の二人の決闘が雅文調で表現されているが、花やかな中に凄絶さが生まれる効果的な表現。
▽世俗的には決着が付けられても、消えることのない両人の遺恨、「出合なきやうに其中をへだて」る常識的な大人たち、しかし二人は出合い、いさぎよく決闘して相討ちとなるという後日談は、二人の心情の上では親兄のための敵討であっても、意地を押通すための喧嘩の域を出ない。しかし、この後日談により本章は、ささやかな発端の事件を出発点に両家の滅亡まで描かれ、十全のまとまりを得ることになる。本章は、敵討をとりあげたというより、面目を重んじ意地を押通す武家のありようを具体化し、その空しさをほのかに感得させる。
二〇　謡初めは正月二日(幕府では承応三年以後三日)の夜に行われる武家の年中行事。本章は、謡初めについての示達の文言という趣向で書き起され、作品の冒頭に変化をつけている。
二一　早朝。「未明　ビメイ〈早旦也〉」(易林本)。

[一]法躰《ほつたい》は、小書院《(こ)じよゐん》にて見物《けんぶつ》仕《(つかま)》つらるべし。則《すなはち》、[二]頭巾《づきん》御赦免《(ご)しやめん》なり。諸役《しよやく》人は、夜《や》半《はん》の太鞁《たいこ》を聞《きい》て、登城有《とうじやうある》べし。[三]役者《やくしや》は宵《よひ》より、新長屋《しんながや》まで詰《つめ》申べし」。此通《(この)とを》り、金塚数馬《かなづかかずま》・照徳寺外記《せうとくじげき》、両人として申《(まうし)》渡《わた》され、[四]それ／＼の役儀《やくぎ》承《うけたまは》り、各《をの／＼》退散《たいさん》申されし。

既《すで》に其時《(その)とき》いたり、番組《ばんぐみ》は、[五]高砂《たかさご》・田村《たむら》・三輪《(み)わ》・[六]祝言《しふげん》、[七]上代風《じやうだいふう》の能筆《のうひつ》、[八]作法《さほう》あらためて書付《かきつけ》、[九]大横目《おほよこめ》安川権之進《やすかはごんのしん》、指図《さしづ》に任《まか》せて、大広間《(おほ)ひろま》の[一〇]見付《(み)つけ》なる長押《なげし》に張《はり》置《をき》しを、金塚《かなづか》、[一一]出頭家老《しゆつとうからう》にて、諸事《しよじ》[一二]出来《でか》しだてに、物毎子細《ものごとしさい》らしく吟味《ぎんみ》するに、無用《むよう》の事ながら、時の権威《けんゐ》におそれて、其《(その)》とをりにしたがひぬれば、[一三]勝《かつ》にのつて、我《わが》まゝをふるまひけるを、人みな是《(これ)》を疎《うと》みぬ。

此番組《(この)ばんぐみ》の張所《はりどころ》をしばらく詠《なが》め、「惣《そう》じてかやうの物《もの》は、[一四]文字《もんじ》のくらゐ、[一五]畾紙《らいし》を見合張事《みあはせはる》なり。番付《ばんづけ》、八寸あまりあがり過《すぎ》たり。かり初《そめ》の事ながら、是《(これ)》をおろすべし」と、[一六]茶堂坊主《さだうばうず》に申付《(まうし)つけ》られし時、「是は、安川権之進殿《やすかはごんのしんどの》の差図《さしづ》にて、かくの通《とを》りあそばしおかるゝ上は」と申《(まうす)》。「[一七]此国《(この)くに》におひて、それがしが言葉《ことば》をかへす者《もの》、奇怪《きくはい》なる推参《すいさん》」と、持《もち》たる扇《あふぎ》にてかしらをうてば、休林《きうりん》かんにん成《(なり)》がたく、[一八]小脇指《(こ)わきざし》に手《て》懸《かく》るを、数馬《かずま》、ぬからぬ男《をのこ》なれば、[一九]即座《そくざ》に抜打《ぬきうち》にして、あへなく[二〇]夢《ゆめ》とはなりぬ。此休林《(この)きうりん》、[二一]生国丹州《しやうごくたんしう》のものなれば、此家中《かちう》におひて親類《しんるい》と

一 出家姿の者。僧にかぎらず隠居して剃髪したものをも言う。
二 頭巾をかぶったまま見物してもよい。
三 能役者。幕府・諸藩では専属の能楽師をかかえていた。また、五代将軍綱吉の能楽好きは著名であり、貞享期は能楽全盛期でもある。
四 当時は清音。
五 高砂、田村、三輪ともに謡初などの際に演能されることの多い曲。
六 能楽の最後に演ずる猩々、菊慈童などの祝言能。またはそれに代る小謡。
七 平安朝に起った和様の書風。
八 能の番組の書き方のきまり。
九 家中の武士の行跡などを監察する横目役の頭。「横目〈めつけとも〉…頭を大横目と号す」(人倫訓蒙図彙・一)。同書に「横目」の図がある。
一〇 正面の鴨居の上の横板。
一一 主君の側近に侍して最も権勢のある家老。伝来記中でも出頭家老、出頭人などは、殿の威を借りる横暴な人物として描かれる場合が多い。
一二 得意然とした様子で。
一三 いい気になって。調子にのって。
一四 文字の配置。
一五 ここは、紙の端の余白部分をいうか。「文字を書残したる白き所をらいしと云ふ人あり、あやまり也、らいしとは礼紙と書て状の上を白紙にて巻く事也」(貞丈雑記・九)。
一六 城中で茶の世話をする法体の者。武家の職名の一。
一七 ここまでは何処か分からないが、後に姫路のことであることが分かる。本章は、謡初め示達の文言を冒頭に置くことで書き出しに変化をつけているため、時代設定は不明確となり、場所も三八頁注六の部分まで明らかにされない。

てもなく、「哀《あはれ》や、我《わが》心からかくは成行《なりゆき》ける」と、理《り》[二二]に非《ひ》を付《(つけ)》て取置《とりをき》ぬ。

権之進《ごんのしん》、是《これ》を聞付《(ききつけ)》、広間《ひろま》に来《きた》り、数馬《かずま》をよび出し、「只今《(ただいま)》休林《きうりん》うたれけるは、元《もと》それがしが身《み》の上なり。菟角《とかく》の僉儀《せんぎ》に及ばず」と、互《たが》ひにぬき合せしが、数《かず》馬《ま》を椽《えん》より下に切《きり》おとし、手[二三]ばしかくとゞめをさし、「まつたく命をしむにあらず。存ずる子細あり」と、声をかけて立《(たち)》のくを、各《をの〳〵》、ほめこそすれ、打留《(うちとむ)》る人なく、裏《うら》の御門《(ご)もん》よりかけぬけ、[二四]屋形町《かた(まち)》の野《の》はづれにて、家《け》来の若党《わかたう》一人追《をつ》付《(つき)》、先我《まづ(わが)》草履《ざうり》をぬぎて旦《だん》那にはかせ、「扨《さて》、奥《をく》様は、いづかたへのけ参らせん」と云《(いふ)》。「妻子《さいし》は、細《ほそ》井金太夫《(きんだいふ)》かたへ、此様子《(この)やうす》を申《(まうし)》てたのみ入《(いる)》べし」[二五]とあれば、家来、[二六]一円合点《えんがつてん》せず、「是《(これ)》は、日比《(ひ)ごろ》[二七]不会《(ふ)くはい》なるかたへ、此事いかゞ」と申《(まうす)》。「汝が不審《しん》、尤《もつとも》なり。是には[二八]思案《しあん》の有《(ある)》事なり。早速《さつそく》、金太夫に頼《たの》むべし。我は、是より上方《かみがた》へ立越《たちこす》」と、いひ捨《すて》て別《わか》れぬ。

主人云付《(いひつけ)》にまかせ、屋敷《(やし)き》にかへり、する〴〵[二九]の女には、此沙汰《(この)さた》をもせず、娘《(むすめ)》御《ご》を内懐《ふところ》に抱《いだき》て、奥《をく》様には[三〇]はしたの着《き》物を打《(うち)》かけさせ、裏《うら》の[三一]忌門《いみもん》よりつれまして出《(いで)》しに、人の気の付《(つく)》べき事なし。程なく、金太夫殿の屋かたにかけ込《こみ》、ひそかに此様子《(この)やうす》を申上《(まうしあげ)》しに、金太夫、少しもさはぐ気色《けしき》なく、「親子御両人、拙《せつ》者請取《(うけとり)》預り申上《(まうすうへ)》は、心やすく思ひ、気遣《き(づかひ)》する事なかれ。其方《(そのはう)》は、急《いそ》ぎ立《たち》のくべ

伝来記中では異色な書き方となっている。
一八 普通刀身九寸九分までの短い脇差をいう。
一九 その場でただちに。
二〇 死んでしまった。主語は休林。
二一 丹波と丹後。後に休林の世忰が「丹後の宮津」の者として登場。丹後は京都府の北部。
二二 正当なものをまちがったものと理屈をつけて。
二三 手ばやく。城中での刃傷は、どんな理由があれ厳しく制裁される。本章の舞台とする姫路城内での刃傷事件は知られていないが、江戸城では貞享元年(一六八四)八月二十八日、大老堀田正俊が稲葉正休に切られ、正休もその場で切られるという事件が起きている。城中で切殺される出頭家老金塚に、出頭第一の大老堀田の江戸城中での殺害事件を重ねている可能性もある。ここまででは、どこの城中か分からないから、当時の読者が近年の著名事件を思い浮べつつ読むとすれば、堀田正俊殺害をモデルの事件として読んでいたかもしれぬという推定も許されよう。
二四 武家屋敷の並ぶ町。
二五 原本「こあれば」。「こ」は「と」の誤刻。
二六 まったく納得せず。
二七 不和。
二八 考えがある。読者にもわざと疑念をいだかせ、どのような展開になるか、と興味を惹く書き方。
二九 下女などの下級の女奉公人。
三〇 はした女。召使いの下女。
三一 不浄門。武家屋敷の裏に作られた、死者や罪人を出すための門。

し」と、折ふし有合《ありあは》せたる路金《ろ(きん)》をとらせ、かへされける。

扨《さて》、権之進《ごんしん》屋敷《しき》へ、数馬《かず(ま)》より、一家《け》一族《ぞく》、寄子《より(こ)》[一]の輩迄《ともがらまで》、追《をひ》ゝにかけ付《(つけ)》、門を取《(とり)》かこみ、内に入《(いり)》てせんさくするに、中間《(ちゆう)げん》[二]供部《(とも)べ》[三]屋には、いまだ此《(この)》事しらざりけるにや、木枕《(き)まくら》にあて莨菪《たばこ》[四]をきざみ、或《あるひ》は、塩《しほ》をなめて酒を呑《(のみ)》、下台所《(しも)だい(どころ)》[五]には、朝飯《あさめし》を焼《たき》、上台所[六]には、女あまたの慰業《なぐさみわざ》にや、はや乾餅《けんべい》[七]を取散《(とり)ちら》し、掻餅《かきもち》・霰餅《あられ》をきざみゐしが、奥御前《をく(ごぜん)》屋敷出《しき(で)》を、夢《ゆめ》にもしらざりき。おどろき騒《さはぎ》て泣出《なき(いだ)》す。姨《うば》・介抱《かいしやく》[八]の人も、「こは何方《いづ(かた)》へ」と、身をもみて、一どに泣出す。

「扨《(さて)》は、妻子《さい(し)》をかくして、其《(その)》身も落《をち》けり」と、此有様《(このありさま)》に各《をの》〳〵立帰《たちかへ》り、段《だん》〳〵[九]を言上《ごん(じやう)》する時、則《すなはち》下知《げ(ち)》[一〇]有《(あり)》て、「先《(まづ)》城下《じやう(か)》の口ゝに加番《かばん》[一一]を付《(つけ)》られ、きびしく人をあらためて、往還《わうくはん》[一二]をゆるさず、権之進《(ごんの)しん》親類《しん(るい)》の輩《ともがら》には、のこらず屋さがしをすべし。若《もし》行方《(ゆきがた)》しれずは、土《つち》[一三]をかへして僉儀《せんぎ》をとぐべし。年立帰《(とした)ちかへ》[一四]る祝《いは》ひの先《さき》より、曲事《くせ(ごと)》[一五]をなしけり」と、上《(かみ)》より御立腹浅《(ご)りつぷくあさ》からざるも理《ことは》りなり。其《(その)》日は、吉例《(きち)れい》[一六]の儀《ぎ》式《しき》も鳴《なり》をやめける。

金太夫方《かた》には、弟《をとゝ》金右衛門忍《しの》び来《(きた)》り、「此度《(この)たび》の義《ぎ》、つねの事[一七]にはあらず。彼《かの》人ゝを、手前《まへ》にふかく隠《かく》し置《をか》るゝ段《だん》、ひとつは、上《(かみ)》をかろしむるの恐《をそ》れ、又《(また)》は、年比《としごろ》さばかりのよしみもなく、殊《こと》に愛拶《あひさつ》[一八]よからぬ人の妻子《さいし》を預《あづか》り、かくし給ふ

一　奉公人たち。中世では、寄親の下で平時はその庇護を受け、戦時は戦闘に従った地侍をいうが、近世では広く奉公人をいう。
二　若党と小者との間に位置する武家の奉公人。
三　中間、小者などの詰めている部屋。
四　煙草の慣用字。「莨菪　タバコ」(書言字考)。
五　→二〇頁注七。
六　主人や家族などの食事を調理する台所。下台所の対。　七　のばして乾かした餅。
▽主人の大事を知らずすこぶる日常的で俗な奉公人たちの様子をここに書き入れることで、権之進の出奔、奥方と娘の逃避の非日常性が対比され、事件の突然さ、あわただしさが印象づけられる。また、下級の奉公人などの卑俗な日常生活をさりげなく描写して効果を生むところに、西鶴の特色を見ることができる。
八　奥方につき添って世話をする人。腰元などをさす。「介抱」は「介錯」の宛字。
九　これまでの経過の一々。　一〇　主君の命令。
一一　警備のために臨時に増やす番人。加勢役。
一二　往き来。城下への出入りを禁じた。
一三　土を掘り返しても。徹底的に。
一四　新年の祝い。「年立ちかへる春なれや〳〵」(謡曲・東北)。「東北」は謡初の演目となることが多い曲で、引用部はその冒頭。
一五　けしからぬ事。処罰の対象となること。
一六　ここは謡初。「鳴をやめ」るはその縁。
▽以上が、本章の前半部。他の章とは異なった書き出し、城中での出頭家老殺害という大事件などによって読者の興味を惹き、緊迫した場面の中途に日常的で俗な場面を置いて印象を強め、日頃不和の相手に妻子を預けるという謎を残す等、見事な語り口で話が進められている。
一七　普通の事とは違う。城内での刃傷は一家一

いはれなし。此義《(この)ぎ》、憚《はゞか》りながら御思案然《しあんしか》るべく候《(さうらふ)》」と申せば、金太夫聞届《(きき)とゞ》け、「それ[一九]窮鳥懐《きうてうふところ》にいれば、猟士《れうし》も殺《ころ》さずといへり。武士《ぶし》の[二〇]意気道理《いきだうり》をたつる者は、世間《せ(けん)》の見る目《め》と各別《かくべつ》なり。権之進《ごんしん》と自分《じ》が、日比[二一]不会《(ひ)ごろふくはい》なる事は、少しも[二二]遺恨《ゐこん》の子細《しさい》に非《あら》ず。先年《せん》、[二三]関《せき》が原《はら》の陣旅《ちんりよ》におきし時、かれが親安《やす》川権蔵《(ごん)ぞう》、我《(われ)》らが先祖《せんぞ》隼人《はやと》と、同じ[二四]組下成《くみした(なり)》しが、互《たがひ》に戦功《せんこう》をはげみ、高名[二五]牛角《かうみやうごかく》の[二六]感状有《かんじやう(あり)》。両輩《りやうはい》共《(とも)》に、千石《(せん)ごく》づゝ[二七]所知《しよち》くだしおかれ、役儀等《やくぎひと》しく、大横目《(おほ)よこめ》に仰《をゝ》せ付《(つけ)》させられ、[二八]安《やす》川流《りう》・細《ほそ》井流《りう》とて、鑓《やり》に一流づゝのほまれをあらはし、武勇《ぶよう》をあらそひ、自《をのづ》から[二九]白眼《にらみ》あひて、家名をいどみしばかり、共《(とも)》に主君《しゆくん》の忠功《ちうこう》を[三〇]勤《つと》めし。彼《かれ》、此節我心底《(この)せつわが(しん)てい》を見定《さだ》め、是非隠《ぜひかく》しとぐべき者と頼《たの》み掛《かけ》、我《われ》に預《あづけ》し女子《によし》、たとひ一命にかへても、爰《こゝ》は出さぬ、[三一]至極《しごく》なり。いよ〳〵[三二]常住躰《(ぢやうちゆうてい)》にもてなし、すこしも色を見らるべからず」と、かたくしめしあはせ、扨《(さて)》、[三三]内室《(ない)しつ》にははじめを語り、「よく〳〵いたはりて、かくし参らせ給へ」と、云《(い)ひ》ふくめ給へば、女性も心頼母敷《たのもしく》、「人に情《なさけ》をしらるゝ事、かゝる時なるべし。おろそかにならじ」と、自《みづから》御茶《(お)ちや》のかよひ迄《まで》なし参らせ、「何事も御心に任《まか》せ給へ」と、いと懇情《ねんごろ》にもてなし給へば、[三四]奥御前《をく(ご)ぜん》、嬉《(うれ)》しさ限《かぎ》りなく、「此御心入《(おこころいれ)》、[三五]いつの世に[三六]御恩《(ご)をん》をくり奉るべきたよりもなし。いたづらに身のなり行《(ゆく)》事、一《(ひと)》しほ口をしくこそさふらへ」と、[三七]袖のし

門にも罪の及ぶ重罪であり、殿の厳命もある。
一八 関係。間柄。「愛拶」は挨拶の慣用表記。原本は「愛桚」と誤記。今改む。
一九 「窮鳥入レ懐、仁人所レ憫」(顔氏家訓)より出た諺。人が困って救いを求めてくれば、どんなことがあっても助けてやるのが人情だ、の意。
二〇 武士としての正しいあり方を実践する気概。
二一 不和。
二二 遺恨があってそうなったのではない。
二三 慶長五年(一六〇〇)の関ヶ原合戦。
二四 弓組、鉄砲組など、同じ組頭の配下。
二五 同じ程度。互角。「牛角 ゴカク」(書言字考)。
二六 合戦に参加し戦功のあった者を賞して与える文書。所領を与える旨が記される場合が多い。
二七 領地。所領。
二八 未詳。ただし、著名な鑓の流派にはない。
二九 晋の阮籍の故事より出た、当時普通の用字。
三〇 原本「勒」。「勤」に流用して用いられる。
三一 物ごとの最上の意。これにきめるという強い覚悟の表明。 三二 普段と同じような様子。
三三 武家の奥方の称。ここは金太夫の妻。
三四 奥様。ここは権之進の妻。
三五 「いつの世に御恩をくり奉るべき。(その)たよりもなし」を一文とする。反語の語法が持つ余情を切り捨てて散文化する文体。
三六 御恩返しをする。「をぐり」は「贈り」。
三七 涙をせきとめる袖を川の柵《(しがらみ)》にたとえた。安川は安川権之進の妻を暗示。いささか無理な文章だが、権之進の妻は、袖でせきとめても出る涙を川が流れるように流し、の意。感動的な場面を描こうとして修辞的・雅語的文体を採用。

一 流石の慣用表記。
二 原本「源」。意によって改む。

がらみ安《やす》川を流《なが》し、女性ながら互《たがひ》の礼《れい》義、[一]石流《さすが》やさしく[二]深《ふか》かりけり。
[三]されば、此度《たび》の[四]忩劇《そうげき》止《やむ》事なく、[五]不日《(ふじつ)》の間に、此屋[六]形《かた》町《(まち)》をも、井の底までさがすべしとの風聞《ふうぶん》す。「[七]もし吟味《ぎんみ》役《やく》のかた〴〵に、見いだされては詮《せん》なし。先《(まづ)》我《わが》身は、[八]中《(なか)》通《どを》りの女ぶんに成《(なる)》べし。[九]わたらせ給ふ御《(ご)》前《ぜん》を、此《(この)》屋かたの奥になし参らせ、首尾《しゆび》よく、うきめをすくはせ給へ」と、[一〇]女性《にょしやう》の智恵《ちゑ》かしこく、いみじき[一一]はかりをすゝめられしかば、金太夫よろこび、「さもあらば、其《(その)》方《はう》、此《(この)》屋敷《しき》に

三 さて。話を転ずる時用いられる語。
四 騒動。「忩劇 ソウゲキ」(文明本)。
五 近日中。日ならずして。
六 金太夫家のある屋敷町。伝来記は、実在の地名を具体的に出す実録的な姿勢をとらない場合が多く、「諸国敵討」として諸国を舞台としながらもその土地柄を生かそうとする志向には乏しい。本章は、ここまで読むかぎりでは何処の話か読者に分からぬように記述されている。
七 金太夫妻の言葉。
八 仲居女。下女と奥女中の中間の女奉公人で、来客の接待や使い役などをする。
九 おいでになっている権之進の奥様をこの屋敷の奥方にして。
一〇 女の浅智恵、走り智恵などと俗に言うが、この場合は女の智恵にしては賢く、の意。
一一 計り事。計略。 一二 服装や髪型。
一三 使役の女。注八の「中通りの女」に同じ。
一四 以下挿絵に描かれる場面だが、本文といささかずれがある。 一五 蜜柑の慣用表記。
一六 目だけを出して顔をかくした黒絹の頭巾。天和・貞享期に流行。→挿絵。
一七 下級の武家奉公人。
一八 「道」の枕詞。意味上から「陸地」(地面)にかける。普段は大家の奥方として駕籠に乗る金太夫の妻が、「はじめて」徒歩で行くという記述を感動的なものとすべく「玉鉾の」といった雅語を用いて表現。
二〇 誠の慣用表記。 一九 変ったこともなく無事に。
二一 言い教えよ、と教えて、そのように応対すると。会話文が地の文に解消される文体。
二二 どこにも。本来は、反語の語法である「いづくに…あらん」の文体を崩し、その裏の意味を表に出して強調した表現。

おはしては、其《(その)》はかり事、心もとなき事あり。しばらく親《をや》のもとへ帰り給へ」と内談《ないだん》して、[一二]風俗《ふうぞく》を[一三]使《つかひ》やくの女に作《つく》り、[一四]真紅《しんく》の網袋《あみぶくろ》に、葉付《はつき》の[一五]蜜柑《みつかん》を入《(いれ)》、長文《(ながふ)》筥《ばこ》を持《もち》そへ、[一六]奇特頭巾《きどくづきん》をかぶり、[一七]小者《(こもの)》もつれず、只《たゞ》壱人屋敷《しき》を出《(いで)》、はじめて[一八]玉《たま》鉾《ぼこ》の陸地《ろくぢ》をふみ、[一九]別《べち》義なく御里の屋形《かた》へ入《(いら)》せ給ふ。

金太夫、安堵《あんど》し給ひ、権之進《ごんの(しん)》奥に、「何事も難《なん》義をすくひ参らせんため、主命にかへて、はかり事をめぐらし奉るなり。今よりしばらくの程、詞《ことば》を改《あらた》め、わが妻子《さいし》のごとく、おさなき息女《そくぢょ》には、[二〇]真言《まこと》の親《をや》のごとく」、[二一]いひをしへ、あひしらひ給へば、此娘《(この)むすめ》いとかしこくも、「今《いま》ひとりの髭《ひげ》のあると〻様《さま》は、どこへゆかせ給ふ」と尋《たづ》ねられしに、「それは伯父様《をぢさま》なるぞ。我《わが》と〻様《さま》は是《これ》ぞ」と、金太夫殿《きん(だいふ)どの》の御ひざの上へ渡《わた》す時、門外《もんぐはい》に人の声《こゑ》どよめき、「人あらため」と断《ことは》り申《(まうす)》。役人《やくにん》大勢《(おほ)ぜい》かけ入《(いり)》て見るに、[二二]いづくに権之進《ごんしん》が妻子《さいし》らしき者を、かくしおける風情《ふぜい》もなし。金太夫《きんだゆふ》・権之進《ごんしん》は、日来《ひごろ》白眼《にらみ》あひて不会《ふあひ》なる事、をの〳〵存《ぞん》じければ、大かた、[二三]有増《あらまし》に吟味《ぎんみ》して立帰《たちかへ》る。[二四]虎尾《とらのを》・鰐《わに》の口をのがれ、あやうかりし所なり。かの[二五]九郎判官殿《らうはうぐはんどの》、弁慶《べんけい》がために[二六]強力《がうりき》となり、富樫《とがし》が関路《せきぢ》にあやしめられ、[二七]大塔護良親王《(おほ)たうもりよししんわう》の、般若《はんにや》の箱《はこ》に御身を縮《ちゞ》め、按察法印《あぜちほうゐん》が難《なん》をのがれ給ひしも、[二八]今の思ひによも過《(すぎ)》じ。

二三 大雑把に。「有増　アラマシ〈又作二荒猿一並俗字〉」(書言字考)。
二四 きわめて危険な状態をのがれるたとえ。「牛若や姫君は、虎の尾を踏み鰐の口、のがれ出たるふぜいにて」(延宝四年刊・古浄瑠璃・うしわか虎の巻)、「虎の尾を履み毒蛇の口を遁れたる心地して陸奥の国へぞ下りける」(謡曲・安宅)。
二五 源義経。注二四に引用の文句などから義経を連想。謡曲「安宅」の世界が「あやうかりし所」の一例として出される。
二六 山伏の荷物を持ちはこぶ従者。「安宅」では弁慶らが山伏の姿、義経は強力の姿。
二七 後醍醐天皇の皇子。護良親王が奈良の般若寺に忍んでいた頃、「一乗院ノ候人按察法眼好専」が攻め寄せ危くなったが、大般若経を入れた唐櫃の中へ「御身ヲ縮(シ)メテ」隠れ、難をのがれた(太平記・五)。
二八 故事を出してそれ以上といった場面の結び方は、御伽草子、古浄瑠璃等で多用される手法。西鶴は時に、先行文芸の常套的手法をも自在に導入して作品の目先を変え変化を与えている。

挿絵解説　御使い役の女に変装した金太夫の妻が、奇特頭巾をかぶり長文箱を手に持って細井家の門を出る場面。本文では、「小者もつれず、只壱人屋敷を出」とあるが、「葉付の蜜柑」を入れたとおぼしき「真紅の網袋」を持った小者が描かれ本文と齟齬を来たしている。絵師の誤読と見るべきであろう。また、本文では時間的に後で登場するはずの吟味役人二人と毛鎗を持った若党が描かれ、役人の一人が不審そうに奇特頭巾の女を見ている。これも本文と齟齬するが、これは、時間的に差のある場面を意図的に重ね合わせ、画面に緊張感を生もうとしたものか。

それより廿日ばかりも過《すぎ》て、様子《やうす》を見あはせ、わざと雨風《あめかぜ》さはがしき夜半《よは》にしのばせ、弟《をとゝ》金《きん》右衛門を付《つけ》て、権之進《ごんのしん》隠家《かくれが》、吉野《よしの》[一]の下市《(しもいち)》と聞えければ、おくりとゞける武士《ものゝふ》の、やたけ心[二]ぞたのもしき。妻子《さいし》の対面《たいめん》、其《(その)》悦《よろこ》び[三]いくそばくぞや、たとへていはんかたもなし。「此度《(この)たび》、細井殿《ほそゐどの》、浅《あさ》からぬ懇情《こんせい》、弓矢《ゆみや》[四]の本懐《ほんぐはい》」、書《しよ》[五]中《ちう》に籠《こめ》、礼義《れいぎ》をたゞし、金《きん》右衛門は、国本姫路《くにもとひめぢ》[六]にかへりぬ。

世《よ》に浪人《らう》となり、敵《かたき》もつ身の安《やす》からぬ事、「[七]いまだ男盛《をとこざかり》の花桜《はなざくら》、一片《ぺん》の太刀《たち》風《かぜ》に、今にもふかば散《ちる》べき」と、朝暮《てうぼ》の心油断《ゆだん》なく、年月《としつき》をおく〔ゝ〕りける、武勇《ぶよう》の程《ほど》こそいさましけれ。

金塚数馬《かなづかかずま》が一子《し》勝之丞《かつのぜう》、後見《うしろみ》[八]三人同道《どうだう》して、権之進《ごんのしん》をうたん為《ため》、諸国《しよこく》をめぐる時、茶堂《さだう》休林《きうりん》が世悴《せがれ》六十郎《(ろくじふ)らう》、丹後《たんご》[九]の宮津《みやづ》に有《(あり)》しが、数馬《かずま》に父《ちゝ》をうたせ、其《(その)》嗔《しん》[一〇]恚《ゐ》やむ事なく、勝之丞《かつのぜう》をうつべき所存《しよぞん》おこりて、幡州《ばんしう》にくだりける。つれたる供《とも》の者《もの》は本国姫路《ほんごくひめぢ》の者《もの》なり。家中《かちう》の人をも見しり、案内《あんない》も覚《をぼ》えたり。たのもしくつきそひしが、勝《かつ》之丞が運《うん》のつきにや、山崎越《やまざきごへ》[一一]に上《のぼ》り、瀬川《せがは》[一二]といふ里《さと》の出茶《でぢや》[一三]屋《や》に腰《こし》かけて、手《て》にはきせる筒《づゝ》を持《もち》ながら、旅《たび》づかれにや、つら〳〵居眠《ゐねぶ》り正《しやう》[一四]躰《だい》なき所へ、それとはしらず、六十郎行《ゆき》あひたり。

小者《(こ)もの》、袖《そで》を引《(ひき)》て、「念願《ねんぐはん》の勝之丞《かつのぜう》は、あれ候《(さうらふ)》」と小語《さゝやく》。聞《きゝ》もあへず刀をぬき、

一 今の奈良県吉野郡下市町。
二 「もののふのやたけ心ぞ恐しき」（謡曲・羅生門）のもじり。「やたけ心」は勇みたった心。
三 どれほどか。雅語により情感を盛り上げようとして使用。
四 武士として本望である。
五 「此度…本懐」と手紙に書き。手紙文を途中から地の文に変えた文体。
六 ここで始めて本章の事件が姫路のことであったことが分かる。本章の構成はやや特異。
七 まだ男盛りの花のような身だが、自分をねらう太刀があれば、すぐにも風に花が散るように死ぬかもしれぬと。以上、発端部の事件後、権之進及び妻子が金太夫の好意で落着くまでの経過を記し、以下後日談となる。
八 助太刀の者。
九 京都府宮津市。
一〇 相手に憎悪をいだく気持。強い怒り。
一一 兵庫県宍粟郡山崎町を経て姫路へ出る街道。
一二 兵庫県宍粟郡安富町瀬川。姫路の北五里余。
一三 街道ぞいにある茶屋。
一四 何も分からない状態。「ショウダイ」は当時のよみ。「シャウダイナイコト」（日葡）。

「休林《きうりん》が一子《し》六十郎《らう》、親《をや》の敵《かたき》ぞ、覚《をぼえ》たか」と、名乗《なのり》かけてうつ太刀に、勝之丞《かつのぜう》、ひだりのかた先《さき》をきられ、ぬきあはする間に、たゝみかけて本望《ほんまう》とげ、留《とゞ》めをさしてしまふ所へ、跡《あと》より三人追《をつ》つき、又切《（きり）》むすび、しばしが程、二人と三人と、一命《めい》をしまずはげみしに、つゐに六十郎《らう》もうたれ、小者《（こ）もの》もむなしくなりぬ。一五三人かたにも弐人うたれ、やう〳〵壱人、かひなき命生残《いきのこ》り、行方《ゆきがた》しれずなりにき。

其後《（その）のち》、権之進《ごんしん》事は、一六武《ぶ》の本意至極《ほんいしごく》の僉儀《せんぎ》に相済《あひすみ》て、二度《（ふた）たび》一七帰参《（き）さん》して、安川《やすかは》の家《いへ》栄《さか》へけり。此時《（この）とき》、一八細井《ほそゐ》金太夫はたらきも世にあらはれ、「当家《たうけ》稀《まれ》なる者《もの》弐人」と、其名《（その）な》をあげて、一九今の世《よ》までも語《かた》り伝へぬ。

一五 勝之丞の後見役三人の方も。
一六 武士道の本意にかなったもの。権之進の行為のこのような認定はやや唐突の感がある。古武士風の侍と太平の御代故に急に立身した能吏型の武士との対立は当時よく見られた事例であり、伝来記中にもしばしば描かれるが、西鶴は古武士風の侍のあり方に好意的なためにこのような決着を与えたのであろう。経済・法令などに詳しい能吏型の武士に頭を押えられることの多い当時の町人の立場から生まれる武士への見方である。
一七 もとの主君の所にもどって奉公すること。
一八 「主命にかへて、はかり事をめぐら」した金太夫が賞讃されるという決着にも、古武士的な立場への共感が見られるが、このような結末は当然当世風の武士のあり方へのアイロニーにつながることになろう。
一九 本章が「昔」の話であることを示すが、「今の世までも語り伝へ」るという言い方に、注一八のアイロニーの視点を感得できる。

諸国
敵討

武道伝来記

二
絵入

武《ぶ》道《だう》伝《でん》来《らい》記《き》　巻二

諸《しよ》国《こく》敵《かたき》討《うち》

目《もく》録《ろく》

一 女が思いを込めて尺八を吹くこと。尺八は普通男の吹くものゆえ、読者に意外の感を与えて興味を惹く表題。女の身ながら虚無僧姿となって敵をねらいに出る本文の趣向に対応する。

二 表面上の意は、落ちてくる鞠の具合を見初めること。「色」は鞠の蹴上げられた高さ・回転速度をいう。ここでは「色」に容色の意をもかけ、落とした鞠が縁となって美しい姿を見染めることの意を示して本文の内容を暗示。

三 見ていない(あるいは見たこともない)人の容貌のことで宵に思慮を欠いた行為をしたこと。一見何のことか分からぬが、人の容貌のことで何かとんでもないことが行われたことを示して読者の関心をひく表題である。

四 熊野に亡霊の姿が出現したこと。本文に即せば、「夢の面影」は、亡霊の姿の意となるが、ここだけでは不分明。

五 落書の団のために身を破滅させたこと。「身袋」は、正しくは進退と書き、財産・暮し向きの意。「身袋破る」は破産の意で用いられることが多いが、ここでは身を滅すこと。

六 新婚の者に対し、翌年正月、親戚・友人たちが婿に水を浴せて祝った行事。伝来記出刊当時は禁止されていた(正宝事録・天和三年十二月二十四日の町触など)。

七 あばれ馬。水浴せに用いる竹馬(五九頁挿絵参照)と人の制止にしたがわぬ者の意をかけ、法度に従わず水浴せをしたことを暗示。

第四

八 命《いのち》とらるゝ人魚《にんぎよ》の海《うみ》

九 忠孝《ちうかう》しるゝ矢《や》の根《ね》の事

八 人魚のいる海で命をとられることとも、命をとられる人魚のいる海ともとれる。本文に即せば、人魚のことが原因で主人公が死ぬことをいうが、これもやや不分明な言い方で興味を惹く表題。
九 矢の根が証拠となって忠と孝とが分かること。本文では、金内の矢の根の出現により、金内の忠、娘の孝の正当性が証明されることになる。

思ひ入《いれ》吹《ふく》女《をんな》尺《しやく》八

[一]安芸《あき》の広嶋《ひろしま》へ、京《きやう》より[二]枯木《かれき》内匠《たくみ》といへる鞠《まり》の上手くだりて、あなたこなたへ指南《しなん》して、一家《か》中《(ちゆう)》に[三]蹴鞠《しうきく》の柳《やなぎ》なびかせ、[四]風《かぜ》なき暮《くれ》を急《いそ》ぎて、踏音《くつをと》のせざる屋《や》形《かた》はなし。惣《そう》じて慰《なぐさ》む業《わざ》も、国《くに》のはやり物に心の移《うつ》り、[五]色《いろ》になづみぬ。

爰《こゝ》に、[六]福嶋安清《ふくしまあんせい》とて、殿《との》に[七]筋目《すじめ》ある人なりしが、[八]無紋《むもん》にて[九]歓楽《くはんらく》に暮《くら》し給ひ、殊更鞠好《ことさらまりずき》にて、其友《そのとも》を集《あつ》め、[一〇]七夕の興行《かうぎやう》有《(あり)》しに、其中《なか》に、鳥川《とりかは》葉《は》右衛門《(ゑもん)》弟《をとゝ》村《むら》之助《のすけ》と云《(いふ)》人、今年《ことし》十八、[一一]角前髪《すみまへがみ》ながら、[一二]美道《びだう》の花《はな》の香《か》残《のこ》りぬ。

漸〻《やう〳〵》暮《くれ》もつまりて、名残《なごり》の[一三]高足横《かうそくよこ》ぎれして、藪垣《やぶがき》を打越《(うち)こへ》て、隣《となり》の花畠《ばたけ》におちける。村之助はしり出《(いで)》、笹《さゝ》の葉《は》わけて[一四]眈《のぞけ》ば、鞠《まり》は[一五]唐萩《からはぎ》の枝《えだ》にとまりて、それより東《ひがし》の池《いけ》の溜《ため》水のきよげに、[一六]棚橋《たなはし》の[一七]かゝる所に、隣屋敷《となりやしき》の息女《そくぢよ》と見へて、[一八]紋羅《もんら》のしろきに紅《もみ》の裏《うら》を付《(つけ)》、[一九]檜扇《ひあふぎ》の[二〇]ちらしがた、大《(おほ)》振袖《ふりそで》のゆかたに紫糸《むらさきいと》の[二一]組帯《くみをび》、しどけなくむすびて、[二二]乱《みだ》れ髪《がみ》の中程を、金の紙《かみ》の[二三]平髻《ひらもとゆひ》にしめよせ、房付団《ふさつきうちは》に[二四]梶《かぢ》の葉《は》見えしは、けふ[二五]織女《をりひめ》の歌を手向《たむけ》ならんと思ふに、案《あん》のごとく、[二六]沢《さは》水に浮《うけ》て立《(たち)》帰《かへ》らるゝ面影《をもかげ》、[二七]「天人の生移《いきうつ》しか」と[二八]心も空《そら》になり、前後《ぜんご》かまはず詞《ことば》をかけ、

一 慶長五年(一六〇〇)から元和五年(一六一九)まで福嶋正則の城下町。四九万八千石。本章は「福嶋安清とて、殿に筋目ある人」という記述を行い、福嶋正則が城主であった頃という時代設定。
二 未詳。架空の名か。
三 蹴鞠の場は四方を囲い、四隅に桜・柳・松・楓を植える。柳は東南隅に植える。→四六頁挿絵。
四 「風不レ吹、雨不レ降、日照らぬをもちて能日とすべし」(遊庭秘抄)。蹴鞠は夕方に行うのが普通。鞠―柳陰・夕暮・七夕(類船集)。なお、見そめし俤、垣、柏木の衛門などが鞠の付合語(同)であることも、以下の話の展開と関連。
五 蹴鞠の「色」(四二頁注二)と、好色、花やかなことの意をかける。
六 未詳。時代を注一の頃と読者に知らせるために出された架空人名か。　七 血縁の人。
八 原本「無役」とも読める。振仮名の誤りか。役職を退き隠居して。
九 ぜいたくで気楽に。活計歓楽の略。
一〇 蹴鞠の家である飛鳥井・難波両家では、梶の御鞠と称し、七夕に蹴鞠を行うのを恒例としたが、それにならい民間でも行われた。
一一 額の両隅を角に剃り込んだ前髪の形。十五、六歳の半元服した少年の髪型。→五四頁挿絵。
一二 男色の盛りの余香が残っている。十八という村之助の年齢に対応。
一三 鞠を高く蹴上げること。
一四 頭書字彙(寛文十三年刊)は「眈 ケツ」に「直視貌」「目ノ深キ貌」と注する。和訓「ノゾク」(玉篇大全など)。　一五 萩の異名か。
一六 欄干のない板を渡しただけの簡単な橋。「天の河棚橋渡す織女《たなばた》のい渡らさんに棚橋渡す」(万葉集・巻十)を介し棚橋を出す。
一七 「橋がかかる所」と「このような所」を掛ける。

「[二九]慮外《りよぐはい》ながら、あの鞠《まり》にお手そへられて、こなたへ返《かへ》し給はれ」といへば、[三〇]草《くさ》分衣《わけごろも》に露《つゆ》もいとはず、鞠《まり》を手《て》にふれて、声《こゑ》の通《かよ》ふ所へさし出し給へる[三一]手《て》をしめて、互《たが》ひに面《をもて》を見合《あはせ》ける[三二]社恋《こそこひ》のはじめなれ。

其《(その)》内に、するゑの女のあまた来れば、村之助《むらの(すけ)》、是非《ぜひ》なく立帰り、[三三]装束《しやうぞく》ぬぎ捨《すて》、各《をの》〻より跡《あと》に残り、又《(また)》竹垣《たけがき》をみれば、彼娘《かのむすめ》も、[三四]殿《との》めづらしく恋《こひ》をふくみ、かさねて[三五]花薗《はなぞの》に立出《(たち)いで》しに、わりなく物いひかはして、筆にて心をかよはす迄《まで》もなく、「忍《しの》びてゆかば」といへば、「それをいやとはいはぬ女」と、男に約束深《やくそくふか》く、闇《やみ》になる夜《よ》を待《まち》て、裏《うら》道より高塀《たかべい》をこへ、[三六]身を捨《すて》て通《かよ》へば、女も偽《いつは》りなく、[三七]猿《さる》戸《ど》の鑰《かぎ》を盗出《ぬすみ(いだ)》し、人しれず我《わが》[三八]ねまに引入《ひき(いれ)》、「ふたりが命をかけて、[三九]二世迄《まで》かはるな、かはらじ」と、互《たが》ひに[四〇]小指《ゆび》を喰切《くひ(きり)》、其血《(その)ち》をひとつに絞《しぼ》り出し、女は男の肌着《はだぎ》に[四一]誓紙《せいし》をかけば、男は女の下着《したぎ》にかきかはして、後《のち》には恋《こひ》の詞《ことば》も尽《つき》て、逢《あふ》たびに物はいはず、泪《なみだ》に更《ふけ》て別《わか》れを惜《をし》み、次第《しだい》につのるは、[四二]此《(この)》道のならひぞかし。情《なさけ》の日数《(ひ)かず》かさなるを、[四三]天鳶兎《びろうど》の[四四]枕《まくら》より外《ほか》に知《しる》者もなかりしに、思ひの[四五]種《たね》となりて、[四六]雪中《せつちう》の花に見ながら、「青梅《あをむめ》もがな」と、[四七]ない物ずきをして、腹躰《はらなり》おかしげになりぬ。

此息女《(この)そくぢよ》の親《をや》は、藤沢甚太夫《ふぢさはぢん(だいふ)》とて、[四八]物頭《(もの)がしら》なりしが、[四九]廻《(まは)》り番《ばん》にて御江戸《をえど》を勤《つと》め、

一八　紋様を地に織り出した薄い絹織物。紋絽。
一九　薄い檜の板を糸でとじた板扇。ここはそれを図案化したもの。　二〇　散らし模様。
二一　糸を縒って作った房付きの帯。女帯は房つき幅四寸くらいで、夏の帯地(万金産業袋・四)。
二二　結わずにすべらかしにした髪型。挿絵は、島田風の髷を結っている。
二三　丈長紙を平たくたたんだ元結。
二四　七夕の日、梶の葉に和歌を書いて織女に手向け、歌や芸能の上達を祈る習俗。
二五　七夕の歌。古来七夕歌は多く、その伝説より恋の情趣を歌う。
二六　天の川を渡る舟の梶の縁で七夕に梶の葉が用いられたと言われるが、ここは梶の葉を舟に見立てて「沢水に浮」かべた。
二七　七夕の織女星のイメージから「天人」と表現。
二八　夢中になって。天人―空。
二九　ぶしつけ。無礼。
三〇　草深い所を分けて歩くことをいう歌語。
三一　手を強くにぎって。
三二　助詞「こそ」の宛字。当時の慣用。
▽鞠の場からの垣間見、不倫の恋、男のはかない死、男子出生、という以下の話の展開の背景には、源氏物語・若菜上から柏木にかけての柏木と女三宮の話が重ね合されていると見られる。また、後半部にある、女主人公が石山寺に詣で「紫式部の源氏の間」を見、その帰りに敵のありかを知るといった記述は、前半部が源氏物語によることを読者に示唆。
三三　鞠の装束。→四七頁挿絵。
三四　男めずらしく。以下、女主人公の積極性、自己主張の強さ等を描き、源氏物語の話を当世化し面白くする。前段までの優雅な趣で展開される「恋のはじめ」が、以下、文体をも含めて当

帰宅《きたく》の折ふし、遠州浜松《えんしうはま》に立寄《(たち)より》、同名甚左衛門《どうみやうぢん》二男甚平《ちんぺい》、十九歳になりて、然《しか》も[一]骨骸《こつがら》たくましく、殊《こと》に[二]大力《(だい)りき》なれば、行末《(ゆく)すへ》たのもしく、甥《をい》ながら子[三]にもらひて、娘《むすめ》の小督《(こ)がう》にめあはせ、追付隠居《をつゝけゐんきよ》の願《ねが》ひを嬉敷《うれしく》、同道《(どう)だう》して本国に帰《かへ》り、奥《をく》にはじめをかたりければ、悦《よろこ》び限《かぎ》りもなく、養子《やうし》の御[四]訴詔叶《(ご)そせうかなひ》て後《のち》、祝言《しふげん》の事共《(ども)》取急《(とり)いそぎ》しに、小督《(こ)がう》かって[五]いさまずして、母親《はゝをや》に歎《なげ》きけるは、「仰《をゝせ》をそむくは、不《ふ》孝《かう》の第《だい》一なれ共《(ども)》、思へば[六]かりの宿《やどり》の夢《ゆめ》と極《きは》め、仏《ほとけ》の道の有がたく、後《のち》の世《よ》を願《ねが》

世風で俗な趣に転換されて、変化がつけられる。
三五 「薗 ソノ〈園也〉」(同文通考・四・譌字の項)。
三六 命がけで。以下の伏線ともなる。
三七 戸の裏側に細長い木を取り付け、それを上下又は左右に滑らせ、柱の穴などに差し込む戸。
三八 寝間。寝室。 三九 諺「夫婦は二世」による。
四〇 指を食切って血を絞り男の下着に誓詞を書くことは、遊女の心中立てなどで行われた。堅気の武家娘の所行らしくないが、二人の恋の激しさを当世化し俗化するための描写。
四一 誓詞の宛字。心中立ての誓詞、血文(血書)については色道大鏡・六に詳しい。
四二 恋の道。
四三 「天鵝絨 ビラウド」(書言字考)の宛字。
四四 「わが恋は涙をそでにせきとめてまくらのほかにしる人もなし」(新勅撰集・恋一・関白左大臣)の歌をきかせたか。
四五 物思いの原因となって、の意にもとれるが、「とまりて」の誤りと見れば、妊娠して、の意。
四六 雪中に梅の花が咲くのを見ながら。
四七 諺「無い物食はう」(無いとしりながらかえって欲しがる、わがままをいう)をきかす表現。
四八 弓組や鉄砲組などの組頭。歩兵隊長。
四九 順番で参勤交代の江戸屋敷勤務をして。

一 体格。「骸」は誤用か。「骨幹 コツガラ」(書言字考)。
二 「ダイリキ 大きな力」(日葡)。
三 娘と結婚させる約束で養子にして。
四 訴訟。「訴詔」は慣用表記。主君に養子の件を願い出てそれが許された後。この段階で小督は公に甚平の許嫁となるゆえ、村之助・小督の仲は不倫・不義ということになる。
五 積極的にならず。乗り気にならず。

ふなれば、一生夫妻《ふさい》のかたらひ捨《すて》て、身を紋《もん》七なしの衣《ころも》になし、いかなる山にもわけのぼり、八執行《しゆぎやう》に思ひ入《(いり)》ければ、甚平様へは、外《(ほか)》よりよび迎《むか》へさせ給へ」と、思ひよらざる事共《(ども)》、母人《はゝ(びと)》驚《をどろ》き給ひ、内証《ないしやう》にて色ゝ異見《ゐけん》積《つも》れ共《(ども)》、九いかな〳〵承引《せういん》せず。

今は一〇了簡尽《れうけんつき》て、とやかく此《(この)》さた一一慎《つゝむ》にあらはれ、甚平も少しは口惜《くちをし》く、恨《うら》みをふくむ折から、村之助が忍《しの》び姿《すがた》をみ付《(つけ)》、浜《はま》松より召《めし》つれたる小者と心を合せ、

六 この世のはかなさのたとえ。

七 無紋の衣、すなわち法衣。

八 修行の慣用表記(諸節用集)。

九 どうしても承知しない。本章の悲劇の発端は、父甚太夫が参勤交代の帰途、家族との連絡もなく養子をきめてつれ帰り、殿に願い出て許可を受けてしまう早合点にあるが、武家の婚姻の場合、願い出が殿に許可されて公のものとなった以上、簡単に変更することは許されず、小督の密通は姦通と見なされる。小督が出家という唐突に見える口実を用い拒絶する理由もそこにある。

一〇 いい考えもなくなって。

一一 隠しても露顕して。「慎」は「ツツシム」で「ツツム」の訓みはない。誤用か。

挿絵解説 右図には蹴鞠の場の囲いの中で、村之助が鞠を捜しに行っている間、所在なさそうにしている鞠装束の男三人。柳・松が囲いの両隅に描かれるが、右側の笹竹は鞠場の方式をはずれている。左図は、竹垣を間にした娘(小督)と村之助。若衆姿に鞠装束の村之助は「角前髪」ではなく、娘の髪や振袖の紋様も本文とは異なっている。娘の背後に池と棚橋が描かれている。

木陰《こかげ》に待臥《まちぶせ》して、帰る所を、何の子細《しさい》もなく打《(うつ)》て捨《すて》、扠《さて》、穿鑿《せんさく》になる時、小督《こがう》、是迄《(これまで)》と思ひ定《さだ》め、長刀《なぎなた》振《(ふつ)》て出《いづ》るを、乳母《めのと》抱留《だきとゞ》めて、「敵《かたき》はかさねて打品有《(うつ)しな(あり)》[一]。先《まづ》は屋形《やかた》を退《のき》給へ」と、かひ〳〵敷《しく》も手を取《(とり)》て、どさくさまぎれに裏門《うら》よりかけ抜《ぬけ》、行《(ゆき)》[二]がたしれずなりぬ。村之助、蜜通《みつつう》[三]かくれなく、武命《ぶめい》[四]の尽《つき》とさみせられ[五]、[六]甚右衛門は、面目《めんぼく》[七]にて遠慮《えんりよ》[八]、甚平は立退《(たち)のき》[九]ける。

小督《こがう》は、姥《うば》が働《はたらき》にて広《ひろ》嶋をのがれ、幡州明石《ばんしうあかし》[一〇]の里にしるべ有《(あり)》て、女《をんな》の道も日《ひ》数《かず》へて、此《(この)》所に立越《(たち)こへ》、賤《しづ》の屋の住《すま》ゐして、手掛《(て)がけ》[一一]ぬ経営《いとなみ》も見なれて、縮布《ちゞみぬの》[一二]を織《をり》ならひ、けふ[一三]におくりぬ。月もはや累《かさな》りて、取揚婆《(とり)あげばゞ》ゝのね覚驚《ざめをどろ》かせ、産湯《うぶゆ》湧《わか》して待時《まつとき》、守刀《まもりがたな》を身《み》に添《そへ》て、「諸神《しよじん》も憐《あはれ》み給ひ、男子《なんし》をよろこばせ、爺《ちゝ》[一四]村之助敵《かたき》、甚平を打《(うた)》せ給へ。もしも女子《によし》ならば、立所《(たちどころ)》を去《さら》ず、腹搔切《はらかき(きつ)》て果《はつ》べし」と、此《(この)》一念《ねん》の通《つう》じ、初音《はつごゑ》つよく、男子《なんし》を設《まう》け、願《ねが》ひのまゝの帯《をび》しめて、大事に育《そだて》あげ、名を村丸と、髪置《かみをき》[一五]・袴着《はかまぎ》[一六]、引《ひき》[一七]のばすやうに祈《いのり》しに、程《ほど》なく九歳より、須摩《すま》[一八]寺につかはし、手習《てならひ》の時過《(すぎ)》て、若《わか》[一九]木の桜色《さくらいろ》ふかく、若衆のつぼみと、僧俗《そうぞく》に詠《なが》められ、十三[二〇]の春にぞなれる。

今は昔《むかし》を語《かた》り聞《きか》せ、「敵《かたき》を打《(うち)》に出《(いづ)》べき時節《じせつ》」と、父《ちゝ》村之助最後《さいご》の有様《(ありさま)》を、荒増咄《あらましはなし》も果《はて》ぬに、「其《(その)》甚平が生《しやう》国浜《はま》松に立越《(たち)こへ》、首《くび》を土産《みやげ》に追付《をつ(つけ)》帰りて、目出度《めでたく》御《(お)》

一 機会。
二 すでに甚平との婚約は公のものゆえ、小督が屋敷に残っていればその罪を問われる。
三 密通の慣用表記。
四 武運。
五 軽蔑され。悪口を言われ嘲笑され。
六 甚太夫の誤り。伝来記は登場人物が多く筋も複雑なものが多いためか、時に人名を誤っている場合がある。作者の推敲不十分、綿密さの欠如、場面中心の作品展開などがその原因か。
七 武士としての面目がつぶれて。
八 自宅の門を閉じて謹慎すること。軽い刑罰。
九 甚平は妻敵討と同然であり咎められないが、居づらい状況になって広島を去ったのである。
一〇 播磨国(兵庫県)明石。源氏物語を本章に導入するゆえに明石としたか。
一一 これまでしたことのない渡世。
一二 明石縮は、その地の名産。
一三 その日その日を暮した。
一四 父に同じ。「爺 チチ」(諸節用集)。
一五 幼児がはじめて髪をたくわえる儀式。多くは三歳の十一月十五日に行った。
一六 五、六歳の頃はじめて袴を着ける儀式。
一七 小児の早い成長を祈る親心の表現。
一八 神戸市須磨区の真言宗福祥寺の別称。
一九 須磨寺境内の名木。源氏物語・須磨の記述を発祥とする。ここは村丸の美貌を擬した表現。
二〇 敵討に出る最低年齢は十三—十五歳。
二一 母小督と小督の乳母。
二二 会話文が途中から地の文に変わる文体。
二三 上下にかかる。鎖帷子で肌を隠し、隠し脇指を油単の中にひそかに入れて。
二四 油単の宛字。布または紙に油をしみこませ防湿用としたもの。旅行用具の一。

目《め》にかゝらん」と、身拵《(み)ごしらへ》して立行《(たちゆく)》を、[二一]二人すがりて抱留《だきとゞ》め、「我ゝ一所に立行《(たちゆき)》、打《(うつ)》べき日比《(ひごろ)》の大願《(たい)ぐはん》なり。兼《かね》て心懸《がけ》たるしるしとて、女ながら尺八を吹習《ふきなら》ひ」、[二二]鎖《くさり》の肌着《はだぎ》にかくし[二三]脇指《わきざし》、[二四]油断《ゆたん》に仕込《しこみ》、髪残切《かみざん(ぎり)》に深編笠《ふかあみがさ》、其《(その)》まゝ男の[二五]出立《で(たち)》と成《(なり)》、明石《あかし》の借宿《かりやど》を忍《しの》び道、浪《なみ》の音《をと》、松の嵐、[二六]子を思ふ夜の[二七]鶴《つる》の巣籠《すごもり》と云《(いふ)》を、三人の[二八]連吹《つれぶき》、[二九]鳴音《なくね》も自《(おのづ)》から哀れに物悲《がな》しく、息《いき》づかひは千年《ちとせ》を祝《いは》ひ、[三〇]鉄拐《てつかい》が[三一]峰《みね》に別《わか》れ、[三二]夢の浮橋、[三三]生田《(いくた)》の里、[三四]布引川《(ぬのびきがは)》など渡《わた》りて、[三五]西国海道《(さいごく)かい(だう)》を、[三六]淀《よど》より東路《あづまぢ》の逢《あふ》坂山越《(こへ)》て、[三七]勢田《(せ)た》の永旅《ながたび》に身を労《やつ》し、気《き》を凝《こら》し、[三八]石山寺に参詣《けい》して、[三九]紫式部《むらさきしきぶ》が源氏の間《(ま)》を、[四〇]長崎《さき》の道者開帳《かいちやう》し給ふを、結縁《けちえん》に拝《をがみ》て、「古《いにし》へは、かゝる女も有《(あり)》し世」と、女の身には殊更《ことさら》に感《かん》じて、心静《しづか》に下向《(げかう)》するに、年の程四十計《ばかり》の侍《さぶら(ひ)》、下人一人召連《めしつれ》られ、旅装束《たびしやうぞく》かるく、矢立《やたて》の筆をはやめ、里人に、爰《(ここ)》の名所を聞書《(ききがき)》しておはしけるが、村丸が面影を見給ひ、「扨《(さて)》も、眼《まなこ》ざし、鬢《びん》の縮《ちゞみ》たる所、[四一]腰《こし》の付《(つき)》、其《(その)》まゝ生移《いきうつ》し」と、跡《あと》より私語《さゝやき》給ひしが、下人が声して、「村之助様の幽《ゆう》霊《れい》なるべし」と云《(いふ)》にぞ、名もなつかしく立《たち》どまり、皃《(かほ)》見合せても言葉《ことば》をかけ兼《かね》、「[四二]此《(この)》湖《みづうみ》の八景より、[四三]国贔屓《びいき》の目よりは、[四四]厳嶋《いつくしま》の気色《けしき》面白や、馴《なつか》しや」と、乳《めの》女《と》に[四五]耳雑談《みゝざうたん》すれば、彼男《(かの)をとこ》近寄《(ちかより)》、「をの〳〵は広嶋《ひろしま》の衆《(しゆ)》か」と問《とは》れたるに、まだ身を隠《かく》し、「幡磨《はりま》の者」といへば、「正《(まさ)》敷《しく》安芸《あき》の詞《ことば》つき有《(あり)》。此《(この)》少人は、若《もし》も鳥

二五 いでたち。扮装。
二六 諺「焼野の雉夜の鶴」「子を思ふ鶴」。子供を思う情の切なるをいう。
二七 尺八の曲名。鶴が子を育て子が巣立つまでの喜びや悲しみを内容とする。最も重い曲の一。
二八 合奏。
二九 「鶴の巣籠」の縁で「なく」という。鶴―鳴―千年。
三〇 神戸市須磨区西部の山。「鉄拐の峰 兵庫よりすこし西のかたに高山有」(一目玉鉾・四)。
三一 「春の夜の夢の浮橋とだえして峰にわかるる横雲の空」(新古今集・春上・藤原定家)による。
三二 摂津の歌枕夢野。一目玉鉾は生田の西、布引滝の東南の位置に定める。
三三 神戸市生田神社付近の古称。歌枕。
三四 神戸市布引滝の流。下流は生田川。
三五 京から下関までの当時の主要街道。
三六 淀から京街道を通って東海道に出、逢坂山を越えて。歌枕となっている地名が多く出され、道行ぶりの修辞や雅語が多い文体に注意。
三七 瀬田の長橋をもじる。明石から瀬田までは長旅とは称しがたいが、女と少年の旅の哀れさを強調し「身を労し、気を凝し」とする。
三八 大津市石山にある真言宗の寺。
三九 紫式部がここで源氏物語の「須磨」「明石」の巻を書いたという。
四〇 未詳。近年では、延宝四年(一六七六)三月の開帳(仮名草子・石山寺入相鐘)が知られる。開帳は、厨子の扉を開いて秘仏を拝ませる行事。
四一 男色関係にあった人物なることを示唆。
四二 近江八景をいう。
四三 自分の生国をよいと思う立場。お国自慢。
四四 広島湾西南部の島。安芸の宮島。
四五 耳うち。「ザウタン」(日葡)。

川葉《は》右衛門殿の御親《(ご)しん》類にてましまさぬか」と問《とは》れて、返《(へん)》事し兼《かね》て泪《なみだ》ぐめば、此《(この)》男もしほ〳〵と、語《かた》らぬ先《さき》に歎《なげ》き、「我《われ》は、大谷勘内《(おほ)たにかん(ない)》とて、村之《むらの》助兄弟分《きやうだい(ぶん)》の者也。[一]不慮《(ふ)りよ》に是《(これ)》を討《うた》せ、其《(その)》相手を遠州迄《えんしうまで》尋ね、心のまゝに打取《(うちとり)》、[二]孝養《けうやう》にせんと、遥〻行《はる〳〵(ゆき)》しかひなく、其者、今程《いまほど》は、[三]吉野《よしの》の山里《やまざと》に在家《ありか》を聞出《きゝ(いだ)》し、只今《(ただいま)》立《(たち》行《ゆく)》」と語《かた》り給へば、人〻、勘内に取付《(とりつき)》、「其村之《むらの》助が一子《し》村《むら》丸」と、心底《しんてい》、始《はじめ》を語《かた》れば、皆〻《みな〳〵》一度に泣出《なき(いだ)》し、「歎《なげ》き、爰《こゝ》にして尽《つき》ぬ事なり。さあ〳〵大和《(やまと)》に越《こへ》て、甚平《ちんぺい》を打《(うつ)》ての上の事ぞ」と、それより吉野にわけ入《(いり)》、慥《(たしか)》に見出し、勘内《かん(ない)》後見《うしろみ》をして、村丸に願《ねが》ひの儘《まゝ》に打《(うた)》せ、[四]始終《しじう》の首尾、残る所なく、無事に此里《(この)さと》を立退《たちのき》けると、[五]昔《むかし》を今に語り伝へり。

見ぬ人皃《(ひとがほ)》に宵《よひ》の無分別《(むふん)べつ》

玄春後家《げんしゆんごけ》とて、[六]肥後《ひご》の城下《じやうか》に名を得《え》たる、女の[七]針立《はりたて》あり。夫《をつと》、一流《りう》の上手《(じやう)ず》なりしに、[八]一子《し》相伝《さうでん》の[九]屋継《(や)つぎ》もなくて、相果《(あひ)はつ》る時、[一〇]大事を女につたへり。それより後夫《ごふ》を求《もと》めず、[一一]剃髪《ていはつ》して、[一二]妙春《めうしゆん》と改《あらた》めて、療治《れうぢ》に暇《いとま》なく、殊更《ことさら》、[一三]奥方の病《びやう》中に重宝《てうほう》なる者とて、[一四]屋形町《かた(まち)》、心やすく出入仕《つかう》まつる。

一 思いがけず。以下の勘内の言は、十三、四年前のことを語っているようではない。西鶴は時に、時間の流れに無関心な記述を行う。

二 丁重に供養追善すること。

三 吉野の山里にあり、と在家をかける。前章でも吉野が隠れ家となっている。

▽石山寺での勘内との出会いの場面は、源氏物語・玉鬘の巻における初瀬寺参詣の際の玉鬘一行と右近との出会いの場を利用し作り変えたものと見ることができる。

四 万事に手落ちなく。ただし、これは、心情的には甚平が敵とされていても、公には認められない敵討だから、甚平殺害後は無事に「立退」く以外にない。

五 昔の事を現在に。当世のことならずと強調。

▽素材となった実在の話は未詳だが、本章は、源氏物語の世界を導入して当世化していると見られる部分が多い。小督の強い性格やその行為の描写は印象的であり、石山寺参詣までの展開は興味深く、作者も力を入れて書いているごとくだが、最終部の敵討はやや付け足り的でおざなりと評さざるをえない。

六 熊本。寛永九年(一六三二)以後細川氏の城下町。

七 鍼医。「針医 …ハリタテ」(書言字考)。

八 奥義を子供一人に伝えること。

九 その家を継ぐ嫡子。

一〇 鍼の奥義。

一一 鍼医は剃髪するのが普通。

一二 前出玄春は夫の名で、始め玄春後家と呼ばれていたのを妙春と改めたの意か。冒頭の玄春を誤りと見ることもできる。

一三 奥向き。武家の女性たち。

一四 武家屋敷町。

一五 部屋住み。家督相続以前の嫡子や家督相続

有時《(ある)》、善連寺外記《(ぜん)れんじげき》といへる人の妹《いもうと》に、おたねとて、十八まで縁《えん》どをく、[一五]部《へ》屋住《ずま》ゐの気《き》づくし、こゝちなやませ、胸《むね》のつかへの養生《やうじやう》に、妙春《めうしゆん》に針《はり》をうたせられしに、次第に[一六]験気《げんき》をよろこばせられ、其後《(その)のち》は、[一七]朝暮《てうぼ》御見舞《まひ》申入《(まうしいれ)》、外《ほか》よりは御懇意《(ご)こんい》にあづかり、折〻の衣類《ゐるい》まで、[一八]召《(めし)》おろしを給《たま》はり、其《(その)》身は、飢《うへ》ず寒《さむ》からずして、世をわたりぬ。

又、同《をな》じ家《か》中に、福崎軍平《ふ(く)ざきぐんぺい》といへる人、[一九]御使番《(お)つかひばん》を勤《つと》め、[二〇]仁躰《(じん)たい》すぐれて、武芸《げい》に達《たつ》し、今年《(こ)とし》二十六才なるが、いまだ妻女《さい(ぢよ)》もなかりき。かねてのねがひに、[二一]容《よう》儀《ぎ》よく、[二二]器用形気《きようかたぎ》を人に尋《たづ》ねられしに、妙春、是《これ》へも此程《(この)ほど》より御出入《(おでいり)》を申《(まうし)》、世《せ》間《けん》ばなしの次手《ついで》に、「縁付比《えん(つきごろ)》の息女《そくぢよ》はあらずや」と、尋《たづ》ねられしに、[二三]折《をり》に幸《さいはひ》、彼外記《かのげき》殿の御妹君《いもとぎみ》の御事、世に又《(また)》もなき美女《びぢよ》のやうに、万《よろづ》をよろしく、[二四]取合《(とり)あはせ》を申にぞ、見ぬ人をこがれ、「其息女《(その)そくぢよ》を我らに給はりなば、いかにもして申請《(まうしうけ)》たき」よしを語り給へば、妙春、「此義《(このぎ)》、わたくし[二五]御肝煎《(お)きもいり》て、首尾《しゆび》させ申べし」と、手に取《(とる)》やうに[二六]談合《だんかう》、外記《げき》殿へまいりて、[二七]仲人口《なかうど(ぐち)》を出し、[二八]御内証《(ご)ないしやう》へよく〱申通《つう》じ、此婚礼《(この)こんれい》を調《とゝの》へ、[二九]しるしの頼みをはこばせ、其霜月《(その)しも(つき)》の十一日、[三〇]娌取《よめ(とり)》の吉日とて、外記《げき》殿にはおくり用意《ようい》、軍平《ぐん(べい)》殿には迎《むか》へこしらへ、妙春は、[三一]先乗《さきのり》物に[三二]てびゞしく、大座敷に[三三]ざゞめき、一代一度《ど》の花をかざり、[三四]挑子《てうし》・[三五]加《くは》への[三六]千代の

できない二男以下が親がかりでいることをいうが、ここは婚期に遅れ親がかりでいる娘。
一六 効験のあること。
一七 当時の医師・鍼医などの中には、大家に出入りし幇間同然の身持ちをするものもあり、太鼓医者などの語も存する。妙春もその類として人物設定が行われている。
一八 奥様などの着古しの衣服。
一九 使者役。「使者役は…其器量をえらび発明にして弁舌あざやかにて礼式をしり文字をしりて片言をいはざるを上とすべし」(人倫訓蒙図彙)。
二〇 人体。人の風采。
二一 容貌がすぐれ。伏線の意味を持つ。
二二 手先の芸に器用な性質。形気は気質の慣用。
二三 これ幸いとばかりに。
二四 いい加減なことを寄せ集めて言うこと。
二五 仲介して。諸種の仲介も太鼓医者の芸のうち。
二六 相談。「ダンカウ」(諸節用集)。
二七 両方に良いように適当なことをいう仲介者の言。諺に「仲人口は半分にきけ」。
二八 主人の家族。ここは外記の奥方。
二九 結納の品。
三〇 娌は「アイヨメ」(玉篇大全)の意味だが、当時は嫁に通用。
三一 嫁入り行列の先頭に立って行く駕籠。乗物は引戸のある上等な駕籠。
三二 美々しく。はなやかに。
三三 人が多勢集まって、ざわざわして。
三四 銚子の宛字。
三五 酒を銚子や盃に注ぐ水差し形の器。また、それを持って酒を注ぐこと。
三六 三々九度の盃事を行って夫婦の契りの永からんことを寿(ことほ)いで。

はじめ、軍《ぐん》平も心嬉《うれ》しく、其面影《(そのおもかげ)》を見しに、思ふに各別《かくべつ》の相違《(さう)い》ありて、姿ばかり尋常にて、[一]横貟《よこ(がほ)》に幅広《ひろ》く、額《ひたい》あがりて髪《かみ》すくなく、然《(しか)》も、唇《くちびる》あつく鼻《はな》ひくう、[二]つき〴〵の女に見くらべてさへ、さりとはおもはしからず。

軍《ぐん》平腹立《(ふく)りう》、胸《むね》をすへかねて、妙春《めうしゅん》をよび立《(たて)》、「世の[三]昼盗人《ひるぬす(つと)》とは、おのれが事なり。女にあらずは、[四]いけてはかへさじなれ共《(ども)》、命《いのち》をたすくるかはりに、あれをそのまゝ、今宵《こ(よ)ひ》のうちに外記《げき》かたへもどせ」と、[五]思《(し)》あんもなく、無分別に申せば、妙春、[六]挟箱《はさみ》の蓋《ふた》をあけて、金子弐百両取出《(とりいだ)》して、「[七]右に御契約は申さね共、[八]あなたの御手前《(お)てまへ》よろしきゆへに、此《(この)》小判《ばん》を送《をく》らるゝなり。[九]今の世《よ》の中は、かうした事が[一〇]勝手《かつて》づく、[一一]女房がよいとて、[一二]御身躰《(ごしん)だい》のたよりにはなりませぬ。御ためのあしき事はいたさぬ」と、いかめしく見せければ、軍平《ぐんぺい》、たまりかねて、妙春に縄《なは》をかけて、乗物《のりもの》に押込《をしこみ》、[一三]長持《ながもち》・手《て》道具《ぐ》、残らず外記《げき》門外《もんぐはい》につませければ、おたねは、世《よ》に口おしく思ひつめ、[一四]宿《やど》にはかへらず、軍平《ぐんぺい》かたにて、自害《じがい》して果《はて》にける。

外記《げき》、[一五]堪忍《かんにん》ならず、[一六]早馬《はや(うま)》にてかけつくれば、軍《ぐん》平かたには覚悟《かくご》して、大門ひらきて待請《まちうけ》、外記《げき》、馬《むま》よりをりて、玄関前《げんくはんまへ》にはしりあがるを、両方より、[一七]長《なが》道具にてはさみ立《(たて)》、心まかせにはたらかせず。やう〳〵若党《わかたう》二人切臥《(きり)ふせ》、四五人に

一 以下不美人であることの強調。不美人ということで源氏物語・末摘花の巻の末摘花を意識し、対照的に描いているか。末摘花は、背丈は高く、顔は面長すぎ、髪は豊かだが、鼻は「あさましう高うのびらか」、額は「こよならうはれたる」とあるが唇の描写はない。

二 付添いの女。なお、末摘花も侍女の侍従よりはるかに劣る容貌とされている。

三 白昼盗みをする者の意から、非常にずうずうしいもののたとえ。

四 生けては。生かしては。

五 深い配慮も考えもなく。伝来記には、無思慮・無分別に我意や意地を押通そうとする武家の行為を事件の発端とし、それを諷する姿勢が多く見られる。

六 衣服等を入れ棒でになう長方形の箱。

七 以前。前もって。

八 あちら様の暮し向きがよろしいから。

九 金銭に動かされる当世の武士の風潮を指摘。

一〇 生活のためになり都合が良い。

一一 美人だからといって。

一二 生活。暮し向き。身躰は身代の慣用表記。

一三 長持・手道具(身のまわりの小道具)、ともにおたねの嫁入り道具。 一四 自分の家。外記宅。

一五 どうにも我慢がならず。伝来記には「堪忍」の語の使用例が多いが、堪忍できず切合いとなるといった行動パターンに町人とは異なった武家のありようを具体化し、武家の論理や心情を興味深く読者に印象づけている。

一六 「早馬」は普通早打ちの使者の乗る馬だが、ここは馬を急がせて、の意。

一七 槍、長刀、刺股などの長柄の武器。

一八 浪人。「牢人 ロウニン」(諸節用集)は慣用表記。「牢人は字さへうたてや穴冠午か牛かと人

も手を負《をふ》せ、奥《をく》へ切入《(きりいる)》所を、石倉慰右衛門《くらぜう》といへる牢人《(らうにん)》[一八]、軍《ぐん》平にか[一九]ゝり人にてありしが、[二〇]うしろより[二一]十文字にて突付《つき(つけ)》、つゐに外記《げ(き)》はうたれける。近所《きんじょ》の屋形《かた》、立《(たち)》さはぎたるうちに、[二二]手前ばやに立《(たち)》のきさまに、[二三]妙春も打《(うつ)》て捨《すて》、一家行《(ゆき)》がたしらず、明屋敷《あけ》になりける。

其《(その)》折ふし、外記《げき》弟《をとゝ》八九郎といへる者、[二四]熊《くま》野山一見《けん》の[二五]同道《どうだう》有《(あり)》て、参詣《さんけい》せし留《る》[二六]主《す》のうちなり。山は雪《ゆき》に埋《うづ》み、大木《(たい)ぼく》小松に見なし、[二七]枝折《しをり》の薄《すゝき》も葉《は》がくれの道しれず、岩根《(い)はね》づたひに行《(ゆく)》すへは、鳥の声《こゑ》なく風あらく、氷《こほり》をくだきて息《いき》をつぎ、[二八]身をこらして行《(ゆく)》うちに、和田林八《りん(ぱち)》と云《いふ》者、足《あし》をいたませ、心ばかりはすゝみて、腑甲斐《ふがひ》なく見えければ、八九郎立寄《(たち)より》、「日比《(ひごろ)》口ほどにもなき男、今から其《(その)》ごとく腰《こし》ぬけて、なを行さきの峰《みね》は、いかにしてこゆべきや」と、手を打《(うつ)》て笑《わら》ひ、「此度《(このたび)》の参詣《さんけい》も、汝《なんぢ》思ひ立《(たち)》ゆへに、つれ立《(だち)》たるかひぞなき。小者《(こ)もの》にあれまでか[二九]たにかゝれ。それよりは、我らが抱《だき》てなり共越《(とも)こゆ》べきを」と、林《りん》八に力《ちから》をつくべきために、[三〇]言葉《ことば》あらしければ、此《(この)》者、これを無念におもひ、「足《あし》はたゝず共、其方《(そのはう)》にまさるつよき所を覚へたり。[三一]八幡のがさじ」と、刀ぬきかざして打《うつ》てかゝれば、八九郎も、[三二]是非《ぜひ》をこゝに極《きは》め、切先《きつさき》より火《ひ》を出し、[三三]しのぎ削《けづり》てあやうき時、[三四]枯野《かれの》より、外記《げき》、[三五]常《つね》にかはりたる姿《すがた》のあらはれ出《いで》、其《(その)》中に飛《とび》いり、

の争ふ」(可笑記評判・六)の狂歌がある。なお、この浪人石倉慰右衛門も敵討の対象とならねばならないはずだが、本章では以下消えてしまう。
一九 居候。
二〇 卑怯なやり方として記述。本章では嫁の容色にこだわり無思慮・無分別な行為をする軍平、及びそれに味方する者はもっぱら悪役。
二一 穂先が十文字の槍。　二二 手ばやく。
二三 妙春は外記宅の門外に送ってしまったはず。浪人石倉の件とともに作者の記述は不用意。
▽以上が敵討の発端となる事件。容色にこだわる軍平、仲人口をきき当世の風潮に居直る妙春、腹にすえかね無分別な行為に走る軍平、自害するおたね、軍平宅に切込む外記と話は急調子に展開して行く。当世の風潮を背景に、武道とは無縁の小事(嫁の容色)にこだわったが故に大事に至る過程を描写する西鶴の姿勢には、いささかならず皮肉な視点が見受けられよう。
二四 和歌山県熊野地方の熊野三山(本宮・新宮・那智)に参詣すること。
二五 一緒に行く者がいて。
二六 留守の慣用表記。　二七 道しるべに結ぶ薄。
二八 自分の身を苦しめて。苦労して。
二九 肩にかかれ。肩によりかかって行け。
三〇 わざと乱暴なことを言うと。
三一 武家の守護神八幡菩薩に誓って、の意より、断じて。決して。
三二 もはや何ともならぬと心を決めて。
三三 お互いの刀の鎬(しのぎ)を削り合うような烈しい切合いをして。鎬は、刃と峰(刀の背)の間の少し高くなった部分をいう。
三四 前述の「山は雪に埋み、大木小松に…」の部分と矛盾する。場面中心の書き方ゆえの不用意。
三五 ふだんとは違った、経帷子一重の亡者の姿。

「是《これ》は当座《たうざ》[一]の言葉《ことば》とがめ、我《われ》は福嶋軍平《ふくしまぐんぺい》[二]にうたれ、浮世《うきよ》をさつての亡霊《ばうれい》なり。[三]敵《かたき》うたすべき者は八九郎なれば、大事の命悲《かな》しく、爰《こゝ》に二《(ふた)》たびまみゆるなり。此《(この)》意趣《いしゅ》[四]やまずは、軍平《ぐんぺい》を打《(うつ)》ての後《のち》、たがひ[五]の思ひをなし給へ。是非に頼《たの》む」と、いふ声《こゑ》の下より、消《きへ》[六]て形《かた》ちはなかりけり。

両人、眼前《がんぜん》に驚《をどろ》き、しばし十方《とはう》[七]にくれけるが、八九郎、涙《なみだ》にしづみて、「運《うん》命《めい》のつきか」と、是《(これ)》をなげく。林八《りん(ばち)》[八]いさめて、「今はかへらぬ事なり。天[九]をわ

一　その場かぎりの言葉の行きちがい。

二　前出では「福崎」。不用意の誤り。前章で「福嶋安清」を出し、福嶋正則の城下のこととしていた故の誤りか。なお、前の部分では、軍平方の居候であった浪人石倉慰右衛門に討たれたことになっている。

三　正式に敵を討てるのは、嫡子、弟などの卑属である故にいう。

四　遺恨。恨み。

五　お互いの思いを晴らしなさい。

六　「形は消えて失せにけり〳〵」(謡曲・土蜘蛛、生田敦盛)などの常套句をきかした表現。

七　途方。手だて。分別。十方は慣用表記。

八　勇めて。元気づけて。

九　天に分け昇り地を掘返すように、あまねく捜して見つけ出し。出典あるか。

挿絵解説　しのぎを削って切合いをしている善連寺八九郎と和田林八。ともに角前髪(半元服)の髪型故、十六、七歳か。左右の人物のどちらが八九郎かは不明。経帷子姿の外記の亡霊が現れ、二人の間に入って切合いを止めようとしている。背景には熊野三山の一つが雪景色の中に描かれ、社殿の一隅が見える。左上の梢の猿二匹に右の場面を遠望させている。

け地《ち》をかへして、軍平を打《うち》給へ。助太刀《すけ(だち)》はそれがし」と、八九郎に力をそへ、本国にかへれば、外記《げき》夢《ゆめ》[一〇]のつげにたがはねば、八九郎・林《りん》八、すぐに肥後《ひご》をたち出《(いで)》、いづくを定《さだ》めずたづねける。

かくて、二《(ふた)》とせあまりも心をつくし、たづねめぐり、「[一一]信州戸隠《しんしうとがくし》山の[一二]社僧《しやそう》に[一三]内縁《ないえん》ありて、是《(これ)》を頼《たの》みにして、其《(その)》山中に住《すみ》ける」[一四]よし聞出し、[一五]やるせなく心の[一六]燃《もゆ》る、[一七]信濃《しなの》なる其山に忍《しの》び行《ゆき》、ひそかに様子《やうす》を聞《きく》に、軍平《ぐんぺい》、道伝《だうでん》と名《な》をかへ、世をのがれたる墨衣《すみごろも》、[一八]仏《ほとけ》もなき草庵《さうあん》をむすび、ひがしの山はらに、黙然《もくねん》として年《とし》月《(つき)》をおくるは、さらに仏心《ぶつしん》にはあらず、[一九]億病風《をくびやうかぜ》に引籠《ひきこも》り、[二〇]世上《せじやう》をおそれての山居《(さんきよ)》ぞかし。

八九郎・林《りん》八、笹戸《さゝど》を踏破《ふみやぶ》りてかけ入《(いり)》、「軍平《ぐんぺい》、今月今日、最後《さいご》の覚悟《かくご》」と、名乗《なのり》かけしに、むかしの勇力《ゆうりき》出ず、手《て》を合せ降参《かうさん》して、「今はこの身になりて、外記《げき》殿の御《(お)》跡《あと》を[二一]吊《とぶ》らひければ、命をたすけ給へ」といふ。八九郎、庵《いほり》を見まはし、「汝《なんぢ》、心中《しんちう》に偽《いつはり》あり。用《よう》心《(じん)》の[二二]枕鑓《まくらやり》、形《かた》ちは墨染《すみぞめ》、一心は以前《いぜん》にかはらじ。いかにのがるべき、さあ立《(たち)》あがれ」と責《せめ》かくれば、「かなはじ」と、鑓《やり》を取《(とる)》手を打《(うち)》おとせば、かひ〴〵敷《しく》も、打おとされし手を左《ひだり》の手にもち、林《りん》八が助太刀《すけ(だち)》を打おとし、林八を切《(きり)》ふせる所を、八九郎、とびかゝり切倒《きりたを》し、とゞめをさし、

一〇 夢中でのお告げ。前出では、現実の切合いの場へ亡霊が出現したと記述されている。
一一 長野県上水内郡にあり、修験道の霊場として著名な山。天台宗顕光寺(現戸隠神社)があり、別当・社僧・社家がいた。
一二 神社に所属し仏事を行う僧。
一三 身内の縁故がある者。
一四 会話文を「…よし」でくくって以下地の文に変える文体。多出する。
一五 思いのはらしようもなく心は燃え上がって。
一六 「古き歌に、信濃なる浅間の嶽も燃ゆるといへば」(謡曲・富士太鼓)。この「古き歌」は、「信濃なる浅間の山も燃ゆなれば富士の煙のかひやなからん」(後撰集・離別)。なお「富士太鼓」は敵討をとりあげるが、中に討たれた楽人富士の妻が夢占で夫の死を知り都へ上る等の趣向がある。
一七 注一六の浅間山を転じ、ここは戸隠山。
一八 仏像も置いていない。信仰心のないさまをいう。
一九 臆病。億は臆に通用。
二〇 世間。世に知られることを恐れての山住い。
▽以下、軍平を卑怯・未練な武士として形象する。伝来記は武士の種々なありようを描くが、これもその一例であり、次章のいさぎよい篠原文助などと対比されることとなる。
二一 吊は弔の慣用表記。
二二 身辺にそなえておく護身用の短い槍。

林八が死骸《しがい》に取《(とり)》つき、なげくに甲斐《かひ》なく、今ははや、髻《もとゞり》切《(きつ)》て発心《ほつしん》し、[一]津《つ》の国中山寺のほとりに身をかくし、外記《げき》・林八両人の後《のち》の世を[二]吊《と》ひけると、[三]いにしへの名は朽《くち》ずして、今に石塔《(せき)たう》のみ残れり。

身躰破《しんだいやぶ》る落書《らくがき》の団《うちわ》

[四]人の風俗《ふうぞく》、今ぞ髪《かみ》かしら、[五]眉山《まゆ(やま)》の姿《すがた》も見よげになりぬ。むかし、阿波《あは》の国[六]徳《とく》嶋《しま》に、奥田《をくだ》戸《と》右衛門といへる人、[七]都《みやこ》の北野に、久敷浪人《(ひさ)しくらう(にん)》して居《ゐ》られしが、此家《(この)か》中によき親類《しんるい》ありて、[八]身体取持《しんだいとり(もた)》れて、[九]町打《てう(うち)》の鉄炮《てつぽう》を[一〇]申立《(まうしたて)》に、[一一]三百石くだし給《(たまは)》り、[一二]明所《あきしよ》ありて、屋敷《やしき》迄《(まで)》仰付《(おほせつけ)》させられ、首尾《しゆび》残《のこる》所なく相済《あひすむ》事、[一三]武芸《ぶげい》のあつきゆへなり。

此人《(この)》、当年《たう(ねん)》十六の娘《むすめ》ひとりを、[一四]月にも花にも、京そだちにして、[一五]美形《びけい》、田舎《いなか》には[一六]目《め》なれず、見ぬ人まで聞《(きき)》つたへて、恋忍《こひしの》びぬ。常ゝ《つねぐ》、戸《と》右衛門心底《しんてい》には、「いかなる方《かた》にてもあれ、[一七]見立《(みたて)》て、[一八]末子《ばつし》をもらひ、娘《むすめ》にめあはせ、奥田《をくだ》の[一九]名跡《めうぜき》をつがせたき」[二〇]念願《ねんぐはん》なれば、外より[二一]婚礼《こんれい》の内証《ないしやう》あれ共、取《(とり)》あへず、養子《やうし》を望みしに、あなたこなたより、此家《いへ》に[二二]入縁《いりえ》ののぞみ、あまたなり。

一 兵庫県宝塚市中山にある真言宗紫雲山中山寺。西国三十三所の第二十四番の札所。「此観音有二霊験一也」(和漢三才図会・七十四)。
二 とぶらうに同じ。
三 はるか昔のこととするための記述。本章はこの部分以外に昔であるとの時代設定はない。
▽敵討の発端を記す前半部に比し、後半部の展開は、亡霊の出現、敵発見までの描写の欠如など、やや安直さがある。敵討の後、林八を殺された八九郎が本国に帰らず出家する結末は、林八・八九郎の男色関係を示唆すると思われるが、本文に記述なくやや不用意か。なお、本話の素材として、延宝元年(一六七三)熊本藩内の前田・藤田両家の闘争事件が指摘されている(中村幸彦)が、伝来記は事件の起った場所を変えている場合も多く、実名を出す場合もないので、この事件をただちに典拠とは認定できない。
四 人の風俗は今、髪型も眉の型も好ましいものとなった、の意に、眉山の姿が徳島城下の好ましい背景となっているの意をこめる。
五 徳島市西方の富田山。「眉のごと雲居に見ゆる阿波の山」(万葉集・巻六)の阿波の山を富田山とし、眉山に命名したと伝える。
六 蜂須賀氏の城下町。
七 京都市の北野天満宮周辺。
八 仕官の口を仲介されて。身体は身代に通用。
九 一町以上の遠い距離を打ちあてる鉄砲の腕前。
一〇 特技として申し立てたので。
一一 中の上クラスの武士の禄高。
一二 あいている所があって屋敷まで支給され。
一三 武芸のたしなみが十分にある。
一四 非常に大事にし可愛がって。月とも花とも思って(京で育てた娘は)京育ちで。主語の転換でねじれた文体。
一五 美人。美しい姿。

其中《(そのなか)》に、篠原文助《しのはらぶんすけ》といふ人、縁《えん》ありて、[二三]諸井頼母《もろゐたのも》といへる人、[二四]肝入《きもい》られて、[二五]極月《ごく(げつ)》廿六日に、[二六]文《ぶん》すけ、戸右衛門かたへ入《(いり)》て、[二七]祝言《しうげん》の事はじめ、[二八]目出度《めでたく》、其《(その)》年も暮《くれ》て、明《あく》る正月三日の事なるに、若《わか》き者集《ものあつま》りて、「いざ、文《ぶん》助に[二九]水掛祝《みづかけいわ》ひ」といひ出《(いづ)》れば、をの〳〵[三〇]進《すゝみ》て、無《む》用といふ人、ひとりもなし。血気《けつき》の男手分《てわけ》して、[三一]其拵《(その)こしら》への程もなく、[三二]金箔置《ばくをき》の手桶《てをけ》五十、[三三]銀箔《ばく》の柄杓《ひしやく》五十本、衣装《いしやう》づくしの[三四]笠鉾《かさぼこ》十二本、[三五]落書《らくがき》の大団《(おほ)うちは》に、[三六]竹馬《むま》壱疋《ひき》、[三七]籠張《かごはり》の立烏帽子《たてゑぼし》、門口《もん(ぐち)》に持《もち》かけさせ、「いはゐましての御事」と、急度《きつと》使《つかひ》を立《(たて)》ける。文《ぶん》助、聞届《きゝとゞけ》て、「御返事《(ご)へんじ》は是《(これ)》より」と、其《(その)》者を帰して、しばらく分別《ふんべつ》するうちに、家《か》中[三八]是《(これ)》ざたにて、見物立《けんぶつ(たち)》かさなり、[三九]作《つく》り物の風流《ふうりう》を、[四〇]どつと笑《わら》ふて果《はた》しける。[四一]老中《らう(ぢゆう)》の耳《みゝ》に立《(たち)》、「此義《(このぎ)》は、[四二]先《せん》年御法度《(ご)はつと》仰《(おふせ)》わたされしに、今又《(いままた)》、掟《をきて》を背《そむく》者、せんさくすべし」。[四三]大横目《(おほ)よこめ》両[四四]役《やく》人に申《(まうし)》わたされ、吟味《ぎんみ》をするに、若《わか》手壱人も組《くみ》せざるはなし。「兎角《とかく》は[四五]其《(その)》なりけりに済《すま》せ」と、其道具《だうぐ》を取《(とり)》おかせ、[四六]水《みづ》も[四七]浪風もなく、阿波《あは》の鳴戸《なると》はおさまりぬ。

され共《(ども)》、文《ぶん》助[四八]堪忍《かんにん》せず、団《うちは》の書付《(かきつけ)》を見しに、[四九]尊円《そんゑん》やうの筆のあゆみ、「正《(まさ)》しく是《(これ)》は、千塚林《ちづかりん》兵衛が手跡《しゆせき》にうたがひなし。外《ほか》の人だに心外《しんぐはい》なるに、此《(この)》林兵衛は、我らと従弟《いとこ》なるに、さりとは悪《にく》きしかた」と、腹立《ふくりう》やむ事なくて、其夜《(その)よ》、

一六 見たこともなく。「恋忍びぬ」まで源氏物語以後物語類などに見られる常套的パターン。
一七 人物・才能などをよく見きわめて。
一八 「末子　バッシ〈又云末男〉」(書言字考)。
一九 跡目。家名・財産など。
二〇 心中思惟の文が地の文に変わる文体。
二一 嫁にもらいたいという内々の申入れ。
二二 聟入りして養子となること。前章の嫁取りに対比される本章の趣向と見ることもできる。
二三 種々のことを頼む人、の意の擬人名か。
二四 世話をして。　二五 十二月の異名。
二六 用字、原本のまま。人名等の表記は時に自在。人名を時に誤ることと同じく、やや不用意。
二七 婚姻の始めにある諸事もめでたくすんで。
二八 上下にかかる。事はじめめでたく、めでたくその年も暮れて。
二九 「水浴せ」(四二頁注六)に同じ。
三〇 乗り気になって。
三一 その準備に取りかかると間もなく。
三二 「キンパク」(日葡)。金を打ちのばして薄紙のようにしたもの。　三三 「ギンパク」(日葡)。
三四 祭りや祝いの飾り物の一。大きな傘の上に種々の飾りをつけたもの。
三五 いたずら書。猥雑な文句や図をかいたもの。
三六 股にはさんで遊ぶ子供の玩具。↓五九頁挿絵。
三七 竹で編んで紙をはった立烏帽子。↓五九頁挿絵。　三八 もっぱらの評判。
三九 趣向をこらして作った祭礼の道具。笠鉾などをさす。　四〇 どっと笑って事は終った。
四一 政務の中心となる家老。江戸幕府の職制としての老中ではない。
四二 四二頁注六のように、江戸では度々禁止の町触が出されている。ただし徳島藩では厳禁さ

屋形《かた》に尋《たつ》ね、子細《しさい》いはず打捨《(うち)すて》て、すぐに立《(たち)》のきける。

「団《うちは》の落書《らく(がき)》せしは、林兵衛にはあらず。杉森新蔵《すぎもりしんざう》といへる人の書《(かき)》しに、文《ぶん》助、心のせくまゝに、はやまりける」と、ばつと沙汰《さた》をしけるに、新蔵《しん(ざう)》、「扨《(さて)》は、我《わが》筆ゆへ林《りん》兵衛はうたれぬ。此上《(この)》は、文《ぶん》助を打《(うつ)》て林兵衛に手向《たむけ》ん」と、何国《いづく》[一]をさだめなく尋出《たづね(いで)》しが、船中《せん(ちゅう)》より腹《ふく》中をなやませ、色〻養生《やうじやう》のかひもなく、やう〳〵大坂に付《(つき)》て、五七日後《のち》、他《た》国の土《つち》となりける。思[二]へばおしき命ぞかし。

れてはいない(前田金五郎)。伝来記は諸国を舞台としてはいても、必ずしもその地のことでないことがあり、意識的に変えているものもある。ここも、徳島のこととしながら三都での禁令を背景に記述されていると見られる。

四三 藩内の監察役の長。

四四 二名の横目役の者。

四五 そのままに。「それなりけり」とも言う。

四六 水掛祝いの「水」の縁として出す。

四七「世の中を渡りくらべて今ぞ知る阿波の鳴戸は浪風もなし」(野槌・一・伝兼好)による。

四八 →五二頁注一五。

四九 伏見天皇の第五皇子、青蓮院門主尊円法親王が創始した書道の一流派。青蓮院流、御家流と称する。近世の公文書の書体となり、当時この書体で書く武士は数多い。

▽事態が無事に納まったのに「堪忍せず」、当時一般的な「尊円やう」(御家流)の書体から筆者を軽率に断定し、「子細いはず打捨」てる文助の行為は前章の軍平と同様無思慮・無分別に過ぎるが、禁制の水掛祝いをうまく生かして、読者を作中にひきこむすぐれた導入部となっている。

一 どこというあてもなく。

二 落書の書き手杉森新蔵が登場し文助を討ちに出発する、という新たな展開により、読者は、どのような話となるかを当然期待しつつ読み進めて来るが、ここで簡単に肩すかしをくわされることになる。各人物を綿密に生かそうとせず、時に場当り的に登場させたり、読者の期待を簡単に裏切って白けさせたりすることは、作品を平面的なものとするごとくだが、そのようなあり方も、伝来記の語り口の特色の一で多出。

扨《さて》、林《りん》兵衛が一子《(いつし)》林《りん》太郎とて、其比《(そのころ)》二歳になりしが、女房生国《(しやうこく)》は、三備後《びんご》の福《ふく》山の人なるが、此子《(この)》をつれて、親里《をやざと》に帰《かへ》りぬ。四「うき世に、武士《ぶし》の妻女程定《さいぢよほどさだ》めなきものはなし」と、見し人是《(これ)》を歎《なげき》し。然《しか》も継母《けいぼ》なれば、何に付《(つけ)》てもおもはしからず。殊更《(ことさら)》、此腹《はら》がはりの妹《いもと》、三人までありてうるさく、随分如在《ずいぶんぢよさい》なく、五名人《めいじん》をさばけ共《(ども)》、六心にかゝる言葉《ことば》も耳《みゝ》にいれば、本《(ほん)》の母人《はゝ(びと)》の事をのみ思ひ出し、身のかなしきに付《(つけ)》て、つれあひ林《りん》兵衛の面影《をもかげ》を、現《うつゝ》にもわすれはやらず。

三　今の広島県福山市。
四　この世。憂き世の意も含む。「…程…なるはなし」の型で簡明に種々の感慨を記す文体は西鶴作品に多く効果的に用いられている。
五　巧みに応対して暮していたが。
六　継子いじめは物語類の一パターン。その趣向の導入により林太郎母子の哀れさを強調。ただしやや唐突の感がないではない。

挿絵解説　右上には、門松としめ縄を飾ってある文助の家の門前が描かれ、その前に柄杓ののった大桶と手桶七個が置かれている。本文の「金箔」「銀箔」置きの手桶・柄杓という記述は生かされていない。中央から左図にかけては、水掛祝いをはやす若者たちの行列。前から、頭巾をかぶり落書の大団を持つ男、扇子をかざしてはやす鉢巻姿の男、馬頭をつけた竹馬にまたがり籠張の立烏帽子をつけた男、造花をつけた笠鉾を持ち頬かぶりをした男、以下、踊るようにしてはやしたてる男三人が続く。左上には子供をだいた乳母と子供を背負った少女が水掛祝いの行列を見ている。なお、伝来記出刊の前月刊の懐硯・三の一「水浴は涙川」の挿絵にも水掛祝いの類似の状景が描かれているが、そこには笛を吹き鼓を打つ者なども描かれている。

「悪《にく》や、其文《(その)ぶん》助目《め》を、林太郎成人《せい》して、うたせ給へ」と、諸神に大願をかけて、[一]心の劒《つるぎ》をけづり、[二]利道《りだう》の一念《ねん》、骨《ほね》に通《(かよひ)》て、此勢《(この)いきほ》ひ、[三]「千尺《じゃく》の岩屋《いは》に籠《こも》り、七重《ぢう》の鉄門《てつもん》をかまへたり共、[四]安隠《あんをん》にはおかじ」と、備後《びんご》を忍《しの》び出《(いで)》、林太郎を抱《だき》守《もり》て、夜露《よ(つゆ)》、汐風《(しほかぜ)》をいとはず、磯づたひ行《(ゆく)》に、備前《び(ぜん)》の国[五]瀬戸《せ》の明《(あけ)》ぼのに、旅《たび》の姿を恥《はぢ》て、[六]唐琴《からこと》の[七]泊《とま》りさだめず、[八]牛窓《うしまど》の浜里《はま(ざと)》に、[九]網引《あみ(ひき)》の長九郎といふ者あり。是《(これ)》、[一〇]世をわたり奉公せし時、母人ふびんをくはへられ、[一一]季《き》をかさねてつかはれしが、今は古里《ふるさと》のいとなみしける。

以前のよしみに、此男《(この)をとこ》をひそかに尋《たづ》ねしに、やさしくも昔《むかし》の御恩《(ご)をん》をわすれず、「是は」と涙を流《なが》し、様子語《かた》るに、哀《あは》れをもやうし、「此たびのうき事、せめては是にてはらさせ給へ」と、[一二]それにつれし女も、念比《ねんごろ》にもてなし、[一三]芦火《あしび》焼《たく》など、蚫《あはび》の[一四]酢《す》あへ、飛魚《とびうを》の丸焼《やき》、あるにまかせて、此人《(この)》をかくまへ、世間《けん》へは女房の姪《めい》あしらひに、年月送《をくり》て、林太郎も十一才になりて、母《はゝ》、うれしさ限《かぎ》りなく、「又二年も[一五]過《(すぎ)》ば、諸国《しよこく》を尋《たづ》ぬべし」と、明暮《あけくれ》[一六]人がましく育《そだて》給へ共《(ども)》、浦辺《うら(べ)》の業《わざ》を見ならひ、[一七]塩にて馬刀《まて》を取《(とり)》、貝《かひ》ひろふなど、姿《すがた》から心までいやしくなりぬ。なをすゑ〴〵を思はれ、読書《よみかき》の道しるために、縁《えん》を求《もとめ》て、[一八]津の国金竜寺《(こん)りうじ》にのぼしおかれけるに、石流《さすが》筋目をあらはし、外《ほか》の児《ちご》より[一九]おとなしく、十四になれる

一　恨みの気持を剣をみがくように鋭くし。
二　復讐の一念。
三　典拠あるか。未詳。
四　安穏の宛字。「安穏　アンヲン」(書言字考)。
五　岡山県邑久町の虫明の瀬戸をさすか。歌枕。
六　岡山県児島市唐琴町の海浜。歌枕。
七　唐琴の泊り、泊りさだめず憂し、牛窓と続く。
八　岡山県邑久郡牛窓町。歌枕。憂し、から連想。
九　漁師。網引に長ずる(得意な)男の意の擬人名。
一〇　「世を渡る」と「渡り奉公」をかける。「渡り奉公」は主家を転々とかえて仕えること。
一一　年季。奉公の年季は半年または一年。
一二　その男(長九郎)につれ添っている女房。
一三　干した葦を燃料としてたく。歌語としても用いられるが、貧しい暮しの様子を言う。
一四　「スアエ　酢をまぜて作った食物」(邦訳日葡)。
一五　たったならば。二の一も敵討出立は十三歳。
一六　ここは、武士の子らしく、の意。
一七　干潮の時馬刀貝のひそむ穴に塩を入れ、中よりでるのをとらえる。
一八　大阪府高槻市成合の邂逅山金竜寺。
一九　大人びていて。
二〇　若衆盛りは十四―六歳。
二一　恋の思いが深い。→一八頁注八。
二二　高槻市奥天神町一丁目の寺。「是は歌人いせが出し所也」(一目玉鉾・三)。
二三　平安中期の歌人。三十六歌仙の一人。
二四　伊勢が尼となった後ここに住し、没したと伝える。今の伊勢寺は元和元年(一六一五)再興。
二五　月額《(さか)やき》を剃らず髪を後ろになでつけ裾を切りそろえた髪型。山伏・医者などの髪風。
二六　或の慣用表記。
二七　素襖に似て脇を縫いつけた上衣。当時は、医者・儒者などの外出着。

春《はる》の花、ひらきかゝれる若衆《わか(しゆ)》[二〇]の盛《さかり》、和尚《をしやう》も悩《なづみ》[二一]ふかし。

此麓《(この)ふもと》の里に、伊勢寺《いせじ》[二二]と云《いふ》所有《(あり)》。是《(これ)》は、むかしの歌人の伊勢[二三]が古里《(ふるさと)》[二四]にして、草《くさ》ふかき山陰《かげ》ながら面白き所に、篠《しの》はら文助、兼《かね》田自休《きう》と名をかへ、散切《ざん(ぎり)》[二五]にして身を隠《かく》し、林兵へうつての此《(この)》かた、爰《(ここ)》に住《すみ》なし、有《(ある)》年[二六]の正月三日に、樒《しきみ》、枝《えだ》ながら手折《た(をり)》て、小者にもたせ、其《(その)》身は、十徳《(じつとく)》[二七]に、朱鞘《しゆざや》[二八]の大脇ざしひとつにて、此《(この)》御寺に参詣《まふで》、和尚《(をしやう)》に対面《たいめん》して、世の無常を語《かた》り出《(いだ)》し、「今日の亡者《(まうじや)》、改名《かい(みやう)》[二九]もなく、千塚氏《ちづかうぢ》の何がし、十三年[三〇]忌《き》に相当《(あひ)あた》るなり。拙《せつ》者ためには従弟《いとこ》[三一]づからなるが、不慮に相果《はて》ける。御弔《(お)とぶら》ひあそばされ給はれ」と、涙をこぼす。

をりふし林太郎、薄茶《うすちや》をはこびて、此《(この)》物がたりを聞《(きき)》すまし、小脇指《(こ)わきざし》[三二]をぬきて飛《とび》かゝるを、自休《きう》、[三三]さそくきかして、其《(その)》手を取《(とつ)》て引《(ひき)》ふせければ、和尚《をしやう》をはじめ、をの〳〵立《(たち)》さはぎ、「是《(これ)》はいかなる事やらん」と、穿《せん》儀[三四]をしけるに、自休《きう》は、すこしもおどろかず、いづれもしづめて、「是には様子《やうす》の御入候《(おんいりさうらふ)》事なり。汝《なん(ぢ)》は、林兵衛が忰子《せがれ》なるべし。林兵衛最後《さいご》の時分《じ(ぶん)》、二[三五]才にて有《(あり)》しが、それより十三年過《(すぎ)》ぬれば、今年十四歳《さい》なるべし。兼《かね》て存じけるにも、十五[三六]にならば、定《さだめ》て我をねらふべし。其節《(その)せつ》[三七]は、此方《(このはう)》より名乗出《(な)のり(いで)》、心まかせにうたるべきと、諸神《(しよじん)》[三八]かけて覚悟《かくご》せしに、今爰《(ここ)》[三九]に居合せ、それがしに出あふ事、其方《(そのはう)》武運《うん》にかなふなり。

二八 朱塗りの鞘の大脇差。朱鞘の大脇差は伊達風俗で十徳姿にそぐわないが、昔の名残であるとともに文助のいかつさを印象づける。
二九 戒名の慣用表記。
三〇 林太郎は父が殺された時二歳。従って、十三年忌は十四歳の時のはずだが、すでに十四歳と紹介され、ここはその翌年だから、十五歳のはずで、十三年忌は計算上あわない。時間の流れに無頓着で齟齬を生む例は西鶴に少なくないが、個々の場面中心に話を展開する西鶴の方法に、そのような齟齬を生む原因がある。
三一 従弟の間柄。「…づから」は「…同士」の意。
三二 寺の稚児が寺で敵に出会いそれを討つという話には、幻夢物語、謡曲「親任」などがある。また曾我物語では、箱根の別当に預けられた十三歳の箱王(五郎)が、父の敵工藤祐経をねらう場面がある。「まもり刀を脇にさしかくし…祐経が後ちかくぞねらひよりける」(曾我物語・四)。
三三 早足きかして。機敏な動作。曾我の世界でも、箱王は祐経に軽くいなされる。
三四 詮議の宛字。
三五 →注三〇。
三六 「いつかはわれら十五・十三になり、父の敵にゆきあひ」(曾我物語・三)。伝来記の場合も、幼少時に父を討たれた者が敵討に出る年齢は、十三歳か十五歳となっている。
三七 文助は、前章の軍平と対照的にいさぎよい覚悟をしている武士として形象される。執筆順は必ずしも現在の配列順と一致しないであろうが、無分別な激情による行為の後の武士のありの方の両面が、卑怯・未練といさぎよさとして対比されることにより、印象を強める配列となる。
三八 神々に誓って。
三九 →注三一。

最前申あげしは、此者《(この)》の親が義なり。林兵衛、草《くさ》の陰《かげ》にて、さぞ嬉《うれ》しからん。さあ、本望をとげよ」とて、林太郎が劔《つるぎ》を持《もち》そへ、我腹《わがはら》に差《さし》とをし、目前《もくぜん》の夢《ゆめ》とはなりぬ。林太郎、とゞめをさして、親の敵《かたき》を討《うつ》事を悦《よろこ》び、其首《くび》をうつは[一]物に入《(いれ)》、御寺に[二]御暇《(お)いとま》を乞捨《こひすて》、又備前《びぜん》の国《くに》にくだり、母人《はゝ(ひと)》に御目にかけ、年来《(ねん)らい》のおもひを、此《(この)》時晴《はら》し給ひぬ。

[三]此《(この)》さた、[四]世にかくれなく、阿波《あは》にのこりし文助後家《どけ》、是《(これ)》を聞付《(きき)つけ》、牛窓《うしまど》に忍び来《き》て、林兵衛後家のかり宿《やど》に、名をしらせて切込《(きり)こみ》、「夫《をつと》の敵《かたき》うち」と、いさみける。「心得たり」と、林太郎切《(きつ)》て出《いづ》るを、母親《はゝをや》引《(ひき)》とゞめ、「互《たが》ひに女の勝負《しやうぶ》、[五]かまへて[六]手をさす事なかれ」と、両人しばしたゝかひ、薄手《うす(で)》数〻《かず〳〵》のはたらき、文助女房《にようばう》の太刀《たち》をうちおとし、きつと引伏《ひきふせ》、命はとらずして、[七]其断《(その)ことは》り申は、「いかに女なればとて、道理《だう》を聞《(きき)》わけ給へ。[八]妻《つま》うたれての恨《うら》みをいはば、〔こ〕自《(みづから)》こそこなたへ申《(まうす)》べけれ。元《(もと)》、林兵衛殿を、文助殿討《(うつ)》てのき給ふを、林《りん》太郎が、親の敵《かたき》うてばとて、我らを其恨《そのうら》みは[九]ふかくなり。文助殿、[一〇]あやまり給ふ心ざしあらはれ、此《(この)》たび討《(うた)》れ給ふ[一一]首尾《しゆび》、[一二]石流《さすが》武士《ぶし》の[一三]正道《(せい)だう》なり。[一四]うつもうたるゝも先生《せん(じやう)》よりの因果《いんぐは》、今もつて[一五]何か互《たが》ひに恨《うら》みはなし。かく手に入《(いり)》ければ、御命取《(とる)》事やすけれ共《(ども)》、[一六]さりとは〳〵、われは[一七]各別《かくべつ》の心中、自《みづから》をころし給ふが本意《(ほ)い》ならば、

一 首桶。
二 暇を願い出た後、相手の意向をきかずに寺を出て。「(林太郎に)和尚も悩ふかし」に対応。
▽預けられた寺での敵との偶然の出会いは、先行文芸の種々の趣向の導入により各話に変化を与えようとする姿勢から生まれた虚構であろうが、余りにあっけない結末となっているため、以下の後日談が付加される。
三 この評判。
四 広く世間に知られて。
五 決して。
六 手出しをする。
七 理り。筋道のたった説明。
八 夫の意。「つま」は元来配偶者をいう。
九 不覚。思慮がたりないこと。あさはか。
一〇 十分に誤りを覚ったその気持が通って。
一一 事のなりゆき。
一二 流石の慣用表記。
一三 正しいあり方。
一四 討つのも討たれるのも前世からの定まりごと。どうにもならない状況を「因果」ととらえてその状況に甘んずるという発想は近世の庶民に共通するが、伝来記も、そのような発想を前提に話を展開して行く場合が多い。
一五 反語の裏の意を表に出して強調する文体。
一六 さてさて。「各別の心中」にかかる。
一七 全く違った気持。殺す気は全くない。
一八 六〇頁注一に呼応。相手を害そうとする気持。同時に実際に剣を捨てての意を含む。
一九 これ以上はない道理。誠にもっともなこと。
二〇 こちらが恥かしくなるありがたい御気持。
二一 正しい道理。
二二 自称。私のあさましい企て。
二三 幻のようにはかないこの世だと出家を勧め

思ひのまゝにし給へ」と、[一八]心の劔《つるぎ》を捨《すて》て、[一九]至極《しごく》を段ゞ《だん〴〵》いひ給へば、文助後家《ごけ》、泪《なみだ》に沈《しづ》み、「扨《(さて)》も[二〇]恥《はづ》かしき御心底《(しん)てい》、只今肝《きも》にめいじ、[二一]義《ぎ》理に責《せめ》られ、[二二]身の浅《あさ》ましき思ひ立《たち》、まつぴら御ゆるし給れ」と、其《その》まま自害《じがい》と見えしを、是非《ぜひ》にとゞめ給ひ、「それ程の思《(おぼ)》しめし入《(いれ)》ならば、我ゝと一所に形《かた》ちを替《(かへ)》させられ、文助殿の御跡《(お)あと》を吊《と》ひ給へ。[二三]夢《ゆめ》は覚《さむ》る間もある、まぼろしの世なり」と、すゝめしに、なを有《(あり)》がたき御心ざし、うれしさ袖にあまりて、なみだ、おのづから[二四]手向《た(むけ)》の水となりて、二人の女、[二五]姿其《すがた(その)》まゝに髪《かみ》を切《(きり)》て、「此《(この)》所もさはり有《(あり)》」とて、それより、[二六]播州《ばんしう》の書写《しよしや》、[二七]坂本《さかもと》に立越《たちこへ》、心のすむ、よき山陰《かげ》を見立《たて》、草葺《くさぶき》の庵《いほり》をむすび、[二八]薄《すゝき》を枝折《しをり》の道しるべに、[二九]分入《(わけいり)》しより里に出《(いで)》ず、[三〇]常念仏《じやうねんぶつ》の鉦《かね》の音《をと》、殊勝《しゆしやう》さ次第にまさり、[三一]外《ほか》なく、[三二]後《ご》世の一大事わすれ給はず、おこなひすましておはします。

林《りん》太郎も髪《かみ》そつて、道林と法名《ほうみやう》し、里〳〵めぐりて[三三]托鉢《たくはつ》し、ふたりのびくにをいたはり、[三四]朝《あした》に枯《かれ》木の小枝《えだ》をひろひ、ゆふべに谷《たに》の下水《(したみづ)》をむすびあげ、[三五]煙《けぶり》みぢかき身をかためて、一生《しやう》[三六]無言《ごん》の行者となり、毎日長《たけ》三寸の観世音《くはん(ぜ)をん》を刻《きざ》み、三年千躰成就《たいじやうじゆ》して、さま〴〵くやうをなし、二人の御跡《(お)あと》を吊《とひ》ける。

ると。愛する者を失って出家するという趣向は、仮名草子以前の懺悔物語に多く見うけられる。伝統的な趣向を導入しつつ話を展開するのも伝来記の特色の一。なお、二人の女の失った夫が敵同士だったという話が「七人比丘尼」にある。

二四 (夫の)追善のため仏に供える水。

二五 俗人の姿を変えず、髻を結えない程度に髪を切る。後家の姿。

二六 兵庫県姫路市書写にある書写山。「書写山天台円教寺領五百石　一条院永延弐年に性空上人の建立」(一目玉鉾・四)。牛窓より十数里。舞台とした土地に近い著名な霊地を出した。

二七 書写山の山麓の地。

二八 薄の穂を結んで道しるべとして。「枝折の薄も葉がくれの道しれず」(五三頁)。

二九 「枝折せでなほ山深く分け入らん憂きこと聞かぬ所ありやと」(山家集、他)によるか。

三〇 一日中念仏をとなえていること。

三一 ひたすらに。

三二 あの世での極楽往生を願うこと。

三三 托鉢の宛字。

三四 仏道に専念・修行する様子の常套句。「谷の水をむすび峰のたきゞをとり」(撰集抄・七)、「峰の花をつみ谷の水を結びて」(源平盛衰記・十)、「朝に谷の下水をむすびあげ、夕に峰の花を手折り」(五人女・一)他類例が多い。

三五 貧しい境涯とはかないこの身を掛ける。

三六 無言の戒行をする僧。

▽なき夫(恋人)のために出家する趣向は、曾我物語・十二の虎・少将出家の話に近く、そこには「虎峰に上りて花をつめば少将谷にくだりて水をむすび」等の類似した記述もあるが、ここでは、それを後家二人の行為とせず、林太郎の行為に転じて新たな趣向としている。

命《いのち》とらるゝ人魚《ぎよ》の海《うみ》

奥《をく》[一]の海には、目なれぬ怪魚《け(ぎよ)》のあがる事、其例《(その)ためし》おほし。「後深草院宝治《ごふかくさのゐんほうち》[二]元《ぐはん》年三月廿日に、津軽《つがる》[三]の大浦《(おほ)うら》といふ所へ、人魚《ぎよ》はじめて流《なが》れ寄《より》、其形《(その)かた》[四]ちは、かしら、くれなゐの鶏冠《とさか》ありて、面《おもて》は美女《び(ぢよ)》のごとし。四足《(し)そく》、るり[五]をのべて、鱗《いろこ》[六]に金色《(こんじき)》のひかり、身にかほりふかく、声は、雲雀《ひばり》[七]笛のしづかなる音《こゑ》[八]せし」と、世のためしに語《かた》り伝《つた》へり。

爰《(ここ)》に、松前[九]の浦〻《うら〳〵》の奉行役人《ぶぎやうやく》に、中堂《(ちゆう)だう》金内といふ人、里〳〵《さと》の仕置《(しおき)》[一〇]して廻《まは》りし時、鮭川《さけ(がは)》[一一]といへる入海《(いり)うみ》にして、夕暮《ぐれ》におよび、横渡《よこわた》しの小舟に乗《のり》て、汀《みぎは》八丁ばかりもはなれし時、白波《しらなみ》、俄《にはか》に立《たち》さはぎ、五色《しき》の水《みづ》玉数《かず》ちりて、浪《なみ》二つにわかりて、人魚《ぎよ》、目前《もくぜん》にあらはれ出《(いで)》しに、舟人おどろき、何《(いづ)》れも気《き》をうしなひける。金内、荷物《に(もつ)》にさし置《をき》たる半弓《(はん)きう》[一二]をおつ取《(とり)》、「是《(これ)》大事」と、はなちかけしに、手ごたへして、其魚《(その)うを》、忽《たちま》ちしづみける。

それより高浪静《たかなみしづか》になりて、子細《しさい》なく陸《くが》にあがり、本国松前《まつまへ》に帰宅《きたく》して、村里《むらざと》の仕置《しをき》の段〻《だん〳〵》[一三]、老中迄《らうぢうまで》申入《(まうしいれ)》、次手《つい(で)》に、旅物語《たびものがたり》の中にも、鮭《さけ》川の渡《わた》りにして、

一 奥羽地方の海。
二「後深草院宝治元年(一二四七)三月二十日、人魚死、津軽浦流寄、形如レ人。有二腹四足一。先代有レ之兵乱起。因有二天下御祈禱一」(本朝年代記・一・人魚の項)の記述による。
三 未詳。本朝年代記の「津軽浦」を大浦としたか。
四 以下の人魚の形は、諸書に見えないものが多い。想像をまじえて書いたものか。
五 瑠璃。宝玉を延ばしたようで。
六「鱗 イロコ」(諸節用集)。
七 雲雀の鳴声に似た音を出す竹笛。「雲雀笛はもとひばりを捕ふる為に吹笛」(嬉遊笑覧・六下)。
八「音 コエ」「音 コヘ」(諸節用集)。
九 北海道松前郡松前町。「松前 松前志摩守殿城下…諸国の商売人爰に渡り、万上方のごとく繁昌の大湊也」(一目玉鉾・一)。
一〇 監察や取締りなどの政治的な処置。
一一 未詳。
一二 四尺弱の長さの弓。すわったままで射ることができる。蝦夷・陸奥―松前―半弓(類船集)。なお、挿絵では鉄砲。 一三 一々の様子。
一四 殿の様子をうかがって。
一五 城中守備の役か。「主将他行あれば物頭ほどの者の城郭の門楼など分ち守る輩を城番また留守番、留守などともいへり」(武家名目抄)。
一六 人物紹介と同時に「悪人」と規定してしまう書き方は稚拙な手法のようにも見えるが、話の展開を単純明解にして行く上で有効に働く場合も多く、西鶴の説話系統の作品には時々見られる。以下での青崎百右衛門の描写もユニークな人物らしい面白さを生み出している。
一七 婦妻の宛字。妻。
一八 その家中に代々仕えている者。親や祖父の功績のおかげで高禄を受けつぎ威張っている二

人魚射《にんぎよい》とめたる事、有《(あり)》のまゝ申せば、いづれも手を打《(うつ)》て、「是《(これ)》は、ためしすくなき手柄《(て)がら》なり。明朝《みやうてう》、[一四]御機嫌《ごきげん》を見合《あはせ》、此《(この)》義御披露《(ご)ひろう》申《(まうし)》あげん」と、いひあはされし時、其座《(その)ざ》に、青崎《あをさき》百右衛門といへる、[一五]御留主番組《(お)るすばんぐみ》して、[一六]悪人《あく(にん)》なれば、今年《ことし》四十一迄、いまだ[一七]夫妻《ふさい》もなく、世を面白《をもしろ》からずわたりぬ。[一八]御家久敷《(お)いへひさしき》者、殊《こと》に親百之丞《(ひやくの)ぜう》、御用に立《(たち)》ぬれば、[一九]先知《せんち》をくだしおかれ、日比我《ひごろわが》まゝ申も、人皆《みな》ゆるし置《をき》ぬ。

[二〇]金内《こんない》、此度人魚《(この)たび(にん)ぎよ》の事を、偽《いつは》りのやうに申《(まうし)》なし、「惣《そう》じて、慥《たしか》に見ぬ事は、御《(ご)》前《ぜん》の御耳《(お)みゝ》に立《(たて)》ぬがよし。[二一]鳥《とり》に羽有《はね(あり)》、魚《うを》に[二二]鰭《ひれ》有。[二三]それ〳〵に其《(その)》身かしこく、自由《じゆう》にならぬためしには、拙者《せつしや》が泉水《せんすい》に金魚《きんぎよ》有。わづか四五間《けん》の浅水《あさみづ》を楽《たのしみ》とするに、此程《(この)ほど》、[二四]雀《すゞめ》の小弓《(こ)ゆみ》にて、二百筋《(にひやく)すぢ》ばかりもゐかけしに、是《(これ)》にさへ当《あた》らぬ物、兎角《とかく》、生物《いきもの》には油断《ゆだん》がならぬ。[二五]世に化物《ばけもの》なし、不思議《ふしぎ》なし。猿《さる》の面《つら》は赤《あか》し、犬《いぬ》には足《あし》が四本にかぎる」と、[二六]検校《けんげう》の下座《げざ》に[二七]相勤《(あひ)つめ》しを、物語《(もの)がたり》の相手にして、[二八]無用《むよう》の高声《たかごゑ》、大横目野田武蔵《(おほ)よこめ(の)だむさし》、聞兼《きゝかね》て、百右衛門に差向《さしむか》ひ、「貴殿《きでん》、[二九]広《ひろ》き世界《かい》を、三百石の屋敷《(や)しき》のうちに見らるゝ故《ゆへ》なり。山海万里《(さん)かいばん(り)》のうちに、異風《ゐふう》なる生類《しやうるい》の有《(ある)》まじき事に非《あら》ず。[三〇]古代《こ(だい)》にも、[三一]人王十七代仁徳天皇《にんとくてん(わう)》の御時、飛驒《ひだ》に[三二]一身両面《(いつ)しんりやうめん》の人出《(いづ)》る。[三三]天武天皇の御宇《(ぎよう)》に、丹波《たんば》の山家《(やま)が》より、十二角《かく》の牛出《うし(いづ)》る。[三四]文武天皇《もん(む)(てん)わう》の御時、[三五]慶雲《けいうん》四

代目・三代目が多いのが伝来記出刊の時代。悪役百右衛門の人物造型に、当世の武家の一類を諷する視点を見ることもできよう。

一九 普通は「以前の知行」の意だが、ここは親のもらっていた知行。

二〇 後には「きんない」と振仮名する所もある。

二一 当り前のことを格言めかして言うおかしみ。

二二 鰭の宛字。「鱲 ラ〈魚名一身十首〉」(頭書字彙)。 二三 当時は清音。

二四 遊戯用の二尺七寸の小弓。五間先の的や雀を射る。平安末以後公家の間で行われ、近世では大人も慰みとしたが、児童の遊戯となった。

二五 体験的合理主義による主張。ここは悪口のための悪口だが、近世初期の儒学の影響下にある当時ではむしろ正当な主張。

二六 鍼医・盲人らの最上級の官名をいうが、「下座に相勤し」とあるから、単に盲人の意。

二七 振仮名「つめ」は「つとめ」の誤りか。

二八 聞えよがしの大声。

二九 諸国ばなしの序文「世間の広き事…人はばけもの、世にないものはなし」と同様の主張。世界は広く世は様々、どんな事や物もありうるという主張は西鶴の諸作に見られ、その人間認識や世界認識の基調。 三〇 昔、と同意。

三一 人皇。神代と区別し、神武天皇以来の歴代の天皇。当時は神功皇后を十五代に数え、仁徳帝は十七代となる。

三二 本朝年代記(貞享元年刊)・七に「宿儺(スクナ)仁徳天王六十五年不レ従レ帝殺レ民。其身一ツ両面、手足各々四ツ、力強身軽、遣二武振熊(タケフルクマ)臣一平二之ヒタノ国一」とある。

三三 同・四に「犢(ウシノコ)天武天皇十三年犢角有二十二一献二丹州一」。

三四 同・二に「同(鬼)文武天皇慶雲四年鬼都出、

年六月十五日に、長八丈《たけ(はち)でう》、横《よこ》一丈二尺、一頭三面《(いち)づ(さん)めん》の鬼《をに》、異国《ゐこく》より来《(きた)》る。かゝる事共《(ども)》も有《(ある)》なれば、此度《(この)たび》の大魚《うを》[一]、何からうたがふべき物にあらず」と、分別白《ふんべつがほ》にて申《(まうし)》ければ、百右衛門、眼色《がんしよく》かはり、「金内殿《きんないどの》[二]とても、御手柄次手《(お)てがらついで》に、其人魚《(その)にんぎよ》御《(ご)》持参《ちさん》なれば、ならびなき首尾《しゆび》」と、言葉《ことば》やむ事なし。皆〻《みな〱》、外《ほか》の事にまぎらかし、[三]泊《とま》り番衆《ばんしゆ》に入《(いり)》かはり、[四]屋形《やかた》に帰りぬ。

[五]世間《せけん》の人心《(ひとごころ)》なれば、「百右衛門悪敷《あしき》」と、沙汰《さた》するも有《(あり)》。又《(また)》、「金内、何事か

一頭三面長八丈幅一丈二尺」。ただし、本文の「六月十五日」「異国より」の出拠は未詳。

三五 七〇七年。現在は「キョウウン」と訓むが、当時は「ケイウン」(日本王代一覧・二、他)。

一 「人魚」の誤りか。ただし、吾妻鏡・三十八は、同じ津軽の怪魚のことを伝え「大魚」とする。

二 としても。「金内殿、とても御手柄次手に」とも読める。この場合は「いっそのこと」の意となる。

三 宿直勤務の武士たち。

四 武家屋敷をいう。それぞれ自分の屋敷に。

五 世間の人の心は様々だから。世の人心のさまざまなありようを認識し描くのが西鶴作品の基調。種々の人の心のありようを相対的にとらえて記述する場合も多く、以下もその一例。

申《(まうす)》もしれず」と笑《わら》ふも有《(あり)》。金内、聞《(きき)》すてには成《(なり)》がたく、「百右衛門と打果《うちはた》さん」と思ひしが、「然《しかれ》ば我《われ》、いよ〳〵[六]迂《う》乱《ろん》なる事を申せしと、跡《あと》にて人の嘲哢《あざけり》も口惜《くちをし》」と、[七]是非《ぜひ》なき命をながらへ、「彼人魚《かのにんぎよ》のからだを[八]僉儀《せんぎ》して、武運《ぶうん》つきずは、是《(これ)》を一家中《(いつ)かちう》に見せて、其後《そのゝち》、百右衛門めを[九]安穏《あんをん》にはおかじ」と、ひそかに屋敷《やしき》を出《いで》、鮭川《さけがは》に行《ゆき》て、[一〇]猟師《れうし》あまたに金銀《きんぐ》をとらせ、俄《にはか》に[一一]大網《(おほ)あみ》を引《(ひか)》せけるに、其《(その)》うを、更《さら》に見えざる事を歎《なげき》て、[一二]水神《すいじん》を祈《いの》りけるしるしもなく、明暮《あけくれ》に、浦《うら》

六「胡乱」(諸節用集)の宛字。あやしげなこと。いい加減で疑わしいこと。
七 生きていても仕方のない命。
八 詮議の慣用表記。
九「安穏 アンヲン」(書言字考)。
一〇 漁師に同じ。
一一 地引網をいうか。
一二 水をつかさどる神。

挿絵解説 中堂金内一行が鮭川を小舟で渡る途中に人魚が出現した場面。小舟の中央で鉄砲をかまえるのが金内。本文では「半弓」となっており、齟齬する。左側の人魚の図も「鶏冠ありて」「四足るりをのべて」の部分が本文とあわない。舟中には、侍姿の人物二人、毛槍を持った奴、角前髪の小姓風の若者、挟箱を持った中間風の男、船頭が描かれている。本文には金内の同行者のことは書かれていないが、一人で「村里の仕置」して廻るとは考えられないから、船頭以外は金内配下の者として絵師が加えたものと見られる(配下がいては証人が何人もいたことになってしまうから、本文では同行者に触れていない)。本図は、本文とくい違う部分が多いが、絵師が十分に注意して本文を読まずに描き、西鶴も細部は気にせず大らかに掲載させたものと見るべきであろう。

〳〵を詠《なが》めありきて、[一]磯《いそ》に寄藻《よりも》を掻《かき》さがし、岸《きし》に流《なが》れ木《ぎ》を、それかと心をつくし、日数《ひかず》をかさね、是《(これ)》、思ひの種《たね》となりて、次第《しだい》に胸《むね》せまり、[二]あらけなき岩《いは》に腰懸《こしかけ》ながら、[三]入日《(いりひ)》を西《にし》のかたとふし拝《をが》み、惜《をし》や命《いのち》、[四]かけ浪《なみ》の泡《あは》のごとくに消《きへ》ぬ。

浦人《うら(びと)》のしらせ来《き》て、屋敷《やしき》に歎《なげ》くものは、十六になりぬる娘《むすめ》より外《ほか》はなし。此母親《(この)はゝをや》も、[五]過《すぎ》し年の時雨《しぐれ》ふる比《(ころ)》、[六]定《さだ》めなき浮世《うきよ》の別《わか》れせしに、又もや、父《ちゝ》にかゝるうき事、[七]袖《そで》は其《(その)》まゝ海《うみ》となして、「せめて其御死皃《(おん)しにがほ》なり共《(とも)》見て、後世《ごせ》の御供申《(おん)とも(まうす)》べし」と、思ひ定《さだめ》てかけ出《(いづ)》るに、何《いづ》れの女か、跡《あと》につゞくはなかりき。

金内[八]寝間《ねま》のあげおろしせし女に、鞠《まり》といへる者、二十一になりしが、年月の情《なさけ》を忘《わす》れず、[九]やう壱人、御跡《(お)あと》をしたひ、[一〇]野《の》を内となし、[一一]浪《なみ》を枕《まくら》のやどりもせず、女の歩《あゆ》みはかどらず、三日と云《いふ》くれがたに、父の最後《さいご》の浦《うら》に付《つき》て、すがりて歎《なげ》くにかひなし。

[一二]天《てん》を祈《いの》り地《ち》にふし、様ゝ《さまぐ》身をもだへ、[一三]賤《しづ》さへ笑《わら》ふも恥《はぢ》ずして、「今《いま》は是迄《これまで》」と、金内死骸《きんないしがい》を、二人の女抱《いだき》て、海《うみ》に飛込処《とびこむところ》へ、横目《よこめ》の野田武蔵《のだむさし》、[一四]上意《じやうい》にてかけ付《(つけ)》、此有様《(この)ありさま》に驚《をどろ》き、まづ引《ひき》とゞめ、「いかに女なればとて、親《をや》に敵《かたき》の有《ある》を知《しら》ずや」といふ。二人の女《をんな》、合点《がつてん》をせず、「金内《きんない》は病死《びやうし》」と申《(まうす)》。「其病死《(その)びやうし》は、百右衛門が言葉《ことば》より」と、[一五]はじめを語《かた》れば、娘《むすめ》、涙《なみだ》を流《なが》し、「[一六]其《(その)》百右衛門は、自《みづから》

一 磯に寄る藻、と同意だが、「寄藻(もより)」と名詞化するのは俳諧文体の特徴。次の「岸に流れ木」も同じで、「磯に寄藻」と対句仕立てになる。
二 ごつごつした岩。
三 日の没する方向を西方浄土のある西の方角と見て伏し拝み。
四 岩にかかる浪の泡のようにはかなく。
▽以上が以下の敵討(正式なものとは言えないが)の発端。人魚の話題から始まり、手柄話が百右衛門の登場により金内の悲劇へと思いがけぬ展開をするところが話の妙。絵師が当時の常識に従い舟中に多勢の金内配下の者を描いているように、当然証人が出て来てもいいはずだが、西鶴は、百右衛門の「其人魚御持参なれば」という言葉からただちに金内の人魚探索へと話をスピーディに展開して行く。
五 去年の十月。十月を時雨月という。
六 死別した。この前後、雅語を多用して感動をもり上げようとする文体。哀れさなどを強調しようとする時の西鶴の常套的な手法。
七 はげしく涙を流すことの比喩。
八 寝間の世話をしていた女。妾。
九 「やうやう」の誤脱か。 一〇 野宿して。
一一 舟旅をして宿もとらず。「浪を枕」とするのは、舟旅。浪枕ともいう。
一二 はげしく嘆き悲しむ時の常套句。「天にあふぎ地にふし、かなしみけるぞ理なり」(曾我物語・九等)。西鶴は、先行文芸の常套句の採用により感動的な場面とすることができるという文体意識をもっているように見うけられる。注六の変型の一つ。
一三 身分のいやしい人。ここは土地の人。
一四 殿の命令。ここで突如「上意」がでてくるのは不審。殿への人魚の件の言上は本文の記述で

を縁組《えんぐみ》しきりに申懸《(まうし)かけ》しに、金内《きんない》、[一七]請給《うけ》はぬ恨《うら》みにや。これ、武士《ぶし》たる心入《(こころいれ)》にあらず。然《しか》らば百右衛門を討《うつ》べし」と、二たび古郷《ふるさと》に帰るを、武蔵《むさし》、道中《だうちう》を守護《しゆご》し、[一八]御前《ごぜん》をよろしく申《(まうし)》なし、其後《そのゝち》、手前《てまへ》にはごくみ置《(おき)》し、増田治平《ましだちべい》といへる浪《らう》人《(にん)》に[一九]後見頼《うしろ(み)たの》み、遊山《(ゆ)さん》の帰《かへ》るさを付込《つけこみ》、名乗《なのり》かけて、[二〇]右の手を打落《(うち)をと》し、左《ひだり》にて抜《ぬき》あはすを、娘《むすめ》、長刀《なぎなた》にして切込《きりこみ》、[二一]たるゝ所を鞠《まり》とびかゝり、[二二]心もとをさしとをし、思ひのまゝに本意《ほんい》達《たつ》し、屋形《やかた》の[二三]門《もん》を閉《とぢ》て、御意《ぎよい》を待請《まちうけ》、「女ながら切腹《せつぷく》申《(まうす)》べし」と、覚悟《かくご》極《きはむ》るこそ、石流武士《さすがぶし》の娘《むすめ》なれ。

翌日《よくじつ》、御僉義《(ご)せんぎ》の時分《じぶん》、おの〳〵、日比《ひごろ》に悪《にく》みあるなれば、老中《らうちう》・諸役人《しよやく(にん)》、口を揃《そろへ》て、あしく言上《ごんじやう》申《(まうし)》、其家滅亡《そのいへめつぼう》させける。金内娘《きんないむすめ》には、伊村作右衛門末子《ばつし》、作之助を[二四]入縁《(いり)え》仰せ付《(つけ)》られ、中堂《ちうだう》の名跡《めうぜき》をつがせくだされ、妾《てかけ》の鞠《まり》事は、[二五]女として申《(まうし)》、下《(した)》〴〵にはやさしく思《(おぼ)》しめし、[二六]歩行《かち》目付《(め)つけ》戸井《とゐ》市左衛門といふ者にくだされ、有《(あり)》がたき仕合《しあはせ》ぞかし。

それより五十日程過《(すぎ)》て、[二七]北浦春日《きたうらかすが》明神の磯《いそ》より、夜中《やちう》に[二八]註進申上《ちうしん(まうしあげ)》、「目なれぬ魚《うを》」と、最前《さいぜん》の人魚《にんぎよ》さしあげけるに、[二九]かくれなき金内が矢《や》の根《ね》、皆《みな》〳〵感《かん》じて、なき跡《あと》にて、さぶらひの名をあげける。

は行われなかったはずである。以下での金内娘の敵討を正当化するための勇み足か。
一五 一部始終。
一六 これも唐突に出現する感のある話柄。百右衛門の悪役ぶりを強調し、金内の娘が百右衛門を討つことの正当性を印象づけようとするためのものと見ることができる。
一七 うけいれない。承知しない。
一八 殿に適切に報告し。 一九 後見役。助太刀。
二〇 主語は増田治平。
二一 「(切込)たる」の誤りか。「たるむ」の誤りとも見られる。 二二 心臓を刺し通し。
二三 上意による指示を待つべく自宅の門を閉じ謹慎している様子。 二四 入聟。
二五 女でもあり、その上奉公人の身にしては。
二六 藩内の監察役である目付の下役。
二七 未詳。秋田県仙北郡の地名か(定本)。
二八 注進の慣用表記。 二九 誰もが見知っている。
▽金内死後、武蔵の庇護のもと、娘は「親の敵」として百右衛門を討つが、公式的には「敵」と称しがたいためか、百右衛門の「悪人」ぶりを付加し、勧善懲悪の型で話を収めている。また、伝来記には、女性の敵討が現実社会の事例にくらべて多いことが注目されるが、これもその一。伝来記全体に変化をつけるべく、数多く導入されたのであろう。なお、本章は、娘が聟を取って名跡を立て、金内も雪冤されて「さぶらひの名をあげ」るという風に万事目出たく終っているが、このような結末は伝来記の中に少い。これは、善・悪の対立を明快に割り切った勧善懲悪型の作品構成より生まれていると思われるが、西鶴の立場からすれば、このような形の作品も伝来記全体のバラエティのために必要と考えて創作し作中の一編としたのであろう。

諸国敵討

武道伝来記

三

絵入

武《ぶ》道《だう》伝《でん》来《らい》記《き》　巻三

諸《しよ》国《こく》敵《かたき》討《うち》

目《もく》　録《ろく》

一 人差指が三百石になった話。三百石は中の上以上の武士の禄高。人差指が三百石になるとはどういうことかと思わせて興味をひく表題。

二 小道具売りに姿を替えたその姿のこと。小道具売りは、目貫・鍔などの刀の付属品を商うため、武家屋敷へ出入りする機会が多く、敵の探索などに好都合。また「小道具売の若衆、是も銀をよすがのちぎりなり。ねぐらゐしりすまゐたる買物をも、かれがいふまゝにさへかひ、或は、ぢきに握らする心得なれば、本望をば達せり」(男色十寸鏡・上)のごとく男色の対象とされるものもあった。

三 按摩をやらせる化物屋敷の話。誰が「按摩とらする」のかを不分明にすることで、読者の想像力を刺激する表題。

四 打っても面白みがない小鼓のこと。「手のない」は、主人公の手が切落されてないことであるのは本文を読むと分かるが、ここでは「手(技量、腕)のない」として読者は読む。

五 大蛇もこの世にあり、人の見た例がある話。「世に有」は上下にかかる。「世に有人」は世人の意とも、富裕な人の意ともとれる。

六 竹刀。竹刀は当り、当り眼(喧嘩眼)となること。本文では、竹刀が当った当らぬの議論から喧嘩となり血闘にいたる。

第四

七 初茸狩《はつたけがり》は恋草《こひぐさ》の種《たね》

八 義理《ぎり》の包物《つゝみもの》 九 心のほどくる事

七 初茸狩は、恋のきっかけとなる。「草の種」は数多いの意も持つから、恋のきっかけになることが多いの意ともとれる。
八 正しい道義とも、仕方なしの意の義理ともとれるが、本文では前者の意。正しい道義をつくしたことを隠して包んだ物。
九 心がやわらぐ。機嫌が直る。「包」から「ほどくる」を出す。

第一　[一]人指《さし》ゆびが三百石

[二]菖蒲《あやめ》の節句《せつく》は、[三]幟甲《のぼりかぶと》のひかりをかざり、[四]屋形町《やかたまち》は殊更《ことさら》びゞしく、[五]中居《なかゐ》・[六]茶《ちや》の間《ま》の女《をんな》の手業《てわざ》に、[七]粽《ちまき》の小笹《をざゝ》は[八]恋《こひ》の山、[九]出羽《では》の国庄内《くにしやうない》に、[一〇]昔日《そのかみ》、徳岡伊織《とくをかいほり》とて、[一一]中古《ちうこ》[一二]御家《(お)いへ》に済《すみ》て、七十三歳《さい》まで[一三]堅固《けんご》に相勤《あひつとめ》しが、それ迄《まで》御用《(ご)よう》に立程《たつほど》の御奉公《(ご)ほうこう》もなく、[一四]外様《とざま》の番所《ばんしよ》に、替《かは》らぬ役目《やくめ》を承《うけたま》はり、[一五]初知行《うゐちぎやう》三百石《こく》、今に立身《りつしん》なく、[一六]馬《むま》壱疋《びき》、若党《わかたう》三人、世並《よなみ》にかゝへ、身《み》に奢《をごり》なく、[一七]軽薄《けいはく》いはず、一子《し》もなく、養子《やうし》もせず、我《(われ)》一代《だい》の覚悟《かくご》、[一八]律義《りちぎ》千万《せんばん》に物《もの》がたき、[一九]むかし作《づく》りの男《をとこ》なり。

五日の[二〇]未明《びめい》より、家中《かちう》残《のこ》らず大《(おほ)》書院《じよゐん》に相詰《あひつめ》、大殿《(おほ)との》、唐獅子《からじし》の間《ま》に御安座《(ご)あんざ》あそばされ、[二一]近習《きんじゆ》の諸役《しよやく》人、[二二]怒《いかめ》しく列座《れつざ》して、独《ひと》り〳〵召出《めしいだ》させられ、[二三]目《め》見へうけさせられ、御手づから御菓子《(お)くはし》を給はる事、[二四]御作法《(ご)さほう》なり。伊織罷《いをりまか》り出《(いで)》て、首尾《しゆび》よく[二五]頂戴《てうだい》仕る時、右《みぎ》の人さし指《ゆび》のなかりしを御らんあそばし、「其方《そのはう》が指《ゆび》は」と、御意《(ぎよ)い》あそばされし時、[二六]跡《あと》へしさりて、「[二七]若《わか》ひ時の過《あやまち》」とばかり申上《(まうし)あぐ》る。

折ふし御ぜんに、豊田《とよた》隼人《はやと》といふ[二八]大目付《(おほ)めつけ》有合《ありあは》せ、「伊織指《いほりゆび》の義《ぎ》は、[二九]古《こ》主《しう》[三〇]相州《さうしう》あまさまに罷有《まかりあり》し時、同《をな》じ家中《かちう》、鳥本権左《とりもとごんざ》衛門と申《(まうす)》者の留主《るす》をかんがへ、夜盗《よたう》あま

一　目録は「人差指が三百石が物」。　二　五月五日の端午の節句。　三　↓七六頁挿絵。
四　武家屋敷町。八の一にも庄内の「屋形町」が出るが、特定の町名ではない。
五　仲居女。下女と腰元の中間の女奉公人。町人社会でいう場合が多い。
六　武家・公家で下女と腰元の中間の女奉公人。
七　粽―端午・篠(ささ)・指切(類船集)。粽から指切を介し恋と続く連想は、本章の仁七郎と木工左衛門との男色関係、「念者に指切てとらせ」るという悪口を契機とする話の展開を示唆か。
八　出羽の歌枕。「粽の小笹は恋の山」は「出羽の国」を引き出す序詞の役割を持つと同時に本文の内容、恋の山(恋のまっ盛り)を暗示。挿絵もその様を描く。
九　山形県鶴岡市。元和八年(一六二二)以降酒井氏の城下町。
一〇　本章全体の時代設定で、昔に同じ。他章と同じく、表面的には慶長以前を指す。
一一　しばらく以前。ここは、「昔日」を起点とした「中古」だが、西鶴作品の場合、寛永前後の時期を指していう場合が多い。伝来記の時代設定の問題については解説参照。
一二　当家に仕官して。　一三　健康で。
一四　城下以外の番所に勤務する役。庄内藩では「郡代」は三百石クラスの武士(鶴岡沿革史)。
一五　始めて仕えた時の俸禄三百石。三百石は中の上に位置する武士の禄高。
一六　三百石程度の武士は、騎乗を許され、若党四人使うのが、「世並」(世間並み)。
一七　お世辞。　一八　生真面目そのもの。
一九　古風な。昔気質の。「むかし作り」の武士に対する西鶴の視点は好意的な場合が多い。
二〇　早朝。「未明　ビメイ」(書言字考)。

たしのび入《(いり)》、財宝《ざいほう》をうばひとり、それのみ[三一]、其老母《そのらうぼ》をさしころし、うら道《みち》を立《たち》のく節《せつ》、伊織《いほり》、野ずゑを通《とを》りあはせけるに、権左《ごんざ》衛門[三二]若等《わかとう》[三三]追《をつ》かけ、「それ盗《ぬす》人、頼《たの》みます」と、声《こゑ》をかくる。伊織《いをり》、二人とらへ、両脇《りやうわき》にはさみ、其男《(その)をとこ》を待《まつ》うちに、身のせつなきまゝに、指《ゆび》を喰切《くひきれ》どもはなさず、子細聞届《しさいきゝとゞけ》[三四]て縄《なは》をかけ、権《ごん》左衛門屋形《やかた》に渡《わた》し、此時《(この)》のはたらき、伊織《いをり》十八の年《とし》」と申《(まうし)》あぐれば、「其比《(そのころ)》若年《じやくねん》にして、よくも仕りける」と、即座《そくざ》に三百石の御加増下《(ご)かぞうくだ》し給はり、面目《めんぼく》[三五]・世《よ》[三六]の聞《(きこ)》え、彼是有《かれこれあり》がたく、老後《らうご》[三七]の思ひ出[三八]、此時《(この)》なり。

次第《しだい》に行歩《ぎやうぶ》[三九]も不自由《ふじゆう》なれば、「是非《ぜひ》に養子《やうし》」と、念比《ねんごろ》なるをの〳〵、すゝめければ、「菟《と》[四〇]も角《かく》も」と、人〻にうちまかせ置《をき》しに、同《をな》じ組中間《くみなかま》[四一]、亀石《かめいし》仁左衛門末子《ばつし》、仁七郎、今年《こんねん》十六、満足《まんぞく》に生《むま》れ付《(つき)》、伊織《いほり》子にして恥《はづ》かしからねば、是《(これ)》[四二]を取持《とりもち》、内証相済《ないしやうあひすみ》[四三]、御前《(ご)ぜん》[四四]へ御訴詔申《(ご)そせう(まうす)》までの折ふし、山吹《ぶき》の色深《いろふか》く、岸《きし》[四五]の坊《ぼう》といへる真言寺《しんごんでら》[四六]の花盛《はなざかり》に、若盛《わかざかり》の人、酒《さけ》に暮《くら》し、覚束《おぼつか》[四七]なくも、藤村佐太《ふぢむらさだ》右衛門といふ男《をとこ》、人の咄《はな》しを外《ほか》[四八]になして、「先新《まづあたら》しき事は、伊織養子《いほりやうし》[四九]に、仁七郎行《ゆく》に極《きはま》れり。此若衆《(この)わかしゆ》も、念者《ねんじや》[五〇]に指切《ゆびきつ》[五一]てとらせければ、又《(また)》三百石、御加増取《(ご)かぞうとる》べし。十本切《きれ》ば三千石が物、食《めし》は人にくゝ[五二]められても、知行《ちぎやう》になる指《ゆび》を切給はんか」と、大笑《わら》[五三]ひして、然《しか》も下戸《げこ》の口から、人の身[五四]うへをあざけ[五五]しは、武士《ぶし》[五六]に浅《あさ》ましき心《しん》

二一 主君の側近に仕える武士。
二二 厳粛に。　二三 主君への拝謁。
二四 当家のきまったやり方。
二五 原本「頂裁」に誤る。今改む。
二六 膝ずりしながら後へ下がって。
二七 注七から、読者は男色関係を思うが、ここでは、意外な事実が提出される。
二八 藩内監察役の長。大横目とも。
二九 前の主君。ここは、庄内藩仕官前の主君。
三〇 相模守の異称。なお、貞享以前庄内の酒井家に相模守を名のる藩主はない。
三一 「それのみか」に同じ。西鶴の慣用的な語法。
三二 以下「権左衛門屋形に渡し」まで、豊田隼人の言上の形がくずれ、普通の散文のスタイル。
三三 若党の宛字。　三四 詳しい様子。
三五 武士としての面目をほどこしたこと。
三六 世間の評判。
三七 「老後の思ひ出これに過ぎじ」(謡曲・実盛)。
三八 深く心にとどまる楽しみ。無上の楽しみ。
三九 「行歩 ギヤウブ」(易林本)。
四〇 これまで伊織の「むかし作りの男」らしさを強調する話題が続き、その奥ゆかしさ、律義さ、慎重さ、などが印象づけられる。これによって、以下の当世武士の軽薄さや「堪忍」のなさを対比。
四一 弓組・鉄砲組などの組の仲間。この場合、何組であるかは記述がなく不明。
四二 これを候補として世話をして。
四三 内輪での相談がまとまり。
四四 主君へ養子縁組を願い出るところまで話がすすんだ時。武士の場合、養子縁組は主君に願い出て許可を得なければならなかった。
四五 未詳。岸は山吹の付合語(類船集)故に、修辞より作られた寺名か。　四六 真言宗の寺院。
四七 上下にかかる。「山吹の清げに、藤のおぼつ

底《てい》なり。

仁七郎が[一]念《ねん》ゆう、駒谷木工左衛門《こまたにもく》が耳《みゝ》に入《(いり)》て、是《これ》、[二]堪忍《かんにん》ならず、折《をり》から病後《びやうご》にて、足《あし》の踏所《ふみど》も覚《おぼ》へざりしが、堅固《けんご》の時《とき》を待兼《まちかね》、仁七郎にもしらせず、佐太《さだ》右衛門屋敷《やしき》に[三]状《じやう》を付《つけ》て、[四]風松《かざまつ》といふ野原《のばら》に待《まち》ける。

今はひかれぬ所にて、[五]弟《をとゝ》佐太《さだ》九郎と心をあはせ、[六]木工《もく》右衛門に渡《わた》りあひ、[七]そもく〳〵より助太刀《すけだち》、うしろには、下人を四五人まはし置《をき》ぬ。木工《もく》右衛門、随分《ずいぶん》

かなきさましたる」（徒然草・十九段）。酒で心もとなくなって、の意と、藤村佐太右衛門の人物が覚束ないの意。
四八 聞こうともしないで。
四九 振仮名は「いほり」「いをり」を混用。
五〇 男色関係の兄分。
五一 遊女の心中立てなどと同じく、男色関係で誠意を示すべく指を切り与えること。
五二 含め。口にふくませる。食べさせる。
五三 「大笑ひ」には猥褻なことを言って笑う意を含む場合が多い。ここも仁七郎と念者との関係を猥褻にとらえた卑しい高笑い。
五四 身の上。「身のうへ」の「の」脱。
五五 嘲笑したのは。あざけりし→あざけつし→あざけしと転じたもの。
五六 武士にしては。理想の武士像「むかし作り」をよしとした上での評。

一 念友。男色関係の兄分。念者。
二 喧嘩・切合いの契機として言われる場合が多い語。
三 決闘を申込む書状を送って。
四 未詳。
五 これも敵となるはずだが、以後忘失される。
六 前出「木工左衛門」。書写の際、左、右の混同は時に起るが、西鶴の原稿の書体があまり丁寧でなかった故に生じた誤りとも見うる。
七 以下左太右衛門の卑怯ぶりを強調。当世武士風。
八 遠国へ逃げのびること。
九 京都府宮津市。一の四にも同地名が出る。
一〇 二重の姻戚関係にある者。
▽以上が敵討の発端。無分別な悪口、それを「堪忍ならず」決闘に及ぶ経過、助太刀を頼んで

はたらきぬれ共《(ども)》、病《やまひ》あがりにして気勢《きせい》なく、初太刀《しよだち》は勝《かち》をえたれ共、相手《あひて》大勢《をほぜい》なれば、つゐにうたれて、哀《あは》れや。それより、佐太《さだ》右衛門は国遠《こくゑん》[八]して、丹後《たんご》[九]の宮津《みやづ》に重縁《ちうえん》[一〇]あつて、身を隠《かく》しぬ。

仁七郎聞付《きゝ(つけ)》、北国《ほつこく》に尋《たづ》ね行《(ゆき)》、[一一]まだ踏《ふみ》はじめの磯道《いそみち》、天《あま》の橋立《はしだて》のさとに忍《しの》び、敵《かたき》しる迄《(まで)》の手便《てだて》に、京《きやう》よりの小道具売《こだうぐうり》[一二]となつて、小者《こもの》に負箱《をひばこ》[一三]、目貫《めぬき》・小柄《こづか》[一四]の品《しな》〴〵持《(もた)》せて、其《(その)》身は、ひとつ脇指《わきざし》に編笠《あみがさ》被《かづ》き、近付《ちかづき》もとめて、見合《みあは》せまはりし

の待伏せ、いずれも当世武士の風潮を描き出しているごとくである。前章(二の四)も無用の悪口が事件の契機となったが、本章も同様。その後の展開に変化をつけ、対照的なものとするための配列か。

一一 「大江山いく野の道の遠ければまだふみもみず天の橋立」(金葉集・雑上・小式部内侍)による行文。天の橋立は、宮津湾西岸の江尻から対岸に向ってのびた砂嘴。歌枕(名所)を舞台とするのは、それに対する読者の知識を前提にできるため、説明の要なく記述に便なためである。

一二 →七二頁注二一。

一三 行商人が荷物を入れて背負う箱。→二三三頁挿絵。

一四 原本「小柄のの」。今改む。

挿絵解説 端午の節句の飾り物を背景に、亀石仁七郎と駒谷木工左衛門との出会いの場が描かれている。本文にこの場の記述はないが、右図の手を取りあっているのが念者の木工左衛門と若衆の仁七郎。仁七郎の左手が袖の中に隠されているのは、本文の「念者に指切てとらせければ」に対応したものか。仁七郎付きと思われる用人風の侍と中間が二人の様子を中腰で熟視している。背後には四菱の紋の付いた旗差物、甲、幟、長刀が、武家屋敷の門前に美々しく飾られている。左図には、木工左衛門付きの草履取り(中間)が控え、長文箱を持った振袖の仲居風の女が立ち、笹粽をのせた台の物をかつぐ中間風の男が描かれている。背後の飾り物は、旗差物、毛槍、長刀、母衣(ほろ)である。本文中にない五月五日の二人を想像して描いたのは、「粽の小笹は恋の山」という冒頭の記述に示唆されたものか。

に、若衆比《わか(しゆ)ごろ》と思ひをかけ、無理にたはぶれられて、商物《(あきなひもの)》を、小者がいふ通《とを》りに、ねぎらずに買《かは》るゝも、[一]下心《(したごころ)》ありておかし。「身に望《のぞ》みある故《ゆへ》に、さま〲の難義《なん》にあふも、是皆《(これみな)》、木工《もく》左衛門殿の御為《(おん)ため》なれば、何事も口惜《をし》からず」と気をつくして、やう〲佐太右衛門が有所《(ありどころ)》を聞出《(きゝいだ)》し、心静《しづ(か)》に打《(うち)》ぬべき事を悦《よろこ》び、「此《(この)》三月廿七日、[二]祥月命日《しやう(つき)めい(にち)》に相当《(あひ)あた》れば、ぜひに念願晴《ねんぐはんはら》さん」と、思ひ極《きは》めしうちに、宮津《(みや)づ》の家中に、[三]内海《うつみ》丹右衛門といふ者有《もの(あり)》。[四]中将棋《ちうしやうぎ》の友として、朝暮《てうぼ》参会《くはい》せしが、佐太右衛門、[五]無用《むよう》の助言《ぢよごん》いひつのりて、丹右衛門と口論《こうろん》になる。両方《はう》共にいかりて、人の[六]曖《あつか》ひも聞《きか》ずして、既《すで》に其夜《(その)よ》、[七]野墓《のばか》に出合《(いであひ)》うち果《はた》すのよし、其内証《しやう》を、小者《(こ)もの》が聞《きゝ》出しければ、さりとはかなしく、「もしも佐太右衛門、其者にうたれなば、年月の大願《(たい)ぐはん》、あだになり行《(ゆく)》事の無念なり」と、身拵《ごしら》へする迄《(まで)》もなく、[八]刀《かたな》をつ取《(とり)》出《(いで)》て行《(ゆく)》。

暮《くれ》ての道《みち》の朧月《をぼろ(づき)》、帰鴈《きがん》はるかに声《こゑ》つゞき、沢田《さは(だ)》の蛙雨《かはづあめ》を乞《こひ》、岸《きし》に[九]角組芦《つのぐむあし》のしげく、踏越《ふみこし》、足《あし》をいたませ、心玉飛《とば》せて行《(ゆけ)》ば、[一〇]少年《せうねん》の塚《つか》のみ、[一一]立竹《たて(だけ)》の哀《あは》れに詠《なが》め、[一二]丸葉柳《ばやなぎ》の陰《かげ》にして息《いき》をつぎしに[一三]、所へ、内海《うつみ》丹《たん》右衛門、下人あまためしつれ、[一四]はたし眼《まなこ》にて来《きた》る。

「是《(これ)》ならん」と立《たち》よれば、丹右衛門、「何者か」と、あらけなくとがめける。

一 男色を売る小間物売と誤解されたところ。→七二頁注二。
二 故人の命日と同じ月日。ここは、一周忌。
三 丹後宮津→天の橋立→内海の連想から作られた名か。
四 将棋の一。小将棋(現今のもの)より駒が五十二多い。「中将棋は百六代後奈良帝、帝臣…に命じてこれを弄ばしめ」(北条団水・諸象戯図序)。貞享期にも小将棋とともに行われていた。
五 ささいなことから喧嘩・口論・切合いという伝来記に多い展開。諷刺を見得よう。
六 仲裁。「哆 アツカヒ〈俗用二此字一或用二曖字一〉」(書言字考)。
七 墓地。火葬場を兼ねることもあった。
八 以下、場面をもりあげるねらいで語り物風の文体(七五調、修辞を多用)に転換する。
九 角のように草木が芽を出し始めること。
一〇 「古墳多くは少年の人」(謡曲・求塚)、「古き墳多くはこれ少年の人なり」(徒然草・四十九段)。これらはともに「古墳多是少年人」(白氏文集)による。
一一 子供の新墓の上に十数本の竹を立て上方を束ねたもの。
一二 はこやなぎの異名。白楊。
一三 「に」は衍字か。このままでも意をとれる故に、原本のままとする。
一四 喧嘩眼。決死の目つき。

仁七郎、礼《れい》義たゞ敷詞《しくことば》をのべ、段ゝ《だんだん》はじめをかたり、「それがしが兄《あに》の敵《かたき》なれば、佐《さ》太右衛門を、我にうたせて給はるべし。[一五]御自分《(ご)じ》の御事は、[一六]中《(まうし)》ても当《たう》座の義なり。御手にかけられ、打《(うち)》給はば《(ゝ)》、残念《ざんねん》、後の世迄の思ひの種《たね》、此《(この)》事、御聞《(お)きゝ》分《わけ》あそばされ、御ゆるし給はれ」と、手をさげて頼《たの》みしに、[一七]さりとは道理《だうり》をわきまへぬ武士《ぶし》にて、「其段《(そのだん)》、存じもよらぬ事。此男が相手取《あひ(てどり)》にする者を、此時にをよんで断《こと(は)》り申は、[一八]慮外《りよぐはい》なるで[一九]つちめ」と、にくさげに申せば、仁七郎たまり兼《かね》、「おのれ、侍かと思ひ、色ゝ言葉《ことば》をつくせし。此上は、[二〇]八幡《まん》のがさじ」と、うつてかゝれば、丹右衛門[二一]倒惑《たうわく》して、「其《(その)》義ならば、相待《(あひまつ)》べし」といふ。

「今は、其《(その)》返事遅《をそ》し。[二二]死出《し(で)》の山に待《まて》よ」と、飛《とび》かゝつて首《くび》を落《をと》し、家来《け(らい)》を追散《をつちら》して、石塔《せきたう》の手向《たむけ》水を[二三]むすび、口に[二四]灌《そゝぐ》所へ、佐太右衛門、[二五]白衣《はくゑ》に天巻《はちまき》、下人に長刀《なぎなた》を持《(もた)》せ、[二六]山のうごくがごとく爰《こゝ》に来《きた》るを、仁七郎、名乗《なのり》かけて打《(うつ)》て出《(いで)》、しばらく[二七]しのぎをけづり、切《きり》むすびしが、仁七郎運命《うんめい》つよく、是《(これ)》も中腰《(ちゆう)ごし》を切《きり》さげ、よはる所を、たゝみかけて切立《きりたて》、[二八]首尾とゞめさすとき、此はたらきにおどろき、めしつかひの者、跡《あと》なくなりぬ。その後《のち》、気《き》をしづめて、佐太右衛門・丹右衛門が二つの首《くび》を、長刀《(なぎなた)》にて小者にかづかせ、本国《ほん(ごく)》への土産《いへづと》にして立帰《(たち)かへ》りける。

一五 あなた様。二人称。
一六 何といってもその場かぎりの喧嘩。
一七 さてさて。全く。強意表現。
一八 無礼な。失礼な。
一九 年少の者を卑しめて言う語。
二〇 自誓の言葉。決して。
二一 当惑の慣用表記。
二二 死後に行くあの世にある山。死の苦しみを山の険しさにたとえたことば。
二三 手ですくって。
二四 「ソソク」(日葡)。「ソソグ」(書言字考)。成立時より後者に従う。
二五 袴をつけない着流しの姿。白衣は死装束をいうことが多いが、それでは前後とあわない。
二六 「山もさらに堂の前にうごき出でたるやうになん見えける」(伊勢物語・七十七段)による。
二七 激しく刀を打ち合って。→五三頁注三三。
二八 「首尾よく」の「よく」脱か。
▽無思慮・無分別な悪口より始まる敵討は伝来記に多いが、本章は、指を失う話が男色の指切へと転じられ、意想外の展開となる点が話の面白さを生んでいる。また、その展開を通し、西鶴が好意的に描写する古風な武士のありようと無分別で堪忍をしらぬ当世武士とが対比されることになる点も興味深い。敵討の結末は簡略で常套的だが、丹右衛門の挿話の導入が、単純な話の展開を避けそれに変化をつけるものとして生かされていると言えよう。

第二　按摩《あんま》とらする化物《ばけ》屋敷《しき》

今の世は、人すなほになりて、信心《しんぐ》ふかく、[一]神国の風俗《ふうぞく》現れ、[二]悪魔《あくま》を払《はら》ひ、[三]松《まつ》に音《をと》なく、海《うみ》に浪立《なみたゝ》ずして、[四]豊後《ぶんご》の府内《(ふない)》、静《しづか》なる舟付《(ふなつき)》とはなれり。[五]以前《いぜん》、此《(この)》所に化物屋敷《しき》とて、[六]同心町《どうしん(まち)》のするに、[七]暦〻《れきぐ》の屋形《かた》に、人住《すま》ずして荒《あれ》わたり、[八]梢《こずへ》の秋《あき》になりて、紅葉《もみぢ》の盛《さかり》枝に見ながら、人も手折《(た)をら》ず、萩・薄《すゝき》おのづからにみだれ、唐蔦《からつた》道を閉《(とぢ)》て、狐《きつね》・狸《たぬき》の遊山《ゆさん》所《(じよ)》となり、松にとまり烏《からす》もおそれて、百年も此《(この)》内を見た人もなく、[九]語《かり》り伝《つた》へり。

其《(その)》折ふし、新参《(しん)ざん》の侍に、梶《かぢ》田奥右衛門とて[一〇]軍法者《ぐんぼうしや》、当分《たう(ぶん)》三百石、[一一]御合力《(ご)かふ(りよく)》にくだしおかれ、御国へ相勤《(あひつとめ)》、町《てう》人の屋敷《しき》をかりて、いまだ妻《さい》子もなくて暮《くら》しぬ。[一二]御家《(お)いへ》に有《(あり)》たき侍《さぶらひ》なれば、[一三]年寄中《としよりぢう》も懇意《こんい》にして、「よろしき明《あき》屋敷もがな。奥《をく》右衛門に申請《(まうしうけ)》て、[一四]爰《こゝ》に落《をち》つかせたき」内談《だん》あれ共、幸《さいわひ》の所もなし。

[一五]有時《(ある)とき》、[一六]化《ばけ》物屋形《かた》の事を、奥《をく》右衛門承《うけたまは》り届《とゞ》け、「此《(この)》屋敷《しき》を[一七]申請度《(まうし)うけたき》」御[一八]訴《そ》訟《せう》申上《あぐ》る所に、「子細あれば、無《む》用」と、[一九]老中《らう(ぢゆう)》、御取次《(とり)つぎ》もなかりき。再三言上《さいさんごんじやう》申せば、願《ねが》ひの通《とを》りくだし給はり、急《きう》に屋普請《やぶしん》して移《うつ》りぬ。[二〇]此《(この)》心底《てい》つよきに恐《をそ》れ

一「誠に神国の姿を顕せり…悪魔を払ひ国土を守る…」(謡曲・富士山)。
二「さす腕には悪魔を払ひ…相生の松風颯々の声ぞたのしむ」(謡曲・高砂)。
三「四海波静かにて、国も治まる時つ風、枝を鳴らさぬ御代なれや…豊なる君の恵ぞ有難き」(謡曲・高砂)。この前後、謡曲・高砂の著名句のイメージをきかした表現。本章末でも「高砂」の句を利用して照応させている。なお「松に音なく」は松平氏(徳川氏)の治政を寿ぐ常套句だが、万治元年(一六五八)より豊後府内は松平(大給)氏の城下でもある。
四 大分県大分市。
五 伝来記に共通する時代設定。今は徳川氏の時代、「以前」は慶長以前が表面上の意味。
六 未詳。府内の地図類には見えない。
七「歴々」(一流の武士)の慣用表記。
八 この前後「浅茅は庭の面も見えず、しげき蓬は軒を争ひて生ひのぼる」(源氏・蓬生)、「もとより荒れたりし宮のうち、いとゞ狐のすみかになりてうとましう、け遠き木立に梟の声」(同)などの末摘花邸の描写を頭におき、それを俗文化して書かれた描写と見られる。
九 (化物が出るなどの噂を)語り伝えていた。
一〇 兵法、軍略などに通じた武士。
一一 正式な俸禄としてではなく、一時的な援助の形で与えること。このような形での給与として三百石は、きわめて厚い待遇。
一二「家にありたき木は松・さくら…」(徒然草・一三九段)の表現をかすめたか。
一三 家中の重臣たち。
一四 この家中に。以下、会話文が地の文に変わる。
一五 或時の慣用表記。

てや、五七日も別義《べちぎ》なく住済《すみすま》しければ、奥《をく》右衛門二一武勇《ぶよう》沙汰《さた》して、国中《こく(ちゆう)》の誉者《ほめ(もの)》なり。

有夜《(ある)よ》時雨《しぐれ》て、板《いた》屋に目覚《めざめ》て、あたりをみれば、八角《かく》の牛《うし》の形《かたち》せしもの、劔《つるぎ》ならべたる羽《は》をひろげ、枕近《まくらちか》く寄《よる》時、あり様《さま》を見定《さだ》め、「先年《せん(ねん)》人のおそれしは是《(これ)》なるべし」と、刃《は》物に心をつけず立出《(たちいで)》、「手どらへにして、おのれが形《かたち》を見ん」と、此《(この)》一心通《しんつう》じてや、其《(その)》まゝ消《きへ》て跡《あと》なし。其後《(そののち)》、十四五なる女と顕《あらは》れ、二二貞《さだ》

一六 化物屋敷に同じ。屋形は武家屋敷をいう。
一七 いただきたい。借用したい。
一八 殿に願い出ること。
一九 家老。
二〇 化物屋敷と知って志願してもらいうける奥右衛門の心づもり。

二一 武勇にすぐれているという評判。
二二 鎌倉時代末期の相州鎌倉の刀工。相模五郎正宗と師弟契約を結び、後正宗の養子となる。男色大鑑・一の三、新可笑記・五の二にも出る。

挿絵解説 立髪に結った奥右衛門は肌ぬぎとなり、狸の化物に肩をもませている場面。本文の「明がた迄肩をうたせければ、後には狸あくびして、自から面影まことをあらはし」に対応、面影をあらわしてしまった所であり、やや滑稽味のある図柄。手前の燭台には蠟燭(当時高級品)がともされ、梅を描いた屏風が背後に置かれている。鬼女に肩をだかれて動じなかった大森彦七(太平記・二十三)のパロディをねらったものか。

宗《むね》の刀《かたな》、[一]孫《まご》六の大脇指《(おほ)わきざし》、[二]拵《こしらへ》の有《(あり)》のまゝ持来《もち(きた)》りて、「自《みづから》は、此《(この)》御屋敷の片陰《かたかげ》に住《すむ》者なり。今迄は、人をたぶらかし、[三]此打物《(うちもの)》奪取《うばひとり》しが、何事もおぢさせ給はぬ御《(ご)》心中《しんちう》、又ためしなき御侍《(お)さぶらひ》、[四]向後《きやうかう》悪《あく》心さつて、世の人に[五]わざを致《いた》さじ。此まゝに、住《すみ》なれ穴《あな》、[六]御借《(お)かし》あそばされ下されよ」と、[七]尻声短《しりごゑみぢか》く申にぞ、奥右衛門、おかしくて、「扨《(さて)》は、年へし狸《たぬき》なるべし。其理《(その)ことは》りならば、ゆるし置也《をく(なり)》。弥《いよ〳〵》人に形《かたち》を見する事なかれ。今宵《こよひ》は、殊更淋敷《ことさらさびしき》に、夜《よ》すがら是《(これ)》にて語《かた》れ」と、いやがるを引《(ひき)》とゞめ、「無心《むしん》なれ共《(ども)》頼む」と、明《あけ》がた迄肩《までかた》をうたせければ、後《のち》には狸《たぬき》あくびして、自《をのづ》から面影《をもかげ》まことをあらはし、[八]身の毛立《け(だて)》てにげ行《(ゆき)》、それより何の事なくおさまりし。

密《ひそか》に老中迄《らうぢう(まで)》、二腰《(ふた)こし》の事申《(まうし)》けるに、取《(とり)》よせ、おの〳〵改《あらた》め給へば、慥《(たしか)》に見覚へ、前に此屋敷《(この)やしき》に住《(すま)》れし、風間《かざま》治《ち》右衛門[九]さし替《がへ》にまぎれず。「奥右衛門は、天《あつ》晴勇者《ばれゆうしや》」と御耳《(お)みゝ》に立《(たち)》、[一〇]同心三十人預《あづか》り、[一一]国中吟味役《ぎんみやく》を仰付《(おほせつけ)》させられし、御目《め》がね違《ちが》はず、万人によろしく、「此《(この)》人なくては」と、一家中《か(ちゆう)》思ひ付《(つく)》時、生国但馬《(たじま)》より早飛脚《はやびきやく》を仕立《し(たて)》、遠《とを》親《しん》類のかたより申越《(まうしこす)》。

「当月二日[一二]牛の上刻《(じやう)こく》の事、御同名奥之進《しん》殿、[一三]不慮《ふりよ》の喧嘩《けんくは》、相手は戸《と》塚《つか》宇左衛門、即《そく》座にうつて立《(たち)》のく。[一四]風聞《(ふう)ぶん》仕るは、[一五]方人《かたうど》数多《あまた》の由《(よし)》、其《(その)》者分明《ぶんみやう》ならず。宇左

一 室町時代の美濃の刀工。美濃国関の刀工兼元は孫六と号して三代あるが、初代がもっともすぐれていた。文反古・四の三にも出る。
二 刀剣の金具や塗り・柄巻などの装備。
三 刀剣。打ちきたえたものの意よりいう。
四 これからは。　五 業。わるさ。いたずら。
六 借と貸は、当時通用。
七 ことばの終りの方の声。語尾。
八 人が恐しい時に言う「身の毛立つ」を狸に対して言う所が滑稽。
▽以上の化物屋敷の話は、いささかならず笑話化されているが、勇士による変化退治の説話は古来多く、古今著聞集・十七「庄田頼度八条殿の変化を縛する事」など以上の話に類似する(ただし、古今著聞集の版本は元禄三年(一六九〇)刊、西鶴は未見か)。また太平記・剣巻、同・二十三の大森彦七の話なども西鶴の意識の中にあった可能性が考えられる。しかし、本章の直接の典拠は、天和三年(一六八三)九月刊・新御伽婢子・二の「古屋剛」と見るべきか。同話は、「九州或方の御内」の赤松某が、これまで多勢の人が一夜も明かさず逃げだした化物の住む屋敷を拝領したその夜、「其長(たけ)天井にひとしき坊主」が現れる。それをにらみ返すと、又次の夜に現れ刀一腰を与え親交を願う。赤松は刀をとるや否や抜打ちにすると、血を流しつつ逃去る。血の跡を追うと、一町ばかり先の藪に穴があり、その正体は古狸、また、刀は、御家老秘蔵の名剣であった、という話。
九 予備の刀。　一〇 与力の下で監察の事にあたる下級役人。前出同心町よりの連想か。
一一 大横目役などと同じく、政務を監察する役。
一二 午前二時半頃。これでは深夜となるので、「牛」を「午」(午後零時)の誤刻かと見る説もある。

衛門は、四国へのきたるやうにさた[一六]有《(あり)》。其元《(そこ)もと》御心底《(ごしん)てい》、察《さつ》し奉る」のよし、奥[一七]
迄読《よむ》にいとまなく、すぐに御前に出《(いで)》、段ゝ《だん〴〵》[一八]敵打《(うち)》たき願《ねが》ひ、御承引《(ご)せうゐん》あそばされ、
「尤兄《もつともあに》の義なれば、堪忍成《かんにん(なる)》まじ。首尾《しゆび》よく打《(うつ)》て、追付帰参《をつつけきさん》[一九]の時分は、先知《せんち》[二〇]一
倍《ばい》の御加増《(ご)かぞう》」と、有難《がた》き御上意《(ごじやう)い》をうけ、翌日豊後《よくじつ(ぶんご)》を立《(たち)》、先伊予《(まづ)いよ》[二一]舟に取乗《(とり)のつ》て、
[二二]松山にあがりぬ。

此所《(この)》に、母人の妹縁《いもとえん》に付《(つき)》、榎本《ゑのもと》才兵衛と申《(まうす)》人、姨婿《をばむこ》なれば、此許《もと》にしのび
居て、[二三]土佐にも行《(ゆき)》、讃岐《さぬき》にも越《(こえ)》、さま〴〵[二四]身をやつし、敵の有家《(あり)か》を尋ねしに、
深《ふか》く身を隠《かく》してしれがたく、二年あまり心をつくせしかひぞなく、むなしき年
月を、爰《こゝ》にて送《をく》る、無念《むねん》なり。奥右衛門、武芸《げい》いづれ愚《をろか》もなし。中にも軍者《ぐん(しや)》[二五]な
れば、此国《(この)》に逗留《とうりう》のうち、密《ひそか》[二六]に所望《(しよ)もう》して、城取《しろ(とり)》[二七]の大事を、おの〳〵伝受《じゆ》[二八]する事、
是武道の第《だい》一なり。

其弟子《(その)で》のうちに、大津《(おほ)つ》兵之助といへる美児人《びしやう(じん)》[二九]、今年《こん(ねん)》十七、心ざしつよくし
てやさしく、人の思ひをかけし若衆《わか(しゆ)》なるが、いつの程にか、奥《をく》右衛門とふかく[三〇]
成《(なり)》て、此世《(この)》[三一]の外《ほか》まで申あはせて、心中残《のこ》さず、互《たがひ》にうちとけしうへに、敵《かたき》うつ
子細を語《かた》りければ、兵之介[三二]、横手《よこ(で)》[三三]をうち、「是《(これ)》には、不思儀《し》、御仕合《(しあはせ)》あり。其《(その)》
戸塚《とつか》[三四]宇右衛門は、私同名《わたくしどうみやう》[三五]、越前《ゑちぜん》に有《(あり)》し時の古傍輩《こはうばい》[三六]のよしにて、親仁存生《(おや)じ(ぞん)しやうじ》の時

一三 思いがけぬ喧嘩。伝来記中敵討の契機となるものは「不慮の喧嘩」である場合が多い。
一四 噂では。書簡の文体を生かした語調。
一五 味方する者。　一六 沙汰。評判。噂。
一七 手紙の終りの方。巻込んだ手紙故に言う。
一八 一々の次第。事情を細かく説明して。
一九 元の主君のところへ帰ること。敵討に出る時には禄を返上して浪人となるのが普通。帰参時には称美され先知に加増される。そのような例は実在の敵討には多いが、伝来記中では、本章のようにうまく行っている例は稀れ。
二〇 もともらっていた俸禄の二倍。
二一 豊後水道を横切り豊後から伊予に至る便船。
二二 松山市。寛永十二年(一六三五)以後、松平(久松)氏の城下。
二三 四国全体を経廻った様子を南端と東端の国名を出すことで具体化する書き方。
二四 姿を変えて探索すること。
二五 前出「軍法者」(八〇頁注一〇)に同じ。
二六 (此国の武士たちが)所望して、(奥右衛門が)伝授する。主語が途中で変わる文体。
二七 城の設計や構築の方法。その「大事」を知ることは城攻め等の軍法に必要。
二八 伝授。武芸・軍学などでは、師匠が秘伝を一人前と認めた弟子に伝える。　二九 美少年。
三〇 男色関係が深くなって。巻三の四章はすべて男色の話題を作中に生かしている。
三一 来世までの約束をして。諺「夫婦は二世」にならっての約束。
三二 前は「兵之助」。当時「介」と「助」は混用。
三三 感心したり、思い当った時などの動作。
三四 前出「宇左衛門」。左、右の混用については七六頁注六参照。以下原文のまま。
三五 同姓の者。同族。　三六 もとの同僚。

分、両度《ど》迄《(まで)》尋ねこし、[一]其《(その)》面《をもて》を見覚へければ、せんさくすべきたより」と、よろこぶ事のたのもし。奥右衛門なを力《ちから》を得たり。

又、あるとき、[二]同国今治《どうこく(いま)ばり》に居《い》るよし、つげしらするもの有《(あり)》て、[三]近日立越《きんじつたちこす》折ふし、奥《をく》右衛門、散《さん》〴〵腹中《ふく(ちゆう)》をいたませ、[四]頼みすくなき程なやみしを、「思へば惜《をし》き命《いのち》なり」と、兵之介、昼夜枕《ちう(や)まくら》をはなれず、[五]大かたに養生《やうじやう》を仕立《したて》、心に諸願《しよぐはん》をかけぬれば、先礼《まつれい》参りに、[六]浦辺《うらべ》の八幡宮《まんぐう》へ参詣《さんけい》の道にて、宇左衛門、[七]忍《しの》び駕《か》籠《ご》に身をちゞめ、両方にたくましき若党《わかたう》めしつれて、浜《はま》より小船《(せう)せん》に乗移《のりうつ》るを見付《(みつけ)》て、「是《(これ)》は天のあたへなるに、[八]奥右衛門ましまさぬ事の残念《ざんねん》なり」と、身をもだへてもかひなし。「是よりまたいづくへか立《(たち)》のくべし。此時《(この)じ》節《せつ》にうたずは、又いつめぐりあふべし」と、前後《ぜんご》をみれば人もなく、取《(とり)》いそぎて、宇右衛門舟《ふね》に乗《のる》を、「我《(われ)》奥《をく》右衛門が弟《をとゝ》なり。いつ迄かのがるべし。[九]あまさじ」と、うつてかゝれば、宇右衛門下人進《すゝむ》を、[一〇]切《(きり)》はなてば、是におどろき、皆〻しりぞきける。

其内《(そのうち)》に、宇右衛門ぬきあはせ、「奥《をく》右衛門が弟《おとゝ》は心得がたし。然《(しか)》れ共《(ども)》、むかふ者をきらはず」と、互《たがひ》に[一一]手をつくして切《(きり)》むすぶ。しばらくたゝかひ、両人爰《(ここ)》に一命《めい》おしまず、[一二]ふんごみて、あひうちに、兵之《ひやうの》助、宇右衛門が[一三]左《ひだり》かいな打《(うち)》

一 この前後、いささか偶然にたより過ぎた話の展開。事実性より奇談・珍談としての面白さをねらう作者の姿勢による話の特色である。
二 愛媛県今治市。松山藩の支藩今治藩があった。
三 出かけようとする時。まだ出かけていないはずだが、以下は今治でのできごとのごとくに記述される。↓注六。
四 生きていられそうにない程。危篤状態。
五 ほとんど病気を回復させ。
六 大浜八幡宮。今治の産土《うぶすな》神。「八幡宮 今治ニ立、宇佐御同躰」(国花万葉記・十四)。ここで二人は今治に来ていることになってしまう。しかし、次頁では宇右衛門との切合いのあと「私宅に帰り」とあり、松山のこととして書いているようでもある。いずれ遠隔の地、それらしい場所(地名)であれば作者も(又読者も)良かったのであろう。
七 人目を忍び両側のたれをおろした駕籠。
八 原本は「貞」。西鶴原稿の「奥」の草体を版下筆者が「貞」に見誤ったか。
九 逃がさない。
一〇 切って捨てると。
一一 秘術をつくして。
一二 踏み込んで。
一三 兵之助が宇右衛門の左腕を切落とし、それをひろって私宅に持ち帰り、後に奥右衛門に見せるという以下の話の展開は、渡辺綱が鬼女の腕を切り持ち帰る話(太平記・剣巻、謡曲・羅生門等)を転じたものか。本章の導入部において名剣をめぐる怪異談の一つとして綱説話を意識したことが、このような話の展開を生む契機となっていると見ることができる。
一四 引退き。後に下がって。
一五 息を整えているうちに。

をとせば、宇右衛門、兵之助が左《ひだり》の手《(て)》首《くび》切《きり》落《をと》す。両方に[一四]引《(ひき)》のき、[一五]息《いき》つぎのうちに、宇右衛門家来《けらい》、舟《ふね》に抱《いだ》きのせ、岸《きし》をはなれて押《をし》出《(いだ)》す。

「互《たがひ》に此《(この)》身になりて、何《なに》とて命《いのち》を惜《をし》むぞ。かへせ〳〵」と、いふ声《こゑ》ばかり残りて、舟《ふね》は沖《をき》はるかになりて、[一六]ぜひもなき仕合《(しあはせ)》、此まゝ腹《はら》かききらんとせしが、

「此段《だん》、奥《をく》右衛門殿に語《かた》りて後《のち》、切腹《せつぷく》せん」と、ながらへて嬉《うれ》しからぬ身を[一七]かゝはり、[一八]切《(きり)》落《をと》したる宇《う》右衛門が腕《うで》に、我《わが》手を拾《ひろ》ひあつめ、ひそかに私宅《したく》に帰り、其《(その)》まゝ此《(この)》物語と思へ共《(ども)》、折から、奥《をく》右衛門病《びやう》中なれば、先《(まづ)》思案《しあん》をするに、

「此事聞《(きか)》せらるゝからは、よもやそのまゝはおかれじ。[一九]気色《きしよく》にかまはずかけ出《いで》、[二〇]万《ばん》一[二一]しそんじありてはか[二二]へらじ。[二三]本腹《ほんぷく》の時まで相待《(あひまち)》て、此事をかたるべし」と、甲斐《かひ》なき命《いのち》をつなぎ、世間へ病《びやう》中と申なし、外《げ》科《くは》の上手《じやうず》[二四]諸内玄庵《もろうちげんあん》を内証《しやう》にて頼み、[二五]神文《(しんもん)》の上にて養生《やうじやう》して、疵《きづ》も大かたなをりぬ。

[二六]一門かぎつて人にあはず、ふかく取《(とり)》こもりて有《(あり)》しに、奥《をく》右衛門気色《きしよく》よく、けふ[二七]初立《ういだち》の杖《つへ》にすがりて、兵之助屋敷に見舞《まひ》ければ、奥《をく》へ通《とを》して、只《(ただ)》ふたり、此《(この)》程つもる事のみ、語《かた》るも聞《きく》も涙《なみだ》、かりそめに申《(まうし)》かはせし事ながら、[二八]念友《ねんゆう》のふかき意気地《いきぢ》、[二九]女の契《ちぎ》りとは[三〇]各別《かくべつ》なる事ぞかし。

互《たが》ひの[三一]うき晴《ばら》しに、盃《さかづき》かはしてのち、奥《をく》右衛門、[三二]扇拍子《あふぎびやうし》にして[三三]曲舞《くせまひ》をうたひ、

一六 どうにもならない状態。「仕合」は、めぐりあわせ、状況。
一七 身にかかずらい。身を大事にして。
一八 渡辺綱の話を転じたものか。↓注一三。綱は鬼女の手を頼光に見せると、頼光はその因縁を説き、鬼女の手を厳封して七日慎むことを綱に命ずる(太平記・剣巻)。
一九 病気の具合。
二〇 まんいち。「バンイチ」(日葡)。
二一 仕損じ。やりそこない。
二二 とり返しがつかない。
二三 全快する時。「本腹」は「本復」の誤字。「本復ホンプク」(饅頭屋本)。
二四 「諸」は二つ、二人の意ゆえ、兵之助と宇右衛門が、「諸討」(相討)であったことから思いつき、医家に多い「玄」の字を導入して医者らしく作った人名か。
二五 神に誓った証文。絶対に秘密を守るという起請文を書かせた上で。
二六 一門の人でさえも面会せず。「かぎつて」は「…にさえも」「…にまでも決して」の意。
二七 病後初めて外出すること。原本「初立のの」。
二八 男色関係。以下、男色大鑑の主張と同類。
二九 女同士の約束、または女性との関係。
三〇 まったく違う。
三一 憂き晴し。うさ晴し。
三二 扇で拍子をとること。
三三 謡曲で、曲舞の節でうたう部分。曲中重要な内容を叙述する。曲舞はもと、室町期中心に行われた舞の一種で、幸若舞曲もその一。謡曲・羅生門の「つはものゝ交はり頼みある中の酒宴かな」に続くクセ「思ふ心のそこひなく、たゞうちとけてつれ〴〵と、降り暮らしたる宵の雨」などが、この場面にはふさわしい。

兵之助に鞁所望《つゞみしよもう》、片手《かた》のない事、此《(この)》時《とき》迷惑《めいわく》[一]して、余《よ》の慰《なぐさ》みにまぎらかしけるに、謡《うたひ》なをやめずして、「つねに好《すき》の鞁《つゞみ》なれば、ぜひ」と望む。「左《ひだり》は[二]虚手《そらで》がいたむ」とて、外科《げくは》の玄庵《げんあん》に持《もた》せて、ふたりしてうつ鞁《つゞみ》は鳴《なり》あしく、是《(これ)》も興覚《けうさめ》て、又、「[三]居相撲《ゐずまう》」と云《いふ》程に、兵之介進み、「[四]我《(わが)》恋の関取《せきとり》、誰《たれ》にても片手《かた》なげ」と、[五]わり膝《ひざ》にしてかゝる時、奥《をく》右衛門抱《いだき》つきて、ひだりの手《て》のなき事を見出し、「是は」とおどろき、「いかなる事ぞ」と、気《き》を取《(とり)》乱《みだ》す時、ふたつの腕《かいな》を取出《(とりいだ)》し、宇右衛門に出合《(であひ)》ての首尾《しゆび》、有《(あり)》のまゝに語《(かた)》りければ、奥右衛門、涙《なみだ》に沈《しづ》み、しばし[六]気《き》を取《(とり)》らしなひけるを、やう〳〵に[七]本性《ほんしやう》になし、「大事の身の敵《かたき》を討《うた》ぬうちに、其心入《(こころいれ)》よはし」としかれば、「いかにも〳〵、宇右衛門目を打取《(うちとつ)》ての後《のち》に、分別《ふんべつ》有《(あり)》」とてかけ出《(いで)》しを、袖にすがりて引《(ひき)》とゞめて、「兼《かね》て助《(すけ)》太刀《だち》の望《のぞ》み、殊更《ことさら》[八]此度《たび》の心掛《がゝ》り、[九]彼《かれ》是《(これ)》もつて、跡《あと》には残《のこ》らぬ所存《しよぞん》」と覚悟《かくご》して、[一〇]右の段々《だんゞ》、[一一]一つ書《がき》にして、大《(おほ)》殿《との》様へ御《(ご)》訴訟《そせう》申上《(まうしあげ)》しに、意気《いき》道理《だうり》を聞し召分《(めしわけ)》られ、御《(お)》暇《いとま》くだし給はり、「首尾《しゆび》よく帰宅《きたく》をすべし。[一二]一代無役《むやく》、先《(せん)》知《ち》六百石、相違《さうゐ》是《(これ)》なし」と、有《(あり)》難《がた》き御《(ぎよ)》意《い》請《(うけ)》て、それより、奥右衛門同道《(どうだう)》して、中国《ごく》に越《こし》て、しるべをもとめてせんさくするに、[一三]但馬《たじま》の国入《(いる)》佐《さ》山《(やま)》の麓《ふもと》に、[一四]久松落月院《きうせうらくげつゐん》といへる真言寺《しんごんでら》によしみ有《(あり)》て、是《(これ)》に身をかくし、疵養生《きづやうじやう》して無事《ぶじ》になり、忍《しの》びて近在《きんざい》を

一 困惑して。こまってしまって。
二 神経痛などで手が痛むこと。
三 すわったままで取る相撲。すわり相撲。
四 「わが恋の関守」のもじり。「人知れぬわが通ひ路の関守はよひ〳〵ごとにうちも寝ななん」(伊勢物語・五段)より出る「わが恋の関守(邪魔者)」の意を転じた。
五 両方の膝頭をはなして。
六 気が狂ったようになる。
七 正気。
八 宇右衛門と相討ちとなり、手首を切落された遺恨。
九 それとこれの二つの理由で。
一〇 これまでの一々の次第。
一一 箇条書。「一 何々」と書く書き方。
一二 手首を失っている故に言うのであろう。帰参後無役で先知のままは、厚遇。
▽奥右衛門と兵之助の男色関係、奥右衛門病中の兵之助・宇右衛門の切合い、などの脇筋が本章に変化を与え、二人の敵討の動機を合理化する。挿話が並列されるごとくだが、切落した腕が小道具の役割を果し、冒頭の化物話と連想の糸がつながっている。
一三 兵庫県出石郡出石町入佐辺の歌枕。
一四 未詳。「里わかぬかげをば見れど行く月のいるさの山を誰かたづぬる」(源氏物語・末摘花)から入佐山の麓をたずねるという趣向をとり入れ、月が入るの意の「落月院」の名を作ったか。
一五 未詳。
一六 表門と裏門。
一七 寺に居候している浪人。窂人→五三頁注一八。
一八 ちょうどその頃は。
一九 野鳥を勢子に追い立てさせ網や弓・鉄砲でと

ありく由《よし》を聞定《きゝさだ》め、急《いそ》ぎ但馬《たじま》に立越《(たち)こへ》、落月院《らくげつゐん》の一里はなれし、[一五]浅田村《あさだむら》にかりねして、ひそかに様子を見しに、[一六]両門共にきびしく人をとがむるよしは、弥《いよ〳〵》是《(これ)》に有《(あり)》しに極《きはま》れり」と、毎日道筋立《まいにちみちすじ(たち)》かくれ、あふ事を願《ねが》ひしに、有日《(ある)》、宇右衛門は、[一七]寺《てら》がゝりの牢人《らう》に、日下《くさか》源五郎といへる者《もの》同道して、[一八]比《(ころ)》しも初雪《はつゆき》のあした、[一九]追鳥狩《をひとりがり》の道具を下〻《(したじた)》にもたせ、爰《こゝ》に来《きた》る社仕合《こそしあはせ》なれ。

奥右衛門、飛出《とび(いづ)》るを、兵之助引《(ひき)》とゞめ、「宇右衛門片手《かた》なき者を、そなたの御手にかけらるゝも、おとなげなし、爰《(ここ)》は私《わたくし》に給はれ」とはしり寄《より》、「奥右衛門打《(うた)》せらるゝ汝《なんぢ》なれ共《(ども)》、[二〇]日外《いつぞや》の遺恨《ゐこん》あれば、命《いのち》を我ら申請《(まうしうけ)》て打《(うつ)》事なり。のがれぬ所、さあ、太刀《(たち)》を合せ」と声《こゑ》をかくる。石流《さすが》、宇右衛門[二一]逸業者《はやわざもの》、抜合《ぬきあはせ》、[二二]一命《めい》極《きはめ》てはなやかなり。宇右衛門下人、浪人《らう》の源五郎、横合《よこあひ》より打《(うつ)》てかゝるを、奥右衛門へだゝり、[二三]まくり立《(たて)》て切払《きりはら》へば、五人ながら手を負《をひ》、此切先《(この)きつさき》に驚《おどろ》き、ちり〴〵に逃行《にげゆく》。兵之介は、宇右衛門を切臥《きりふせ》て、「是申《(これまうし)》、とゞめは、こなた様にさし給へ」といふ。奥右衛門打笑《(うち)わら》ひ、「[二四]神妙《しんべう》なる御はたらき」と、宇右衛門が首打《くび(うつ)》て、目出度豊後《(めでたく)ぶんご》に帰り、二度其名《(ふた)たび(その)》をあげて、兵之助を伊予国《いよの(くに)》へ送《をく》り届《とゞ》け、[二五]是《(これ)》、御前の御機嫌《きげん》よく、[二六]衆道《しゆだう》の情《なさけ》、武道のほまれ、人の鑑《かゞみ》、世《よ》がたりとなつて、猶《なを》其後は、兄弟《きやうだい》の[二七]ちなみをやめず、[二八]国里は万里《ばんり》に隔《へだ》てつれ共《(ども)》、互《たがひ》に心を

らえる狩。雉に言うことが多い。「追鳥狩ハ雉狩ナリ、列卒(せこ)ヲ以テ雉ヲ追出シテトルヲ云也」(華実年浪草・冬一)。

二〇 当時慣用の宛字。「日外とは程近きをいふべし。一月二月又は百日斗前をもいふべし」(新撰用文章明鑑・中)。

二一 早業。す早く応対する腕をもった者。

二二 決死の覚悟をきわめて。

二三 切りまくる様子。

二四 けなげな。「シンベウ」(諸節用集)。

二五 こちらも又。

二六 男色関係。衆道の情の深さ、武道の上での名誉、これらは人の模範だ、と評判になって。「御前」の言葉らしい書き方が、途中から地の文に変わる。

二七 深いちぎり。

二八 伊予と豊後では近すぎるが、ここは「山川万里を隔つれども、たがひに通ふ心づかひの妹背の道は遠からず」(謡曲・高砂)の文句をとり、「妹背の道」を「兄弟のちなみ」に転じて祝言としたもの。本章冒頭で「高砂」の一節を引き太平を寿いだ部分と照応する。

▽滑稽味をおびた化物話を導入部とし、他国での兄の「不慮の喧嘩」のために敵討にでる本章は、敵討の契機の叙述が余りに簡略なため、脇筋が必要とされたのであろうが、その脇筋が起伏にとんだ話の展開を生み、本章を興味深い作品とすることになっている。敵討の契機を詳しく叙述することの多い伝来記中では異色だが、このような異色の構成による作品を時に配することが、伝来記全体に変化を生み、読者の興味を持続させる上で有効に働いているのである。

かよはせける。是武士《ぶし》の本意《い》、かくあらまほしき事なり。

第三　大蛇《だいじや》も世《よ》に有《(ある)》人が見た様《ためし》

行春《(ゆくはる)》[一]の桜鯛《さくらだい》[二]、堺《さかひ》の浦《うら》に限《かぎ》らざりけり。予《よ》[三]州《しう》宇和《わ》嶋《じま》と云《いふ》所に、手繰《(て)ぐり》[四]の綱《つな》をおろさせ、女まじりに今や引《(ひく)》[五]らん。五《ご》[六]端帆《たんぼ》の舟《ふね》弐艘《そう》を、出嶋《でじま》の宿《やど》[七]の椽《えん》の前迄《さきまで》釣揚《つりあげ》させ、潮《うしほ》を湛《たゝ》へて、数《かず》[八]の魚《うを》を放《はな》ち、是《(これ)》ぞ正真《しやうじん》[九]の沖鱠《をきなます》[一〇]、入日《(いりひ)》[一一]を金柑《かん》に見なし、浪《なみ》の浮藻《うきも》を水鉢《(みづ)ばち》[一二]に作《つく》り、此《(この)》気色《けしき》は、下手《へた》[一三]な仙《せん》人より増《まし》に、詠《なが》めの長[一四]じて、小船《せうせん》[一五]に棹《さほ》さし、盃流《さかづきなが》[一六]しの一曲《きよく》を、興《けう》じてうたふ所に、俄《にはか》[一七]に海上震動《かいしやうしんどう》して、白浪舟《しらなみふね》をゆりあげ、水より少し下に五丈《でう》ばかりの竜《りやう》[一八]、うねり廻《まは》るを、見る者肝《ものきも》をけし、船《せん》頭《どう》をあらけなく[一九]呵《しかり》て、「こんな所へ乗《のせ》て来《く》るものか。夕《ゆふべ》[二〇]の夢《ゆめ》見あしきに、こま[二一]いといふたを、女共[二二]が、「それでは約束《やくそく》の義《ぎ》理《(り)》が欠《かけ》る」といふて、此様《(この)やう》なこはい目をさせる」と啼出《なきいだ》[二三]すと、着《きる》物みなぬぎて、大小にくゝりつけ、犢鼻褌《ふんどし》まで放《はつ》して、泳《をよ》ぎ支《じ》度《たく》をする。

また、かたはらより、「扨《さて》も残りおほい事は、瓢簞《ひやうたん》[二四]をもつて来《く》れば、まざ〳〵と水を飲《のん》では死《しな》ぬ物を」と悔《くや》む。「何も心にかゝる事はなけれど、祝言《しうげん》し

一「行く春の堺の浦の桜鯛あかねかたみに今日や引くらん」（新撰和歌六帖・三、夫木抄・雑七、堺鑑・下に所引）による表現。
二 桜の季節に瀬戸内海でとれる鯛。堺、明石などでとれるものが著名。
三 愛媛県宇和島市。伊達氏七万石の城下町。
四 手繰り網の綱。手繰り網は、二艘以上の船の間に張った網を手でたぐりよせて引く。
五 ↓注一。
六 帆幅十五尺の帆。一端は筵一枚の幅で長さ三尺。小型の和船の帆。
七 船を椽先に着け、鯛網をつりあげて一部を水中に置き、その中の鯛をおよがせている様子。
八 たくさんの。「数」は、多数の意。
九 文字通りの。本物の。
一〇 とった魚をすぐに刺身にして食べること。
一一 落日を鱠の付け合せの金柑に見立て。
一二 水鉢と見立て。雄大な景色を手元の金柑や水鉢に見立てる発想から、「仙人より増」となる。
一三 下手くそな仙人よりずっといい。左慈道人をさす。左慈は、曹操の宴席で「求二銅盆一貯レ水以レ竿釣レ之。即得レ鱸」（列仙全伝・三）という。
一四 すばらしくて、と、その詠めのすばらしさに悪のりして、の意。これまでの場は出嶋の宿。
一五「小船に棹さして五湖の遠島をたのしむ」（謡曲・船弁慶）。以下の竜出現の場にも、船弁慶のイメージがかすめられる。
一六「おもしろや山水に、盃を浮べては、流に引かるゝ曲水の、…本より弁慶は…」（謡曲・安宅）。
一七 この記述で読者は、「船弁慶」の知盛幽霊出現の場を思いうかべる。しかし、現れたのは、幽霊ならぬ竜。そこで、また別の著名説話が導入されているのに気付く。すなわち、捕われた文覚上人は伊豆へ流罪に処せられ船で送られる

てから十日にもならぬ女《にう》ばうが、晩《ばん》から淋《さび》しからふ」と、涙《なみだ》ながら我《わが》屋敷の方を詠《なが》めやり、「[二五]とてもこち共《(ども)》は、[二六]水心はしらぬ」と、手を懐《ふところ》に入《(いれ)》て、舷《ふなばた》に寄《より》かゝつて、念仏くりかへし、「[二七]彼観音《かのくはんをん》の力《ちから》を念《ねん》ぜば、浅《あさ》き所を得《え》ん」と、読出《よみいだ》すも有《(あり)》。船頭《せんどう》を呼《よべ》ば、「最《も》、御ゆるされましよ。目《め》が舞《まひ》まして」と、[二八]船底《ふなぞこ》に息《いき》もたてず。

其中《(その)》に、[二九]石目弾左《いしめだんざ》衛門、[三〇]艫先《へさき》に立《たち》あがりて、[三一]大躬鑓《をほみやり》を上段《じやうだん》に構《かま》へ、大音《だいをん》あげ、「正躰《しやうたい》いかなる物ぞ。[三二]此《(この)》治《おさま》れる時津波《ときつなみ》、太平《たいへい》の御《み》代《(よ)》にあやしき姿《すがた》、天晴《あつぱれ》、僻者《くせもの》なるべし」と、[三三]海上《かいしやう》を白眼《にらみ》つけたる有様《(ありさま)》の[三四]ゆゝしき。ふしぎや大蛇《じや》、[三五]淡路《あはぢ》が嶋の方へゆくとみへて、気色《けしき》しづかに浪《なみ》おさまり、みな〳〵夢《ゆめ》の覚《さめ》たる心《(こゝ)》ちして、又、右《みぎ》の汀《みぎは》に漕戻《こぎもど》し、[三六]からき命を我《(わが)》物にしてあがりぬ。

其後《そのゝち》、城下《じやうか》に[三七]是《(これ)》沙汰《ざた》有時《あるとき》、弾《だん》左衛門手柄《てがら》、美《び》ゞ敷咄《しくはな》すにつけて、成川専蔵《なるかはせんぞう》・[三八]木村土《きむらど》左衛門が臆病《をくびやう》の事、いはずしてあらはれしか共《(ども)》、[三九]誰遮《たれさへぎつ》て評判《ひやうばん》する者もなかりき。され共、若《わか》き衆《しゆ》の悪口《わるくち》に、臆病《をくびやう》なる事を、「夕《ゆふべ》の夢《ゆめ》み、十日にならぬ祝言《しふげん》」と、はやり詞《ことば》にしなしける。

まだ此《(この)》さた、[四〇]しかときかぬ男《をとこ》の、由来《ゆらい》を尋《たづ》ねられし、其《(その)》夜は、[四一]五月雨《さみだれ》[四二]ふりすさみたる、つれ〴〵のしめやかなるに、小谷孫《(こ)たにまご》九郎・久米田《くめ(た)》新平・松川太郎八、

が、遠州沖で「黒風俄に吹起り波蓬莱を上ければ」船中の者は「周章《(あはて)》騒」ぐ。文覚は事ともせず「舟の舳頭に立跨つて沖の方を睨まへて」竜王を叱ると「沖吹く風も和ぎて岸打つ浪も静也」という話(源平盛衰記・十八、他)である。ここでは、船弁慶の話を使うかと思わせて、実は文覚の説話をパロディ化しつつ導入。

一八 竜と大蛇は混同される(壒嚢抄・八)。

一九 悠然たる文覚を船中の者が種々に咎める部分(源平盛衰記、平家にはなし)のパロディ。

二〇 「あゝ去る夜の夢見悪かりける事は此事也」(源平盛衰記・十八)を意識したか。

二一 来まい。行くのはよそう。

二二 女房の謙称。

二三 「烏帽子直垂ぬぎ捨てゝ涙にむせぶ御別」(謡曲・船弁慶)をかすめているか。

二四 浮袋の代用として、水練・武具に用いた。

二五 自分の謙称。武士らしからぬ言葉づかい。

二六 泳ぎ。水練も武士のたしなみの一。

二七 「観音経」(法華経・第二十五)の「称二其名号一、即得二浅処一」による。源平盛衰記・十八にも所引。

二八 「今は櫓を取り楫を直すに及ばず、舟底に倒伏て音を揚て喚きけれ共」(源平盛衰記・十八)。

二九 「文覚舳先で睨む」より「石目で弾く」の擬人名。

三〇 注一七の源平盛衰記・十八の引用文参照。

三一 大身の槍。穂先が四、五寸の槍をいう。

三二 太平の御代の静かな波、このよく治まった太平の御代に、の意。当世を寿ぐ言葉。

三三 →注一七。

三四 非常にすごい。まさに立派。

三五 阿波の鳴門に竜宮ありとの俗説、又は紀州淡島に大蛇ありとの俗説によるか(冨士昭雄)。

三六 あやうかった命を。

[一]亭主《ていしゆ》は井田素左衛門《いだそ》なりしに、此男《(この)をとこ》、[二]成川専蔵子息滝之助《なるかはせんぞうしそくたき(のすけ)》と、[三]わりなくいひかはしたる中にて、「今宵《こよひ》は来るべし」と、宵《よひ》より手紙に[四]告越《つげこし》ければ、いづれも親専蔵《をやせんぞう》、舟遊山《ふなゆさん》の[五]長座、[六]気の毒《どく》の所へ、はや滝之助《たき》、密《ひそか》に玄関迄音信《げんくはんまでをとづれ》たるに、[七]不首尾《ぶしゆび》のしな〴〵、ふと耳《みゝ》に入《(いり)》、はつと思ひ、暫《しば》したゝずみて、聞届《きゝとゞ》くれば、親仁、[八]侍《さぶらひ》の一分《(いちぶん)》も立《たゝ》ず、[九]腰抜《こしぬけ》の取《(とり)》ざた、[一〇]座中大笑《(おほ)わら》ひなれば、「是《(これ)》、[一一]堪忍《かんにん》ならぬ所、よし〳〵是まで」と、降《ふり》つゞく雨《あめ》にそぼぬれて、「座を立《たつ》を待《(まち)》かけ、

三七 もっぱらの評判。
三八「水心はしらぬ」から作った人名か。
三九 他より先に。最初に(前田金五郎)。
四〇 はっきりと聞いていない。
四一「長雨晴れ間なき頃…つれ〴〵と降りくらして、しめやかなる宵の雨に…」(源氏物語・帚木)。
四二 しきりに降っている。

一 その家の主人。来客をもてなす立場の者。
二 成川滝之助の命名は、謡曲「安宅」の前引部分に続く「鳴るは滝の水」の文句によるか。
三 深い関係となっている。
四 言ってよこしたので。主語は滝之助。
五 長居。
六 迷惑なことに思っている所へ。
七「夕の夢見」の方にあたる不首尾。
八 武士としての面目。
九 臆病で意気地がないという評判。「トリサタ」(日葡)。
一〇 一座の者全体。
一一 親の「一分」が立たず、「腰抜」と評判され「大笑ひ」されたことのみで「堪忍なら」ずとして相手を敵と認定するのは、正式の敵討とは称しがたく、喧嘩・私闘の段階を出ないが、このような心情的な敵討は伝来記に多い。ただし、親への悪口を子が堪忍ならずとする敵討の契機は伝来記中でも異色。

物の見事に打果《うちはた》さん」と思ひながら、「いや〳〵、此事《(この)》をいひつのりて、かふ[一二]なる時は、いよ〳〵親仁《をやじ》の卑気《ひけ》[一三]、耻《はぢ》の上の耻辱《ちじよく》、こゝは[一四]分別所《ふんべつ(どころ)》なり、かへつて不孝《(ふ)かう》の科《とが》をのがれず。堪忍《かんにん》[一五]ならぬ所なれ共《(ども)》」、胸《むね》をさすり、歯《は》をくひしばり、「所詮《しよせん》今の物語は、久米田《くめ(た)》新平、相手《あひて》に不足《ふそく》なし」と、無念《むねん》ながら宿《やど》[一六]に帰り、其後《そのゝち》、素《そ》左衛門・新平に逢《あへ》ども、色《いろ》に出《いだ》さず、時を過《すご》しぬ。

其比《そのころ》また、太田鬼卜《をほたきぼく》といふ牢人《らうにん》、丹石流《たんせきりう》[一七]の兵法《ひやうほう》の師《し》をして、一家中弟子《かちうでし》とな

一二　こうなる時。果し合いになる時。
一三　「引け」の宛字で慣用表記。不面目。耻辱。
一四　本章の滝之助は、思慮分別のある孝子として形象され、腰抜の親仁と対比的に描かれる。立派な親のための敵討ではなく、しかも、滝之助の死で終るという話の展開には、西鶴の皮肉な視点が感得できよう。
一五　心中思惟から途中で地の文に変わる文体。
一六　自分の家。
一七　中世末、美濃国の武士衣斐丹石軒宗誉入道が東軍流を変じて立てた流派(撃剣叢談・四)。

挿絵解説　竜(大蛇)が出現し小船の中の人々が驚きさわいでいる場面。右図の竜は諸国ばなし・二の二、二十不孝・三の三の図と同様な形状。前者には本文に「長十丈あまりのうはばみの出、鱗は風車のごとし。左右の角枯木と見えて、火焔吹き立て…」と記される。左図の船中の人物は、船頭以外、どれが本文に対応するか不明。大躬鑓をかまえて艫先に立つ石目弾左衛門は描かれていないが、左隅の刀を抜こうとしている武士がそれか。他に、小さな長持(銀箱か)をさし上げている人物、及び腰の角前髪の若衆、船べりにうずくまる武士、逃げ腰の侍と両手をあげた立髪の武士、必死に櫓をこぐ船頭が描かれる。乗合船のごとくだが、波の上に重箱や羽織、編笠と盃とが浮かんでいるのは、遊興の途中であることを示したつもりか。

り、右《みぎ》の者共《もの》も一所《しよ》にあつまり稽古《けいこ》するに、[一]戸入《（といり）》の請太刀《（うけだち）》、折ふし、新平にあたりたる時、滝之助、「さいわひの所」と、[二]打太刀《（うちだち）》に出で、つゞけて二三本したるに、それでは、[三]とまる、とまらぬと、穿鑿《せんさく》仕出しけるに、新平、おとなげなくせいて、「[四]品柄《（しなえ）》といふては、疵《きづ》がつかぬによつて、其《（その）》証拠《しやうこ》しれず。[五]生若輩《なまじやくはい》なる口より、[六]いはれぬ事をいはんより、[七]勢を出せば、[八]つゐしれる事、[九]瓜《うり》の葛《つる》に茄子《なすび》はならず」とつぶやくを、滝之介、猶《なを》きかぬ[一〇]たくみなれば、「[一一]いなたとへを承《うけたま》はる。ことに、品柄《しなえ》では証拠《しやうこ》のしれぬとは、真劒《しんけん》では、拙者《せつしやえ》得いたすまいとおぼすか。[一二]弓矢《ゆみや》八幡《まん》、のがし申さず、よく覚《をぼ》へ給《たま》へ」と、云捨《いひすて》て帰り、最前《さいぜん》の意趣《いしゆ》を、これにたくみかへたる心底《しんてい》、[一三]武士《ぶし》の子《こ》程《ほど》あり。

其《（その）》日の[一四]八つ時分《じぶん》に、新平かたへ[一五]状をつけ、「今晩《こんばん》、椿原《つばきはら》にて仕合《しあひ》致《いた》すべき」よしいひやりて、日の暮《く》るゝを、[一六]松がねに腰《こし》をかけて、覚悟《かくご》を極《きは》めける。

其比《そのころ》、新平が念比《ねんごろ》の弟《をとゝ》ぶんに、[一七]富坂弁《とみさかべん》四郎、此《（この）》事を聞《（きき）》て、只独《たゞひと》り爰《こゝ》に来《きた》るを、[一八]五月《（さつき）》闇《やみ》のあやめしらず、新平とこゝろへ、「滝《たき》之助なり」と、言葉《ことば》をかけしに、弁四郎、わざと言葉《ことば》をかはさず、新平にかはりて切《（きり）》むすび、たがひに数《す》ヶ所《か》手《しよて》を負《おひ》て、しばし[一九]たゞずむ所へ、新平来《（きた）》りて、「滝《たき》之助《すけ》はいづかたに」といふに驚《をどろ》き、「扨《さて》は人たがひか」と思ふうちに、「弁《べん》四郎、助太刀《すけだち》に参りたり」と、云《いひ》

一 屋内に切込まれた時、それを請けとめて切返す剣術の戦法か。
二 切込んで行く側。
三 受けとめられる、受けとめられないと。
四 竹刀。竹刀で勝負するのでは。
▽以下は、撃剣叢談・一に伝える柳生十兵衛三厳の逸話に類似する。十兵衛がある大名の所で剣術渡世の浪人と竹刀で立合い、浪人は相討ちを主張。真剣での勝負となり、十兵衛は、竹刀の時と同じ形で切合い、浪人は切倒され、十兵衛は下着の表まで切られるのみで終る。このような剣術者の逸話を利用して作った話か。
五 未熟者。若い相手をあなどっていう語。
六 言うことのできぬの意より、無用な、余計な。
七 「勢」は「精」。稽古に精を出して励めば。
八 すぐに。
九 諺。ここは、血筋は争えない、の意。「葛」は「蔓」の誤り。
一〇 工み。計略。
一一 異な。おかしな。変な。
一二 誓いの言葉。武士の守護神八幡に誓って。
一三 さすが武士の子だけある。原本「子程とあり」。今改む。
一四 午後二時頃。
一五 果し合いの挑戦状を送り。
一六 「待つ」と「松」の掛け詞。
一七 謡曲「安宅」の富樫と弁慶より作った名か。
一八 五月闇(歌語)で物の区別がつかず。「あやめ」は「文目」と「菖蒲」を掛ける。「五月」から「菖蒲」を出す。
一九 「彷徨 タヾズム…〈徘徊也〉」(書言字考)。
二〇 鎬。刀身の刃と棟の間の小高くなっている部分。
二一 こらえることができない所を。

はてず、又切《(きつ)》てかゝるを、飛《とび》ちがへてうつ太刀《たち》に、弁《べん》四郎が首《くび》、後《うしろ》に落《をつ》ると、すかさず新平、ぬき合《(あはせ)》ける所へ、素《そ》左衛門又《(また)》、滝之助《たきのすけ》が助太刀《(すけ)だち》に来《(きた)》りてみれば、打逢《うちあふ》たび毎《ごと》に、[二〇]しのぎより出《いづ》る火《ひ》は、蛍《ほたる》のごとく飛《とび》みだれ、最前《さいぜん》より滝之介《たきのすけ》、あまた手負《てをひ》つかれ、足《あし》も[二一]たまりえぬを、急《きう》にたゝき付《(つけ)》られ、木の根《ね》につまづき、[二二]「南無三宝《(なむさん)ぼう》」と、ころびながらうけ留《とめ》て、あやうき所を、「素左《そざ》衛門なるは」と[二三]勢《せい》を付《(つけ)》、新平と[二四]わたしあひて、二打三打《ふたうち(み)うち》うつと思ひしが、素左衛門切倒《(きり)たを》され、「無念《むねん》」といふ声《こゑ》を、最後《さいご》に残しぬ。

滝《たき》之介は、弁《べん》四郎が死骸《しがい》を枕《まくら》にして、息《いき》をつきたるに、此音《(この)をと》を聞《きゝ》て力をおとし、「口惜《くちをし》くも爰《こゝ》にて、両人共《(とも)》に討《うた》るゝ社《こそ》本意《(ほ)い》なけれ。何とぞして新平を手にかけ、[二五]本懐達《ほんぐはいたつ》すべく思へ共《(ども)》、[二六]五躰《たい》つゞかず。手を負《をひ》て、はや太刀打《(たちうち)》もかなふまじ」と、思案廻《しあんめぐら》し、小声《(こ)ごゑ》になつて、[二七]「南無《なむ》あみ〳〵」と二三返《べん》となへ、「誰《たれ》か有《(ある)》。はやくとどめをさせ」といふ声《こゑ》に、新平、[二八]気《き》をくつろげ、「扨《さて》は仕《し》すましたり」と立《(たち)》よるを、寝《ね》ながら横《よこ》にはらへば、[二九]高股切《たかもゝきり》おとし、たをるゝ所《ところ》を、起《をき》なをりて首《くび》をうち、「先本望達《まづほんもうたつ》したり」と、嬉《うれ》しきばかりにて、次第《しだい》によはりはて、新平が[三〇]むくろに腰《こし》をかけ、[三一]差《さし》ぞへ腹《はら》にあてながら、切《(きる)》まではちからなく、[三二]何ぞと問《とひ》し白玉《しらたま》の、椿《つばき》が原《はら》の露《つゆ》と消《きへ》けり。

二二 しまった。失敗した時などに発する語。
二三 元気を出させて。
二四 切りあって。「わたりあひ」に同じ。
二五 本望。「ホングヮイ …願望または意志」(邦訳日葡)。
二六 身体全体が自由にならない。五躰は全身。
二七 南無阿弥陀仏の略。以下と同様な趣向が八の三にも出る。
二八 気をゆるめて。
二九 股の上の部分。
三〇 死骸。
三一 差添え。脇差をいう。
三二 「白玉か何ぞと人の問ひし時露と答へて消えなましものを」(伊勢物語・六段)による。「白玉の椿が原」は白玉椿を言い掛けた表現。
▽関係者全員の切死によって本章は終り、まさに悲劇的な結末を迎える。滝之助が、父親に対する悪口への遺恨を巧みに剣術への遺恨にすり替えて決闘に至る展開、別の男色関係を導入して弁四郎を登場させた後の詳細・具体的な血闘場面の描写等が本章後半部の面白さとなっている。新平は剣術試合の場での悪口によって滝之助に討たれる理由を付与されるが、それは、心情的な敵討から喧嘩へのすり替えにすぎない。結末は、滝之助の苦衷に哀れさをさそうが、この結末が、冒頭部ですこぶる滑稽に描写された父親の腰抜ぶりから発していることを思い返した時、孝子滝之助の行為と死に空しさを感得しないわけにはいかないであろう。武家の論理(一分、意地、面目等に執する考え方)に対する西鶴の視線は、時に冷く、時に皮肉を込めているがごとくなのである。

第四　初茸狩《はつたけがり》は恋草《こひぐさ》の種《たね》

[一]作州《さくしう》津山《つやま》の[二]古《ふる》き城下《じやうか》に、沼菅蔵人《ぬますげくらんど》子息《しそく》半之丞《はんのぜう》、[三]美少《びせう》ならびなく、春《はる》は、限《かぎ》りみぢかき[四]桜《さくら》を欺《あざむ》き、秋《あき》は、月の満《みつ》るを闕《かく》ると、[五]見《(みる)》さへ[六]悩《なづ》まぬはなし。此所《(この)ところ》は海《うみ》遠《とを》く、[七]久米《くめ》の皿山《さらやま》と聞《きこ》えし麓《ふもと》に、[八]初茸数生《はつたけかずをひ》て、[九]草分衣露《くさわけごろもつゆ》にそぼち、諸士《しよし》、是《これ》に狩《かり》して、勤《つとめ》の暇《いとま》を慰《なぐさ》み、折《をり》からのつれ〴〵をもなだめぬ。半之丞《はん(の)ぜう》も、けふは[一〇]霧《きり》の絶間《たへま》がちに、尾花《をばな》吹《ふく》あらし静《しづか》なるに、若党纔《わかたうわづか》めしつれ、[一一]潜然《ひそか》に立出《たちいで》、編笠《あみがさ》を被《かづ》き、姿自慢《すがたじまん》の色香《いろか》をふくみ、嶺《みね》の紅葉《もみぢ》一枝《えだ》手折《たをら》せ、渓《たに》にしるべの草《くさ》の庵《いほ》に立《たち》より、暫《しばら》く休《やすら》ひけるに、

同家《どうか》中《ちう》大道《だいだう》孫之進《まごのしん》にかくまはれて、[一二]国《くに》の守《かみ》を望《のぞみ》し竹倉伴蔵《たけくらばんぞう》、これも茸狩《たけがり》に、片山団《かたやまだん》右衛門といふ男《をとこ》にさそはれて出《いで》しが、最前《さいぜん》より、半之丞《はんのぜう》をみて恋沈《こひしづ》み、跡《あと》をしたひて、同《おな》じ庵《いほ》にたよりながら、[一三]卒爾《そつじ》に詞《ことば》をかくべき便《よすが》もなく、[一四]彳亍《たゝずむ》所に、半之丞《はんのぜう》、常〻《つねぐ》詩歌《しいか》に心をよせ、此庵《(この)いほり》の僧《そう》と、「楓林《ふうりん》の月《つき》」と云題《(いふ)だい》の心を、[一五]章句《しやうく》に二三返《べん》、吟声《ぎんせい》の艶《えん》なるを、聞《きく》に思ひのいやましけるが、伴蔵《ばんぞう》も、兼《かね》て此道《(この)みち》を好《すけ》る[一六]やさ男《をとこ》にて、「加様《かやう》の[一七]推量《すいりやう》は、高《たか》き賤《いや》しき隔《へだて》ぬならひ、[一八]疎忽《そこつ》なが

一 岡山県津山市。慶長九年(一六〇四)以後森氏の城下町。
二 時代設定の意味を持ち、森氏の城下となる慶長九年以前の城下に、の意。本章が、近年の町奴と旗本奴などとの争いを素材とするが故に、あえて時代を遡らせたものと見られる。
三 美少年。
四 桜以上。「欺く」は、とりちがえさせるほどに似ている、の意。
五 原本「見たへ」。「見(みる)さへ」の誤刻。
六 「悩む」は深く執着するの意。「なづむ　おもひ入て、執着する心なり。心外にあらずして、一すぢにかたぶく皃(かたち)也」(色道大鏡・一)。
七 津山市西南の佐良山。歌枕。「美作や久米の皿山さらさらに我名は立てじ万代までに」(古今集・神遊び)の歌の久米の皿山の語から恋のイメージを持って場所を設定したか。「淵瀬に流るゝ恋の川上に久米の更山さら世帯より」(永代蔵・五の五)。
八 沢山。「数」は、数多くの意。
九 草を分けて露に濡れた衣。歌語。
一〇 以下、山中を逍遥する半之丞、草庵での休息、伴蔵の半之丞への見染め、半之丞と僧の詩の応答、伴蔵の唱和という優雅な展開は、源氏物語・若紫の巻の世界を意識し、春を秋に転じてかすめたものか。
一一 「潜然　ヒソカ」(易林本)。
一二 国守に奉公することを望んでいた。
一三 軽率に。かるがるしく。
一四 「彳亍　タヽスム〈赤勅ノ二音〉」(書言字考)。同書は字彙を引き「小歩也」と注す。
一五 唱句の宛字。漢詩の連句の第一句目、または前句をいう。
一六 風流な男。後に紹介される「武道みがき」の

ら」と、即座《そくざ》の[一九]対句《ついく》に、[二〇]数《かず》の思ひをこめて綴《つゞ》れば、「扨ゝ《さて〱》かたじけなき御心ざし、どなたは存《ぞん》ぜず」と、頂《いたゞ》き給ふを[二一]調子《てうし》に、竹椽《たけえん》にねぢあがりて、名乗《なのり》あひけれ共《(ども)》、あらはにしては、心の浅《あさ》み[二二]酌《くま》るゝもはづかしく、よい程《ほど》に挨拶《あひさつ》して帰《かへ》り、其《(その)》翌日《よくじつ》、たまり兼《かね》て、半之丞方《ぜうかた》へ見舞《みまひ》、折をうかゞひ、心底《しんてい》をかたれば、「思《(おぼ)》し召《めし》、千万《せんばん》忝《かたじけな》し。さりながら、我らがごとき者《もの》にさへ、[二三]かまひ申者《もの》ある[二四]と申せば、事おかしく、され共《(ども)》、それ程《ほど》の[二五]御《(ご)》深切《しんせつ》、あまり[二六]過分《くはぶん》に存《ぞん》ずる上《うへ》、せ

伴蔵と矛盾するとも見られる。

一七 唱句の意を推量して脇句をつけることをいったもの。作詩すること。

一八 ぶしつけではございますが。

一九 連句で、唱句に付ける句をいう。

二〇 たくさんの。種々の。

二一 いい機会として。

二二 推量されるのも恥かしく。原本「はづしく」。今改む。

二三 相手にしてくれる者がある。

二四 言えばおかしい事のようですが。

二五 深い御心入れ。

二六 身分不相応にありがたいこと。

挿絵解説　初茸狩りの途中、とった茸を材料に宴を張っている場面。本文にこの場面の記述はなく、一部本文の描写とも齟齬する。本文では、半之丞が若党をつれ「編笠」をかぶっているが、挿絵の深編笠の人物は奴風の若党(草履取り)を従えているものの、若衆姿に描かれてはいない。絵師は、この人物を伴蔵のつもりで描いたか。従ってすわっている若衆三人のうち、どれが半之丞かは不明。左下の二人及び楓の木に鍋をつって煮炊きしている人物は、若衆付きの中間であろう。

めては」と、[一]玉《たま》の巵《さかづき》の底意《そこい》なく見えしを、伴蔵《ばんぞう》、[二]付《つき》あがりして、「御念比《ねんごろ》の御方《かた》は、どなた」と問《とへ》ば、「是《これ》は[三]いな事、御尋《(お)たづ》ねに預《あづか》り、[四]近比迷惑《ちかごろめいわく》いたす。私《わたくし》[五]是《これ》程《ほど》の心ざしに、其御詞《その(お)ことば》は、[六]御自分様《(ご)じぶんさま》には似合《にあひ》ませぬ。いか程仰《ほどをゝせ》られても、[七]此段《(この)だん》は申さず」と、[八]念者《ねんじゃ》をいたはるの心ざし、面《をもて》にあらはれて、つよく云切《いひきる》に力《ちから》なく、「承《うけたまは》りかゝるからは、承《うけたまは》らねばおかず。又、存《ぞん》じたる者《もの》に[九]聞《きゝ》ません」と帰《かへ》り、なんなく聞出《きゝいだ》しける。

其男《(その)をとこ》は、[一〇]本町《ほん(ちやう)》二町目《てう》、能登屋藤内《のとやとうない》とて、名《な》を得《え》し[一一]町《まち》六方《ぼう》のかくれなく、心達《(こころ)だて》の結構《けつかう》なる御侍《(お)さぶらひ》は、是《これ》が[一二]旗下《はたした》に、御機嫌取程《(ご)きげんとるほど》の器量《きりやう》、勿論身袋《もちろんしんだい》よろしきにはかまはず、「心底《しんてい》のいさぎよき男《をとこ》、町人《まち(にん)》にはしほらしき」と思ふ折《をり》から、[一三]御姿《(お)すがた》を見初《みそめ》、[一四]一命《めい》を、御返事《へんじ》なき先《さき》に参《まい》らせたるより、[一五]かはゆがらせられ、此三年《(さん)ねん》の念比《ねんごろ》ぞかし。

又、[一六]此半蔵《(この)ばんぞう》は、生国《しやうごく》、[一七]加州《かしう》の人なりしが、是《これ》も、[一八]水野何《みづのなに》がしの流《ながれ》を汲《くむ》の武道《ぶだう》みがきなりしが、尋《たづ》ね行《ゆき》て、藤内《とうない》を門外《もんぐはい》に呼出《よび(いだ)》し、頭《あたま》から刀《かたな》の[一九]反《そり》を返《かへ》し、「町人《てうにん》には腰《こし》が高《たか》し。下《した》におれ」と、只一《たゞ(ひと)》のみに、[二〇]眼《まなこ》を見出《いだ》しねめ付《(つけ)》たる気色《けしき》、藤内《とうない》、まづぎよつとして、「我《われ》に、是程《これほど》に物いふ者《もの》なし。いか様《さま》、[二一]公儀《こうぎ》の権威《けんゐ》もありや」と、[二二]三指《(みつ)ゆび》になつてうかゞひぬるに、半蔵《ばんぞう》、刀《かたな》に手《て》を懸《かけ》ながら、「聞《きけ》

一 「万にいみじくとも、色このまざらん男は、いとさう〴〵しく、玉の巵の当(そこ)なきこゝちぞすべき」(徒然草・三段)による。「玉の巵の」は「底意」(心の奥)を導き出すのみでなく、盃を取りかわしうちとけて話す、の意をこめる。
二 つけあがって。調子にのって。
三 異な事。おかしな事。　四 非常に。大変。
五 この程度の気持なのに。仕方なく盃をくみかわしあなたに調子を合せているのに。
六 あなた様には似合わない。すなわち、いささか図々しすぎる、の意。
七 この点については。念者の名前などは。
八 男色関係の兄分。　九 聞きましょう。
一〇 本章は津山のこととするものの、「水野何がしの流を汲」む男と町奴との恋の鞘当てという内容から見て、大都市での事件を津山に移したものと見られる。その場合、津山のことでなく実は江戸か大坂のことであることを読者に示唆するために、「本町二丁目」という地名をさりげなく置いたものか。江戸と大坂には中心街に「本町二丁目」がある。振仮名を補い「本町(ちやう)」としたが、もし大坂であれば「本町(まち)」となる。
一一 町奴。町人出の俠客。町奴は、江戸、大坂などに多く、武家出の旗本奴などとの小ぜりあいが頻発。幡随院長兵衛と水野十郎左衛門との事件(明暦三年)は著名だが、町奴はその後も力を持ち、貞享期のきびしい取締りまで勢威を張っていた。一代男の世之介が江戸で世話になっていたとされる唐犬権兵衛が捕えられ処刑されたのは貞享三年(一六八六)九月(久夢日記、関東血気物語等参照)。本章のモデルは未詳だが、以下は、近年の江戸(もしくは大坂)での事件をとりあげ、出版禁令や前年の町奴取締りなどを配慮して、「津山の古き城下」のことに場所と時代

ばおのれめは、かたじけなくも、沼菅殿《ぬますげどの》の御物領《(ご)そうれう》を、勿躰《もったい》なくも、兄弟分《きやうだいぶん》とする事、是《これ》を、[二三]摩利支丹《まりしたん》も、憎《にく》しと思《(おぼ)》しめさん。[二四]なれ共《(ども)》、[二五]彼《かれ》は形《かたち》を見せ給はず。我今《われいま》、[二六]弓矢《ゆみや》八幡《まん》大菩薩《ぼさつ》の神勅《しんちよく》に任《まかせ》て、こゝに来《きた》る。殊《こと》に、けふ半之丞様《はんのぜうさま》の御姿《(お)すがた》を拝《をが》み奉り、[二七]御流《(お)ながれ》をいたゞき、[二八]向後《きやうかう》より、おそらく、[二九]桓武帝《くはんむてい》の末孫《ばっそん》竹倉半蔵《たけくらばんぞう》平正澄《たいらのまさずみ》、御後見《(おん)うしろみ》を仕る。只今《たゞいま》八月廿八日より、其方《はう》、彼御門外《かの(ご)もんぐはい》にも、[三〇]からすねを運《はこ》ぶ事を堅《かた》く[三一]停止《てうじ》す。[三二]推参《すいさん》千万、言語道断《ごんごだうだん》、びく共《(とも)》せば、首《くび》と胴《どう》とのき[三三]ぬぐ、さあ只今《たゞいま》、返事《へんじ》は〳〵」と、[三四]大道《をゝみち》に両劒《りやうけん》を横《よこ》たへ、白昼《はくちう》の往来《わうらい》、とゞまつて見物《けんぶつ》す。[三五]石流《さしも》の藤内《とうない》、此勢《いきほひ》に胸轟《むねとゞろ》き、雷《いかづち》の落《をち》かゝる心ちして、ふるひ〳〵、「いかやう共御存分《(ご)ぞんぶん》にあそばし、私《わたくし》一命《めい》、おたすけ頼奉《たのみたてまつ》りまする」と、涙《なみだ》をうかべけるに、不便《ふびん》まさりて、半蔵《ばんぞう》は宿《やど》に帰りぬ。

是程《これほど》に名《な》を得し[三六]男達《をとこだて》も、さすが[三七]長袖《ながそで》のわりなく、[三八]胸《むね》のほむらは塩釜《しほがま》の、「[三九]浦《うら》見は半之丞《はんのぜう》、かの男《をとこ》と盃迄《さかづきまで》せし事、思へば堪忍《かんにん》ならぬ所。世《よ》の思はく、人の嘲《あざけり》、生《いき》てかひなく」、[四〇]直《ぢき》に屋敷《やしき》にかけ込《こみ》て、半之丞《はんのぜう》に逢《あひ》て、段々《だん〴〵》いひもはてず、藤内《とうない》、[四一]脇指切付《わきざしきりつけ》るを、ひらりとのき、「さりとては、それには[四二]様子《やうす》あり。先心《まづこゝろ》を鎮《しづめ》て、物《もの》を聞《きゝ》給へ」と、とゞむるをも聞入《きゝいれ》ず、[四三]ひた打《うち》にうつ太刀《たち》に、半之丞《はんのぜう》、右の肩先《かたさき》を[四四]あやまり、此《(この)》さはぎに、家老《からう》・家《いへ》の子《こ》共《(ども)》はしり出《(いで)》、かけ隔《へだ》たり、

を設定し直して書いたものと推定できる。
一二 配下となって、の意。
一三 半之丞の姿、ととる。若衆から念者をくどくのは稀有だから、ここは、半之丞が「思ふ折」、藤内が「見初」ととる。
一四 主語は藤内。「一命を」は「参らせ」にかかる。
一五 主語は半之丞。
一六 前出は「伴蔵」。伴・半の混用原本のまま。
一七 加賀の国(石川県南部)。
一八 著名な旗本奴水野十郎左衛門の名を出すことをはばかり「何がし」としたか。その流をくむ旗本奴の一人であることをいう。水野は、旗本奴大小神祇組の頭領。その所行をとがめられ寛文四年(一六六四)切腹。 一九 抜刀の構え。
二〇 眼を大きく見開いてにらみつけた様子。
二一 朝廷・幕府・奉行などの為政者。近世では徳川幕府を指すことが多い。伴蔵が旗本奴であることを示唆するか。
二二 親指・人差指・中指をつく丁重な礼をして。
二三 摩利支天の誤りか。摩利支天は、武士の守り本尊。 二四 しかしながら。
二五 摩利支天は、常に身を隠し、それを供養する者に障難を除き利益を施すという。
二六 武家の守護神八幡大菩薩。
二七 盃を頂戴して。前出「玉の巵の底意なく」(注一)に照応。 二八 これからは。
二九 桓武平氏の出であることを強調する名乗り。
三〇 向う脛。足を運ぶの強調表現。
三一 禁止する。法令などの用語をわざと使用。
三二 まことに無礼。全くけしからぬ。
三三 別れ。別々になること。
三四 広い通り。藤内宅は「本町二丁目」とされ、ここはその門外。「白昼の…」は江戸(または大坂)の本町二丁目の大道のごとくである。

藤内《とうない》を微塵《みぢん》に斬砕《きりくだ》き、「半之丞《はんぜう》、深手《ふかで》に見へさせ給ふ」と、各《をの〳〵》肩《かた》にかけ、内《うち》に入《いり》、「藤内《とうない》事は、[一]慮外者《りよぐはいもの》ゆへ、[二]打捨《うちすて》にいたしたる」と、奉行所《ぶぎやうしよ》へ[三]断《ことは》り、死骸《しがい》は、弟《をとゝ》藤《とう》八に下《くだ》さるゝにて済《すみ》ぬ。

半之丞《はん(の)ぜう》、[四]さまでの手《て》とも思はざりし難《なん》ぎ、九月十二三日の比《ころ》より[五]験気《げんき》をえて、「[六]倩《つら〳〵》藤内仕《とうないし》かた、あまりに短気《たんき》にて、仕損《しそん》じ給ふ時、我《われ》此手《て》を負《をは》ずは、家来《けらい》の手にかけて、やみ〳〵と殺《ころ》させはせまじもの。悔《くやみ》てかひなき事ながら、去年《こぞ》の明日《あす》の夜《よ》は、[七]竊《ひそか》におぬしの部屋《へや》にともなはれ、みづから東《ひがし》の窓《まど》を明《あけ》、南面《なんめん》の簾《すだれ》を巻《まき》て、しめやかに[八]話《かた》りなぐさみ、[九]弐人《ふたり》が中にかはす枕《まくら》は、傾《かたぶ》く[一〇]月の桂《かつら》ならでは、しるものなく、籬《まがき》の菊《きく》の滴《したゞ》りを受《うけ》ては、[一一]不老《ふらう》ぶ死《し》の仙薬《せんやく》を求《もとめ》ても、契久《ちぎりひさ》しからん事を誓《ちか》ひしに、思ひの外《ほか》のうき別《わか》れ、其詞《そのことば》も、はや夢《ゆめ》になりたるよな。此《(この)》懐《なつか》しき心の中をば、露《つゆ》もしり給はず、はかなく消《きへ》給ふ時《とき》、さぞそれがしを恨《うら》みと思《(おぼ)》しけん。[一二]そふではない心底《しんてい》を、とてもかなはぬうき世《よ》に、竹倉伴蔵《たけくらばんぞう》がにくき仕業《しわざ》ゆへ、まざ〳〵[一三]かうしなし、死《しな》ば倶《とも》にといへる人を、先《さき》に立《たて》たる始《し》末《まつ》、これは、いかなる因果《ゐんぐは》めぐり来《き》て、今《いま》のかなしみ、思へば、兄《あに》ぶん藤内殿《とうないどの》の敵《かたき》は、伴蔵《ばんざう》なるもの。南無《なむ》三宝《ばう》、[一四]をくれたり。のがさぬ〳〵」と、いまだ疵《きつ》の半《なかば》も平愈《へいゆ》せざるに、[一五]欠出《かけいで》ては絶入《たへいり》、狂《くる》ひ出《(いで)》てはふしまろび、現《うつゝ》なきふぜい、

三五 振仮名原本のまま。「石流」は普通「さすが」。
三六 男伊達。侠客(人倫糸屑・下・六法の項)。
三七 普通公卿・僧侶などをいうが、ここは町人。
三八 胸に怒りの炎(ほむら)が燃えて。
三九 浦見は塩釜の縁。「恨み」をかける。地の文から途中で心中思惟の文に変わる文体。
四〇 心中思惟の文から地の文に変わる文体。
四一 「脇指にて」の「にて」脱か。
四二 いろんな事情。わけ。
四三 ひたすら打ちにうつ。めちゃくちゃに打つ。
四四 負傷し。

一 無礼者。 二 切捨て。
三 届け出て。
四 それほどの傷。「手」は手傷。
五 病気のなおるしるしが見えること。
六 「倩 セン、セイ〈ウルハシ〉」(玉篇大全)。ただし、熟(つくづく、の意)の字に慣用(和漢三才図会・十五)。 七 お前。親しい関係を示す。
八 「話」は「語」に通用。
九 以下これまでと文体を変え、雅文調で修辞の多い文体となる。感情をもりあげようとするねらいから導入される文体。
一〇 「月の桂」は、月に同じ。月には巨大な桂の木がはえているという。
一一 「此妙文を菊の葉に、置く滴りや露の身の、不老不死の薬となつて」(謡曲・菊慈童)による行文。同時に、重陽(九月九日)の佳節に菊の花を酒にひたして飲む風習に従い、二人が酒をくみかわし「契久し」きを願ったことをいう。
一二 以下、文章がいささか混乱している。そうではない自分の心を(分かってもらいたかった、それは)とてもできない、(何事も思い通りにならぬこの)浮世で、くらいの意。

一六親父蔵人《しんぷくらんど》をはじめて、つきぐ\の者迄《ものまで》も、興覚《けうさめ》ながらおししづめぬ。一七此下心《したごゝろ》をしれる程《ほど》の者《もの》は、殊更哀《ことさらあはれ》に、袖《そで》を絞《しぼ》りける。

爰《こゝ》に、藤内弟藤《とうないをとゝとう》八、今年《こんねん》十六になれるが、兄《あに》、やみ〳〵と討《うた》れたるを、無《む》念《ねん》に思ひ詰《つめ》、「所詮《しよせん》、敵《かたき》は半之丞《はんのぜう》、年来《ねんらい》の心底《しんてい》翻《ひるがへ》したる一八侍畜生《さぶらひちくしやう》、今《いま》は欠込《かけこん》で、一太刀《(ひと)たち》恨《うら》みん。今宵《こよひ》は忍びいらん」とは思へ共《(ども)》、「仕損《しそん》じては、返《かへつ》て恥《はぢ》に恥《はぢ》をかさぬる、菟角時節《とかくじせつ》をうかゞひて」と、是《これ》も常ゞ《つねぐ\》一九死支度《しにじたく》して、時《とき》をうつし、其《その》年《とし》の十月十九日の夜半《やはん》に、「沼菅半之丞《ぬますげはんのぜう》、御見舞《(お)みまひ》」と云《いふ》。「扨社望《さてこそのぞ》む所《ところ》」と、身《み》拵《ごしら》へして、二〇「尋常《じんじやう》に打果《うちはた》さん」と、二一先座間《まづざしき》にとをし、逢《あふ》よりはやく、半之丞《はんのぜう》、涙《なみだ》を流《なが》し、「こなたに御目《(お)め》にかゝるも面目《めんぼく》なし。今迄命《までいのち》ながらへし事は、是《これ》を其方《そのはう》へ渡《わた》したく思ひしゆへ」と、下着《したぎ》の片袖《かたそで》を引《ひき》ちぎりて、包《つゝ》みたるものを投《なげ》出《いだ》して、前《まへ》に臥《ふす》と見えしを、引《(ひき)》おこせば、はや懐《ふところ》の中にて、二二鎧通《よろひどを》しを心二三もとにさし込《こみ》ながら、息絶《いきたへ》ぬ。

扨《さて》、包《つゝ》みたる物をあくれば、竹倉伴蔵《たけくらばんぞう》が首《くび》なり。「是《(これ)》は」と、切目《きりめ》を見るに、二四血《ち》ひかず。いづ方にてかあらひて、落着《をちつき》たる仕《し》かた、藤《とう》八あきれ果《はて》、「何事も二五前世《ぜんぜ》の業《がう》なるべきを、是程《これほど》いさぎよき心底《しんてい》、しらずして、今迄半之丞《までははんのぜう》を恨《うら》みたる、二六よしなや。是を種《たね》として、二人の二七仏果《ぶつくは》をいのらんには」と、出家《しゆつけ》しぬ。

一三 このようにしてしまい。
一四 遅れをとってしまった。
一五 かけ出していっては気を失い。「欠」は「駆」に通用。 一六「シンブ チチオヤ」(日葡)。
一七 半之丞がこうなった理由。
一八 畜生同然の侍。 一九 死ぬ覚悟をきめて。
二〇 尋常に勝負して。きちんと立ち合って。
二一 座敷の宛字。
二二 九寸五分の分厚い短刀。敵と組んだ時鎧を通して相手を刺すのに用いたことからいう。
二三 胸。心臓。
二四 血がついていない。
二五 前世からの宿業。不合理な、理屈で説明できない現象や状況を、業、因果、因縁等としてとらえ、あきらめたり納得したりする話の展開は、西鶴の奇談系統の作品や武家物に多い。
二六 理由のないこと。つまらぬ事。
二七 成仏。本来は、仏道を修行して成仏という結果を得ること、の意。

▽旗本奴と町奴との恋の鞘当てなどは、当時遊里などで日常のものであったのであろうが、本章は、上流武士の子弟である半之丞をめぐる町奴と旗本奴の鞘当てであり、素材としても珍しいものである。旗本奴とおぼしい伴蔵が横車を押し脅しをかける悪役として描かれ、公には敵討とは言えないものの、討たれて然るべきものと読者にとらえられるように形象されており、最終部の藤七宅での意外な話の展開が生きるようになっている。敵を討つ場面を欠いた本章の展開は伝来記中でも異色。同様な素材を用いて多数の短篇を類集する西鶴作品の場合、種々の工夫によって変化をつけることが不可欠だったのである。敵を討つ場面の欠如を不備と見る必要はないであろう。

諸国敵討

武道伝来記

四

絵入

武《ぶ》道《だう》伝《でん》来《らい》記《き》　巻四

諸《しよ》国《こく》敵《かたき》討《うち》

目《もく》録《ろく》

一 太夫のいる遊女屋の店先の格子。格子は一〇六頁挿絵参照。太夫格子の所に立つ男の名が評判になった話。派手な遊興で噂になる話のごとく思わせて読者の興味を引く表題。ただし、本章にそれと対応する記述はない。またその舞台となる駿河の安倍川遊廓に太夫は存在せず、従って太夫格子もないはずである。
二 死骸は埋めたが武士としての名は不朽であったこと。本文では、文字通り、埋めた死骸が腐らなかったことを言う。
三 誰が捨てたのか分からぬが、その捨子が幸運にめぐりあった話。捨子(不幸なもの)、仕合(幸運)の落差が興味をかきたてる表題。
四 腰元に同じ。腰元の久米が愛情のために死ぬこと。「身の果る」は、身が終る、即ち、死ぬの意。
五 無分別なのは屋敷の外に張り出した木に登って塀の外を見ることだ、の意の表題。本章冒頭部に対応。
六 たとえ敵であっても一たん主人となった場合は勝つことができないこと。本文では、敵を討ちおおせたものの主殺しとして処刑される話。

第四

七 踊《をどり》の中《なか》の似世姿《にせすがた》

八 舌《した》の劔《つるぎ》に命《いのち》をとる事

七 踊の最中の仮装姿。
八 口から出た言葉で命を失うこと。「舌の剣」は言葉を慎まないために死を招くの意の慣用句。「口ノ虎身ヲ害シ、舌ノ剣命ヲタツコトヲオソレテ、ミダリニ言ヲイダサズ」(沙石集・三下)。武家義理物語冒頭部にもこれを引用している。

太夫格子《たゆうかうし》に立名《たつな》の男《をとこ》

[一]吸付若莨《すひつけたばこ》の煙《けぶり》、[二]富士《ふじ》を夜《よる》見る女郎町《ちよらう(まち)》、安倍川《あべ(かは)》のさはぎ、[三]三嶋《みしま》屋が[四]格子《かうし》の前《まへ》に立《たち》かさなり、[五]聞耳《きゝみゝ》を駿河《するが》なる[六]時花太夫《はやりたゆふ》、[七]相模《さがみ》・吉野《よしの》がつれ[八]歌《うた》、[九]かはりさんさのふしも、[一〇]色にうつりて、人[一一]皆《みな》悩《なつ》みふかく、[一二]身袋《しんだい》「[一三]やぶれ菅笠《すげがさ》」とうたひしも、[一四]ふるきむかしとはなりぬ。

[一五]恋《こひ》は闇《やみ》こそおかしけれ。出家《しゆつけ》も[一六]頭巾《づきん》の山深《ふか》く、[一七]茶問《ちやどひ》屋の客《きやく》も、女めづらしく、旅人《りよじん》も、[一八]一夜切《(いち)やぎり》の慰《なぐさ》みにうかれ、[一九]かざし扇《あふぎ》をするも有《あり》。[二〇]編笠《あみがさ》を人もとがめず、かゝる[二一]悪所《あく(しよ)》は、互《たがひ》に[二二]堪忍《かんにん》することそよけれ。折《をり》ふし、同《をな》じ屋敷《やしき》を[二三]しのびの友《とも》、青《あを》柳《やぎ》十蔵《ぞう》・榎《ゑ》坂《さか》専《せん》左衛門、此《(この)》両人、供《とも》をもつれず、ひそかに、[二四]うき世ぐるひにみだれありき、宵《よひ》に呑過《のみすご》したる酔《ゑひ》の機嫌《きげん》に、正気《しやうき》を忘《わす》れ、[二五]無用《むよう》の口論《こうろん》をして、日《ひ》比《ごろ》のよしみをかへり見ず、刀《かたな》ぬきあはせて切《きり》むすびしが、十蔵《ぞう》、首尾《しゆび》よく専《せん》左衛門うつて捨《すて》、[二六]取《とり》まはしよく立《たち》のき、屋敷《やしき》にかへり、[二七]さたなしにして、[二八]世上《せじやう》を聞《(きき)》あはせける。

専《せん》左衛門 弟《をとゝ》専《せん》兵衛、其夜《(その)よ》の明《(あけ)》がたに聞《(きき)》つけ、其《その》所に行《(ゆき)》て、さまぐ\せんさ

一 遊女が吸って火を付けた煙管《(きせる)》を客に差出すこと。「莨若　タバコ」(書言字考)が正しい。煙―富士(類船集)。
二 静岡市の安倍川ぞいにあった遊廓。「あべ川の少わきにあり。そのむかしは、はんじやうのよし。今はわづかの事、上銭金子壱角又は五匁、けちは壱匁、百文」(諸国色里案内)。慶長十四年(一六〇九)に開設、一部が明暦大火後の新吉原の建設に参加して移住、当時はさびれていた。
三 未詳。静岡近辺の地名三嶋をとり入れた名か。
四 遊女屋の店先を格子作りにして外から遊女を見せるようにする。→一〇六頁挿絵。
五 「聞耳をする」と「駿河」の掛詞。
六 人気のある太夫。「時花」は当時慣用。安倍川遊廓には太夫なく(→注二)、太夫の「つれ歌」なども普通はない。繁昌していた「むかし」を強調したものか。ただし、さんさ節の流行は当世。
七 未詳。適当に出した名か。
八 合唱。
九 「さんさ節」の変え歌。さんさ節は、「さんさ」という囃詞のつく十七世紀半ばからの流行歌。
一〇 上下にかかる。(節が)色めかしくなって、(人は)色事に心を移して。
一一 泥み。執着すること。「悩」は当時の慣用。
一二 身代。家産。「身袋やぶれ」は、破産する。
一三 「すげ笠ぶし」の歌い出し(糸竹初心集・上)。
一四 はるか昔。
一五 諺「恋は闇」(恋に陥ると理性を失う)を、恋には暗闇が好都合の意にもじる。
一六 頭巾を深くかぶって坊主頭を隠し。僧の遊廓への出入りは女犯《(によぼん)》の禁制に触れる。
一七 駿府城の西北茶町辺には茶問屋が多かった。その茶問屋に茶の買付けにきた諸国の商人。
一八 遊廓は客を一日一夜以上滞在させないのが規定。旅宿・旅・駅路等―一夜妻(類船集)。

くすれ共《(ども)》、遊女町《ゆうぢよまち》の者《もの》、相手《あひ》はしらぬ極《きはま》り、辻番《つぢばん》、任女《ねだれ》言てかひなく、先死骸《まづしがい》を取置《とりをき》て、其後《のち》、屋形《やかた》に立帰《たちかへ》り、無念《むねん》かさなり、身をもだへて、うち手《て》分明《ふんみやう》ならねば、是非《ぜひ》なし。然《しか》も掟《をきて》をそむき、夜中《やちう》に屋敷《やしき》を立出《たちいで》、其上《うへ》、所《ところ》あしき身の果《はて》、彼是御立腹《かれこれ(ご)りつぷく》あそばされければ、御長屋《(お)ながや》にたまりかね、大横目衆《(おほ)よこめしう》、内証《ないしやう》申《(まうし)》、立《たち》のきしが、専《せん》右衛門女房《にうばう》のなげき、殊《こと》に七歳《(しち)さい》になる専《せん》太郎、此《(この)》弐人、専兵衛介抱《かいはう》して、清見寺《きよ(み)でら》の近里《きんり》にしるべ有《(あり)》て、俄住《にはかずま》ゐのかり枕《まくら》、夢《ゆめ》さへ、つれあひの事、面影《をもかげ》に立《たち》そひ、寝覚《ねざめ》に、専太郎が、「父様《とゝさま》は」と尋《たづ》ねし時、なを又心も乱《みだ》れて、「世にながらへて物思《もの(おも)》ひ、身をあだ浪《なみ》に沈《しづ》めん」と、妻戸《つまど》あくれば浦淋《うらさび》しく、三保《みほ》の松風吹《まつかぜふき》つゞき、月寒《さへ》わたる小舟《をぶね》に、蜑《あま》の呼声《よびこゑ》、女の声、子をおもふての芦火焼《あしびたく》、いやしき身にさへ、心ざし殊勝《しゆしやう》に、清見寺《せいけんじ》鐘《かね》も耳《みゝ》にひゞき、むかしも此里《(この)さと》の母人《はゝ(びと)》、子を尋《たづ》ねゆき、近江《あふみ》なる三井の古寺《ふるでら》の事共《(ども)》を思ひ出して、一《(ひと)》しほ袖《そで》をしぼり、「我相果《われあひはて》なば、さぞ専《せん》太郎が歎《なげ》くべし。女の心のはかなや、夜《よ》を日につぎて成人《せいじん》させ、是非《ぜひ》に敵《かたき》をうたせでは」と、覚悟《かくご》しかへて身かため、愁《うれへ》を胸《むね》にふくませ、面《をもて》は鬼《をに》に見せて、其後《のち》、更《さら》に歎《なげ》かず、専《せん》太郎がひとり遊《あそ》びの傀儡坊《でくるばう》・竹馬《たけむま》を捨《すて》させ、女房《にうばう》ながら打太刀《うちだち》して、兵法《ひやうはう》をはげませける。

専《せん》兵衛は、安倍川《あべ(かは)》のほとりにしのび行《(ゆき)》て、喧咙《けんくは》の次第《しだい》、世《よ》の噂《うはさ》を聞《きけ》ども、い

一九 扇をかざして顔をかくすこと。
二〇 遊里の出入には顔を隠すため編笠を着用。
二一 遊里・芝居をいうが、ここは遊里。
二二 「堪忍する」のがよい場で堪忍せず、「無用の口論」から切合いになる伝来記に多い咄の展開。
二三 忍び出て、隠れ遊びをする仲間。
二四 遊女狂い。
二五 武道を重んずる武士らしからぬ軽薄な行為を強調し、それが大事(悲劇)を生むという話の展開の意味を印象づける。
二六 うまく処置して。
二七 沙汰(噂・評判)なし。しらを切って。
二八 世間の噂などをうかがっていた。
二九 遊女町の者(忘八(くわつ)、揚屋、遊女他)は、客が誰かは知らないという前提で対応するのが規定なので(尋ねても埒が明かない)。遊廓では身分・本名を隠して遊ぶのが遊びの約束ごと。
三〇 ここは、遊廓の門番や警備の者。
三一 ねだれごと(ゆすりがましいこと)を言うので、どうにもならず。武士の遊廓出入りは禁制。
三二 死骸を取りかたづけて。遊廓で喧嘩して殺された者は切られ損。
三三 「フンミャウ 明瞭なこと」(邦訳日葡)。
三四 主語は殿。「掟をそむき…身の果」までは殿の言葉の内容だが、一部に殿の仰せの語調を残しつつ地の文として書かれている。
三五 長屋造りの組屋敷か。
三六 大横目へ内情を申上げて。
三七 前出「専左衛門」。左、右の誤り→七六頁注六。　三八 いたわり世話をして。
三九 静岡県清水市興津にある臨済宗の寺。
四〇 七五調の雅文体で哀れさを強調する表現。
四一 清水市三保の三保の松原。歌枕。
四二 次に出る謡曲「三井寺」の話を導くべく、謡

よく／＼相手《あひて》はしれざりき。この事、無念《むねん》なれ共《(ども)》是非《ぜひ》なく、色〻《いろ〳〵》思案《しあん》めぐらし、「兼《かね》て[一]愛拶悪敷《あいさつあしき》人もや」と吟味《ぎんみ》せしに、其《(その)》思ひ当《あた》りし事もなし。分別《ふんべつ》つきはて、世間《せけん》の人にあふも恥《はづ》かしく、脇道《わきみち》にさしかゝり、[二]傾城町《けいせい(まち)》より野《の》をわけて、[三]川辺《かはなべ》・[四]宝台院《ほうだいゐん》の前をすぎて、[五]狐《きつね》が崎《さき》に暮《くれ》かゝりしに、[六]冬野《ふゆの》の草枕《くさまくら》して、乞食《こつじき》四五人あつまりて、[七]「生《しやう》あれば食有《じきあり》。是《これ》を代《しろ》なして、[八]中間《なかま》の[九]酒手《さかて》せん」と、黒《くろ》き羽《は》織《をり》をひとつ、[一〇]袖《そで》をかへして、「是《これ》を今《いま》仕立《したて》させば、小判《ばん》弐両にては出来《でき》まじ。

曲調の文体、謡曲の詞句を採用。
四三 海士の慣用表記。「ヨビコエ」(日葡)。
四四 専左衛門女房の行為を描写しつつ「三井寺」の我が子を思う狂女の哀れさと重ねる表現。
四五 正和三年(一三一四)に鋳造。「世にひゞき渡れる鐘の声」(一目玉鉾・二)と音色のよさで知られる。
四六 謡曲「三井寺」の狂女の話による。
四七 木彫の人形。また、あやつり人形をいう。
四八 竹の先に馬頭を付け、またがって遊ぶ遊具。
四九 太刀で打合う稽古。 五〇 剣術をさしていう。
▽女房が子供の成人を待って敵を討とうとする決意、その苦労などは二の三に類似。なお、次の段落の敵判明の部分の方が、時間的に前のことになるが、西鶴作品には、一つの話題を時間的にかなり先まで書き進めてまとめ、また時間を逆にもどして次の話題に転ずるという語り口で話を展開する例が時々見られる。
五一 以下は、時間的には前の「大横目衆、内証申、立のきしが」に続く。

一 挨拶の宛字。仲の悪い人。
二 安倍川遊廓。
三 静岡市川辺町。当時は川辺村。安倍川遊廓の東。
四 静岡市下魚町の浄土宗の寺。徳川秀忠の母西郷局を改葬した寺。
五 当時有渡郡曲金村八山の小字名。駿府の東端。「狐崎 野つゞきて岡松のくろみし所なり」(一目玉鉾・二)。右の専兵衛の行程の記述は正確。東海道を何度か往復している西鶴は、駿府を諸作にとりあげるが、比較的正確に記述する。
六 これまでの記述では、冬であることは分からない。場面にふさわしく荒涼とした感じを与えるべく「冬野」としたのであろう。

長《たけ》も弐尺七寸あり。よい買手《かいて》あらば、捨《すて》一一ても三十五匁、五人に七匁割《わり》」と、算《さん》用《よう》する声《こゑ》、聞《(きき)》て立《たち》よれば、専兵衛勢《いきほひ》におそれて、とがめぬ先《さき》に声《こゑ》をふるはし、「是《(これ)》は此程《(この)ほど》、女郎町《ぢよらう(まち)》の喧𠵅《けんくは》の夜《よ》拾《ひろ》ひました」と申《(まうす)》にぞ、取《とり》あげて紋所《もんどころ》を見しに、一二丸《まる》に水車《みづぐるま》、これぞ青柳《あをやぎ》十蔵《ぞう》が定紋《ぢやうもん》なり。扨《さて》は敵《かたき》しれての嬉敷《うれしく》、「此羽織《(この)はをり》を落《をと》せし人は、何《(いづ)》かたへ行《(ゆく)》ぞ」と尋《たづね》しに、「それは存《ぞん》ぜず。人立《たち》さはぐ中にてひろいました」と、申《(まうす)》に偽《いつは》りはあらじ。「此羽《は》織《をり》、我《われ》にくれよ」とて、有合《ありあは》せたる金《きん》

七 人は生きてさえいれば何とか食っていけるものだ、の意の諺。
八 売り払って。
九 酒代にしよう。
一〇 袖を裏返して。品定めをしている所。
一一 捨て値で売っても。小判二両は銀で約百二十匁、三分の一強を捨て値とふんだ。
一二 丸囲いの中に水車をあしらった紋様。

挿絵解説 遊女屋の格子の前で「無用の口論」から喧嘩となり十蔵が専左衛門を切り倒した場面。梅鉢の紋を付けた人物が十蔵だが、本文では「丸に水車」とありあわない。棒を持った四人は遊廓を自警する遊里の男たち(門番、下男等)。左上には、切合いに驚き逃げながらも好奇の目を注ぐ二人の遊女が描かれている。右図の出格子の中には遊女四人、うち三人は外の騒ぎに注意を払っている。右下の人物の一人は、羽織をかついでいるが、後出の証拠となる羽織を拾った乞食のつもりか(ただしその羽織に「丸に水車」の紋は描かれていない)。他の二人は、かかわりを恐れて逃げようとする町人。なお、出格子の様子は、吉原、新町、島原などの三都の遊廓のものと同じものを描いている。

子《す》をとらせ、此《(この)》紋所《もんどころ》を証拠《しやうこ》に、十蔵《ぞう》をねらひける。

[一]此《(この)》さた、屋敷《やしき》に聞《(きこ)》えて、十蔵《ぞう》、妻子《さいし》もなき者《もの》なれば、立《たち》のき、行《(ゆき)》がたしれずなりて、専《せん》兵衛なを悔《くやみ》て、「おのれとしれぬうちこそなれ、[二]天をわけ地《ち》をさがし、此本望《ほんまう》とぐべし」と、一《(ひと)》筋《すぢ》に思ひ定《さだ》め、十蔵生国《ぞうしやうごく》、[三]出羽《では》の山形《がた》の者《もの》なれば、爰《こゝ》に立越《たちこへ》、一《(ひと)》年《とせ》あまりもねらひしに、いまだ故郷《こきやう》へは帰《かへ》らぬに極《きはま》り、又駿河《するが》に戻《もど》りて、むなしき年月《としつき》をくるうちに、頼《たの》みし宿《やど》のあるじ、一《(いつ)》子《し》に娌《よめ》をむかへけるに、[四]草《くさ》ふかき所《ところ》なれば、祝言《しうげん》の作法《さほう》も弁《わきま》へなく、専《せん》太郎母《はゝ》人《(びと)》に尋《たつ》ねける。此人、都《みやこ》そだちにして、万事《ばんじ》心え給へば、銚子《てうし》の取《とり》まはし、[五]すへ〴〵の女《をんな》にをしへられしよそほひ、昔《むかし》の姿《すがた》残りて、うつくしき生《むま》れ付《(つき)》なり。専兵衛は、[六]真那板《まないた》にかゝり、[七]結《むす》び昆布《こんぶ》など拵《こしら》へしが、其夜《そのよ》から、出来《でき》心にて兄娌《あによめ》を思ひ初《そめ》、武士《ぶし》の[八]義理《ぎり》をもかへり見ず、[九]寝《ね》間《(ま)》に忍《しの》びて、言葉《ことば》かず〳〵つくし、人の聞《(きこ)》え、世《よ》の思はくをもかまはねば、一生《しやう》の迷惑《めいわく》爰《こゝ》に極《きはま》り、涙《なみだ》袂《たもと》にあまり、「[一〇]さりとは天命《てんめい》そむき、道《みち》ならぬ御事、思ひもよらぬ[一一]御《(お)》調謔《たはぶれ》、いかに女なればとて、専《せん》左衛門殿にはなれ、後夫《こうふ》をもとむる心底《しんてい》にあらず」と、[一二]道理《だうり》至《し》極《ごく》の断《ことは》り。専《せん》兵衛、更《さら》に[一三]聞分《きゝわけ》ずして、猶《なを》〳〵無理《むり》を進《すゝ》み、夜着《よぎ》の下臥《したぶし》する時、今は[一四]是非《ぜひ》を一つに思ひ定《さだ》め、[一五]肌刀《はだがたな》をぬきて、専兵衛が脇腹《わきばら》をさし通《とを》し、其《(その)》刀《かたな》にて胸《むね》をつらぬき、惜《をし》や

一　この沙汰。この噂。十蔵の出奔も右の一段の直後。従って、「女房ながら打太刀」以前のこと。
二　どんなことをしてでも探し出す、の常套句。「天をわけ地をかへして」(二の二)、「天をわけ地を割此科人せんさくをとげ」(新可笑記・一)。
三　山形市。後に「我(十蔵)生国、出羽の羽黒山の麓寺」の記述がある。山県(たが)―紋所・出羽(類船集)。その連想による場所の設定か。
四　田舎であることの強調表現。
五　奉公人の女たち。
六　末那板の宛字。料理をうけもって。
七　昆布を結んで、祝儀用の煮物にする。
八　正しい道理。武士としてのあるべき姿。
九　以下の部分、源氏物語・浮舟の、匂宮が宇治に忍び、強引に浮舟の寝間に侵入、種々口説き言をいい「よろづの誘りも忘れ」たごとくになる場面、その時の浮舟の困惑とその後の苦悩や失踪の場面をかすめつつ転化した記述か。
一〇　さてさて。本当に。
一一　みだらな振舞い。「調謔」を「たはぶれ」と読むのは遊仙窟の字訓。
一二　誠に理にかなった説明・言い分。
一三　道理にはずれたことをして。
一四　どうにもならずに。仕方なく覚悟をきめて。
一五　懐中に持つ守り刀の短剣。
一六　「春の夜の夢ばかりなる手枕にかひなくたたん名こそおしけれ」(千載集・雑上・周防内侍、百人一首)による。「かひなくたたん名」を裏の意とし、その噂が伝わったことも示唆する。
一七　死骸。「親類も無き」と「なきがら」を掛ける。
一八　始末して。
一九　世のはかなさ、即ち人の死。話は意外な方向に転じ、専太郎は、親も「親類もなき」天涯孤独の身となる。敵討の有力な援護者と見えた専

廿四の春《はる》[一六]の夜《よ》の夢《ゆめ》とはなりぬ。亭主《ていしゆ》、悦《よろこ》びの中に、かゝる難義《なんぎ》に逢《あひ》、此人《(この)ひと》の親《しん》類《るい》も、[一七]なきがらを取置《とりをき》[一八]て、思ひもよらぬ無常《むじやう》[一九]を見し事ぞかし。

其後《のち》、専《せん》太郎九歳《さい》になれば、[二〇]おとなしく、伯父《をぢ》専兵衛を恨《うら》み、母《はゝ》をかなしみ、「ながらへてせんなし」と、命《いのち》を捨《すつ》るを抱《だき》とゞめ、「武士《ぶし》の子として、しれたる親《をや》の敵《かたき》をうたずして、今空敷《むなしく》なり給はば《〔ゞ〕》、草《くさ》の陰《かげ》なる父母《ちゝはゝ》、さぞ口おしかるべし」と、さま〴〵申《(まうす)》を聞《(きき)》わけ、「此《(この)》上ながら頼《たの》む」と、涙《なみだ》[二一]をこぼすを見て、[二二]心なき野人《や》迄《じんまで》、哀《あは》れみをかけぬはなし。

それより、世上《せじやう》[二三]をしるためとて、清見寺《せいけんじ》[二四]の膏薬《かうやく》に遣《つかは》し、藤《ふぢ》[二五]の丸やの見世《(みせ)》に置《をき》しに、美児《びしやう》[二六]なれば、旅《たび》人の目《め》に立《(たち)》、すぐに通《とを》るはなかりし。年《とし》[二七]の浪沖津《なみをきつ》[二八]にかさね、[二九]十三歳《さい》になりて、「当年《たうねん》は、父《ちゝ》専左衛門七年[三〇]なれば、敵《かたき》十蔵《ぞう》が行衛《ゆくゑ》をさがし出し、首《くび》を仏前《ぶつぜん》に手向《たむけ》ん」と、いづれもに暇乞《いとまごひ》て、思ひ立行《たちゆく》心入《いれ》、「石流《さすが》侍《さぶらひ》の子也《(なり)》」とて、をの〳〵涙にくれける。めしつれし一人は、親専《をやせん》左衛門につかはれし吉蔵《(きち)ざう》といへる小者なるが、むかしの御恩《(ご)をん》に尋《たづ》ね出《(いで)》、此時《とき》のうしろみ[三一]する社《こそ》たのもしけれ。十蔵面《ぞうをもて》も、此者見しれば、是《これ》を頼みに、先東路《まづあづまぢ》[三二]にくだりける。

此《(この)》事、十蔵伝《つた》へ聞《(きき)》て、「若年《じやくねん》の気《き》[三三]をつくし、我《われ》を打《(うつ)》べき所存《しよぞん》、専左衛門子な

兵衛の突然の気迷いによって、専太郎の敵討が困難な状況となり不安を読者に抱かせるが、このような脇筋による状況の変化が、以下の思いがけぬ話の展開をより効果的なものとしている。
二〇 一人前に。
二一 この前後、父を討たれた五歳の一万(十郎)の決意表明の場面「いつかおとなしくなりて、父の敵の首きりて、人々に見せまいらせんと、なきしかば、しるもしらぬもおしなべて、袖をしぼらぬ人はなし」(曾我物語・一)を意識しながらの記述か。
二二 物の哀れを知らぬ田舎者。
二三 世間。世の中。
二四 清見寺門前にあった膏薬屋。松脂より製した軟膏で、樹の皮や芦の葉に包んで売った。その売子に十—十二歳の美少年をそろえ、色を売ることもあったという(江戸参府紀行・上)。
二五 京・江戸・大坂にも出見世を持つ著名な膏薬屋。その創始者の家紋から藤の丸膏薬と称し、慶長年間(一五九六—一六一五)の創業と伝える。「奥津(おきつ)此所に藤の丸かうやく屋軒をならべて見へける、万によし」(一目玉鉾・二)。
二六 美少年。
二七 年月の経過を打ち寄せる波にたとえた表現。
二八 清水市興津。奥津、興津が普通だが、浪の縁で沖の字を宛てた。
二九 「十五・十三にならば親の敵をうち」(曾我物語・一)、「われら十五・十三に也、父の敵にゆきあひ」(同・三)。十三歳は敵討を志すべき年齢。
三〇 七回忌。
三一 後見。敵討の助太刀。
三二 東国への路。十蔵の生国が出羽とされる故。
三三 心づかいをし。苦労をして。

り。[一]つら〳〵世《よ》の有様《ありさま》を観《くはん》ずるに、菟角《とかく》は夢《ゆめ》に極《きは》まれり。我《われ》、専左衛門を打《うつ》て後《のち》、其《その》まゝ切腹《せつぷく》すべきこそ武道《ぶだう》[二]なれ。さもしき心底《しんてい》おこりて、世をしのび、人のそしりを請《うけ》ぬる事もよしなし。我《わが》[三]かたより名乗《なのり》出て、子細《しさい》なくうたれて、専太郎が本望《ほんもう》をとげさすべし」と、はる〴〵の国里《くにさと》をいそぎ、清見潟《きよみがた》[四]に尋《たづ》ねのぼれば、「専太郎は東国《とうごく》に行《ゆく》」と聞《きき》て帰れば、北国にまはり、西国めぐれば、南《なん》[五]海《かい》に行《ゆき》、一年《(ひと)とせ》にあまり逢《あは》ざる事をとけしなく[六]、「我生国《わがしやうごく》、出羽《では》の羽黒山《はぐろ(さん)》の麓寺《ふもとでら》、[七]観音院《くはんをんゐん》にて待《まつ》べし」と、興津川《をきつがは》[八]に札《ふだ》を立置《たてをき》、其《その》身は東《あつま》にくだりけるが、いつとなく疝気《せんき》[九]になやみ、様《さま》〴〵養生《やうじやう》するに、頼みすくなく、世《よ》のかぎりと見えし時、観音院《くはんをんいん》をふかく頼み、「我《わが》事、つね〴〵申《まうす》ごとく、人に命《いのち》を預《あつか》りし身なれば、今となりての病死《びやうし》、さりとは武勇《ぶよう》の本意《(ほん)い》にあらず。然《しか》りといへ共《ども》、時節《じせつ》[一〇]の命《いのち》なれば是非なし。死去《しきよ》の後《のち》、形《かたち》を此《この》まゝ土中《どちう》に筑込《つきこめ》、専太郎、尋《たづ》ね来《きた》らば、たとひ白骨《はくこつ》となる共《とも》、二たび我を掘出《ほりいだ》[一一]し、敵《かたき》をうたせ給へ」と、慥成詞《たしかなることば》残《のこ》して、つゐにむなしくなりぬ。十蔵遺言《ざうゆいごん》のとをり、其《その》からだを取置《とりおき》ける。

専太郎は、諸国《しよこく》めぐり来て、沖津《をきつ》の札《ふだ》を見るより、出羽《では》の羽黒《はぐろ》に立越《(たち)こへ》、観音《くはんをん》院《ゐん》に名乗入《なのり(いり)》しに、住僧《ぢうそう》、[一二]はじめを語《かた》り給へば、専太郎おどろき、「折角爰《せつかくこゝ》にくだりし甲斐《かひ》もなく、敵《かたき》を手にかけざる事の残念《ざんねん》なり。され共《ども》、十蔵殿心底《ぞうどのしんてい》うた

一　「うきもつらきも世の中は、夢ぞと思ひさだむべし」(曾我物語・四)。世のはかなさをいう「浮世は夢」という成句にもとづく。
二　武士としての正しいあり方。
三　二の三の文助の決意(→六二頁)も、話の展開は異なるが同趣向。
四　清水市興津から袖師へかけての沿岸。歌枕。
五　南海道。紀伊・淡路・四国地方。
六　もどかしく。この前後、もろかど物語の卒塔婆を尋ねる趣向に類似するかとの説(矢野公和)や古今犬著聞集・五の「高谷無益兄弟取籠事」の高札を立てた話によるかとの説(前田金五郎)があるが、典拠と称するだけの類似といえるかどうかには問題が残る。
七　未詳。三十三体をまつる黄金堂(応化堂)かとする説(前田金五郎)がある。
八　興津市の東端を流れ駿河湾にそそぐ川。
九　漢方で、主として下腹部の痛みをいう。
一〇　寿命。
一一　もろかど物語にも遺骸を掘出し、それが蘇生する話がある(矢野公和)。　三　一部始終。
一三　立派な侍。「男」には「武士」の意がある。
一四　死骸。「骨」は誤りか。
一五　急いで鍬を手にとって。
一六　「堀」は「掘」に通用。
一七　死者が一瞬よみがえるこの場面、一代男・四の二の「不思議や此女、両の眼を見ひらき、笑ひ顔して間もなく、又本のごとく成ぬ」に近い。
一八　気持が通じること。
一九　刀身の刃をつぶして切れなくすること。
二〇　刀身を柄に固定する竹釘。
二一　上下にかかる。「師と頼み出家し」、道心堅固に。
二二　(十四、五歳の専太郎は)若衆としての盛りを

がふまじきは、清見寺《せいけんじ》迄尋《までたづ》ね出られし所、[一三]男《をとこ》なり。此上《(この)》のねがひ、其《(その)》[一四]死骨《しがい》を見ずしては、浮世《うきよ》に心の残《のこ》れり。それ見せ給へ」と申せば、法師《ほうし》、[一五]おつ取鍬《とりぐは》して、塚《つか》のしるしを[一六]堀《ほり》のけ、形《かたち》を見せけるに、はや百日あまりも過《すぎ》けれ共《(ども)》、ありし姿《すがた》のさのみかはらず、生《(しやう)》ある人の眠《ねむ》れるごとくなり。

はしり寄《よつ》て声《こゑ》をかけ、「榎《え》坂専左衛門が世忰《せがれ》、専太郎なるが、親《をや》の敵《かたき》のからだなれば、うつ」といへば、十蔵死骸《ぞうしがい》、[一七]眼《まなこ》をひらき、笑《わら》ひ皃《がほ》して首《くび》さしのばす。[一八]此心通《しんつう》を見て、猶《(なほ)》いさぎよく、指《さし》たる刀《かたな》・脇《わき》ざしをみれば、[一九]刃引《は(びき)》にして、[二〇]目釘《(め)くぎ》竹《だけ》をはづし置《をき》、専太郎に、手むかひせずうたるゝ覚悟《かくご》の心入《(こころいれ)》、ためしなき男《をとこ》なり。

「此後《(この)のち》、恨《うら》みはなし」と、元《もと》のごとくに埋《うづ》みて、其跡《(その)あと》ねん比《ごろ》にとぶらひ、「今は世界《せかい》に望《のぞ》みなし」と、即座《そくざ》にもとゞり切《きつ》て、観音院《くはんをんゐん》を師《し》と頼《たの》み、[二一]出家堅固《しゆつけけんご》に勤《つと》めける。をしや[二二]盛《さかり》をまつ花の帽子《ぼうし》、身は[二三]墨染《すみぞめ》の桜《さくら》ちる世がたり。

誰捨子《たれがすてご》の仕合《しあはせ》

[二四]心の海《うみ》を横《よこ》わたしに、[二五]むかし、[二六]嶋原《しまばら》の舟つきに、辻岡角弥《つぢをかかくや》とて、[二七]浦《うら》の吟味役《ぎんみやく》

待つ花のような身でありながら縹(はなだ)色の帽子をかぶり、の意。「花の帽子」は、僧がかぶる花色(うすいあい色)の帽子。

二三 身は墨染の衣を着て花のような身を捨ててしまった、その話は、今に伝わっている、の意。墨染の桜は、「深草ののべの桜し心あらば今年ばかりは墨染に咲け」(古今集・哀傷)と詠まれた京都市伏見区深草墨染の桜。専太郎が墨染の身となったことを悼んでとり入れた。

▽十三で敵討に出る専太郎、それを知って自ら討たれに行く十蔵、一年余りの二人の行き違い、十蔵の病死と、話は思いがけない展開となって終末へと向う。しかし、つまらぬ原因からの親の切合い、残された少年の敵討のための苦労、かくて出家という結末には哀れさと同時に空しさが伴うであろう。このような話の構成によって敵討の空しさを感得させる作者の武家への見方には、一見詠嘆的な結びにもかかわらず、冷くつき放した姿勢が存しているといわざるをえない。なお、討たれることを覚悟している敵という設定は、二の三、七の四などにもあるが、それらの場合も、すべて終末は出家となる。

二四 「心が曲がっていて」の意を裏に含み、海を横にわたって→嶋原とも続く。また「海を横わたし」は密貿易をも暗示し、「浦の吟味役」をひき出す。延宝四年(一六七六)の長崎代官末次平蔵の密貿易による闕所事件を暗示か。その折の吟味役は嶋原城主松平主殿(一話一言、長崎港草・六、長崎実録・十三、視聴草・続八など)。

二五 「むかし」としつつ、以下近年のことらしい記述。

二六 長崎県島原市の港。海—横わたし—嶋原の舟つき。

二七 港の取締り役人。代官を指していうか。

人して有《(あり)》しが、御奉公疎略《(ご)ほうかうそりやく》[一]して、明暮奢《あけくれをご》りを極《きは》め、[二]京《きやう》より美女《びぢよ》を取《(とり)》よせ、其《(その)》上、[三]他国《たこく》よりの縁組《えんぐみ》をかたく御法度《(ご)はつと》を背《そむ》き、泉州堺《せんしうさかひ》の、[四]手前《てまへ》よろしき[五]町人《まち(にん)》の娘《むすめ》をよびむかへ、さま〲我《わが》まゝかさなりしを、家老中《からうぢう》、ひそかに[六]数度《すど》異見《いけん》くはへられしに、[七]一円《えん》承引《せういん》いたさず、女を幾人《いくたり》か手打《てうち》にせし事、其外《(その)ほか》、十二ヶ条《でう》の悪事《あくじ》、横目《よこめ》役《やく》より言上《ごんじやう》申せば、御僉儀《(ご)せんぎ》極《きはま》り、[八]樫崎《かしざき》茂《も》右衛門・矢切団平《やぎりだんぺい》、此《(この)》弐人に仰せ付《(つけ)》させられ、角弥《かくや》打《(うつ)》べき御科《とが》の御書付《(お)かき(つけ)》くだし給はり、両人、上意請《じやういうけ》て、角弥浜《はま》屋敷《やしき》に、案内《あんない》なしに入《(いり)》て、「仰せ渡《わた》さるゝ段ゝ《だん〲》、聞《(きき)》給へ」と、茂右衛門、書《かき》付《(つけ)》読《よみ》仕舞《しま》へど、団平[九]おくれて不首尾《ぶしゆび》の時、茂右衛門、ぬき打《(うち)》に、子細《しさい》なく、角弥《かくや》をとゞめまでさして立《たち》のく時《とき》、団平、言葉《ことば》あらく、「最前申合《さいぜん(まうし)あはせ》て、鬮《くじ》を取《(とり)》、其方《(そのはう)》は、个条書《かでうがき》を読役《よむやく》、此方《(このはう)》、打役《うつやく》に極《きは》めしに、[一〇]無用《むよう》の出来《でか》しだて、[一一]八幡《まん》堪忍《かんにん》ならず」と、眼色《がんしよく》かへてつめかくる。

茂右衛門、すこしもさはがず、「此義《(この)ぎ》、二人承れば、いづれか前後《ぜんご》の論《ろん》に及《をよ》ばず、是《(これ)》両人の働《はたら》きなり。角弥《かくや》、首尾《しゆび》よく打取《(うち)とる》こそ仕合《しあはせ》なれ。御前《ごぜん》の御機嫌《(ご)きげん》なるべし。急《いそ》ぎ給へ」と、首《くび》、羽織《はをり》につゝみ、立《(たち)》のく所を、うしろより茂右衛門を切《きり》付しに、[一二]「比興者《ひけうもの》」とぬき合《あは》せ、団平《だんぺい》にうちかける[一三]太刀《たち》先《さき》さがりて、終《つい》に討《うた》れにける。

一　なおざりにして。
二　京都から妾を呼び寄せ。
三　他国者との婚姻の禁止の仕方は藩ごとで異なるが、必ず許可を得なければならない。
四　裕福な町人。堺の貿易商などを暗示するか。
五　「町人　マチニン」(書言字考)。日葡は「マチジン」「マチュウド」、伊京集も「マチウド」とするが、時代の近い字書の読みをとる。
六　「スド　たびたび、何度も」(邦訳日葡)。
七　まったく受け入れず。この前後お咎めの際の文書などの用語や文体を意識した記述。
八　一目玉鉾・四の島原の項に「天草名物鑓の柄樫」とあるが、その連想で樫崎としたか。
九　気おくれして。
一〇　出すぎたことをして得意然とすること。
一一　誓いの言葉。決して。断じて。
一二　卑怯者。「卑怯　ヒケウ〈懦弱之義或用二比興字一謬甚〉」(書言字考)。ただし、西鶴は「比興」を常用。
一三　傷のため力を失い太刀が下がって。リアルな描写。西鶴は、切合いの描写等でも、場面に応じ修辞的な文体を用いたり、具体的・現実的な描写の文体を用いたりする。
一四　横目(監察・調査の役)の下役。ただし、後には「其時の横目役千本勝五左衛門」と出る。
一五　これまでの事情。
一六　検死。
一七　武士としての名誉と世間の評判。
▽角弥の奢り、それに対する上意討ちによる成敗と興味深く進行した話は、上意討ちの場で予想外の展開をする。篤実・沈着な茂右衛門、卑怯な団平、軽率な勝五左衛門と、種々の武士像が印象づけられるが、茂右衛門を切った悪役団平の一時の栄耀で発端は結ばれ、次の茂右衛門

死骸《しがい》、角弥がはたらきのやうに取《とり》なをし、立《たち》のく所へ、[一四]歩横目《かちよこめ》千《ち》本勝五《もとしやうご》左衛門かけ付《つけ》しに、我手柄《わがてがら》のやうに[一五]次第《しだい》をかたりけるに、物になれざる男《をとこ》にて、[一六]死《し》人《にん》改《あらた》めもせずして、団平口上《だんぺいこうじやう》の通りを、我《わが》見たやうに申《まうし》あぐれば、団平一人のはたらきに成《なり》、即座《そくざ》に百石の御加増下《ごかぞうくだ》され、[一七]武士《ぶし》の面目《めんぼく》、世《よ》の聞え、彼是《かれこれ》よろしく、家栄《いへさか》へける。

茂右衛門妻《つま》は、しらぬ事とて、最後《さいご》をかなしみ、「日比《ひごろ》は、人におくれ給はぬ御所存《ごしよぞん》なりしが、武運《ぶうん》つきぬれば、[一八]ぜひもなき、世の中に残《のこ》りて、住《すむ》もよしなし」と、二十一にて髪《かみ》をおろし、山居《さんきよ》の[一九]身なり。夫《をつと》のための香花《かうはな》、今は[二〇]心もひらけて、出家堅固《しゆつけけんご》に勤《つと》めけるにも、明暮《あけくれ》、[二一]妻《つま》の事のみわすれがたし。茂右衛門、一子《し》もなければ、其家絶《そのいへたへ》て、諸道具《しよだうぐ》は、其兄《そのあに》茂左衛門方《かた》に取《とり》のけ、後家《ごけ》びくにに〔ゝ〕は、是《これ》よりは[二二]ごくみを遣《つかは》しける。

[二三]定《さだ》めなきは世のなり、つらきは人の心ざし、団平《だんぺい》、其後《そのゝち》は、[二四]世間《せけん》のよきまゝに、いつとなく[二五]奢《をご》りて、人皆《みな》、是《これ》をにくみし。殊更家来《ことさらけらい》に情《なさけ》をかけず、ひとり〱恨《うら》み申《まうす》ぞ[二六]因果《ゐんぐは》なり。[二七]有時《あるとき》、[二八]若等《わかたう》の九市郎と申者《もの》、紙細工《かみざいく》いひ付《つけ》られ、[二九]枕屏風《まくらべうぶ》を張立《はりたて》けるに、仕立悪敷《したてあしき》とて、さん〲「[三〇]無調法《ぶてうはう》」と、言葉《ことば》あらけなく、蹴《け》立《たて》られしを、主人ながら、[三一]気色《きしよく》つねに替《かは》れば、[三二]長屋《ながや》に追込《をひこみ》おかれて、うきめに

妻の嘆きと対比される。
一八 上下にかかる。武運がつきたのでどうにもならない、そんなどうにもならぬ世の中に。
一九 「身となり」の「と」の脱とみて、以下に続けて読むこともできるが、原文を生かして読む。
二〇 心もやわらぎ思いも晴れて。(夫のための香)花、ひらけて、の縁語による表現。ただし、そのため以下の「妻の事のみ…」と矛盾。
二一 ここは、夫をさしていう。
二二 生活費。
二三 変わりやすいのは世の姿。「なり」には「像・貌・体勢」などの字をあてる(書言字考)。「定めなき世」は中世以来の成句。なお、「なり」は「ならひ」の誤りとも見られるが、世のなり、人の心ざしの対句仕立てと見る。
二四 世の中の評判・評価がよい。羽振がよい。
二五 高慢・ぜいたくになって。「奢り」「家来に情をかけず」等、上意討ちに行った角弥と同じようになって「ひとり〱恨」むという展開に注目。
二六 因果はめぐるというが、角弥同然の「人の心ざし」となった団平も身を滅ぼすことになる。それをここで「因果」と称した。
二七 或時の慣用表記。
二八 若党の慣用表記。年齢によらず武家の雑用をつとめる下級の奉公人。
二九 枕もとにおく小型の屛風。
三〇 行き届かないこと。不出来。不細工。
三一 顔色。九市郎が主語。団平が主語ともとれるが、ここは主人とは言えあまりの仕打ちに九市郎が顔色を変えて不満を示し、(それを見て団平が一層怒って、九市郎は)長屋に押し込められた、の意。省略が多く一文中で主語が変わることの多いのは、西鶴文体の特色の一。
三二 屋敷内にある長屋造りの奉公人などの住居。

逢《あひ》ける。をの〳〵[一]詫言《わびこと》すれ共《(ども)》、聞入《きゝ(いれ)》給はず、ちか〴〵に[二]成敗極《せいばいきはま》れり。

同じ屋敷《やしき》にめしつかはれて、[三]腰元《こしもと》の久米《くめ》といふ女、いつの日か九市郎といひかはして、[四]二世のかたらひなして、すゑ〴〵ひとつの願《ねが》ひ、[五]年《(ねん)》の明行《あけゆく》事を待《(まつ)》うちに、此難義《(この)なんぎ》かなしく、雨《あめ》の夜《よ》、人しづまりて後《のち》、九市郎追籠《をひこめ》られし長屋《ながや》の窓《まど》に立忍《たち(しの)》び、たがひの[六]うきを語《かた》りつくし、「我命《わがいのち》をとらるゝ程《ほど》の事にはあらず。[七]さりとはむごき仕《し》かたなり。[八]此怨念《をんねん》、[九]外《ほか》へは行《ゆく》まじ。そなたも、かく成行《なりゆく》身の

一 「ワビコト」(日葡)、「任言 ワビコト」(書言字考)。
二 処刑。ここは斬首。武家は自家内のできごとに対し独自な処分を行うことができる。
三 主人やその家族の世話をする若い女奉公人。
四 夫婦になる約束。諺「夫婦は二世」による。
五 奉公の年季。
六 憂き。つらい思い。
七 さてさて。本当に。
八 このうらみの思い。
九 主人以外へいくまい、必ず報いてやる。
一〇 暴虐な主人であっても、その主命を絶対とせざるをえない武家のあり方を指摘。「何ぞ主命を夫にかゆべしや」(七の一)の場面参照。
一一 先日。→八七頁注二〇。
一二 主君の命をうけて処罰すべき者を斬殺すること。→六の四。
一三 前は「樫崎」。「柏」は誤用か。以下も同じ。
一四 臆して。気おくれして。
一五 御前への披露は、前では、千本勝五左衛門がしたことになっている。細部の齟齬には大らかなところのあるのが西鶴。この章で言えば団平にのみ市九郎が付き、茂右衛門に下人が付いていないのもおかしく、検死役の勝五左衛門が遅れてかけつけたというのも不自然。
一六 自分の手柄と言い触らした。
一七 けだもの同然のもの。
一八 無礼者という申し分が通って。
一九 斬首。主君が家臣を斬殺すること。
二〇 これまでの事情。一々の次第。
二一 ひどいやり口。
二二 不注意。「不念 ブネン」(書言字考)。「…義、無念」は、お咎めの言い渡しの口調を生かした

程《ほど》、さぞ不便《ふびん》に思はるべし。何事も、[一〇]主命《しゆうめい》なれば是非《ぜひ》もなし。され共《(ども)》、身にあやまりなくて死《しす》る事、後《のち》の世迄《よ(まで)》の迷《まよ》ひなり。旦那《だんな》に此恨《うら》みをなして、此家《(この)いへ》失《うしな》ふ事こそあれ。[一一]日外《いつぞや》の[一二]上意打《じやういうち》、[一三]柏崎茂《かしざきも》右衛門殿、手に掛《かけ》て角弥《かくや》殿をうたれしに、[一四]主《しゆ》人おくれて、首尾《しゆび》あしき故《ゆへ》に、茂右衛門殿を角弥《かくや》うたれし処《ところ》を切伏《きりふせ》たるやうに、[一五]御前《ごぜん》へ披露《ひろう》申されしが、誠《まこと》は、茂《も》右衛門殿《どの》を、旦那《だんな》だまし打《うち》にして、世《よ》には[一六]手柄《てがら》ふれける。是《これ》、[一七]畜生《ちくしやう》なれば、此《(この)》事、茂右衛門殿兄《あに》、茂左衛門殿《どの》に告《つげ》しらせて、主人団平《しゆじんだんぺい》をない物にせば、我相果《われあひはて》ても思ひは残らじ」と、涙《なみだ》をこぼす。

とやかく歎《なげ》く内に、夜も明《あけ》わたれば、別《わか》れの後《のち》、九市郎を引出《ひき(いだ)》し、[一八]慮外者《りよぐはいもの》の断立《ことはりたつ》て、[一九]手打《てうち》になりける。腰元《こしもと》の久米《くめ》は、屋敷《やしき》をぬけ出《(いで)》、茂《も》左衛門殿にかけ込《こみ》、[二〇]此段〻《だん〳〵》語《かた》り、舌喰切《したくひきり》、夢《ゆめ》よりはかなく消《きへ》ける。

此《(この)》事、一家中《かちう》の沙汰《さた》となり、おのづから天命《てんめい》のがるゝ所なく、[二一]団平非道《だんぺいひだう》あらはれかゝれば、たまり兼《かね》て、其夜《(その)よ》、屋敷《やしき》を立《たち》のき、いよ〳〵悪《あく》人に極《きはま》れば、其時の横目役《よこめやく》、千本勝五《ちもとしやうご》左衛門義《ぎ》、[二二]無念《ぶねん》に極《きはま》り切腹《せつぷく》、[二三]是非《ぜひ》もなき仕合《しあはせ》也。

其後《そのゝち》、茂左衛門、家老中《からうちう》まで御訴《(ご)そ》詔申《せう(まうす)》は、「茂右衛門事、弟《おとゝ》ながら、是《(これ)》は[二四]各《かく》別《べつ》の義なれば、敵討《かたきうち》たき願《ねが》ひ」、[二五]申《(まうし)》あぐれ共《(ども)》、「世の[二六]御仕置《(お)しをき》たゝねば、[二七]子方《こかた》の者《もの》詮儀《せんぎ》してうたせ」との仰出《をゝせ(いだ)》されなり。茂《も》左衛門にも娘《むすめ》ばかりにて、男子《なんし》を持《もた》ね

文体。

二二　仕方のないこと。

▽上意討ちでの団平の「非道」が、若党への暴虐な仕打ちによって顕れるが、茂右衛門後家はすでに出家、子供もない。当時の規定では尊族である兄茂左衛門は敵討に出られぬはず。とすれば誰が、と読者の興味を惹く。また、暴虐な主人は伝来記中に数多く登場するが、その形象には武家の一面を諷しつつ冷徹にとらえる西鶴の眼が感得できる。一方、主命が絶対とされ、主人の悪事を告訴するのも不可とされる社会(→四の四)の中で、主人団平の悪を告げ、ただちに舌を食い切る腰元の久米のことは、簡略に記述されるにすぎないが、印象的である。

二四　原本「各別義」。今補う。普通とは違う場合。

二五　会話文が途中で地の文に変わる。「願ひ(ありと、その願ひを殿に)申あぐれ共」の( )内が省略され、文章のテンポがスピーディとなる。

二六　政治。政道。当時敵討は、目上の者が目下の者の敵を討つことは不可。慶長二年(一五九七)の長曾我部元親式目に「弟之敵を兄打は逆也。叔父甥の敵打事者可ㇾ為二無用一」とある。ただし、弟の敵を兄が討った例も近世前期に数例ある(平出鏗二郎)。

二七　子の身分にあたる者を探し出して。

挿絵解説　座敷牢に押込められた若党九市郎と、その恋人腰元の久米が牢格子をへだてて話している場面。本文では九市郎が押込められた「長屋の窓に立忍」んで話すとあり、本文と齟齬する。絵師が十分に本文を読まなかったための齟齬と見られるが、長屋の小さな窓越に話すのでは絵になりにくいため、座敷牢にしたのかもしれない。手前には松と楓が描かれている。

ば、さしあたつて分別及《ふんべつをよ》ばず。

　御暇《(お)いとま》申請《うけ》て、浪人《らう》の身となりて、諸国《しよこく》を尋《たづ》ねめぐり、二年過《ねんすぎ》ての秋《あき》の比《ころ》、江州《がうしう》、[一]志賀《しが》・唐崎《からさき》、此《(この)》両里《さと》に有《(ある)》よし聞出《きゝいだ》して、相坂山《あふさか(やま)》を立越《たちこへ》て、関寺《せきでら》の辺《ほと》りにして、いまだ誕生《たんじやう》日も過《すぎ》まじき捨子《すてご》を拾《ひろ》ひて、名《な》を茂吉《もきち》と改《あらた》め、乳姥《ちうば》に抱《いだか》せ、[二]大津《をゝつ》の屋形《かた》に行《(ゆき)》て、此世悴《せがれ》、[三]親《をや》の敵討《かたきうち》の御帳《(ご)ちやう》にしるし、それより有家《(あり)か》を慥《たしか》に見出して、八月十四日、時節《じせつ》を[四]待宵《まつよひ》の月見、所の人をさそひ、団平浜辺《だんべいはまべ》に出《いで》しを、名乗掛《なのりかけ》て打済《うちすま》し、姥抱《うばだき》ながら、茂吉《もきち》にとゞめをさゝせ、天晴《あつぱれ》はたらき、残《のこ》る所なし。

　団平《だんべい》が首《くび》、うつは物に入《(いれ)》させ、本国《(ほん)ごく》に帰《かへ》りさまに、茂吉に、金子《(きんす)》拾両付《(つけ)》て、[五]藪《やぶ》の下の莨菪切《たばこ(きり)》の許《もと》へ養子《やうし》にとらせ、茂左衛門は、肥前《ひぜん》の国《くに》に帰《かへ》り、[六]団平打取《だんべいうちとり》、上方《かみがた》の首尾《しゆび》、[七]所《ところ》の御奉行《(お)ぶぎやう》よりの添状《そへじやう》さしあぐれば、殿《との》の御機嫌《(ご)きげん》よろしく、先知《せんち》に弐百石の御加増《(ご)かぞう》くだし給はり、[八]母衣《ほろ》大将《だいしやう》に御役替《(お)やくがへ》までなし下され、武勇《ぶよう》此《(この)》時、国中《こくちう》に其名《(その)な》をあげける。

　「茂吉事、筋目《すぢめ》はいかなる者なり共《(とも)》、茂《も》左衛門が才覚《さいかく》にて、一たび茂右衛門が一子に仕《し》立《たて》ければ、急《いそ》ぎよびくだし、茂右衛門名跡《めうぜき》を、相違《さうゐ》なく継《つが》せ申せ」との御意《ぎよい》、有《あり》がたく、大津《をゝつ》に人をつかはし、茂吉をよび寄《よせ》、[九]九月九日の[一〇]御礼《(お)れい》日

一　志賀、唐崎、相坂山は歌枕。関寺は名所。
二　大津の代官の屋敷。
三　敵討の場合、主君の免許を得た後、幕府の三奉行所に届け出、敵討帳・言上帳に記載する。ここは、正式の許可を得ず、便法として代官屋敷に届け出たもの。
四「時節を待つ」と「待宵の月（八月十四日の月）」を掛ける。
五　京都市山科区御陵天徳町辺。「山科　藪の下、たばこの名物」（好色旅日記・二）。
六「団平を打ち取りしこと」を名詞化。「添状」を意識し、文書などの口調を生かした文体。
七　前出「大津の屋形」をさすか。→注二。
八　母衣（矢を防ぐ武具）を預る役人の長。
九　大津での敵討が八月十四日。その後嶋原に帰って報告。その後茂吉を呼びよせて九月九日の御目見えは不可能。事実性よりもその場にふさわしい時間設定を大らかに行う故の矛盾。伝来記が実録性・記録性を持たない一つの証左。
一〇　重陽の佳節。主君に拝謁する式日。
一一　主君に謁見を許されること。この儀を経て始めて名跡相続を許される。
一二　上下にかかる。「かさね菊」は八重菊。重陽の佳節の菊酒に酔うことを勧めて。
一三「千秋楽には民を撫で、万歳楽には命を延ぶ。相生の松風颯々の声ぞ楽む」（謡曲・高砂）を謡い。
▽敵を討つ資格を持つ者がいない場合の敵討として異色の一章。捨子を養子とするという解決は便宜的にすぎるが、思いがけぬ解決によって読者の意表をつき、敵討の種々のありようを具体化したのであろう。しかし、その便宜的な解決は話としては成り立っても現実性に乏しい。そのため西鶴は前半部で団平の悪ぶりを強調し、九市郎・久米の死を介して団平が討たれる所以

に、[一一]御目見《(お)めみへ》すまし、家《いへ》の悦《よろこ》びを[一二]かさね、菊酔《きくゑひ》をすゝめて、[一三]千秋楽《せんしうらく》を諷《うた》ひ、柏崎《かしざき》の名《な》をいはゐけるとぞ。

無分別《むふんべつ》は見越《みこし》の木登《きのぼり》

[一四]肥後《ひご》のむかしの国《くに》の守《かみ》なる御城構《(お)しろがまへ》の外《ほか》、「新造作《しんざうさく》の[一五]門櫓《もんやぐら》、[一六]長屋作《ながやづく》り、美ゝ敷《びゞしく》立《たち》ならびたるは、どなたの御屋敷《(お)やしき》」と[一七]尋《たづ》ねければ、「是《これ》は、彼《かの》[一八]出頭《しゆつとう》に暇《いとま》なき、[一九]大壁《をほかべ》源五左衛門といふ新参者《しんざんもの》、纔《わづか》廿五石《こく》より、三年《ねん》の中《うち》に、弐千石[二〇]とりあげたる者の拝領《はいりやう》の地《ち》なり。[二一]今時は、武道《ぶだう》はしらひでも、十露盤《そろばん》を置《をき》ならひ、[二二]始末《しまつ》の二字《にじ》を名乗《なのれ》ば、何所《どこ》でも知行《ちぎやう》の種《たね》となりて、[二三]譜代《ふだい》の筋目《すぢめ》正敷者《たゞしきもの》は、かならず[二四]先知《せんち》を減少《げんせう》せらる。世は色ゝ《いろ〳〵》にかはりて、今より末ゝ《すへ〴〵》は、[二五]諸侍《しよさぶらひ》たる者《もの》、刀《かたな》の代《だい》に秤《はかり》を腰《こし》にさして、商《あきな》ひはやるべし」と、さたする時、源《げん》五左衛門が一子《し》、小八《(こはち)》郎《らう》、三才になりしが、折ふし五月《さつき》の半《なかば》、[二六]筑山《つきや(ま)》に楓《かいで》の大木《(たい)ぼく》ありて、其梢《こずへ》に若葉《わかば》[二七]千染《ちしほ》なるを、童心《わらべごゝろ》に、急《きう》にほしきとむつかりけるに、[二八]中間《ちうげん》を木《き》にのぼらせ、「其《その》枝《えだ》、此枝《(この)えだ》おれ」と差図《さしづ》するに、隣屋敷《となりやしき》は、安森戸《やすもりと》左衛門とて[二九]家久敷侍《いへひさしきさぶらひ》、万《よろづ》に[三〇]折目《をりめ》だかなる生れ付《つき》ながら、けふは非番《ひばん》の暇《いとま》にて、奥《をく》の間取《まとり》はなして、内儀《ないぎ》と

を説得的なものにしていると見られる。
一四 天正十六年(一五八八)以来加藤氏の城下であった熊本。熊本城は、加藤清正が慶長六―十二年(一六〇一―〇七)に改築・完成。本章の時代設定は表面上は慶長以前だが、内実は当世。→注二一。
一五 本来は防御用の櫓をつけた門。大身の武家の屋敷に設けることがあった(家屋雑考・四)。
一六 棟の長い大きな建物。
一七 旅人が土地の人に尋ねて答えを求める話の導入部は、懐硯(伝来記の前月刊)に多い。
一八 主君の気に入りその恩寵をうけること。太平の御代の近世では能吏型の武士が「出頭」し、武道を重んずる古風の武士と対立することが多い。以下もその具体例で時代状況を反映する。
一九 「美々敷」屋敷からの連想で作った名か。
二〇 禄高をふやした。高禄になって出世した。
二一 能吏型の当世武士を諷刺。「今の世は、武勇も首勘定も氏も系図もいらず。算盤を得たるか、田畠の積りを知りたるか、米の売り様、金銀のまはしをだに心得たらば召しかかへられん」(浮世物語・一の七)。以下、新参の能吏源五左衛門と古参の戸左衛門の対立、前者が後者に切られるという話の展開も浮世物語・一の九に類似。
二二 十七世紀後半の武家財政の逼迫から倹約令が盛んに出され、浮世物語・一の七のような能吏による年貢の増徴がはかられる状況が背景。
二三 代々その主君に仕える氏素性の良い武士。
二四 以前の禄高。親の時の俸禄。
二五 侍たる者は。以下、経済官僚型の武士を諷刺。　二六 築山の宛字。
二七 幾度も染めたように色が濃いこと。
二八 侍と小者の中間の武家の奉公人。
二九 その家に長く勤めている古参の武士。
三〇 折目正しすぎて堅苦しい。

只《たゞ》ふたり、しめやかに物がたりし、勤《つとめ》の苦労《くろう》も、此《(この)》たのしみあればこそ、何心[一]なく仮枕《かりまくら》するを、かの木にのぼりたる男《をとこ》、遥《はるか》に是《(これ)》を詠《なが》め、「夫婦《ふうふ》そうなが、心地よくあそばるゝよ」と、望《のぞみ》の梢《こずへ》をば切《きら》[二]ずして、見まはすうち、戸《と》左衛門見付《(みつけ)》て、「あれは、源《げん》五左衛門屋敷《やしき》なるが、無作法千万《ぶさほうせんばん》なる木のぼり、近所《きんじよ》の内証《ないしやう》[三]まで見おろすに、断《ことはり》の使《つかひ》は来《きた》るか」といへば、「いや、何共申来《(なんともまうしきた)》らず」と云《いふ》。「其《(その)》身、常〻殿《つね〴〵との》[四]の権威《けんい》をかりて、古座《こざ》[五]の諸士《しよし》をないがしろにするさへ、憎《にく》しと思ふに、此《(この)》ことはりなきは、いよ〳〵踏付《ふみつけ》[六]たる仕かた」と、木《き》より半分程《はんぶんほど》をりかゝる所を、鉄炮《てつぱう》[七]二つ玉《だま》こめて、ねらひすまして打《うて》ば、たゞ中、気《き》もたましゐもぬけて落《をち》ける。

これにおどろき、源五《げんご》[八]左衛門にかくといへば[九]、「勿論《もちろん》、此方《(このはう)》より一往《わう》ことはりなきは、無念《(ぶ)ねん》[一〇]といひながら、あまりなる仕《し》[一一]こなし、堪忍《かんにん》[一二]ならず」と、戸《と》左衛門かたへ行《(ゆき)》て、事わけ[一三]二言《(ふた)こと》といはぬさきに、抜合《ぬきあは》せて打太刀《(うつたち)》、源五《げんご》左衛門が長《なが》[一四]刀《がたな》、鴨居《かもい》に切付《(きりつけ)》引《(ひき)》かぬるを、車《くるま》[一五]に払《はら》ひたをし、留《とゞ》めまでさして、「今退《のく》」と奥《をく》[一六]にしらせて、門外《(もん)ぐはい》に出《いづ》れば、源五《げんご》左衛門が若党共《わかたう(ども)》、「さては」と切《きつ》てかゝるを、弐人切臥《きりふせ》、[一七]それより直《ちき》に立《たち》のきける。

此《(この)》事、太守《たいしゆ》[一八]の耳《みゝ》に達《たつ》しければ、「国《くに》のために抜郡忠功《ばつくんちうこう》[一九]有《(あり)》しもの」と、知行《ちぎやう》は

一 「折目だか」な古参の武士安森戸左衛門が白昼戸を明けたままで夫婦交歓する場を設け、それを覗かせるといった場面には、やや皮肉が込められて滑稽。つまらぬことで切合いになる武家のありようを諷する姿勢と、新参・古参の確執という当時の状況をとらえる視点とが重ね合せられて本章の敵討の発端をなしている。
二 原本「切ずし」。今「て」を補う。
三 人に知られたくないことが本来の意だが、ここは屋敷の内部。武家には、屋敷は城郭との意識があるから、それを覗くのは「無作法千万」。
四 前出「出頭に暇なき」に対応。源五左衛門へのこのとらえ方は、「憎まれながらも…御大名を楯につきて、さま〴〵申しふくむるほどに、憎けれども力およばず」(浮世物語・一の七)と描かれる出頭した主人公兵太郎に類似する。
五 古参の多くの武士。
六 (自分を)軽んじたやり方。
七 対になっている弾丸をこめて。
八 原本「源五左左衛門」。丁移りによる衍字。
九 主語は不明。中間は気絶中、挿絵に描かれるごとく乳母が「おどろき」、主人に「いへば」か。
一〇 不注意。落度。 一一 やり方。
一二 「堪忍ならず」→話合い抜き→切合いのパターンは伝来記中に多出する。
一三 事の次第。理由。
一四 長刀は伊達好み。兵法に達していない源五左衛門が格好づけ・虚仮おどしに「長刀」を差していたとする。長刀は室内での切合いに不利。
一五 横に切り払って切り倒し。
一六 奥向き。前出「内儀」をさす。以後、戸左衛門の家は「子なきによつて」絶えたと記されるのみで、「内儀」の動向への記述はない。
一七 すぐそのままに。 一八 大国の領主。

召《(めし)》あげながら、小八郎に二〇二十人扶持《ぶち》下《くだ》され、「二一思召《(おぼしめす)》子細《しさい》あり。二二母《はゝ》に養育致《やういくいた》せ」のよし仰《をゝせ》下され、戸左衛門は、子なきによつて、家絶《いへたへ》にけり。二三されば、二四家ゝ《いへ〴〵》の世ざかり、限《かぎ》り有《(あり)》て、源五《げんご》左衛門屋敷《やしき》、今は二五身躰《しんだい》に持《もち》かね、二六御物《ごもつ》あがりの岩井《いはゐ》惣《そう》八に下され、小八郎は、外《ほか》なる二七椁《くるは》に二八うつりかはる世や。

此母《(この)はゝ》も、そのかみ源五《げんご》左衛門と、二九忍《しの》びがたきを忍《しの》びいで、当国《たうこく》には、三〇露《つゆ》のゆかりもなかりしが、今は、頼《たの》みなをたへて、此《(この)》八九年の間《あいだ》の憂《うき》思ひ、後家《ごけ》の身ながら、幼稚者《いとけなき》を撫育《そだて》あげ、成人《せいじん》するに付《(つけ)》ても、「過《すぎ》し人のおはさば、いか程か悦《よろこ》び給はん。それに引《(ひき)》かへ、また行末《ゆくすへ》のおぼつかなく、いつか敵《かたき》を打負《うちをゝせ》て、二度《(ふた)たび》大壁《かべ》の家《いへ》の栄《さか》へを見まほしく」、三一今は〔ゝ〕はや、小八郎十五歳《さい》になれば、ある夜《よ》、ひそかに三二始終《はじめをはり》の子細《しさい》をかたり、三三殿様《とのさま》に御暇《(お)いとま》乞《こひ》て、思ひ立《たつ》べき由《よし》三四ふくめけるに、三五おとなしくうなづきて、「我《われ》三歳《さい》の時《とき》ならば、今迄空敷日《むなしくひ》をくりたるを、世間《せけん》にも、三六「おくれたり」と後指《うしろゆび》さゝれし事の口惜《くちをし》。三七迚《とても》の事に、四五年前《ねんまへ》にもしらせ給はば、〔ゝ〕此御恨《(お)うら》みは有《(ある)》まじ」と云《いふ》にぞ、老母《らうぼ》も、いさぎよく思はれて、三八老中《らうぢう》瀬良内蔵之介《せらくらのすけ》迄《まで》申上《あぐ》れば、「何時にても、討得《うちえ》たらん時には、三九本知《ほんち》相違《さうゐ》なく下さるべき」よし、仰出《をゝせいだ》され、殊《(こと)》に「本望達《ほんもうたつ》する迄《(まで)》は、四〇路金《ろきん》入用《(にふ)よう》次第《しだい》に、四一御用人《(ご)ようにん》の其《(その)》やく、四二増見《まし(み)》勘六方迄申越《(まうしこす)》べき」との御事、有《(あり)》がたく、首尾《しゆび》残る所

一九「抜群　バツクン」(諸節用集)の宛字。
二〇 一人扶持は、一日あて玄米五合、年一石八斗。二十人扶持で三十六石。二千石と対比。
二一 考えがある。「思召」は太守の自敬表現。小八郎が成人後敵を討てば、新たに高禄で召抱えることを示唆。本章末、太守の死により「思召」が生かされず悲劇となる。
二二 母に大事に育てるよう致せ(と申伝えよ)との由。殿の言葉が途中から地の文に変わる。
二三 さて。話を転ずる時の語。
二四 それぞれの家が最盛期である期間には。
二五 二十人扶持(→注二〇)では二千石相当の家を保持していけないので。
二六 主君寵愛の小姓出身。
二七 郭(ここは武家屋敷の意)の宛字。「椁」は槨と同字で「槨　オホドコ。ヒツギ」(玉篇大全)。
二八 上下にかかる。郭に移り、移り変わる世。
▽新参の出頭人源五左衛門と古参の戸左衛門という、当時各所で事例の多かった対立関係を背景に、敵討の発端を虚構するところが本章の特色の一。西鶴は「古風」な武士に共感を示し能吏型の武士に武士らしさを認めない場合が多いが、本章の戸左衛門はここではやや軽率に描かれている。夫婦の交りの覗きといったとぼけた話を契機として以下の小八郎一家の艱難が始まるという構成に、西鶴の皮肉な視点が生きる。
二九 ひそかに愛し合い、耐えがたきを耐えてひそかに国を出て。「忍び」は二重の意を持つ。
三〇 全く親戚・知人もなかった。
三一 心中思惟が途中から地の文に変わる文体。
三二 父の死前後の詳しい事情。
三三 敵討に出立する前には殿の許可が必要。本章では、殿の許可を得て出立している以上、三奉行所に届出、敵討帳にものっているはずだが、

なく宿《やど》[一]に帰り、二月十四日に首途祝《かどでいは》ひ、母の心づかひとして、先年《せんねん》源五左衛門討《うた》れし時、供《とも》したる草履取《ざうりとり》[二]、自然《しぜん》[三]の時の目代《めしろ》[四]に、其儘抱置《そのまゝかゝへをき》て、呉〻頼《くれ〲たのみ》て、主従《しうぐ》弐人、同十五日に立出《(たちいづ)》るを、見送《をく》る迄《まで》、涙《なみだ》をおさへかねしが、「親《をや》[五]、他国者《たこくもの》たるによつて、当所《たうしよ》に縁類《えんるい》・兄弟《きやうだい》とても、助太刀《すけだち》、後《うしろ》見する者、一人もなく、定《さだ》めなき旅路《たびぢ》を、幼稚《いとけなき》ものの独《(ゝ)ひと》り行《(ゆく)》、武士の道こそ覚《をぼ》つかなけれ。目出度討負《(めでたく)うちをゝせ》[六]て、母が心を慰《なぐさ》めよ」とて、此詞《(この)ことば》を暇乞《いとまごひ》にして、立別《たちわか》れぬる哀《あは》れ、袖[七]より外にとふ

その点は、章末では忘却されている。
三四 よく言ってきかす。
三五 大人しく。一人前に。
三六 気おくれしている。
三七 いっそのことなら。知らしてくれるのなら。
三八 家老の中の主だったもの。
三九 もとの知行。ここは親のもらっていた禄高。
四〇 旅費。すこぶる好条件の敵討である。
四一 御用人(家老などの下に位する武士)の中の勘定役。　四二 勘定役らしく作った名前か。

一 自分の家。
二 主人の草履を持って供をする武家の奉公人。
三 万一の時。いざという時。
四 代理人。後見。ここの場合、敵の顔を知らぬ小八郎の目の代りをする者、の意も含む。
五 他国者との婚姻は禁制、または制限される場合が多い(→一一二頁注三)から親類等もない。
六 「十五、十三にもならば、親の敵をうち、わらはに見せよ」(曾我物語・一)という曾我兄弟の母のイメージをかすめているか。
七 涙にぬれる袖以外に。参考「恋しともいはぬにおつる涙をば袖より外にしる人ぞなき」(続千載集・恋一)。

者もなし。

願《ねが》ひは八鶴《つる》が崎《さき》の八幡《まん》に祈《いの》り、思ひは九鐘《かね》が淵《ふち》に沈《しづ》む心ちして、一〇うきを一一戸《と》渡《わた》る舟に漂《たゞよ》ひ、陸《くが》に一二イ亍《たゝずみ》、山陽《さんやう》・四国残らず巡《めぐ》り、源五左衛門一三十三回忌を、はや一四美作《みまさか》誕生寺《たんじやうじ》にて、竊《ひそか》に志《こゝろざし》を施《ほどこ》し、それより、一五津《つ》の国難波《くになんば》の大湊《(おほ)みなと》を尋《たづ》ね、五畿内《きない》を、かなたこなたに吟《さまよ》ひ、明《あく》れば一六春日山《かすが(やま)》、霞立初《かすみたちそむ》る今朝《けさ》になりぬ。

遥《はるか》に故郷《こきやう》の空《そら》を詠《なが》めやれば、一七山上に山あつて、幾重《いくへかさ》なる旅衣《たびごろも》、帰《かへ》るべき程《ほど》も

八 大分県大分市鶴崎町の剣八幡社。正保年間（一六四四―四八）の創建と伝え、領主（鶴崎は熊本藩領）の崇敬厚く、参勤交代の折に社参又は代参した。「熊本より鶴崎迄三拾弐里」（肥集録・二十六）。

九 未詳。鐘が崎（福岡県宗像郡玄海町）の誤りか。「鐘が崎　南都大仏の鐘、此所の沖に沈む。海次良といふかね也」（一目玉鉾・四）。

一〇「沈む」の縁の「浮き」と「憂き」を掛ける。

一一 川や海を渡る。歌語。この前後、対句仕立ての雅文調。登場人物が移動する時の伝統的文体道行文の調子を生かす。

一二「イ亍　タヽスム」（書言字考）。音はテキチョク。「イ亍小歩也、左歩為レイ右歩為レ亍、合則為レ行」（頭書字彙）。

一三 忌日は五月半ば。出立より三か月経過。

一四 岡山県久米郡久米南町の法然上人誕生地にある浄土宗の寺（和漢三才図会・七十八）。

一五 大坂。

一六「昨日こそ年はくれしか春がすみかすがの山にはや立ちにけり」（拾遺集・春・山部赤人、和漢朗詠集など）による行文。

一七 三体詩所収の「閑情詩」（孟遅）の起句「山上有レ山帰不レ得」による。以下も雅文調が続く。感情をもりあげ哀れさを強調するなどの場面に用いられることが多い文体。

挿絵解説　安森戸左衛門が、見越の木に登って覗いた源五左衛門家の中間を鉄砲で打ったところ。右図には、鉄砲をかまえた戸左衛門、屏風の前にその内儀が立膝で、腰元が正座してすわっている。左図は、打たれて血を噴出させつつ楓の木からあお向けに落ちる中間、小八郎を懐に抱いた乳母の逃げ腰の姿が描かれている。

白雲《しらくも》の、往方《ゆくかた》のみ馴《なつか》しく、「世の哀《あは》れは我ひとり」と、御社《(おん)やしろ》[一]ふし拝《をが》みて、人泊《とむ》る宿《やど》に帰《かへ》れば、門松《かどまつ》の気色《けしき》に千代《(ちよ)》をうたひ、幾久敷《いくひさしく》と、屠蘇酌《とそくみ》かはすに付《(つけ)》ても、[二]我身《(わがみ)》の上の春を思ひ、「古郷《ふるさと》の老母《らうぼ》の事、いかにおはしけん」と、これも気《き》にかゝり、かれも胸《むね》にせまりながら、旅《たび》のかりねの初夢《はつゆめ》。

[三]うつゝにもあらず、老母《らうぼ》、はる〴〵の国里《くにさと》たづね来《(きた)》り給ひて、「此《(この)》年月の久《(ひさ)》敷《(しき)》事を、指《ゆび》を折《をれ》ば、[四]一年纔《わづか》にあまる。[五]袖《(そで)》の涙《なみだ》は西《にし》の海《うみ》、浪《なみ》の立《(たち)》ゐにも、そなたの行《(ゆく)》すへのみ、胸《むね》にせまりて[六]馴《なつか》しく、此《(この)》思ひならば、諸共《(もろとも)》に連立《つれだち》て、本望《ほんもう》を達《たつ》せん物を、甲斐《かひ》なく跡に残りて、今のうさつらさ[七]。[八]草の露《つゆ》共消《きゆ》べき命《いのち》なれ共《(ども)》、せめて一たびの音信《をとづれ》を聞《きゝ》たく、十三年の[九]吊《とぶら》ひ迄は待《まち》しが、それにも便《たよ》りの伝《つて》[一〇]なく、「[一一]浄雲寺《じやううんじ》の[一二]同《おな》じ苔《こけ》の下《した》にも」とは思ひ極《きは》めながら、一日〴〵と暮《くら》して、告《つげ》わたる鳥《とり》と同《をな》じく鳴明《なきあか》し、今は[一三]姿をかへて、彼人《かの》の後世《ごせ》、いよ〴〵祈《いの》る計《ばかり》なり。只《(ただ)》とにかく、こがれ死《しな》ぬうちに、今一たび、[一四]覚《さめ》ての対面《たいめん》を願《ねが》ふ心を[一五]力《ちから》にする、命《いのち》もしれず、うらめしき浮世《うきよ》の中のならひ」と、しほ〴〵と枕《まくら》に彳亍《たゝずみ》給ふと思へば、暁《あかつき》の鐘《かね》に[一六]俤《をもかげ》消《きへ》て、寝覚《ねざめ》かなしく、召《(めし)》つれし[一七]小者《こもの》を引起《(ひき)をこ》して、夢《ゆめ》の物がたり。

聞《きか》ぬ先《さき》より涙《なみだ》を流《なが》し、「[一八]私のまざ〴〵と見しも、是《(これ)》にたがふ事なし。御袋様《(お)ふくろさま》

一　春日大社。
二　現在相手の所在も知れずに漂泊する我が初春。
三　(夢の中の現実だが)夢ではなく現実に。
四　一年にわずかに足りない。約十月半。
五　女性の言葉の場合、意図的に雅語を多用し雅文調を用いることが多い。ここもその例。
六　「馴思　ナツカシ」「馴　ナツク」(和玉篇)などから類推した用字か。
七　憂さ辛さ。
八　はかないもののたとえ。雅語。
九　弔の慣用表記。「…迄は待し」は、三か月にしては不審な書き方。誇張表現、あるいは時間の経過に対する関心の乏しさ故か。
一〇　てだて。方法。
一一　未詳。熊本県飽託郡天明町美登里の真言宗寺院とする説もあるが、前出美作誕生寺と宗旨があわない。なお、熊本藩領内には、銭塘村内道古閑村の浄雲寺(真宗西派)、鶴崎の浄雲寺(真宗大谷派)がある。
一二　(死んで)同じ墓に入ろう。
一三　出家姿に身を変えて。
一四　夢ではなく現実の。夢中ゆえに言う。
一五　「力にする命」、その命も何時終るかわからない。
一六　「俤　オモカゲ〈為二面影之訓一〉」(和漢三才図会・十五・倭字の項)。
一七　下僕。ただし前出では「草履取」。
一八　主従が同じ夢を見るという話は、源平盛衰記・十一・小松殿夢同熊野御詣事にある。小松殿(平重盛)は、切られた父清盛の首が三島明神の中に綱でつながれている悪夢を見、「一門の滅びんずるにや」と心細く思っている。そこに妹尾太郎が夜中参上。「若我見つる夢など見て」来たかと思い、召して「何事ぞと尋ね給へば、兼の御歎《(お)なげ》き、御尤《(ご)もつとも》に存ずるに付《つけ》ても、運《うん》のつよき敵《かたき》の行衛《ゆくゑ》」と、互《たがひ》に男泣《をとこなき》。「いか程《ほど》思へばとて、此《(この)》まゝにて国本《くにもと》へは帰《かへ》りがたし。これより東海道《とうかいだう》にかゝるべし」といへば、[一九]僕《ぼく》すゝめて、「[二〇]見かけたる敵《かたき》にはあらず。一先《(ひと)まづ》、忍《しの》びて御帰《(お)かへ》りあり、御袋様《ふくろさま》に御対面《(ご)たいめん》なされ、其《(その)》上にて又、何方《(いづかた)》へ成《なり》共[二一]御出然《(おんいでしか)》るべし」と云《いふ》にぞ、「[二二]一には孝《かう》の道筋《すじ》、豊後《ぶんご》まで行《(ゆけ)》ば、しるべの本賀《ほんが》猶《なを》右衛門方からなり共[二三]云《(いひ)》つかはし、本望《ほんもう》は遂《とげ》ざれ共《(ども)》、我ゝ《われ〱》[二四]息災《そくさい》の様子《やうす》ばかり成共知《しら》すべし」と、それより引《(ひき)》かへして、又[二五]西国《さいごく》におもむき、[二六]小倉《こくら》より歩行《かち》ゆく道《みち》の、[二七]側《かたはら》なる休茶屋《やすみぢや》に、老母《らうぼ》、疲《つか》れたる躰《てい》にて、腰掛《こしかけ》にやすらひ給ふにおどろき、「是《(これ)》はいかなる事」と、[二八]先《さき》だつて、「敵《かたき》の有家《ありか》、今に知《しれ》ざれ共、かやう〱の夢《ゆめ》見より、まづ御めにかゝらんと存じ、[二九]僕《ぼく》の宅平《たくへい》にすゝめられ、かひなき帰国《きこく》ながら」といへば、老母《らうぼ》も、国元《くにもと》に中〱[三〇]あるにもあらずして、[三一]尋ね出《(いで)》たる越《こし》かたの、うき思ひをかたり、諸《もろ》共に本意《ほんい》遂《とぐ》べき願《ねがひ》、然《しか》らば又、[三二]北陸道《ほくろくだう》へ心ざし、主従《しうぐ》三人になりて行程《ゆくほど》に、今は、江州《がうしう》に立《たち》たる[三三]鏡山《かゞみ(やま)》の里《さと》に着《つき》ぬ。

「爰《こゝ》にて思ひ出《(いだ)》せば、をや源五左衛門殿、生国《しやうごく》は、此《(この)》国[三四]打原《(うちはら)》とやらいふ里より、幼稚《いとけなく》て[三五]城下《じやうか》に出勤《いでつと》め給ひしに、[三六]十六才にて爰《(ここ)》をも立退《たちのき》給ふと、ながきよ、つれ〲にかたられしが、耳《みゝ》にとまりぬ。もし大壁《(おほ)かべ》の[三七]ゆかりあらば、とひて見

康畏て夢物語中。大臣の見給へる夢に少しも不レ違、さればこそと涙ぐ」む。この部分は、この話をヒントにして転じたものか。
一九 下僕。召使いの小者。
二〇 すでに居場所の見当がついた敵。
二一 お出かけになるのがよろしい。
二二 一つにはそれも孝の道にかなうし、その道筋を通って豊後(大分県)まで行けば。
二三 知らせて。書状を送って。
二四 無事の書簡用語。「本望は」以下書状の文体を生かした文体。
二五 九州地方をいうことが多い。
二六 北九州市小倉区。小倉までは上方より瀬戸内経由の船便がある。
二七 街道ぞいにある水茶屋。
二八 母が何か言うより前に。あわてて弁解する様子。
二九 下僕の宅平。宅平の名は始めてここで出る。
三〇 いるにいられないで。
三一 尋ねに出て来たこれまでの。雅文調→六八頁注六。
三二 「ホクロクダウ」(落葉集)。若狭・越前・加賀・能登・越中・越後・佐渡の総称。
三三 滋賀県蒲生郡竜王町と野洲郡との郡境にある山。歌枕。琵琶湖の東南で東海道方面。「北陸道へ心ざし」と合わないが、西鶴の伝来記での地名の出し方は名所・歌枕中心。
三四 未詳。蒲生郡内の内野、市原をあてる説もある。
三五 彦根城下をいうか。佐和山城は慶長八年(一六〇三)廃城。
三六 前出「此母もそのかみ源五左衛門と忍びがたきを忍びいで」と矛盾する。
三七 親戚の者。

まくほしき」と、打《(うち)》こへ、ひそかに聞《(きけ)》ば、「[一]沢山《さは(やま)》に、かろき奉公《ほうこう》人に、大壁《かべ》六平といへる男あり」と、つたへ聞《(きき)》て、それに尋《たづ》ねあひ、源五左衛門、何十年以前当国去《たうごくさつ》ての後、今迄《(まで)》の首尾《しゆび》かたらるれば、六平《べい》、[二]横手《よこ(で)》を打《(うつ)》て、「それは、わが為《ため》には[三]現在《げんざい》の兄《あに》なり。此《(この)》上は、敵《かたき》の有家《(ありか)》、[四]根《ね》を掘《ほつ》て葉《は》を断《たつ》べし」と、これも[五]御暇《(お)いとま》申て、打《(うち)》つれて行《(ゆく)》に、[六]美濃国関原《みのゝくにせきがはら》にて、俄《にはか》に時雨《(しぐれ)》して、晴間《はれま》を待《まつ》うちに、隙《ひま》どり、日を暮《くら》し、難義《なんぎ》なる所へ、追剥《をひはぎ》数《す》十人、むらがり来《(きた)》りて、四人を中に取《(とり)》こめて、ぜひなく切《(きり)》むすびけるに、身は長旅《ながたび》に疲《つか》れたるに、足場《あしば》あしく、されど共《(ども)》、小八郎が手にまはる程の者、薙倒《なぎたを》し、追散《をひちら》し、立帰《(たちかへ)》りて見てあれば、六平《べい》・宅《たく》平・老母《らうぼ》、はや切伏《きりふせ》られ給ひたるとみへて、念仏かすかにして、息絶《いきたへ》ければ、「[七]南《な》無《む》三宝《ぼう》」と、むなしき骸《からだ》に取付《(とりつき)》て、[八]呼《よべ》ど帰《かへ》らぬ玉の緒《を》の、「[九]扨《(さて)》も是非《ぜひ》なき次第《しだい》、頼み切《きり》たる者共《(ども)》も、今は、野末《のずへ》の薄《すゝき》より外《ほか》にとはず。思ひもよらぬ事に、独《ひとり》残り給ひし母まで刃《やいば》にかけ、年来《(ねん)らい》の敵《かたき》は打《(うた)》ずして、いやましにうきめをかさぬる事、是程《(これ)ほど》、[一〇]侍冥加《さぶらひみやうが》にも尽《つき》ぬる者か。よし〳〵是迄《(これまで)》」と、すでに自《じ》害《がい》と見えしが、又心を取《(とり)》なをし、「両親《りやうしん》の中の敵《かたき》、[一一]責《せめ》て一人を[一二]孝養《きやうやう》にせざる事、腑甲斐《ふがひ》なし」と、我《(われ)》となだめし心のうち、生《いけ》る心はなしに、三人のなき骸《がら》、片《かた》里《ざと》の庵《いほり》に頼《(たのみ)》て埋《うづ》み、[一三]名をばうづまぬ武士《ものゝふ》の、かひ〳〵敷《しく》、其《(その)》所を無念《むねん》ながら立《たち》

一　滋賀県彦根市佐和山町。
二　感嘆した時の動作。
三　実の。
四　「根を掘って(絶って)葉を枯らす」は、どこに隠れていても探し出し敵の子孫までを滅ぼすことに言う慣用句。「所詮曾我がゆかりとあらば根をほって葉をからさん」(世継曾我)。ただしここでは、どこに隠れていてもそれを探し出して討とうの意。
五　主君に申し出て許可をもらい、浪人となって。
▽有力な身方を得て敵討に曙光がみえたごとくになるが、以下、たちまちにして暗転。起伏に富んだ話の展開が本章の特色となっている。
六　岐阜県不破郡関ヶ原町。美濃—強盗・熊坂、日暮—追はぎ(類船集)。
七　しまった、の意。
八　雅文調の感情を盛りあげる表現。出典あるか。
九　「扨　サテ〈本朝俗字。音義未詳〉」(書言字考)。
一〇　侍として神仏から受ける加護。武運。
一一　何とかその一人を。母は追剥に切られたわけだが、その原因は戸左衛門。それ故に「一人」は、追剥の一人ではなく、戸左衛門をさす。
一二　亡き親、または親しい故人のために後世をとぶらうこと。「孝養」には親孝行の意もあり、親孝行のために、の意も含む。
一三　「今も恨の衣川、身こそは沈め、名をばしづめぬ武士の、物ごとに浮世のならひなればと…静が跡を弔ひ給へ」(謡曲・二人静)による。
一四　岐阜をいうか。ただし関ヶ原合戦後岐阜城は廃城となっている。「国の府」という古い言い方を用い、わざと時代を繰上げたと見られる。

退《のき》、[一四]同《をな》じ国の府《ふ》に着《つき》て、しばしは爰《(ここ)》にとゞまり、

世《よ》のありさまをうかゞはんため、さま〴〵手だてをもつて、其《(その)》府《ふ》の[一五]籏大将《はただいしやう》、白峰村《しらみねむら》右衛門といふ男に、[一六]半季《はんき》さだめの[一七]僕《ぼく》となりて、ある時、村《むら》右衛門が若党《わかたう》と共に、[一八]長屋住ゐの木枕《きまくら》をならべ、[一九]四方山《よも(やま)》の雑談《ざうたん》のついでに、「お手前の生国《しやうごく》はいづく」と尋《たづ》ねける。詞《ことば》を聞《(きけ)》ば、[二〇]まさしく我国《わがくに》の者なり。「何と返事すべし」と、工夫《くふう》めぐらし、「若《もし》また、[二一]其《(その)》ゆかりもしらず」と思ひ、わざと、「肥後《ひご》の者」とこたゆれば、此《(この)》男は、戸《と》左衛門、[二二]国より召《(めし)》つれたる、一人の[二三]草履取《ざうり(とり)》あがりなれば、同国《どうこく》なる事を聞《(きき)》とがめ、「どなたの御屋敷《(お)やしき》に居《ゐ》られた」といひしに、「安森戸《やすもりと》左衛門殿《どの》に奉公したり」と云《(いふ)》を聞《(きき)》て、彼《かの》男、「扨《さて》は安堵《あんど》したり。よいかげんに嘘《うそ》つく者」と思ひすまし、「まづ[二四]敵《かたき》の末《すへ》にてもなし。され共《(ども)》、旦那《だんな》の名を聞覚《(ききおぼへ)》て、今は家の絶《たへ》たる事をしらず、嘘《うそ》つくがにくし」と思ひ、「それは、そちの覚へちがひなるべし。其戸《(その)と》左衛門殿は、十四五年以前に肥後《ひご》を立《(たち)》のかれ、跡《あと》は、[二五]よの侍衆《さぶらひしゆ》の御ざるはづなり。[二六]こちがよく覚へて居《ゐ》るに、大きな嘘《うそ》つき」と、[二七]せゝわらひけるに、「これは面白《をもしろ》き事をいふ」と覚《(おぼへ)》て、「何と、人をいつはりものとは、迷惑《めいわく》いたす。して、其《(その)》戸左衛門殿、[二八]実正国《じつしやうくに》には御ざらぬ証拠《しやうこ》ありや。其証拠《しやうこ》なくては、我《(われ)》いつはり者に成《(なつ)》て、[二九]一分立《(いち)ぶんたゝ》ず、堪忍《かんにん》ならず」と、寝《ね》て

一五 旗奉行。主君の旗をあずかる役目の侍大将。
一六 半年契約の奉公。
一七 下僕。若党より下の武家の下級奉公人。
一八 屋敷内の奉公人が暮す長屋。
一九 いろいろな世間話。「ザウタン」の「タン」は当時清音。
二〇 原本「まさし」。今補う。
二一 敵戸左衛門の親戚や縁のある者。
二二 前の記述では、戸左衛門は一人で出奔したように描かれている。伴の者は書かれなくとも当然居るという前提なのが平安物語類の記述の仕方だが、その例にならったとも思われない。その場その場に即応して、時に矛盾を生むことなどには大らかな西鶴の書き方の特色の表れと見られる。
二三 草履取り(→一二〇頁注二)の出身(で今若党になっている男)。
二四 敵の縁につらなる者。戸左衛門側に立つと小八郎が敵となっている。
二五 余の。別の。
二六 こちら。自分。
二七 「せせらわらひ」の「ら」脱か。相手を鼻の先であしらって嘲笑する。
二八 まちがいなく。もと、文書などの用語。
二九 武士としての面目。

ゐたるを起《をき》かへり、脇指《わきざし》とり廻《まは》せば、此《(この)》男《をとこ》、臆病《をくびやう》者にて、「いかにも証拠《しやうこ》を出《いだ》すべし。去《さり》ながら、[一]誓文立《せいもんたて》給はねば、いはぬ事」といふに、「[二]成程《なるほど》立《(たつ)》べし」といへば、「その戸左衛門殿は、則《すなはち》今の旦那《だんな》なりしが、隣《となり》の源五左衛門殿を討《うつ》て退《のか》れし時、我独《ひと》り供して、[三]丁《てう》ど是歳《ことし》で十五年国へもどらぬ。是《(これ)》が証拠《せうこ》じや、[四]最《も》、堪忍《かんにん》し給へ」と、いふを聞《(きき)》て、是《(これ)》天のあたへ、[五]優曇花《うどんげ》の開《ひら》くを待《(まち)》えたる心地して、「今は、かけ込《こみ》て討《うつ》べき、忍《しの》びてや討《うた》ん」と、様〻《さま〴〵》分別《ふんべつ》しきりなるを、[六]色につゝみ、其《(その)》夜の明《(あく)》るを待兼《(まちかね)》て、[七]朝日に我古里《わがふるさと》の氏神《うぢがみ》を拝《をがみ》奉り、「此度《(この)たび》、本《ほん》望《もう》を遂《とげ》させ給へ」と祈《いの》りける所に、村《むら》右衛門、登城《とうじやう》の支度《したく》して出《(いづ)》るを、「源五左衛門が一子《し》、小八郎」と、名乗《なのり》かけると、村《むら》右衛門、うけとめけれ共《(ども)》、[八]念力《ねんりき》に打太刀《うつたち》、即座《そくざ》に打負《うちをふ》せ、「今は是迄《(これまで)》」と、嬉涙《うれしなみだ》をこぼす所に、村《むら》右衛門若党《わかたう》、六七人ぬき連《つれ》て、互《(たがひ)》に手は負《をひ》ながら、戦《たゝか》ふ音《をと》に[九]おどろき、[一〇]近所《きんじよ》に、[一一]大目付役《(おほ)めつけやく》の稲村与助《いなむらよすけ》、かけ付《つけ》しに、はや、最前村《さいぜんむら》右衛門様子《やうす》をかたりし者も切伏《きりふせ》られ、[一二]過《くは》半疵《はんきづ》を蒙《かうぶ》り、[一三]立《(たち)》じろく所を、「是はいかなる子細《しさい》」ととふ《〔こ〕》に、一様《やう》に口をそろへ、「主《しう》を殺《ころ》す悪人《あくにん》」といふに、小八郎は、「親《をや》の敵なり」と、[一四]詞《ことば》だゝかひにも、[一五]なりはしづまらざりけるを、与助《よすけ》、「しばし」と、両方へ引《(ひき)》わけて、様子《やうす》を聞《(きけ)》ば、「敵《かたき》にまがひなし」と、[一六]段〻《だん〴〵》咄《はな》しければ、其比《(そのころ)》の太守《たいしゆ》、[一七]...

一 (他言しないと)神かけて誓わなければ。
二 いかにも、どんな誓文でも立てよう。
三 丁度。きっちり。
四 もはや。もう。
五 めったにないこと、ありえないと思っていたことに出会うこと。優曇花は、仏説で三千年に一度咲き、その時仏がこの世に出現するという。「優曇華の花待ち得たる心地して深山桜に目こそうつらね」(源氏物語・若紫)。謡曲「実盛」「現在七面」にも出る。
六 その気持を押し隠し。何食わぬ顔をして。
七 岐阜からでは朝日の出る方角は古郷肥後とは逆で、氏神に背を向けることになる。以下で結果が悲劇となることへの伏線のつもりか。
▽相手の顔を知らず敵を尋ねて徒歩(ちか)の者(若党)となっていた柘植(がく)兵左衛門が、改名していた敵が偶然父を討った話をするのを聞いて敵と知り、道に待ち伏せて討ち取るという敵討事件(日本武士鑑・二・柘植兵左衛門父の敵を討事他)が明暦元年(一六五五)にあった。本章のこの部分の展開と一部類似している。
八 強い執念を込めた力で。
九 主語は、近所の者。一文中で主語が自在に動くのも文体の特色の一。
一〇 「近所に住む」の後半がとんでしまっている。
一一 藩内の監察をする目付役の長。大横目。
一二 大部分。ほとんどが。
一三 たじろぐ。しりごみする。「く」は当時清音。
一四 口論。言いあい。
一五 騒ぎが静まらなかった。
一六 一部始終。これまでの事情を一々に。
一七 戦国時代以後、守護・大名の称。古い時代であるとしてカムフラージュするための語か。
一八 未詳。大名家に相当する名はない。

上げしに、「然《しか》らば、彼者《かのもの》の国《くに》へ使者《ししゃ》を立《(たつ)》べし。それより中《(うち)》は、小八郎を与助《よすけ》に御預《(お)あづ》け」[一九]にて、[二〇]谷見森《たにみもり》右衛門、使者《ししゃ》に仰《をほ》せ付《(つけ)》られ、[二一]筑紫《つくし》に下りぬ。

[二二]しれぬは人間の命、源五左衛門に不便加《ふびんくは》へられし殿《との》は、過《すぎ》し九月十九日に、[二三]日腫《につしゅ》といふ病《(やまひ)》にて逝去《せいきよ》なされ、いまだ百ヶ日も立《(たた)》ぬ所へ、大壁《をゝかべ》小八郎事、段〻《だん〴〵》書付《(かきつけ)》をもつて、奉行所迄《ぶぎやうしよまで》申来《(まうしきた)》るよし、[二四]家老《からう》瀬良《せら》内蔵《くら》之介へうかゞふに及《をよ》ばず、[二五]御代《ごだい》かはりて、「大壁《かべ》の家は、今迄立《(たつ)》ても、つぶすべき」むね、内〳〵若殿《わかとの》の御内意《(ご)ないい》なれば、たとへ贔屓《ひいき》に存ずる者ありても、取《(とり)》あげる者一人もなし。ことに、源五左衛門、[二六]出頭《しゅつとう》するに任《まか》せて、前後《ぜんご》に眼《まなこ》見へず、権威《けんゐ》己《をの》がまゝにふるまひしに付《(つき)》て、[二七]意趣《いしゅ》ふくむの族《やから》、使者《ししゃ》に立《(たち)》むかひて、「当家の[二八]扶持《ふち》人《(にん)》にあらず」といひて、[二九]太儀共《(とも)》いふ礼義《れいぎ》さへ、いふにおよばず帰しければ、使者《ししゃ》、美濃《みの》に立《(たち)》帰《かへ》り、此段委細《だんゐさい》に申せば、敵《かたき》といふ証拠《しゃうこ》なきによって、[三〇]主《しう》を殺《ころ》す科《とが》にさだまり、哀《あはれ》や、年来《ねんらい》のうき難義《なんぎ》、母迄《はゝまで》に後《をくれ》ながら、本望は遂《とげ》たれ共《(ども)》、賤《いや》しき者の手にかゝりて果《はて》しを、[三一]かたりつたへてあはれなり。

一九 ということになって。会話文が地の文化。
二〇 様子をうかがいに行く人物らしい擬人名。
二一 九州をいう。狭義には筑前・筑後両国の称。
二二 分からぬものは人の寿命で。読者の共通認識を簡潔・的確に記す諺的な表現。
二三 日ごとに患部の広がる悪性の腫瘍。
二四 前出では、瀬良内蔵之介は老中。
二五 藩主の交替。「御代がはり」の際、前代の主君の寵臣が退けられたり、藩政の中枢に立つ人物が交替することも多い。「御代がはり」が政変同様の事態を生むのは、徳川幕府自体が典型的な事例であり、当時の読者は五代将軍綱吉の例などを思い浮べて納得するはずである。
二六 冒頭部の戸左衛門の批判「常々殿の権威をかりて、古座の諸士をないがしろにする」に対応。
二七 恨み。
二八 家臣。原本「扶持人にに」は衍。
二九 御苦労。ねぎらいの言葉。
三〇 主殺しは、親殺しとともに重罪。「主人殺者并従類 本人は鋸挽(のこぎりびき)の上磔(はりつけ)、従類は死罪、若遠島、獄門」(元禄御法式・上)。磔などの刑の執行は当時非人身分の者があてられた。
三一 冒頭部に対応し、当代の武家への直接的な批判と受けとられぬための時代設定。
▽新参と古参の確執を背景に話が始まった本章は、殿の代替りという偶然のために敵討の成功が一転悲劇となり、小八郎は、敵を討ちえたものの主殺しとして処刑されるという空しい結末を迎える。二、三年前に正式に届出て許可された敵討である以上、現実にはありえない結末だが、そのように虚構して西鶴は、単に話の面白さをねらうのみではなく、武家社会のあり方を認識させ敵討の空しさを読者に感じとらせようとしている。

踊《をどり》の中《なか》の似《に》世姿《せすがた》

[一]松坂越て《まつざかこへ》伊勢《いせ》の国《くに》、日和打《ひよりうち》つゞき、隈《くま》なき月に、[二]終夜《よもすがら》の大踊《をゝをどり》、余念《よねん》なく詠《なが》めし時《とき》、常《つね》は[三]古文真宝《こぶんしんぽう》にかまえし男も、[四]釣髭《つりひげ》に様《さま》はかへながら、それとしられて、おかし。そこの御内儀《(お)ないぎ》もうかされ、隣《となり》の娌子《よめご》にかり[五]衣装《ゐしやう》、振袖《ふりそで》に[六]しなつけて、むかしにかへるけ[七]はひがら、娘《むすめ》はことさら、「[八]振《ふり》よし、しなよし」と讃《ほめ》らるゝを、うれしがる心は[九]浅間《あさま》山《やま》、胸《むね》は煙《けぶり》のたね。

かゝりし程に、[一〇]東横町《ひがしよこまち》より、無紋《むもん》の挑灯数《てうちんかず》[一一]見えて、真先《まつさき》に、[一二]金《きん》の烏帽子《ゑぼし》をかぶりたる男、[一三]唐団《たううちは》をかたげ、跡は、同じむらさきの絹縮《きぬちゞみ》に、[一四]紅裏《もみうら》ひろ袖にして、[一五]筋《すぢ》びろうどのはやりむすび、[一六]ぱつぱの大小一様《(いち)やう》に、六人、深編笠《ふかあみがさ》の目に立《(たち)》て、外《(ほか)》の出《で》[一七]たちは、[一八]けをされぬ。

彼金《かのきん》のゑぼし殿《どの》、音頭《をんどう》とりはじむるより、「おもしろや」と[一九]太神《(だいじん)》も[二〇]御影向《(ご)やうがう》、「[二一]末社《まつしや》の[二二]ぞめき、こゝなり」と、月の入方《いりがた》もなげかしき時、此踊《(この)をどり》、俄《にはか》に[二三]くづれて、もつての外の騒動、「是《これ》は何事ぞ」と思ふうちに、[二四]はや北南の門をしめて、「此《(この)》町内へ入《(いり)》給ふ人、子細《しさい》有《(あり)》て、腰《こし》の物をあらためまする」と、[二五]所の宿老《しゆくらう》たる

一 三重県松阪市。ここは、近世前期に流行した伊勢踊りの歌詞の一節を生かした表現。「こゝはどこ踊、松坂越て伊勢踊」(寛永十二年跳記)、「当世流行伊勢踊、松坂こえて、やつこの〳〵はつ、あゝよいやさ」(紫の一本・上)など。なお、本章の舞台は伊勢とも松坂とも見うるが、松坂のこととしていると見る。
二 夜を徹して行う盆踊。
三 もっともらしく、もったいらしく、の意の成句。古文真宝は、漢詩文の入門書として近世に広く流布した書。
四 口髭の両端をはねあげた物。奴などが威勢を示すべく、書いたり作り髭をつけたりした。↓挿絵。
五 借り、と仮衣装(仮装)を掛ける。
六 あだっぽい身振をして。
七 気配柄。様子、風情。
八 踊りの身振がいい、様子がいいと。
九 「心は浅はか」から浅間山に転じ、煙を出す。心あさはかにも恋の炎をもやす種となる、の意。「信濃なる浅間のたけに立つけぶりをちこち人の見やはとがめぬ」(伊勢物語・八段)をきかす。
一〇 松坂に、東横町の町名は見当らない。
一一 数多く。「数」は多数、沢山。
一二 金箔押しの烏帽子。神官の姿の仮装。
一三 軍配団扇をいう。瓢箪形や円形で、軍陣の采配や相撲の軍配に用いる。
一四 紅に染めた絹を裏地にした広袖の衣装で。広い袖は当時の流行。袖口から紅の裏地をちらちら見せて、あでやかな様子。
一五 金の筋が入っているびろうどの帯を昨今流行の結び方で結んで。
一六 桜の花のような斑点のある鮫皮をいう。それで鞘を巻いた刀と脇差。

者、牀几《しやうぎ》に腰《こし》をかけ、各々《をのく》名を聞《(きけ)》ば、「私《わたくし》は、[二六]魚《うを》屋町《(やまち)》の五郎右衛門世悴《せがれ》」「私《わたくし》は、柳町《やなぎてう》のたれかれ」と、脇指《わきざし》さし出して、独《ひと》り〳〵通り、扨《(さて)》、かの六人組の[二七]風流《だて》男《(をとこ)》、呼《よび》出《(いだ)》せ共、出《で》かねて、編笠《あみがさ》も脱《ぬが》ず。様子《やうす》はしらねどあやしく、「とがめらるゝ者は、かれらならん」とさたして、無理《むり》に引出《(ひきだ)》せば、男にはあらず。いづれも色《いろ》ある女の姿《すがた》、「[二八]やつしたり、作《つく》りたり」と、騒々《さうぐ》しき中にもおかしく、おもはゆげなる[二九]つやなして、さしうつぶきて物いはず。

一七 扮装《(いでたち)》のもの。
一八 圧倒された。
一九 天照大神。伊勢神宮の縁でいう。金持の遊び客をいう「大臣(大尽)」をかける。
二〇 神が仮にこの世に姿を現すこと。大臣がお出になった、の意もかける。
二一 伊勢神宮の末社は、内宮八十、外宮四十。ここでは遊び客の大臣をとりまく末社(太鼓持)を言いかけた。
二二 うかれ騒ぐこと。「ぞめく 騒と書、是もさはぐ貌《(かたち)》なり」(色道大鏡・一)。
二三 踊りの列が崩れて駄目になる。
二四 以下の「此町内へ…」から見ると、町木戸、あるいは新町遊廓の東西の門などを思い描いた記述のようで、松坂のことらしくない書き方。
二五 町役人の長。町年寄。
二六 未詳。松坂には魚町がある。本章には町名が多く見えるが、以下の柳町、夷町、本町、大橋町のうち、松坂にあるのは本町のみ。
二七 伊達男の意を生かした宛字。
二八 人目に立たぬよう姿を変えるの意だが、ここは、うまく変装した、の意。
二九 色っぽいそぶりをして。

挿絵解説 「終夜の大踊」の場面を挿絵化。左上に描かれる編笠を持った三人の若衆姿のものが、「六人組の風流男」に姿を変えた女たちか。それに続くのが仲居風の女。続いて、釣髭の奴風が「常は古文真宝にかまえし男」の変装姿であろう。深編笠の黒羽織を着た武家、頭巾で頭を隠した憎らしきもの、頬かぶりをした中間風の男がそれに続いている。右隅には、武家屋敷とおぼしき家の門の一部と門前の盆提灯が描かれている。

「よし〲、女のなすわざにあらず。今は是《(これ)》までなり」と、若き男をよび出し、「是程《(これ)》にいたしても、いづれをうたがふべきものなし。まづは切《(きら)》[一]れ損《ぞん》、され共《(ども)》、おのづとあらはるゝ事もあるものなり。[二]御本社《(ご)ほんしゃ》の見通《とを》し、其《(その)》時を待《まち》給へ」と、皆〻《みな〲》戻《もど》り足にみれば、西側《にしがは》の軒《のき》の下《した》に、斬倒《きりたを》されし男《をとこ》、是《(これ)》故の穿鑿《せんさく》ならんと、思ひ合せける。

此《(この)》討《うた》れし男は、当国《たうこく》夷町《えびす(まち)》の辺《ほと》りに、[三]鳥羽田《とばた》勘助《かんすけ》とて、かくれなき銀《かね》かしの浪人《らうにん》、弟《をとゝ》[四]助八と一所に来《(きた)》りて、少しの間《ま》の事なり。其後《(そののち)》、色〻手便《てだて》をもつて、此敵《かたき》を尋《たづぬ》るにしれざりけり。

爰《(ここ)》に、勝浦《かつら》孫之丞《まごのぜう》とて、手跡《しゆせき》の名《な》高く、同所《どうしよ》の町《まち》はづれに、[五]隣国《りんごく》の大名《(だい)みやう》より、[六]小扶持《せうぶち》をくだし置《をか》れしに、いまださだまる妻女《さいぢよ》なく、独寝覚《ひとりねざめ》のさびしきに、此《(この)》夏《なつ》より妾女《てかけ(をんな)》を尋ねけるに、二皮目《ふたかは》なれば、口唇《くちびる》あつく、姿《すがた》すらりとすれば、鼻下《はなひき》く、漸〻《やう〲》と[七]裏町《うらまち》に、年比《(とし)ごろ》まで思ふまゝなるがありて、是《(これ)》を寵愛《てうあひ》して、[八]吉野《よしの》を目前《もくぜん》にながめ、[九]更科《さらしな》の月も日もあけず、かはゆがられけるに、其明《あけ》の年の春より、行先《ゆくさき》はしらねど、毎夜《まいよ》宿《やど》[一〇]には寝《ね》ずして、淋《さび》しき留主《るす》ばかり、女の身《み》にしてめいわく、おそろしくて夢《ゆめ》もむすばず。

「さても人[一一]の心は、是程《(これ)ほど》にもかはる物か。去年《こぞ》までは、「一生《しやう》もはや、にう[一二]

一 遊廓での喧嘩は切られ損(一〇五頁注三二)。ここは遊廓とされてはいないが、前出「北南の門をしめ」「所の宿老」等から、大坂新町などでの喧嘩のイメージで松坂のことを書いているようにも見受けられる。
二 伊勢の大神宮。諺「神は見通し」(五人女・二の二他)を当地にあわせたもの。
三 近隣の地名「鳥羽」に「銀かしの浪人」から勘を思いついて作った名か。
四 以下では「勘八」。兄が「勘助」故、ここが誤り。
五 紀州徳川家を示唆するか。
六 わずかな手当。扶持は下級武士の俸禄。
七 松坂に「浦町」の町名がある。
八 吉野山の花。西鶴は、次の「更科の月」とともに自然の景物の代表の一つと見ている。「競べ物なき富士の雪も、是はと詠た計なり。吉野の花も夜までは見られず、姨捨山の月も世間にかはつて毛がはへてもなし」(二代男・一の二)。
九 「夜も日もあけず」(それが無いと少しの間も我慢できない)の成句を「更科の月」にひかれて「月も日も」ともじった。
一〇 自分の家。
一一 以下の妾の嫉妬、恨んだ上での訴人、その後での処刑といった話の展開は、「かげきよ」(古浄瑠璃、幸若)、「出世景清」での景清の妾の立場にある遊女阿古屋(あこわう)が、小野姫に嫉妬し、景清を訴人する(出世景清では兄)が、そのために悲劇的結末(かげきよでは二度の訴人故に処刑される)を迎えるという話を転化したか。
一二 女房。「にうばう」は当時の慣用。
一三 「知行取」の「取」脱か。知行は主君が家臣に禄高に応じた土地を給すること。普通はその土地の年貢を俸禄とするが、単に俸給の意で用い

房《ばう》は持《(もつ)》まじ。城下《じやうか》へ出て、[一三]知行《ちぎやう》にもなる時は、[一四]我を本妻《ほんさい》になをして」と、うれしき言葉《ことば》のかず〳〵も仇《あだ》になり、[一五]ます花に思ひかへられ、おもしろき事もなし」と、有《(ある)》時、孫《まご》之丞《ぜう》に段《だん》〳〵[一六]詢《くど》けば、気色《けしき》かはり、立腹《りつぷく》して、散ゝ《さん〴〵》に打擲《てうちやく》し、「おのれ、思ふ子細《しさい》なくは、打《(うち)》ころしてもあかず」と、[一七]無興《ぶけう》しながら、また立《(たち)》出《いで》けるに、此《(この)》女、[一八]心の浅《あさ》く、[一九]瞋恚《しんい》に身を焦《こが》し、「所詮《しよせん》、[二〇]此意趣《いしゆ》、いか程いひて、我力《わがちから》におよばず。一大事《だいじ》を白状《はくじやう》して、腹《はら》だちをやめん」と思ひきはめ、孫之《まごの》丞《ぜう》留主《るす》に、ひそかに立出《(たちいで)》て、勘《かん》助弟《をとゝ》[二一]勘八所に行《(ゆき)》て、忍《しの》びて呼出《よびいだ》し、「私《わたくし》は、勝浦《かつうら》孫之《まごの》丞《ぜう》と申《(まうす)》ものに、召《(めし)》つかはれの女にて、寵愛《てうあひ》ふかく思はれしを、常《つね》〴〵[二二]わるぎまはされ、本町の小兵衛といふ小間物売《こまものうり》と、[二三]密通《みつつう》したるとく[二四]すべられしに、わたくし、何心もなく、七月十六日より、[二五]養父《やぶ》入《(いり)》に親里《をやざと》へ帰《かへ》りし時《とき》、近所《きんじよ》のおさな友《とも》だちに[二六]もよほされ、男装束《をとこしやうぞく》の物ずきして、大橋町《をほはしてう》にて踊《をど》ると、きかれたるよしにて、[二七]道《みち》なき事もありやと、跡《あと》から付《つけ》てまはされし時《とき》、勘介様《かんすけさま》の御姿《(お)すがた》、小兵衛が風俗《ふうぞく》に似《に》たるを見そこなひて、闇打《やみうち》にして、足《あし》ばやに退《のか》れし跡《あと》にて、せんさく有《(あり)》しか共《(ども)》、しれざるをさいわひに、忍《しの》ぶ躰《てい》もせず暮《くら》さるゝ。其《(その)》上、私《わたくし》の主《しう》ながら、非道数《ひだうかず》〳〵ゆへ、[二八]注進《ちうしん》のため申参《(まうしまゐ)》りぬ。[二九]今晩《こんばん》、御忍《(お)しの》び有《あつ》てうち給へ。寝間《ねま》の様子《やうす》は、かやう〳〵」と、くはしく教《をし》ゆれば、勘八《かんばち》、横手《よこで》を打《うつ》

る場合もある。
一四 お前。親しい人相手の第二人称。
一五 よりすぐれた花の意より、ここは自分より気にいった女。この妾の嫉妬は、出世景清の阿古屋が、家柄もよい小野姫(ます花)に思いかえられたかと思うことの転化か。
一六 うらみ言をいう。「詢　クドク」(諸節用集)。
一七 ひどく機嫌をそこなうこと。
一八 思慮が浅く。
一九 怒りうらむこと。「瞋恚の炎」の成句をきかして「身を焦」すと表現。
二〇 この恨み。
二一 前出は「助八」。ここの「勘八」が正しい。
二二 悪気。邪推をなさり。
二三 原本「密通ししたる」は衍。今改む。
二四 遠まわしにいじめる。
二五 「藪入り」の慣用字。「家父入」とも書く。奉公人が正月と盆に暇をもらって実家に帰ること。
二六 さそわれて。相談して仮装をしたことから「催され」と表現。
二七 密通などするのではないか、の意。
二八 知らせること。「大事を急いで知らせる」の感じを出すために「注進」の語を用いている。
二九 以下の話の展開は、文覚発心の由来談(源平盛衰記・十九・文覚発心附東帰節女事、他)の一部を転じたものか。盛遠は源渡の妻袈裟御前を恋し、母を脅す。窮地に立った袈裟は、盛遠に夫の寝所に入って夫を切るように言い、自らが身替りとなって盛遠に首を切られる。後、それを知った盛遠は発心、文覚となる。この部分は、「女が云く、我家に帰つて、左衛門尉が髪を洗はせ、酒に酔せて内に入れ、高殿に伏したらんに、ぬれたる髪を捜つて殺し給へと云ふ。盛遠悦びて夜討の支度しけり」(同)を転じたか。

て、「扨《さて》〳〵、過分至極《くはぶんしごく》、まづ是《これ》は」と、金子《きんす》拾両取《とり》いだし、「打負《うちをふせ》ての上《うへ》は、また御礼申さん」と、よろこびてかへし、其夜《(その)よ》の夜半《やはん》に、忍《しの》び入《いれ》ば、折《をり》ふし、孫之丞《まごのぜう》留主《るす》にて、彼女《かの》ひとり、燈火《ともしび》ほのかにひかりながら、淋《さび》しきあまりに、夜着引《よぎ(ひき)》かづき、高鼾《たかいびき》して、前後《ぜんご》しらず臥《ふし》ゐたるを、勘《かん》八、孫之丞《まごぜう》と心えて、はしりかゝつて胴切《どうぎり》にして、「今は本望《ほんもう》とげたり」と、首《くび》を見れば、「是《(これ)》は仕損《しそん》じたり」と、おどろく所に、孫之丞《まごぜう》帰《かへ》るを、「敵《かたき》はそれか」と、段〻述《だん〳〵のぶ》れば、「今はのがれぬ所」と、わたしあひて、是《(これ)》をも首尾《しゆび》よく打負《うちをほ》せ、始終《はじめをはり》、奉行所《ぶぎやう(しよ)》へ断《ことはり》申上ければ、「敵《かたき》なれば、勘《かん》八は別義《べつぎ》なし。彼女《かの》は、主《しう》の訴人《そ(にん)》の科《とが》人なれば、獄門《ごくもん》」にかけて、恥《はぢ》をさらされける。

一 誠にありがたい。
二 以下は、「盛遠夜半計に忍びやかにねらひ寄り、ぬれたる髪をさぐり合ひて、唯一刀にて首を斬り」(源平盛衰記・十九)を、女の「高鼾」などをまじえて俗化・転用した部分と見られる。
三 「首を取出して見れば女房の首也、一目見るより倒伏し、音も不レ惜叫びけり」(同)。
四 刀を抜いて切合い。
五 お咎めなし。「別義」は格別なこと。
六 主人を訴えることは、公儀に関する犯罪の外は原則として禁止されていた。本章の場合は、妾の訴人だが、「かげきよ」で景清の妾ともいうべき遊女あこわうが訴人を咎められ「かもとかつらのおちあひ、いなせがふちと云所」で「ふしづけ」にされたことの転化か。なお、「主人を蔑《ないが》(しろ)にいたし、重巧致候もの 獄門」(律令要略・六十一)との規定が諸注に引かれるが、この規定が主の訴人に相当するかは疑問。
七 さらし首。斬首刑に処せられた重罪犯の付加刑。公開の場に三日二夜さらす。主殺・親殺・強盗・関所破り等に科される。
▽はなやかな盆踊りの場での相手の知れぬ殺人という興味深い導入による前半、「ます花」に見かえられた妾の訴人によって敵討が行われる後半、という構成からなるが、後半では景清伝承・文覚説話を合成し、俗化・転用していると見ることができる。類似の実在事件の存在を「話の種」としていることは確実と思われるが、その実在事件が不明の現在、著名説話の転化・流用によって話を面白くしようとする西鶴の方法を見きわめる作業も必要であろう。

諸国
敵討

武道伝来記

五
絵入

武《ぶ》道《だう》伝《でん》来《らい》記《き》　巻五

諸《しょ》国《こく》敵《かたき》討《うち》

目《もく》録《ろく》

一　枕もとに残る薬は薬方が違っていたため取り返しのつかぬことになった話。「白居易は子を先だてゝ、枕に残る薬を恨む」（謡曲・天鼓）。
二　薬方（薬の処方）を誤ること。
三　僧が俗人にもどって髪をはやし月代《さかやき》を剃るようになること。𦙾は月代の合字。
四　取調べの対象となるのは奥嶋の袴。本文を読まねば不分明な見出し。何の事かと思わせて読者の興味をひく。奥嶋は、もとインドのサントメから渡来した木綿の縞織物。桟留嶋ともいい、紺地に赤糸織の立縞がはいっている。
五　（念者への）深い思いが、書置によって分かること。ここだけでは「意気地」の対象は不明。
六　いつも心がけて乗らねばならぬのが早馬。「早馬」は、急使の乗る馬。早馬の乗りうちを発端に事件が起ることを示唆する見出し。
七　嘆いている最中に婚礼の用意をすること。齟齬する二つのことの組合せで興味を引く。
八　婚礼の席に出す蓬萊島にみたてた作り物。洲浜の台の上に、松竹梅、尉《じょう》、姥《ばう》などを配す。

第四

九 火燵《こたつ》も歩行《ありく》四足《よつあし》

一〇 鉢敲《はちたゝき》は一一 我国声《わがくにごゑ》の事

九 こたつも四つの足で歩く話。こたつの四柱が四足となって歩き出す、という怪談めかした表題。本文の見出しは「四足の庭」となっており、庭を歩き廻ったことになる。なお、四足には獣の意味もあり、本文中の犬を暗示。

一〇 鉢敲が自分の国の訛を持っていたこと。「鉢敲」は、京都の空也堂に住む半僧半俗の者で、十一月十三日の空也忌から四十八日間、鉦を鳴らし瓢簞をたたき、念仏・和讃を唱えて洛中を勧進した（人倫訓蒙図彙・七に説明・挿絵あり）。

一一 郷里の訛りのある声。「国声」による人との出会いは、二の一、四の三にもあるが、本章ではそれが直接敵を見付ける契機となる。

第一　枕《まくら》に残《のこ》る薬違《くすりちが》ひ

[一]後柏原院《ごかしはばらのゐん》、大永《（だい）ゑい》の比《ころ》、大和《やまと》の武家《ぶけ》がたより、都《みやこ》の[二]高家《かうけ》の御《ご》かたへ、御息女《ごそくぢよ》を送らせ給ひけるに、御年《（おん）とし》十五の春《はる》を過《すぎ》て、秋《あき》をかさね、[三]月《つき》に明《あか》し花《はな》に暮《くら》し、[四]其《その》家《いへ》の風《かぜ》なれば、歌道《かだう》一入《（ひと）しほ》に心をよせ、琵琶《びは》・琴《こと》の翫《もてあそ》び、[五]酒婬《しゆゐん》の種《たね》となりて、[六]枕《まくら》二《ふた》つの俤《をもかげ》、次第《しだい》に疲《やつ》れさせ給ひ、[七]久敷《（ひさ）しく》御冠《（お）かぶり》も召《めし》給はず、[八]御ぐし、自《をのづ》からに乱《みだ》れて、殿振《とのぶり》、ありしに替《かは》り、[九]色《いろ》みる梢《こずへ》も落葉《をちば》して、[一〇]風《かぜ》は無常《むじやう》の早使《はやづかひ》、[一一]衰眼眠《すいがんねぶ》る、山の土《つち》とはならせられての歎《なげ》き、各《をの〳〵》にまさりて、此姫君《（この）ひめぎみ》の[一二]御断《（お）ことはり》せめて、[一三]永離《ゑいり》の御愁歎《（ご）しうたん》、外《ほか》より見るめもいたまし。

[一四]世《よ》に有《（ある）》ならひなれば、是非《ぜひ》なく帰らせ給ふに、[一五]故郷《こきやう》は、錦《にしき》の紅葉《もみぢ》しほれて、[一六]竜田《たつた》の山も雪《ゆき》に見ながら、[一七]白《しろ》むくの袖《そで》に袂《たもと》に、御目《（おん）め》の時雨《しぐれ》、「かゝるうき身ぞ」と、御心もみだれて、黒髪《くろかみ》の[一八]おくれ、先立《さきだち》給ひし御人の為《ため》なれば、出家姿《しゆつけすがた》となりて、[一九]南都《なんと》の法花寺《ほつけじ》に入《いつ》て、仏《ほとけ》の道《みち》心ざし給ひしうちに、いつの比《ころ》より心地《こゝち》なやませ給ひ、[二〇]厳《うつくし》き御形《（おん）かたち》の青覚《あをざめ》て、胸《むね》いたませ、口中《こうちう》[二一]さゝけて、夜《よ》を寝《ね》させ給はねば、日ゞ《ひゞ》に頼《たの》み尠《すくな》く、是《（これ）》を大殿様《（おほ）とのさま》、御歎《なげ》き深《ふか》かりき。諸家中《しよかちう》、神《かみ》を祈《いの》り、

一 当時の数え方では百五代の天皇。「大永の比」は一五二一―二八年、伝来記中最も古い時代として設定。近年の武家の秘事を取りあげていると見られることをはばかったためか。時代設定では百数十年前、しかし描かれる内容は当世。
二 高貴の家柄。公家。表面上は京の公家の意だが、江戸幕府の職名である高家（室町以来の名家二十六家で儀式典礼役）の一を示唆したか。
三 風流・風雅に暮す、の常套句。
四 その家の家風・伝統。
五 酒と女色。「公家方の御暮しは、歌のさま鞠も色に近く枕隙なき其事のみ」（一代女・一の二）。
六 夫婦の交りをするその姿が。
七 衣冠を着けて参内することもなく。
八 御髪。この前後、殿の腎虚、死という内容を雅文調で勿体らしく書いているところが皮肉。
九 色美しい木も落葉し。腎虚により痩細った体。
一〇 風は死を伝える急使となり。落葉―風。
一一 「平生顔色病中衰、芳体如レ眠新死相」（九相詩・一新死相）をきかすか。衰えた眼は閉じ墓地に埋められて。
一二 道理至極で哀れであり。「ことはりせめて哀れなり」の語り物の常套句をきかす。
一三 死別したお嘆き。
一四 前後にかかる。夫との死別と、夫の死後実家にもどることとが「世に有ならひ」。
一五 諺「故郷へは錦を着て帰れ」（平家物語・七、他）を逆用して、帰らせ―故郷―錦と続け、錦ならぬ喪服で帰る故郷は、紅葉もしおれと続く。
一六 紅葉の錦―竜田（類船集）。
一七 白無垢の喪服の袖や袂に涙がこぼれ。「かゝる」は、時雨がかかる、の意も含む。雪―白。
一八 髪の乱れと「おくれ先立」を掛けた表現。この前後まで、縁語・掛詞を多用した文体。女性

此《(この)》たびの助命《ぢよめい》を願《ねが》ひ奉《たてまつ》りぬ。
[二二]御《(お)》手《て》前《まへ》医《い》者《しや》、様《さま》〻《ぐ》にし奉りし験《げん》[二三]もなく、都《みやこ》の名医《めいい》の内談《ないだん》せし時、出頭《しゆつとう》[二四]家老《からう》坪《つぼ》岡《をか》蔵人《くらうず》[二五]、町医者《まちいしや》原川玄芳《はらかはげんばう》を同道《どうだう》して罷出《まかりいで》、遠慮《ゑんりよ》[二六]なく御《(ご)》病室《びやうしつ》に入《いり》、御《(お)》脈《みやく》を候《うかゞは》せて、其後《そのゝち》、広間《ひろま》に座《ざ》して、「御《(お)》姫様《ひめさま》御《(ご)》病躰《びやうたい》、玄芳《げんばう》見立《たて》に、至極《しごく》[二七]の所有《ところあり》。彼《かれ》に種方付《しゆはうづけ》[二八]いたさせ、いづれも吟味《ぎんみ》の上《うへ》、御《(お)》薬調合《くすりてうがふ》さすべし」と、日比《ひごろ》目掛振《めかけぶり》[二九]を爰《こゝ》に出《いだ》し、[三〇]耆婆《ぎば》・扁鵲《へんじやく》[三一]が再来《さいらい》のごとく、饗応《もてはや》しければ、時《とき》の権威《けんゐ》に恐《をそ》れ、皆〻御尤皃《ごもつともがほ》に、詞《ことば》をかへす人もなかりし時、愚暗《ぐあん》[三二]の玄芳《げんばう》、硯《すゞり》をならして、

「筆談《ひつだんにいはく》[三三]云、脈来《みやくきたること》、数大《さくだい》、此《これ》、陰虚火動之症也《ゐんきよくはどうのしやうなり》[三四]。按《あんずるに》、古之聖賢《いにしへのせいけん》、[三五]指《さして》レ火《ひを》、而為《なす》二諸疾之原《しよしつのげんと》一、所以《ゆへんは》二然《しかる》一者、火《ひ》[三六]、妄動《もうどうするときは》則燎《(や)く》レ物《ものを》疾之象也《やまひのかたちなり》。人《ひと》[三七]能《よく》修《しゆして》レ道《みちを》、而清順《せいじゆんなるときは》則病《やまひ》、何由《なに〻よつて》生《しやうぜん》哉。夫《それ》、若《ごときは》[三八]二人《ひと》鮮《すくなきが》一レ世《よに》、接《まじはり》レ物《ものに》、触《ふるゝ》レ事《ことに》之間《のあいだ》、情欲之火《じやうよくのひ》、無《なし》二時《ときとして》而不《ずといふこと》一レ起《をこら》、〻《をこるときは》則得《う》レ疾《やまひを》、其《その》[三九]指《さして》レ火《ひを》、而諸疾之為《しよしつのす》レ原《げんと》、豈不《あにざらん》レ宜《むべ(なら)》乎《や》。

[四〇]経曰《きやうにいはく》、一水《(いつ)すい》、不《ず》レ勝《かた》二二火《(に)くはに》一、一水者《(いつ)すいは》、腎也《じんなり》、二火者《くはは》、君火《くんくは》[四一]、相火也《しやうくはなり》。[四二]五行《ごぎやう》、各《をの〳〵》、一《いつにす》二其性《そのせいを》一。惟火《たゞくはは》、有《ある》レ二《ふたつ》而已《のみ》。陽《やう》[四三]常有余《つねにゆうよ》、陰常不足之理《ゐんつねにふそくのり》、昭晰也《しやうせいなり》。

然者《しかれば》、参芪《じんぎ》[四四]甘温薬《かんうんのくすり》、所《ところ》二深禁《しんきんする》一也《なり》。速《すみやかに》、非《あらずんば》レ投《とうずるに》二於滋陰降火之剤《じゐんがうくはのざいを》[四五]一、

の言行の描写に雅文調を用いる事例は多い。
一九 奈良市法蓮寺町にある尼寺法華寺。
二〇 「ウックシク」(枳園本)。ただし、「厳」の普通の訓みは「イックシ」。尼らしくおごそかな美しさを備えた、の意か。二一 ささくれだって。
▽「大永の比」と時代をはるかにさかのぼらせているが、腎虚して死んだ「高家」、その愛妾の出家という話は、当世の風聞を導入していると見られる。雅文調の勿体らしい文体であるのも、古い話らしさを出すためのカムフラージュという一面を持つか。一見哀れさを強調するかのごとき文体で、「酒婬」におぼれる「高家」を書く作者の姿勢には注目してよい。将軍や大名の秘事などを実話として書き出版することなどが不可能な時代の、西鶴の巧妙な戦略なのである。
二二 当家が扶持を与えている御抱えの医者。
二三 治療の効果。効験。
二四 殿の寵愛を受けて権勢を振るう家老。時代の流れにのる能吏型の武士が「出頭」する場合が多いが、西鶴は好意を持たない。→四の三。
二五 「くらうど」の音転「くらうづ」による振仮名。
二六 奥向きへの出入りは、普通家老といえどもしない。殿の恩寵をたのんだ傍若無人の振舞い。
二七 最も理にかなっているところ。
二八 薬剤の処方。
二九 可愛がっている様子。ひいきぶり。
三〇 古代インドの名医。
三一 中国戦国時代の名医。耆婆と並称される。
三二 愚かな。
三三 文書で申し上げます。玄芳の見立ては、過度の房事による衰弱症(前の殿の腎虚に同じ)。その因は「情欲之火」の妄動によるから「滋陰降火之剤」を投ぜよという。和式漢文による勿体らしい書き方ながら、結局は腎虚か否かが論点。

難《かたし》レ救《すくふこと》レ命《めいを》矣。如《もし》、一緩《ゆるくする》レ治《ちを》則《ときは》悔《くひて》噬《かむに》レ臍《ほぞを》、有《あらん》二何益《なにのゑきか》一乎。」

爰《こゝ》に、二国家老《くにがらう》森尾兵庫《もりをひやうご》、御姫様《（お）ひめさま》の御病中《（ご）びやうちう》をかなしみ、昼夜《ちうや》老足《らうそく》を運《はこ》び、夫婦共に相詰《あひつめ》しが、京《きやう》よりの牢人医《らうにんい》しや、横川周益《よかはしうゑき》をともなひ出《いで》、是《これ》も御脈《（お）みやく》の後《のち》、書付《かき（つけ）》、指上《さしあげ》ける。

是《これ》ぞ医道《いだう》のまじはり、たがひに意魂《こゝろだま》をみがきて、時《とき》に、三「再—談云《さいだんにいはく》、四愚—按《ぐあんずるに》、五診脈《しんみやく》、無《なし》二定体《ぢやうたい》一、或小《あるひはせう》、或緩《あるひはくはん》、或沈《あるひはちん》、或数《あるひはさく》、変動《へんどう》

三四 房事過多による衰弱。腎虚。

三五 火をあらゆる病気の原因としている。

三六 火がみだりに動く時は、物を焼く病の形となる。「陰虚火動」の由来の説明。

三七 人がよく道徳的に正しく身を処し、清く自然の理に順っていれば、病が生ずることはない。

三八 人が世に少ない場合は。大名家の奥方などの場合のように、（暇をもてあましている場合には）どんな物や事に触れても、情欲の火が時として起らないことはない（必ず起る）。勿体らしく言っているが、大名家の奥方などが何時も考えているのはセックスのことのみ、それ故に病が起ると言っているだけ。

三九 その（情欲の）火をすべての病の原因とすることが、どうして正しくないことがあろうか。

四〇 素問（黄帝内経素問）を指す。同書は黄帝の撰と称する中国最古の医学書。巻九・逆調論篇に「一水不レ能レ勝二二火一」とある。

四一 「君火」は心臓、「相火」は心房。「心為二君火一、而又有二相火一、寄二肝腎二蔵一」（医学正伝・二）。

四二 水火木金土をいう。「大極動而生レ陽、静而生レ陰。陽動而変、陰静而合。而生二水火木金土一、各一二其性一」（医学正伝・二）。

四三 陽が常に余り陰が常に不足するという理は、きわめて明らかである。

四四 「参」は人参で薬味は甘、薬気は微寒。「芪」は黄耆（こうぎ）で薬味は甘、薬気は微温。強壮剤。

四五 陰虚火動の症の陰の気を補い、火の妄動をやめさせる薬。

一 療治をゆるくして後悔しても何の益もない。

二 江戸詰の江戸家老に対し、本国勤務の家老。

三 前の玄芳の書付けに対応して「再談」という。

不《ず》レ常《つねあら》。夫《それ》、脈不常《みやくふじやうなるは》、〔六〕血《けつ》気虚《きのきよなり》也。譬《たとふ》二之《これをこ》虚偽人《ぎのひとに》一、朝更《あしたにかはり》、夕改《ゆふべにあらたまつて》、無《なし》二定《ちやう》一体《たい》一。且《かつ》、数《さく》大之《だいの》脈《みやく》、来《きたること》、全《まつたく》不《ず》レ常《つねあら》。故《かるがゆへに》、非《あらず》二〔七〕火《くは》動之《どうの》症《せうに》一、唯《たゞ》、考《かんがふるに》二脈《みやく》症《せうを》一、属《ぞくして》レ虚《きよに》、而気《き》〔八〕虚《きよ》為《す》レ重《をもしと》也。

此《これ》、〔九〕金極《かねきはまつて》、似《にたる》レ火《ひに》之病《のやまひ》、非《あらずんば》二参芪《じんぎ》甘温之《かんうんの》輩《ともがら》一、難《がたし》レ治《ぢし》。曰《いはく》、〔一〇〕陽生《やうしやうじ》、陰《ゐん》長《ちやうずるの》之格《かく》言《げん》、今此時也《いまこのときなり》。何《なんぞ》、可《べけん》レ畏《をそる》二於〔一一〕不《ふ》偏《へん》、不《ふ》倚《き》、中《ちう》和之《くはの》君薬《くんやくを》一哉《や》。

蓋《けだし》、痰中《たんちうに》、帯《をぶるは》レ血《ちを》者、由《よつて》二脾傷《ひをやぶるに》一、不《ず》レ能《あたは》レ裹《つゝむこと》レ血《ちを》也。舌《したに》、生《しやうずる》二〔一二〕白胎《はくたいを》一者《は》、

四 愚考するに。自分の見解の提出を謙遜していう。周益の見立ては玄芳と全く逆。妊娠により気虚し衰えたものゆえ強壮剤を与えよとする。
五 脈の様子。「小」は細く小さい脈、「緩」はゆるやか、「沈」は深く沈んだ脈、「数」は早い脈。
六 生命を維持する力が衰えている。
七 陰虚火動之症。腎虚。
八 気力・体力が衰える症状。
九 陰陽五行説で、金性の甚しいものは火性に近いとされた。
一〇 陽が生ずれば陰もさかんになるという格言。「東垣有レ曰、陽旺則能生二陰血一」(医学正伝・一)。
一一 片寄らない、中正な、病気を克服する良薬。
一二 白苔。白い苔状のものが出来ること。

挿絵解説　本章前半部の処方争いの場の挿絵化。左図は大家の奥女中四人、「大殿」とおぼしき頭巾をかぶった人物との間に病中の姫君が描かれる。姫君は「出家姿」のはずだが髪は長く、周益の処方「由三子盗レ母気一」によってか、妊娠中のごとくに描かれている。殿の前の横縞羽織の人物が町医者原川玄芳、無地の羽織の総髪の人物が浪人医者横川周益か。右図左の髭の人物が出頭家老坪岡蔵人で、ややつつましく控えた禿頭の人物が「老足を運」んで来た森尾兵庫と見られる。他の四人の武士は奥女中四人に対応して描かれ、画面全体の均衡がはかられている。

胃中《ゐちう》、有《あり》レ寒《かん》、[一]丹田《たんでんに》、有《ある》レ熱《ねつ》也《なり》。

夜《よる》、不《ざる》レ寐《いね》者《は》、[二]由《よつて》二子《こ》盗《ぬすむに》レ母《ぼ》気《きを》一、[三]心虚《しんきよして》、而神《しん》不《ず》レ安《やすから》也。胸痛《けうつう》、[四]噯気《あいき》者《は》、気《き》虚《きよして》、不《ず》レ能《あたは》二[五]健運《けんうんすること》一。故《かるがゆへに》、欝《うつして》二於中《うちに》一、而噯気《あいきし》、或《あるひは》、滞《とゞこほる》二於上《かみに》一則《ときは》為《なる》二胸《けう》痛《つうと》一。

以上之諸症《いじやう(の)しよしやう》、無《なき》レ疑《うたがひ》、虚也《きよなり》。故《かるがゆへに》、以《もつて》二[六]補《ほ》気薬《きのくすりを》一為《し》レ主《しゆと》、加《かようせば》二用[七]安《あん》心滋《じんじ》補《ほ》消食之《せうしよくの》剤《ざいを》一、則《すなはち》、諸症《しよせう》、自《をのづから》退《しりぞかん》矣。

且《かつ》、不《ず》レ知《しら》二亢《たかぶるときは》則害《がいし》、承廼《うけてすなはち》制之旨《せいするのむねを》一、誤《あやまつて》、為《なして》二陰《ゐん》虚火動《きよくはどうと》一、而用《もちゆる》二[八]寒《かん》涼降火之薬《りやうがうくはのくすりを》一則《ときは》[九]声《せい》唖《あ》喉《こう》痛《つうし》、[一〇]上喘下泄之変症《じやうぜんげせつのへんしやう》、増劇《ぞうげきせば》、[一一]扁術《へんじゆつ》亦《もまた》、可《べし》レ難《がたかる》レ起《をこし》乎。」


玄芳《げんばう》・周益《しうゑき》、両人の[一二]配剤《はいざい》、御手前の医者中間《いしやなかま》にして、[一三]祥《つまびらか》に吟味《ぎんみ》を遂《とぐ》るに、[一四]周益種方付《しうゑきしゆはう(づけ)》、[一五]一ゝ理に徹《てつ》し、いづれも是《(これ)》に同心なれ共《(ども)》、坪岡蔵人《つぼをかくらうず》、[一六]身《み》に替《かへ》て取《とり》持《もち》ぬれば、誰《たれ》か詮義《せんぎ》のしてもなく、玄芳薬《げんばうくすり》に極《きはま》り、二三日あげ奉《たてまつ》りしに、是《これ》より、以《もつ》ての外《ほか》に御眼色替《(ご)がんしよくかは》らせ給ひ、日毎《ひごと》に疲《やつ》れさせられ、周益《しうゑき》見立《たて》に、ひとつも違《たがは》ず、七日過《(すぎ)》ての曙《あけぼの》に、死去《しきよ》あそばされ、上より末ゝ《すへぐ》の歎《なげ》き、止《やむ》事なし。

御死骸《(おん)しがい》は、御遺言《(ご)ゆいごん》に任《まか》せ、[一七]当麻寺《たへま(でら)》に送《をく》りて、[一八]松の煙《けぶり》となして、年比《としごろ》[一九]召《めし》つかはれ女郎中《ぢよらうちう》、御恩《(ご)をん》の程《ほど》忘れず、十七人立《たち》ならび、[二〇]下髪《さげがみ》をしからず切捨《きりすて》、皆墨染《みなすみぞめ》の

一　へそより一寸ほど下の部分。
二　胎内の子供が母の活力を盗みとっている。姫君が妊娠していることを言う。
三　心臓の力が衰え精神が安らかでない。
四　おくび。　五　五臓の機能が健全に働くこと。
六　生命力を補い強める薬。強壮剤。
七　心臓の働きをよくし、栄養を補い、消化をうながす薬。　八　熱を下げ火の妄動を静める薬。
九　声が出なくなり、のどが痛むこと。
一〇　咳が出て、下痢をすること。
一一　中国の伝説的名医扁鵲の治療。　一二　処方。
一三　「詳」の誤記。くわしく検討をすると。
一四　処方のし方。
一五　ひとつひとつが十分理にかなっていて。
一六　我が身に替えて。一身一命をかけて強力に。
一七　奈良県北葛城郡当麻町の二上山の麓にある寺。中将姫ゆかりの寺。前は「法花寺」で出家。中将姫のイメージを姫に付与するための変更か。
一八　火葬用の薪は松が普通。
一九　「召つかはれし女郎中」の「し」脱か。「召つかはれ女郎中」で一語とも見られる。
二〇　結わずに下にたらした髪。→一三九頁挿絵。
二一　奈良県明日香地方を流れる川。変わりやすいもののたとえに用いられる。
二二　夏安居《(げあんご)》の時、仏に供える花。夏安居は、陰暦四月十六日から七月十五日までの仏道修行。
二三　天の香久山。飛鳥川とともに近隣の歌枕。
二四　日常絶えず念仏をとなえること。
▽姫の病気に対する対立する処方を和式漢文で提示するという異色の方法を用いて作品に変化を与えるが、それが腎虚か否かの見立てである点に浮世草子らしさがある。なお、ここには、将軍・大名家などでの若殿や姫君の病中に起った医家の処方争いなどの風聞をかすめて導入し

袖《そで》に替《かは》り、[二一]飛鳥川《あすかがは》の水を手向《たむけ》、[二二]夏花《げ(ばな)》に[二三]籠山《かご(やま)》の梢《こずへ》をもとめ、世になき姫君《ひめぎみ》の跡《あと》、吊進《とひまいら》せ、[二四]常念仏《じやうねんぶつ》に暮《くら》しぬ。

[二五]定《さだ》め難《がた》きは人の身《み》の上《うへ》、世間《せけん》の口やかましく、「此度《(この)たび》、玄芳薬違《げんばうくすりちが》ひにて、頼《たの》み有御命《ある(おん)いのち》失《うしな》ひける」と、誰云共《たれいふ(とも)》なく、此さた[二六]募《つのつ》て、程《ほど》なく御耳《(お)みゝ》に立《たち》、「原川《はらかは》玄芳《げんばう》、[二七]所《ところ》を払《はら》ふべき」由《よし》、仰出《をゝせいだ》させられ、俄《にはか》に妻子《さいし》召《めし》つれ、[二八]河州国分《かしうこくぶ》の里《さと》に立《たち》退《のき》ける。

蔵人《くらうず》、是《これ》を腹立《ふくりう》して、[二九]仕置者《しをきしや》にさし向《(むか)》ひ、「此《(この)》所に、医師《くすし》の住宅《ぢうたく》[三〇]御法度《(ご)はつと》ならば、横川周益《よかはしうゑき》も追立《をひたて》給へ」と、[三一]御意《ぎよい》をも請《うけ》ず、我家来《わがけらい》を遣《つか》はし、[三二]むたいに[三三]家内《けない》を仕舞《しまは》せける。周益《しうゑき》、御無理《(ご)むり》とは存《ぞん》じながら、殿様《とのさま》よりの仰《をゝせ》は背《そむき》がたく、是《これ》も同国《どうこく》[三四]三輪《(み)わ》の里《さと》に立退《たちのき》、不自由住《ふじゆうずま》ゐの草葺《くさぶき》に、其《(その)》身を隠《かく》しぬ。

此《(この)》事、森尾兵庫《もりをひやうご》聞付《きゝつけ》、其里《そのさと》に人を遣《つかは》し、周益《しうゑき》を[三五]信貴《しぎ》に呼帰《よびかへ》し、[三六]急度《きつと》吟味《ぎんみ》にかゝり給へば、蔵人悪事《くらうずあくじ》顕《あら》はれ、[三七]是非《ぜひ》をかまはず、兵庫《ひやうご》を待臥《まちぶせ》、面《をもて》を合《あは》せ打《(うつ)》てかゝる。老人《らうじん》なれ共《(ども)》、[三八]励敷《はげしき》、左《ひだり》の肩《かた》に初太刀《しよだち》請《うけ》ながら、抜打《ぬきうち》に蔵人切臥《くらうずきりふせ》、とゞめさしかゝる所へ、弟坪岡虎七《をとゝつぼをかとら》かけ付《つけ》、後《うしろ》より下人《げにん》を[三九]払《はら》ひ、[四〇]管鑓《くだやり》をさしのべ、脇腹《わきばら》をつらぬき、又突《つき》かゝるを、兵庫《ひやうご》、[四一]入首《しほくび》より弐尺《にしやく》ばかり切落《きりをと》し、飛《とび》かゝる心はあれ共《(ども)》、深手《ふかで》によはり、持《もち》たる刀《かたな》を投付《なげつけ》給へば、虎《とら》七が肩《かた》を越《こへ》て、若等《わかとう》が

たか。天和三年(一六八三)、綱吉の世子徳松重病の際、御典医以外の者に処方を命じた旨の記録(徳川実紀・同年閏五月二十六日の条)があり、徳松は同二十九日に病没している。

二五 どうなるか分からぬのが人の身の上。読者の共通認識を簡潔・的確にいう諺的表現。

二六 沙汰。噂が広まって。

二七 居住する町や村から追放する軽い刑罰。「所払 居住の町、在方は其居村、但、隣町隣村に居ル分ハ無レ構」(律令要略・二十六)。

二八 大阪府柏原市国分。

二九 刑罰の事務を担当した役人。 三〇 禁止。

三一 「御意をも請ず」蔵人が、殿の御意として周益を追い払ったわけ。蔵人の横暴ぶりを示唆。

三二 無理やりに。

三三 家の者。家族。「家内 ケナイ」(易林本)。

三四 奈良県桜井市三輪。

三五 奈良県生駒郡平群町の信貴山。信貴山城は、永禄三年(一五六〇)松永久秀が築城、天正五年織田信忠に攻め崩された。ここで始めて、本章が信貴の城下のことと設定されていることが分かる。また「大永の比」と史実とが合わないが、作者はそのようなことに無関心。信貴城下という設定は、本章が江戸時代の具体的な場所(おそらくは江戸か)ととらえられ、その土地の藩主(又は将軍家)の秘事を書いていると受けとられることを避けるためのカムフラージュ。

三六 きびしく取調べること。

三七 自分の非を問題にもせず。

三八 振仮名「はげしく」の誤りか。気性が激しく。

三九 切払い。あるいは、槍で押しのけの意か。

四〇 柄に自由に動く金属製の管を取付けた槍。左手に管を持ち右手で柄をしごく。

四一 槍の穂先の柄に接した部分。

太腹《ふとばら》にたちて、即座《そくざ》に命《いのち》を果《はた》しぬ。是《(これ)》をみて、兵庫打笑《ひやうごうちわら》ひ、脇指《わきざし》抜《ぬき》て、腹《はら》かき破《やぶ》りける迄《(まで)》、[一]虎《とら》七をくれて、漸〻《やう〳〵》に首打《くびうつ》て、此場《(この)ば》より直《すぐ》に立退《たちのき》、[二]豊楽寺《とよらでら》の末寺《まつじ》、[三]榎葉井坊《えのはゐばう》に忍《しの》びぬ。

兵庫屋形《ひやうごやかた》には驚《をどろ》き、家久敷《いへひさしき》中野武太夫、其《(その)》所にかけ行《ゆき》、退道《のきみち》を詮義《せんぎ》すれ共《(ども)》、奈良越《ならごへ》の山道《やまみち》あまたなれば、[四]先立帰《さきだちかへ》りて、思案《しあん》を廻《めぐら》しけるに、[五]兵庫名跡《ひやうごめいぜき》を継人《つぐ(ひと)》は、十八の年《とし》、世《よ》を恨《うら》み給ふ子細有《しさい(あり)》て、森尾宮内《もりをくない》といへる姿《すがた》をかへて、[六]紫野大徳寺《むらさきのだいとくじ》にて、[七]清蔵主《せいぞうす》とよばれ、禅学執行《ぜんがくしゆぎやう》してましまし、其弟《そのをとゝ》、宮松《みやまつ》とて、いまだ七歳《さい》なれば、敵討出《かたきうちいづ》る暇《いとま》くだし給はず。武太夫《ぶ(だいふ)》、無念《(む)ねん》ながら、此子《(この)こ》の生長《せいちやう》を待《まち》ける。

此様子《このやうす》を、[八]清蔵主《せいぞうす》伝《つた》へ聞《きゝ》、信貴《しぎ》の古里《ふるさと》に立帰《たちかへ》り、老母《らうぼ》に、「御勘当《(ご)かんだう》を御《(お)》ゆるし」とねがひ、[九]父《ちゝ》の事ども申出《(まうしいだ)》して、互《たがひ》に涙《なみだ》のやむ事なく、沈《しづ》み入《(いり)》しが、清蔵主《せいぞうす》、母《はゝ》の御盃《をんさかづき》を[一〇]戴《いたゞ》く時、黒衣《こくゑ》を脱捨《ぬぎすて》、乞請《こひうけ》て、[一一]熨斗肴《のしざかな》を喰初《くひぞめ》、其儘《(その)まゝ》心を還俗《げんぞく》して、又、名《な》を改《あらた》めて、[一二]暫男《ざんなん》とよばして、羽織《はをり》に刀《かたな》・脇《わき》ざし、幘《づきん》・編笠《あみがさ》に面《をもて》を隠《かく》し、人しれず屋敷《やしき》を出《いで》、此所《このところ》、[一三]毘沙門天《びしやもんてん》に参詣《さんけい》し、「当寺《たうじ》は、昔《そのかみ》、[一四]楠正成《くすのきまさしげ》を中子《(まうしご)》の霊地《れいち》、武士《ぶし》の尊《たつと》む所なり。我此度《われ(この)たび》の大願《だいぐはん》は、敵《かたき》を手《て》の下《した》に討《うた》せ給《たま》へ」と、心中《しんぢう》ふかく祈《いの》り、それより[一五]大和順礼《やまとじゆんれい》して、虎七《とら》が有家《ありか》を尋《たづ》ねけるに、折《をり》ふ

一 気おくれがして。
二 奈良県高市郡明日香村豊楽にあった寺。蘇我稲目が建てた我が国最初の寺として知られる。
三 豊楽寺にあった榎葉井という井戸の名による命名。「和州葛城の山近く、榎のは井の水有里に隠れ住居して」(男色大鑑・三の五)。
四 振仮名「まづ」の誤りか。
五 「みょうぜき」に同じ。家名を相続する者。
六 京都市北区紫野にある臨済宗大徳寺派の本山。
七 「清僧」(品行正しい僧)の意の命名。「蔵主」は禅宗で経蔵をつかさどる僧。僧一般をもいう。
八 以下の部分は曾我物語・七「勘当ゆるす事」、謡曲「小袖曾我」などの曾我説話によるか。五郎は幼名箱王と称していた時、母が出家になれと言うのを聞かず勘当されていたが、十郎のとりなしで母の勘当も解け、盃をかわし、兄弟は敵討に出発する。「小袖曾我」のみに限定して典拠を考える説もある。
九 「父の思ひ出され、昔に袖ぞしほれける」「父にはいとけなくしておくれ…涙をはら〳〵とながし給ひければ」(曾我物語・七)。
一〇 原本「裁」に誤る。今改む。
一一 熨斗鮑(あわび)。鮑の肉を薄く切り乾したもの。
一二 しばらくの間の武士、の意の命名。
一三 信貴山の東中腹にある朝護国孫子寺。
一四 楠正成は、母が信貴の毘沙門に百日詣で霊夢を得てさずかった子と伝える(太平記・三)。
一五 大和の古寺社を巡拝する旅。

し春《はる》の山《やま》、[一六]鶯《うぐひす》の関《せき》を越行《こへゆく》に、里人《さと(びと)》のとがり枴《をうこ》に薦包《こもづゝ》み好《この》もしく、仏臭《ほとけくさ》き買物《かひもの》、[一七]お花《け》足《そく》・線香《せんかう》・氷蒟蒻《こほりごんにやく》、ひとつにからげたる干鮭《からざけ》おかしく、「鯹《なまぐさ》き寺《てら》ぞ」と笑《わら》ひけるに、跡《あと》より、色《いろ》めきたる女の、此男《(この)をとこ》に追付《をつつき》て、「さりとは、山道初《やまみちはじめ》て難《なん》義《ぎ》、旦那《だんな》に逢《あふ》が嬉《うれ》しければ社《こそ》、はるぐ\の所を行《ゆけ》」と、身《み》は汗水《あせみづ》になりて、脱《ぬぎ》かけしたる面影《をもかげ》、振袖《ふりそで》の上《うへ》に脇塞《わきふさぎ》の着物《きるもの》、いか様僻物《さまくせもの》ぞかし。

見る程《ほど》、里《さと》びたる風情《ふぜい》なく、髪《かみ》の結振《ゆひぶり》、信貴《しぎ》の城下《じやうか》にはやる、[一八]しめ付嶋田《つけしまだ》の[一九]ふき鬢《びん》、ふしぎに思ひ寄《より》、猶《なを》心を留《とめ》けるに、荷物《にもつ》のうちに、弓《ゆみ》の絃《つる》二かけ見えしは、いかにしても合点《がてん》ゆかず、彼男《かのをとこ》をまねき、「おのれは、正敷寺《まさしくてら》に[二〇]召《めし》つかひ者《もの》なるに、似合《にあは》ざる女の道《みち》づれ、殊更仏具《ことさらぶつぐ》に武道具《ぶだうぐ》、是只事《これたゞ(ごと)》にあらず。某《それがし》は、か様《やう》の事を見出《(みいだ)》して、国《くに》の掟《をきて》の役《やく》人なるぞ。有《あり》のまゝに申せ」とおどしければ、此男《(この)をとこ》、さし当《あた》つて迷惑《めいわく》し、「まつたく住持《ぢうぢ》の[二一]大黒《(だい)こく》には非《あら》ず。信貴《しぎ》の御侍衆《(お)さぶらひしう》、坪《つぼ》岡虎《をかとら》七殿の御妾《(お)てかけ》なり。榎葉井坊《えのはゐばう》の門前《もんぜん》におはしけるが、御屋敷《(お)やしき》へ御状遣《(ご)じやうつかは》され、密《ひそか》につれまして参る也《(なり)》。是《(これ)》に少《すこ》しも偽《いつは》りあらば、[二二]初瀬《はつせ》の観音様《くはんをんさま》の罰《ばち》あたらん」と、心のまゝ申《(まうし)》て、埒《らち》を明《あけ》る。

暫男《ざんなん》、聞《きゝ》すまして、此者共《(この)もの(ども)》に先立《さきだつ》て、豊楽寺《とよら(でら)》に急《いそ》ぎ、其里《(その)さと》の屋にかけ入《(いり)》、折から虎七《とら(しち)》、運命尽《うんめいつき》て、うたゝねの枕《まくら》に立寄《たちより》、[二三]夢覚《ゆめさま》させて名乗《なのり》かけ、願《ねが》ひのまゝ

一六 「鶯の関、山田峠也と云伝へ侍る」(河内国名所鑑・三)。
一七 仏具の一。供物を盛る台。華足。
一八 島田髷の前後の長さを同じぐらいにして元結でしめつけ、髱を出さない髪型。俗つれぐ\・四の三に挿絵入り解説あり。当世流行の風俗。「信貴の城下」の時代にあるはずなく、本章が実は当世(天和・貞享期)の話であることを示唆している。
一九 頭髪の側面を大きくふっくらと吹き出したように結うこと。
二〇 「召つかひの者」の「の」脱か。一語とも見うる。
二一 寺の住職の妻の俗称。
二二 奈良県桜井市初瀬町の長谷寺観音。
二三 ここは、曾我物語・九の曾我兄弟が工藤祐経を切る場の転用か。兄弟は、「ねいりたる物をきるは死人をきるにおなじ」と寝ている祐経を起し、名乗った上で祐経を切る。注八の部分で曾我説話を利用したことからの連想による利用。
▽前半は、「高家」の秘事や大名家の姫君への医家の処方争いで興味をひき、出頭家老と古風な家老の対立という背景を導入し、出頭家老の悪事露顕から切合いへと話は興味深く進展する。後半部では、曾我説話を転用して敵の討手を還俗した僧とするところに特色を出し、敵を切る場面でも曾我物語を利用している。おそらくは当世のことと受けとられるのをはばかって古風な感じを出すための古典利用と思われるが、一方、当世流行の髪型の人物をさりげなく出し、分かる読者には当世のことと分かる書き方をしている点は、伝来記の方法をうかがう上で興味深い。

に切臥《きりふせ》、くび、古里《ふるさと》の母《はゝ》の御目《(お)め》に懸《かけ》て、「是迄《これまで》」と、又、昔《むかし》の衣《ころも》を懸《かけ》、出家《しゆつけ》の身とぞ成《(なり)》ける。

第二　吟味《ぎんみ》は奥嶋《をくじま》の袴《はかま》

[一]昔日《(その)(かみ)》、[二]誰乗初《たがのり(そめ)》て[三]壱岐《(い)き》の嶋、[四]夕浪《(ゆふ)なみ》さはぐ村衛《(むらちどり)》に夢も結《むす》ばず。糸鹿《(いと)が》梅之助とて、深《ふか》くかゝる[五]鄙《ひな》にもまた有《(ある)》ものか、[六]俤《をもかげ》の花、うら風のはげしきをもいとひて、たらひける男は、村芝与十郎といへる[七]舟改《(ふな)あらた》め、[八]身躰《(しん)だい》はかろけれ共《(ども)》、[九]水主《(か)こ》・船頭《せんどう》にあがめられながら、[一〇]余情《よ(せい)》に生れ付《(つき)》、「無念や、其昔《(その)むかし》は、筑《ちく》前にて五百石、[一一]筋《すぢ》目も人におとらず」と、常《つね》に是《(これ)》を悔《くや》みけるは、此若衆《わか(しゆ)》の[一二]親父糸鹿《が》内蔵《(くら)》は、国の奉行職《ぶぎやうしよく》なれば、[一三]寧恋《なまなかこひ》の習《なら》ひとて、[一四]兄《あに》ぶんといふうらめしく、世間《けん》の思謂《をもはく》も心よからず。され共《(ども)》、[一五]此道《(この)》の隔《へだて》なく、忝《(かたじけな)》き事、嬉《うれ》しき事に、一命を抛《なげ》て、年月を送《をく》りぬ。

爰《こゝ》に、[一六]国《くに》の守《(かみ)》なる若殿、ある時、梅之助を只《(ただ)》一目御らん有《(あり)》て、頻《しきり》に、召出《(めしいだ)》さるべき由、仰下《(おほせくだ)》されたるを、内蔵《くら》、かたじけなく御請申上《(おうけまうしあげ)》て帰り、此段、梅之助に「心得べき」といふに、[一七]何の色なく返事して、其夜《(その)》すがらも、与《よ》十郎《らう》と語《かた》

一　昔。「ソノカミ」(落葉集)。一応慶長以前という時代設定を行っていると見る。
二　「心から浮きたる舟に乗りそめて一日も波に濡れぬ日ぞなき」(後撰集・恋三)によるか。
三　長崎県壱岐郡。永禄六年(一五六三)以後、肥前平戸城主松浦氏の領地。歌枕。「乗初て行き」を掛ける。
四　「さはぐ」は上下にかかる。群(らむ)千鳥は歌語。結ぶ—糸。
五　田舎。「鄙にも稀」の成句をきかす。
六　花のように美しい姿。梅(之助)—俤の花。若衆の美しい姿や心を「初梅にひとしく、えならぬ匂ひふかし」(男色大鑑・一の一)とたとえる。
七　壱岐島へ通行する舟を監視する役人。
八　身分は低いが。「身躰」は支給される禄高。
九　水夫。「水手　カコ」(諸節用集)の慣用。
一〇　趣のある様子。美しい姿に生まれ付いて(念者となるに十分な風情を持ちながら)、現在「身躰はかろ」きことを悔んでいるのである。余情を「見栄を張る」の意にとるのは不適切。
一一　家柄。
一二　「シンプ」(日葡、他)と読む。
一三　むしろ。かえって。漢字は「寧　ムシロ」(書言字考)の意よりする宛字。
一四　男色関係の兄分。念者。
一五　恋の道には身分の上下のへだてはなく。諺「恋に上下のへだてなし」。
一六　国主松浦氏。或いは、寛文年間設置の「壱岐国城代」をいうか。ただし伝来記の場合、その舞台とする土地をわざと変えていると見られる場合も多く、以下の記述に壱岐島を背景として生かしているかとも見られる部分は「勝嶋(未詳)の入江に…」のみ。
一七　すこぶる無愛想に。

るにも、此事《(この)》をはなさず、心に是《これ》を思ひわづらひしは、「もし、ぜひ召出《めし(いだ)》され、御傍《(お)そば》ちかく御用承《(ご)よううけたま》はる時には、与《よ》十郎手前《てまへ》の道《みち》[一八]を欠《かく》事の恨《うら》めしく」、分別《ふんべつ》[一九]し極《きはめ》て、其明《(その)あけ》の日より、病気《びやうき》といひなして、部屋《へや》より外《ほか》に出《いで》ず。

親父《しんぷ》、是《これ》を気《き》[二〇]の毒《どく》に、様《さま》〻と慰《なぐさ》むるに験《しるし》なく、別而《べつして》、「若殿《わかとの》の御前《ごぜん》いかゞ」と、御機嫌《(ご)きげん》の次手《ついで》をもつて、「世悴病気《せがれびやうき》」のよし申上《(まうし)あぐ》るに、御気色《ごきしよく》[二一]かはりて、座《ざ》を立《たゝ》せ給ひ、其後《そのゝち》、近習《きんじゆ》[二二]勤《つと》めし十倉新六《とくらしんろく》に、御雑談《(ご)ざうだん》[二三]あり、「梅《むめ》之助、今に本《(ほん)》[二四]復《ぶく》せずや」と問《(とは)》せられしに、新《しん》六、内〻梅之助に執心《しう(しん)》ふかく、文《(ふみ)》つかはしければ、其《(その)》返事に自身《じしん》来《(きた)》りて、「念比分有《ねんごろ(ぶん)》[二五]」との云《(いひ)》わけなりしか共《(ども)》、「いひかゝりたる一言《ごん》、無下《(む)げ》[二六]には」と申せし時、「それ程の御心底《(ごしん)てい》、忘《わす》れ置《をか》ず」といふに、[二七]ほだされぬ。其後《(そののち)》、勝嶋《かつ(じま)》[二八]の入江に小舟うかべ、其友《(その)とも》には、村芝《しば》与十郎を伴《とも》なはれて、魚釣《(うを)つり》し風情《ふぜい》、心えず。

又、過《(すぎ)》し月みる宵《よひ》、浪都《なみいち》[二九]に三味線《さみせん》引《(ひか)》せ、与十郎と、夜更《よふく》る迄《まで》、私宅《したく》にかたりながら、浪都《なみいち》は返《かへ》しぬる、跡《あと》は心にくしと語《かた》[三〇]り、是《これ》より気《き》を付《つく》るに、いよ〳〵念比《ねんごろ》にかくれなく、それとはなしに、遺恨《ゐこん》にさしはさみ、折《をり》[三一]をもつて参《まい》るべしと思ふに、是《これ》[三二]をさいわひにして、段〻《だん〴〵》[三三]申上《(まうし)あげ》、「此度《(この)たび》の病気《びやうき》も、虚病《きよびやう》に疑《うたが》ひなし。とかく、与十郎生《いき》て罷有《まかりある》うちは、大殿《(おほ)との》[三四]の御意《(ぎよ)い》にても、御奉公致《(ご)ほうかういた》す心底《てい》にあ

一八 男色の道義(義理)にはずれる。
一九 しっかりと考えをきめて。心中思惟の文章が地の文に変わる文体。
二〇 自らの気の毒となる、の意から、困って。
二一 御顔色が変わって。わがままいっぱいで感情的にふるまう若殿の様子を具体化。
二二 主君の側近く奉仕する役。
二三 雑談は普通「ザウタン」と読み、よまやまの話の意。ここは、振仮名より相談の宛字とも見られるが、振仮名の誤りと見る。
二四 全快。「ホンブク 初めのようになり、元に返ること」(邦訳日葡)。
二五 親しくしている者。ここは念者。
二六 このままでは引きさがれない。
二七 その言葉にひかれてそのままになった。
二八 未詳。壱岐島を舞台とすることより魚釣りの場などにふさわしい名を出したか。なお、以下三行先の「と語り」までは、新六が若殿に梅之助と与十郎との行状を語る文体となっている。
二九 座頭の名。魚釣りの場からの連想による命名。座頭は、三味線などをひいて座興を添えたり、按摩をしたりする剃髪の盲人。
三〇 この前後、若殿へ言上する内容の部分と新六の行動の部分とが一緒に書かれているが、以上の三行余は言上した部分。
三一 機会を見つけて恨みを晴らそう。
三二 原本「是をを」。今改む。
三三 一々の次第。梅之介と与十郎の関係。
三四 若殿の父である「大殿」の意ともとれるが、殿(若殿をさす)の誤りか。

らず」と、意趣《いしゅ》[一]ある下心《したごゝろ》より、つぶさに言上《ごんじやう》すれば、「然《しか》らば、方便《てだて》[二]をもって、与十郎を成敗《せいばい》すべし。去《さり》ながら、大殿《(おほ)との》の者《もの》なれば、一端貫《たんもらひ》[三]ての上《うへ》」と、家老《からう》白《しら》浜形部迄《はまぎやうぶまで》、「村芝《むらしば》与十郎、利口《り(こう)》[四]ものたるにより、若殿御召使《わかとの(お)めしつかひ》なされ度《たき》」由《よし》、仰《をほ》せ遣《つかは》さるゝに、「是程《これほど》[五]の者《もの》、御耳《(お)みゝ》に達《たつ》する迄《(まで)》もなし。いか様共《やう(とも)》、御用請給《(ご)ようけたまは》るべし」と、与十郎を呼寄《よびよせ》、仰渡《をほせわた》しを申付《(まうし)つけ》たるに、有《あり》がたく、直《ちき》[六]に若殿《わかとの》へ御目見《(お)めみへ》、即座《そくざ》に切米《きりまい》[七]拾石《とく》の御加増《(ご)かぞう》、殊《こと》に、女中部屋《ぢよちうべや》の下横目《したよこめ》[八]役仰付《やくをほせつけ》られ、首尾《しゆび》残る所なく、外聞《ぐはいぶん》[九]かた〴〵、面目身《めんぼくみ》にあまり、宿《やど》[一〇]に帰りぬ。

其後《そのゝち》、鈴《すゞ》[一一]の間《ま》の番《ばん》にあがるに、相役《あひやく》三人づゝ詰《つめ》しは、田上磯《たがみいそ》右衛門、柏義《かしはぎ》左衛門、村芝《むらしば》与十郎なりしが、いつも三人の内《うち》弐人は臥《ふし》て、壱人宛《づゝ》は、一時《(いっとき)》[一二]がはりに寝《ね》ずの番《ばん》、与十郎にあたりて勤《つとめ》しに、元《もと》より、此役目《(この)やくめ》を仰付《をゝせつけ》られたるは、何《なに》ぞ無調法《ぶてうほう》を仕出《しだ》させ、夫《それ》を次手《ついで》に成敗《せいばい》すべしと、たくみたれ共《(ども)》、此男《(この)をとこ》、よろづ律義《りつぎ》につとめ、越度《をつど》[一三]なく、古座《こざ》[一四]の者にまさり、奉公《ほうかう》するにつけて、少《すこし》も見おとされざるを、右《みぎ》[一五]の新《しん》六、若殿《わかとの》の御心底《(ご)しんてい》を察《さつ》し、時《とき》[一六]の権《けん》をかつて、己《をの》が姨《をばの》野沢《ざは》、女中頭《(ちよちゆう)がしら》をつとめしを幸《さいはい》に、「随分《ずいぶん》、与十郎《らう》越度《をつど》になるべき事をたくみ給るべし」といひしに、野沢《のざは》、心やすく頼《たの》まれ、昼夜《ちうや》是《これ》を心がけたる時、夜半《やはん》の比《ころ》、与十郎、袴《はかま》を脱《ぬぎ》て高架《かうか》[一七]に行《ゆき》けるを、竊《ひそか》に是《これ》を盗《ぬすみ》て、足《あし》ばやに奥《をく》に入《いり》、妻戸《つまど》[一八]かた

一　恨みをふくんだ、かねてからのたくらみ。
二　何らかの方法で。本章では悪役は新六ということで敵討が行われるが、本当の悪の根源はわがまま勝手な若殿。作者は、そのことが読者に十分分かる書き方をしている。
三　一旦の宛字。一時自分の家来としてもらいうけた上で(うまく成敗しよう)。
四　かしこい、の意だが、「利口」には口達者、軽薄という貶める意もある。軽く扱われている様子もうかがわれる言葉づかい。
五　この程度の身分の者は、大殿にうかがうまでもない。どうにでもなさって下さい。「いか様共」までが若殿への返事。「御用…」以下は与十郎への申し渡し。別の者への言葉を一文にした文章。
六　直接に。
七　主君から俸給としてもらう米。知行取りではない下級の武士の俸禄。
八　横目(藩内の監察役)を補佐する役人。
九　外聞もよく、面目を十分にほどこして。
一〇　自分の家。
一一　合図のための鈴が置いてある、大名屋敷などの表と奥の境の部屋。
一二　二時間交替で。
一三　過失。落度。「ヲツド」(諸節用集)。
一四　古参。以前から勤めている者。
一五　この。文書・記録などの言葉づかい。
一六　若殿の権威を借りそれを誇って。
▽女中頭野沢も悪の片われとして与十郎成敗に重要な役割を果たしているが、後半部の敵討ではは敵とならず忘れ去られてしまう。登場人物のすべてを緻密に全体の中で生かす志向に乏しく、場面中心の展開となるのが西鶴の話の特色。
一七　便所。「後架　コウカ」(諸節用集)の宛字。

くしめぬ。与十郎、帰《かへ》りて見るに袴《はかま》なし。相番《あひばん》は、前後《ぜんご》しらず寝入《ね(いり)》て音《をと》なく、[一九]不思儀《ふしぎ》におもひて、[二〇]通路《かよひぢ》の扉《とぼそ》をみれ共《(ども)》、緊敷鎖《きびしくとざ》し、弥《いよ〳〵》[二一]工夫《くふう》に堕《をち》ず、終夜是《よもすがらこれ》を思案《しあん》するに、行衛合点《ゆくゑがつてん》ゆかず。「[二二]去《さり》とては[二三]奇妙千万《きめうせんばん》」と思ひながら、「相番《あひばん》の者《もの》に穿鑿《せんさく》しても、とてもしるべき事に非《あら》ず。[二四]なまなか不埒《ふらち》なる事を尋《たづね》て、[二五]未審《いぶかし》」と、夜明《よあけ》ても是《これ》をかたらずして、[二六]番《ばん》より下《くだ》る時に、磯右衛門《いそゑもん》、此躰《(この)てい》をみて、「御手前《(お)てまへ》の袴《はかま》は」といへば、「夜部《ゆふべ》より見えざれ共《(ども)》、事やかましく詮義《せんぎ》するに及《をよ》ばず。太儀《たいぎ》なれ共《(ども)》、新敷拵《あたらしくこしらへ》るばかり」といへば、義《ぎ》左衛門聞《きゝ》て、「それは先《まづ》、[二七]勝手《かつて》づくの事。こゝは、[二八]御城内《ごじやうない》の[二九]番所《ばんどころ》なるに、盗人来《ぬす(びと)きた》るべき道《みち》にあらず。また、只《たゞ》見えずといふたばかりにしておひても、済《すま》ぬ事なり。磯右《いそゑ》、何と」「中ゝ《なか〳〵》合《が》点《てん》がまいらず」。とやかく沙汰《さた》する時、女中頭野沢《ぢよちうがしらのざは》、奥《をく》よりはしり出《いで》、「[三〇]夜前当《やぜんたう》番《ばん》の衆、壱人も帰らるゝ事[三一]無用《むよう》。[三二]子細《しさい》は、[三三]大目付津《(おほ)めつけつ》川重五《がはぢうご》左衛門殿《どの》、御出《(お)いで》なされてからの穿鑿《せんさく》」と、云捨《いひすて》て奥《をく》に入《(いり)》ぬ。

「扨《(さて)》こそ[三四]お見やれ。是《(これ)》は、まがひなき[三五]怪事《けじ》なり」と、[三六]行衛《ゆくゑ》気づかひして居《ゐ》ると、はや桜《さくら》の間《ま》に呼出《よび(いだ)》され、野沢《のざは》、[三七]口書《くちがき》をもつての詮義《せんぎ》、「夜前《やぜん》、[三八]九つの時計《とけい》過《すぎ》て、南女中部屋《みなみぢよちうべや》のかたに、あやしき男《をとこ》の面影《おもかげ》見えたるよし、[三九]西《にし》の深殿《しんでん》なるかたより告来《つげきた》り、一ゝ是《いち〳〵(これ)》をたゞすに、[四〇]別義《べちぎ》なきゆへ、いかなる者《もの》か目《め》にかゝりた

一八 開き戸。両開きの戸で掛金がある。
一九 不思議の慣用表記。
二〇 表と奥との通路。
二一 考えても分からず。納得が行かず。
二二 さてさて。
二三 まったくおかしなこと。
二四 かえって。
二五 変だろう。「未審」にかかる。「未審 イブカシ」(諸節用集)。
二六 勤務を終って帰る時。
二七 自分一人の都合で処置すること。お前の勝手でやればいいこと。
二八 壱岐島の「城内」は不審。壱岐島以外の土地の話であることを示唆するか。
二九 勤務の武士の詰所。
三〇 昨夜。
三一 してはいけない。禁止する時に用いる語。
三二 くわしいこと。
三三 目付役(藩内の監察役)の長。
三四 ごらんなさい。
三五 不思議なこと。
三六 袴の行方の心配と同時に、これからどうなることかという気づかい。
三七 訊問された者の答弁を記した文書。調書。奥女中たちの調書をひけらかしての取調べ。前には「子細は大目付津川重五左衛門殿御出なされてから…」とあるのと矛盾するごとくだが、大目付のいる前で、が略されていると見ればよい。野沢の悪ぶりがここで一層具体化される。
三八 夜中の十二時。
三九 奥まった建物のこと。ここは主殿の奥にある女中部屋。
四〇 変ったこと。格別のこと。

ると、其《その》一なりけりにすます所に、今朝《けさ》、ほの〴〵二成《(なる)》時、梅《むめ》の庭《には》の忍《しの》三び返《がへ》しに、奥嶋《をくじま》四にかた五色《いろ》のうらつきたる袴《はかま》、打《(うち)》かゝりて有《(あり)》しまゝに、今に是《(これ)》あり。まつたく外《ほか》より来《きた》るべきにあらず。まづ、当番《たうばん》の者《もの》を改《あらた》むべきよしなり。いづれも、はかまに別義《べちぎ》なきか」といはれし時、磯《いそ》右衛門まかり出《(いで)》、「これに相詰《あひつめ》し与十郎、今朝《けさ》、白衣《びやくゑ》六なるを改《あらた》むる所に、夜中より見えざるよし申《(まうし)》七たる」といふ時、与十郎這出《はひいで》、「まさしく是《これ》は、狐《きつね》・狸《たぬき》のしわざと存《ぞん》ずるは、しばしの間《あいだ》の義八に、

一 そのままで。「それなりけり」とも言う。
二 夜明け方。
三 侵入・脱走などを防ぐため塀の上に尖り竹や釘などをとりつけた柵。→挿絵。
四 目録注(一三四頁注四)参照。→挿絵。
五 片色。練貫《(ねりぬき)》の一種。たて糸の生糸とよこ糸の練り糸の色の違う織物。
六 袴を着けずに小袖のみを着ていること。
七 連体形による終止は当時の慣用。ただし、終止形による言い切りに比べ、余韻・余情を残す場合も多い。ここは「言っていたが…」の感じ。
八 ことなのに。格式ばった言い方。
九 何とも私の力の及ばない次第。
一〇 その点を御考え下さって。
一一 武士としての面目にかけて。
一二 以下は大目付津川重五左衛門の言葉のつもりか。野沢の言ともとれる書き方だが、内容や語調は取調べ責任者のものとして書かれている。
一三 原本「見えたる時」。今改む。
一四 すぐに、厳重に、の両意を含む。
一五 この弁明では、どうしても疑いは晴れない。
一六 わずらわしく面倒だと思って。
一七 幕府・諸藩をさす。 一八 言いようもない身勝手。公儀に対し私という。
一九 たくらみ(がうまく行った)と。
二〇 すぐに。二言目ではなくすぐに「しばり首」と言ったので、(与十郎は)「しばり首打れて」を省略した言い方。若殿の悪ぶりを印象づける。
二一 後ろ手に縛った罪人の首を斬ること。切腹もさせず、武士にとって恥辱的な処刑。
二二 はかなく死んだ。「葉末の露と消えもせば、それさへ殊に恨めしや」(謡曲・葵上)。
▽「是程の者」と軽く扱われる身分の低さの故に与十郎は、若殿のわがまま勝手な梅之助への執

誰《たれ》とも形《かたち》の見え申さゞれば、[九]力《ちから》なき仕合《しあはせ》、[一〇]御了簡《（ご）れうけん》をもつて、御詮義《（ご）せんぎ》頼《たの》み奉る。拙者《せつしや》、もし不義《ふぎ》の心あつて忍《しの》び入程《（いる）ほど》の事に、是《（これ）》を落《をと》して来《きた》るべき物《もの》にあらず。私[一一]一分《わたくし（いち）ぶん》に致《いた》して、露程《つゆほど》も覚《おぼ》えなき御事《（おん）》」と、いひもはてぬに、「[一二]然《しか》らば、其《（その）》[一三]見えざる時、[一四]急度《きつと》穿鑿《せんさく》せずして、磯《いそ》右衛《ゑ》門とがむる迄《まで》は、隠《かく》したるや。[一五]此《（この）》いひわけ、いかにしてもはれず。但《たゞ》し、[一六]やかましくむつかしとて改《あらた》めざるとは、[一七]公《こう》儀《ぎ》にむかつては、[一八]いはれざる私《わたくし》にして、おのづから、其方越度《そのはうをつど》極《きはま》りぬ。それ、弐人《に（にん）》の者《もの》に預《あづく》る」と、座《ざ》を立《たち》さまに、「此上《（この）うへ》は、南部屋《みなみべや》にも不義《ふぎ》の相手《あひて》あるべし。是《これ》を糾明《きうめい》すべし」といひすてて、〔ゝ〕若殿《わかとの》へ申上《（まうし）あぐ》るに、かねての[一九]巧《たくみ》と悦《よろこ》び給ひ、[二〇]二言《（に）ごん》といはず、[二一]しばり首打《くびうた》れて、さだめなきかな、村芝《むらしば》与十郎、[二二]葉《は》ずゑの露《つゆ》と消《きへ》ぬ。

其《（その）》まゝ梅之助《むめ（の）すけ》に、「只今登城《たゞいまとうじやう》すべし。しばしの内《うち》、[二三]叶《かな》はざる御用《（ご）よう》あり。もし病中《びやうちう》といはば、〔ゝ〕乗物《のりもの》にて迎《むか》ひ来《きた》るべし」と、[二四]歩行《かち》・[二五]六尺数《す》十人、[二六]御手医者《（お）てい しや》坂川《さかがは》玄春《げんしゆん》、御使者《（お）し しや》には、今《いま》の[二七]御物《ご もつ》甲斐《か ひ》品之丞《しなの ぜう》をつかはされけるに、内蔵《くら》、「是《これ》は[二八]冥加《みやうが》なき仕合《しあはせ》」と、早《さう》ゝ梅之助《むめ すけ》を送《をく》り、扨《さて》、御前《ごぜん》に出《（いで）》たるに、今まで御前《ごぜん》に罷出《まかりいで》ざる[二九]御不足《（ご）ふ そく》、かず〳〵ありて、「それも、[三〇]様子《やうす》を聞《きけ》ばにくからず。さるによつて、与十郎《よ（じふ）らう》事、不義《ふぎ》の科《とが》にかこつけて、今朝成敗《こんてうせいばい》したれば、此上《うへ》は、もはやさ

心、新六の邪心、野沢の奸計などによって「しばり首」を打たれることになる。「よろづ律義」な与十郎は、「方便をもって」「成敗」されたことすら知らずに死ぬ。「殊に恨めしや」と言わざるをえないところだが、下級武士の悲哀が印象づけられるとともに、若殿やとりまきの悪ぶりも見事に描かれ、武家社会と武家のありようの一面が、読者の記憶に強く残る前半部である。

二三 どうしても必要な。

二四 徒歩で主人に供奉する下級武士。

二五 駕籠かき。「歩行・六尺数十人」は、壱岐島ならずともいささかオーバーであろう。

二六 扶持を与えられているお抱えの医者。

二七 主君に寵愛されている小姓。

二八 恐れ多いが、この上もなくありがたい、の意。「冥加なし」は、恐縮したさまにいう。

二九 御不満の言葉。

三〇 念者があり、それに義理を立てていた様子。以下の若殿の言葉は、いささかならず傍若無人。家臣に対する生殺与奪の権を主君は持つが、余りにもぬけぬけと「今朝成敗…」と言わせていることが、以下で敵とされていなくとも、与十郎の真の敵が誰かを明確に印象づける。

挿絵解説　塀の忍び返しに奥嶋の袴が打ちかかっている所を三人の武士が見ている挿絵。左の人物が袴を着けず着流しなので、村芝与十郎、他の二人は田上磯右衛門と柏義左衛門のつもりであろう。ただし、本文にこの場面は描かれず、野沢の言葉の中で言われているのみ。また、この図では、塀の外側の路上から袴を見ているごとくで、その点も本文と合わない。与十郎が無実の罪をきせられる証拠が現れた重要な場面の挿絵化だが、本文と齟齬している。

はる事は有《(ある)》まじ。身《み》[一]に奉公《ほうこう》すべし」と、仰《(おほせ)》らるゝ半《なかば》より、はつと思ひながら、色《いろ》に出《(いだ)》さず、「是《(これ)》は、御意《(ぎよ)ゐ》共《(とも)をば》覚えず。与十郎と拙者義《せつしやぎ》、さら〳〵左様《さやう》の事にあらず。か様《やう》なる義《ぎ》は、御側《(お)そば》に佞人《ねい(じん)》[二]有《(あつ)》て、跡《あと》かたもなき讒言《ざんげん》申上《あげ》たるものにて御《(ご)》座《ざ》有べし」と、いふことばの下《した》より、新六罷出《まかりいで》て、「何と、御側《(お)そば》の佞人《ねい(じん)》とは、誰《たれ》をさすぞ。其上《そのうへ》、その方と与十郎念比《ねんごろ》[三]の事は、国中《こくちう》にかくれなきによつて、某《それがし》申上《(まうしあげ)》たり。生若輩《なまじやくはい》[四]なる口《くち》よりいはれざる[五]過言《くはごん》、一つには御前《(ご)ぜん》をもはゞからぬ、それを佞人《ねいじん》といふ」と、色《いろ》をかへて詞《ことば》[六]だゝかひするを、若殿《わかとの》、両人《りやう(にん)》を御なだめ有《あつ》て、「それはともかくも、梅《むめ》之助、身《み》が近習《きんじゆ》へ詰《つむ》[七]れば、別義《べちぎ》なし。向《きやう》[八]後《かう》、互《たがひ》に意《い》[九]趣《しゆ》に含《ふく》む事なかれ」と、奥《をく》に入《(いら)》せ給ひけるに、梅《むめ》之助、直《すぐ》に宿《やど》に帰り、「扨《さて》もぜひなき次第《しだい》、是《これ》、新《しん》六がなせる所。与十郎、露《つゆ》もしらせ給はず、[一〇]やみ〳〵となられたる事」[一一]のかなしきに、涙《なみだ》にくれながら、文《ふみ》[一二]こま〴〵と書置《かきをき》、其夕暮《そのゆふぐれ》、立出《たちいで》て、新《しん》六が帰《かへる》さを待《まち》かけたるに、菱蔓《ひしづる》[一三]の紋挑灯《もんでうちん》[一四]、「是《これ》新六」と詞《ことば》をかけ、抜合《ぬきあは》せて打一《うつ(ひと)》太刀《たち》に切臥《きりふせ》、若党《わかたう》二人も遁《のが》さず切倒《きりたを》し、鑓持《やりもち》・小《こ》者追《ものをつ》散《ちら》し、「今は是迄《(これ)まで》」と、新六が死骸《しがい》に腰《こし》をかけ、こゝろしづかに切腹《せつぷく》し、みづから首掻《くびかき》おとして消《きへ》[一五]ぬ。

この太刀音《(た ち)をと》、近所《きんじよ》におどろき、かけよるに、はや両方《りやうはう》事きれて、一通《つう》の書簡《しよかん》

一 我が身。身分の高い者が目下に言う自称。
二 口先がうまく心のねじけた悪人。
三 (男色関係で)情を通じあっていること。
四 若い者を嘲罵する言葉。「生」は強調の接頭辞。
五 いわれのない出過ぎた言葉。
六 口論。 七「つめれば」に同じ。勤仕すれば。
八 これから。今後。
九 恨み。若殿の言動→前頁注三〇。
一〇 あっけなく殺されてしまった事。
一一 心中思惟が地の文に変わる文体。登場人物の感情に読者が乗りやすい。
一二 目録の「意気地を書置にしる事」に対応。
一三 花菱に蔓の模様を加えた図柄。蔓花菱。
一四 紋所の着いた提灯。蔓—ねじけた—新六の連想によって出された新六の定紋か。
一五 死んだ。
一六 恋の道(ここでは男色の恋)に、身分の上下のへだてはない。
一七 用明天皇をさす。幸若舞曲「烏帽子折」などの説話によれば、用明天皇は、豊後の真野長者の娘玉世姫を慕い、牧童に身をやつして山路と名のって長者の家に住みこみ、横笛を吹いて姫に近づき御子をもうける。それが聖徳太子。
一八 「用明天皇の、恋ゆへあそばす笛をこそ、草刈笛と申すなり」(烏帽子折)。
一九 その下の身分の者。下々。
二〇 命は風の中の塵より軽く。「命を風塵よりも軽くして」(太平記・十七)などの成句をきかす。
二一 鋭利な剣。霜のようにきらきら光る剣。
二二 約束し合った侍の一言を裏切ることはない。
二三 人の皮を着た畜生同然の人間が生きる世界。表面的には新六をさすが、「世界」には、当然若殿を含み、暗にそれを「人皮畜」と指弾。
二四 恋の邪魔をしたもの。新六をさす。邪魔、

あり。披《ひら》き見るに、「およそ一六此《(この)》一道《だう》におひては、高《たか》き賤《いや》しき隔《へだて》なく、たとへば一七一天《てん》の王子《わうじ》も、一八草露《さうろ》の牧笛《ぼくてき》を鳴《なら》し給ひて、御思ひをはれさせ給ひき。いはんや、その一九下来《しもつかた》は、申《(まうす)》も愚《をろか》なれ共《(ども)》、恋慕《れんぼ》に捨《すつ》る二〇命《いのち》は、風塵《ふうぢん》よりかろく、屍《かばね》を二一霜刃《さうじん》に刻《きざま》るゝとも、二二一たびかはす侍《さぶらひ》の一言《ごん》をや。爰《こゝ》に、この恋《こひ》しらずありて、漫《みだり》に、忠《ちう》信《しん》の者《もの》を、無実《むじつ》の科《とが》に偽《いつはり》て殺害《せつがい》す。よしや存命《ぞんめい》して、二三人皮畜《にんぴちく》の世界《せかい》にあそんで、契絶ゝ《ちぎりたへ〴〵》ならんより、二四邪魔《じやま》の関《せき》を踏破《ふみやぶつ》て、永《なが》き二五黄泉《くはうせん》の旅枕《たびまくら》、二六かさぬる衾《ふすま》は是《(これ)》ぞ、二七鴛鴦《えんあう》の劒《つるぎ》を以《もつ》て、いとしとおもふ兄分《あに(ぶん)》の敵《かたき》を打《(うつ)》て、うきよの夢《ゆめ》を覚《さま》すものなり」と。

見るもの、感涙《かんるい》の雨《あめ》、さかりなる二八梅《むめ》の、あたら落花《らくくは》の名残《なごり》をしまぬ人なく、二九今にかたりつたへて、聞《(きく)》さへあはれなり。

第三　不断心懸《ふだんこゝろがけ》の早馬《はやむま》

三〇男《をとこ》は当流《たうりう》、三一諸礼《しよれい》は、むかしの物《もの》がたきこそよけれ。三二和朝《わてう》の風俗《ふうぞく》は、嶋国《しまぐに》の果《はて》迄《まで》も万事《ばんじ》替《かは》らず、其《(その)》三三時津《ときつ》波《なみ》しづかに、三四佐渡《さど》の国主《こくしゆ》に召《めし》つかはれし三五大組頭《(おほ)くみがしら》に、椿《つば》井民部《ゐみんぶ》、御用《(ご)よう》の事ありて召《めさ》れしに、早馬《はやむま》に乗《のり》て、三六番町筋《ばんてうすぢ》の四辻《よつつじ》まはる時、綱嶋《つなしま》

関ともに恋のさまたげ。関—踏破って。
二五 あの世への旅。関—旅、枕—衾。
二六 原本「かぬる」と誤る。今補う。旅枕、枕かさぬる衾(夜具)と、枕は二重の意味となる。
二七 「鴛鴦の衾」(相愛の二人がとも寝する夜具)をきかし、愛しあう二人が力をあわせた剣。
二八 主人公梅之助の名をふまえていう。
二九 冒頭「昔日」に照応。当世ならずを一見強調。
▽敵新六を「一太刀に切臥」見事に切腹する梅之助を描き、その遺書をのせて後半部を終る。近世における悪政批判の論理は、主君を聖域に置き、そのとりまきの悪を難ずる場合が多いが、本章も一見その論理にのり、新六のみが敵として討たれ、真の敵若殿は断罪されていない。それ故に後味が悪い感じもあるが、若殿の悪ぶりは本章中に十分具体化されている。西鶴は、真の敵は誰かを読者に納得させた上で、若殿への断罪を避け、直接的な政道批判とうけとられないようカムフラージュを行っているのである。その舞台を僻遠の地壱岐島とし、「昔日」を強調する点にもその用意を感得することができる。
三〇 武士の風俗は当世風がよいが。
三一 礼儀作法は、むかしのきちんとしたものの方がよい。以下は、そんな「物がた」い昔の話。次の話のような「物がたさ」は今はない、として、まず浮薄な当世武士のあり方(精神)を批判。
三二 本朝。日本。
三三 太平となって。「四海波静かにして、国も治まる時津風」(謡曲・高砂)をきかした表現。
三四 慶長六年(一六〇一)以後幕府領。相川に佐渡奉行が在駐。
三五 徒(かち)組・弓組などの長。
三六 未詳。城下町にありそうな名として出したものか。

判《はん》右衛門といふ人に行違《ゆきちが》へば、民部《みんぶ》、詞《ことば》を懸《かけ》て、「判《はん》右衛門殿、御ゆるされませい。[一]鐙《あぶみ》をはづしました」と、云捨《いひすて》て通《とを》りける。この[二]断《ことは》りを、判《はん》右衛門、聞届《きゝとゞ》けぬこそ[三]是非《ぜひ》なけれ。

屋敷《やしき》にかへり、しばし思案《しあん》して、「菟角《とかく》は[四]堪忍成《かんにんなり》がたし」と分別極《ふんべつきは》め、一門《もん》中《ぢう》を呼集《よびあつ》めて、[五]次第《しだい》を語《かた》りける。いづれも内談《ないだん》して、さま〴〵申中《(まうすなか)》にも、[六]老人《らうじん》役《やく》に、久木勘《ひさきかん》右衛門申されしは、「民部《みんぶ》程の侍《さぶらひ》が、よもや詞《ことば》もかけずに、[七]乗打《のりうち》すべき故《ゆへ》なし。貴殿《きでん》、耳《みゝ》に入《(いら)》ざる事《こと》も有《ある》べし。民部《みんぶ》三千石、其方《(そのはう)》は三百石、禄《ろく》のかるきを見くだす心底《しんてい》にあらねば、爰《こゝ》は[八]分別所《ふんべつ(どころ)》」と申さ[九]れき。判《はん》右衛門、一《(ひと)》通《とを》り[一〇]委細《いさい》に承《うけたまは》り届《とゞ》け、「尤《もつとも》、民部《みんぶ》礼義《れいぎ》あつたにもせよ、[一一]此方《(この)はう》の聞《きか》ぬからは、是非《ぜひ》もなき仕合《しあはせ》なり。[一二]此上《うへ》は堪忍《かんにん》ならぬ」に治定《ちでう》して、親類《しんるい》も[一三]同心《どうしん》の後《のち》、右の段ゝ《だんぐ》、[一四]書中《しよちう》にしたため、民部《みんぶ》かたへ遣《つか》はしける。

民部《みんぶ》、其使《(その)つかひ》に、返状《へんじやう》いさぎよく申越《(まうし)こし》ぬ。「鐙《あぶみ》をはづし、[一五]謙退《けんたい》の辞《ことば》を正《たゞ》しく懸《かけ》申《(まうし)》つれ共《(ども)》、今更《(いま)さら》、此断《(この)ことはり》は申さぬなり。明晩《みやうばん》、[一六]長林院《ちやうりんゐん》の松原《まつばら》へ出合《であひ》、[一七]太刀《たち》先《さき》の御所存《(ご)しよぞん》、[一八]其意《(その)い》を得《え》候《(さうらふ)》。明日《みやう(にち)》、[一九]酉《とり》の下刻《げこく》に立向《たちむか》ひ、面談《めんだん》の[二〇]時《とき》はうつさじ」と、書《かき》をくりける。

此《(この)》事、自然《しぜん》と沙汰《さた》して、横目《よこめ》役《やく》津田《つだ》求馬《もとめ》聞届《きゝとゞ》け、御前《ごぜん》へ申上《(まうし)あぐ》れば、「両方共《(とも)》

一 武士が馬で往来する際、特別の貴人(大名・家老など)に出逢った場合以外は、下馬せずに馬上から式礼すればよかった。
二 礼儀。挨拶の言葉。
三 どうにもならないことだった。この小事が以下の大事となったのは、「物がたき」世ではいかんともしがたい。以下の展開と結末を示唆。
四 小事→堪忍ならず→切合い、の構図。本章は、「堪忍ならず」の部分が、主人公たちの「物がたさ」を生かした以下の挿話によって拡大し、異色の作品となっている。ただし、そのため本章の主筋は敵討とならず、武道の意地が中心となる。
五 事のなりゆき。事情。
六 一門中の長老役らしく。
七 馬上のまま相手に挨拶せず行き過ぎること。
八 十分考えた方がいい。思案のし所。
九 原本「かれき」。今改む。
一〇 事こまかに。十分に。
一一 「物がたさ」が意地に亢進。融通無礙ならぬ武家の論理を具体化。
一二 堪忍できぬということに決まって。
一三 納得。一人の喧嘩・果し合いが一門中に広がる場合の多い例は、伝来記中にも多出する。
一四 書状に同じ。ここは果し合いの状。
一五 へりくだること。失礼をわびる言葉。
一六 未詳。決闘の場にふさわしい名(高い木のしげる松原)として作ったものか。
一七 果し合いの御意向。 一八 承知致しました。
一九 午後六時半頃。酉の刻は午後五時―七時頃。下刻は一時(二時間)を三分した最後の四十分。
二〇 ただちに決闘しよう。
二一 殊勝至極。誠に立派で理にかなっている。
二二 聞かないとしても。 二三 もっともである。
二四 恨みのないことなのだから。

に、武士《ぶし》の義《ぎ》を立《たつ》る所、至極《しごく》[二一]なり。民部《みんぶ》、鐙《あぶみ》はづし、礼義《れいぎ》を正《たゞ》しながら、此時におよび、其断《（その）ことは》りをかまはず、一命を捨《すつ》る心ざし、是神妙《（これ）しんべう》のいたりなり。又、判《はん》右衛門心底《しんてい》、民部《みんぶ》詞《ことば》[二二]をきかぬにして、我壱人《われいち（にん）》の堪忍《かんにん》にて済所《すむところ》を、身《み》を捨申《すて（まうし》入《いるる）》事、是又《これまた》、道理《だう》[二三]に帰《き》したり。元《もと》、意趣《いしゅ》[二四]なき義《ぎ》なれば、自今以後《じこんいご》、両人共《（とも）》に、遺恨《ゐこん》さしはさむ事なかれ」と、大殿《をゝとの》、嗳《あつか》[二五]はせ給へば、上意有難《じやういありがた》く御請《（お）うけ》申《（まうし）》、別《べち》[二六]条《でう》なく屋形《やかた》に帰《かへ》りて、民部《みんぶ》、妻子《さいし》を召《めし》つれ、其夜《そのよ》立《だち》のき、渡《わた》せる船《ふね》を急《いそ》ぎ、佐《さ》渡《ど》の国《くに》をはなれ、越後《ゑちご》の寺泊《てらどまり》[二七]といふ浦辺《うらべ》に着《つき》ぬ。

かゝる折ふし、跡《あと》より、福井丹後《ふくゐたんご》、安徳寺勘太夫《あんとくじかんだゆう》、伴采女《ばんのうねめ》、此《（この）》三人、小早浪《こばやなみ》[二八]をくゞらせて、程《ほど》なく追付《をつつき》、「御暇《おいとま》も乞請《こひうけ》ずして、国遠《こくえん》[二九]いたさるゝの段《だん》、以外《もつてのほか》の御立腹《（ご）りつぷく》、先《まづ》ゝ帰宅《きたく》申され、其上《（その）うへ》の願《ねが》ひ」と、申渡《（まうし）わた》しければ、民部《みんぶ》、少《すこし》もおどろく気色《けしき》なく、払髪《ていはつ》[三〇]したる首《かしら》を見せ、「此仕合《（この）しあはせ》なれば、外に主取仕《しうどりつかうまつ》り、勤《つと》むる望《のぞ》みにあらねば、いかな〳〵[三一]、上意《じやうい》にても、此身跡《みあと》へは帰《かへ》らじ。是《（これ）》より、武《ぶ》[三二]州浅草《しうあさくさ》の辺《ほと》りに、住宅《ぢうたく》[三三]仕《（つかまつ）》る子細《しさい》あり」と、申《（まうし）》[三四]はなれて、此《（この）》一言《ごん》に、取《（とり）》[三五]つく嶋《しま》もなく、舟《ふね》は佐渡《さど》にもどりて、御前《ごぜん》よろしく申《（まうし）》あげ、先其分《まづそのぶん》[三六]に済《すみ》ける。

それより民部《みんぶ》は、東武《とうぶ》[三七]に行《ゆき》て、浅草《あさくさ》の寺町《てらまち》[三八]ちかくに借座敷《かりざしき》[三九]して、門柱《かどばしら》に「椿《つば》井民部《ゐみんぶ》」と、筆太《ふでぶと》に張札《はりふだ》して、菱垣《ひしがき》[四〇]のかりなる風情《ふぜい》、軒《のき》は雨《あめ》もりて月すごく、

二五 仲裁し、とりなして下さったので。
二六 変わったこともなく。
二七 新潟県三島郡寺泊町。佐渡への渡航地。
▽大殿のとりなしで一件落着と思いきや、三千石の高禄を捨てて出奔する民部の行為は、もはや「物がた」さの域を超え、武士に二言なしとしてかたくなに意地を通そうとする行為に見える。西鶴は本章で「物がた」い古風の武士民部・判右衛門に好意的だが、武道を守り意地を貫くために時に奇矯に走る武士の論理や行為のあり方を冷徹にとらえ、それを悲劇の原因と見ていることは確かである。伝来記には町人とは異なる武家の論理や行動への関心が貫かれているが、本章のようにそれが肯定的に描かれている場合でも、異質な人間のありようを認識しようとする姿勢は一貫しているといえよう。
二八 櫓が四十挺以下で矢倉がなく、牛垣または欄干造りの快速船（和漢船用集・三）。
二九 遠国へ出奔すること。 三〇 剃髪の宛字。
三一 どうしてどうして。決して。
三二 武蔵国、の意。江戸に限定してもいう。
三三 住むが、それには訳がある。
三四 はっきりと言い切って。
三五 たよる手がかりもなく。島—舟—佐渡。
三六 そのまま何事もなく終った。ここで民部・判右衛門の話が終ったかのごとくに思わせ、江戸での脇筋を続けることが、最終部での判右衛門の登場を効果的なものとする。
三七 江戸をさしていう。
三八 下谷東坂町から浅草菊屋橋に至る通り（台東区上野駅前から菊屋橋までの浅草通り）には寺院が多く、新寺町と俗称。
三九 借家住いをして。
四〇 割竹を菱形に結った粗末な垣。

壁《かべ》は蔦《つた》のみ、嵐《あらし》の吹込《ふきこみ》、身をいとはず、世《よ》をかまはず、心のまゝに一日を暮《くら》し、遊興有程《ゆうけうあるほど》つくして、秋《あき》の夜《よ》の哀《あは》れ一《(ひと)》しほ、菊《きく》も霜枯《しもがれ》にちかき比《ころ》、ひとりの息女《そくぢよ》、十一にして、琴《こと》の曲《きよく》すぐれて好《すき》給へば、母《はゝ》は是《これ》に和《あは》せて、[一]時勢《いまやう》をうたひて、よねんなく見え給ひぬ。

此《(この)》歌《うた》、面白《おもしろ》き半《なかば》に、女の声《こゑ》して、[二]けはしく板戸《いたど》敲《たゝ》き明《あけ》、抱《だき》たる子《こ》をさし出《(いだ)》し、「しばし是《これ》を、爰《こゝ》に頼《たの》み奉《たてまつ》る。只《たゞ》今御門前《ごもんぜん》にて、親《をや》の敵討《かたきうち》」と申《(まうし)》て、[三]肌刀《はだがたな》抜《ぬき》てかけ出《(いづ)》る。民部《みんぶ》、「それは」と、つゞきて出《(いで)》給ふを、内義《ないぎ》おしとゞめ、「こなたの御命《おんいのち》は、[四]義理《ぎり》の預《あづか》り物にあらずや。助太刀《すけだち》ならば、女に女よし」と、長刀《なぎなた》の鞘《さや》はづして、門《かど》に出《(いで)》給へば、[五]長月《ながづき》廿四日の宵《よひ》、出初《いでそむ》る月にほの[六]あかく、其《(その)》面影《をもかげ》も見えわたりし相手《あひて》、たくましき男《をとこ》三人、こなたは、たよはき男《をとこ》に、[七]角前《すみまへ》髪《がみ》の若衆《わかしゆ》、彼女《かのをんな》切結《きりむす》び、[八]成程静《なるほどしづか》に、うけつながしつ、一命《めいこゝ》爰に極《きは》めたる有様《ありさま》なり。

民部《みんぶ》内義《ないぎ》、女に立添《たちそひ》、「是《(これ)》に[九]身《(み)》共《ども》が[一〇]後《うしろ》づめ、[一一]心《(こころ)》覚《をぼへ》の長刀《なぎなた》なり」と、脇《わき》を払《はら》はせ給ふ働《はたら》き、[一二]摩利支天《まりしてん》も恐《をそれ》給ふべし。此《(この)》かけ声《ごゑ》、うしろに[一三]鉄山《てつざん》の便《たよ》りと成《なり》、彼《(かの)》女が手に懸《かけ》て、進《すゝ》みし男《をとこ》の脇腹切付《わきばらきりつけ》、よはるをたゝみかけ、終《つゐ》に打臥《うちふせ》、とゞめさす時、[一四]高股《たかもゝ》[一五]我《われ》とあやまり、身《み》を悩《なやむ》を、内儀《ないぎ》肩《かた》にかけて、内《うち》に入《(いり)》給ひぬ。

一 当世流行の歌曲。「時勢 イマヤウ」(書言字考)。
二 あわただしく。はげしく。
三 肌に付けている守り刀。懐剣。
四 ここは、武士としての正しい道理。それを貫くために預かっているもの、の意。判右衛門が後に訪ねてくる場面の伏線。
五 陰暦九月。「ナガヅキ」(諸節用集)。
六 明るく。
七 前髪の額の両側を角型に剃り込んだ髪型。元服前の少年の髪風。
八 できるだけ。
九 私。一人称。普通は男性の謙譲に用いる語。
一〇 助太刀。
一一 腕に覚えのある。
一二 常に身を隠し、それを供養する者に障難を除き利益を施す女神。武士の守り本尊。
一三 鉄の山のようにたのもしいもの。強い後盾。
一四 股の上部。
一五 自分で傷つけ。
一六 民部の「借座敷」は「菱垣のかりなる風情」だったはずで、齟齬があるか。柘植兵左衛門の敵討(一二六頁▽)の際、井伊家の家臣達が武者窓から声援を送ったが、井伊家では、家内よりの口添えなどは武士として恥ずべき振舞いとし、

民部《みんぶ》は、[一六]塀越《へいごし》に見物《けんぶつ》して、「角前髪《すみまへがみ》、すそを払《はら》へ〱」と、[一七]下知《げぢ》し給ふに力《ちから》付《つき》、踏込《ふんごみ》て切付《きりつけ》、飛《とび》かゝつて首《くび》を打《(うつ)》。此《(この)》勢《いきほひ》におくれて、壱人にげ行《ゆく》を、今独《ひと》りの男《をとこ》、[一八]追付打《をつけうち》とめ、弐人ながら浅手《あさで》をひて、「嬉《うれ》しや、敵《かたき》は残《のこ》らず打《(うつ)》たぞ」と、声《こゑ》をかけあふ時、民部《みんぶ》、[一九]広庭《ひろには》に入《(いり)》て、気《き》を鎮《しづ》めさせて後《のち》、様子《やうす》を尋《たづ》ね給ふに、両人、[二〇]礼義《れいぎ》を演《のべ》て、「此度《(この)たび》の首尾《しゆび》、偏《ひとへ》に御影《(お)かげ》ゆへなり。殊更《ことさら》、[二一]御内方様《(ご)ないはうさま》の御働《(お)はたら》きにて、願《ねが》ひのまゝに、此女《をんな》、本望《ほんもう》をとげ、此嬉《うれ》しさ、御恩報《(ご)をんほう》じがたし」と、いづれも涙《なみだ》をこぼし、「是《(これ)》なるは、[二二]信州松本《しんしうまつもと》にて、高倉《たかくら》庄左衛門と申《(まうす)》者の娘《むすめ》、私義《わたくしぎ》は、大野《の》笹《さゝ》右衛《ゑ》門と申《(まうし)》て、同《をな》じ家中《かちう》に罷有《まかりあり》しが、此《(この)》五ヶ年以《ねんい》前《ぜん》に、庄左衛門聟《むこ》と成《(なり)》、此《(この)》女とかたらひ申《(まうし)》、未《いま》だ十日も立《たゝ》ざる中に、岩谷喜平次《いはたにきへいじ》と申《(まうす)》者、庄《しやう》左衛門と口論《こうろん》、[二三]座《ざ》にて打捨《うちすて》、国本《くにもと》を立《たち》のきける。舅《しうと》の事なれば、[二四]外《ほか》に見られず、御暇申請《(お)いとまうけ》、三年あまり流浪《るらう》をいたし、やう〱此程《(この)ほど》[二五]付出《つけいだ》し、今宵《こよひ》の首《しゆ》尾《び》、本国《(ほん)ごく》へ帰宅《きたく》の土産《いへづと》には、喜平次《きへいじ》が首《くび》なり」と、言葉《ことば》に悦《よろこ》びを含《ふく》み、段ゝ《だん〲》心《しん》底《てい》を残《のこ》さず語《かた》り、「是《これ》なる若年者《じやくねんもの》は、私弟《わたくしをとゝ》、笹《さゝ》之介と申《(まうす)》なり。是《(これ)》を、追付御礼《をつけ(お)れい》にさし越申《こし(まうす)》べし」と、互《たがひ》に[二六]武士《ぶし》のつめひらき、聞《きく》にたのもしき事ぞかし。

各ゝ《をの〱》、夜明《よあけ》がたに立行《たちゆく》を、民部《みんぶ》、門《かど》をくりして、「此《(この)》上ながら、猶仕合《なをしあはせ》よく、御帰国《(ご)きこく》を願《ねが》ふなり。扨《さて》、此度《(このたび)》、それがしが、[二七]女《をんな》さへ力《ちから》をそへしに、我《われ》ながら助《(すけ)》

その窓を閉じた。それを「井伊さんのめくら窓」と称した、という話をこの部分にとり入れたかとの説(前田金五郎)がある。それによっているとすれば、武者窓を塀に転じたと見られるが、その話は日本武士鑑には記されておらず、伝来記以前に流布していたとも確定できない。切合いの口添えを高い所からするという展開から生まれた武家屋敷の塀越という場所の設定による齟齬にすぎないとも見られる。

一七 命令・指図すること。

一八 追いついて打ち果たし。

一九 玄関先の広い庭。民部の家が大きな武家屋敷のごとくで「借座敷」らしくない。注一六と同じく、民部邸を武家屋敷と錯覚しての記述か。

二〇 御礼の挨拶をして。「演 ノブル」(易林本)。

二一 奥様。人妻の敬称。

二二 長野県松本市。寛永十九年(一六四二)以後貞享期までは水野氏七万石の城下町。

二三 その場で庄左衛門を打捨て。口論→切合いのパターンは伝来記に多い。

二四 他人事として見ているわけにはいかず。

二五 見つけて跡を追い。尋ね出して。

▽民部の江戸住いから脇筋が挿入され、民部宅の前での親の敵討が描かれるのは、「物がた」いい民部と判右衛門の話が敵討となりえない素材であるためであろう。伝来記は「諸国敵討」と副題している手前、何らかの形(添え物的、非公式、ややこじつけ等)で敵討を導入しようとするが、本章では、この敵討の脇筋が、女房の助太刀という趣向によって「義理の預り物」である民部の命を印象づけることになり、最終部への展開に生かされている。

二六 武士らしい礼義にかなった応対。

二七 自分の妻をいう。

太刀《だ(ち)》[一]用捨《ようしゃ》する事、まつたく身を[二]引《ひく》には非《あら》ず。[三]此段《(この)だん》は、後日《ご(にち)》にしるゝ事ぞ」と、是《(これ)》を[四]暇乞《いとまごひ》のおさめにして別《わかれ》ぬ。

扨又《(さてまた)》、佐渡《(さ)ど》が嶋《しま》に有《(あり)》し綱嶋《つなしま》判右衛門、国《くに》に[五]堪忍成《かんにんなり》がたく、御暇申請《(お)いとま(まうし)うけ》、十三に成《(なる)》一子《し》判之丞《ぜう》、同妻《をなじくつま》を召《めし》つれ、急《いそ》ぎ江戸に立越《(たち)こし》、民部《みんぶ》かたへ尋《たづ》ね、互《たがひ》に涙《なみだ》に沈《しづ》み、「されば、[六]武士《ぶし》の義理《ぎり》程《ほど》、是非《ぜひ》なき物はなし。両人が最後《さいご》は、何の遺恨《いこん》もなく、世間《せけん》の思はくばかり恥《はぢ》て、[七]身命捨《しんみやうすつ》る夢路《ゆめぢ》の友《とも》、けふをかぎりなれ

一 手びかえる事。
二 逃げ腰で避ける。
三 この点については。
四 別れの挨拶の最後として。
五 じっとしていることに我慢できなくなり。居にくくなったの意とはとらない。
六 武士が正しい道理と考えることを実践することほど、どうにもならない(つらい)ものはない。「義理」は本来その社会内での「正しい道理」として積極的に行うべきものだが、その原初的な意味が、仕方なく行う行為の意味へと頽落して行くのが十七世紀後半。ここでも、「物がた」い民部・判右衛門にとって武道の義理の実践はあくまで正しい行為なのだが、同時に「是非なき物」であり、「世間の思はくばかり恥て、身命捨る」行為ともなる。「世間の思はくばかり恥て」と二人に言わせると、実はその行為そのものが無意味となるが、そう言わせる西鶴は、「物がた」い武家の義理死の行為を冷徹にとらえ、同時に、当世の武家の義理のありようが「世間の思はくばかり恥て」いるものであることをさりげなく読者に認識させるのである。
七 命を捨ててあの世への路を一緒にたどる友。

ば」、八うき世の名残酒《なごりざけ》、心よく酌《くみ》かはし、二人が妻《つま》もうちまじり、古里《ふるさと》にてはあひみぬ皃《かほ》を、思ひもよらぬ爰《こゝ》に近《ちか》づき、むかしを語《かた》り、今の歎《なげ》き、一人の男《むす》子《こ》、ひとりのむすめ、此行《(ゆく)》すゑを思ひやられて、今相果《あひはて》、九けふ人〻の身の上より、なをかなしきは、一〇女心にことはりなり。

民部《みんぶ》一一内方、申出《(まうしいだ)》されて、「判右衛門殿一子の判之丞《ぜう》に、民部《みんぶ》殿娘《むすめ》のお松を妻《め》あはせたき」一二願《ねが》ひ、一三なげきの中に、一四よろこびの盃事《さかづき(ごと)》、跡《あと》の事、一五家来《けらい》に申付《(まうしつけ)》、

八 会話文が地の文に変わる。「うき世」には、この世の意と、つらい世の両意がかけられる。
九 「ける」または「給ふ」の誤りか。
一〇 女心としては道理である。
一一 妻。
一二 ここで会話文が途中から地の文に変わっている。この文体は文章のテンポを早め緊張させる場合がある。
一三 「なげきの中の喜び」（平家物語・十、他）の成句をきかせた表現。
一四 婚礼時の三々九度の盃事。
一五 家来がこの場にいることは、本文中にない。高貴の人の場合書かれなくてもいることを前提とする筆法が物語類にはあるが、ここは西鶴の齟齬と見るべきか。

挿絵解説　右図は民部の女房が長刀を持って助太刀に出る場面。武家屋敷の門・塀・見越しの松が描かれ、子供を抱いた乳母風の女が立っている。本文では民部の「借座敷」は「菱垣のかりなる風情」のはずであり、子供を抱く乳母風の女は登場しない。あるいは、子供を抱いているのが、庄左衛門女房のつもりか。左図は、笹之介と侍とが切合い、塀越しに民部が笹之介に「下知」しているところ。笹之介は「角前髪」になっていないため、左右を一つの場面とすれば、庄左衛門女房ともとれる描き方だが、同女房は「肌刀抜て」戦ったはずだから、これは笹之介と見るべきであろう。本文中の庄左衛門、同女房等は描かれず、本文と齟齬する所の多い画面である。

両方の内儀《ぎ》、一度《ど》に髪《かみ》を切捨《きりすて》て、いまだ御命[一]のうちに、出家姿《しゆつけすがた》となり給ひぬ。何か世《よ》[二]上に残《のこ》らぬ仕《し》かた、哀《あは》れをふくみ、殊勝《しゆしやう》さかぎりなかりき。

民部《みんぶ》・判右衛門、今はと思ひ定《さだ》め、袴《はかま》・かたぎぬ[三]を、はなやかに死出《しにで》立《たち》[四]をあらため、是《(これ)》ぞ仏《ほとけ》の浄土寺《じやうどでら》を頼《たの》み、法《のり》[五]の庭《には》なる草むらに、畳《たゝみ》六帖《でう》、敷《しき》ならべ、両人座をしめ、りんじう[六]を観念《くはんねん》して、ひだりの手に、手を組合《くみ(あひ)》、「南無《(なむ)》」といふ声《こゑ》をあいづに切付《きり(つけ)》、露《つゆ》[七]ものこらぬ心の魂《たま》、其《(その)》まゝ同《をな》[八]じ煙《けぶり》となしける。末《すへ》[九]の世《よ》のためしぞかし。

大野《をゝの》笹《さゝ》右衛門、此《(この)》事はしらず、はる〴〵の信濃《しなの》より一礼《れい》に来《きた》り、大かたならず是《(これ)》を歎《なげ》き、其跡《(その)あと》さま〴〵仏事《ぶつじ》をなして、四人を伴《ともな》ひ、生国《しやうごく》に帰《かへ》り、二人の比《び》丘尼《くに》には、[一〇]善光寺《(ぜん)くはうじ》の片山《かた(やま)》に、草庵《あん》をむすびいたはり、半之丞《ぜう》は、手前《てまへ》にかくまへ、成人《せいじん》の後《のち》、御奉公《(ご)ほうこう》に出《(いだ)》し、牢《らう》[一一]人分《ぶん》にて、八百石くだしおかれ、椿《つば》[一二]井主水《もんど》とぞ申《(まうし)》ける。

第四　火燵《こたつ》もありく四足《よつあし》の庭《には》

大雪軒《(おほ)ゆきのき》より高《たか》く、国《くに》[一三]はへだてながら、目前《もくぜん》の白山《(はくさん)》、水辺《すいへん》[一四]ははなれて、橇《そり》の

一　夫たちが生きているうちに。
二　振仮名は「せ」の誤りか。この世に少しも思いを残すことのないやり方。
三　肩衣。肩・背をおおう袖なしの短衣。
四　死装束。
五　寺の庭。「法の庭」は本来、仏事をいとなむ場所をいう。仏―浄土(寺)―法の庭。
六　臨終。死に臨んで覚悟をきわめ、心を乱さず仏を念じて。　七　はかなく少しも残らぬ霊魂。
八　一緒に荼毘《(だび)》に付した。
九　「物がた」さを失った当世の亀鑑ともなるべき物。民部・判右衛門の行為を賞讃することは、当世武士の風潮への批判となる。
一〇　長野市元善町の天台宗・浄土宗二宗兼学の寺。前出「浄土寺」にあわせ著名な善光寺を出す。
一一　客分。浪人の身分で八百石の支給はごく稀な例。厚遇されたことの強調。
一二　綱嶋半之丞が椿井民部の娘と結婚したわけだが、半之丞が改姓した記述はない。齟齬か。
▽「物がた」い二人の武士の「義理」を守るための自刃という凄絶な結末は悲劇的で、西鶴に皮肉な口ぶりはないが、一見瑣末なことにこだわって死を賭する武家の論理や行為のあり方を強烈に印象づける一章。また悪役を設けず武道の義理のためのみに死ぬという話は伝来記中でも異色であり、そのために敵討の話が脇筋として導入されたわけだが、本章ではそれが、話の展開に起伏と変化を生み、有効にいかされている。
一三　国を隔てているが目前に白山が見える。「白山」は、加賀・越中・越前・飛驒・美濃の国境にまたがる高山。従って、国を隔て目前に白山が見える場所はどこか不明。前田氏以後の諸注は七尾城下とするが、七尾(石川県七尾市)では、次の「水辺ははなれて、橇の浮舟」の記述とあわな

浮舟漕通《うきふねこぎかよ》ひて、「適〻《たま〱》の御出《(お)いで》、これは〱。此比《(この)ごろ》の気色《けしき》に、隣家《りんか》を見ゝしなひて、[一五]市中《しちう》の山居《さんきよ》と存《ぞん》ずる」など、いひかはしたる朋友《ほうゆう》四五人、語《かた》るには、夜のながきを[一六]重宝《てうほう》に、[一七]おとし咄《ばなし》も、耳馴《みゝなれ》たるははやいひ尽《つく》して、「何と、化物《ばけ》の出《いづ》る、[一八]百物語《がたり》とやらをはじめては」といへば、「是《(これ)》、一興《けう》たるべし」と、行燈《あんどう》かすかに、帷子《かたびら》を打懸《うちかけ》、火燵《こたつ》も取《(とつ)》て退《のけ》、各〻《をの〱》座《ざ》をしめ、「むかし、虚屋敷《あきしき》に」と、云《いふ》程《ほど》の事おそろしく、目に見ぬ鬼《をに》も俤《をもかげ》に立《(たち)》、はなしの六七十もすむ比《ころ》より、透間《すきま》漏風《もる》も、[一九]それかとおどろき、片隅《かたすみ》にゐたる男も、次第《しだい》に[二〇]轥出《にじりいで》、天井《じやう》に鼠《ねずみ》の噪《さは》ぐも、雷《いかづち》のおちかゝるかと疑《うたが》はる。屋ねを[二一]物めがありくやうに聞《(きこ)》へ、もはや九十七八にかたりつめたる時、皆〻《みな〱》、面《をもて》の色《いろ》を違《ちが》へて、五人一所《しよ》に鼻《はな》を突合《つきあは》せ、今は、咄《はなし》一つに極《きはま》りたるにぞ、目を見合《(みあは)》せ、手に汗《あせ》を握り、[二二]身柱《ちりけ》もとより何ものやら抓《つかみ》たてると、[二三]榑椽《くれえん》より、爪《つめ》の長き物這出《はい(いづ)》る音《をと》、頻《しき》りなるに、心魂《こゝろだま》も消〻《きへ〲》となりながら、さすが[二四]すくみも果《はて》ず、刀取《(とり)》まはして、一度《ど》に声《こゑ》をかけて、はらりと立《たち》、障子《しやうじ》を明《(あく)》る迄《まで》は叶《かな》はず、唾《つばき》にて穴《あな》を明《(あけ)》て眈《のぞけ》ば、最前《さいぜん》、自《みづから》をける火燵《こたつ》の櫓《やぐら》、椽《えん》より下におりて、[二五]霜枯《しもがれ》の菊畠《きくばたけ》にはしり出《(いで)》たるに、「いざ、しとめ給はぬか」といへば、「先《まづ》こなたに」「いや、[二六]御時宜《ごじぎ》に及《をよ》びませぬ」と、[二七]いはれぬ所で礼義《れいぎ》を述《のべ》て、埒《らち》あかざるを、中にも亭主《ていしゆ》、[二八]武辺人《ぶへん》にすぐれ、そのまゝ廊下《らうか》にはしり

い。本章は、はばかりある素材(生類憐み令の発令下での犬殺し)をとりあげているため、時代を天正三年(一五七五)のこととするが、同じ理由で以下の舞台となる場所をおぼめかしたものか。

一四 海辺からは遠い(豪雪地帯なので)、橇を舟のようにしてこいで往来し。

▽冒頭部に「昔」の設定を行わず、作品の舞台を白山周辺の豪雪地帯のどこかとおぼめかした上でただちに話を始める本章の書き出しは、伝来記中でも異色だが、伝来記全体に変化を与え、読者を作中に引き込む上でも有効な導入部。

一五 町の中での山住まい。「市隠」「大隠は市中に隠る」などの言葉をきかし、豪雪のためやむなく市中の隠者のような境涯になったと洒落る。

一六 都合のよいこととして。

一七 落ちのつく小話。軽口話。貞享期には三都に落し話の名手(鹿野武左衛門、露の五郎兵衛、米沢彦八)が出て流行。

一八 数人の者が集まり、怪談を一話するごとに灯心を一本ずつ消して暗くすると、百話目には必ず怪事が起こるといわれた。近世初期以後行われた遊びで、貞享期にも流行。

一九 化物が現れたかと。この前後から、臆病な当世武士のありようを滑稽に具体化。

二〇 じりじりと出て来て。「轥(リ)」は訓「キシル」(玉篇大全)で「躙 ニジル」(易林本)の宛字。

二一 何か得体のしれない物。

二二 えり首。首筋。「身柱」は、うなじの下で両肩の中央部の灸穴。

二三 板をかまちに平行させて並べて張った椽。普通の縁がわをいう。

二四 恐れちぢこまってばかりもおらず。

二五 冒頭の「大雪軒より高く…」と矛盾。

二六 御遠慮。「時宜」は「辞宜」の宛字。

行《(ゆく)》と、一手鑓提《やりひつさげ》てかけ出《(いで)》、二ぼつ詰《つめ》て突《つき》とめ、「しとめたり」と、呼《よばゝ》る声《こゑ》に力《ちから》をえて、各《をの〱》かけつけ、「まづは御手柄《(お)てがら》、是《これ》を殿《との》の御耳《(お)みゝ》に達《たつ》せん」と、三はやとり〲なるに、亭主《ていしゆ》噪《さは》がず、「これ、人のうたがふ事なれば、いづれも四証拠状《しやうこじやう》を書《かい》て給《たま》はれ」といへば、「心得たり」と、五「天正《しやう》三年十一月廿八日の夜《よ》、畠山《はたけ(やま)》の末《ばつ》孫《そん》、友枝為《ともえだため》右衛門重之《しげゆき》、六化生《けしやう》の者をしとむる所、七実正明白《じつ(しやう)めいはく》なり。八其為如件《(その)ためくだんのごとし》。花崎波《さきなみ》右衛門、笠井《かさ》和《わ》平、常盤滝《ときはたき》右衛門、戸嶋《しま》与四左衛門《(よしざゑもん)》」と、九連判《れん(ばん)》を居《すへ》て、

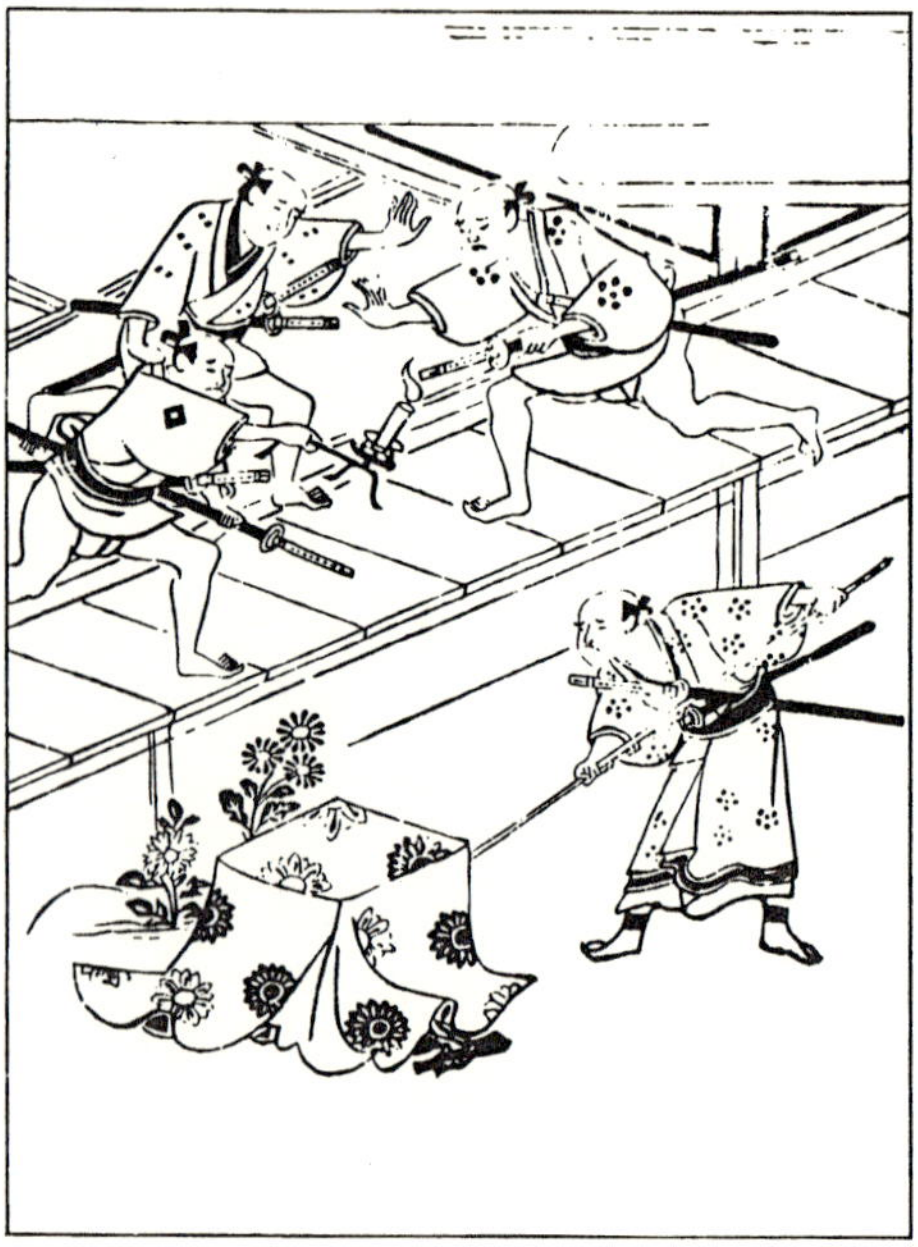

二七 無用な所で礼儀正しく。皮肉で滑稽な描写。
二八 武術。

一 柄が細く短い槍。
二 追い詰めて。
三 それぞれにほめそやすこと。
四 証明書。ぎょうぎょうしい所が可笑しくなる。
五 一五七五年。証拠状故の明確な日時の出し方だが、本章が、実は当世のことを書いているにもかかわらず、百年以上も前のことだとしてカムフラージュを行うための年月日の記述。
六 変化(へんげ)のもの。化物。
七 本当であることは間違いない。文書用語。
八 その証拠のためにこのような文書を書く。
九 二名以上が連名で署名捺印すること。以上までの大ぎょうな証拠状が以下逆転、滑稽感を生む。
一〇 自宅で飼っていた犬。伝来記出刊の貞享四年(一六八七)四月には、生類憐みの令が施行されており、特に犬殺しは厳禁。天正三年(一五七五)のことするのはそれをはばかるためである。なお生類憐みの令は貞享二年頃より出され始めるが、とりわけ犬についての布令は貞享三年七月(正宝事録のみ収載、誤りかとの説もあり)、貞享四年一月、同二月(諸書に所載)に集中して出されている。伝来記執筆時、校正時の西鶴は当然それを意識して書いていると見られ、読者もそれを意識しつつここを読んでいるであろう。また、犬を傷害したための処罰例は、貞享三年九月、同十二月、四年四月(二例)、同五月(二例)等、処罰は後年に比し軽いが、御仕置裁許帳に江戸の例が載る。
一一 冷えて寒くなるのをいやがって。
一二 この評判が一面に広まって。

「いざ、正躰《(しやう)たい》見せ給へ」と、蒲団《ふとん》をまくれば、日比《ひごろ》[一〇]手《(て)》飼《がひ》の犬《いぬ》也。宵《よひ》のあたゝかなるに塒《ねぐら》とせしが、夜更《(よ)ふけ》、[一一]寒《かん》ずるをいとひて、かけ出《(いで)》たるにぞありける。是《(これ)》に興覚《けうさめ》て、大笑《をゝわら》ひして帰《かへ》りぬ。

其後《そのゝち》、[一二]是ざた一《(いち)》ばいに成《なり》て、[一三]「扨《さて》も今は、御代《(み)よ》静謐《せいひつ》に治《をさま》り、[一四]血臭《ちくさ》き事なきによつて、此比《(この)ごろ》、去方《さる(かた)》にて、[一五]諸歴ゝ衆《しよれき〳〵しう》、犬《いぬ》を突《つき》とめたりとて、証拠状《しやうこじやう》を取《(とり)》、是を[一六]いひ立《(たて)》に、[一七]外《ほか》に知行望《ちぎやうのぞ》むよし、[一八]向後《きやうかう》、人の首捕《くびとる》刀を止《やめ》て、犬《いぬ》を切《(きる)》には生《なま》くら物よし」と、[一九]名《な》をさゝぬ計《(ばかり)》に評判《ひやう(ばん)》しけるを、[二〇]右同座《みぎどうざ》の戸嶋《しま》与四左衛門、伝《つた》へ聞《きい》て、[二一]「何とやらいはれぬ所に、為《ため》右衛門が[二三]武辺《ぶへん》して、諸士《しよし》の物笑《わら》ひになり、我《われ》ゝまで面目《めんぼく》を失《うしな》ひ、此云《(この)いひ》わけ立《(たた)》ず」と、波《なみ》右衛門に語《かた》り、悔《くや》む所へ、為《ため》右衛門も当番《たうばん》にて来かゝり、是を聞《(きき)》て、[二二]「拙者《せつしや》壱人の迷惑《めいわく》に極《きはま》る。それは、誰ゝ《たれ〳〵》の批《ひ》判にて聞《きか》れし」といふ時、篠《しの》村三九郎《(さんくらう)》といへる男、不図《ふと》きたり、何心もなく、「いづれもは、此比《(この)ごろ》のさたを聞《きゝ》給はずや」といひしに、「それは何事《なに(ごと)》ならん」といふに、「犬《いぬ》を突《つき》とめたる[二四]感状《かん(じやう)》の事」と、きをひかゝりて咄《はなす》を、「是は幸《さいわい》の所へ御出《(おいで)》。則《すなはち》、其臆病《をくびやう》者は拙者《せつしや》なるが、此《(この)》事に付《(つい)》て、[二五]御一分《(ごいち)ぶん》立《(たた)》ぬ衆《しゆ》も、此座《ざ》にあり。其申《(まうし)》わけに、どなたにても、仰《をほ》せらるゝを相《あひ》手に致《いた》すべきと、存ずる所へ、[二六]御自分《(ご)じぶん》御出《(おいで)》、定《さだめ》て申出《(まうしいだ)》したる者は有《(ある)》べけれ共《(ども)》、[二七]迚《とて》も仰《をゝせ》られまじ。とかく

一三 天正三年は戦国乱世で当然この記述にあわないが、西鶴は一応のカムフラージュを行いつつ、一方では太平の御代たる当世のこととして読むべきことを読者に示唆している。
一四 原本振仮名「こ」に誤る。今改む。
一五 一流の武士たち。
一六 根拠として。
一七 加増を願う。「外に」は他の大名家に、ともとれる。当世では処罰されるはずのことを逆に言う可笑味がある。
一八 これからは。以下、為右衛門への皮肉であることはもとよりだが、生類憐み令への強烈な諷刺も感得できる言い方。
一九 名指しをして言わんばかりに。
二〇 その時一緒にいた。このような「右」は、記録・文書などで多く使用される語。
二一 何とも無用な所で。
二二 私こそ最も迷惑しているのです。
二三 武辺立てをして。武勇自慢をして。
二四 戦功を賞するため家臣に与える文書をいうが、ここは前の「証拠状」。
二五 武士としての面目。
二六 あなた。敬意を含む二人称代名詞。
二七 (武士である以上、告げ口や責任転嫁をするはずがないから)決して言うまい。武士の行為のあり方の一面をとらえた言。

挿絵解説　手鑓を持った友枝為右衛門が、動き出して庭に下りた火燵をしとめた場面。本文の「霜枯の菊畠」に応じて菊が描かれているものの菊畠の感じではない。縁側の上には、手燭をさし出す武士の外、何か恐れて押しとどめるかのように手を伸ばす武士二人が描かれるが、本文中の四人の誰に対応するかは不明。

[一]御不祥《(ご)ふしやう》ながら、我《われ》ら相手《あひ》に、こなたを致《いた》す」と、いひかけられて、三九郎もひかれぬ所、二言《ごん》と遅《ち》ゝ[二]せず、ぜひなくことばをつがひ[三]、「こゝは御城内《(ご)じやう(ない)》、番《ばん》[四]おり次第《しだい》」と約束《やくそく》を極《きは》め、その明《あけ》[五]の夕暮《ゆふぐれ》、中橋《(なか)ばし》[六]にて出合《(で)あひ》、目釘竹《くぎだけ》[七]の飛程《とぶほど》たゝかふよし、右の四人も、「のがれぬ所」とかけつけたるに、三九郎方《かた》にも助太刀《(すけだち)》ありて、両方三十二人切合《きりあひ》、討《うた》るゝ者十五人、為《ため》右衛門は、三九郎・同林《りん》八郎《(ばちらう)》を討《うち》ながら、余多《あまた》手を負《をひ》、与《よ》四《し》左衛門・滝《たき》右《ゑ》衛門は、即座《そくざ》に切《きら》れ、和《わ》平《へい》・波《なみ》右衛門、以上三人、草履取《ざうり(とり)》壱人めしつれ、其場《(その)ば》より直《すぐ》に立退《(たち)のき》ける。

其後《(その)のち》、三九郎子、林《りん》八郎弟《をとゝ》三八、十二才になりしが、喧嘩《けんくは》の時節《じせつ》、十死《し》一[八]生《しやう》に煩《わづら》ひ有《(あり)》て、此《(この)》事、今[九]しらせければ、自《みづから》、御暇《(お)いとま》の事、御前《ごぜん》へ申籠《(まうし)こめ》[一〇]たるに、「いさぎよし」と、三九郎甥《をひ》、芝《しば》村湖《こ》助に後見《うしろみ》仰付《をゝせ(つけ)》られ、両人、其明《(その)あけ》[一一]の春《はる》より立出《(たち)いで》、北国海道《ほつとくかいだう》[一二]残《のこ》らず尋《たづ》ねのぼり、京[一三]三条通《どをり》、信濃《しなの》屋に宿《やど》とりて、有時《ある》は、清水《(きよみづ)》[一四]の群集《くんじゆ》に立《(たち)》まじり、ねらひありくに、終《つゐ》に巡《めぐ》りあはず。

こゝに三ケ月足《が(つき)あし》をとゞめ、旅《たび》より旅《たび》のかりね、物うき夜半《よは》毎《ごと》に、空也上人《くうや(しやうにん)》[一五]の流《ながれ》を汲《くむ》、鉢敲《はちたゝき》[一六]の物哀《あはれ》なる声《こゑ》して、「生死無常《しやうじむじやう》[一七]の理《ことはり》を、聞《きけ》どおどろく人もなし」とくどくにも、先立《さき(だち)》給ふ父の事を思ひ出し、夢《ゆめ》も結《むす》ばず聞居《きゝゐ》しに、此者共《もの(ども)》は皆《みな》、其筋《そのすぢ》[一八]ありて、山城《やましろ》の国《くに》に限《かぎ》りたるに、「今宵《こよひ》の二人づれは、なまり声《ごゑ》なるはふ

一 (あなたにとって不運、の意から)御迷惑。
二 ぐずぐずせず。
三 相手の言葉をひきうけ。(決闘の)約束をして。
四 勤務が終ったらすぐに。
五 その勤務が終った日の夕暮に。
六 「出合」にふさわしい地名を出すのみ。あるいは大坂などの「中橋」を示唆か。
七 目釘(刀剣を柄から抜けないように目釘穴にさすもの)に用いる竹。それが「飛」は、はげしい切合いの様子。
▽犬を切った感状の評判から切合いに転じて前半部は終了。冒頭部の軽妙な展開が「大笑ひ」で終った後、その噂が加速するさまには、狭い世界である武家社会の反映がみられよう。また、為右衛門への皮肉の形で生類憐みの令を強烈に諷する西鶴の方法には、出版禁令のある中での作者の姿勢とその戦略がうかがえて興味深い。
八 「九死一生」の強調か。ほとんど助かりそうにない病気にかかっていたが、どうにか命をとりとめて。
九 「十死に一生」を得た今。
一〇 原本振仮名「この」に誤る。今改む。
一一 その翌年の春。三八は十三歳となる。↓四八頁注二〇。
一二 北陸道(一一三頁注三二)に同じ。
一三 京都三条大橋の西には旅籠屋があった。
一四 清水観音に参詣する群衆。
一五 平安中期天台宗の高僧。京の街頭で阿弥陀仏の名号を唱えて諸人を勧化。遊行念仏の祖。
一六 目録注(一三五頁注一〇)参照。
一七 鉢敲のとなえる和讃の一節か。これと同文のものは知られていないが、「ましてや凡夫の愚にていかで無常をのがるべき…無常眼の前にきて…おくれ先だつ世のならひ只何事も夢ぞか

しぎなり」と、湖介《こすけ》、気《き》を付《つけ》て、施《ほどこし》物《(もの)》やる次手《ついで》に、一九ほかげに白《かほ》をよくみれば、和平《わへい》・浪《なみ》右衛《ゑ》門なり。

まづ是《(これ)》をとらへけるに、三八、「扨《さて》は敵《かたき》よ」と、刀《かたな》ぬきかゝるを、湖介《こすけ》、「しばし」ととめて、「各〻《をの〳〵》は、二〇まさしき相手《あひて》にあらざれば、打《うつ》に及《をよ》ばず。扨《さて》、為《ため》右衛門は、何方《いづかた》に忍《しの》び居《ゐ》申《(まうす)》や。もし是《これ》をしらせ給はらずは、御《(ご)》両《りやう》人共《(とも)》にのがさぬ」といふ勢《いきほひ》に、此者《(この)もの》、二一後《をく》れながら、「士《さぶらひ》はたがひなり。我〻《われ〳〵》も、彼者《かのもの》ゆへに社《こそ》流《る》浪《らう》いたせ。何をかつゝまん、為《ため》右衛門は、今は、二二西《にし》の京《きやう》大将軍《だいしやうぐん》に、戸川《とがは》友元《ゆうげん》といふ医者《いしや》の庵《いほり》に身を隠《かく》して、用心《ようじん》ふかく致《いた》せ共《(ども)》、夜《よる》は、粮《かて》もとめんため、二三太平記《たいへいき》を素読《そよみ》して、今宵《こよひ》も出《(いづ)》べし」と、いふにまかせて、堀川《ほりかは》を上《かみ》へあがれば、二四一条反橋《でうもどりばし》にて、言《こと》ばをかけて打負《うちおふ》せ、両人の者《もの》はたすけて帰りぬ。

し」が鉢敲の歌として嬉遊笑覧・十一などに引かれている。

一八 極楽院に属する十八家の鉢敲は、平定盛の子孫と伝える。極楽院は空也上人の開基。定盛は、上人が貴布禰《(きよ)》《(ね)》で閑居の友とした鹿を殺すが、後「悔レ之愧レ之終剃髪為レ僧、今十八家其裔而所レ着之衣定盛曽平生所レ着狩衣之袍直為レ衣、至レ今存ニ其遺風一也」という(雍州府志・四)。

一九 火影。灯火の光。

二〇 本当の敵でない。二人は助太刀だった故。

二一 びくびくしながら。気後れしながら。

二二 京都市北区大将軍。

二三 太平記を街頭で講釈し米銭を乞うもの。浪人などの業。「太平記読《(よ)》《(み)》近世よりはじまれり、太平記よみての物もらひ」(人倫訓蒙図彙・七)。

二四 京都一条通りの堀川にかかる橋。鬼女と渡辺綱との出会い、浄蔵貴所が死んだ母を呼び返す、等の説話で知られる。

▽前半部に比べ敵討を扱う後半部はやや簡略にすぎるが、「なまり声」から敵に気付く趣向は、言葉に関心を持つ俳諧師西鶴らしく興味深い。なお、前半部の犬を切殺す話と聞継物語(水谷勝政・寛延二年(一七四九)序)「犬に驚きし侍の事」とが類似するとの指摘(中村幸彦)があり、諸注それを引くが、同話は「此間(寛延二年に近い頃か)さる所」の事として語られ、貞享以前の話とは見られない。また、場所も雪隠の暗がりで、犬も切らないことになっている。本章とは無関係と見るべきか。

諸国
敵討

武道伝来記

六
絵入

武《ぶ》道《だう》伝《でん》来《らい》記《き》　巻六

諸《しょ》国《こく》敵《かたき》討《うち》

目《もく》録《ろく》

一 女が偽作した男の筆跡、の意。本文で男の恋文を偽作したことに対応。「男もすなる日記といふものを女もしてみんとてするなり」(土佐日記)の趣向を意識した表題か。
二 ここでは、姉より妹の奉公振(がよかった)事のごとくに示唆しておいて、本文では、妹が姉の敵として主君を殺すという思いがけぬ「奉公振」で読者を驚かす副見出し。
三 神木をないがしろにした咎めは八幡社での弓矢のことで報われる、の意。神木のある神社の境内での弓矢による殺生が、たちまち死につながった本文の話に対応する表題。
四 同じ信者仲間の三人の若衆が巡礼すること。巡礼姿で同じ敵をねらうはずの三人が、実は敵同士だったという皮肉な結末に対応。
五 毒酒を盛られて劣勢となった話。「請太刀」は、切合いで受け身(劣勢)となること。本文では、逆に請太刀の身の者が相手を毒酒で謀殺。
六 雷の折、月代を剃るのは具合の悪いこと。本文では話が急転する契機となる重要な場面に相応するが、ここでは、「神鳴に月代」、そんな「差合」はあったか、などと思わせて読者の関心を引くのみ。
七 連俳用語で、同字・同想・類想などの語が規定以上に近付くのを禁ずること。神鳴と月代などという差合はない。本文に即せば、禁物、具合の悪いこと、の意。

第四

[八]碓《いしうす》引《ひく》べき[九]垣生《はにふ》の琴《こと》

[一〇]鴛鴦《ゑんあう》の剱衾《つるぎふすま》をとをす事

八 碓を引くのが似合う粗末な家で琴を弾く話。
九 埴生の宛字。みすぼらしい粗末な家。垣生と琴の落差で興味をひこうとする表題。
一〇 おしどりのように愛情の深い二人の剣が夜具を貫き通すこと。主人公二人の自刃を示唆。ここでは男女間のごとくだが、実は男色関係。

第一　女《をんな》の作《つく》れる男文字《をとこもじ》

咲《さく》[一]をうれしがらねば、散《ちる》に歎《なげ》きなし。東山《ひがしやま》[二]の桜《さくら》は残《のこ》り、人[三]はむかしの春《はる》の事、都《みやこ》を見立《(み)たて》、岡崎《をかざき》[四]の奥《おく》に楽隠居《らくゐんきよ》をかまへ、泉川修理太夫吉連《いづみかはしゆりの(たいふ)よしつら》、入道《にうだう》[五]し給ひて、随《ずい》夢《む》と改《あらた》め、弓馬《きうば》の家久敷《いへひさしき》、水越外記《みづこしげき》・徳仙寺隼人《とくせんじはやと》、此《(この)》二人を、両の手のごとく頼《たの》み、世間《せけん》を是《これ》にさばかせ、内証美《ないしやうび》[六]をつくしたる居間《ゐま》・広間《ひろま》、花麗《くはれい》[七]・歓楽《くはんらく》爰《こゝ》に極《きは》め、世の人の一年《(ひと)とせ》、一日に暮《くれ》て、銀燭《ぎんしよく》[八]のひかる[九]源氏《げんじ》の名《な》をうつし、須磨《すま》[一〇]、やどり木、花散里《はなちるさと》、うつせみ[一一]の夜《よる》のころもをかざらせ、あれにもこれにも手懸《てかけ》[一二]、女《(をんな)》は、いたづら[一三]の昼《ひる》も蘭帳《らんちやう》[一四]のうちに、房付枕《ふさつきまくら》[一五]ゆたかに、かしら撫《なで》させ、足《あし》さすらせ、夢《ゆめ》見て覚《さめ》て、金盃甘露《きんぱいかんろ》[一六]の酔《ゑひ》のうちに、世[一七]にあらざらん譃調《たはぶれ》のみ。花清《くはせい》[一八]宮《きう》もこんな事なるべし。それは見ぬ唐《もろこし》[一九]の鳥《とり》の、高《たか》ふとまりし梧《きり》の木も、玉琴《たまごと》となりて、連引《つれびき》[二〇]の爪音《つまをと》、御屋形《(お)やかた》の外《ほか》にもれて、耳《みゝ》にひゞきわたれど、石流都人《さすがみやこ(びと)》[二一]、稀《まれ》にも是《(これ)》に気《き》を移《うつ》さず、松吹風《まつふくかぜ》[二二]に聞《きゝ》なし、「かゝる[二三]殿作《とのづく》り、誰《たれ》の御屋敷《(お)やしき》」と、尋《たづぬ》る人もなかりき。

この随夢《ずいむ》の年《とし》の程《ほど》七十、古来稀成《こらいまれなる》[二四]御身《(おんみ)》にして、世をいやましに恥給《はぢたま》はず、よ

一 「世の中にたえて桜のなかりせば春の心はのどけからまし」(古今集・春上)に類似した発想。
二 清水・祇園周辺の桜。「年年歳歳花相似、歳歳年年人不ㇾ同　宋之問」(和漢朗詠集・下)の著名句をきかし、人間のはかなさを言う。
三 人ははかなく死ぬ、の意と昔(慶長以前、ただし表面のみ)の事という時代設定の意を持つ。
四 京都市左京区岡崎。当時は閑静の地で豪勢な隠居所があった。「楽隠居を岡崎に見立」(桜陰比事・一の二、他)。
五 剃髪・法体の隠居姿となって。
六 家の内部。人に見せない所。奢侈の禁令が度々出される天和・貞享期を背景とする記述。
七 金に糸目をつけない豪奢な遊興。
八 美しく輝く燭台、その光。暮て—銀燭—ひかる—光源氏—源氏物語と続ける。
九 光源氏同然の生活ぶりで、源氏物語中の名をここに移して。光源氏の藤裏葉の巻などの六条院での栄耀栄華ぶりを重ねる。
一〇 側室を源氏物語の巻名により命名した所。
一一 空蟬の巻の、空蟬が「夜のころも」(夜具)を置いて別室に逃れた話をきかせる。
一二 手を付ける、と手懸(妾)女を掛ける。
一三 好色。「いたづらの昼」は、好色の真盛りの意を持つ。色事に熱中して真昼間でも、の意。
一四 美人の寝室のとばり。
一五 房の付いた女用のくくり枕。
一六 金の盃についだ美酒。
一七 世間にないような痴戯。「譃調」は「調譃」の誤り。「たはぶれ」は遊仙窟の字訓。
一八 唐の玄宗皇帝が驪山の下に造営した離宮。玄宗と楊貴妃との華清宮での遊興は、「長恨歌」「長恨歌伝」「楊貴妃物語」等で著名。
一九 鳳凰をいう。「棲㆓鳳凰于高梧㆒、宿㆓麒麟于西

しなき御無《(ご)む》理を仰《をゝせ》られ、外記《げき》・隼人《はやと》が[二五]異見《ゐけん》をも、聞入《きゝ(いれ)》させ給はず、後《のち》には[二六]女臈《(ぢよ)らう》の中間《なかま》にさへ、[二七]疎《うと》み果《はて》ける。

殊更《ことさら》、此程《(この)ほど》しきりに御契《(おん)ちぎ》りの深《ふか》きかたは、一橋《(いち)はし》殿とて、此親里《をやざと》は、[二八]伏見《ふしみ》の片《かた》陰《かげ》に詫住《わびずま》ゐして、佐《さ》脇玄丹《わきげんたん》といへる、目《め》医《い》者《しや》の娘《むすめ》なりしが、[二九]艶女《えんぢよ》に生《むま》れ付《(つき)》、見し人、[三〇]なづみふかし。はや十七なれ共《(ども)》、縁付《えんづき》このまず、親《をや》の不《ふ》自《じ》由《ゆう》を見かね、折ふし、此屋《や》敷《しき》、美《び》女尋《ぢよたづ》ね給ひしを幸《さいはひ》に、[三一]当分《たうぶん》百両請取《うけとり》、金子《(きんす)》に身を捨《すて》、御妾《(お)てかけ》者《もの》といはれしも、父母《ちゝはゝ》のためなれば、是《(これ)》、更《さら》に口惜《をし》からず、只御主《(お)しう》のお気《き》に入《(いる)》事をわすれずして、勤《つと》めける心から、随夢《ずいむ》、又もなく御寵愛《(ご)てうあひ》あそばし、朝《てう》暮《ぼ》、御寝《(お)ね》間《ま》にめされ、外《ほか》の女中《ぢよちう》は、[三二]あだなる花《はな》となれ共《(ども)》、是《これ》をそねまず、いかにしてもお[三三]気取《きとり》ぐるしき旦那《だんな》に、一橋《はし》、御機嫌《ごきげん》に入《(いら)》せ給ふを悦《よろこ》び、をの〳〵隙《ひま》を、[三四]うき世《よ》の思ひ出《で》に、[三五]百菊《(もも)ぎく》の長座《ながざ》敷《しき》に集《あつま》り、双六《すごろく》、歌《うた》がるた、[三六]謎《なぞ》かけてとけしなく、秋《あき》の夜《よ》の明《あけ》がた、おそく晴《はれ》て、[三七]残《のこ》れる月《つき》を恨《うら》み、薄雲《うすぐも》といへる女臈《ぢよらう》、旦那《だんな》の御情《(お)なさけ》の遠《とを》ざかるをかなしみ、一橋《はし》を見捨《(み)すて》させ給へる難義《なんぎ》をたくみ、女《をんな》心《(こゝろ)》のおそろしく、[三八]男文字《をとこもじ》にて、[三九]一橋《はし》にかけしや思ひのふかき所、見えわたりたる[四〇]折文《をりぶみ》を、爰《こゝ》にかしこに落《をと》し置《をき》しに、はじめの程《ほど》は、[四一]するの女も取《(とり)》あげずして、はき捨《すて》、[四二]塵塚《ちりづか》に埋《うづ》みぬ。

園」(後漢書・馬融伝)。この前後は枕草子「木の花は」の段を意識。枕草子では、楊貴妃の話から長恨歌の一節を引き、次に桐の花、鳳凰を出し、梧の木を「琴に作りてさまざまに鳴る音の出で来る」と続く。ここは、それを花清宮―唐の鳥―梧の木―玉琴と転じた。
二〇 合奏。 二一 流石の慣用表記。
二二 全く気にとめぬ様子。「松吹く風にあしらひ、大方の事は返事もせず」(一代女・六の二)。松風―琴・琴の音(類船集)。
二三 このような立派な屋敷の造作。
二四 「酒債尋常行処有、人生七十古来稀」(杜甫・曲江詩)による。
二五 意見。当時は「異見」の方が普通。
二六 ここは、奥女中。
二七 原本「諫」に誤る。「諫 ソク〈シタガフ〉」(玉篇大全)で、うとむの意はない。よって改む。
二八 京都市伏見区。伏見は、西鶴作中にさびれた土地として描かれる場合が多い(永代蔵・三の三、二十不孝・一の二、他)。
二九 美人。つややかな美しさを持った女。
三〇 強く執着することにいう。→九四頁注六。
三一 さしあたり百両。支度金として支給されたもの。数百万円に相当する大金だが、一代女では大名の妾となる支度金が二百両(巻一張題簽)。
三二 (相手にされず)無用な美しい姿。
三三 御機嫌をとるのが難しい。
三四 この世での無上の楽しみ。
三五 襖に多種類の菊花が描かれた広い部屋。
三六 謎を出しあって(なかなかそれが解けず)じれったくて。
三七 残月を楽しんでいるのに(薄雲がそれを隠すのを)恨み。そんな恨みをかう「薄雲」という名の女中。「薄雲」も源氏物語の巻名よりの命名。

其後《(その)のち》、幾度《いくたび》かかさなりて、有時《(ある)とき》、随夢《ずいむ》の御めにかゝり、御僉義《(ご)せんぎ》あるに、一橋《はし》かたへの通《かよ》はせ文にまぎれなし。其文章《(その)ぶんしやう》、[一]あひなれて後《のち》の思ひを書《かき》つゞけし。随夢《ずいむ》、ことの外《ほか》に[二]せかせられ、女﨟《(ぢよ)らう》がしらの[三]木幡《こばた》に仰《をほ》せ付《(つけ)》られ、一橋《はし》に尋《たづね》けるに、「[四]夢《ゆめ》にも覚《おぼ》えなく、現《うつゝ》にもしらず」と、曇《くも》らぬ心底《(しん)てい》を、たゞしく申分《(まうし)わけ》の段《だん》ゞ、木幡《こばた》、聞届《きゝとゞけ》て、「人のそねみにて、かく有《(ある)》まじき事にもあらず。そなたの御かたより、外《ほか》への文《ふみ》ならば、いひわけは成《なり》がたし。兎角《とかく》、[五]美女《びぢよ》は悪女《あくぢよ》の敵《かたき》と申伝《(まうし)つた》へし」と、大笑《わら》ひして、御前《ごぜん》に出《いで》、一通《(ひと)とを》り申《(まうし)》あげしに、中《(なか)》〳〵[六]存《ぞん》ぢの外《ほか》なる御機嫌《(ご)きげん》、「其《(その)》女を、[七]八塩紅葉《(や)しほもみぢ》の広庭《ひろには》にまはせ」との仰《をほ》せにまかせ、女中間《をんななかま》の[八]うたてや、一橋《はし》を引立出《ひきたて(いづ)》るより、「いかなるうきめやらん」と、色《いろ》をうしなひ泪《なみだ》ぐみ、人ゝの足《あし》もとも定《さだ》めかね、身をふるはせけるに、一橋《はし》、すこしもさはぎなく、常《つね》よりうるはしき皃《かほ》ばせして、おそれずゆたかに座《ざ》して、旦《だん》那《な》御出《(おいで)》を待《まつ》うちにも、「[九]哀《あはれ》ことしのうき秋《あき》、色《いろ》にそまれる紅葉《もみぢ》も、科《とが》なければ枝《えだ》は折《をら》れじ。それにも、[一〇]心なき風にはしらず」と、身によせて、無常《むじやう》を観《くはん》ずる所《ところ》へ、随夢《ずいむ》、立出《たちいで》させ給ひ、「其女《そのをんな》、丸裸《まるはだか》に」と、御言葉《(お)ことば》かゝる。迷惑《めいわく》ながら、[一一]金天鵝絨《きんびろど》の[一二]後帯《うしろをび》に、各《をの〳〵》 手をかけて、[一三]色《いろ》はへたる袖妻《そでつま》をまくりとれば、うつくしき肌《はだ》に、折《をり》からの嵐《あらし》あたりて、くれなひの[一四]恥《はぢ》かくしひとへのありさま、[一五]主命《しうめい》

三八 男手は漢字の多い御家流などの書体、女手は草仮名の書体と、当時は習う書体も男女で異なっていた。
三九 一橋に深い思いをかけた所が。橋―かける。
四〇 ここは結び文(小さくたたんで端を折り込む手紙)。当時の艶書は結び文が普通。
四一 下働きの下女。
四二 塵を捨てる場所。文―塵塚は、「多くて見苦しからぬは文車の文、塵塚の塵」(徒然草・七十二段)からの連想による。

一 密会の後での恋しい気持。この前後の随夢が手紙を見付け、その内容が「あひなれて後の思ひを書つゞけ」ており、「ことの外にせかせられ」るという趣向は、源氏物語・若菜下で、光源氏が女三宮にあてた柏木の手紙を発見して思い悩む話をとり入れたか。源氏の巻名による奥女中の命名、六条院を思わせる随夢邸のありようなども、源氏の転化・導入の傍証となろう。
二 心をいらだたせられて。「せく」は「急く」。
三 源氏物語の巻名にはない。不用意か。
四 全く覚えがない、の強調表現。「駿河なる宇津の山辺のうつつにも夢にも人に逢はぬなりけり」(伊勢物語・九段)をきかす。
五 史記・外戚世家に出典のある諺。「悪女は美女をそねみてなき悪名を立るもの也。このゆへに美女は悪女のかたきなりといへり」(為愚痴物語・七)。毛吹草・二にも収載。
六 思いの外。「大笑ひ」で済んだと思われた状況が突然、暴悪な主君の「御機嫌」によって事態は急転する。感情的でわがまま、家臣などを殺すことを何とも思わぬ主君(主人)の暴悪ぶりは、五の二、七の一でも描かれるが、君主を聖域に置くことの多い近世の政治批判の論理に比べ、

ながら、「さりとはむごき御しかたなり」と、いづれも身[一六]をちゞめける。

一橋《はし》、「世《よ》にながらへて、かひのなき事なれ共《（ども）》、つみなき身の程、人にしらせて後《のち》、何[一七]か命《いのち》は惜《をし》からじ」と、無[一八]念《むねん》のしばしをのがれ、身[一九]の因果《ゐんぐは》を観念《くはんねん》の時、「汝《なんぢ》にかくし男《をとこ》なくは、諸神誓文《しよじんせいもん》[二〇]に、五つの指《ゆび》の爪《つめ》、自《みづから》[二一]はなて」とあれば、是非《ぜひ》もなき糺明《きうめい》[二二]なれども、其《（その）》まゝ切刻《きりきざ》み、血《ち》は真紅《しんく》の糸《いと》をみだし、ひとつ〳〵と数算《かずよみ》て、はなちけるさへ、目《め》もやられざりしに、なを心づよくも、「指《ゆび》[二三]を切《きれ》」と有《（あり）》し時、「いかに命《いのち》がをしきとて、其《（その）》身になりては何[二四]かせんなし。さりとは[二五]〳〵畜生《ちくしやう》[二六]にはおとれり。此《（この）》[二七]一念《ねん》、外《ほか》にはゆかじ。心まかせに」と、首《くび》さしのべしを、手うちになして、面影《をもかげ》[二八]の美花《びくは》、ちる思ひをなして、皆ゝ《みな〳〵》、なき跡《あと》を吊《とぶら》ひ、からだは鳥部山《とりべ（やま）》[二九]の灰《はい》とはなりぬ。

此《（この）》事、伏見《ふしみ》に伝《つたへ》て、玄丹夫婦《げんたんふうふ》の歎《なげ》き、身をもだへてもせん[三〇]なく、後日《ごにち》[三一]の恨《うら》みをふくみ、「娘《むすめ》が敵《かたき》」と思ひ込《こみ》しに、時節《じせつ》[三二]と、筋骨《すぢぼね》[三三]いたむわづらひ、思ふにかひぞなく、日数《ひかず》をふりける。

一橋《はし》が妹《いもと》に、小吟《こぎん》[三四]とて、十六に成《（なり）》し、姉《あね》に見[三五]ます程《ほど》の美形《びけい》なりしが、八幡《やはた》[三六]の神主《かんぬし》[三七]に、橋本権太夫《はしもとごん（だいふ）》といへる若男《わかをとこ》にそゝのかされて、おも[三八]しろづくの縁《えん》の道、すぎし年《とし》の霜月比《しもつきごろ》、親《をや》[三九]の家出《いへで》をして、水無瀬《みなせ》[四〇]の里《さと》に忍《しの》びて、それよりは、伏見《ふしみ》

西鶴は、主君の暴虐、わがまま勝手なありようを悪として具体的に印象づける姿勢を持つ。
七 かえでの一種。「八入紅葉」と書くのが普通。若芽は紅色で若葉は淡紅色、後青葉となる。
八 ああいやなことだ。「いかなる…」に掛かる。
九 「契り置きしさせもが露を命にて哀れ今年の秋もいぬめり」(千載集・雑上、百人一首)による。女性の心中思惟や会話文に雅文調を用いて表現する例が伝来記には多い。
一〇 風流心のない風には吹き散らされる。「心なき(無情な)風」は随夢を示唆。以下の伏線。
一一 金糸を織りこんだビロード。
一二 武家・町方の地味な帯の結び方。
一三 色あざやかな袖や褄。袖褄で衣服全体。
一四 腰巻一枚。↓一七三頁挿絵。
一五 主人の命令とはいえ。
一六 恐れおののく様子。
一七 少しも命など惜しくない。
一八 無念の気持がしばし続いたが、しばしその思いを忘れて。やや無理に簡略化した言い方。
一九 自分がこうなるのも宿命と、その因果に思いをめぐらした時。↓二九頁注二九。
二〇 神々に誓いを立てて。諸神を誓文に入れて起請文を書いたり、爪を放ったり(根もとから切りとる)するのは、遊女の心中立てとしてよく行われたこと。大臣客が遊女の間夫を咎め立てしているかのごとき口ぶり。
二一 放て。根もとから切取れ。
二二 取り調べ。
二三 指を切るのも遊女の心中立ての一。
二四 生きていても何の意味もない。
二五 さてさて、の強調。全く。本当に。
二六 (あなたは)けだもの以下だ。主人に向かっての罵言としては強烈。

へも音信《ゐんしん》絶《たへ》て久敷《ひさしく》、親《をや》の事も、姉《あね》の事も忘《わす》れて、明暮《あけくれ》、つれそふ男《をとこ》かはゆがりて、[一]世《よ》をいたづらに身をなし、「[二]是《(これ)》より何をかたのしみ」と思ふ折ふし、京《きやう》の事聞《(きく)》より、中《(なか)》〳〵[三]有《ある》にもあられず、権太夫《ごん(だいふ)》、[四]やはたに帰りし[五]留主《るす》に、「[六]子細《しさい》あつて、我事《わが》、[七]今生《こんじやう》の別《わか》れ。此程《(この)ほど》の情《なさけ》には、[八]姿絵《すがたゑ》にみづからを移《うつ》し置《をき》、けふを命日《めいにち》に[九]とはせ給へ。かならず〳〵、伏見《ふしみ》にしらせ給ふまじ。[一〇]自然《しぜん》の首尾《しゆび》にて、二たびまみゆる事も有《(あり)》ぬべし」と、筆《ふで》に思ひを残し、夜《よ》に入《(いり)》て、此里《(この)さと》の[一一]屋《やかた》を

二七 この恨みの一念で必ずお前に報復する。
二八 美しい花のような姿。花―ちるの続きのため、面影と美花を逆にした表現。
二九 京都市東山区の清水寺から西大谷にいたる丘陵の称。古来火葬場、墓地。
▽右の一橋折檻の場面は、遊女の心中立ての放爪・切指のごとくに転じられているが、御伽草子「てこくま物語」の拷問の場面に類似した部分がある。「十の指を押折り、痛くば落ちよと言いけれども物言はず。…二十の爪を放さるゝ。思ひ切りぬるその上は、落つることこそなかりける」。これを転じたか。
三〇 詮なく。どうにもならず。
三一 後日恨みを晴らそうと、恨みを心におさめ、の意。省略しすぎた言い方。
三二 たまたま(具合わるく)。折も折。
三三 関節・筋肉の痛む病気。リュウマチなど。
三四 二十不孝・二の二、武家義理・五の二にも小吟が登場するが、本章の小吟同様、自己主張の強い個性的な女性として描かれている。
三五 まさる程の美女。
三六 京都府綴喜郡八幡町。石清水八幡宮がある。
三七 神主で橋本権太夫という若い男。あるいは、神主に(仕えている)の略か。橋本は八幡の近所で八幡宮の神人の居住地。その縁の仮作名か。
三八 恋し恋されての縁。親の許しをえない恋愛。
三九 親の家を出て、家出をして、の接合。俳諧的な省略化の文体。
四〇 大阪府三島郡島本町広瀬。淀川をへだてて八幡の対岸。後鳥羽院の離宮があった景勝地。

一 「世をいたづらに(はかないものに思い)」と「いたづら(好色、情事)に身をなし(専念し)」をつなげた文章。

出《(いで)》て、行方《ゆきがた》しらずなりにき。権太夫《ごん(だいふ)》、帰《かへ》りての歎《なげ》き、独《ひと》りつかひし下女《げぢよ》に尋《たづね》て、様子《やうす》しれず、是《(これ)》をこがれて胸《むね》せまり、次第《しだい》におとろへ、一二つゐにうき身のはて、息引《いき(ひき)》とる迄《(まで)》、女の事ばかりいひて死《しに》ける。

小吟《こぎん》、京《きやう》に行《(ゆき)》て、すこしのゆかりを尋《たづ》ね、「都《みやこ》の奉公《ほうこう》を望《のぞ》み」といへば、「此《(この)》姿《すがた》にて、一三あたら世一四に流《なが》れありく。銀《かね》になし給へ」と、あなたこなたの肝煎宿《きもいりやど》一五を頼《たの》みしに、京《きやう》にも稀《まれ》なる色盛《いろざかり》、見る人これをこがれけるに、願《ねが》ひあるゆへに、

二 これ以外に何を楽しみにしようか。これ(いたづら=色事)以外にない。
三 居ても立ってもおられず。
四 八幡。→前頁注三六。
五 留守の慣用表記。
六 わけがあって。ある事情があって。
七 小吟が死を覚悟していることの示唆。
八 全身を描いた肖像画。
九 弔って下さい。
一〇 万一、事のなりゆきによっては。
一一 「屋形」の「形」脱か。
一二 情ない男といった感じだが、姉の敵討のために妹の夫が助太刀する七の一と趣向を変えるべく、ここで権太夫に恋死させたのであろう。
一三 原本「あら世」で「た」脱。今改む。
一四 「世に流れありく」は上下にかかる。ふらふらしていないで、世の中に流通している銀をかせぎなさい。「銀になす」は銀もうけの種にする。
一五 奉公人の周旋屋。

挿絵解説　「八塩紅葉の広庭」に引き出され、衣服をはがされて「恥かくしひと〈へ〉に」されようとする一橋を描く場面。一橋の衣服をぬがしているのは、うなぎ綿を頭にのせた下髪(さげがみ)の老女と中年の奥女中。その老女が「木幡」か。左図左側の縁の上、敷物の上に座すのが随夢。「入道し」ているはずだが、総髪の老人の姿で描かれていて本文と齟齬する。欄干と巻簾の間の廊下には、他に下髪姿の奥女中六人が描かれるが、熟視する者、顔をそむける者、話している者とまちまちで、本文中の誰がどれに当るかは不明。一番前で熱心に見ている女が「薄雲」のつもりか。背景には随夢邸の豪壮な様子が御殿風に描かれ、前景には紅葉が配されている。

外《ほか》へは行《ゆか》ず、やう〳〵、随夢《ずいむ》の屋かたに女の入《(いる)》をうれしく、給銀《きうぎん》のねがひもなく、先《まづ》、[一]目見《め(み)》へを申《(まうし)》けるに、[二]風情《ふぜい》よければ、其日《(その)ひ》より宿《やど》にはかへさず、めしつかはれしに、小吟《こぎん》、身にのぞみあるゆへに、[三]人の気《き》をとり勤《つと》めければ、みな、よしなに申《(まうし)》なして、有時《あるとき》、雨《あめ》の日のくれがたに、小吟《(こ)ぎん》、はじめて御寝間《(お)ねま》にめされ、[四]心よくうちとけ給ひし[五]折《をり》を得て、肌刀《はだがたな》にして胸《むね》さし通《とを》し、「一橋《はし》が妹《いもと》なるぞ。姉《あね》の敵《かたき》」と、つゞけざまにとゞめさし、其上《(その)うへ》に腰《こし》をかけ、むねつらぬき、[六]身をかため、うれしげに笑《ゑみ》たる最後《さいご》、見し人、心ざしをかんじける。

女のはたらき、[七]前代《ぜんだい》ためしなき敵《かたき》うち、今の世《よ》迄《(まで)》も語《かた》りつたへり。是皆《これみな》、薄雲《うすぐも》といへる女の仕業《しわざ》あらはれ、隼人《はやと》が手にかけて打《うつ》て捨《すて》、此跡《(この)あと》、[八]程《ほど》となりて、もとの草《くさ》むらとかはりぬ。

第二　神木《しんぼく》の咎《とが》めは弓矢《ゆみや》八幡《まん》

昔《むかし》、[九]但馬《たじま》なる出石《いづし》の里《さと》の[一〇]いつの春、山《やま》は茂《しげ》りあひ、小鳥《(こ)とり》の塒《ねぐら》こゝなりと、風《かぜ》あたゝかなる野末《のずへ》に、[一一]茅花《つばな》摘捨《つみすて》、[一二]さし竿《ざほ》、手毎《てごと》に持《もた》せ、友《とも》とせし男《をとこ》をかたらふ。[一三]比《ころ》は、同《をな》じ人心、此《(この)》森陰《もりかげ》に行帰《ゆきかへ》り、[一四]逍遥《せうよう》あるが中に、葉田《はだ》与七郎といへる若《わか》

一　雇主との面接。
二　容姿。小吟は「姉に見ます程の美形」。
三　人の気にいるように振舞い勤めたので。
四　情交したことをいう。それ故に小吟は自害する。
五　上下にかかる。その折によい機会を得て。
六　着衣の乱れを正して。きちんとした姿で。
七　前代に例のない。前代未聞の。
八　時がたって、の意か。
▽一夜の情交の後、寝ている随夢を刺し殺し、敵との情交を恥じて自刃する小吟の最期は凄絶。薄雲の悪事露顕と手打ちの付加はおざなりの感じだが、暴虐な随夢につづけて悪役が誅されてこそ安堵できるのが、当時の読者の受けとめ方だったであろう。なお、一橋の折檻・殺害の場面の典拠として古今犬著聞集・十の「京極安智斎事」が指摘されている(前田金五郎)が、そこでは下知によって吉田大助の指が切られ、大助が安智斎に悪口して切られることになっている。もし西鶴がそれを典拠としたとすれば、大幅な改変を行ったことになるが、京極安智斎(丹後宮津城主)の隠居、同家の滅亡は本章とあう。安智斎は、隠居後の寛文六年(一六六六)、不仲となった子の高国と争いを起し、同家は同年五月に宮津七万五千石を召上げられている(御当家令条・二十五、廃絶録・中、他)。ただし、折檻の場からただちに京極家のことをかすめたとするには、前引「てこくま物語」などの類似もあり、やや無理と見るべきであろう。
九　兵庫県出石郡出石町。文禄四年(一五九五)から元禄九年まで小出氏の城下町。
一〇　何年の春のことだったか。「昔」に応ずる。
一一　ちがやの花。「茅　ツバナ」(諸節用集)。
一二　小鳥をとるため先端に鳥黐をつけた長竿。

侍《さぶらひ》、半弓《はんきう》[一五]の自慢《じまん》して、目《め》にかゝる程《ほど》の翅《つばさ》[一六]、あまた射落《ゐをと》しけるを、同道《どうだう》の小伴《をとも》[一七]新《しん》四郎、これをとゞめて、「こゝは宮地《みやぢ》[一八]なれば、神《かみ》は木《こ》のはさへ惜《をし》み給ふ、況《いはん》や殺生《せつしやう》[一九]をや。これより朝来山《あさこやま》[二〇]の麓《ふもと》にて、思ふまゝに狩《かり》すべし。此所《(このところ)》は遠慮《えんりよ》し給へ」と、すゝめければ、与七郎、打笑《うちわら》ひて、「何、祟《たゝり》といふ事のあらん。それは、ちか比《ごろ》[二一]なまぬるきせんさく、あれに見えたる、松《まつ》の葉隠《はがく》れに、残《のこ》る雪《ゆき》にまがひの白鷺《しらさぎ》、矢《や》つぼ[二二]御望《(お)のぞ》み次第《しだい》に、射落《ゐをと》して見せ申さん」と、引《ひき》しぼりてはなつ矢《や》、真《まつ》たゞ中を射抜《ゐぬい》て、「先《まづ》は御手柄《(お)てがら》」と、讃《ほめ》し詞《ことば》の下に、あまり矢《や》[二三]、向《むか》ひ[二四]の尾《を》に遊《あそ》びし大石半《おほいしはん》九郎が、右の肩骨《かたぼね》より心[二五]もと迄《まで》、箆深《のぶか》[二六]に、たちまち絶入《ぜつじゆ》[二七]して倒《たをれ》、所《ところ》[二八]あしければ、はや事きれける。

同道《どうだう》の久志《くし》小左衛門、おどろき、あたり見廻《まは》す時、与《よ》七郎は、是《これ》を夢《ゆめ》にもしらず、新四郎に向《むか》ひ、「何《なに》と、此拳《(この)こぶし》にて、自然《しぜん》[二九]の御馬向《(お)むまさき》にての、ほし甲《かぶと》[三〇]、ちがふべき物に非《あら》ず」と、胸《むね》をたゝいて、半弓《はんきう》、小者《(こ)もの》に夯《かたげ》[三一]させて立出《たち(いづ)》るを、小左衛門、「扨《さて》は此男《(この)をとこ》、いかなる意趣《いしゆ》[三二]かありての事、しかたも有《(ある)》べきものを」と、身繕《みづくろ》ひして追懸《をつかけ》しが、「もし又、人違《たが》ひもや」と、聊爾《れうじ》[三三]に詞《ことば》をかけず、先《まづ》、僕《ぼく》[三四]が持《もて》る弟矢《をとや》[三五]と、一手《(ひと)て》にまがひなき証拠《しやうこ》に、立帰《たちかへ》りて、立《たち》たる矢《や》を引《(ひき)》ぬきて、是《(これ)》にくらべての上に、「是、しばし。同道《どうだう》あるを御存知《(ご)ぞんち》なきか」といふに、驚《をどろ》き、

一三 丁度その時期は皆同じ気持になって。
一四 ぶらぶら歩きする人が多い、その中に。
一五 大弓の半分くらいの大きさの弓。→六四頁注一一。
一六 鳥。「翅 シ〈ツバサ 翼也〉」(玉篇大全)。
一七 「同道」より、御供―小伴を連想して作った名。
一八 神社の境内。ここは但馬一の宮の出石神社の境内をいう。広さ六千五百余坪。
一九 神域内は殺生禁断の地とされる場合が多い。
二〇 兵庫県朝来郡山東町にある山。歌枕。
二一 非常に。
二二 矢壺。矢でねらい定める所。
二三 的を射抜いたあと飛んでいく矢。
二四 向う側の山すそ。
二五 心臓。
二六 矢の竹の部分まで深く突きささること。「箆」は、矢の竹の部分。
二七 息が絶えて倒れ。
二八 あたり所。
二九 万一の時(合戦などにいう)主君の御馬前で。
三〇 星兜。鋲を数多く鉢に打った兜。侍大将級以上の武将が着用。ここは、相手の武将を間違いなく射倒すと自慢しているところ。
三一 かつぐ、になうの意の慣用字。「昇階子ながきを跡向漸々に夯てきて」(永代蔵・三の三)。
三二 恨み。
三三 軽々しく。軽率に。
三四 下男。
三五 二本一組の矢で、先に射た矢を兄矢(はや)、後で射る矢を弟矢という。

後《うしろ》を見帰りて、段〻《だん〴〵》[一]聞《きけ》ばきく程《ほど》、「此方《(この)はう》に、少《すこ》しも覚《をぼ》えなしとは云《いひ》ながら、是《ぜ》非《ひ》なき過《あやまち》、いかやう共《(とも)》御了簡《(ご)れうけん》[二]に随《したが》ひ申さん」といへば、小左衛門《(こ)(ざ)ゑもん》も、「承《うけたまは》り届《とゞ》けたり。尤《もつとも》、意趣《いしゅ》あつての事に非《あら》ざれば、いよ〳〵是非《ぜひ》に及《をよ》ばぬ事ながら、半九郎死骸《しがい》を闇〻《やみ〴〵》と持《もち》て帰《かへ》り、彼者兄弟《かのものきやうだい》・縁類《えんるい》[三]に向《むか》ひ、何共《なに(とも)》、私《わたくし》の一分立《(いち)ぶんたち》[四]がたし。互《たがひ》に不祥《ふしやう》[五]の事ながら、打果《うちはた》さねばならぬ首尾《しゅび》[六]」と、いふにひかれぬ[七]梓弓《あづさゆみ》、忽《たちまち》神罰《しんばつ》の顕《あら》はれ、最前諫言《さいぜんかんげん》したる新《しん》四郎も、遁《のがれ》ぬ所と覚悟《かくご》して、二人が切結《きりむす》ぶを、側《かたはら》にながめて居《ゐ》る時、与七郎、はや切殺《きりころ》されし。「助太刀《すけだち》[八]」「心へたり」と切結《きりむす》び、終《つゐ》に小左衛門を打《(うち)》て、直《すぐ》に、同国二見《どうこくふた》[九]の浦《うら》より舟に乗《のり》、丹後《たんご》[一〇]の成相《なりあひ》の里《さと》にしるべ有《(あり)》て、五日影《かげ》[一一]を隠《かく》し、それより、大和国初瀬《やまとのくにはつせ》[一二]の里《さと》に、ゆかりの者《もの》を頼《たのみ》て、爰《こゝ》に居《きよ》[一三]をくろめける。

　其《(その)》時の首尾《しゅび》に、小者二人は、忽《たちまち》に相果《あひはて》、誰《たれ》しれる者なかりしに、小左衛門が草履取《ざうりとり》[一四]、余多手《あまたて》[一五]は負《をひ》ながら、其里《そのさと》の者共《(ども)》、板《いた》に乗《のせ》て、小左衛門屋敷に送《をく》り、様子をとふに、深手《ふかで》なれば、返答《へんたう》もさだかならず。息《いき》の下《した》より、「旦那《だんな》を討《うち》給ひたるは、小伴新《をともしん》四郎殿にて有《(あり)》し」とばかりを最後《さいご》に果《はて》ければ、「扨《さて》は、敵《かたき》は一人に極《きはま》りたり」といふ所へ、大石《をほいし》半九郎子息《しそく》半三郎、「様子《やうす》いかゞ」とかけ付《つく》る。与七郎は、いまだ妻《つま》なかりしが、弟分松淵時之助《をとゝぶんまつぶちときのすけ》[一六]も来《(きた)》り、小左衛門一子《し》沢《さは》

一　一々の次第。これまでの事情。神の祟りなどと言って止める新四郎をあざ笑って、神域で与七郎が射た矢は、神罰覿面、誤って半九郎を射てしまい、以下の奇妙な敵討の発端となる切合いに続くことになる。俗信を無視するだけの合理性を備えて物事を割り切る武士は、古いものを軽蔑する当世武士の一類(おそらくは能吏型の武士に多かったであろう)なるが故に、伝来記の世界では好意的に描かれていない。
二　あなたの御考え。
三　親類の者。血縁につながる者。
四　武士としての面目。一分が立たない故に切合うという武家の論理の具体化も伝来記中に多い。
五　困ったこと。不運。
六　なりゆき。
七　言うので退き下がれなくなって。以下、「退く」を「引く」にかけて「梓弓」(巫女が神降ろしに用いる弓)を出し、「神罰の顕はれ」と続ける。場面を盛り上げようとする修辞的な文体を採用。
八　新四郎の言葉。
九　兵庫県城崎町二見の豊岡川口の入江。歌枕。
一〇　京都府宮津市成相寺。そこにある成相寺は西国巡礼二十八番目の札所。「なりあひ」には、なり行き次第、の意がある。その意味に関連させて「成相の里」の地名を出したか。
一一　姿を隠し。成相(なりゆき次第)—影を隠し。
一二　奈良県桜井市初瀬町。長谷寺は西国巡礼第八番の札所。
一三　隠れ住んだ。「くろめる」は、ごまかす、まぎらす、の意。
一四　主人の替草履を持ち御供する下男。
一五　手傷。傷つきながら。
▽慎重な人物、分別ある男として描かれた新四郎のみが生き残り、敵と名指されることになる

之助《のすけ》と、三人一所に[一七]より挙《こぞり》て、「とかく我々《われ〳〵》敵《かたき》は、新四郎にまがひなし」と、御暇《(お)いとま》申上《あげ》て立出《たち(いで)》ける。

いづれも同《をな》じ十六七、一様《(いち)やう》に[一八]姿《さま》かへて、[一九]西国順《さいごくじゆん》礼、[二〇]五畿七道《(ごきしちだう)》より、[二一]順逆《じゆんぎやく》かまはず[二二]打札《うつふだ》の、「敵《かたき》にあはせ給へ」と、[二三]「誓願空《せいぐはんむな》しからじ」と、[二四]末《すへ》を心《こゝろ》に観念《くはんねん》して、四国《こく》・西国の[二五]津《つ》に至《いた》る迄《まで》、二年《(ふた)とせ》にあまるうき旅《たび》ぢ、夢《ゆめ》も結《むすば》ず、今は、[二六]河《かは》内国《ちのくに》藤井《ふぢゐ》寺《でら》にさしかゝりける。

こゝに、新四郎が妻《つま》、此《(この)》事を思ひこがれて、其翌《そのあけ》の年果《としはて》しに、猶《なを》又、一人の娘《むすめ》の残りて、不便《ふびん》をとゞめたる由《よし》、傍輩《はうばい》のうち、よしみ深《ふか》かりし梅垣平蔵方《むめがきへいぞうかた》より、文こま〴〵と書送《かきをく》りたるに、新四郎も、つらきうき住《すま》ゐに、歎《なげ》きに哀《あはれ》をかさね、「せめては忘《わす》れ形《がた》みの娘《むすめ》を成共《(なりとも)》、[二七]行末《ゆくすへ》しらぬ身の行衛《(ゆくゑ)》、今一たび見まほしく、忍《しの》びやかに呼越《よびこし》たきねがひ」の返事するに、平蔵《へいぞう》も、尤《もつとも》の事に思ひて、窃《ひそか》に乗物《のりもの》に乗《のせ》て遣《つかは》しける。

此《(この)》三人の者《もの》、藤井《ふぢゐ》寺《でら》より、[二八]大和《やまと》の坪坂《つぼさか》を心ざして行《ゆく》に、[二九]立田越《たつたごへ》にかゝる時《とき》、麓《ふもと》の茶屋《ちやゝ》に、しばし休《やすら》ふ所に、此乗物《のりもの》も、同じく立休《たちやす》みけるに、茶汲《ちやくむ》女、[三〇]こがしを酌《くみ》て、乗物《のりもの》の側《そば》に行《ゆけ》ば、戸《と》をば明《あけ》ずして、内《うち》より簾《すだれ》を少《すこ》し巻上《まきあげ》たる、けはひの[三一]物床敷《ものゆかしく》、此三人の血気《けつき》ざかりに、心うつりてさし眈《のぞ》けば、其《(その)》あてやかなる

が、読者はすでに真相を知っているが故に、一体どんな敵討になるか、一層興味をつのらせる。本章は特異な趣向をもうけることによって、伝来記全体に変化をつけているのである。

一六 男色関係の弟分。若衆。

一七 より集まって。

一八 姿をかえて(巡礼の姿となり)。白衣を着、うすい袖なし羽織の笈摺を着る。↓次頁挿絵。

一九 西国三十三所の観音の霊場(札所)を巡拝すること。西国三十三所は、近畿地方から岐阜県にかけて散在する。巡礼姿で敵討に出るのは、すでに成相寺、初瀬寺という札所を出したことからの趣向であろう。

二〇 山城・大和・河内・和泉・摂津の五か国(五畿)と、東海・東山・北陸・山陰・山陽・南海・西海の七道。「五幾」は「五畿」の誤り。

二一 巡拝の順序にはかまわず。西国巡礼は、第一番の札所、和歌山県の天台宗青岸渡寺から、第三十三番の札所、岐阜県の天台宗華厳寺まで、順序に従って巡拝するのが普通。

二二 巡礼の者が参詣のしるしとして札所の柱や扉・壁などに打ちつける紙や木の札。国名・姓名・年月日などを記す。打(札)―敵。

二三 「と」による並列と見る。稚拙な文体となることもあるが、時に強調表現として活きる。語り物や咄の中に多く見られる文体。

二四 将来に望みをかけて。

二五 港。都市をもいう。「西国巡礼」と「四国・西国…二年にあまるうき旅ぢ」は、明らかに矛盾するが、敵討のための辛苦を強調するため。

二六 大阪府藤井寺市藤井寺町。藤井寺は西国三十三所のうち第五番目の札所。

二七 この先どうなるか分からぬ。七五調で感情を強めた表現。

[一]美形《びけい》、此年月《としつき》、国〻《くにぐに》にさまよひ、目《め》にかゝる程《ほど》の女色《ぢよしよく》[二]、是《(これ)》にならぶべきなし。[三]哀《あはれ》、いかなる御方《(おんかた)》の花の姿《すがた》、[四]吉野《よしの》は凩《こがらし》に見劣《をと》り、[五]此嶺《みね》の紅葉《もみぢ》も時雨《しぐれ》、塵《ちり》の芥《あくた》とは成《(なり)》ぬ。日比《(ひ)ごろ》の一念《ねん》、つゐ打忘《うちわす》れて、「誰《たれ》か先《さき》に見初《そめ》たる」と、私語《さゝやき》ての諍《あらそひ》、誠《まこと》に猛《たけ》き武士《もの〻ふ》も、[六]聖《ひじり》の御国《(み)くに》を傷《やぶ》らるゝ、此[七]惑《まど》ひの道《みち》に踏迷《ふみまよ》ふ慣《なら》ひ、[八]思ひやられて、さも有《(ある)》べし。

かゝりし程《ほど》に、呑《のみ》たうもない白湯《さゆ》をのみ、俄《にはか》に足《あし》を痛《いた》ませ、「此乗物《(この)のりもの》、いつ

二八 奈良県高市郡高取町壺坂。壺坂寺(南法華寺)は西国三十三所のうち第六番の札所。
二九 河内から竜田山(生駒山地の南端)を越えて大和に出る峠道。立田(竜田)は歌枕。
三〇 香煎湯。米や麦を炒って粉にひいたものに、紫蘇や山椒などを粉にして加え白湯にいれる。
三一 何やらゆかしい。

一 美しい姿。美人ぶり。
二 女性の容貌・魅力。
三 ああ、どんな(高貴な)御方の花のように美しい姿なのだろう。以下、感動を盛り上げるための修辞的な表現。伝来記に多出する。
四 吉野の桜も木枯しに吹かれた時のように見劣りがし。花(の姿)—吉野。
五 立田山は紅葉の名所。この立田山の著名な紅葉も時雨にかかって色あせて落ちた塵芥のようになった。竜田—紅葉・紅葉の錦・吉野(類船集)。
六 諺「恋の山には孔子の倒れ」(孔子のような聖人でも恋におぼれて失敗する)をきかしたか。この諺の出拠は源氏物語・胡蝶の巻。
七 愛欲の世界。道—踏迷ふ。この前後、「まことに愛着の道…かの惑ひのひとつ止めがたきのみぞ、老いたるも若きも、智あるも愚かなるもかはる所なしとみゆる」(徒然草・九段)をきかす。
八 語り物などの常套句「思ひやられて哀れなり」を途中で転じ、「さも有べし」とする。
九 決して叶うことのない恋。真相を知る作者の立場からのいい方で、結末部の伏線となる。読者もすでに真相を知るゆえ不審に思わずに読んでしまうことになる。
一〇 利口そうな。
一一 愛玩用の犬、狆(ちん)。「豕」は「豕　シ。イ。／

迄《(まで)》も、此所を動《うご》かずもあれかし」と、迚《とて》〔九〕もかなはぬ恋に気《き》を悩《なや》まして、時《とき》をうつしけるに、ふしぎや、乗物《のりもの》の中より、〔一〇〕利根《りこん》なる〔一一〕豖《ちん》かけ出《(いで)》けるを見れば、沢《さは》之助《すけ》、はやく言葉《ことば》かけて、「あの犬《いぬ》は、敵新四郎《かたきしん(しらう)》が、日比《ひごろ》〔一二〕秘蔵《ひさう》せしに、少《すこ》しもたがはず」といふより、今迄《いまゝで》思ひこめし恋心《こひ》、たちまちひるがへり、「誠《まこと》に気《き》を付《つく》れば、それにちがふ事なし。何共《(なんとも)》心えねば、いざ、跡《あと》をしたふて見届《とゞ》くべし」と、五六里《り》の間を、跡《あと》になり先《さき》になり、終《つゐ》に初瀬《はつせ》の里《さと》に〔一三〕つけ届《とゞけ》て、奥深《をくふか》き、編戸《あみど》しめし藁屋《わら》に昇入《かき》るゝと、内《うち》より新《しん》四郎〔一四〕ころび出《いで》て、「扨《さて》もはる〴〵のうき旅《たび》ぢ、よくこそ」と、悦《よろこ》ぶ躰《てい》を、柴垣《しばがき》の隙《ひま》より見届《とゞ》け、「扨《(さて)》こそ新四郎なれ」と、我さきとはしり入《いる》を、沢《さは》之助、をとなしく押《をし》とゞめ、「もはや敵《かたき》は、〔一五〕掌《たなごゝろ》のうちに有《あり》。〔一六〕周章《あはつ》る所にあらず。扨《さて》、各《をの》〳〵、〔一七〕一所の敵《かたき》なれば、一度《ど》にも討《(うつ)》べき事ながら、〔一八〕先太刀《せんだち》は、〔一九〕拙者《せつしや》給はるべし」といへば、半三郎《はん(ざぶらう)》、「此方《(この)はう》も親《をや》の敵《かたき》」と、〔二〇〕穿義《せんぎ》おはらざる間《あひだ》に、時《とき》之助、たまり兼《かね》て、「跡よりつゞき給へ」と、内《うち》に入《いれ》ば、「をくれたり」と、三人、同音《どうをん》に名乗《なのり》かけ、〔二一〕抜《ぬき》つれてかゝれば、新《しん》四郎、さはがぬ躰《てい》にて、〔二二〕天巻《はちまき》して、刀《かたな》を提《さげ》て立出《たちいで》、「しばらく待《まち》給へ。此子細《しさい》は、〔二三〕段《だん》〴〵の首尾《しゆび》あり。先聞《まづきゝ》給ふべし」と、〔二四〕半九郎、与《よ》七郎に討《(うた)》れし事を、語《かた》る詞《ことば》の下より、半三郎、眼色《がんしよく》かはつて、今迄《(まで)》思ひしに違《たがひ》て、〔二五〕時之助も、同敷《をなじく》見合て、

イノコ。ブタ」(玉篇大全)で、「狆」の音も意もない。
一二 「ヒサウ」(日蔔)。当時は清音。
一三 あとをつけ通して。
一四 ころぶように出て来て。喜び迎える動作。
一五 物ごとが掌の中にあるように自由になること。
一六 「周章 アハテ、サハガシ」(伊京集)。意より宛てた字。
一七 一緒の。同一の。
一八 最初の一太刀。初太刀。
一九 私にやらせてくれ。
二〇 詮議の宛字。
二一 ともに刀を抜きならべて。
二二 鉢巻。「天巻 ハチマキ」(諸節用集)。
二三 いろいろのなりゆき・事情。
二四 大石半三郎の父半九郎は葉田与七郎の矢で誤って射られたから、与七郎の弟分松淵時之助が敵となる。
二五 久志沢之助の父小左衛門は葉田与七郎を切っているから、時之助の敵という立場。それを知って「肝つぶれて、詠め」ることになる。

挿絵解説　巡礼姿で「立田越」をする大石半三郎、松淵時之助、久志沢之助の三人と、それぞれに一人ずつ付き従う若党。笠をかぶり杖をつき笈摺(おいずり)を着た三人は、派手な紋様の振袖を着ており、略式の巡礼姿。若衆であることを強調したかったのであろうが、本文では敵討出立時「十六七」の三人はすでに「二年にあまり」辛苦しているから、もはや若衆姿のあわない年齢となっているはず。三人の若党のうち一人は「角前髪」、他は月代を剃っている。岨(そば)道を強調するための崖が手前に描かれている。

切結《きりむす》ぶを、沢之助《さは》も肝《きも》つぶれて、詠《なが》めゐし時、「[一]其助太刀《そのすけだち》の子細《しさい》、[二]御《(ご)》自《じ》分《ぶん》と拙《せつ》者《(しや)》、[三]个《か》様《(やう)》なり」といふと、また抜合《ぬきあはせ》てたゝかふに、はや時《とき》之助と半三郎は、互《たがひ》に深手《ふかで》負《をひ》ながら、両方共《りやうはう(とも)》に、疲《つか》れ倒《たをれ》て、寝《ね》ながら、「今はかなはず」と、さし違《ちがへ》て果《はて》ける。

沢《さは》之助も、思ひ籠《こめ》たる一念《ねん》の太刀《たち》に、新四郎が右の腕《かいな》を打落《うちをと》し、「[四]南無三宝《なむさんぼう》」と、さし[五]添抜間《ぞえぬくひま》に、新四郎娘《むすめ》、長刀《なぎなた》を小脇《こわき》にかいこみてはしり出《(いで)》、沢《さは》之助を[六]水車に切臥《きりふせ》、立帰《(たちかへ)》りてみれば、新四郎も、深手《ふかで》一つに非《あら》ず、苦《くるしみ》て、即時《そくじ》に息絶《いきたへ》ぬ。

此《(この)》娘《むすめ》の歎《なげ》き、一《(ひと)》かたならず、[七]旅《たび》の疲《つか》れのうき思ひ、二年《(ふた)とせ》の内の難義《なんぎ》、語《かた》りも果《はて》ざるに、此有様《ありさま》、目《め》もあてられず。[八]頼《たの》む木の下《もと》に、雨《あめ》も涙《なみだ》もたまらぬ所に、「[九]逆縁《ぎやくえん》ながら」と、[一〇]道明寺《だうみやうじ》の側《かたはら》に庵卜《いほりしめ》、[一一]妙理比丘尼《めうりびくに》と名《な》を改《あらため》て、此《(この)》七人の菩提《ぼだい》を問《とひ》ける。

第三　毒酒《どくしゆ》を請太刀《うけだち》の身《み》

[一二]驒州《だんしう》にありし事、[一三]語《かた》り伝《つた》へて、[一四]其時《そのとき》の大守《たいしゆ》、森脇主税之助《もりわきちからのすけ》、病死《びやうし》あつて、若《わか》殿市丸殿《とのいちまるどの》、[一五]遺跡《ゆいせき》を継《つぎ》給ひ、代《よ》ゝ《ゝ》の家絶《いへたへ》ず、国《くに》の[一六]成敗《せいばい》を執行《とりをこなひ》給へり。

一（自分が葉田与七郎の助太刀をして、あなたの父久志小左衛門を切った）その助太刀の細かな事情は。
二 あなた。注一の事情だから、あなたと私は。
三 敵同士ということになる。
▽読者のすでに知っている真相が三人に明かされ、「一所の敵なれば、一度にも討べき事」と二年余にわたって辛苦を続けた三人が、実はお互いに敵同士であったことを知り、ついに切合いになるという思いがけぬ話の展開が読者の興を惹く。この奇妙な結末が他章と全く異なるが故に、敵討の諸相の一つとして強い印象を読者に与え、同時にその空しさを感得させる。
四 しまった。　五 脇差。
六 長刀を水車の廻るように激しく振りまわして切り倒し。　七 旅に疲れつらい思いをしたこと。
八 諺「頼む木のもとに雨もる（頼みにした当てがはずれる、の意）」（毛吹草）をきかした表現。頼りにした親が死んで、涙もとまらない中で。
九（敵とはいえ自分が切った相手も含むから）父の敵に対して供養することになるが。
一〇 大阪府藤井寺市道明寺町の真言宗の尼寺。
一一「占」に同じ（易林本）。
▽神域での無分別な行為がたちまちにして祟り、その子らや弟分までも切死し、七人を弔って新四郎の娘が尼になるという本章は、神の祟りという奇談の枠組の中におさまっているが、つまらぬ小事からとんでもない大事に至る過程が興味深く描かれ、敵同士の者たちが一緒に敵討に出るという異色の趣向を設けることで、話を面白く仕立てている。
一二 飛驒の国（岐阜県北部）の漢語的表現。城下町は高山、城主は金森氏。
一三 他の章では章末に用いられることの多い言

ある時《とき》、家老《からう》祝山中務《ほりやまなかつかさ》に仰出《をほせいだ》さるゝは、「[一七]御慰《(お)なぐさ》み旁《かたぐ》ゝ、家中《かちう》の若《わか》き者共《(ども)》、それ〳〵に武芸《ぶげい》嗜《たしな》める品《しな》、[一八]時《とき》ならず御らん有《(ある)》べし。其《(その)》うち先《まづ》、人ゝ勝《すぐ》れたる芸《げい》、[一九]書付《かきつけ》をあぐべき」よし、畏《かしこまつ》て相心得《あひこゝろへ》、いづれも、其《(その)》[二〇]頭ゝ《かしら〳〵》に[二一]触《ふれ》て、さし上《あぐ》るに、何《なに》の何某《なにがし》は、[二二]疋田《ひきだ》流《りう》の兵法《ひやうはう》、馬《むま》は[二三]大窪《(おほ)くぼ》が[二四]印可《ゆるし》、居合《ゐあひ》は[二五]片山伯耆《かたやまはうき》流《りう》、弓《ゆみ》は[二六]当流《たうりう》、鑓《やり》は[二七]大嶋流《(おほ)しまりう》、誰《たれ》は鉄炮《てつぽう》、彼《かれ》は何ゝと、[二八]いづれか一芸《げい》なきはなかりき。

其日《そのひ》、広間《ひろま》の当番《たうばん》には、外山《とや(ま)》白《しら》右衛門、坂野《さかの》用助《ようすけ》、[二九]乙見《をとみ》滝之進《たきのしん》、一所にならびゐて、白《しら》右衛門云《いひ》けるは、「何と、今の書付《かきつけ》の披露《ひろう》の内《うち》、熊井《くまゐ》五助が、武芸《ぶげい》の品ゝ《しなぐ》多《をほ》き社《こそ》、合点《がつてん》ゆかず。其《(その)》子細《しさい》は、あの[三〇]青男《あをおとこ》、つね〴〵の有様《ありさま》から生《なま》ぬるく、殊更《ことさら》、[三一]終《つゐ》に、弓《ゆみ》を手《て》に取《とり》たるを見たる者なし。鑓《やり》などは、[三二]念《ねん》もない事、及ぶまじきを、人並《なみ》に書付《かきつけ》をさし上る事、是程《これほど》の嘘《うそ》は[三三]つかれうものに非《あら》ず」と、大笑《(おほ)わら》ひしけるを、[三四]継《つぎ》の間《(ま)》に、[三五]五介従弟《すけいとこ》白橋元《しらはしもと》左衛門、是《(これ)》を聞《きい》てたまりかね、[三六]其番《(その)ばん》より帰《かへ》り様《さま》に、五助がもとに立《たち》より、「けふ、誰ゝ《たれ〳〵》打《うち》よりて、此《(この)》さたありし」としらせければ、「よくぞ[三七]聞《(きか)》せ給はれ。是には分別《ふんべつ》する事あり」と、其翌《そのよく》日《じつ》、家老中務《からうなかつかさ》まで申込《(まうし)こみ》けるは、「此度書上《(この)たびかき(あげ)》たる武芸《ぶげい》の品ゝ《しなぐ》、御前《ごぜん》にて仕《(つかまつ)》りたき」[三八]ねがひ、中務《(なか)つかさ》、取次《とりつい》で窺《うかゞ》ひければ、幸《さいはひ》、御機嫌《(ご)きげん》よろしく、「今日、御らん有《(ある)》べき」よし仰出《をゝせ(いだ)》され、五介、「忝し《かたじけな》」と、支度《したく》して、桜《さくら》の庭《には》の広椽《ひろえん》に立出《たち(いづ)》

い方。冒頭に変化を与えるために採用。

一四 飛驒の城下町は高山のみゆえ、その城主も分かっている(読者にも分かる)はずだが、あえて仮作名を出す。実名を出すことをはばかっていると見てよい。四の三、六の四も同様。

一五 跡目相続をなさって。 一六 政治。

一七 閑暇を慰むとともに(家臣の武芸のたしなみぶりを見るために)。

一八 適当な機会に。家臣の武芸を見分するため御前で試合を行う例は多い。

一九 書き記したもの(文書)で提出せよ。

二〇 弓組・鉄炮組等のそれぞれの組頭(組の長)。

二一 お触れをだして、(家臣たちが書付を)提出したので(それを見てみる)、の( )内を省略。

二二 天正・文禄の頃、疋田文五郎景清創始の剣法。

二三 「大坪」の誤り。大坪流は、足利義満・義持に仕えた大坪式部大輔慶秀創始の馬術。

二四 奥義の免許皆伝を受けていること。

二五 慶長頃、片山伯耆守久安創始の抜刀術。

二六 当世流行の流儀。日置(へ)流(室町時代中期、日置弾正正次創始の流派)を指す。

二七 近世初期加藤清正の臣大島伴六吉綱が創始。

二八 反語の裏の意味を表に出して強調する語法。

二九 原本「乙息」に誤る。今改む。

三〇 未熟な男、青二才の意だが、青白い弱々しそうな男の意を込めているか。

三一 いままでに。下に否定の語をともなう。

三二 (考えるまでもない、より)勿論のこと。

三三 とても吐けるものではない。

三四 「次の間」に同じ。隣の部屋。

三五 五助。介と助は通用。混用は原本のまま。

三六 その日の勤務。 三七 お聞かせ下さった。

三八 という願い。会話文が途中より地の文に変わる。

れば、殿《との》にも御出座有《(ご)しゆつざ(あり)》て、皆〻相詰《あひつめ》、まづ弓《ゆみ》をはじめて、三寸の的《まと》をかけしに、[一]三手《て》の矢、五本当《あた》り、[二]殊更手《ことさらて》前《まへ》見事なるに、列座《れつざ》驚《をどろ》き入《(いり)》、次《つぎ》に[三]竹刀《ちくたう》、其《その》[四]入身《(いり)み》には、小石《こいし》与四郎とて、家中《かちう》若手《わかて》の内《うち》の達者《たつしや》なるが出《(いで)》たるに、三本《ぼん》ながら突《つき》とめ、其次《(その)つぎ》に[五]兵法《ひやうほう》、笠田《かさだ》卜立《ぼくりう》が一の弟子《でし》、数枝友平《かずえとも(へい)》立合《たちあひ》けるに、[六]品柄《しなえ》たゝきおとし、[七]かさねての時には、打合《うちあは》せるまでもなく、勝負《せうぶ》を見せければ、「是《これ》までにて置《をく》べし」と仰《を》せ付られ、若殿《わかとの》の[八]御感甚《ごかんはなはだ》しく、其外《(その)ほか》の諸役《しよやく》人に至《いた》る迄《まで》、舌《した》をまいて、「人は侮《あなど》られぬ物かな」と、今迄《まで》おかしがりし者共《もの(ども)》も、[九]興《けう》を覚《さま》しけり。しばらく有《(あり)》て、五助《ごすけ》、御前《ごぜん》に呼出《よびいだ》され、御褒美《(ご)ほうび》として、加増《かぞう》百石下され、[一〇]当座《たうざ》の面目《めんぼく》、外聞《ぐはいぶん》かた〴〵有《(あり)》がたく、退出《たいしゆつ》すれば、家中《かちう》に[一一]其聞《(その)きこ》えかくれなく、それより三日過《すぎ》て、右の三人の方《かた》へ[一二]状《じやう》を付《つけ》るは、「拙者《せつしや》事、先日[一三]御評判《(ご)ひやうばん》の武《ぶ》芸《げい》の義《ぎ》、今月廿五日、桜《さくら》の庭《には》におひて、[一四]上覧《じやうらん》に入《(いれ)》たる通《とを》り、偽《いつは》りなきは、定《さだめ》て各〻《をの〳〵》も御見物有《(ご)けんぶつ(ある)》べし。然《しか》る上《うへ》は、[一五]御取沙汰《(おん)とりざた》、[一六]一分堪忍《(いち)ぶんかんにん》ならず。[一七]伺公致《しこういたす》べきや、こなたへ中入《(まうしいる)》べきか」と、[一八]読《よみ》も切《きら》ず驚《をどろき》て、其《その》まゝ、用介《ようすけ》・滝之進《たきのしん》を呼《よび》よせ、「何と返事をせん」といへば、両人、おなじく[一九]色《いろ》を違《ちが》へ、「これは先《まづ》、誰《たれ》がいひはじめて、此《(この)》やうなる[二〇]すざまじき事を仕出《しだ》して、気遣《きづか》ひする事ぞ。[二一]惣じて、人の噂《うはさ》をせぬがよい。今からも有《(ある)》べき事、いづれもたしなむべし」といへば、

一 六本の矢。一手(ひとて)は、兄矢(はや)と弟矢(おとや)の二本で一組のものをいう。 二 腕前。てなみ。
三 稽古用の円首木槍の「しなへ槍」。↓一八四頁挿絵。
四 攻撃する者。「入身」は、本来、武器を持つ相手に素手で立ちむかうこと。 五 剣術。
六 竹刀(しない)。稽古用の竹製の刀。
七 二度目は、竹刀で打合う前に勝負がついて。
八 深く感心すること。「ぎよかん」とも。
九 (余りに意外な見事な腕前にかえって)興ざめしてしまった。
一〇 その場で武士の面目をほどこし、外聞も良いことでありがたく。
▽一見物やわらかに見え「青男」と蔑視された熊井五助の見事な腕前は、諺「人は見かけによらぬもの」を具体化したかのごとき興味深い話の展開となっている。なお、浮世物語・一の七「喧嘩して牢人しける事」は、武家の傍輩付合いの心懸けを説き、ざれ言や悪口を戒め、その後主人公が、律義な侍にざれ言・悪口を言って痛い目にあう話が続く。
一一 その評判。その噂を知らぬ者なく。
一二 手紙を送って言うことには。
一三 (皆さん方が)噂した(私の)武芸の事ですが。三人が「是程の嘘はつかれうものに非ずと、大笑ひし」た一件をさす。
一四 殿の御覧に入れた通り。
一五 (皆さん方の自分への)悪口。注一三に同じ。
一六 武士の面目上、とてもこのままではすまされない。一分立たず↓堪忍ならず↓切合いという展開は、他の諸章に多いが、本章は、思いがけぬ話の展開になる。以下、五助の奥ゆかしく分別ある古武士風のあり方と、白右衛門・用助・滝之進三人の軽薄・臆病・卑怯な当世武士のあり

「今それをいふて、埒《らち》のあく事か。とかく此《(この)》返事《へんじ》の仕《し》やうは」と、[二一]あたまをわらして、用介、やう〳〵、「今、分別《ふんべつ》出《(いで)》たり」と云《いふ》に、「何」と問《と》へば、「まづ、[二二]いかやうに思案《しあん》しても、死《しぬ》る事はすかぬによつて、爰《こゝ》は、[二四]ちんじてやるにはしかず。[二五]其《(その)》返事に、[二六]仰《をほせ》下《(くだ)》さるゝの取《(とり)》ざた、此方《(このはう)》三人の者は、貴《き》公様《こうさま》の事、[二七]微《み》塵《ちん》、[二八]影《かげ》にても日向《(ひ)なた》にても、悪敷《あしく》申《(まうし)》たる事なし。万一《ばんいち》、[二九]脇《わき》に憎《にく》しむ者あつて、我〻にめいわくさせせん為《(ため)》に、申たるにぞ有《(ある)》べし。それは、[三〇]御不祥《(ごふ)しやう》ながら、堪忍《かんにん》あそばして給《たま》はれ」と、[三一]小野流《をのりう》のふるひ[三二]筆《ふで》をとめて、つかはせば、五助、つく〴〵[三三]段〻《だん〴〵》の断《ことは》りをみて、「此上《このうへ》に、何共《(なんとも)》いひやるべきやうなし。先《まづ》思案《しあん》すべし」と、其日《そのひ》は暮《くれ》けり。

滝之進《たきのしん》・用助《ようすけ》は、白《しら》右衛門方《かた》に[三四]取《とり》こもり、「何と五介《すけ》は、堪忍《かんにん》してくれうか。心もとなきは、あれ程《ほど》の芸《げい》をかくして居《ゐ》る程《ほど》の者《もの》じやによつて、そこが[三五]すまぬ事なり」と、一所に額《ひたい》を合《あは》せ、手《て》に汗《あせ》をにぎり、[三六]嘮《ものもう》あれば、「すはや、それか」と肝《きも》をひやし、又、[三七]談合《だんかう》して、「昨日《きのふ》の御返事をつかはさるべしと、慇懃《いんぎん》にいふて、取《とり》て参《まい》れ」と、家来《けらい》を[三八]白眼《にらみ》つけて、又五助方《(か)た》にやれば、五助《すけ》、分別《ふんべつ》して、「さたせざる事に、此方《(このはう)》より[三九]状《じやう》を付《つく》るは、却《かへつ》て無《ぶ》調法《てうほう》なり。され共《(ども)》、いはぬといふを、是《ぜ》非《ひ》共《(とも)》相手《あひて》にすべしといふも、道理《だうり》しらずになるに似《に》たり。但《たゞ》し、

ようとが対比されるが、他章と異なってただちに切合いとならず、臆病武士たちの謀計による五助毒殺、その後の仲間割れといった趣向の導入によって話を長篇化し、読者の興味を惹く。

一七 伺候の慣用字。こちらからうかがいましょうか、こちらへお出でいただきましょうか。

一八 最後まで読み終らないで。

一九 (驚いて)顔色を変えて。

二〇 「スサマジ」が当時は普通(諸節用集)。とんでもない興覚めなこと。ひどく困ったこと。

二一 自分でしておきながら、もっともらしく教訓調で言う所が滑稽。責任転嫁は武士らしからざる所業。なお、浮世物語でも、ざれ言を戒め(一の九)、「後言(かげごと)をいふべからざる事」(五の四)の一章を設けて武士の傍輩付合いの心得を教える。

二二 どう考えてみても。 二三 頭を悩まして。苦心惨憺して。

二四 陳じて。弁解するのが何よりだ。

二五 その返事には、こう書こう。以下、手紙の文面の文体に転ずる。

二六 御手紙でおっしゃっておられる(我々三人がしたというあなたについての)噂。

二七 ほんの少しも。まったく。

二八 裏でも表でも。「影日向」は表と裏で態度に相違があること。そのような言葉を使っての弁解が、実は内心影日向のあることを暴露。

二九 武道の立場からは卑怯な言い分。責任転嫁や言い逃れは「物がた」い古武士風と逆。五の三などと対比される人物像の提示。

三〇 不本意とは存じますが。

三一 小野道風を祖とする書風。手をふるわして書いたような書風をいう。ここは、三人がこわごわとふるえながら弁解状を書いた様子とその

元左衛門《もとざ》が聞違《きゝちが》へなるも覚束《をぼつか》なし。もし、実《(まこと)》にいひたるにしても、状付《じやうつけ》られての上《うへ》に、申さぬといふ程《ほど》の腰《こし》[一]ぬけなれば、相手《あひて》にして面白《おもしろ》からず」と思ひかへして、「御断《(お)ことは》[二]りを承《うけたまは》り届《とゞ》くるうへは、互《たがひ》に意趣《いしゆ》[三]ふくみ申さず」との返事を見て、三人の者共《もの(ども)》、二三度《ど》をしいたゞき、「扨《さて》も大事《だいじ》の命《いのち》を拾《ひろ》ひたり」と祝[四]ひ、酒《さけ》など飲《のん》でよろこび、まづ其《(その)》通《とを》りにてすみけり。

其後《そのゝち》、途中《とちう》にて逢度毎《あふたびごと》に、何とやら気味《きみ》わろく、其《(その)》上、此《(この)》事、誰云共《たれいふ(とも)》なく、

ふるえている書体を言う。道風は、弘法大師筆の額を難じたことより中風をわずらい、「手わなゝきて、書跡も異やうに成」ったと伝える(古今著聞集・七)。

二二 書き終えて(五助の所に)持って行かせると。

二三 いちいちの弁明。

二四 ひき籠って。別々になるのが不安で、また外にも出られない臆病ぶりの強調。

二五 済まぬ事。よく分からず気がかりな事。

二六 「物申す」の略(→五頁注二〇)。訪問者の声。

二七 相談して。「談合 ダンカフ」(諸節用集)。

二八 「白眼 ニラム」(諸節用集)。晋の阮籍が気に入らぬ人には白眼で対したという故事による。

二九 果し状を送る。

一 臆病武士。

二 御説明を納得した以上、この上は。

三 恨み。遺恨を心にいだかない。

四 祝って、祝い酒を飲んで。「祝ひ」で切るのは原本の句読。

▽武士の意地などは捨ててしまった三人の臆病ぶり、その弁解を納得する五助の分別ある対応によって、一応一件は落着する。「腰ぬけなれば、相手にして面白からず」とする五助と「命を拾ひたりと祝ひ」喜ぶ三人との対比の中で当世の臆病武士を諷する作者は、以下もその姿勢を持続しつつ、三人の臆病が亢じてまさに卑怯な行為に走る方向へと話を興深く展開して行く。

「[五]果《はた》し状《じやう》付《(つけ)》られて、[六]侘《わび》事《(ごと)》したり」との[七]取《とり》ざたかくれなく、かれこれ心よからず、三人、より会《あふ》ごとに、是《これ》を苦《く》にして、「此比《(この)ごろ》のとりざた聞《き》ゝて、[八]むやくしき事」といへば、「我ゝ《われ〳〵》も左様《さやう》におもふ。何とぞして、五介《ごすけ》をころす分別《ふんべつ》は有《(ある)》まじきか」といへば、「あれ程《ほど》の[九]手者《てしや》なれば、先《まづ》、太刀打《たちうち》は、とてもかなはじ」。とやかく案《あん》じ入《(いり)》て、白《しら》右衛門、小声《こごゑ》になつて云《いひ》けるは、「先日《せんじつ》の意趣《いしゅ》、互《たが》ひに少《すこ》しも残《のこ》らぬ中直《なかなを》りに、[一〇]無菜《ぶさい》の振舞《ふるまひ》に是非《ぜひ》呼請《よびうけ》、食類《しよくるい》に雑《まじへ》て、[一一]一服《ぶく》さすれば、

五 決闘の申し込みに対して詫言して逃げるなどは、武士として卑怯未練な所業。以下、三人が、臆病故に意地・面目・一分などを捨ててしまっていながら、一方それにこだわることから悪事をたくらむ様子を具体化。
六 詫言の慣用表記（諸節用集）。
七 噂。評判が広まって。
八 いまいましい。しゃくにさわる。
九 武芸に達した者。手だれ。
一〇 粗末な食事。他人を呼んでもてなす場合の謙辞。手紙の文言を意識した言葉づかい。
一一 毒薬を一服飲ませれば。

挿絵解説　「桜の庭の広椽」に殿が出座し、熊井五助の武芸を「上覧」する場面。「桜の庭」に松のみ描かれるのは絵師の誤りか。左図上には、頭巾をかぶり扇を持った殿、小姓二人、茶道坊主が描かれる。中央には、稽古用の槍を持った総髪姿の五助が、右図の「家中若手の内の達者」小石与四郎と対戦中。五助が総髪との記述はないが、諸芸に達した軍学者風の趣を加えたか。右図の広縁と座敷、左右の隅には見物の武士。本文には「各々も御見物有べし」とあるが、白右衛門らを特定して描いているようではない。

骨折《ほねをら》ずして、ころりとやるが」といへば、「是《これ》に過《すぎ》たる方便《てだて》なし」と、日限《にちげん》をさだめ、「[一]御茶進《(お)ちやしん》じ度《たき》」よし、五介方《ごすけかた》へいひやれば、さしてす[二]ゝまざれ共《(ども)》、「行《ゆか》ねば、先度《せんど》の意趣《いしゆ》残るやうなり」と心得《こゝろへ》、「忝《かた》じけなし。参《まい》るべし」と返事《へんじ》するに、其《(その)》日、いづれも相伴《しやうばん》にて、馳《ち》走様ゝ《そうさま〴〵》なる躰《てい》にもてなし、[三]後段《ごだん》すむと、心もち例《れい》ならず、[四]宿《やど》にかへると、[五]五躰《たい》、血筋《ちすぢ》引《(ひき)》て身をもだへ、[六]半時《はんじ》ばかり悩み、血《ち》を吐《はい》て、息絶《いきたへ》ぬ。

[七]前廉《まへかど》より、医者《いしや》も、それとは見ながら、大事の事《こと》なれば、[八]聊爾《りやうじ》にいひ出《(いだ)》さず、「ふしぎなる病《やまひ》」とばかり評判《ひやうばん》して、[九]其《(その)》なりけりに[一〇]野《の》べの送《をく》り、[一一]人は煙《けぶり》のたね、一子《(いつし)》五七郎《らう》、幼少《ようせう》なれば、[一二]本知《ほんち》半分《はんぶん》にて、[一三]跡目《あとめ》たちて済《すみ》ぬ。

彼者《かの(もの)》共は、「しすましたり」とよろこび、此内証《ないしやう》は、誰《たれ》もしらず。過行春《すぎゆくはる》は、夏《なつ》にかはり、此三人の者は、[一四]平生《へいぜい》、兄弟同前《きやうだいどうぜん》にかたり、たとへいかなる事ありても、[一五]引《ひく》まじきかたらひなしぬ。

其日《(その)ひ》は、白《しら》右衛門方《かた》にあつまりて、[一六]雑談《ざうたん》する次手《ついで》に、「明《あく》れば[一七]端午《たんご》の節句《せつく》、[一八]月代《さかやき》を剃《そる》べし。幸《さいはい》、其方家来関内《そのはうけらいせきない》、[一九]髪肶《かみさかやき》よくいたすよし、頼《たの》むべし」と[二〇]いへば、云付《いひつけ》て剃《そら》せけるに、折ふしの夕立《ゆうだち》、しきりに降《ふり》て、雷《いかづち》、耳《みゝ》のあたりに轟《とゞろ》きわたり、はや落《をち》かゝるかと覚《をぼへ》し時、滝之進《たきのしん》、日来《ひごろ》[二一]雷公《かみなり》をこはがる事、人にすぐ

一 さし上げたい。手紙の文言の言葉を途中より地の文にする。
二 気が進まない。
三 もてなしの料理を出す順序の上での後段。うどん・そうめん・湯漬・粥などの軽いものを出す。
四 自分の家。
五 身体全体がふくれあがって。砒素などを食中にまぜて毒殺したことを暗に言うか。
六 一時間。
▽勇士の武勇に恐れ、あざむいて毒を盛るという趣向では、説経「をぐり」の小栗判官毒殺の話が著名。
七 始めから。前々から。
八 軽率に。
九 そのままで事が済んで。
一〇 野辺送り。葬送。
一一 人間は皆死んで火葬の煙の種(材料)となるもの、の意の諺的表現。
一二 従来の俸禄の半分。
一三 家督相続ができて。
一四 ふだん。いつも。
一五 「引」は「退く」。一致協力・団結する交友。
▽毒殺は成功、医師も口をふさぎ、五助の跡目相続も無事すんで、平穏な日々が何年か続く中、臑(ねす)に傷もつ三人は、以前にも増して親しくなる。臆病で卑怯、それ故につるみあっている三人に何かが起らぬはずはない。西鶴は、そんな三人にまさにふさわしい以下の滑稽な場面をもうけ、事態を急転させる。
一六 世間話。むだ話。
一七 五月五日の佳節。
一八 額から頭上にかけて髪を剃ること。端午の節句は式日で、登城・出仕する日ゆえ。

れたれば、此《(この)》ひゞきに動顚《どうてん》して、「関内《せきない》、まづ待《まち》てくれよ」と、半分頭剃《はんぶんあたまそり》かけしを、周章《あはて》て立《たち》さはぎ、「天井《てんじやう》の板《いた》の厚《あつ》き所はないか」と逃廻《にげまは》り、脱捨《ぬぎすて》し単羽《ひとへば》織《をり》の有程《あるほど》引《(ひつ)》かぶり、「[二二]桑原《くははら》〳〵」と身を縮《ちゞ》め、かた隅《すみ》に倒臥《たをれふし》たるおかしさ、白《しら》右衛門・用助《ようすけ》、大笑《(おほ)わら》ひして、「扨《さて》も[二三]結構《けつかう》なる御《(お)》侍《さぶらひ》、それ〳〵、又ひかりたるは」と、おどしかけて[二四]興がりけるに、程《ほど》なく空《そら》はれて後《のち》、滝《たき》之進這出《しんはい(いで)》しを、「其頭《そのあたま》つきは、どこの[二五]去荷物《さりにもつ》を持《もた》れしぞ。扨《さて》も[二六]憶病千万《をくびやうせんばん》なり」と、おどけたるを、滝《たき》之進《しん》、[二七]虫《むし》にさはり、「最前《さいぜん》も笑物《わらひもの》にするのみならず、[二八]比興《ひけう》なる侍《さぶらひ》などいはれ、それさへ心にかゝる。[二九]人には物のいひやうあり。雷《かみなり》は[三〇]武辺《ぶへん》の外《ほか》、好《すき》といふ者《もの》なし。もし比興《ひけう》のせんさくならば、其方達《(その)はうたち》こそ、[三一]侍畜生《さぶらひちくしやう》なり」と、顔色《がんしよく》をかへていへば、[三二]座興《ざけう》に思ひし両人も、此一言《ごん》に堪忍《かんにん》ならず、「侍畜生《さぶらひちくしやう》とは何ぞ」と、刀《かたな》を取《とり》まはす時、「されば、過《(すぎ)》し年《とし》、熊井《くまゐ》五助と太刀打《(たちうち)》はならずして、何ぞや、[三三]女童《をんなわらべ》のたくむ、毒薬《どくやく》をもつて殺《ころ》す。勿論我《もちろんわれ》は、同心《どうしん》にあらざれ共《(ども)》、それを[三四]改《あらた》むれば、傍輩《はうばい》のちなみをむなしくすると、思ふ計《ばかり》にだまりぬ。何と、其《(その)》しかたが、侍《さぶらひ》のいひ出《いだ》す事か」と、同《をな》じく刀《かたな》を取《(とり)》まはすに、[三五]両人、目《め》を見合《みあは》せ、「南無三宝《(なむさん)ぼう》、[三六]内輪《うちわ》破《やぶ》れして、大事の事を人にもらす悪《あく》人」と、ふたりして切伏《きりふせ》、まづ[三七]門《もん》をうたせ、心静《しづか》に支度《したく》し、路金迄才覚《ろきんまでさいかく》し、直《すぐ》に、[三八]勢州長嶋《せいしうながしま》

一九 月代の合字。
二〇 主語は滝之進。以下の記述より判明する。省略を多くするため、時に生まれる書き方。
二一 「雷公 カミナリ」(書言字考)
二二 雷除けの呪文。「雷も頻に鳴るわ、落ちはせまいか、桑原〳〵〳〵」(狂言記・針立雷)。
二三 ご立派なお侍。皮肉に言う。
二四 おかしがっていたが。
二五 離縁された女房の実家へ送り返す荷物。荷物を運ぶ人足が月代などの頭髪の手入れをしないことから言った。
二六 臆病の慣用表記。
二七 癪の虫にさわって、の意より、腹を立てて。
二八 卑怯。当時はこの用字が多い。
二九 物ごとには言い方というものがある。諺「物は言いなし」(悔草・中)、「物は言いよう」による。
三〇 武道には関係のないこと。
三一 けだもの同然の非道な武士。侍を罵る語。
三二 その場かぎりの冗談。座興→悪口→堪忍ならず→切合い、の伝来記によくあるパターン。
三三 女子供がたくらんでする毒殺。「毒で殺すか横山よ、女業な、な召されそ」(説経・をぐり)。
三四 一々正して反対すれば。
三五 白右衛門と用助が、目くばせし合って。
三六 仲間割れ。
三七 門を閉めさせ、出入りを止めて。
三八 伊勢の国長島。三重県桑名郡長島町。慶安二年(一六四九)より貞享期は松平氏、一万石の城下。
▽雷を恐れる滝之進をからかう漫画的な場面から、切合い、白右衛門・用助の出奔、滝之進の息子角之丞の敵討出立と、話は予想外の方向へ進展。臆病武士たちの仲間割れを興味深く描いて諷しつつ起伏に富んだ話の展開を行ってゆく語り口は絶妙である。

に、しれる者ありて立退《たちのき》ける。此事《(この)》、意趣《いしゆ》はたしかならずして、国中《こくちう》にかくれなし。

爰《こゝ》に、滝《たき》之進《しん》が一子角《しかく》之丞《ぜう》、[1]御暇《(お)いとま》申上《(まうし)あげ》て、敵《かたき》ねらひに立出《たちいで》、諸国尋《しよこくたづ》ねめぐり、此度《(この)たび》は、東海道《とうかいだう》にかゝり、[2]それ共《(とも)》知《しら》ず此長嶋《ながしま》に入《(いり)》て、一日《(いち)じつ》逗留《とうりう》するに、彼《かの》弐人の者《もの》は、[3]芦屋町《あしや(まち)》、[4]針立《はりたて》の賢意《けんい》といへる者を、頼《たのみ》て居《ゐ》しが、今は、[5]粮《かて》[6]みなになし、亭主《ていしゆ》は元《もと》より貧《まづ》しければ、為《せん》かたなくて、[7]門謡《かどうたひ》、編笠深《あみがさふか》く被《かぶ》り、[8]連《つれ》ぶしに、[9]小浜町《こはまてう》を通《とを》るを、角之丞《かくのぜう》見付《(みつけ)》て、詞《ことば》をかけ、敵《かたき》二人を、[10]薄手《うすで》をも負《をは》ず、物《もの》の見事に打負《うちおほ》せ、「此首《くび》、国《くに》の産物《みやげ》に」と、下《げ》人に持《もた》せて、[11]夜を日《ひ》に継《つい》で屋敷に帰り、母《はゝ》に対面《たいめん》して、「个様《かやう》／＼」と、[12]語詞《かたることば》を押《をし》とゞめ、「それは、聞迄《きくまで》もなし。先《まづ》、声《こゑ》を高《たか》くするな。扨《さて》も、父滝之進《ちゝたきのしん》をはじめ、白《しら》右衛門・用助《ようすけ》、先年《せんねん》、五助《すけ》に[13]遺恨《いこん》有《(あり)》て、毒薬《どくやく》にて殺《ころ》したるよし、露顕《ろけん》あり。子息《しそく》五七郎、親《をや》の敵《かたき》は、其方《そのはう》ならびに白《しら》右衛門・用介《ようすけ》と、一昨日《いつさくじつ》、打《うち》に出《(いで)》たり。しばらくも爰《こゝ》にはたま[14]られず。我《われ》も諸共《もろ(とも)》に、いづくへも退《のく》べし」と、其夜《そのよ》の[15]九つ過《すぎ》に、又、密《ひそか》に、家久敷下人《いゑひさしきげ(にん)》独《ひと》りめしつれ、親子《をやこ》、伴《ともなひ》て立出《たちいで》、[16]江州醒井《がうしうさめがゐ》の宿《しゆく》に、しるべを頼《たのみ》て、[17]世《よ》の浮住《うきすま》ゐをとゞめける。

扨又《さて(また)》、五七郎は、三人をねらひて、国々《くにぐにのこ》残らず、姿《すがた》をやつして廻《めぐ》り、今は、

一　主君に敵討の許可を願いでて許され。
二　敵二人が隠れ住むとも知らず。
三　未詳。長島に見当らず。仮作の町名か。
四　針医者。
五　「粮」はもと旅行用の食料。ここは、路銀。
六　「皆になす」は全部失う。すべて使い果たし。
七　謡曲をうたって米銭を乞い歩くもの。謡うたい。編笠をかぶって歩く故に人目をしのぶのに好都合。人倫訓蒙図彙・七に挿絵・解説あり。
八　合唱。ここは、一緒に謡をうたい歩くこと。
九　未詳。長島にこの町名は見当らない。
一〇　わずかな傷も受けず。
一一　昼夜兼行で急いで飛驒高山の屋敷に帰り。長島から高山は百数十キロメートル。
一二　ここで又、話が以外な方向に展開。見事に敵を打ち果たした角之丞が賞讃されるかと思いきや、今度は逆に敵としてねらわれる立場となる。起伏に富んだ話の展開で次々と話を拡大して行く所が本章の特色で、それ故に伝来記中の最長篇、かつ興味深い作品となっている。
一三　恨み。読者がすでに知る真相と齟齬するが、西鶴が場面中心の書き方をする故の齟齬と見る。
一四　居られない。とどまれない。
一五　午前零時ごろ。
一六　滋賀県坂田郡米原町醒井。中山道の宿駅。
一七　つらくはかない生活をすることになった。「世の」は強意。

[一八]勢州《せいしう》鳥羽《とば》に着《つき》て、旅籠《はたご》する宿《やど》に一夜《(いち)や》を明《あか》すに、障子《しやうじ》のあなた、旅人《りよじん》の物語《ものがたり》するを聞《(きけ)》ば、扨《さて》も[一九]先《せん》月十八日、長嶋《ながしま》にての敵討《かたきうち》の[二〇]段ゝ《だんぐ》、聞《きく》ほど、角之丞《かくのぜう》が有様《ありさま》なり。「此《(この)》上はは《〔ゝ〕》や、三人の敵《かたき》、二人は相果《あひはて》たり。残多《のこりをほ》き事ながら、[二一]力《ちから》なき仕合《しあはせ》、さだめて角之丞《かくのぜう》は、[二二]本国《ほんごく》に帰《かへ》るらん」と、それより引返《(ひきかへ)》して、又、本国《ほんごく》に急《いそぎ》て行《ゆけ》ば、醒井《さめがゐ》の宿《しゆく》、何心《なに(ごころ)》なく打過《うちすぐ》るに、比《ころ》は[二三]極月《ごく(げつ)》十三日、家ゝ《いへぐ》、煤掃《すゝはらひ》とて、諸道具《しよだうぐ》、大道《(だい)だう》に積重《つみかさね》しを、[二四]取入《とり(いる)》るに、古簾《ふるす》を釣《つれ》る貧家《ひんか》に、似合《にあは》ざる鑓《やり》・長刀《なぎなた》、葛籠《つゞら》の上《うへ》に挑灯《てうちん》くゝり付《つけ》、其袋《そのふくろ》の紋《もん》、[二五]井筒《ゐづゝ》の内《うち》に若松《わかまつ》、「是《これ》は、敵《かたき》の乙見《をとみ》が定紋《ちやうもん》なる」と気《き》を付《つけ》て、其隣《そのとなり》なる家《いへ》に立寄《たちより》、「[二六]麁忽《そこつ》ながら、此北隣《(この)きたどなり》の御亭主《(ご)ていしゆ》は、何人にてさふらふ」といへば、「されば、主《ぬし》は終《つゐ》に見たる事なし。伊勢《いせ》の牢《らう》人衆《しゆ》とやら聞及《きゝをよ》びたり」といふに、いよ〱[二七]覚束《をぼつか》なく、それより[二八]辻堂《つぢだう》に行《ゆき》て、小者に持《もた》せし[二九]着籠《きごみ》取出《とりいだ》し、身拵《みごしら》へするうちに、小者《(こ)もの》に、「汝《なんぢ》は、旅人《りよじん》の躰《てい》して、見聞《けんぶん》して参《まい》れ」と云付《いひつけ》しに、走行《はしりゆき》、「駕籠《かご》をかりたし」といふ調子《てうし》にはいりて、様躰《やうだい》見届《とゞけ》てかへり、「成程《なるほど》、角之丞《かくのぜう》殿にまがひなし」といふに、踏込《ふみこん》で、名乗《なのり》かけし時《とき》、角之丞《かくのぜう》は、[三〇]水風呂《すいふろ》に入《(いり)》ながら、此躰《(この)てい》をみて、[三一]言《こと》ばをあはせ、母親《はゝをや》に「[三二]刀給《かたなたま》れ」といへるに、五七郎《(ごしち)らう》、是《これ》をみるより、其躰《そのてい》をば討《うた》ず、「心静《しづか》に支度《したく》いたさるべし」といひ捨《すて》て、表《をもて》に出《いづ》れば、母親《はゝをや》、浴衣《ゆかた》をうちきせ、「いさぎよ

一八 三重県鳥羽市。鳥羽は、正しくは志摩国に属するが、西鶴は伊勢の国としていた。「伊勢の国鳥羽といふ大湊に」(二十不孝・二の三、他)。
一九 角之丞の敵討が「先月十八日」とすれば、前出母親の言葉「(五七郎が)一昨日打に出」たその日は「先月十八日」に近い頃のはずで、五七郎が「国々残らず、姿をやつして廻り」と矛盾することになる。時間の経過などに無関心な話の進め方をする場面中心の西鶴の語り口から生まれた矛盾と見られる。
二〇 一々の次第。
二一 どうにもならない成行き(で仕方がない)。
二二 飛驒高山。
二三 十二月。年中行事の一つとして十三日には煤払いをする。「毎年煤払は極月十三日に定めて」(胸算用・一の四)。
二四 (家の中の煤払いを終って)諸道具を入れようとしている時に。
二五 井筒(各種あり)の中に若松(同上)を組み入れた紋所。
二六 失礼ながら。ぶしつけながら。
二七 (敵にちがいないと思いながらも)はっきりせず不安で。
二八 道ばたに建てられた仏堂。
二九 着込み(上着の下に重ねてきる物)。ここは鎖帷子(細い鎖を縫いこんだ防禦用の下着)。
三〇 風呂桶の下に焚口があり水をわかして入る風呂。蒸し風呂に対して言う。
三一 応答をして。
三二 「給はれ」の転訛。

くすべし」といさめて[一]、簾《すだれ》の内《うち》に見物《けんぶつ》して、互《たがひ》に汗水《あせみづ》になつて戦《たゝか》ふうちに、五七郎、刀《かたな》の目釘《めくぎ》[二]はしりて落《をち》たるに、「弓矢《ゆみや》八幡《まん》[三]、運命尽《うんめいつき》たり」と、差添《さしぞへ》[四]ぬかんとせしすきまを、たゝみかけて打《うつ》を、母親《はゝをや》是《(これ)》をみて、角之丞《かくのぜう》[五]しばしとゞめ、「其方《そのはう》は道をしらぬ男かな。最前《さいぜん》此方《(こなた)》、湯《ゆ》あがりの支度《たく》を待給《まちたま》はずや。其《(その)》心底《しんてい》を顧《かへりみ》ず、心なきしかた」と恥《はぢ》[六]しめ、「随分心静《ずいぶんこゝろしづか》に、目釘《めくぎ》をとめ給へ」と、其《(その)》間《ま》をまたせて、又打合《うちあひ》けるが、角之丞《かくのぜう》、深入《ふかいり》して、指《ゆび》三本落《をと》されて、ひるむ所を、踏込《ふみこん》で、大袈裟《(おほ)げさ》[七]に討《うち》とゞめ、「荒嬉《あらうれ》[八]しや、年来の本望[九]遂《とげ》たり」と、息《いき》をつぐ所へ、母親《はゝをや》かけ出《(いで)》、「扨《さて》もあそばしたり」と、角之丞《かくのぜう》が髑髏《むくろ》[一〇]を、つく〴〵詠《なが》めながら、涙をばながさず、「誠《まこと》に、我《(わが)》子ながらも、心の剛《がう》なる事は、中〻御《(ご)》[一一]自分《じぶん》におとる者《もの》にあらず。され共《(ども)》、父滝之進《ちゝたきのしん》、武士《ぶし》の本意《(ほんい)》に背《そむ》きたる冥理《めうり》[一二]の程《ほど》、弓矢神《ゆみやがみ》[一三]にも見はなされし、天罰《てんばつ》のがれずして、角之丞《かくのぜう》に酬《むくひ》て、只今《たゞいま》御手にかゝりたり。討《うつ》[一四]もうたるゝも武士《ぶし》のならひ、天晴《あつぱれ》[一五]、神妙《しんべう》なる御はたらき、御父《をんちゝ》五助殿《どの》、草《くさ》ばの影《かげ》にても、うれしと思しめさん」。爰《こゝ》にて、ほろりと潜然《なみだぐみ》[一六]、「我《わが》身は頼《たの》みなき者《もの》なれば、思ふにまかせぬ、うきにうきをかさねる事の、行衛《ゆくゑ》こそさだめなけれ。角之丞《ぜう》が跡《あと》をば、よきに吊《とぶら》ひて給《たま》はれ」と、云捨《いひすて》て内に入《(いり)》、黒羽《くろは》[一七]二重《ぶたへ》の羽織《はをり》を取出《とりいだ》し、「是《(これ)》は、角之丞《かくのぜう》に着《き》せんと、思ひしばかりにて、いまだ

一 諫めて、勇めて、の両意。
二 目釘(刀身を柄にとめる目釘竹)がとんで。
三 武士の守護神八幡への誓いのことばとして、自誓や感動した時などに発する。ここは、「しまった」「残念無念」の意。
四 脇差。
五 母親のことばともとれる言い方。「角之丞、しばらく待て」と止めて。
六 恥入らせて(押し止めて)。
七 肩から斜めに斬り下げること。袈裟がけ。
八 感動詞「あら」の宛字。
九 長年の望み。前出「先月十八日」と矛盾する。
一〇 死骸。　一一 あなた様。敬意を含む二人称。
一二 知らず知らずのうちに天が示す道理。「冥利」の宛字とも見られる。
一三 武士の守護神。八幡大菩薩をいう。
一四 出典あるか。参考「討つも討たるゝも夢の中、即身即仏是なる故」(御伽草子・酒呑童子)。
一五 ああ、すばらしい働きぶり。我が子の死を悲しみつつ、それを父親の悪事故の天罰ととらえ、敵のはずの五七郎を賞讃する母親像は異色。武道の理にかなう剛気な女性をここまで描き、以下「爰にて、ほろりと潜然」と、その抑えに抑えて来た感情を吐露させる所が効果的。
一六 「潜然 ナミダグム」(易林本)。
一七 黒染の羽二重の羽織。晴着・礼服用。
一八 美濃国の関の藤川。岐阜県不破郡関ヶ原町不破関付近を流れる川で、ここはその近くの村里。藤川―不破―美濃。振仮名正しくは「のうしう」。
一九 仏道修行に専念して心を澄ましている姿は、はかなくも哀れであった。おこない澄す―澄せし心―心の水―水の泡―哀れと尻取り風の修辞による文体。修辞的な文体によって感情・感動

手も通《とを》さず。是《(これ)》を、道《みち》すがらの風いとひにあそばせ」と持《もち》て出《いで》し、「此御心底《(ご)しんてい》、忝《かたじけ》なし」と、暇乞《いとまごひ》して本国《ほんごく》に帰《かへ》るを、念比《ねんごろ》に見をくり、それより、[一八]濃州関《ごうしうせき》の藤川《ふぢかは》といふ里《さと》の側《かたはら》に、草《くさ》の庵《いほり》を結《むすび》て、[一九]おこなひ澄《すま》せし心の水《みづ》の、あはれをとゞめけり。

第四　碓引《いしうすひく》べき垣生《はにふ》の琴《こと》

[二〇]過《(すぎ)》し比《ころ》、[二一]越《こし》の国《くに》の太守《(たい)しゆ》に、増倉治部太夫《ましくらぢぶのだゆふ》と聞《(きこ)》えし。同家老徳沢形部《をなじくからうとくざわぎやうぶ》、ある時《とき》、[二二]大小性役勤《(おほ)こしやうやくつとめ》し赤西専八《あかにしせん(ばち)》、広間《ひろま》に傍輩《はうばい》二三人相詰《あひつめ》て居《ゐ》しを、呼立《よびたて》、「ちと申《(まうし)》度事有《たきあり》」と、御居間《(お)ゐま》の[二三]前栽《せんざい》の片陰迄《かたかげまで》つれ行《(ゆき)》、「[二四]別義《べちぎ》に非《あら》ず。只今《たゞいま》、殿《との》の仰付《(おほせつけ)》られしは、[二五]思《(おぼ)》し召子細《めすしさい》あるの条《でう》、出崎《でさき》新五平を討《うつ》て来《きた》るべき、[二六]器量撰《きりやうえらび》てつかはすべきとの事なり。大切《(たい)せつ》の御意《(ぎよい)》なるに、[二七]誰《たれ》と差図《さしづ》すべき者、御自分《(ご)じぶん》ならで、外《ほか》に是《(これ)》なし」と、述《(のべ)》られぬるに、専八、[二八]承《うけたまは》り届《とゞ》けながら、「それは、いかやうなる[二九]越度《をつど》あつての事にて、此仰付《(この)をゝせつけ》にてさふらふ」と云《いふ》時、形部《ぎやうぶ》、「されば、拙者《せつしや》も、御心入《(おこころいれ)》はかりがたし」といへば、専八、「尤《もつとも》、御自分《ごじぶん》の御詞《(お)ことば》を、疑《うたが》ひ申《(まうす)》には非《あら》ざれ共《(ども)》、[三〇]迚《とても》の事に、直《じき》に御意《(ぎよい)》を承《うけたまは》り度《たき》」と云《いふ》に、「いかにもよき[三一]御念《ごねん》なり。

をもりあげようとする手法は伝来記に多出。
▽伝来記中でも最長篇の本章は、つまらぬ悪口から大事が出来《(しゆっ)(たい)》、かくて悲劇的結末という全体の流れは他章の多くと共通するが、その話の展開は起伏に富み、読者の予想を超えた興味深い場面を持続して、一気に読了させる面白さを持つ。人の持つ意外な側面の提示、滑稽な描写による臆病・未練な武士への諷刺、敵を討ちながら敵として討たれる角之丞の宿命にもてあそばれるごとき生、その剛気な母親の悲しみぶりと出家、と種々な話柄が効果的に積み重ねられ、傑作と称するに足る作品となっている。

二〇 昔、往昔などと同じく、慶長以前という時代設定を行うための語。→解説。
二一 越前・越中・越後など北陸地方の国の古称。後に「奈呉の海を跡に」古郷を出るという記述に従えば、越中を指すつもりか。
二二 小姓のうち年長の者で、使者役・取次役などを勤め、「器量を選」び「礼式には長袴を着」す（人倫訓蒙図彙・一）。同書に挿絵あり。
二三 庭の植込みの隅。内緒話のためのごとき場所での以下の指示が専八に不審を持たせた。
二四 ほかでもないが。話を持ちかける時の語。このいい方も内緒話風。不審をいだかせる。
二五 考えがあるので。殿の自敬表現。「…の条」は文書などの言葉づかい。
二六 すぐれた力量のある人物を選んで。
二七 「誰と指図すべき者かあらん」の反語の裏の意を表に出し、あなた以外にないと強調する表現。
二八 聞き届けながら（も指示のし方が不審で）。
二九 あやまち。おちど。
三〇 いっそのこと、直接に。
三一 念のいれ方。心づかい。

さらば御前へ御出《(おいで)》あれ」と伴《ともな》ひ、此《(この)》よし申《(まうし)》あぐれば、専八《せん(ぱち)》、召出《めし(いだ)》され、「[一]形部《ぎやうぶ》申付《(まうし)つけ》たる一義《(いち)ぎ》、首尾《しゆび》致《いた》せ」との由《よし》、畏《かしこまり》入《(いり)》て、私宅《(し)たく》に帰《かへ》り、「其咎《そのとが》はしらね共《(ども)》、[二]武士《ぶし》の習《なら》ひ程《ほど》、[三]世に定《さだ》めなき物なし。今迄《(いま)まで》は、互《たがひ》に傍輩《はうばい》のよしみ深《ふか》かりしかひなく、我身《わがみ》に思はぬ御意《(ぎよ)い》をうけて、討《(うつ)》こそ[四]本意《(ほ)い》なけれ」と、つぶやきながら、新五平所に入《(いり)》て、一つ二つ物語して、「御意《い》なり」といふ詞《ことば》の下に、討《うち》すまして出《(いづ)》るを、家来《けらい》、立騒《たちさは》ぐに、「是《(これ)》は上意《じやうい》なり。まつたく当座《たうざ》の喧嘩《けんくは》に非《あら》ず」と云聞《いひきか》せ、直《(すぐ)》に屋敷《やしき》も取《(とり)》あげられける。

[五]移《うつ》りかはる世の習《ならひ》とは云《いひ》ながら、[六]しれぬは人の行末《ゆくすへ》、哀《あはれ》なるは此内室《ないしつ》、親里《ざと》は、隣国《りんごく》の片陰《かたかげ》に、[七]日陰《ひかげ》の牢人《らう》の娘《むすめ》なりしが、新五平親と[八]古傍輩《こはうばい》のよしみにて、其身《(そのみ)し》死すべき前《まへ》の秋《あき》より、外聞《ぐはいぶん》よろしく取《とり》はやして、婚礼《こんれい》の儀式《ぎしき》して、[九]世《よ》に頼む方《かた》なくおはしけるに、思ひもよらぬ此次第《しだい》に驚《をどろ》きながら、詮《せん》かたなく、「此まゝ同《をな》じ道《みち》にも果《はつ》べき」と思ひ詰《つめ》しに、その身[一〇]只《(ただ)》ならぬ、忘《わす》れ形《がた》みの[一一]中《なか》〳〵に、一《(ひと)》たび是をまみへたく、心ひかれて、[一二]袖《そで》は涙《なみだ》の関《せき》かねしより、[一三]奈呉《など》の海《うみ》を跡《あと》に出《(いで)》ながら、誰《たれ》を頼《たの》む共《(とも)》なく、比《ころ》は[一四]卯《う》の花山《はなやま》を詠《なが》め過《すぎ》、里《さと》の垣根《かきね》に[一五]色《いろ》こぼす、雪《ゆき》の[一六]高浜《たかはま》、はる〴〵と見え渡《わた》り、[一七]越《こし》の舟路《ふなぢ》も、[一八]こがれ〳〵し旅《たび》の、空定《そらさだ》めなき短《みぢか》夜《よ》、[一九]有明《ありあけ》の嶺《みね》の麓《ふもと》に、やう〳〵ゆかりを尋《たつ》ねけるに、其里《そのさと》の侘《わび》しきうき住《すま》ゐ、

一 刑部が命じた一件。この殿の言葉によっては、新五平の「越度」が何であるか分からない。そうした理由は、殿の横暴ぶりをここで印象づけ、終末部の悲劇感を増すためか。
二 何故上意討ちになるのか、分からないにもかかわらず上意討ちをしなければならぬ自分と、主君の上意で突然討たれることになる新五平、その双方の「武士の習ひ」。
三 いつどうなるか分からぬものはない。西鶴作品には、「…程…なるはなし」という文体の警句的表現が有効に使われる場合が多い。
四 不本意だ。やりたくないにもかかわらず、殿の意向は絶対である「武士の習ひ」故に上意討ちをする専八の苦衷。終末部の伏線となると同時に武家の論理や行為のあり方を具体化。
▽上意討ちの趣向は四の二にも出るが、本章は、上意討ちの理由が明らかではなく、「傍輩のよしみ深」い相手を「本意な」く討たざるを得ないという状況設定が異なる。
五 諺的表現による話の転換。「定めなき世」などの常套句の言い換え。
六 諺。人の運命はどうなるか分からぬ、の意。
七 日陰の牢人であった新五平妻の父。
八 もと同じ藩に仕えていた同僚のよしみで。
九 この世に頼る人なく。主語は新五平妻。
一〇 妊娠中で忘れ形見がある仲となっているので。
一一 せめては。なんとか。「忘れ形みの中」と「中々」を掛けていう。
一二 袖に涙がそそぎ、止めることができないので。以下修辞的な文体を採用。地名を折込む道行文仕立てで感情をもり上げようとする表現。
一三 富山県新湊市放生津潟の辺の海。歌枕。
一四 卯の花の咲く比(四月)と卯の花山(富山県小

[二〇]たとへかたなく、けふと暮《くら》し、あすの命《いのち》も頼《たの》みなき[二一]まばらやに、心《(こゝ)》ち例《れい》ならずして、二日悩《なや》み、取揚婆《とりあげば》ゝ《ゞ》といふものもなくて、つゐ生れけるは、殊更男子《ことさらなんし》にて、猶《なを》「[二二]果報《くはほう》つたなき身の果《はて》」と、恨《うらみ》てかひなく、月日を送《をく》りぬ。

此《(この)》所には、物縫《ぬふ》女もまれなるに、やとはれて、うき世を暮《くら》すたねとして、此子成人《こせい(じん)》して、今は十四才、そだちいやしげながら、生《むま》れ付《(つき)》、さすがそれと見えて、[二三]爪《つま》はづれの[二四]尋常《じんじやう》、俤《をもかげ》の[二五]艶《やさし》きに付《つけ》ても、ありし世《よ》を思ひくらべて、母《はゝ》のなげき大かたならず。され共《(ども)》、国《くに》を出さまに親より給はりし[二六]新羅琴《しらぎごと》、[二七]跡付《あとづけ》に、[二八]長《をさ》国《くに》・国宗《くにむね》の大小はなさず、ながきよの折ゝ《をり〳〵》の手ずさみに、[二九]組《くみ》の証歌《しやうが》をうたひて、諸共《もろ(とも)》になぐさめて、住《すま》ゐせし哀《あはれ》は、かぎりもなかりしが、[三〇]世《よ》は不定《(ふ)ぢやう》の習《ならひ》にて、赤西《あかにし》専八、少《すこ》しの過《あやまり》に[三一]御前《ごぜん》を仕《し》そんじ、牢《らう》人となりて、四五年さまよひ、漸ゝ《やう〳〵》、[三二]此里近《さとちか》き城下《じやうか》に、又[三三]身躰済《しんだいすみ》けれ共《(ども)》、此人ゝの事は、夢《ゆめ》にもしらざりける。

ある日、傍輩鳥《はうばいとり》山九郎八《(くろはち)》にいざなはれ、[三四]野がけのなぐさみに出《(いで)》て、此《(この)》山陰《かげ》に百舌《もず》を[三五]おどして、[三六]帰る細道《ほそみち》に、[三七]琴《こと》のね、かすかに音《をと》づるゝを、松吹風《まつふくかぜ》と聞捨《きゝすて》て行《ゆく》に、猶爪音《なをつまをと》のちかく、気《け》だかくて、「[三八]数《かず》ならぬ思ひは、なくてあれかし」と、声《こゑ》のあらしに、[三九]つどひきしに、「是《(これ)》は合点《がてん》のゆかぬ。山里に、かゝる音信《をとづれ》のする事は」と、各ゝ《をの〳〵》立《(たち)》どまりて、耳をかたぶけ、其《(その)》かたをみれば、[四〇]あやしの竹《たけ》

矢部市の礪波山の一峰。歌枕)を掛ける。
一五 卯の花が白く雪のようにかかっている。
一六 新潟県柏崎市高浜町。港町。
一七 越路を行く舟旅も。「越」は、こえて行くと越の国の掛詞。舟—こぐ—こがれ。
一八 「漕がれ」と「焦がれ」の掛詞。 一九 新潟県岩船郡神納村有明。歌枕。短夜—有明。
二〇 たとえようもなく。「たとへんかた」の脱か。
二一 あばらや。屋根や板戸にすきまのある家。
二二 (世が世であれば跡取り誕生といって喜べるのに)幸せの薄い我が子の身の上。
二三 身体の様子。身のこなし。
二四 すぐれていること。 二五 つややかな美しさ。
二六 古代に朝鮮の新羅から伝来した十二弦の琴。
二七 客をのせた馬の尻につける荷物。武家の場合は多く刀をいれる。ここは道中荷物の刀箱。
二八 長国・国宗、ともに若干の刀工が居る。
二九 箏の組歌の唱歌。組歌は短い歌詞を組みあわせて新作した歌。証歌は唱歌の慣用表記。
三〇 「定めなき世」「世は定めなし」などの常套句による諺的表現。それを用いて話を転換。
三一 殿の機嫌をそこなって。「少しの過」で御前をしくじる専八という描写も、本章の殿の名君ならざるを示唆し、最終部の悲劇に生かされる。
三二 「有明の嶺の麓」に近い城下は、村上(新潟県村上市)。寛文七年(一六六七)以後、榊原氏の城下。
三三 仕官の口がきまったが。
三四 野駆け。山野に遊ぶこと。
三五 驚かして。原本は「おとして」。従って「落して」(射落して)とも読めるが、今改む。
三六 以下専八が「あやしの竹の編戸」のうちに琴の音を聞き興味をひかれる部分には、禁中一の琴の上手の小督が平清盛をはばかり嵯峨に隠れ住む所を源仲国が訪ねる話(平家物語・六、謡

の編戸《あみど》のうち也《(なり)》。

「いかなる者ぞ」と覚束《をぼつか》[一]なく、立《(たち)》よりて眈《のぞけ》ば、臈長《らうたけ》[二]なる女も、三十五年《みそじいつとせ》にはうるはしき姿《すがた》して、東《ひがし》の母屋《もや》[三]によりかゝりたる有様《ありさま》、世《よ》[四]を恨《うら》み侘《わび》たる皃《かほ》ばせながら、調《しら》べしは、尋常《よのつね》ならず。側《かたはら》に庄《しやう》之介、母《はゝ》の手跡《しゆせき》のかな文《ぶみ》うつして、何となき粧《よそほひ》。此《(この)》美形《びけい》[五]にあきれて、「是《(これ)》は、ふしぎなる者共《(ども)》、迚《とても》の事に、尋《たづ》ねてみるべし」と、「御免《ごめん》」と云《いひ》て内《うち》に入《(いり)》て、莨菪《たばこ》飲《のみ》ちらして立出《たちいで》、「世《よ》には、さま〴〵

曲・小督など）の面影をとっていると見られる。
三七「幽かに琴ぞ聞えける。峰の嵐か松風か尋ぬる人の琴の音か。おぼつかなくは思へども…片折戸したる内に…小督殿の爪音なり」（平家物語・八）の風情をとり、言葉を生かす。
三八 琴の組歌の唱歌「数ならぬ身にも唯、思ひもなくてあれかし、人なみ〳〵の薄衣、袖の涙ぞかなしき」（淋敷座之慰）による。小督の話での「想夫恋という楽」を当世の歌に転じた。
三九 声が風にのってやって来たので。
四〇 「あやしの竹の編戸のうちより、いと若き男の…」（徒然草・四十四段）の言葉を生かす行文。小督の話では「片折戸したる内」（平家物語・八）。

一「覚束なくは思へども…琴をぞ引き澄まされたる。控へて是を聞きければ」（平家物語・八）。
二 年長の。年増の。
三 面《(も)》屋。「まばらや」に面屋というのは不審。
四 「恨みわびほさぬ袖だにあるものを恋にくちなん名こそ惜しけれ」（後拾遺集・恋四・相模、百人一首）といった風情の顔だちで、「袖の涙ぞかなしき」（前頁注三八）と歌い弾いている様子。
五 美人。美しい姿。男性にもいう。
六 落ちぶれた様子。零落していても優雅に暮す庄之助母子を評していう。
七 執着して。→九四頁注六。
八 相手が誰とも知らず。後の伏線となる。

の[六]なれ果《(はて)》も有《ある》物かな」と、何心なく帰《かへ》りて、専《せん》八、庄《しやう》之助に深《ふか》く[七]泥《なづ》み、[八]誰《たれ》しらず行通《(ゆきかよ)》ひ、いつとなく[九]執心《しうしん》かけ、其後《そのゝち》は、[一〇]念若《ねんじやく》の誓約堅《せいやくかた》く、庄《しやう》之助を城下《じやうか》に伴《ともな》ひ、母《はゝ》にも[一一]扶《ふ》持《ち》を合力《かうりよく》し、行末《ゆくすへ》は[一二]いかやう共《(とも)》申上て、庄之介をも身躰有付《しんだいありつく》べき心から、他事《たじ》なく思ひかはして、一年余《あまり》も過《(すぎ)》て、母《はゝ》、専《せん》八をつく〴〵詠《なが》めて、「あの男《をとこ》は、慥《たしか》に、[一三]御意《ぎよい》蒙《かうぶ》りて、新五平殿《しんごべいどの》を討《うち》たる男《をとこ》にまがひなし」と、よ所《そ》ながら先祖《せんぞ》をとへば、[一四]何年《なんねん》の事共《こと(ども)》かたるに、弥《いよ〳〵》たがはず。

有時《あるとき》、庄之介《しやうの》を近付《ちかづけ》、「いつは語《かた》らんと思ひしが、其方《そのはう》が父《ちゝ》新五平殿《しんごべい》、尤《もつとも》上意打《じやういうち》とはいひながら、専八《せんばち》、手《て》に懸《かけ》たれば、汝《なんぢ》が親《をや》の敵《かたき》にまぎれなし。潔《いさぎよ》く討《うつ》て[一五]孝養《けうやう》にすべし」と、云《いふ》に驚《をどろ》き、「扨《さて》は、それ共《(とも)》しらず、過《すご》しぬる事こそ無《む》念《ねん》なれ。併《しかしなが》ら、自《みづから》の遺恨《いこん》にあらず。主《しう》の仰《おほせ》なれば、専《せん》八もぜひに及《をよ》ばぬ所なり。[一六]もし敵討《かたきうつ》べきならば、治部太夫《ぢぶのだゆふ》殿にこそさふらへ。殊《こと》に、此年《(この)とし》月の[一七]厚《かう》おん、[一八]須弥《しゆみ》よりもたかし。かれこれ、[一九]私《わたくし》の敵《かたき》とて、討《うつ》べき義理《ぎり》に非《あら》ず。爰《こゝ》は分別《ふんべつ》して御らんあれ」と、いひもはてぬに、母《はゝ》、顔色《がんしよく》かはりて、「迚《とて》も其方《そのはう》は、得《え》うつまじ。前《まへ》かたよりかくとしらば、たとへば[二〇]干死《ひじに》にするとても、かれが[二一]合力《かふりよく》、うくべきに非《あら》ず。其方《(そのはう)》、仮《かり》の兄弟《きやうだい》の契約《けいやく》したればとて、誠《まこと》の親《をや》に思ひかゆる事が、侍《さぶらひ》の道か。よし〳〵、我夫《わがをつと》の敵《かたき》、其方が手には懸《かけ》まじ」と、守《まも》り刀《がたな》を懐《ふところ》に

九 惚れ込んで。
一〇 男色関係の念者(兄分)と若衆の約束。
一一 生活費を援助して。専八が自分の俸禄(扶持)の一部を与えて、の意にもとれる。
一二 どんな風にでも(殿に)申し上げて。
一三 殿の御意向をうけて。前の上意討ちをいう。
一四 何年も前のこと。十五、六年前になる。
一五 (親孝行のために首をとって)供養せよ。
一六 主の仰せとは言え、その理由が明らかにされていない上意討ちゆえ、一層責任は主君にあるように見え、説得力がある。同様な言い方は、謡曲「擅風」で、父資朝を本間に討たれた梅若が本間を討ってくれというのに対し、ワキ(帥阿闍梨)が「本間は一旦囚人を預りたるまでにてこそ候へ。真の親の敵は相模の守高時こそ敵にて御座候へ」というところにもある(矢野公和)。
一七 厚恩。深いめぐみ。
一八 「父恩者高レ山、須弥山尚下」をきかし、専八の恩は父以上という。
一九 上意討ちは「公」、その討手を恨むのは「私」。私は公に勝たぬのが武士の論理(義理)。
二〇 飢え死。
二一 援助。助力。「合力 カウリヨク」(諸節用集)。

挿絵解説 鳥山九郎八にさそわれた「野がけ」の帰り道、赤西専八らが塀の外にたたずみ、新五平妻の琴を立ち聞きしている場面。草庵風の離れ(母屋とは見えない)に箏を弾く下髪の母のもとに、本文では手習いをしているはずの庄之助が侍座。「あやしの竹の編戸」ならぬ土塀が描かれているのは齟齬するが、それに蔦をからませたのは「垣生」の趣を出そうとしたか。三人の武士中どれが専八か不明だが、優男風に描かれた左端の侍がそれのつもりか。

押込《をしこみ》、かけ出給《(いで)》ふを、すがり付《(つき)》、「それ程《ほど》に思し召《めす》ならば、私《わたくし》手にかけて、本望達《ほんまうたつ》し申さん」と、なだめ置《をき》て、其支度《そのしたく》するに付《(つけ)》ても、「仮初《かりそめ》の事ながら、此《(この)》二年《ふたとせ》の契《ちぎ》り深《ふか》く、[一]かはせし詞《ことば》の松《まつ》に誓《ちか》ひしも、皆《みな》いつはりとなり、いとほしと思ふ兄分《あにぶん》を、手《て》にかくべきか。是《(これ)》を[二]つゝみて、討《うつ》べきに非《あら》ず」と、いつにかはりて、専八《せんばち》を[三]呼請《よびうけ》、恨《うら》めしき貞《かほ》ばせ、専八、見とがめて、「何とやら[四]異有様《いなありさま》、心にかゝる事有《(あり)》や」と、[五]とふに思ひのまさりて、[六]涙《なみだ》は袖《そで》に余《あまり》たるに、猶《なを》心えず、「いかなる思ひにか。語り給へ」といへば、「扨《(さて)》もぜひなき次第《しだい》、拙者《せつしや》は、出《で》崎新《さきしん》五平が世忰《せがれ》、御自《(ご)じ》分《ぶん》に覚《おぼ》え有《ある》べし。然《しかれ》ば、勿論《もちろん》、上意《(じやう)い》とはいひながら、[七]承《うけたま》はるに堪忍《かんにん》ならず」と、其《(その)》時は、[八]胎内《たいない》にやどりゐし事、段《だん》〻語《〲かた》りて、「扨《さて》、只今迄《まで》御《(ご)》懇意《こんい》、中《(なか)》〱詞《ことば》に尽《つく》されず」と、[九]云《いひ》きりもやらず、打《うち》しほれたるに、専《せん》八、[一〇]横手《よこで》を打《うつ》て、「扨《さて》も、[一一]人間《げん》の行衛《ゆくゑ》はしれざる者《もの》。なる程《ほど》、手《て》に懸《かけ》し事[一二]まがひなし。いざ討《うつ》て、本望遂給《ほんもうとげたま》へ」と、大小抛出《だいせうなげいだ》して、首《くび》をさしのべたるにぞ、庄《しやう》之助が思ひ、[一三]一《(ひと)》かたならざる至極《しごく》の所《ところ》、「其《(その)》有様《ありさま》を何《なに》しに討《うた》るべき。御自《ごじ》分《ぶん》にも、太刀《たち》取揚《とりあげ》て給はれ」と云《いふ》に、哀《あはれ》は深《ふか》く見へし時《とき》、母《はゝ》、次《つぎ》の間《(ま)》にたゝずみ、此躰《(この)てい》をみて、庄之助《しやうの》を呼立《よびたて》、「潔《いさぎ》よき心底《しんてい》、残る所なし。今宵《こよひ》かぎりの事なれば、今迄《まで》のよしみに、[一四]暇乞《いとまごひ》の盃《さかづき》したかるべし」と、母《はゝ》のはからひを語《かた》りて、

一 かわしあった言葉では、千年も変わらぬといふ松にならって末永く心を変えぬと誓ったのに、それも。「君をおきてあだし心をわが持たば末の松山波も越えなん」(古今集・東歌)をふまえて言うか。
二 隠したままで。
三 呼んで招き入れ。
四 おかしな様子。
五 (専八が)問いかけたので(庄之助は)いっそう悲しい思いがつのって。
六 はげしく涙を流す様子のたとえ。
七 その話を聞いた以上は、我慢できない。
八 まだ生まれず母の胎内にいた子供である事。
九 最後の方の言葉もはっきり言えず泣き出したので。
一〇 感動・感嘆した時の動作。ここは驚き。
一一 人の運命というのは分からぬもの。本章では余りに偶然すぎる主人公たちの出会いを説明するために、「武士の習ひ程世に定めなき物なし」「移り変る世の習ひ」「しれぬは人の行末」「世は不定の習」などの語が用いられている。諺風に、平安朝以来の人間や世の中への認識を所々で提示することが、宿命的な専八と庄之助の恋の哀れさを強調するための基調音として生かされていると言えるであろう。
一二 間違いない。
一三 一通りではなく感きわまって。「至極の所」は、最上、これ以上ない所、の意。
一四 最期の別れの盃。
一五 粗末な素焼の盃。
一六 午前八時頃。
一七 目をさまさない。
一八 冒頭部の「過し比」に照応。上意討ちより生まれた悲劇が、当世の特定の場の話と受けとら

[一五]土器《かはらけ》を取出《とりいだ》し、自《みづから》持《もち》て出て、常《つね》のごとく、夜《よ》更《ふく》る迄《まで》語《かたる》に時移《ときうつ》り、母《はゝ》も次《つぎ》の間《ま》に、転寝《うたゝね》の夢見明《ゆめ(みあか)》して、[一六]朝《あさ》の五つになれ共《(ども)》起《おき》ず。

さし貯《のぞき》てみれば、二人、枕をかはして臥《ふし》たるを、「油断者《ゆだんもの》」と、声《こゑ》かくれ共《(ども)》音《をと》なく、ふしぎに思ひて、立寄《たちより》ても[一七]驚《をどろ》かぬに、夜着《よぎ》を取《(とり)》て見れば、専《せん》八が心もとより我背《わがせ》中迄《なかまで》、貫《つらぬき》て死《し》したり。母、二目《ふため》共《(とも)》見ず、同じ枕《まくら》に、是《これ》も自害《じがい》してはてしを、[一八]聞《(きく)》さへ哀《あはれ》はつきず。

れることへのカムフラージュ。

▽何の「越度」とも知らされず「本意なく」殿の命に従った専八の上意討ち、討たれた男の忘れ形見との偶然の出会い、二人の自害を見ての母の自害と、「哀はつき」ない結末を迎える。本章では、五の二、六の一、七の一のごとく、主君が悪役としてはっきり提示されてはいないが、「上意」にふりまわされた結果の宿命的な悲劇という印象があり、武家社会の一面、「武士の習ひ程世に定めなき物な」きありようが明瞭かつ具体的に浮び上ってくる。なお、男色関係となった二人が敵同士で、それを知った念者が自害、若衆「庄之助」がその初七日に後を追うという話が御伽比丘尼(貞享四年二月序、刊記は同年正月)・一の三「あけて悔しき文箱」にある(中村幸彦指摘)。若衆の名は同じで、見しらぬ敵同士の男色関係という部分のみは類似するが、他は全く趣を異にし、その影響を本章に見ることはできない。また、同じ巷説によったか(前田金五郎)とも言われるが、その巷説は未詳。もし同一の巷説によったとすれば、別個にほぼ同時期に本章と御伽比丘尼・一の三が書かれたことになり興味深いが、本章がそれに数段まさる作品であることは、両者を比較することによって十分に明らかとなるであろう。

諸国
敵討

武道伝来記

七

絵入

武《ぶ》道《だう》伝《でん》来《らい》記《き》　巻七

諸《しよ》国《こく》敵《かたき》討《うち》

目《もく》録《ろく》

一 自分の命を捨てるために急使となる話。使者として届けた手紙が使者(自分)を成敗するようにとの内容であった本文の記述に対応。

二 灸をすえてもその熱さが身にこたえぬこと。「身のあつきを知ぬ」は我が身が危険にさらされているのを知らぬ、の意の成句。暴虐な主君が、身養生を口実に灸をすえさせ家臣の妻を手込めにしようとしたことが、敵としてねらわれ命を失う原因となった、本文の後半部を示唆。横暴で無情な主君のありようへの皮肉ともなる。

三 若衆盛りの美しさが宮城野(仙台市東部の萩の名所、歌枕)の萩のようであった話。

四 萩の花(の盛りのような美しさ)。主人公勝之介の美貌を舞台(仙台)にあわせ萩にたとえ、同時にその花の盛りのはかなさ(主人公の死)を示唆。

五 義理(正しい道義、しかしその実践には苦痛が伴うことが多い)のために死んだことが賞讃を受けたこと。宮城野の花―ほめ草。

六 当世新登場の田原藤太のような侍の話。田原藤太は、藤原秀郷の別称。平安前期に活躍した下野の武将で、平将門の討伐(将門記、他)、百足退治の話(太平記・十五、俵藤太物語)などで知られる。本章は百足退治の話に関連。

七 百足が枕もとに神霊となって立ったこと。「枕神」は、夢中に枕もとに現れる神。

第四

八 愁《うれへ》の中《なか》へ樽肴《たるざかな》
九 敵《かたき》うたで横手《よこで》を打《うつ》事

八 悲しみの最中に御祝儀の酒樽と肴とを届けた話。葬儀の最中に誤って婚礼の祝いを届けたという本文の記述に対応。
九 敵を討たないで、横手を打って驚き・感嘆したこと。「横手を打」は、感嘆・驚きなどの時の動作。敵の覚悟のいさぎよさと真相を知り、敵討をやめて出家する本章の終末部を示唆。

第一　我《われ》が命《いのち》の早使《はやづかひ》

月[一]はかはらぬ昔《むかし》の空《そら》、日《ひ》[二]に向《むか》ふ国《くに》の守《(かみ)》につかへし、磯辺《いそべ》頼母《たのも》とて、勇《ゆう》[三]に色《いろ》ふかく、春秋《はるあき》の花紅葉《はなもみぢ》、紅閨長時《こうけいとこしなへ》[四]に、いまだ妻女《さいぢょ》はさだめず、幾人《いくたり》か翫《もてあそ》び、酒婬《しゆゐん》[五]、日〻《ひゞ》に長《ちやう》じて、勤《つと》めも自《をのづ》からに欠《かけ》ぬ。

有時《(ある)》、己《(おの)》が家老《からう》[六]塚林《つかばやし》権《ごん》之右衛門《(のゑもん)》を呼《よび》て、「公用《こうよう》の事につゐて、急用[七]これ有《(ある)》の間《(あいだ)》、伯父《をぢ》春川主計《かはかずへ》殿へ、此書簡《しよかん》、早〻《さう〳〵》持《ち》参《さん》致《いた》すべし」と、周章敷云付《あはたゝしくいひ(つけ)》[八]られ、問返《とひかへ》すに及《をよ》ばず、支度《したく》して、参州《さんしう》[九]よし田に急《いそぎ》ぬ。

程なく着《つき》て、主計《かずへ》に対面《たいめん》し、「子細《しさい》[一〇]は、御書中《ごしよちう》に御座《(ご)ざ》有べし」と指上《さしあげ》ける。「何事やらん」と、封切《ふうきつ》て披見《ひけん》あり。文《ぶん》の半過《なかばすぎ》て、おどろける気色《けしき》にて、其《(その)》まゝ懐《ふところ》におさめ、権之右衛門《ごんの》が皃《かほ》を打《うち》ながめ、「何と、国にかはつた事はなきか」といへば、畏《かしこまつ》て、「まづ殿様《とのさま》には、御機嫌《ごきげん》よく御座なされまし、三俣修理《みまたしゆ(り)》助《(のすけ)》殿の跡目《あとめ》[一一]の義《ぎ》、甥《をひ》の内匠殿《たくみどの》へ仰付《をゝせつけ》られて、先《まづ》、家中迄《(まで)》悦《よろこ》び、扨《さて》は、城下《じやうか》の町《まち》はづれに、童《わらんべ》共《(ども)》集《あつま》りて、土遊《つちあそ》び致《いた》しけるに、丈《たけ》五寸ばかりの朽木《くちき》を掘出《ほりいだ》し、捨置《すてをき》たるを、極楽寺《ごくらくじ》[一二]の長老《らう》、是《これ》を見付《(みつけ)》給ひ、行基《ぎやうぎ》[一三]の御作《ごさく》の観音《くはんをん》にて、寺《てら》の傍《かたはら》に、

一 「月やあらぬ春や昔の春ならぬ我が身一つはもとの身にして」(伊勢物語・四段、他)をきかし、月(自然)は昔に変わらぬが(人は変わり、以下に登場する人たちも皆死に絶えた)、その昔の話だが、の意。昔という時代設定と同時に、伏線として人の世のはかなさを感得させる書出し。
二 現在の宮崎県。月—空—日に向ふ。
三 非常に好色、の意か。勇者で同時に好色、の意ともとれるが、本章の人物像は好色のみ。
四 (美人の寝室の意より)女色のみにふけり。
五 酒と色事におぼれる様が日ごとにひどくなり。
六 ここは、家政をとりしきる家臣。後に「代々執権役相勤し」とあり、藩の家老ではない。
七 急用があるので。書簡・文書などの文体を用いて格式ばった言い方をしたところ。
八 「周章」は「アハテ」が普通(諸節用集)。意によった宛て読み。「アハタタシイ」(日葡)。
九 三河国吉田。愛知県豊橋市の旧名。貞享期は小笠原氏四万石の城下。
一〇 詳しいこととは御手紙に。「義」は格式ばった言い方。 一一 家督相続のことは。
一二 延岡市伊形町の極楽寺か(前田金五郎)。ただし、以下に記される点は同寺の伝えにない。土中・海中等から出た本尊という縁起は数多いから、近年の身近な見聞より取入れた話か。
一三 奈良時代の高僧。日本霊異記を始め諸説話にその行実が伝えられるが、行基が観音像を作った話は未見。
一四 (観音を安置する)仮の御堂建立の寄附。
一五 「群集 クンジユ」(諸節用集)。
一六 とても。非常に。
一七 田舎廻りの小屋掛けの芝居。慶長期のものではありえず、以下、近年の風俗を導入。
一八 茶などを出す小屋掛の出店。色茶屋に対す。

[一四]仮堂《かりだう》の奉加《ほうが》を進《すゝめ》てしつらひ、これへの参詣《さんけい》、国中《こくちう》、[一五]群集《くんじゆ》仕《(つかまつ)》る事、[一六]中〱《(なか)》夥《をびたゞ》敷《しく》、此比《(この)ごろ》、喧嘩《けんくは》これ有《あり》けれ共《(ども)》、それはしづまり、又、[一七]旅芝居《たびしばゐ》、二三間《(げん)》くだり、[一八]水茶屋《みづぢや(や)》、[一九]八幡《まん》の前より立《(たち)》ならび、京《きやう》・大坂《をほざか》のごとく、御国《(お)くに》の賑《にぎは》ひ、申《(まうす)》ばかりなし」と、何《なに》心なく語《かた》れば、主計《かずへ》、[二〇]一円合点《えんがつてん》のゆかぬ㒵《かほ》して、「いや、よ所《そ》の事は聞《きゝ》たうなし。頼母《たのも》が屋敷《やしき》に、かはりたる事はなきか」と尋《たづ》ねしに、「されば、[二一]御当代《(ご)たうだい》になりて、[二二]諸国《しよこく》、御簡略《ごかんりやく》に付《つき》、[二三]御自分様《(ご)じぶんさま》、[二四]七年以前《いぜん》に御越《(お)こし》の時有《とき(あり)》し泉《せん》水《すい》も、[二五]内証《ないしやう》舟遊山《ふなゆさん》の聞《きこ》えよろしからじと、それをも潰《つぶ》し、跡《あと》には、[二六]蘇鉄山《そてつやま》をいたし、其外《そのほか》の[二七]栄耀道具《ゑいようだうぐ》、みな[二八]滅少《げん(せう)》いたし、只今は、結句《けつ》、大壇那《(おほ)だん(な)》の時の借金迄相済《まであひすま》し、[二九]世間御勝手共《ごかつて(とも)》によく罷《(まかり)》なり、拙者迄大慶《せつしやまで(たい)けい》に存ずる」といへば、主計《かずへ》、重《かさね》て、「別義《べちぎ》に非《あら》ず、頼母《たのも》、わかき者にて、さぞ其方《(そのはう)》が世話《せわ》に成らん。[三〇]京より美女呼寄《びぢよよびよせ》し事、此比《(この)ごろ》、[三一]江戸《えど》参勤《さんきん》の衆《しゆ》の物がたりにて聞《(きき)》し。親は、はやく果《はて》、[三二]誰《たれ》有《あつ》て諫言《かんげん》すべき者、其方より外《ほか》になし」と云《(いふ)》時、権之《ごんの》右衛門、「[三三]御意返《(ぎよ)いかへ》し申せば、慮外《りよぐはい》がましく存《ぞん》ずれ共《(ども)》、尤《もつとも》、旦那《だんな》、[三四]年若《としわかい》ながら、勤《つとめ》の欠《かけ》たる事なく、交《まじは》りも、御家中《(ご)か》におゐては、いづれにおとり給はん。され共《(ども)》、御祝言《(ご)しうげん》いまだ是《(これ)》なきによつて、私《わたくし》はからひとして、此比《(このごろ)》、京より女呼下《よびくだ》し置《をき》ぬ。其《(その)》上の御気遣《(お)きづかひ》は、私罷有《(まかりある)》から、少しも遊《あそば》さるまじ」と、何心なく語《かたり》し時、主計《かずへ》、気色《きしよく》かはり、

一九 八幡社であろうが未詳。
二〇 まったく納得しない顔で。
二一 現在の将軍・藩主の御代、またはその当主をいうが、次の「諸国、御簡略に付」に続く言い方よりすれば、ここは、現在の徳川将軍をさすと見られる。倹約を説き奢侈を戒めるのは幕政初期からの常套とは言え、幕府財政の逼迫により奢侈禁令・倹約励行の布令が多く出るのは、四代将軍以後であり、読者はこの「当代」を、延宝八年就任後奢侈禁令を頻発、きびしい倹約励行を施策の一とする五代将軍綱吉を思いうかべて読むであろう。次には「七年以前」との違いを言うが、伝来記出刊時(貞享三年四月)までの綱吉在位期間は、六年八か月程。ここは、将軍綱吉の時代である当世のこととして本章を読ませるために作者が読者に送る信号である。
二二 日本全国どこでも倹約が施策となり。「簡略」は倹約。 二三 あなた様。敬意の二人称。
二四 「御当代」以前。→注二一。
二五 屋敷内での(隠れての)船遊び。
二六 蘇鉄(九州南部に自生する)の山を作って。
二七 贅沢で派手な諸道具。金・銀を多く用いたものや高蒔絵など。
二八 「滅少」は「減少」の誤字。または意による宛字か。 二九 世間向きも家の中のこともともに。
三〇 京は美人の多い所とされたので、京の美女を妾にする奢り者は、西鶴の諸書に描かれる(四の二、一代女・一の三、永代蔵・三の二など)。
三一 参勤交代で江戸へ往復する者。寛永十二年(一六三五)以後制度化。
三二 諫言する者はお前以外に誰もいない。
三三 御言葉にさからいますのは御無礼ですが。
三四 振仮名原本のまま。「としわか」の誤りとも見られる。

膝立直《ひざたてなを》し、「其方《(そのはう)》は、[一]近比《ちかごろ》[二]利口《りこう》に物云《(いふ)》大胆者《だいたんもの》、これ〳〵此状《(この)》をみよ」と、抛出《なげいだ》しけるを、取揚《とりあげ》てみれば、「[三]何〻《なに〳〵》、此者、重罪《ちうざい》有《(あり)》といへ共《(ども)》、当地《たうち》にて手打《てうち》いたせば、[四]世間《せけん》事やかましく罷成《(まかりなる)》につき、其元《(そこもと)》へつかはす事、早〻《さう〳〵》、[五]御成敗《ごせいばい》あそばし給《たま》はれ」のよし。はつと驚《をどろ》きたるを、主計《かずへ》、「何とそれは、屋敷に[六]別義《べちぎ》なき躰《てい》か。其段〻《(その)だん〴〵》、委細《ゐさい》に白状《はくじやう》すべし」と、刀《かたな》に手《て》をかけて白眼《にらみ》つけし時、権之右衛門、少しもさはがず、「[七]御紙面《(ご)しめん》の通《とをり》、詠《なが》め奉り、覚悟《かくご》仕《(つかまつ)》る上は、いか様《やう》共《(とも)》御はからひにまかすべし。殊更《ことさら》、御手討に[八]預《あず》からば、本望の至《いた》り、別に子細《しさい》申上《(まうしあぐ)》る事、曾《かつ》て是《(これ)》なし」と、さしうつぶきてゐるを、主計《かずへ》、重《かさね》て、「[九]様子《やうす》なきを、うてとは申越《(まうし)こす》まじ。必定《ひつでう》、其方《(そのはう)》に越度《をつど》有《ある》に、まがひなし。子細《しさい》をいはずは、只今《たゞ(いま)》討《うつ》が」といへば、「成程御討《(お)うち》あそばせ。元《もと》より一命《めい》をさしあげての勤《つとめ》なれば、何しに前後《ぜんご》を顧《かへりみ》るべし」と、[一〇]いさぎよき気色《きしよく》、主計《かずへ》、しばし分別《ふんべつ》して、「よし〳〵、[一一]右より誠《まこと》に討《うつ》べきと思へば、此状《(この)》見する迄《(まで)》もなし。其方《(そのはう)》[一二]年来《らい》の旧《きう》功《こう》、[一三]何《なん》の過《あやま》り有《(ある)》べし」といへるに、権之《ごんの》右衛門、涙《なみだ》を流《なが》し、「誠《まこと》に磯辺《いそべ》の御家、久敷《(ひさしく)》打続《うちつゞき》、私[一四]不肖《ふせう》なれ共《(ども)》、代〻[一五]執権役《(しつ)けんやく》相勤《(あひつとめ)》しに、最早《もはや》此度《(このたび)》、御家の滅亡《めつばう》なり。此御心入《(おこころいれ)》と存じたらば、御手討《(お て)うち》に逢迄《あふ(まで)》もなく、静《しづ》めやう有《(あり)》し物を、口惜《をし》や」と男泣《なき》。

一　非常に。たいそう。
二　口先上手に。言葉たくみに。
三　どれどれ。手紙や文書をあらたまった気持で読み始める時に発する語。
四　世間の噂になりめんどうだから。
五　御手討にして下さい。
六　変わったことがないなどと言える内容か。
七　御手紙にある通り（成敗してくれという文面を）拝見して、（成敗される）覚悟をきめた上は。
八　原本「預(すあ)らば」。今改む。
九　理由。わけ。
一〇　いさぎよく手討ちになる覚悟をきめた様子。主君の悪事を隠し「利口」に弁護する権之右衛門、自分の役割が自分を殺すようにという手紙を持参することであることを知った権之右衛門が、「一命をさしあげての勤」と称して手討ちにされようとする忠臣ぶりは一見異様なほどだが、このような律義者らしい人物造型が、主君頼母の悪ぶりと対照されて、暴虐な主君を諷しつつ当時の武家のあり方の一面を浮び上がらせ、以下の展開を悲劇的なものとする。
一一　もとより。初めから。縦書の書簡・文書等で「右」は前、となることより言う。
一二　長年にわたる主家への功績。
一三　「何の」を終止形「べし」でうけるのは慣用。
一四　原本「不背」と誤る。今改む。
一五　家政を取りしきる役。執事役。
▽持参人を殺せという手紙を届ける話の原拠としては、柳田国男『妖怪談義』所収の「己が命の早使い」が、『遠野物語』中の一話を始めとする民話等を指摘。また、『日本昔話名彙』の「水の神の文使ひ」の項に十三例、『日本昔話集成』第二部の「沼神の手紙」の項には二十三話があげられているが、文献の上で西鶴以前のものと確認

主計《かずへ》見て、「さぞ有《(ある)》らん。最前《さい》より思ひしにたがはず。あたりに人もなし。子細語るべし」と御尋ね、「中〻申上《(まうしあぐ)》るも御恥《(お)はづ》かしく、憚《はゞかり》多存《(おほくぞんず)》れ共《(ども)》、私女《にう》房《ばう》、友沢《ともざは》七郎平娘《むすめ》、[16]去《きよ》年、御存知《ち》の通り祝言致《しうげんいた》す所に、当八月の中旬《じゆん》より、頻《しきり》に[17]暇《いとま》を乞《こひ》し、謂《いはれ》を[18]達而《たつて》承はるに、[19]勿躰《もつたい》なくも、旦那《だんな》、此《(この)》女に御心をうつされ、「[20]貞女《ていぢよ》の道《みち》を守《まも》らんとすれば、主命《しうめい》に背《そむ》く此つらさ」と、さめ〴〵と申せしを、「何ぞ、主命《しうめい》を夫《をつと》にかゆべしや。いか様共《(とも)》、御意に随《したが》ふべし」と、一先《ひとまづ》なだめ置《をき》ぬ。[21]必定《ひつぢやう》、是《これ》を[22]思し召詰《めしつめ》られて、私を無実《むじつ》の科《とが》におとし給はんとの御はかり事。此《(この)》上は、[23]人非畜生《にんぴちくしやう》を、主共《しう(とも)》存ぜず、猶《なを》又、[24]二君《くん》に仕《(つかふ)》べき心底にも非《あら》ず。はやく首打《くびうつ》て給はれ」と、[25]前後《ぜんご》思ひくらべし心のうち、[26]主計《かずへ》も横手《よこ(で)》を打《(うち)》、やう〳〵に宥《なだめ》て、[27]長屋の一《ひと》間なるに、いたはり入《(いれ)》て置《をき》ぬ。

其明《(その)あけ》の日、呼出《よび(いだ)》されしに、「権之右衛門、[28]大小・羽織《はをり》のみ残して、いづくへか行方知《ゆきがたしら》ずなりける」よし、[29]申上《(まうしあげ)》ければ、主計《かずへ》、[30]飽《あき》れて、[31]尤不《もつともふ》便《びん》千万《ばん》なる事に思はれ、「頼母《たのも》が心底《しんてい》、憎《にく》き仕《し》かた。此《(この)》上は、[32]おのがまゝにさせて、思ひ知《しら》すべし」と、権之右衛門が大小、ならびに羽織《はをり》をもたせて、使者《ししや》をつかはし、「申越《(まうし)こさ》るゝ通り、成敗《せいばい》したるしるしなり」とて、をくりければ、頼母《たのも》、悦《よろこ》ぶ事限《かぎ》りなく、され共《(ども)》、屋敷中には是《(これ)》をかくし置《をき》、其夕《(その)ゆふべ》、権之右衛門が妻《つま》に、

できるものは、知られていない。「仮名草子などに記載の同種説話ではないか」(前田金五郎)。

一六 権之右衛門が去年祝言(結婚)したと語るのは、「年来の旧功」(長年の功績)という記述と矛盾するが、同女房を若い女とするための矛盾か。

一七 離縁してくれという理由。

一八 無理じいして聞いてみると。

一九 不都合にも。もっての外なことにも。

二〇 諺「貞女は二夫を更めず」によることば。「忠臣不ㇾ事㆓二君㆒、貞女不ㇾ更㆓二夫㆒」(史記・田単伝・賛)。以下の展開は、平家物語・二「教訓の事付烽火の事」(源平盛衰記・六にも同話)で、平重盛が忠と孝とのはざまで苦しむ体を転じたものか。なお、盛衰記では重盛の言葉の中に「雖㆓君不㆒ㇾ為ㇾ君、不ㇾ可㆓臣以不㆒ㇾ為ㇾ臣」(古文孝経・序)の格言をも引く。

二一 きっと。

二二 思いつめて。我まま勝手で一事に執着すると何をするか分からぬ頼母の悪ぶりを具体化。

二三 人皮畜生。人の皮をかぶった獣同然のもの。

二四 諺「忠臣は二君に仕えず」による。→注二〇。

二五 あれこれと考えた。具体的には、「君君たらずといへども臣は以て臣たらざるべからず」と主君への忠を励もうとしたものの、もはや忠を行う気もなく絶望し、手討ちを願う気持。

二六 振仮名原本のまま。「かずえ」の転訛。

二七 大身の武家屋敷の正門の左右にある、下級武士や奉公人の住む長い一棟の家屋。

二八 大刀と脇差。武士であることを止める決意を示すと同時に証拠の品を残した。

二九 会話文を「よし」でまとめ、以下地の文に変える文体。省略によりスピーディな文章となる。

三〇 「呆れて」の宛字。

三一 誠に哀れでいとおしい。

一 灸《きう》なされ度《たき》よしにて、たび〳〵の使来《つかひ(きた)》れども、再三《さいさん》に及《をよ》び、辞退《じたい》するにかなはず、奥《をく》ふかく召《めさ》れ、二 詢《くど》きかゝり給ふに、三 右《みぎ》より合点《がつてん》せざれば、「幾度仰《いくたび(おほせ)》られても、此段《(この)だん》は御免《(ご)めん》なさるべし。殊《こと》に、権之右衛門《ごんのゑもん》が四 留主《るす》の内《うち》、しばらくも人の思《(おも)》はく有《(あり)》」と、立帰《たち(かへ)》る所を引《(ひき)》とゞめ、「扨《さて》は、権之右衛門《ごんのゑもん》に、貞女《てい(ぢよ)》の道《みち》をかくまじきばかりならば、五 つゝむにあまる思ひより、伯父《をぢ》主計方《かずへかた》にて、六 はやく成《せい》敗《ばい》して、其《(その)》しるしは、是《(これ)》みよ」と、大小・羽織《はをり》を取散《(とり)ちら》しければ、此女《(この)》、七 気《き》も

三 したいほうだいにやらせ、(自滅させて)思い知らせてやろう。

一 灸をしたいよし。尊敬表現は、頼母の言葉を伝える奉公人の立場からの敬意。
二 口説く。「詢クドク」(易林本、書言字考)。
三 始めから。本来。
四 留守の慣用表記。
五 押えようとしても押えきれない思い。
六 もはや手討ちにして。暴虐な主君頼母の自分勝手で図々しい悪ぶり。五の二の若殿の暴虐ぶりに共通する場面。そこでは、恋人が謀計で切られたことを知った梅之助が、その場をこらえた後敵新六と果し合いとなったが、今度はどうなるのか、という興味を抱きつつ、読者は読み進めることになるであろう。なお、夫を殺したと称して人妻を我が物にしようとする趣向は、古浄瑠璃「玄恕上人由来」「十六夜物語」「石山記」などにもある(矢野公和)。
七 気を失いそうになる様子の雅文的表現。以下、修辞的・雅文的表現によってその場を盛りあげるために採用された文体。

魂《たましゐ》も消〻《きへ〴〵》と、八つながぬ玉の涙《なみだ》は、せきかねながら、此心をつゝみて、「扨《(さて)》は、九心にかゝる雲《くも》もなし。いかやう共、御意《(ぎょ)い》にはもれず。然《しか》らば私《わたくし》、御心にかなふうへは、一〇向後《きやうかう》、御本妻《(ご)ほんさい》を一一祝言《ことぶ》き給ふ事は、御とゞまり遊《あそ》ばすか」といへば、「それは〳〵、一二世上《せ(じやう)》のおもはくかへり見るやうな、浅《あさ》き事にあらず。其方《(そのはう)》さへかはらずは」と、打《うち》くつろぐ所を、頼母《たのも》に飛《とび》かゝり、「夫《をつと》の敵《かたき》をのがすべきや」と、脇指《わきざし》を抜《ぬく》所を、取《(とつ)》て伏《ふせ》ても、一三男のきたなさは、「今の一言《ごん》に似合《にあは》ぬ仕かた。

八 緒に通していない玉のように、はらはらと流れる涙を押えかねながら。
九 気がかりなことのないたとえ。雅文的表現。「今ははや心にかかる雲もなし月をみやこの空とおもへば」(新千載集・雑上)。
一〇 これからは。
一一 結婚なさる事。
一二 世間の噂や評判。
一三 未練がましさ。

挿絵解説 塚林権之右衛門の女房に磯辺頼母が灸を据えさせている場面。副見出し「灸居ても身のあつきを知ぬ事」を挿絵化する。左図は、灸をすえてもらって顔をしかめつつも、権之右衛門女房の手をにぎっている所。三味線を弾く座頭故に安心してたわむれた所か。本文の記述に座頭は出ない。右図は、茶をはこぶ腰元が縁側に立って躊躇しているかのごとくに描かれ、鶴を描く六曲の大屏風の後ろには、下髪の女(頼母の妾のつもりか)三人とうなぎ綿(老女のかぶりもの)の中年の女とが描かれ、灸の場面を興味津々で覗いている。この右図の情景も本文にはないが、座頭に安心して手をとる頼母を多勢が見ているという所が何かおかしい。右下隅に手洗(ちょうず)と松が描かれ、左上隅の床の間の花(椿か)とバランスがとられている。

只今《(ただいま)》さしころすが、承引《せうゐん》せまじきや」と、[一]いらざる所に念を入《(いれ)》て問返《とひかへ》すに、女ばう、[二]しら〳〵とうち笑《わら》ひ、「やれ、[三]侍畜生《さぶらひちくしやう》め、たとへ身はづた〳〵になるとても、其方《(そのはう)》に身をまかすべきや。口をしくも、[四]止ゝ《やみ〳〵》とお手前が手にかゝりて、夫婦《ふうふ》共に殺《ころ》さるゝ事の無念や」と、声《こゑ》を立《(たて)》て啼《なげく》こそことはりなれ。

頼母《たのも》、なを〳〵立腹《りつぷく》して、「此《(この)》まゝ殺すもおかしからず」と、[五]庭前《てい(ぜん)》の桜にしばり付《(つけ)》、手鑓《やり》提《ひつさげ》てなぶり殺《ごろ》し、目もあてられぬ有様なるを、いまだ息《いき》のかよふうちに、内庭《うちには》の片隅《(かた)すみ》に掘埋《ほりうづ》められし。[六]姿《すがた》の[七]花は根《ね》にかへり、あたら朽木《くち(き)》となりぬ。

[八]かくすよりあらはるゝはなく、此事《(この)》、親里《をや(ざと)》、友沢《ともざは》七郎平もつたへ聞《(きき)》しかど、其比《(そのころ)》、不慮《ふりよ》の越度《をつど》ありて、[九]改易《かいゑき》に逢《あひ》て、備前国《びぜんのくに》に立退《たちのき》けれ共《(ども)》、其妹娘《(その)いもとむすめ》を、[一〇]修理殿《しゆりどの》の[一一]中小姓《ちうこしやう》、増井兵蔵《ますゐひやうぞう》に嫁置《めあはせをき》しが、此事を聞《きい》て、頻《しき》りに又《また》、兵蔵《ひやうぞう》に暇《いとま》を乞《こひ》し、[一二]「いはれいかなる」と、とがめられて、此段ゝ《だん〳〵》かたりて、女ながら[一三]姉《あね》の敵《かたき》を討《うた》んねがひ、兵蔵《ひやうぞう》、聞《(きく)》よりも頼《たの》もしく、「少《すこ》しも気遣《きづか》ひするな。其方《そのはう》にかはつて打《うつ》べし」と、俄《にはか》に御暇《(お)いとま》を貰《もら》ひ、牢《らう》人して、折《をり》を窺《うかゞ》ひて、ねらひ寄《よる》。

其日《(その)》は、頼母《たのも》当番《たうばん》にて、帰《かへ》るは夜《よ》の[一四]四つ半《はん》、外堀《そとぼり》に、夫婦待《ふうふ(まち)》かけて、さきに持《もた》せし挑灯切落《てうちんきりをと》せば、[一五]あやめもしらぬ[一六]五月闇《さつきやみ》、此太刀風《たちかぜ》に周章《あはて》て、若党《わかたう》三人、

一 無用なところに念をいれて。「きたなさ」に照応。いやらしい人物像を強調。
二 冷嘲する様子。
三 けだもの同然の侍。武士への強烈な罵言。
四 むざむざと。
五 庭の桜にしばられて釣り下げられる趣向が説経の「あいごの若」にあるが、ここは、後の「姿の花」と照応させ、花やかな姿が散る(死ぬ)にふさわしい場として「桜」を出したか。
六 美人のたとえ。花のように美しい姿。
七 花が散って根元に帰るように(花のような姿も土に埋められ、その恨みのためか)、惜しくも(死骸が朽ちるごとく)桜の木も枯れた。「花は根に鳥は古巣に帰るなり春のとまりを知る人ぞなき」(千載集・春下)、「花は根に帰るなり」(謡曲・忠度)などによる行文。
八 隠すものほど外へ知れやすいものはなく、の諺的表現。諺的表現によって話題を転換する例は伝来記中に多い。
九 武士の当主や嫡子に適用される刑。家を断絶し、屋敷を没収する。
一〇 前出「三俣修理助殿」をさすか。
一一 大小姓(一九一頁注二二)と児小姓の中間に位置する小姓。
一二 理由はなにか。地の文が会話文に変わる文体。
一三 姉の敵討は六の一にあり、暴虐な主君のために殺された姉という状況も同じ。それ故に、以下の展開には変化がつけられる。
一四 午後十一時ごろ。
一五 物の区別がつかないこと。文目―(菖蒲)―五月(雨)―五月闇とつづく。

[一七]惣堀《そうぼり》へ転《ころ》び落《をち》けるに、頼母《たのも》驚《をどろ》き、「是《(これ)》は何者ぞ」と、声《こゑ》かけし時、「汝《なんぢ》が手にかけし女の敵《かたき》をしらぬか」といふに、「[一八]物〻《もの〱》しや、鑓《やり》おこせ」と[一九]取延《とりのべ》るを、ふみ込《こん》で、二尺余切落《しやくあまりきりをと》され、刀《かたな》に手をかくるを、馬《むま》より引《ひき》ずりおろし、胴骨《どうぼね》を踏《ふみ》付《つけ》、「やれ女共《(ども)》、来《きたつ》て敵《かたき》を打《うて》」と、手《て》を持添《もちそへ》て、首《くび》うつて、「さあ、本望《ほんもう》はとげたり」といふ所へ、最前堀《さいぜんほり》にはまりし[二〇]若等《とう》、這《はひ》あがり、「のがさじ」と、ひとつにかたまり、両人を中にとり籠《こめ》てたゝかふに、兵蔵《ひやうぞう》は、はやあまた手おひ、疲《つか》れて立《(たち)》かぬるを、[二一]駒《こま》よせに取《(とり)》つかせて、「女なりとも、おのれら」と、男二人に立《(たち)》むかひて切《(きり)》あふ時、兵蔵声《こゑ》として、「南無阿弥陀仏《(なむあみだぶつ)》」と、うちたをれたるを聞《きい》て、「今は是《(これ)》まで」と思ひさだめ、切死《きりじに》にして、両人共《(とも)》に、爰《(こゝ)》にて果《はて》ぬる、[二二]心のうちこそあはれなれ。

扨《さて》、権《ごん》之右衛門が行衛《ゆくゑ》は見へざりつるが、ふたゝび故郷《こきやう》をかへり見ず、今は、[二三]小田原の片山陰《かた(やま)かげ》に、発《ほつ》心して行《をこな》ひすまし、たま〱城下《じやうか》に出て、托鉢《たくはつ》せし時、此《(この)》さたつたへ聞《(きき)》て、墨《すみ》の袖を絞《しぼ》り、いよ〱[二四]三人の菩提《ぼだい》をとぶらひける。[二五]世のことはりせめて、かなしきものがたりにこそ。

一六 五月雨の頃の夜の暗闇。
一七 城の外部にめぐらした堀。外堀。
一八 何をぎょうぎょうしくするのか。
一九 以下、一文中で主語が変わり省略が多い文体。「(頼母が)取延るを、(兵蔵が)ふみ込で、(兵蔵が頼母(頼母は槍を)二尺余切落され、…(兵蔵が頼母を)馬より引ずりおろし、(頼母の)胴骨を(兵蔵が)踏付」の( )内が省略される。
二〇 若党の慣用表記。
二一 人馬の侵入を防ぐために、堀や川、人家の門前などに設ける柵。駒よけ。
二二 浄瑠璃などの語り物の常套句を利用して、感情を盛りあげるための表現。
二三 神奈川県小田原市。寛永九年(一六三二)―貞享二年(一六八五)稲葉氏の城下。
二四 妻とその妹夫婦の三人。本章の悪役頼母は討たれるものの、妹夫婦も頼母の家来と切死にするという結末はハッピー・エンドとは程遠いものである。「思い知らすべし」という主計の言葉から読者の予想したものより、その結末は暗く哀れなものとなっているが、姉の敵討を扱う六の一の場合同様、単純な大団円によって結ばず、「かなしきものがたり」とすることで敵討の空しさを感得させるのも伝来記の一面。また、忠臣の立場を守りつつ出奔することで主君との対決を避けた権之右衛門が「三人の菩提をとぶら」うという結末は、武士のありようの一面を描き、「ことはりせめて、かなしき」その姿を印象づける。
二五 誠に道理で。古浄瑠璃などの語り物の常套句「ことはりせめてあはれなり」をきかした表現。

第二　若衆盛《わかしゆざかり》は宮城野《みやぎの》の萩《はぎ》

[一]古歌《こか》に聞《(きき)》し御侍《みさぶらひ》、[二]みやぎ野《の》の萩山勝五《(はぎやましやうご)》右衛門《ゑ(もん)》といへる男、久敷《(ひさしき)》牢人《らう(にん)》にて、此《(この)》里に、[三]ねぐらの鳥の尾《を》[四]羽《は》打《うち》からし、[五]此身の果《はて》のなれる、ふたりの中に、勝之助《(しやうのすけ)》とて、「[六]石流《さすが》は我《(わが)》子程《ほど》ありけるよ」と、[七]姿《すがた》の花を思ひ出に[八]詠《なが》めくらしつ。殊更《(ことさら)》、[九]諸礼《しよれい》の家として、指南《し(なん)》に違《いとま》あらず。

[一〇]同じ世を侘《わび》し牢《らう》人、田越弁《ごしべん》左衛門と念比《(ねんごろ)》に、[一一]昔《むかし》の全盛《ぜんせい》を語《かた》り相《(あひ)》しに、勝五《しやうご》右衛門、[一二]衰老《すいらう》して、自《をのづ》から弱《よは》り、はかなくも臨終《りんじう》の折から、勝《しやう》之介を、弁《べん》左衛門に、呉〻《くれぐ》頼み置《をけ》る一言《ごん》忘《わす》れず、幸《さいはい》、[一三]千海《かい》右衛門殿家老《からう》、屋嶋十郎右衛門に、日《(ひ)》来《ごろ》出入《(いでいり)》ければ、勝《しやう》之介器量《きりやう》、勝《すぐ》れたるを云立《いひ(たて)》、旦那《だんな》へ[一四]御草履取《(お)ざうり(とり)》なり共《(とも)》とねがひしに、右衛門、元来《もとより》小姓《こしやう》[一五]御好《(お)すき》なれば、よき次手《つい(で)》を以《(もつ)》て、其《(その)》[一六]筋目たゞ敷《(しく)》、美《び》形《けい》なるよし申《(まうし)》あぐるに、早速《さつそく》召出《(めしいだ)》され、御寵愛《(ご)てうあひ》かぎりなく、昼夜《ちう(や)》、御側《(お)そば》をはなれず勤《つとめ》しに、傍輩《はうばい》葉《は》田川九郎治、勝《しやう》之介[一七]目見えのはじめより恋悩《なや》み、度〻文《ぶん》通《つう》にかき詢《くど》きぬれど、勝《しやう》之介[一八]御目がねを守《まも》り、「御心底《(ごしん)てい》は忝《(かたじけ)》なし」と、様〻云《いひ》なだめつかはしけるをきかず、「太刀《(たち)》さきにて本望達《ほんもうたつ》せん」と、云《いひ》こしたる明《あけ》

一 「みさぶらひ御笠と申せ宮城野の木の下露は雨にまされり」(古今集・東歌)をさす。古歌に出て来るような侍、「みやぎ野の萩山勝五右衛門」の意を含み、「昔」という時代設定を行う。
二 宮城野は萩の名所で、萩山の名を引き出す。
三 住居。住居の意の「ねぐら」から塒《(ねぐら)》の鳥、尾羽と続ける。
四 落ちぶれてみすぼらしい姿になる。
五 このような身の上となった、馴染みの二人の中。「なれる」は成れる、馴れる、を掛ける。
六 「流石」の慣用表記。
七 美しい姿を無上の楽しみとして。
八 「起きもせず寝もせで夜を明かしては春のものとてながめくらしつ」(古今集・恋三、伊勢物語・二段、他)をきかした表現。
九 諸種の礼式。とくに武家礼法の一流小笠原流の諸礼を教える家。
一〇 同じように不遇な。
一一 昔仕官して盛威を張っていた頃のこと。
一二 老衰。「スイラウ、またはラウスイ」(邦訳日葡)。
一三 仙台藩主伊達氏、又は同藩の大身の武家などの名を出すのをはばかり仮名としたものか。藩主を仮名とする例は、一二六頁注一八ほか。
一四 ここは、草履取り(→一二〇頁注二)の名目で主君の男色の相手をする若衆。
一五 主君に近侍し男色の相手をする若衆。寵童。
一六 家柄もよく美男である由。
一七 仕官のため主君に拝謁すること。
一八 主君が目をかけてくれた、その期待にそむかぬように節義を守って。

の日、一九御膳《(ご)ぜん》あがりて、勝之介《しやう》、雉《きぢ》の間《ま》を通る襖《ふすま》の影《かげ》より、九郎治立出《(たちいで)》、「二〇子細は覚有《(おぼえ)》べし」と、切付《(きりつけ)》しを抜合《ぬき(あは)》せ、二打三打《ふたうち(みうち)》受《うけ》ながして、九郎治を、二一水もたまらず泡《あは》となしぬ。

二二手ばしかく仕舞《しまひ》、直《すぐ》に弁左衛門宿二三に帰り、个様《(かやう)》〳〵と、段《だん》二四ゝ語りければ、「我息《(われ)いき》のかよふうちは、少しも気遣《(きづか)》ひなる事なし」と、まづ、奥《をく》の一間に影《かげ》二五をくろめし所へ、十郎右衛門、はやかけ付《(つけ)》、「勝之介は是《(これ)》へ参り二六たるが、定《さだめ》て

一九 主君の食事が終って。膳が片付けられることより言う。
二〇 わけ。(突然切付けられる)理由。
二一 あざやかに切る様子。水―泡。さっと切殺してしまった。
二二 手ばやく始末をして。
二三 家に同じ。
二四 一々の次第。事情。
二五 隠した所へ。「くろめる」は、まぎらかす、ごまかす、の意。
二六 来たはずだが。「が」を「か」の誤りととり、「参りたるか」と見ることもできる。

挿絵解説 勝之介を主君の寵童と知りつつ口説いてはねつけられた九郎治が、それを恨んで襖の陰から切りつけたものの、勝之介が「水もたまらず」九郎治を切捨てた場面。縁側で切りつける勝之介は、若衆髷に振袖の若衆姿、九郎治は月代を剃った若侍の姿で描かれ、背後には障子、手前には松・楓があしらわれている。

子細はきゝ給ふべし。元《もと》、我取次《(とり)つぎ》の者なれば、随分贔屓《ずい(ぶん)ひいき》致す心底《(しん)てい》なれ共《(ども)》、他所《たしよ》へ退《の》べきにあらずと、穿鑿極《せんさくきはま》りて、我来《きた》れり。いよ〳〵勝之介は、行衛知《ゆくへ(しれ)》ざる分に申《(まうし)》おかん。云《(いふ)》に及《をよば》ざれ共《(ども)》、御いたはり頼《たの》み申」と、云捨《いひすて》て帰り、弁左衛門へも帰らざる由いへ共《(ども)》、右衛門殿、合点《がつてん》せられず、「尤《もつとも》、九郎治《ぢ》、兄弟《きやうだい》すらなき者なれば、誰有《たれ(あつ)》て敵打《かたき(うつ)》べき者なし。主従《しうぐ》のよしみに、天地《てんち》の間を尋ね出《(いだ)》して、成敗《せいばい》すべし。幸《さいわい》、十郎右衛門、取次《とりつぎ》たる者なり。急度追手《(きつと)をつて》をかけて搦《からめ》出《(いだ)》せ」と、気色《きしよく》かはりて仰付《(おほせつけ)》られ、十郎右衛門、分別《ふんべつ》こゝに定《さだめ》かねしが、「旦《だん》那《な》、此内証御存知《(この)ないしやう(ご)ぞんち》なきゆへに、かゝる憎《にく》しみふかし。なまやか、勝之助を伴《ともな》ひ出《(いで)》て、九郎治不義《ふぎ》の躰《(てい)》を申上《(まうしあげ)》なば、却《かへつ》て褒美《ほうび》有べき者なり。若承引《(もし)せういん》なき時は、ぜひなし。諸共《もろ(とも)》に切腹《せつぷく》すべし」と、分別極《きはめ》て、弁左衛門方に行《ゆき》、様子いふに、合点《がつてん》せず。

「勿論《もちろん》、御心底《(ご)しんてい》、疑《うたが》ひ申にあらねど、若《(もし)》、旦那それを承引なされざる時は、勝之介が命はなき物、然《(しかれ)》ば、私一分《(いちぶん)》立ず。こゝは御分別なされ」といへば、十郎右衛門、「とかく此分《(このぶん)》にては済《すま》ず。屋敷へ帰りて、何をもつて、拙者《せつしや》一分も立《(たた)》ず。貰《もらひ》かけしは我、給はらぬは御自分《(ご)じぶん》、打果《うちはた》さねば済《(すま)》ぬ事」と、云《(いひ)》かけられて、ひかず、切結《(きり)むす》びしに、勝之介、其時《(その)》は、はや縁《えん》ある寺《てら》にあづけられ、誰《たれ》

一　仲介・紹介した者。
二　貴殿の所以外に逃げのびて行くはずがない。
三　僉議。皆の見方が一致して。
四　御介抱。十分に面倒を見ること。
五　(勝之介が)弁左衛門の所へも戻っていない由を。
六　「誰有て敵打べき者あらん」の反語法の裏の意「なし」を表に出して強調する語法。
七　主従となった(とりわけ男色関係をもった)縁故で。主の立場からすれば、喧嘩と見られるこの事件は、喧嘩両成敗とせざるを得ない。それ故に、司直の手に渡さず自ら手にかけて成敗するのは、恩情を施すことになる。
八　どこにいても探し出し。
九　まちがいなく。確かに。
一〇　顔色が変わって。興奮した我ままな主君の様子によく用いられる表現。「気色かは」った主君を押えられる臣下が描かれることは少なく、その独断・横暴が悲劇を生む構図は伝来記中にも多い。本章の主君に暴虐さはないが、主君の勝手な判断が悲劇をもたらす話の展開には、武家社会を鋭くとらえる西鶴の視点が感得されよう。
一一　この事件の隠された事情。勝之介を九郎治が口説き、はねつけられたという喧嘩の原因。
一二　「なまなか」の誤りか。むしろ。かえって。
一三　武士としての面目。
一四　考えてくれ。あなたの考えを変えてくれ。
一五　このままでは終らない。
一六　このまま手ぶらで屋敷にもどったとすれば。
一七　反語法を崩し、一分立たずを強調した言い方。
一八　私の武士としての面目も立たない。「一分」が立つ、立たぬという所から切合いになる。武

有《(あつ)》て助太刀《すけだち》に出合者《であふもの》もなく、老躰《らうたい》[二三]、力なき弁左衛門を心やすく討《うつ》て、屋敷に立帰り、其《(その)》段〻《だん〲》語《かた》るに、今は、勝之介事脇《わき》になりて、「弁左衛門、兄弟《きやうだい》あるべし。十郎右衛門、用心《ようじん》致せ」と、家中《かちう》心ち安《やす》からず。右衛門殿かさねて、「領《りやう》[二四]地《ち》の外《ほか》の浜《はま》へ、急《いそ》ぎ退《のく》べし」と仰付《(おほせつけ)》られ、忍《しの》[二五]びやかに、有様《(ありさま)》をやつし送《をく》られける。

[二六]こゝに、弁左衛門弟《をとゝ》弁蔵《べんぞう》、同《おなじ》家中、三形《(み)かた》式部殿に勤《つとめ》しが、此《(この)》事聞《(きき)》もあへず、宿《やど》[二七]に帰り、ねらひ[二八]支度《じたく》する所に、十郎右衛門が召《(めし)》つかひの下女《げす》[二九]、暇《いとま》を出され、弁左衛門が宿にちかき、人《(ひと)》[三〇]置婆《をきば》〻《ゞ》がもとにあつまり、下臈《げらう》[三一]のすぢなき者にて、内証《ないしやう》[三二]取《(とり)》ざたし、「外《そと》の浜《はま》のそこ〲とやらんへ、立《(たち)》忍《しの》ばれたる」と語《かた》るを、聞《(きき)》て悦《よろこ》び、立出《(たちいづ)》る所に、勝之介伝《つた》へ聞《(きき)》、今は身あらはれてはしり来《(きた)》り、「元《もと》より我《(わが)》身のがれず。御供申さん」と云《(いふ)》所へ、また、弁蔵《べんぞう》、日比《(ひごろ)》目かけし牢《らう》人、宇《う》野《の》彦之丞《ひこ(のじよう)》・正木《まさき》宅平《たくへい》・篠井《さゝゐ》門蔵《もん(ぞう)》・林折《はやしをり》右衛門・三栖郷《みすがう》右衛門、各《をの〲》懸付《かけ(つけ)》、「此《(この)》度《(たび)》の御事」と支度《したく》して、[三三]以上十三人、外の浜に急《いそ》ぎ、聞《(きき)》し所に付《(つき)》て、様躰《やうだい》[三四]みるに、[三五]厳敷《きびしく》用害《ようがい》して、大藪《(おほ)やぶ》なる惣堀《(そう)ぼり》[三六]の内に、門〻かためて、番の者数十人、内よりかかり初《そめ》に出入《(いでいる)》者も改《あらた》め、そこ〲に気《き》を付《(つけ)》たる有様、たやすく討《(うた)》るべきとは見えず。先《(まづ)》、側《かたはら》の家をかり、みな〲身拵《ごしら》へ、長旅《ながたび》の疲《つか》れ、しばし骨《ほね》をやす

士の論理や行為をとらえるのも伝来記の一面。

一九 (勝之介の身を)自分にまかせるよう言いだしたのは私。

二〇 あなた。敬意を含む二人称。

二一 私の面目が立たない。

二二 (弁左衛門は)こう言い出されては引くに引かれず。

二三 老人(であり、しかも)力のない。

二四 領地の外(領地外)の外《(そと)》の浜の意。外の浜は、青森県の海岸の古称、特に津軽半島の東岸をさし、本州最北端の僻遠の地というイメージを持つ場所。本章がとりあげたモデルを朧化するために僻遠の地を舞台として設定。

▽勝之介の命を助けようとする弁左衛門、十郎右衛門の意地の張り合いから、事件は思いがけぬ方向へ進展。「勝之介事脇になり」、弁左衛門の一家が十郎右衛門を敵としてねらうことになるが、勝之介の立場は微妙となる。「脇にな」った勝之介はどうなるのか。意外な方向へ事件を進展させ読者の興味を惹く語り口は伝来記中に多く、それぞれに効果を発揮しているが、ここもその一。

二五 目立たぬように姿を変えて。

二六 さて、ここに。話題の転換に用いられる語。

二七 自分の家。

二八 敵討のための準備。

二九 下働きの女。下女。

三〇 女奉公人・遊女などを周旋する女。

三一 身分の卑しく家柄・素性のよくないもの。

三二 (弁左衛門の)隠すべき内情を噂して。

三三 記録・文書などに多用する言い方。

三四 様子。

三五 きびしく防備して。「用害」は「要害」の宛字。

三六 外堀。

め、「こよひの四つ半時[一]、南《みなみ》の門より取《(とり)》[二]かくべし」と相談《さうだん》を極《きは》め、心を一致《ひとつ》にして、空行《(ゆく)》月に古里《ふるさと》を詠《なが》めやり、「哀《あはれ》や、しれぬ命」など口ずさみて並《なみ》ゐたる時、庭《には》の枯垣《かれがき》のもとに、人のうめく声頻《こゑしき》りなるに驚《をどろ》き、「何事[三]」、立出《(たちいで)》てみれば、勝之介、自《みづか》ら草ばを朱《あけ》の血《ち》染《しほ》になして伏《ふし》ぬ。「これはいかに」とみるに、一通《つう》を残し置《(おき)》ぬ。「はじめ、弁左衛門殿の御《(ご)》恩《をん》[四]、滄海《さうかい》よりふかく、十郎右衛門殿の一言《ごん》、高山《かうざん》より高《たか》し。然《(しか)》れば、何《(いづ)》れに向《むか》つて弓を引《(ひか)》ん。され共《(ども)》、ふかき方[五]に恩《をん》を謝せん心ざしにして、これ迄《(まで)》は御供致し、憤《いきどを》[六]りをあらはすのみなり。各〻《をの〳〵》、首《しゅ》尾《び》よく本望《ほんもう》を遂《とげ》給へ。心底《しんてい》、紙上《しじやう》に尽《つく》し難《がた》し」と、書留《かきとめ》し心の内、皆〻、感涙《かんるい》ながして、あたら[七]姿《すがた》[八]の花を、土にかへしぬ。

「はや時分よし[九]」と云《(いふ)》[一〇]程こそあれ、手毎《ごと》に続松《たいまつ》[一一]をふり立《(たて)》、門前により挙《こぞつ》て声かけしに、「今はのがれぬ所」と、尋常《じんじやう》[一二]に門をひらかせけるに、はや軒《のき》ばに挑《てう》灯数《ちんかず》[一三]をならべ、其《(その)》身は、着籠《きごみ》[一四]に天巻《はちまき》し、牀几《しやうぎ》に腰《こし》うちかけ、長刀《なぎなた》を右手《めて》につき、家の子[一五]、それ〳〵の覚悟《かくご》[一六]すがた、両方に取《(とり)》まはし、こかげ〳〵にかゞり火を焼《たき》たて、あたかも白昼《はくちう》のごとし。

弁蔵《べんざう》も、今は十二人、心静《しづか》に門に入《(いり)》、双方互《さうはうたが》ひに立別《(たちわか)》れ、門をしめさせ、神《しん》[一七]妙《べう》に名《な》乗《のり》合《(あひ)》て、切結《きりむす》ぶと、土煙《つちけぶり》を立《(たて)》て、以上四十五人、相たゝかふ太刀《(たち)》音《をと》、

一 午後十一時ごろ。
二 攻め込もう。
三 「何事と」の「と」脱か。
四 以下には「父恩者高レ山、須弥山尚下、母徳者深レ海、滄溟海還浅」(童子教)をきかし、弁左衛門・十郎右衛門の恩が父母の高恩に等しいことをいう。
五 恩の厚い方に恩を報じようとするつもりで。
六 怒り、憤懣の意だが、ここは「意気道理」の宛字か。武士としての意地・道義を世の人にしらせる(ために自害する)のだ、の意。
七 惜しいことに。
八 花のように美しい若衆の姿。
九 (深夜になって、討入る)タイミングもよい。
一〇 言うや否や。
一一 「続松　タイマツ」(諸節用集)。
一二 覚悟をきめて殊勝に。
一三 沢山。数多く。「数」は多数の意。
一四 上着の下に重ねて着るもの。ここは鎖帷子をいう。
一五 家来。家臣。
一六 決死の覚悟をきめたいでたちで、十郎右衛門の両側をかこみ。
一七 けなげに。「神妙　シンベウ」(諸節用集)。
一八 何重にもとりかこんで。「十重二十重《(はたえ)》」の強調表現。
一九 火事ではない、めったにない大事件の見物。
二〇 時にこわがり、時に驚きながら見まもる。
二一 逆上する、の意だが、血に染まってさまよい歩くの意を含めるか。
二二 昇り梯子。梯子に同じ。
二三 前代未聞の。これまで聞いたこともない。
二四 語り伝えているように、盛大で大変な敵討だった。

近所《きんじよ》の者共《(ども)》、驚《をどろ》き出《(いで)》、隣郷《りんがう》の者は、此《(この)》篝火雲《かゞりびくも》にうつろひ、火事《くはじ》と心えかけ付《(つけ)》ける程に、百姓数《す》百人、此堀《ほり》を[一八]十重《(と)へ》百《もゝ》の重《へ》にとりまき、[一九]それにはあらぬ見物と、立《(たち)》かさなりて、[二〇]胆《きも》をひやして目を駭《をどろ》かす。

すでに討《うた》るゝ者二十七人、其外《(その)ほか》も半死半生《はんしはんしやう》に、[二一]血《ち》まよひける所に、弁蔵、小だかき所にあがり、「はや敵《かたき》は打《(うち)》おふせたり」と云《(いふ)》時、「門をひらきてしづめよ」と、大勢、[二二]のぼり梯《はし》をもつて、わけける。「[二三]未聞《みもん》の敵《かたき》うちなり」と、[二四]かたりつたへておびたゞし。

第三　新田原藤太《しんたはらとうだ》

[二五]昔日《そのかみ》、[二六]薩摩《さつま》の国籠嶋《くにかごしま》にて、諸役人宿番《しよやくにんとまりばん》[二七]を勤《つと》められし、[二八]御茶屋《(お)ちや》の藤書院《ふぢしよゐん》といふ所を、四人して御番《ごばん》せられしに、浮橋《うきはし》太左衛門・巻田《まきだ》新九郎、此《(この)》両人は、宵《よひ》から夜半《よなか》まで休《やす》みて、それより明《あく》る迄《(まで)》勤《つとむ》る番[二九]ぐりなり。沖浪大助《をきなみだいすけ》・中辻《なかつぢ》久四郎、此二人は、行燈《あんどう》の光《ひか》りを受《うけ》て、[三〇]独弁《どくべん》をひらき、小者《(こもの)》に煎茶《せんじちや》などはこばせて、淋《さび》しさをまぎらかし、夜半の時計待《とけいまち》かね、殊更《ことさら》、春のならひの長雨《ながあめ》、やめば間もなく降出《ふりいだ》し、[三一]蛙《かはづ》の諸声《もろごゑ》耳《みゝ》にひゞきて、[三二]目覚《ざま》しの友となりぬ。

▽「未聞の敵うち」「おびたゞし」と評される本章最終部の敵討には、寛文十二年(一六七二)二月三日、もと宇都宮藩士であった奥平源八(郎)ら三十七名が、江戸市ヶ谷浄瑠璃坂の奥平隼人の屋敷に討入り、敵方十七名と乱闘して隼人を討った、所謂「浄瑠璃坂の敵討」事件のありさまをとり入れていると見られる。同事件は、古今犬著聞集・四、古今武士鑑・三の他、万天日録、玉滴隠見、寛文日記等々の日録・日次記や雑記類にも記される著名なものであり、宇都宮金清水などの実録系写本も同事件をとりあげる。大勢での夜討、数十人の乱闘は、「未聞」で「おびたゞし」く、貞享以前外に例を見ないから、読者はそれを思い浮べつつ本章最終部を読んだことは確かと思われるが、西鶴は非合法の敵討事件をそのままとり入れることをはばかり、事件の発端、人物関係・途中経過等を全く変え、討入りの場を僻遠の地「外の浜」のこととしてカムフラージュを行っている。伝来記が事実そのままを取り入れる志向を持たず、カムフラージュのために大幅な虚構を導入して話を作っていることが具体的に証される一章である。

二五 昔。表面上は慶長以前という時代設定。
二六 鹿児島県鹿児島市。中世以後島津氏の城下町。
二七 宿直。
二八 御茶室。
二九 勤務する順番。
三〇 一人用の弁当。独弁当。
三一 蛙がいっせいに鳴く声。
三二 眠気をさます友。茶やたばこを「目覚し草」というが、蛙の声がその役割をしたわけ。

折ふし、天井板《てんじやういた》に音《をと》ありて、黒《くろ》き物落《をち》かゝる所を、大助、脇指《わきざし》を抜打《ぬき(うち)》に、何かはしらず少し手ごたへせしに、燈《ともしび》よせてみれば、其長《(その)たけ》[一]壱尺四五寸ばかりの百足《むかで》を、ふたつにきりはなち、いまだうごくを取《(とり)》あつめて、塵塚《ちりづか》[二]に捨《すて》させける。久四郎、横手《よこ(で)》[三]を打《(うつ)》て、「扨《さて》も早業《はやわざ》、古《いにしへ》の田原藤太《たはらとうだ》[四]が勢田《せた》[五]の橋《はし》は磯《いそ》[六]なり。沖波殿《をきなみどの》[七]の今宵《こよひ》の御手柄《(お)てがら》、眼前《がんぜん》に、是《(これ)》は〳〵[八]」とほめければ、大助も興《けう》に乗《ぜう》じ、「天晴《あつぱれ》此《(この)》男、古《こ》今《こん》居《ゐ》合《あひ》[九]の名《めい》人なり。はやい所を御目にかけた」と、ざつと[一〇]笑《わらふ》てすましける。

其《(その)》後、大助、内用[一一]ありて町筋《まちすじ》に出《(いで)》しに、南江主膳《なんがうしゆぜん》と云《いふ》、出来出頭《できしゆつとう》[一二]に出合《(であひ)》けるに、大助を見かけ、「是《これ》、藤太殿、何《(いづ)》かたへの御越《(お)こし》なるぞ」と申されし。「某《それがし》は大助と申《(まうす)》なり。藤太と官位《くはんゐ》[一三]は致《いた》さぬ」と申。主膳重《しゆぜんかさね》て、「此《(この)》程の百足《(むかで)》の首尾《しゆび》、家中《かちう》にかくれもなき是ざた[一四]。田原藤太殿」と、云捨《いひすて》て通られける。

大助宿《やど》に帰り、覚悟《かくご》して、相番《あひばん》[一五]の中辻《なかつじ》久四郎方へ行《(ゆき)》て、「前夜《ぜんや》の義《ぎ》は、当座《たうざ》の一興《けう》にして、武士《ぶし》[一六]の高名《かうみやう》になるべき事にはあらず。其通《(その)とを》[一七]りの義を、方〻取《(とり)》ざたせらるる段《だん》、日来別《ひごろべつ》[一八]してかたりたるかひなし。今日途中《とちう》にて、主膳《しゆぜん》、藤太《とうだ》と申されし事、心外《しんぐはい》なり。是《(これ)》みな、貴殿《きでん》の披露《ひろう》[一九]なるべし。此義《(この)ぎ》、堪忍《かんにん》[二〇]ならず」と、果《はた》[二一]し眼《まなこ》にて腹立《ふくりう》。久四郎、少《すこ》しも駭《をどろ》く気色《けしき》なく、「拙者《せつしや》の申分《(まうし)ぶん》、一通《(ひと)とを》り聞《きゝ》給ひ

一 「按本朝亦南方有二大蜈松《(むかで)》一、一尺有余者多矣。俗相伝曰、蜈松者毘沙門天之使也。不レ知二其所由一」(和漢三才図会・五十四)。
二 ごみ捨て場。
三 感心・驚きの時の動作。
四 藤原秀郷(→二〇〇頁注六)。勢多の橋でのむかで退治は太平記・十五「三井寺合戦 并当寺撞鐘事 付俵藤太事」などに見える。
五 滋賀県大津市瀬田。勢多の長橋(唐橋)は古来著名。勢多、長橋、俵藤太、百足などは付合語(類船集)となっている。
六 (瀬多の橋の百足退治は)足もとにも及ばない。「磯」は、「富士は磯」の略で、物事が比較にならぬことのたとえ(色道大鏡・一)。
七 「磯」の縁で、沖波を引き出す。前出は「沖浪」。波、浪の混用は原本のまま。
八 古浄瑠璃等の語り物の常套句「是は〳〵とばかりなり」をきかせ、過剰なほめぶりを表現。
九 すわったままで素早く刀を抜く剣法。抜刀術。
一〇 さっぱりと。あっさりと。
一一 私用。
一二 主君の恩寵を得て成り上り威勢をふるう侍。当時では社会状勢の変化に上手く対応する能吏型の武士が多く、西鶴は非好意的。→四の三他。
一三 そんな名は名乗っていない、の意。
一四 もっぱらの評判。
一五 一緒に勤務していた者。
一六 武士の手柄。武功。
一七 ただそれだけの事。どうということもない事。　一八 とりわけ親しくしている。
一九 世間に言い広めること。
二〇 堪忍ならず→切合いの常套的パターン。ただし本章では、ただちに久四郎との切合いにならず、大助の怒りは「出来出頭」主膳に向う。そ

て後、[二二]成程《なるほど》お相手《あひて》に、命は惜《をし》まじ。[二三]申《(まうし)》かけらるゝからは覚悟《かくご》なり。[二四]しかじ此《(この)》義にゐて、[二五]日本の神《しん》ぞ、他言《たごん》は申さず。外にも両人、[二六]同番《どうばん》有《(あり)》。此《(この)》衆中《しゆちう》、寝間《ねま》にて様子《やうす》を聞《(きい)》て、自然沙汰《しぜんさた》せられし事[二七]存ぜず。此久四郎は申さぬなれ共《(ども)》、其夜《そのよ》一所に有《(あり)》しが、[二八]不祥《ふしやう》なり。いざ、心底《しんてい》に任《まか》せ給へ」と、身拵《みごしらへ》して立《(たち)》けるを、大《(だい)》助《すけ》引《(ひき)》とゞめ、「只今の理《ことは》り[二九]至極《しごく》仕《(つかまつ)》る。此段《だん》は免《ゆる》し給《(たまへ)》」と、それより直《すぐ》に、主《しゆ》膳屋《ぜんや》形《かた》に[三〇]仕掛《しかけ》、案内《あんない》申せば、奥座敷《をくざしき》にて鞁《つゞみ》の音《をと》、[三一]山姥《やまうば》の[三二]曲舞《くせまひ》なかばなれば、しばし返事《へんじ》はなかりき。大助《すけ》、玄関前《げんくはんまへ》に立《(たち)》ながら、[三三]其謡《(その)うたひ》につれて、諷《うたひ》しまひぬれば、主膳立出《しゆぜんたちいで》、[三四]「御見舞《(お)みまひ》めづらし。さあ〳〵座敷《ざしき》へ御通《(お)とを》り」、[三五]申さる。大助はしり懸《かゝ》り、「藤太《とうだ》が太刀先《たちさき》、覚《(おぼへ)》たか」と、[三六]一文字に切付《きりつく》れば、「[三七]白癩是《びやくらい(これ)》は」と、抜合《ぬきあは》せ戦《たゝか》ふ所に、主膳弟善八《しゆぜんをとゝぜん(ばち)》、鑓《やり》の鞘《さや》をはづしてかゝるを、引放《ひつぱづ》して、踏込《ふんごみ》切折《きりをれ》ば、脇指抜《わきざしぬか》んとする隙《ひま》を、飛《とび》かゝりて討《うて》ば、主膳《しゆぜん》、後《うしろ》よりた[三八]ゝみ懸《(かけ)》て打《うつ》を、其鑓《(その)やり》を取直《とりなを》して突倒《つきたを》し、兄弟《きやうだい》ながら、とゞめまでさしける時、家来《けらい》四五人、抜《ぬき》つれて打《うつ》てかゝるを、二人突伏《つきふせ》、一人[三九]大袈裟《(おほ)げさ》に成《(なる)》をみて、此勢《いきほ》ひに皆〳〵《みな〳〵》逃《にげ》去《さり》、太刀《たち》をし拭《ぬぐい》、心静《しづか》に立退《たちのき》ける。

　此《(この)》事、大守聞《たいしゆ(きこ)》し召《(めさ)》れ、「いかなる意趣《いしゆ》」と、穿鑿《せんさく》なかばなる所へ、久四郎、登城《とうじやう》して、「此たび主膳《しゆぜん》事、段〻个様《だん〴〵かやう》〳〵の次第《しだい》」と、[四〇]はじめの通《とを》り申上《(まうしあげ)》、「そ

れが、話の展開に起伏をつけ、伝来記全体に変化を与える語り口となっている。

二一　果し合いをするような目つき。喧嘩眼。

二二　いかにもお相手に(なろう)、命は惜しまぬ。

二三　言いがかりを付けられた以上、覚悟はしている(言い逃れをするつもりはない)。

二四　たしかに、の意。

二五　日本の諸神に誓って。決して。自誓の言葉。

二六　一緒に勤務していた者。

二七　(あったかも)知れない。　二八　不運。

二九　誠にもっともと思う。久四郎のいさぎよい態度に大助は納得し、話は思いがけぬ方向へ展開。久四郎の言葉によって武士の論理や行為のあり方の一面を印象づけると同時に、大助がそれを納得することで話の展開に起伏が生まれる。

三〇　押しかけ。

三一　五番目物の謡曲。鬼女物。世阿弥作か。山姥の山廻り伝承を構想の中心とする。

三二　謡曲において、舞を伴った一曲中の重要な部分で聞かせ所。「山姥」では、後ジテ(山姥)登場後の「春の夜のひとときを千金に替へじとは……」以下、山姥が舞い山廻りをする部分。

三三　家の中の謡にあわせて(大助も)謡を口ずさんでいて、その謡が終ると。悠然と謡に和す大助の描写で、その落着きぶりを表す。

三四　お出かけ下さったのは。

三五　「と申さる」の「と」脱か。

三六　「一」の字のように、横にまっすぐに切りつけると。刀を横に払って切ろうとする様子。

三七　しまった、の意。本来は、白癩(皮膚が白くなる癩病)になるとも、の意で、自誓の言葉。

三八　続けざまに切ってくるところを。

三九　肩から斜めに大きく切り下げること。

四〇　最初の事からありのままに。

れにつき、拙者快《せつしやこゝろよ》からず。切腹仰付《せつぷく(おほせつけ)》られ下されば」と、心底言上《しんていごんじやう》すれば、「主膳《しゆぜん》が仕《し》かた、侍《さぶらひ》の道にかけたるわる口なれば、跡目《あとめ》を潰《つぶ》せ」との御意《(ぎよ)い》にて、「其方《(そのはう)》が申分《(まうしぶん)》、[一]ちか比《ごろ》[二]神妙《しんべう》なる憤《いきどを》り、少《すこ》しも憚《はゞか》る事なく、いよ〳〵恙《つゝが》なく相勤《あひつとむ》べし」と、御褒美《(ご)ほうび》の御詞《(お)ことば》かず〳〵、久四郎、[三]面目《めんぼく》身に余《あま》り、宿《やど》に帰りぬ。

扨《(さて)》、主膳屋敷《しゆぜんやしき》は、思ひよらぬ事に取《(とり)》あげられ、子息善太郎《しそくぜん》、当年《たうねん》六才になり[四]し、母親諸共《はゝをやもろとも》、家来筋目《けらいすぢめ》なる者の里《さと》に立退《たちのき》し、[五]哀《あはれ》。年《とし》月累《かさなり》て、今は十六才になれば、「ぜひ親《をや》の敵《かたき》を討《うつ》べし」と、いさぎよく立出《(たちいで)》、国々《くに〴〵》尋《たづ》ねめぐれど、四五年あだにたち、此度《(この)たび》は、四国《こく》に渡《わた》り、[六]阿波《あは》の磯崎《いそざき》に着《つき》て、[七]万景詠《ばんけいなが》め尽《つく》されぬ気色《けしき》、誠《まこと》に其《(その)》むかし、[八]西行《さいぎやう》も爰《こゝ》に心をとめたるゆかりとし、其[九]具足《ぐそく》の物、今に残れるよし、「旅《たび》の疲《つか》れのうきを忘《わす》れがてら、立《(たち)》よりて見るべし」と、其庵《いほり》に尋行《たづねゆき》、住持《ぢうじ》にあひて、霊宝《れいほう》おがみたきねがひ、「然《(しか)》らば、それへ入《(いり)》給へ」と、[一〇]子細《しさい》らしき皃《かほ》つきして、「あれなる松は、御存ぢの磯崎《いそざき》の名木《めいぼく》、これが西行《さいぎやう》の[一一]あふみ菅笠《すげがさ》、此[一二]きせる筒《づゝ》が、[一三]富士《ふじ》を詠《なが》めに行《ゆか》れし時のなり。あれにかゝりしゆ[一四]うぜん絵《ゑ》の布呂敷《ふろしき》、ふるけれ共《(ども)》、破《やぶ》れぬが[一五]ふしぎなり」。誠《まこと》しやかに語《かた》りぬ。

[一六]秋の日のならひ、程なく暮《くれ》て、すぐに其仮葺《(その)かりぶき》に一夜《(いち)や》の[一七]袖枕《そでまくら》、夢《ゆめ》ともなく、現《うつゝ》共《(とも)》あらず、[一八]其長《そのたけ》、十丈《でう》ばかりの百足《むかで》、[一九]血射塗《ちみどろ》なるが、[二〇]夜光《やくはう》の玉《たま》を[二一]かゝやかし、

一 非常に。誠に。
二 けなげで意地や道理にかなった気持の現れ。「憤り」は感情の強い現れ。ここは久四郎のいさぎよい申し出が、武道にかなうことをいう。
三 武士の面目が十分に立ち。古武士風のいさぎよい振舞いが賞讃され、「出来出頭」主膳の悪口が「侍の道にかけ」るとして処断される話の展開には、西鶴の武士観があらわされている。
四 「なりしが」の「が」脱か。
五 上下にかかる。「立退し」は哀れの意で上の部分をうけ、下には感動詞としてつながる。
六 徳島県鳴門市撫養(むや)町内の旧地名。鳴門海峡の南西側。「西行法師が詠めし磯崎の松今に有」(一目玉鉾・四)、「又も来て見ん磯崎の松と、西行法師が読残せしも、まことにおもしろの気色や」(名残の友・三の一)。
七 見つくすことのできない程すばらしい景色。
八 西行は阿波の国を訪れ、「えにしあらば又も来て見ん里の蜑のをもかはりすないそざきの松」の歌を詠んだと伝える(遠碧軒記・下)。ただし、西行の真詠と伝える歌の中にはない。
九 所持品。　一〇 もっともらしい顔。
一一 近江名産の菅笠。以下、西行の時代にはありえぬ当世の物を持ち出し、「誠しやかに」語る。
一二 煙管。煙草の流行は慶長ごろから。
一三 富士見西行は当時画題となっている。
一四 京都の画工宮崎友禅の創始した友禅染め。天和・貞享期より流行。
一五 「ふしぎなりと」の「と」脱か。
▽敵討の途中に、住持のまことしやかな嘘話を導入して笑わせたりする名所見物の場を設けるのは、伝来記中でも異色。敵討の種々なありようを描き、その過程に変化をつける一場面。
一六 「秋の日はつるべ落し」などの俗諺をきかす

善太郎が枕本《まくらもと》にたゝずみ、「我は、汝《なんぢ》が生国《しやうごく》、棒《ばう》[二二]の津の片山陰《かたやまかげ》に住者《すむもの》也。其方《そのはう》がねらふ敵《かたき》は、摂津《せつつ》[二三]の国古曾根《こそね》といふ所に」、あり[二四]く\と御告《(お)つげ》[二五]、御かたち、消《きゆ》るが如《ごと》く見え給はず。

其夜《(そのよ)》の明《あく》るをまちて、舟《ふね》をもとめ、津《つ》の国に急《(いそぎ)》て、うかゞふに、先《(まづ)》、其村《そのむら》の小家に立《(たち)》より、「もし西国方《さいごくかた》[二六]より、爰《こゝ》に居住《きよぢう》する者はなきか」と尋《たづ》ねしに、「あ[二七]れに見えたる主《ぬし》こそ、西のはてよりおはせし牢人《らう》なるよし」と、いふにまかせて立より、様子《やうす》をきくに人音《(ひと)をと》[二八]せず。

「あやしや」と立入《たち(いり)》てみれば、年比《としごろ》四十余《あまり》の女《をんな》、火燵《こたつ》[二九]の櫓《やぐら》に腰《こし》をかけ、天巻《はちまき》し、扨《(さて)》[三〇]もせいなや、声《こゑ》[三一]を立《たつ》る力《ちから》もなく、絶入《たへ(いる)》ばかりなる躰《てい》、空《そら》[三二]よりおろせし縄《なは》に取付《(とりつき)》たるは、産《さん》をする有様《ありさま》、誰《たが》[三三]、是《これ》を扴抱《かいはう》する者、一人もなし。何かはしらず、不便《ふびん》[三四]につれて、座敷《ざしき》にあがり、腰《こし》[三五]をかゝへてやれば、詞《ことば》かくる迄《(まで)》はなく、手《て》を合《あはせ》て、「さても忝《かたじけ》なし」と、云声《いふこゑ》の下より産《うみ》けるに、気力《きりよく》まさりて、かひぐ\しく、「勿躰《もつたい》なく、御手にかけんや」と、みづからはや、湯《ゆ》をあびせながら、「どなたさまも存ぜず、只今《(ただいま)》の御心ざしのありがたきに付《(つけ)》[三六]ても、我《(わが)》つれあひは、よし有西国《あるさいごく》の人なりしが、不慮《ふりよ》[三七]の事ありてより、此《(この)》国にくだり給ひ、うき住《すま》ゐのなかにも、惣領《そうりやう》[三八]の子出来《でき》たるを、たのみにせしかひなく、親仁《をやじ》ははや

諺的表現。諺的表現による場面転換→二〇八頁注八、他。
一七 袖を枕に仮寝をしていると。体言による中止法の文体は、俳諧的文章の特色の一。省略より文体にリズム感を生む場合も多い。
一八 以下の百足の霊の描写は、太平記・十五(前出)では、百足の描写より、始め勢多の橋で俵藤太の前に姿を現す大蛇の姿(長二十丈バカリナル大蛇、…両ノ眼ハ耀イテ天ニ二ツノ日ヲ掛ケタルガ如シ)にイメージが近い。
一九 「血塗 チミドロ」が普通。俵藤太の話で百足が弓で射られたことの連想から「射」を加えたか。
二〇 中国で、隋侯祝元陽が蛇から授かったという暗闇でも光る玉。ここは、百足の霊の両眼をたとえたもの。
二一 当時は清音。 二二 鹿児島県川辺郡坊津町。
二三 大阪府高槻市古曾部。摂津国豊島郡小曾根村(兵庫県西宮市小曾根町のあたり)とも見られるが、後の「芥川」より「古曾部」の誤りと見る。
二四 「…にあり」と「ありく\」とを掛け、会話文を途中から地の文に変える文体。
二五 神仏の御告げで尋ねる相手にめぐりあうという趣向は、御伽草子や古浄瑠璃などに多い。
二六 九州地方をさす場合が多い。
二七 あそこに見える(家の)主人。
二八 人のいる気配がない。
二九 当時は座産が普通。産台のかわりに火燵櫓に腰かけ鉢巻をした出産直前の姿の描写。
三〇 苦しいなあ。体力・気力を失って苦しんでいるところ。
三一 「扨もせいなや」とうめくように言うだけで、声をあげる力もなく。
三二 天井から下ろした縄。当時の産婦は座しで陣痛の時にこの縄に取りついていきんだ。その縄

七月前《まへ》に果《はて》られ、[一]ありたきまゝに日をおくり、此[二]わすれ形《がた》みの出来《でく》るは、おのが妹《いもと》にあらずや、それをもかまはず、不孝《ふかう》をかへり見ず、剰《あまつさへ》、親《をや》の百ヶ日たゝぬうちより、[三]芥川《あくた(がは)》へ、[四]殺生《せつしやう》のみに日《ひ》を暮《くら》し、罰当《ばちあたり》めが」とかたるに、扨《さて》は大助は果《はて》て、其《(その)》子なるとしれり。

かさねて、「いくつばかり」といふに、「もはや十九、器量《きりやう》人にまけず、親仁《をやじ》の名《な》をかたどりて、大七と申《(まうす)》。けふも、この寒《さむ》きに、襦袢《じゆばん》一枚《まい》になりて、親《をや》の

を泰産(たいさん)縄という(婦人寿草・五)。

二三 誰といって介抱する者はいない。

二四 かわいそうに思われて。

二五 座産の場合、産婆が腰をだくのが普通。

二六 事情をお話しないわけにはいかない、の意が略される。敵の立場の者から進んでその身の上を明かすという趣向が、出産の場に立ちあうという偶然(やや特異で珍奇とも見える趣向)によって生かされるが、このような趣向も伝来記中では異色。また、すでに敵は死に、その長男を討つことで敵討をする点、敵の子の出産を偶然助けたといった点も、読者の予想外の展開。

二七 思いがけないこと。

二八 長男。この物領は後に十九歳と記される。善太郎は六歳で父を討たれ、十六歳で敵討に出立、その後「四五年」たっているが、「不慮の事」より十四、五年しかたっていないはず。時間の流れを綿密に配慮せぬ西鶴の書き方故に生まれた齟齬か。

一 したい放題に。わがまま勝手に。

二 親の生前に妊娠した子ゆえに言う。

三 大阪府高槻市を流れる淀川の支流。

四 魚鳥をとることばかりに。「物領」を親不孝者とし、母に「罰当め」と罵らせるような人物に設定するのは、以下で親の敵のかわりにその子を討つという、正当な敵討とならない事態を、不孝ゆえの天罰として読者に納得させるため。

[五]秘蔵《ひさう》の[六]百足丸《むかで》といふ大脇指《(おほ)わきざし》をさして、[七]川狩《かはがり》に」と、とはねど子細《しさい》をかたりけるうれしさ。

今生《(うま)》れしは、女子《によし》なれば、まづは[八]敵《かたき》の種《たね》はつきぬ。暇乞《いとまごひ》して出《(いづ)》れば、かず〳〵礼《れい》をいひて、おくり出《(いだし)》ける。しらざる事は力《ちから》なし。それより芥川《あくた(がは)》にいそぎけるに、[九]天神の森《もり》にて[一〇]名のりかけ、大七を見事に討《(うち)》てかへりける。

五 当時は清音。「ヒサウ」(日葡)。
六 本章冒頭の話に対応させた命名。
七 川で魚を取ること。
八 敵の男系の子孫を根だやしにするという復讐の形は、戦国時代までで、近世の太平下では非合法。敵がすでに死んでいたという敵討の諸相の一をとり入れて変化をつけたために導入された趣向と見ることができるが、大七の殺害は、正当的な敵討とは称しがたい。
九 古曾部の西にある野見(濃味)天神の森。高槻市天神町内(摂陽群談・十一)。
一〇 名を名乗った上で。大七は事情が分からぬはずだが、正式に討ったところを強調。
▽百足の霊を登場させ奇談的に仕立てた一章だが、敵が死んでいたため、代りに長男を討つという点でも伝来記中では異色。前半部の起伏に富んだ話の展開に比し、後半部は夢の告げや出産の場に出会う偶然などによる珍談の趣が濃いが、非現実的な話で興趣を生む説話的な姿勢を持つのもまた西鶴の一面である。

挿絵解説　「阿波の磯崎」の西行ゆかりの草庵に仮寝する善太郎の夢枕に、百足の霊が出現した場面。「其長十丈ばかり」を表すべく長大な姿で描かれる百足の霊は、大眼玉を光らせ、尾は火炎をあげ、切られた部分から血を噴出している。「磯崎の松」をあしらった草庵の縁には、若衆姿の善太郎が横たわっているが、同じく横になっている侍姿の男は本文中に出ない人物。善太郎の若党といった感じではなく、その念者といった趣で描かれ、善太郎はその男に寄りそって臥しいるごとくである。崖に打ち寄せる大浪の体は「磯崎」の地名を具体化したのであろう。

第四　愁《うれへ》の中《なか》へ樽肴《たるざかな》

[一]古往《いにしへ》、[二]参州《さんしう》に、小見《こみ》山惣左《そうざ》衛門とて、[三]物頭役《ものがしらやく》を勤《つと》め、万《よろづ》に理屈《りくつ》がましく、武《ぶ》を高《たか》く振《ふる》ひ、[四]付届《つけとゞ》けを第《だい》一に覚へたる男《をとこ》、傍輩《はうばい》深谷《みたにや》弥惣《そうし》子息《そく》、祝言《しうげん》の祝義《しうぎ》として、珍《めづら》しからぬ[五]塩鯛《しほだい》・[六]柳樽《やなぎだる》、若党《わかたう》与四兵衛に、[七]口上云《こうじやういひ》つけて遣《つかは》し、「其《(その)》戻《もど》り足《あし》に、岩平徳内《いはひらとくない》へ、御娘子《(おん)むすめご》御死去《(ご)しきよ》の悔申入《くやみ(まうしいれ)》、御返事《(ご)へんじ》に及《をよ》ばず帰るべし」と、使《つかひ》請取《うけ(とり)》て行《ゆく》に、聞違《きゝちがへ》て、弥惣《やそう》所にて、[八]吊《とぶらひ》の悔《くやみ》、[九]云捨《いひすて》にしてはしり出《(いで)》、それより徳《とく》内方《ないかた》に行《(ゆき)》て、[一〇]樽肴《たるざかな》をもつて「目出度《めでたし》」といふに、家来合点《けらいがつてん》せず、「是《(これ)》は門違《かどちが》ひにて有《(ある)》べし」といへば、[一一]無調法《ぶてうほう》千万に、「[一二]成程个《(なるほど)か》様《やう》に承りたる」と、[一三]達而《たつて》断《ことは》るに付《(つけ)》て、旦那《だんな》にかくと[一四]いひあぐるに、「それならば、まづ留《と》め置《をけ》」とて、使《つかひ》をかへしぬ。

扨《(さて)》また、弥惣《やそう》所にては、[一五]ことぶき半《なかば》に[一六]凶ゝ敷使《いま〳〵しきつかひ》、亭主《ていしゆ》気にかけて、直《ちき》に惣《そう》左衛門方《かた》に行《(ゆき)》て、「最前《さいぜん》は[一七]各別《かくべつ》の御使《(お)つかひ》、いかなる思《(おぼ)》し召《(めし)》ぞ」と、苦ゝ敷《にが〳〵しく》いひ出《(いだ)》せば、惣《そう》左衛門、[一八]横手《よこ(で)》を打《(うつ)》て、「[一九]近比迷惑《ちかごろめいわく》」、徳内《とくない》方への使《つか》ひの通《とを》りを[二〇]云分《いひわけ》たるに、弥惣《やそう》、かへつて気《き》の毒《どく》に思ひ、「此類《(この)たぐ》ひの事おほし。かならず使《つかひ》の者《もの》は[二一]御免《(ご)めん》を

一　「往古　イニシエ」(易林本)の用字が普通。
二　三河国。愛知県東部。
三　武家の弓・鉄砲・足軽組などの長。
四　慶弔などの贈り物。何事にも一理屈あり、武道自慢で、傍輩付合いを第一と考える男、という人物像は、太平の御代の当世によくある武士像として描き上げたもの。西鶴は非好意的。
五　塩漬にした鯛。祝儀には二枚一組で用いる。
六　柳の白木で作った平たい酒樽。取手のあるものが多いが、ないものもある。→挿絵。
七　相手の家で述べる内容。
八　葬儀。弔の慣用表記。
九　返事もきかず。「御返事に及ばず…」に対応。
一〇　祝儀用の柳樽と肴(塩鯛)。
一一　誠に不行き届きなことに。　一二　いかにも。
一三　無理やりに。しいて。　一四　申し上げる。
一五　寿。めでたい婚礼の最中に。
一六　不吉な使者。「忌々敷」の宛字。「凶々敷」は、普通「まがまがしく」。振仮名の誤りとも考えられる。　一七　とんでもない。全く見当ちがいの。
一八　驚いたり感心したりする時の動作。
一九　非常に困ったことをしてくれたものだ。「迷惑」は、自分が困惑する、の意。以下、会話文の途中から地の文に変わり、くり返しを避けるために省略した文体。話の展開をスピーディにする上で生きる場合が多い。
二〇　「イイワクル　弁明する」(邦訳日葡)。
二一　許してやって下さい。
二二　(弥惣は使いの者を許してと言ったが、葬礼中に祝儀の品を贈られた)徳内は、どう思っていることとか。「万に理屈がましく…付届けを第一」と考える惣左衛門らしい発想で人物像を具体化し、弥惣の言葉で一見納まったかに見えた事態を急転させて行く部分。

蒙る」と、いひて帰《かへ》りけれども、また、「[二二]徳内《とくない》思はく、かれこれ憎《にく》き奴《やつ》」と、与四《よし》兵衛呼《よび》つけて、手《て》打《うち》にせぬばかりにしかられけるを、「もはや首《くび》をも討《うた》るゝか」と、[二三]脇指《わきざし》ひねくり廻《まは》し、[二四]慮外《りよぐはい》、[二五]面《をもて》に顕《あらは》れたるに、たまりかねて[二六]抜《ぬき》打《(うち)》にするを、[二七]丁《てう》とうけて切《(きり)》むすび、惣左衛門が[二八]小鬢《こびん》に、[二九]したゝか手《て》を負《をふ》せながら、かなはじと逃出《にげいで》、其《(その)》隣《となり》屋敷、里鐘郷《さとがねがう》左衛門[三〇]長屋《ながや》に[三一]欠込《かけこみ》、[三二]子細《しさい》かたりて頼みけるに、此由《(このよし)》、郷《がう》左衛門にいへば、「[三三]随分《ずいぶん》いたはりてかくまふべし」と、疵《きづ》をば

二三 脇差に手をかけて反抗しようとするような態度。主人に反抗したり主人を殺したりする事例は当時少なくなく、その具体例は御仕置裁許帳などに多数列挙されている。
二四 不心得。ここは、主人に反抗する気持。
二五 顔付きにあらわれているので。
二六 不意に刀を抜き切りつけること。
二七 はげしく音をたてて打ち合うさま。擬声語。
二八 頭の左右側面の髪の先。
二九 ひどく傷付けながら。
三〇 武家屋敷の正門の左右にある使用人用の住居。　三一 駆込の慣用表記。
三二 (長屋にいた若党などに)事情を話し。
三三 右の事情が正確に伝えられているとすれば、郷左衛門のこの言葉と以下での決断は、主人への反抗・傷害などは、当時もっとも厳しく処断される行為ゆえに、いささか説明不足。「窮鳥懐にいれば猟士も殺さず」(一の四)の立場をとったものとも見られるが、「付届けを第一」とする当世武士風の惣左衛門を日頃苦々しく思っている古武士風の郷左衛門という他章にも多い人物関係の図式を前提としているためであろう。

挿絵解説　僧二人が経をあげている岩平徳内宅の葬礼の場に、惣左衛門家の若党与四兵衛が祝儀の品を誤って届けた場面。左上には香炉、盛物などが描かれ、経机の前の僧は経文を読誦、黒衣の僧が唱和している。右上のうなぎ綿をかぶり珠数をつまぐる老女が、死んだ娘の祖母、その前の女は母親であろう。縁側に手をつき挨拶しているのが与四兵衛、それを受けているのが徳内。祝儀の品の平樽(柳樽)は本文通りだが、台に置かれた肴は鳥で、本文の塩鯛と齟齬する。絵師の誤りか。

[一]内縁《ないえん》有《(ある)》外科《げくは》にかけて、養生《やうじやう》させける。

惣《そう》左衛門も、門迄《もんまで》追《をつ》かけ、正敷《まさしく》爰《こゝ》に欠込《かけこみ》しか共《(ども)》、家来《けらい》を、他《た》の屋敷《やしき》へ切散《きりちら》す事を遠慮《えんりよ》して、先内《まづうち》に帰《かへ》れば、頭《かうべ》の疵《きづ》、[二]けしからず痛《いた》み、是《(これ)》を悩《なやみ》て、[三]公儀《こうぎ》を止《やめ》て居《ゐ》しを、家中《かちう》の取《とり》ざたよからず、「[四]家頼《けらい》に斬《きら》れたる、浅《あさ》まし」と云《いひ》[五]はやらすを、[六]壁《かべ》に耳《みゝ》有《(あり)》て、これを惣《そう》左衛門に告《つげ》たるに、「此《(この)》上《うへ》は、[七]諸士《しよし》に面《をもて》を合《あは》すべきに非《あら》ず。[八]畢竟《ひつきやう》、かの者《もの》を貰《もらふ》て討《うつ》べし」と、使《つかひ》をやるに、郷《がう》左衛門、[九]一円《えん》肯《うけ》ず、再《さい》三の使《つかい》に、「是は、[一〇]各別《かくべつ》の欠込《かけこみ》者の事なれば、いつ迄《(まで)》も[一一]了簡《れうけん》頼《たの》むよし云《いひ》たるに、天地《てんち》は動《うごく》共《(とも)》、渡《わた》すまじき」と、[一二]返事《へんじ》しきるに、「[一三]此まゝにて止《やめ》ば、猶ゝ《なを〱》恥《ち》辱《じよく》かさなり、今はぜひに叶《かなは》ず、[一四]押付《をしつけ》て貰《もら》ふべし」と、[一五]先立《さきだつ》て状《じやう》を付《つけ》、追続《をつゞい》て、若党《わかたう》三人召《めし》つれ、[一六]死《し》に装束《しやうぞく》して、玄関《げんくはん》に入《(いる)》と、かねて覚悟《かくご》の者共《もの(ども)》立合《たちあひ》、郷《がう》左衛門家来《けらい》、四人討《うた》れし時、自身《じしん》[一七]手《て》鑓《やり》の鞘《さや》はづして、二人突倒《つきたを》す働《はたら》きのうちに、はや与《よ》四《し》兵衛を引《ひき》出し、首《くび》を打《(うつ)》をみるより、惣《そう》左衛門を突伏《つきふせ》、即座《そくざ》に切腹《せつぷく》して、[一八]あたら侍《さぶらひ》二人相果《あひはて》けるに、郷《がう》左衛門が一子《し》弥《や》七、無分別《むふんべつ》に、此場《ば》より行衛《ゆくゑ》知《しら》ず立退《たちのき》しが、[一九]越前敦賀《ゑちぜんつるが》に、父《ちゝ》郷《がう》左衛門が兄有《あにある》に行《ゆき》て、年《とし》月《(つき)》を送《をく》りぬ。

然《しか》るに、惣《そう》左衛門果《はて》し、[二〇]七月《なゝつき》有《(あり)》て生《むま》れたる子《こ》、[二一]専太郎《せんたらう》成《せい》人《(じん)》して、[二二]諸国《しよこく》をねらひに出《いで》し子細《しさい》は、互《たがひ》に親《をや》と親《をや》、相果《あひはて》たる上《うへ》は、[二三]意趣《いしゆ》なしといへ共《(ども)》、弥《や》七立退《たちのき》た

一　血縁関係のある外科医。
二　はなはだしく痛み。
三　公の勤務。
四　家来に同じ。「家来又作㆓家頼㆒」（書言字考）。
五　さかんに言いはやす。
六　諺。話のもれやすいことのたとえ。
七　家中の侍たち。
八　つまるところ。どうあっても。
九　全く承知せず。「肯」は原本「旨」に近い字。
一〇　普通と違う。この部分については前頁注三三参照。
一一　処置。ここは匿まってほしい、の意。
一二　きっぱりと返事をするので。
一三　地の文と心中思惟とが混合した文体。「…かさなり」までは前に続くと地の文的だが、惣左衛門の考えることとして以下に続く。
一四　無理やりに。強引に。
一五　あらかじめ果し状を送り。
一六　白装束。
一七　柄が九尺の短い槍。
一八　惜しいことに。
一九　福井県敦賀市。
二〇　死んだ後、七か月たって生まれた子。
二一　本章に専太郎の年齢の記述はないが、専太郎はここから少なくとも十五、六歳以上。従って、前半部の事件後十六、七年経過しているこ

るに、是《(これ)》を敵《かたき》と、脇《わき》より取囃《とりはや》すに、自《をのづから》、敵《かたき》を打《うち》に出《いで》ざれば、[二四]一分立《たゝ》ず、方ゝ《はう〴〵》尋《たづ》ね廻《めぐ》り、それ共《(とも)》しらず敦賀《つるが》に来《きた》り、聞《きけ》ば、里鐘《さとがね》の[二五]同名《どうみやう》あるをふしぎに、様子《やうす》窺《うかゞ》はん為《ため》、此《(この)》屋敷《やしき》に忍入《しのびいり》、[二六]濡縁《ぬれえん》より簀子《すのこ》の下《した》に隠《かく》れ、一間《(ひと)ま》なる下《した》に、一夜《(いち)や》を明《あか》す[二七]合点《がてん》して、身《み》を縮《ちゞめ》て窺《うかゞひ》ぬ。

爰《こゝ》に、弥七従弟娘《いとこむすめ》に、美女《びぢよ》有《(あり)》しが、縁遠《えんどを》く、十九の秋迄《あきまで》、[二八]独丸寝《ひとりまるね》の出来心《でき(ごころ)》して、弥七に度ゝ《たび〳〵》文《ふみ》を通《かよ》はせ共《(ども)》、[二九]曾《かつ》て是《これ》を取揚《とりあげ》ざるを恨《うらみ》て、「今や命《いのち》を捨《すつ》べし」といふに、不便《ふびん》は増《まさ》りながら、それとはなしに宥《なだめ》んと思ひ、「今宵《こよひ》密《ひそか》に忍《しの》び給へ」とつぶやくに、悦《よろこ》びて来《きた》り、「此比《(この)ごろ》の物《もの》思ひ、[三〇]さりとては心づよし」など、たはむれけるに、弥《や》七、兎角《とかう》の返事《へんじ》なく、「こなたの思《(おぼ)》しめしの通《とを》りに、随《したが》ひたくはあれ共《(ども)》、我《われ》に思ふ子細《しさい》有《(あり)》。是《これ》をかたらん為《(ため)》に、まねきたるなり。是を聞わけて給《たまは》るべし。われ、もと、しばしもこゝに居《い》るものにもあらざりしに、[三一]過《すぎ》し年《とし》、[三二]此段ゝ《だん〴〵》の首尾《しゆび》有《あり》て、くるしからぬ所を、何《なに》の思案《しあん》なくたち退《のき》、意趣《いしゆ》残《のこ》らぬ事に敵《かたき》となり、彼《かの》者の一子《し》、我《われ》をねらひに出《(いで)》たる由《よし》、然《しか》れば、明日《あす》にも相果《あひはて》し時《とき》は、[三三]末《すへ》もとゞかぬ事に、[三四]浮目《うきめ》見給はんもよしなし。若《もし》又、此《(この)》まゝ[三五]存命《ながらふる》とても、一たび敵《かたき》に逢《あは》ざるうちは、枕《まくら》をかはす事せまじと、誓願《せいぐはん》を立《たて》たり。[三六]奥《をく》の首尾《しゆび》もいかゞ。はや帰《かへ》り給へ」と、いさめける心のうち、「いさぎよし」と[三七]思ふ時、

とになるが、以下の弥七と娘とは、十六、七年同じ家に居たごとくに描かれていない。時間の経過に時として無神経な西鶴ゆえの齟齬か。

三 諸国に敵を尋ねて出立した事情というのは。文書・記録などの文体が生かされた一文。

三 恨み。遺恨。以下、敵討が形骸化している当世の状況をさりげなく指摘。「脇より取囃す」故に敵討に出なければ面目が立たない専太郎という話の展開には、敵討の一面を冷徹に見つめ、世間というもののありようを鋭くとらえる西鶴の面目をうかがうことができる。

二四 武士としての面目。

二五 同じ苗字の家があるのを不審に思って。

二六 雨戸の外側につけた縁側。

二七 つもりになって。

二八 帯をとかずに寝ること。

二九 全く。強く否定する語。

三〇 さてさて。まったく。

三一 十六、七年以前のことになるはずだが、この前後はそのようには読めない。

三二 これこれの成行き。本章前半部の事件。

三三 添いとげることができない。

三四 憂き目。(自分が死んであなたが)つらい思いをすること。

三五 生きながらえる。「存命」の意を生かした和訓。

三六 「奥」は家族の生活する場所。従って、そこでの成行きをいうが、ここは、両親の思う所。

三七 主語は専太郎。立聞の趣向は多いが、床下にひそんで聞くことと類似の趣向の前例は未考。

娘《むすめ》、涙《なみだ》を流《なが》して、「迚《とて》も承引《せうゐん》なされぬ上は、分別極《ふんべつきは》めたり」と、懐《ふところ》より剃刀《かみそり》取《(とり)》出《いだ》して、危《あやう》きをとゞめて、立噪《たちさは》ぐ時、専《せん》太郎、此心入《(こころいれ)》を感《かん》じ、[一]椽《えん》の下《した》より、「弥《や》七〳〵」と声《こゑ》かけたるに、興《けう》を覚《さま》し、「何者ぞ」といへば、「惣《そう》左衛門が一子、専太郎なり。対面《たいめん》すべし」といふに、畳《たゝみ》をあげて覚悟《かくご》すれば、先《(まづ)》、座敷《ざしき》へあがらぬ先に、下より大小を渡し、「[二]其心底《(その)しんてい》にあらず。元《もと》より意趣《いしゅ》なき事ながら、[三]世間の手前《てまへ》に、かく身《み》を砕《くだい》てねらふといへ共《(ども)》、其方《(そのはう)》、今宵《こよひ》の心根《(こころ)ね》、是程《(これ)ほど》の恋《こひ》に、我に廻《めぐ》り逢《あふ》べきを大切《たいせつ》にして、[四]潔清振舞《いさぎよきふるまひ》に、もはや遺恨《いこん》残らず。二度《(ふた)たびぶ》武士《し》たつべき共《(とも)》思はず。互《たがひ》に[五]恋慕《れんぼ》をはれ給へ」と、其座《(その)ざ》にて[六]髻《もとゞり》切《きつ》て出《(いで)》たるに、弥《や》七も是《(これ)》を感《かん》じ、一夜《(いち)や》は、[七]比翼《(ひ)よく》の契《ちぎ》りをなして執心《しうしん》を晴《はれ》させ、[八]二念《ねん》をつがず発《ほつ》心《(しん)》して、専《せん》太郎が閉籠《とぢこもり》し、[九]嵯峨《さが》の片庵《かたいほ》に尋《たづ》ね行《(ゆき)》て、諸共《もろ(とも)》に、父の菩提《ぼだい》を[一〇]訊《とひ》ける心こそ、殊勝《しゆしやう》なれ。

一　ここは、前の「一間なる下に…」の記述よりすれば、床下のはず。
二　敵討をするつもり。
三　二二四頁注二三の部分に対応。本章の敵討が本人の発意によらず、無責任な世間がはやしたてるために仕方なく行われるという異色の展開によって、敵討の実情の一面を印象づける。
四　潔、清ともに「イサギヨシ」(易林本)の訓がある。同意の二字を連ねた強調表現。
五　恋の思いを晴らしなさい。「はれ給へ」は、弥七と娘を主体にした表現。
六　出家する決意を示すために、髻を切って。
七　男女の深い契りのたとえ。「比翼鳥」(雌雄合体して飛ぶ想像上の鳥。「長恨歌」等に出づ)と同様な男女の深い情愛をいう。
八　あれこれ思い迷わず。きっぱりと思いきって。
九　京都の嵯峨の粗末な庵。専太郎の跡を追って弥七も嵯峨におもむき出家する話の展開は、平家物語・一「祇王」で、仏御前が嵯峨に隠れた祇王の跡を追って出家する話をきかしたか、とする説がある(西島孜哉)。
一〇　弔う。「問訊　トフラフ」(伊京集)。

▽主人公の出家に終る結末は伝来記中に多いが、敵討を放棄して出家し、ねらわれた敵もともに出家という結末は異色。無責任な世間、それにふりまわされる主人公たちの生を印象づけ、敵討の一面をあざやかに照し出した一章である。なお、手討ちにされようとした家来が主人を切殺し他家へ逃げてかくまわれる話が、古今犬著聞集・十「手討仕損ずる事」にあり、それを本章前半部の典拠と見る説(前田金五郎)もあるが、家来の主人への反抗、主人殺傷などの例は当時数多く(御仕置例類集など)、必ずしも同話を典拠と特定することはできない。

諸国
敵討

武道伝来記

八
絵入

武《ぶ》道《だう》伝《でん》来《らい》記《き》　巻八

諸《しよ》国《こく》敵《かたき》討《うち》

目《もく》録《ろく》

一 火葬場におく焼香用の机。その机の上の香炉から立つ煙を競いあうことの意だが、本文では焼香の順序競いのことが描かれる。

二 身体は一つなのに情愛をいだく相手は二人であること。恋人である虎之助のために敵の所に奉公に出た女が、その男の子を妊み、心はゆれながらも虎之助への義理を貫いた本文の話を示唆。ただし、この見出しは、三角関係を暗示するのみだから、本文での意想外な話の展開が読者の興味を惹く。

三 惜しいことに若衆の前髪が、箱根の山おろしに吹きちぎられるように剃られてしまった話。箱根山颪で話の舞台が暗示される。

四 涙が時雨のように降り木綿合羽を濡らしたこと。山風・袖の涙―時雨(類船集)。なお、「時雨」をここに出すのは、「偽り」が事件の契機となっている点より見て、偽り―時雨(類船集)という本文の内容からの連想もある。

五 播州(兵庫県西南部)の浜辺で起った果し合いの後、その遺族全員も返り討ちにあった話。ただし、本文で返り討ちにあうのは一人のみ。浦―浪―帰る(類船集)。

六 返り討ち。敵をねらっている者が逆に討たれてしまうこと。「帰り討」の「帰り」は、浪―帰る、の連想からの宛字。

七 雪の夜に鶏が思いがけず命を失うこと。「思ひもよらぬ命」は、雪の夜の鶏の命と同時に、登場人物たちの思いがけぬ生死の様を示唆。

第四

八行水《ぎやうずい》でしるゝ人の身《み》の程《ほど》

九伊賀《いが》の上野《うへの》にて一〇打治《うちをさ》めたる刀箱《かたなばこ》の事

八 行水の様子から敵の身の上が分かった話。下人たちの行水中の話から不審をいだき敵を見つけだす本文の内容に対応。「しるゝ」は「知れる」に同じ。
九 三重県上野市。慶長十三年(一六〇八)以後、藤堂氏領で城代が置かれていた。モデルの事件の舞台をそのままに出した伝来記中で特異な例。
一〇 敵を討ち、刀を刀箱に納めるの意。正しく政治が行われている当世を寿ぐ意をも含める。

第一　野机《のづくえ》の煙《けぶり》くらべ

[一]石火電光《せきくはでんくはう》、秋《あき》[二]こそ物《もの》うきはじめなれ。嵐《あらし》にもろき梢《こずへ》の一葉《(ひと)は》ちりて、丹波《たんば》[三]の峰《みね》別《わか》るゝ横雲《よこぐも》の朝《あした》、無常野《むじやうの》[四]に白布《はくふ》の幕《まく》うたせ、御駕籠《(おん)かご》、物静《ものしづか》に毘屋《ひや》[五]に入奉《(いれ)たてまつ》り、いづれも無紋《むもん》[六]の袴《はかま》、しほれて、義式《ぎしき》[七]に焼香《しやうかう》有《(あり)》し時、三十あまりの美男《びなん》、両人一度《ど》に立《たち》て、香箱《かうばこ》[八]の蓋《ふた》をあけ、前後《ぜんご》をあらそひけるは、暦〻《れき〱》[九]の侍《さぶらひ》、外《ほか》より見ぐるしかりけり。

壱人は、国見求馬《くにみもとめ》、今独《ひと》りは、猪谷久四郎《ゐたにきう》とて、此《(この)》二人は、大殿《(おほ)との》の御物《(ご)もつ》[一〇]あがりにて、禄《ろく》も同《をな》じごとく、千石《せんごく》[一一]の光《ひか》りを顕《あらは》し、世《よ》に栄《さか》へける。此度《(この)たび》の御死去《(ご)しきよ》に、両人共《(とも)》に御供《(お)とも》[一二]申《(まうす)》心ざし、御遺言《(ご)ゆいげん》[一三]に、「かたく留《とま》るべき」との御事なれば、思[一四]ひ極めし命《いのち》をながらへ、若殿様《わかとのさま》へ一命《めい》を捧《さゝげ》て、御奉公《(ご)ほうこう》を相勤《あひつとむ》る、心底《しんてい》いやしからざる者共《(ども)》なりしが、人には意地《いぢ》といふ事ありて、年比《としごろ》、互《たが》ひに武《ぶ》をあらそひける。

「殊更《ことさら》、此度《(この)たび》の首尾《しゆび》、両人共《(とも)》におとなしからず[一五]」と、年《とし》[一六]より中《ぢう》の差図《さしづ》にて、香炉《かうろ》二つ出《(いだ)》して、求馬《もとめ》・久四郎、前後《ぜんご》なく、御焼香《(ご)しやうかう》を済《すま》しぬ。此上《(この)》に、何《なに》の子《し》

一　火打ち石の火といなずま。ともに、はかなく消えるもののたとえ。ここは人の命のはかなさ。
二　物のあわれをひとしお秋に感得するのは、平安朝以後の伝統的美意識。「もののあはれは秋こそまされ」(徒然草・十九段)など。それを、秋―梢の一葉ちり―無常と、人の死に結びつけて表現。
三　京都府北部の山。ここは後文より福知山近辺と見られる。以下、「春の夜の夢の浮橋とだえして峰に別るる横雲の空」(新古今集・春上・藤原定家)をきかせた表現。
四　火葬場。または墓地。
五　火葬を行う場所。荼毘所。
六　葬礼等に用いる無地の袴。
七　儀式の慣用表記(伊京集など)。作法通りに。
八　焼香用の香を入れた箱。　九　歴々の慣用表記。
▽主君の葬礼の時、焼香の順序のことから切合いとなり敵討に発展する事件としては、七の二の末尾にとり入れられている浄瑠璃坂の敵討(→二二五頁▽)が著名。それをとりいれたかとの説(前田金五郎)がある。また、浄瑠璃「舎利」にも焼香の順序争いから切合いになる趣向があるとの指摘(矢野公和)もある。
一〇　主君の寵愛をうけた小姓の身から取りたてられた者。小姓あがり。
一一　千石取りの威勢を示し。千石は大身の武家。
一二　殉死をする決意をかためていたが。
一三　寛文三年(一六六三)五月に徳川幕府は殉死の禁令を出しており(→一二頁注四)、以後殉死の悪風はなくなる。
一四　死ぬことにきめていた命を生き長らえ。
一五　大人げない。
一六　年寄衆。家老をさしていう。
一七　どうにもならないことだった。

細《さい》もなかりしに、久四郎、立《たち》さまに袴《はかま》の裾《すそ》を踏《ふみ》て、晴《はれ》がましき所にしてころびけるこそ、[一七]よしなけれ。求馬《もとめ》家来《けらい》、何とやら笑《わら》ひぬる有様《ありさま》に見へければ、久四郎、[一八]せき心より、又、[一九]最前《さいぜん》の焼香《しやうかう》の遺恨《いこん》に心をなし、[二〇]三昧《(さん)まい》はなれて、[二一]福智山《ふくち(やま)》の入口にて、求馬《もとめ》を討《うつ》て、すぐに何国《いづく》をしれず立《(たち)》のきぬ。[二二]折ふし悪《わる》く、此《(この)》事、よろしからぬ沙汰《さた》して、久四郎を悪《にく》みける。

求馬《もとめ》子共《(こども)》は、[二三]竜之助《りやうの》とて十一歳《さい》、其次《(その)つぎ》を虎《とら》之助、七歳になりて、童子心《わらべ(ごころ)》にも、親《をや》の敵《かたき》を心がけける。それより[二四]三年《みとせ》過《(すぎ)》て、兄弟《きやうだい》、[二五]御暇《(お)いとま》を申請《(まうし)うけ》、母親《はゝをや》にも泪《なみだ》の別《わか》れして、家久しき下人に、大木《をゝぎ》角《かく》右衛門、今津《いまづ》文吉《ぶんきち》、此《(この)》二人付添《つきそひ》、[二六]旅《たび》のはじめの国《くに》めぐり、いつあふべきも定《さだ》めなく、年《とし》月かさね尋《たづ》ねけるに、[二七]きのふけふの心にくれて、それよりは、[二八]九年《(く)ねん》の憂事《うき》を明《あか》し、竜之助《りやうの》は[二九]二十六歳《さい》、虎《とら》之助は十九の冬《ふゆ》のすゑに、「敵《かたき》の久四郎事、[三〇]出羽《では》の庄内《しやうない》に、[三一]したしみ有《(あり)》て身を隠《かく》す」のよし、ほのかにしらせける者有《(あり)》て、又、都《みやこ》より打立《うつたち》、[三二]其城内《そのじやう(ない)》は、はゞかりあつて、領境《りやうさかひ》の里《さと》に、人しれず借宿《かりやど》して、角《かく》右衛門は、[三三]計塩《はかりじほ》を売《うれ》ば、文吉《ぶん(きち)》は[三四]葉《は》莨若売《たばこうり》ぬ。竜《りやう》之助は、[三五]虫噛歯《むしくひば》の妙薬《めうやく》をうり、弟《をとゝ》虎《とら》之助は、[三六]小間物売《こまものうり》の負箱《をひばこ》に、[三七]編笠《あみがさ》かぶり、屋形町《やかたまち》をまはり、しのび〳〵に敵《かたき》の有家《ありか》を聞共《きけ(ども)》、今にしれぬ事を歎《なげ》き、有時《あるとき》、淋《さび》しき町《まち》はづれにさしかゝり、[三八]夕ぐれいそぐ春《はる》の名残《なごり》に、心もな

一八 いらだっている気持。
一九 前出「両人一度に立て…前後をあらそ」った場面をさすと思われるが、そこでの遺恨は残ってはいないはず。にもかかわらず、それに「心をなし」(遺恨として)求馬を討つという話の展開で、久四郎を悪役と印象づける。
二〇 三昧場(火葬場、墓地)の略。原本は「三昧なれて」とある。今改む。
二一 京都府福知山市。「福智山」は慣用表記。貞享期は朽木氏三万二千石の城下。
二二 主君の葬儀の帰りがけの刃傷沙汰ゆえに、折が悪く。
二三 以下、竜之助・虎之助兄弟が「童子心にも親の敵を心がけ」「母親にも泪の別れ」をし、下人二人を伴に敵討に出るという話の展開は、「曾我物語」を始めとする曾我物の世界に類似する。その話を転用・利用したものか。
二四 竜之介の十四歳は敵討出立の年齢として相応するが、虎之助は十歳で、いささか早すぎ。時間の流れに時に無関心なるが故の齟齬か。
二五 主君に暇をもらって。求馬の子息が家督をつぐ等の記述は略されているが、前出「折ふし悪く…久四郎を悪みける」のみで、久四郎の家は断絶、求馬の家は立ったという経過を示唆したつもり故の記述であろう。
二六 以下一行分、道行文の名残をとどめる七五調の文体で情感を高める。修辞を多用することで情感を盛りあげようとする手法の一例。
二七 昨日・今日とつらい思いで一日一日を過し。
二八 「九年」は、苦(九)の意よりの設定か。あるいは達磨大師の「九年面壁」などの連想か。実際の時間の経過を考えるより、主人公たちの苦労を言うための時間設定故、以下の竜之助の年齢に齟齬を生むことになる。

き雨《あめ》ふりて、軒《のき》づたひに帰《かへ》るに、[一]花山《はな(やま)》の酒機嫌《さけきげん》なる奴《やつこ》、[二]薄色桜《うすいろざくら》[三]をあらけなく手《た》[四]折《をり》、てにかざして帰《かへ》る酔《ゑひ》の皃《かほ》つき、[五]春《はる》の木《(こ)》のまの入日《(いりひ)》のごとく照《てり》て、[六]眼《まなこ》に角《かど》を入《(いれ)》て、往来《わうらい》に鞘《さや》[七]あてをして、さはぎ来《きた》る。「[八]是《(これ)》かや春《はる》の物ぐるひ」と、[九]人みなおそれをなして、[一〇]蔀門口《しとみかどぐち》をさしてけり。虎《とら》之助も、かゝる所に来合《きあは》せ、[一一]さながら男のにげられもせず、「[一二]望《のぞ》み有《(ある)》身の、[一三]よしなき所にゐるも難義《なんぎ》」と思ひしに、[一四]下見せあげて、簾《すだれ》のうちより廿《はたち》あまりの女房《にうばう》、やさしく、「[一五]さりとてはあぶな

二九 二十三歳となるはず。年齢の計算を誤る。
三〇 山形県鶴岡市。三の一でも舞台となる。
三一 縁故のある者。親しい人。
三二 酒井氏十四万石の城下町の中。城内は、城の中ではなく、その城下町全体をいう。
三三 塩のはかり売りの行商。勝手口に出入りでき、敵の探索に便。以下の諸種の行商も同じ。
三四 乾燥した煙草の葉。 三五 虫歯の妙薬。
三六 女性用の化粧品・小物などの行商。その姿、編笠、負箱→挿絵。
三七 武家屋敷町。庄内に「屋形町」の町名はない。
三八 日暮となって急いでいる折、春の名残の雨が無情にも降って来て。

一 花見遊山の酒にうかれた。
二 身分の低い武家の下僕。ただし、挿絵は奴(下僕)の姿としては描かれていないので、ここは、男伊達のあばれ者の意と見るべきか。
三 花びらが一重の中輪の桜。
四 乱暴に。
五 赤く照りかがやいた様子。
六 目を怒らせて。目に角を立てて。
七 刀の鞘が触れたのを咎めて争うことをいうが、ここは、喧嘩を売ろうとしている様子。
八 「これかや春の物狂ひ、乱れ心か恋草の、力車に七くるま、積むとも尽きじ」(謡曲・百万)。
九 「関の人々肝を消し、恐れをなして通しけり、〳〵」(謡曲・安宅)を生かし「通しけり」を「さしてけり」に転じた。
一〇 上部の蔀(板戸)は釣りあげ、下部は足をつけて見世や縁台とする民家の門口。道路ぞいの部分の作り。→挿絵。
一一 そうは言うものの。
一二 敵討の大望をいだく身。

し。こなたへはいり給へ」と、戸《と》ざし明《あく》るを嬉《うれ》しく、内《うち》に入《(いり)》て、此《(この)》難《なん》をのがれ、しばらく爰《こゝ》に休《やすみ》て、一六内証《ないしやう》を見しに、草《くさ》ふかき宿《やど》ながら、火燵《こたつ》に紬《つむぎ》の紫《むらさき》ぶとんをかけて、一七真《ま》綿《わた》引矢《ひきや》筈《はず》のもとに、一八伽羅《きやら》割《わり》のなたなどの有《(あり)》しに、何とやらこの女、奥《をく》ゆかしく、心を付《つけ》しに、一九みよしの染《ぞめ》のきる物に、二〇前結《まへむす》びの帯《をび》の二一悪《にく》さ、二二只者《たゞもの》とは思はれず。立別《たちわか》るゝ事のをしく、幾度《いくたび》わらんぢの緒《を》をしめて、隙《ひま》入《(いり)》けるに、六十ばかりの老女《らうによ》、せんじ茶《ちや》わかして、さし出し給《たま》はるこそ嬉《うれ》しけれ。すこし

一三 つまらぬ所に居て喧嘩にまきこまれても困る。
一四 蔀門口(注一〇)の下の部分で、道路に下して見世としたもの。ただし、挿絵は下げたまま。
一五 さてさて。ほんとうに。
一六 家の中の様子。
一七 真綿をひきのばして糸をよる道具。竹軸の頭に矢筈形の切り込みを刻んである。
一八 香木の伽羅を割るのに用いる小さい鉈《(なた)》。香道のような風雅なたしなみがあることを示唆。
一九 三吉野染。桜の花模様をちらしたかすり染。
二〇 帯を前で結ぶのは玄人風で派手な風俗。
二一 憎らしい程に心を引かれること。色っぽさ。
二二 普通の素人娘とは思われない。

挿絵解説 小間物売りに姿を替えて敵を探す虎之助が、花見帰りのあばれ者を避けようとして、女の家の門口にたたずむ場面。右図には、「薄色桜をあらけなく手折」ってかつぐ、片肌脱ぎの武士が二名。大きな日傘をさし珠数を手にした素足の男は「鞘あて」に恐れて逃げようとしており、背景は花の山である。本文では「花山の酒機嫌なる奴」は一人のごとくだが、絵師は二人描いて乱暴ぶりを強調したのであろう。左図左には、笠をかぶり負箱を背負った虎之助がのれんの下る門口に立つ。上の蔀は上げられて見えないが、道路側に下された「下見せ」の部分には簾が下がり、簾越しに手招きをする立膝姿の女が描かれる。さらに、乱暴者に追われて逃げる男たちが描かれるが、箒を肩にかついだ箒売り、猿を肩にのせた猿廻し、天秤棒で魚の入った籠をかつぐ魚売りの三人ともに、乱暴者を振り返って逃げまどうごとくであり、画面全体に動きがあって興味深い挿絵となっている。

乱《みだれ》て、おかしき事いふべき口つき見て、彼女《かのをんな》、「おばさま」といひて、[一]さしあひをいはせざりし。此利《(この)り》発《はつ》、なをまた、かはゆらしき面影《をもかげ》を見そめ、明《あけ》の日、[二]きのふの礼《れい》にもてなして、[三]色《いろ》ふくみし[四]匂《にほ》ひ袋《ぶくろ》を参らせける。

其後《そのゝち》は、自《をのづ》からしたしくなりて、毎日音信《まいにちをとづれ》けるに、[五]姥御《をばご》の留主《る(す)》の事も有《あり》て、[六]よき物がたりして帰り、いよ〳〵、[七]わけもなく心を通《かよ》はせ、いつとなく、老女《らうによ》の見るも耻《はぢ》ず、[八]面白《をもしろ》づくの念比《ねんごろ》をかさね、ある時、女たはむれて、「[九]ひとり笑《わら》ひの人形あるべし。慰《なぐさ》みに見せ給へ」といふ。「あらば何惜《なにをし》からじ。それはもたぬ」といへば、「[一〇]小間物売《こまものうり》のもたぬとは。我取出《わがとり(いだ)》す」と、[一一]箱《はこ》を明《あく》れば何もなく、[一二]大脇指《(おほ)わきざし》をこしを見付《(みつけ)》、「そなた様《さま》を最前《さいぜん》から、世《よ》のつねの商人《あき(うど)》とは見請《うけ》ず。いかなる事ぞかし。女の無用《むよう》なる尋《たづ》ね事ながら、かりそめながら契《ちぎ》りをこめて、子細《しさい》を聞《きか》ではおかれじ。先自《まづみづから》が命は、貴様《きさま》へ参らせ置《(をく)》からは」と、[一三]義理《ぎり》つまり、[一四]至極《しごく》の所、此《(この)》上は包《つゝ》みがたく、「生国《しやうごく》は、丹波《たんば》の者にて、猪谷《ゐたに》久四郎といへる者《もの》、此《(この)》所に隠《かくれ》ゐるのよし、それ尋《たづ》ねぬる」と、語《かた》りも果《はて》ぬに、「それこそ

私《わたくし》、存《ぞん》じたる事有《(あり)》。此国《くに》の家老衆《からうしゆ》、柳田長《やな(ぎ)だちやう》五左衛門と申《(まうす)》かたに、しのびて[一五]かくまへおかれ、[一六]出崎《でさき》といふ所に、[一七]下屋《しもや》敷有《しき(あり)》けるが、中〳〵用心《ようじん》きびしく、[一八]外《そと》門《もん》二重《ぢう》・三重《ぢう》、番所《ばんしよ》、かりそめには出入《でいり》なりがたし。私《わたくし》、是《これ》を存《ぞん》じたるは、此

一 具合のわるいこと。さしさわりのあること。
二 昨日の礼を言うことを口実にして。
三 色良く染めた。虎之助がその恋心をひそかに表した、の意を含む。
四 香を入れて身に付ける紐のついた小袋。
五 伯母、叔母の宛字。
六 よい話。ここは、恋心をあらわすような話。
七 ひたすらに。
八 心まかせの馴染みを重ね。「面白づく」は、仲人なしでの男女の契り、いわゆる密通をいう。
九 性具の人形。「ひとり笑ひ」は、春画をいうが、ここは催婬や自慰用の人形をいう。
一〇 小間物売りは、奥女中向きの性具を売ることもあるのでいう。
一一 小間物売りの負箱(→前頁挿絵)。
一二 「大脇指在しを」又は「大脇指一こしを」の誤り。大脇指は一尺七寸から一尺九寸までの長い脇差。 一三 道理にかなっていて。
一四 誠にもっともな言い分で。
一五 匿まって置かれ。
一六 未詳。御伽草子「あきみち」の敵金山の隠れ家である岩屋からの連想による地名か。
一七 町はずれや郊外などに設ける別邸。
一八 下屋敷の外門が二重・三重、さらに番所までという厳重な警戒ぶりは、何段階にもわたって警戒厳重な「あきみち」の金山の隠れ家に対応。
一九 半年契約(半季居り)と一年契約(一季居り)の奉公人があり、契約期は春秋の二度。寛文八年(一六六八)までは二月二日、八月二日が普通。同九年から三月五日、九月五日。以下では「三月五日」と記され、当世の風習を背景に記述。
二〇 職につかないでいること。武士以外にもいう。なお、これまで素性不明だった女が、ここで妾奉公などを仕事とする女であることが判明。

秋の[一九]出替《でかは》りに、置《をく》べきよしにて参《まい》りけれ共《ども》、何とやらおそろしく思はれ、欲捨《よくすて》て[二〇]牢人《らうにん》して、そなた様に、ふしぎの縁《えん》を結《むす》びぬ。命を[二一]進《まいら》すべし、と云《いふ》一言《ごん》はたがへじ。今に、[二二]人置《ひとをき》われをしのべば、[二三]行先《ゆくさき》の[二四]三月五日より、そこへ奉公《ほうこう》に出《いで》、みづから[二五]手引《てびき》をして、心任《こころまか》せにうたせ申《まうす》べし。只今《たゞいま》は、名《な》を[二六]夢楽《むらく》と申」よし、[二七]段々《だんだん》語《かた》れば、虎《とら》之助、涙《なみだ》をこぼし、「いまだなじみもなきうちに、[二八]身《み》に替《かへ》ての心ざし、[二九]二世迄《まで》も忘《わす》れおかじ」と、なを〳〵情《なさけ》を掛《かけ》あひける。

それより、あに竜《りやう》之助、両人の家来《けらい》にも、様子《やうす》を語《かた》り聞《きか》せ、[三〇]商《あきなひ》の見せかけもそこ〳〵にして、其時《そのとき》を待《まち》けるに、程《ほど》なく、春《はる》の出替《でかは》り比《ごろ》になりて、人置《ひとをき》の許《もと》へ行《ゆき》て、「日外《いつぞや》のかたへ、銀《かね》さへよくば、[三一]宿《やど》をりをせず、[三二]はしたばかりを遣《つか》はし、御奉公《ごほうこう》に参らふ」といへば、人置《をき》よろこび、夢楽《むらく》の御方へ申《まうし》て、[三三]一年切《ねんきり》に、其《その》身とつか[三四]ひ女と二人を、[三五]仕着《しきせ》の外《ほか》、[三六]銀百五拾目に極《きは》め、[三七]表向《をもてむき》の女郎分《ぢよらうぶん》に出《いで》しに、思ひの外なる事になりて、夢楽《むらく》[三八]御内証《ごないしやう》に引《ひき》こまれて、[三九]心にもあらぬ枕物語《まくらものがたり》、是非《ぜひ》もなき事ながら、是皆《これみな》、虎《とら》之助様《さま》と申《まうし》かはせし為《ため》なれば、迚《とて》も[四〇]身は捨《すて》物にして、御機嫌《ごきげん》に入《いり》ける。此《この》事、すこしもつゝまず、有《あり》のまゝに、ちいさく文《ふみ》したゝめて、下女《げぢよ》によく〳〵申《まうし》ふくめ、[四一]嶋田《しまだ》わげの[四二]髪《かみ》の中《なか》へ、彼文《かののふみ》を入《いれ》て、袋《ふくろ》に[四三]扶持《ふち》かた米《ごめ》の[四四]はね入《いれ》させ、御門《ごもん》を出《いだ》しけるに、[四五]子細《しさい》の有屋形《あるやかた》なれば、[四六]身を

二一（あなたに）命をさしあげます、といった言葉。後の展開への伏線。「あきみち」の女主人公の場合より積極的な女として描写される。
二二 奉公人をあっせんする口入屋。
二三 忍べば。執着しているので。
二四 今度の奉公人の「出替り」の日三月五日。
二五 自分が手だてを考えて導いて。「あきみち」では秋道が妻に金山の妾となり手引きすることを頼むが、本章の女はより主体的に形象される。
二六 夢のようにはかない楽しみの意の擬人名で、敵として討たれることを示唆する名か。
二七 一々の次第。以前の事情や今後の手だて。
二八 命を捨てて自分につくしてくれる気持。
二九 諺「夫婦は二世」をきかす。来世でも夫婦となってこの恩を忘れない。
三〇（敵の目をさけるため）見せかけにやっている商売もいい加減にして。
三一 宿さがり。奉公人が主人から暇をもらって実家などへ帰ること。 三二 はした女。下女。
三三 一年契約の奉公。一季居り。
三四 自分がめし使う小間使いの下女。
三五 季節に応じて主人が奉公人に支給する衣服。
三六 普通の女奉公人の二―三倍の給金。
三七「奥向」に対す。客の接待や取次ぎ係の女中として。中居などを言う。
三八「内証」は人に見せぬ所で、「奥」に同じ。（表向の勤めのはずが）奥の寝間に引き入れられて。
三九 うわべだけの寝物語。致し方なく共寝して。
四〇 我が身は捨てた物として。当時もっとも一般的な髪型。 四一 島田髷。自分を犠牲にして。
四二 髪の中に秘密の手紙を入れて運んだ話が、源平盛衰記・十一「有王俊寛問答の事」にある。有王は硫黄島へ渡る者を「怪め、文などや持ちたると求め捜る」と聞き、「（俊寛の娘の）御文を

ふるはせ、万事《ばんじ》を改《あらた》めて出《いだ》しけるに、髪《かみ》は思ひもよらず、たび〳〵虎《とら》之助と、状取《じやうとり》かはしける。

[一]首尾《しゆび》心がけぬるに、女の身は是非《ぜひ》[二]もなく、つゐに懐胎《くはいたい》して、物思ふうちに、月かさなりて、男子《なん(し)》を安産《あんざん》しけるに、うき中にも、子といふもの不便《ふびん》にて、此《(この)》女捨《すて》がたくなりて、「けふよりは、それがしが奥《をく》さまなり」と、あまたの女《をんな》に[三]言葉《(こ)とば》をなをさせ、[四]さりとてはく〳〵、御恩忘《(ご)をんわす》れがたき御仕《(おんし)》かたなれば、心も乱《みだ》れかゝりて、「虎《とら》之助事を夢楽《むらく》にかたり、[五]反《かへ》り討《うち》にさせん」と、女心のはかなき時、「扨《さて》も口惜《くちをし》や、一《(ひと)》たび虎《とら》之助《すけ》どのと申《(まうし)》かはし、今また、[六]栄花《ゑいぐは》に思ひ替《かゆ》事なかれ」と、心底《しんてい》をかためける。

折ふし、花《はな》の盛《さかり》になりて、「毎年《まいねん》三月十七日には、父親《てゝをや》の命日《めいにち》にして、[七]光明院《くはうみやうゐん》といふ山寺へ参詣《さんけい》するなり。され共《(ども)》、人を忍ぶ事あれば、長持《ながもち》に入《いり》、仏事道《ぶつじだう》具《ぐ》[八]見せて、参《まい》る事なり。[九]そなたより乗物《のりもの》にてまいられ、此程《(この)ほど》の気《き》づまりを晴《はら》し給へ」とあれば、「是《(これ)》、天《てん》のあたへ」とよろこび、此《(この)》事書《かき》したゝめ、宵《よひ》に虎《とら》之助方へ申《(まうし)》つかはしければ、是を待《(まち)》[一〇]えたる嬉《うれ》しさ。

明《あく》れば十七日に、[一一]以上四人、身拵《みごしらへ》して、其寺《(その)てら》の道筋《みちすじ》に待《まち》ければ、約束《やくそく》にたがはず、塗長持《ぬりながもち》、うへにかんてん・干大根《ほしだいこん》など置《(をき)》て、荷《にな》ひ来《きた》る、[一二]跡先《あとさき》より切立《きりたて》、

ば本結の中に結び籠て」運んだ、その転化か。
四三 扶持として支給される米。女は一日玄米三合。 四四 取りのけておいた分。
四五 事情のある屋敷。
四六 身体検査をして。帯を解き衣服を振らせて。

一 敵討の手引きをする機会をねらううちに。
二 どうにもならず。手引きするために夫の敵の妾となった女が懐妊して子を生み悩む話は「あきみち」による(ただし大倭二十四孝の「山口秋道」では敵の子を生んでいない)が、女の心の揺れは、本章の方でより強調されている。
三 奥様に対するような言葉づかいをさせ。
四 さてさて、の強調表現。本当に。
五 返り討ち。敵のために逆に討たれること。
六 大事にされて考えを変える。
七 未詳。鶴岡市七日町に遍照山光明寺があるが、山寺ではない。華厳山光明院極楽寺(前田金五郎)、最上の光明寺(富士昭雄)、の説もある。
八 に見せかけて。「に」脱か。
九 そちら(出崎の下屋敷)から、の意か。あるいは、「そなたは」の誤りか。
一〇 「優曇花の花待ち得たる心地して」(源氏物語・若紫、謡曲・実盛など)をきかした表現。
一一 竜之助・虎之助と角右衛門・文吉の四人。
一二 前後から。
一三 致し方なく首を打って(その首を取り)、身体だけが入っている長持を、の意。
一四 かつがせて。
一五 最初からの一々の事情。
一六 諺「腹は借り物」(母親の腹は一時のかり物で父親の血筋が大事の意)を女の立場から言う。
一七 自害して死んだ。「あきみち」では、妻は髪を剃り出家。本章の転化のし方により、女はよ

三人の中間《ちうげん》、残《のこ》らず打《(うつ)》て捨《すて》、扨《さて》、長持《ながもち》の棒《ぼう》を貫《ぬき》、「武運《ぶうん》のつきの久四郎、求馬《もとめ》が兄弟《きやうだい》の悴子《せがれ》、竜《りやう》之助・虎《とら》之介なるぞ。此《(この)》まゝ打《うつ》も、あまりむごし。せめて立《たち》いで、太刀《(たち)》うちせよ」と、蓋《ふた》をあくれど足《あし》たゝず。時《じ》刻《こく》移《うつ》れば、[一三]是非《ぜひ》なく首《くび》をうち、からだ計《ばかり》、長持《ながもち》を、両人家来《けらい》、其《(その)》寺に荷《にな》ひ行《ゆけ》ば、住持《ぢうぢ》立出《たちいで》、「それは是《(これ)》へ」と、法師《ほうし》あまたに[一四]かゝせ、「去年《こぞ》のけふは、雨《あめ》にてさん〴〵、けふの日和《ひより》の仕合《しあはせ》」と、物語《ものがたり》しながら蓋《ふた》をあけて、「是は」と驚《をどろ》きさはぐ所へ、彼《かの》女来て、なげく事《こと》をなげかず、[一五]はじめの段《だん》ゝをかたり、「此《(この)》子も、我《(わが)》[一六]はらはかし物」と、其《(その)》まゝさしころし、其《(その)》手にて[一七]じがいして、目前《もくぜん》の落花《らくくは》とはなりぬ。此女[一八]しかた、おしまぬ人はなかりき。

竜《りやう》之助は、生国《しやうごく》に帰り、父求馬《ちゝもとめ》の恥《はぢ》をすゝぎぬ。弟《をとゝ》の虎《とら》之助は、彼《(かの)》女の事を思ひやりて、[一九]叡山《えいざん》にのぼり出家《しゆつけ》して、其跡《そのあと》を吊《とぶら》ひけるとなり。

第二　惜《をし》や前髪《まへがみ》箱根《はこね》山颪《やまおろし》

[二〇]茂《しげ》き小笹《をざゝ》をわけて、[二一]衆道《しゆだう》の道《みち》に入初《いりそむ》るは、出羽《では》の国《くに》の[二二]恋《こひ》の山《やま》ばかりにはあらず。近道《ちかみち》に、筥根《はこね》を越《こへ》て、むかし[二三]小田原《をだはら》の城下《じやうか》に、[二四]水際《みづき》岸《きし》右衛門といへる[二五]弓《ゆみ》

り主体的な人物像となり、悽絶な結末として印象を強めている。「目前の落花」は、目の前で花のような姿をいさぎよく散らす女の様子をたとえて効果的。

一八 「此女のしかた」の「の」脱か。「しかた」は、直接には自害をさすが、それ以前の虎之助のための行為全体を含めた評ともなっている。

一九 比叡山延暦寺。「あきみち」では、秋道が発心して高野山で出家することになる。

▽敵の内情を探るために女が敵の家に奉公し、敵と契りを結ぶものの弟たちを手引きして敵を討つ話に、寛永十六年(一六三九)七月十五日の曾我九之助京都四条河原町の敵討(後藤捷一紹介)があり、前田金五郎は、これを本章の原拠かと推定。ただし、これは、後年の資料による紹介で、創作の加わっている可能性もなしとせず、人物関係も本章と異なる。本章後半部にもモデルがあった可能性は否定できないが、脚注に指摘したように「あきみち」を利用しつつ女主人公を当世好みの人物像に転化し、妊娠後の心の揺れ、悽絶でいさぎよい自害等を印象深く創作する部分に西鶴の手腕が発揮されており、それゆえに、本章は興味深い作品となっているのである。

二〇 以下、「恋の山しげき小笹の露わけて入り初むるよりぬるる袖かな」(新勅撰集・恋一)をきかせた表現。

二一 男色の世界。男女の恋の歌を男色に転換しつつ、言葉のみは流用。

二二 出羽の国の歌枕。→七四頁注八。三の一の話を読者に想起させるべく、「出羽の国の恋の山ばかりにはあらず」と言ったものであろう。

二三 神奈川県小田原市。→二〇九頁注二三。

二四 水ぎわの岸の意の擬人名。岸之助も同じ。

二五 弓を武器とする歩兵(足軽)隊の長。

大将《(だいしやう)》の一子《し》、岸之助《きしのすけ》、自然《しぜん》と美形《びけい》に、俤《をもかげ》そなはり、見し人、是《(これ)》を焦《こが》れ、[一]余所《よそ》目《め》の関守《せきもり》なくば、[二]思ひの峠《たうげ》にのぼりつめ、水海《みづうみ》の底《そこ》にも沈《しづ》むかし。

おなじ家中《かちう》に、[三]出頭若《しゆつたうわか》ざかりの男《をとこ》、松枝《まつえ》清《せい》五郎、いつの程《ほど》にか、[四]色《いろ》ある兄弟《きやうだい》分《ぶん》の契約《けいやく》、不断《ふだん》[五]妹背《いもせ》のごとく、姿《すがた》を[六]二子山《ふたご(やま)》にならべ、愚《をろか》に、[七]命〻鳥《めい〱てう》のやどり木に、夜《よ》を籠《こめ》、昼《ひる》もうつゝのごとく、[八]情《なさけ》の夢《ゆめ》をわきまへず、寝《ね》にもあらず、目《め》の覚《さむ》るにも、わりなき誓《ちかひ》の詞《ことば》、[九]耳《み》ゝなき括《く》ゝり枕《まくら》も、後《のち》には笑《わら》ふなるべし。

岸之《きしの》助、今年《ことし》は、はや十七才《さい》の春秋《はるあき》、月花《つきはな》と詠《なが》めくらし、[一〇]光陰《くはうゐん》の名残《なごり》、おのづからにおしまれしも、ことはりぞかし。岸《きし》右衛門は、次第《しだい》に衰老《すいらう》の身となり、勤《つと》め、去年《こぞ》よりは苦労《くらう》になり、行年《ゆくとし》の程《ほど》、一日もはやく岸《きし》之助を[一一]男躰《をとこなり》させ、其《(その)》身は[一二]朝夕《てうせき》のね覚《ざめ》、心易《やす》きねがひより外はなかりき。

有時《あるとき》、岸之《きしの》助を呼《よび》て、「[一三]元服《げんぶく》する支度《したく》すべし。御前《ごぜん》へは、はや[一四]御機嫌《(ご)きげん》をもつて申上《(まうしあげ)》たり」と、いひ付《つけ》られしに、此《(この)》事、清《せい》五郎に語《かた》れば、「[一五]念《ねん》もない事。[一六]よしの川ながるゝ水に、行年《ゆくとし》のかへらぬ花《はな》をや」と、合点《がつてん》せざるに、[一七]年《とし》の半《なかば》もたつを、岸《きし》右衛門、もつての[一八]外無興《ほかぶけう》して、散〻《さん〲》しかられし迷惑《めいわく》、「浮世《うきよ》のならひとして、我《わが》身ながら、我《わが》まゝにならず。[一九]此内証《ないしやう》を、いまだしろしめされざる、[二〇]親仁《をやじ》のむかしを尋《たづ》ねたし」、[二一]家《いへ》の[二二]長卿《をとな》たる者に、竊《ひそか》に是《(これ)》をかたり、親父《をやじ》にまた、

一 人目がなければ。箱根の関から関守を出す。
二 恋いこがれて身を捨ててもいいと思うことのたとえ。「思ひの峠」は箱根山を、「水海」は芦の湖を暗示する。
三 主君の寵を受けて出世し威勢をふるうこと。
四 男色で念者と若衆の関係になる約束。
五 夫婦の間柄のように。
六 二つならべて、の意を、箱根町の東北にある上二子、下二子の二峰にたとえていう。
七 からだが一つでありながら頭と嘴が二つあるという想像上の鳥。その鳥のように一晩中愛し合い。「鳥」「夜を籠」の行文には「夜をこめて鳥のそらねははかるとも世にあふ坂の関はゆるさじ」(後拾遺集・雑二・清少納言)をきかす。
八 情愛が夢のようにはかないことをわきまえず。
九 横長の房付き枕。
一〇 月日のなごり。美しい若衆姿でいる時間がわずかとなること。
一一 一人前の武士の姿。前髪を落とし元服する姿。
一二 家督をゆずり隠居して安楽に暮す願い。
一三 男子の成人式で、前髪を落とし月代を剃る。十五、六歳で行うことが多い。
一四 御機嫌の良い折を見はからって。
一五 思いもよらないこと。とんでもないこと。
一六 吉野川の流れる水に花が流されて行くように、元服しては、花のように美しい姿がとりかえしのつかぬものとなってしまう、の意。「吉野川流れてすぐる年波に立居の影も暮れにけるかな」(新後拾遺集・冬)をふまえるか。
一七 半年が過ぎてしまうのを。
一八 怒って。機嫌をそこねて。
一九 この隠された事情。清五郎との男色関係。

伝《つた》へさせければ、そこにて漸〻《やう〳〵》合点《がってん》ゆかれ、「しからば、[二三]相役《あひやく》の鳶尾《とびを》与七右衛門に様子《やうす》をかたり、此趣《(この)をもむ》き、清《せい》五郎へよろしく頼《たの》む」[二四]よし、「心得《え》たり」と、それより[二五]当番《たうばん》の書院《ゐん》にあがりし所に、清五郎も、[二六]宿番《とまりばん》のよしにて、御広間《(おん)ひろま》にて行合《(ゆき)あひ》しより、「態〻《わざ〳〵》参りて申さんと、存ずる折から、よくこそ御目《(お)め》にかゝれ。別義《べちぎ》にあらず、岸之《きし》助親《をや》、岸《きし》右衛門、年《とし》まかり寄《より》たるに付《つき》、勤《つと》め、形《かた》のごとく成《なり》がたく、それにつき、岸之《きし》助に、一日もはやく元服《げんぷく》させたきねがひ、これは、[二七]立身奉公《りっしんほうこう》の事なれば、[二八]了簡《れうけん》あって、赦《ゆる》し給はれと、拙者《せっしゃ》に、其方《(そのはう)》へ伝へ給はれとの事」。

清五郎、合点せず。与七右衛門打笑《(うち)わら》ひ、「勿論《もちろん》、若《わか》き時のならひ、某《(それがし)》なども、おぼえなきにあらず。[二九]可惜《あったら》、[三〇]前振《まへぶり》をおしきは、常《つね》の人ごゝろ。され共《(ども)》、外《ほか》の事と[三一]各別《かくべつ》の義《ぎ》、[三二]御耳にも達《たつ》したる上の様子もあり。[三三]身が頼《たの》まれしかひには、清五郎殿、聞《(きか)》せられて給はれ。六十にあまりたる者《もの》が、[三四]八幡頼《まんたの》みまする。幸《(さいはひ)》、今《(け》日《ふ)》は日がらよし。今晩《こんばん》、元服致《げんぷくいた》させる」と、云捨《(いひすて)》て立《(たち)》けるを、清五郎、「いや是《(これ)》、与七右殿、拙者《(せっ)しゃ》は合点《がってん》いたさぬ」といへ共《(ども)》、聞《きか》ぬ顔《かほ》して、「御番《(ご)ばん》、[三五]御油断《(ご)ゆだん》なく御つとめ、[三六]申《(まうし)》たる事は、其通《(その)とを》りに仕《(つかまつ)》る。さらば〳〵」といひながら帰り、直《すぐ》に岸《きし》右衛門所に立寄《たちより》、「只今《たゞいま》、[三七]昼番勤《ひるばんつとめ》て帰ります。扨《さて》、元服《げんぷく》の事は、拙者《せっしゃ》、

二〇 親父が昔どうだったかを聞きたい。親父とて若い頃はこんな経験があったはず、の意。
二一 心中思惟が途中から地の文に変わる文体。
二二 長老。年長者。「長 オトナ」(黒本本)に尊敬の接尾辞「卿」をそえたもの。
二三 同僚。
二四 というと、与七右衛門は。会話文が途中より地の文に変わり、スピーディに話を展開。
二五 その役割となっていること。当直。
二六 宿直。
二七 家督を相続してその役を勤めること。
二八 がまんして許すこと。
二九 「あたら」の口語表現。「可惜」は、意によってあてた字。
三〇 前髪の様子。前髪に若衆の色気を感ずることよりいう。
三一 普通の場合とは違って。
三二 主君に話し許可をえているという事情もある、の意。
三三 私。一人称。
三四 本当に。どうか。
三五 御油断なく勤務(なさい。私が)言ったことは、の( )内の意を省略。
三六 岸之助の元服のこと。
三七 昼間の勤務。

是非《ぜひ》と申《(まうし)》て参りたる上は、別義《べちぎ》[一]なし。御望《(お)のぞみ》のごとく、御前首尾《(ご)ぜんしゆび》よかるべき瑞《ずい》相《(さう)》、則《(すなはち)》、今日《こんにち》、元服日《げんぶく(び)》。最早《(も)はや》、清五郎殿には、今宵宿番《こよひとまりばん》なれば、帰らるまじ。目出度《めで》初冠《たくうゐかぶり》[二]あそばせ」と、何《なに》の子細《しさい》なくいひて、戻《もど》られける跡《あと》にて、風《かぜ》[三]は剃刀《かみそり》の利《するど》く、柳髪《(やなぎ)がみ》[四]をや吹落《ふき(おと)》すらん。

明《(あく)》れば、清《せい》五郎、番《ばん》[五]よりおりて帰《かへ》る道にて、増川《かは》槙右衛門《(まきゑもん)》・星《ほし》村九郎八にあひ、「先《まづ》もつて此比《(この)ごろ》は、御目にかゝらず。かはりたる咄《はなし》は、とかく緩《ゆる》りと承は

一 これといったことはない。心配はない。
二 元服、の雅語。
三 剃刀が鋭く髪を剃り落とす、の意を、風が激しく柳の枝を吹き落とす様にたとえた美文的な表現。修辞の多用は感情を盛りあげる時の常套。
四 長く美しい髪を柳にたとえていう。
五 宿直の勤務がおわって。

六 落ちのある小話。軽口話。当時大坂には米沢彦八が登場し、軽口咄の名手として知られる。その咄は軽口御前男などに見える。
七 女色と男色の恋の噂。
八 今更くどくど言うまでもないが。
九 御主人。清五郎をさす。
一〇 他の国ではどうか分からないが、(この国にはない)。御亭主ほどの仕合せも、岸之助以上の器量も、この国にはない、の両意。「他国はしらず」以下文章がねじれている。
一一 水流をせきとめる柵。時の経過を水の流れにたとえ、それをせきとめるものもなく、の意。
一二 年をとると。
一三 見るかいがなくなる。美しさが衰える。
一四 聞いて嬉しくなり。
一五 いつまでも若衆姿(前髪姿)のままで居させたいと思い込んでいるのに。

るべし。御両人ながら、御入《(おいり)》あそばせ」と、伴《ともな》ひて入《(いり)》、一つふたつ、大坂より参りたる落《をと》[六]しばなし、次に、[七]二道《(ふたみち)》の色噂《いろうはさ》になりて、「[八]いふはくどけれ共《(ども)》、御亭《(ご)てい》[九]主《しゅ》の御仕合《(お)しあはせ》に及《をよ》ぶ者《もの》は、[一〇]他国はしらず、岸之助殿《どの》の器量《きりやう》にまして、また有《(ある)》べし共《(とも)》覚《おぼ》えず。され共《(ども)》、年《とし》月の流《なが》るゝには[一一]柵《しがらみ》もなく、人は、ひとつも[一二]闌《たけ》ては、[一三]詠《なが》めのうすくなる物ながら、いつ迄《(まで)》も置《をき》たきは前髪《まへがみ》」といへば、清五郎、此詞《(この)ことば》、[一四]耳《みゝ》に嬉《うれ》しくとまり、「これは、よい所を仰《(おほせ)》らるゝ。拙者《せつしや》も、[一五]それ一つを思ひ入《(いれ)》にてゐる所に、気《き》のみじかき親仁《をやじ》にて、此比《このごろ》は、是非《ぜひ》元服させたきよし、某《それがし》、聞入《きゝ(いれ)》ざるとて、相役《あひやく》与七右衛門を頼《たの》み、昨日《きのふ》も、お城《しろ》にて伝言《(でん)ごん》なれ共《(ども)》、[一六]一円合《(いち)えんがつ》点《てん》いたさぬなりと、いひ切《きり》たり」と云《(いふ)》所へ、岸《きし》之助、「御見舞《(お)みまひ》」と来《きた》りけるに、[一七]宿を出《いで》さまに時雨《しぐれ》のしたれば、[一八]雨羽《あまば》織着《をりき》ながら、頭巾《(づきん)》ふかく被《かぶ》り、「何《いづ》れも御《(お》出《(いで)》」と時宜《(じ)ぎ》[一九]はして、頭巾《づきん》はとらず座につくを、清五郎、是《(これ)》をとがめて、「若《わか》き者の、今から頭《あたま》さむがるさへあるに、いかに[二〇]御両所ながら御心やすきとて、無礼なる仕《し》かた」と白眼《にらめ》ば、くつ〳〵笑《わら》ひしに、槙《まき》右衛門、気《き》を付《(つけ)》て、「今のはなしの様子《やうす》にてはなきか」といふに、清五郎《せい(ごらう)》、「心もとなし」と、無理《むり》に頭巾《づきん》をとれば、「[二一]南無《なむ》三宝《さんぼう》、[二二]桜に大風、花なき[二三]枯木《かれき》男《をとこ》となる姿、是程《これほど》にかはる物《もの》か」といへば、両人、「いや〳〵、[二四]世間のさかりより、吉野《よしの》の春《はる》の暮《くれ》にまよふべし」

一六　全く。決して。
一七　自分の家。
一八　木綿製の雨合羽。「江戸にて、もめんがつぱと云ふ。中国四国ともに、あまばをりといふ」(物類称呼)。
一九　挨拶。
二〇　御二人とも。敬称。槙右衛門・九郎八をさす。
二一　しまった。
二二　桜に激しい風が吹き、花のない木となるように、美しさが急に失われたことをたとえる。
二三　普通、老いて生気を失った男を言うが、ここは、前髪を剃った岸之助の姿を、花のない枯木に見立てて言う。
二四　世間がもてはやす(吉野の花の)盛りより、花の散った吉野山の春の終りの風情に心をひかれる、が表の意で、岸之助の前髪姿より、前髪を剃って一人前の武士の姿になった岸之助の方が立派に見えて心をひかれる、が裏の意。

挿絵解説　岸之助元服の場面。本文で「風は剃刀の利く、柳髪をや吹落すらん」と美文調で描かれる部分の挿絵化。丸鏡の前にすわり髪を剃られてる岸之助は、左手に持った箱の蓋のようなものに髪を集めている。剃刀を持ち岸之助の髪を剃っているのは、同家の若党か。左側にすわる二人の武士のうち、前の年長の人物が父岸右衛門、本文に記述はないが、後ろの人物は立会い人か。左下三人の女性のうち、綿帽子をかぶる女性が岸之助の母、そのわきの若い女性が岸之助の姉か妹(本文に記述なし)、その後ろにすわる女は中居女といったところであろう。岸之助の前には、はさみ・櫛などの箱、右には剃刀箱と水をはった盥、縁先には手洗鉢とひしゃくが描かれ、庭には松があしらわれている。

と、座興[一]いへ共《(ども)》、清五郎、無機嫌《ぶきげん》になりて、挨拶《あひさつ》[二]そこ〳〵にしらけたるに、「首尾《しゆび》[三]あしゝ」と、二人は帰りぬ。

跡《あと》にて、岸《きし》之助、懐《ふところ》より、前髪《(まへ)がみ》[四]ふくさ物《もの》につゝみて出《(いだ)》して、「其方《そのはう》[五]へわたします」といふを、取《(とつ)》てなげ付《(つけ)》、「其方《(そのはう)》は、たれにゆるされて元服《ぶく》したる」と、気色《けしき》[六]かはりたるにおどろき、「はて、きのふ与七右殿《どの》に、「苦《くる》しからぬ程《ほど》に、元《げん》[七]服《ぶく》せよ」との、こなたと申《(まうし)》かはし来《きた》られし」といふを、「無心底者[八]」と、引《ひき》よせてさし殺《ころ》し、それより、与七右衛門所に行《ゆけ》ば、折《をり》ふし宿《やど》に居合《ゐあは》せしに、「拙《せつ》者《しや》、しかとも合点《がてん》いたさぬを、元服《げんぶく》させ給ひ、世間《けん》[九]、我ら一分《(いちぶん)》立申さず」と、抜打《ぬきうち》[一〇]にするを、切《(きり)》むすび、与七右衛門、老足《らうそく》[一一]ふみさだめがたく、危《あやう》き所へ、岸《きし》右衛門、公用《こうよう》の事ありて来《き》かゝりしが、我子《わがこ》の、はや討《うた》れたるといふ事もしらず、此《(この)》ありさまをみて、まづ、相役《あひやく》のしたしきかたにひかれて、「与七右、助《(すけ)》太刀《だ(ち)》いたす」と、詞《ことば》をかけて、清五郎に切《きつ》てかゝる。され共《(ども)》、力[一二]かひなき老武《らうむ》者《しや》の打太刀《うつたち》、強《つよ》[一三]ひ若《わか》ひ手《て》にたゝき[一四]つけられ、両人共に切倒《きりたを》し、とゞめをさして退所《のく》を、与七右衛門若党《わかたう》、亀《かめ》右衛門、「遁《の》がさじ」と切太刀《きるたち》、清五郎《せい(ごらう)》、大袈裟《(おほ)げさ》[一五]に、別《わか》[一六]れてふしぬ。下ゝ《(したじた)》ながら、即座《そくざ》に、主《しう》の敵《かたき》のみか、三人[一七]の敵まで打《うち》とめける。

一 その場かぎりの冗談。冗談を言ってその場を取りなそうとしたが。
二 応対もいい加減で興覚めしてしまったので。
三 具合が悪い。
四 袱紗物。絹や縮緬で作った小形の風呂敷。包んだり上にかけたりして用いる。
五 あなた。普通は、対等または目下の者に対する対称人代名詞。若衆が念者に言う言葉づかいらしくない。元服後故に対等のつもりで使用したものか。
六 顔色・様子が変わったので。
七 いささか乱れた文章。元服せよと、あなたと話をまとめて(与七右殿が)来られた、の意。
八 薄情者。愛から憎へと激変する清五郎の心情と行為は、すでに岸之助側の事情を十分に知らされている読者にとって、余りに我儘勝手なものと受けとられよう。この前後では、時に激情を発して奇矯な行為に走る自分勝手な武家の一面が、男色話を介して印象深く描かれている。
九 世間に対して。「一分」が立たぬ、かくて切合いというパターンも伝来記の常套の一。
一〇 刀を抜くと同時に切付けること。
一一 老人の足ゆえに足もとも定まらず。
一二 謡曲・実盛の末尾「老武者の悲しさは、軍には為疲れたり、風にちゞめる枯木の力も折れて」のイメージを導入しているか。
一三 「強い若い」の誤記が慣用化した表記。
一四 文の途中から主語が変わる文体。注目すべき登場人物の行為に視点を当てるために主語が転換されることがあり、時に印象を強める上で効果を発揮することがある。
一五 肩から脇に切り下げる切り方。けさがけ。
一六 身体を断ち切られて倒れた。
一七 主人与七右衛門、及び岸右衛門・岸之助。

第三　幡州《ばんしう》の浦浪皆帰《うらなみみなかへ》り打《うち》

人は[一八]地道《ちだう》なることそよけれ。毎年《まいねん》、[一九]信濃《しなの》の国桐原《くにきりはら》のさとより、売馬引《うりむまひか》せて、弥《や》太夫《(だいふ)》といふ[二〇]馬口労《(ば)くらう》、[二一]播州立野《ばんしう(たちの)》に立超《(たち)こへ》ける。[二二]昔《むかし》は、武士《ぶし》の名馬《めいば》を持《もつ》事、第一にたしなみぬ。此《(この)》たびの若馬は、[二三]鶬毛《ひばりげ》のふとくたくましく、天晴名《あつばれな》も高《たか》く、竜山《りう(ざん)》と申《まうし》て、自慢《じまん》する甲斐《かひ》こそあれ。

[二四]其比《(そのころ)》、小湊井右衛門《こみなとゐ》とて、家中《かちう》一番《ばん》の馬好《(うま)ずき》、まづ、此屋形《やかた》に行《ゆき》て見せけるに、其勢《(その)いきほひ》、[二五]耳《みゝ》に替《かへ》てもほしき心底《しんてい》あらはれしに、弥太夫《や(だいふ)》、[二六]「仕合《(しあはせ)》、爰《(ここ)》」と、思ひの外《ほか》に[二七]高《たか》ばり、「[二八]金《きん》三枚」と申出《(まうし)いだ》すを、拾弐両より十五両迄望《(まで)のぞみ》しに、大かた[二九]談《だん》合《かう》しまりて、「代金は、明朝相《(あひ)》わたす」にして、厩《むまや》につながせ、弥太夫《や(だいふ)》は宿《やど》に帰る時、道《みち》にて、[三〇]出来出頭《でき(しゆつたう)》の樗木工弥《あふちもくや》に逢《あひ》、「其方《(そのはう)》が最前《さい》に引《ひけ》る馬、代金にかまはず、此方《(この)はう》へ取《(とる)》べし」と云《いふ》に、欲心萌《きざ》し、「其御心底《(ご)しんてい》ならば、只今引《いまひい》て参るべし」。

また、井《ゐ》右衛門方《かた》へ行《(ゆけ)》ば、折ふし、公用ありて留主《るす》なり。「少《すこ》しのうち借《かり》たき」よし、若党合点《わかたうがつてん》せず。「旦那《だんな》の御前《(お)まへ》は、我《われ》らに任《まか》せ給へ。いまだ金取《きんとり》たる

▽岸之助の元服を認めようとせぬ清五郎の立場は、「世間、我ら一分立申さず」と弁明されるが、やや異常な執着、我儘勝手な言い分や行為が悲劇を生むという構図には、作者の武家の一面に対する諷刺を見ることもできる。本章の敵討は付加的であり、興味の中心は、若衆が元服期を迎えた時点での念者と若衆の関係に焦点を当てて悲劇的な事件を展開するところにある。

一八 馬を並み足で進ませるの意から、手がたく着実な生き方をいう。馬をめぐる争いを発端とする本章にふさわしく馬術用語を生かす。

一九 長野県松本市桐原。馬の産地として知られる。

二〇 博労。馬商人。「博労 バクロウ…〈或作二馬工郎一、或作二馬口労一〉」(書言字考)。

二一 兵庫県竜野市。近世は「立野」と書くのが普通で、「タチノ」と読む。

二二 慶長以前と時代を設定。ただし内実は当世。

二三 雲雀毛。馬の毛色の一。黄と白のまだらで、立髪と尾と背の中央部が黒いもの。「鶬毛 ヒバリゲ」(諸節用集)。

二四 前出「昔は…」をうけ、表面上は「昔」をさす。

二五 自分の耳を切取ってひき換えにしてでも。

二六 大もうけするのは、ここだ。

二七 高い値段をふっかけて。

二八 大判三枚。大判は額面十両だが、普通は贈答用で、実質は八両前後に換算された。

二九 相談がきまって。「カウ」は当時清音。本章では「家中一番の馬好」井右衛門が古武士風の侍として描かれ、「出来出頭」木工弥と対立するという構図となっているが、井右衛門は当然時世にうまくのれない武士で金まわりが悪いという前提となっている。

三〇 主君の恩寵をうけ、にわかに出世して威勢

にてもなし」と、無理《む(り)》に引出《ひきいだ》し、木工弥方《もくやかた》に行《ゆけ》ば、悦《よろこ》ぶ事限《かぎ》りなく、代金《(だい)きん》三枚に極《きは》め、則《すなはち》、「明朝《みやうてう》渡《わた》すべし」と、約束《やくそく》して帰りぬ。

木工弥《もくや》、其《(その)》夕《ゆふべ》梅《むめ》[一]の馬場《ばゞ》にて、輪《わ》[二]乗《のり》までしたるを、見る者手《て》を打《うつ》て、「是程《(これほど)》の馬《むま》、今では家中《かちう》に、おそらくはならびあるまじ」と讃《ほめ》られて、猶自慢《なをじまん》して、私宅《したく》に帰《かへ》りける。

其《(その)》中に、富森《とみもり》久九郎といへる男、其足《(その)あし》より直《すぐ》に、井右衛門方に行《(ゆき)》、「扨《さて》も今朝《けさ》、御手前《(お)てまへ》の厩《むまや》にて見し鶴毛《ひばりげ》を、木工弥《もくや》、求《もとめ》しとて、秘蔵《ひ[三]さう》に乗《のり》たり。あれ程《ほど》の馬《むま》、何として買《かは》れぬぞ」と云《いふ》に、井《ゐ》右衛門おどろき、「我留主《わがるす》の内に引《(ひい)》て行《(ゆく)》さへ憎《にくき》に、分別有《ふんべつ(あり)》」と、急《いそ》ぎ弥太夫を呼《よび》にやり、「段ゝ《[四]だんぐ》、不届《(ふ)とゞき》なる仕かた。買共《かふ(とも)》買《かは》ず共、急度《きつと》引《ひい》て参《まい》れ」と、あらけなく[五]呵《しから》れ、迷惑《めいわく》ながら、又、木工弥方《もくやかた》へ行《ゆき》、「しばしのうち借《かり》たき」と云《いふ》。

子細《[六]しさい》を聞《きけ》ば、「始《はじめ》に、井右衛門殿契約《けいやく》、され共《(ども)》、手形《[七]てがた》も致《いた》さず。所詮《しよせん》、御留《(お)る》主《す》のうちに引《ひい》て参《まいつ》た御腹立《(ご)ふくりう》、此《(この)》上は、たとへ百両にても、売《うり》は致さねど、右《[八]みぎ》の云《いひ》わけに、ちよつとおめにかけて参らん間《(あひだ)》、[九]いかやう共《(とも)》、御恩《(ご)をん》に着申《き(まうす)》べし」と、達《[一〇]たつ》て云《いふ》に、「然《(しか)》らば、馬《むま》は此方《(このはう)》の馬なり」と、返ゝ念《かへすぐねん》を入《(いれ)》て借《かし》[一一]ぬ。

それより、井《ゐ》右衛門屋敷《やしき》へ引《ひけ》ば、先《まづ》、厩《むまや》につながせ、弥太夫《や(だいふ)》を呼出《よびいだ》し、金子《(きんす)》

をふるう侍。当世の風潮にのる能吏型の武士が多く、西鶴は非好意的である(四の三など)。本章の木工弥も金まわりのよい強引な人物として形象され、以下悪役風に描かれている。

一 未詳。馬場の名らしく作ったものか。
二 馬を輪の形にぐるぐると乗りまわすこと。
三 大切なものとして。「ヒサウ」「ヒサウニ」(日葡)。
四 これまでの次第。かさねがさね。
五 荒々しく。乱暴に。
六 (木工弥が)事情を聞けば、(博労の弥太夫が言うには)、の( )内省略。このような省略が人物関係を分かりにくくすることもあるが、話のテンポを早める上で効果を持つ場合もある。
七 売買契約の証文。
八 これまでの。文書などの用語。
九 どんなことをしてでも御恩を返します。弥太夫の調子の良い言い方だが、まだ支払っていない馬の代金をまける等のことを暗示して木工弥を納得させようとしていると見られる。これに納得する木工弥は、金まわりがいいにもかかわらず実は吝嗇といった人物像となる。
一〇 ぜひに。しきりに。
一一 「借」は当時「貸」に通用。

十五両相渡《あひわた》し、「請取手《うけとりて》形《がた》[一二]いたせ」といふに、「是《(これ)》は、近比迷惑《ちかごろめいわく》[一三]」といはせず、「せぬにおゐては、一寸も躙《にじ》[一四]らせぬが」と、刀《かたな》[一五]に反《そり》を打《うて》ば、「いかにも仕《つかまつ》るべし」とて、売手《うりて》形《がた》[一六]、慥《たしか》に書《かき》て、其足《(その)あし》より直《すぐ》に本国《ごく》へ走《はしり》[一七]ける。

井右衛門は、其夜《(その)よ》の明《あく》るを待兼《まちかね》、未《まだ》ほの〲より、鞍《くら》・鐙《あぶみ》をあらためて、美《び》ゝ敷《しく》粧《(よそほは)》せ、しれる方には云《(いふ)》に及ばず、乗《のり》ありきて見せけるを、驒他《はせた》仁《に》[一八]介、此《(この)》事を木工弥《もくや》に語《かた》り、「きのふ其方《そのはう》の乗《のら》れし馬《むま》をば、今朝《けさ》、井《ゐ》右衛門、我買《わがかふ》たる馬《むま》とて、自慢《じまん》たら〲にて通《とを》りたり」といふに、木工弥《(もくや)》、大きに無興《ぶけう》[一九]し、弥《や》太夫《(だいふ)》を呼《よび》にやれば、宿《やど》には、はや夜脱《よぬけ》[二〇]して居《をら》ず。

「既《すで》に我《われ》、梅《むめ》のばゞにて乗《のり》たるを、誰知《たれしら》ぬ者なし。然《しか》るを、井右衛門に取《(とら)》れたりと、評判《ひやうばん》に逢《あひ》ては、一分立《(いち)ぶんたゝ》[二一]ず」と、「驒他《はせた》仁介前《まへ》を乗通《のりとを》りたらば、定《さだめ》て小《こ》[二二]松馬場《まつばゞ》にてせむ[二三]べし」と、状《じやう》[二四]したゝめて、下人《げ(にん)》に持《もた》せやりて渡せば、井右衛門うなづき、「晩程《ばんほど》、此松原《(この)まつばら》[二五]へ竊《ひそか》に立合《たちあひ》、此方《はう》も僕《ぼく》一人もつれず、たがひに一騎《き》打《(うち)》」と、其宮《(その)みや》に立《(たち)》より、返事さら〱と書《かい》て、使《つかひ》もどして、宿《やど》に帰《かへ》り、支度《したく》して、両人立出《(たちいで)》、云《(いひ)》しごとくに、只《たゞ》一人づゝ、見事なる仕かたぞかし。

比《(ころ)》は極月《ごくげつ》[二六]の下旬《(げ)じゆん》、しかも其夜《(その)よ》に降雪《ふるゆき》、馬蹄《ばてい》[二七]三尺ふかく、袖打払《そでうち(はら)》[二八]ふ暇《いとま》なく、戦《たゝか》ひけれ共、「木工弥《もくや》、元《もと》より一流《(いち)りう》[二九]の兵法《ひやうほう》、たやすく討《うた》るまじ」と思ひしより、

一二　領収書。
一三　非常に。
一四　「躙」の宛字(→一五九頁注二〇)。身動きさせぬ。
一五　刀を抜く姿勢を示すと。
一六　売り渡し証文。
一七　出奔した。「走る」は逃げる、の意。
一八　告げ口をしに行く人物にふさわしく、「他人の所へ走(は)せた男」の意の擬人名か。
一九　腹を立てて。
二〇　夜逃げ。
二一　武士としての面目が立たない。「一分立ず」から果し合いという伝来記に多いパターンが本章でもくり返されるが、「一騎打」となることで変化がつけられる。
二二　未詳。適宜に作った名と思われるが、挿絵には松が描かれている。
二三　馬を乗りならすこと。
二四　果し合いの申込み状。
二五　小松馬場周辺の松原のつもりであろう。
二六　十二月。
二七　馬のひづめが三尺も埋まり。
二八　「駒とめて袖うちはらうかげもなし佐野のわたりの雪の夕暮」(新古今集・冬)をふまえた表現。
二九　一つの流派の剣術に練達すること。

井《ゐ》右衛門、請太刀《うけだち》二つ三つ討《うた》れながら、「無念《むねん》や」と、そこ[一]倒伏《たをれふし》て、四[二]五返《へん》、「南無《(なむ)》あみだ仏〳〵」と唱《とな》へ、「はやくよつて、とゞめをさせ」といへば、木《も》工弥《くや》、「扨《さて》は、今討《いまうち》し太刀《(たち)》、手応《てごたへ》せしと覚《をぼへ》しが、頭《あたま》に深《ふか》く切込《きりこみ》たるよ」と嬉《うれ》しく、近寄《ちかよる》に音《をと》なし。「扨《(さて)》こそ息絶《いきたへ》たり」と、留[三]刀《とゞめ》さしかゝる所を、寝《ね》ながら横《よこ》に払《はら》へば、二つに成《(なつ)》て倒《たを》れしを、首[四]尾《しゆび》よく仕舞《しまひ》、幸《さひはひ》、是《これ》より三町南《てうみなみ》に、徳山《とくやま》八平、隠居《ゐんきよ》して八入《(はち)にう》、此庵《(この)いほり》にたどり行《(ゆけ)》ば、折《をり》ふし「雪[五]中《せつちう》の夜梅《やばい》」と云題《いふだい》を置《をゐ》て、

一「そこに」の「に」脱か。
二 念仏をとなえて相手を油断させて切り殺す趣向は、三の三でも用いられている。ただし、ここでは最初からの作戦であることが異なり、それなりの変化がつけられている。
三 留めの一太刀、の意の用字。
四 その場をうまく処置して立退き。
五 漢詩を作る時の題。
六「古人燭ヲ秉(とり)テ夜遊ブ、良(まこと)ニ以(ゆえ)有ル也」(李白・春夜宴桃李園序)をきかした表現。
七 事情を細かに言うまでもなく。
八 守り本尊(持仏)や位牌をまつって日常礼拝する仏壇。

六 燭《しよく》を取《とり》て遊《あそ》ぶ所に、此有様《(この)ありさま》をみて、七 子細《しさい》二言《ごん》に及《をよ》ばず、先《まづ》、八 持仏檀《ぢぶつだん》の下《した》に隠《かく》し、九 秘蔵《ひそう》せし一〇 唐鶏《たうまる》を突殺《つきころ》し、自身《じしん》手にさげて、右《みぎ》の木工弥が死骸《しがい》の際《きは》より、此血《ち》を絞《しぼ》りこぼし、そこより北《きた》の藪《やぶ》の堀端《ほりばた》までつたはせ、帰《かへ》りに足跡《あしあと》を消《けし》て、様《さま》〳〵心を尽《つく》していたはる、一一 武士《ぶし》の意気地《いきぢ》ぞかし。

其翌日《そのよく(じつ)》、此《(この)》さた、一二 家中《かちう》一倍《ばい》になりけれ共《(ども)》、血《ち》の引《(ひき)》たる様子《やうす》、一三 西国海道《さいごくかいだう》に退《のき》たるとみえしより、木工弥《もくや》子息《しそく》孫七《まご》、同じく弟《をとゝ》宇助、一四 御暇《(お)いとま》を申上《(まうし)あげ》て出《(いで)》ける。

九 大事にしていた。「ヒソウ」(日葡)。
一〇 闘鶏用の鶏の一種。普通は、「唐丸」「軍鶏」の字をあてるが、それを合体して用いた用字。
一一 武士らしい意気に感じたはからい。古武士風の井右衛門は隠居した八入に好意を持たれ、「出来出頭」木工弥には同情しないという人物関係が自ずと前提になった評言である。
一二 藩中全体にばっと広まり。
一三 京都から大坂を経、瀬戸内海に沿って下関に至る当時の主要街道。
一四 主君に許可を願いでて暇をもらい、敵討に出立した。
▽以上は、当時の武士社会に多かった新旧武士の対立関係を背景として、名馬の購入争いを原因とした果し合いを行わせ、敵討の発端を興味深く描くが、旧型の武士に好意的なのは伝来記に常套的なパターンである。なお、本章は、ここで兄弟が敵討に出発するものの、ただちに別の人物を登場させ脇筋の悲劇を展開するところが異色の構成となっている。

挿絵解説　「梅の馬場にて輪乗」をする樗木工弥を描く挿絵。左図の馬場内、二人目の乗馬が「鵇毛」らしく描かれているので、それにのる口髭の侍が木工弥であろう。左上には、馬場を見物する侍二人とお供の中間二人がひかえている。「梅の馬場」とはいえ、描かれる立木は松のみである(本文中に「小松馬場」が出てくることによる絵師の不注意の誤りか)。馬場内には木工弥の他三人の武士が馬を乗り廻しているが、木工弥の馬を注視するごとくに描かれている。右下には見物の侍とお供の中間、馬を引く下男が描かれるが、この侍は、馬場へ馬乗りに来た所か。これまた、木工弥の馬に注目している。

[一]こゝに哀《あはれ》なるは、先年《せんねん》、木工弥窂人《もくやらう》のうち、江戸にて、娘《むすめ》を嫁置《とつがせをき》し、夫《をつと》は、[二]身上《しんしやう》軽《かろ》き奉公人《ほうかう》、牛俣弥二郎《うしまたやじらう》といへる男《をとこ》、しかも[三]禄《ろく》よりは、[四]内証貧《ないしやうまづ》しかりき。此《この》事を、孫《まご》七方《かた》よりいひやりしに、女とりわけて歎《なげ》き、「いかに女子《によし》に生《うま》れたり共《とも》、武《ぶ》は弟共《をとゝども》には負《まけ》まじ」と、弥二郎に[五]暇《いとま》を乞《こひ》し時、「それ程に思はれなば、我《わが》ためにも舅《しうと》、親《をや》と[六]同前《どうぜん》なれば、遁《のがる》べきに非《あら》ず。[七]しかじ、彼敵《かのかたき》の[八]有栖《ありか》、いづく共《とも》しれざるうちは、尋《たづぬ》るに、路銭《ろせん》たくはへずしては成《なり》がたし。其内《そのうち》[九]随分《ずいぶん》、其方《そのはう》も、外《ほか》なるいとなみしてなりとも、路金《ろきん》たまる分別《ふんべつ》、我《われ》も、勤《つと》めの隙《ひま》は、油断《ゆだん》なく心がくべし」と、終夜《よもすがら》野に出《いで》、里《さと》の境垣《さいがき》に[一〇]輪穴《わな》かけて、[一一]犬《いぬ》を釣《つり》て是《これ》を売《うり》、女房《にようばう》は人めを忍《しの》び、[一二]絞《しぼ》り煙草入《たばこいれ》を、縫賃纔《ぬひちんわづか》を顧《かへりみ》ず、心に[一三]此《この》思ひをふくみて、朝夕《てうせき》、胸《むね》に迫《せま》りて忘《わす》れず、半年《はんねん》は末《すへ》をたのみに、誰《たれ》しらぬ賤《しづ》の手業《てわざ》、男《をとこ》も、雨《あめ》の夜《よ》は怠《をこた》り、月の夕《ゆふべ》も、[一四]仕合《しあはせ》によりて空敷《むなしく》、[一五]露《つゆ》に袖絞《そでしぼ》りて帰《かへ》るのみ。[一六]世《よ》は、心に任《まか》せぬ習《ならひ》なるに、思ひの外《ほか》の事に、[一七]身《み》を痩《やつ》しぬるぞ頼《たの》もしき。

され共《ども》、金銀《きんぐ》はかどらず、女心《をんなごころ》の[一八]浅《あさ》しく、ある時、弥《や》二郎に恨《うら》めしき色《いろ》を見せ、「我も男《をとこ》に生《むま》れなば、今迄《まで》[一九]かくしてもおらじ。ぜひねらひて、本望達《ほんまうたつ》せんと思へば、[二〇]男子《なんし》がら、成《なる》まじき事に非《あら》ず。他人《たにん》の身《み》の[二一]念力《ねんりき》うすきより、いつか望《のぞみ》を遂《たつせ》ん。侍《さぶらひ》は、[二二]其《その》わかちなき義理《ぎり》の道《みち》、[二三]たてるも立《たて》ざるも、心々の胴骨《どうぼね》つ

一　古浄瑠璃などの語り物の常套句「こゝに哀れをとどめしは…」の形を継ぐ言い方で、付随する話題を挿入。伝統的な語り口が脇筋導入の際に生かされたものと見られる。
二　身分の低い武士。
三　与えられている禄高。ここは、中間などではなく、禄高の軽少な武士を指していう。主家の財政状態によっては、借上(かりあげ)、上米(あげまい)などの名目で、家臣の俸禄が削られる場合もあった。
四　内実。実際の暮し向き。
五　離縁することを願いでた時。
六　同然の慣用表記。
七　とは言え。何といっても。
八　居所。「在処」と書くのが普通。「栖」は「スム、スミカ」(玉篇大全)の意ゆえに宛てたもの。
九　せいいっぱい。できるだけ。
一〇　罠の宛字。
一一　犬を殺し皮をはいで売る賤業。「筒もたせ、犬釣…いかに身過なればとて人外なる手業する事、たま／＼生を受けて世を送れるかひはなし」(永代蔵・四の四)。すでに生類憐み令(→一六一頁注一〇)が行われていることに注意。
一二　鞁をつけた絞り紙で作った安価な煙草入れ。「しぼり紙の煙草入、百を拾八文の縫賃」(好色盛衰記・五の一)。
一三　敵を討つ願い。煙草―思ひ(火)(類船集)。
一四　その時の状況によって。明るい月の夜の犬釣は、生類憐み令の下では危険。
一五　露に袖をぬらして。人外の業をせざるをえぬ故にくやし涙を落す、の意を含む。
一六　「ままならぬ浮世」などの成句を諺的に言い変えた表現。読者の共通認識を簡明的確に表現し、その共感を求める諺的表現を西鶴は多用する。

よき者《もの》の羨《うらやまし》き時《とき》、殊更《ことさら》今なり」と云《(いふ)》、心底《しんてい》の程《ほど》、弥二郎、是《(これ)》を[二四]耳《みゝ》に障《さへ》て、「かく武士《ぶし》の道《みち》ならぬ事に、殺生《せつしやう》するも、その為《ため》ならずや。尤《もつとも》、親《をや》の敵《かたき》を討《うつ》べき思ひ、大切《たい(せつ)》なるよりいへばとて、夫《をつと》たるものを蔑《ないがしろ》にする悪口《あくこう》、一度《ど》二度《ど》ならず」と、[二五]内証《ないしやう》は調《とゝのほ》らず、心はせく余りに、女房《にようばう》をさし殺《ころ》し、六つに成《なり》し女子《によし》をも、「ながらへて、うきめ見んより」と、同《をな》じ刀《かたな》にて突殺《つきころ》し、其《(その)》身も自害《じがい》して果《はて》けり。

扨《さて》、孫《まご》七・宇助《うすけ》は、西国《さいごく》残らず尋《たづね》しに逢《あは》ず、引返《ひきかへ》して、江戸《え(ど)》に下《くだ》り尋《たづぬ》るに、行衛《ゆくゑ》をしらず、無念《(む)ねん》ながら、孫《まご》七、[二六]裏棚《うらだな》かり、宇助は、四谷熊《よつたにくま》之進《しん》殿へ、[二七]小性《(こ)せう》分《ぶん》に出《いだ》し、「是《(これ)》も、もし[二八]敵《かたき》の便共《よすが(とも)》ならんか」と勤《つとめ》し。

或時《あるとき》、小性中間《こせう(なかま)》四五人、次《つぎ》の間《ま》に集《あつま》り、[二九]四方《よも》の咄《はなし》するに、宇助《うすけ》は、壁《かべ》にもたれかゝり、「夜前《やぜん》の酒宴《しゆえん》に草臥《くたびれ》たり」と云《いひ》ながら、居眠《ゐねぶり》しばしとて、柱《はしら》にあたりて、[三〇]立《たて》かけの髪《かみ》、[三一]茶筅《ちやせん》になりぬ。目覚《めざめ》て、是《これ》を不審《(ふ)しん》して、「誰《たれ》がほどきぬらん」と、あたり見廻《まは》す所に、戸《と》川浪《がはなみ》之助、壺口仙《つぼくちせん》六、[三二]興《けう》がる咄《(はなし)》を、打笑《うちわら》ひてゐたるを聞《きゝ》、宇助《うすけ》、「扨《さて》は、[三三]髪《かみ》そこなはしたるが、おかしきか」と、[三四]理不尽《(りふ)じん》に切《きり》付《つけ》しに、云《いひ》わけするに隙《ひま》なく、二人して打《(うち)》とめ、熊《くま》之進《しん》に、此《(この)》よしいひあぐるに、浪《なみ》之助を[三五]不便《(ふ)びん》がるゝ最中《さいちう》にて、「宇助《うすけ》は手打《てうち》」と、[三六]さたさせて置《をき》ぬ。

一七　姿をみすぼらしく変える。
一八　「浅ましく」の「ま」脱、あるいは「浅く」の誤りか。
一九　このようにしてはいない。
二〇　男子柄。男の甲斐性として。原本振仮名「なんしか」。今改む。
二一　一心に思い込む気持。
二二　自他の区別なく正義を行う武士のあるべき姿・ふるまい。
二三　「義理の道」を立てるのも立てないのも、その人の心の「胴骨」(根性)によるが、その胴骨の強い人が、の意。「心々の胴骨」が上下につながって二重の意味となっている。
二四　聞きとがめて。
二五　手元の経済状態をいうが、ここは、敵討の路銀を調達できず、の意。貧窮ゆえに敵討に出立できず夫婦があせって口論、妻子を殺し弥二郎も自害というこの脇筋は、敵討の過程に金銭の裏付けが必要であることを印象づける伝来記の中では異色の一挿話だが、敵討の現実の一面を見事に具体化して作品に変化をつけている。
二六　裏長屋。裏通りにある貸家。
二七　小姓の慣用表記。主人の身辺に仕えて雑用を務める身分の者。
二八　敵を見つけ出す手がかり。
二九　四方山話。世間話。
三〇　まげを後頭部に大きく立てかけた若衆の髪風。
三一　髪先が茶筅のように乱れ広がったさま。
三二　面白い話。
三三　髪を崩したのが。
三四　道理もなく無理無体に。
三五　不憫。かわいがる。
三六　沙汰させて。命令して処分させた。

扨《(さて)》、孫《まご》七は、一杖柱《つえはしら》と頼《たのみ》つる、独《ひとり》の弟《をとゝ》におくれ、今は力《ちから》を失《うしな》ひしが、従弟《いとこ》に樗《あふち》北右衛門と云窂人《いふらうにん》、是《(これ)》を便《たよ》りに、心《こゝろ》を合《あは》せねらひしに、ある夕《ゆふべ》、風《かぜ》の心地《こゝち》して床《とこ》に着《つき》、三日ほとぼりて二疱瘡出《ほうそう(いで)》、九日《こゝのか》めに相果《あひはて》けり。

彼《かの》井右衛門は、八入《はちにう》に七十日かくまはれ、西風烈《にしかぜはげし》き夜《よ》、密《ひそか》に国《くに》を立忍《たちしの》び、三当《たう》所《しよ》に四所縁《しよえん》のあるに、始《はじめ》は影《かげ》を隠《かく》しけれ共《(ども)》、「孫《まご》七兄弟《きやうだい》は、西《にし》の国《くに》にくだりたる」と聞《きゝ》て、心を緩《ゆる》し、編笠《あみがさ》ふかく被《かぶ》りて、「五久敷《ひさしく》、気積《きづま》りを晴《はら》さん」と、寺社《じしや》の六景地《けいち》を心ざして行《ゆく》に、七番町《ばんてう》にて、孫《まご》七、是《これ》を見付《みつけ》、「小湊《こみなと》井右衛門、遁《のが》さぬ」と、詞《ことば》を懸《かけ》し時、「うろたへ者《もの》、人違《たが》ひ」と云《いふ》に、「見損《そん》じたりや」と、編笠《あみがさ》覗所《のぞく》を、抜打《ぬきうち》に切倒《きりたを》しける。

八以上四人の敵《かたき》、今は、壱人も残らず絶《たへ》て、九井右衛門が手柄《てがら》、隠《かく》れなし。世には、かゝる例《ためし》も有《(ある)》物かは。

第四　行水《ぎやうずい》でしるゝ人の身《み》の程《ほど》

一〇白妙《しろたへ》に降《ふり》つゞきて、下野《しもつけ》の国黒髪山《くにくろかみ(やま)》一一も、夜《よ》の間に姿《すがた》の替《かは》りて、老《をひ》の首《かしら》と見なしぬ。一二年《とし》をかさねて、一三むかし語《がた》りに聞《(きゝ)》しは、一四那須《なす》の何《なに》がし殿《どの》に勤《つと》めし、菅田《すげた》伝《でん》

一　成句「杖とも柱とも頼む」（非常に頼りとする）を省略した表現。
二　発熱して。疱瘡は普通、三日間発熱し、その後出痘する。
三　江戸。　四　縁者。ゆかりのある者。
五　「久敷気積り」と、その「気積りを晴」すを合体した言い方。　六　景色のよい所。
七　東京都千代田区一番町から六番町。旗本などの多く居住した屋敷町。
八　孫七、宇助及び弥二郎妻、北右衛門の四人をさすのであろう。弥二郎は員数外となる。
九　井右衛門は木工弥との「見事なる仕方」による果し合いの勝者であってやましさはなく、西鶴は古武士型の井右衛門に同情的な立場に立ってもいる。また、ねらわれる側も討たれぬ用心が大事とされたのが当時である。ここで「手柄」と言われ賞讃されるゆえんである。
▽本章の表題のごとく「帰り打」という結末を迎える伝来記中でも異色の一章。「かゝる例も有物かは」との評言で終るが、現実には時に起りうる事例であろう。そのような現実も敵討の一面であることを印象づけ、同時に敵討そのものの空しさをも感得させる章であるが、このような作品の存在が、伝来記全体に変化を与え、その世界を豊かなものとしているのである。敵討の諸相を多面的に描こうとする西鶴のねらいは、ここでも見事に生かされている。
一〇　雪が白く。原本は「白砂」に誤る。
一一　栃木県日光の男体山の一名。歌枕。
一二　年をとって。「老の首」の縁でつづけた表現。
一三　「老の首」から年を重ねた老人を出し、その老人が「むかし語り」に聞いた話、という時代設定で、昔のことであることを強調。
一四　下野那須郡には、そこを根拠地とした那須

平《べい》・陰山《かげ(やま)》宇蔵《うぞう》、此《(この)》両人申出《(まうしいだ)》して、「けふの雪《ゆき》の面白《をもしろ》きに、いざ、[一五]追鳥狩《をひとり(がり)》をはじめ、酒《さけ》の肴《さかな》に雉子《きじ》四五羽《は》」、[一六]手《て》に取《とり》たるやうに進《すゝ》めければ、いづれも[一七]飛出《とび(いづ)》る若者共《わかもの(ども)》、三十余人《よ(にん)》さそひ合《あは》せ、其《(その)》身かる[一八]行《ゆき》に拵《こしら》へ、手毎《てごと》に棒《ぼう》・[一九]乳切木《ちぎりき》、或《あるひ》は[二〇]刻《わり》竹《たけ》にて敲立《たゝきたて》、驚《をどろ》く[二一]鳥《とり》のほろゝうち、よはりしをとらへける。

有《(ある)》人申せしは、「此《(この)》原《はら》の[二二]殺生石《せつしやうせき》にとまりし諸鳥《しよてう》、たちまち落《をち》て、ほねをもおらず、つかみ取《(どり)》」といへば、をの〳〵、「是《(これ)》はふしぎ」と、其《(その)》石《いし》の辺《ほと》りに行《ゆき》て見しに、人の申せしにたがはず、とまらんとすれば、其《(その)》まゝ[二三]こけ落《をち》て、烏《からす》・鳶《とび》に限《かぎら》ず、殊更鷺《ことさらさぎ》はもろく、山鳥《(やま)どり》のおのが命《いのち》しらず、飛《とび》かゝつて落《をつ》るを、皆《みな》〳〵、取《とる》事を[二四]論《ろん》じて懸付《かけ(つけ)》しに、いまだ[二五]片生《かたいき》にしてかけ廻《まは》りしを、あなたこなたに[二六]ぼつ付《(つけ)》、終《つゐ》にとらへて、それよりすぐ[二七]鍋掛《なべかけ》の里《さと》に行《(ゆき)》て、鳥共《とり(ども)》[二八]毛焼《けやき》して、[二九]萩柴《はぎしば》おりくべ、酒事になして、寒《さむ》さをしのぎけるに、菅田伝平《すげたでんぺい》申せしは、「彼石《かのいし》に落《をち》たる鳥《とり》は、かならずあたる事なり。それも、人によるべし」と申せば、[三〇]なまぬるき世中《よのなか》、堪忍《かんにん》せざる若者《わか(もの)》、「命惜《いのちをし》からず」と、[三一]胴辛焼《どうがらやき》、かしら迄《(まで)》あまさず、あ[三二]ばれ喰《ぐひ》の中に、熊川茂七郎《くまかは(もしちらう)》、思案顔《しあんがほ》して喰《くは》ざりしに、是を見て、心ある人は、いづれも[三三]用捨《ようしや》して、酒計《さけばかり》を呑《のみ》くらしけるに、高砂《たかすな》丹兵衛、[三四]横手《よこで》を打《(うつ)》て、「茂《も》七郎殿の長生《ながいき》、鳥《とり》をまいらぬ人〻は、[三五]五百八十年も生《いき》残りて見給へ」と、[三六]四五度《ど》

七党が鎌倉・室町期に活躍、天正期から寛永十九年には那須藩があった。その縁で出した名か。
一五 網などを仕掛け野鳥類をとること。↓八七頁注一九。
一六 すでに手にとったように。うまくいったように。会話文が途中より地の文に変わった文体。
一七 「飛び出す」の意と、「血気盛ん」の両意。
一八 軽装で。
一九 両端が太く中央がやや細い棒。「いさかひはてての ぼうちぎりぎ」(毛吹草)の諺があり、喧嘩などにでも出かけるようないでたち。
二〇 丸竹の先を割り、叩いて音を響かせるようにしたもの。夜警などに用いる。
二一 雉子や山鳥などが羽ばたきをし。
二二 栃木県那須郡那須町の那須温泉の湯本にある大石。これは金毛九尾の狐(日本では玉藻の前に変身)の化したものと伝える(謡曲・殺生石、御伽草子・玉藻の前など)。「殺生石…仁皇七十六代近衛院の宮女也玉藻の前が亡魂、此石になれり」(一目玉鉾・一)。
二三 ころび落ちて。 二四 争って、の意。
二五 片息の宛字。息たえだえになって。
二六 追いつめて。
二七 栃木県黒磯市鍋掛。獲物をそこで「鍋に掛ける」の意から出した地名。一目玉鉾にも登録。
二八 「羽をむしり取ったがまだいくらか毛の残っている鶏や鳥を、火の中を通すこと、すなわち、その残り毛を焼くこと」(邦訳日葡)。
二九 枯萩を柴がわりにしたもの。
三〇 なまぬるい世の風潮を我慢しない。
三一 胴殻焼。「胴殻」は、鳥などの肉を取り去ったあとの骨の部分を言うが、ここは、肉のついた胴体そのままの丸焼をいうのであろう。
三二 暴食。無茶苦茶な食べ方。

も申《(まうし)》ければ、茂七郎、刀《かたな》をつ取立所《とりたつところ》を、皆ゝ《みな〳〵》引《(ひき)》とゞめ、子細《しさい》なくかり宿《やど》を立《(たち)》て、帰りさまに、[一]人の透間《すきま》を見て、丹《たん》兵衛を待臥《まちぶせ》して、「最前《さいぜん》の事覚《をぼへ》たか」と、一《(いち)》文字《もんじ》に打《(うつ)》てかゝれば、丹兵衛も、[二]おくれぬ男《をとこ》にて、しばらく切結《きりむす》ぶうちに、茂《も》七郎、運尽《うん(つき)》て、[三]棚橋《たなはし》にあがりしに、薄雪《うすゆき》にて、朽木《くちき》の穴《あな》見えずして、太股迄《ふともゝ(まで)》是に[四]ふん込《ごみ》、身のはたらきなりがたく、打留《うちとめ》られける。それより丹《たん》兵衛、行方《ゆきがた》しらず退《のき》ける。

茂《も》七郎一子[五]茂三郎、七歳《さい》なれば、敵討《かたきうつ》事も果《はて》しなく、母親《はゝをや》、歎《なげ》きの中にそだてあげて、十六才《さい》になりぬ。され共《(ども)》、丹《たん》兵衛見しらざりければ、たとへめぐりあひても、討《うつ》べき便りなく、又、後見頼《うしろみたの》む方もなく、明暮《あけくれ》、無念《むねん》をかさねける。

やう〳〵思ひ出《いだ》して、[六]「因幡《いなば》なる伯父《をぢ》を頼《たのみ》て、丹兵衛をうたすべし。汝《なんぢ》が父のためには兄《あに》なれ共《(ども)》、[七]様子《やうす》あつて[八]挨拶悪敷《あひさつあしく》、久ゝ《(ひさびさ)》[九]不通《(ふ)つう》なりしが、此度《(このたび)》立越《たちこへ》頼《たの》みなば、よもや[一〇]外《ほか》には見捨《すて》給ふまじ」と、文《(ふみ)》こま〴〵と書《かき》したゝめ、茂三郎を[一一]仕《し》立《たて》、熊川《くまかは》茂左衛門殿かたへ遣《つかは》しけるに、旅《たび》の日数《ひかず》をかさねて、因幡《いなば》の国《くに》に着《つき》て、屋形《やかた》に尋《たづ》ね入《(いり)》、有《(あり)》し事共《(ども)》語りければ、茂左衛門、涙《なみだ》を流《なが》し、茂七郎に恨《うら》みの事共《(ども)》忘《わす》れ、「其《(その)》丹《たん》兵衛、悪《にく》し。我助太刀《われ(すけだち)》して、是非本望《ぜひほんもう》をたつせさすべし。心やすかれ」と、頼《たの》もしく請合《うけあい》、[一二]御暇申請《(お)いとま(まうし)うけ》、茂三郎を伴《ともな》ひ、諸国《しよこく》を尋《たづ》ねめぐりし

三三 手を出すのをひかえて。
三四 感嘆した時の動作。ここは、嘲笑する気味で大ぎょうなしぐさをしたところ。
三五 末長く続くことや長寿を祝う時に言う年月。
三六 しつこく何度も言う。悪口→切合いのパターンだが、敵となる丹兵衛の悪を強調。

一 あたりに人がいない所。
二 油断のない。
三 欄干のない、板を横にならべただけの橋。
四 「踏み込み」の転訛。俗語の使用によって動きがある感じの描写となる。
▽「飛出る若者共」が殺生石に落ちた鳥の「あばれ喰」をする場で、悪口が原因となって切合いとなる敵討の発端部は、那須野という舞台を巧みに生かして興味深く展開されている。ただし、この部分は、後半部で導入される伊賀上野の敵討の発端(河合又五郎は刀の切れ味のことより渡辺源太夫を切り、江戸へ逃げて旗本安藤をたよりかくまわれ、池田家との間で大騒動となる)とは全く異なる。この前半部は、西鶴の創作あるいは他の実在敵討事件の発端を取り合せて導入されたものと見られる。
五 伊賀上野敵討では、討手は源太夫の兄数馬であり、以下の人物関係も作者の虚構。
六 伊賀上野敵討では、数馬の後援をした荒木又右衛門に相当する人物。数馬の姉聟で伯父ではなく、その居所も大和郡山。敵討成就後、数馬と又右衛門は、旧主池田家が移封された因幡に引き取られたので、その点から因幡としたか。
七 事情があって。
八 不和となり。仲が悪く。
九 連絡・付合いがなかったが。
一〇 関係のないこととして。

一向《ひたすら》是に、丹兵衛も、何国《いづく》を定《さだ》めず、[一三]森沢団斎《もりさはだんさい》と云牢《いふらう》人に、鑓《やり》の名人《めい(じん)》有しが、これを頼《たの》みにして、[一四]上下八人にして、有《(ある)》時、[一五]なら都《みやこ》、[一六]猿沢《さるさは》の池の前《まへ》なる宿《やど》にとまりけるに、[一七]時節《じせつ》と、隣《となり》に茂三郎も一宿《(いつ)しゆく》せしに、互《たがひ》にかくとはしらざりし。夕暮《ゆふぐれ》になりて、[一八]下ゝ《したぐ》、[一九]水《すい》風呂に入《(いり)》しに、[二〇]かたみ替《(がはり)》に後《うしろ》を流《なが》しけるに、背《せ》中明《なかあき》[二一]所《ど》もなく灸《きう》をすへけるに、[二二]「けふあつて、あすしれぬ身なるに、何《なに》か養生《やうじやう》入《(いる)》べし。万《よろづ》に付《つけ》て浮世《うきよ》[二三]」といへば、「いかにも。[二四]世《よ》に隠《かく》るゝ主《しう》を持《もち》て、いづれ定《さだ》め

一一 旅支度を整えて。
一二 主君に敵討の許可を願い出て許しを得て。

一三 伊賀上野敵討では、又五郎の護衛役となり、槍の名手であった桜井半兵衛にあたる人物。ただし、半兵衛は、美濃大垣藩士で浪人ではない。
一四 主従八人。実説では十人、又は十一人。
一五 「奈良の都」の「の」脱。
一六 猿沢の池近辺の樽井町、今御門町には旅籠屋があった。
一七 好都合にも。幸運にも。
一八 奉公人。ここは丹兵衛付きの若党など。
一九 据風呂。下にたき口のある風呂。→挿絵。
二〇 交替に。
二一 すきまもなく。
二二 今日は生きていても明日はどうなるか分からぬはかない身の上。
二三 つらくはかないこの世。
二四 敵を持つ故に人目を忍ぶ主人。

挿絵解説　丹兵衛の「下々、水風呂に入しに、かたみ替に後を流し」つつ、身の行末をなげきあっている場面。旅籠屋の土間に水風呂が描かれ、髭面の若党らしき男の背中をもう一人の男が流している。夜は上げられる板戸を下した部屋には、中居あるいは下女風の女が、一方は立膝、一方は立姿で描かれている。暖簾の奥には深皿をのせた盆が重ねられ、右側には魚をのせた真那板、鮹らしきものをのせた大皿と貝らしきものをもった大皿が見える。手前にあしらわれた松と流水が、左上の屋根・暖簾と対称されて全面のバランスがはかられている。

がたき身」とつぶやきける。

茂《も》三郎小者《こもの》、垣越《かきごし》に聞《きゝ》て、「かゝる事を申《(まうす)》者《もの》有《あり》」と語《かた》りけるに、茂左衛門、密《ひそか》に裏《うら》に出《いで》、眖《のぞき》みしに、年月《としつき》ねらひし丹《たん》兵衛なれば、おどりあがりてよろこび、それより心を付《つけ》て、聞合《きゝあは》せけるに、「あすは七つ立《だち》[一]にして、伊賀越《いがごへ》[二]に行《ゆく》」とて、はや出立焼《でたちたく》[三]など、馬《むま》を約束《やくそく》し、用意《ようい》せはしきに、こなたは、随分《ずいぶん》[四]さたなし、夜《や》半《はん》に立《たつ》て、道《みち》すがら、足場《あしば》のよき所を見繕《つくろひ》しに、心よき所もなく、既《すで》に伊賀《いが》[五]上野《うへの》になりて、せんずる所[六]、爰《こゝ》に極《きは》め、まがり[七]との角《すみ》を見立《(みたて)》、以上四人[八]、いさみて、酒屋《さかや》に入《(いり)》て、釣懸舛《つるかけます》[九]に引請《ひきうけ》て、それながら、さしつさゝれつ心祝《いは》ひして、椽《えん》がはに腰《こし》をかけてゐならび、其日《(その)》も八つ[一〇]のさがりになりて、乗懸弐駆《のりかけ(に)ひき》[一一]を追立《をひたて》、上野《うへの》の宿《しゆく》に入《(いり)》けるは、互《たがひ》にあやうき所なり。

団斎《だんさい》得もの[一二]の鑓持《〔ゝ〕やりもち》、町《てう》はづれの屋ねにもたしかけて、雪隠《せつゐん》[一三]に入《(いり)》けるは、丹《たん》兵衛が武命《ぶめい》の尽《つき》なり。茂《も》三郎、馬《むま》の真先《まつさき》に向《むか》ひ、「熊川《くまかは》茂七郎が悴子《せがれ》茂三郎、親《をや》の敵《かたき》うつぞ」と、名乗懸《なのりかけ》て切太刀《きるたち》に、高股落《たかもゝをと》[一四]して、ひらけば[一五]、丹《たん》兵衛抜合《ぬきあはせ》、一命[一六]爰《こゝ》にして戦《たゝか》ひしは、天晴《あつぱれ》[一七]ぶしの働《はたらき》なり。

時に、団斎飛《だんさいとび》をり、助太刀《すけ(だ)(ち)》うつを、茂《も》左衛門、横手《よこて》[一八]なぎて、両方、手者《てしや》[一九]なれば、暫《しばし》が程《ほど》、秘術《ひじゆつ》を尽《つく》しける。され共《(ども)》、茂《も》三郎・茂左衛門、利《り》の剱《けん》[二〇]なれば、次《し》

一 午前四時頃に出発すること。
二 奈良から山城の笠置、伊賀上野を経て東海道の坂の下に出る街道。
三 出発の際の朝食。
四 できるだけ。
五 三重県上野市。伝来記中、モデルとした実在事件の場所が合致するのは本章のみであり、以下の記述も実説を伝えるとする日本武士鑑などに近い部分が多い。発端部や人物関係をすでに変えているため、風聞などに基いて敵討の場だけをはばかることなく実説を生かして書いたものか。あるいは、寛永十一年(一六三四)という六十余年前の事件ゆえに、もはやはばかる必要なしとして実説を生かしたものか。
六 結局。
七 曲り角。実説では、上野西端の鍵屋の辻。
八 日本武士鑑は「上野の端小田町にいたりて、酒家に入り酒を調へて、上下四人最期の盃取かはし」とする。
九 弦掛升。鉄製の弦を対角線にはった升。
一〇 午後二時過ぎ頃。
一一 二十貫以内の荷をつけ、人一人を乗せた道中用の駄馬。
一二 得意とする武具。
一三 便所。
一四 太股を切り落して。
一五 身がまえると。
一六 一命をここに投げ出して。命がけで。
一七 見事な武士の戦いぶり。「天晴…なり」は、語り物などの常套的な評語の形を踏襲する文体。
一八 横に刀を払って。
一九 剣術にすぐれた者。使い手。
二〇 理の剣。道理にかなった正義の剣。
二一 伊賀上野は津藩藤堂氏の領地で、城代が置

第《だい》につよく、うち留《とめ》て、とゞめをさし、其身《(その)》も深手《ふかで》なれば、死骸《しがい》に腰《こし》を掛《かけ》、息《いき》をつぎける内《うち》に、二一其国《くに》の守《かみ》より大勢《をゝぜい》懸付《かけつけ》、二二いさめて帰《かへ》る。二三古今武士《ここんぶし》の鑑《かゞみ》、二四刀《かたな》は鞘《さや》におさめ、御代《みよ》長久《ちやうきう》、二五松《まつ》の風静《かぜしづか》なり。

二六貞享四年卯初夏

二七江戸日本橋青物町　　二八萬屋清兵衛

二九大坂呉服町真斎橋筋角　　三〇岡田三郎右衛門

かれていた。実説では、上野城代から諸士が駆けつけ吟味が行われ、その後、数馬と又右衛門は因幡の池田家へ引きとられた。

二二 勇めて。元気づけて。

二三 以下、巻頭の「武士は人の鑑山、くもらぬ御代は久かたの松の春」と照応し、天下太平を寿いで祝儀でおさめる。作品の最後を祝儀で終えるのは、当時の作品の常套。

二四 天下太平のたとえ。

二五 天下太平を寿ぐ慣用句。「松」には松平(徳川)氏の意をこめ、その「御代長久」を寿ぐ。

▽寛永十一年(一六三四)十一月、渡辺数馬と荒木又右衛門が河合又五郎を討った伊賀上野の敵討を後半部にとり入れ、目出たく討ち納めたことを寿いで、巻末を祝言で結んだ一章。同事件は、古今武士鑑・二一に実説と称するものが伝えられる他、写本系の記録や殺報転輪(記)などの実録にも数多く伝えられている(三田村鳶魚・伊賀の水月等)が、本章では、敵討の場面のみが実説に近い形で取り入れられ、他は虚構(あるいは他の事件が導入)されていると見られる。著名事件であるにもかかわらず、あえて多くの虚構を加えて作品化するところに西鶴の創作意図を見てとることができる。→解説。

二六 一六八七年四月。

二七 東京都中央区日本橋一丁目内の旧町名。

二八 好色五人女(貞享三年二月刊)以後、本朝二十不孝、武家義理物語、新可笑記、世間胸算用などの西鶴作品に名をつらねる書肆。江戸における西鶴作品の取り次ぎ・売りさばき元。

二九 大阪市南区内。

三〇 屋号は池田屋。本書の実質的な版元。諸艶大鑑(貞享元年四月)以後、西鶴諸国ばなし、好色一代女、新可笑記などの西鶴作品の版元。

西鶴置土産

冨士昭雄 校注

『西鶴置土産』と題する本作は、好色物から出発し、武家物、町人物などと作風を展開した西鶴が、魔性のテーマ「色」と「金」について総括した晩年の遺作である。そもそも色道の舞台の遊里は、金さえあれば洒落た遊びもでき、分け知りとなるなど、万事金が物をいう世界である。そこでは、客は体面を飾る嘘をつき、金を出して遊ぶのにいらざる気を遣い、相方の遊女も商売柄客に合わせて嘘を言うなど、様々な嘘で支えられた「美遊」(序)が繰り広げられる。しかもひとたび色道の醍醐味を覚えると、身の破滅と知りながら、なかなか程よい時機に遊びをやめることができない魅惑の里である。「女郎買、さんごじゅの緒じめさげながら、此里やめたるは独もなし」(序)とか、「昔より女郎買のよいほどをしらば、此躰迄は成果じ」(巻二の一)などと言われるゆえんである。

『置土産』全十五章の話は、世に知られた大尽たちがついには没落した末路を描いている。落魄した大尽が、所もあろうに遊廓の裏手に住み、高塀越しに見聞きする遊興を、始めは羨ましく思っていたが、貧窮になるにつれていつしか色事も忘れ、正月に雑煮が食えることを願いながら死んでいったという話(巻五の一)。また好きな遊女を身請けした大尽が、今では金魚の餌のぼうふらを捕って売り、その日暮らしをしているのを昔の遊び仲間に見つけられ、援助をしようと言われる。しかし「女郎買の行すへ、かくなれるならひなれば、さのみ恥かしき事にもあらず」と、援助を断り、逆になけなしの金をはたいて旧友たちに酒を振舞うという、零落してもなお昔の意気地や矜持を失わない話(巻二の二)など、様々な環境の変化に伴う主人公の生き方や、その心情が描かれている。

西鶴は、「人のこゝろほど、さま〴〵の取置、各別にかはれる物はなし」(巻五の三)と言うが、落魄した大尽たちの薄幸な運命、冷酷な現実を、いわば世の清濁をそのまま容認する、達観した境地から洞察し、境遇により変る「人それぞれの心」を、是非の評言もはさまず淡々と描いている。

装丁　半紙本　五巻五冊
刊年　元禄六年(一六九三)冬
底本　大阪府立中之島図書館蔵本

入絵

西鶴置土産

一

西鶴置土産

難波俳林《なにははいりん》[一]

松寿軒[二]　西鶴

辞世　人間五十年[三]の究《きはま》り、それさへ

我にはあまりたるに、ましてや

浮世[四]の月見過《みすご》しにけり末二年

元禄六年八月十日[五]　五十二才

追　善　発　句

月[六]に尽《つき》ぬ世がたりや二万三千句[七]　如貞[八]

念仏きく常さへ秋はあはれ也《なり》　幸方[九]

秋の日の道[一〇]の記作れ死出の旅　万海[一一]

世[一二]の露や筆の命の置所　信徳[一三]

残[一四]いたか見はつる月を筆の隈　言水[一五]

前書略

泣《なく》[一六]や此《この》櫟《いちひ》は折れず秋の風　才麿[一七]

力なや松をはなるゝ蔦[一八]かづら　団水[一九]

一　大坂の俳壇。以下、大阪市の地名は、近世の地名をさす場合は、大坂と表記する。
二　西鶴の軒号。
三　諺に「人間(人生)わずか五十年」という。
四　伝柿本人麿の辞世「石見潟《いわみがた》高津の松の木の間より浮世の月を見果てぬる哉」(太閤記・十、狂歌咄・一など)による。また「石見のや高津の山の木の間よりこの世の月を見はてつるかな」(正徹物語・上)とも。
五　西鶴の忌日・享年を団水が記す。
六　季題は月(秋)。西鶴の辞世吟に応じる。
七　貞享元年(一六八四)六月五日、大坂住吉神社での矢数俳諧で、西鶴は二万三千五百句の大記録を樹立。
八　大坂の人。井口氏。貞門の鶏冠井令徳の門人。
九　大坂の人。安原氏。談林の西山宗因の門人。
一〇　紀行文。西鶴が地誌の一目玉鉾(元禄二年(一六八九)刊)を著したことをきかせていう。
一一　大坂の人。武村益友。談林の高滝以仙の門人。
一二　季題は世の露(秋)。宗因の「しら露や無分別なるおき所」(昔口)をきかせる。
一三　京の人。伊藤氏。初めは貞門、延宝期は談林で活躍、貞享期は蕉門と交流、京俳壇の重鎮。
一四　月は隈なく見尽したというが、筆の方はまだ書きたいものを残したか、の意。西鶴の辞世吟に応じる。「筆の隈」は「月の隈」に対していう。
一五　奈良の人。池西氏。延宝期は江戸で談林派と交わり、貞享以後は京都に住んで、貞門系の代表的俳人として活躍。
一六　松寿軒西鶴を賞美される松に、才麿を見所のない櫟にたとえ、秋風の吹く折、見事な松(西鶴)は天寿を全うして倒れたが、櫟(私)の方は枝折れもせず、悲しさに泣くばかりである。

此《この》全部五冊の書は、先師の書捨置《かきすておか》れける、反故《ほうぐ》の中より出《いで》たるを、二〇書林何がし、せちに乞《こひ》て、「二一ながきかたみにもや」といへるに、「二二跡はきえせぬ」とよめるも、あはれにおもひやられて、かれにあたふるものなり。

元禄六酉《とり》冬の日

二三

二四

難波俳林西鶴庵二五

団水

櫟は現在クヌギと訓むが、本書の改題本、西鶴彼岸桜には「イチキ」と振仮名があり、当時はイチイと訓む(饅頭屋本、書言字考)。イチイガシのことで、クヌギに似る。

一七 大和の人。椎本氏。初め西武門、後に西鶴に師事したが、延宝中期より江戸に出て芭蕉一門と交流、元禄以後は大坂俳壇で活躍。

一八 蔓草の総称。秋の季語。句意は西鶴を松にたとえ、自分を蔦葛(つたかずら)にたとえた。

一九 北条氏。西鶴の門人。初め大坂に住み、元禄前期は京都にいたが、西鶴の没後七年間は大坂の西鶴の旧庵を守り、西鶴の遺稿を整理出版した。元禄十四年以後は京都に住み、浮世草子作者・雑俳点者として活躍。

二〇 巻末に見える本書の版元、八尾甚左衛門。

二一 「てすさびのはかなき跡と見しかども長き形見となりにけるかな」(新古今集・哀傷・土御門右大臣女)による。ここはこれを出版して長く記念(かたみ)ともしたいの意。

二二 「誰か世にながらへて見ん書きとめし跡は消えせぬ形見なれども」(新古今集・哀傷・紫式部)による。ここは、この世は無常だが書き残した物はいつまでも形見として残る、の意。

二三 注二一の西鶴の軒号。

二四 西鶴の遺印(野間光辰)。以上の二印は、西鶴の遺稿ゆえ団水が掲げた。なおこの「平元」印は男女色競馬序文にも見られ、後年団水が自己の印として使用する。

二五 西鶴庵を守った団水(注一九)が自己の別号に用いたもの。

世界の偽《うそ》かたまつて、ひとつの美遊《びゆ》[一]となれり。是《(これ)》をおもふに、真言《まこと》をかたり[二]揚屋《あげ》に一日は暮《(くらし)》がたし。女郎はなひ事をいへるを商売《しやうばい》、[三]男は金銀《きん〴〵》を費《ついやし》ながら、[四]気のつきぬるかざりごと、[五]太皷《たいこ》は[六]つくりたはけ、[七]やりてはこはい皃《かほ》、[八]禿《かぶろ》は眠《ねぶ》らぬふり、[九]宿《やど》のかゝは無理笑《むりはら》ひ、[一〇]かみする女は間《ま》ぬけの返事《へんじ》、[一一]祖母《ばゞ》は[一二]腰《こし》ぬけ役《やく》に酒《さけ》の[一三]横目《よこめ》、[一四]亭主《ていしゆ》は客《きやく》の[一五]内証《ないしやう》を[一六]見立けるが第一、それ〴〵に世を渡る業《わざ》おかし。[一七]去程《さるほど》に女郎買《かい》、さんごじゆの緒《を》[一八]じめさげながら、此《(この)》里やめたるは独《ひとり》もなし。手[一九]が見えて是非《ぜひ》なく身を隠《かく》せる人、其《(その)》かぎりなき中にも、凡《およそ》万人のしれる[二〇]色道の[二一]うはもり、[二二]なれる行末《ゆくすへ》、あつめて此《(この)》外になし。是を[二三]大全とす。

難波[二四]

一 遊里の華やかな遊興。「天遊」(荘子・外物)などによる語か。美興(俗つれ〴〵・五の二)。
二 客が太夫など上級の遊女を揚げて遊ぶ店。
三 遊客。
四 根気の尽きる。うんざりする。
五 太鼓持。幇間。
六 わざと馬鹿げた言動をすること。
七 遣手。遊女の世話や監督をする年配の女。
八 太夫・天神など上級の遊女に仕え、見習い中の少女。「カブロ」(日葡)。
九 揚屋の女房。
一〇 上働きの女。揚屋の座敷働きの女。
一一 揚屋の亭主の母。
一二 老人でも勤まる楽な役目。
一三 目付役。監督。ここは酒の燗番。
一四 揚屋の主人。
一五 暮らし向き。懐工合。
一六 鑑定する。判断する。
一七 さて。ところで。
一八 巾着・印籠・煙草入れなどの口ひもを穴に通し、その口を締める具。玉・角・象牙などで作る。珊瑚珠の緒締めは高価なので、まだ遊興費が捻出できるのでいう。二代男・五の二に例あり。
一九 手のうちが見える。ごまかしが現れる。
二〇 知れる。世間に名の知られている。
二一 上盛り。第一人者。
二二 なれの果て。
二三 ある事物に関するものをもれなく編集した書物。
二四 この「難波西鶴」の署名及び「松寿」の印は、世間胸算用の序文の西鶴の自署と印記を敷き写しにしたもの。それも「難波」の位置を斜上に移動させている(金井寅之助)。

西くはくをきみやげ　巻一

大全
目録

大釜《おほがま》のぬき残《のこ》し
二五古金屋《ふるかね》が寝覚《ねざめ》

二八四十九日の堪忍《かんにん》
是《これ》からは皆我物《みなわがもの》

二五　古鉄を売買する家。また古道具屋。
▽本条など巻一の三つの目録章題は、本文の章題に比べて一句分の修辞が加筆されている。
二六　大坂新町の遊女。本文には「塩屋のふじ崎」とある。諸国色里案内(貞享五年(一六八八)刊)に、新町佐渡島町筋の塩屋松之助抱えの天神に「藤元」の名が見える。これを藤崎としたものか。
二七　夢明け(さめる意)と明け方と掛けた表現。
二八　当時の遺産相続は、遺言相続が普通で、四十九日または百か日の忌日が明けた後、親類・町役人立ち会いの上、譲り状(遺言状)を開封して、その指示に従ってなされた。ここもその慣習により、遺産を相続するまでの我慢をいう。
二九　京都島原の遊女。本文には「中比の野秋」とある。俗つれ〴〵・五の一に「そも〳〵の野秋」とあるのが初代目で、ここは二代目の方。しかし島原には野秋は実在せず、西鶴が一代男・六の七で描く新町の野秋が新町の野関をモデルとする例から推すと、ここの野秋は語義の似る野風か。島原下之町大坂屋太郎兵衛抱えの太夫で、「中比」という二代目は典子野風で、初め天神、延宝四年(一六七六)十月に太夫に出世し、同八年冬退廓(色道大鏡・十六)。なお一説に、好色盛衰記・四の四に「京の野秋(やしう)」と読む例から、同音の野州のことかとし、島原上之町喜多八左衛門抱えの太夫、その二代目であろうとする(暉峻康隆)。しかし実在の野風を「やふう」と洒落て読む例が二の一や盛衰記・五の一にあり、盛衰記・四の四の野秋(やしう)も、野秋(のあき)のことと思われる。そのモデルもここと同じ野風か。なお西鶴独吟百韻自註絵巻に、本章の「たいこ持律義」に当たる句例があり、その付句の自註の中に島原の花として「野風」の名が見えるのも参照される。

偽《うそ》もいひ過《すご》して
契《ちぎ》りの一亥餅《ゐのこもち》

ひそかに詠《なが》め候(さうらふ)人
二腰ばりも三銀《かね》に成(なる)
四金太夫がしかけ
いづれこゝろの外《ほか》
とかくしれぬは命《いのち》

一 陰暦十月の初めの亥の日に餅をついて祝い、無病息災・子孫繁栄を祈る行事。十月に亥の日が三回ある年は、中の亥の日に行う。遊廓の物日(紋日)に当る。
二 壁・襖・障子などの下部に張った紙。
三 上方では銀貨と銭貨が主に流通したので、金銭(かね)を「銀」とも表記する。
四 大坂新町下之町の新(あたらし)屋抱えの太夫。延宝期。新屋は又七郎・七郎兵衛・四郎右衛門家があり(色道大鏡・十三)、どれか未詳。
五 体裁を取り繕う。「つゝむ」は下にも掛かる。
六 着替えの帷子。帷子は生絹や麻のひとえ物で、陰暦五月五日より八月末日まで着用。
七 柳行李(やなぎごうり)。
八 鼓の調べの緒。鼓の両面の皮の縁にある穴に連結した紐。締め方で音調を調える。鼓緒。
九 訴訟・裁判に関係する人。
一〇 遊里で太夫などを揚げる上客。大尽とも。
一一 京都の小畠了達が染め出したしゃむろ染(古老茶話)。更紗染の一種。
一二 表と裏を同じ布で仕立てた着物。

一　大釜《がま》のぬきのこし

世《よ》は[五]外聞《ぐわいぶん》つゝむ風呂敷《ふろしき》に[六]替帷子《かへかたびら》、夏《なつ》は殊更《ことさら》、供《とも》の者《もの》つれずして自由成《じゆふなり》がたし。むかしは定《さだ》まつて[七]柳《やなぎ》ごりに物を入《(いれ)》、[八]鞁《つゞみ》のしらべのふるきにてからげ、是《これ》を持《もた》せけるに、それは葬礼《さうれい》の時《とき》か、[九]公《く》事《じ》人《(にん)》の供《とも》なり。近年《きんねん》の[一〇]大臣《だいじん》は、[一一]小畠染《こばたけぞめ》の[一二]両面《りやうめん》、または[一三]べんがらの大嶋《あふしま》のふろしきに、あつき時《じ》分《ぶん》も暮《くれ》がたの用意《やうい》して、単物《ひとへもの》・袷《あはせ》ばをりを入《(いれ)》させ、[一四]利《り》根《こん》なる小者《こもの》つれたるは、[一五]古《ふる》かね買《がい》にみせても、[一六]三百貫目より内の[一七]身躰《しんだい》にはあらず。

爰《こゝ》に、[一八]難波津《なにはづ》の[一九]横堀《よこぼり》川のほとりに、[二〇]婬酒《いんしゆ》のふたつに身を分《わけ》もなふ、[二一]胸《むね》はけぶりの毎日《まいにち》、[二二]塩《しほ》屋のふじ崎《さき》といふ[二三]美《び》君《くん》にこがれ、[二四]銀《かね》でなる[二五]分里《わけざと》の女ながら、後《のち》は勤《つと》め外《ほか》になし、此《(この)》男より誰《たれ》にかはと、[二六]黒髪《くろかみ》の半《なかば》きりて、世間《せけん》にこれを隠《かく》さず、「いとしさに此すがた」と、名《な》に立《たつ》としは十九の花《はな》の咲《さく》ころ、此里の[二七]色《いろ》も香《か》もひとりしてしつたがほ、すこしは悪《にく》ひ程《ほど》なれども、いかにしても外の女郎のなるまじき事は、[二八]世《よ》にある客《きやく》を見捨《すて》、[二九]揚屋《あげや》のかどを[三〇]闇《やみ》にさへびく〱して、春《はる》の夜《よ》の[三一]ひとつ着物《きるもの》、袖《そで》の嵐《あらし》をいとふに、[三二]因果《いんぐは》はふる雨《あめ》かなしく、やどりの軒下《のきした》も

一三 弁柄。元来インドのベンガル地方産の縞柄織物で、それをまねて製した紬織物。地色は煤竹(紺)・樺色などで、千筋・棒筋などの縦縞である(万金産業袋・四)。「大嶋」は大縞、大柄な縞模様。
一四 利口な。「鈍根」の対。
一五 古道具屋。
一六 銀三百貫匁。銀一貫目は千匁。→五六七頁。
一七 身代。財産。暮らし向き。
一八 大坂。津は港の意から転じて人の大勢集まる所の意で、京・江戸・大坂を三箇の津という。
一九 東横堀川と西横堀川とが、船場・島の内の東西に並行してあった。今は西横堀川はない。
二〇 好色と酒。
二一 恋の思いに胸を燃やす。けぶり―塩屋―ふじ―こがれ。
二二 →二六三頁注二六。
二三 美しい遊君。遊女。
二四 銀で自由になる。
二五 遊里。色里。
二六 遊女の心中立ての一つ、断髪をいう。心中立てには、放爪・誓詞・断髪・入れ墨・切指・貫肉などがあった(延宝六年(一六七八)成・色道大鏡・六)。
二七 名実ともに、何もかもの意。花―色・香。
二八 全盛の客。
二九 以下は、ふじ崎にこがれる主人公の叙述にもどる。前文の「見捨」のあとに少し脱文があるか(金井寅之助)。「銀でなる分里の女」以下「見捨」までは、ふじ崎描写の挿入句的表現とも解される。
三〇 揚屋に未払いがあるかしてびくびくする。
三一 十月一日は冬の衣更えで、翌年三月末日までは綿入れや三枚重ねなどを着るのが普通。
三二 不運なことに。

人の[一]灯挑《ちやうちん》るさく、此《(この)》まへ[二]取出《(とりで)》の時分《じぶん》、家買《いへかふ》てとらせたる太鞁《たいと》が方へはしり込《こみ》、聞《きゝ》しる声かすかに、「傘《からかさ》一本かせ」といへば、女房《にようばう》が下女にいひ付《(つけ)》て、「編笠《あみがさ》ならばござる」といふ。「さても[三]足《あし》もとを見立《みたて》たる返事《へんじ》する。「木履《あしだ》かせ」といふならば、「日和《ひより》のよい時御出《(おいで)》なされ」と申《(まうす)》べし。さりとては[四]物しらずめ。[五]米の百目する時、娘《むすめ》を[六]八坂《やさか》へやる談合《だんかう》、[七]廿五日様《さま》の[八]名号《みやうがう》まで質《しち》に置《をき》、後世《ごせ》を取《(とり)》はづす時も、金子《きんす》十両《りやう》の[九]合力《かうりよく》、前後《ぜんご》やつたる物を勘定《かんぢやう》すれば、家《いへ》の時より此かた、三貫七百目、小判《こばん》四十七両《りやう》、米十八石、着物《きるもの》・羽織《はをり》廿一、其外《そのほか》ちよこ〳〵心付《(づけ)》せし事、[一〇]留帳《とめちやう》にはつけず、覚《おぼへ》がたし。是《(これ)》を忘《わす》れて、今度《こんど》[一一]唐笠《からかさ》一本かしてくれぬは、さりとてはむごきしかたなり。是をおもふに、女郎ほどまことあるものはなし。いひかはせし事をたがへずして、身をしのび命《いのち》にかけて、一夜もあはれをとひなぐさめん事なし。[一二]外《ほか》のさはりと成《(なる)》事」、更《さら》にかはゆくなりて、「とかくあはぬがあれが為《ため》」とて、雨《あめ》に身ほそめて、気《き》のつきる軒《のき》づたひ。

やう〳〵宿《やど》に帰《かへ》れば、[一三]町の年寄《としより》ども、[一四]念仏講《ねんぶつかう》のかへりと見えしが、我等《われら》が門《かど》に立《たち》どまりて、主《ぬし》が聞居《きゝゐ》るともしらず、「いづれ此家《(この)いへ》、[一五]弐拾四貫目には買徳《かいどく》なり。此[一六]格子《(この)かうし》取《とつ》てすて、[一七]銭見世《ぜにみせ》か、らうそくを出し、うらの長蔵《ながぐら》を[一八]小借屋《がしや》に直《なを》し、[一九]かど引まはして[二〇]おもてのぶんは[二一]七分筵《(しちふん)むしろ》の算用《さんやう》にして、壱ヶ月に百九拾目

一 原本のまま。正しくは「挑灯」。当時誤って慣用した。
二 かけ出し。女郎買いのし始め。
三 人の弱みにつけこむ意の慣用句。
四 物の道理や義理をわきまえない者。
五 米一石が銀百匁もする時。貞享―元禄前半期(一六八四―一六九五頃)の大坂では、一石が四十匁から七十匁の間を変動しており、百匁とは、延宝三年(一六七五)や天和元年(一六八一)など、飢饉で米価が高騰した時のこと。
六 京都市東山区八坂上町の八坂の塔(法観寺)付近は、当時色茶屋(私娼)が多かった(色里案内)。
七 浄土宗の開祖、法然上人。建暦二年(一二一二)八十歳で没。忌日が正月二十五日なのでいう。
八 仏菩薩の名、特に「南無阿弥陀仏」の六字をさす。ここは法然上人直筆の六字の名号。
九 金銭の援助。コウリヨクと清音(日葡)。
一〇 控え帳。備忘録。
一一 傘。「唐笠 カラカサ」(易林本)。
一二 ほかの客への勤めがおろそかになること。
一三 町年寄。大坂では各町に町年寄がいた。江戸の町名主に当たり、町の公務をつかさどった。
一四 念仏信者の集会。毎月当番の家で念仏を行い、また掛金をして相互の親睦扶助に当てた。
一五 この金額は、この年寄どもがすでに連判した家質(家屋敷を抵当とする借金)の証文の評価額であるらしい。↓注二三。
一六 挿絵によると問屋格子。これは縦横二寸四五分の角材を用いた大店の構え(守貞漫稿)。
一七 金貨銀貨を銭貨(銅貨)に両替する店。
一八 裏借家。裏長屋。借・貸の字は、当時どちらもカス・カルの両訓あり、混用(諸節用集)。
一九 町角を敷地にして、表通りと横町に建物が面しているのをいう。町角を引回して建てた。

づゝおさまれば、是ぞよき[二二]隠居《いんきよ》やしき」と、売《うり》もせぬ先に、人の家《いへ》のさし図《づ》をするは、無念《むねん》ながら是非《ぜひ》もなし。聞《きく》ほど堪忍《かんにん》ならねど、[二三]家質《かじち》の連判頼《れんばんたの》みをけば、「世上ほど自由《じゆふ》にならぬ物なし」と、男泣《おとこなき》すれど、「万事《ばんじ》は帰《かへ》らぬむかし」とおもふに、筋《すぢ》むかへの[二四]両替屋《りやうがへや》の親仁《おやぢ》のいへるは、「親《をや》の庭好《にはずき》して、植《うへ》をかれし蘇鉄《そてつ》は、今に有《ある》か」といへば、「それはいつの事。迚《とて》も売家《うりいへ》の覚悟《かくご》して、[二五]岩《いわ》ぐみまでひとつも以前《いぜん》の形《かたち》はなし。あんな[二六]仕果《しはて》、世にまたと有べきか。既《すで》にあり[二七]さまの聟《むこ》に成《なる》筈《はづ》を、首尾《しゆび》せいでお仕合《しあはせ》。わたくしの西隣《にしどなり》にも[二八]親《おや》に懸《かゝ》り、若《わか》ひ子どもの[二九]風《かざ》うへに置事《をく》もいや」と、鼻《はな》にしはよせて、物悪《ものにく》そふにいへり。

「おのれ、後《うしろ》からふみたふしても」とおもへど、扨《さて》も世間《せけん》は思案《しあん》する程《ほど》むつかしく、ひそかに戸《と》をたゝけば、五十あまりの下女罷出《まかりいで》、「よひほどにてお帰《かへ》りあれかし。[三〇]八つの鐘聞《かねきい》てからもしばしの事」と、いふ声《こゑ》ばかりして闇《くら》がりなり。「火が消《きへ》たか」といへば、「油《あぶら》がなひ」といふ。「それ程《ほど》の才覚《さいかく》がならぬか」と、[三一]火うち箱《ばこ》さがして、[三二]茶《ちや》の下へ焼付《たきつけ》、そのひかりのうちに二階《かい》へあがり、ふるき長持《ながもち》をこぼちて、夜《よ》もすがら是《これ》を焼火《たきび》して、[三三]ひとり文《ふみ》などよみながら、宵《よひ》の袖《そで》をあぶるうちに、門《かど》を遠慮《あんりよ》もなくたゝけば、寐《ね》た白《かほ》も成《なり》がたく、「誰《たそ》」といへば、色友達《いろともだち》四五人、むりやりにはしり入《いり》、「さむき夜《よ》の[三四]庭火《にはび》、亭主《ていしゆ》が物好《ものずき》、

二〇 その表通りに面した店の分は。
二一 莚一枚（一畳）につき月額銀七分の家賃。
二二 隠居所。上流町人は家督を譲った後、別に用意した隠居銀を持って、同敷地内などに隠居所を建てて別居した。
二三 家屋敷を抵当にした金融方法。家質の証文には町の年寄・五人組の連判が必要であった。
二四 金銀銭三貨の両替商。小資本の銭両替に対し、大資本の両替商を本両替といい、貸付・預金・手形発行など現在の銀行の役割をした。大坂では寛文十年（一六七〇）に、本両替商の行事の中から十人が選ばれ、十人両替が成立し、その下に本両替十二組が置かれ、全両替仲間を統制支配した。
二五 岩組。庭造りで自然石を組合わせたもの。
二六 度を越したやり方。特に金銭の浪費。
二七 お前様。
二八 まだ独立せず親の扶養を受けている息子。
二九 かざかみに置けぬ。卑劣な人に対していう。
三〇 ここは午前二時ごろ。
三一 火打ち石・火打ち金・火口（ほくち）などを入れて置く小箱。
三二 茶釜の下。
三三 「ひとり灯（ともしび）のもとに文をひろげて、見ぬ世の人を友とするぞ、こよなう慰むわざなる」（徒然草・十三段）による。
三四 土間のかまどで焚く火。

どふもいへぬ」と、これらも傘《からかさ》なしの濡身《ぬれみ》をほして、「何《なに》も馳走《ちそう》はいらぬぞ。酒《さけ》はひとつのませ」といふ。

つね〴〵ぜい[一]を申《(まうし)》て、「何時《なんどき》なりとも御出《(おいで)》あそばせ。内にさし合《あひ》[二]はなし、のぞみ次第《しだひ》の食悦《しよくあつ》[三]さすべし」と、其言葉《そのことば》も是非《ぜひ》にさけを呑《のま》する所と、徳利《とくり》・手樽《てだる》[四]をさがせども、いかな〳〵一滴《てき》もなかりし。小半《こなから》[五]買《かふ》べき銭《ぜに》もなく、此才覚昼《(この)さいかくひる》さへならぬに、夜《よ》るの事なれば、ましてや分別出《ふんべついで》ざりしが、大庭《あふには》[六]に十七ならべて、

一 贅。見栄を張ること。分不相応なこと。
二 差しつかえ。邪魔になる家族のこと。
三 うまい物を腹いっぱい食べること。
四 手にさげるように作った樽。角(つの)樽。
五 二合半の酒。「なから」は半分、すなわち五合の意で、「こなから」はそのまた半分。
六 ここは台所の土間。十七の大かまどがあるとは、以前は大店で繁栄したことを示す。

只《たゞ》ひとつ売残《うりのこ》せし大釜《がま》引ぬき、幸《さいわ》ひ横町《よこまち》に古金屋《ふるかねや》のあることそ仕合《(しあはせ)》なれ、たゝきをこして、銭《ぜに》の俄《にはか》に入《(いる)》子《し》細《さい》をかたり、つぶしの直《ね》にして四匁にまけてやれば、銭《ぜに》わたしざまに、「七夜中《やちう》に釜《かま》は何《なに》とも合点《がつてん》はゆかねども、よもや是《(これ)》ばかりを盗《ぬすん》ではござるまい」といふ。八神《しん》ぞ口をしけれども、断《ことはり》中《(まうし)》て銭《ぜに》を請取《うけとり》、やう〳〵外聞《ぐはゐぶん》を酒《さけ》につゝみて、此《(この)》酔《ゑい》のあまりに、「明日《あす》はこよひの憂晴《うきばら》しに、道頓堀《どうとんぼり》に出《(いで)》、九中の一〇太夫《(たゆう)》本《もと》にして、一一是《これ》の亭主振舞《ていしゆぶるまい》」といふ。

七 諺の「月夜に釜をぬかれる」(織留・一の二)などをきかせるか。
八 (神かけての意で)誠に。本当に。
九 中の芝居。道頓堀南の吉左衛門町(南区道頓堀一丁目内)にあり、塩屋九郎右衛門が名代(公許の興行権所有者)の歌舞伎芝居小屋。
一〇 歌舞伎興行の名義人。名代のこと。上方ではその興行権を座本(芝居一座の代表者・監督で、役者の筆頭が勤めた)に貸して興行することが多く、太夫本と座本とは別である。しかし塩屋九郎右衛門は座本でもあった。なお江戸では普通「太夫元」と書き、太夫元が常に座元を兼ね、しかも劇場の持ち主であった。
一一 自分が亭主役でご馳走しよう。

挿絵解説 主人公の住居前の情景。店の表に問屋格子があり、二階造りで虫籠窓がある。角屋敷の植込み、裏の長蔵、夜の雨景が描かれている。右半図の格子縞の羽織の袖をかざす男が主人公。前景の足駄をはき傘をさす三人が、念仏講の年寄ら。丸頭巾、数珠を手に、杖をつくなど老人風に描かれている。その左の提灯を持つのが丁稚。右端には、「うどんそば切」と書付けた荷を担う男、左端には時を知らせる太鼓をたたく夜番が描かれている。

「かたじけなし」と、約束《やくそく》かためて別《わか》れ、その明《あけ》の日、[一]いよ〳〵[二]御出《(おいで)》の使《つかい》、「追付《おつつき》お跡《あと》より」と、物のいらぬ事なれば、男《おとこ》つくりすまして、夜前着物《やぜんきるもの》しはのばして、[三]椛染《かばぞめ》の[四]平帯《ひらをび》、[五]長柄《ながづか》のひとつざし、[六]かどたをさぬ[七]大鶴屋《あふづるや》が扇《あふぎ》、見た所は今《いま》も大臣なり。けふ一日のやとひ草履取《ざうりとり》に、[八]奥嶋《をくじま》の風呂敷《ふろしき》かたげさせしが、此《(この)》うちへ[九]其名《そのな》染込《そめこみ》のふれんたゝみ入《(いれ)》、人目には替着物《かへぎる》とみるらんと、我心《わが》のはづかしく、真斎橋筋《しんさいばしすぢ》に歩《あゆみ》を南《みなみ》へいそげば、[一〇]芝居《しばい》のはての人立《(ひとだち)》に、小間物《こまもの》屋の男《おとこ》が[一一]うち水にゆきかゝり、腰《こし》から下へひとしぼりに成《(なり)》て、着替《きがへ》なき身のかなしく、心腹立《こゝろばらたて》て眼色《がんしよく》かはれば、あるじはしり出《(いで)》、「段〻《だん〳〵》御尤千万《ごもつともせんばん》に存《ぞんじ》たてまつる。此男め、大和《やまと》より二三日跡《あと》に、爰許《こゝもと》へまいり、[一二]つちけのはなれぬ者《もの》なれば、ぜひに御《ご》堪忍《かんにん》」と、亭主《ていしゆ》けつから成《(なる)》一言《ごん》に、[一三]ねだるべき力《ちから》なく、「侍衆《さぶらひしゆ》にかけぬやうにしやれ」と、いひ捨《すて》て通《とを》れば、「是《(これ)》へ御腰《こし》をかけられ、御着物《きるもの》めしかへらるべし。さあ〳〵座敷《ざしき》へ」と、いふ程《ほど》[一四]きのどく、「くるしからぬ」とて、濡《ぬれ》ながら[一五]三津寺《みつでら》八まんのまへに行《ゆき》、此あたりに旅役者《たびやくしや》の笛《ふへ》ふきに、伊勢《いせ》の吉太郎といふもの、折《をり》ふしは[一六]子どもの一座《ざ》によびて、二三度《ど》も物とらせたる事有《(あり)》。是より外《ほか》の茶屋《ちや》・役者《やくしや》、皆〻《みな〳〵》[一七]分《わけ》あしく、立寄《たちよる》事はおもひもよらず。うら借屋住《がしやずみ》の吉太郎にたづね寄《よれ》ば、丸裸《まるはだか》にて立出《たちいで》、「お久《ひさ》しや旦那《だんな》、かゝる

一　間違いなく。確かに。
二　お出で下さいと迎えの使者。時分触れ。
三　樺色(褐色)に染めたもの。
四　真田(さなだ)紐で編んだ平打ちの帯。
五　長柄の脇差を一本腰にさし。長柄は当時粋の好みで流行(一代男・七の二)。
六　折り目のくずれていない新品の。
七　未詳。当時二七〇軒の扇子屋あり(難波鶴)。
八　桟留縞(さんとめじま)のうち、赤糸入りの縦縞(万金産業袋・四)。嶋は縞の当て字で慣用。
九　この男の屋号を染め込んだ暖簾(のれん)。暖簾は当時ノウレンという(諸節用集)。
一〇　当時は昼興行で、芝居の終りは夕方ごろ。
一一　打ち水。ほこりよけで道に水をまく。
一二　土気(田舎くささ)のとれぬ者。
一三　言いがかりをつける。
一四　当惑する。困る。
一五　大阪市中央区八幡町の御津(みつ)八幡宮。当時この辺は飛子(とびこ)宿があった。飛子は旅役者のこと。
一六　歌舞伎若衆を招いた遊興の座敷。
一七　支払いが滞っていて。

一八はにふの小屋へのお立寄《たちより》、一九かたじけ有《(ある)》といふ物じや」と、俄《にはか》にたばこ盆《ぼん》の塵《ちり》ははらへど、裸《はだか》で飛《とび》まはるをみて、「是は気根《きこん》つよし」といへば、「只今大酒《たゞいまたいしゆ》いたしました」とはいへど、上気《じやうき》をして、「旦那《だんな》も此お小袖《こそで》の濡《ぬれ》は」と、ふしぎを立《(たつ)》る。はじめをかたりて、「是を日当《ひあたり》へほせ」といふ。大臣も丸《まる》はだかになつて、「いづれけふはあたゝかな日じや」と、椽《えん》がは立《(たち)》ならび、歯《は》をくひしめて語《かた》り、「我等《われら》はけふにかぎつて、着替《きがへ》もたせてまいらなんだ。其方《そのはう》がいつぞや二〇のぐんない嶋《じま》の着物《きるもの》、すこしの程借《ほどかせ》二一」といへば、「我《(わが)》はだか、何《なに》をかくしましよ、只《たゞ》ひとつの郡内《ぐんない》、裏《うら》ばかり洗《あら》はせまして、となりへくけにまいりし内、此仕合《しあはせ》」とかたる。大臣横手《よこで》を打《(うつ)》て、「扨《さて》も二二ことのかけたる内証《ないしやう》かな。近日《きんじつ》、着《きる》物《もの》・はをり、拙者《せつしや》はづむでござる。けふは宿《やど》に首尾《しゆび》あしければ、取《(とり)》にもやられず」と、ふたり裸《はだか》で待《まつ》うちの、身振《みぶり》さま〴〵おかしく、やう〳〵西日《にしび》になつて、ほしたる着物《きるもの》ひあがりて、大臣これをめせば、吉太郎仕立着物《したてきるもの》も出来《でき》て、二人ともに常《つね》の姿《すがた》となつて踊出《おどり(い)》で、待兼《まちかね》る振廻《ふるまい》のかたにゆけば、膳《ぜん》はしまふて、酒《さけ》のおもしろき所へ立出《(たちいで)》、「いやといはれぬ人に留《とめ》られて、二三いづれもの手前《てまへ》、迷《めい》惑《わく》千万」といふ。

「今迄《いまゝで》のお隙入《ひま(いり)》、御食《めし》はまいつたか」といはれて、「いかにもたべました」

一八 埴生の小屋。むさくるしい家。

一九 「かたじけなし」をおどけて逆に言う。洒落た物言いとして流行(好色由来揃・三)。

二〇 甲斐国郡内地方(山梨県都留市付近)産の縞の絹織物。地色に玉虫地、白地あり、地に綾のあるのを八反がけという(万金産業袋・四)。

二一 借は、当時カス・カルの両訓があり、また貸もカス・カルの両訓あり混用(諸節用集)。

二二 事の欠けたる。不自由な。

二三 どなた様に対しても大変ご迷惑をかけました。

といへば、其通《そのとを》りに済《すみ》て、すき腹《ばら》の乱酒《みだれざけ》一、さかなの中にも生貝《なまがい》など喰《くひ》つくして、二夜食《やしよく》までの待遠《まちどを》く、吸物《すいもの》の出るたび、もし三温飩《うんどん》かとみれば、四切《(きり)》かけ烏賊《いか》の、しかもかすかに、これらに腹《はら》もふくれず、笛吹《ふへふき》の吉太郎は、五気《き》をつくして、立《(たつ)》て帰《かへ》る。

一座《ざ》は衆道《しゆだう》の色《いろ》に前後《ぜんご》忘《わす》るゝ酔心《ゑいごゝろ》、我《われ》を覚《おぼ》えず、「是《(これ)》はさむひ」といへば、お着物《きるもの》の入《(いれ)》たる風呂《ふろ》敷《しき》、取《(とつ)》てまいつて、大勢《あふぜい》の中にて是を明《あく》れば、紺染《こんぞめ》の暖簾《のんれん》に、丸のうちに仁の字《じ》付《(つい)》たるを取出せば、此《(この)》座《ざ》興《けう》さめて、をの〳〵みぬ皃《かほ》するもなをおかし。

随分気《ずいぶんき》づよき物ながら、酒《さけ》さめて、うき世の人を恥《はぢ》て、是より無用《むやう》の色道《しきだう》とおもひ切て、家財《かざい》しまひて、其身《そのみ》ひとりの草菴《さうあん》、むかしの友《とも》にあふ事絶《たへ》て、髭《ひげ》をのづからにのばし、手足終《てあしつい》にあらはず、渡世《とせい》に六江戸髻《もとゆひ》の賃《ちん》びねりして、一日暮《ぐら》しに、七難波《なには》の堀《ほり》づめに身を隠《かく》し、八大寺《あふでら》の桜《さくら》はちかきに、五《(いつ)》とせあまり春《はる》を夢《ゆめ》となし、九蝶《てう》の定紋《ちやうもん》も付《(つけ)》ず、一〇もめんを浅黄《あさぎ》にやつて、世はかろく暮《くら》して、一一埒《らち》をあけぬ。

一 酒宴の礼儀をやめ、無礼講で酒を飲むこと。
二 当時一般に朝夕の二食であったが、夜に簡単にとる食事をいう。多く麺類であった。
三 うどんの古称。
四 短冊形に切った烏賊。
五 気力を使いはたす。気疲れする。
六 元結(もとゆい)は髪の髻(もとどり)を結い束ねるもの。古くは組糸を用いたが、寛文ごろ江戸で紙撚(こより)を用いた元結が作り出されたので、江戸元結という。「髻結(もとゆい)　これを業にする事京洛には古になし。近年江戸髻結のきよらなるにならひて京師にもこれを営す」(国花万葉記・一)。
七 大阪市中央区、東横堀川と道頓堀川と交わる辺。
八 天王寺区四天王寺一丁目の四天王寺。当時は天台宗(今は和宗)。糸桜は名物で三月には天王寺回廊辺は花見客が群集した(日次紀事・三月)。
九 春・夢・蝶は、胡蝶の夢の故事(荘子・斉物論)による縁。
一〇 浅黄色(浅葱色。緑がかった薄い青色)に染めた木綿の着物を着て済ませ。野暮なありふれた着物を着た、色道を捨て去ったさまをいう。「浅黄小紋は、初心めきて、当道に嫌ふ」(色道大鏡・二)。
一一 (物事のかたをつける意で)一生を終わった。
一二 金持の二代目がせっかくの身代をつぶしてしまう意の諺。「長者二だいなし」(毛吹草)。
一三 「三代の悪性。福者二代なしといふ語によく叶へり、三代めにすりきりたるとなり」(好色伊勢物語・十六段頭注)。
一四 京都市中。「今洛中とは、東は縄手、西は千本、北は鞍馬口、南は九条まで」(京町鑑)。
一五 三十六歌仙になぞらえて、分限者(金持)を三十六人選定して称した、一種の長者番付。

二　四十九日の堪忍《かんにん》

「[一二]長者《ちやうじや》に二代《だい》なし、女郎買《かい》に、[一三]三代なし」と、京《きやう》の利発《りはつ》ものが名言《めいごん》なり。[一四]洛《らく》中広《ちうひろ》きに、[一五]歌仙分限《かせんぶげん》と[一六]さゝれて、三十六人の中にも、[一七]ひだり座《ざ》の第《だい》一、[一八]二文字《じ》屋の何《なに》がしとて、親《をや》より家蔵《いへくら》・諸道具《しよだうぐ》の外《ほか》に、[一九]十五百貫目[二〇]書置《かきをき》せし時《とき》、[二一]連判《れんばん》のをの〳〵、是《(これ)》を改《あらため》て、「[二二]跡取《あととり》に相渡《あひわた》し候事、実正明白也《じつしやうめいはくなり》」。是を請取《うけとり》、四十九日の朝《あさ》は、[二三]旦那坊主《だんなばうず》よびて、夕食《ゆふめし》に[二四]精進《しやうじん》あげて、箸《はし》をしたに置《をく》と、宿《やど》をかけ出《(いで)》、小《こ》嶋原《しまばら》に行《ゆき》て、「[二五]丸《まる》屋の亭主《ていしゆ》がつてんか。おやぢが[二六]所務分《しよむわけ》、見たか〳〵」と、小判《ばん》を逆手《さかて》にもつてまきちらし、「此《(この)》家《や》内《ない》はんじやう」と、よろこばせける。

これより心にまかせ、太夫の[二七]石州《せきしう》をあげづめにして、いかな〳〵脇《わき》の男には、ひぢりめんの[二八]戸帳《とちやう》おがませず、此女郎を「秘仏《ひぶつ》の太夫」と名高《なだかく》、その比《ころ》の太鞁《たいこ》、[二九]しやくしの徳入《とくにう》といふ針立《はりたて》、此秘仏《ひぶつ》さまを預《あづか》り、昼夜《ちうや》まもりて、[三〇]後生大事《ごしやうだいじ》に目《め》付《つけ》する。是恋《こひ》に心ざしなく、情《なさけ》に望《のぞみ》なし。只妻子《たゞさいし》のため、何《なに》も身過《みすぎ》と、療治《りやうじ》を捨《すて》て、一年《ねん》壱貫弐百目の御合力《かうりよく》に定《さだ》め、我宿有《わがやど(あり)》ながら、年越《としこし》の夜《よ》も内に寐《ね》ず、[三一]目に正月させて、こきみのよき首尾聞《しゆびきゝ》ながら、妻《つま》なし[三二]千鳥《ちどり》ととびありく。[三三]引舟《ひきふね》女郎の、帯《をび》とき、髪《かみ》のそこぬるもかまはず、「木枕《きまくら》が見えずば、よき物

「広き都に三十六人の歌仙分限の内に入ぬ」(織留・二の一)。
一六　指定されて。
一七　三十六歌仙は、普通十八人ずつ左右に分けて示されており、左の座の第一は柿本人麿で、歌仙の首座。ここは長者の中でも筆頭のこと。
一八　未詳。ここは「第一、二文字屋」と、数を重ねて用いた虚構の屋号か。
一九　五百貫目の十倍(五千貫目)。
二〇　遺言状。
二一　書置に証人として連判した親類・町役人などの人々。「レンバン」(日葡)。
二二　家督相続人。家名と家産の相続者。
▽本文の以下「実正明白也」までは、遺言状の開封に立会った連判者が、その文面どおりに相続人に引渡したことを述べる証文の文体を引く。
二三　菩提寺の僧。
二四　精進(菜食)の期日を終えて肉食をとる。
二五　島原揚屋町、西側南端の揚屋。西鶴は丸屋七左衛門とする(五の二など)が、色道大鏡、色里案内などでは、丸屋三郎兵衛。
二六　遺言状による遺産分配。
二七　島原の石州は多くは天神。太夫になったのは下之町林与次兵衛抱えの石州、諱は玖子(きゅうし)、ただし早世した(色道大鏡・十六)。
二八　神仏の内陣の前に掛けたとばり。ここは腰巻きを洒落ていう。後文の秘仏と縁。
二九　杓子の徳入。祝儀をうまく受ける意からのあだ名か。「針立」は鍼医者。ここは野太鼓。
三〇　物事を大事にする意。秘仏の縁。
三一　目を喜ばせる意の諺。
三二　冬の季語。ふらふらと歩く意をこめて使う。
三三　太夫に付き添い客席をとりもつ遊女。位は囲(かこい)女郎。囲は鹿恋とも。

有《あり》」と、明重箱《あきぢうばこ》を横《よこ》にして、誰《たれ》に遠慮《ゑんりよ》もなく足手《あして》をのばし、「後《のち》[一]のすけを呑《のむ》まひ物」と、現《うつゝ》のやうにいひ寐入《ねいり》に、此《この》おもかげ燈《ともしび》に移《うつ》り、あらはに見えけるに、すへの女郎ながら、白《しろ》むくの肌着《はだぎ》に、首筋《くびすぢ》うるはしく、すこし中《なか》[二]びくにこそあれ、薄皮《うすかは》にして、ちいさき口もと、[三]此中《なか》でみればなり、[四]大津《あふつ》などの[五]天職《てんしよく》よりは見よし。「毎夜《まいよ》十八匁[六]が物を、[七]国土《こくど》の費《ついへ》」と、無常《むじやう》を観《くはん》ずる所へ、頓《やが》て[八]出前《でまへ》の禿《かぶろ》、我身《わがみ》を人の物にして、しどけなく腰《こし》まですそのまくるゝもかまはず、酒《さけ》に

一 助。他人に代って酒盃を受けること。ここは太夫の代りに受けた酒盃のあとの分のこと。
二 鼻が低い意。中高(鼻筋の通った美貌)の対。
三 この島原で見るとさほど目立たないが。
四 大津の遊廓、馬場町。
五 天神。太夫の次位、囲の上位。大津は太夫はなく天神が最上位。揚代は天神が二十六匁、小天神二十一匁、囲が十六匁(色道大鏡・十二)。
六 島原の引舟女郎の揚代。島原の揚代は、太夫五十八匁、天神三十匁、囲が十八匁(同)。
七 大変無駄なことの意の慣用語。
八 一人前の遊女として見世に出る前の年ごろの禿。十三、四歳ごろになる。

いたみて、「[九]朝《あし》た雨《あめ》がふつて、[一〇]四つ時迄《(まで)》ねたひぞ」と、おぼえずいふもおかしき。「こいつも[一一]わけをしらぬさまにもみへず。只置《たゞをく》もむねん」と、又次《つぎ》の間《ま》をみれば、[一二]太鞁《たいこ》女郎ふたりまで、九匁が所ひき草臥《くたびれ》て、三味線《さみせん》の筒《どう》を枕《まくら》に足《あし》もたしあふて、さんげばなしを立聞《たちぎゝ》するに、[一三]かる藻《も》といふ女郎、しかも好《すき》そふなるに、「[一四]それにこしらへて置身《をくみ》も、自由《じゆふ》に我《わが》まゝもならぬ事は、[一五]氏神稲荷《うぢがみいなり》さまを[一六]せいもんに入《(いれ)》て、去年《きよねん》の九月の十四日に、[一七]肥後《ひご》の衆と床《とこ》へいつたまゝ」といふ。

九 翌朝。「朝 アシタ」(書言字考)。
一〇 ここは午前十時ごろ。
一一 分。男女間の情事。
一二 歌舞や音曲で宴席に興を添える女郎。位は囲女郎。揚代は昼夜が十八匁、半夜が九匁。
一三 未詳。苅藻は長崎・下関・江戸にみられる遊女名(色道大鏡・十一)。西鶴作品では「花夕・苅藻、つれ引・つれ歌、古今めいよの上手」(二代男・五の三)として、江戸吉原の音曲の名手の苅藻(囲職)が出る。ここはあるいはこの遊女を下敷にした命名か。
一四 色を売るようにこしらえている身。
一五 自分の氏神(鎮守の神)稲荷様。京都の下町の氏神は、伏見稲荷とされた。
一六 誓文に入れて。神仏に誓ってうそを言わない、の意。
一七 肥後(熊本藩)産の米などは、九月から十月上旬にかけて大坂に回漕されてきた。ここはその蔵物担当で上坂した武士たちか。

挿絵解説 島原の揚屋の情景。左半図は重箱を枕に引舟女郎が寝ており、その傍に出前の禿が寝ている。それを垣間見る男が、針立の「しゃくしの徳入」。座敷には燭台・燗鍋・重箱がある。右半図の二階には、三味線の胴を枕にした太鼓女郎ら二人が寝ており、燭台・煙草盆がある。下は台所の広敷で、板の間には釣り行灯の下で魚を調理する料理人、畳敷には揚屋の女が描かれる。膳棚には上段に石皿・燗鍋・渡盞(ときん)・盃など、下段に壺・手樽・瓶子が載る。畳敷に燭台・石皿・吸物椀などがある。

「我等《われら》は、年《とし》あけて二三度《ど》も、[一]分《わけ》の立客《たつきやく》にあふた」と語《かた》る。扨《さて》もふびんや、此《（この）》女郎どもを買捨《かいずて》にして置《をく》は、[二]喰《くは》ぬ殺生《せつしやう》、つみにも成《（なる）》べし。けいせいの男めづらしがる事、よもや世間《せけん》にしるまじ。

又、台所《だいどころ》を見わたせば、[三]柳真《やなぎま》那《な》[四]板取《いたとり》まはして、色めきたる下女ども、男まじりにうちふしけれど、誰《たれ》かこれらに目をやる人もなかりき。[五]是《（これ）》をおもふに、よし野《の》の麓《ふもと》に花《はな》の盛《さかり》をみずに暮《くら》し、[六]山崎《やまざき》の人郭公《ほとゝぎす》に耳《みゝ》ふさぐに同《おな》じ。爰《こゝ》もそのごとく、女房《にようばう》見あきて、なんともおもはぬと見えたり。

こんな所へきてたゞ居《い》るは、うかとした事ながら、つね〴〵[七]律義《りつぎ》におぼしめして、大事の御番《ごばん》をおたのみなされしに、みぢんもじだらくする事にあらずと、かた隅《すみ》に取《とり》のき、小《こ》分別《ふんべつ》有《（あり）》げに眉《まゆ》をひそめ、[八]まる寐《ね》して、随分《ずいぶん》さむいめを堪《かん》忍《にん》して、夜あけを待兼《まちかぬ》る時、大臣起《をき》あはせ給ひ、徳入《とくにう》がねすがたを見給ひ、「いつもそのごとくひとり寐《ね》するか。さいわひの手《て》あきがあるに、さりとは無《む》用《やう》のしんしやく。さても[九]残《のこ》らぬたはけ者《もの》、爰《こゝ》で恋《こひ》をせぬは、風呂《ふろ》へ入《（いり）》てあかをおとさぬに同《おな》じ。[一〇]ひへ物御免《ごめん》、どのふところへ成《（なり）》とも入《（はいれ）》」と、お言葉《ことば》かゝりて後《のち》、ぶんざい相応《さうわう》の遊興《ゆうけう》、「是皆《これみな》お影《かげ》〳〵、太鞁持《たいこもち》ほど有《（あり）》がたき世渡《わた》り又もあらじ」と覚《おぼへ》ける。

一 男女の情を交わす意。
二 いたずらな罪作りなことをする意の諺。
三 柳の木には毒がないといわれ、俎板などに用いられた(和漢三才図会・八十三)。
四 取り囲んで。
五 原文は「なかり」とあり、今「き」を補う。
六 山崎(京都府乙訓郡大山崎町)の草庵に住んだ山崎宗鑑は、「かしがましこの里過ぎよ時鳥都のたはけ我を待つらん」と狂歌を詠んだという(片言、名残の友・二の一)。
七 実直。リッギ(日葡)・リチギ(書言字考)とも使う。
八 着のみ着のままで寝ること。ごろ寝。
九 あますところのない、底抜けの。
一〇 銭湯で、入湯のさい周囲の人に言う挨拶の言葉。
▽前々段より本段までは、目録の見出しに「たいこ持律義」と掲げる内容で、西鶴独吟百韻自註絵巻の次の付句・自註と同一の素材を扱う。「肩ひねる座頭成とも月淋し／太夫買ふ身に産れ替らん　爰は色里の太鼓持の身の上にして付よせける。…さて／＼何の因果の我身や、禿・座頭をあいてどりにしても、夏の夜さへ長ふ覚へ、まもり給へむすぶの神、二たび出生せば、太夫にあふ身になりぬべしと、観念の眼をふさぎ、そこへころりとふしけるは、まことにいたはしや」。

此《(この)》大臣《だいじん》一代《だい》の奢《おごり》、行年《ぎやうねん》七十四迄《(まで)》、腰《こし》の骨《ほね》のつゞく程《ほど》は色《いろ》さはぎ、其子《そのこ》なを又、[一一]中比《なかごろ》の野秋《のあき》に[一二]ばつと出て、見事《みごと》なさ[一三]はいしすごし、是も[一四]智恵《ちへ》すぎてやむるにはあらず、自然《しぜん》とおもしろさやみて、七十九の夏《なつ》ごろより此道《(この)みち》をとまりける。二代ともに名《な》を流《なが》し、三代目は[一五]二清《じせい》といはれて、[一六]かほる大臣なるが、ほどなく[一七]かよひ灯挑《ちやうちん》の立消《たちぎへ》して、次第《しだひ》わろくやめにける。

二代目に[一八]分散《ぶんさん》に極《きはま》りたる身躰《しんだい》なりしが、[一九]しうとのゆづり銀《(がね)》、弐百貫目の[二〇]ひゞき、天秤《てんびん》に[二一]かけ出し、今迄《いまゝで》はつゞきぬ。二清《じせい》身に当《あて》ては、三十四五貫目つかひしに、わるひ所を請取《うけとり》、あたら身躰《しんだい》、此男が[二二]皆《みな》になしたるやうに沙汰《さた》せられ、聟《むこ》にも養子《やうし》にも談合《だんかう》の相手《あひて》なく、なんにも残《のこ》らぬ身ひとつ、けふを暮《くら》しかねて、やう〳〵[二三]長者町《ちやうじやまち》によろしき[二四]姨《をば》の許《もと》へ[二五]にじりこむを、ゆかりなれば見捨《みすて》がたく、四五人ゆる〳〵と世をわたる金銀《きんぐ》とらせば、是《(これ)》も又、半年立《はんとしたゝ》ぬうちにかの里《さと》へはこびける。

「菟《と》角《かく》[二六]俗をはなれさせよ」と、[二七]わうじやうずくめに坊主《ばうず》になせども、なを此道《みち》をやめず。「此《(この)》うへは、やしなひころせ」と、座敷籠《ざしきろう》に押入置《をし(いれ)をく》に、是も忍《しの》び出《(いで)》、[二八]気色《(けしき)》をみるばかりにかよへば、「いかなる事もや仕出《しだ》しけん」と、賢《かしこ》き人に相談《さうだん》するに、「をのづからやめさする[二九]遠嶋《ゑんとう》あり。こなたへまかし給へ」と、

一一 →二六三頁注二九。
一二 派手に遊び始めて。
一三 差配。処置。ここは祝儀など金の振舞い方。
一四 思慮分別の人よりまさって。自ら悟って。
一五 二文字屋。清兵衛などの頭文字による呼び名。
一六 薫の大尽客。薫は島原上之町上林五郎右衛門抱えの太夫。ここは何代目か未詳。
一七 廓通いの提灯。
一八 自己破産。全財産を債権者たちに委せて入札売却し、それを債権額に応じて配当する法。
一九 二代目が妻の父親から譲られた銀。
二〇 銀貨の音、銀の威力の意。ひゞき—天秤—かけ出す。
二一 天秤で銀貨を量って相手に渡す時、銀貨が実際の量目より多くあるように秤を扱うのをいう。商人のかけひきの一で、「掛け込む」の対。
二二 すっかりつかい果たす。
二三 京都市上京区。上・中・下の三町あり、当時は富裕な町人が住む。
二四 「姨 ヲバ〈母之姉妹曰レ姨〉」(書言字考)。
二五 無理に入り込む。
二六 出家させよ。
二七 無理に承服させるのをいう。
二八 廓の様子をちょっとでも見るばかりに。
二九 島流し。ここはこらしめの別居。

嶋原《しまばら》の[一]揚屋《あげや》町の横手《よこて》に、ちいさき借屋《かしや》をかりて、二清《じせい》に渡《わた》し、家賃《やちん》の外《ほか》に、壱ヶ月の合力銀《かうりよくがね》三十目、「何成《なになり》とも勝手次第《かつてしだひ》にくるひ給へ」と、いひ捨《すて》ける。爰《こゝ》にて[二]名誉《めいよ》、悪心《あくしん》かはりて、人にあふも迷惑《めいわく》して、後《のち》にははやり[三]咄《ばな》しのうけ売《うり》して、女郎さまより物もらひて、[四]口惜《くちをし》からず暮《くら》しぬ。

三　偽《うそ》もいひすごして

万事《ばんじ》しやれて、女郎ぐるひの今ほどおもしろき事はなし。[五]香車《きやうしや》の久米《くめ》が、十四五手《て》づゝ先《さき》をみすかし、「此《(この)》大臣は、[六]九月の節句《せつく》過《すぎ》より[七]大年《あふどし》までは、[八]長《なが》ひうちに、さのみ物入《(ものいり)》のなひ時をかんがへ、[九]よい事をしてとり、[一〇]正月買《がい》[一一]さしづめになり、にげ道《みち》に、「伊勢《いせ》へ[一二]年籠《としごもり》に、親仁《をやぢ》の代参《だいまい》りする」と、師走《しはす》廿日《(はつか)》比《ごろ》にいひ出して、太夫さまからは[一三]はなむけに、[一四]弐百目程《ほど》入《(いる)》肌《はだ》小袖《そで》をとつて、置《をき》みやげに小判《こばん》しんぜて、[一五]四十末社《まつしや》の者《もの》どもには、「すこし子細《しさい》有《(あつ)》て[一六]やめぶんなり。内証《ないしやう》聞《きい》てから、[一七]鳩《はと》の目《め》一文《もん》のたよりにならぬ事、うちやつてをけ」と、何事《なにごと》ぞ有《(あり)》そふにおもはせ、[一八]如在《ぢよさい》なき女郎に、[一九]帥仲間《すいなかま》から[二〇]讃《さん》を付《(つけ)》さすはしれた事。そんな前《まへ》[二一]かた成《(なる)》仕《し》かけ、[二二]四も五もくはぬ事。[二三]十月の始《はじめ》いのこに、[二四]こなたからいやといは

一　島原遊廓の西南部の一町。横町には座頭や縫物屋などの町家が少しあった。↓五六四頁付図。
二　不思議。面妖《めんよう》と同じ意。
三　当時は京都では露の五郎兵衛、大坂の米沢彦八などの落とし咄しが流行。
四　恥ずかしいとも思わず。
五　遣手の異称。↓二六二頁注七。香車―(将棋)―十四五手。
六　九月九日の重陽の節句は、その前日から翌日までの三日間は大物日(紋日)で、普通の日より遊興費が高い。節句買いという。
七　大晦日。オオトシ・オオドシとも。
八　節句と節句の間は大体二か月だが、九月の節句から大晦日までは、月並みの物日のほかは特別の費用のかからない、最も長い時期。
九　安い費用で太夫を自由にすること。
一〇　大晦日から正月三日までの四日間、大尽がなじみの遊女を指名し面倒をみてやること。一年中の最大の物日で、遊女の衣服の新調、揚屋などへの祝儀等、多額の費用がかかった。
一一　直ぐ間近に迫るのをいう。
一二　大晦日の夜に社寺にこもって年を越すこと。
一三　遊女はなじみ客の旅立ちの餞別として、小袖を贈るのがよいとされた。それも遊女の定紋又は男の定紋を付けた(色道大鏡・四)。
一四　銀二百匁(約三両半)ほどする下着の小袖。
一五　遊里で客を大尽(大臣)と言うのを伊勢の大神に言い掛け、客の取り巻きの幇間のことを末社と言う。また伊勢の外宮には四十の末社があるので、「四十末社」とも言う。太鼓持。
一六　太夫との関係を絶つ。手を切る。
一七　伊勢参宮の賽銭用の鉛製の穴明き銭。形が鳩の目に似ているのでいう。銭屋で銭一文を鳩の目十文ないし十二文と両替した。ここは銭一

せぬ男」、[二五]きのふと暮《くらし》て、つゐ[二六]冬《ふゆ》のはじめの朔日《ついたち》になりぬ。

大勢《あふぜい》の付相《つきあひ》見すまし、[二七]京屋《きやうや》のあるじに、やりてのくめが、「なにか大臣さまへ、をそれながら御訴訟《そせう》事」と申せば、其時殿《そのときとの》さまは、[二八]置頭巾《をきづきん》して、[二九]書院《しよゐん》毛貫《けぬき》をもち、「一歩《ぶ》ほしき訴訟《そせう》か」といふ。「いかにもそれににました御事なり。いのこの[三〇]おかちんの米《こめ》と申《(まうす)》も、さもしき事ながら」と申せば、「いや〳〵、世間《せけん》にする事はしたがよい。して、何《なに》ほど入《(いる)》ぞ」。此《(この)》時いふてとらひではと、正月の餅米迄《もちごめまで》さん用《やう》して、「六石五斗」と申せば、「女郎屋には大分《だいぶん》いのこをいはふじやな」と、不思議《ふしぎ》がましき白《かほ》つきして、紙入《かみ(いれ)》をなげ出す。小判《こばん》の次手《ついで》に、[三一]十夜《や》の盛物代《もりものだい》、霜月《しもつき》は[三二]おさめのかうしん待《まち》、わたくし小宿《こやど》の[三三]水風呂《すいふろ》の釜《かま》を仕かへの御合力《かうりよく》、何《なに》やかや取《とり》あつめて、春《はる》までの勤《つと》めども残《のこ》らず御無心《むしん》申《(まうし)》、そのうへに、「正月の事、いまだ間《ま》のある義《ぎ》なれども、外《ほか》に申方《(まうすかた)》なければ」とさゝやけば、此男にげる分別《ふんべつ》かはって、「いかにも拙者請合《せつしやうけあひ》」と、たしかに宿《やど》へ申《(まうし)》わたせば、亭主《ていしゆ》、「是《これ》は珍重《ちんちやう》、さても見事なあそばされやう。おそらく十月朔日《ついたち》に正月の極《きは》まりし女郎、新町広《しんまちひろ》しと申せども、此太夫さまの外にあらば、いふてござれ。この首《くび》、[三四]水もたまらずやるは。こんな大臣のお宿《やど》には、今時分《いまじぶん》から[三五]仕着物《しきせもの》が仕廻《しまふ》て有《(ある)》物じや」と、むしやうに[三六]のぼされ、前後《ぜんご》かまはず、一座《ざ》は[三七]柳《やなぎ》

文どころか鳩の目一文のもうけにもならないの意。四十末社—鳩の目。
一八 手落ちのない遊女。
一九 粋人仲間。帥は粋の意の慣用字。
二〇 批評。非難。　二一 どんな手にも乗らないの意。
二二 古くさいたくらみ。
二三 →二六四頁注一。
二四 こちらから正月買いのことを持ちかけて。
二五 「昨日といひ今日と暮らしてあすか川流れてはやき月日なりけり」(古今集・冬・春道列樹)。
二六 陰暦十月一日。　二七 大坂新町佐渡島町北側の揚屋、京屋仁左衛門(色道大鏡・十二)。
二八 ふくさ状の布を二つに畳み頭に載せた。
二九 書院の煙草盆に添えて置く毛抜き。
三〇 「かちん」は餅をいう女房詞。
三一 浄土宗では十月六日から十五日までの十日間、毎夜念仏を唱える行事があり、その供物代。
三二 納め(その年最後)の庚申の日の夜、親類知人が集まり終夜宴遊する行事。この夜眠ると人の体内にすむ三戸虫《(さんしちゆう)》が、その人の悪事を天帝に告げるという道教の俗信によるが、日本では青面金剛《(しようめんこんどう)》などへ参詣した。庚申の日は年により六度ないし七度あり、特に初めと終りの庚申待ちを重んじた。大坂では天王寺の庚申堂へ参詣したが、納めの庚申が一番にぎわった(難波鑑・六)。
三三 風呂桶の下部に焚き口を設けた風呂。蒸し風呂に対して水をわかした風呂をいう。
三四 刀ですっぱり切ってくれてやるわ。
三五 時候に応じて主人から奉公人へ支給する衣服。商家では盆と正月に支給。
三六 「のぼす」はおだてる意の遊里語。
三七 相手にさからわないようにする意の諺。柳—風のなびき。

にやつて立《たち》けるが、「風のなびきにかはるは大臣のこゝろ、てつきりと太夫さまへ難儀《なんぎ》をもつてござる所なり。時にこなたから先《せん》にいひ出し給へ」と、その段〻《だんく》をしへ置《をき》[一]しに、

案《あん》のごとく、大臣むり[二]をもつてきそふなる皃《かほ》つきの時、しみ〴〵とふかふしかけて、「けふ御出《おいで》を待《まち》かねました。すこし御内談《ないだん》いたしたき事は、此《この》ほど両《りやう》度扇屋《どあふぎや》[三]であひまする田舎《いなか》の大臣が、此方《このはう》いやなほどのぼり[四]つめ、「指《ゆび》[五]を切《きり》たら

挿絵解説　揚屋京屋の座敷。中央奥に脇差をさし安坐するのが大尽。置頭巾して毛抜きを持つ。右脇が太夫。髪は締め付け島田に挿櫛をさし、草花模様の小袖姿。その右に引舟女郎(締め付け島田で丸花づくしの着物)と禿(剣井菊柄の着物)が坐る。左脇が太鼓持。中央手前が大尽に無心を言う京屋の主人と遣手の久米。背景には山水が描かれ、大尽の手前には煙草盆・煙管が置かれている。

一　以下本文は続く形だが、読解の便宜上、仮にここで段落を切ることにする。
二　無理。難題。
三　新町佐渡島町の揚屋、扇屋次郎兵衛(色道大鏡・十三)。後に伊兵衛に代替り(色里案内)。
四　のぼせあがり。
五　遊女の心中立ての一つ、切指(せつ)。切指は不具になる行為で、「傾城の心中の奥儀」とされた(色道大鏡・六)。→二六五頁注二六。

ば、[六]根引《ねびき》にして国《くに》へつれて帰《かへ》る」と、無分別《むふんべつ》にす[七]ゝめば、いづれも、「爰《こゝ》はきり所じや。女郎の指《ゆび》は、[八]盆《ぼん》・正月勤《つとむ》る男にさへ切《きる》もあり。いふても是《これ》は小指《こゆび》一つに、千両《りやう》あまり[九]入用《(いり)やう》出して、借銭《しやくせん》まで済《すま》して、[一〇]一生《(いつ)しやう》の苦患《くげん》のがるゝ事じや。ことには親《をや》かたの為《ため》、是程《これほど》のこと、又いつの世にか有《(ある)》べし。是非《ぜひ》にきれ」と、やり手《て》の久米《くめ》が[一一]薄刃《うすば》あてがへど、「気《き》にいらぬ男につれられて、しかもしらぬ国《くに》へ行《ゆき》て、大勢供《あふぜいとも》つれて乗物《のりもの》にのる事、いやじや」といへば、「さりとては、そのこんじやうで、よふも〳〵太夫とよばれさんす、あさましや。ことによつて死《し》ぬるもあるに、こなたには、何事《なにごと》があつても勤《つと》めの指《ゆび》はきらせぬ程《ほど》に、身に疵《きづ》つけずに女郎がなる物か、[一二]てがらに淋《さび》[一三]しうないやうあそばせ。太夫から[一四]二畳敷《でうじき》のすまひ、今まで幾《いく》たりかみた事。唐紙《からかみ》のもやうは、[一五]立田川《たつたがは》が目にたつ物じや。[一六]仁介《(にすけ)》さまにたばこすい付《(つけ)》て、ちと上《うへ》へござりませいと、直《ちき》にいやる皃《かほ》をみるやうな」と、扨《さて》もむごい事を、やりての久米《くめ》がいひまする。わたくしも[一七]新屋《あたらしや》の金《きん》太夫といはれしもの、すいた男ならば、命《いのち》がなんの惜《をし》かろ」と、もたれかゝつて泣出《なきいだ》せば、大臣聞届《きゝとゞけ》て、「是《(これ)》は[一八]あちらこちらのせんぎ成《(なり)》ける。けふは[一九]口舌《くぜつ》をしかけ、是非《ぜひ》指《ゆび》をきらす心底《しんてい》にて来《きた》りしに、おもひよらぬ事をきくは、何の日じやぞ。我《われ》をたよりに語《かた》りかゝるこそ因果《いんぐは》なれ。爰《こゝ》は見捨《みすて》がたし」

六 遊女を身請けすること。古来、正月子の日に小松を引いて祝う行事をいうが、松の位である太夫を引き抜くので、根引きという。
七 ぜひそうしようとする、はやり立つ、の意。
八 盆・正月の大物日の面倒をみてくれる客。
九 費用。
一〇 年季明けまで金で買われる遊女の苦しみ。
一一 薄刃包丁。菜切り包丁。
一二 手柄に。出来たらお手柄だが。
一三 売れ残らないように。
一四 太夫・天神・鹿恋は揚屋に客から呼ばれるが、最下位の端(は)傾城(局女郎とも)は、通りに面した二畳敷の局(部屋)で客を迎えた。
一五 流水に紅葉をあしらった、ありふれた模様。
一六 下男や職人などの通称。
一七 新町下之町の新屋抱えの太夫。→二六四頁注四。
一八 あべこべのなりゆき。話が逆になることをいう。
一九 口げんか。痴話げんか。

と、まんまと一ぱいくふて、「数《かず》ならねど拙者《せつしや》が居《い》るぞ。[一]けにくひ[二]客《きやく》をまきちらせ」と、かしらから大きに出て、我《われ》ひとりして万事《ばんじ》をつとめけるは、是大分《これだいぶん》[三]のおはまりなり。

此《(この)》男も[四]北浜《きたはま》に源《みなもと》といはれて、[五]諸分《しよわけ》[六]ちうろくてんにくゝり、あまり[七]さきぐりを仕掛《しかけ》しに、又女郎は、それを[八]しよさにする[九]帥《すい》ごかしにあはされ、扨《(さて)》もろき身《しん》躰《だい》、取あつめて弐百貫、やりての久米《くめ》がおひ立《(たて)》ける。若《わか》ひ女郎に付《(つけ)》たきものは、ふるきやり手なり。町家《まちや》の[一〇]若代《わかよ》に、家久《いへひさ》しき手代《てだい》あると同《おな》じ。此大臣にもよき手代あらば、是《(これ)》ほどまでには成《なる》まじきを、[一一]出入《いでいり》の者《もの》も皆《みな》、[一二]悪所《あくしよ》にして[一三]鶏《にはとり》めしをふるまはれて、羽織《はをり》かり取《どり》にして帰《かへ》るも有《(あり)》、[一四]家請《いへうけ》を頼《たの》みながら、畳《たゝみ》の無心《むしん》を申《(まうす)》も有、喧咜《けんくは》するひでん書《しよ》を預《あづけ》て、金子《きんす》十両《りやう》、無理《むり》がりにするやら、よる所さはる所にて取《(とり)》ひしがれ、財宝《ざいほう》ざらりと埒明《らちあけ》て、むかしの[一五]風俗《ふうぞく》、四五年にかはりて、今は[一六]小谷《こだに》といへる[一七]びくに寺《でら》のほとりに裏屋《うらや》住《ずま》ひして、いかな〳〵硯箱《すゞりばこ》がひとつあらばこそ、[一八]ちんからりに[一九]かけ釜《がま》かけて、汁《しる》なしの食《めし》をたき、有《(ある)》時は餅《もち》に日を暮《くら》し、なひ時は帯《をび》しめて、[二〇]三月大こんも腹《はら》ふくるゝたよりと、をのづから[二一]常精進《じやうじやうじん》の身となれり。

この北隣《きたどなり》には、観音《くはんをん》さまを負《をふ》て[二二]くはんじん坊主《ばうず》住《すみ》しが、烏賊《いか》つくりて、[二三]わけ

一 気憎い。こにくらしい。
二 金の力で追い払え。
三 策略におちいること。だまされ方。
四 大阪市東区、土佐堀川に北面する地で、米問屋など富裕な商人が住んだ。当時はキタバマともいう。
五 廓のしきたり。遊女との駆け引き。
六 中六天(宙六天とも)は、物事をよく知っているように振舞うことで、ここはいいかげんにのみこむこと。
七 先ぐりに同じ。先回りすること。
八 所作。仕事。手管。
九 相手をおだてて粋人扱いをしてだますこと。
一〇 若主人。
一一 元の手代などで暖簾を分けてもらった者。時折主家を見舞うことになっていた。
一二 遊里や芝居茶屋。
一三 梔子(くちなし)の実の煎じ汁に米を半刻ほど浸して取出し、飯に炊く。鶏の羽・腸などを除いてよく煮て、黄皮をはいで糸状に切り、先の黄色の飯の上に盛りつけたもの(本朝食鑑・一)。
一四 借家の身元保証人(請人)。借家契約の際は、借家人と請人の連判の請状を家主に出すことになっていた。
一五 ここは服装をいう。
一六 南谷町(谷町筋の久宝寺橋通り南へ)の東西の異名(宝暦六年・大坂町鑑)。大阪市中央区谷町五丁目・竜造寺町辺。
一七 比丘尼寺(尼寺)。中央区竜造寺町の天台宗宝泉寺。当時は宝泉庵とも(摂陽群談・十二)。
一八 もと沖縄から産出した焜炉(こんろ)の一種。
一九 縁などの欠けた釜。
二〇 晩秋に種をまき、翌年の三月ごろ収穫する。根は細長く小さい。三月の季語。

ぎ鱠《なます》のかほり、ふだん塩魚《しほいを》きらすといふ事なし。南《みなみ》どなりは、[二四]三途《づ》川のお姥《うば》さまの勧進《くはんじん》にありく男、ふるぬのこ[二五]あまたこしらへ置《をき》、一夜《や》を六文づゝにて、貧《ひん》家《か》の嵐《あらし》を凌《しの》ぐために借《かし》[二六]て、朝《あし》たはかたはしからはぎてまはりて、目前《もくぜん》にあの世をみせける。かゝる所にも住《すみ》なれて其気《そのき》になれるは、惣《そう》じて人間のならひぞかし。今は[二七]人置中間《をきなかま》のつかひして、手かけ[二八]奉公人《ばうこう》の着替《きがへ》をもつて供《とも》するも口惜《くちをし》からず。銭《ぜに》さへとれば、おろしたる胞《えな》[二九]までも捨《すて》に行《(ゆく)》。人の果《はて》こそあさましきものはなし。中〳〵いきては何か甲斐《かい》のなき事ながら、其身《そのみ》に成《(なり)》てはしなれぬものと見へたり。されどもむかし残《のこ》りて、さもしき心にて紙《かみ》一枚《まい》ちよろまかすといふ事なし。

ある夕暮《ゆふぐれ》に、さかりをおしむ藤《ふぢ》[三〇]見がへりに、[三一]今橋《いまばし》の限銀《げんぎん》といふ大臣、わづかの春雨《はるさめ》にあひて、軒《のき》づたひして行《(ゆく)》に、彼《かの》[三二]男やぶれ笠《がさ》さして、我《われ》を見かけ、「此《(この)》傘《からかさ》を御用《ごやう》に立《たつ》」といふ。心ざしやさしく、其《その》まゝかりてみれば、「越後《ゑちご》[三三]町京屋《まちきやうや》[三四]五十本之内」と、書付《かきつけ》おかしく、其《(その)》おとこのかへる入口をのぞけば、ひがし窓《まど》の反古張《ほうごばり》、みな〳〵奉書《はうしよ》のかなぶみ、心をとめてみるに、うたがひもなく新屋《あたらしや》の金太夫が書翰《しよかん》。さま〴〵もたれたる[三五]ぶんがら、お定《さだま》りのをくの手、「われら命《いのち》は、しばしきさまよりかり物」とかく事、誰《たれ》にても嬉《うれ》しがる行《ゆき》[三六]かたなり。何

二一　ジョウショウジンとも。常に精進を行うこと。ジョウジョウジン(二十不孝・三の一など)。
二二　勧進坊主。ここは観音の絵像を収めた笈(おい)を背負って喜捨を受けた坊主。「くはんじん」は上下の文に掛かる表現。
二三　分葱。ネギの変種で、葉はネギより細く群生する。春の季語。
二四　三途川の奪衣婆(だつえば)の絵像を持って回り、地獄の苦しみを語って喜捨を受けた坊主。
二五　古布子。布子は木綿の綿入れ着物。
二六　→二七一頁注二一。
二七　奉公人の就職の世話をする周旋屋仲間。
二八　妾奉公に出る女。上方ではテカケ、関東ではメカケという(物類称呼)。
二九　堕胎した胞衣(えな)。
三〇　谷町筋玉木町の観音堂(中央区谷町六丁目、谷町筋西側)の藤の大木は有名(蘆分船・四など)。当時は藤の棚観音といい、大坂順礼第十六番の札所(国花万葉記・六の三)。後に和勝院という(摂陽奇観・四十八)。夕暮—藤。
三一　中央区の町名。当時は今橋一丁目が東横堀から堺筋、二丁目が堺筋から栴檀木橋筋まで(大坂町鑑)、両替屋・紙問屋が多かった(難波丸綱目)。限銀は現銀に同じ(胸算用・一の三など)。
三二　零落した北浜の大尽。
三三　新町佐渡島町のうち西一丁、佐渡島町揚屋町の古称(澪標)。→五六六頁付図。
三四　→二七九頁注二七。
三五　甘えかかった文章。「ぶんがら」は「文柄」。
三六　やり方。出方。

とやらおかしく、押《をし》かけてたづね入《(いり)》、内のやうすを、[一]腰《こし》ばりもみな太夫が筆《ふで》なれば、「いかなるゆかりぞ」と、むかしをきけば、なんの用捨《やうしや》もなく、「金太夫ゆへに、此《(この)》仕合《しあはせ》に成《なり》ける」とかたりぬ。「金太夫に我等《われら》わけあつてあひけるに、此君《きみ》が文ども、かくさらし置《をく》はよしなし」と、文反古《ふみほうご》のこらず所望《しよもふ》して、金子三両《りやう》とらせて立かへりける。此大臣も、此男のごとくに、追付《をつつけ》なるべき心ざしなり。「金太夫が文やら、[二]鬼《をに》の手形やら、しらぬうら借《がし》や成《(なる)》に」と、笑《わら》ひぬ。

一　以下「見れば」などの語句脱落か。

二　債鬼（借金取り）が持って来る証文。

入絵

西鶴をきみやげ

二

西くはくをきみやげ　巻二

大全
目録

一あたご颪《おろし》の
袖《そで》さむし

堺《さかひ》の二嶋長《とうちやう》三花紅葉《はなもみぢ》の遊《(あそび)》
かべのくづれより小判珍《めづら》し
四百に成《(なつ)》ても女郎はこしつき
昼食《ち(う)じき》なしの道中《だうちう》
小家も五八朔《(はつ)さく》の鱠《なます》

人には六棒振虫《ばうふりむし》
七同前《どうぜん》に思《おも》はれ

八金魚《きんぎよ》が狂言《きやうげん》もふるし
九江戸桜《ざくら》のかへり咲《ざき》
男子《むすこ》がひとつきるもの
朝皃《あさがほ》の実《み》を取《(とる)》ばゞ有《(あり)》
一〇御前《おまへ》の戸も茶《ちや》の木と也《(なり)》

一 京都市右京区清滝背後の山。この山に祭る愛宕権現(白雲寺)は神仏習合で、本地仏は勝軍地蔵、祭神が火神のカグツチノ神で、火除けの神として有名。当時は天台宗で、寺領六五二石(京都御役所向大概覚書・五)。なお明治以後は仏寺を廃し、愛宕神社となった。
二 島屋長兵衛などを約した遊里での替え名。
三 女色と男色の二道の遊びをいう。
四 百歳になっても。諺の「雀百まで踊り忘れぬ」(毛吹草)をきかせる。嵯峨には愛宕山参詣客の宿屋があり、そこの客引き女は年配なのに色気がある。聞けば遊女あがりだという。
五 八月朔日(ついたち)。農家では田実節(たのみのせつ)といい、新穀を贈答して祝う民間行事があったが、近世では家康の江戸入城の日として幕府の式日となり、民間でも祝日として御馳走を作った。
六 ぼうふら。金魚のえさのぼうふらを捕って暮す、しがない男が、昔の大尽遊びをしたころの意気地を捨てはしなかった話を描く。
七 同然の意の慣用表記。
八 この見出しに該当する話は本文にない。
九 サトザクラの一品種。花は紅色、中央は淡紅色で、大形の重弁、茎長く下に垂れ、多く集まって咲く。「江戸桜　遅桜也。葉少し赤し。花大輪にして、茎長く下にたる」(俳諧歳時記栞草)。
一〇 釣り御前。壁に掛けてつるす仏壇。本文には「釣仏棚の戸びら」とある。

一一うきは餅《もち》屋
つらきは碓《からうす》ふみ

新町の夜見一二せしらずめ
一三綿秋《わたあき》のたまりかね
一四木半《ぼくはん》が身のうへ
一五座敷踊《ざしきおどり》に恋がまはる
紋所《もんどころ》はむかしをのこす

一一 河内の庄屋大尽は、遊蕩でおちぶれて餅屋の憂き暮らしをすることになり、木半(ぼくはん)という大尽は零落して踏み臼を踏むつらい身の上になったこと。
一二 遊廓の夜間営業。新町では寛文六年(一六六六)十二月の大火後禁じられていたが、延宝三年(一六七五)三月に再び夜見世を許された(色道大鏡・十三など)。難波鑑、色里案内は延宝四年よりとし、摂陽奇観は以上の両説を掲げる。
一三 綿の実の熟すころ、またその実を摘む時。陰暦八月(増山の井)。
一四 二代男・四の三では、木半(きはん)とあり、零落して土人形作りとなったという。
一五 揚屋の大座敷などで催した遊女の総踊り。踊―まはる(類船集)。

一　あたご颪《をろし》の袖《そで》さむし

京は山〳〵ちかく、松の風もかよひて、冬空《ふゆぞら》の気色《けしき》、時雨《しぐれ》まもなく、雪《ゆき》もおもしろ過《すぐ》るほどふりぬ。[一]黒木《くろぎ》うる声《こゑ》もつねよりはせはしく、「いまから日の暮《く》るゝ事は夢《ゆめ》じや。[二]宝《たから》ぶねのうち出の小槌《づち》も、何《なに》も持《もた》ぬものがうつては、いかな〳〵[三]茶屋《ちや》ぐるひするほどの銀《かね》も出ぬ世の中、なふてならぬ物なれば、つかひ捨《すて》ぬうちに分別《ふんべつ》せよ」と、身にこりたる人の異見《いけん》も耳《みゝ》にいらず、[四]皆《みな》になして合点《がつてん》のゆく人、それはおそし。昔《むかし》より女郎買《かい》の[五]よいほどをしらば、此躰迄《(この)ていまで》は成果《なりはて》じ。

有時《(ある)》、泉州堺《せんしうさかい》の[六]嶋長《とうちやう》といへる大臣、はじめは[七]野郎《やらう》にあそび、毎日《まいにち》に[八]しのび御《ど》座舟《ざぶね》に、[九]みねのこざらしを乗《の》せて、[一〇]ゑびす嶋《じま》の遊興《ゆうけう》、世《よ》の人のするほどの事しつくして、いつの比《ころ》よりか都《みやこ》の嶋原《しまばら》にかよひ、[一一]大坂屋の野風《やふう》に[一二]吹《ふき》たてられ、次《し》第《だひ》に[一三]くだり舟《ぶね》、[一四]のぼりづめの女色《ぢよしよく》・男色《なんしよく》、此《(この)》二色《いろ》に身をなし、財宝皆《ざいほうみな》になし、さすが名高《なだか》き大臣の、幽《かすか》なる身と成《(なり)》て、[一五]四季《(し)き》小紋《こもん》のかさね小袖《こそで》も大がはりして、[一六]千種色《ちぐさいろ》のもめんぬのこの[一七]身せばにして、借屋住居《かしやずまい》のあはれに、やう〳〵手代《てだい》どもがなさけ、[一八]上下三人の命《いのち》をつなぐ、[一九]上荷《うはに》舟のかしちんを、壱ヶ月に四十五匁

一　一尺ほどの生木をいぶした薪。京都の北郊の八瀬・大原から大原女(おはらめ)が売りに出た。
二　七福神や隠れ笠・隠れ蓑などの宝物を積んだ船。打出の小槌もその一つ。なお宝船の絵を節分の夜(後に正月二日夜)に床の下に敷いて寝ると吉夢を見るという風習があった。夢―宝ぶねのうち出の小槌―銀。
三　色茶屋(私娼)遊び。
四　使い果たして。
五　この文の後に本文の脱落があるか。冒頭の京都の歳末近い情景と関連する話なり、「此躰迄」という説明なりがほしいところ(金井寅之助)。
六　↓二八六頁注二。
七　歌舞伎子。歌舞伎若衆。また陰間。女郎遊びに対して男色の遊びを野郎遊びという。
八　人目を忍ぶ遊興の屋形船。
九　峰野小瀑。歌舞伎役者。延宝・天和期の大坂の若衆方。貞享ごろ引退(男色大鑑・八の二)。
一〇　堺の港の北端に寛文四年(一六六四)八月八日に生じた島。延宝年間には芝居や水茶屋も出来て堺の遊興所として栄えた(堺鑑・上、摂陽奇観・十七)。
一一　島原下之町大坂屋太郎兵衛抱えの太夫野風(のかぜ)。諱は典子。延宝四年十月に太夫、同八年冬退廓か(色道大鏡・十六)。
一二　あおられる。おだてあげられる。野風の縁。
一三　財産を傾ける意。堺から京の島原に行くと、帰りには伏見から大坂まで淀川の下り舟に乗るのを掛けていう。くだり舟―のぼりづめ。
一四　相手にのぼせる、恋に夢中になる意と、しきりに上京する意と掛ける。
一五　花・紅葉など四季の風物を細かい模様に散らしたものか。「四季転変」の意をこめるか。「才覚の花もちり、紅葉の錦紙子と成、四季転変の

づゝあてがはれて、是《(これ)》にて[二〇]酢《す》も味噌《みそ》も茶《ちゃ》も薪《たきゞ》も、万事《ばんじ》の朝夕《てうせき》を埒明《らちあけ》る。

あはれや、[二一]世にある時、[二二]悪所《あくしよ》へつかはしたる文飛脚《ふみびきやく》の[二三]通《かよ》ひにしるせしその賃《ちん》銀《ぎん》も、壱月には百目あまり出しけるに、生《いき》ながらかやうに成果《なりはつ》るは、我《われ》ひとりのやうにおもはれて口惜《くちをし》。それも[二四]時世《ときよ》なれば、此浦《うら》にて引網《ひくあみ》の磯藻《いそも》まじりの小《こ》鰯《いはし》、一かごわずか五もん六文をねぎりて、けふはいはふ[二五]八朔《はつさく》なりと、手づから鱠《なます》にして、腹《はら》ふくるゝをたのしむは、住《すめ》る甲斐《かい》なくおもへど、其身《(その)》になつて舌《した》もくひ切《きり》がたし。科極《とがきはま》りて首《くび》はねらるゝ者《もの》も、その日の朝食箸《あさめしはし》もつてくふは、人の命《いのち》ほどおしき物はなし。

此《(この)》隠者《いんじや》も何祈《なにいの》るらん、[二六]正、五、九月とて、廿四日におもひ立《(たち)》、あたご参詣《さんけい》と、[二七]ひとへ二日の旅用意《たびやうい》、小者《こもの》に風呂敷《ふろしき》づゝみ、其《(その)》身もわらんずはけば、下女はつく〲此風俗《ふうぞく》をみて、「あの鼻《はな》の高《たか》さにて、何《なに》の願ひか有《(ある)》。[二八]天狗《てんぐ》も旦那殿《だんなどの》には恥《はぢ》ぬべし。又、火の用心《やうじん》も、財宝《ざいほう》ある人こそ、[二九]この地蔵《ちざう》をたのみてよけれ。留守《るす》あづかるとて、から長持《ながもち》一つ、[三〇]自然《しぜん》の時は、女のはたらきにてものくる身《しん》躰《だい》、貧者無用《ひんじやむやう》の物まいり」と、おもひながらも、主命《しうめい》なれば、機嫌《きげん》よく門《かど》おくりして立別《たちわか》れぬ。

此大臣、むかしはかりそめの京《きやう》のぼりにも、堺《さかい》より[三一]六枚《まい》がたの夜駕籠《よ(か)ご》、壱人

乞食に筋なし」(織留・一の二)。
一六 薄い青色。空色。
一七 身幅を狭くして。
一八 ここは本人・小者・下女の三人。
一九 本船と河岸間を往来する運送船。十八石積み。つなぐ―舟。
二〇 何もかもの意の慣用句「酢につけ味噌につけ」を下敷きにする。
二一 羽ぶりのよい時。
二二 →二八二頁注一二。
二三 通い帳。月末払いの品名・金額を記す帳面。
二四 その時のめぐり合わせ。「時世時節」とも。
二五 →二八六頁注五。
二六 正月・五月・九月は、三長斎月(さんちょうさいがつ)と言われ、身を慎み、仏事を修すべき月とされた。なお二十四日は勝軍地蔵ゆかりの縁日。日次紀事・九月二十四日の条には「愛宕山詣倍ニ他月ニ」とある。ここは九月。
二七 一日(ひと)の音転。
二八 愛宕山の奥の院に祭る太郎坊天狗。鼻―天狗―あたご。
二九 愛宕山の勝軍地蔵。火除けの神。
三〇 万一の時。
三一 六人の駕籠かきが交代でかつぐ早駕籠。大坂と京都間の値は三十六匁(二代男・六の五)。

七夕に定《さだ》まつて、四十弐夕出せば、中《ちう》を飛《とば》して、[一]まだ夜《よ》ぶかきに、淀《よど》[二]の小橋《こばし》のつめなる偽《うそ》[三]の仁兵衛が所まで、嶋原《しまばら》よりのむかひ灯挑《ちやうちん》を出させ、水車《みづぐるま》[四]のごとく[五]まはらせし事もと、うち詠《ながめ》て、それが門《かど》をばすこし足《あし》ばやに、編笠《あみがさ》さきさがりにかづき、鳥羽《とば》[六]の馬《むま》・うしをよけるも、よほどせはにて、程《ほど》なく東寺《とうじ》[七]より千本《せんぼん》[八]通《どをり》にわかれ、[九]くるはの塀越《へいごし》に[一〇]あげ屋町のうらをゆくに、どふいふても都《みやこ》ほど有《（あつ）》て、[一一]物日の出かけすがた、柏《かしは》[一二]屋・丸《まる》[一三]屋の二階《かい》に、衣装《いしやう》は菟角《とかく》あかきがひとしほ目立《めだつ》物ぞかし。小《こ》歌聞《うたきこ》[一四]えて撥《ばち》のをと、「是《（これ）》は何《なに》ともならぬ。いま一たび、千両《せんりやう》切《ぎり》にし[一五]つかふせず、爰《こゝ》の気色《けしき》をみたし」と、[一六]八文字屋のうらなる壁《かべ》のこぼれよりのぞきぬれば、名《な》もしらぬ女郎が、座敷《ざしき》はなれて、涼《すゞ》み所にこしらへし置床《をきどこ》[一七]に、枕《まくら》もなくねころび、今時分《いまじぶん》女郎の手にはめづらしき本《ほん》の小判《こばん》を、五両《りやう》づゝ四所《ところ》にならべ置《をき》、嬉《うれ》しそふにながめて、しれてある算用《さんやう》を、幾度《いくたび》も数《かず》よむこそおかしけれ。

「是は京《きやう》の客《きやく》の金《かね》[一八]やり時にあらず。九月廿日過《すぎ》に時[一九]づけ届《とゞけ》の小判《こばん》、さては田舎《いなか》の素《しろ》[二〇]ひ人なるべし。何にしても此《（この）》里《さと》は、あれをやらひではならぬ所」と、おもふうちに、宿《やど》[二一]のかゝが、[二二]ひねり文《ぶみ》に五両計《りやうばかり》持添《もちそへ》、「わたくしの方へも、半九さまより御しよかんに預《あづか》りました。御返事《へんじ》に、よろしくお礼《れい》申《（まうし）》てやらし

一「いづ方に鳴きて行くらむ郭公淀の渡りのまだ夜深きに」(拾遺集・夏・壬生忠見、出来斎京土産・七など)による。
二 京都市伏見区の淀から北の対岸納所《のうそ》に架けた橋。幅四間、長さ七十一間(京都御役所向大概覚書)。川の流れも変わり現存しない。
三 駕籠の立場《たてば》の亭主。
四 淀城内へ淀川の水を引込むための二台の大水車。直径八間、周囲二十八間。
五 人を自分の思いどおりに動かす意の遊里語(色道大鏡・一)。水車—まはる。
六 鳥羽(南区上鳥羽、伏見区下鳥羽)は、鳥羽街道の水陸の要衝で、中世以来牛・馬による運送業者(車借)が多かった(出来斎京土産・七)。
七 京都市南区九条町の真言宗東寺派の本山。正しくは教王護国寺。
八 当時京都の西の場末の南北の通り。
九 島原遊廓。→五六四頁付図。
一〇 島原の西南隅の一町で、その西側裏手の塀の外を千本通の南部が通っていた。
一一 遊女がぜひ客を取らねばならない日。なお島原九月後半の物日は、十五・二十一・二十五・二十八日であった(色道大鏡・十二)。
一二 揚屋町の東側南端の揚屋、柏屋長右衛門(色道大鏡・十二)。ただし貞享末は権右衛門の代。
一三 揚屋町の西側南端の揚屋、丸屋三郎兵衛。
一四 投節(七七七五調)など三味線伴奏の歌謡。
一五 しつこくせず、あっさりと。
一六 揚屋町の西側中央辺の揚屋、八文字屋喜右衛門(色道大鏡・十二、色里案内)。
一七 持ち運びの出来る涼み床。
一八 十月前後より年末の決算期に備え、諸商人が金ぐりに忙しい時期となる。
一九 特定の日時までに、飛脚などに物を届けさせること。

やりませい。やりてのまかせに、金《かね》にかまはぬはむかしの事、[二三]いまの廿両は上《じやう》代《だい》の弐千両にもかけあひます。ことに[二四]北国衆《ほつこくしゆ》は、文《ふみ》を国《くに》の[二五]ひけらかし物に、[二六]人丸《まる》・貫之《つらゆき》の筆《ふで》より、をの〳〵さまの書捨《かきすて》を大事にかけ、紙《かみ》のそんずるをうたてく、裏《うら》うちして巻物《まきもの》にし給ふとや。また、[二七]地《ぢ》の衆《しゆ》の文《ふみ》は、皆《みな》までもよみ給はず、[二八]小宿《こやど》にかいやり捨《すて》給ひ、挽碓《ひきうす》の敷紙《しきがみ》になりて、太夫さまのお名《な》を、小麦《こむぎ》の粉《こ》によごすもよしなし。それと又、今《いま》の京の大臣、くらいばかりとつて、勝手《かつて》になりませぬ。迚《とて》も勤《つと》めのお身なれば、[二九]殿《との》ぶりの御物好《ものずき》やめにして、たとへ[三〇]物いひあしく、[三一]一座《ざ》初心《しよしん》にござりませうとも、こんな御状《(ご)ぢやう》まいる方が大臣なり。惣《そう》じて、すいが女郎さまがたの役《やく》に立《たゝ》ぬもの。随分《ずいぶん》しやれたる男自慢《おとこじまん》の人、京・大坂・堺《さかい》にもあまたあれど、無分別《むふんべつ》につかひ捨《すて》、[三二]揚屋《あげや》の手前《てまへ》もあぢわろく、まはつて通《とを》るは、[三三]その心からのたはけ者《もの》。女郎ぐるひばかりにかたづけば、すへながふあそばれしを、また野郎《やらう》に恋《こひ》を[三四]またげ、あたら身躰《しんだい》をつぶし、若盛《わかざかり》に[三五]あてがひ世帯《ぜたい》、[三六]うご〳〵と生《いき》て居《い》て、なにかおもしろい事ある」と、我《われ》を見付《みつけ》て、かく[三七]当言《あてこと》をいふやうに、[三八]是《(これ)》天性《てんせい》なりと、身ぶるひして立のき、あの内義《ないぎ》がいふ所、ひとつも違《ちが》ひなし。[三九]橋本《はしもと》のわたし越《こへ》て、[四〇]松の尾《を》にかゝり、[四一]まことの道筋《みちすぢ》をあたごへまいれば、かゝるうき事もきかざりし物を、[四二]此里よそながらもみたく

二〇 素人。初心な遊び客。　二一 書状を包み紙で縦に包み、余った上下の端をひねる。立文(たてぶみ)とも。　二二 揚屋の女房。
二三 ここの上代は近世初期をさす。慶長年間の京都で、米一石が銀十五匁から二十匁、すなわち金一歩ぐらいしたが、延宝末から元禄初期は銀六十匁から七十匁、金一両ぐらいとなるなど貨幣価値が下落している。しかも冬に向う金ぐりの悪い時期なのでこう誇張していう。
二四 北陸道の諸国(若狭・越前・加賀・能登・越中・越後・佐渡)から、商取引きのため上京した商人たち。　二五 人に自慢して見せびらかす物。
二六 柿本人麿(ひとまろ)。当時は人丸(ひとまる)とも。
二七 土地の者。ここは京都の人。
二八 廓通いのとき衣装を着替えたりする中宿。
二九 客の男ぶりの選り好み。
三〇 言葉つきが悪くて。
三一 座敷での遊び方が野暮でありましょうとも。
三二 揚屋の払いが済まず具合が悪く、回り道をして通る。
三三 その心掛けが悪いためでの愚か者。
三四 跨げる。足を掛ける。
三五 一定の生活費をあてがわれた窮屈な暮らし。
三六 もぞもぞと。
三七 当てこすり。アテコトと清音(日葡)。
三八 もって生れた運命。宿命。
三九 現京都府八幡市橋本。石清水八幡宮の男山の北西麓、淀川べりの宿駅で、対岸の山崎(乙訓郡大山崎町)とを結ぶ渡しがあった。
四〇 京都市西京区の松尾大社(当時松尾神社)のある一帯の地。歌枕。
四一 山崎から向日・桂・松尾・嵯峨と北上するのが大坂から愛宕への順路。その順路を通り、島原へ寄り道をせず、愛宕を参詣すればの意と、浮

て、[一]いはれざる京にまはり、身にこたへたる人の言葉《ことば》を合点《がつてん》して、都《みやこ》もおもしろからず。

嵯峨《さが》にゆけば、はや夕暮《ゆふぐれ》になつて、人[二]とむる女の袖《そで》にたよれば、一夜《や》は爰《こゝ》にさだめしに、[三]筆屋《ふでや》といひて広座敷《ひろざしき》なり。折《をり》ふしの[四]焼松茸《やきまつたけ》に酒《さけ》さまぐ〵もてなしける。女もふつゝかに見えず、機嫌《きげん》とりて、立ふるまひも、どこやらお町[五]《(ちやう)》めきたる所有《(あり)》。しかも其《その》女は年[六]まへなるが、廊下《らうか》はしりやう、只者《たゞもの》とはおもはれず。

気心を起こさず、誠の信仰心から参れば、の意を掛ける。参考「心だに誠の道にかなひなば祈らずとても神や守らむ」(謡曲・班女など)。
三 色里。島原をさす。

一 無用な。「無用の京のぼり」(五人女・三の五)、「心当てなしの京のぼり」(永代蔵・三の一)に類似。
二 宿屋の客引き女。出女(でおんな)。留め女。
三 「嵯峨の筆屋といふ旅籠屋」(織留・四の一)。
四 松茸は嵯峨の名産。
五 遊女らしい風情。御町は公許の遊廓の通称で、また転じて遊女の意。
六 「年がまへ」の「が」の誤脱か。年配の。年増の。

くどき寄《より》てむかしをかたれば、[七]申さぬ事か、嶋原《しまばら》の[八]座持《ざもち》女郎、[九]土佐《とさ》といへる[一〇]流《なが》れなり。いづれ移《うつ》り香《が》つねならず。物まいりの精進《しやうじん》をうちやぶりて、もめん寐《ね》道具《だうぐ》に侘《わび》ながら、太夫にあふこゝ地して、又下向《げかう》にもたはぶれ、[一一]お初尾《はつを》のこりを有切《（ありぎり）》にとらせ、山崎《やまざき》よりの[一二]舟《ふな》ちんなくて、[一三]ひろひわらぢの歩行路《かちぢ》、中食《ちうじき》なしにかえりぬ。「是《（これ）》ほどこりて、此《（この）》身になつても、やまぬものは好色《こうしよく》」と、あふ人ごとにかたりし。

七　思ったとおり。
八　太鼓女郎。音曲などで座興を添える女郎。
九　島原下之町大坂屋太郎兵衛抱えの太鼓女郎。
一〇　遊女。
一一　お賽銭。「お初穂」とも書く。
一二　伏見・大坂八間屋間の淀川の乗合い船の舟賃。三十石船の下りは銀五分、快速の今井船は銀一匁または百文（人倫訓蒙図彙・七）。
一三　人の捨てた草鞋を拾ってはくこと。

挿絵解説　島原の揚屋八文字屋の座敷。左奥に締め付け島田髷、丸に波頭模様の着物で立膝姿の太夫。左前に剣弁菊柄の着物の禿、縁側には置頭巾姿の遣手が坐る。太夫の前には客からの手紙と、時づけ届の小判が置かれている。そこへ揚屋の女房がひねり文と女房への祝儀を持って挨拶に来たところ。角髻（つの）髪で花などの小紋模様の着物姿。右手の忍び返しの付いた築地塀のくずれ間よりのぞき込むのが、堺の嶋長という大尽。旅笠を手に持ち、腰に脇差、小紋の羽織、脚絆に草鞋姿。その右に旅荷を背負うのが供の小者。揚屋の縁先には手水鉢、くつぬぎ石、菊などの秋の庭草が描かれる。庭には内蔵に楓などの庭木、塀外の道には田圃に芝草などがある。

二　人には棒振《ばうふり》むし同前《どうぜん》におもはれ

[一]うへ野《の》の桜《さくら》[二]かへり咲《ざき》して、折《をり》ふしの淋《さび》しきに、是《(これ)》は春《はる》の心して、見にゆく人袖《そで》の寒風《さむかぜ》をいとはず、何ぞといへば[三]人の山、[四]静《しづか》なるお江戸《ゑど》の時《とき》めきける。[五]黒門《くろもん》より[六]池《いけ》のはたをあゆむに、[七]しんちう屋の市右衛門とて、かくれもなき[八]金魚《きんぎよ》・[九]銀《ぎん》魚《ぎよ》を売《うる》ものあり。庭《には》には[一〇]生舟《いけぶね》七八十もならべて、溜水《ためみづ》清《きよ》く、浮藻《うきも》を[一一]くれなゐくゞりて、[一二]三つ尾《を》はたらき詠《ながめ》なり。中にも[一三]尺《しやく》にあまりて鱗《うろこ》の照《てり》たるを、金子五両、七両に買《かい》もとめてゆくをみて、「また遠国《をんごく》にない事なり。是なん大名《だいみやう》の若《わ》[一四]子《こ》様《さま》の御なぐさびに成《(なる)》ぞかし。なに事も見た事なくては、咄《はなし》にも成《(なり)》がたし。菟《と》角《かく》人のこゝろも武蔵野《むさしの》なれば広《ひろ》し」と、沙汰《さた》する所へ、[一五]田夫《でんぶ》なる男《をとこ》の、ちいさき[一六]手《て》玉《だま》のすくひ網《あみ》に小《こ》桶《をけ》を持添《もちそへ》、此宿《(この)やど》にきたりぬ。「何《なに》ぞ」とみれば、棒《ばう》ふり虫《むし》、是金魚《きんぎよ》の[一七]ゑばみなるが、一日仕事《しごと》に取《(とり)》あつめて、やう〳〵銭《ぜに》二十五もんに売《うり》て、「又明日《あす》もつてまいるべし」と、[一八]下男《しもをとこ》どもに[一九]けいはくいひて帰《かへ》る。

またこれをみれば、爰《こゝ》も[二〇]かなしく世をおくれる人有《(あり)》と、物あはれげに其者《(その)もの》をみれば、[二一]是は〳〵、[二二]伊勢町《いせまち》の[二三]月夜《つきよ》の利《り》左衛門といへる大臣、我家《わがいへ》を立《たち》のき、

一　現東京都台東区、東叡山寛永寺のある上野の山一帯は江戸の桜の名所(紫の一本・上)。
二　陰暦十月、小春の候の桜の狂い咲き。
三　物見高い人々の群集すること。
四　天下太平の幕府お膝元の江戸はにぎやかに栄えていた。
五　寛永寺の表惣門。黒塗りであったのでいう。
六　下谷池の端町(元禄二年(一六八九)・江戸図鑑綱目)。不忍池の南西部で、現台東区上野二丁目・池之端一丁目の内。
七　「金魚屋　下谷池のはた、しんちうや重左衛門」(江戸鹿子・六)。また同町にしんちうや市郎右衛門という類似の名の煙管屋がいた。
八　近世初期外国より渡来(本朝食鑑・七)。
九　金魚の老いて白色に変わったもの(同)。
一〇　魚を生かしておく水槽。生簀《(いけす)》船。
一一　「ちはやぶる神代も聞かず竜田川からくれなゐに水くくるとは」(古今集・秋下・在原業平)を踏まえ、金魚の泳ぐさまを描く(前田金五郎)。
一二　金魚の一種。尾の三つに分かれた金魚。
一三　最大のは一尺、高価(和漢三才図会・四十八)。
一四　貴人の子供。坊っちゃん。
一五　田舎者めいた男。「デンブ」(日葡)。
一六　小さなすくい網。手だも。
一七　餌。
一八　「シモヲトコ」(運歩色葉、日葡)。
一九　軽薄。お世辞。
二〇　貧しく。
二一　驚く言葉で、同時に「これは」と下に続く。
二二　現中央区日本橋本町一、二丁目の小舟町側。米河岸といい米問屋が多い(江戸方角安見図)。
二三　遊里での呼び名。原文は「利左門」とあるのを「利左衛門」と補記。

何国《いづく》に暮《くら》せしもしらざりしに、二四さりとてはみにくいすがたにはなりぬ。「いづれもむかし語《かた》りし友達中間《ともだちなかま》に、汝《なんぢ》をしとふ事、大かたならず。しらぬ事とて、それよりの年月、かく浅《あさ》ましく暮《くら》させし事は是非《ぜひ》なし。此後《のち》は我《われ》〳〵請取《うけとり》、二五貧楽《ひんらく》に世《よ》をわたらすべし」といひけるに、まだ此身になりても、過《すぎ》にし二六ぜいやまずして、「女郎買《かい》の行すへ、かくなれるならひなれば、さのみ恥《はつ》かしき事にもあらず。いかな〳〵をの〳〵の御合力《(ご)かうりよく》はうけまじ。利左ほどの者《もの》なれども、二七其時《そのとき》にしたがひて、二八悪所《あくしよ》の友《とも》のよしみに、けふをおくると二九いはれしも口惜《くちをし》。三〇面《めん》〳〵の心ざしは三一千盃《せんばい》なり。久しぶりにあふ事、又かさねて出合《であふ》事も有《(ある)》まじ。一盃《ばい》の茶碗酒《ちやわんざけ》、しばしの楽《たのし》みなるべし」と、先立《さきだつ》て出《(いで)》、茶屋《ちや》に腰《こし》をかけて、「これ切《きり》」と、彼《かの》廿五文をなげ出しぬ。しかも此銭《ぜに》は、宿《やど》なる妻子《さいし》の三二ゆふべをいそぎ、鍋《なべ》あらふて待《まち》けるに、すこしもひけぬ心根《こゝろね》、皆《みな》〳〵泪《なみだ》に袖口《そでぐち》をひたし、三三「時雨《しぐれ》もしれぬ空《そら》なれば、いざそなたの侘《わび》ずまひに行《ゆき》て、万《よろづ》をかたりながら酒《さけ》を呑《のむ》ならば、ひとしほ慰《なぐさみ》にも成《(なり)》ぬべし。今《いま》の内義《ないぎ》はさだめて三四吉州《きちしう》とよい中か」といへば、「此女郎ゆへにこそかくはなりぬ。三五けいせいもまことの有《(ある)》時あらはれて、四年あとより男子《むすこ》をもふけ、「とゝさまかゝさま」といふをたよりに、けふまでは暮《くら》しける」と、夢《ゆめ》のごとく語《かたる》を、現《うつゝ》のやうに聞《きゝ》て、三六谷中《やなか》の入相比《いりあひごろ》に、三七くれ竹の

二四 さてさて。まったく。
二五 貧しいながらも楽しく。諺に「食はず貧楽高枕」(譬喩尽)という。「ヒンラクニクラス」(日葡)。
二六 贅。見栄を張ること。
二七 おちぶれると心までいやしくなって。諺に「貧すれば貪する」という。
二八 遊び仲間のお情けで。
二九 「いはるるも」とあるべきところ。
三〇 めいめい。あなた方の。
三一 千倍。誠にうれしい。千盃―一盃。
三二 夕飯の仕度をする。いそぐは準備するの意。
三三 いつ時雨れるともしれない空模様。時雨は初冬(十月)の季語。時雨―袖の泪。
三四 吉州であろうが、よい仲か。吉州は遊女の名。
三五 諺に「傾城に誠なし」という。
三六 台東区谷中。当時感応寺(日蓮宗、元禄年中天台宗に、天保四年(一八三三)天王寺と改称)を中心に寺院の多い所。ここは谷中の寺々の入相の鐘の鳴るころ。
三七 呉竹。淡竹(はち)の異名。竹―雀・ねぐらの鳥(類船集)。

ざはつき、一とまり雀《すゞめ》の命《いのち》もあしたをしらぬ、二ゑさし町のひがしのはづれにつきぬ。

「此《(この)》うらに三かすか成《(なる)》すまひ、三人ながらはいり給はば《(ゞ)》、中〳〵腰《こし》のかけ所も有《(ある)》まじ。それもよし〳〵、何かつゝむべし」と、案内《あんない》してゆくに、四よし垣《がき》に秋《あき》をすぎたる五朝皃《あさがほ》の、すへ葉《は》も六枯《かれ》〴〵になりけるつるをさがし、七十あまりのばゞの、その実《み》をひとつ〳〵取《(とり)》て、又来年《らいねん》の詠《ながめ》をしたひける。「されば人七間は露《つゆ》の命《いのち》ともいふに、此老人《(この)らうじん》は」と、皃《かほ》がながめられて、「ばゞさま、爰《こゝ》を通《とを》ります」と、八有躰《ありてい》の礼義《れいぎ》をのべて、埋《むも》れ井のはた越《こゆ》るもあぶなく、九影《かげ》ぼしのたばこの引はへたる細縄《ほそなは》のしたゆく程《ほど》に、窓《まど》より親《をや》の一〇おもかげをみて、「とゝさまの、銭《ぜに》もつてもどらしやつた」と、いふ声《こへ》もふびんなり。

内義《ないぎ》は、一一むかしの目かしこく、同道《だうどう》せし人〳〵を見しより、「お三人の中《なか》にも、伊豆屋《いづや》吉郎兵衛様《さま》、是《(これ)》へいらせ給ふまじ。のこる御両人《りやう》はくるしからず」といふ。あるじをはじめ、をの〳〵ふしぎを立《(たて)》、「いかにしてあればかりをとがめ給へるぞ」といへば、「是非《ぜひ》なきは勤《つと》めの身、あなたには只《たゞ》一度《ど》、かりなる一二枕物《まくらもの》がたりせし事、いまもつて心にかゝりぬ。あるじにかくす事もよしなし」と、玉《たま》なる泪《なみだ》をこぼしぬ。聞《きく》に一三理《り》をせめていたはしく、亭主《ていしゆ》もまことなるを満《まん》

一 以下「あしたをしらぬ」までは「ゑさし町」の序詞。
二 現文京区小石川二丁目辺。餌差は鷹の餌の小鳥を黐竿(もちざお)で刺して捕ること、また、その人。町名は幕府の鷹匠配下の餌差が、慶長年間に拝領した土地なので言い、元禄六年(一六九三)富坂町と改称(御府内備考・四十二)。
三 貧しい。みすぼらしい。
四 葭(葦・芦)垣。あし(葦)で作った垣。
五 朝顔―よし垣(芦垣)(類船集)。
六 「カレガレ」(日葡)。
七 諺。朝顔―露(の命)。
八 ありきたりの。通り一遍の。
九 煙草は七、八月に葉を採り、一葉ごとに縄にはさんで晒乾(さらしぼ)す。緑葉が黄褐色になると繳を拡げて収める。摂津服部(大阪府豊中市)産を第一として、関東や諸州で産した(本朝食鑑・四、和漢三才図会・九十九)。
一〇 顔かたち。
一一 昔遊女であった時のように目ざとく。遊女は客の身分を見立てるのが大事とされた(こそぐり草・下、一代男・四の六など)。
一二 寝物語。情を交わしたこと。
一三 もっとも至極なことで。

足《ぞく》して、「女郎の身はそのはづの物なるに、是《(これ)》はやさしきことはり」と、時に胸《むね》を晴《はら》し、「是はわれらが客《きやく》なり」と、三人ともに内へまねき、「先《まづ》御茶《ちや》」といふに、薪《たきゞ》なく、[一四]釣仏棚《つりほとけだな》の戸《と》びらはづれて有《(あり)》けるを幸《さいわひ》に、[一五]菜刀《ながたな》にてうち割《わり》、間《ま》をあはせけるもかしこし。

「[一六]扨《さて》御《(こ)》ひそうの男子《むすこ》は」といへば、十四五色《いろ》もつぎあつめたるふとんにまきて、裸身《はだかみ》の肩《かた》をすくめて、嵐《あらし》をいとふ風情《ふぜい》をみて、殊更《ことさら》に哀《あはれ》なり。「さむひに是は」といへば、内義《ないぎ》うちわらひて、「[一七]着物《きるもの》は捨《すて》あのごとく、[一八]かゝと無理《むり》なる[一九]口説《くぜつ》」と、いひもはてぬに、「大溝《あふみぞ》へはまつたれば、はだかになされてさむい。着物《きるもの》がひあがつたらば着《き》たひ」と、泣《なき》ける。あるじも女も随分《ずいぶん》心づよかりしが、今は前後《ぜんご》を覚《おぼ》えずなみだに成《(なり)》ぬ。

いづれもしばしは物もいはれず、「扨《(さて)》はあの子がひとつ着物《きるもの》、かはりもなくてや、親《をや》の身として子を[二〇]かなしまざるはなかりしに、よく〳〵不自由《ふじゆう》なればこそ、かゝる憂《うき》めをみするなれ」。何かたるべきもなげきさき立《(だち)》、をの〳〵かへる時、[二一]三人ながら小話《さゝやき》て、持合《もちあはせ》たる少金《しやうきん》を取あつめて、[二二]一歩《ぶ》三十八、[二三]こまがね七十目ばかり、立《たち》さまに[二四]天目《てんもく》に入《(いれ)》て、是とは理《ことはり》なしに出《いだ》せしが、亭主《ていしゆ》もおくりて出《(いで)》しが、「さらば〳〵」と[二五]夕暮《ゆふぐれ》ふかき道《みち》を急《いそぎ》しに、又跡《あと》より彼金銀《かのきん〴〵》を持《もち》て追《をつ》

一四 釣り御前。↓二八六頁注一〇。
一五 菜切り包丁。

一六 御秘蔵。当時はゴヒソウと清音(日葡)。
一七 当時はキルモノという。
一八 母。カカまたはハワ(日葡)。
一九 口げんか。

二〇 いとおしむの意。「なかりし」は「なき」とあるべきところ。
二一 三人一緒に。
二二 一歩金(一両の四分の一)を三十八。九両二歩になる。
二三 細銀。豆板銀。銀貨は指頭大で、量目不定、一つが一匁から五匁ぐらい。↓五六七頁。
二四 元来は抹茶茶碗の一種で、すり鉢形のものをいうが、広く大形の湯飲み茶碗をいう。
二五 「言う」と「夕」と掛けた表現。

かけ、「是《(これ)》はどふしたしかた。神《しん》[一]ぞ〱、[二]筋《すぢ》なき金《かね》をもらふべき子細《しさい》なし」と、人のことはりもきかず、なげ捨《すて》て立帰《かへ》りぬ。是非《ぜひ》なくとつて戻《もど》り、それより二三日過《すぎ》て、[三]色品《いろしな》かへて、内義《ないぎ》のかたへもたせつかはしけるに、はや其人《その》は[四]在郷《ざいごう》へ立《(たち)》のき、明家《あきいへ》となりぬ。色〻《いろ〱》せんさくすれども、其行方《そのゆきがた》しれず。三人ともに是をなげき、「おもへば女郎ぐるひもまよひの種《たね》」と、いひ合《あは》せてやめける。世《よ》は定《さだ》めなし、[五]いな事がさはりと成《(なり)》て、其《その》

一 断じて。
二 いわれのない金。
三 手段方法を変えて。
四 田舎。在所。
五 異なこと。変なこと。
六 吉原京町、三浦屋四郎左衛門抱えの太夫。天和ごろは二代目(天和三年(一六八三)・吉原大豆俵評判)。
七 吉原角町(すみちやう)、五郎兵衛抱えの格子女郎(同)。格子女郎は上方の天神に相当。
八 いっかく。吉原二丁目、中村屋五郎兵衛抱えの散茶女郎。「一学(いつかく)…一かく仙人とはよくつけたぞ」(延宝九年(一六八一)・吉原三茶三幅一対)。

挿絵解説 利左衛門のわび住居。中央奥が利左衛門。右手前三人が昔の友達仲間。それぞれ脇差をさし、中の一人は煙管を手にするが、その前に茶碗と煙草の灰入れが置かれてある。裸身で布団にくるまっているのが息子。左手前がもと吉州といった利左衛門の女房。客のもてなしに薪がなく、釣り仏棚の戸びらのはずれていたのを菜刀で割っている。座敷の奥にその釣り御前があり、「南無阿弥陀仏」の名号を記した掛軸、右に灯明、中央に香炉がある。女房の前のかまどには割られたばかりの薪、水桶に柄杓、茶筅・茶碗などがある。

比《ころ》の[六]うす雲《ぐも》・[七]若山《わかやま》・[八]一学《かく》、三人の女郎の大分《だいぶん》そんといひおはりぬ。

三　うきは餅《もち》屋つらきは碓《からうす》ふみ

[九]諸色《しよしき》も其道《そのみち》に入《(いら)》ざれば、善悪《ぜんあく》のわかちをしらず。[一〇]河《か》州《しう》高安《たかやす》の[一一]山本《もと》ちかき里《さと》人に、親《をや》の代《だい》より[一二]木《き》綿《わた》売《うり》ける銀子《ぎんす》をためて、かためてみば、[一三]一番《ばん》牛《うし》の寐《ね》たほどゆづり渡《わた》しぬ。何《いか》やうにつかへばとて、一代《だい》にはへる事有《(ある)》まじ。しかも深入《ふかいり》をせず、[一四]上町者《うへまちもの》の[一五]手かけぐるひ、三十日《(みそか)》に米壱斗《と》五升《しやう》、六畳敷《でうじき》弐匁の屋ちんしてやる分《ぶん》にて、是《(これ)》よりはと浮世《うきよ》をたのしみける。

有時《あるとき》、京《きやう》より[一六]西国《さいこく》に[一七]屋《や》形奉公《かたばうこう》つとめて、親《をや》もとへ帰《かへ》る、其時《そのとき》の[一八]人置《をき》、大坂《あふざか》に来《き》て、[一九]蔵屋《くらや》敷《しき》より請取《うけとり》けるを、[二〇]庄屋宿《しやうやゝど》より聞《きゝ》出し、一年[二一]銀《ぎん》五枚《まい》に極《きは》めて、[二二]白髪《しらが》町[二三]観音堂《くはんをんだう》のほとりに借座敷《かりざしき》して、[二四]としがまへなるばゞひとりつけて、不断《ふだん》は[二五]露《ろ》地《じ》の戸《と》をしめて、[二六]おもてに貧《ひん》なる[二七]塗師《ぬし》ざいくせし人に、折《をり》〱心付して、此《(この)》妾《てかけ》の[二八]横目《よこめ》をたのみ、外《ほか》より男《おとこ》の出入《(でいり)》はかたく吟味《ぎんみ》して、京《きやう》より見廻《みまい》にくだされし親仁《おやぢ》も、食《めし》はふるまひて、夜《よる》は脇宿《わきやど》をとらせ、淋《さび》しなぐさみに飼《かい》ける[二九]三毛《みけ》も、男猫《おとこねこ》を見付《みつけ》、是さへ余所《よそ》へもらかしける。

九 色々な物品・物価などの意もあるが、ここは色道の諸々相の意。「いまだ諸色のかぎりをわきまへがたし」(一代女・一の二)。
一〇 河内国高安郡(大阪府八尾市付近)。河内木綿の産地として知られる。
一一 山麓。高安山(四八八メートル)の西麓。
一二 もめんわた。綿花。蚕のまゆから製する真綿に対していう。　一三 最も大きな牛。
一四 上町は大坂東部(現中央区の東横堀川以東)の高台の俗称で、私娼や妾奉公を望む者が多く住み、それを上町者という。一代男・二の七、一代女・六の一などに詳しい。
一五 妾。妾は上方で「てかけ」、東国で「めかけ」と言った(物類称呼)。
一六 中国・四国・九州をいうが、特に九州をさす。　一七 武家屋敷奉公。　一八 奉公人の口入れ屋。周旋屋。
一九 諸大名が藩米や物産を回送して販売するために設けた倉庫兼取引所。
二〇 公用で出張した庄屋の指定旅館。庄屋は現村長より大きな権限をもち、関東では名主という。　二一 丁銀五枚。一枚は約四十三匁。
二二 長堀の白髪橋の北詰・南詰の堀沿いの町(貞享四年(一六八七)・大坂大絵図)。ただし観音堂は白髪橋の西北方、現西区新町三丁目内にあった(同図)。
二三 真言宗大福院。本尊十一面観音。大坂順礼三十一番の札所(蘆分船・三、摂陽群談・十二)。
二四 年配の。
二五 上方の商家では、店の入口のほか、脇に露地口といって家人の住居の入口があった。
二六 表の店の方に住んでいる。
二七 塗物師。漆塗りの細工人。　二八 監督。
二九 白・黒・茶の三色のまじった毛色の猫。

さりとはりんきふかき山[一]のねきの大臣、所の物[二]がしらもすれば、すこしは小《こ》百姓《びやくしやう》のおもふ所をしのび、または公用《こうやう》を昼《ひる》はつとめて、夕がたより四里《り》ある所を早駕籠《はやかご》[三]にて、毎夜《まいや》新町《しんまち》[四]ひがしの門より西《にし》へゆきぬけかよひ、中《なか》〱夜《よ》[五]みせのともし火も目にくらく、明暮《あけくれ》三とせあまり身をはこびしを、露地口《ろじぐち》の塗師《ぬし》屋が此《(この)》事人にかたりて、「遠《とを》ひ所を通《かよ》ひくる隙《ひま》あらば、女郎ぐるひをせぬもおかし。しかも[六]新町筋《すぢ》を越《こへ》て、手かけに大分《だいぶん》の金銀《きんぐ》をいれけるたはけもあり」と、

一 山出しの野暮な大尽。「ねき」は、そば、また麓の意。
二 物頭。庄屋。
三 交替の者が付く急ぎの駕籠。三枚肩・四枚肩・六枚肩などがあった。
四 新町遊廓はもと西口の大門だけであったが、明暦三年(一六五七)東口の大門も出来た(摂陽奇観・十五)。新町の通り筋は一般の通り抜けも許されていた。
五 →二八七頁注一二。
六 新町の通り筋。俗称瓢箪町とも。→五六六頁付図。
七 長さ一尺一寸一分の竹製の縦笛。尺八に似るが、竹の一節で作るのでいう。ひとよぎり。
八 若い者が集まって遊芸・雑談する家。
九 私娼のいる色町に対して公許の遊廓。
一〇 色茶屋での遊び。道頓堀・稲荷など所々にあり、遊び代は銀二匁程度(色里案内)。
一一 風呂屋での遊び。大坂の風呂屋者(湯女)の遊び代は五匁・六匁・七匁(同)。
一二 →二八七頁注一三。
一三 新町下之町の遊女屋、木村屋又次郎。
一四 何代もいるが、延宝期の遊女(難波鉦)か。
一五 大和。延宝期の天神(同)。
一六 八木屋は四軒あり(色道大鏡・十三)、いずれ

[七]一節切《ひとへぎり》の指南《しなん》する長崎勘《ながさきかん》十郎といへるあそび宿《やど》[八]へ、大勢若《あふぜいわか》きもの集《あつまり》て、此はなしに大笑《わら》ひして、「その金持《かねもち》の百性《ひやくしやう》めを、何《なに》とぞ本色町《ほんいろまち》[九]へはめたし。我〻《われ〳〵》はなければこそ、おもしろからぬ茶《ちや》[一〇]屋・風呂《ふろ》[一一]屋、おもふやうにならぬ世の中。またことしもよき綿秋《わたあき》[一二]なれば、その庄屋《しやうや》が取《とり》こむ銀《かね》ほしや。いかな〳〵身にはつけじ。[一三]木村屋《このむらや》の小太夫[一四]を、せめて三十日、天神《てんじん》[一五]のやまとを付《つけ》て買《かい》たし」といふ。「此物好《ものずき》あしからず」と、其座《そのざ》に八木屋《やぎ》[一六]霧《きり》[一七]山にあへる木半《ぼくはん》[一八]といへる大じん

か未詳。「八木屋の霧山」(一代男・七の五)。
一七 延宝期の太夫の桐山(難波鉦)と同人か。
一八 → 二八七頁注一四。

挿絵解説　高安の庄屋の妾宅通い。三人肩の辻駕籠に乗るのが庄屋で、脇差をさす。その後の三人の男のうち、右の男は駕籠の交替要員で、息杖を持つ。次の二人はお供で、中央の男は挟み箱を担う。左の男は主人の杖を持つ小者で、若衆髷の少年。左側の家は、「尺八／一節切／しなん」と看板を掲げてあり、長崎勘十郎の遊び宿。入口に管簾を下げ、上げ見世(揚げ縁)を下ろす。煙管を手にするのが勘十郎で、あとの二人が客たちか。中央奥の家は、「まきゑ屋」の暖簾を下げているので、庄屋の借り座敷の表の店に住むという漆塗り細工人(塗師)の家。挿絵右端は、野暮な庄屋に対して、尼崎町の塩などの大尽客と供の小者を配したものか。遊客の羽織の「染色は黒きを本とし」た(色道大鏡・二)。

一 長門萩藩の蔵元、大坂上中之島塩田屋六左衛門(難波鶴)か。　二 剃髪した者を広く法師という。ここは剃髪した隠居。
三 延宝期の天神(難波鉦)で、高松家の抱えの歌仙(色道大鏡・十)と同人か。
四 初代。寛文中ごろより大坂の若衆方、延宝には女方に転じ名声を高め、延宝八年(一六八〇)座本を兼ね、貞享末には役者をやめ、七左衛門と称して道頓堀畳屋町で扇屋を開いた。
五 白子町(西区土佐堀一丁目)の肥前蓮池藩の蔵元、播磨屋長右衛門(難波鶴)か。
六 背山。佐渡島町藤屋勘右衛門抱えの太夫。
七 現中央区今橋通の栴檀木橋筋より旧西横堀川までの両側町で、一丁目と二丁目(現今橋三丁

すゝみ出て、「さりとは其《その》男《おとこ》は、女郎のゆたかなるたのしみしらず。[一]長門《ながと》の萩《はぎ》の塩道《しほみち》といへる[二]法師《ほうし》は、[三]歌仙《かせん》を請出《うけだ》して、宿《やど》の花《はな》にながめ、若衆《わかしゆ》は[四]松嶋半弥《まつしまはんや》が色《いろ》ざかりにあそびける。[五]白子《しろこ》町の幡磨《はりま》は、太夫《たゆふ》の[六]せ山を我《わが》物にして、是《これ》一生《しやう》の栄花《えいぐは》。又、[七]尼崎《あまがざき》町の塩《しほ》といへる大臣は、銀《かね》にて淵《ふち》を埋《うづめ》るがごとく、有程《あるほど》は捨《すて》、其《その》後は[八]うきよの隙《ひま》となつて、[九]仏《ほとけ》もなき[一〇]天満《てんま》の堂嶋《どうじま》に身をかくれ、をのづから淋《さび》しく、鞁《つゞみ》・うたひの拍子《ひやうし》をおしへ、やう〱碁会《ごくはい》にけふを暮《くら》し、ひとつのたのしみにせし[一一]太夫の金吾《きんご》も、此《この》男に[一二]恋《こひ》があまりて出家《しゆつけ》に成《なり》ぬ。むかしのつとめをおもへば、[一三]今各別《いまかくべつ》に引かへて、是は殊勝《しゆしやう》なる[一四]をさまりなり。惣《そう》じて女郎ほど、義理《ぎり》を面《おもて》にして、情《なさけ》を心底《しんてい》にふくみ、是ほどおもしろき物はなきに、おしきはあたら銀《かね》にて[一五]磯《いそ》ぐるひ、何とぞその庄屋《しやうや》にすゝめて、[一六]沖《をき》をよがせ」といふ。ぬしやあたまふつて、「それは何ほど申《まうし》ても、うごくものではござらぬ」と、物がたふ申せしが、[一七]物には時節《じせつ》のある物なり。

其《その》七月のすへより、揚屋《あげや》〱の[一八]座敷踊《ざしきおどり》をはじめ、町より人の娵子《よめご》もしのび〱に見物《けんぶつ》に行《ゆき》しに、彼妾《かのてかけ》ものも是を見たしとの願《ねがひ》、中〱合点《がつてん》せざりき。しきりにことはり申《まうし》、「けふで仕廻《しまひ》の[一九]扇《あふぎ》屋の[二〇]大よせとや。是非《ぜひ》にみせたまへ」といへば、此庄屋《しやうや》心にはそまざれども、たび〱の所望《しよもう》なれば耳《みゝ》かしましく、[二一]西《にし》

目西部と四・五丁目)とあった。「塩」は同町の塩問屋、塩屋利兵衛(難波鶴)などか。

八 この世に用のない身となって。

九 諺の「仏もなき堂へ参る」(目的にかなわないことをするたとえ)を踏まえ、「堂島」にかかる序の働きの表現。

一〇 大阪市北区内。当時は大坂三郷の一つの天満組(川崎・曾根崎・堂島・中之島)内の堂島。

一一 新町佐渡島町の藤屋(佐渡島)勘右衛門抱えの太夫。延宝期(難波鉦、盛衰記・四の三)。

一二 思いつめて。 一三 今はそれとうって変わった生活ぶりで。 一四 身の落ちつけ方。

一五 「磯」は底の深い「沖」に対して、物事の浅薄なのをいう。ここは本格的な廓遊びに対して私娼・妾風情相手の遊びをさす。

一六 廓での本格的な遊びをさせよ。

一七 諺。「物には時節」(永代蔵・三の四)とも。

一八 →二八七頁注一五。

一九 新町佐渡島町の揚屋、扇屋次郎兵衛(色道大鏡・十三)。貞享では伊兵衛の代(色里案内)。

二〇 大寄せ。大勢の遊女を集めて遊興すること(色道大鏡・一)だが、新町では八月一日より中旬まで、客がひまな遊女を揚屋に集めて座敷踊りを催し、それを大寄せ踊りといった(澪標)。

二一 新町の西大門口。

二二 沈香・丁字など薫物《たきもの》や匂い袋に用いる香などを売る店。また香具売りの行商人。

二三 駆け出しの太鼓持。

二四 新町佐渡島町の遊女屋で、同町の年寄でもあった藤屋(富士屋とも)、佐渡島勘右衛門。

二五―二六 いずれも藤屋抱えの太夫。延宝期。ただし、葛城と吉田は延宝期では天神(難波鉦)。

二七 新町下之町の遊女屋。→二六四頁注四。後文に「又七」とある新屋又七郎とは別家か。

口《ぐち》の[二二]香具屋《かうぐや》の新《しん》九郎といへる、此ほど[二三]取出《とりで》の太鞁《たいこ》をたのみ、ぬしやのかゝまじりに、をの〳〵引つれ見物《けんぶつ》に出《(いで)》しに、其比《そのころ》は、まづ[二四]佐渡嶋《さどしま》屋に太夫揃《ぞろへ》、[二五]たかま・[二六]奥州《をうしう》・[二七]あげまき・[二八]かづらき・[二九]あづま・[三〇]むらさき、[三一]吉田《よしだ》もふり袖《そで》の時、[三二]あたらし屋の[三三]金太夫《きんだゆふ》、[三四]小《と》女房《にうばう》でも太夫めき、[三五]丹波《たんば》屋の[三六]こざつまがすらりとしたも見よく、[三七]井筒《いづゝ》只《たゞ》うつくしく、[三八]小琴《をこと》がにがりのはしりたるも、[三九]ひと子細《しさい》有《(あり)》てよし。[四〇]明石《あかし》屋の[四一]もろこし・[四二]よし野《の》、[四三]住吉《すみよし》屋の[四四]瀬川《せがは》が鼻《はな》のさきもわるうは高《たか》からず。[四五]堺《さかい》屋の[四六]君川《きみかは》が[四七]ぬるきも、つねの女郎の賢《かしこ》きにまさり、[四八]又七が[四九]初瀬《はつせ》も、大和《やまと》の大じんがをごらせ、[五〇]廿四人の太夫、十九人までひとつにあつまり、此ほか天神《てんじん》・かこい、[五一]見せのころある女郎、ならべて[五二]百三十弐人、皆《みな》[五三]むらさきのぼうし、そろふたりや手拍子《てびやうし》、腰《こし》つきに気《き》をとられ、[五四]けかへし・[五五]はねづま・引足《ひきあし》のうるはしく、[五六]中のこしかけには、役者《やくしや》・[五七]末社《まつしや》・うはき大臣、これおもしろき事、[五八]天《てん》ぢくにも有《(ある)》べきか。

　日のくれゆくを惜《をし》む折《をり》ふし、[五九]伏見《ふしみ》屋の[六〇]はしつぼねに、勝之丞《かつのぜう》とて[六一]壱匁取《(とり)》の女郎が、踊装束《おどりしやうぞく》して人のうしろよりきて、大勢《あふぜい》の中をおしわけ〳〵入《(いり)》て、彼庄屋《かのしやうや》がひだりの手を、何《なに》心もなくしめて、「そこを明《あけ》て、中《なか》へ通《とを》し給へ」と、ひた〳〵と身添《みそい》ける。此《(この)》男玉《おとこたま》しゐなく、力《ちから》にまかせあたりをつきのけ、此女郎を

三二 新屋抱えの太夫。延宝期。　三四 小柄な女。
三五 新町佐渡島町下之町の遊女屋。善太郎・七兵衛と二軒あるが、善太郎の方か。
三六・三七・三八 いずれも丹波屋抱えの太夫。延宝期。小琴は首筋に出来物があったという(一代男・六の三)。　三九 ひと癖あって。
四〇 阿波座上之町の遊女屋、明石屋八右衛門。
四一 明石屋抱えの太夫、唐土(諸越)。延宝期。
四二 明石屋抱えの太夫、吉野。延宝期。
四三 遊女屋。新町東口之町、佐渡島町下之町に各一軒、新町中之町に二軒あり、どれか未詳。
四四 住吉屋抱えの太夫。延宝期。
四五 遊女屋。新町東口之町、西口之町、佐渡島町下之町に各一軒、阿波座下之町に二軒ある。
四六 堺屋抱えの太夫。延宝期。
四七 ぼんやりしている。
四八 新町下之町の遊女屋、新《(あたらし)》屋又七郎。
四九 又七郎抱えの太夫。延宝期。　五〇 延宝七年(一六七九)刊・難波鶴では太夫数二十七人、翌年刊・難波鉦では二十五人。貞享五年(一六八八)刊・色里案内では十七人に減る。ここは延宝期の数。
五一 端《(はし)》女郎の中で声のよい者を選んで。
五二 難波鶴では、太夫数二十七人、天神が六十九人、囲が八十九人とある。なお端女郎が千十七人、遊女の総数は千二百二人とある。
五三 紫帽子。野郎帽子。歌舞伎の女形が月代を隠すための紫縮緬の置き手拭風の帽子。新町の大寄せで遊女がかぶり男装して踊る(廓中一覧)。
五四 蹴返し。歩く時着物の裾の辺をけるようにするので、前褄《(まえづま)》が開くさま。
五五 着物の左右の褄がはね上がるさま。
五六 踊りの輪の中の腰掛け。　五七 太鼓持。
五八 天竺はインドの古称。諺に「唐《(から)》天竺にもなし」(めったにないことのたとえ)という。

おどらせけるが、是《これ》ぞ恋《こひ》のはじめとなつて、[一]石《いし》だゝみのゆかたわすれず、わが前《まへ》まはるたび〳〵ほめて、踊《おどり》はつれば、手かけはさきへ帰《かへ》し、太鞁《たいこ》の新九郎をたのみ、[二]俄《にはか》になづみ出し、是を女郎の買《かい》はじめ、「[三]此《この》いきぢ、とくしらざるは無念《むねん》」と、手かけは其《その》まゝ隙出《ひまいだ》して、借屋《かしや》は[四]三十日《みそか》切《ぎり》のおもひ出、[五]釜《かま》の下の塵《ちり》も灰《はい》もなひやうに仕廻《しまふ》て、毎日《まいにち》にさはぎて、いつの比《ころ》よりか、太夫の[六]越前《ゑちぜん》に[七]大《あふ》飛《とび》して、霧《きり》山にあへる木半《ぼくはん》にも一座《ざ》して遊興《ゆふけう》、「是でこそ」と、たがひにいひ合《あはせ》て、二《ふた》とせあまりにすつきりと、[八]ないがじやうなり。

世はさま〴〵に替《かはる》かな。其霧《そのきり》山は請《うけ》られずして、ゆくへしれず、越前《ゑちぜん》は病死《びやうし》して、此ふたりの太夫昔《むかし》のやうに成《なり》て、木半《ぼくはん》といふ大臣は、次第《しだひ》に見にくふ成《なり》て、世わたり色《いろ》〳〵にかはりて、後《のち》は茶碗《ちやわん》やき出す[九]高原《たかはら》といふ所に、[一〇]猿《さる》まはしと相住《あひずみ》して、其《その》身は[一一]わたざねの油《あぶら》屋にかよひ、[一二]金《かな》からうすを踏《ふみ》て、あし手のだるき身にも、[一三]扇《あふぎ》屋ながつと口説《くぜつ》をせし[一四]高咄《たかばなし》、いまは無用《むやう》のいたりなり。

又、河内《かはち》の庄屋《しやうや》大臣は、持《もち》つたへたる[一五]野山《のやま》・竹木《ちくぼく》まで売《うり》て、おのが里住《さとずま》ひも成《なり》がたく、一家《け》ちり〴〵に立わかれ、在郷《ざいごう》の道筋《みちすぢ》はわすれず、[一六]玉造《たまつくり》のすへなる[一七]中道《なかみち》といふ橋《はし》のつめにて、すこしの餅屋《もちや》をせしが、見世にかけたるのふれんの紋《もん》に、梅鉢《むめばち》を付《つけ》しは、越前《ゑちぜん》が定紋《ぢやうもん》、さても[一八]しやらくさし。

五九　端女郎を置く伏見屋は、新町筋に五軒、佐渡島町に一軒、阿波座に二軒あった(色里案内)。
六〇　端局。端(局)女郎。
六一　新町には、銀三匁取り、二匁取り、一匁取り、五分(ふん)取りがいた(色里案内)。

一　市松模様。　二　ぞっこん惚れ込む。
三　意気地。心意気や張りある遊女相手の遊び。
四　晦日(みそか)限りであけ、昔をしのばせる場所となり。
五　一物も残らず。諺に「釜の下の灰まで」。
六　新町下之町木村(このむら)屋又次郎抱えの太夫か。延宝期。「木村屋の越前」(二代男・五の一)。
七　端女郎から囲・天神と遊びが高級になっていくのに対し、一躍太夫へ転じたのでいう。
八　定である。あたりまえである。
九　高原は末吉橋より二丁東一帯の異名(大坂町鑑)。現南区谷町六・七丁目、瓦屋町一丁目辺の一帯。瓦の産地で貧しい芸人などが住んだ。
一〇　猿ひき。猿つかい。
一一　綿実。綿の種子。採った油は薬用とされた。
一二　綿の実など堅いものをつぶす唐臼。
一三　新町中之町扇屋四郎兵衛抱えの太夫、長津(一代男・七の六)。延宝期の評判記にはない。
一四　声高な自慢話。
一五　類似の表現に「竹木をきりたをし、其あたいにてやらうをかふ」(野郎虫)がある。
一六　東成郡玉造村。現中央区東部より天王寺区北部一帯の丘陵地。一代女・六の三に詳しい。
一七　中道村の猫間川に架かっていた奈良街道(暗峠越え)の橋。黒門橋といい、慶安三年(一六五〇)幕命で架けた石造りの橋。現東成区中道三丁目と東小橋(おばせ)一丁目の境付近(東成区史)。
一八　しゃれたまねをする。こしゃくな。

入絵

西鶴をきみやげ

三

西くはくをきみやげ　巻三

大全
目録

一 以前京女の気をひいた美しい大尽の洒落姿も、今は江戸で自ら作る土人形同然になったという話。
二 小紫。江戸吉原京町、三浦四郎左衛門抱えの太夫。本文に「三木」に身請けされたとあり、延宝期の二代目。延宝八年(一六八〇)二月、京の大尽と遠い山河を隔てて盃の献酬をした逸話もある(恋慕水鏡・二)。下職原(延宝九年)に評判が載るが、大豆俵評判(天和三年)には評判なく、その退廓は天和二年(一六八二)か。二代男・一の五に詳しい。
三 月掛け・日掛けなど定期的に積み立てる金銭。太夫逢いたさに、その揚代(七十四匁)を毎日三文ずつ掛銭にしたのをいう。
四 加賀津節。吉原で流行した次節(つぎぶし)の名手加賀津の創始した俗曲か。しかし本文には「かはり加賀」とあり、加賀節の変曲をさすか。加賀節の歌詞は、松の葉・三に見える。
五 地勢の関係で普通の川の流れと逆の方に流れるもの。ここは物事の逆になるたとえにいう。
六 桔梗の紋。桔梗屋という屋号による紋。
七 扱い。調停。示談。
八 悋気。嫉妬。

算用《さんやう》して見れば
一年弐百貫目づかひ

九 南都《なんと》もろはくおろし
美食《びしよく》は一〇からし酢《ず》の鱶《ふか》
一一 小野嶋《をのじま》はわが物に
産《うま》れ〳〵の一二具足の着初《きぞめ》
明神も御存知《ごぞんじ》の一三宮参り

九 南都諸白卸。奈良産の最上の清酒の卸売り商い。諸白は麹(こうじ)も米もよく精白したものを原料に醸造した上等な酒。
一〇 酢に芥子(からし)を入れ味を加減したもの。ここは鱶の肉を煮て、芥子酢で食べること。奈良は海から遠いので、腐敗しにくい鱶や蛸などが好まれた。
一一 奈良の遊女。
一二 具足は甲冑、すなわち鎧とかぶと。具足の着初めとは、男子が元服して始めて甲冑を着用すること、またその儀式。普通は十二、三歳のころ行なった。本文では生れたばかりの宮参りの際のこと。
一三 男子が誕生後三十日めに産土神(うぶすながみ=氏神)に参詣する習俗(貞丈雑記)。一説に三十二日め(正徳四年・小児必用養育草)。なお女子は男子の翌日に行なった。

一　おもはせ姿《すがた》今は土人形《つちにんぎやう》

御異見《ごいけん》たび〳〵[一]尻《しり》に聞《きか》せて、[二]野郎《やらう》ぐるひのやむ事なく、[三]明暮《あけくれ》四条《(し)ちやう》がはらにかよひけるに、「[四]道橋《はし》の[五]さい〳〵くづれけるは、此大臣《(この)だいじん》のめしつれられし、血気《けつき》栄《さか》ん末社《まつしや》・役者《やくしや》、あらけなくわたりぬるゆへなり」と、[六]爰《(ここ)》うけたまはりの菱《ひし》屋六左衛門がせんさく仕出しぬ。今の都《みやこ》の奢《をごり》男、然も風俗《ふうぞく》すぐれて、[七]見ぬ世の中《ちう》将《じやう》・[八]中古《ちうこ》の三左《(さんざ)》・当代《とうだい》の[九]四六《(しろく)》と、是《(これ)》をしらぬもなく、毎《まい》日の道中《どうちう》なるを、[一〇]石垣《いしがき》の[一一]おやまども、まゝ喰《くい》さしてはしり出《(いで)》、此面影《をもかげ》を見れば、[一二]水茶屋の娘《むすめ》ども、[一三]天《てん》目《もく》手からおとして、我商売《しやうばい》をわすれし。「ひがし山の桜も日ゝには見られぬじやが、たとへばあの男、いきた如来さまにもせよ、やうも〳〵眼がつゞく事じや。追付《をつ(つけ)》[一四]目病《やみ》の地蔵《ちぞう》へ、[一五]七日まいりをするであらふ。なんの銭《ぜに》一もんにもならぬ大じん、あれよりは芝居《しばゐ》見の出家《しゆけ》衆に気《き》[一六]を取《(とり)》、札《ふだ》一枚《まい》読《よみ》[一七]こみても三文《もん》徳がある。むつかしひ事ではなし。笑《わら》ふて見せても物になる事」と、銘《めい》ゝの母親《はゝをや》、または主人《しゆじん》のしかるを聞《(きけ)》ば、断《ことは》りぞかし。是等《ら》はよき所にすみなれて、諸人《しよにん》の[一八]色ある男を見るさへ恋をふくみぬ。まして[一九]地女房《ぢにようばう》は、[二〇]一幅帯《はゞをび》の腰《こし》をぬかしける。

一　いい加減に聞く、聞き捨てにする意の諺。
二　歌舞伎若衆相手の遊興。男色。「尻」と縁。
三　鴨川の四条河原の東側、四条通をはさみ芝居興行街があり、宮川筋には野郎宿が多かった。
四　橋に同じ。四条の橋は延宝四年(一六七六)五月の洪水で流失し、当時は板の仮橋であったので、くずれ橋と称した。なお仮橋の上を荷馬などが通らないように、橋の両側に杭が打たれていた。
五　再々。何度も。
六　橋の監督を引き受けている。京都御役所向大概覚書によると、鴨川筋役は角倉平次が担当しており、菱屋は橋詰の茶屋の亭主か。
七　昔(平安時代)の在五中将、在原業平。
八　中昔(安土・桃山時代)の名古屋山三郎。織田信長の一族、名越因幡守高久の次男。母は信長の姪。慶長五年(一六〇〇)ごろは森忠政に仕え、五千石取り。慶長八年同輩と争って三十二歳で没。美男で名高い(室木弥太郎)。
九　十兵衛などの十を分解した遊里での替え名。
一〇　宮川筋一丁目(鴨川東の筋で四条通より団栗通まで)を俗に石垣町という(京町鑑)。寛文十年(一六七〇)竣工の護岸工事で、前記の町筋の前岸に石垣を築いたのでいう。なおこの対岸の東木屋町四条下ル斎藤町を西石垣町とも称し、どちらにも茶屋が多かったが、東の方が営業も派手。
一一　上方での遊女の異称。「うかれめ　畿内にて、をやま又けいせいと云、江戸にては女郎といふ」(物類称呼)。
一二　色茶屋に対し、普通の湯茶を飲ませて休息させた店。ただし四条河原辺では芝居関係者が副業として経営していたので、芝居の札を売ったり、案内して食事の世話もした。
一三　→二九七頁注二四。
一四　東山区祇園町南側(四条通大和大路東入ル)

たま〳〵男とうまれ出て、是はそなはつてのくわほう也《(なり)》。殊更親《をや》は後家《ごけ》にて、銀持《かねもち》で、寺まいり好《ずき》にて、世界《せかい》は我まゝといふ大じん也。人に借《から》ずにあるにまかせて、此《(この)》川原にをゐて[二一]水の流《なが》るゝごとく、よき物とらされければ、惣じての[二二]太夫本、[二三]木戸の者《もの》、[二四]あまがへるの芝居《しばゐ》成《(なる)》こみせ物の猿《さる》までも、お皃を見しつてゐぼしをぬぎぬ。此所を是程迄《(これほどまで)》しこなしけるは、一とせに千両とはつもられける。是違《ちが》ひあるまじ。一日に金子百両まきちらしても、誰《たれ》かおどろくものなく、お伊勢《いせ》さまへ[二五]十二灯《とう》あげたるやうな所、さのみ嬉《うれ》しがる者《もの》もなし。

此大じん、さりとは女嫌《ぎら》ひ、つゐに嶋原《しまばら》のけしき、遠目にも見ざりけり。されども[二六]物には時節《じせつ》有《(あり)》。野郎《やらう》ぐるひの異見《いけん》しつめられて、是非《ぜひ》なくやめぶんの誓[二七]《せい》紙《し》をかけば、[二八]諸神《しよじん》の手前を恥《はぢ》て、其後はしばゐを眈《のぞ》[二九]きもせざりき。扨《(さて)》は[三〇]年が薬《くすり》と、おの〳〵よろこびけるに、又女郎ぐるひに[三一]身をなし、明《(あけ)》くれ[三二]今の唐土《もろこし》に出かけて、是をとめどはなかりし。人また無用と身のためを申せば、「我等此里へ[三三]かよふまじとの誓紙はいたさず」と、わるがしこき事にりくつをいへば、後には誰《たれ》かとがめる人なくて、心のまゝにさはぎて、此町もおもしろからず、名に聞《きゝ》し[三四]武蔵野《むさしの》の色《いろ》ふかき、[三五]こむらさきを見にくだりけるに、江戸にもきかぬ気《き》の男、[三六]三木《さんぼく》とやらが、[三七]根《ね》から引《(ひき)》ぬきて、其《(その)》ゆくゑしれざりき。「今すこしおそ

の浄土宗仲源寺の地蔵。眼病に霊験あり(京童)。

一五 一日に七度ずつ七日間、寺社に参詣し祈ること。 一六 機嫌をとる。

一七 数えこむ。売りつけてもの意。

一八 美男。 一九 地女。素人女。

二〇 帯は幅二尺五寸(鯨尺)、長さ一丈二尺ほどに織出し、女帯は二つ割りに仕立てた(万金産業袋・四)。その女帯は、古くは巻物類は三つ割り、絹類は二つ割りにして用いたが、貞享ごろから巻物類は二つ割り、絹類は一幅と、幅広に締めるようになる(落穂集、三省録・一)。一幅帯は地女でも伊達な風俗(五人女・三の一)。

二一 絶え間なく続くさま。川原—水。

二二 →二六九頁注一〇。

二三 鼠木戸(芝居小屋の入口)の札売りの者。

二四 雨蛙は小さなもののたとえで、歌舞伎芝居に対して見世物などの小さな小屋をいう。当時の小見世物小屋は、最も大きい近江屋甚三郎の小屋でも間口が二間半、奥行五間半であった(京都御役所向大概覚書・二)。

二五 神仏の灯明代として銭十二文を供えること。十二銅とも。一年十二か月の数にちなむとも。

二六 諺。→三〇二頁注一七。

二七 神仏にかけて固く誓約する旨を記した文書。

二八 誓紙にその名を書き込んだ神々。

二九 「眈 ケツ、ミル」(増続会玉篇大全)。

三〇 諺。年を取るにつれて思慮深くなるたとえ。

三一 身を打ち込む。

三二 島原中之町、一文字屋七郎兵衛抱えの二代目の唐土。初代は寛文十一年太夫に出世し、延宝末には上座の宿老という(朱雀遠目鏡)。二代目は初代付きの禿上がりで、「面向不背の女郎」と評された(朱雀信夫摺)。

三三 原文は「かよひまじ」とある。

く、此《この》[一]よねを見ざる事の口惜《をし》。せめて其《その》むらさきに、面影《をもかげ》のにたるもがな。はる〳〵爰《ここ》にくだりし甲斐《かひ》に」と、せんさくするに、是《これ》ぞといふ女郎もなく、見ぬ恋するといふはむかし、今の世にはなき事なるに、人の物になりけるときけば殊にゆかしく、夢にも其姿《そのすがた》を見て、京の物語《がた》りにもと、人頼《だの》みしてたづねけるに、さりとはしれざりけり。

有時《あるとき》、浅草《あさくさ》の寺町[二]の横筋《よこすぢ》をゆくに、内の見えすくよしすだれ、住《すみ》あれたる宿[三]

三四 「紫のひともとゆゑに武蔵野の草はみながらあはれとぞ見る」(古今集・雑上)により武蔵野・紫は縁。武蔵野の紫の色も濃い濃(こ)紫と、江戸の容色の美しい小紫の意を掛ける。

三五 →三〇六頁注二一。

三六 其角の吉原源氏五十四君(貞享四年(一六八七)成)に「みやこの三木と聞えけん家亡(愚人)にむらさきをはねて」とある。京の三木は四の二にも登場し、これは筑前秋月藩の蔵元、三木権太夫。京都下立売室町東へ入ルに住んだ(町人考見録・中)。ここはその三木を江戸の大尽とする。

三七 根引して。身請けして。

一 遊女の異称。

二 下谷車坂町から浅草菊屋橋に至る通り(台東区上野駅前から菊屋橋までの浅草通り)を俗に新寺町と称し、寺院が多かった(御府内備考・二十二、江戸切絵図)。また寺町とも略称。

三 家の店先。

の棚《たな》に、「こむらさき[四]形屋《すがた》」と、看板《かんばん》出して、土人形《つちにんぎやう》の細工《さいく》する男を見れば、京にて[五]立《(たち)》役《やく》勤《つと》めし[六]嵐《あらし》三郎四郎が、白むくの上《うへ》に[七]やれ紙子《かみこ》、身を[八]やつし芸《げい》に出《(いで)》しよりはなをにくからず、いかさま[九]子《し》細者《さいもの》めと立寄《(たちより)》、「御亭主《ごていしゆ》、此人形《にんぎよ(う)》はこむらさきならば、先遊女《まづゆふぢよ》にしては帯《をび》がせまし。殊にうしろの[一〇]とりなり、[一一]まんざら人の[一二]おかためきたる」といへば、「いる気《き》ならば取《(とつ)》て御座れ。壱文《もん》に壱つづゝ売物《うる》を、無理《むり》なる御吟味《ぎんみ》。それは[一三]七十四匁に売《(うる)》時のせんぎ」と、笑《わら》ひける。何

四 人形屋。
五 歌舞伎の役柄の一。敵役などに対し、劇中の善人を演じる主役。
六 寛文三年(一六六三)ごろ江戸に生まれ、中村勘之介という若衆方で舞台に出ていたが、延宝六、七年(一六七八–七九)に上京し、立役に転じ、嵐三郎四郎と改名。京・大坂の芝居で六法・濡れの名手と評された(野良立役舞台大鏡)が、貞享四年(一六八七)十二月二十七日義理死をとげた。嵐は無常物語に詳しい。
七 破れ紙子。
八 傾城買いなどで勘当された若旦那などが、貧しい紙子姿で女に逢うさまなどを演じる芸。「やつし」は上下の文に掛かる表現。
九 わけのありそうな男。
一〇 姿格好。
一一 全く。すっかり。
一二 御方は商家の奥様。堅気の奥様めいている。
一三 延宝から貞享ごろの吉原の太夫の、昼夜合わせての揚代(色道大鏡・十二、色里案内)。

挿絵解説 廓の風景。右側は太夫の道中姿。先に立つのが太夫、次に二人の禿、後に前掛け姿の遣手と、供の男が続く。左側はそれを見る辻立ちの遊客。中央奥の丸頭巾の男は両刀をたばさみ、袴の股(もも)立ちを取り、杖をつき、六方風な立ち姿である。頭巾はともかく、この立ち姿は「侍衆」と吉原こまざらい(寛文十一年以前)に注記があり、吉原大雑書(延宝三年)、吉原恋の道引(同六年)等の挿絵にも見られる。そうすると本挿絵は吉原の辻立ちの図。この男の後の供も奴風で主人の笠を持つ。左手前の二人の男のうちの一人が主人公の四六大尽か。また左端の二人は、前が主人で、後が若衆髷の草履取り。

とやらゆかしく、「されば、此《この》女郎を其《その》ねだんに、[一]年《ねん》の明《あく》迄《まで》買《かい》つゞけに、京よりくだりたる男」といへば、「扨《さて》はよい物は都までもしるゝ事かな。我等も此女郎におもひをかけ、此三とせあまりもこがれしに、勤《つと》め女の事なれば、状文《じやうぶみ》になげくもおろかなれば、菟《と》角《かく》かねためて、只《ただ》ひとつ買《かふ》て、年月の思ひを晴《はら》さんと、此ほそきうちより毎《まい》日三もんづゝかけ銭《せん》をして、二年あまりにやう〱七拾四匁になして、ひとへ二日のうちにたよりを求《もと》め、かり着《ぎ》も人の情《なさけ》、揚屋《あげや》定《さだ》めて[二]もやうしけるうちに、つゐ請出されて、扨も無念《むねん》〱」と、男泣《なき》にして語《かた》る。

恋は是《これ》なるべしと哀《あは》れさに、「扨《さて》其《その》こむらさきがゆくゑは」といへば、「さらば京の人に今の様子を見せん」と、立行《たちゆく》かたは、[三]唐《から》物町の横《よこ》町に、棚《たな》も目に立《たた》ぬ程のうちに、むかしの残りたる女の見へしが、あれが三浦《うら》のこむらさきとや。今は其《その》名も替《かへ》て、お梅《むめ》とよびける。「人の女房《にようばう》になつて何か恋のあるべし。やれ思ひきれ、外にも恋はあるもの」と、男を友として、物の見事に[四]三野《さんや》にかよひ、[五]今の高尾《たかを》・[六]薄雲《うすぐも》に手をそろへて、[七]髭《ひげ》の長兵衛が座《ざ》敷《しき》を我《わが》物にして、京より持《ぢ》参《さん》の三千両、いかな〱[八]一角《かく》も残らずつかひあげて、又彼《かの》男と相住《あいずみ》して、せめては女郎が踏《ふん》だる土《つち》を身過《すぎ》の種《たね》と、[九]揚《あげ》屋町の真砂《まさご》を[一〇]金竜山《きんりうざん》の[一一]まつちにて

一 年季が明けるまで。
▽毎日三文ずつ掛銭をして太夫に逢おうとしたことと酷似する話が、一代男・五の一にある。また慶長見聞集及びそぞろ物語の「三島平太郎三年奉公の事」と類似する。なお三島の平太郎の話は、醒世恒言及び今古奇観の「売油郎独占花魁」と類似する(石崎又造)。
二 催す。準備をする。
三 霊岸島の長崎町(中央区新川一丁目内)には舶来品を商う唐物屋が多かった(江戸鹿子、万買物調方記)。この長崎町のことか。
四 吉原の異称。普通「山谷」「三谷」と書くが、名所の野が三つあるためという(新吉原常々草)。
五 吉原京町、三浦四郎左衛門抱えの太夫。「今の」は延宝期の四代目(西鶴は三代目とする)。
六 同家抱えの太夫。延宝末ごろの二代目。少し背が低かった(下職原、吉原源氏五十四君)。
七 吉原揚屋町の揚屋、鎌倉屋長兵衛。ひげ長兵衛(吉原人たばね)。↓五六五頁付図。
八 一歩金の異称。一両の四分の一。
九 吉原の町名。揚屋の並ぶ町。
一〇 現台東区浅草七丁目、聖観音宗(当時は天台宗)金竜山本竜院のある小丘。待乳山。「真土(まつち)山 又待乳山…世挙て金竜山とよぶは是なり。金竜山とは、もと浅草寺の山号なるを、何の人か此山になづけてよびけるにや」(江戸鹿子・二)。
一一 真土。良質の土の意で、もとこの付近の土で瓦を焼いていた(御府内備考・一)。

まぜて、今は又、うす雲・たかをが姿《すがた》をつくりて、土《つち》[一二]にんぎやうの水あそび、次第にさびしくなつて、大かたは火を焼《たか》ぬ日も見えしが、是にも腹《はら》の用捨《やうしや》なく、[一三]つれぶしのか[一四]はり加賀《が》、つみもなく銀《かね》もなく、世の人におそれもなく、外[一五]の事なく外まぜず、よねぐるひの意気知《いきぢ》をかたりて、埒《らち》の明《あき》たるふたりが仕舞《しまい》、いまだ三十より内にして一代の栄花《ゑいぐわ》、是からさきの老《をい》[一六]の入《（いり）》まへ、何とかなるべし。此四六大じん、京都《きやうと》の大分《ぶん》の跡《あと》は、母にさへ見かぎられて、他人《たにん》物になしけるとや。

二　子が親《をや》の勘当《かんどう》逆《さかさま》川をおよぐ

「替《かはつ》た事を聞《きゝ》ました。菟角《とかく》宿に居《いる》がわるひ、爰《（ここ）》[一七]に出かけたればこそおかしけれ。揚《あげ》屋町の入口の茶屋《ちや》に、桔梗《ききやう》[一八]屋といへるかたの女房《にようぼう》は、分別《ふんべつ》のまんと[一九]て、太夫八橋《はし》[二〇]・夕霧《ぎり》[二一]につきしやり手の開山《かいさん》[二二]成《（なる）》が、時節《じせつ》あれば我世[二三]をへて、おかさま[二四]といはるゝ[二五]事もたのしみなり。此《（この）》内に腰《こし》かけながら、よね達《たち》の道中《どうちう》[二六]を見るに、いやとおもふはひとりもなし。是《（これ）》ぞ又うごきがとれぬとなづむ[二七]程成《（なる）》もなし。今の世の女郎、心はしやれて位《くら》ひなし。むかしのちとせ[二八]・唐崎《からさき》[二九]は、禿《かぶろ》・やりての

一二 諺。自らわざわいを招き自滅するたとえ。
一三 連れ節。合唱。
一四 加賀節の変曲。→三〇六頁注四。
一五 ほかの仕事もなく、他人を仲間に入れず。
一六 老後の生活費。「入まへ」は入前。入舞とも。
一七 ここは吉原遊廓をさす。
一八 吉原揚屋町の入口に二十軒ある茶屋の一つ、桔梗屋善右衛門。揚屋町の入口左側の一軒目。
一九 「八橋やりて まん よろづよし」(吉原大雑書)。
二〇 吉原新町、惣兵衛抱えの太夫(同)。
二一 同じく惣兵衛抱えの太夫(同)。
二二 ここは第一人者、権威者。
二三 我が世を経て。「世を経《ふ》」は、世を渡る、生活する。ここは自分の暮らしを立てる。
二四 おかみさんの略。
二五 原文は「いはる事」とある。
二六 遊女が揚屋入りの際などに、盛装して供を連れ、美々しく行列して行くこと。吉原では外八文字の蹴出し歩みを見せた。
二七 惚れこむ。
二八 吉原角町、太左衛門抱えの太夫(吉原大雑書)。一代女・一の四に全盛ぶりが描かれる。
二九 吉原新町、久右衛門抱えの太夫(同)。ちとせと唐崎は松(太夫)を介して連想される語。

外に、[一]沓《くつ》とて[二]鬢切《びんきり》したる男草履《ぞうり》取《(とり)》をつれける。是《(これ)》をおもふに、全盛《ぜんせい》の時なるかなや。孔子《こうし》くさひ人までも、[三]朝《あした》に道をきいて夕に通《かよ》ひなれ、何《なん》の[四]古文《こぶん》しんぽう。されば人間《にんげん》、死《し》ぬるといふ[五]道具《どうぐ》おとし、是に勝《かつ》男達《だて》もなし。すこしのうちも浮世の隙さへあらば、此《(この)》美《び》君《くん》を詠《なが》めまいらせ、[六]長命丸《ちやうめいぐはん》といふ薬《くすり》なり。[七]仙家《せんか》の不老《ふらう》不死《ふし》の妙薬《めうやく》、取《(とり)》にやるまでもなし。近道《ちかみち》に是程よい事をしらざるや」。

「扨《(さて)》、最前《さいぜん》のかはつた事の咄《はな》しのするゐはいかに」「されば、世に子が親《をや》にもてあまし、迚《とて》も悪所《あくしよ》ぐるひの異見《いけん》きゝ給はねば、[八]勘当《かんどう》を切《(きる)》とは、前代《ぜんだい》ためしなき事。其《(その)》親《をや》仁殿《ぢ》は、[九]伊勢《いせ》町の大盃《あふさかづき》といへる大じん、酒より乱《みだ》れて、[一〇]猩《せう》〳〵の[一一]ぬき手切《(きつ)》て、足もとのよろつく掛《かけ》物をよろこび、揚《あげ》屋の物好《ずき》は、[一二]和泉《いづみ》屋半四郎が二階《かい》座敷よしと、[一三]山本長左衛門がかゝえの[一四]小主水《こもんど》にふかくあいなれて、[一五]内蔵《くら》のさびしくなる事、此《(この)》二《(ふた)》とせあまりなり。[一六]もまた六十に過《すぎ》て、鬢付《びんつけ》たしなみ、女郎と打死《うちじに》と極《きは》めて、銀《かね》つかひけるを、其《(その)》子は二十八になるまで、つゐにあげ屋の畳《たゝみ》を踏《ふみ》し事もなく、七歳《さい》の時、[一七]かき初《ぞめ》に絹《きぬ》のふんどし買《かふ》て、[一八]中橋《なかばし》の[一九]姨《おば》よりおくり給はりしを、今に其一筋《すぢ》にて埒《らち》を明《あけ》、世わたりの事のみ大事《だいじ》にかけ、わずかなる[二〇]請《うけ》酒、今では江戸にならびなき酒棚《さかだな》と成《(なり)》しは、此一子《し》がはたらきなるに、親に大ぶんつかひはてられ、[二一]内証《ないしやう》のつゞかぬ所をなげき、[二二]駒込《こまごめ》の旦那《だんな》寺《でら》、

一 沓取りの略。草履取り。
二 前髪を切って額に垂らし、また鬢の毛を切って耳の後ろへ垂らした髪風。若衆の髪形。
三 「子曰く、朝に道を聞かば、夕べに死すとも可なり」(論語・里仁第四)をもじる。
四 古文真宝。宋の黄堅編。中国の戦国時代から宋代までの詩文集。近世に広く行われ、転じて、まじめくさっていることのたとえにいう慣用語。
五 槍を巻き落とす武具。ここは苦手、弱点。
六 ここは長生きの薬の意。
七 仙人の住む所。神仙思想では東方の海に蓬萊山があり、不老不死の仙人が住むという。ここは秦の始皇帝の命を受け、不老不死の薬を探したという徐福の故事をさす。
八 非行な息子の不始末の連帯責任から逃れるため、親などが町年寄・五人組同道で町奉行所に訴願し、人別帳から除名し、縁を断つこと。
九 →二九四頁注二二。
一〇 謡曲「猩々」。
一一 水泳の抜き手を切るような動作。ここは「足もとはよろよろと、酔(ゑ)に伏したる枕の夢の」という「猩々」のキリ舞などを描いた掛け軸を好んだことをいう。
一二 吉原揚屋町の揚屋。和泉―酒。
一三 吉原新町の遊女屋(吉原人たばね、大画図)。
一四 山本抱えの初めは太夫、延宝八年(一六八〇)より格子女郎(下職原など)。天和期の格子四天王の一人(大豆俵評判)。吉原源氏五十四君の後人(種彦か)の注に、抱え主を彦右衛門とするのは代替りか。小主水―酒。
一五 母屋続きに建て、金銀や貴重な道具などを収蔵する蔵。庭蔵に対していう。
一六 もはや。
一七 男子は七、八歳に褌のかき初めをした。母方

二三念仏講中《ねんぶつこうちう》をたのみ、二四「男子《むすこ》がいふ所、ひとつとして道理《どうり》なり。世には不孝《ふかう》の子ども、親《をや》の死《しに》二五一倍《ばい》といふ銀かる事は聞《(きき)》しが、親の身として、子を追出《をい》し一倍《ばい》といふ銀を借《かり》給ふは、ためしなきしかた。向後《けうこう》色町やめ給へ」と、さま〲の御異見《いけん》きかず、「いかな〱、此道とまり難《がた》し。両方おぼしめしての御あつかひならば、只今金子千五百両、悴子《せがれ》が手前《てまへ》よりもらふて給はれ。あの家を罷出《(まかりいで)》、一生二六親子《しやうしんし》ふつうの手形《てがた》」と、のぞめば、ねがひの通《とを》り二七にあつかひすまし、小《こ》

の叔母が紅(もみ)の褌を贈る習俗があった(和漢三才図会・二十八)。
一八 中橋広小路。広小路をはさむ上槙町一・二丁目と南槙町一・二丁目(江戸方角安見図等)。現中央区八重洲通りの外堀通りと中央通りの間。
一九 母の姉妹。
二〇 問屋から仕入れて小売りをする酒屋。
二一 暮らし向き。家計。
二二 現文京区内。各宗の寺院が多い所。
二三 念仏講の人たち。→二六六頁注一四。
二四 「たのみしに」とあるべきところ。
二五 遺産相続を当てにし、父親が死ねば倍額にして返す契約の借金法。二十不孝・一の一に詳しい。
二六 親子不通(親子の縁を切る旨)の証文。
二七 調停。示談。

挿絵解説 隠居した父親が子から千五百両の手切れ金をもらうところ。座敷の縁側寄りに坐るのが父親(伊勢町の大盃という大尽)で、殊勝そうな様子。その前に「小判/千五百両入」の上書きをした箱入りの大金が置かれている。座敷の右奥が若主人。差出す右手に色々な思いが読みとれる。羽織の紋は木瓜などか。左側の二人は脇差をさし、念仏講中の立会人。右側の二人は金を運んで来た手代で、客に挨拶の様子。

判《ばん》わたして、親仁《をやぢ》を追出《をい》しける。これらは広《ひろ》き世界《かい》に、又もあるまじきたはけなり。是《(これ)》をおもふに、[一]大伝馬《でむま》町の綿棚《わただな》に、色すける亭主《ていしゆ》ありしに、然も此内義《(この)ないぎ》美女《びぢよ》なるに、外に又[二]妾《てかけ》をこしらへしを、内義情《なさけ》にて、男のかよへるも[三]気《き》づくしと、我宿によび入《(いれ)》られしに、後には本妻《ほんさい》をりんきして、いろ〳〵に迷惑《めいわく》がらせ、程なくさらせける。扨《(さて)》もめづらしき、[四]あちらこちらの世の中や」。

「其大盃《(その)あふさかづき》といふ大じんのおさまりは」とたづねしに、「千五百両を[五]手の物にして、すみ町のま[六]んぢ屋[七]こざつま買《かい》しが、跡先《あとさき》の思案《しあん》なしに、いかな〳〵金子一両も残さず、是程見事に[八]すりきる事たぐひなし。今見れば、[九]麹町《かうじ》の六丁目の横《よこ》町に、あはれなる借棚《かりだな》して、鯉《こい》のさし身をつくりて、[一〇]盛売《もりうり》にまはりぬ。[一一]「因果《いんぐわ》は皿《さら》のふち」と、人の笑《わろ》ふもかまはず、色里の文《ふみ》どもを包丁《ほうてう》のつゝみ紙《がみ》にして見せけるも、此《(この)》身にも[一二]ぜいをやめざる親仁《をやぢ》、「いまだ心残りは、[一三]三浦《うら》の花むらさきに、あはではつべき事の口惜《をし》。是非《ぜひ》此おもひ入《(いれ)》、一生《しやう》のうちにあだにはなさじ。我等は此無事《ぶじ》なれば、まだ三十年などは、たとへ不養生《ふやうじやう》をしても、長生《ながいき》を覚有《(おぼえあり)》。悴子《(せがれ)》は追付《をつ(つけ)》女房《にようぼう》を持《もつ》と、三年五年のうちに、[一四]命勝負《しやうぶ》見えすきたり。[一五]子の物は親の物なれば、此あとを丸どりにして、[一六]二たび花むらさきの願《ねが》ひなり。迚《とて》もの事に、一日もはやく男子目《むすこ》に、たくましき娌《よめ》をさずけ給はれ」と、無理《むり》

一　大伝馬町は二丁目まであり、一丁目の両側は木綿問屋であった(続江戸砂子・二)。一丁目は現中央区日本橋二丁目と三丁目の境で、日本橋大伝馬町に隣接する一町。
二　めかけ。「てかけ」は上方の呼称(物類称呼)であり、上方の作者の口癖が出たもの。
三　気をもむこと。気疲れすること。
四　あべこべ。逆になること。
五　わが物にして。
六　吉原角町の遊女屋、万字屋庄左衛門(吉原大画図)。
七　小薩摩。万字屋抱えの格子女郎。天和・貞享期(大豆俵、吉原源氏五十四君)。
八　財産を使い果たすこと。無一文になること。
九　当時の麹町は一丁目から四谷御門までに十丁目まであった(延宝八年・江戸方角安見図)。麹町六丁目は現千代田区麹町四丁目の内。
一〇　刺身を皿に盛りつけて、一皿いくらと売る。
一一　諺。因果は皿のふちを一周するほど速くめぐって来るの意。盛売―皿。
一二　贅。見栄を張ること。
一三　吉原京町、三浦四郎左衛門抱えの太夫、花紫。天和・貞享期(大豆俵など)。
一四　命がけの勝負。
一五　諺。「親の物は子の物、子の物は親の物」。
一六　「二たび花を咲かせて」「花紫に逢いたい願い」と、「花」は上下の文にかかる。

に一七むすぶの神をいのるおかし。此諸願成就《しよぐはんじやうじゆ》の時もあるべきか」。

三　算用《さんやう》して見れば一年弐百貫目づかひ

商売《しやうばい》の一八見せつきよきは、一九酒質《（さかじち）》をとりて、二〇南都《なんと》東大寺《だいじ》門前《もんぜん》に住《すみ》て、仙人坊《せんにんばう》と異《い》名《みやう》よびて、かくれもなき大じん、我里の二一木辻《つじ》・鳴《なる》川にはまりて、二二世を夢より夢に暮し、いつ夜の明《あく》るもしらず、算用《さんやう》なしにつかひけるに、此所《（この）》は女郎の二三高下《かうげ》もなく、十五匁に極《きわ》め置《（おき）》しは、申せばかるひ事ながら、是《（これ）》にも奢《をご》れば、はかのゆく物ぞかし。

此男、嶋《しま》ばらも新町も見ずして、所あそびの五とせあまり、何か勘定《かんじやう》になる事もなく、宵《よひ》に酒呑《のみ》て、夜更《ふけ》て女郎と同じ枕《まくら》に寝《ね》て、はりあいも二四つめひらきも、二五敵《てき》にうれしがらする事もなく、銀《かね》に売《うる》身なれば是非《ぜひ》もなき勤《つと》めと、いづれの女郎にもうとまれ、おかしからぬ遊興《ゆふけう》に二六土仏《つちぼとけ》の水あそび、いつとなく身をくづして、「二七高《たか》十五匁の女郎に、有銀《（ありがね）》七百貫目、つかへばつかふ物かな」と、内証《ないしやう》しつた人あつて、二八我《が》をおりける。「毎《まい》日此里の二九よねを残らず買《かい》あげてから、三〇十五《かこい》女郎十八人、やう〳〵弐百七十目、三一見せの女郎壱匁から弐分《（にふん）》まで九十七人、

一七 男女の縁を取り結ぶ神。むすびの神。
一八 店構え。
一九 酒屋へ金を貸すのに、酒株（公許の酒の醸造権）と酒造設備を質にとること。当時奈良は伊丹・池田などに次ぐ清酒の醸造地。
二〇 奈良市雑司町にある華厳宗の総本山。本尊の盧舎那仏は奈良の大仏として有名。
二一 奈良の遊里。現奈良市東木辻町・鳴川町付近。色道大鏡・十三などに詳しい。
二二 おぼれて。鳴川―はまる。
二三 延宝期までは小天神がおり、揚代二十一匁、囲（鹿恋）が十五匁であった（色道大鏡・十三）が、貞享ごろには天神はなくなる（色里案内）。ここは天神・囲の区別がなくなり、上級の遊女が等しく十五匁となったのをいう。実際には、囲の下に半夜（揚代九匁）・けち（一匁または五分）などの遊女がいたし（色里案内）、西鶴も後文で「見せの女郎」のことを記す。
二四 詰め開き。恋の駆け引き。
二五 遊女と客がそれぞれ相手のことをいう。
二六 自滅する意の諺。→三一三頁注一二。
二七 高は程度、値うち。ここは揚代。
二八 閉口した。驚いた。
二九 遊女の異称。
三〇 揚代が十五匁なのでこう書く。囲・鹿恋。
三一 見世で直接客を取る下級の遊女。端女郎・局女郎。銀一匁・二分はそれぞれ揚代。

惣高《(そうだか)》、合銀《(がふ)》五百目にて一日買《かへ》ば、一年中を百八拾貫目にてしまはるゝ事なるに、此《(この)》大じんの銀《(かね)》[一]つもり、一年に弐百貫目余《よ》づゝは、何としてつかひけるぞ」と、[二]団屋《うちは》権七といふ太皷持《たいこもち》が、何のやくにも立《(たた)》ぬ不思議《ふしぎ》、[三]是《(これ)》に身をそむる帥《すい》[四]程にもないやつかな。色里に銀の捨《すた》るは、其《(その)》算用《やう》とは各別《かくべつ》の違《ちが》ひあり。惣じての人の世帯《せたい》に、[五]はんまいよりはこづかひの入《(いる)》に同じ。女郎ぐるひも、揚銭《あげせん》よりは外の物入《(いり)》かずかずなり。[六]霊地《れいち》の仏前《ぶつぜん》に石燈籠《いしどうろう》を立《(たて)》、神前《しんぜん》に水砵《ばち》を切《(きり)》居《すへ》て、名をしるし置《(おく)》は、するするまでも残る世語《がた》り、けいせいぐるひに金銀入《(いれ)》ても、名の残しやうなければ、壱万貫目つかへばとて、人のしる事にはあらず。

此仙人坊《せんにんぼう》も、[七]世のせはしからぬ時を得て、奈良《なら》よりし[八]のび駕籠《かど》をつゞけて、女郎一度《ど》に十人ばかりもつれて京にのぼる事、いくたびといふかぎりもなく、世間《せけん》にしれぬ大さはぎ、ひと道中《どうちう》にも、百両にてはとまりがたし。同じ[九]春日《かすが》の里にも、[一〇]黒米《くろごめ》のうち込茶《こみちや》を呑《のみ》、病中《びやうちう》のねがひに、[一一]鱶《ふか》のさしみを喰《くふ》て死《しに》たひとおもふ心、または大坂の[一二]観進能《くはんじんのふ》にやとはれて、[一三]地謡《ちうたひ》の帰りさまに塩買《かふ》て行《(ゆく)》など、こんな[一四]こみちなる所を見ては、一日も中々暮さるゝ所とはおもはれず。奈良も又ならによるべし。かゝる大じんもあれば、いづれ[一五]いにしへの都の人心ぞかし。

一　銀の見積り。勘定。
二　団扇(うちわ)は奈良の名産で、その関係者。
三　色の道に関係している。
四　粋人。
五　飯米。
六　寺社の境内。ここは寺の方。
七　世間の暮らしがせちがらくない豊かな時期に生まれ合わせ。時期的には寛文年間(一六六一―七三)ごろ。延宝末から元禄にかけて不景気となる。
八　人目を忍んで遊びに行く駕籠。
九　現奈良市春日野町付近をいうが、広く奈良の古名に用いる。歌枕。
一〇　玄米茶。茶の代りに煎った玄米を用いる。
一一　→三〇七頁注一〇。
一二　勧進能。寺社の建立・修復の募金のために興行する能。多くは三日興行で、追加一日を貰いと称して、出演の太夫の収入とした。
一三　ここは能楽で、シテ・ワキなどの役者のうたわない謡曲の部分をうたう人々。舞台の右脇の地謡座で勤める。奈良には能楽を職とする者が多かった。
一四　小道。金銭の上で細かいこと。
一五　「いにしへの奈良の都の八重桜けふ九重に匂ひぬるかな」(詞花集・春・伊勢大輔)により、昔都として栄えただけにおうような人心。

仙人坊《せんにんばう》、次第に有程《ある》は皆になして、財宝《ざいほう》も残らず、むかしの名残には、請出しててうあいせし、小野嶋《をのじま》といふ女郎壱人ならでは、めしつかひの者《もの》もなく、其後は[一六]元興寺《ぐはんげうじ》のひがし町に身を隠《かく》し、けふを暮《くら》するためとて、[一七]灯心《とうしん》を引《ひい》て、[一八]ほそき世をおくりしに、小野嶋も是を見捨《すて》ず、[一九]むかしの形《かたち》をやめて、継《つぎ》おびの助《たすき》に、古風呂《ふるふろ》しきをまへだれになをし、[二〇]下子《げす》の手業《わざ》、いつからも成《なる》物ぞかし。琴《こと》・三味線《しやみせん》を引《ひき》し指《ゆび》に、碓《いしうす》の挽《ひき》木もつゐてまはり、さりとてはかなしき世わたり、折《おり》ふしは[二一]煙《けぶり》を立《たて》ぬ日も有《あり》ける。是をすこしもなげかず、男をたいせつにして、其《その》心をそむかず。今に此男、日に三度《ど》の酒をのまぬといふ事ならず、其時〳〵にかけ徳利《どくり》をさげ、一度《ど》に六文づゝが酒、此女郎、買《かい》にゆくを見し人、そしりをやめて、泪《なみだ》をこぼさぬはなかりき。

かく月日をかさねしうちに、このまぬ[二二]恋種《だね》とまりて、[二三]産《うみ》月《づき》ちかづきしに、いかにとしても[二四]其用意《そのやうい》もならず。「さあ今ぞ」と、[二五]しきりはくれども、[二六]取《とり》あげ祖《ば》母《ゞ》の約束《やくそく》もなく、腰《こし》を抱《だい》たり湯《ゆ》わかしたり、まんまとひとりして万事《ばんじ》の[二七]埒《らち》をあけて見るに、[二八]初声《はつごへ》のあげやうから、かしこそふなる男子《なんし》なれば、夫婦《ふうふ》よろこぶ事かぎりなく、すゑの頼《たの》みをかけける。

人の仕合は定《さだ》め難《がた》し。此子、一両年あとに生《うま》れ出《いで》なば、[二九]抱守《だきもり》・[三〇]つき〴〵をき

一六 奈良市芝新屋町の華厳宗の寺。古くは南都七大寺の一。当時は真言宗で寺領五十石（和州旧跡幽考・三）。「グワンゴウジ」（書言字考）。
一七 灯心を作るのを手内職として。灯心は、灯心草ともいう細藺（いぼそ）のなかごから白い芯を取り出して作るので、「引く」という。
一八 貧しい世。灯心―ほそき。
一九 遊女の時の派手な姿。
二〇 使用人の仕事。
二一 飯を炊かない日。
二二 妊娠して。傾城は誠なく、子供は生まれないとされた。参考「けいせいもまことの有時あらはれて、四年あとより男子をもふけ」（二の二）。
二三 臨月。
二四 出産には産婆のほか、押し桶（えな桶）、小刀、はやめ薬、安産の守り（子安貝・海馬）などの支度がある（女重宝記・三）。
二五 陣痛。
二六 産婆。
二七 うまく片づける意。
二八 産声（うぶごえ）。
二九 授乳役の本乳母に対し、抱き守り役の乳母。織留・六の三に詳しい。
三〇 付き添いの者。腰元や仲居女など。

れいに、小袖のにしきをひるがへし、[一]宮参《みやまい》りなど[二]いかめかしくあるべきを、今の身となる宿《やど》にうまれきて、あらためての産着《うぶぎ》はおもひもよらず、肌《はだ》には[三]紙子《かみと》切《(きれ)》〴〵なるを継集《つぎあつ》め、うへには神祭《かみまつ(り)》にこしらへし、子ども細工《ざいく》の[四]具足《ぐそく》をきせ、いまだ[五]忌《いみ》もあかぬに、[六]よろひの着初《きぞめ》おかし。今は世上《せじやう》をはづる事もなく、其《(その)》子を[七]肩車《かたぐま》にのせて、[八]春日《かすが》のやしろにまいりける。

明神《みやうじん》もかれが全盛《ぜんせい》の時を御ぞんじなれば、さぞ〳〵ふびんにおぼしめすらん

一 →三〇七頁注一三。
二 「いかめしく」の音転。厳粛で盛大に。
三 厚紙に柿渋を塗り、日に干し、夜露にさらし、もみ柔らげて作った着物。紙衣とも書く。
四 →三〇七頁注一二。
五 お産の穢(けが)れで慎む期間。百二十日で忌み明けとした。
六 鎧着初法式伝によれば、武家では普通十一歳で行い、時により七歳で行うこともあった。武功ある人を鎧親に頼んだ(暉峻康隆)。
七 かたぐるまの略。
八 現奈良市春日野町の春日大社。当時は春日明神、春日神社とも。

九 と、㒵見しる八百八禰宜《(はっぴゃくやね)ぎ》、是は〳〵と手をうつもかまはず、「一〇 おもわく女郎が胎内《たいない》より出《(いで)》し若君《わかぎみ》」と、具足《ぐそく》のくさずりをあげて、おの〳〵に一一 指似《しじ》を見せて、男子《むすこ》をしらせて帰る。なを又小野じま、此《(この)》男を見捨《すて》ずして、請出されし恩《をん》の程をわすれざる名女《めいぢよ》、万人《ばんにん》あはれみかけて、後は二人ともに発心《ほつしん》して、一二 秋志野《あきしの》の里の片陰《かたかげ》に住《すめ》り。

九 春日神社の禰宜(神官)の多いことをいう語。
一〇 思いをかけている女郎。好きな女郎。
一一 子供のおちんこ。
一二 当時は大和国添下郡秋篠村。現奈良市秋篠町、真言宗秋篠寺のある里。歌枕。

挿絵解説　春日の社への宮参り。仙人坊が男児を肩車にし、春日の社に宮参りのところ。脇に刀を持つのは妻の小野島。周りの神主姿の人たちは、顔見知りの神官たち。向うに春日の社や奈良の山々が描かれている。

入絵

西鶴おきみやげ

四

西くはく置土産　巻四

大全目録

江戸の小主水《〔一〕こもんど》と
京の唐土《〔二〕もろこし》と

〔三〕金竜山《きんりうざん》の仕出《〔四〕しだ》し茶《ちや》や
〔五〕女郎たがひに預《あづか》り男《おとこ》
〔六〕青木《あを》やの小藤《ふぢ》にかゝる時《とき》
人はしれぬ仕合《しあはせ》
煙《けぶり》のすゑの〔七〕たばこ入《（いれ）》

〔八〕年越《としこし》の伊勢参《いせまいり》
〔九〕わらやの琴《こと》

玉《たま》のさかづき当座《たうざ》に割《わり》
うつくしき物〔一〇〕金太夫
〔一一〕五条《でう》の市が物好《ずき》
〔一二〕長崎《ながさき》の鹿《し(か)》の声《こゑ》
〔一三〕よし野はいきたはな

一　→三一四頁注一四。
二　島原中之町、一文字屋七郎兵衛抱えの太夫。ここは天和・貞享期の二代目。→三〇九頁注三二。
三　現台東区浅草七丁目の本竜院のある小丘。待乳山。→三一二頁注一〇。
四　客の注文により食事を作り、配達する料理屋。明暦の大火後、金竜山門前の茶店で、初めて茶飯に豆腐汁を添え、奈良茶と称して出したところ評判になったという(近世奇跡考)。
五　吉原と島原の遊女が手紙で連絡をとり、それぞれ相手の大事な客をもてなしたという話。
六　吉原角町(すみちやう)青木屋吉兵衛抱えの格子女郎。天和・貞享期(大豆俵)。
七　煙草入れを作る手内職をして、細々と暮らした話。煙―たばこ。
八　大晦日の夜。ここは伊勢参宮に出かける話なので「年籠(としごもり)」に当る。→二七八頁注一一。
九　みすぼらしい藁ぶきの家から琴の音が聞こえた話。「かの蟬丸は逢坂や藁屋にて琵琶を弾き給ふ」(謡曲・絃上)。また「藁屋の床に藁の窓」(謡曲・蟬丸)などによる表現。
一〇　島原上之町、上林五郎右衛門抱えの太夫。ここは延宝六年(一六七八)正月、太夫に出世した四代目。諱は媧子(くゎし)(色道大鏡・十六)。
一一　京の五条の大尽。「市」は遊里での替名。
一二　当時著名な大尽。「遠ひ長崎の鹿と人さへ妻にとこがれ、千三百両に吉野を替へて、伏見に墨染桜、人には見せずなりにき」(二代男・一の五)。
一三　島原上之町、喜多八左衛門抱えの太夫。ここは延宝二年正月太夫に出世した三代目。諱は媛子(えんし)(色道大鏡・十六)。延宝七年長崎の源(みなもと)という二十七歳の客に千両で身請けされた

一四 恋風は米《こめ》のあがり

一五 つぼねにさがり有《(あり)》

見せにし一六のび駕籠《かご》

一七 三日の日和《より》見たし

一八 椀久《わんきう》わらひし人も

揚屋《あげや》が一九中《(ちゆう)》づもり

大尽《だいじん》もかはる世や

(恋慕水鏡・二)。前注などのように千三百両で身請けされたともいわれ、小説や芝居でうたわれた。

一四 大坂の米商人は、大風で米価が上がり景気がよいと、恋風を吹かし派手な遊びをし、米価が下落すると安い局女郎を相手に遊ぶ。

一五 局女郎。二、三畳敷の局で、直接に客を呼びこみもてなす。端女郎とも。

一六 ↓三一八頁注八。

一七 米市の関係で三日先までの天気の具合が知りたいの意。「三日さきしれば長者」(毛吹草)。

一八 大坂堺筋の椀屋久右衛門(演劇は久兵衛とする)の略称。新町の遊女松山に夢中になり、豪遊の果て精神錯乱し、水死したという。没年には諸説あるが、菩提寺円徳寺の過去帳から延宝四年六月二十一日が妥当(野間光辰)。西鶴は貞享元年(一六八四)十二月とする(椀久一世・下の六)。

一九 中積もり。だいたいの見当や推測。

一　江戸の小主水《こもんど》と京の唐土《もろこし》と

関東《くはんとう》の奥《をく》に、今でも米《こめ》[一]壱石に付《（つき）》、拾八匁する所あり。そこにも朝夕《てうせき》おくりかねての乞食《こじき》も有《（あり）》。御江戸に住《すみ》ても、身の一代に小判《こばん》といふ物、手にもつた事のない者《もの》有。又、一日に五両づゝ悪所《あくしよ》づかひして、命を六十五歳《さい》につもり、我から二十八代はことをかゝずと、御町《（おちやう）》[二]を我内にして、親《をや》[三]の日ばかり宿《やど》にもどる人も有。無用《むやう》の身体自慢《しんだいじまん》、算用違《さんやうちが》ひになつて、追付《をつ（つけ）》摺切《すり（きり）》[四]にならるゝ事うたがひなし。

むかしと替《かは》り、人皆《みな》せちがしこくなつて、今程銀《かね》のもうけにくひ事はなし。近《ちか》き比《（ころ）》、金竜山《きんりうざん》[五]の茶《ちや》屋に、壱人五分《（ふん）》づゝの奈良茶《ならちや》[六]を仕《し》出しけるに、うつは物のきれいさ、色〳〵調《とゝの》へ、さりとはすへ〴〵の者《もの》の勝手《かつて》のよき事となり、中〳〵上がたにもかゝる自由《じゆう》はなかりき。まだ是《（これ）》よりは清水《しみづ》[七]町のかくしよね[八]、百[九]で酒肴《さかな》もてなし、さま〴〵なるもおかし。又、深《ふか》[一〇]川八まんの茶屋者《もの》は、本所《ほんじよ》[一一]・筑地《つきぢ》[一二]よりは各別《かくべつ》見よげに、京の祇園《ぎをん》[一三]町のしかけ程ありて、鳥居《とりゐ》[一四]のうちは二人壱歩《ぶ》、外《そと》は三人壱歩《ぶ》と、極《きは》め置《（おき）》しも物がたし。江戸には女のすくなき所かとおもへば、

一 米一石が銀十八匁前後したのは、慶長初年(一五九六)から元和五年(一六一九)ごろまで。本書執筆時の元禄六年(一六九三)の大坂では、米一石五十二匁から六十匁。
二 公許の遊廓の称。ここは江戸の吉原。
三 親の命日。
四 財産を使い果たすこと。無一文。
五 →三一二頁注一〇。
六 奈良茶飯の略。もと奈良の東大寺・興福寺の僧坊の創始。茶の一番煎じを取って置き、二番煎じに少量の塩を加え、炒(い)大豆・赤小豆などを入れて飯を炊き、一番煎じの茶で食べる(本朝食鑑・一)。「五分」は銀五分。
七 本所清水町(現墨田区江東橋四丁目、四之橋から旅所橋までの竪川に南面した町)。寛文元年(一六六一)から元禄六年まで私娼がいた(真山青果・西鶴と江戸地理、延宝八年・江戸方角安見図)。 八 隠し娼。私娼。「よね」は遊女の異称。
九 銭百文。
一〇 富岡(とみがおか)八幡宮(現江東区富岡一丁目内)。古くは永代島八幡宮で永代島にあった。門前の二、三町には色茶屋があり茶屋女(私娼)がいた。
一一 ここは「深川の八幡、筑地、本庄の三つ目橋筋」(一代男・二の六)の三つ目橋筋に当り、現墨田区の竪川の三之橋付近。私娼がいた。
一二 現中央区築地。明暦の大火後、木挽町の海岸を埋め立てた新開地で、寛文ごろ私娼が多かった(吉原失墜)。当時は筑地・築地と両用。
一三 祇園社(京都市東山区の八坂神社)の門前町。祇園の色茶屋は格が高く、勘定も銀三匁、銀一両、その外二匁五分など(色里案内)。
一四 深川八幡の鳥居の内の色茶屋。「深川の八幡…鳥居より内は客ふたり一歩、外は三人一歩とあらましを極め置しは、いやな事のみ」(新吉原

行先《ゆくさき》〳〵に[一五]名所《めいしよ》有《あり》。[一六]三野《さんや》は[一七]むつかしき女郎ばかりかとおもへば、[一八]新町《しんてう》がしの[一九]かきのふれんの分《ぶん》は、銀《かね》では壱匁、銭《ぜに》でやれば百に定《さだ》めける。是《これ》も女郎の意気《いき》知《ち》は更《さら》にかはる事なし。[二〇]内衣《ゆぐ》も絹《きぬ》物して、[二一]はし切《きり》の鼻紙《はながみ》、くちすぼめてやうじ喰《くわ》へたる風情《ふぜい》、するゝ〳〵にてもお町の仕出しは各別《かくべつ》なり。

有時《あるとき》揚《あげ》屋町に行《ゆき》て、[二二]髭《ひげ》の長兵衛がはしゐして、「ひさしぶりにて爰《ここ》を見しに、お内義《ないぎ》、又うつくしうなられた。亭主《ていしゆ》、人の身は養生《やうじやう》が大事《だいじ》」と、悪《わる》口の跡《あと》は大笑《わら》ひになして、酒のむうちに、「[二三]こもんどさまが見えました」を幸《さい》わひに、何やかや取まぜての情咄《なさけばな》し、「我等が男は、上がたにて無事《ぶじ》かゐ」「成程《なるほど》〳〵そくす才なるが、所《ところ》〳〵で恋をやめぬやつ。京では[二四]一文字《もんじ》屋の今もろこし、大坂では[二五]扇《あふぎ》屋の荻《をぎ》野あへり。追付《をつつけ》帰らばせんさくなされ、すこし身のいたひ程、[二六]つめ〳〵して置給へ」といへば、「其《その》唐土《もろこし》・荻《をぎ》野さまは、われらのさし図《づ》して、[二七]合点《がつてん》あはせます太夫さまなり。こん日も[二八]伝馬《てんま》町の[二九]清《きよ》様より、もろこしさまの文《ふみ》を、われかたへおとゞけなされまして、めづらしくはいしまいらせけるに、「すこしのうち大事《だいじ》の殿《との》さまをあづかりまして、たんといとしくおもふに候《さうらふ》。此程《この》[三〇]あだぼれあそばし、是非《ぜひ》に誓紙《せいし》書《かけ》とて、まことらしくいぢられ、すこしはこづらにくう、そのかたさまへいひやるといへば、もんどは相果《あいはて》けると、[三一]つ

常々草・上)。　一五 遊女のいる有名な所。遊里。
一六 吉原の異称。↓三一二頁注四。
一七 吉原の遊女は張り(意気地)があり、下手な遊びが出来ないとされ、ここは格式ばった面倒な遊女の意。「京の女郎に江戸の張(り)をもたせ、大坂の揚屋であはば此上何か有べし」(一代男・六の六)。
一八 吉原遊廓の塀の周囲には堀がめぐらされているが、新町奥のその堀に沿った通り。後代の羅生門河岸の一部で、端女郎がいた。↓五六五頁付図。
一九 端女郎の店。店の入口に柿色染めの暖簾をかけていたのでいう。　二〇 湯具。腰巻。
二一 粗末な鼻紙は、漉(す)いたままで端を切りそろえていないが、吉原だけあって下級の遊女も端切りの鼻紙を用いているという。
二二 揚屋町の揚屋。↓三一二頁注七。
二三 小主水。↓三一四頁注一四。
二四 二代目なので今唐土という。↓三〇九頁注三二。
二五 大坂新町中之町、扇屋三郎右衛門抱えの太夫。天和・貞享期(色里案内)。
二六 指先でつねること。　二七 承知の上での意。
二八 当時は大伝馬町一・二丁目、小伝馬町一・二・三丁目とあった。ここは全町銅葺きの木綿店の大伝馬町一丁目の方。↓三一六頁注一。なお同二丁目は薬問屋・肴屋、小伝馬町一・二丁目は簞司・長持などの店、三丁目には馬借・旅籠屋などがあった(続江戸砂子・二)。
二九 遊客の名。木綿店は上方と商用の連絡が密で、ここはそのような大尽の「清」のお陰で京の唐土の手紙が届いたらしい。
三〇 浮気心からの恋。かりそめの恋。
三一 にせの戒名。

くり改名書《かいみやう(かい)》て、まざ〳〵と見せ給ふを、あまり腹立《はら(たち)》て、さもあらばせめて[一]三十五日はお精進《しやうじん》なさるべしと、同じ床《とこ》にて肌《はだ》をゆるさねば、いかひ御詫《わび》おかし。そなたさま[二]御あつかひのしよかんまいるまでは、いかな〳〵帯《をび》とく事にあらず候。いかにしても捨《すて》られぬ男、年をかさねての御念比《ねんごろ》、うらやましくおもふに候。さて又、[三]本町《(ほんまち)》の井筒《ゐづゝ》屋の[四]二六さまに、はや六七度《ど》も御あいあそばし候よし、是《(これ)》は我等のふかふおもひし男なれば、其元《(そこもと)》にとふりうのうちは、首尾《しゆび》あしからぬやうにたのみまいらせ候」、まことに[五]山川《さんせん》百里をへだて候も、勤《つと》めの身は、肌《はだ》にある瘊子《ほくろ》までしれて、恥《はづ》かしき物ぞかし。京の事も爰《(こゝ)》に居《ゐ》ながらしるは、[六]蛇《じや》の道《みち》を上戸《じやうご》」と、「[七]口添《ぞへ》酒のつねよりはうまし〳〵。菟角《とかく》しやれたる物語《がた》り、聞《きく》さへおもしろし。いづれ女郎も勤《つと》めにこしらへ物ながら、折ふしはわすれぬ程の男もあれば、又たのもしき事もあり。何に付《(つけ)》てもなじみが[八]ほんなり。我もすみ町の[九]青木《あをき》屋の小藤《こふぢ》に、春ふかくおもひ入《(いれ)》て、請《うけ》出す談合《だんかふ》もせしが、さる事あつて、のび〳〵になりしうちに、小市《こいち》といふ男にだしぬかれ、今一たび町の[一〇]おかさま姿《すがた》を見たしとおもへど、行《(ゆき)》がたのしれぬ事よ」と、なげきぬ。時にい[一一]つも正月の道安《どうあん》といへる按摩《あんま》取《(とり)》、「いまだそれを御ぞんじなきはおそ蒔《まき》なり。其《(その)》[一二]恋種《ぐさ》のゆかりたづねて存《ぞんち》たり。其君《(その)きみ》[一三]こひしくば、[一四]柳原《やなぎはら》のそのそこに、[一五]とし

一 普通四十九日までを忌中としたが、商家では三十五日に忌明けの法事をした。五七日。
二 おとりなし。御仲裁。
三 現京都市東山区本町。伏見街道筋の五条下ルより東福寺辺まで、当時は一丁目より十二丁目まであった(京雀・七)。　四 八兵衛などの替名。
五 たとえ遠く隔たっておりましょうとも。京・江戸間の里程は、百十九里半十六丁(国花万葉記・七)、百二十二里余、木曾路経由はさらに二里遠い(和漢三才図会・六十九)。
六 諺の「じやのみちはへびがしる」(毛吹草)を、下文の酒の縁で「上戸」とひねった表現。当時大酒飲みの異名を蛇之助と言った。
七 口をつけた盃を相手にさすこと。情のこもったやり方。「付けざし」とも。
八 本。根本。第一。
九 →三二四頁注六。藤—春ふかく。
一〇 おかみさん。
一一 いつも気楽なさまをいう諺(毛吹草)。ここはあんま取りで太鼓持をする道安のあだ名。
一二 恋しい人の身請けされた先。おそ蒔—恋種。
一三 この前後は「我が庵は三輪の山もと恋しくばとぶらひ来ませ杉立てる門」(古今集・雑下)や、葛の葉伝説の「恋しくば尋ね来て見よ和泉なる信太(しの)の森のうらみ葛の葉」(可笑記・二)などによる表現。
一四 「筋違橋より浅草橋迄間をいふ」(江戸鹿子・五)。現千代田区須田町二丁目から中央区馬喰町二丁目までの神田川の南岸一帯の地。
一五 豊島屋。未詳。
一六 原本は「おかしかり」とある。　一七 離縁する。
一八 立願。神仏に願いをかけること。
一九 原本は「これを是を」とある。詳しくは「これを」で五丁裏が終り、「是を」から六丁表となる。

ま屋」とかたる。

其《その》後余所《よそ》ながら見に行《ゆき》けるに、今は世帯《せたい》持《もち》とて、むかしは手にふれざるを、塩買《しをかふ》て銭《ぜに》わたすなど[一六]おかしかりき。「此《この》亭主《ていす》が身にして、今のたのしみふかかるべし。自然《しぜん》あの男がいつぞ持《もち》あきて[一七]さる事あらば、其時は此方《このはう》へ取《とり》たし」と、無理《むり》[一八]りうぐはんを浅草《あさくさ》の観音《くはんをん》にかくれども、さらに其《その》しるしもなかりき。有《ある》人[一九]これを聞《きき》て、「さりとてはたはけたる願《ねが》ひ、いはれざる太夫・[二〇]格子《かうし》の望《のぞ》みなり。ならぬ時はならぬやうに、[二一]散茶《さんちや》もしばらくの慰《なぐさ》み」、異見《いけん》すれば、きかぬ気《き》の大じんなれども、銀《かね》づまり程口惜《をし》き事はなく、其後はしのび〳〵にゆきかよひ、むかしは[二二]中橋《なかばし》のかくれ笠《がさ》といはれし、[二三]諸分《しよわけ》しりなれども、いつもある物のやうに遣《つか》ひ捨《すて》、[二四]さし引残らぬ揚《あげ》屋町も、此体《てい》にて通《とを》りかね、やう〳〵[二五]こまがねのいきほひ、行人《ゆくひと》を笑《わら》ひし[二六]本町《ほんてう》がしの[二七]わるよねにかゝり、又其《その》時の気《き》になつて、俄《にはか》雨のかへさには、草履《ぞうり》を紙《かみ》につゝみて腰《こし》にさし、足袋《たび》ぬぎてふところに入《いれ》て、柄《え》もりのからかさかすも、せめては君が情《なさけ》なりと、[二八]土手《どて》の闇《くら》がりを帰るに、揚《あげ》屋の男を[二九]三人つれて、花菱《びし》のふたつちやうちん、さしかけがさに大袖の[三〇]翕《かつぱ》ゆたかに、うらやましくも行《ゆく》男を、ひかりにすかして見れば、親仁《をやぢ》つかはれし、喜平次といへる手代なりしが、我等気《き》に入《いら》ぬとて追《をい》出せしが、仕合となつて、太

また本章は、この重複語句をはさんで前後の話がやや相違する。そこで一説に、本来別個の二つの話が、この重複部を媒介として結合されたものかという(金井寅之助)。

二〇 格子女郎。太夫に次ぐ位で、上方の天神に当たる。揚代は、太夫が昼夜それぞれ三十五匁、格子は昼夜それぞれ二十五匁(色里案内)。

二一 散茶女郎。吉原で太夫・格子に次ぐ位。揚代は銀二十匁、金一歩(約十五匁)の二種類(色道大鏡・十二、色里案内)。散茶は抹茶のことで、煎茶が袋に入れて振り出して飲むのに対して、振らないで用いるところから、意気や張りもなく客を振らない遊女の名称になる。

二二 →三二四頁注一八。

二三 粋人。諸分は遊里での作法や慣習のこと。

二四 差し引き。ここは収支決算をして後に借金が残ること。負債。

二五 細銀。指頭大で、目方が一匁から五匁ぐらいの銀貨。豆板銀、小玉銀とも。

二六 吉原遊廓の塀の周囲には堀があるが、その塀に沿う片側の町通りは、端女郎の局見世が並んでいて、新町河岸・京町河岸などというが、本町河岸はその総称。当時日本橋本町三丁目裏河岸は、塩問屋が多く、暖簾をかけて、軒下を人の通るようにしていた。局見世の構えがそれに似ているのでいう(新吉原常々草・上)。

二七 下等な遊女。端女郎。揚代五匁から一匁。

二八 日本堤。待乳山下より三の輪村(現台東区三ノ輪一丁目辺)に至る山谷堀の土手。十三丁余あり、このうち吉原までを土手八丁という。

二九 原本は「三人につれて」とある。

三〇 もとポルトガル語でガウン状の上衣のことだが、これをまねて作った雨具。木綿合羽・桐油合羽などがあった。

夫にあふ程のぜんせい、男ぶりも今ぞかし。是非《ぜひ》もなき世の中、扨《(さて)》もいきては甲斐《かひ》もなかりき[一]。此《(この)》かなしさに、此道のやまぬは大かたならぬ因果《ゐんぐわ》ぞと、よく〳〵[二]得道《とくどう》して、[三]もは今晩《こんばん》切《(ぎり)》と[四]せいもん立《(たて)》しが、明《あく》れば又身をつかみたつるやうにおもはれて、人目も恥《はぢ》ずかよひけるに、吉之丞といへる[五]壱匁のよねも、いぜんの太夫ぐるひよりは、しみ〴〵とたがひに見すてがたきうちに、無事《ぶじ》に[六]年《(ねん)》も明《あき》て、[七]礼奉公《れいぼうこ(う)》も一年つとめて、身は自由《じゆう》な

挿絵解説　中橋のかくれ笠という大尽が、零落した後、一匁取りの端女郎市之丞と親しくなり、身請けして夫婦となるが、そのわび住居。男は膝元に細工のための道具を置き、紙の煙草入れを縫い、女は仕立物の内職をして暮らすさまを描く。左はその四人の娘たちで、奥の二人は父の手助けに紙を折っている。

一　原本は「なかり」とある。
二　悟りを開くこと。
三　もはや。
四　誓文。神かけて誓うこと。
五　揚代が銀一匁の最下等の端女郎。
六　年季奉公の期限が終って。遊女は十年間。
七　年季が明けた後、さらに一年間礼奉公として勤めること。

れども、久しき買《かい》[八]がゝり四十六七匁にさしつまりて、とやかく物おもふを、爰《こゝ》はと取もつて、不思義《ふしぎ》に残る寝覚提重《ねざめさげぢう》[九]を売払《うりはら》ひて、吉之丞が万事《ばんじ》をしまはせ、けふよりはわたくしの女房《にようばう》どもと、手前《まへ》にひつとり、横山町《よこ》[一〇]のうら棚《だな》に、夫婦《ふうふ》といふをたのしみに、紙《かみ》[一一]のたばこ入《(いれ)》をぬいならひて、かすかなる煙《けぶり》を立《(たて)》て、夏《なつ》は蚊屋《かや》なし、冬《ふゆ》は綿入《わた(いれ)》なしに月日をおくり、年をかさねしうちに、三つ違《ちがい》に四人まで娘《むすめ》の子をもうけしは、是《(これ)》程[一二]ならぬ世帯《せたい》の中に、さりとてはなさけなし。遊女《ゆふぢよ》は子のないものと聞《きゝ》しに、何事も僞《いつは》りの世やと、其《(その)》後は子の事をうたてく、同じ枕《まくら》をならべながら、人はしらぬ事、もはや十一年何の事もせざりき。婦夫《めうと》といふたばかりに、世にすむたのしみのひとつかけたり。

三[一三]ノ巻より是迄《(これまで)》西鶴正筆也

二　大晦日《つごもり》の伊勢参《いせまいり》わら屋の琴《こと》

女郎請《うけ》出すといふも、すこしのはりあひ[一四]なり。ちかき比《ころ》、京の三木《さんぼく》[一五]といへる男、嶋原《しまばら》にかよひてのもの好《ずき》に、一[一六]もんじ屋の唐土《もろこし》よりはと、上林《かんばやし》[一七]の金太夫に

八 掛け買いの代金。当時は品物を先に渡し、代金は一定期日に支払う商法が多く行われ、売る方からは「掛売り」「売掛り」、買う方からは「掛買い」「買掛り」という。「掛け」とも略称。
九 遊山の携帯用に酒器なども組み入れた提げ重箱。
一〇 現中央区日本橋横山町と東日本橋二丁目一部の辺。当時は三丁目まであり、一丁目には包丁鍛冶が多かった(続江戸砂子・二)。
一一 「しぼり紙のたばこ入、百を拾八文の縫賃」(盛衰記・五の一)。
一二 不自由な暮らし向き。
一三 三の一より四の一までの四章が、西鶴の自筆の筆跡であるというが、実際はその草稿を版下書きが謄写清書したもの。この注記の一行は団水の筆跡と判明している。
一四 張り合い。ここは大尽が太夫と粋(心意気)を競い合ったこと。
一五 →三〇九頁注三六。
一六 島原中之町、一文字屋七郎兵衛抱えの太夫。二代目。→三〇九頁注三一、三二四頁注二。
一七 島原上之町、上林五郎右衛門抱えの大夫。→三二四頁注一〇。

あひぬ。いやともあふともいはれぬほどうつくしき者《もの》なり。二三座《ざ》首尾《しゆび》[一]して後《のち》、乱酒《みだれざけ》のうへにて、一歩《ぶ》ひとつ大事そふに取《とり》出し、女郎におくれば、是《(これ)》はと嬉《うれ》しき貝《かひ》つきにて、ひそかにいたゞきけるを、何《なに》[二]が都《みやこ》のしやれもの、ちらりと見て、さも有《(ある)》まじき事なれど、此《(この)》太夫のすたる[三]ほど、さもしく見へける。それより四五日も過《すぎ》て、熊谷《くまがへ》[四]の大ぶりなる金の盃《さかづき》と、さんごじゆの盃《さかづき》とかさねて、太夫にとらせければ、更《さら》によろこぶ気色《けしき》もなく、金盃《きんさかづき》は庭《には》はく男にとらせ、玉のさかづきは双六盤《すごろくばん》[五]の下に敷《しき》て、みぢんにくだき捨《すて》ける。罪《つみ》も欲《よく》もなき此心をかんじ、是《(これ)》ばかりのおもひ入《(いれ)》、何の子細《しさい》もなく請《うけ》出しける。此大じんは、太夫の五人七人我物《わがもの》にして、すこしもいたまぬ身躰《しんだい》なり。

此《(この)》まへ長崎《ながさき》[六]の鹿《しか》といふ大臣は、さのみ手前《てまへ》のよろしきにもあらずして、此さきのよし野《の》[七]にあひなれ、そも〳〵[八]日いひかはして、追付根引《をつけねびき》[九]して、我本妻《わがほんさい》にせんとおもひ込《こみ》し、女郎の仕合《しあはせ》なり。此男、三条《でう》の唐人屋《とうじんや》といふ両替《りやうがへ》に、銀[一〇]三百貫目あづけ置《をき》、都《みやこ》にてよき所を見立《(みたて)》、家屋《いへや》敷《しき》を求《もと》め、一生《しやう》の身すぎ是にてなるやうにと、おもひし銀子取かへし、吉野《よしの》を千三百両《りやう》に請出《うけだ》し、万事《ばんじ》のつけ届《とゞけ》をしまへば、三百貫目も残《のこ》つて七貫目有《(あり)》けるとなり。此内証《ないしやう》にて請《うけ》けるは、好色《かうしよく》第《だい》一の男なり。されば此太夫は、かつて遊女《ゆうぢよ》の風俗《ふうぞく》なくて、さのみ物いふにも

一 ここは男女の相逢う、契りを結ぶ意。
二 なんといっても都の粋人だけあって。
三 一分(いちぶん)がすたる、面目がつぶれるの意。
四 熊谷盃。底の深い大形の盃。ぐいのみの類。
五 厚さ四寸、幅八寸、長さ一尺二寸の盤で、横を三段に分け、縦を十二に目盛り、黒白の石三十、サイコロ二個で遊ぶ(壒嚢抄・一など)。
六 →三三四頁注一二。
七 →三三二四頁注一三。
八 初会の日。
九 太夫は松の位といわれ、その縁で身請けのことをいう。
一〇 仮に一両銀六十匁の両替とすると、銀三百貫目は五千両に当たる。また千三百両は銀七十八貫に当たる。後文では身請け金のほか万事の心付けを済ませて七貫目残ったというのであるから、この「三百貫目」は「百貫目」の誤りか。
一一 都合のよい時。
一二 遊びを変えて。女色から男色へ。
一三 四条河原(芝居街)の歌舞伎若衆相手の遊び。
一四 町方の女房。芸妓などに対して堅気の女。
一五 「難波津に咲くやこの花冬ごもり今を春べと咲くやこの花」(古今集・序など)。難波—梅(類船集)。特に摂津国川辺郡難波村(現大阪市浪速区辺)の梅をさす(摂陽群談・十七、摂津名所図会大成・一)。
一六 →二七二頁注八。
一七 谷町筋玉木町(現中央区谷町六丁目の谷町筋)の観音堂の前の藤の大木は有名。→二八三頁注三〇。一代女・六の一挿絵にあり。藤—たそがれ。
一八 御所染めの被衣(かずき)。御所染めは女院の御所(東福門院)の好みで流行した染めで、地白で

あらず、よは〳〵と見へてつよく、しかもなさけふかく、たま〳〵にあへる男も心を残《のこ》さぬはなし。[一一]首尾《しゆび》見合せて、根引《ねびき》にせんとおもひし男、其数《そのかず》をしらず。人の物にして後《のち》、是をなげきて、嶋原《しまばら》がよひをとまるも有《(あり)》。又はさ[一二]わぎかへて、此里《さと》おもしろからずと、[一三]色河原《いろがはら》の野郎《やらう》にのりかゆるもあり。よし野《の》くるわを出《(いで)》し後、京中の恋《こひ》をなやませける。

其後《そのゝち》、此太夫を[一四]地女房《ぢにようばう》にすがたをつくり、[一五]難波《なには》の梅《むめ》の比《ころ》、[一六]天王寺の花《はな》の昼《ひる》、[一七]谷町《たにまち》の藤のたそがれに、[一八]御所《ごしよ》かづきの内ふかく、随分《ずいぶん》[一九]身のふりやめて、男はおそろしき風情《ふぜい》して、黒《くろ》はぶたへの[二〇]紋《もん》なしの小袖《こそで》に、[二一]竜門《りうもん》の帯《をび》も目に立《(たた)》ぬ仕出しなれど、数《す》千人の形自慢《かたちじまん》の女中も、よし野《の》が[二二]しのび出立《(でたち)》にけをされて、「[二三]いづれの細工《さいく》人の、かくはつくりける」と、外《ほか》を見る人はなかりき。さては世の中の人も、目利《めきゝ》はかしこし。纔《わづか》五尺《しやく》にたらぬ身を、[二四]小判《こばん》でのべたる上作物《さくもの》をみわけ侍る。

それより生国長崎《しやうこくながさき》へ、舟路《ふなぢ》にてつれくだりしに、[二五]讃州泊《さんしうとまり》の磯《いそ》といふ所にて、夏《なつ》の夜《よ》、[二六]月平砂《へいさ》にかゝやきて、[二七]竜女《りうによ》も浪間《なみま》よりあらはれ、「出京《しゆつきやう》のよし野《の》みん」といふ声《こゑ》、虚空《こくう》に聞えし美形《びけい》、是にて見ぬ人はおもひ合せ給へ。たとへ分《ぶん》限《げん》なればとて、[二八]七厘釜《りんがま》にてせん[二九]そくをわかし、[三〇]さし鯖《さば》を霜月比《しもつきごろ》にくふ人の目か

総地に花色・照柿・萌黄色などの小色を入れ、檜垣に菊などの模様を出す(万金産業袋・四)。被衣は身分のよい女性が外出の際頭にかぶる衣。

一九 派手な遊女の身ぶりや歩き方。

二〇 模様のない無地。

二一 もと中国渡来の綾の一。国産も太い糸で織った平織や紋織の絹織物で、袴・帯地に用いた。

二二 人目を忍ぶ外出姿。

二三 「いづれの工(たくみ)か青巌の形を削りなせる」(謡曲・山姥)。もと和漢朗詠集・下より出る。「いづれの細工のけづりなせる」(一代女・六の四)。

二四 小判を延して作った良い出来の物。千三百両で身請けしたのでいう。

二五 香川県丸亀市本島町泊の海岸。塩飽(しあく)諸島の本島は古来水路の要衝で、当時は天領であった。讃岐の歌枕。ただし一目玉鉾・四の本文・絵図は高松近郊の海岸として扱う。

二六 「風枯木を吹けば晴天(はれてん)の雨、月平沙を照らせば夏の夜の霜」(謡曲・雨月、経正)。白楽天の詩句で和漢朗詠集・上にも所載。

二七 竜宮にいる仙女。讃岐国志度の浦の海女が、竜宮から珠を取り返して来て亡くなるが、法華経の功徳で竜女となったという(謡曲・海士、幸若舞曲・大織冠)。

二八 焜炉(こんろ)。物を煮るのに炭の価が銀一分(ぶん)にもならないのでいう(和漢三才図会・三十一)。

二九 洗足。センソクと清音(日葡)。草鞋ばきなどの外出から帰った時、足を洗うこと。またそれに使う湯水。

三〇 刺鯖。背を開いた塩鯖を二枚並べ、頭部を一串に刺した物。盆の贈答に用いる。八月ごろでも時季はずれの品とされ(浮世物語・一の六)、ここはきわめて時節はずれで安価な食物の例。

らは、たはけのやうにおもふべけれど、既《すで》に人間とうまれ、日本まれなる女郎を、一ていけにするより外に、何楽《なにたのし》み有《ある》べし。此《この》大臣の二のがれぬ人も、太夫の三野《の》風《かぜ》を請《うけ》て、伏見《ふしみ》の里にしやれて住《すみ》ける。

よし野《の》はひがし山の片陰《かたかげ》、四粟田口《あわたぐち》のほとりの草屋《くさや》、すこし都《みやこ》をはなれての住《すま》居《い》、男《おとこ》ざかりに五法躰《ほつたい》して、六月にも花《はな》にもよし野《の》を詠《なが》め、あした夕《ゆふ》べの楽《たの》しみに、太夫が手づからのせんじ茶《ちゃ》をくませ、よろづに他《た》の人をまぜず、碁《ご》相手《あひて》、七楊弓《ようきう》

一 自分の独占物にする。ここは遊女を身請けする意。「手生けの花」「手池の魚」などという。
二 切っても切れない間柄、血縁の人。
三 島原下之町、大坂屋太郎兵衛抱えの太夫。延宝四年(一六七六)十月太夫に出世(色道大鏡・十六)。
四 京都市東山区粟田口。この付近は高台で見晴しがよく、金持や隠逸の士の別荘が多かった。
五 剃髪した隠居姿。
六 何かにつけて。花—吉野。「月にも花にも捨てられて候」(謡曲・鞍馬天狗)。
七 室内の遊戯。二尺八寸の弓に九寸の矢をつがえ、坐ったままで七間半先の的を射る。
八 女の蹴鞠(けまり)。当時上流の婦女子もたしなんだ(一代女・三の二)。「色」は鞠を蹴上げた時の

の友《とも》、暮《くれ》には女八鞠《まり》も色《いろ》あり。風待《まつ》すゞみ床《どこ》に九名《な》の木をかほらせば、一〇初雪《はつゆき》のあしたは歌《うた》に心をなし、世にあるき一一やしやあそびをつくし、雨《あめ》の折ふしは一二ほとゝぎすもなけかし、ほたるも数《かず》見る夜《よ》のなぐさみ、又ある時は、夫婦《ふうふ》一三水菜《みづな》などこしらへて、寐酒《ねざけ》の種《たね》となす事、ひとしほ酔《ゑい》もおもしろかるべし。

ある年《とし》のくれに、五条《でう》の市といふ大臣、一四左門《さもん》といふ女郎を請《うけ》て、其花《そのはな》ざかりよりいまにちぎりをかさね、随分《ずいぶん》世を楽《らく》じまんして、此よねをつれて一五年籠《としごもり》の伊《い》

回転具合をいうが、ここは美しい風情の意。(夕)暮—鞠(類船集)。

九 香の名木。多く伽羅。待つ—香の空焼。

一〇 初雪—歌(の会)(類船集)。

一一 華奢。上品で優雅な遊び。

一二 ほとゝぎす—雨・五月雨(類船集)。

一三 水入れ菜とも(増山の井)。アブラナ科の一年草。関東では京菜。春の季語。

一四 島原上之町、長崎屋七郎右衛門抱えの太夫。ここは二代目で、寛文十年(一六七〇)二月太夫に出世、延宝三年十二月退廓(色道大鏡・十六)。両替商大黒屋に身請けされ、後に三井六郎右衛門(秋風)の鳴滝の山荘に囲われた(古今若女郎衆序)。

一五 →二七八頁注一一。

挿絵解説　歳末の粟田口辺の東海道の街頭風景。大尽五条の市が左門を身請けした後、世間のいそがしいのを横眼に、左門を連れて年籠りの伊勢参りに出かけたところで、右半図左側奥が五条の市、脇差をさし旅姿、左半図右側が左門で花模様の華やかな装束で笠をかぶる。その左手に供の女と挟(はさみ)箱をかつぐ男が続く。左奥の草の屋で、長崎の源と吉野が琴の連れ弾きをしている。手水鉢の脇には水仙、座敷には屏風を描き、わび住居の中にも品のよさをただよわせている。十二月二十九日の晦日だけに、右半図の街頭には、右から左へ、羊歯(しだ)の葉を差した笠をかぶり、赤い布で顔をおおい、割り竹をたたいて門付けをする節季候(せきぞろ)。銀袋を供にかつがせた掛取りの商人。天秤をになう行商人。左端は旅人が描かれる。右半図の商家は左が火縄屋、右が「きざみ・品々有」と看板をつるす煙草屋。

勢《せ》まいり、何《なに》の信心《しんじん》にはあらず、ゑ[一]ようばかりの旅出立《たびでたち》、世間《せけん》のいそがしきをりなるに、おそらく京都《きやうと》に我《われ》ひとりと、粟田口《あわたぐち》を行《(ゆく)》に、小家《いへ》がちなる所にて、正月の事どもやかましき廿九日の宿《やど》に、ゆたかなる琴《こと》の音《ね》、唐弓《とうゆみ》[二]の絃音《つるをと》かとうたがはれ、笹戸《さゝど》をのぞけば、よし野がうつくしさ、むかしよりまされば、面影《おもかげ》を見忘《わすれ》て、「いかなる公家《くげ》の身をかくしては住《すみ》給ふぞ」と、東《ひがし》どなりの火縄《ひなは》[三]して売《(うる)》ものに問《とい》よれば、「長崎《ながさき》の大じん・よし野がつれびき[四]」と、あらましをかたるに、五条《でう》の市も我《が》[五]をおりて、「此ゆるりとしたる世の暮《くら》し、我等《われら》はいまだせはしき所あり」と、伊勢《いせ》へまいらず、粟田口《あはたぐち》よりかへりて、大晦日《(おほ)つごもり》に女[六]のかぶきものを揃《そろ》へて踊《おど》らせける。人の気《き》に移《うつ》[七]しごゝろもをかし。

三　恋風《こひ》は米《こめ》のあがりつぼねにさがり有《(あり)》

「朝《あさ》[八]はしれぬ世の中、善《ぜん》[九]はいそげ」と、むかし誰《たれ》やらがいひけるが、ひとつも是《(これ)》にはづれず。[一〇]めつた的《まと》の徳《とく》兵衛・ぼ[一一]んの長兵衛などいふ、色里《いろざと》[一二]鴛籠《かご》の者《もの》ども、浮世《うきよ》[一三]小路《せうじ》にさりとては隙《ひま》なり。牧方《ひらかた》[一四]へ弐匁五分《(ふん)》取《(とつ)》て、はかのゆく事にはあらず。つら〳〵野《の》に出て、唐《とう》[一五]きびの根《ね》ざしをみしに、今年《ことし》は風のふかぬとし

一 栄耀(えいよう)。ぜいたく。当時はエヨウとも発音(黒本本など)。
二 明暦ごろ中国人が伝えた新式の綿打ち弓。鯨の弦を張った五尺余りの木弓。この弦を小槌ではじき、繰り綿の不純物を除き、細かな繊維にする。従来の木綿の撚糸(よりいと)の弦を張った二尺ほどの綿弓より能率がよい(百姓嚢・二)。
三 竹の繊維や木綿糸を縄にない、硝石をしみこませた物。火持ちよく、煙草・鉄砲の点火用。
四 連れ弾き。合奏。
五 あきれる。恐れ入る。
六 ここは踊り子。一代女・一の二に詳しい。
七 心変わり。上文にも掛かる表現。
八 将来のことは分らない意の諺。一寸先は闇。
九 諺。「ぜんはいそげ、あくはのべよ」(毛吹草)。
一〇 目隠しをして見えない的(まと)を射る遊び。賭的(かけまと)の一つ。「はづれず」と縁。また徳兵衛の徳(得)にかかる修辞で、鴛籠屋の異名。
一一 「ぼん」は盆ござの略で、丁半ばくちをする場の意。長(丁)兵衛に掛かる修飾で、鴛籠屋の異名。椀久一世・下の三にも登場。
一二 遊里通いの鴛籠。忍び鴛籠・悪所鴛籠。
一三 大阪市中央区の今橋筋と高麗橋筋との間の小路。両筋の裏手で土蔵多く、鴛籠屋・花屋・密会宿など浮世の各種の店があるので地名となる。
一四 河内国枚方(大阪府枚方市)。京街道の宿駅。大坂より五里(好色旅日記・二、諸国案内旅雀)。当時は牧方・枚方とも表記。
一五 唐黍。蜀黍・高粱(こうりやん)とも。「唐柜(とうきび)の根の南の方へ高ふはへあらはるゝ年は、二百十日の風、碓(いしうす)をも吹ちらすと、東方朔(とうぼうさく)の伝書に見合」(織留・一の二)。和漢三才図会・一〇三「蜀黍」にも記す。
一六 女色や男色の遊興。

なれば、米商《こめあきな》ひ隙《ひま》なり。

大坂の[一六]色さはぎ、[一七]天職《てんしよく》より[一八]十五《かこい》まで買《かい》あげ、[一九]陰子《かげこ》のはやるは、[二〇]北浜《きたばま》の[二一]若《わか》ひ者《もの》のいきほひばかりなり。[二二]雲《くも》にしるが出来《でき》て、[二三]雨《あめ》のふりしこるあとは風と見定《さだ》め、[二四]てんぽに手をうち、[二五]おもひ入《(いれ)》の米買《こめかい》、[二六]一時《とき》あまりに立《たち》つゞき、[二七]目ふるあひだに弐匁あがれば、後《のち》はしれねども利《り》を胸《むね》ざんやうにして、昼《ひる》から駕籠《かご》のはやる事、三百挺《てう》あまり、悪所《あくしよ》へのりこめば、俄《にはか》に[二八]もらひにありき、または不断隙《ふだんひま》なる女郎の仕合《しあはせ》と成《(なり)》、揚屋《あげや》次第《しだい》にやかましく、いよ〳〵[二九]雨《あめ》の宮《みや》・[三〇]風の神《かみ》をいのりけるが、其夜《そのよ》に入《(いり)》て、そらはれて、[三一]青雲《あをぐも》しづかに月出《(いづ)》れば、いづれもいひ合せたるやうに、こうた・三味線《みせん》もやめける。心を付《(つけ)》て俄《にわ(か)》大臣の皃《かほ》つきども、見る程おかし。こんな客《きやく》にあふ女郎の身に成《(なる)》もうるさし。

同じ北浜《きたはま》ながら、[三二]奥州《をうしう》身《み》請《うけ》の大臣、[三三]あづまを山本《やまもと》に根引《ねびき》せしなど、名《な》の立《(たち)》けるも、女郎の出世《しゆつせ》なり。[三四]椀久《わんきう》などを其比《そのころ》はすこし愚《おろ》かなるを、[三五]お敵《てき》のふそくの皃《かほ》つき見へしが、是《(これ)》は我物《わがもの》をつかひて、太鞁《たいこ》其外《そのほか》にも[三六]うれしがる物をやりける。[三七]今しやれぶんに成《(なり)》て、太夫《たゆふ》にあへる客《きやく》の、末社《まつしや》をもつれず、[三八]時《とき》の風俗《ふうぞく》とて、もめんの仕《し》立《たて》きる物で出《で》かけぬる人有《(あり)》。此気《(この)き》からは、神《しん》ぞけいせいかふはづなし。下帯《したをび》のふるきにも遠慮《ゑんりよ》なく、面ゝ《めん〳〵》の女房《にようばう》で埒《らち》のあく事ぞかし。女郎ぐるひ

一七 天神。太夫の次位。新町の揚代は延宝期が二十八匁、貞享期が三十匁(色里案内など)。
一八 囲・鹿恋。天神の次位。揚代は延宝期が十六匁、貞享期は十七匁。
一九 まだ舞台に出ない歌舞伎若衆で、色を売る者。陰間とも。
二〇 現大阪市中央区北浜。元禄十年(一六九七)までは淀屋橋南詰に米市があり、米問屋が多かった。
二一 商家の手代。
二二 ひでり続きの折に雨雲が生じる意。
二三 雨が降りしきる。
二四 転蓬(てんぽう)。出たとこ勝負で行動すること。
二五 見込み。ここは安値で買い時という予想。
二六 約二時間。米市の取引きは、半時ないし一時ごとに拍子木を打って値段を決めた。
二七 ちょっとわき見をする間に。またたく間に。
二八 先客に揚げられている遊女を、後客が頼んで譲り受けること。先客の揚代も後客が支払う。
二九 当時伊勢神宮百二十の末社の一とされた(織留・四の三など)。
三〇 伊勢神宮の外宮第四の別宮に祭る。
三一 青空。
三二 →三〇三頁注二六。
三三 新町佐渡島町、藤屋勘右衛門抱えの太夫、吾妻。寛文年中、摂州山本村の大庄屋、坂上(かさのうえ)与次右衛門(山崎与次兵衛とも)が吾妻を三百両で身請けしたことをいう(澪標など)。
三四 →三二五頁注一八。
三五 敵娼(あいかた)。相手の遊女。
三六 祝儀。金銀。
三七 洒落分。洒落た粋人気取りで。
三八 当時町人の衣類は分相応に倹約を旨とし、奢侈は禁制であった。

といふは、男《おとこ》も衣装《いしやう》ごのみして、色《いろ》つくるこそ其甲斐《そのかい》あれ。同じ米を突《つか》ずにくふやうに思ひ、売物《うりもの》ながら女郎もいやがる事いふまでもなし。女郎の着物《きるもの》にゑりをかけけるさへ、能目《よきめ》からはよほど気《き》づまりなり。

さるほどに、今時《いまどき》の仕《し》[一]かけ、かなしき買手《かいて》どもあまた見えたり。わづかの身《しん》躰《だい》にて、親《をや》よりしにせ[二]の商《あきな》ひ、又は職《しよく》人も其《その》一家《け》、弟子《でし》などの大勢《あふぜい》を、朝夕《てうせき》引まはして、寄合過《よりあひすぐる》[三]と算用《さんやう》を立《たて》、米も加賀《かが》[四]の大ひね[五]、或《あるひ》はりうまい[六]、又は赤米《あかごめ》[七]、

一 仕掛け。ここは遊び方。
二 為似せ。父祖の同じ家業を守り続ける。ここは親の代より手堅くやっているの意。
三 同業者の会合。
四 加賀産の米は粗悪で安価(本朝食鑑・一)。
五 大陳米(おおひねごめ)の略。長い間倉庫に貯蔵してあった古米。
六 琉米。琉球(現沖縄県)産の米。品質が悪く安価(和漢三才図会・一〇三)。
七 もと中国渡来の米で大唐米とも。粒が小さく赤みを帯びた粗悪な米で安価。

挿絵解説 北浜の米市の活況。米市は寛永・正保ごろ、淀屋橋南詰の淀屋与右衛門の店先で各藩蔵屋敷の蔵元が集まって取引き相場を行ったのが始まりといわれ、元禄十年(一六九七)までは淀屋橋南詰(現中央区大川町)にあった。一刻の間に五万貫目のたてり商い(立会いの帳合い商い)をしたという(永代蔵・一の三)。挿絵はその蔵元・手代らの「たてり商い」のさま。腰に米刺しを差した商人たちが、互いに手を握ったりして、取引高を確かめ合っている。契約がまとまれば、売手は上から、買手は下から手を打った。この手打ち後は信用が第一であったので、違約などはなかったという。米問屋には暖簾が掛かり、左奥の土間には俵物が積み重ねられている。街頭では二人の男が手桶を持ち、ほこりよけの水をまいている。

百五拾入《(いり)》の小あぢ、[八]壱文菜《ざい》よりうちにあたるを吟味《ぎんみ》して、薪《たきゞ》も[九]舟大工《ふなだいく》の[一〇]こけらを徳《とく》と気《き》を付《(つけ)》、[一一]鯨《くじら》あぶらのひかりがよいと、[一二]爪《つめ》に火をともすやうにしまつしても、[一三]取《とり》ぶきやねの[一四]ざゞぬけするを、此《(この)》四年も葺《ふき》かへる事のなりかぬる人の、色《しき》道《だう》は分別《ふんべつ》の外《ほか》ぞかし。

[一五]茶屋《ちや》ぐるひもせぬ筈《はつ》の者が、男つくりて天神買《かふ》など、この[一六]三拾目の銀《かね》は、家《いへ》うちがはたらきても、[一七]ゑいやつと、五日程《ほど》にもふけ出《だ》す銀《かね》にて、女郎ぐるひはする事なり。つれそふ女房《にようばう》の夜着《よぎ》・蚊屋《かや》迄《まで》質《しち》に置《をき》、[一八]二日払《ばら》ひのまを合せ、年中《ねんぢう》[一九]二つぶんづゝせんぐりに[二〇]かゝりて、「さいわひの隙《ひま》なれば、この[二一]名月《めいげつ》ひとつ出やう」とすゝめど、「[二二]先下地《まづしたぢ》のが済《すみ》ましてからの事」と、揚屋《あげや》から[二三]さしづしられて、是非《ぜひ》もなくやめて、立帰《たちかへ》りさまに思案《しあん》して、「ならふ事ならば、何とぞあはしてくだされ。此ひとつぶんの銀《かね》は、此廿七八日に心当《こゝろあて》がたしかにござる。こなたにも[二四]銀戸《かねと》棚《だな》が入《(いり)》ませうが、木を吟味《ぎんみ》して、ひとつ拵《こしら》へてをこそふ」といへば、「わたくしのかたは銭箱《ぜにばこ》で埒《らち》が明《あき》ます」と、余所《よそ》見して居《い》て返答《へんたう》するも、聞《きい》て、「なんと親仁《おやぢ》殿、どこも家《いへ》の直《ね》があがりましたの。こちの町でも、此ほど[二五]弐貫目屋敷《やしき》に売《うり》ました」と語《かた》る。亭主《ていしゆ》うなづきて、「こなたのお家《いへ》にも何《なに》ほどからしやりました。さのみ[二六]売《うり》へぎもござるまい」といへば、「外《ほか》に借銭《しやくせん》はな

八　一皿一文程度の物菜《(おかず)》。
九　当時舟大工は江之子島(現西区内)、堂島船大工町・天満船大工町(以上北区内)に住んでいた(国花万葉記・六)。
一〇　木の削り屑。こっぱ。
一一　鯨油は臭気があるので、農家・商家の灯油用。富裕な家では用いなかった(本朝食鑑・九)。
一二　けちなことをたとえる諺。
一三　取葺屋根。縦一尺、横三寸ほどのへぎ板で葺き、石や丸太・竹などを押えにした屋根。
一四　ずれ落ちる。
一五　色茶屋遊び。大坂では道頓堀・清水などにあり、揚代は二匁、二匁五分(色里案内)。
一六　貞享期の大坂の天神の揚代。
一七　(力を入れる時の掛け声から)やっとのことで。
一八　京・大坂の遊廓では、毎月二日が諸勘定の支払い日であった。
一九　遊興費を二回分ずつ、順繰りに借り越して新しく遊ぶために、以前の借金を払う形。
二〇　他人の世話になる。頼る。
二一　仲秋の名月(旧暦八月十五夜)は新町の紋日で、普通の日より遊興費のかかる日。
二二　たまっている勘定。
二三　命令される。ここは釘をさされるの意。
二四　錠前つきの金銀貨を収納する戸棚。
二五　小さな屋敷を銀二貫目で売りました。
二六　売買の仲介をして、いくらか利益を得ること。「へぐ」は、はがすの意。

し。こなたへは損《そん》はかけますまい。月見《つきみ》は我等《われら》のあふやうに」と頼《たの》む。

「扨《さて》もふびんなる大臣や。[一]あれから首尾《しゆび》をたのむに、これから言葉《ことば》をさげて、さりとては無念《むねん》なる男《おとこ》、かやうのわけにて女郎ぐるひ、何のおもしろき事ぞ」と、皆大笑《わら》ひすれば、此《(この)》揚屋《あげや》、[二]古文《こぶん》めきたる皃《かほ》つきして、[三]いふかいはぬか、

「只今《たゞいま》の大臣さまがた、何の子細《しさい》もなく銀《かね》に気骨《きぼね》をおらず、心よく此里《(この)さと》へかよはせらるゝ大臣は、広《ひろ》ひ大坂に、物が五人までは見へませぬ。跡《あと》は[四]火に成《(なる)》事もかまはず、おそろしき[五]口《(く)》入《にう》に書付《かきつけ》を出し、[六]かたり半分《はんぶん》のかり銀、或《あるひ》は[七]手をよく呉服《ごふく》物を[八]買《かい》がゝり、是《(これ)》を売《うり》[九]ぞんして、爰許《こゝもと》の付届《つけとゞけ》をしたり、又は[一〇]切《きり》ののびる薬種《やくしゆ》を買請《かいうけ》、其蔵《そのくら》ながら質《しち》に置《をき》、[一一]虎《とら》の子わたしにはし給へども、一度《ど》は[一二]蛇《わに》の口をのがれず、[一三]今程悪所宿《いまほどあくしよやど》の迷惑《めいわく》なる事はなし。是はよき客《きやく》とおもへば、[一四]人の嫌《きら》ひ手をかづき、物にならぬ事幾《いく》たりか。揚銭《あげせん》・夜食《やしよく》・御所柿《ごしよがき》まで喰《くは》れぞん。むかしは女郎に、恋《こひ》の[一五]つめひらきばかり談合《だんかう》せしに、近年《きんねん》は、内証《ないしやう》の事を聞せば、きのどくがりて、[一六]紋日《もんび》勤《つと》めてもらひながら、[一七]其《その》わけの立《(たつ)》までは物おもひける。かりのちぎりなれども、男はあしくおもはぬ事ながら、揚屋《あげや》の不首尾《ぶしゆび》うたてさに、[一八]其客《そのきやく》のしがを見出《(いだ)》し、「裏《うら》つぎのある肌着《はだぎ》、[一九]竜門《りうもん》の羽織《はをり》に木綿《きわた》入《(いる)》るからは、何とも合点《がつてん》がゆきませせぬ」と、女郎と宿屋《やど》とひとつに成《(なる)》世とはなりぬ」。

一　揚屋や遊女側から会ってほしいと頼むのに。
二　古文真宝めく顔。真面目くさって固苦しい顔。
三　何ということを言うことか。言おうことか。
四　けんかになる。訴訟沙汰になる。
五　金銭の貸借、土地の売買などの仲介をする人。周旋屋。ここは悪所金専門の高利貸。
六　(返す当てもない)なかば詐欺同然の借金。
七　手際よく。要領よく。
八　掛買い。→三三一頁注八。
九　(現金ほしさに)仕入れ価格より安く売る意。
一〇　貸借・売買などの契約の期限。薬種の小売りから問屋への払込み期限は二か月を原則とするが、六か月から十か月に及ぶことがあった(大阪商業慣習録・中)。
一一　苦しい生計のやりくりをいう諺(譬喩尽)。
一二　鰐(わに)の口を逃るるは、危地を脱する意の諺(同)。「蛇」は原本のまま。虎の子―鰐の口。
一三　女郎屋・野郎宿・色茶屋。ここは揚屋。
一四　人の嫌う悪質な手段にひっかかり。勘定の踏み倒しなど。
一五　詰め開き。駆け引き。
一六　遊女が客を取らねばならない特定の日。
一七　その支払いの済むまでは。
一八　疵瑕。欠点。シカとも発音。
一九　→三三三頁注二一。絹布の羽織には真綿を入れるべきであるから不思議に思うのである。

是をおもふに、それ〴〵の分限《ぶんげん》より、色も奢過《おごりすぎ》たるゆへなり。とかく本大臣のきれ目なり。昔日《そのかみ》、二〇刀友《とうゆう》が二一妻川《つまがは》に一度《ど》に衣装《いしやう》三十揃《そろ》へてとらせ、二二布平《ふへい》が二三小太夫に、金《こがね》の櫛箱《くしばこ》やる事、又出来《でき》まじき事ぞかし。其《その》時は笑《わら》ひしが、二四とまが四十五貫目に二五下屋《や》敷売《しきうり》し銀《かね》を、すぐに役者《やくしや》に荷《にな》はせ、二六吉田《よしだ》十郎兵衛が所にて、ばら〳〵つかひしも、二七玉市《ぎよくいち》が二八きわだ染《ぞめ》の小袖《こそで》に、紅《もみ》うらのすそをからげて、二九雑木《ざうぼく》の割売《わりうり》するも、三〇泉平《せんべい》が三一千之介を請《うけ》て、壱文づゝが酢《す》・醬油《せうゆう》の見世つきも、女男のむかし残《のこ》りて、あはれ世や。

二〇 未詳。
二一 新町の寛文期の太夫。二代男・二の二で、寛文十年(一六七〇)八月の大坂の大洪水の話に登場。
二二 未詳。
二三 新町下之町、木村屋又次郎抱えの太夫。
二四 未詳。二代男・八の三に登場する笘茂(とまも)らしい。「笘茂・玉市両人にて、色宿に行初(ゆきそめ)、あし懸三とせたらずに、利の銀計弐百貫目余り出しける也」(二代男・八の三)。
二五 控えの屋敷。別荘。
二六 大坂の歌舞伎役者。「往昔大坂に吉田十郎兵衛といふがあった」(野良立役舞台大鏡・勝井長右衛門の評)。
二七 未詳。二代男・八の三に登場。→注二四。
二八 黄蘗(きはだ)染。ミカン科の落葉喬木のキハダの樹皮を染料とした黄色染。
二九 雑木(ぞうき)。薪。
三〇 今橋筋の両替屋、和泉屋平兵衛(難波鶴)か。
三一 新町の寛文末年ごろの若衆女郎か。寛文九年より髪形や姿を若衆のようにして局に坐り、評判となった(色道大鏡・三)。

入絵

西鶴をきみやげ

五

西くはく置土産　巻五

大全
目録

始末《しまつ》は宿《やど》での事
一かげ間芸《まげい》づくし
二九軒《くけん》に身は三捨小舟《すてをぶね》
世渡《よわた》りは四ところてんの草
五石塔《せきたう》の施主《せしゆ》まん

女郎がよいといふ
野郎がよいと云

六しれぬ物は勤女《つとめ》の子の親《をや》
目に見ぬ恋に皆《みな》になし

先《まづ》は七班女《はんぢよ》がこゝろ入《(いれ)》
やまぬかよひぢ

取沙汰《とりざた》の男《おとこ》め
死《(しぬ)》なとの御異見《ごいけん》

さる人に智恵《ちゑ》あり

一まだ舞台に出ない歌舞伎若衆で、色を売る者。陰子とも。

二九軒町。新町遊廓の揚屋(九軒)の町。他に佐渡島町に十七軒、阿波座町上下に六軒、葭原町に三軒の揚屋があった(色道大鏡・十三)。

三置き捨てにされた小舟。頼るもののないあわれな身の上のたとえ。阿波の捨て舟という大尽が、九軒町で財産を蕩尽するのをいう。

四心太(ところてん)の原料、海藻テングサの異名。

五零落の果てさびしく死んだ大尽の石塔が建てられ、施主は「越後町まん」と記してあった。

六本文章題には「しれぬ物は子の親」とある。この目録章題の相違する部分は団水の加筆か(金井寅之助)。

七島原上之町、上林五郎右衛門抱えの太夫。諱は爵子。寛文十二年(一六七二)冬、太夫に出世、延宝三年(一六七五)三月退廓(色道大鏡・十六)。

都《みやこ》もさびし

朝腹《あさばら》の献立《こんだて》

八 吉弥が藤見《ふぢみ》大ぬれの浪《なみ》
後世《ごせ》ぎらひあり
九 宇《う》甚《ちん》がやぶれ紙子《かみこ》
尺八は隣《となり》のめいわく
火をたかぬ庵室《あんじつ》有《（あり）》

八 吉弥には上村（うえむら）と玉村といたが、ここは上村吉弥の方。初代は寛文・延宝期の上方の女方の名優。延宝末年役者をやめ、上文字屋吉左衛門と改名し、京都四条通で白粉屋を開業した。俗に大吉弥という。二代目は天和初年に二代目を襲名、貞享期を中心に若女方として活躍、元禄五年（一六九二）ごろ没。
九 大尽の名。

一　女郎がよいといふ野郎《やらう》がよいといふ

[一]南江《なんこう》の[二]いたり茶屋《ちや》にあそんで、つら〱[三]鉄眼建立《てつげんこんりう》の[四]唐《から》づくり詠《ながめ》て、「あの銀《かね》の[五]入目あれば、[六]南西両所《なんざいりやうしよ》の色《いろ》あそび、亭主《ていしゆ》もうれしがる程《ほど》にさばかれけるに、無用《むやう》の[七]後世《ごせ》の昼《ひる》、[八]夜《よ》みせのありがたきをしらずや」と、何心《なに》もなく酒《さけ》のみて、すこしのうちのさびしさ、[九]銀壱枚《まい》の堪忍所《かんにんどころ》と始末《しまつ》するうちに、[一〇]鐃鉢《ねうはち》・[一一]鉦《どら》の音《をと》して、[一二]火屋《ひ》のけぶり立のぼるをみて、分別《ふんべつ》かはり、「何《いづれ》なりとも、隙《ひま》なる子どもをよびて、あそべ」と、油太《ゆふた》といへる大臣すゝみて、あるじと相談《さうだん》すれば、「今日《けふ》はわたくしの物好《ものずき》、[一三]芸子《げいこ》さらりとやめて、京からの[一四]旅子《たびこ》、おの〱さまを見しらぬを七八人取《とり》よせて、ざつと踊《をどり》じまひにして、其《その》あとはそば[一五]切《きり》、次《つぎ》に御行水《ぎやうずい》、扨暮《さてくれ》がたより夜《よ》見せでなければ、夜《よ》があけぬ」と、「野郎《やらう》お影《かげ》に世をわたりながら、無用《むやう》の女色《によしき》をすゝめ、身の上しらずめ」と、大笑《わら》ひして、「その京《きやう》ども、のこらず[一六]見る事、なれば一慰《なぐさ》み、女郎のごとく、[一七]かる事のならぬが気《き》のどく」と、大臣の[一八]はづみ、只《たゞ》あそぶ太鞁《たいこ》らが、吟味《ぎんみ》するもをかし。

時に亭主《ていしゆ》がいづれをもよび立《たて》、「ひとり〱見るまでもなし。好《すき》〲に埒《らち》の

一　大坂の南部道頓堀を中国風に洒落ていう。
二　至り茶屋。気のきいた洒落た色茶屋。
三　黄檗宗の禅僧、鉄眼道光。肥後(熊本県)の人で、隠元に師事、その弟子木庵にも学ぶ。大蔵経翻刻の資金募集に努めたが、飢饉に際してその募金を救済のために使った。延宝六年(一六七八)その事業も大成。天和二年(一六八二)五十三歳で没。
四　鉄眼が寛文十年(一六七〇)難波村(大阪市浪速区元町一丁目)の薬師寺を重修して瑞竜寺と改称し、延宝四年唐風の大伽藍を建立した。鉄眼寺ともいう。黄檗宗(摂陽奇観・十八)。
五　入目。費用。
六　南の道頓堀の野郎遊びと西の新町の女郎買い。
七　仏法の盛んなこと。諺の「仏法の昼」と同じ。
八　→二八七頁注一二。
九　丁銀一枚。約四十三匁。野郎の揚代。
一〇　仏具の鳴り物の一。皿状の銅板二枚を打ち合わせて鳴らす。
一一　銅鑼(どら)。紐でつり下げ、ばちで鳴らす。
一二　火葬場。ここは道頓堀の芝居裏の墓所で、入口に千日寺(法善寺)があった。
一三　ここは芸子供の略。舞台を踏む歌舞伎若衆。
一四　地方回りをして色を売る陰間。飛子とも。
一五　現在の蕎麦。料理物語・十七に詳しい。
一六　下見をする。一度茶屋に呼んで相手を選ぶ。
一七　新町では、島原や吉原と違い、太夫でも客が揚屋に呼んで一見し、気に入った遊女を呼ぶしきたりがあった(色道大鏡・十三)。
一八　大尽のおごり。散財。
一九　奥の間の納戸(衣服や調度を収蔵する部屋)。
二〇　今宮戎(えびす)神社(大阪市浪速区恵美須西一丁目)の一月十日の祭礼は、十日えびすと称し、大坂年中行事の一。ここはその守り札。

明《あく》事がござる」と、[一九]内証《ないしやう》の納戸《なんど》の口をみせけるに、よろづのはり紙《がみ》有《(あり)》。まづ[二〇]今《いま》宮《みや》の十日ゑびす、[二一]日《ひ》待《まち》山ぶしのお札《ふだ》、[二二]やみ目の妙薬《めうやく》、はしら暦《ごよみ》、その次《つぎ》に[二三]地《ぢ》芝《しば》居《い》子どもの品《しな》さだめ、それより陰子《かげこ》の事を、かやうの宿《やど》々へ、それに付《(つき)》たる[二四]若《わか》ひ者《もの》が書付《かきつけ》をつかはし置《をき》、かゝる折ふし、物好《ものずき》によばすためとて、おかし。

「一　花山藤《はなやまふぢ》之介、年十四、色白《いろじろ》にして目《め》付《つき》よく、[二五]嘉《か》太夫ぶしかたり申《(まうし)》候《(さうらふ)》。一　岩滝猪《いわたきい》三郎、年《とし》十六、踊上手《おどりじやうず》、[二六]なげぶしうたひ申候。[二七]風義《ふうぎ》其《その》まゝ女のやうに、やはらかにうまれつき申候。一　夢川《ゆめかは》大六、年十五、[二八]酒《さか》ぶり幾《いく》たりさまのお相手《あいて》にも成《(なり)》申候。[二九]文作《もんさく》の三味《み》線《せん》、よくひき申候。旅子《たびと》のうちでは、衣《い》装《しやう》あつぱれきせ申候。一　松風琴之丞《まつかぜことじやう》、年十七、[三〇]影人形《かげにんぎやう》よくつかひ申候。此外《(この)ほか》口から水を吹出《ふきいだ》し、壁《かべ》に文字《もんじ》を移《うつ》し申候。[三一]品玉《しなだま》、[三二]塩《しほの》長次郎まさりに候。一　深《ふか》草勘《くさかん》九郎、年十七、物《もの》いひ、此《(この)》已《い》前《ぜん》の[三三]鈴木《すゞき》平八《へいはち》、いきうつしに候。何《なに》も芸《げい》はなく候へども、床達者《とこたつしや》に候。一　雪《ゆき》山松之介、年十九、[三四]野郎也《やらうなり》。座《ざ》に付《(つい)》たる所、[三五]本子《ほんこ》に取違《とりちが》へる程に候」。

「扨《(さて)》も[三六]才覚《さいかく》なる書付《(かきつけ)》なり。いづれも同じねだんなれば、中にも[三七]むらさき帽子《ぼうし》が取徳《とりどく》じや」といへば、「まづは[三八]かさにかゝる男かな。あの方《ほう》から十九と書付出《(いだ)》せし者《もの》、三十九か、四十で有《(ある)》べし。汝《なんぢ》は廿一歳にして太鞁持《たいこもち》、親仁《をやぢ》とひとつ

二一　日待ちは、正、五、九月の吉日に、終夜眠らず日の出を待って拝む行事。祈禱をし、親類などを招き酒宴を開いた。その際米銭をもらい社寺へ代参する山伏を代待ちというが、ここはその山伏が社寺から受けてきた守り札。
二二　眼病の妙薬の広告。
二三　土地の芝居子供。道頓堀芝居の歌舞伎若衆。
二四　ここは草履取り。金剛とも。
二五　浄瑠璃節の一。嘉太夫は延宝五年受領して加賀掾宇治好澄と名乗り、延宝末から京都で名声を博し、宝永八年(一七一一)七十七歳で没。
二六　投節。明暦ごろ島原の遊女河内が歌い始めたという。七七七五形で、終りを「やん」と投げて歌う。
二七　顔だちや姿格好。みめかたち。
二八　酒の飲みっぷり。
二九　即興の芸。ここは即興の歌に合わせて三味線を弾くこと。
三〇　影絵人形。手などで人や鳥獣の形の影を、障子や壁などに映し出す遊び。
三一　曲取り。棒や鞠などを手玉に取る曲技。
三二　貞享・元禄ごろの大坂幻術師。牛や馬をのむ奇術で評判をとった(元禄元年・軽口幾世餅)。言水の句に「朝霧やさても富士呑む長次郎」があり、自注に放下ぶりを記す(初心もと柏)。
三三　初代。天和・貞享期の若衆方の名優。風姿すぐれ、濡れと愁嘆事が得意で、所作事も上手。貞享三年(一六八六)閏三月、二十三歳で没。
三四　野郎頭の元服ずみの陰間。
三五　本舞台に立つ歌舞伎若衆。
三六　工夫をこらした。気のきく。
三七　歌舞伎若衆が月代《(さかやき)》を隠すためにかぶる紫縮緬の帽子。前記の雪山松之介をさす。
三八　図にのる。欲ばる。

蚊屋《かや》にねたこゝろなるべし。縁《えん》の遠《とを》き娘《むすめ》の年かくすは、二つか三つか、五つか。一はたちすぎてふり袖着《そでき》るを、我《わが》町をはなるゝまでは足《あし》ばやに、人のおもわくをはぢけるやさしきに、芸子《げいと》年つゝむからは、十違《ちが》ひなり。京は大坂にくだり、大坂は江戸へ行《ゆき》て、生《むま》れ日のしれぬゆへぞかし。何の善悪《ぜんあく》の沙汰《さた》、鼻《はな》の高《たか》ひ子どもを揃《そろ》へて、是《（これ）》ぞ二天狗《てんぐ》たのもし、突当次《つきあてし》第《だい》の遊興《ゆうけう》」と、十一人よびならべみたる所、何もひとつにみればおもしろし。三野《の》にさく菜種《なたね》もわつさりと、四花《はな》は皆《みな》

一 当時の女性は、十九歳になると振袖の脇あけをふさぎ、留袖にした。
二 天狗頼母子。富突きの一種。曲物（まげもの）の中に番号を記した木札を入れ、錐（きり）で当たり札を当てた者が掛け金を全部とるという博奕。鼻の高ひ—天狗。
三 野に咲く菜種の花のように飾り気がなくあっさりとしたもので。
四 花代。揚代。菜種—花。一両は四分（歩とも書く）だから、一人の揚代が金一分になる。

にて弐両《りやう》三分《ぶ》が物、さてもやすい事かな。

過《すぎ》し秋《あき》の比《ころ》、南都《なんと》に大臣のお供《とも》して、木《き》[五]辻《つじ》町の女郎残《のこ》さずよびて拾六人、小《（こ）》[六]判《ばん》四両で花《はな》[七]やりしが、其所《（その）》〱のさはぎはおかし。「菟《と》角《かく》[八]やす物は銭《ぜに》うしなひ、是もおかしからず」と、「すこしもはやく落《をち》[九]よ」と、十一人立《たち》ならびて踊《をど》る最《さい》中《ちう》にばらりと立《たち》て、新町筋《しんまちすぢ》をひ[一〇]がしの門より鳴込《なりこみ》[一一]て、「今の世《よ》の銀持《かねもち》大臣、御気《き》に入《（いり）》たる女郎あれば、勤《つと》[一二]め十年を、めでたふ親《をや》の内へ帰《かへ》り給ふまで、お買《かい》な

五 奈良の遊里。現奈良市東木辻町辺。
六 一両銀六十匁の相場では二百四十匁。木辻は囲女郎が最上位で、揚代は十五匁なので(色里案内)、ちょうど囲十六人の揚代になる。
七 派手に振舞う。
八 諺(毛吹草など)。
九 ひそかに逃げる意。家族などの目を忍び、ひそかに遊里に入り込むのを悪所落ちという。
一〇 新町は、中央の新町筋の東西に大門があった。→三〇〇頁注四。
一一 勢いよく乗り込む。
一二 遊女の年季は普通十年とされた。

挿絵解説 道頓堀の茶屋での遊興。座敷の左、縁側に近い所に坐る四人の男が大尽。右半図に十一人の旅子が並び、図の中央で彼等を紹介しているのが茶屋の主人。旅子の後の二人の男は太鼓持。座敷の中央には、渡盞(ときん=盃台)、燗鍋、肴を載せた石皿や重箱などが置かれ、縁先の手水鉢わきには秋の草花が描かれている。なお本図は、色里三所世帯・下の三の構図を借りたもので、織留・六の四の構図にも流用される。

さるゝ」と、男《おとこ》をたてる太《(たい)》こもち九人、前後《ぜんご》取まはし、おさきへおてきより紋《もん》付《つき》の弐つぢやうちん、揚屋《あげや》から人橋《ばし》かけて、盛砂《もりずな》せぬばかり、「追付《をつつけ》是《(これ)》へ御成《なり》」と、九軒《けん》の井《い》筒《づゝ》屋にざゞめきて、「そも〳〵是《(これ)》は、阿波《あは》の鳴渡《なると》に身は捨舟《すてぶね》といふ大臣、我《われ》、国《くに》にて銀《かね》も瓦《かはら》も同じ事、大ぶん持《もち》ながらつゐに揚屋《あげや》の手にも渡《わた》さず、世間《せけん》を見せぬ事を口惜《くちをし》く、年《とし》に三度《ど》づゝ、銀捨《かねすて》にばかりのぼれば、何事も大たばに出て、すゑ〴〵までもよろこばせ」と、先《まづ》女郎へ長徳寺《ちやうとくじ》弐百、宿《やど》のかゝに金子《きんす》拾両《りやう》、庭《には》につかはるゝ男女《なんによ》にも小判《ばん》の花《はな》をさかせ、是《(これ)》をいかめかしう、「今の世の大臣」と、その鼻《はな》の高《たか》ひ事、「大坂のまはりに天狗《てんぐ》の住《すめ》る山がなければこそ」と、おの〳〵物もらひながらそしりて、此《(この)》奢《おごり》是《(これ)》はと、ひとりもおどろく人なし。しかも耳《みゝ》こすりに、「女郎町は金銀《きんぐ》つかふ所に拵《こしら》へ置《をけ》ば、小判《ばん》めづらしからず。此まへ松本《まつもと》といふ大臣の、くしろにて玉《たま》の井さまに、いまだなじみもなひうちに、桃《もゝ》の節句《せつく》の祝儀《しうぎ》とて、何心もなふ金子百両《りやう》おくられけるを、我《われ》も人も見し事なり。此ほど世上《せじやう》に金子の見へぬ折ふしなればこそ、壱両《りやう》の小《こ》判《ばん》も、二度《ど》三度《ど》いたゞきける」と、客《きやく》あしらひの女房《にうばう》、立ならびて是を笑《わら》ひける。「いづれ女郎ぐるひの極《きはま》る所は銀《かね》ながら、ひとつは又仕《し》かけも有《(ある)》物ぞかし。さのみ物もつかはぬ男《おとこ》に、まはりておもしろがるに、かくまたばつと

一 お客を引き立てる。
二 お敵。遊女と客がそれぞれ相手をさしていう。ここは敵娼《(あいかた)》の遊女。
三 何度も使者を出して呼びに来る。
四 貴人を迎える時に、車寄せの左右に砂を高く丸く盛ったもの。立て砂。
五 新町九軒町の揚屋、井筒屋太郎右衛門(色道大鏡・十三)。色里案内では孫太郎の代。
六 「阿波の鳴渡に身」までは「捨舟」にかかる序。阿波の国の捨て舟という大尽の意。弄斎節の歌に、「阿波の鳴渡に身は沈むとも、君の仰せはそむくまい」(当世小歌揃)。
七 大束。おおがかり、おおげさなこと。
八 一歩金の異称。長徳寺は駿河国府中の片山にあった絶景の地で、座敷の借り賃が一日一歩であったことによる遊里語(新吉原常々草・上)。
九 揚屋の女房。
一〇 台所の土間。
一一 えらそうに。
一二 上方では鞍馬・愛宕・比叡が天狗のいる山とされたが、大坂付近にはない。鼻―天狗。
一三 あてこすり。
一四 新町下之町の遊女屋、久代屋。九郎兵衛と作兵衛の二軒あった(色道大鏡・十三)。
一五 未詳。一代男・二の四に、奈良木辻の遊女近江の前身が、大坂の玉の井であったという。
一六 三月三日。廓の大紋日で、前後の両日を加えて、三日間続け買いをするのは節供買いといい、客の手柄とした。
一七 延宝末から元禄ごろは世間は不景気で、金貨は大商人などに退蔵され、通貨は減少した。「世間に金のめづらしき時分」(織留・一の一)。
一八 銀のつかい方。
一九 客の気に入るように振舞うのをいう。

した事にて二〇沙汰《さた》になるは、此大臣のさばきあしきに極《きはま》る」と、いづれもの太鞁《たいと》付添《つきそひ》ながら、行《(ゆく)》すへたのもしからず。

案《あん》のごとく、三とせたゝぬに、国元《くにもと》の二一首尾《しゆび》そこねて、二二手と身になつて、また大坂にのぼりて、所も広《ひろ》きに、二三長堀《ながほり》の北《きた》がはに、我国《わがくに》かたの者《もの》、二四借銭《しやくせん》の海《うみ》をぬ二五け舟《ぶね》に越《こへ》て、爰《こゝ》のうら屋をかりて、身過《すぎ》に二六ところてんの草《くさ》をほして、けふの日を暮《くら》しぬ。やう／＼是《(これ)》にたよりて、迷惑《めいわく》がる宿《やど》をせばめて、ないうちを喰《くい》つぶして、無用《むやう》の腹《はら》をふくらかし、しかもうらは二七よし原《はら》の揚屋《あげや》町、二八鹿《しか》ばかりの寄所《よりどころ》、二九引《(ひき)》うたひのなげも勤《つと》めとて、昼《ひる》まへより夜中過迄《よなかすぎまで》、かいなと声《こゑ》のつゞく程《ほど》は、三〇一日拾七匁にあたるほどわめきける。むかしは、あれぐらいの女郎に笑《わら》ひかけらるゝもうたてかりしに、いまのめにかゝりて、二階《かい》ざしきのすだれをまかせ、三一こいねぶりして、女郎に髭《ひげ》ぬかせてのたのしみ、さりとは／＼うらやましく、我《われ》世三二ざかりに、三三七夕の日のうちに、六十両露《りやうつゆ》三四にうちしも、あの男が廿匁にたらぬけふのさばきも、けいせいぐるひにこゝろのかはる事なし。三五十五《かこい》ぐるひをすれば、三代《だい》にもつきせぬ宝《たから》を、太夫にかゝれば、おもひの外はかの行《(ゆく)》事を、いまといふ今合点《がつてん》して、何の役《やく》にも立《(たた)》ぬ事ぞかし。

小家《いへ》の窓《まど》の明《あけ》くれ、是《(これ)》に心をうつしけるが、後《のち》には渡世《とせい》かなしく、夜毎《よごと》に三六蜘《くも》

二〇 評判が悪いの意。
二一 失敗して。破産して。
二二 無一文になって。
二三 新町のすぐ南の堀川。後文に「うらはよし原の揚屋町」とあり、現西区新町一丁目南端辺。
二四 借銭の多いことのたとえ。借銭の淵とも。
二五 ある役についている船をひそかに他の用にやとうこと。
二六 →三四四頁注四。
二七 葭原・吉原とも書く。新町の東南、南側だけの片側町。揚屋は延宝期に三軒、貞享期に二軒あった。新町では格が低く、囲女郎が相手。
二八 囲女郎の異称。揚代が十六匁のとき、十六を掛算の四四十六からシシ(鹿)にこじつけ、鹿恋と書く。揚代は延宝期十六匁、貞享期十七匁。
二九 一人で三味線を弾いて歌う投節。「なげ」は投節の略。
三〇 囲女郎の揚代。
三一 小居眠り。うたたね。
三二 全盛の時。
三三 新町の紋日の一。
三四 露は小粒の銀貨の異称。細銀《こまがね》とも。露に打つは、遊里で祝儀をやること。
三五 囲女郎。揚代がもと十五匁なので十五女郎とも書く。→三三七頁注一八。
三六 綱渡り・竿登り・とんぼ返りなどの曲芸。

まひの人形拵《にんぎやうこしら》へて、朝《あした》に売《うり》て、此《(この)》[一]いとの細《ほそ》き事にて命をつなぎける。ひん程人の心をかゆる物はなし。其後《そのゝち》は、小うた・三味線《みせん》かしましく、高塀《たかべい》ひとへの色里《いろざと》の事を忘《わす》れて、なにとぞ雑煮《ざうに》をくふて年《とし》をとりたき願《ねが》ひ、三とせあまり、不自由《ふじゆふ》に暮《くら》し、三十七の[二]極月《ごくげつ》九日に空《むな》しくなりぬ。哀《あはれ》や、[三]かたびらもきぬ死出《しで》の旅《たび》、縄《なは》からげの棺桶《くはんをけ》、[四]道頓堀《どうとんぼり》の野《の》におくられて、よその亡者《もうじや》の[五]跡《あと》さして、やう〱煙《けぶり》とはなしぬ。今みれば[六]竹林寺《ちくりんじ》に、「山誉風雪《さんよふうぜつ》」と切付《きりつけ》て、[七]銀弐枚《まい》ばかりにて出来《でき》そふなる石塔《せきたふ》、施主《せしゆ》は「[八]越後町《ゑちごまち》まん」としるせり。いかなる女郎か立《たて》られける、心ざしの程やさし。此入替《いれかへ》に思ひがけなき銀《かね》もらひ給ふべし。

二 しれぬ物は子の親《をや》

[九]至《いた》りぜんさくにして素人《しらうと》の珍重《ちんちやう》がらぬ物、[一〇]本手《ほんて》のこうたぞかし。[一一]番町《ばんてう》に、さる御かたの隠《かく》し芸《げい》に、[一二]八筋掛《やすぢがけ》を[一三]忍《しの》び駒《ごま》にて引《(ひか)》せられしが、又もなき音曲《をんぎよく》、是《(これ)》を役者《やくしや》の[一四]九兵衛が御指南《しなん》うけてまねびしに、それも[一五]作弥《さくや》むかしに成《(なり)》て、[一六]花橘《はなたちばな》も袖《そで》の香《か》も、[一七]さる物は日《ひ》〲《ゞ》にうとし。[一八]浮世《うきよ》をみぢかふいふ人、さりとは無分別《むふんべつ》、極楽《ごくらく》にゆきて[一九]精進鱠《しやうじんなます》くふて、物がたひ仏《ほとけ》づきあひより、[二〇]筋鰹《すぢがつほ》のさしみに夜《よ》を明《あか》

一 蜘蛛舞いの糸のように零細な仕事で。 二 十二月の異称。 三 経帷子。麻・木綿などの白衣の上に、経文を書き、死人に着せた。
四 道頓堀の芝居裏の墓所で、火葬場。
五 跡は足の意で、足を互い違いに差し入れること。ここは身体を互い違いに横たえられて。
六 千日前にある浄土宗の寺。墓所のある法善寺の南隣りに当たる(貞享四年・大坂大絵図)。
七 丁銀二枚。丁銀一枚は約四十三匁。
八 新町佐渡島町の西の一町をいう。
九 この上もない物好み。 一〇 本手組の小歌。
一一 番町(現千代田区一番町—六番町)は旗本の屋敷町。「さる御方」は旗本などの武士。
一二 三味線の普通の糸の八筋分に当たる太さの糸。またその糸を掛けた三味線。
一三 三味線の音を低くおさえるために、駒を胴と同じ幅に細長く作ったもの。
一四 江戸の役者作弥九兵衛。音曲の上手で八人芸をよくした(古今四場居百人一首)。また六方の上手。寛文期。「その人はさくやむかしのはなたちばな」などと名高かった(野良三座詫)。
一五 作弥が活躍したのも昔になって。作弥は「咲くや」と掛け、「花橘」と縁。昔—橘。
一六 「さつき待つ花橘の香をかげば昔の人の袖の香ぞする」(古今集・夏)。 一七 諺。
一八 この世を早く終りたいという人がいるが。
一九 魚肉を用いない、野菜だけの鱠。
二〇 鰹のうち皮の上に黒白斑が三、四条あるもの(本朝食鑑・九)。武蔵の名産(毛吹草)。
二一 落ちのある笑話。延宝・天和ごろ三都で辻咄が行われ始め、江戸では鹿野武左衛門が有名。
二二 太鼓持。城俊と城の字を名前に冠せるのは城《(じよう)》方の座頭。一方《(いちかた)》に対す。
二三 色恋の噂。ここは吉原の噂。

して、落《おと》[二一]し咄《ばな》しの大笑《あふわら》ひ、御機嫌取《ごきげんとり》[二二]の城俊《じやうとし》、めには見《(みえ)》ねども彼噂《かのうはさ》[二三]、こまかしく分《わけ》をもしる事かな。「われら今かはゆがる太夫《たゆふ》が、久しく引込《ひつこみ》、勤《つと》めざる子細《しさい》をしつたか」「成《なる》ほど〳〵、此《(この)》御腹《はら》に若君《わかぎみ》一人おはします」といふ。「誰《たれ》がしらせたぞ。弓矢八幡《ゆみやはちまん》[二四]、深川《ふかがは》[二五]の四六が子《こ》に極《きは》めけるとや」「それは生《うま》[二六]れぬさきのむつき定《さだ》め。此子が娘《むすめ》ならば十露盤《そろばん》もつて、男子《おとこ》ならば反古閉《はうごとぢ》[二七]の帳《ちやう》をもつて生るべし」「扨《さて》は町屋《まちや》の大臣か」ときけば、「なんの事はござりませぬ。両替屋《りやうがへや》のこ[二八]まかなるやつが子なり。おまへさまもあひ聟《むこ》[二九]なれば、すこしはお身にかゝりたる事ぞ」といふ。

いづれも笑《わら》ひをもやうし、「其《その》大臣奉加《ほうが》[三〇]につかざるや」。座中《ざちう》も耳《みゝ》[三一]にかゝる折ふし、「いざ此坊主《ぼうず》を勾当《こうだう》[三二]になせ」と、大分《だいぶん》はづませ給へば、是《(これ)》[三三]は夢《ゆめ》かや宇津《うつ》[三四]の山《やま》を越《こへ》て、都《みやこ》[三五]の人にあふも嬉《うれ》しく、旅《たび》の日数《ひかず》をかさね、けふは相坂《あふさか》[三六]の宮《みや》もわらやもむかし[三七]の人、我《わが》身のつらさにひとしほおもひ出《(いで)》て、みへざる眼《まなこ》の泪《なみだ》、をのづから手向《たむけ》ともなりぬべし。今《いま》はその撥《ばち》をとも絶《たへ》て、琵琶《びは》[三八]の海《うみ》も跡《あと》になして、日高《ひだか》[三九]に京入《きやういり》して、三条《でう》の何《なに》がしとかやいふ人の宿《やど》かりて、官位《くはんい》の大願《ぐはん》、其日《そのひ》[四〇]がらを見合《あは》せけるうちに、都《みやこ》の大臣、よし野《の》[四一]にあへる一興《けう》に、「いざあゆめ」とすゝめられて、其《その》人の引導《ゐんだう》にまかせ、東《ひがし》じややら、北《きた》の方やら、むしやうにゆ

二四 武士などが誓約の時にいう語。神かけて。
二五 現江東区内の地名。四六は十兵衛等の替名。
二六 手回しが早過ぎる意の諺。ここは早合点。
二七 反故紙を綴じて作った帳面。倹約な行為とされた(永代蔵・二の一)。 二八 けちなやつ。
二九 妻が姉妹関係にある夫同士をいうが、ここは同じ太夫に逢う客同士のこと。
三〇 (奉加帳に名を付ける意から)寄付の仲間入りをしないだろうか。
三一 聞いて心にとまる。耳に掛けるとも。
三二 盲人の官位には、検校・別当・勾当・座頭があり、勾当は座頭の一階級上。一定の金額(官金)を京都の職屋敷に納めると昇進できた。なお座頭には四官、勾頭に七官あり、座頭の最下の官より勾当の最下の官までの官金は、約百六十両(柳庵雑筆・当道大記録)。また座頭最上の官から勾頭最下の官までは四十三両。
三三 「駿河なる宇津の山べのうつつにも夢にも人にあはぬなりけり」(伊勢物語・九段)による。
三四 静岡市宇津ノ谷と志太郡岡部町との境にある峠。歌枕。夢―宇津の山(類船集)。
三五 宇津の山で都の修行者にあったという伊勢物語・九段による。宇津の山―修行者。
三六 蟬丸を祭る関の明神。現大津市の蟬丸神社。「宮」は次の歌と掛ける。「世の中はとてもかくても同じこと宮も藁屋もはてしなければ」(新古今集・雑下・蟬丸、和漢朗詠集・下)。
三七 蟬丸。醍醐天皇の第四皇子とも伝えられ(平家物語・巻十、謡曲・蟬丸)、盲目で琵琶が上手で、逢坂山に世をのがれ住んだ。
三八 琵琶―蟬丸・座頭、琵琶の海―似たる俤(類船集)。
三九 日の高いうちに。諺の「座頭の日高」(遅くなるはずのが意外に早く到着する)をきかす。

けば、[一]西嶋《さいとう》の細道《ほそみち》、[二]「名残《なごり》おしさは」とうたへる[三]朱雀《しゆじやか》の野辺《のべ》、「誰《たれ》じや」「[四]上林《かんばやし》のかほる」[五]「お茶は[六]初《はつ》[七]むかしか。迚《とて》もの事に此目《（この）》をあけてみせ給へ。[八]物ごしに罪《つみ》をつくりて」。[九]丸《まる》やの七左衛門が座敷《ざしき》に入《（いり）》て、[一〇]おかみけなる恋《こひ》づくし、いやともあふともいはせぬ情《なさけ》、江戸《ゑど》に替《かは》りて物やさしく、たはぶれのみだれ酒《ざけ》に、城俊《じやうとし》が手前《てまへ》にまはり、[一一]いたむと見へし時、[一二]はんじやうといへる女郎見かねて、これをもすけられしを、どふもならぬほどうれしくて、それからすぐにほれ出

挿絵解説　伏見豊後橋の情景。橋の上で手を合わせ、身投げをしようとしているのが座頭の城俊。橋の欄干に杖を立てかけてある。右にはそれを引きとどめた笹屋の某と、供の小者が描かれている。小者は替衣装などを入れたものか、風呂敷包みを肩に、旦那の杖を左手に持つ。

四〇 暦の上で事を始める日としてのよし悪し。
四一 島原上之町、喜多八左衛門抱えの太夫。後文の太夫薫らと見合せて、延宝期の吉野か。

一 西の島原。京の二悪所の一で、東河原（東の四条河原）の対。「細道」は、丹波口から島原に至る野道。なお寛文十年（一六七〇）には丹波口一貫町の茶屋町から田圃の間を大門に至る近道ができて、これを朱雀の新細道という。
二 当時の島原通いの小歌に「名残惜さは朱雀の細道（以下未詳）」とある（織留・一の二）。
三 当時葛野郡朱雀村に属していたのでいう。
四 島原上之町の遊女屋、上林五郎右衛門。
五 前注上林家抱えの太夫薫。ここは延宝四年（一六七六）七月太夫に出世、同年十二月四代目薫の退廓により五代目となった姐子（しゃ）薫か。
六 女陰をさす遊里語。
七 初昔は宇治茶の名品の銘。ここは遊女屋の上林を、宇治の有名な茶師の上林家に見立てた洒落。女陰の上等品を遊女評判記で初昔という。
八 物の言いぶり。音声。
九 島原揚屋町の揚屋。
一〇 御上家な。公家風の上品な。
一一 迷惑に思う。飲めないで困っている。
一二 斑女。→三四四頁注七。

して、よく〳〵なればこそ、蠣《かき》の吸物《すいもの》喉《のど》を通《とを》らず、今宵《こよひ》の明《あけ》て帰《かへ》るを待兼《まちかね》、人をたのみてくどきかけ、やう〳〵ふしぎの首尾《しゆび》して、しのび〳〵にかよひけるほどに、[一三]合力《かうりよく》の小判《こばん》、包紙《つゝみがみ》も残《のこ》らず。

いまは官位《くはんい》の望《のぞみ》も絶《たつ》て、あづまに帰《かへ》るもをよびなく、身の置《をき》所せまけれども、さらに後悔《こうくはい》するにあらず。女郎にあはれぬ身のうへをなげき、「世《よ》に住《すむ》からのつらさなり。菟角《とかく》は仏《ほとけ》の国《くに》へ」と、覚悟《かくご》極《きは》めて[一四]ゆく水の、伏見《ふしみ》の里《さと》の暮《くれ》にまよひ、[一五]六のちまたの地蔵《ちざう》を過《すぎ》、[一六]豊後橋《ぶんごばし》の半《なかば》わたりて、最期《さいご》を爰《こゝ》に極《きは》め、[一七]かたみの扇《あふぎ》に風《かぜ》は無常《むじやう》の[一八]夕ざれ、「はんじやうが[一九]床《とこ》のおもはく、いつの世にかは忘《わす》れじ。水もなさけあらば、今なぐる身をうづに沈《しづ》め、形《かたち》を二たび人にさらすな」と、あしを揃《そろ》へて飛入《とび(いる)》折《をり》ふし、[二〇]笹屋《さゝや》の何《なに》がしわたり合《あは》せ、しかもみしれる法師《ほうし》なれば、「是《(これ)》は」と引とゞめ、橋《はし》づめのわびしき茶《ちや》屋につれて、是非《ぜひ》にやうすを語《かたら》せ聞《きい》て、此人も男泣《おとこなき》して、「命《いのち》有《(ある)》ゆへの恋《こひ》なれば、暫《しばら》く京都《きやうと》に身を隠《かく》し、[二一]人の気《き》を取《とり》つとめ居《い》ば、[二二]ふたつの望《のぞみ》もかなふべし」と、智恵《ちへ》自慢《じまん》の異見《いけん》して、世《せ》上《じやう》は何《なに》のさたなくかくまへける。

誰《たれ》かこの事をつげわたる、[二三]鴈金《かりがね》屋の利《り》右衛門など、[二四]よしなきはんじやうにつたへければ、[二五]常《つね》の人とはかはりて、此落《をち》ぶれしをかなしく、わたくしの衣装《いしやう》・

一三 江戸で恵んでもらった小判。勾当になる金。
一四 「ゆく」は上下に掛かり、「ゆく水の」は伏見の序。一般に伏見の枕詞は「呉竹の」を用いる。伏見が淀川べりの水駅なので言うか。
一五 六道の辻の地蔵。前文の「まよひ」の縁で伏見の六地蔵のことを洒落て言う。京都市伏見区桃山町西町の浄土宗大善寺。またその辺の地。実際に伏見、大津、宇治、奈良へ行く分岐点。
一六 伏見から南の対岸向島《むかいじま》の間宇治川に架けた橋。観月橋とも。豊臣秀吉の架橋で、北詰に大友豊後守の屋敷があったのでいう。「長百四間、幅四間五尺」(伏見大概記)。
一七 班女の縁でいう。班婕妤《はんしようじよ》は漢の成帝の寵を失ったことを悲しみ、夏の扇が秋には捨てられることによせて、「怨歌行」の詩を作った故事による。「班女が扇」「班女の閨《ねや》の扇」とも(和漢朗詠集・上など)。ここは「せめてもの形見の扇手にふれて、風のたよりと思へども」(謡曲・班女)による。
一八 夕暮れ。
一九 閨の情け。
二〇 京都室町通の呉服商の笹屋か。「笹屋の何がし」(一代女・一の三)。
二一 人の機嫌を取る太鼓持を勤めているならば。
二二 官位の昇進と班女との恋。
二三 京都の有名な太鼓持(二代男・二の三)。つげわたる―鴈金。
二四 言わなくてもよいことを。
二五 普通の遊女とは違って情けが深く。

諸道具《しよだうぐ》の花車《きやしや》なるを代《しろ》なし、ひそかにたよりを求《もと》め、官位《くはんい》をすゝめしに、「おもひもよらぬ心づかひ、何とて請《うく》べき子細なし」と、京《きやう》も俄《にはか》にむつかしく、[一]淀《よど》舟《ぶね》に飛乗《とびのり》、難波《なには》の[二]北浜《きたばま》にあがりて、[三]杖《つへ》さへもたぬ座頭《ざとう》の坊《ぼう》、身は薄衣《うすぎぬ》に[四]露霜置《つゆじもをき》て、秋《あき》の哀《あはれ》を人もしるにや、[五]芸《げい》は身をたすけて、[六]糸《いと》による恋《こひ》の歌《うた》、三味線《みせん》ひく手《て》に、[七]「なびけ」とは、[八]目くら神《がみ》の道《みち》びき給ふか、いまはゆがまぬ心から色《いろ》事は捨《すて》ける。

三　都《みやこ》も淋《さび》し朝腹《あさばら》の献立《こんだて》

身に相応《さうわう》の遊山《ゆさん》は、天《てん》もとがめ給はず。むかしより聞《きき》つたへ見をよびしに、宇甚《うぢん》といへる大臣、一生《しやう》[九]あらひ小袖《こそで》を肌《はだ》に付《つけ》ざりしが、いまは破《やぶ》れ紙子《かみこ》に風をひかず。[一〇]紙帳《しちやう》といへる大臣、さりとては[一一]後生嫌《ごしやうぎら》ひなりしが、恋《こひ》よりを[一二]こさねばならずして、夫婦《ふうふ》・目かけ女まで、[一三]墨《すみ》の衣《ころも》とはなりぬ。京にても花崎《はなさき》、[一四]法師《ほうし》の世はやかましとて、[一五]じゆらくあたりへ引込《ひきこみ》けるも、女郎ぐるひにたいくつするにはあらず、かしこく立まはつて、色もやめ時しると見えたり。是《これ》ばかりはかぎりなき物なり。

一 伏見から大坂へ下る淀川の乗合船。三十石船は淀から出し、普通四つ(午後十時ごろ)から九つ(午前零時ごろ)まであり、夜行半日で船賃は銀五分。今井船は快速船で、伏見を一番は五つ(午後八時ごろ)に出し、船賃は一匁または百文であった(人倫訓蒙図彙・三)。

二 →二八二頁注四。キタハマ・キタバマと両用。

三 頼るところのない意の諺。「目くらのつえをうしなふごとし」(毛吹草)。

四 晩秋の季語。まだ霜とはならない冷い露を関西では露霜、関東では水霜という(物類称呼)。

五 諺。

六 糸による恋は、「糸によるものならなくに別れ路の心細くも思ほゆるかな」(古今集・羇旅・紀貫之)により、心細い恋の意(二代男・七の三)。糸—三味線。「よる」は縒る・拠ると掛ける。

七 歌謡の文句か。三味線ひく節にのせて「われになびけ」などと歌って暮らしていたが。

八 蟬丸を祭る関の明神。琵琶・箏曲・三弦などの神と仰がれた。

九 洗濯した小袖。新調の小袖しか着ない意。

一〇 紙製の蚊帳。大尽の替え名。紙子の縁か。

一一 仏嫌い。

一二 世を悲観して出家心を起こす。

一三 墨染めの衣。出家の境涯。

一四 法師の暮らしはかえってうるさいといって。

一五 聚楽。豊臣秀吉が築いた聚楽第(だい)の跡地辺。一条大宮通の西の筋下ル所に本丸町があり、この辺の左右をいう(京羽二重・一)。

一六 現大阪市中央区北浜三・四丁目の大川より一筋南の通り。「大川より一すじ南、今ばし通よりは北の丁、せんだんの木ばしすじより心斎ばしすじ迄」(大坂町鑑)。

一七 →三二四頁注七。「矢じりこまに」の序。

一八 「矢じり細か」の略。矢を細かにねらいをつけて射るさま、転じて金銭に細かいこと。

中といふ[一六]過書町《くわしよまち》の大じん、男ざかりに世をのがれ、「是《(これ)》ほど楽《たの》しみあるを、今までしらぬは、さりとはおそき覚悟《かくご》」と、[一七]楊弓《やうきう》の矢《や》[一八]じりこまに、一年を三貫目にもりつめての世帯《せたい》、むかしおもひ出して、何かおもしろかるべし。[一九]大屋《や》敷売《しきうら》ぬさきなれば、智恵《ちゑ》あるともおもふべし。次郎といへる大じんの、[二〇]長町《ながまち》の下屋《しもや》敷《しき》、不思義《ふしぎ》に残《のこ》りて、[二一]角内《かくない》・忠《ちう》兵衛・髭《ひげ》の半右衛門など〔と〕、おもしろく咄《はな》しくれて、尺八《しやくはち》の手をよく、うき世を[二二]空《そら》ふく風のやうにみなしけるが、おなじくは[二三]女の為《す》なるさし櫛《ぐし》、ひぢりめんの[二四]ふたのをして、すこし[二五]したるき野郎《やらう》をまねき、[二六]色付《いろつき》の柱《はしら》にもたれて、おもふ人におもてをそむき、[二七]かんばつたる声《こへ》にて、「よ[二八]し野《の》の山」をうたひしを、[二九]ゆきつき次第《しだひ》に竹《たけ》にのせたるこそ、[三〇]色もありて聞《(きき)》よけれ。[三一]塚口《つかぐち》が[三二]天わうじに身を隠《かく》れしも、[三三]太子《たいし》のごとく、子孫嫌《しそんきら》ふにはあらず。

人のこゝろほど、さま〴〵の[三四]取置《とりをき》、各別《かくべつ》にかはれる物はなし。役者《やくしや》の[三五]藤十郎が、内証《ないしやう》をかまはず、[三六]銀《ぎん》十枚《まい》出して大津《あふつ》の[三七]大鳥買《とりかふ》て、つね呑酒《のむさけ》の吸物《すいもの》にする事も、[三八]米《こめ》がしのさがみ屋大臣、[三九]西《にし》の久保《くぼ》に身をかくれながら、[四〇]恵《ゑ》心《しん》の御作《さく》を売《うり》て、すぐに太夫の[四一]ちとせを買《かふ》たも殊勝《しゆしやう》なり。[四二]吉弥《きちや》といふふり袖《そで》が、[四三]野《の》田《だ》藤《ふぢ》見がへりに、[四四]福嶋《ふくしま》の里に身をのがれし人の許《もと》へ尋《たづね》しに、「侘《わび》ずまひなれば、さしあたつてやるべき物もなし」とて、小判《こばん》五百両《りやう》、「ほしき物をかへ」[四五]とて、[四六]花車道具《きやしやだうぐ》

一九 京坂では、土蔵付きで表長屋や裏長屋が付属する屋敷をいう(守貞漫稿・二)。
二〇 大坂堺筋の日本橋以南、紀州街道の両側に細長く続いた町。当時九丁目まであった。大阪市中央区・浪速区の日本橋一丁目から五丁目辺迄の通筋の町。旅籠・木賃宿が多く、傘が名産。
二一 角内は金剛(歌舞伎若衆の草履取り)の名(一代男・二の一)か、遊女屋の六尺の名(二代男・二の四)。三人は後文より金剛風情の男。
二二 無関心であることをいう。どこ吹く風。
二三 「男もすなる日記といふものを」(土佐日記)をもじった表現。
二四 二布・二幅。腰巻。原本は「ふた」とある。
二五 したたるい。言語や動作が甘ったるい。
二六 塗り柱。
二七 甲張る。音声が細く高くひびく。
二八 糸竹初心集の歌に「よしのゝをやまをゝ、ゆきかと見いれば、ゆきではあらでんゝ、やこれの、はなあのふゞきよのんゝ、やあこれの」。
二九 途中から歌に合わせて尺八や笛を伴奏する。
三〇 はなやかな風情。面白い趣。
三一 塚口屋(永代蔵・一の三)か。大坂の富商の一人。塚口屋新四郎(淡路町御堂筋)、塚口屋次郎右衛門(上人町)など(難波鶴)。
三二 天王寺村。現天王寺区辺。
三三 聖徳太子が子孫の絶えることを願われたのは、徒然草・六段や諸書に見られる。太子は四天王寺(天王寺区元町)の開基で、天王寺と縁。
三四 身の処置。身の振り方。
三五 坂田藤十郎。初代。延宝から元禄期の上方歌舞伎の名優。傾城買いなど和事の名人。西鶴とは俳諧の交遊があり。宝永六年(一七〇九)六十三歳で没。　三六 丁銀十枚。銀一枚は約四十三匁。
三七 鶴などの総称(本草和名)。真鶴が最も美味

に事をかゝねば、家《いへ》ほどよき物はなし。

たとへ隠者《いんじや》なればとて、雨露《あめつゆ》にはぬれがたきに、何《なに》とて[一]備《び》利《り》国《こく》といへる人は、宿《やど》も定《さだ》めず暮《くら》しけるぞ。其《その》ころは京都《きやうと》の[二]歴《れき》〳〵朝夕《てうせき》の友《とも》とすれば、[三]東山《ひがしやま》智恩《をん》院《いん》の門前町《もんぜんまち》に、居《い》ながら谷《たに》・峰《みね》見晴《はら》す所をかりて、楽《らく》〳〵と[四]勝手《かつて》をつゞけ給ふに、「菟《と》角《かく》是《これ》もむつかしければ、毎日《まいにち》をの〳〵まはり番《ばん》にして、銀弐匁壱分づゝたまはれ。是《(これ)》より外《ほか》に望《のぞ》みなし」といひける。「それはいかなる事」と問《とへ》ば、「祇《ぎ》薗《をん》町の弁当《べんとう》やへあつらへ、それがし壱匁三分、小者《こもの》八分にさだめ、朝夕《あさゆふ》の椀洗《わんあら》ふ事もなく、是程埒《(これ)ほどらち》の明《あき》たる事なし」と、願《ねが》ひの通《とを》りにして、草庵《さうあん》には小釜《こがま》ひとつ、素湯《さゆ》わかして、[五]かうせんより人をもてなす物はなかりき。

有《(ある)》時、[六]森《もり》五郎・[七]鍔《つば》三郎などいへる者《もの》、早咲《はやざき》の花《はな》にのぼりて、[八]大和橋《やまとばし》のほとりにしるべの茶屋《ちや》にあそび、洛中《らくちう》に[九]是沙汰《これざた》の[一〇]菱《ひし》屋の吉まさりのすがたを取《とり》よせ、挽《ひか》せてうたはせけれども、中〳〵[一一]西嶋《さいとう》のあけぼのには似《に》もせず。朝《あさ》とく起《をき》わかれて、手水《てうず》むすび捨《すて》、[一二]壺《つぼ》うちのやうじに歯《は》をみがきながら、ふと思ひ出して、彼法師《かのほうし》が許《もと》にたづねしに、「是は」と朝戸《あさと》明《あけ》て、[一三]難波《なには》の事ども、京の噂《うはさ》とりまぜての物語《ものがたり》、四方《よも》山の松《まつ》にひゞきて[一四]高笑《たかわら》ひ、程《ほど》なく日影立《ひかげたち》のぼれば、あるじ気《き》を付《(つけ)》て、「是にて朝《あさ》めしを喰《くへ》」といふ。「無用《むやう》」といへど、是非《ぜひ》にとめける程に、

(本朝食鑑・五)。藤十郎は大気で、食事に金を惜しまなかった(役者論語・賢外集)。

三八 江戸の伊勢町の俗称(続江戸砂子・三)。特に伊勢町堀の西河岸のこと。→二九四頁注二二。

三九 港区芝西久保辺。愛宕山西方の窪地。

四〇 平安中期の高僧源信。往生要集を著し、浄土教の基を築いた。恵心僧都作の仏像。

四一 西鶴は一代女・一の四でも吉原の太夫としているが、寛文・延宝・天和の遊女評判記に記載のある千歳は、いずれも次位の格子。

四二 →三四五頁注八。「ふり袖」は元服前の若衆。

四三 西成郡野田村(現大阪市福島区野田辺)にあった名所(蘆分船・五など)。

四四 野田村の東北、福島村(福島区福島辺)。

四五 と言って(金を与えたが)、吉弥はの意。

四六 鞠・楊弓・双六・香具など上品な遊び道具。

一 もと著名な大尽。「備利国が針立になるも…是皆味な事しり過てなり」(二代男・四の三)。

二 家柄のよい裕福な町人。二代男・六の四参照。

三 京都市東山区林下町の浄土宗鎮西派の総本山。華頂山を背後に、洛中を見下ろす景勝の地。門前町は古門前通と新門前通(京町鑑)。

四 生計。

五 香煎。もち米を煎り、陳皮・山椒・茴香(ういきやう)を混ぜて粉末にしたもの。焦がしともいう。当時祇園町の名産(雍州府志・六)。

六 大坂の大尽。二代男・四の五に登場。

七 大坂の大尽。鍔屋三郎兵衛の替名か。二代男・六の三に登場。

八 大和大路の白川に架かる橋。現東山区内。四条河原や祇園に近く、色茶屋・水茶屋が多い。

九 もっぱらの評判。

一〇 石垣町の茶屋菱屋六左衛門(三〇八頁注六)

「然《しか》らば[一五]酒麩《さかぶ》一種《しゆ》」といふ。あるじ硯《すゞり》を取出《とりいだ》し、「せめて京で成《(なり)》とも食悦《しよくゑつ》さすべし。何成《なになり》とも、さあ〳〵望《のぞみ》の献立《こんだて》。まづ亭主《ていしゆ》が好《すき》にまかせて、汁《しる》はよめ[一六]菜《な》・[一七]たゝきて雲雀《ひばり》、さて焼物《やきもの》は[一八]勢田《せた》うなぎの各別《かくべつ》なるをくふてみ給へ。さて、子《こ》も[一九]ち鮒《ぶな》の煮《に》びたし、是では川魚過《かはうをすぎ》たによつて、鯛《たい》を[二〇]皮引《かはびき》にして、[二一]あしらいなしの鱠《なます》、さてわすれた事、[二二]堀川牛房《ほりかはごばう》ふとに、是でよいか」「何ぞ[二三]引肴見合《ひきざかなみあはせ》に」と書《かき》付《つけ》、客《きやく》・内証《ないしやう》のあたま数読《かずよみ》て、「此《(この)》六人まへ、すこしもはやくと、不断《ふだん》の茶屋《ちや》

抱えの茶屋女。「京の石垣町の美女と名に立ちし菱屋の吉」(栄華一代男・三の二)。
一一 島原の異称。→三五四頁注一。
一二 壺打ち楊枝。壺で先端をたたきふさのようにした楊枝。歯磨き用の房楊枝。
一三 「何はの事」(あれやこれや)と掛けるか。
一四 気心の知れた者同士の呵呵大笑。西鶴の味のある描写の一。
一五 麩を酒塩や乾鰹汁をきかせて煮たもの(本朝食鑑・一)。さかぶ・さかふとも。
一六 嫁菜。キク科の多年草で若菜を食用とする。春の季語。
一七 「たゝきて」は雲雀や鳩を吸い物に出すときの料理の一。「たゝきてとは、右骨つきのごとくにして、たゝきなどのごとく細(こま)かにたゝきまぜる事なり。是もひばり・ひわ・はと等の事也」(正徳四年・節用料理大全・料理人諸鳥庖丁指南)。
一八 江州勢田(大津市瀬田)産の鰻。肉が柔らかで白くきわめて美味という(本朝食鑑・七)。
一九 鮒を白焼きにして、だしたまりで煮る料理法(料理物語・十二)。
二〇 魚の皮を除き去ること。
二一 他に付け合わせ物のない鱠料理。
二二 京都堀川産のごぼう。太く柔らかで上質。
二三 膳部に添えて出す肴。果物など。

挿絵解説 備利国の草庵。座敷では備利国が客に馳走をしようと、硯を取出し、客の希望を聞きながら、茶屋への料理の注文を書付けているところ。客は森五郎・鍔三郎など粋人たち。右わきでは小者が、たった一つの小釜の前で、火吹竹を手にして素湯をわかし、香煎のもてなしをするところ。

へ持《もち》てゆけ」と、小者《こもの》にわたせど、聞《きか》ぬ㒵《かほ》して、火箸《ひばし》ひだりの手に持《もち》て、香《かう》[一]の図《づ》のやうなる物を書《かき》て居《い》る。「さては此《(この)》でつちも、お薬師《やくし》さまへか[二]はらけをかくるか」といへば、「聞《(きい)》てはをりますれども、つね〴〵届《とゞけ》が埒《らち》あかねば、二人の膳《ぜん》さへ前《まへ》〳〵の銀《かね》もつてこひと申《(まうし)》ました物が、かやうの振廻《ふるまい》申《(まうし)》てまいりましてから、[三]ねんもない事、いたします事ではござらぬ」と、おのが旦那《だんな》をにらみつけていひける。

此《(この)》首尾《しゆび》大わらひしてまぎらかし、「いざ我《われ》〳〵が宿《やど》へ」と、誘《さそ》ひきて、取あへずの朝食《あさめし》、[四]四つ過《すぎ》になりぬ。彼法師《かのほうし》、美食好《びしよくこの》み、酢《す》の塩《しほ》のと舌《した》うちして、「大坂で喰《くふ》たる鰆《さはら》[五]とは、むしても焼《やき》ても新《あたら》しさ違《ちが》ふた物じや」と、世に有《(ある)》時を今もわすれざりと、夢《ゆめ》のやうなるこゝろざし、「さりとては〳〵、万事《ばんじ》捨坊主《すてぼうず》にはよし」と、此《(この)》腹《はら》のへるほどわらひける。

「これもむかしは、藤《ふぢ》[六]屋太夫職《しよく》と大坂に名高《なだか》き朝妻《あさづま》[七]に、九枚《まい》つゞきの誓紙《せいし》[八]も、火うち箱《ばこ》のほ[九]くちとや成《(なり)》ぬらん。まことに闇《くら》[一〇]がりから牛《うし》を引《ひき》出すごとくに、楽《らく》寐《ね》をおこせど目を覚《さま》さず、昼㒵《ひるがほ》の花《はな》のさかりをたま〳〵に見しとや。是《(これ)》もこれにて、死《し》んだ時は、白帷子《しろかたびら》[一一]きせて取[一二]おかれし」と、京の人がかたり侍る。南無《(なむ)》阿弥《あみ》〳〵。

一　香道で用いる源氏香の図。
二　耳を病む者は、穴のある小石や、土器に穴をあけたものを緒につなぎ、薬師の仏前に掲げて祈る習俗があった(日次紀事・一月)。
三　わかりきったこと。とんでもないこと。
四　ここは午前十時すぎ。
五　サワラ科の魚。春にとれるので俗に鰆と書く(和漢三才図会・五十一)。
六　新町佐渡島町の遊女屋、藤屋(佐渡島)勘右衛門抱えの太夫の位の遊女。
七　前注の藤屋抱えの太夫。寛文末年ごろ在廓(二代男・二の二)。
八　遊女が客にやる起請文(誓紙)は、熊野の牛王(ごおう)の護符を用い、その裏に書く。牛王の七枚継ぎ・九枚継ぎもあった(色道大鏡・六)。
九　火口。火打ち石を打って発火した火をうつし取るもの。
一〇　動作がにぶく、はきはきしないさまのたとえ。諺。
一一　麻や絹の白地の単衣(ひとえ)。ここは経帷子として用いたもの。
一二　処置する。ここは葬るの意。

右[一三]「置土産《をきみやげ》」五巻の書は、浪花《なには》の俳林《はいりん》[一四]二万翁《おう》[一五]の作《さく》せる者《もの》也《(なり)》。呼《あ》ゝ《(あ)》、先生滑稽《せんせいこつけい》[一六]に遊《あそ》では、住[一七]の江の松に千年《ちとせ》[一八]の名を残《のこ》す、二万三千句[一九]を吐出《はきだ》し、書《しよ》を編綱《へんかう》[二〇]するにおよんでは、又ならぶ者《もの》なし。惜哉《おしひかな》や、千年《ちとせ》[二一]の鳥《とり》名はくちずして、其《(その)》身は五十《いそじ》二《(ふた)》とせを期《ご》として、終《つい》に仲《なか》[二二]の秋十日の月と西[二三]の空にたちぬ。こゝに此《(この)》書は、病中《びやうちう》の手すさびにとりし筆の迹《あと》、見るにゆかしく、又我にひとしき人もあらんと、あづさ[二四]にちりばめひろむるになん。ことには三の巻より四の巻にかゝりて自筆《じひつ》[二五]をよろこび、則《すなはち》取直《とりなを》さず出《(いだ)》する者也《(なり)》。誠《まこと》に九皐《きうかう》[二六]の鶴《つる》の声《こゑ》天に聞ゆとは、此《(この)》人をやと、みだりに筆を取《(とる)》ならし。

一三 以下は団水跋文。
一四 俳壇、転じて俳諧師の意。西鶴は天和元年(一六八一)から晩年まで「難波俳林」を自署の肩書とした。
一五 貞享元年(一六八四)六月、「二万三千句」(二万三千五百句)の独吟を成し遂げた後の西鶴の別号。
一六 俳諧をさす。俳諧はもと滑稽・諧謔の意。
一七 住の江の住吉明神は和歌三神の一であり、西鶴がその住の江で文学の誉れをあげたことをいう。住の江の松―千年、千年―鶴。
一八 松は千年の齢と言われるが、松に身を寄せる鶴も千年と言われ、また西鶴が千年の後代まで伝わるような名声をあげたことをいう。
一九 西鶴は貞享元年六月五日、住吉の社前で一日一夜二万三千五百句の矢数俳諧を興行した。
二〇 綱はしめくくる意があり、編集する意。
二一 鶴の異称。西鶴のこと。千と五十二と対比。
二二 西鶴は元禄六年の八月十日、五十二歳で没。
二三 西方浄土をさす。
二四 梓は、昔中国で板木の材に用いたところから板木のこと。梓に鏤(ちりば)むは、出版する意。
二五 本書三の一より四の一までは西鶴の自筆と言うが、出版するためには板下に写さなければならず、西鶴自筆の謄写といわれる。
二六 奥深い沼沢。「鶴九皐に鳴けば声天に聞ゆ」(詩経・小雅・鶴鳴)により、賢人はその身を深く隠しても、名声は天下に鳴りひびくの意。

京洛寺町五条上ル町　田[一]中庄兵衛

武[二]江青物町　万[三]屋清兵衛

浪[四]花堺筋備後町　八[五]尾甚左衛門

書林

元禄六癸酉[六]載冬月吉日

西[七]鶴俗つれ〴〵　自作追付出来申候

一 本書及び俗つれ〴〵の版元の一人。
二 江戸青物町(現東京都中央区日本橋一丁目内)。
三 西鶴の五人女、二十不孝、武道伝来記、世間胸算用などの江戸の取り次ぎ売りさばき元。本書の版元の一人。
四 現大阪市中央区備後町一・二丁目の堺筋側。
五 本書及び俗つれ〴〵の版元の一人。
六 みずのととり。載はとし(年)の意。元禄六年(一六九三)は西鶴の没年でもある。
七 元禄八年正月に刊行。

万の文反古

谷脇理史 校注

当世流行の美人人形を張子で作る家の仕事場には、その材料として集められた「文反古」(古手紙)が積みあげられている。それを一つ一つ読んで行くと、さまざまな書き手の、それぞれに生きている人の姿が浮び上がってくる。当然の事ながらそれらは、私信なるが故に、書き手の恥を世にさらすようなものも多く、世のため人のためになるようなものでもない。一見何の面白味もなさそうなのだが、そんな古手紙の中にこそ、今のこの世を生きる「人の心」があざやかに感じ取れるのではないか。

このような前置き(序)のあと、十七通の手紙を並べ、それぞれに簡単な評を付して出版した作品が『万の文反古』である。時に元禄九年(一六九六)一月、西鶴没後二年四か月後であり、五巻五冊本として刊行された。遺稿集であるため、その配列が西鶴によるかどうか明らかではないが、十七通の手紙に相互の関連はない。

しかし、もとよりそれらの手紙は、作者西鶴によって創作されたものである。一通一篇で独立し、何の説明も加えず提示される手紙は、それだけで一つの世界を完結させねばならない。西鶴は、手紙の進行につれて、少しずつ書き手の状況、受け取り手との関係を明らかにしつつ、主要な話題へと入っていく。その内容は、年末のやりくりへの指示、敵討の途中の報告、男を逃がすまいとする遊女の必死の哀訴等々と変化に富むが、その書き方もまた内容に応じて多彩である。手紙という形式の一致をのぞけば、それは、内容の上でも書き方の上でも「万の」と称するに足るバラエティを備えている。西鶴は、それによってまさにさまざまな状況を生きる人の姿を浮び上がらせ、おのずと今の世の「人の心」のありようを読者が感得できるように仕組んでいるのである。

したがって読者は、その仕掛けに乗らなければならない。たまたま手に入れた誰かの私信を読むように、想像力を縦横に働かせて、その一通を解読するつもりで読む必要があるのである。その時、一見愛想もなく並列された手紙の一つ一つが、この世を生きる人の姿や心のありようを我々の心に興味深く印象づけてくれるであろう。

装丁　半紙本　五巻五冊
刊年　元禄九年(一六九六)一月
底本　京都府立総合資料館蔵本

新板
絵入

西鶴文反古

一

世話文章

一「見ぐるしからぬは二文車《ふぐるま》の文」と、兼好《かねよし》が書残せしは、三世《よ》〱のかしこき人のつくりおかれし諸《もろ》〱の書物、是《これ》皆、人の助《たすけ》となれり。四見ぐるしきは、今の世間の五状文《じやうぶみ》なれば、心を付《つけ》て捨《すつ》べき事ぞかし。かならず、六其《その》身の恥を、人に二たび見さがされけるひとつ也《なり》。

七すぎし年の暮に、春待《まつ》宿のすゝ八払ひに、鼠の引込《ひきこみ》し書捨《かきすて》なるを、小笹《をざさ》の葉ずゑにかけてはき集め、是もすたらず、求める人有《あり》。それは、九高津《かうづ》の里のほとりにわずかの隠家《かくれが》、けふを一〇なりわひにかゝる一一ひ取置《とりおき》、一二今時花《はやる》一三張貫《はりぬき》の形《すがた》女を紙細工せられしに、一四塵塚のごとくなる中に、一五女筆《によひつ》も有、または一六芝居子《しばゐこ》の書《かけ》るも有。おかしき噂《うはさ》、かなしき沙汰、あるひは嬉しきはじめ、栄花《ゑいぐわ》終り、なが〱と読《よみ》つゞけ行《ゆく》に、一七大江の橋のむかし、一八人の心も見えわたりて是《これ》。

其月其日

西　鶴

一九

一「多くて見苦しからぬは文車の文、塵塚の塵」(徒然草・七十二段)の引用。
二 書物をはこぶための車輪つきの書棚。
三「尋ねずはかひなからましいにしへの代々のかしこき人の玉章」(新続古今集・雑中)によるか。
四「文」に書物、手紙の両意があることを生かし、以下「世間の状文」を見苦しきものとして対比している点に注意。→注一八。
五 手紙。「書物」と対比し、見苦しく「人の助」にならぬものと位置づけることは、「今の世間の状文」を内容とする本書への謙辞ともなる。
六 (気を付けて捨てないとそれが残り)書き手が恥を二度かく一因となる。「二たび」「ひとつ」の対比をねらって、ねじれた文章。
七 去年。新春刊行を予定した作品の序であるが故に、昨年の暮のことという趣向を設ける。
八 十二月十三日に行われる年末の大掃除。「毎年煤払は極月十三日に定め」(胸算用・一の四)。
九 高津の宮周辺、大阪市南区天王寺以北一帯。
一〇 なりゆき次第に。「成合《なりあひ》に」の転訛。
一一 貧しく気軽な生活ぶり。
一二 流行の慣用表記(書言字考)。
一三 張子で作った美人人形。
一四 注一引用の徒然草の一文から連想した語。
一五 本書では五の二、三が女性の手紙。
一六 歌舞伎の少年俳優。本書中その手紙はない。
一七「はるかなる大江の橋は造りけん人の心ぞ見え渡りける」(夫木集・雑三)をふまえた表現。
一八 人の心が十分にうかがわれる。橋―わたり。「見ぐるしき」「今の世間の状文」という内容の本書の序で、それにこそ「人の心」のありようがうかがわれるとする主張には、「人の助」となる賢人の書物と対比しつつ、慰み草とは言え人心を鮮明にとらえるのが自らの作品だという西鶴の

万《よろづ》の文《ふみ》反《ほう》古《ぐ》　一巻

初巻目録

(一) 二〇世帯《せたい》の大事《だいじ》は正月仕舞《じまい》

二一随分尾を見せぬとらの年の暮

二二千里にげても二三借銭《(しやくせん)》はゆるさじ

(二) 二四栄花《ゑいぐわ》の引込《ひつこみ》所

二五江戸手代算用《さんやう》の外《(ほか)》

鎌倉《かまくら》へ二六隠居《ゐんきよ》の年切《ねん(きり)》

(三) 二七百三十里《り》の所を拾匁《(じふもんめ)》の無心《むしん》

二八わかげの江戸くだり今の後悔《こうくわい》

二九いづれもの御異見三〇切目《(きりめ)》に塩物売《(しほものうり)》

文学観の表明を見ることができる。
一九 印文は「忝壽」。西鶴の「松寿軒」による印。この印は、元禄三、四年(一六九〇－九一)ごろから使用、最晩年の作品・遺稿集に多く用いられる。
二〇 所帯を保つのに大事なのは正月仕舞(年末の収支決算・正月用品の準備など)だ、の意。年末のやりくりを息子に指示する内容よりの表題。
二一 何とかボロを出さない寅年の歳末。尾—寅(虎)—千里と続く。
二二 「虎は千里行って千里返る」「虎は子を思うて千里を返る」などの俗説をふまえる。本章は、わが子を思いながらも帰れずにいる状況下に書かれた書簡。俗説を読者に想起させて書き手の状況を暗示し、作品の内容を評する。
二三 「夜をこめて鳥のそらねははかるとも世にあふ坂の関はゆるさじ」(百人一首、他)をきかす。
二四 ぜいたくで派手な隠居所。「栄花」と「引込所」の齟齬により興味を惹こうとする章題。
二五 江戸の手代たちの見つもりをはずれた話。手代たちの手にあまる本章のどら息子を示唆。
二六 「年切」は、本来、年季奉公または年季奉公人。「隠居の年切」とは何かと、読者に不審をいだかせて興味を惹き、本文への導入をはかる。
二七 百三十里離れた所からわずか銀十匁をねだった話。百三十里は江戸・大坂間の距離の概数。
二八 若さゆえの無分別から江戸に出て、今になって後悔していること。
二九 皆様の御意見が傷口に塩がしみるようにこたえながら塩物(塩ざかな)を行商する男。
三〇 傷口。諺「切目に塩」(身にしみてこたえるの意)に塩物をいいかける。本章の主人公がもと肴屋であったこととの関連でいう。

㊃

来《きた》ル十九日の栄耀献立《ゑようこんだて》[一]

[二]尤《(もっとも)》京の涼み床《どこ》とはいへど爰《(ここ)》も又《(また)》

[三]舟あそびに野郎《やらう》見せばや難波風《(なにはかぜ)》

一 ぜいたくな献立。
二 京四条河原の夕涼みがすばらしいとは言うが、ここ大坂の夕涼みもまた格別だ、の意。「涼み床」は、陰暦六月七日より十八日まで四条河原に設けられた夕涼みの床(日次紀事・六月)。
三 夏季など川に屋形船を浮べて涼み、遊楽すること。難波(大坂)の風に吹かれて舟遊びする時に、野郎(歌舞伎役者)を見せてあげたい、の意。
四 書状。御状・貴書などの語を用いず「書中」とすることで、手紙の受け取り手が目下の者であることを示唆。本章は父親が息子にあてた手紙。
五 伊勢屋十左衛門という船問屋の持船。「はりましかまつ船…ざこ場」(難波雀・十三)。
▽相手の何日に出した手紙が何日に到着したかを記す手紙の書き出しは、当時の書状に多く見られる形だが、ここでは船便で三日かかる所に居る人からの手紙であることも示唆する。
六 節季の収支の勘定をすること。ここは正月仕舞と同じく年末の総勘定。
七 後文により播州をさす。ただし、ここまでは大坂より舟で三日の所と推測できるのみ。
八 元禄元年(一六八八)及び元禄四年が前年に比べ「俄に米さがり申」年となっている(日本米価変

一　世帯《せたい》の大事《だいじ》は正月仕舞《じまい》

十二月九日の書中《しよちう》[四]、伊勢《いせ》[五]屋十左衛門舟《ふね》、十二日にくだりつき請取申候《(うけとりまうしさうらふ)》。一家無事《けぶじ》にて、大かた節季仕舞《せつきじまい》[六]いたされ候よし、満足申候。爰元《(ここもと)》[七]商《あきな》ひ物は残らず売申候得《(うりまうしさうら)(へ)》ども、当年《とうねん》[八]は俄《にはか》に米《こめ》さがり申候ゆへ、侍衆《さむらいしゆ》めつきりと手づまり[九]申され、一円掛寄《ゑんかけより》[一〇]申さず、難義《なんぎ》仕《(つかまつり)》候。此体《(このてい)》ならば、我等《(われら)》は此方《(こなた)》に越年《をつねん》[一一]いたし候。其《(その)》[一二]心得に、其方《(そのはう)》万事《ばんじ》しまい申さるべく候。

先《まづ》[一三]七兵衛をのぼせ[一四]申候。三番《ばん》と書付《(かきつけ)》の箱《はこ》に銀子《(ぎんす)》御座候《(ござさうらふ)》。目録《もくろく》見合《(みあはせ)》、違《ちが》ひなきやうに払《はら》ひ申さるべく候。屋賃《ちん》[一五]は、霜月・師走《しはす》両月は断《ことは》り中、七月より四ヶ月、百八拾目[一六]御渡しあるべく候。米屋へ金子《(きんす)》三両内上《(うちあ)》[一七]ゲにして、算用《さんやう》[一八]は、追付《をつ(つけ)》年内《ねんない》に我等のぼる分《ぶん》にして、年取物《(としとりもの)》[一九]三俵《びやう》、成程《(なるほど)》[二〇]加賀《が》[二一]の上ゝ御取《(おとり)》、内一俵は、新米《しんまい》[二二]中白《ちうじろ》[二三]ふませ、外に餅米《もちごめ》三斗御取あるべし。定《さだ》めて女房《によぼう》ども、「五斗」と申候とも、かならず無用にいたされ、毎年《まいねん》の嘉例違《かれいかへ》て、廿九日[二四]の夜更《ふけ》て突《つき》申候がよく候。

お亀《(かめ)》・おひさ娘《むすめ》ども、もまた[二五]餅花《もち(ばな)》[二六]よろこぶ時分《じぶん》にはあらず候。長四郎がかた

動史等参照)。本章副見出しには「とらの年」とあるが、寅年の貞享三年(一六八六)の米価は高く、ここの記述とは相応しない。

九 経済的に苦しくなり。武家の俸禄・扶持米は一定しており、それを換金して生活するのが侍衆だから、米価下落は武士の生活を苦しくする。

一〇 まったく売掛け金が集まらず。

一一 年越しをする。「ヲツネン」(書言字考)。

一二 自分が帰らないことを承知の上で。

一三 播州へ同伴した手代の名。

一四 大坂へ帰らせます。息子の補佐等のため自分のかわりに同行の手代を帰した。

一五 家賃に同じ。「両月は断り」で細かい所にまで行き届いた指示となる。以下も細心さは同じ。

一六 銀百八十匁。家賃月四十五匁の借家であることを示し、この商家の規模を読者に示唆。

一七 内金として支払い。

一八 残りの勘定は、そのうち自分が年内に戻った時支払うということにして借りて置け、と指示。年内に支払うつもりのないことは前出の「我等は此方に越年」より明らか。

一九 正月用の米。

二〇 できるだけ。なるべく。

二一 加賀米の中の極上品。加賀米は当時輸送の関係もあって値も安く下等米(本朝食鑑・一)。

二二 年内に大坂市場に出まわる新米は、瀬戸内の諸国や九州の産米。

二三 中程度に精米させて。当時は杵を足で踏む台唐臼で精米するので、「ふませ」という。

二四 正月用の餅をつくのは普通十二月二十六、七日(日本歳時記・七)で、二十九日は異例。

二五 もはや。軽い非難の意を含めて用いられる。

二六 小さな丸い餅を柳の枝などにつけた正月用の飾り物(日次紀事・十二月)。

へ、[一]はま弓《ゆみ》まいり申候とも、[二]祖母《ばゞ》に断《ことは》り申、帰《かへ》し候やうに談合《だんかう》いたさるべし。
[三]正月着物《きる(もの)》の事、今年《ことし》は娘等《むすめら》には春の事にいたすべく候。長四郎には、先日も申遣《つか》はし候通《とを》りに、我等[四]浅黄《あさぎ》こもんの羽織《はをり》を、[五]何茶《(なに)ちや》に成《(なり)》とも目を引《(ひき)》、[六]袖下《した》はともつぎにして着《き》せ申さるべく候。帯は、われら首巻《くびまき》三つ割《わり》に継延《つぎのべ》、ふたへまはりにゆるりとなるべく候。其方《(そのはう)》も我等[七]花色紬《つむぎ》をきて、元日の礼《れい》をつとめ、毎年《まいねん》の手帳《(て)ちやう》を見あはせ、[八]旦那場《だんなば》失念《しつねん》なくまはり、いつも[九]かなしやくし遣《つか》ひ申候方へ、[一〇]柱暦《はしらごよみ》に仕替《しかへ》申さるべく候。弐本入《(いり)》の扇遣《あふぎ(つか)》ひ候かたへ、安筆《やすふで》一対《つゐ》づゝにいたさるべし。町内《てうない》へ例年《れいねん》ぬり箸《ばし》二膳《ぜん》づゝ年玉《ねんぎよく》つかひ候へども、是《(これ)》も門《かど》〳〵多《をゝ》し、無用に仕《(つかまつる)》べく候。今迄《(まで)》やり付《(つけ)》たる門《かど》なれば、夜の明《あけ》ぬうちに、あしもとはやく戸を扣《たゝき》て、[一一]名《な》いひ捨《すて》に礼《れい》を仕舞《しまい》申さるべし。たとへやすくとも、[一二]鰤《ぶり》無用にいたし、[一三]大目黒《(おほめ)ぐろ》壱本、塩鯛《しをだい》二枚《まい》で埒明《らちあけ》申さるべし。
扨《(さて)》、下女どもが仕《し》きせも、皆[一四]紋《もん》なし浅黄《あさぎ》か[一五]千種《ちぐさ》色かにして、袷《あはせ》に仕立《(したて)》申さるべく候。[一六]玄幸《げんかう》様への薬代《やくだい》、[一七]やわた牛房《ごぼう》三把《ば》に銭《ぜに》五百添《そへ》て、親仁留守《をやぢるす》のよしを申、夜もたしてやり申さるべく候。大津《(おほ)つ》屋へ六十め、[一八]りんとかけて利銀《りぎん》相わたし、「正月のするには元利《ぐはんり》ともに相済《すま》し申《(まうす)》べし」と、慥《たしか》に請合《(うけあひ)》、段〳〵断り申さるべし。「家主《いへぬし》へ、[一九]五人与《ぐみ》へ付《(つけ)》とゞけ申」と、[二〇]かさだかにいふとも、こはひ事は

一 破魔弓。正月の男児の遊びに用い、またその息災を祈って飾る弓。
二 この祖母は女房の母親をさす。娘の嫁ぎ先の孫に実家から贈物をする風習があったが、それには返礼をする必要がある。ここは事情を話し、返礼をせずにすますように贈物の破魔弓を返すよう指示した所。親類にまで体面をかまってなどいられぬ手紙の筆者の苦境を具体化。
三 正月用の晴れ着。　四 浅葱色。薄いあい色。茶などの濃い色とちがって染めかえしがきく。
五 何か適当な茶色に染め、浅黄の小紋が見えないように染め変えて、の意。
六 袖の短い大人の着物を子供の振袖に仕立てかえるので、袖たけの足らぬ所を共裂(ともぎれ)で継ぎ足して仕立てて、と細かく指示した所。
七 はなだ色(薄い藍色)の紬。紬は丈夫で実質的な絹織物。「商人のよき絹きたるも見ぐるし。紬はおのれにそなはりて見よげなり」(永代蔵・一の四)。　八 得意先。
九 金杓子。銅や真鍮で作った杓子。年玉用。
一〇 一枚刷りの柱などにはる略式の暦。
一一 年玉なしに名を名乗るだけで年始をすます。
一二 上方では鰤が正月用の魚として珍重された。
一三 鮪(しび)の三尺以下二尺までの物をいい、多く塩物にして用いる(和漢三才図会・五十一)。
一四 模様のない浅葱色。仕着せを安価にすますべく、模様のない簡易な色の布地を指示。
一五 わずかに緑のあるうすい青色。空色。
一六 医師らしい名。玄の字を冠する医師は多い。
一七 京都府八幡市辺の名産の牛蒡。「八幡山東園村之産、為二名産一専称二八幡牛房一」(雍州府志・六)。　一八 きっちりと。一厘の相違もなく。
一九 近隣の五戸前後で構成する隣保組織。この筆者のような借家住いの町人は普通五人組に属

なく候。又《(また)》、[二一]堺筋《さかいすぢ》から椀《わん》・[二二]折敷《(をしき)》の銀《(かね)》取にまいり申候時、「[二三]九月前《まへ》の算用《さんやう》に違《ちが》ひ有。其時の若《わかひ》衆《(しゆ)》をおこしやれ。今一度帳面《ちやうめん》を見あはせ、相《(あひ)》済《すま》し申べし」と、[二四]成程《(なるほど)》けつからに断り申置《(まうしおく)》べし。其手代江戸へくだり、此方《(このはう)》居《ゐ》申さず、此節季《せつき》はのばし申候。惣じての払《はら》ひ前《まへ》に、[二五]一間《けん》もわたし申候事、無用に候。[二六]大晦日《(おほみそか)》の四つ過《すぎ》に、百目の所へ二十五匁づゝ[二七]割《わり》付《(つけ)》、「[二八]惣《(そう)》並《なみ》に此《(この)》通《とを》り」と物やはらかに、其《(その)》相手次第《(しだい)》に[二九]言葉《ことば》をさげ申さるべし。[三〇]人に鬼《をに》はなく候。ともし火ひとつにして、茶釜《ちやがま》下《(した)》を焼《たか》ずに、[三一]下《した》〳〵寝《ねさ》せて、其方《(そのはう)》一人居《ゐ》て払《はら》ひ申さるべく候。かならず〳〵我等がやうに、宿を[三二]出《(で)》違《ちが》ひ申されまじく候。「[三三]何事も親仁《をやぢ》のいたされやうあしく、おの〳〵様へ足《あし》をひかせます」と、我《(わが)》事さん〴〵にしかり申程、首尾《しゆび》よく候。

[三四]将又《(はたまた)》、[三五]信国《のぶくに》の小脇指《こわきざし》、[三六]右に、砥《とぎ》屋杢兵衛《(もくべゑ)》、金子《(きんす)》三両弐歩迄に付《(つけ)》申候。是は、元来《ぐはんらい》[三七]正銘《(しやう)めい》には極《きはま》り申さず候。頼《たの》みて売払ひ、[三八]仕舞《(しまひ)》がねのたよりにいたさるべし。さま〴〵に分別《ふんべつ》仕り見申候得ども、四十四五貫目たり申さず候。[三九]まだも人の気《き》のつかぬうちに覚悟《かくご》して、[四〇]幡州《ばんしう》のよき所にて、四五人暮す程の田地《でんち》をもとめ置《(おき)》申心得《(こころえ)》に候。[四一]何時《(いつ)》をしれぬ事に候。女房ども親仁《をやぢ》より借《かり》申候銀子《(ぎんす)》[四二]さし引《(ひき)》して、かり道具《だうぐ》ももどし申さるべし。

さず、家主の管理下にある。借金などのいざこざの場合、家主や五人組へ届け、示談とすることも多い。　二〇 居丈高におどしても。
二一 北浜二丁目から長堀橋までの南北の通り。南下すると堺。「わん家具 堺すぢ」(難波鶴)。
二二 折敷と膳は異なるが「今呼㆓食机㆒為㆓折敷㆒」(和漢三才図会・三十一)というように、膳を折敷と俗称した。ここは、椀と膳の意。
二三 九月九日(重陽の節句)の前の収支決算。
二四 できるだけ丁重に。　二五 一軒の慣用字。
二六 不定時法であった近世では、大晦日の四つは今の午後九時三十分頃にあたる。「払ひ方は…手前に銀子のたまりありとも、大年(大晦日)の夜に入りて渡すべし」(永代蔵・五の二)。
二七 割当てて。
二八 すべて平等に四分の一だけ支払っている。
二九 丁重な言葉を使うようにしなさい。
三〇 諺「世間に鬼はなし」(一代女・四の四)を手前勝手な立場から用いることがおかしみを生む。
三一 奉公人たち。この前後は、薄暗く不景気な場でしんみりと借金取りの同情をさそう演出をするようにと細かく指示。
三二 借金取りから逃れるため家を留守にすること。胸算用・二の二、四の三などに具体例あり。
三三 以下、すべてを帰坂せぬ親父(自分)のせいにして借金取りに諦めさせる作戦の指示。
三四 さらにまた。書簡の常用語。
三五 室町時代の山城国の刀工来《らい》信国。「同銘三代アリ、子ハ少劣レリ、孫ハ下手也…トリワケ祖父スグレテ上手也」(諸国鍛冶寄)。小脇指は刀身九寸九分までの脇指。
三六 その小脇指に。文書・書簡などの用語。
三七 本物の銘があるもの。
三八 年末の借金支払いのための金。

かやうの内証《ないしやう》申事、親子の中にてもよき事聞《(きか)》せ申様にはあらず、近比《(ちかごろ)》迷惑《めいわく》ながら、二十九年此《(この)》かたの勘定いたし見申候へば、随分《ずいぶん》もうけも御座候。四百三十九貫目と見え申候。然《(しかれ)》ども、銀《かね》の利《り》ばかり三百十四貫六百目余《よ》出《(いだ)》し、又、掛《かけ》のすたり三十七貫目あまり、此外《(このほか)》、目に見えての買《(かひ)》ぞん、米《こめ》ばかりにて八十四五貫目、其上《(そのうへ)》拾九貫目、親仁のゆづり借銭《しやくせん》すます。根《ね》にもたぬ銀《(かね)》をかりあつめ、人の手代をいたし候事、口惜《をし》く候。

三九 まだしも。破産を予期した商人が破産後の暮しに備えて田地を買っておく事例は、永代蔵・三の四、六の四、胸算用・一の一等に見える。

四〇 「播州」(播磨国、兵庫県西南部)の慣用字。

四一 いつ倒産となるか分からない。

四二 こちらの貸金と差引きして清算して。

一 内々の経済事情。

二 はなはだ。非常に。

三 どうしてよいか迷うこと。困惑すること。

四 自分が親の家督をついでから二十九年来の勘定。以下の数字は、もうけ四三九貫目に対し、損四五五貫目余りとなり、自転車操業によって生きて来た小商人の実態を見事に具体化。数字を出すことで印象を強める描写を西鶴は多用するが、ここもその効果的な一例である。

五 もうけの七割強を金利として払った具体的数字を出し「それ世の中に借銀の利息程おそろしき物はなし」(永代蔵・一の二)、「世界にこはきものは酒の酔と銀の利にて御座候」(文反古・五の一)という考えを強烈に印象づける。

六 売掛け金がとれず欠損となったもの。

七 値上りを見込んで買置きした物品の価が下がって損をしたもの。

八 親が残した借金を返済した。「すます」を「すまず」と読む説もあるが、もうけの中からこの十九貫目も返済したと見る方が損金の総額がもうけの総額を超過して適切。

九 他人から借り集めた金。自己資本を持たずに商売したことが「銀が銀をためる世の中」(永代蔵・二の三、他)故に金利に追われ、金を貸した者のために働いたのと同じ結果になったという厳しい現実を指摘。前の段落までで、細心の注意を払って熱心に家業を続けた人物であること

此上《(このうへ)》ながら、我等思案《しあん》仕る事候。何とぞ〳〵今年計《(ばかり)》の節季《せつき》、くろうながらしのぎ申さるべし。正月中比《(なかごろ)》には罷上《(まかりのぼ)》り、内談《ないだん》申べく候。何にても勝手の物、一〇 弐十掛《かつかけ》ば一銭《せん》も御出し候事あるまじく候。さりながら、焼木《たき》一一は樫《かし》の枯《か》れ物を、弐十掛《かけ》ばかりあけ申さるべし。此外《(このほか)》は、蓬莱《ほうらい》一二の海老《えび》も無用ニ候。

極月《(ごくげつ)》一三十八日

同　藤四郎

が印象づけられているが故に、「二十九年」の努力の総決算をしてみれば「人の手代をいたし」たのと同じで「口惜」しいという感慨が痛切なものと響く。同様な事態が「望姓(もとで)」持ぬ商人は、随分才覚に取廻しても、利銀にかきあげ、皆人奉公になりぬ」(織留・一の二)とも言われるが、具体性を持つ本章の描写の方が生きている。

一〇 台所用の物には、の意。
一一 薪木は「大坂では江戸と違つて、薪を目に掛て売」(街能噂・三)る故、枯れ物の方が軽く火力もあるために細々と注意したところ。
一二 正月の祝儀用に、海老・熨斗・昆布・榧・橙などを三方に盛りつけたもの。
一三 十二月の異称。

挿絵解説　手紙を託された手代の七兵衛が帰坂した所を描く。右図は、父藤四郎の手紙を熱中して読む大和屋藤五郎。手紙の指示の通り、三番(及び弐番)と書きつけられた箱も出されている。奥には坪庭の松が見え、手前に立膝ですわる女性は娘(お亀・おひさ)のうちの一人であろう。左図は、土間で草鞋をぬぎ脚半をはずしている手代の七兵衛。道中用の編笠と脇指が近くに置かれ、下女が洗足のための水をはこんでいる。座敷の竹に雀の屛風の前にすわり、うなぎ綿(老女のかぶり物)をかぶっている女性が藤五郎の母(藤四郎の妻)で、手前にすわるのが藤五郎の妻。手紙を読む藤五郎を不安そうに注視している。大きな荷物を運ぼうとして立っているのは若衆風ゆえ、丁稚、あるいは年齢はあわないが長四郎のつもりか。

大和屋藤五郎殿

[一]此文《(この)ふみ》の子細《しさい》を考《かんが》見るに、親《をや》は幡州《ばんしう》の内へ商《あきな》ひに行《(ゆき)》て、子がかたへ、節季《せつき》の仕舞《しまい》をこまかにいひ越《こす》と見えたり。尤《(もつとも)》、[二]売人《ばいにん》は皆[三]才覚の世わたりながら、是、就中《なかんづく》[四]せつなき手まはし、借銀《かりがね》ゆへ次第に[五]手づまりたる事にぞ。是《(これ)》をおもふに、人の[六]内証《ないしやう》は大からくり也。

二　栄花《ゑいぐわ》の引込所《ひつこみ(どころ)》

[七]重《ぢう》九郎様御事、何ともてあまし、[八]御異見申《(まうす)》種《たね》もつき果《はて》、手代《てだい》中間《なかま》九人、[九]御居所《(ご)ゐじよ》のごふくだなあづかり申候《(まうしさうらふ)》者ども、おそれながら[一〇]愚札《ぐさつ》をもつて、所《しよ》存《ぞん》の通《とを》り申上《(まうしあげ)》候。

御出家《しゆけ》あそばされ、然《しか》も御[一一]当地《とうち》の御見舞《まい》中人さへ嫌《きら》はせられ、[一二]鎌倉《かまくら》へ御引込《(お)ひつこみ》なされ、世の事には御かまいあそばさぬ御事、いづれもぞんじながら、かやうの段《だん》[一三]ゝ申上候は、よく〳〵の事とおぼしめされ、只《(ただ)》御一宿《しゆく》の御覚悟《かくご》にて御越《(お)こし》なされくだされ、[一四]こゝろざしのなをり申候やうに、[一五]御しめしくだされ候《(さうらは)》ば、皆

一　評文の書き出しに二種あるが、本章はB系列のもの(→解説)。評文は、作品の内容を要約すると同時に、その世界を客観的な立場から評して読者に読みの方向を示唆するものが多い。
二　商人。「商人」に「バイニン」と振仮名する例も多い(五人女・一の一、織留・五の一など)。
三　種々智恵を働かし工夫をこらすこと。
四　苦しく哀れな金銭のやりくり。三七二頁注九の部分を本章の見所とする評。
五　手の打ちようがなくなること。行きづまり。
六　経済的な内状は、からくり仕掛けでごまかしているようなもの。「銀が銀をもうくる」現実の経済社会をきびしく認識しつつ、その中で必死に生きる商人たちのありようを客観視し、本章の主人公(手紙の書き手)の生を印象づける批評。
七　書簡の常套である挨拶の部分なしで直接話を始める書き出し。事態が急迫していることを読者に感得させる。重九郎という名には、かさねがさね苦労をかける人物の意を含めるか。
八　意見の慣用字(諸節用集)。
九　御本宅の呉服棚。呉服棚は、木綿・麻織物を扱う太物棚に対し、絹織物を主として扱う上級の店。江戸の呉服屋は、本町一、二丁目、石丁一、二丁目に多くあった(江戸鹿子・五)。
一〇　自分の手紙に対する謙称。
一一　こちら(江戸)から見舞いに行く人。江戸の繁華を誇るところより「当地」に「御」を付した言い方か。相手の居所(鎌倉)とも見られる。
一二　当時鎌倉は隠棲するのに適した閑静な地と見られ、江戸からそこに隠棲する人も多かった。
一三　一々の次第。以下に述べることを指す。
一四　(重九郎の)考え方や行為が直るように。
一五　御教え下されば。意見して下されば。
一六　出入りを禁止されてしまい、の意。

〱あり難《がた》くぞんじたてまつり候。ひとつは御慈悲《(お)じひ》にも成《(なり)》申候御事、ほかより其《(その)》身のお為《ため》に成《(なる)》事申せば、はや其人は出入《(でいり)》[一六]なく、いよ〱我《(わが)》まゝさかんに罷成《(まかりなり)》候。

第《だい》一[一七]御《ご》母義《ぼうぎ》様御[一八]しかけ悪敷《あしく》存候《(ぞんじさうらふ)》は、「[一九]うき世ぐるひは若《わか》ひ時の物」とて、御望《(お)のぞ》み小袖を間《ま》もなく仕立《(したて)》、[二〇]勘定《かんじやう》の外なる金子を、[二一]袖の下《した》より、毎月晦日《つごもり》に百両づゝつかはされ申候。我〱が手前《てまへ》からは、[二二]旦那《だんな》御いひげんの通《とを》り、年中《ねんぢう》のこづかひ金《きん》三十両づゝ、正月に相渡《あいわた》し申候。今のやう[二三]だいを見申候へば、三十両は、[二四]伽羅《きやら》の代《だい》にもたり申さず候。

只今《(ただいま)》まで[二五]内証借《ないしやうがり》、四千五百両程御座候よし、是も借人《かす》此《(この)》程は分別《ふんべつ》いたし、むつかしく罷成《(まかりなり)》候へば、[二六]中間《なかま》のせり物を大ぶん取込《(とり)こみ》、是をそんして売払《うりはら》ひ、千三四百両程、我〱ぞんぜぬ金子[二七]相済《あいすまし》申候。「かさねては若旦那《わかだんな》に売物無用《うり(もの)むやう》」と断《ことは》り申置、自由《じゆう》成申さず候へば、[二八]先《さき》〱の掛金《かけきん》あつめ、是も弐千両あまり、[二九]取《(とり)》づかひにいたされ候。此六年に九千両ばかり、[三〇]奢《をごり》がねを捨《すて》申され候。

さて〱親旦那《をやだんな》のよろしく御[三一]しこなしなされ、只今で[三二]三十四人緩《ゆる》〱と暮《くら》し、毎年《まいねん》千両づゝはたしかに相《あい》[三三]のび申候身体《しんだい》[三四]を、わけもなくつぶし申候事、手代《てだい》ども口惜《をし》く存《(ぞんじ)》候。此通《(この)とを》りに二三年我《(わが)》まゝなされ候へば、[三五]悪事《あくじ》さま〲出来《でき》申候。

一七 御母上様。「母義 ボギ」(諸節用集)。
一八 やり方。
一九 遊女や若衆相手の遊興。
二〇 きまって渡すことになっている額以外の金。
二一 人目につかぬようこっそりと、の意。
二二 旦那(重九郎の父)の御遺言。「いひげん」は「遺言 ヰゲン」(書言字考)の訛。
二三 様体。様子。
二四 香木を買う代金。また、遊女に客が与える小遣銭を「伽羅代」というので、それをもきかす。
二五 無担保や保証人なしで借りる、いわゆる大尽銀の借金。当然高利で無分別な借り方。二十不孝・一の一で詳記される「死一倍」(親が死ぬと同時に倍にして返す借り方)などはその一例。
二六 呉服屋仲間のせり売りの品物を高値で大量に落札して、その勘定は店にまわし、現物はそのまま安値で売り払って現金を手に入れ、それを遊興費につかった、その額が千三、四百両程。
二七 返済致しました。
二八 あちこちの得意先への売掛金。
二九 受け取るとすぐに使ってしまうこと。
三〇 ぜいたくで無用な遊びにつかった金。ぼう大な額が誇張をまじえた具体的な数字として出されて印象を強めるが、同時に前章や次章で出される金額などと対比され、この男の愚しさや、人の世のさまざまなあり方を読者に感得させる。
三一 商売の手はずを整えて。商売をきりまわし。
三二 奉公人を含めた一家の人数。江戸でも有数の大商人の家であることを数字によって示唆。
三三 もうけがあがり財産がふえて来た。
三四 身代の慣用表記。その家の財産。
三五 不幸な出来事。信用失墜による破産などはもとより、奢侈を禁ずる町触などの適用を受け、御上の御咎を受けることなどをも暗示する。

金子《(きんす)》の義《ぎ》は、大かたしれ申候事に御座候へども、世間《せけん》より馬鹿《ばか》と申所、是非《ぜひ》もなき御事に候。縁組《えんぐみ》のさまたげにも罷成《(まかりなり)》申候。大かた[一]是沙汰《(これ)ざた》、しらぬ人は御座なく候。

遊興《ゆふけう》もあのごとくには、[二]身のつゞかぬ事にぞんじ候。[三]よし原がよひして、[四]太夫を月に十五日づゝ請《うけ》あい、[五]堺町《さかい(ちやう)》にては名高《(な)だか》き[六]芸子《げいこ》に[七]なづみ、[八]太夫本《(たいふ)もと》へのつけとゞけ、[九]お大名《だいみやう》を望《のぞ》む美童《びどう》に[一〇]合力《こうりよく》、此外《(このほか)》日夜の色《いろ》あそび、こがねの山があつても、つゞき申さず候。何とぞ二三年鎌倉《かまくら》へ引《ひつ》こませ置《(おき)》、その心ざしも[一一]おとなしう成《(なり)》申され候《(さうらは)》ば、よび帰《かへ》し申度存《(まうしたくぞんじ)》候。此御相談頼《そうだんたの》み上《(あげ)》申候。

手代中《(てだい)ぢう》存立《(ぞんじたち)》候一通《とを》り書付《(かきつけ)》、重《ぢう》九郎様御目にかけ申候。[一二]自然《しぜん》此段《(この)だん》[一三]御しやういんなきにおゐては、九人の者《もの》ども御隙《(お)ひま》申請《(まうしうけ)》、罷出候。[一四]勘定《かんじやう》の義《ぎ》は、[一五]御町中《(おちやうちゆう)》へ明白《めいはく》に仕立《(したて)》、[一六]有物《(ありもの)》は、三十五に御成《(おなり)》なされ候まで預《あづ》ケ置《(おき)》、当分《とうぶん》は相わたし申さず候。御思案《(ご)しあん》、此時に存候。御心底《(ご)しんてい》次第の御返事《へんじ》、御聞《(おきき)》あそばされくださるべく候。

扨《(さて)》、鎌倉《かまくら》三年御隠居《(ご)ゐんきよ》なされ、我〳〵願《ねが》ひかない申候ば、[一七]此通《とを》りに仕《(つかまつ)》り、御《(ご)》不自由《ふじゆう》は見せ申まじく候。此外《(このほか)》、御望《(お)のぞ》みも御座候《(ござさうらは)》ば、何《(いか)》やうにも[一八]御好《(お)この》みなさるべく候。[一九]面《めん》ゝ相談《そうだん》の目録《もくろく》。所は御見立あそばされ、広《ひろ》座敷を[二〇]作事《さくじ》仕り、米《こめ》・

一 もっぱらの評判。
二 身体がもたない。
三 以下、吉原(女色)、堺町(男色)と「色道二つ」(一代男・一の二)におぼれる様の描写。前に「金子の義は、大かたしれ申候」とは言いながら、とてもこれではたまらないと思わせる程の激しい遊びぶりで「世間より馬鹿と申」のも当然と印象づけ、受け取り手(即ち読者)を納得させる。
四 最高位の遊女である太夫を月に十五日買切りにすることを請合って。太夫買いの費用は、揚代の外に祝儀等で莫大なものとなる。その具体例は二代男・二の四などに見える。
五 現在の東京都中央区日本橋芳町二丁目から人形町三丁目にかけてあった江戸の芝居街。歌舞伎では中村勘三郎座があった(江戸鹿子など)。
六 舞台に出て芸をする歌舞伎の少年俳優。男色専門の陰間・色子などを相手にするよりも高級な遊びとなり、費用もかかる。
七 深くほれこんで。
八 芝居興行の責任者で一座の監督をする者をいい、江戸では座元(芝居小屋の持主)の別称。当時の堺町の座元は中村勘三郎のみ。
九 大名の下屋敷などに呼ばれて歌舞を演じ、酒宴の相手をすることを望むような美少年の俳優。大名が下屋敷に役者を呼んで歌舞伎を上演させている例は、松平大和守日記などに見られ、一代女・一の三などにも書かれている。
一〇 援助の意だが、ここは美童と遊興する際の費用。定まった額ではなく、多額な祝儀を出さねばならぬ故に言う。訓みは当時清音。
一一 大人しう。一人前に落ち着くように。
一二 万一。 一三 御承引。聞き入れること。
一四 当家の収支決算。
一五 町年寄・五人組などの町役人たち。

油《あぶら》・みそ・塩《しを》・焼木《たき(ぎ)》、折〻の御小袖は、此方《(このはう)》より進上申、年中《ねんぢう》の御つかひ金《きん》として弐百四十両相わたし、京より百両きりまい[二一]の御妾女《(お)てかけ》弐人かゝへ、此[二二]《(この)》大ふり袖の腰《こし》もとづかひ三人、中居《なかゐ》[二三]、茶《ちや》の間《ま》、御物縫女《(おもの)ぬい(をんな)》[二四]、下女弐人、小性《こしやう》[二五]弐人、小坊《こぼう》[二六]主《づ》壱人、あんま取《(とり)》の座頭《ざとう》、御酒《ごしゆ》の相手《あいて》に歌《うた》[二七]うたひの伝右衛門、御料理人《(お)りやうりにん》壱人、[二八]六尺弐人、御草履取《(お)ぞうり(とり)》[二九]大小[三〇]弐人、手代《てだい》の壱人づゝ相《あい》つめ、以上[三一]二十弐人にて、御心のまゝに御暮《くら》しなされ候《(さうらは)》ば、二年三年の立《(たち)》申候は、夢の間の御事に候。三

一六　現有財産のすべてを町役人の管理下に置き、重九郎を禁治産の処分にしてしまう、の意。本文では、重九郎は相続後「六年」とされ、二十代前半。三十五までには十余年あることになる。
一七　以下のとおりに。
一八　注文をつけ希望を言って下さい。
一九　手代仲間九人をさす。
二〇　大規模な家屋・殿舎などの建築に用いる語。
二一　切米。武家の扶持米を金銭で渡すことより転じて、給料の意。百両切米の妾は、大名の妾クラスの美女を暗示。
二二　この妾につく大振袖を着た若い腰元。
二三　家の中の雑事を仕事とする女奉公人。「茶の間」も同様の職。織留・六の二に詳しい。
二四　裁縫を仕事とする女。御物師。
二五　小姓の慣用字。
二六　ここは丁稚《(ちでっ)》をさしている。
二七　小歌をうたうのを芸とする太鼓持ちの芸人。
二八　お抱えの駕籠かき。
二九　外出時にお供をする男奉公人。
三〇　普通の草履取りの役目をする成年の者と、男色のためにかかえる少年の小草履取りの二人。
三一　以上二十一名の奉公人に重九郎を加えて、ちょうど二十二人。このような羅列を行う時の西鶴の人数の出し方は正確で律義な場合が多い。

挿絵解説　鎌倉へ隠居させられることになった若旦那重九郎の道中姿。本章での相談がまとまったことを読者に示唆する挿絵。中央の頭巾をかぶり羽織を着た人物が重九郎。下男二人が畳提灯を持って先導、梅鉢紋の手代らしい男と小草履取りらしい若衆が脇に、棒を持った六尺が後につく。若旦那の護衛とはいい条、むしろ逃げられないよう看視するかのごとくである。

年過《すぎ》中候ば、以前《いぜん》のごとく、遊女《ゆふぢよ》ぐるひにてもあそばさるべく候。右《みぎ》の通《とを》り御き〻わけあそばし、鎌倉隠居《かまくらゐんきよ》なされくだされ候やうに、此書付《(このかきつけ)》、重《ちう》九郎様へ御見せあそばされ、一御合点《(ご)がってん》まいり候やうに、二御取なし頼上《たのみ(あげ)》候。以上。

二月廿四日

重九郎手代
三九人連判

南桜庵《(なんあうあん)》
見山《(けんざん)》様

此文《(このふみ)》を考見《かんが》るに、四若代《わかよ》の人、色《いろ》このみ過《すぎ》、身体《しんだい》のさはりと成《(なる)》を、手代どもまことある相談《そうだん》にて、親類法師《しんるいほうし》をたのみ、異見《いけん》すると見えたり。世には五身をしらぬ奢《をごり》もの有《(あり)》。六天《てん》のとがめも、町人の分《ぶん》としてよい程あり。此書付の栄花《えいぐは》にては、七夷《あぞ》が嶋《(しま)》にても住《すむ》べし。

[三] 百三十里《り》の所を拾匁の無心

一 (重九郎様が)納得して下さいますように。
二 取りなして下さるようお願い致します。冒頭と同様、最後にも常套的な挨拶を記さず、用件のみで書簡を結ぶ形をとることが、事態の切迫を告げ、一つの効果を発揮している。
三 九人の手代の連名・連判を省略した書き方。
▽前章の厳しい現実を生きた人物とは逆に、愚しい遊興におぼれる大商人の若旦那とそれをもてあます手代たちを描くが、このような極端な対比が、人の世のさまざまなあり様、人の姿や心のあり方の諸相を読者に印象づける。また、本章がここに置かれていることで次章に対応する場合も同様な効果を発揮。前章と全く異なる世界をここにさし込み、対比による面白さをねらう編者の計算が読みとれる。
四 家督をついだ若主人。
五 分際・身分を超えた奢りを戒める近世人らしい西鶴の主張は、その作品の随所に頻出する。
六 「天の咎めも(きっとあるにちがいない)。町人の分際としては…」の( )内が前後に「有」「あり」とある所から省略された破格の文章。
七 僻遠の地と考えられていた北海道の古称。どんな所にでも住めよう、の意で、本章の世界をつき放し、読者にあいづちを打たせる批評。
八 本章は手紙を持参する人物の紹介から始まる書簡。各章ごとに手紙を送る状況を変え書簡の形に変化をつける作者の細い配慮をうかがえる。
九 ここは江戸をさしていう。
一〇 同じ長屋に住んでいること。またその借屋人。この語で筆者の現在の生活ぶりをも示唆。
一一 板を組み立てて作る箱・机・たんすなどの家具・器具。江戸鹿子・五の「指物や」の項には「白此《(この)》[八]鎌倉《かまくら》屋清左衛門殿と申《(まうす)》は、爰元《(ここもと)》[九]にて我《われ》らあい[一〇]棚《だな》のさし[一一]物細工《ざいく》いたされ候《(さうらふ)》人にて御座候。別《べつ》[一二]して念比《(ねんごろ)》に申合《(まうしあはせ)》候。此度《(このたび)》、御親父《(ご)しんぷ》の十七年にあたり、[一三]高野《かうや》参《(まゐ)》りの次手《(ついで)》に、堺《さかい》・大坂をも見物《けんぶつ》なされたきよし、幸《さいは》[一四]ひのたよりに存《ぞん》じ、一筆申上候。

弥《(いよいよ)》[一五]御無事に御座なされ候や、御ゆかしく奉《(ぞんじたてまつり)》レ存候。わたくし義も不《ふ》仕《(し)》合《あはせ》ゆへ、其《(その)》後は状《じやう》[一六]もしんじ申さず、御ぶさたに罷成《(まかりなり)》候。其段は御ゆるしくださるべく候。先《まづ》もつて吉太郎・小次郎・およし、いづれもそく才[一七]に御座候や。定《さだ》めて吉太郎は、手習《てならひ》などいたし、貴様の御気《(お)き》[一八]だすけにも成申《(なりまうす)》べく候。将又《(はたまた)》、其元《(そこもと)》も近年は商《あきな》ひ事御座なく、屋敷も御売《(おうり)》なされ、長町《(ながまち)》[一九]五丁目に宿御替《(お)かへ》[二〇]なされ、[二一]はんじ物の団屋《(うちはや)》をあそばし候よし、借《かし》屋の住《すま》ひ、さぞ／＼御不自由《(ご)ふじゆう》、さつし申候。

我等も只今《(ただいま)》、御異見《いけん》の事ども、切《きり》[二二]目に塩《しを》のしむやうにぞんじ出《(いだ)》し、其まゝ其《(そこ)》[二三]元《もと》にて肴《さかな》屋をいたし居申候ば〔ゞ〕、緩《(ゆる)》／＼と口過《(くち)すぎ》[二四]は気遣《(きづか)》ひ御座なく候を、わかげ[二五]ゆへ、爰元《(ここもと)》には抓取《つかみ(どり)》[二六]もあるやうにぞんじ、ふら／＼と罷《(まかり)》くだり、さて／＼後悔《こうくはい》仕《(つかまつり)》　申候。

はじめは、すこしの銀子《(ぎんす)》にて十文字《もんじ》[二七]紙子《かみこ》を請売《(うけうり)》[二八]いたし候へども、是も春[二九]に罷

銀町土手通」とあり、指物細工人との相棚は、差出人の住所(江戸白がね町)にふさわしい。

一二 とりわけ親しく付合っております。

一三 高野山金剛峯寺への参詣。高野山は宗旨に関わりなく霊場として広く信仰されていた。

一四 良い機会と思って。

一五 書簡用語。これまで以上に、の意。以下相手への挨拶、相手の近況をたずねるといった書簡の常套的な形を生かしつつ、筆者と相手との関係、両者の現状を明らかにして行く。

一六 進じ。さし上げませず。

一七 息災。健康で無事なこと。

一八 心を励ますたよりとなること。

一九 大坂堺筋の日本橋以南の両側に細長く九丁目まで続く町。「弐丁目から六丁目までの内、からかさや・うちは屋多し」(難波丸綱目・一)。

二〇 転居なさって。

二一 謎絵を描いた団扇を作る職人。「団師…当世大坂長町につくる。野人童子の持領(もちりやう)として判(はんじ)物さま／＼のゑをかく。代物三銭にして涼風をもとむ」(人倫訓蒙図彙・五)。

二二 諺。→三六七注三〇。

二三 そちら。大坂をさす。長町より明らか。

二四 生活。生計をたてること。

二五 若気。若さゆえ思慮分別に欠けること。

二六 ぼろもうけ。新興都市江戸へ下って一旗上げようとする話は、西鶴作品に数多く見られるが、現実にもそのような例は多かったであろう。

二七 和歌山県東牟婁郡産の花井紙は、十文字紙と称し紙子にも加工(真山青果・西鶴語彙考証)。日本山海名物図会・四には「諸国紙子の名物…紀州花井紙子、美濃十文字…」と記される。

二八 製造元や問屋から仕入れた品の小売。

二九 紙子は防寒用。春以後需要は少なくなる。

成、一円埒明《あんらちあき》申さず。それより高崎《たかさき》[一]たばこ売《(うり)》候へども、是も掛《かけ》[二]に罷成、半年ばかりいたし取置《(とりおき)》[三]申候。重《おも》[四]き物肩《かた》に置申事《(おきまうす)》も成《(なり)》がたく、印肉《ゐんにく》[五]の墨《すみ》をあはして売申候が、是もはかどらず[六]、今程は一日暮しに、朝《あさ》[七]の間《ま》は仏の花を売、昼は冷《ひや》[八]水を売、くれがたより蚊《か》[九]ふすべの鋸屑《をがくず》を売、宿[一〇]に帰りて、夜は百を八文づゝにて茶うりの紙袋《かみぶくろ》つぎ申、すこしも油断《ゆだん》なくかせぎ申候得ども、さりとは世間《せけん》[一一]かしこく利徳《りとく》[一二]をとらせず、日[一三]に壱匁五分《(ふん)》と申銀子は、中／＼もうけかね申候。

　去冬悴子《きよふゆせがれ》をもうけ、三人口[一四]に罷成、此渡世《とせい》おくりがたく候。其元《(そこもと)》へ罷のぼり、日[一五]用はたらきとも仕度《(つかまつりたく)》候。家普請《やぶしん》[一六]はやり申候様に承《(うけたまはり)》申候。今程は、以前《いぜん》の形気《かたぎ》[一七]は捨《(すて)》申候。菟角生国《とかくしやうごく》なつかしく、皆〻様へ御出入申《(おでいりまうし)》、せめて雨・風・火事などと《〔こ〕》いふ時分かけつけ、御用に立《(たち)》申度候。前《まへ》の事、御ゆるしくださるべく候。皆酒ゆへ身体取乱《しんだい(とり)みだ》し、おの／＼様にも御やつかいかけ申候。只今《(ただいま)》は、五[一八]節句《せつく》にもたべ申さず候。其段は、此清左衛門殿に御たづねくださるべく候。壁《かべ》[一九]の隣《となり》事に御座候へば、内証《ないしやう》御ぞんじに候。

　又、爰元《(ここもと)》にて女房持《にようぼう(もち)》申候事、夢／＼ゐ[二〇]ようにて持申さず。さる屋敷[二一]がたのお物師《(もの)し》、針《はり》[二二]手きゝ申候て、めい／＼[二三]かせぎにいたしかぬるものにては御座なく候。殊《(こと)》に始末《しまつ》[二四]ものにて、数年給銀《すねんきふぎん》を溜置《ため(おき)》、八百目敷《しき》[二五]銀、是にて持申候。此女も随分《ずい(ぶん)》

一　上州高崎産の煙草(本朝食鑑・四)。
二　売掛けとなり、掛金がなかなか取れず。
三　やめてしまいました。
四　重い荷物をはこぶ肉体労働もできず、の意。
五　当時掛取りなどは墨印を用いた。その墨の印肉を調合して販売。製法は万金産業袋・一参照。
六　思うように売れず。
七　以下の早朝から夜まで各種の仕事をして必死で働くという趣向は、永代蔵・五の四、文反古・四の二にも見られる。
八　冷水を売る行商(近世風俗志・五)。
九　蚊遣りに用いるおが屑。
一〇　自分の家をいう。
一一　近年の世間の人心がさかしくなったことは、織留・三の一から四の一までなどで強調。
一二　利益。もうけ。
一三　一匁五分は銭で約百文、一日最低の生活費。「この広き御城下(江戸)なれども、日本のかしこき人の寄合ひ、銭三文あだにはまうけさせず」(永代蔵・二の三)。
一四　三人家族。「惣じて三人口までを身過とはいはぬなり。五人より世をわたるとはいふ事なり」(永代蔵・四の一)。
一五　日雇いの仕事。
一六　元禄二年(一六八九)正月十一日の北浜大火や三月一日の中船場の大火、堂島新地開発等による建築工事の隆盛を反映した記述か(中村幸彦)。
一七　気質の慣用表記。
一八　人日(正月七日)、上巳(三月三日)、端午(五月五日)、七夕(七月七日)、重陽(九月九日)。
一九　長屋暮しで隣の家。原本「の」は「壁」と「隣」の間に小さく補われる。「壁隣の事」の誤りか。
二〇　栄耀。ぜいたくや見栄。
二一　武家屋敷に奉公する物縫い女。

はたらき申候へども、[二六]近年《きんねん》何《(なに)》商《あきな》ひも御座なく、[二七]勝手《かつて》さしつまり、さん〴〵の体《てい》に罷成《(まかりなり)》、其元《(そこもと)》へのぼり申候も、[二八]路銀《ろぎん》に迷惑《めいわく》仕《(つかまつり)》申候。兄弟《きやうだい》の御《(お)》慈《じ》悲《ひ》とおぼしめし、[二九]銀拾弐匁程、此《(この)》たよりに御越《こし》頼上《(たのみあげ)》候。是を遣《つか》ひ銀にいたし、爰元《(ここもと)》仕《(し)》舞《まい》罷《(まかり)》のぼり申度《(まうしたく)》候。

女房《によぼう》が義は、悴子《せがれ》其まゝ付置《(つけおき)》、[三〇]暇《いとま》の状《じやう》を残《のこ》し、[三一]沙汰《さた》なしに仕候てくるしからず候。[三二]金杉《かなすぎ》と申所に、歴《れき》〴〵の姉《あね》、縄筵《なはむしろ》の[三三]買置《(かひおき)》仕居《(つかまつりをり)》申候。これが方《かた》へ引取《(ひきとり)》、かたづけ申候。私の身の取置《(とりおき)》、何とも成《(なり)》申さず候。たとへ[三四]鉢開《はちひら》き坊主《ばうづ》ニ罷成《(まかりなり)》候とも、大坂の土《つち》に成申度《(なりまうしたき)》願《ねが》ひに御座候。いよ〳〵[三五]銀拾弐匁か銭壱貫、此ノ人に御こし頼み申上候。一日も爰元《(ここもと)》に居申《(ゐまうす)》程[三六]かつへ申候。

[三七]なを〳〵、爰元にて持《(もち)》申候女房《によぼう》、わたくし[三八]上気《うはき》にて持申さず候証拠《しやうこ》には、我等より十二三も年寄にて御座候。万事《ばんじ》、此清左衛門殿御物語、御聞《(おきき)》なされくださるべく候。以上。

五月廿八日

[三九]江戸白がね町
源右衛門判[四〇]

大坂長町五丁目
団屋《(うちはや)》源五左衛門様

二二 縫物をするのが上手で。
二三 銘々稼ぎ。夫婦ともばたらき。
二四 無用の費えをはぶく倹約家。「始末」は「しは し(吝嗇)」に対しプラス価値を持つ(志不可起)。
二五 持参金。八百目は給金の十数年分相当。後の「我等より十二三も年寄…」の伏線。
二六 経済界が低成長の時代を迎えた元禄初年の状況を反映。「万事の商ひなうて、世間がつまつたといふは毎年の事なり」(胸算用・五の一)。
二七 家計。生活が苦しくなり。 二八 旅費。
二九 江戸・大坂間は十数日の旅程ゆえ、一日銀一匁弱となり、最低の旅費を頼んでいる。
三〇 離縁状。当時女性の再婚には離縁状が必要。
三一 まったく縁を切ってもかまいません。
三二 港区芝一、二丁目。「芝金杉橋通 北は金杉ばしより南へ高輪迄…此町筋諸職売物、古道具肴つき木古着小間物類…」(江戸鹿子・五)。
三三 安値の時に物を仕入れ相場の上がるのを待って売り払うこと。「縄筵」の買置をするとは、「歴〳〵」と言いつつも、実はしがない商人であることを示唆するのであろう。
三四 托鉢の乞食坊主(人倫訓蒙図彙・七)。
三五 当時の相場では、銭一貫が銀十二匁。「十二匁銭にして銀に直し…」(胸算用・五の一)。
三六 飢える、の意。
三七 書簡の「なおなお書き」(おって書き)の形を生かした書きぶりで駄目を押す。なおなお書きは冒頭部の余白から行間に書くのが普通。
三八 「浮気」(遊び半分のうわついた気分)の宛字。
三九 中央区日本橋本石町四丁目・室町四丁目・本町四丁目にかけての東西にのびる通りにあった町。「白銀町通…此町筋町家…合羽や、唐笠、さし物や、しやうじ、古材木…」(江戸鹿子・五)。
四〇 ここに印判が押してあることを示す書き方。

此文《(このふみ)》の子細《しさい》を考《かんがへ》見るに、此男、[一]手前をしそこない、兄《あに》にも談合《だんこ》なしに江戸へくだるとしれたり。何国《いづく》にても今の世、[二]金《かね》がかねをもうける時になりぬ。朝夕《てうせき》其《(その)》覚悟《かくご》して、それ〳〵の家業情《(か)げうせい》[三]に入《(いる)》べし。ない所には、壱匁ない物は銀なり。日本国《どく》の金銀あつまり、瓦石《ぐはせき》のごとく見えし江戸より、わずか拾匁あまりに手づまり、長《なが》〳〵と無心《むしん》申越《こす》も、いまだ兄弟《きやうだい》のよしみなればなり。他人《たにん》のかたへ、銭壱文《(もん)》の事にてもいひ難《がた》し。[四]世は大事《だいじ》也。

四　来《(き)た》る十九日の栄耀献立《ゑようこんだて》

昨日は御念入《(ご)ねん(いり)》、両度まで御手紙《がみ》、[五]北野不動《きたのふどう》へ参《(まゐり)》、[六]御報《(ご)ほう》[七]延引《ゑんにん》申上候。[八]然《(しかれ)》ば、来《きた》る十七八九、三日の内、[九]川舟にて[一〇]御振舞《(お)ふるまい》なされ度《(たき)》よし、次手《(ついで)》御座候て、旦那《(だんな)》に其段《(そのだん)》申聞せ候。十七日は[一一]堺《さかい》へ茶の湯《ゆ》に先約《せんやく》、十八日[一二]生玉《(いくだま)》へ[一三]観音講《くはんをんかう》、十九日も昼《ひる》までは[一四]隙入《(ひまいり)》御座、それより夕涼《すゞ》みに出申《(いでまうす)》べきよし申され候。十九日、当月中の[一五]明日《あき(び)》、貴様御仕合《(おしあはせ)》に御座候。

此方《(このはう)》より[一六]同道《どうどう》申され候は、按擵《あんま》取《(とり)》の利庵《りあん》、[一七]針立《はり(たて)》の自休《じきう》、笛《ふえ》ふきの勘太夫、も

一 本文では「皆酒ゆへ身体取乱し」と記し、「只今御異見の事ども、切目に塩のしむ」とあるのみだが、ここの記述から上方での失敗を自分の努力で挽回すべく江戸へ下った人物であることを示唆。かくて、その決意も「金がかねをもうける時」ゆえに挫折し、すでに零落した兄に「大坂の土に成申度願ひ」を持って十匁余の銀を乞う結果となった現実の厳しさを印象づける。
二 元手を持たずに夢をいだいて江戸へ下っても、いかんともしがたい現実の経済社会のあり方を指摘。同様の言い方は、永代蔵・二の三、五の四、六の四、織留・六の四等にも見られる。
三 精を出すべきである。家業への精励は、町人の生き方の基本として永代蔵・一の一を始め随所で説かれる。金が金をためる厳しい状況故に家業に精励すべしというのが西鶴の立場。
四 この世を生きるのは大変なことだ。簡潔な結びで本文の世界を読者に再び思い起させ、同時に浮世を生きることの厳しさを納得させる評言。
五 大阪市北区兎我野町の不動寺、大聖山明王院。摂陽群談・十二によれば、元禄初年(一六八八―)仁和寺の末院となり、その頃から参詣人が多く流行。本章は、元禄初年に書かれたか(中村幸彦)。
六 御返事。返書の形をとることで、文反古全体にバラエティを持たせる。手紙の種々な趣向を導入するのも西鶴の工夫の一。
七 遅くなってしまいました。「延引」は書簡用語。
八 さて。用件を述べ始める時の書簡用語。
九 川遊山の舟。大坂では納涼・遊楽のため屋形船に乗って「舟あそび」(→三六八頁注二)をした。
一〇 接待のため御馳走すること。
一一 堺は大坂より三里。中世末以来茶の湯の盛んな土地柄。
一二 大阪市天王寺区生玉町の生国魂神社。周辺

し[一八]牢人《ろうにん》の左太兵衛まいらるゝ事もあるべく候。其外《(そのほか)》は、小《こ》坊主《ぼうづ》両人めしつれらるゝ[一九]分《ぶん》に候。其元《(そこもと)》より碁打《ごうち》の道円《どうゑん》御出《(おいで)》候よし、長咄《ながばな》しいたされぬやうに、御内《[二〇](ご)ない》証《じやう》御申《(おまうし)》あるべく候。[二一]役者《やくしや》子どもの義、先御乗《まづ(お)のせ》候事御無用に候。[二二]機嫌《きげん》を見合せ、旦那《だんな》さしづ次第に仕《(つかまつ)》るべく候。

殊更《(ことさら)》御心遣ひの献立《こんだて》御見せなされ候。舟あそびにはけつから過《すぎ》申候。諸道具《しよどうぐ》万事《ばんじ》やかましき物に候。旦那も此程は病後《びやうご》ゆへ、美食好《びしよくこの》み申されず候。無用《むやう》と存候分《ぶん》に点[二三]かけ申候。

[二四]大汁《(おほ)じる》の集《あつ》め[二五]雑喉《ざこ》[二六]一段《だん》、竹輪《ちくわ》・[二七]皮鰒《かはふぐ》御のけあるべし。やかましく候。膳《ぜん》のさき[二八]鮎鱠《あゆなます》御用捨《(ご)やうしや》、川魚《うを》つゞき申候。面《めん》〳〵[二九]椙焼《すぎやき》を是に付て御出しあるべく候。是も鯛《たい》・青鷺《あをさぎ》二色《(ふたいろ)》に御申付、[三〇]煮《に》ざまし真《ま》竹一種《しゆ》、しやれてよく候。[三一]割海老《さきゑび》・青まめのあへ物、吸物《すい》、[三二]鱸《すゞき》雲《(くも)》わた、[三三]引肴《(ひき)ざかな》、小あぢの塩煮《しをに》、[三四]たいらげの[三五]田楽《でんがく》、又吸物、[三六]燕巣《ゑんす》にきんかん[三七]麩《ぶ》、いづれも味噌《みそ》汁の吸物無用に候。[三八]酒三献《どん》で膳《ぜん》は御《(お》取《とり)》なされ、後段《ご》[三九]に寒瀑《[四〇]かんざらし》のひやし餅《もち》、又《(また)》吸物、[四一]きすごの細《ほそ》作り、酒ひとつ呑《のま》れて後[四二]早鮨《はやずし》、蓼《たで》はたべられず候。山枡《さんせう》・[四三]はじかみ置合《(おきあはせ)》て御出し、其跡《あと》に、[四四]日野まくはうりに砂糖《さとう》かけ御出し、御茶は、菓子《くわし》なしに一ぷくづゝ、たて切《(きり)》になさるべし。

には、遊山所・貸座敷などが多かった。
一三 観音信仰を名目とする親睦・共済のための団体。ここは、その集りをいう。
一四 御用がありますので。
一五 身体のあいている日。旦那の忙しさ(とはいえ遊興に)を強調し、弱い立場の接待者側に恩着せがましく言うことで、両者の関係を示唆。
一六 御伴としてつれて行くのは。以下に出る人物、利庵・自休・勘太夫・道円などは、実在か否か未詳。旦那のとりまきの太鼓持ち的役割を果たす人物を多くつれて行くことを示した。
一七 針医。太鼓医者と称されるような人物。
一八 武士の浪人。護衛役といったところ。
一九 程度。この程度で大したことはない、という押し付けがましさを印象づける言い方。
二〇 内情。あらかじめ念を押すように、の意。
二一 歌舞伎の少年俳優。男色の対象となった。
二二 旦那の気分や様子をうかがって。
二三 批評する。もと連歌俳諧の用語で、かぎじるしを付け批評をくわえること。
二四 本膳につく汁。二の汁、小汁などに対す。
二五 小魚・小えびなどに野菜を取り合せて仕立てた汁(料理物語など)。
二六 一段と結構。大変よろしい。
二七 河豚(ふぐ)の皮の部分。
二八 鮎のなます料理はやめて下さい。
二九 杉焼。魚鳥の肉を杉板にのせ、また杉箱に詰めて焼き、杉の移り香を賞美する(料理物語)。
三〇 夏むきに煮たあとさました料理。
三一 身をさいた海老と青豆を、みそ・ごまなどにまぜ合せて作った料理。
三二 鱸の蜘蛛腸。夏料理の吸物に入れて賞美。
三三 折敷に盛り、膳に添えて出す引出物の肴。
三四 たいらぎ(えぼし貝)の転訛。

一迚《とて》も御馳走《ごちそう》に、ちいさき二御座舟《ござぶね》に湯殿《ゆどの》を仕掛《しかけ》、暮がたに行水《ぎやうずい》いたされ候やうに御用意、是までにて、夜の三仕立一色《ひといろ》も御無用に候。はや四太夫本《たいふもと》へ、十九日の事、旦那申《まうし》つかはされ候。日ぐれよりあがり申され候。我等御頼みなされ候ゆへ、あらまし御さし図《づ》申候。菟角《とかく》此上《うへ》ながら、天気願《きねが》ひ申候。其内《そのうち》十八日には、其元《そこもと》へ御見舞申、いよ〳〵五御内談《ごないだん》申べく候。六日外《いつぞや》の七生《き》加賀《が》のひとへ羽織《ばをり》、すこし長《なが》く候。小男のおかしく候。八弐寸四五分《ぶ》、

三五 串に通し、味付け味噌をぬって焼いた料理。
三六 海燕の巣から作る食品。当時、輸入品で高価。「燕巣 さしみ、すいもの、煎鳥に入」(料理物語)。 三七 金柑の形に製した麩(ふ)。
三八 一献は、酒肴を出し酒を三杯飲ませて膳をさげること。三献は、それを三回くり返すこと。川遊びとは言え、正式な饗応の仕方を指示。
三九 饗応の時の順序の上での後段。さっぱりした軽いものを出す。
四〇 寒中に餅米を水につけ、それを陰干しした上、臼でひいて粉にしたもの。餅や団子を作る。
四一 鱚(すき)の上方語。
四二 一夜で即製する鮨。一夜鮨。料理物語に詳しい。 四三 生薑(しようが)。
四四 河内国日野(大阪府河内長野市日野)産の真桑瓜。

一 いっそのこと。とてものことに。
二 川遊びに用いた屋形船。→挿絵。仮の湯殿を従えた豪華な舟遊びの様子は、一代男・五の七などにも描写されている。
三 夜の遊びの準備。夕涼みの後、女色・男色の遊びの場を予約して接待すること。
四 芝居興行の責任者。江戸では座元が太夫元を兼ねたが、上方では重だった役者が太夫元となった。ここは、すでに旦那が好みの少年俳優を呼べるよう太夫元に言いつけ約束してあるから、夜の準備は無用、の意。
五 じっくりとうちあわせ。
六 いつかもらった。「日外 イツゾヤ」(書言字考)。
七 加賀産の生絹。練絹に対する語。「加賀絹 生(き)にて京へ出る」(万金産業袋・四)。
八 七、八センチたけを短くしたい。

切申度《きりまうしたく》候。[九]御手代衆御よせ頼《たのみ》申候。[一〇]天満《てんま》のおはらひまへにさへ出来申せばよく候。いそぎ申さず候。[一一]心事《しんじ》、貴面《きめん》に申《まうし》あぐべく候。以上。

[一二]林鐘《りんしやう》十一日

[一三]長崎屋
八右衛門

ごふく屋次左衛門様
[一四]御報

九 そちらの手代をよこしてくれるよう。やや図々しい申し出。旦那の接待のあっせんをしたのだから、これぐらいは当然といった書き方。
一〇 陰暦六月二十五日の大阪市北区大工町天満天神の大祭。前夜に神輿を出し、難波橋から船で恵比須島の御旅所まで船渡御を行い、二十五日夜に本社に還る(難波鑑・三など)。
一一 私の考えはお目にかかった時に申上げるつもりです。書簡の常套句。
一二 陰暦六月の異称。
一三 長崎商いをする大商人を示唆する屋号として出したものか。難波鶴は「長崎問屋」の項に「過書町 長崎屋五郎兵衛」「同内平ノ丁橋爪 長崎屋伝兵衛」の二名の名を載せる。八右衛門は、同家の手代か番頭。
一四 「御返事として」の意の脇付け。

挿絵解説 本文では予定として書かれる接待の当日の状況。中央に大型の川御座船が描かれる。屋形の中の横縞の羽織の恰幅の良い人物が旦那(長崎屋)。舳先で頭を下げているのが接待側の呉服屋次左衛門。その前の坊主頭の二人が、按摩の利庵と針立の自休、その脇の人物は牢人左太兵衛か。右側には小坊主がひかえ、艫の方では料理人二人が魚を料理。また小型の御座船が付き従い、中には湯殿が仕掛けられている。

此文《このふみ》の子細《しさい》を考見《かんがへ》るに、さりとは町人の振舞《ふるまい》には奢《をご》りたる事なり。日比《ひごろ》出入《いでいり》を申旦那を[一]申請《まうしうけ》しと見えたり。けふの[二]入目《いりめ》も、[三]うちばにとつて三百四五拾とは[四]つもりぬ。年中《ねんぢう》に拾五貫目がごふく物売《うり》て、[五]一割《わり》とつて壱貫五百目也。年に二度《ど》もふるまい、[六]五節句《せつく》立《たつ》れば、大かたは[七]元《もと》へもどるなり。今時の商《あきな》ひ、皆こんな事ぞかし。[八]勝手《かつて》よい事ばかりはさせぬと見えける。

[九]一巻終

一 招待して接待する。
二 費用。経費。
三 少なめに考えて。
四 計算してみた。
五 一割もうけたとして。細かく計算し数字を出すことで、接待商法の内実を印象づけ、「金がかねをもうける時」(三八二頁注二)という指摘を別の側面から描いたものとも見られる。
六 五節句にも贈り物をすれば。五節句→三八〇頁注一八。
七 もうけがなくなってしまう。
八 自分に都合のよいこと。
九 巻の終りを示すこの部分は、巻一のみに記されるが、書体は本文の書体と異なり、別筆。
▽上得意である顧客の旦那を接待して、商売をうまくやろうとする商人に、旦那の秘書役の手代が細々とした指示を与えるという趣向の手紙。顧客の旦那の優雅な生活ぶりと、接待側の心労とを対照的に浮び上がらせて、接待商法の大変さを印象づけ、最後の評言で後者の努力も結局はむなしく終るという厳しい現実を指摘する。すこぶる事務的な記述を中心とした散文的な内容だが、商売の現実とありようを一側面から描く異色の一章である。

新板
ゑ入

西鶴文反古

二

世話文章

万《よろづ》の文《ふみ》反古《ほうぐ》　巻[一]二

目録

一 本巻のみこの形をとり、他は、一巻、三巻、四巻、五巻と記されている。

二 結婚前の娘を自慢する話。ただし本文は、贅沢に娘を育てる親のあり方を批判することが中心で、娘自慢は側面からわずかに記されるのみ。

三 この手紙には母親の奢りぶりが見られ、奢り乗物(引き戸のついた上等の駕籠。→三九〇頁挿絵)にその奢りぶりがあらわれている、の意。

四 商売が行きづまってどうにもならなくなるのは、奉公雛の手が動かぬのと同様手の打ちようがない、の意。奉公雛は、嫁ぎ先で生涯仕えるの意を込めて嫁入りの時持って行く雛人形。白絹で小児の形を作り、髪を黒糸で作った。

五 大阪市住吉区安立町。紀州海道に面した郊外にある場末の町。「いづく定めず、すみよし安立町に隠れ家」(一代男・二の二)。

六 敵討に失敗すること。敵討の一過程を報ずる異色の内容を示唆。

七 忠義者の下男が小肴売りとなって敵の隠れ家を探索したことに対応する副見出し。曾我物語、太平記その他に見える、范蠡(はんれい)が魚売りに身をやつし越王勾践に助力したという故事をきかした副見出しか(岩田秀行)。

八 京にも思い通りの事はない、と漠然と内容を指示し、「思ふやうなる事」とは何か、と副見出しを考えあわせつつ読者の興味を惹く表題。

九 夫が離縁状を渡さずに出奔してしまうこと。ただし、本文では、出奔後「両三度まで暇の状」を送ったと記されている。

一〇 結納としておくる酒樽。

一一 上下にかかる表現。度々の結婚の失敗で無一物となった主人公(手紙の筆者)の境涯を示唆。

[一]　縁付《えんづき》まへの娘自慢《じまん》

[一二]貴札《(きさつ)》忝《(かたじけなく)》拝見仕申候《(つかまつりまうしさうらふ)》。殊《(こと)》に[一三]煮海老《いりえび》壱《(ひと)》籠《かご》・[一四]浜焼《はまやき》二枚、[一五]御意《(ぎよい)》に掛《かけ》られ、[一六]毎度《まいど》御心入之《(おこころいれの)》段、浅《あさ》からず奉《(ぞんじたてまつり)》レ存候。[一七]内ゝは[一八]祇園《ぎをん》かけて涼《すゞ》みに御上りなさる[一九]べく由《(よし)》、相待《(あひまち)》申候処に、おはつ縁付《えん(づき)》相極《きは》まり、目出度存《(めでたくぞんじ)》候。殊に先様《さき(さま)》[二〇]手前者《(てまへしゃ)》、[二一]珍重《(ちんちよう)》ニ候。

さりながら、[二二]問屋《とい》は大かた身体《しんだい》おちつかぬものに候。此上《(このうへ)》ながらよく〳〵御聞《(きき)》あはせなされ、つかはさるべく候。家蔵《(いへ)くら》の白壁《(しら)かべ》、[二三]けんぷの不断着《ふだんぎ》、[二四]世間《せけん》をもつぱらにして、[二五]振舞好《ふるまいずき》、[二六]つくり庭《には》、[二七]鞠《まり》・楊弓《やうきう》・連俳《れんばい》、芸《げい》のふに名をとる人、世の[二八]聞《きゝ》はよくて、[二九]内証《ないしやう》あしき物に候。左様《(さやう)》の人、京にもあまた御座候。

菟角聟《とかくむこ》は、ふそくにおもふ程成《(なる)》が[三〇]勝手《かつて》によく候。其子細《(その)しさい》[三一]は、[三二]年中《ねんぢう》つけとゞけ、[三三]先様《さき》よりりつぱを好《この》み、鏡《かゞみ》の餅《もち》に[三四]平樽《ひらだる》、鰤《ぶり》壱本、祝義《しうぎ》を取集《(とり)あつ》めて、つゐ小男《こをとこ》に[三五]壱荷《(いつ)か》にしておくりければ、半紙《はんし》一折《(ひとをり)》、銭《ぜに》三十包《つゝ》みてとらせ、「遠《とを》ひ所を[三六]太義《たいぎ》、茶呑《ちやのん》で[三七]いね」といふて済《すむ》事に御座候を、[三八]一番《ばん》男の六尺[三九]揃《そろへ》て、絹物《きぬ》きせたる腰元《こしもと》に、[四〇]祝義《しうぎ》の目録《もくろく》、[四一]高蒔絵《たかまきゑ》の[四二]長文箱《ながふばこ》に入《(いれ)》、[四三]唐房《からふさ》の色をかざりて持《もた》せ、是《(これ)》につけて、

一二 御手紙をありがたく拝見致しました。返書の常套句で、やや格式ばった言い方。弟宛の手紙でありながら格式ばった書き方をすることで、二人の間の感情的な齟齬やよそよそしさをあらわすことになり、内容と照応して効果的。
一三 ゆでて干した海老。
一四 塩をふって焼いた鯛。もと塩浜の塩釜の中に入れて蒸し焼きにしたことから言う。
一五 御心にかけてお贈り下さり。
一六 毎度の御好意、深く感謝致します。贈答品を受け取った時の礼状の常套句。
一七 私の心づもりでは。
一八 祇園会。六月七日から十四日までを中心とする京都市東山区の八坂神社の祭礼。その時期には四条河原に涼み床が設けられ、納涼・遊楽のためににぎわった。→三六八頁注二。
一九 「べき由」の転訛。書簡で用いられることの多い語法。
二〇 裕福な人。金持。
二一 誠に結構なことです。書簡・文書などの常套句。ただし、一応「珍重」と言いつつ内心そう思っていないことは以下に明らか。→注一二。
二二 利の薄い問屋商売は外見は派手だが、内実はやりくりに苦しいという見方は、「問屋長者に似たり」の諺もあるように当時の常識。
二三 絹布。普段絹織物を着るのは贅沢。
二四 世間に対しもっぱら見栄をはって。「けんぷの不断着」と「振舞好」の上下にかかる。
二五 客を招き御馳走することを好むこと。
二六 庭作りに趣向をこらすこと。
二七 蹴鞠や楊弓(小弓で小さな的を射る遊戯)や俳諧。永代蔵・三の一の「長者丸」の「毒断」の一項に「鞠・楊弓・香会・連誹」とあるように、質実な商人にとって芸能に耽ることは身の破滅のもと。永代蔵・二の三、六の二などに例がある。
二八 評判。聞こえ。
二九 家計の内状。

一置綿《をきわた》きたる中居女《なかゐ》に二口上《こうじやう》いはせ、三しき〳〵に仕掛《しかけ》ぬれば、四つまみ銭にてはやられず、腰元《こしもと》に五銀子《(ぎんす)》壱両・六小杉《(こ)すぎ》壱束《(いつそく)》、七女に銀三匁・八うねたび一足《そく》、九男どもに銀弐匁づゝ出して、一〇取《(とり)》つくろふて、「吸物《すひ》よ、酒よ、肴《さかな》よ」と、一一書出《(かきだ)》し時分《じぶん》いそがしき中に、商売《しやうばい》のじやまといひ、外聞《ぐはいぶん》ばかりに物入《(ものいり)》、此《(この)》ごとくの取《(とり)》やりは、一二千貫目より上越《うへこし》慥《たしか》成《(なる)》身体《しんだい》の人のする事を、一三一《(ひと)》拍子違《ひやうしちが》へば一四手扣《たゝ》ひて仕舞《しまふ》、わづか五十貫目・一五七拾貫目の小商人《こあきんど》の、我《われ》をしらぬ奢《をごり》とぞんじ候。かならず母親《はゝをや》、

三〇 家の経済のためによい。不足に思う程の聟が無難との主張は、永代蔵・一の五でも詳述。
三一 その理由は。
三二 五節句を始めとする親類間の贈答。
三三 先方が立派にやることを好んで。「一番男の六尺…」以下の部分にかかる。
三四 把っ手のない平たい樽。祝儀用。
三五 天秤棒の両端に荷をつけてかつぐこと。
三六 御苦労。ねぎらいの言葉。
三七 行きなさい。
三八 身体の特に大きな男。一番は形の大きい意。
三九 ここは自家用の駕籠かき。
四〇 御祝い品の名を記した文書。
四一 漆器の模様などの上に漆を塗り重ねて高低をつけ、漆・金粉をつけて磨きあげた高級品。
四二 書状を入れる細長い箱。→三六頁挿絵。
四三 美しい房。唐は美称。ここは文箱にかける紐についている房。

一 綿帽子。真綿で作った女性のかぶり物。種々の形があり、挿絵のものもその一。
二 挨拶の言葉。
三 式々に。格式ばって。
四 わずかの銭を駄賃に与えるわけにもいかず。
五 銀四匁三分をいう。銭に直せば三百文弱で、前出の「銭三十」の十倍。
六 小型の杉原紙一束。杉原紙はもと播磨国杉原村(兵庫県多可郡加美町杉原)を原産地とする。小杉原紙は薄く柔かで、鼻紙等に用いる。
七 ここは中居女を指す。
八 畝足袋。絹糸で指先を畝のように糸を刺し縫いした足袋。
九 ここは「六尺」をさす。天和(一六八一)頃より流行。
一〇 かっこうをつけて。

あとさきなしに人目ばかりおもひて、手前《まへ》の一六しつつゐをかまはず、一七棟《むね》の高《たか》き家の聟《むこ》自慢《まん》して、買調《(かひ)とゝの》へて年中《ねんぢう》の遣《つか》ひ物、目に見ずして大き成《(なる)》費《つゐへ》に罷成《(まかりなり)》候。
一八他人口《たにん(ぐち)》からは申されぬ事、只今迄《(ただいままで)》のおはつそだてやう、我等ひとつも気に入《(いり)》一九申《(まうさ)》ず。何の町人の入らざる琴《こと》・二〇小《こ》舞《まい》・踊《をどり》までをならはせ、二一かぶき者のやうに御仕立《(おしたて)》、わけもなき事に存候。二二我〳〵づれが娘は、二三さながら下子《げす》ばたらきこそさせまじ、似合《にあい》たる手業《てわざ》、真綿《まわた》つませ、糸屑成《いとくづ(なり)》ともひねらせ置けば、二四見分《けんぶん》はよ

一一 請求書を作らねばならぬ時期。節季前の多忙な時。書き出しは、大福帳から貸金を個人別に抜き出して書き請求書を作ること。
一二 長者と呼べるくらいの大金持をいう。「千貫目のうへを長者とは云ふなり」(永代蔵・一の二)。
一三 ちょっと調子が狂ったら。拍子—手扣く。
一四 分散(自己破産)になってしまう、の意。分散になると、債務者は債権者に全財産を提出して債務の処理をゆだねるが、その財産の評価が債権者の意にかなって分散が決まった時には、債務者と債権者が手をたたいて確認する。
一五 原本「七拾目」。今「貫」を補う。
一六 失墜。経済状態が悪化すること。
一七 棟が高く構えの大きい立派な家。裕福な家。
一八 他人の口からは言えない事(だから、兄の自分があえて言いますが)の意。
一九 原本「申」。今、前後の意より「ず」を補う。
二〇 能狂言の小謡を地として舞う舞。
二一 歌舞を演ずる者。歌舞伎役者や踊り子など。
二二 「民家の女は、琴のかはりに真綿を引き、…それ〳〵に似合たる身持することこそ見よけれ」(永代蔵・一の五)と西鶴は主張。
二三 まるで下女同然の仕事はさせないとしても。
二四 見かけ。外見。

挿絵解説 娘を飾りたて遊山につれ歩く母親が、鳥居の前に立ち、娘、腰元、乳母を従えているのが左図。母親は綿帽子をかぶり、娘は派手な模様の振袖を着ている。鳥居脇の木を桜と見れば、ここは本文の「天王寺の桜」見物の場面。右図には、手代と下男をつれ娘を注視する商家の主人らしき人物と、本文中に記された贅沢な乗物をかつぐ尻からげの六尺が描かれている。

くて、世《せ》帯《たい》のために成《（なり）》申候。今程は、爰元《（ここもと）》の[一]新在家《しんざいけ》の衆さへ、[二]庭《には》の片隅《かたすみ》に[三]下《（しも）》機《ばた》を立《（たて）》られ、[四]両替《がへ》町《（まち）》に諸職人《しよしよくにん》に[五]借《かし》屋出来申《（しゆつたいまうす）》事、むかしはない事なれども、[六]算《さん》用《やう》づくにて皆〳〵住《すま》ひを替《かへ》られ、内義《ないぎ》の花見・月見にも、[七]大《（おほ）》乗《のり》物をやめて、其《（その）》用の時ばかり[八]辻駕籠《つじかご》をかりて、[九]こどりまはしにして出られしも、[一〇]時代にて見よく候。

承り申候へば、おはつ事、[一一]四人揃《ぞろ》へ紋付《もん（つき）》ひとへ物きせて、[一二]外《そと》はつねにて、内を[一三]金砂子《きんすなご》に草花書《（かき）》し駕籠《のりもの》に、時〳〵の[一四]仕出《（し）だ》し衣装《いしやう》ひけらかし、[一五]天王寺の桜、[一六]住吉の汐干《しをひ》、[一七]高津《かうづ》の涼《すゞ》み、[一八]舎利寺《しやりじ》参り、毎日の芝居見《しばゐ（み）》、[一九]さりとは無用に存候。[二〇]爰元《（ここもと）》にも[二一]衣《ころも》の棚《たな》に、ひとり娘を自慢《じまん》して、人の見帰るをよろこび、歴《れき》〳〵の身体《しんだい》をつぶし申候。是《（これ）》、[二二]母親《はゝをや》心からに候。

此《（この）》たび買《かい》物の注文《ちうもん》見あはせ、我等同心《どうしん》に存ぜず候。先《まづ》もつてけつから過《（すぎ）》候。[二三]貝桶《かいをけ》に[二四]わたりの鈍子蓋《どんすをゝい》、無用に候。[二五]奉公雛《（ほうこう）びな》も御望《（お）のぞ》みの通《とを》りには、弐百七十目に出来申候。其外《（そのほか）》手道具《どうぐ》、[二六]時代《じだい》物いらぬ事に候。娌入《よめ（いり）》は、新しき紋付《もん（つき）》よく候。扨《（さて）》また、鹿子《かのこ》の色〳〵、十二までは無用ニ存候。迚《（とて）》も着申《き（まうす）》物にはあらず、数《かづ》を揃《そろ》へて持《もつ》たといふ分《ぶん》に候。是《（これ）》も、[二七]本国寺《ほんこくじ》手木《（て）き》の下《した》の[二八]つや鹿子《かのこ》は、十二の内にて六百四五拾目の違《ちが》ひ有《（あり）》。是によつて私《わたくし》才覚いたし、さる御かたの御息女《（ご）そくぢよ》御死《（ご）し》

一 烏丸通と東洞院通の間、出水通と長者町の間(京羽二重・一)で、現在京都御所御苑内。医者・連歌師など、大名・高家出入りの者が居住。
二 上方では土間をいう。
三 麻や木綿を織る機。絹布を織る上機に対する。
四 「両替町 北は丸太町通より三条通まで、…此すぢ二条より三条の間に、二条上 蒔絵屋、二条下 金銀朱座、両替屋」(京羽二重・二)。
五 貸屋。「借」は「貸」に通用。
六 勘定づくで。どちらが得かを考えて。
七 大型の引戸のついた上製の駕籠。→三九〇頁挿絵。
八 営業用の町駕籠。
九 てきぱきとして、きりりとした様子。
一〇 京都は大坂や江戸に比して早く経済成長が止まり、その暮しぶりも倹約で地味。本章は、京都で家業を保守する兄と大坂に出て派手な暮しぶりに流れる弟との生活感覚の差を背景に、その土地柄による時代認識の差を浮び上らせる。
一一 四人の駕籠かきをやとうこと。四人をそろえ、そろいの定紋を付けた一重物、の意。
一二 奢侈の禁令が度々出されているためにそれをはばかり、外側は地味に、内側を豪華とした。
一三 金箔を細かい粉状にしてふきつけた地に、草花を蒔絵で描かせた上等の駕籠。
一四 最新流行の衣服。
一五 四天王寺の桜見物(日次紀事・三月)。
一六 住吉神社に接した海浜は、三月初旬頃潮干狩でにぎわった(難波鑑・二、他)。
一七 高津(→三六六頁注九)は高台なので、夏には納涼に訪れる人が多かった。
一八 大阪市生野区舎利寺の黄檗宗の寺。一時廃絶したが、寛文年中より、「すこぶる再興繁昌の禅堂となれり」(難波丸綱目・五)と伝える。

去《きよ》なされ、其《(その)》[二九]あがり物を調《とゝの》へ遣《(つか)》はし申候。結句《けつく》[三〇]かみのかたび物に候。人はしらぬ事、お寺は此方《(このはう)》次第にて、心やすく求《もと》め申候。

此外《(このほか)》は、其元《(そこもと)》お内義よごれぬ上着《うはぎ》ども、[三一]黒紅《くろべに》に御所車《ごしよぐるま》の[三二]縫箔《ぬいはく》の小袖、[三三]所わき[三四]のさいはひ菱《びし》の袷《あはせ》、[三五]地《ぢ》なしの綸子《りんず》小袖、これらを皆《みな》〳〵[三六]脇明《わきあけ》て、物数《(もの)かず》にいたさるべし。[三七]袖下《(そでした)》のみぢかきを、誰吟味《たがぎんみ》するものなく候。我等かやうに始末心《しまつ(ごころ)》を申事、定めてお内義、御ふそくにおぼしめし候はん[三八]づれども、我等も、姪《めい》が事なれば、あしかれと存ずる事にあらず候。今度《こんど》買物の銀子[三九]取替《(とり)かへ》申に付《(つき)》、迷惑《めいわく》さに申には、[四〇]神《(しん)》ぞ〳〵御座《(ご)ざ》なく候。[四一]こよる・こぶとんふた通《とを》りは、此方《(このはう)》より仕《(し)》立《(たて)》とらせ申候。

私《わたくし》の思案《しあん》に落付《をち(つき)》申さず候《(さうらふ)》は、先様《さき(さま)》より[四二]敷銀《しきぎん》かつて望《のぞ》みなく、万事《ばんじ》拵《こしら》へきれいと申候を、合点《がつてん》まいらず候。尤《(もつとも)》、[四三]銀《かね》をこのみ申候はよろしからぬ事ながら、今の世の風義《ふうぎ》に御座候。それも又《(また)》、女は形《かたち》に寄《より》て、物好《ずき》に男のかたより[四四]こしらへしてよぶも御座候へど、是《(これ)》は各別《かくべつ》に候。わたくし姪《めい》ながら、さのみ生《うま》れ付《(つき)》よいともいはれず、然《しか》も片足《かたあし》ふそくあつて、よほど目に立《(たち)》申候を、敷銀なしに、「親仁《をやぢ》の心入《(こころいれ)》たのもしきを、親類《しんるい》に成《(なる)》を満足」と申は、いよ〳〵同心《どうしん》に存ぜず候。貴様に金銀こそなけれ、三ヶ所《しよ》の家屋敷、只今《(ただいま)》では七拾貫目余《よ》が物なれば、

二九　さてさて。まったく。
三〇　こちら京都でも。一々京で失敗した例を出して対比しつつ、説得力を持たせる書きぶり。
三一　京都市中京区。「三條通室町西へ入町、此町けさ衣商売す」(京羽二重・一)。
三二　母親の娘に甘い気持から起ったことだ。
三三　貝合せの貝を入れる桶。
三四　中国から輸入された緞(鈍)子。原本「純子」。
三五　→三八八頁注四。
三六　道具類には、その利用価値よりも由緒・伝来などのゆえに高価とされるものが多い。
三七　堀川通松原の日蓮宗の寺(京羽二重・四)。「手木の下」は、本国寺周辺の地名か。
三八　おつやという鹿子結いの結った鹿子か。
三九　若くして死んだ女性の供養のため、寺に寄進された衣裳などをいう。
三〇　頭(みか)の堅い。堅固な、丈夫な、の意。
三一　茶色みがかった黒色。
三二　刺繡に金銀の箔を置いたもの。
三三　「所あき」の誤りで、模様をちらしたものか。
三四　花菱四つを菱形に組みあわせた模様。
三五　布全体を刺繡や箔で埋めた豪華な綸子小袖。
三六　袖をふさいである大人用の小袖の脇をあけ、娘用の振袖に仕立て直して、の意。
三七　大人用の物ゆえ、脇をあけても袖下は短い。
三八　原本のまま。「候はんずれども」が正しい。
三九　立てかえて払う。
四〇　誓いの言葉。神かけて。決して。
四一　小夜・小布団。小夜は、着物よりやや大きな小袖形の夜着。小布団とともに嫁入道具の一。
四二　嫁入の持参金。
四三　「近代の縁組は、…付ておこす金性の娘を好む事、世の習ひ」(永代蔵・五の五)。
四四　嫁入り支度をととのえて。

何ぞ請取事《うけとりごと》[一]して、其請人《うけにん》[二]に立申《たてまうす》心ざし、見るやうに候[三]。つね〴〵其《その》心得なされべく候。もはや頼《たの》み[四]を御取《おとり》なされ候上《うへ》は、いやがならず候。随分仕立《ずいぶんしたて》[五]、おくり申されべく候。私は、左様のよい衆《しゆ》[六]づきあい嫌いに御座候。はじめからさし出申《いでまうす》まじく候。いづれとも近日罷《まかり》くだり可申上《まうしあぐべく》候。以上。

六月廿一日

兵庫屋
平九郎

兵庫屋平右衛門様
尊報[七]

此文《このふみ》の子細《しさい》を考見《かんが》るに、京へ縁組《えんぐみ》の買物を申遣《まうしつか》はしける、此娘《むすめ》がためには、伯父《をぢ》かたへと見へたり。此者《もの》の申《まうす》ごとく、[八]一代に一度の大事、念《ねん》を入《いれ》て後約束《やくそく》申べき事ぞかし。今程世間に見せかけのはやる事はなし。面《をもて》[九]むき・内証《ないしやう》の十露盤《そろばん》入れてからは、大かた三五《さんご》[一〇]の十八。

二 安立《あんりう》町《ちやう》の隠《かく》れ家《が》

一 請負い仕事。危険な投機や無暴な借金など。
二 保証人。当時は、家を持つ町人が法制上一人前の町人と見られ、連帯保証人などには家持町人の連判が必要であった。
三 目で見るようにはっきりしている。
四 結納。 五 分(ぶ)にしたがって相応に。
六 能衆。裕福な金持。「能衆、分限者、銀持とて、是に三つのわかち有。俗言に能衆といふは、代々家職もなく、名物の道具伝へて、…朝夕世の事業をしらぬなるべし」(二代男・六の四)。
七 つつしんで返事を差し上げる、の意の脇付。
八 永代蔵・一の五でも西鶴は嫁入について論じ「一代に一度の商事、この損取りかへしのならぬ事、よく〳〵念を入るべし」と警告する。
九 表向きと内情とをよく調べてみると、の意。
一〇 (計算違いの具体例から)予測がはずれること、の意。「十露盤入れて」の縁で用い、体言止めによる結びが、余韻を残しつつ「見せかけのはやる」当世を強く印象づける。
▽嫁入のきまった姪のために買物を依頼された京都の伯父が、大坂に分家して派手好みの妻を持った弟に警告を発しつつ、嫁入り先への不安を述べ、最後には「はじめからさし出申まじく」と嫌味をいう書簡。保守的で実直な兄の目を通して「分際より万事を花麗にするを近年の人心、よろしからず」(永代蔵・一の五)という立場が、個々の事例に即し克明に具体化されている。
一 ここは、大坂をさす。
二 徳妙寺の和尚からの紹介状。「徳妙寺」は未詳だが、本章のあて先は「徳明寺久兵衛」。徳妙寺を徳明寺の混用とすれば、久兵衛はその奉公人などで、和尚の紹介状の仲介をした人物。
三 大阪市天王寺区の生玉神社門前から南へ、

去冬《きよふゆ》[一一]爰元《(ここもと)》に罷越《(まかり)こし》、[一二]徳妙寺《とくめうじ》の御状持参《ちさん》いたし、[一三]上寺町に、兄弟《きやうだい》ながら十日ばかり御やつかいに罷成《(まかりなり)》、それより此《(この)》お寺を頼《たの》み、住吉安立町《すみよしあんりう(ちやう)》のうちにわづかなる小家《こいゑ》かりて、[一四]面《をもて》むきに古道具《ふるどうぐ》出《(いだ)》し置《(おき)》、下人《(げにん)》吉介《(きちすけ)》に[一五]朝夕焼《てうせきたか》せ、[一六]世間《せけん》のいひわけに堺《さかい》の浜《はま》なる小肴《こざかな》を求《もと》め、毎《まい》日大坂へ遣はして町〳〵を商売《しやうばい》いたさせ、敵《かたき》の隠《かく》れ家《が》、[一七]しのび〳〵に[一八]見分《けんぶん》仕《(つかまつり)》候得ども、今に見わたり申さず、さて〳〵武《ぶ》運《うん》につき申候。

兄弟《きやうだい》と人には語《かた》られず、[一九]気《き》をつくし申候。[二〇]名字《みやうじ》はかくし、名も[二一]伝五郎・伝九郎と替《かへ》申、形《すがた》をさま〴〵になして、我等は[二二]かうやく売《うり》に成《(なり)》て、隅《すみ》〴〵残らずさがし、油《ゆ》断《だん》仕《(つかまつ)》り申さず候。

又《(また)》、弟《おとゝ》が義は、次第に形《かたち》うるはしく罷成《(まかりなり)》、人の目に立《(たち)》、世上《せじやう》へ出しかね、不《ふ》断《だん》宿に置《(おき)》申候うちに、上下六七人にて、[二三]道具《どうぐ》なしの[二四]供《とも》まはり、雨風《あめ(かぜ)》もなき日和《(ひ)より》に、[二五]早駕籠《はやかご》の[二六]両《りやう》をおろし、何とやらしのぶ体《てい》に見へ申候を、伝九郎追《をつ》かけ、窓《まど》眈《のぞき》申候へば、頭巾《づきん》引《(ひき)》かぶりし風俗《ふうぞく》、敵《かたき》戸平にうたがふ所なきとて、[二七]着込《きごみ》は不《ふ》断肌《だんはだ》をはなさづ、[二八]刀《かたな》おつ取《(とり)》跡《あと》をしたひ、打《うつ》べき首尾《しゆび》を見あはせ、[二九]泉州《せんしう》の信太《しのだ》といふ里にて[三〇]駕籠《かご》を立《(たて)》させ、[三一]出《(で)》茶屋《ちや》にたづねて、[三二]古歌《こか》の楠《くす》の木、[三三]葛《くず》の葉《は》のうら道《みち》を茶屋に案内《あんない》させて、庄屋の[三四]坪《つぼ》のうちに行《(ゆく)》を、「爰《(ここ)》ぞ願《ねが》ひの所」と思ひ極《きは》め、

上・中・下の寺町があり、寺院が多かった。
一四 世間への見せかけのために。当時は浪人取締り等が行われていたため無職でいるのは危険であり、又、敵を探索する身ゆえに、世人に注目されるのを避けて古道具屋の店を出した。
一五 朝夕の食事の炊事をさせ。当時は一日二食が普通ゆえ、「朝夕」で一日の食事の意。
一六 →注一四。また、小肴売りは、それを口実に勝手などに入りやすく敵の探索に便宜がある。
一七 主語は下男吉介。副見出し「忠義の肴売と成身」に対応する部分。
一八 検分。探索し調べること。
一九 気苦労をしている。
二〇 姓は名乗らないで。後文より本姓は横井。ただし、本文末では「風越伝五郎」と署名し、「風越」を名乗ったように書かれている。
二一 兄弟の敵討という趣向、「伝」を冠する変名から見て、曾我の五郎・十郎を意識した名か。
二二 膏薬売りは、人出の多い所に立廻って口上を言い、絵双紙売りなどのように編笠をかぶって売り歩いた(人倫訓蒙図彙・八)ので、顔を見られず敵を探索するのに便宜であった。
二三 武具。特に槍をさしていう。
二四 供に同じ。上級の武士の外出時には、槍持ちその他の従者がつき従う。ここは忍びの体。
二五 早足で急いで走らせる駕籠。
二六 駕籠の両側のたれをおろして、人目を忍んでいる様子。
二七 鎖帷子《(かたびら)》。細い鎖をつないで襦袢のように作ったもので、上着の下に着る。
二八 原本のまま。「ず」が正しい。
二九 大阪府和泉市内。信太の森は葛の葉狐の伝説(信太妻説話)で著名。
三〇 駕籠を止めさせ。

先《さき》に立《（たち）》まわり、木陰《こかげ》よりはしり出《（いで）》、「横井《よこ》尉《じやう》左衛門が悴子《せがれ》、見わすれたるか。奥関《をくぜき》戸平、のがれぬ所」と、打《うつ》てかゝり申候時、此《（この）》侍《さむら》ひ飛《とび》しさり、「やれまて、人たがひ」と手をあげられしに、伝九郎なを進《すゝ》みて切入《（きりいり）》、[一]けはしく成《（なる）》時、溝《みぞ》川飛越《とびこへ》、大小をぬき捨《すて》、無刀《むとう》になつて、下人どもの[二]いさむをしづめ、「それがしは岩塚団之丞《いわつかだん（のじよう）》とて、生国越前《しやうごくゑちぜん》の者成《（なる）》が、大かた様子も見られよ。[三]疝気《せんき》に筋骨《すぢぼね》いたみ、主人《しゆじん》にお暇《いとま》申、[四]熊野《くまの》へ湯治《とうぢ》いたすの所に、是《（これ）》は[五]存知《ぞんじ》もよらぬ難義《なんぎ》。此方《（このはう）》は多勢《たぜい》なれば、[六]せんぎの仕《し》やうもあれど、[七]若年《じやくねん》の敵《かたき》うつべき心掛《（こころ）がけ》、はやつて我を見違《ちが》へらるゝの段《だん》、すこしも[八]意恨《いこん》にぞんぜぬ」と、[九]利《り》をせめての断《ことは》り。

　伝九郎承りとゞけ、しばし思案《しあん》候て、[一〇]「さりとは戸平形《かたち》に生移《いきうつ》しなれども、[一一]我九才の時見し事なれば、[一二]愚覚《をろ（おぼ）》へにして慥《たしか》ならず。殊《（こと）》に刀脇《わき》ざし捨《すて》、我にあんどさせての断《ことは》り、戸平ならば、よもや是程《（これほど）》落《をち》つきて始終《しじゆう》の[一三]さばきは成《（なる）》まじ」と思ひ、「扨《（さて）》は此方《（このはう）》の[一四]そこつ、[一五]まつぴら御しやめんなし給はるべし。御年比《（おとしごろ）》と申《（まうし）》、戸平と申者《もの》に似《に》させられたる所ありて、[一六]近比《（ちかごろ）》〳〵あやまり申候。拙者《せつしや》兄《あに》伝五郎と申者《もの》、念《ねん》を入《（いれ）》、戸平が形《すがた》を書移《（かき）うつ》し、すなはち懐中《くはいちう》いたし候。右のかたの目の上《うへ》に、弐寸計《（ばかり）》の切疵《（きり）きず》、髪《かみ》ちゞみて首筋《くびすぢ》ふとく色《いろ》あさぐろきと、書付《（かきつけ）》申候。ひとつ〳〵見合《（みあはせ）》候に、あらましあいけるも不思義《ふしぎ》に存候」と申候時、

三一 道ばたなどに小屋がけした茶屋。
三二 「和泉なるしのだの森の楠の千枝にわかれて物をこそ思へ」(古今和歌六帖・二、夫木和歌抄・雑四、名所小鏡などに所引)。「信太森有二老楠一、世称二千枝楠一、是也」(和漢三才図会・七十六)。
三三 信太妻説話の歌「恋しくは尋ね来て見よ和泉なるしのだの森のうらみ葛の葉」から「うら道」を出す。信太の森―葛のうら風、葛―千枝の下草―楠木。
三四 坪庭。屋敷内の小さな中庭。

一 危なくなった時。
二 助太刀をして伝九郎を切ろうとする。
三 漢方で、腰や下腹部の内臓の痛む病気の総称。
四 紀州の熊野三山へ参詣するかたわら、近くの温泉で養生しようとしている所なのに。
五 思いもかけない迷惑なこと。
六 詮議。お前を多勢でとらえて糺明するのは簡単だが、の意。脅しにも聞える。
七 伝九郎は「次第に形うるはしく」と若衆ぶりが上る記述のあることより、十三、四歳か。
八 遺恨の宛字。恨みを残すこと。
九 道理をつくしての。「利」は「理」に通用。
一〇 さてさて。まったく。
一一 幼時の時親を討たれた者が敵討に出る年齢は、十三―十五歳が多い(伝来記)。又、伝九郎は、現在十三、四歳と推定できるから、九歳の時は、五、六年前のことということになる。
一二 記憶の確かでないこと。うろ覚え。「おろ」は十分でない、の意の接頭語。
一三 適切に処置すること。
一四 粗忽。そそっかしさ故の誤り。
一五 どうか御許し下さい。
一六 はなはだ。たいへん。

此《(この)》侍《さむら》ひ横手《よこ(で)》[一七]を打《(うち)》て、「それはめいよ[一八]の人に我は似《に》申、あぶない命をひろひ申候」と大笑《わら》ひして、「いまだ若年《じゃくねん》[一九]の身の是《(これ)》程の心ざし、世になき御親父《(ご)しんぷ》も、さぞ〳〵御満足《(ご)まんぞく》たるべし。其勢《(その)いきほ》ひにては、追付本望《をつ(つけ)ほんもう》とげ給はん。もし又《(また)》北国筋[二〇]へ御立越《(おたち)こへ》なされ候事も御座候《(ござさうら)》ば、かならず御たづねなさるべし」と、たがひに礼義《れいぎ》[二一]申て立別《(たち)わか》れ、宿[二二]に帰りて、様子を語り申候を、ひとつ〳〵聞《(きき)》申候へば、敵《かたき》戸平にまぎるゝ所なし。

一七　驚いたり、感心したりした時の動作。
一八　面妖。不思議、奇妙、の意。「名誉」の字をあてることが多い。
一九　原本振仮名「しやうねん」。前出(注七)の例に従い誤刻と見て改めた。
二〇　北陸道にそった若狭・越前・加賀・能登・越中・越後・佐渡の七か国をさしていう。
二一　挨拶をして。
二二　自分の家の意。

挿絵解説　出茶屋に入ろうとしている岩塚団之丞の一行と、それを追う伝九郎。出茶屋の脇には大木の楠が描かれ、本文の「古歌の楠の木」に対応。投頭巾をかぶり羽織を着た団之丞の後に、尻からげした侍と奴風の男(中間《(ちゅう)げん》か)が続き護衛している。画面上部に描かれる伝九郎は前髪・振袖の若衆姿で、もはや編笠をぬぎすて、今にも抜きかかろうと刀に手をかけている。

「さりとては武運《ぶうん》のつき、又いつの世にめぐりあふべき。扨《(さて)》は大坂に隠《かく》れしが、大和路《(やまとぢ)》へのき候には極まれり。さりながら、其方《(そのはう)》に逢《あい》申せば、分別《ふんべつ》して遠《ゑん》国《ごく》へ立《(たち)》のき申候はば《(ゝ)》、めぐりあふ事不定《ふじやう》なり。それがし目にかゝらぬ事、おもへば口惜《(くちをし)》」と、[一]残念《ざんねん》白《(かほ)》つき見て、伝九郎[二]赤面《せきめん》して、「たとへ[三]人たがへにして、私のうたざる事は[四]おくれ申候。[五]命を捨《すつ》るから別条《べつじやう》なき事ぞ」と、しばらく後悔《こうくはい》して、其《(その)》夕暮に宿《やど》を罷出《(まかりいで)》、今に行方《(ゆきがた)》しれず候。定めて彼《かの》戸平を、二たびうち留《とめ》る覚悟《かくご》にて出《(いで)》候とさつし候。兄弟《きやうだい》一所《(いつしよ)》に心をあはせ、雲をわけ地《ち》を割《さき》、[六]乾坤《けんこん》の中《うち》はさがし出《(いだ)》し、父《ちゝ》の[七]きやうやうにとぞんじ候に、伝九郎にはなれ、さて〱[八]是非《ぜひ》もなき仕合《(しあはせ)》に候。

是《(これ)》によつて、四月晦日《(みそか)》に住吉の借宅《かりたく》を仕舞《しまい》、[九]南都《なんと》へ立《(たち)》越《こへ》申候。東大寺《とうだいじ》の末《まつ》寺《じ》にしるべ御座候。又是にしのび、戸平有家《ありか》をたづね申べく候。貴様御事、五月下旬《げじゆん》に江戸へ御くだり、其《(その)》時《じ》分《ぶん》住吉迄《(まで)》御立寄《(おたちより)》くださるべきよし、此度《(このたび)》は、御目にかゝり申まじく候。その御断りのため、[一〇]舟宿中国屋《ふなやどちうごく(や)》勘六方に、此一通《つう》書[一一]残し置《(おき)》申候。

卯月《(うづき)》廿七日

[一二]風越伝五郎

一 残念そうな顔つき。「残念」の下に脱字か。
二 興奮して顔を赤くして。
三 人違いだったとしても。
四 気おくれ。臆病であったことに違いはない。
五 命を捨てれば何という事もないのだから。
六 天地の間。この世の中にあるかぎりは。
七 孝養。亡き父母に対する追善供養。
八 どうにもならない状況。
九 奈良。「大和路へのき候には極まれり」(一二行目)に対応。
一〇 廻船問屋。難波鶴・十六・諸国船之居場の項に「備中玉嶋船」の船宿として「中国屋平兵衛」の名があるが、勘六との関係等は未詳。伝五郎の出身を中国筋と示唆するために出した名か。
一一 事態が急迫している故に、置手紙で事情をつげるという趣向がとられているのは本章のみだが、各章ごとに手紙が書かれる状況や手紙の趣向を変えることで、文反古全体に変化をつけるのも作者の工夫の一つと見られる。内容の面で「万の文反古」であると同時に、形態や書かれた状況の面でも「万の文反古」とすることを意図しているが故に、この趣向が導入された。
一二 本文では本名は横井、伝五郎は替名のはず。
一三 △の印は、本章と五の三の評文の始めにのみ付されているが、その意味するところは不明。本章が敵討の手紙、五の三は遊女の手紙といった異色の内容なるが故に、何かの心覚えのために草稿に付されていたものか。
一四 畿内以西の中国・四国・九州をさすが、九州を言う場合が多い。ただし、この場合は中国筋をさしたつもりか。→注一〇。
一五 同様の言い方は、武家義理・四の一にも見え、伝来記中にも同種のものがある。
▽敵討の経過の一部を報ずべく置手紙として残

徳明寺久兵衛様

△[一三]此の文《(ふみ)》の子細を考《かんが》見るに、[一四]西国にて父をうたれ、其敵《(その)かたき》をねらふと見えたり。いづれ[一五]武士《ぶし》の身程定めがたきはなし。此心ざしにては、天理《てんり》をもつてうつべき事也。

三　京にも思ふやう成《(なる)》事なし

[一六]態《わざと》飛脚《ひきやく》をもつて[一七]一書《しよ》令《(せしめ)》啓達《けいたつ》候。其元《(そこもと)》いづれも[一八]御《(ご)》堅固《けんご》ニ御座なされ候や。今になつて生国《しやうごく》御なつかしく存《(ぞんじ)》候。私義、[一九]わかげにて京都《きやうと》の住居《すまゐ》望《のぞ》み、おの〱の御《(ご)》異《い》見《けん》きかず、国元《くにもと》を立《(たち)》のき、十八年罷《(まかり)》過《すぎ》申候得ども、むかしの事わすれ申さず候。さぞ〱[二〇]置去《をきざり》に仕《(つかまつり)》候女房《にようばう》ども、我に恨《うら》み申べく候。それゆへ、両三度まで[二一]暇《いとま》の状《じやう》くだし申候に、無《む》用《やう》の[二二]心中《しんぢう》を立《(たて)》、縁《ゑん》にはつかぬ事に候。惣《そふ》じての女、おとこを持《もち》申事、一生《しやう》の[二三]身《(み)》過《すぎ》づくに御座候。此方《(このはう)》には[二四]ふつ〱とおもひ切《(きり)》申候。是程つらく申候男に、何とて執心《しうしん》残し申候や。[二五]此《(この)》段《だん》〱よく〱御申《(おまうし)》きかせなされ、[二六]いまだ若《わか》ひうちに[二七]かたづき候が、其《(その)》身のためとぞんじ

した書簡。敵討はすでに伝来記を書いた西鶴にとって手馴れた素材である。西鶴は伝来記各章中の一場面を拡大する形で本章を仕立て、文反古中の異色な一章とすることで読者の興を惹こうとしたのであろう。この敵討の原因やその後の結果、果して団之丞が戸平であったのか否かさえも分からないが、読者に種々想像させ、手紙という趣向を巧みに生かした一章である。

一六　わざわざ。当時の書簡の慣用句。「態　ワザト」(書言字考)。冒頭の一文は、格式ばって急用を報ずる書簡のような書き方。以下のおかしくも哀れな内容とそぐわないが、この物々しさが筆者の姿勢を推測させおかしみを生む。

一七「一書けいたつせしめ」と読む。御手紙をさしあげます、の意の書簡の常套句。

一八　御元気ですか。書簡の常套の挨拶の文句。

一九　若気。一の三の「わかげの江戸くだり」とは逆に「わかげの京のぼり」の趣向をとる。本章は一の三と一見類似する部分を持つが、内容はもとより、年齢や性格、時間の経過、結末等、意図的に類似を回避していると見られる。

二〇　→三八八頁注九。

二一　離縁状。三下り半。当時は離縁状がないと再婚できない。それ故、自分を忘れて再婚するようすすめるために離縁状を送った。

二二　信義を守り愛情の誠実さを示すこと。もと遊里から出た語。→五の三。

二三　生活のため。渡世の手段。

二四　ぷっつりと。完全に。

二五　このような自分の気持。

二六　前の「十八年」という時間の経過に対する配慮を欠き、若い時の女房の姿を思い描いている。

二七　嫁に行く。ただし、ここは再婚。

候。一たび[一]かたらひをなし候事なれば、あしかれとはぞんぜず候。

菟《と》角《かく》我等あき申候は、つね〴〵[二]りんきいひつのり候に、ふつ〳〵と皃《(かほ)》見る事[三]もうたてく、[四]入縁《いりゑ》のまゝならぬは捨置《すて(おき)》、爰元《(ここもと)》にのぼり、独《ひとり》も暮《くら》しがたく、[五]四《(し)》条通《ちやうどを》りかはら町のほとりに[六]銭《ぜに》見せを出《(いだ)》し、[七]でつち・[八]食焼《めしたき》女、[九]三人口をこがまへに、[一〇]もうけもしれぬ身過《(み)すぎ》とぞんじ、年中《ねんぢう》の始末《しまつ》第一、[一一]薪《たきぎ》の高《たか》ひ所なれば、箸《はし》よりこまかに[一二]小刀割《(こがたな)わり》の黒木《くろ(ぎ)》、[一三]爪《つめ》に火ともすとは、此《(この)》事に候。[一四]朝夕《てうせき》の鍋釜《なべかま》も[一五]それ〳〵に仕入《しいれ》置て、[一六]さりとては[一七]尻《しり》がるに御座候。関東《くはんとう》の[一八]釣鍋《つりなべ》に[一九]大束《だいそく》くべて、[二〇]二時《ふたとき》ばかり焼《たけ》ども、ものゝにへ不申候《(まうさず)》を、[二一]所《(ところ)》〳〵とおかしくぞんじ候。其元《(そこもと)》の下女壱人の喰物《くひ》にては、京の女五人は、ゆるりと夜日をおくり申候。人の世帯《せたい》程、さま〴〵替《かは》る物は御座なく候。其地《ち》にて生鰯《なまいはし》を一銭《せん》に十四五も売《うれ》ば、下子《げす》どもの口へも、一度《ど》に十ばかりもかしらから焼喰《やきくひ》候。又、都《みやこ》にては、ちいさき干鰯《ほしいはし》を、一銭《せん》に十六七にも当《あたる》を、壱人に三つあてがひに焼《やき》て、生醤油《きしやうゆう》につけて、下女さへ此《(この)》かしらはくわず、何事も[二二]きやしやに世をわたれば、[二三]女は上がたにて、然《(しか)》も[二四]手業《(て)わざ》にゆだんなく、大かたは[二五]しり婦夫《めうと》は[二六]銘《めい》〳〵過《すぎ》いたせば、女房持《にようばうもつ》も[二七]勝手《かつて》づくに罷成《(まかりなり)》候とぞんじ、[二八]寺町《(てらまち)》の白粉《おしろい》屋の娘《むすめ》、[二九]かたちも十人[三〇]なみなれば、是《(これ)》をよびむかひしに、其元《(そこもと)》の女房《にようばう》どもとは[三一]各別違《かくべつちが》ひ、[三二]遊山《ゆさん》・夜ありきにかまはず、

一 夫婦の契り。　二 悋気。嫉妬。
三 いやになって。
四 入り聟。入り聟ゆえ自分から離婚を申し出られる立場ではないので、黙って飛び出し。
五 京都市中京区。四条河原には、歌舞伎・あやつり・見世物などの小屋があった。
六 日用の小銭の両替をする、小資本でできる店。銭両替。四条河原の見世物小屋などの客を相手とするねらいで開業したもの。
七 丁稚。子供・小僧とも呼ばれる商家の奉公人。
八 下女。
九 三人世帯。当時は、奉公人をも含めて何人口という。「惣じて三人口までを身過とはいはぬなり」(永代蔵・四の一)というように、三人口は当時身過とも言えない最小の「こがまへ」な世帯。
一〇 儲かるかどうかも分からぬささやかな商売。
一一 黒木(→注一二)を薪として買わねばならぬ京都の暮しでは、燃料費が高くつく。
一二 一尺ほどの生木をかまどで黒くくすべた薪。洛北の八瀬、大原の産(雍州府志・六)。
一三 きわめて吝嗇なことのたとえ。細く割った黒木に火をつける様は、爪に火をつける感じ。
一四 朝夕二度の炊事のために用いる鍋や釜。当時は一日二食ゆえ、朝夕は一日の食事の意。
一五 それ相応に。小は小なりに。
一六 さてさて。ほんとうに。
一七 手軽。鍋―釜―尻(類船集)の連想から言う。
一八 自在鉤にかけて上からつるす鍋。
一九 大束の薪。　二〇 四時間。
二一 その土地土地によって生活ぶりが異なるものだと、面白く思われる。「所々の人の風俗おかし」(永代蔵・四の五)という視点から諸国の人の生活ぶりや風俗・人情に強い関心を持ち、的確に描くのも西鶴の特色の一。この前後、京と

かつて悋気《りんき》いたさぬを、何とやら[三三]合点《がつてん》ゆかず、[三四]見あはせ候うちに、我等を嫌《きら》ひ、暇乞《いとまごひ》申《(まうす)》事たび〳〵に候。是《(これ)》は男の[三五]口惜《をし》くぞんじ、悪《にく》しと引付置《(ひきつけおき)》申候へば、[三六]けがのよしにて椀《わん》・皿箱《さらばこ》をうち割《わり》、[三七]作病《さくびやう》しての昼ね、[三八]銭読《よま》すれば[三九]長百《ちやう》づゝつなぎてそんをかけ、香《かう》の物桶《をけ》の塩入時《しを(いれどき)》をかまはず、あたら瓜《ふり》・なすびを捨《(すて)》させ、[四〇]ありあけに灯心《とうしん》六筋《(む)すぢ》七筋入《(いれ)》て[四一]かゝやかせ、傘《からかさ》はほさずに畳《たゝみ》、[四二]門浄瑠利《かどじやうるり》に銭米《(ぜにこめ)》をとらせ、毎日《まい》[四三]湯《ゆ》わかして水へ入るごとく、手にも足《あし》にもさはる所にて[四四]費《つゐへ》、是《(これ)》もつもりて[四五]身体《しんだい》のさはりなれば、一日も置《をく》がそんと分別《ふんべつ》して、[四六]埒《らち》を明《あけ》申候。

其後《(そののち)》思案《しあん》して、「菟角《とかく》年の行《ゆき》たるが[四七]世帯薬《せたいぐすり》」とぞんじ、此望《のぞ》み人に頼《たのみ》申候に、幸《さいは》ひ[四八]六角堂《かくどう》の門前《もんぜん》に[四九]順礼宿《じゆんれい(やど)》の娘《むすめ》、男に死別《しにわか》れ[五〇]でもどりなるが、あのほうから二十七と申せば、三つ四つ年かくしてから、三十の内外《うちそと》の女と見定《さだ》め、いかにしても[五一]風俗《ふうぞく》のよきにほだされ、祝言《しうげん》いたし候へば、おもひの外《ほか》ふるひ所あらはれ、脇《わき》にて子細《しさい》しる人にたづね申候に、「今三十六に成《(なる)》むすめあり。是《(これ)》は十七の時の子なれば、今年《ことし》五十二か三か」いふ人御座候へば、「扨《(さて)》も大きなるかづき物[五二]」と、次第にうるさく[五三]なつて、[五四]尻目《しり(め)》にかけてためし見るに、毎日《まい(にち)》の仕事《しごと》に白髪《しらが》をしのび〳〵にぬく手元堪忍《(て)もとかんにん》ならず、[五五]物入《(ものいり)》を無《む》にし、さつてのけ申候。

それより後、[五六]御所《ごしよ》がたに勤《つと》めし[五七]女臈衆《ぢよらう(しゆ)》あがりとて、形《かたち》にいふ所なく、心もや

田舎(仙台)との暮しの差を誇張して印象づける。
二二 華奢。上品・優雅に。
二三 上方(特に京)の女性が良いとする見方は当時の常識(一代女・一の三等)。
二四 手仕事。裁縫・料理その他。
二五 かけおち者の夫婦。「走る」は出奔する、の意。「婦夫」の用字は当時の通用(書言字考)。
二六 とも働き。銘々かせぎ(→三八〇頁注二三)。
二七 生活のために経済的。
二八 中京区新京極の誓願寺側の南北の通り。京羽二重・六の「白粉所」に載る十八軒中、九軒は寺町通り。「白粉屋の娘」は派手好みのイメージ。
二九 容貌も人並。 三〇 原本「なみれば」。今補う。
三一 全く異なって。嫉妬深かった仙台の女房と逆に、全く男に関心を持たない。以下、種々に異なる女房たちのあり方を具体化しつつ並列。
三二 気晴らしの行楽や夜の外出。
三三 理解できず。他に恋人でもいて自分に全く関心を持たないのか、などと疑ったところ。
三四 様子をうかがっているうちに。
三五 男として残念。当時は、離婚の申し出を女房の方からできないのが常識。
三六 誤ってそそうしたふりで。
三七 仮病をつかって。
三八 勘定させれば。一枚、二枚と数えることを「読む」という。銭見世を女房に手伝わせた所。
三九 丁百。銭九十六文を銭さしにつないだものを九六銭と称し、百文として通用させていた。それを丁百(銭百枚)ずつ銭さしにつなげば四文損。銭見世ゆえその損失は多額となる。
四〇 有明行灯。用心のため夜明け方までつけておく行灯。灯心一筋程度が普通。
四一 輝かせ。当時は清音。
四二 門前で浄瑠璃を語り米銭を乞う乞食の一。

さしく、我人《(われひと)》の気《き》に入《(いり)》、「是はよき楽《たの》しみ、すゑ〳〵までも」とおもひしに、さりとは世間《せけん》の事にうとく、秤《はかり》[一]目しらぬは断《ことは》りなるが、擂砵《すりばち》[二]のうつぶせなるを、「富士《ふじ》を移《うつ》せし焼《やき》物か」と詠《なが》[三]め、釣瓶取《つるべ(とり)》[四]を「小舟《をぶね》[五]のいかりか」と、不思議《ふしぎ》そふに見れば、ましてや五合枡《ます》などはしらず候。是《(これ)》では小《こ》家《いゑ》の台所《だいどころ》あづけられず、別《わか》るゝ事、かなしく惜《をし》く候へども、是も隙《ひま》[六]やり申候。

其後又《(そのゝちまた)》、烏丸《からすま》[七]に家《や》賃《ちん》七十目づゝ居《ゐ》[八]宅《たく》の外《(ほか)》にとれる家屋敷の有《(ある)》後《ご》家《け》のかたへ、

四三 無用の出費をすることのたとえ。損を与えること。
四四 無駄な出費がかかること。
四五 身代を守る上の妨げ。
四六 (困った事態を打開して)かたをつける。厄介払いをするように離縁してしまった、の意。
四七 世帯のためになるもの。
四八 中京区六角通烏丸東入ル、堂之前町にある天台宗頂法寺。本堂が六角であることからの俗称。洛陽三十三所観音巡礼の一番目の札所。
四九 巡礼を泊める粗末な木賃宿。京羽二重・六に登録される巡礼宿は四軒、うち三軒が六角通。
五〇 出戻り。実家に戻った女。
五一 容貌・身ぶり・態度。田舎出のこの男は、どうしても京女の「風俗」に惹かれ魅せられる。
五二 買いかぶらされたもの。だまされたもの。
五三 うっとうしくなって。
五四 相手に知られぬよう横目で見ること。
五五 結婚に要した諸費用を無駄にして。
五六 御所に関係する人。一般には公家。
五七 女臈はもと貴人の邸に奉公する女性(上臈とも書く)。その出身の女。

一 銀天秤(かねてんびん)の目もり。それを知らねば金の計算が出来ないから、今銭見世開業中の男は、家業を手伝わせることもできないことになる。
二 「その(富士)形は擂鉢の尻のやう」(仁勢物語・九段)。
三 歌でも詠もうかというようにぼんやり見て。
四 井戸に落ちた釣瓶を引上げる碇形の金具。
五 「をぶね」と歌語を用い、「不思議そふに」とあるのが「女臈衆あがり」らしく滑稽。歌などについての教養はあり余るほどあるものの、擂鉢や釣瓶取、すなわち炊事・洗濯は知らない。
六 離縁するの意だが、それぞれの女房への筆者

九取《(とり)》持《もつ》人ありてゆきしに、外《(ほか)》に一〇隠居《ゐんきよ》の祖父《をぢ》・祖母《うば》、一一これのみ、一二妹《いもと》の姪《めい》のとて、一三かゝりもの八九人も御座候。是《(これ)》さへむつかしく存候に、一四家《いへ》に付《(つき)》たる借銭《しやくせん》弐十三貫目、一生済《しやうすむ》事あるまじきとぞんじ、爰《(ここ)》もすこしのそん一五仕《(つかまつ)》り、一六出て帰り中候。

此後《(このゝち)》、「一七竹屋町のふる一八かね屋の娘、うまれつきも人並《なみ》にて、敷《しき》銀三貫目付《(つけ)》て、夏冬《なつふゆ》の物もさむからぬ程御座候」とて、一九十分《ぢうぶ》一取《(とる)》仲人《なかふど》がきも入《(いり)》、「是は仕合《(しあはせ)》」と呼入《よび(いれ)》申候へば、月に二三度づゝ二〇乱気《らんき》に成《(なり)》て、丸裸《はだか》にて門《かど》に飛出《とび(いで)》る事迷惑《めいわく》いた

の思い入れを表すべく、「埒を明」「さつてのけ」「隙やり」と使い分けられている所に注意。
七 烏丸通り。京都を南北に走る主要道。
八 居宅(自分が住んでいる家)がある外に、家賃を七十目ずつとれる家屋敷を持つ、の意。
九 本章の筆者は、ここで河原町の銭見世をたたみ入聟する。徐々に零落している点に注意。
一〇 聟入り先の両親を指して言っている。
一一 これのみか、の略。慣用の語法。
一二 原本は「姉」の字に「いもと」の振仮名。
一三 寄食する者。居候。
一四 家を担保に借りている金で、その家の当主となったものが支払うべき借金。
一五 「取持人」への謝礼等の出費。
一六 これまでとは逆に自分が出ていくことになるのが、注六以前と対照的でおかしくも哀れ。
一七 中京区丸太町通りの一筋南の東西の通り。
一八 古金屋。古道具屋。
一九 職業的な結婚の周旋屋。当時は、諸種の仲介の周旋料として十分一(一割)をとるのが普通。結婚の仲人は持参金の一割を謝礼としてとった。
二〇 気が狂うこと。精神錯乱。

挿絵解説 夫はほうきをふりあげ、女房は大きな碗を投げつけようとする激しい夫婦喧嘩の様子。左図では頭巾をかぶった老人と二人の男が止めに入り、右図ではうなぎ綿の女と前垂れ姿の下女が止めている。本文に直接夫婦喧嘩を描く部分はないが、「けがのよしにて椀皿箱をうち割」る京での最初の女房のことを描いたか。

し、其《その》まゝおくり帰し申候。

爰元《ここもと》[一]女の随分《ずいぶん》たくさんなる所にて、縁組《えんぐみ》と申からは、おもふやうなる事御座なく候。我等も[二]十七年のうちに二十三人持替《もちかへ》見申候に、皆[三]おもひど御座候て、帰し申候。我すこしも御座候金《きん》銀は、此《この》祝言《しうげん》事《ごと》につかひ込《こみ》、只今《ただいま》は、[四]手と身ばかりに罷成《まかりなり》候。もはや女房持《もち》申候力《ちから》も御座なく候へば、[五]竹田《たけだ》通《どを》りの町はづれなる、[六]伏《ふし》見《み》にちかき[七]うら屋住《ずま》ひして、[八]菅《すげ》笠《がさ》の骨《ほね》をこしらへて、其日《そのひ》暮《ぐら》しに、[九]扨《さて》も死《しな》れぬうき世に御座候。

是程《これほど》[一〇]かなしき身に罷成《まかりなり》候得ども、其元《そこもと》の女にみぢんも心残らず候は、よく／＼の悪縁《あくへん》に候。いよ／＼此《この》むごき心底《しんてい》を御物語りあそばし、はやく縁《えん》付《つき》いたし候やうに、頼《たの》み申候。

京も田舎《いなか》も、住《すみ》うき事すこしもかはらず、夫婦《めうと》は[一一]よりあい過《すぎ》とぞんじ候。今の身にくらべては、むかしの仙台《せんだい》の住所《じうしよ》ましと存候。[一二]都ながら桜を見ず、涼《すゞ》みにゆかず、秋の嵯峨《さが》松茸《だけ》も喰《くは》ず、雪のうちの鰒汁《ふぐじる》もしらず、やう／＼[一三]鳥羽《とば》に帰る車《くるま》の音《をと》をきゝて、都かとおもふばかりに候。はる／゛＼の京にのぼり、女房《にようぼう》さつて身体《しんだい》つぶし候。[一四]恥《はつ》かしき事に候。かならず／＼他人《たにん》にはきかせぬ事に候。かさねては、[一五]書中《しよちう》にても申上《まうしあげ》まじく候。我等死《しん》だ者分《ものぶん》になされ、御たづね御無

一「京に多きものは寺と女にて」(一代女・五の三)。江戸などの新興都市は男女比がアンバランス。京は男女比がとれていた(京都御役所向大概覚書などの人口調査)のでいう。
二 誇張した具体的な数字を出すことで話を面白くして印象を強める手法は西鶴作品に多く用いられるが、ここでも強調した数を出して、本当かと思わせつつ読者を納得させる。
三 思い所。欠点。
四 無一物となることのたとえ。
五 京都市伏見区竹田を通る街道。京都市中と伏見をつなぐ。「竹田街道を通ふ車牛は日毎に伏見より都へ貨物を積登る也」(拾遺都名所図会・四)。後の「鳥羽に帰る車の音」の部分に照応。
六 伏見は当時衰微しており、西鶴はその様子を二十不孝・一の二、永代蔵・三の三、織留・五の三などでくり返し詳述している。
七 裏長屋住い。本章の書き手は、後に「御たづね御無用」と言いつつ、ここで現住所を詳記している。仙台からの連絡を待つ未練な気持が無意識的にでも残っているかのごとくであり、本章には、そのような男の気持を背景とする言い方を読みとれる部分が所々に存在している。
八 竹細工は伏見の名産。「伏見里…此里は、葛籠・吹矢・茶筅・竹箒・桃名物」(一目玉鉾・二)。
九「貧にては死なれぬ物ぞかし」(胸算用・一の二)など、どんな状態になっても人は生きて行くものだという西鶴の認識の表白は、晩年の作に多い。
一〇 貧しいが故につらい。
一一 互に力となって生活すること。
一二 京に住んでいながら、京の裕福な人々が享受する四季の楽しみ(春は東山などの桜、夏は四条河原の夕涼み、秋は嵯峨名物の松茸、冬は

用に候。若《もし》命ながらへ申候ば、一六坊主《ぼうづ》罷成《まかりなり》、一七執行《しゆぎやう》にくだり可申候《まうすべく》。以上。

二月廿五日

福嶋屋
九平次
京より

仙台本町二丁目
最上屋市右衛門様

此文《このふみ》の子細を考《かんが》見るに、生国仙台のもの、女を置《おき》ざりにして京へのぼり、たび／＼女房よび替《かへ》、一八身体《しんだい》のさはりと成《なり》けると見えたり。

鰒汁）を全く知らない。これでは京に居ても田舎に居ても同じだ、と「仙台の住所まし」といった理由を四季の名物を一つずつ出して強調。
一三 京都市伏見区内。物資輸送用の牛車の車宿があり、牛車は竹田街道を通って京都へ通った。
一四 序文の「其身の恥を二たび見さがされけるひとつ」が手紙だという見方を具体的に示すような一文。なお、本章は序での主張が見事に生かされている作品の随一と言えるものである。
一五 書状。手紙。
一六 一の三では「鉢開き坊主に罷成」とあるが、ここも正式の僧ではなく、鉢開き坊主などになることを言うのであろう。
一七 修行。「御たづね御無用」と言いつつ、「執行にくだり可申」という矛盾にも、仙台への未練があることを読みとれる。→注七。
一八 →四〇一頁注四五。
▽二十不孝・一の三「跡の剋（げは）たる娌入長持」は、娘が嫁入り先を嫌がり何度も離縁され、「十四より娌入しそめ、廿五迄十八所さられ」るという話で、本章の男とは逆の立場、裏返しのものであるが、本章の創作姿勢をうかがう上で参考になる。

新板
ゑ入

西鶴文反古

三

世話文章

万《よろづ》の文反古《ふみほうぐ》　三巻

目録

一 人皆が喜ぶ京都の花(桜)を嫌った話。花見の雑踏を嫌い西国への旅に出た筆者をいう。
二 東山は、京都市左京区から東山区にかけての洛東の山々の称。祇園・清水をはじめとして桜の名所は数多い。その東山の草庵も萩の頃にはどうなっていることだろう、の意。
三 長芋は、自然薯、やまのいも。滋養強壮に効ありとされる。僧のくせに滋養強壮のための長芋を隠して置く、その置所がおかしい、の意。
四 浦島説話による「明けて悔しき玉手箱」をきかせた表現。なお、本章の話は懐硯・二の一「後家に成ぞこなひ」と類似する部分を持ち、この見出しは懐硯・五の二「明て悔しき養子が銀筥」と似た発想のものである。
五 貸した銀はいざという時の役に立たない。「借」と「貸」は当時通用。
六 女房の欲から入れた入物の重いことと重いこと。本章末尾の話を評する副見出し。「女の欲の入物」とは何かと思わせて読者の興味を惹く。
七 代筆の手紙は、この世が闇である人(目の見えない人)のもの。種々の解釈が可能な見出しだが、不分明なるが故にむしろ読者にその内容を想像させ、関心をいだかせる。
八 烏は目前にその応報の験をあらわす。
九 自分の命が自分のままにならないのは悪業の報い、の意。「命のまゝならぬ」は、普通、人の命ははかなく思いのままにならないの意だが、ここは死のうと思っても死ねない、の意。西鶴はその意で用いることが多い。
一〇 花見の時、木の下にはる幔幕。花見幕。
一一 三味線。当時の豪華で派手な花下遊楽の様は、屛風絵などにも多く画材とされている。
一二 「都へ便り求めて文やる。その事、かの事、便宜に忘るるなど言ひやるこそをかしけれ」(徒

一　京都《きやうと》の花嫌《ぎら》ひ

我《われ》花にあきて、春中は都《みやこ》を立《（たち）》のけば、人は又《（また）》、ひがし山の[一〇]桜幕《さくらまく》に歌唄《うたうた》ひ[一一]三絃《さんげん》を引《ひけ》るを、それ聞《きゝ》にばかりのぼるのよし、[一二]たよりを求《もと》めて、先無事《まづぶじ》をしらせ候。貴坊《きぼう》御事は、つね〴〵[一三]赤弁慶《あかべんけい》とある[一四]名《な》をよばざるは、[一五]道心堅固《どうしんけんご》の御身、目出度《（めでたく）》存《ぞんじ》候。

さて、愚僧《ぐそう》が草庵《そうあん》、さだめて[一六]鼠《ねずみ》の会所《くはいしよ》となるべし。さりながら、[一七]小鰯《ごまめ》ひとつ残しおかず、貧僧笑《ひんそうわら》ひ申《（まうす）》べく候。まがきの[一八]菊《きく》・萩《はぎ》おのれに咲《さき》て、頓《やが》ての霜夜《しもよ》見ぐるしく成行《（なりゆく）》を、[一九]誰《たれ》か名残《（なごり）》を惜《をし》む人あらじ。鎰《かぎ》あづけ置《（おき）》候御[二〇]ふしやうには、[二一]妻《つま》戸《（ど）》御あけなされ、若《もし》山帰りの[二二]児人《しやうじん》、あるじは居《ゐ》ずとも見せたく候。北《きた》のかたの竹縁《ゑん》の下《した》に、栗《くり》・長芋《ながいも》など[二三]生《いけ》置《（おき）》候。其《（その）》まゝ捨《すた》りゆくもと、おもひ出し申候は、竹中氏《うぢ》より[二四]おくられし事、外へは、[二五]沙汰《さた》なし〳〵。[二六]美童《びどう》は我等の持病《ちびやう》、又此《（この）》たびも、恋のやうなる事に身をなやみて、とくにも帰京《ききやう》仕《（つかまつ）》るを、今までうか〳〵と暮《くら》し申候。

すぎし春、其元《（そこもと）》を罷立《（まかりたち）》、備《び》前の岡《をか》山にしるべの人ありて、「しばらく爰《（ここ）》に」

然草・十五段)を意識した趣向。都の花見に飽きて都を立ちのいた風流人が、都の花見にあこがれる田舎人に文を託すという設定で、前章までの現実的な手紙の書き出しとは異なった印象を与え、文反古全体への変化をねらっている。

一三 赤ら顔の強壮な僧を揶揄したあだ名か。

一四 本名。本章のあて名は「遊夕御坊」とある。

一五 この僧が「遊夕」といった遊び人らしい名や「赤弁慶」というあだ名を持ち、後の男色話を報ずる相手であることを見ると、この「道心堅固」にも揶揄のひびきがあり、酒好き・男色好きを裏返して言ったものと見られる。

一六 鼠の寄合い所。会所は、もと町役人が詰めて事務をとる役所。単に集会所をも言う。

一七 片口鰯を干したもの。正月の祝儀に用いる。

一八 本章の日付は九月十一日故、ここでは自分の草庵の秋(現在)から冬の様子に思いを致しているが、冒頭部の記述(花にあきて都を立ちのき、花見に行く人に手紙を託す)と時期が矛盾。

一九 誰も名残を惜しむ人はあるまい。「誰か…あらん」の反語の裏の意を表に出し強調する語法。

二〇 御不祥。不運。迷惑なことを因果としてあきらめることに言う。

二一 家の端の方にある両開きの板戸。

二二 少人。男色関係にある若衆。

二三 保存のために土中に埋めて置く。

二四 原本「おくらし事」。今「れ」を補う。

二五 話さないで下さい。

二六 美少年好みは私の持病のようなもの。僧の手紙は五の四にもあり、そこでも一部で男色があつかわれているが、本章は男色話を全体の趣向とする点で印象は異なる。ややくだけた風流人の僧が、風雅・美意識を前提に男色を語る本章の姿勢は男色大鑑の一面と通じている。

ともてなされしに、何とやらとゞまりがたく、むかし西行法師《さいぎやうほうし》が詠《なが》[一]めになづみし、瀬戸《せと》[二]の曙《あけぼの》に便船《びんせん》して、世をうら風[三]のふくにまかせ、肥《ひ》[四]の後州《ごしう》につき、清政《きよまさ》[五]のたま屋寺に連句《れんぐ》[六]の朋友《ほうゆう》ありて、是《(これ)》[七]にたづね休《やす》らふ。折ふし、夕嵐《あらし》の袖に涼《すゞ》しき筑山《つき》を詠《なが》め、たくみに石《いし》[八]をなをし、さゞれ水[九]をやりて、仙家《せんか》[一〇]に地《ち》を縮《しゞめ》て翫《もてあそぶ》もうらやまつ[一一]。

此《(この)》寺の杉《すぎ》の茂《しげ》みに、訛《なまり》[一二]なきほとゝぎすの一声《(ひと)こへ》は、都にかはらぬもおかし。

一 美しい景色に心をひかれた。「なづむ」は、深く惚れ込む、執心する、の意。
二 俗つれづれ・二の三にも「備前の国は夕浪しづかに、瀬戸のあけぼのゝ美景は、西行ほうしが是はと横手をうてる所ぞかし」とある。「瀬戸」は岡山県邑久町の虫明の瀬戸。ただし、瀬戸の曙を詠んだ西行の歌は未詳。平忠盛の「虫明の瀬戸の曙見る折ぞ都のことも忘られにける」(玉葉集・旅歌)を西行作と誤ったものか。
三 「憂し」に浦をかけた表現。浮世をつらいと思いつつ浦風の吹くままに。
四 肥後国。熊本県。
五 加藤清正の菩提寺本妙寺。熊本市花園町にある日蓮宗の寺。
六 二人以上で漢詩の詩句をつらねて詩を作ること。後文に「三重韻を繰かへす」とあるから、ここは連歌俳諧の連句ではない。「レング」(日葡)。
七 以下、四一三頁八行あたりまで、候文体が崩れ普通の雅文調の文体となっている。
八 石を配置して。
九 石組の上をさらさらと流れる水。「やりて」は、それを流して。
一〇 仙人の住む所。仙境の趣を庭に縮め移して、の意。「シジメル 縮める」(邦訳日葡)。
一一 「うらやまし」の誤りか。
一二 方言の訛りがある肥後なのに、訛りのない。
一三 虎関師錬撰の漢詩作法書、聚分韻略の改題本。手軽な作法書として版を重ね、袖珍本など

「是《(これ)》には一作《さく》」と、胸《むね》に[一三]三重韻《(さん)ちういん》を繰《くり》かへすうちに、誰《たれ》の上人《(しやうにん)》とやらん御見舞《(おみ)まひ》と、[一四]つき〴〵の足音《あしをと》する中《なか》に、[一五]おそばさらずとおぼしき[一六]二八《(にはち)》にたらぬ美童《びどう》、かほつきのうつくしさ、京にてもつゐに見た事なし。「かゝる西《にし》のはてにも、此《(この)》ような生《いき》ものも[一七]あるものか。扨《(さて)》も命はながらへてこそ、ためしなき物を見れ」と、すゞろに[一八]身の毛《け》よだちて、「中〳〵花やかなるを厭《いとひ》て来る[一九]ひなに、[二〇]凡慮《ぼんりよ》の外のなやみの種《たね》を見出す事よ」と、[二一]胸《むね》の煙《けぶり》の立《(たち)》さはぎ、御茶《(お)ちや》すぎて、「御立《(おたち)》」と聞《きこ》

も出刊されて広く行われた書。
一四 お付きの者たち。
一五 御側避らず。常に付き従っている者。
一六 十六歳になっていない美少年。
一七 当時流行の投節「嘆きながらも月日を送るさても命はあるものか」をきかした表現。
一八 ぞくぞくとして。興奮した様子。
一九 鄙。田舎。
二〇 凡人の思慮。凡人には押えられぬ悩みの種。
二一 恋の気持が燃え上って。

挿絵解説 本章の筆者慶眼が「清政のたまや寺」(本妙寺)を訪れて庭を見物している所に、美童を伴った某上人一行がやって来た場面。左図の先頭に立っているのが上人、次の振袖姿の若衆髷が美童岡嶋采女。つきしたがう二人の僧は、上人を案内する本妙寺の僧であろう。右図には、袴の股立を取った護衛・世話役の武士、挟箱をかついだ下男、角前髪の草履取りが描かれ、木陰からは恋心を燃やした慶眼がのぞき見して、美童の姿に見とれている。背景は「石をなをした」築山と杉の木立であろう。

一 真木の戸。板戸。「ま」は美称。
二 男女ともにいう。 三 断腸の思い。
四 夢見心地。理性を失ったような感じ。
五 品行正しく精進している僧。ただし、自らの事を称し事実に反しているが故におかしい。
六 寺の住職。 七 原本「はめて」。今、改む。
八 以下、書簡中の書簡の形をとるが、これも趣向の一。ただし、書簡文体(候文体)を用いず、挨拶の部分などは略されている。
九 以下、四一三頁四行までの部分は、北条団水作・色道大鼓(貞享四年(一六八七)十月刊)の追加の

へし名残《(なごり)》惜《をし》く、[一]まきの戸の隙《ひま》より眈《のぞ》きて、なをひとしほのおもひとはなれり。跡《あと》にて、「けふの[二]美人《びじん》の名はいかに」と問《とへ》ば、「やんごとなき御《(おん)》かたの御二男《(ごじ)なん》なりしが、すゑ〴〵出家《しゆけ》の望《のぞ》みありて、今の上人にあづけ人」と語《かた》られしに、此君《(このきみ)》に[三]腸《はらはた》をさく心地《こゝち》して、[四]うつゝなくなれり。「あはれ、是程《(これほど)》の[五]清僧《せいそう》をなやます事ぞ」と、我ながら口惜《をし》く、[六]亭坊《ていばう》のおもわくをもかへり見ず、「せめて心は通《つう》じて給はれ」と、書簡紙《しよかんがみ》に筆《ふで》を[七]そめてつかはしける。

[八]きのふは御俤《(おん)をもかげ》を見奉るに、[九]天性《てんせい》の御産《(おん)うまれ》つき美麗《びれい》にして、是《(これ)》や此《(この)》、[一〇]鄭挑《ていてう》が[一一]紫綸巾《しりんきん》を[一二]石季竜《せつきりやう》に曳《ひき》、[一三]董賢《とうけん》が[一四]袞竜袖《こんりやうしう》を漢《かん》の哀帝《あいてい》にたつ物なり。見る者[一五]李夫人《りふじん》にうたがひ、聞者[一六]楊貴妃《きくものやうきひ》に訝《いぶか》る。夫《それ》、[一七]木石無心《ぼくせきむしん》にあらざれば、見聞《けんもん》こゝろを動《うごか》す。我も又、[一八]蟷螂《とうろう》が斧《をの》、[一九]蜘蛛《ちちう》の網《あみ》、[二〇]雲にかけはしといへども、今や[二一]つたなき[二二]狂斐《けうひ》をつゞりあつめて、懐《おもひ》を述《のぶ》る。

かりそめに御顔《(おん)かほ》ばせを拝《おがみ》しより、[二三]胸《むね》は阿蘇《あそ》の煙《けぶり》を焦《こが》し、泪《なみだ》は白川《(しらかは)》の浪に滴《したた》る。其眸《(その)まなじり》は[二四]桂《かつら》の輪《わ》をこらし、御心柳の糸《いと》のごとし。さる程に、[二五]鶴《つる》が崎《さき》につきしより、[二六]四海九州花裏《(し)かいきうしうくわり》の牡丹《ぼたん》と承る。しかし熊本《くまもと》にやすらひて、[二七]多情《たじやう》一片《べん》は、玉《たま》の中《うち》の琥珀《こはく》と見る。真実《しんじつ》花に勝《すぐ》るゝと、[二八]底心玉《そこしん》かとうたがふ。[二九]呉国寵《ごとくてう》愛《あい》の西施《せいし》、[三〇]日本名誉《めいよ》の小町《(こまち)》、[三一]ゆきひらの若盛《わかざかり》、[三二]業平《なりひら》の再誕《さいたん》、夢にもわすれね

一章の文章と類似する。→解説。
一〇「鄭桃」の誤り。鄭桃は、晋代の隠者石季竜が愛した美少年鄭桜桃。石季竜がその紫綸巾を鄭桃に与えたという故事(桜桃賦)による。
一一 隠者のかぶる紫色の頭巾。
一二 石季竜にもらいうけ、の意。
一三 董賢を愛した前漢の哀帝が、その袖を枕に昼寝した董賢の目覚めるのをはばかり、自らの袖を断って起きた、という漢書・佞幸伝による故事。心友記、俳諧初学抄などにも所引。
一四 皇帝の法服の袖。
一五 漢の武帝の妃。その兄李延年が傾城傾国の美女として帝にすすめた(漢書・外戚伝その他)。
一六 唐の玄宗皇帝の寵妃(長恨歌、長恨歌伝他)。李夫人・楊貴妃と女性にたとえる記述は色道大鼓の一文にはなく、後に出る西施や小町にたとえる記述もない。
一七 諺「人は木石にあらず」をきかす。
一八 諺「蟷螂《とうろう》が斧を取りて竜車に向ふ」(毛吹草)の略。弱い者が身の程をわきまえず強者に向うことをいう。
一九 諺「蜘蛛が網をはりて鳳凰を待つ」(曾我物語・八)の略。身の程を知らずに勝負をしても問題にならないことのたとえ。
二〇 及ばぬことのたとえ。「雲にかけはし…及ばぬ恋とのおほせかや」(浄瑠璃十二段草子)。
二一 原本「いたなき」。今改む。
二二 自分の文章に対する謙辞。
二三「胸は富士の煙をこがし、涙は深川の浪に滴《したた》る」(男色大鑑・六の三)と同想。熊本にゆかりの阿蘇山と白川(熊本市内を流れる川)を出す。
二四 桂は月中にある木とされる。ここは満月。
二五 豊後の鶴崎(大分市鶴崎)。
二六 天下の中で九州は花の中の牡丹のように美

ば、覚《さめ》ても恋しければ、但祈《たゞいのり》を[三三]藤崎《ふぢさき》の宮《みや》にかけ、身を[三四]菊地《きくち》川に投《なげ》んとす。御《ぎよ》意《い》には露命《ろめい》惜《をし》からず。[三五]人間《にんげん》百歳《さい》の生涯《しやうがい》、[三六]半炊《はんすい》の夢を悟《さと》る。君一夜の手枕《たまくら》、[三七]千《せん》金《きん》の宵《よひ》より貴《たつと》し。起《をき》て居《ゐ》ても、朝《あさ》な〳〵夕べ〳〵わすれやらぬは、大かたならぬ因果《ゐんぐわ》。

と、おもふ程書《(かき)》つゞけて遣《つか》はしけるに、先《さき》さま、「是《(これ)》は」と、お情《なさけ》の帰[三八]しくだされ、それは〳〵いふにたらず[三九]、筆紙《ひつし》には及《およ》がたし。「ちかき程の首尾《しゆび》に、旅《りよ》庵《あん》へ一夕《せき》御まみへあるべし」との[四〇]御内証《(ご)ないしやう》、いまだ[四一]御日ざししれず、[四二]是を待《まつ》うちの物わびしく、爰《(ここ)》が恋《こひ》の只中《たゞなか》とおもひ暮《くら》し申候。

此《(この)》たび、[四三]右のかひなの六字《じ》、夢現《むげん》書《(かき)》たる入《(いれ)》ぼくろ、用《やう》に立《(たち)》申候。あはれ、ちかくば其《(その)》夜のありさま見せたし。お名は、岡嶋采女《をかじまうねめ》さまいふなれば、[四四]御かはらけ給はりて、夜すがらかたじけない事を御物語《(おもの)がた》り申《(まうす)》所、しばし此国《(この)くに》の烏《からす》、其《(そこ》元《もと)》の[四五]祇薗《ぎをん》ばやしへあづけたく候。此《(この)》事、[四六]月西庵《げつさいあん》の草履取《ぞうり(とり)》松之介に、御沙汰《(お)さた》あるまじく候。頓《やが》て罷上《(まかりのぼ)》り、[四七]はなし種《たね》に書残《(かきのこ)》し申候。以上。

九月十一日

慶《けい》眼《がん》

遊《ゆう》夕《せき》御坊

しい土地だと聞いている、の意。
二七 多くの情のうち、あなたへの私の思いは。
二八 原本「むがう」。「玉かと」の誤りと見て改む。
二九 呉王夫差に寵愛された中国春秋戦国時代の美女。西施・小町が出る点は注一六参照。
三〇 日本で美女の誉れが高い小野小町。
三一 在原行平。謡曲・松風などで知られる。
三二 在原業平。美男の代表とされる。行平の弟。
三三 熊本市川淵町の藤崎八幡宮。
三四 菊池川。熊本県北部を流れ島原湾に入る川。
三五 人間に百歳の寿命があったとしても。
三六 謡曲・邯鄲などで知られる盧生一炊の夢の故事。半炊は一炊の強調。夢から「(手)枕」に続く。
三七 「春宵一刻直千金」(蘇東坡・春夜詩、謡曲・田村、小塩などにも引用)。
三八 返し。御返事。 三九 「たえず」の誤りか。
四〇 内々の御返事。 四一 会う予定の日の御指定。
四二 「男女の情もひとへに逢ひ見るをばいふものかは。逢はで止みにし憂さを思ひ、あだなる契をかこち、長き夜をひとり明し、遠き雲井を思ひやり、浅茅が宿に昔を偲ぶこそ、色好むとはいはめ」(徒然草・一三七段)を意識した言い方。
四三 右腕に南無阿弥陀仏という六字を夢現が彫ってくれた入墨の意か。夢現は男色相手の名か。ただし色道大鏡・六は、六字の名号の入墨を、中間・馬追・船子のたぐいの所作とし「下愚なりといはんや、蚊虻(もんもう)なりといはんや」と評しており、この場合の「用に立」ちそうにない。
四四 御土器。素焼の盃。 四五 京都八坂神社の森。
四六 不明。原本振仮名「けんさいあん」。草履取り(→三七七頁注二九・三〇)松之介は、京都での筆者の男色相手。これを付加し、おかしみを出す。
四七 話の種として。「の」脱か。

此文《(このふみ)》を考《かんが》見るに、京の花見かしましく西国にくだり、おもひよらぬ美児《びしやう》[一]なづみ、しのばせたる状《じやう》のあらまし、友とせる方へしらせけると見へたり。[二]法師《ほうし》似《に》合《あい》たる也。

二　明《あけ》て驚《をどろ》く書置箱《(かきおき)ばこ》

[三]生死《しやうじ》わきまへたる人さへ、[四]此別《(この)わか》れは取乱《(とり)みだ》し給へば、ましておろかなる我〱、なげき申候も[五]断《ことは》りかと存《(ぞんじ)》候。兄《あに》甚六郎義《ぎ》、[六]先《せん》月廿九日相果《あいはて》申候。すなはち[七]改《かい》名春雪道泉《みやうしゆんせつどうせん》と申候。其元《(そこもと)》にても御とむらひあそばさるべく候。最後《さいご》の時分《じぶん》まで、貴様の御事申出《(まうしいだ)》し、「此《(この)》甚太夫、爰元《(ここもと)》に居《ゐ》申され候ものならば、[八]内証《ないしやう》の談《だん》合《こ》相手《あいて》に成《(なり)》申候人を、[九]遠国松前《ゑんごくまつまへ》までの旅商《たびあきな》ひ、一門《もん》皆〱[一〇]ふがひなきしかた」と、くれ〲是《(これ)》を悔《くや》み申され候。

[一一]将又《(はたまた)》、甚六郎、[一二]りんじゆたしかに、自筆《じひつ》に書置いたされ、[一三]年寄《としより》・五人組《ぐみ》の加《か》判《はん》たのみ、「[一四]七日過《すぎ》て[一五]内蔵《うちぐら》をひらき、親類中立《しんるいぢう(たち)》合《あい》是をあらため、それ〱に相渡《あいわた》し申せ」とのいげん、[一六]則《すなはち》目録《もくろく》の通《とを》り書《(かき)》しるし、貴様へも此飛脚《(この)ひきやく》に[一七]所務《しよむ》分《わけ》

一　美少。美童に同じ。
二　男色に溺れるのは、女色を禁ぜられている僧侶に似つかわしい、と評すのみだが、本文の僧はいささかならずおかしみを生むイメージを持たされており、当然皮肉まじりの言い方。
▽書簡の中で自分の出した恋文を中心に報ずるという変わった趣向で、男色好きの僧の一人よがりの自慢話を記す異色な一章。慶眼が釆女との出会いを想像するまでで終っているものの、この恋が成就するとは思われず、慶眼の人の良さと自惚がおかしみを感じさせる。
三　人は必ず死ぬものという道理を悟っている人。通常の挨拶から始める手紙の形を変え、ただちに兄の死を報ずることで冒頭部に変化をつけ、読者を作中に惹き込む書き出し。
四　ここは死別をいう。
五　「理」に通用。道理。当然のこと。
六　本章の日付は四月廿二日。従って、三月。
七　戒名。「春雪道泉と改名」(男色大鑑・二の三)。
八　内々の事(家計・商売など)の相談相手。
九　北海道松前郡松前町。「松前志摩守殿城下…万上方のごとく繁昌の大湊也」(一目玉鉾・一)。
一〇　たよりにならないやり方。甚太夫は、後の遺産分配より親道斎または甚六郎の妾腹の子といった立場の人物と推定される。そのような人物を冷遇して遠国へ商いに行かせた一門の連中のやり方を「ふがいなき」と称して悔んでいる。
一一　さてまた。ところで。書簡の常用語句。
一二　臨終の時にもしっかりしていて、間違いなく、の意。「たしかに」は上下にかかる。
一三　正式な遺言状には、年寄(町役人)や五人組(三七〇頁注一九)の加判(証人として押す判)が必要とされ、また遺言人も自筆で書き印判を押した。　一四　初七日。死後七日目に当る日。

おくり申候。慥《たしか》に御請取《(おうけとり)》くださるべく候。

先《まづ》、住宅《じうたく》に諸道具《しよどうぐ》其《(その)》まゝ、銀三百五拾貫目、惣領《そうりやう》の甚太郎。同町《どう(まち)》[一八]拾壱間《けん》口の家屋敷に銀弐百貫目、二男《(じ)なん》の甚次郎。扨《(さて)》、[一九]泉州《せんしう》の新田《しんでん》、銀三拾貫目、[二〇]姉妙《あねめう》三。銀五拾貫目、[二一]弟《おとゝ》甚太兵衛。銀弐拾貫目、貴様へ。銀五貫目は手代の九郎兵衛。此外《(このほか)》、諸親類《しよしんるい》、[二二]下《した》〴〵、寺〴〵まで残らず書付《(かきつけ)》いたし、「[二三]残《のこる》所もなき身の取《(とり)》置《(おき)》」と、いづれもかんじ申され候。

時に、[二四]後家《ごけ》の事は、書置には何とも見えず、別紙《べつし》一枚《まい》あり。「つね〴〵両人の悴子《せがれ》に当《あた》りよろしからねば、長持万事《ながもちばんじ》ずいぶんそこねぬやうに、[二五]親許《をやもと》へおくるべし。いまだ若《わか》き者《もの》なれば、かさねて縁付《ゑん(づき)》のためなり。[二六]右に[二七]敷銀《しきぎん》なければ、此《(この)》たびかへすに別条《べつぢやう》なし。[二八]三十五日より内にかへせ」とのいひ置《(おき)》、[二九]此段《だん》は、甚太郎[三〇]おとなしく申出《(まうしいで)》候。

「此たび親《をや》と名の付《(つき)》申候御事なれば、是《(これ)》ばかりは[三一]御いひげんをそむき、此屋敷に[三二]御隠居《(ご)ゐんきよ》をこしらへ、[三三]御寺参り銀《がね》弐拾貫目[三四]しんじ申たき」との所存《しよぞん》、いづれも泪《なみだ》をこぼし、「若年《じやくねん》の人の、さりとてはやさしき申分《(まうし)ぶん》」と、おの〳〵肝《きも》にめいじ、「是は後家御《ごけご》もまんぞく成《(なる)》事」と、[三五]町中申され候に、[三六]すこしも嬉《うれ》しき皃《(かほ)》つきなく、[三七]荒和布《あらめ》刻《きざ》みさして、[三八]薄刃《うすば》でまないたをたゝきながら、「わが身は女

一五 母家の軒続きに建て、金銀や貴重品を収める蔵。庭蔵に対していう。
一六 遺言。 一七 遺産の配分。
一八 間口が十一間の家屋敷。大邸宅である。
一九 和泉国(大阪府南部)の新田。江戸時代初頭以後当時まで上方では新田開発が盛んで、裕福な商人の中にはそれに投資する者も多かった。ここは新田開発にも投資していたことを示唆。
二〇 甚六郎の姉。名前から、すでに隠居又は後家となり法体している人物であることが分かる。
二一 この手紙の差出し人だが、遺言状の要約故の言い方。 二二 奉公人たち。
二三 全く手落ちのないその身の処し方。
二四 甚六郎の妻をさす。
二五 嫁入りの道具・持参金などは、離縁の場合嫁と一緒に親元へ返すのが当時の常法。
二六 文書類で前をうける語。その嫁(後家)に。
二七 持参金。
二八 死後三十五日目。法事を営む。貞享元年(一六八四)の服忌令では「夫 忌三十日、服十三月」。
二九 この点に関しては。 三〇 大人びて一人前に。
三一 御遺言。「ゆいごん」に同じ。
三二 隠居所を建て。裕福な町家などでは隠居は母家の後に隠居所を建てて独立して生活した。
三三 隠居料。
三四 進じ。さしあげたい。文書などの用語。
三五 町年寄、五人組などの人々。
三六 以下次頁十二行あたりまで普通の散文の文体となる。会話文を多用する故の文体の乱れと見られるが、内容に即応して効果的な描写。
三七 コンブ科の海藻の一種。前出「松前」よりの連想で出したか。松前―昆布(類船集)。
三八 刃の薄い庖丁。菜切り庖丁。いらだっている後家の人物像を具体的に印象づける描写。

の事なれば、どうかたずひてもくるしからず。死人《しにん》のいひ置《(おき)》の帰るが望《のぞ》み。其弐拾貫目の銀子も申請《うく》る事いやなり。欲《よく》がましきいひ事なれども、此《(この)》五七年、我等の親里《をや(ざと)》より幾度《いくたび》か[一]銀金《きんぎん》を取《(とり)》よせ、自分《じぶん》の用どもを調《とゝの》へたれば、せめて其《(その)》かはりに、すこしは心付《(こころづけ)》あらばあれ。菟《と》角今晩親《かくこんばんをや》のかたへ帰る。かく申せばとて、[二]みぢんも[三]不義《ふぎ》縁付《えん(づき)》ののぞみなし。[四]身のおさめやうを後《のち》に見給へ」と、いひもあへず小袖ぬぎ替《か》へ、つねは乗物《のり》のおくりむかひも、此《(この)》なかなれば、あゆみ出《(いで)》られしを、「是《(これ)》は[五]みぢかし」ととむる人あれば、一門《もん》のうちにも帰したがる人も有《(あり)》。[六]善悪人間心《ぜんあくにんげん(こころ)》〴〵、なげきの中《なか》に声立《こへ(たて)》て、後家《ごけ》は[七]帰られける。

　跡《あと》にて、[八]年がましき人了簡《りやうけん》あそばし、「尤《もつとも》、[九]しにんのふそくあればこそ、[一〇]片《かた》手《て》うちなる書置なれ。すこしの[一一]しよむわけしてから、世間《せけん》に聞《きい》て笑《わら》はぬ事」と、相談《さうだん》にて、銀五貫目、手ぢか成戸棚《(なる)とだな》にありあはすを幸《さいは》ひに、諸道具付《しよどうぐ(つけ)》て親里《をやざと》へ帰し申、其後《(そののち)》蔵《くら》をひらき、おの〳〵立合《(たちあひ)》吟味《ぎんみ》いたされしに、[一二]一円《ゑん》[一三]銀箱《かねばこ》のあり所しれず、「是《(これ)》は不思義《ぎ》」と、すみ〴〵まであらため申候へば、[一四]むかし長櫃《ながびつ》の底《そこ》より、[一五]手形箱《がたばこ》ひとつ取出《(とりいだ)》し、是を明《あけ》て見るに、[一六]銘《めい》ゝに付札《(つけ)ふだ》あつて、大分銀子《だいぶんぎんす》、皆[一七]大名借《だいみやうがし》の手形《てがた》をゆづり渡《わた》され、[一八]当分《とうぶん》の用《やう》には立《(たた)》ず、[一九]手に取《(とる)》まではたしかならず、皆〳〵驚入《おどろき(いり)》申候。

一　原本のまま。
二　微塵も。ほんの少しも。
三　「貞女は二夫に見(みま)えず」(平家物語・九、他。史記・田単伝の言葉の言い変え)という当時の倫理観に基く言い方。「夫ある女の外に男を思ひ、または死別れて後夫を求るこそ、不義とは申すべし」(諸国ばなし・四の二)。
四　身の処し方。わが身の始末のつけ方。一見いさぎよい言動をさせるのは、後にそれをくつがえす後家の行為と対比するための伏線。
五　短し。短気なやり方だ。
六　善につけ悪につけ人の心はさまざまで、の意。上下につながる。一門の人への評であると同時に後家への評でもあり、一般論ともなる言い方。
七　原本「帰らける」。今「れ」を補うが、「帰りける」の誤りとも見られる。
八　その一座の中で年配の人が思案分別して。
九　死人(甚六郎)が妻に不満を持っていたから。
一〇　片手落ち。物事の処置に片よりがあること。
一一　所務分け。遺産の配分。
一二　全く。
一三　銀十貫目入りの銀箱をいう。
一四　古風な作りの長櫃。
一五　諸種の証文を入れておく箱。
一六　誰それに譲るという札が手形に付いていて。
一七　大名貸の手形。大名相手に行う金融での大名の借用証書。近世初頭から行われているが、十七世紀後半になると、大名の一方的な債務破棄(お断り)などにより貸金を取立てることが出来ず、倒産するに到る大町人も少なくなかった。その事例の若干は町人考見録に見られる。
一八　さし当りの役に立たず。
一九　大名から貸金を返済してもらうまでは。当世では返済される見込みがない故、皆々驚く。

手前《てまへ》に有銀《ありがね》は、後家《ごけ》へつかはし申候五貫目ばかりにて御座候。はや甚太郎小《こ》遣《づか》ひ銀《がね》もなく、迷惑《めいわく》ながら、わたくしかたよりすこしづゝ二〇取替《とりかへ》、先只今《まづたゞいま》は二一其通《そのとを》りに御座候へども、二二大勢《あふぜい》の者《もの》ども、酒つくるもとでなければ、埒《らち》のあかぬ事に存《ぞんじ》、さて〳〵二三思案《しあん》に落着《をちつき》申さず候。我物大分《だいぶん》ありながら、皆〳〵借《かし》申され、紙《かみ》に書《かき》たるもの、二四今といふ役《やく》には立《たた》ず、子どもの難義《なんぎ》仕《つかまつり》申候やうに、兄《あに》者人《じやひと》、不覚悟《ふかくご》いたし置《おか》れ候。貴様へ先《まづ》、二五いひげんまかせ、二六銀五拾貫目の手形、

二〇 たて替えて。
二一 前と変わらぬ状態ですが。
二二 数多い奉公人たちは。
二三 どうしたものかいい考えもない、の意。
二四 今という今の。いざという時の。
二五 遺言の通りに。遺言に従って。
二六 原本「銀五拾目」。五拾貫目の誤りと見て訂した。ただし、甚太夫の受取り分は、前出の遺言では二十貫目のはず。作者の思い違いか、またはいずれ金にならぬ手形故の割増のつもりか。

挿絵解説 道具蔵の中にある後家の雑長持を開けた場面。大きな長持の中には「八百貫ばかり」の銭があふれる程に入っている。蓋を開けているのは手代で、それに指図する羽織を着た人物が甚太兵衛であろう。ねじり鉢巻、尻からげの二人の男の足もとに棒が置かれており、二人がかつごうとしても無駄だったことを示す。右手に描かれるのは、驚いている下女。

[一]お町衆《(ちやう)しゆ》のさしづによつて、態《わざと》[二]もたせ遣《つか》[三]はし申候。

甚六郎事、兼《かね》て御存知《(ご)ぞんじ》の通《とを》り、すこしも浮《うい》[四]たる事はいたさぬ人にて御座候が、[五]京の銀借《かねかし》ども、大分限《(だい)ぶんげん》罷成《(まかりなり)》候をうらやましがり、[六]あたら銀《かね》を捨《すて》られし同前《どうぜん》に御座候。右の外、[七]芝居《しばゐ》の銀親《かねをや》をせられ、三十貫目の手形見え申候が、是《(これ)》は、[八]ぬしも物にならぬとおもはれ候や、誰《たれ》にもゆづり置《(おき)》申されず候。いづれ、人の身《しん》[九]体《だい》は、死《しな》ねば[一〇]しれぬ物に御座候。是程手前《てまへ》に銀子あるまじき事とは、夢〳〵存ぜず候。我〳〵が親道斎《おやどうさい》申置《(まうしおか)》れしは、「町人、家質《かじち》[一一]の外、金銀借《かし》申《(まうす)》事無用《むやう》。其上《(その)》、有銀《(ありがね)》[一二]三ヶ一出し申べし。皆〻は、慥成《たしか(なる)》事にもかさぬ物」と、くれ〴〵いひわたされしに、我《(わが)》物、時の用に立《(たた)》ざる事にて、道斎《どうさい》の御事おもひ出し候。

さりとは世の移《うつ》りかはる事、かなしき中にも物わらひ、さま〴〵に見え申候。甚六郎後家《ごけ》、いまだ百[一三]ヶ日にも立《(たち)》申さぬうちに、はや近《ちか》〻に縁付《ゑんづき》の男を極《きは》めて[一四]おくるのよし、世のならひとは申ながら、せめて[一五]むかはりは待《まち》ても、人の笑《わら》はぬ事に御座候。それも又、下《した》[一六]〻の友過女《ともすぎ》は、けふを暮《くら》しがたく義理《ぎり》かき申も是《ぜ》非《ひ》なく候。

此女房《(この)にょぼう》は悪《にく》し〳〵と存候折ふし、最前荷《さいぜんに》物《もつ》帰し申候時《じ》分《ぶん》、誰《たれ》かつど〳〵[一七]にせんさく仕《(つかまつり)》候人も御座なく、道具《どうぐ》[一八]蔵片角《ぐらかたすみ》に、雑長持《ぞうながもち》[一九]ひとつ取残《(とりのこ)》し置《(おき)》申候を、

一　町年寄・五人組などの人たち。
二　わざわざ。
三　原本「遣へはし」。今、改む。
四　うわついたこと。遊女狂いなどの遊興や投機的な事業。
五　近世初期、大名貸をする大町人は京都に多かった。本章は大津の話となっているが、寛文期までは武家財政もさ程逼迫せず、大名貸は有利であると同時にその商人の名誉となることとも考えられていたから、大津の大商人などもそれを見て大名貸に走るという本章のごとき事例もあったのであろう。ただし、貞享・元禄期に「うらやましが」って大名貸を行ってみても、それが失敗に終るのは本章で述べられている通り。
六　大名に貸した金を捨てたも同然ととらえ、武家財政の行詰りを冷徹に把握した言い方。西鶴は大名貸には批判的で「借銭は大名も負はせらるゝ浮世、千貫目に首きられたるためしなし」（胸算用・三の二）などの言い方もある。本章は、危険な大名貸という事実を明確に印象づける作品としても注目される一章。
七　芝居興行の出資者。芝居興行への出資は、芝居銀と称され利息は高かったが、芝居に当り外れがあるため、投機的で危険な投資であった。
八　主。当人。甚六郎をさす。
九　身代。財産状態。文反古では一の一、二の一などでも商人の身代の外見と内実の違いを問題にするが、それぞれに視点の当て方を変えて興味深い話とする点に、作者の工夫がある。
一〇　原本「なれぬ」。誤りとみて改めた。
一一　家屋敷を担保に金を貸すこと。もっとも安全確実な利殖法と見られていた。
一二　手持ちの金のうち三分の一だけ貸し出すようにせよ。

[二〇]ことすぎて取《(とり)》につかはし申候を、私《わたくし》に申来《きた》り候程に、「[二一]さやうの、しばしもあづかり申候事うるさし。はやく其使《(その)つかひ》に相《(あひ)》わたせ」と申付《(まうしつけ)》候へば、下女ども二三人、蔵《くら》に入《(いり)》て取出《(とりだ)》しけるに、中〳〵動《うごき》もせず。其後《(そののち)》男ども手をかけても、すこしも[二二]にぢらず。錠前《じやうまへ》は念《ねん》を入《(いれ)》、然《(しか)》も封印《ふうゐん》あれば、明《あけ》申事も成《(なり)》がたく、是《(これ)》に難《なん》義《ぎ》して、「雑長持《ぞうながもち》には、[二三]しいし・[二四]きぬばりなどの入物《(いれもの)》なるに、是は碓《いしうす》の二十も入《(いり)》けるか」とせんぎする所へ行《(ゆき)》て、此長持《ながもち》を見るに、蓋《ふた》にちいさき穴《あな》を明《あけ》しを、不思議《ふしぎ》なれば、子細《しさい》なく錠前引《じやうまへ(ひき)》はなちて見申候へば、年《ねん》ゝ[二五]みだけ銭《ぜに》を日夜《にちや》に入《(いれ)》置《おく》と見へ申候。さりとては此《(この)》女の欲心《よくしん》、男のやしないを請《(うけ)》ながら、[二六]するゑの身がまへして、是程《(これほど)》まではぬすみ溜《ため》、自然《しぜん》とあらはれ申候は、天理《てんり》をそむきたるゆへかと存候。大かた[二七]目づもりにして、八百貫《くはん》ばかりと見へ申候。

かやうに甚六郎大やう成《(なる)》ゆへに、万事《ばんじ》[二八]勝手《かつて》あしく罷成《(まかりなり)》候。此女房《にようばう》、兼《かね》〴〵別《わか》れを覚悟《かくご》したる心中《しんちう》むごし。[二九]世上《せじやう》にかやうの女心も、あまたありそふなる物にて御座候。是《(これ)》をおもへば、[三〇]夫妻《ふさい》のかたらひなしても、油断《ゆだん》ならぬ世の中に罷成候。彼長持《かのながもち》を取《(とり)》に参《(まゐり)》候程に、「娌入《よめ(いり)》の時分《じぶん》二人して是へおくれば、又弐人して持《もち》帰る達者《たつしや》男をつかはし候へ」と申せば、恥《はぢ》てや、今に取《(とり)》にまいらず候。年内《ねんない》に御上《(おのぼ)》り待《まち》申候。[三一]万ゝ語《かた》り申度《(まうしたく)》候。此[三二]御報《ごほう》相待《あいまち》申候。

一三 死後百日。服忌令でも、夫に対しては「服十三月」とする。
一四 その男のもとへとつがせる、の意。
一五 一周忌。↓注一三。
一六 共稼ぎをしなければ生活できないような貧家の女。
一七 ひとつひとつ。いちいち。
一八 道具を入れて置く蔵(庭蔵)の片隅に。
一九 種々の小物を入れる長持。衣装長持に対していう。
二〇 事過ぎて。日数がたってから。
二一 さようの物。そんな物。
二二 押してすり動かしても動かない。
二三 篋子。布を洗い張りしたり染めたりする時に使う細い竹の串。布の両縁に弓形に差し渡して、しわを伸ばす道具。
二四 絹張り。洗い張りの布の両端をはさむ道具。
二五 ばら銭。銭さしにつないでない銭。
二六 夫と別れた時のことを考え将来の生活の用意をすること。
二七 目積り。目算で推定して。
二八 生活が苦しくなる。手元不如意となる。
二九 世間には。この前後は、これまでの話の評のごとくになっている。本章の評文が話の要約のみで簡略なのは、すでにこの部分で評を書いてしまう形となったことも一因と見られる。
三〇 夫婦の契り。
三一 いろいろと。書簡用語。
三二 「御報」は御返事。この手紙の返事を。

卯月《(うづき)》廿二日

津崎《つざき》甚太夫様[一]
人々御中

大津
甚太兵衛

此文《(このふみ)》を考《(か)んが》見るに、大名借《(だいみやう)がし》の手形《てがた》を所務分《しよむわけ》したるを、同じもらひ物ならば当銀《とうぎん》[二]とおもう心と、女房《にようばう》つね〴〵の欲心《よくしん》あらはるゝ事と見へたり。

三 代筆《だいひつ》は浮世の闇《やみ》

帰鴈越路《きがんこしぢ》[三]の春をしたひ、代筆《だいひつ》[四]の文《ふみ》ことづて申候御出家《(ご)しゆけ》は、妙心寺《めうしんじ》[五]の末寺《まつじ》に久しく御勤《(お)つと》めあそばし、語《かた》[六]ればむかしの女房《にようばう》に筋目《すぢ》[七]ある御方《(おん)かた》、今又《(また)》重縁《ぢうゑん》[八]とぞんじ、後世《ごせ》の事ども導《みちびか》れ、ありがたく存《(ぞんじ)》候。御生国越後《ごしやうごくゑちご》[九]の村上《むらかみ》まで、此《(この)》たび御《(お)》[一〇]通《とほ》り被成《(なされ)》候ニ付《(つき)》、幸《さいは》[一一]ひに申入《(まうしいれ)》[一二]候。暮《くれ》におよび申候《(まうしさうらは)》ば、草庵《さうあん》に御一宿《(ごいつ)しゆく》あそばし候やうに申され、法義《ほうぎ》[一三]を御聞《(おきき)》なされ、いよ〴〵[一四]うき世[一五]の覚悟《かくご》あるべき御事に候。

まことに兄弟《きやうだい》と生《うま》れ、ゆくするゑかはらず、たがひにしたしみ深《ぶか》くするは、人

一 もと、直接その人にあてず、そばの人々に取次ぎを頼むの意の手紙の脇付け。ただし、ここでは形式的に使われているだけ。
二 現金。
▽評文に要約される二つの話を巧みに継ぎ合せる形で一通の書簡に仕立てた作品。大名貸の手形を遺産として配分する奇抜さの中に当時の武家財政や経済社会のあり方を鋭く指摘し、一方評文で女房の欲心を描くものの、後妻として入り実子のない女の立場や心情を印象づけ、「世上にかやうの女心も、あまたありそふなる物」と読者に納得させる。珍談・奇談の形をとりながらも現実社会や人のありように立脚して「油断ならぬ世の中」を感得させるすぐれた一章。
三 春になって北に帰る雁が越路をしたって行くように、私も越路のあなたを懐しく思い、の意。帰雁—越路—文(類船集)。越路は北陸道の古称。手紙のことを「雁書」ともいうが、蘇武が雁に手紙を託したようにこの文を託して、の意も含む。
四 代筆という趣向の手紙は本章のみ。代筆で手紙を出さざるをえない理由は後に記されるが、この趣向も作者の工夫の一。後に記されるその理由と照応して効果を発揮している。
五 京都市右京区花園妙心寺町にある臨済宗妙心寺派の大本山。
六 思えば昔のことだが、昔(今は死んだ)の女房と、の意。「むかし」は上下にかかる。
七 血筋のつながっている。
八 血縁と法縁との二重に重なる縁。
九 新潟県村上市。榊原氏十五万石の城下。
一〇 お出かけになり、その途中であなたの所(越前府中)を御通りになるので、の意。
一一 それをよいたよりとして。幸便に。
一二 御手紙を差し上げます。書簡の常套句。

のつねにて御座候を、[一六]女のいひなしにて、外《(ほか)》になき弟《おとゝ》を都《みやこ》にさへ置《(おか)》ずして、おもひがけなき[一七]道心発《どうしんをこ》させ、年月の難義《なんぎ》、さぞ〳〵とかなしく存候。さりながら、今では其《(その)》身の仕合《しあはせ》、誰《たれ》かひとりもとゞまる此《(この)》世にはあらず。然《(しか)》も二《(ふた)》親《をや》の[一八]ぼだいの種《たね》とも成《(なり)》、殊勝千万《しゆしやうせんばん》に存候。惣じて、女心のよしなく、人の身の事申せし我《(わが)》[一九]つれあいも、かぎりありて、四五年跡《あと》に相果《あいはて》申候へば、是《(これ)》にもかならず恨《うら》みは晴《はら》し給へ。これにつき、今まではかくし申候得ども、次手《つゐで》ながら申《(まうし)》通《つう》じ候。我《(わが)》身の[二〇]因果《ゐんぐわ》れきぜん、さりとてはおそろしく候。

　むかしの住宅《じゆうたく》、[二一]三条《ちやう》に、酒商売《しやうばい》の外に紙《かみ》見せ出《(いだ)》し候に、次第に仕合《(しあはせ)》よく、渡《と》世《せい》もゆるりとおくり、万願《よろづねが》ひのまゝ成《(なる)》折ふし、こゝろがゝりは、[二二]軒下《のきした》のひくき居宅《ゐたく》、[二三]元和年中《げんわねんぢう》の普請《ふしん》なれば、ひとつとして気《き》にいらず、近《きん》年のうちに何ぞ銀《かね》もうけいたさば、思ひのまゝに立《(たて)》なをし、[二四]衣食住《ゐしよくじう》の三つに楽《たの》しみ極《きわ》めんとぞんじ候処へ、[二五]大名《だいみやう》の買《かい》物使《づかひ》らしき侍《さむら》ひの、[二六]挟箱持《はさみばこもち》一人めしつれ、[二七]中奉書《ちうぼうしよ》入《(いる)》よしにて、三百まい売《うり》わたし、代銀《だいぎん》請取《(うけとり)》、其《(その)》人帰られさまに、[二八]ひとつふたつ[二九]狂言《きやうげん》しばゐの物がたり仕《(つかまつ)》り申候が、さいふを取残《(とりのこ)》してゆかれし。跡《あと》にて引《(ひっ)》提《さげ》て見れば、しつとりと重《をもき》より、我《(われ)》あさましき欲心《よくしん》おこりて、彼袋《かのふくろ》をふかく隠《かく》して、[三〇]さらぬていに罷有《(まかりあり)》候処《ところ》へ、[三一]くだんの侍《さむら》ひあしばやにもどり、「最前《さいぜん》爰《(ここ)》に金袋《かねぶくろ》わすれ行《(ゆく)》。

一三　仏法の教え。法談。
一四　なお一層。
一五　世の無常を悟ることの意として「法義」からつながり、同時に文字通りのつらく生きにくいこの世の意をこめて、以下の話に続ける。
一六　私の妻の讒言。妻が、ありもしないことでお前の悪口を言ったのを真に受けて。
一七　仏法に帰依し僧になる気持にさせ。
一八　菩提の種。極楽往生するための基因。「一子出家すれば七世の父母成仏す」(謡曲・高野物狂)。
一九　連合い。ここは自分の妻。
二〇　因果歴然。悪行の報いの明白なあらわれ。
二一　京都の三条通り。なお、以下の話と類似する話が「徳利子」(手のない不具の子)の由来を語る話として、織留・一の二に記されている。
二二　軒下が低く小さい粗末な家。
二三　一六一五―二三年。元禄初年より約七十年前で、もはや家屋の傷みが甚しくなる時期。
二四　衣食住の三つに思いのままであることは、当時の町人の理想の生活。「分際相応に人間衣食住の三つの楽しみの外なし」(胸算用・一の三)。
二五　大名家の台所・賄方などで用いる品物を買い入れる役割の武士。
二六　挟み箱をかついで供をする郎党。挟み箱は、着替えの衣服などを入れた箱に棒を通してかつぐようにしたもの。↓四一〇頁挿絵。
二七　中型の奉書紙。奉書は、楮《(こうぞ)》を原料とする上質紙。大きさにより大中小と区別する。
二八　気のいい気さくな侍らしさを印象づける描写。この描写故に、人のよさそうな武士を自害に追い込む手紙の筆者の悪ぶりが浮び上る。
二九　歌舞伎芝居。
三〇　さあらぬ体、の略。そしらぬふり。
三一　件の。先程の。

それを[一]たもれ」といふ。「何も御座りませぬ」とあらそふ。此侍《(この)さむら》ひ歯《は》を喰《くひ》しめ、「さりとては、此所《(この)》に置《(おき)》わすれしにはうたがひなし。[二]則《すなはち》其中《(その)》に小判《こばん》百八十三両、一歩《ぶ》が弐拾四五、銀が六十めあまり入置《(いれおき)》候。是《(これ)》はわたくしの金銀にあらず。主命《しゆうめい》なれば、此[三]そこつ、[四]武士《ぶし》の一分立《(いち)ぶん(たち)》がたし。是非《ぜひ》に給はれ。此恩《をん》はわすれじ」と、[五]ふたこしさす人の、町人に手をさげて、さま〴〵詫《わび》られしに、心づよく隠《かく》しすまし、かへつて[六]いひかけのやうに申《(まうし)》なし候へば、せんかたなく立帰《(たちかへ)》り、一時《(いつとき)》ばかり[七]も過《すぎ》て、又彼《(また)かの》さむらひ、烏《からす》を一羽生《(いち)はいき》ながら持《(もち)》きたり、「其方隠《(そのはう)かく》すにおゐては、[八]ゆくするゑを見よ」といひさまに、此烏の両目を脇指《わきざし》にてほり出《(いだ)》し、それがしになげつけて帰り申候を、世間《せけん》の[九]取沙汰《(とり)ざた》あしきもかまはず、[一〇]其通《(その)とを》りにすましけるが、四五日も過《すぎ》て、其侍《(その)さむら》ひは、[一一]黒谷《くろだに》の奥《をく》にて、我《(われ)》と切腹《せつぷく》して相果《あいはて》申候。

是《(これ)》をつたへて、世上《せじやう》の人も何となく付合絶《(つきあひ)たへ》て、[一二]あるにもあられず、家屋敷を売払《(うり)はら》ひ、嵯峨《さが》の里人をたのみ、[一三]けいきよき所に庵《あん》をかまへ、「せめては念仏《ねんぶつ》申、我《(わが)》心のおそろしきをひるがへさん」と、髪《かみ》をおろし、ころもをかけ、[一四]身をこらしめの山住《ずま》ひ、「子のない事はかゝる時のよろこび」と、いよ〳〵仏《ほとけ》の道に[一五]入日《(いりひ)》の岡《をか》も程ちかく、[一六]有時《(ある)》夜に入《(いり)》て、「我〳〵洛中《らくちう》の[一七]野等《(のら)》もの」と名乗《(な)のり》かけて、

一「たまはれ」の略。下さい。
二 金袋の中味を言うことでそれが自分のものであることを証明しようとする言葉。小判の重さは一枚四匁八分、一歩(一両の四分の一の価の長方形の金貨)は一匁二分。金袋の中味は九百六、七十匁となり前出「しっとりと重」きに対応。
三 粗忽。不注意による失敗。
四 武士の面目・体面。武士にとって一分が立つ、立たぬが、生死を賭けるに足る問題となる場合が多いことは、伝来記の諸章参照。
五 二腰差す人。武士。腰は刀を数える単位。当時は町人も脇差一本のみの着用は許されていたので、武士をさして言う。
六 言い掛け。言いがかりをつけること。
七 原本は「こと」とも読める字だが、板下作製時のあいまいな書き方と見て「も」とする。
八 行末。将来。以下終末部で筆者が烏に目をえぐられることと照応させ、因果応報を感得させるための伏線。烏を抜目烏と称することと関連させて設けられた趣向か。
九 評判。噂。
一〇 そのままそしらぬ態度で押し通したが。
一一 京都市左京区黒谷町の金戒光明寺。法然上人開基の寺。
一二 居るに居られず。悪事の報いが以下少しずつ増幅されて行くが、最初は近隣の人々の冷い目が、この男を居にくくする。
一三 景気。景色。嵯峨は、当時富裕な町人の別荘地ともなり、風光明媚で閑静な土地。
一四 この前後、候文体が崩れ、普通の散文体となる。
一五「仏の道に入」と「入日の岡」をかけた表現。入日の岡は、日の沈む方角である京都西郊の西山(嵯峨・松尾辺の山々)を洒落て言ったもの。

爰《(ここ)》をしる事不思議《ふしぎ》や、[一八]おもひ〳〵に家《や》さがしして、一生《しやう》のたくはへ、残《のこ》さずとられて、けふをくらすべきたよりも御座なく候へば、やう〳〵[一九]鉦《かね》をたゝき中、袖に[二〇]握《にぎり》米《(ごめ)》をあつめて命をつなぎ申候。

[二一]是《(これ)》は世に住甲斐《すむかひ》もなく、「菟角《とかく》身を果《はた》して、後の世をたすからん」とおもひ定《さだ》め、有夜《(あるよ)》、[二二]広沢《ひろさは》の池《いけ》に行《(ゆき)》て、[二三]西のかたの岸《きし》に立《(たち)》て、水底《みなそこ》のふかき所、[二四]最後《さいご》ためと見あはせ申候時、[二五]いつぞやの侍《さむら》ひあらはれ出《(いで)》、松かげより我に取付《(とりつき)》、「悪《にく》しやおのれ、此《(この)》世をのがれたき所存《しよぞん》、おもひもよらず。此一念《ねん》のかよふうちは、[二六]眼前《がんぜん》に恥《はぢ》をさらさせん」と、胸《むね》くるしき程しめつけられ、又草庵《さうあん》に立帰《(たちかへ)》り、只《(ただ)》ぼうぜんと夢のごとく、それより三日すぎて、曙《あけぼの》に、「舌喰《したくい》きつて死《しな》ん」と起《をき》あがれば、彼《かの》さむらいまぼろしに見えて、我《(わ)》がかしらをきびしくおさへ、「いくたびにても汝《なんじ》に自害《じがい》はさせじ。我《(われ)》執心《しうしん》の鬼《をに》となつて、むかひにきたる[二七]火の車《くるま》を待《まて》」と、いふ声《こゑ》身にこたへ、骨《ほね》もくだくるばかりかなしく、[二八]其後《(そののち)》色〳〵一命《めい》捨《すて》て見しに、我《(わが)》命の我まゝに死《しな》れざるゐんぐわ、聞伝《きゝつた》へたるためしもなく、せまじき悪心《あくしん》、今なげきても帰らず。[二九]しんいをもやし、「[三〇]生《いき》ながらのめいど、然《しか》らば[三一]がきどうのくげん」と、食物《しよくもつ》たつになを無事《ぶじ》なり。

此《(この)》事、あふ人毎《(ごと)》にさんげして、泪《なみだ》も血《ち》にそめし時、くれがたのとまり烏《がらす》、声《こゑ》

一六 或時の慣用表記。
一七 野良者。ならずもの。原本は「野等」の脇に「もの」と振仮名するが、誤りと見て改めた。
一八 「や」を「也」のくずし字と見れば「なり」とも読める部分。その方が文章のすわりが良いか。
一九 鉦をたたき経文をとなえて物乞いする乞食坊主となって、の意。
二〇 一握りの米。門付けの乞食坊主などには、片手一握りの米を与えるのが普通。一か所の握米はわずかで、「命をつな」ぐだけの米をもらうのは簡単ではない。ここも報いの一つ。
二一 これでは生きている甲斐がなく。「衣食住の三つの楽しみを極めん」(四二一頁注二四)という この筆者の人生観と照応する。
二二 京都市右京区上嵯峨にある池。月の名所。主人公が広沢の池に入水しようとして留められるという話は、一代女・六の四にもあるが、趣向としての用いられ方は全く異なる。
二三 西方浄土への成仏を願って、西の方の岸を選んだもの。
二四 「最後のため」の「の」脱か。
二五 以下での西鶴の書き方は、あくまでも奇談仕立てで因果応報のすさまじさを強調する方向をとっているが、この男の死への恐怖が種々の幻影・幻覚を生んでいるようにも見える。奇談を前提としつつ、小心な男の自責の念をイメージ化しているとする読みも可能な部分。なお以下四二五頁一行まで、普通の散文となっている。
二六 まのあたりに。この世のうちに。死んだ後での苦患などより現世での報復に意味を認める現世因果の考え方の現れ。「眼前に其罪を顕はす」(二十不孝・序)、「男も女も眼前に恥をさらして」(同・三の一)など、現世での応報を基調とする考え方をするのは近世人西鶴らしい。

淋《さび》しく聞《(きこ)》へしが、たちまち我《(わが)》宿に飛《とび》入《(いる)》と見しが、両眼《りやうがん》[一]つゞる間《ま》もなく、世界《せかい》は闇《やみ》となつて、つねにながめし嵐《あらし》[二]の山桜《ざくら》の白《しろ》ひも、高尾《たかを》[三]の村紅葉《もみぢ》[四]赤《あか》いも、月も雪も見る事絶《たへ》て、されども耳《みゝ》[五]はむかしにして、小《を》[六]倉《ぐら》山の鹿《しか》の声、清滝《きよたき》[七]の岩浪《いわなみ》、栂《とが》[八]の尾《を》松風を聞《きく》より外なく、今は、都《みやこ》の友《とも》とせし人も、道替《かへ》てたづねもせず、朝《てう》[九]夕《せき》のけぶりも、柴《しば》木《(き)》もとむるたよりなく、里《(さと)》童子《わらべ》の山帰りに、さま〴〵おかしき小歌《こうた》うたひて、折〳〵の[一〇]なり物をもらひ請《(うけ)》て、手のとゞく小細《さゞれ》水《(みづ)》に咽《のんど》をうる

二七　生前に悪事を犯した者を乗せて地獄に運ぶという、火焔につつまれた車。
二八　主人公が絶望して死のうと思い、種々こころみても死ねないという話の展開は、中世小説・甲賀三郎(信濃の諏訪の本地)などにも見られるが、「聞伝へたるためしもなく」と記されるように類例は少ないようである。
二九　瞋恚。怒りうらむことをいう仏教語。以下、冥土、餓鬼道、苦患、懺悔と仏教語を多用。すべて仮名書きで用いている理由は未考。
三〇　生きたままで地獄に落ちたのと同じ。
三一　餓鬼道の苦患。餓鬼は、餓えと渇きに苦しむ世界で、仏説にいう六道の一。

一　綴る。とじ合せる、の意。
二　京都市嵯峨の嵐山の山桜。嵐山は桜の名所。歌枕。
三　京都市右京区梅ヶ畑高雄町。紅葉の名所として知られる。歌枕。
四　斑紅葉。濃い所・薄い所とまだらに紅葉しているもの。
五　耳だけは昔のままに聞えて。
六　嵯峨の二尊院の後の山。歌枕。小倉山―鹿(類船集)。「夕月夜をくらの山になく鹿の声のうちにや秋はくるらん」(古今集・秋下。京童などに所引)。
七　嵯峨の清滝川(保津川の支流)。歌枕。「氷ゐし水のしらなみ岩こえて清滝川に春風ぞふく」(続古今集・春上。京童に所引)。
八　京都市右京区梅ヶ畑栂尾町辺。高山寺がある。以上、嵯峨周辺の名所名物を出しつつ、それを楽しめなくなった筆者の境涯を美文調で記す。
九　朝夕の炊事のための煙。
一〇　果物・木の実など。

ほし、けふまではくらしけるが、明日《あす》の身の程をわきまへがたし。

此御法師《(ご)ほうし》さまばかり、すぎにし市中《しちう》[一一]にまぎれし時より、今に御身捨《(お み)すて》あそばされずして、我因果《(わが)いんぐわ》[一二]の道理《どうり》御聞《(おきか)》せあそばし、ありがたくぞんじ候。兄弟《きやうだい》のよしみには、相果《あいはて》し後、かならず〳〵一ぺんの念仏《ねんぶつ》たのみ申候。おもへば、筋《すぢ》[一三]なき人の銀《かね》をかくし、人の命を取《(とり)》申候事、今後悔《こうくはい》身に覚《(おぼえ)》申候。[一四]さりとは〳〵死《しに》かねて、是非《ぜひ》もなき世に住《すみ》申候。以上。

一一　かつて市中(三条通り)に住んでいた時。
一二　自分がこのような因果応報を受ける根拠。
一三　自分が手に入れる理由のない。
一四　さてさて。まったく。

挿絵解説　嵯峨に隠棲した自心が、死のうとして死なせてもらえず「泪も血にそめ」ている草庵に、鳥が飛び入りその目をえぐっている場面。左下に飛ぶ鳥はすでに左眼の目玉をえぐり、口にくわえており、自心の右眼は激しく血を流している。一羽の鳥は自心の右眼をえぐっている。三角の布をつけて「大名の買物使らしき侍」の亡霊であることを示す帷子姿の男が、杖をつきながらその様子をじっと見守っている。背景には、嵯峨周辺の山々が描かれ、寺院の屋根が見えるが、特定できない。右図に描かれる池は、自心が入水を企てた広沢の池であろう。本文では、鳥が自心の目をえぐる場面に亡霊の登場は描かれていないが、絵師は鳥の仕業も当然亡霊の指示によると見て、その姿を加えたのであろう。

三月晦日

嵯峨野 一自《じ》心《しん》

二越前府中 浄行坊《じやうぎやう(ばう)》 まいる

此《(この)》文《ふみ》を考《かんが》見るに、道《みち》をそむきし銀袋《かねぶくろ》をぬすみ、人の命をうしない、三其因《(その)いん》果目前《ぐわもくぜん》にむくい、出家《しゆけ》せし弟《おとゝ》のかたへ、四浮世《うきよ》の恥《はぢ》をあらはし、五たよりに人だのみして、書《(かき)》おくると見へたり。

一 自分の心からこうなった、の意の擬人名か。
二 福井県武生市。本多氏の城下。「府中の里、越の海道には家居勝れて、椽をみがき軒をならべ、煙寛なる町づくり目だちけるに…」（懐硯・二の一）。
三 その因果応報がまのあたりに現れて。↓四二三頁注二六。
四 この世を生きる上での恥。本章は、書簡が「かならず其身の恥を人に二たび見さされけるひとつ」となるという序の言葉に適合する一章である。
五 良いついでがあって。
▽侍客が忘れた金を自分のものとした男が「武士の一分」を立てるべく自害した侍の亡霊に報復される、という因果談の枠組は守られているが、「衣食住の三つに楽しみ極めん」とした小市民的な男の自責の念が種々の幻影を生み、同時に死への恐怖のために死に切れない気弱な男の苦しみを告白したものとしても読むことのできる一章。眼前に因果応報を現すという話の枠組の中で、ふとした偶然から小さな悪事に走り、その結果が重大なものとなって自責の念に苦しむといった浮世によくありそうな人の心のありようを、十分な想像力を駆使して面白い奇談に仕立てあげるところが西鶴らしいと言えよう。

新板
ゑ入

西鶴文反古

四

世話文章

万の文反古　四巻

目録

㈠ 一南部《なんぶ》の人見たも真言《まこと》
　二命あるうちの弔《とむら》ひ
　三取《(とり)》いそぐ二度の聟殿《むこ(どの)》

㈡ 四此《(この)》通《とを》りと始末《しまつ》の書付《(かきつけ)》
　五盗《ぬすみ》は旅《たび》のしぐれ
　六大坂のうらみを武州《ぶしう》より

㈢ 七人のしらぬ祖母《ばゞ》の埋《うづ》み金《がね》
　八京で見た物は紬嶋《つむぎじま》計《(ばかり)》
　九節穴《ふしあな》に置《(おい)》て虫喰手形《むしくいてがた》

一 南部の人が見たというのも本当のこと。何を見たのかを記さぬことで読者の興味をひく表題。南部は、陸中および陸奥の一部にまたがる南部氏十万石(盛岡藩)の支配地。
二 本人が生きているうちに葬儀を行ったこと。
三 二度目の婿を取るのに急ぎすぎたこと。
四 この通りにせよと倹約を指示した文書。
五 盗みをしたのは、旅中で時雨にあったため、の意。盗人—偽、偽—時雨(類船集)。
六 大坂での恨みを武州(江戸)から晴らそうとする、の意。時雨—偽—恨(類船集)。
七 祖母が埋めた誰も知らない金(を自分が人知れず使ってしまった話)。本文を読むことで(　)内のことが分かる見出しだが、それがどうなったのかと読者に想像させて興味をひく。
八 京都で見たことのある物は紬の縞織物だけで、他は見なれぬ物ばかり。飛驒の名産飛驒紬の他は馴染みのない飛驒の暮しぶりの田舎くささを強調して本文に対応。
九 節穴に隠して置いたので虫に食われてしまった手形。ただし、本文中に対応する記述はない。
一〇 中国・四国・九州をいうが、特に九州を指していう場合が多い。ここも九州。
一一 珍説の宛字。珍しく変わった話。
一二 いらっしゃるの意。「入る」は、あり・居り・来・行くなどを丁寧に言う書簡用語。
一三 さてまた。ところで。書簡で常用する語。
一四 ここは京都。差出人の「京茶屋」の所付けを見なくともこの前後の記述から判明。文反古の各章は、読んで行く過程で、差出人と受取人との関係が徐々に明らかになる記述が行われる場合が多い。一通の独立した書簡を、初めに何の説明も加えず提示する文反古の場合、人物関係を徐々に明らかにするのも作者の工夫の一つ。

一　南部《なんぶ》の人が見たも真言《まこと》

[一〇]西国《さいごく》の[一一]珍節《ちんせつ》ども御聞《(おきか)》せくだされ、長崎《ながさき》の事見るやうに存《(ぞんじ)》候。貴様其元《(そこもと)》に[一二]御《(おん)》入《(いり)》なされ候一両年のうちに、我等も罷《(まかり)》くだり、又上《(かみ)》がたと万事《ばんじ》かはりたる大湊《あふみなと》、一見《けん》仕度候《(つかまつりたくさうらふ)》。[一三]将又《はた》、[一四]爰元《(ここもと)》にて[一五]風聞《ふうぶん》仕《(つかまつり)》候は、[一六]艮竜《あまりやう》の[一七]こがい御座候よし、何とぞ[一八]御才覚《(ご)さいかく》なされ、金子《きんす》五十両迄《(まで)》ならば、御求《(おん)もと》め頼《たの》み申候。[一九]川原《かはら》に見せ物[二〇]ことをかき申候。春中に大ぶんの銭《(ぜに)》を取申《(とりまうす)》事に候。是《(これ)》にかぎらず、[二一]角《つの》のはへ申候猿《さる》か、足《あし》の四五本ある[二二]唐鳥《から(とり)》か、[二三]何ぞかはつて生物《いき》をのぞみ御座候。ない〳〵御心がけくださるべく候。

此程《(このほど)》は、芝居《しばゐ》へも[二四]本見物《ほんけんぶつ》は出《(いで)》申さず、[二五]客宿《きやくやど》も中〳〵[二六]あい申さず、[二七]人〳〵《にん》に身《(み)》過《すぎ》の分別《ふんべつ》いたし候。京も次第《(しだい)》に[二八]せちがしこく、ちかき比《(ころ)》より、[二九]東福寺《とうふくじ》のほとりに、[三〇]献立看板《こんだてかんばん》といふ物を出《(いだ)》し置《(おき)》、[三一]壱分《(いつぶん)》から弐匁《(にもんめ)》まで、[三二]当座《とうざ》食《めし》を[三三]仕出《(しだ)》し、御汁《しる》、干葉《ほしば》に蛤《はまぐり》の[三四]ぬき実《み》、料理《りやうり》、[三五]鱠子《なます》は見あはせ、煮物《にもの》、生貝《なまがい》・ぜんまい、やき物、干鱈《ひだら》、[三六]引《(ひき)》て、[三七]から物。右は[三八]五分膳《(ごぶん)ぜん》、品〴〵《しな》道具《どうぐ》きれいさ、[三九]夜《(よ)》ぶねに乗《のる》都人、是《(これ)》にてし[四〇]たくをして、[四一]伏見《ふしみ》の宿《やど》へよらずくだり申候。惣じて、こんな事に罷成《(まかりなり)》、

一五 噂に聞いているところでは。
一六 南洋産のキノボリトカゲ、コドモドラゴンの類で、延宝・天和頃長崎に舶載された(真山青果・西鶴語彙考証・火喰鳥と雨竜)。
一七 子どもの時から養い育てること。「有人、竜の子の弐尺余り成るを、金子廿両に求め、はや十年も過ぎて、少し逞《(たくま)》しくなりて気遣い絶ず」(永代蔵・五の一)。
一八 工夫して手に入れること。
一九 京都の四条河原。芝居・あやつり・見世物小屋などが集まっていた。ここは、四条大橋西詰北側にあった見世物小屋をいう。
二〇 事を欠き。不足して不自由している。
二一 ありそうもないものを探して見世物商売をすることの愚しさを、西鶴は「奥山入海に心をなし、自然浅黄色なる猿もがな、もしも手足の付きたる鯛のある事もと、水の泡の世わたり」(永代蔵・四の三)と評している。
二二 鸚鵡・孔雀など、輸入品の鳥。
二三 何か変わって生きている生物。「かはつて」は「かはつた」の誤りとも見られる。
二四 芝居茶屋を通し桟敷で見物する上客。
二五 芝居茶屋。芝居見物の人の案内や食事の世話をする。本章の差出し人は「京茶屋又兵衛」。
二六 採算がとれないので。
二七 それぞれに。各自に。
二八 世智賢く。抜目なく。経済成長が止った貞享・元禄期の京都では、万事控え目に、また無駄な費用を省く風潮が生まれていた(→二の一)。
二九 京都市東山区本町の臨済宗の寺院。京・伏見間の街道筋にあり、紅葉の名所。
三〇 料理の献立を書いた看板。
三一 銀一分から銀二匁までのそれぞれの値段で。
三二 注文に応じてすぐに出す即席料理。

一息《いき》も鼻《はな》もさす事にはあらず、せつなき命をつなぎ申候。然《(しかれ)》ども都にて御座候。二算用《さんやう》の大じん出《(いで)》申候。三あはぬ物とはしりながら、又《(また)》当年《とうねん》も弐千両までは請合《(うけあひ)》四、五新芝居《しんしばゐ》取立《(とりたて)》、大坂役者《やくしや》もよきものかゝへ込《こみ》申候。又一花《(ひとはな)》六は、いづれも見申《(みまうす)》べく候。

扨《(さて)》、七是非《ぜひ》もなき浮世とぞんじ候は、貴様御目かけられし川原《かはら》町《(まち)》の利平、此《(この)》六月十九日に、相手《あいて》と八内談《ないだん》してうち九果《はた》し申候。一〇存知《ぞんじ》の外《(ほか)》なる事に、かくは成行《(なりゆき)》申

三三 新たにやり始め。西鶴の作品では最新の風俗や流行を読者への新情報として導入することが多いが、このような簡便な食物屋も最近の「仕出し」(新趣向)として導入されたもの。同時に「せちがしこ」さの見事な具体例ともなる。
三四 抜身。殻から取り出した貝の肉。
三五 新鮮な材料を用いない安料理ゆえ鱠(魚貝の肉を細かく切ったもの)は危険。
三六 引手料理。膳にそえて出す料理。
三七 香の物。漬物。「の」脱か。
三八 代金銀五分の料理。
三九 伏見京橋より大坂八軒屋までの淀川下りの定期船(人倫訓蒙図彙・三・伏見下り船)。
四〇 ここは、食事をすること。
四一 伏見京橋周辺の船宿。

一 せちがらいことのたとえ。息をつかせることもない。「鼻も」は強調のための付加。
二 算用なし、の誤りか。「算用なし」を反語的に皮肉で言ったともとれる。大尽(大臣)は大金持の遊び客をいう。
三 勘定があわない物。芝居は当りはずれが多く、出資に見あう利を得ることはめったにない。↓
芝居の銀親(四一八頁注七)。
四 出資することを引き受け。
五 新しい芝居の一座を組織し。
六 一時ぱっと派手にやること。すぐ駄目になるにしても一度は大もうけすること。
七 どうにもならないつらいこの世。
八 内々の相談。
九 果し合いをして死にました。
一〇 思いの外。思いもかけない事。まず結果を報じ、どんな「存知の外」の事なのかと読者に興味を持たせる語り口。

候。利平事、丹波《たんば》の下村《しもむら》より、孫八郎かたへ、すこしの銀子《(ぎんす)》を持参《ぢさん》いたし、養《やう》子《し》にまいり、五六年も過《(すぎ)》中候て、其約束《(その)やくそく》なれば、孫八娘《むすめ》とよしとめあはせ、一一万《ばん》事《じ》あいわたし、夫婦《ふうふ》は寺まいりをうき世の一二仕事《しごと》に仕《(つかまつ)》り、よろこび中候折ふし、利平、京にて、紙商売《かみしやうばい》も、一三茶屋《ちや》へ一四売《うり》がけおもはしからず、染棉《そめもめん》を仕込《しこみ》て、一五奥筋《をくすぢ》へくだり中候が、其時分《(その)じぶん》、五月雨《(さつき)あめ》ふりつゞき、道中《どうちう》の難義《なんぎ》おもひやる所へ、南《なん》部《ぶ》よりのぼられし商人《あきんど》、孫八きたどなりの問屋《とい》に着《つき》て、一六最上川《もがみ(がは)》の高水《たか(みづ)》の咄《はな》し、

一一 すべてを譲り渡して隠居して。「物領に万事をわたし、六十の前年より楽隠居して、寺道場へまいり下向して、世間むきのよき時分」(胸算用・二の一)のごとく、町人の理想とする境涯になった所。

一二 原本「心事」。

一三 川原町周辺の芝居茶屋、祇園周辺の色茶屋などを指して言っている。

一四 売掛け金の回収が思うようにできず。前出「客宿も中〳〵あい申さず…」に照応。

一五 奥州方面。東北地方。

一六 高水は、洪水。天和二年(一六八二)四月三日に最上川に洪水があり、大きな被害があった(飽海郡誌・二)。「其時分、五月雨」の頃京都でその話を聞いたとすれば、右の洪水の話がここに取り入れられているかとも考えられる。

挿絵解説　南部の人の話を聞いて死んだと思っていた利平が帰って来た場面。左図の土間に立ち山形に剣菱の紋のついた羽織を着ている男が利平。脚半をはき脇差をさした道中姿である。前には投頭巾をかぶり羽織を着た隠居の孫八郎とうなぎ綿をかぶったその妻、後には下女が描かれ、彼らの驚きぶりを手の動きや表情で示している。座敷中央で顔を袖でかくしているのが利平の妻こよし、その奥(右図)で間の悪そうにすわっているのが利平弟の利左衛門。左側には、婚礼後間のないことを示すべく、祝儀用の鯛・平樽・長持が描かれている。右図は利平宅の門口。馬子が荷物をおろそうとし、利平と同行したらしい道中姿の手代が馬子を指図している。

「往来《わうらい》のわたし舟、浪《なみ》にうちこまれ、人馬《にんば》荷《に》物《もつ》大ぶんにそこねたる」よしを語《かた》り申候程に、孫八郎是《(これ)》を聞《きゝ》て、利平が事心もとなく、年の比《(ころ)》・風俗《ふうぞく》をいひて、「もしかやうの男《をとこ》などは、其《(その)》舟に見へわたり申さず候や」とたづねられしに、「それは、[一]立嶋《(たつ)じま》の維子《かたびら》に、くろき[二]ひとへ羽《ば》織《をり》のもん所に山形《がた》に[三]劔菱《けんびし》を付《(つけ)》て、色じろなる白《(かほ)》にすこし[四]釣髭《つりひげ》ある人ではなかつたか」と、利平にひとつも違《ちが》わず申せば、孫八おどろき、「扨《(さて)》、其《(その)》人も死《しに》ましたか」といへば、「[五]成程《(なるほど)》最後《さいご》を申候。四五度も高浪《たかなみ》にうき沈《しづみ》して、念仏《ねんぶつ》の声《こへ》二三べんせしが、其《(その)》うちに我等《われら》の乗《のり》し舟は、やう〳〵こなたへつきて、命を[六]ひらひました」と、[七]小者《こもの》と口を揃《そろ》へて申ければ、孫八なげき出《(いだ)》し、[八]宿に帰るに足立《あし(たち)》かね、男泣《なき》に[九]世上《せじやう》をはゞからず、[一〇]持仏《ぢぶつ》堂《どう》へ御《み》あかしをあげ、花をさし替《かへ》、香《かう》を盛《もり》て、かねをうちならせば、祖母《ばゞ》の[一一]泪《なみだ》の片《かた》手にお[一二]団子《だんご》のこしらへ、近所《きんじよ》からは思ひもよらぬ吊《とむら》ひ、娘《むすめ》は狂乱《きやうらん》のごとく身もだへ、見るさへ是《(これ)》はかなしく、わざ〳〵丹波《たんば》へ[一三]人を仕立《(したて)》、本《ほん》の親《をや》のかたへしらせ申候へば、[一四]存知《ぞんじ》の外《(ほか)》あきらめて、「それまでの事」といひ、かへり申されれ候。

[一五]さる人は日〻にうとしと、はや[一六]百ヶ日も過《すぎ》て、「此《(この)》まゝにておかれじ。せめてなげきのやむため」とて、あたりの人取《(とり)》持《もち》て、縁組《ゑんぐみ》の事をいひ出せば、こよ

一 縦縞の一重の着物。「嶋」は「縞」の通用字。「維子」は「帷子」の慣用。
二 裏をつけない夏用の羽織。
三 菱形の四隅を剣先形にした紋所。本章挿絵の人物(利平)の羽織には、入り山形に剣菱の紋が描かれている。
四 先をはねあげた口髭。
五 たしかに最後の念仏をとなえていました、の意か。ただし、「成程最後を申候」を地の文と見て、思った通り利平の死を語った、の意ともとれる、やや落ち着かない行文。
六 「ひろひ」の転訛。拾いました。
七 伴につれて来た奉公人。
八 自分の家。
九 世間の思わくなどは気にせず。
一〇 仏壇に灯明をあげ。「持仏堂」は仏壇の置いてある部屋、または仏壇。
一一 涙を流しながら一方で。
一二 新仏(死者の霊)にたむける団子。「下女は泪かた手に団子の磨(すり)を引き」(懐硯・二の一)。
一三 それを知らせるために人を送り。
一四 思いの外。予想とは違って。
一五 諺。「年月経ても、露忘るゝにはあらねど、去る者は日々に疎しといへることなれば」(徒然草・三十段)。もと文選・古詩十九首の「去者日以疎、生者日以親」より出る。
一六 死後百日目に行う法会。
一七 後添えの夫をいう。再婚はしない。
一八 家の相続・保持を孝の第一と考える常識的な立場から無理に再婚をすすめる展開は、「親へ不孝第一、是非と至極させて、むりやりに又も入縁を取組み」(懐硯・一の四)に同じ。
一九 兄の死後その妻と義理の弟が再婚して家を

しはおもひ切《(きり)》、[一七]「後夫《ごふ》は求《もと》めじ」と申候を、[一八]「此家《(この)いゑ》たゝねば二親《(ふた)をや》への不孝《ふかう》」と、無理《むり》に合点《がつてん》させ、利平弟《をとゝ》の利左衛門を丹波《たんば》よりよびよせ、[一九]「兄《あに》の跡《あと》をかやうにそうぞくする事、世間《せけん》にあるならい」と、[二〇]是非《ぜひ》祝言《しうげん》させて、[二一]三国《ごく》一をうとふて仕舞《しまひ》申候て、[二二]いまだ二三日過《すぎ》て、利平、仕合《(しあはせ)》よく無事《ぶじ》立帰《(たちかへ)》り申候へば、いづれもあきれ果《はて》申候風情《ふぜい》、何とも落着《をちつき》かね、[二三]日比《(ひごろ)》別《べつ》しての方《かた》にゆき、[二四]此首尾《しゆび》段《だん》ゝ聞《きゝ》とゞけ、「度《たび》ゝ書状をのぼせしに、一度もとゞかざる事、[二五]因果《ゐんぐわ》にて御座候」と、[二六]何となくしづまり、兄弟《きやうだい》ともに[二七]「一分《ぶん》立《(たち)》がたし」とおもひ込《こみ》申候か、其《(その)》夜ひそかに同道《どうどう》して、[二八]高野《かうや》・[二九]熊野《くまの》に参詣《さんけい》して、山中《さんちう》にて二人ともに[三〇]打《(うち)》果《はた》したると、沙汰《さた》仕《(つかまつり)》申候。孫八娘こよしも、宿は出て行方《(ゆきがた)》しれず成《(なり)》申候。是程《(これほど)》なさけなき兄弟《きやうだい》の最後《さいご》は無御座《(ござなく)》候。最前《さいぜん》の南部商人《なんぶあき(んど)》、「まざ〳〵と見たも偽《いつは》りはなき」よしを申候。菟角《とかく》利平[三一]前生《ぜんしやう》の因果《ゐんぐわ》に極《きはま》り申候。以上。

霜月三日

京茶屋
又兵衛

長崎にて
林金五郎様

相続すること。
二〇 むりやりに。
二一 日本、唐、天竺の三国を通じて一番の意だが、ここは「三国一ぢや婿殿になりすました、しやんしやん」などとうたう祝言の小歌をさす。
二二 その後二、三日たつかたたないかのうちに。「過で」と見るより、破格の表現と見た方がよい。
二三 とりわけ親しくしている人のところ。
二四 このたびの一部始終を一々聞いて納得し。
二五 人の力ではどうにもならぬ事のなりゆきを「因果」ととらえ、仕方なしに納得しあきらめるという話の展開は文反古中にも多いが、特に二十不孝、伝来記、懐硯など、貞享末年の作には、そのようなものが少なくない。
二六 何となくしゅんとして。
二七 男としての面目が立たない。
二八 高野山金剛峯寺。
二九 和歌山県熊野地方にある本宮・新宮・那智の熊野三山。
三〇 果し合いをして殺すの意だが、ここは刺しちがえて死んだ、の意。
三一 前世からの因縁でこうなったにちがいない。↓注二五。

▽夫が死んだという噂が伝えられた後、後家を立てようとする妻を説得して再婚させたところ、その直後に夫が帰宅、悲劇的な結末を迎えるという本章のストーリーは、懐硯・一の四「案内しってむかしの寝所」に類似する。これは、本章に比べ、奇談の色彩がより濃厚であるが、この話を因果としてとらえる視点なども共通している。現実にありそうな世間咄の報告として書かれる本章と、奇談を前提に面白く作ろうとした懐硯・一の四とでは、同一の素材とはいえ書き方が異なり、両者の優劣をにわかに定め難い。

此文《(このふみ)》を考見《かんが》るに、いそがぬ事を取持《(とりもち)》て、[一]是非《(ぜひ)》もなき祝言《しうげん》に、[二]三人まで命をうしなひけるは、ふびんなり。

二　此通《(この)とを》りと始末《しまつ》の書付《(かきつけ)》

[三]六日飛脚《(むいか)びきやく》に無用《むやう》の銭《ぜに》出して、御状《(ご)じやう》御越《こし》なされ候。さしあたつていそぎ申さぬ御身体《(ご)しんだい》の[四]内談《ないだん》、[五]其元《(そこもと)》室町《むろ(まち)》の絹荷《きぬに》もつ、たび〱くだり申候へば、いづれにても御頼《(お)たの》みなされ候へば、[六]賃《ちん》なしに相届《あいとゞき》申候を、[七]世の費《つゐへ》に罷成《(まかりなり)》候事を、扨《(さて)》〱御ぞんじなく候。此覚悟《(この)かくご》からは、次第に[八]不勝手《ふかつて》御成《(おなり)》候事、尤《もつとも》に候。せめていづれも御無事《(ご)ぶじ》[九]御入《(おんいり)》、[一〇]一段《だん》に存《(ぞんじ)》候。

将又《はた》、[一一]爰許《(ここ)もと》めづらしき干《ほし》松茸《だけ》一袋《(ひと)ふくろ》くだされ、忝　存　候《(かたじけなくぞんじさうらふ)》。さりながら、御心入《(おこころいれ)》満足《まんぞく》にぞんぜず候は、我等、此方《(こなた)》へ罷《(まかり)》くだり申候は、はや十二三年に罷成《(まかりなり)》候に、つゐに御状《(ご)じやう》もくだされず候。わたくし方[一二]よりは、其時分《(その)じぶん》四五度《ど》も[一三]書中《しよちう》に申上《(まうしあげ)》候へども、一度《ど》も御へんじなく、[一四]世の義理《ぎり》といふ事御かまひなさ[一五]れず、今又[一六]御用《(ご)やう》の義《ぎ》に文《ふみ》くだされ、此方満足《(このはう)まんぞく》にぞんぜず候。惣《そふ》じて、人に[一七]無心《むしん》いふ前《まへ》には[一八]念比《ねんごろ》にしかけ、又は[一九]音信《ゐんしん》物をつかひ、さま〲[二〇]けいはくいふ事、[二一]上

一　どうにもならない。無理やりに祝言させたことをいうが、同時にそうなる外なかったものである、の意も含む。
二　本文でこよしは「行方しれず」とのみある。ここでは、それを死と認定していることになる。
三　江戸・大坂間を六日で走った早飛脚。片道八日の三度飛脚が普通。配達の遅速に応じて料金に差があったが、六日限(りぎ)の早飛脚は料金も高く、緊急の用件でもないかぎり、「無用の銭」を出したことになる。冒頭から相手の手紙の送り方に嫌味を言う形をとる異色の書き出し。
四　内々の相談。
五　「室町の絹荷もつ…」から見て京都を指すと思われるが、本章の手紙のあて先は大坂の住人である。大坂に室町はなく、作者の書き違いか。なお、京都室町通二条辺には呉服屋が多かった。
六　無料で。「六日飛脚に無用の銭」と対比。
七　まったくの無駄。
八　生活が困難になること。
九　いらっしゃって。→四二九頁注一二。
一〇　一段と結構。誠に結構。ただし、皮肉・嘲笑の気味を込めて言っている。
一一　こちら。江戸をさす。
一二　原本「よしは」。「よりは」の誤りと見て改む。
一三　手紙。手紙を差し上げましたが。
一四　浮世の義理。現代語の義理にほぼ同意。
一五　原本「なまれず」。今改む。
一六　自分の方に用があるからというので。
一七　人に金品をねだること。
一八　親しい関係になるように働きかけ。
一九　贈り物。進物。
二〇　軽薄。お世辞。
二一　上方(京・大坂)でのやり方、風習。上方と関東(江戸)の気風の違いを指摘する所には「所々

がたの風義《ふうぎ》に御座候。関東《くはんとう》は、中／＼さやうの[二二]当座《とうざ》さばき、合点《がってん》いたさぬ所に御座候。つね／″＼したしく語《かた》りあい申候人には、金銀は[二三]扨置《さておき》、命を捨《すて》申候。

おの／＼心底《しんてい》、親類《しんるい》とは申《(まうし)》がたし。私《わたくし》[二四]身体《しんだい》やぶり、其元《(そこ)もと》を罷立《(まかりたち)》申候時、[二五]道《どう》中《ちう》のつかひ銀《がね》、わづか三十目の事さへ御借《(お)かし》なされず、[二六]結句《けっく》[二七]世間《せけん》をたはけ者《もの》との御《(おん)》申なし、罷立《(まかりたち)》候宵《よひ》に、御暇乞《(お)いとまごひ》にまいり申候へば、我等の足音《あしをと》御聞《(おきき)》なされ、其《(その)》まゝ奥《をく》の間《ま》へかけ入《(いり)》、「[二八]天満《てんま》まで[二九]念仏講《ねんぶつこう》にまいられました」と、お内義《ないぎ》、まざ／＼と留守《るす》御つかひ候は、今に／＼わすれ申さず候。他人《たにん》さへ、[三〇]住所《じうしよ》の別れをかなしみ、叶《かな》はぬまでも大坂にとゞまる[三一]談合《だんこ》、たのもしき事に御座候。此衆《(この)しゆ》中《ちう》御事、日夜《にちや》に存じ出《(いだ)》し候。近年《きんねん》に罷上《(まかりのぼ)》り、それ／＼に御礼《(お)れい》申あぐべく候。貴様は、従弟《いとこ》の事に御座候へば、[三二]酒小半《さけこなから》で機嫌《きげん》よふいとまごひをして給はり候へば、何《なに》のうらみも御座なく候。[三三]せつなき事は、わすれもやらず候。

然《(しか)》も十月十一日の朝《あさ》、[三四]夜番《やばん》の久蔵が所より、茶漬食《ちやづけめし》のかどで、「さらば／＼、わづらはぬやうにして、道中《どうちう》[三五]そく才《さい》におくだりなされ」と、いひも果《はて》ずに戸《と》をさす時、「せめて見おくりてくれぬか」と、物うく心ぼそく、寒空《さむぞら》に[三六]ふるあはせひとつの旅出立《たび(でたち)》、やう／＼町屋をはなれ、枯野《かれの》の薄《すゝき》ざは／＼と、しやれからべの露《つゆ》にぎらつき、[三七]八付場《はつけば》こきみわるく、[三八]夜天狗《よてんぐ》の長九郎、鬼食《をにめし》の半八、挑灯《ちやうちん》

の人の風俗おかし」(永代蔵・四の五)として諸国の人情・風俗をとらえる西鶴の目が生きている。
三 その場しのぎの処置。その場かぎりのやり方。原本「当座たばき」。誤りと見て改む。
三 さておいて。いうまでもなく。
云 破産して。身体は、身代に通用。
亖 江戸へ下る百三十里の道中の旅費。「三十目」は、「わづか」とは言っているものの、一の三の「十匁」にくらべれば優雅である。
吴 結局。あげくのはてには。
云 世間に対して、自分を愚か者と言いなして。
六 大阪府北区内。天満堀川を境に西天満、東天満にわかれる。
元 念仏宗(浄土宗、浄土真宗など)の信者の親睦・共済を目的とする寄り合い。
三〇 住みなれた所を離れること。
三一 相談。「だんこ」は「だんこう」の転訛。
三二 二合半。二合半入りの徳利を小半徳利というが、ここは、徳利一本を傾けて、くらいの意。
三三 これまでの部分をまとめると同時に、以下にも続く一文。
三四 夜中、火災や盗難などの用心のため町内を巡視する者。町内に雇われている賤職。
三五 息災に。達者で無事に。
三六 古袷一つ。冬のことゆえ、着重ねるか綿入れの着物を着るかするのが普通。
三七 磔場。大阪市都島区善源寺町内にあった処刑場。京街道ぞいにあった。
三八 実在か否か未詳だが、以下の名は、巾着切りなどの盗賊らしい仇名を作って出したものか。「八付」の連想から九・八を出し、長・半、天狗・鬼の対比で夜天狗の長九郎、鬼食の半八の名を作り、強盗と挑灯の付合(類船集)から挑灯けしの名を出したのであろう。

けしの万兵衛、これらは皆〻西国《さいごく》の[一]巾着《きんちゃく》きりども、爰《（ここ）》の土《つち》となりぬ。「是程《（これほど）》あさましき身も、盗《ぬすみ》といふ事はせまじ。たちまちあのごとくなるはおそろし」と、我とまことの気《き》に成《（なり）》候に、折ふし[二]偽《いつは》りの時雨《しぐれ》ふりて、[三]今市堤《（いまいち）づゝみ》の[四]せんだんの木も、しばしの宿《やど》には成がたく、[五]旅《たび》のうき事はじめに、是《（これ）》はなさけなく、笠《かさ》さへもたぬ身を隠しかね、昼《ひる》の[六]出茶屋《（で）ちゃ》が[七]日かくしの許《もと》にはしりつけば、我より先《さき》に[八]鉢坊《はちぼう》主《づ》の、宵《よひ》より爰《（ここ）》を宿《やど》として、前後《ぜんご》もしらずふして、其《（その）》年の程、八十と見てそん

一　すり。
二　「まことの気」に対比して「偽り」を出す。また「いつはりのなき世なりけり神無月たがまことより時雨そめけん」（続後拾遺集・冬・藤原定家）により、偽りと時雨は付合。
三　大阪市旭区今市町の淀川堤。「今市村、並木の梅檀《（せんだん）》有」（一目玉鉾・三）のごとく、梅檀の木は今市堤の名所。
四　原本「せくだん」に誤る。今改む。
五　旅のつらさの初めとして、こんな時雨にあうことになってしまったのは。
六　街道筋にある小屋掛けの茶屋。
七　日隠し。よしず張りの日覆い。
八　托鉢の乞食僧。鉢開き坊主（三八一頁注三四）。
九　人の命はままにならず今日一日を送りかね。ままならぬ命、貧にては死なれぬものといった西鶴の見方から生まれる記述。
一〇　法華経・第二十五・観世音菩薩普門品の別称。
一一　観音経を印刷した本や珠数など。
一二　軽い境涯。身軽な生活と境遇。
一三　仏心を起こしたが。
一四　竹の皮を張って作った笠。
一五　それのみか、の略。
一六　貧しいが故につらい。諺「貧の盗み」を生かして感慨を述べる形にした一文。
一七　いつもとなえている念仏。前に言う、念仏講を口実に居留守をつかったことに対応させて、嫌味と皮肉をきかしたところ。
一八　「人をかたる（だまして物を奪う）」の名詞化。
一九　貧者になると心もいじましくなり変わって行くものという見方は織留・三の一などにも見える。　二〇　小田原から江戸までは二十里二十町で、一二日間の旅程。
二一　天道。天の慈悲は広大で人を見すてない。

はゆかじ。大かたながらへてから、かぎりしれた身なれども、[九]命はけふをおくりかね、皆まで覚へぬ[一〇]観音経《くはんをんぎやう》を読《よみ》て、[一一]其品《(その)しな》〴〵見へて、「さてもかる[一二]ひきやうがいや」と、あはれに[一三]無常観《むじやうくはん》じ申候が、しきりにふる雨《あめ》に、其《(その)》まゝ心かはりて、此法師《(この)ほうし》がかづき捨《すて》し[一四]竹の小笠《こがさ》を盗《ぬすみ》、[一五]それのみ、手拭《てぬぐい》ひとつ取《(とり)》て、足ばやに立《(たち)》のき申候。身の[一六]かなしき時は、ぬす人もせまじき物にあらず候。其方《(そなた)》様、[一七]不断《ふだん》の念仏殊勝《ねんぶつしゆしやう》に聞《きこ》え申候が、其《(その)》口から、[一八]人をかたりもいふ物に候。[一九]菟角貧者《とかくひんじや》程、おもひの外心ざしのかはるものはなく候。

是程《(これほど)》うき難《なん》にあひ、小田原《をだはら》と中宿《しゆく》より路銭《ろせん》なくて、[二〇]二日は水ばかり呑《のみ》て、やう〳〵くだりつき申候に、[二一]天《てん》とう人をころし給はず、五六年に弐千両あまりかせぎ出し、[二二]只今《(ただいま)》弐十三人、我等の才覚《さいかく》ひとつにて、緩《ゆる》〳〵とやしない申候。此方《(こなた)》も[二三]世上《せじやう》かしこくなつて、[二四]其《(その)》銀程利《り》を得、徳《とく》を取《(とり)》申候。利発《りはつ》なる男の[二五]身がらくだりて、埒《らち》の明《あく》事には御座なく候。たとへば御大名《(お)だいみやう》の馬屋《むま》に入《(いり)》申候わら売《うり》、すゑのきれいなる所を花瓶《くはびん》の[二六]込《こみ》に仕立《(したて)》、其《(その)》すゑを花火せんかうの[二七]しんいたし候やうに、せちがしこく罷成《(まかりなり)》、大かたの事にて、中〳〵銭《ぜに》はもうけさせ申さず候。[二八]まだも我〳〵の見立《(みたて)》、[二九]手のよき餅《もち》屋仕出《(し)だ》し、又は、[三〇]貝《かい》がらの[三一]沢山《たくさん》所なれば、細《さい》工人《く(にん)》をつれくだり[三二]石灰《いしばい》を焼《やき》申候か、此《(この)》二色《(ふたいろ)》より見立《(みたて)》申さず候。是程《(これほど)》も大分元《だいぶんもと》[三三]

「諺にお天道人ころさず」(可笑記評判・三の十六)。　二二 家族・奉公人を含めて二十三人の大町家になったことを具体的な数字をあげて誇示。▽上方で失敗した男が江戸へかせぎに下るという話は、当時現実にも多かったが、西鶴も種々に内容や趣向を変えつつ、諸国ばなし・五の七以来、しばしばとりあげる。本書一の三もその一つであり、失敗の事例として本章と対照的だが、本章の以上までの江戸下りと江戸での成功という話の展開は、永代蔵・二の三「才覚を笠に着る大黒」と最も類似する。ただし、起伏ある話の展開、主人公の造型、文章の軽快さや洗練度等において、本章は永代蔵・二の三より劣る。

二三 世間。西鶴は「近年は人の心さかしうなつて、大かたのはたらきにては、中〳〵身過に成難し」(織留・三の四)などとも強調。

二四 元手の額に応じて利を得、もうけを得る、の意。「銀が銀をためる世の中」(永代蔵・二の三)の実状を指摘。→一の一。

二五 身柄。身体一つで。以下商売の元手も持たずに江戸へやって来ても、どうにもならない経済状況になっていることを具体的に指摘。

二六 生花で、花瓶の詰にする藁の細片の束。

二七 芯。芯にするように。

二八 原本「もたも」。「まだも」の誤りと見て改む。

二九 体裁のよい。洒落た。

挿絵解説　時雨の降る中、古袷一つの尻からげした姿で鉢開き坊主の「竹の小笠」と手拭を盗み取って立ち去る治郎右衛門。かまどが奥にある出茶屋の日覆いの下には、老齢の鉢開き坊主が横になって眠り、その手もとには珠数と観音経の経文とが置かれている。道の脇の木は「今市堤のせんだんの木」のつもりであろう。

の入申《(いりまうす)》事に御座候へば、貴様のならぬ事に候へども、よく〳〵[一]手前迷惑《てまへめいわく》と見えて、はる〴〵我を頼みに書状御くだしなされ候。此方所存《(この)ほうしよぞん》、書付《(かきつけ)》にしてつかはし申候。此通《とを》り、すこしも御そむきなく御かせぎなされ候《(さうらは)》ば、其元《(そこもと)》[二]御仕舞《(お)しまい》、そう〳〵御くだりあるべし。我等元銀《もとぎん》[三]取替《(とり)かへ》、[四]口過《すぎ》の成《(なり)》申候やうにいたし[五]しんじ申べく候。

先《まづ》、朝《あさ》は[六]七つ起《をき》して、[七]自鬢《じびん》に髪《かみ》をゆひ、扨《(さて)》、わらんぢがけにて[八]碓《からうす》をふみ、[九]かうの物ざいの朝夕《てうせき》、夜は細縄《ほそなは》をないて荒《あら》物屋に売《うり》、雨のふる日は下駄《げた》・笠《かさ》を売《うる》やうにして、身洗《あら》ふにも日当《あた》りに水を汲置《くみ(おき)》、湯《ゆ》をわかす事を[一〇]世の費《つゐへ》と覚へ、酒たばこを呑《のみ》とまり、見物事《けんぶつ(ごと)》は、銭《ぜに》の入《(いら)》ぬ[一一]辻《つじ》ほうかにも目をふさぎ、女の皃《かほ》を四五年も見る事なく、盆《ぼん》・正月のあそぶ時、灸《きう》を居《すへ》て身の養生《やうじやう》を大事《だいじ》に、[一二]鼻《はな》で息《いき》する程はたらく合点《がつてん》ならば、[一三]替《かは》り番衆《ばんしゅ》にやとはれ、手前《てまへ》の路銀《ろぎん》つかはぬやうにして、御くだり待《まち》申候。此外《(このほか)》始末《しまつ》の段《だん》〳〵は、[一四]其《(その)》時分面談《めんだん》にて申入《(まうしいれ)》候。以上。

六月廿九日

大坂屋治郎右衛門

豊後《ぶんご》屋徳次郎様

三〇 貝がらから作る石灰は、壁塗り用として新興都市江戸では需要が多い。永代蔵・二の三も新商売のヒントとして「大分にすたり行く貝がらを拾いて、…石灰を焼くか」と記す。
三一 「沢山なる所」の脱。海浜にあり人口の多い江戸は貝の消費も大量。捨てられる貝殻も莫大。
三二 原本「石炭」。振仮名に従って改む。
三三 元手。資本金。

一 家計不如意。そちらでの生活がどうにもならず困っている、の意。
二 そちらの世帯を片付けて。
三 立替えて。
四 生活。
五 進じ。さしあげる。書簡の常用語。
六 午前四時ごろ。以下の、早朝から深夜まで諸種の仕事をして必死にかせぐという趣向は、本書一の三、永代蔵・五の四にも見られる。
七 (出入りの髪結いを頼まず)自分で髪をゆい。
八 台臼。踏み臼。足で柄をふんで杵を上下させるようにしてつく臼。
九 香の物だけをおかずとした朝夕の食事。「常住香の物菜」(永代蔵・二の二)は最低の生活。
一〇 まったく無駄なこと。
一一 辻放下。大道で演じる手品曲芸師、また、その芸。
一二 激しい仕事で息があらくなることの形容。
一三 八月に交替する大坂城勤番の旗本の士たち。ここは、任期が終って江戸に帰る旗本の士の小者にでもやとわれて、の意。
一四 あなたが江戸へ下って来た時。
▽江戸へかせぎに下る話を中心とするが、大坂を立つ折の筆者の相手に対する怨念を背景に、きびしい現実を指摘しつつ報復しているかのご

此文《(このふみ)》を考見《かんが》るに、江戸に仕合《(しあはせ)》よき従弟《いとこ》の方《かた》、身体《しんだい》の事、頼《たの》みつかはしけると見えたり。此書付《(このかきつけ)》の通《とを》りにかせがば、はる〴〵の所をくだりゆくまでもなし。大坂にても口過《すぎ》の成《(なる)》事なり。

三 人のしらぬ祖母《ばゞ》の埋《うづ》み金《かね》

御異見《ごいけん》たび〳〵の御事、其時分《(その)じぶん》は奢《をごり》の最中《さいちう》にて、一五悪所《あくしよ》ぐるひやめ申さず、今遠国《ゑんごく》に一六勘当《かんどう》せられ、さて〳〵身にこたへ、後悔《こうくはい》に存《(ぞんじ)》たてまつり候。一七さりとては山家住《やまがずま》ひかなしく候。兼《かね》て承《うけたまは》り申候よりは、一八飛驒《ひだ》の国《くに》の万事不自由《ばんじふじゆう》なる事、中〳〵筆《ふで》にはつくし難《がた》し。一九口《(くち)》〴〵に二〇番所《ばんしよ》きびしく、出入《(いでいり)》の者《もの》に二一手形《てがた》の吟味《ぎんみ》きびしく候へば、わがまゝにのぼり申候事も成《(なり)》がたく、いづれも二二つみなふして流《なが》され人《(ひと)》同前《どうぜん》に御座候。

二三所にすみなれし人は、世界《せかい》は皆かやうの物と思ひ暮《くら》し候。其淋《(その)さび》しき事、明暮《あけくれ》所の人より外を見申さず候。二四通《とを》り筋《すぢ》の本町にて、皆〳〵立《(たち)》ならび、昼中《ひるなか》に鞠《まり》を蹴《け》申候に、人をよけるといふ事なく、つゐに二五目の青《あを》き鯛《たい》を二六前代《ぜんだい》見た人なく、鯖《さば》も二七あぶれば粉《こ》に成《(なり)》申候を、二八朔日《(さくじつ)》、廿八日に二九いわゐ、三〇五節句《(ご)せつく》あそぶ日も、道《みち》ちか

とき一章。永代蔵・二の三と類似する部分を持つものの、本章は、筆者と相手とのこれまでの人間関係を背景に書簡という趣向を生かしている。この手紙を受けとった徳次郎が江戸へ下るか否か、評文を読んで読者は種々の推測をめぐらすであろうが、結論はともあれ、読者に種々の想像を行わせること自体が、一通を一作品とする文反古の形の有効性を証する。

一五 遊里や芝居などでの派手な遊興。
一六 親子の縁を切ること。町役人を通して奉行所に届ける正式の勘当と、こらしめのため内々で行う勘当(内証勘当)とがある。ここは、異母兄あての手紙である点から見て、内証勘当か。
一七 さてさて。本当に。
一八 飛驒の国。岐阜県の北部。
一九 国境の出入口ごとに。
二〇 通行人を吟味するための役所。
二一 通行手形。関所、番所の通行に必要な身元証明書。
二二 「配所の月罪なくて見ん事、さも覚えぬべし」(徒然草・五段)を想起させる行文。
二三 その場所に住み慣れた人。人の心のありようや物の見方をさりげなく的確に指摘。
二四 町の目抜き通りの本町。現在、高山市本町。高山は元禄四年(一六九一)まで金森氏の城下。
二五 生きがよく新鮮な鯛の具体的表現。
二六 前代以来。これまでに、の意。
二七 焼くと粉になってしまうようなものを、の意。古い干し鯖であることを強調。
二八 近世では、朔日(一日)、十五日、二十八日を三日《(きじつ)》と称し、式日として祝った。
二九 祝い。「いはひ」が普通の用字。
三〇 五祝日。→三八〇頁注一八。

き山原《(やま)ばら》にあがり、大木《たいぼく》しげりて、余所《よそ》は見えぬ岩《いわ》の平《(たいら)》かなる所に、一ちばむしろを敷《(しき)》て、二石地《いしぢ》の芋《いも》を塩煮《しをに》にして、三濁酒《にごり(ざけ)》を呑《のみ》申候より楽《たの》しみなく候。何国《いづく》も謡《うたひ》のふしは違《ちが》はず、四かたひ座敷《ざしき》も乱《みだ》れし時も、只《(ただ)》五「山姥《うば》」にて埒《らち》を明《あけ》申候。此程《(この)》は、六高野非寺里《かうやひじり》ども、爰元《(こゝもと)》の名物《めいぶつ》、七嶋紬《(しま)つむぎ》を調《とゝの》へに罷越《(まかり)こし》候が、八宮川町《みや(がはちやう)》にて九聞《きゝ》はつり申候や、今の時花《はやり》うたも、一〇そこ〳〵をうたひ申候を聞《きく》に、ひとしほ都ゆかしく存《(ぞんじ)》候。

一 茅葉莚。ちがやの葉で織ったむしろ。
二 石が多くやせた土地でとれた芋。
三 糟(かす)をこして取らない酒。白色で濃厚。上方で当時普通の清酒と対比、田舎くささを強調。
四 正式な場でも、無礼講や野遊びの場のような気楽に乱れた時でも。
五 謡曲「山姥」の小謡。「山姥」は「越中越後の境川」のあたりを舞台とし、飛驒と直接の関係はないが、山国の縁で「山めぐり」の部分が著名な「山姥」をあげ、いつの場合もそれですましていると、高山が山間の僻地であることを強調するために出したもの。
六 高野聖。もと高野山から諸国へ勧進のために出た僧をいったが、近世期には行商まがいのものもあった。「非寺里」は、一寺・一所に定住しないものなるが故に宛てられたものか。
七 格子縞の紬が飛驒の名産として知られる(和漢三才図会・七十、万金産業袋・四)。
八 京都賀茂川の東岸、四条川原の芝居町の南に当り、男色の色茶屋があった。
九 聞きかじり、の意。高野聖から男色を連想し(男色は高野山開基の弘法大師が始めたという俗説がある)、宮川町で遊んで流行歌を聞き覚えたのだろうと推測。
一〇 いい加減なものを。
一一 以下、二十不孝・一の一などに類例の見られ

一一世間《せけん》の親仁《をやぢ》とは違《ちが》ひ、いまだ二十年は慥《たしか》に無事《ぶじ》のうまれつき、それまで待暮《まちくら》せば、我等も四十七八にも罷成《(まかりなり)》申候。然《しかれ》ば、一二浮世《うき》に何のおもしろき事も時分《じぶん》すぎ、一三杖《つえ》つきての栄花《ゑいぐわ》、楽《たの》しみなく候。殊《(こと)》に一四そうれい待《まち》て、いつまでか定《さだ》めがたき心当《こゝろあて》して、山家《(やま)が》ずまひのせつなさに、親《をや》より先《さき》へ死《し》ぬるは見えて御座候。もはや爰《(ここ)》の土《つち》に朽果《くちはて》申覚悟《かくご》きわめ申候。命はけふもしれず候。跡《あと》にてすこしの事に恥《はぢ》をかき申候も口惜《をし》く候。其元《(そこもと)》一五わけもなふ一六しちらかし申候内証《ないしやう》、頼《たの》み申候。

る、親の早死を願う不孝者の遊蕩息子の勝手な言い分が具体的に強調される。また、本書一の二の場合はその遊蕩ぶりが手代の立場から報告されているのみだが、本章では義兄にその不始末の尻ぬぐいを頼む個々の事例を通して、その愚しさが克明に印象づけられるように工夫されている点に注意。

一二　この世にあるどんな面白いこと(具体的には色遊び)もその時機を過ぎてしまい。破格の文体。

一三　杖をつく年になって派手に遊んでも。実際に杖をつくことに、五十以後が杖つく年とされる(礼記・王制)ことをきかせる。

一四　葬礼。以下、親の死を期待することを前提に勝手な言い分で義兄に同情を求めることが、むしろ滑稽に響くような書き方となっている。

一五　むちゃくちゃに。

一六　いい加減にやった、人に知られたくないこと。具体的な内容は、後に詳細に述べられる。

挿絵解説　画面右奥、けわしい目付きで目録を確認しながら、手代たちに銀をはからせているのが本章の筆者宇右衛門の親仁。息子の遊びのための借金の尻ぬぐいに、銀拾貫目入り箱二つを脇に置き、前には小判を積み上げている。小槌を持って天秤で銀をはかる手代、棹秤で細銀をはかる手代、十露盤をはじく手代の三人が座敷で親仁の指示を受けながら支払っている。土間には種々の借金取りたち。書付を持ってすわる者、大福帳を肩にかつぐ者、縁台にすわって脅しをかけているような女、子供の手を引く女や老婆等が支払いを待っている。それぞれに宇右衛門との関係を推測させるごとくだが、本文との具体的な関連は指摘できないようである。

[一]揚《あげ》屋、[二]子ども屋、[三]手《て》形借《がたがり》、[四]しれたる買《かい》がゝりは、残らず親仁《をやぢ》手前《てまへ》より[五]相《あい》すまし申され候よし、[六]色里《いろざと》の外聞《ぐはいぶん》はせめての事に御座候。わずかの事に我をうらみかなしむ者《もの》、いかにしてもむごき事に御座候。此分《(この)ぶん》御才覚《(ご)さいかく》なされ、[七]埒《らち》御明《(おん)あけ》たのみ申候。

[八]新町通《しん(まち)どを》り[九]銭《ぜに》屋いへる質《しち》屋へ、[一〇]久七が祖母《ばゞ》を使《つか》ひにて、対《つゐ》の[一一]さんごじゆに三百目かり申候。我等[一二]堀川《(ほりかは)》にて吟味《ぎんみ》いたし、七百目に買《かい》申候。是《(これ)》を[一三]御請《(おうけ)》なされ、[一四]伊《い》勢講《せかう》中の掛銭《かけせん》百七十目かり申候を、[一五]此売出《うり(だ)》しにて御済《(お)すま》したのみ申候。又、[一六]石垣《いしがけ》町《(ちやう)》茶《ちや》屋の[一七]林《りん》が[一八]浅黄《あさぎ》むくの肌着《はだぎ》を、わかれのあした、おもひの外《(ほか)》の嵐《あらし》なれば、つゐ下《した》にかさねて帰り申候が、[一九]小宿《こやど》の[二〇]庄八かゝがほしそふなる皃《(かほ)》つき、つね〴〵何ぞとらする約束《やくそく》なれば、人の物を[二一]かいやりて、其替《(その)かは》りもやらず、[二二]此首尾《しゆび》なり。いかにしても、其《(その)》女のおもふ所も有《(あり)》、ひとつ拵《こしら》へて、此わけを御語《(お)かた》りなされ、御わたし頼《たの》み申候。

将《はた》又、[二三]東《ひがし》の洞院《とうゐん》[二四]森下《もりした》久庵老《(きう)あんらう》へ、銀子[二五]弐両つかはし申度《(まうしたく)》候。[二六]痳病《りんびやう》わづらい申候時分《じぶん》、十四五[二七]ふくたべ申候。[二八]寺町の小間《こま》物屋《(ものや)》八兵衛かたへ、十弐匁四分《(ぶん)》御わたしたのみ申候。内に隠《かく》し申候傘《からかさ》、八本調《とゝの》へ申候。又、[二九]奉公人宿《ほうこ(にん)やど》の[三〇]御《を》池《いけ》の吉郎兵衛方へ、銀壱両御わたし頼《たのみ》申候。是《(これ)》は、[三一]子おろし薬買《ぐすりかい》につかはし申候事

一 太夫・天神などの高級な遊女を呼んで遊ぶ所。
二 若衆を相手に遊ばせる茶屋。陰間茶屋。
三 借用の手形(証文)を書いて借りた金。
四 はっきりと分かっている掛買いの借金。
五 返済する。
六 遊びの場での自分の評判が悪くならないのは。
七 何とか処理して下さるようお願いします。
八 京都市北区より下京区にかけて通る、室町通り西方の南北の通り。 九 「銭屋といへる」の「と」脱か。 一〇 下男の通称。
一一 珊瑚珠。珊瑚を細工して作った装飾用のたま。「さんごじゆの緒じめさげながら、此里やめたるは独もなし」(置土産・序)。
一二 二条城の東を南北に通ずる通り。四条堀川町の南には古道具屋が多かった(京雀・四)。
一三 質屋から請け出して下さって。
一四 伊勢神宮の信者の講。参宮のための旅費の積み立て、また親睦、共済のための寄り合い。
一五 この珊瑚珠を売った金で。
一六 四条から五条までの賀茂川ぞいの町。東石垣、西石垣とあり、色茶屋・陰間茶屋があった。
一七 色茶屋の女の名であろう。
一八 無地の浅黄(薄い藍色)の肌着。
一九 密会の宿のこともいうが、ここは中宿(色里への往復に休息や着替えをするところ)の意。
二〇 小宿のあるじ庄八の女房。
二一 くれてやって。「かい」は接頭語。
二二 この始末。このように勘当されてしまった。
二三 京都御所の南、烏丸の東にある南北の通り。
二四 医師らしい名として出したものか。京羽二重などに森下姓の医師は登載されていない。
二五 銀八匁六分。
二六 性病の一。「淋病　小便滴瀝渋痛ナリ五淋ノ別アリ」(病名彙解・二)。

御座候。[三二]謡屋《うたひ》の武太夫殿へ、弐匁七分《(ふん)》五厘《(りん)》御はらひ、是《(これ)》は、[三三]集銭《しゆせん》出《(だ)》しの[三四]割付《わり(つけ)》と、御断《(お)ことは》り頼み申候。羽織《はをり》屋の新五郎に、衣装縫《ゐしやうぬは》せ申候ちん銀四十程。[三五]丸山の林阿《りんあ》弥《み》へ銭《ぜに》壱貫、[三六]九月十三日の座敷賃《ざしきちん》。七匁弐分、[三七]堀川牛房《ほり(かは)ごばう》二十本の代、八百屋《やを》九助に御済《(お)すま》し頼《たの》み申候。[三八]小川《(こがは)》の[三九]鼠《ねずみ》屋へ六匁、[四〇]柄糸《つかいと》の代。[四一]柳風呂《やなぎぶろ》へ、弐百三十目。[四二]仏師《ぶつし》左京《さきやう》所へ弐拾五匁、観音《くはんをん》の[四三]後光《ごくはう》の手間賃《てまちん》。藤《ふぢ》屋甚九郎方へ三拾六匁、ふんどし二筋《(ふた)すぢ》の代銀《だい(ぎん)》。

[四四]駕籠《かご》の九市がかたより、銀八百匁の手形《てがた》、貴様へ[四五]御内証《(ご)ないじやう》申べし。[四六]是《(これ)》はやらぬ銀子の子細《しさい》は、[四七]四枚《まい》の[四八]名人《めいじん》をかけて、前後《ぜんご》に四百両程取《(とり)》申候。[四九]てらばかり拾五六貫目、春中に取《(とり)》申候。俄《にわか》に、家屋敷買《いへ(やしき)かい》申候は、近江《あふみ》屋の五郎作と我等との銀子にて御座候。

[五〇]六角《(ろつ)かく》の髭団《ひげだん》兵衛が所に、[五一]弥介《(やすけ)》の鞁《つゞみ》の筒《どう》、[五二]孫六の大脇指《(おほ)わきざし》、あづけ置《(おき)》申候。金子一両弐歩《ぶ》つかはされ、御請取《(おうけとり)》あそばし、御さしなさるべく候。団《だん》兵衛事、久《(ひさ)》ゝの牢人《らうにん》なれば、折〳〵心付《(こころづけ)》して目をかけ申候に、同じ牢人《(らうにん)》の娘《むすめ》を[五三]しかけ物にして、大分《だいぶん》我を[五四]ねだらせ、金子百五拾両取《(とり)》申候。[五五]さりとては悪《にく》ひしかたにて御座候。又《(また)》、[五六]大宮《あふみや》に[五七]九間口《けん(ぐち)》の屋敷を買《かい》、うらに座敷《ざしき》を立《(たて)》、万事《ばんじ》に八貫目計《(ばかり)》入《(いり)》申候。[五八]嶋原《しまばら》の中宿《(なか)やど》に、[五九]丹波口《たんば(ぐち)》も[六〇]やかましきとて、[六一]末社《まつしや》どもがすゝめて、[六二]小耳《こみゝ》徳

二七 薬を服することを「たべる」という。
二八 →四〇〇頁注二八。
二九 奉公人の仲介、世話をした所。その様子等については、織留・五の二に詳しい。
三〇 二条通りと三条通りの間の東西の通り。「御池あたりの奉公人宿」(胸算用・二の三)。
三一 堕胎薬。「水銀・綿実・唐がらしの粉・牛膠」(一代男・八の五)などが用いられた。
三二 小謡などを教える家、また、人。
三三 均等に代金を出して飲食すること。割り勘。
三四 それぞれの割り当て分。
三五 東山区丸山公園内にあった貸座敷の名。
三六 後の月見の日に観月の催しをした座敷代。
三七 京都堀河産の牛蒡。京都産の牛蒡中美味とされる(雍州府志・六)。
三八 「小川通 北は寺の内通より南へ四条の坊門通まで、又高辻通より七条通まで天子の突抜と言…一条上 組糸屋…」(京羽二重・一)。
三九 小川の鼠屋は未詳。京羽二重・六は、「組糸所」の項に室町下立売上ル町の「鼠や和泉」をあげ、小川の柄巻師として「清水作兵衛」をあげる。
四〇 刀の柄に巻く組糸。
四一 湯女をおいている風呂屋の名。湯女の風俗等については、一代女・五の二に詳記される。
四二 京羽二重・六は、左京を称する大仏師二名、絵仏師一名をあげるが、そのどれかは不明。
四三 仏像の光背。
四四 遊里通いの駕籠屋。中宿がわりに休息・連絡の場としているうち、賭博にひきこまれた。
四五 内々の事情を話して催促するでしょう。
四六 これは支払うつもりのない銀ですが、その理由というのは、の意。破格の文体。
四七 模様が四種類ゆえに四枚と称するうんすんカルタ。札は四種十二枚、計四十八枚のカルタ。

右衛門が[一]名代《なだい》にて買置《かい(おき)》申候。[二]売券状《うりけんじやう》は此方《(このはう)》に御座候。我等寝所《(ね)どころ》の西《にし》のかたの柱《はしら》の節穴《ふしあな》に、慥《たしか》おしこみ入置《(いれおき)》候と覚《(おぼへ)》申候。御せんさくなされ、御取《(おとり)》かへし頼《たの》み申候。

此外《(このほか)》御聞合《(おききあはせ)》なされ、我等分《わけ》のわるく、すこしの事にて[三]ひけ申候分《ぶん》は、見事に御済《(お)すま》したのみ申候。取《(とり)》あつめて五六貫目の事に御座あるべく候。他人《たにん》には、夢〱聞《(きか)》さぬ事に御座候。腹《はら》こそかはれ、兄弟《きやうだい》の御よしみに、此義《(この)ぎ》はひとへに頼《たの》み申候。我等も、[四]貴様御一所に御座候時、[五]御《ご》奉公《ほうこ》仕《(つかまつ)》り置《(おき)》申候。

此上《うへ》に何か隠《かく》し申べし。[六]近比《(ちかごろ)》〱心掛《こゝろがゝ》りのひとつは、[七]御隠居妙貞《(ご)ゐんきよめうてい》さまの[八]臍《ほぞ》くり金《かね》五百両、八十余《よ》迄大事《(まで)だいじ》にかけ、ちいさき茶壺《ちやつぼ》に入《(いれ)》、ふたをしめて、随分《ずいぶん》人しれぬとつて置所《(おきどころ)》、[九]せんざいのひがしの角《すみ》に、三本《ぼん》ならびの椙《すぎ》の木の下《した》に、むかしより[一〇]此《(この)》屋敷伝《しきつた》はりし[一一]稲荷小宮《いなりこみや》あり。此下《した》の平石《ひらいし》をあげて、彼壺《かのつぼ》をほり埋《うめ》給ひしを、我等[一二]髪置年《かみをき(どし)》なれば、祖母《ばゞ》さま気づかひしたまはず、是《(これ)》を見せ置《(おき)》給ひしが、[一三]三つにて見し事、金《かね》に[一四]ことかく時おもひ出し、ひそかに盗《ぬす》み、跡《あと》は、ありしごとくにいたし置《(おき)》けるを、日に三度、夜に一度、ある〱とおぼしめし、見まはしに御出《(おいで)》あそばしけるが、此金《かね》のない事しらせ給はば〔ゞ〕、定《さだ》めて目をまわし給はん。此[一五]とんじやくなきやうに、[一六]頓死《とんし》をなされ候やうにと願《ねが》ひ申候。

四八 名人に相手をさせて。「今は迦烏(うか)・追重(おいちやう)といふ事をして、人の前にまきわたす絵を、こなたより推して知る事、通力あるがごとく」(浮世物語・一の三)といった八百長の名手か。
四九 てら銭。賭博の胴元がうけとる金。
五〇 六角堂(→四〇一頁注四八)の南側の東西の通り。
五一 近世初期の小鼓筒作りの名人弥助道基作。
五二 室町期美濃の国関の刀工関孫六兼元。
五三 色仕掛けのおとりにして。美人局(つつもたせ)のようなことで金品をまきあげたのであろう。
五四 金をゆすりとらせ。
五五 さてさて。本当に。
五六 大宮通り。京都西端の南北の通り。
五七 間口九間。間口の狭い京では大邸宅の部類。
五八 遊里嶋原に行く時の中継ぎ・休息の場所。
五九 京から丹波への街道口。嶋原遊廓の入口。京の中心部からは、大宮通りを下り、丹波口から朱雀の細道を通って大門に出るのが普通。
六〇 (丹波口にある茶屋を中宿にするのも、人が立てこんでいて)うるさい。うっとうしい。
六一 太鼓持ち。大臣(金持の遊び客)を太神に見立て、太神(大臣)をとりかこむ故に末社という。
六二 耳ざということから つけられた末社の名か。なお、小耳は貧相ともされる。

一 名義。自分の名を出すのを憚ったわけ。
二 売渡し証文。売券・沽券(こけん)ともいう。
三 ひけ目となるような場合は、の意。
四 あなたと一緒に生活していた時。かつて親の目を盗んで一緒に遊びに出たことなどを示唆。
五 奉仕した。義兄の遊興費などを立て替えて自分一人が悪者になって勘当されたことを示唆して恩を着せる。
六 近比(ひじょうに、の意)の強調表現。

扨《(さて)》、母人《はゝ(ひと)》、貴様はふびんをかけ、一七自子《じつし》のわたくしをしみ〴〵と悪《にく》み、親仁《(おやぢ)》の手前《まへ》、一門中《もんぢう》へも悪敷《あしく》申候事、一八世間《せけん》とは各別《かくべつ》に御座候。一九是非《ぜひ》もなき仕合《(しあはせ)》に存《(ぞんじ)》極《きは》め申候。以上。

八月十九日

同　宇右衛門

山崎屋宇左衛門様

此文《(このふみ)》を考《かんが》見るに、親に勘当《かんどう》いたされ、飛驒《ひだ》に二〇追《をい》こかまれ、山家《(やま)が》住《ずま》ひに難義《なんぎ》のありさま、京なる腹替《はらがは》り兄《あに》の方《かた》へ、いひ越《こす》と見ゑたり。

七 筆者の祖母にあたる人物。
八 へそくりの金。
九 前栽。植込みのある庭。
一〇「此屋敷に」の「に」脱。
一一 お稲荷様をまつる小さな祠。京の大町家には庭に稲荷信仰の祠をもうける家も多かった。
一二 三歳をいう。当時男児は三歳の時、頭髪をたくわえる祝儀の式を行った。
一三 諺「三つ児の魂百まで」を想起させる表現。
一四 事欠く。不自由する。
一五 頓着。心配。心がかり。
一六 祖母の急死を期待することで、前の親仁の死を願うことと同じく、不孝を強調。
一七 実子。「自子」は自分の子の意よりの宛字。
一八 世間の母親とは全く違っている。
一九 どうにもならない運命・不運。
二〇「追こまれ」の誤り。
▽遊蕩によって勘当された親不孝者の息子が、少しく手前勝手な立場から義兄に尻ぬぐいを依頼する手紙。二十不孝を書いている西鶴には手慣れた素材だが、それを一通の手紙という趣向の中で生かし、不孝者の依頼や告白を通してその書き手の愚しい所行を読者に具体的に印象づけるところが秀抜。二十不孝のようなストーリーの面白さはないが、手紙の文章の背後には、お人よしで我ままな書き手の像が浮び上がって来るような作品である。

新板
ゑ入

西鶴文反古

五

世話文章

万の文反古　五巻

目　録

(一)　[一]広《ひろ》き江戸に才覚《さいかく》男

[二]此文《このふみ》に[三]身持《みもち》の異見《いけん》

[四]銀《かね》かる仕かけ如件《くだんのごとし》

(二)　[五]二《に》膳《ぜん》居《すへ》る旅《たび》の面影《おもかげ》

[六]あぶない物乳母《うば》がさし櫛《ぐし》

[七]因果《いんぐは》は身に添《そひ》て桑名《くわな》迄《まで》

(三)　[八]御《お》恨《うら》みを伝《つた》へまいらせ候

[九]偽《うそ》を世わたりにせし身にも

[一〇]まことをしらせけるはあはれに

一　この広い江戸にも珍しい知恵と工夫の働く男。本章の内容を評する形でつけられた表題。

二「此文に…」の形で始まる副見出しは、この部分以外では、巻二に集中して現れる。文反古の板下が切継がれていることを示す一証か(信多純一)。

三　ふだんの身の処し方に対する注意。

四　金を借りる巧みな方法はこのようなもの。「如件」は書状や証文などの最後に記されることの多い常套句。借用証書の末尾の形をきかして、かくして借金に成功したことを示唆し、それがどんな「仕かけ」かに興味を持たせる副見出し。

五　飯の膳二つを並べて出した。「旅の面影」は、見出しからでは何のことか分からないが、姦通相手の夫を殺して旅に出た男に「面影」(亡霊)がつきまとっていたという本文の内容を示唆。一見意味不明の表題だが、「二膳居る」「旅」「面影」の三つの語を謎のような形でつなげて提示して読者に内容を想像させるねらいを持つ。

六　あぶない物は、乳母がさしている挿櫛(女性の髪飾り用の櫛)。「あぶない物」の書き方は、枕草子以来の物尽しの文体の流れをきかす。

七　罪の報いは身について離れず、桑名(三重県桑名市。松平家十一万石の城下町。東海道の宿駅の一)までもついて来た、の意。

八　恨み言をあなた様に申し上げます。女性の手紙の文体をそのまま使い、どんな恨みを言うのかと興味を持たせる異色の表題。

九　嘘を生活の手段とする遊女の身を示唆。本文中に「つとめは皆偽はりの身にさだめ置てから…」ともいう。「世界の偽《そう》かたまつてひとつの美遊となれり」(置土産・序)、「けいせいに誠なし」(三世相)などというように、遊里の世界は、偽を前提に成り立っているという認識が基

㊃

一一 桜《さくら》の吉野《よしの》山《(やま)》難義《なんぎ》の冬《ふゆ》

一二 無病《むびやう》無分別に山居《さんきよ》の一とせ

一三 いかにしても寝覚《ねざめ》に淋《(さび)》しやの

底にある言い方。

一〇 偽に対す。そんな遊女の身が誠(真実)を相手に知らせるのはかえって哀れなものだ、の意。

一一 桜の名所として春は素晴しい吉野山での暮しも、冬はつらくて苦労する、の意の表題。

一二 病気もせず無分別に山住みをした一年。桜(春)、冬から「一とせ」を出し、吉野山での一年の山住みの体験や見聞が本章の内容であることを示唆。

一三 本文の筆者である僧が寝覚淋しく男色相手の少年を雇おうとすることを、話し言葉の調子を生かしながらからかっている感じの副見出し。

一　広《ひろ》き江戸にて才覚男

[一]長崎《ながさき》へ手代《てだい》どもさしくだし候[二]幸便《かうびん》に、[三]一筆《(いっぴつ)》申入候《(まうしいれさうらふ)》。[四]然《(しかれ)》ば、[五]紬嶋《つむぎじま》半疋《びき》、お内義様へ[六]進《しん》じ申候。不断着《ふだんぎ》にあそばさるべく候。今程は爰元《(ここもと)》も、けつかうなる衣装着《いしやうき》申候事、はやり申さず候。

将又《(はたまた)》、貴様大酒《たいしゆ》被成《(なされ)》候事、すこし御とまり候や、承度《(うけたまはりたく)》候。[七]世界《せかい》にはきものは、酒《さけ》の酔《ゑい》と銀《かね》の利《り》にて御座候。其方《(そのはう)》[八]常住《じやうじう》の御身持《(おみもち)》、ひとつとして此方《(このはう)》[九]合《がつ》点《てん》まいらず候。先《まづ》、今時の商売《しやうばい》、[一〇]かね親《をや》うしろだてなくては、中〳〵分限《ぶんげん》にはなられず候。其《(その)》覚悟《かくご》ない事、[一一]不才覚《ふさいかく》にぞんじ候。[一二]世の人はかしこきものにて、又《(また)》だましやすく候。さりながら、貴様の[一三]明石《あかし》ちゞみの[一四]帷子《かたびら》に、[一五]くろちりめんの羽織《はをり》、いまだ若《わか》ひ人の[一六]竹づえ、そんな風俗《ふうぞく》にては、[一七]殊《(こと)》に堺《さかい》といふ所、[一八]請取《(うけとり)》申さず候。

中《ちう》より下《し(た)》の身体《しんだい》の人は、[一九]鬢付跡《びんつきあと》あがりにして、[二〇]奈良《なら》ざらしの[二一]浅黄《あさぎ》かたびら、二三度《ど》も水に入《(いれ)》て、[二二]紋所《もんどころ》の上絵《うはゑ》はげたるに、[二三]丸ぐけの帯《をび》に[二四]真皮《まかは》の[二五]前巾着《まへぎんちやく》をさげ、[二六]織《をり》目の切《きれ》たる扇《あふぎ》をさし、[二七]廿七日八日をか[二八]ゝさず[二九]御堂《みどう》にまいり、[三〇]松のしん・下草《したくさ》

一　筆者が長崎貿易にかかわる大商人であることを示唆。一通一篇でなりたつ作品ゆえに、冒頭部で手紙の書き手と受取り手の立場や状況を明らかにする。なお、商用で出張する手代に託す手紙という形は本章のみ。文反古中に種々の手紙の形を導入するねらいも生かされる。
二　よいついで。書簡の常用語。　三　御手紙を差し上げます、の意。原本「申入候」の「候」脱。
四　さて。書簡で用件を言い始める時の常用語。
五　縞模様の紬一反。一疋は二反をいう。
六　さし上げます。「進じ」は、書簡・文書などに用いられることの多い語。
七　この世でこわいものは。「…ものは」の形で例を出す文体は枕草子以後の物尽しの流れに立つもの。「酒の酔」と「銀の利」という思いがけぬものが取り合わされて効果を発揮することになる。　八　ふだんの身の処し方。日常の生活ぶり。　九　納得できない。　一〇　銀親。商売の資金を出して(貸して)くれる人。「金がかねをもうける時」(一の三)となった当世の現状を背景とした言葉。
一一　知恵や工夫を欠くこと。心掛けが不十分。
一二　さりげなく示される作者の人間認識。簡潔・適切な言い方の一般論でまず読者を納得させ、以下に具体例を続けて印象づける語り口。
一三　明石縮。播州(兵庫県)明石産の高級夏物の縮布(万金産業袋・四)。　一四　夏用の裏地を付けない着物。「帷子」は「帷子」の慣用表記。
一五　黒縮緬。高級な絹織を用いた贅沢な黒羽織。
一六　伊達につく紫竹の杖。余情杖とも称し、遊びにでる時などの小道具。この辺は「二十の前後より無用の竹杖・置頭巾…世上かまはず僭上男」(永代蔵・四の一)とも批判される風俗。
一七　堺が地味な土地柄で始末な暮しぶりをする

取《(とり)》あはせて、[三一]三文《もん》ばかりがの手に持《もち》て、夏《なつ》も[三二]革《かは》たびに雪踏《せつだ》はきて、[三三]人の慥《たしか》におもひつく身持大事《(みもち)だいじ》にて、扨《(さて)》、分限者《ぶんげんしや》に俄《にはか》に取入《(とりいる)》事はならず候。いつとなくちかづき、すこしにても病気《びやうき》の時分《じぶん》、[三四]せつ/\見舞《まい》、いつぞの程より勝手《かつて》までつけ入《(いり)》、つらの皮《かわ》あつうかゝりて、[三五]いしやせんさくの時さし出て、念比《ねんごろ》に内談《ないだん》して、此次手《(このついで)》に[三六]毒《どく》ならざる肴《さかな》物をおくり、[三七]御内室《(ご)ないしつ》へ[三八]菓子《くはし》をつかはし、おのづからしたしみ、[三九]げんぎの時分礼《じぶんれい》[四〇]かへし、又よろこびにまいり、とやかくするうちに出《(いで)》入《(いる)》やうに罷成《(まかりなり)》、[四一]時分《じぶん》を見あはせ、[四二]慥成《たしか(なる)》質物《しち(もつ)》なども入《(いり)》、すこしためになる事をさして、[四三]名代《みやうだい》の若《わか》ひ者《もの》どもに取入《(とりいり)》、先《まづ》わづかの取やり、約束《やくそく》たがはずかへして、[四四]はづみを見て大分《だいぶん》金銀[四五]取込《(とり)こみ》、其大節季《(その)あふぜつき》にも、[四六]さし引《(ひき)》三ケ《が》一程は[四七]手よく残し、皆は済《すま》し申さぬがよく候。是《(これ)》を[四八]つなにして、[四九]せんぐりにかり込《こみ》、手広《びろ》く商《あきな》ひしかけ、手前者《まへしや》になる事、程はなく候。

惣じて商人《あきんど》の、銀借所《(かね)かりどころ》こしらへるを第一にいたし候。中/\すこしの[五〇]手銀《(てがね)》にては、[五一]はかのゆく事にはあらず候。いかにしても貴様つね/″\の[五二]手まはしあしく、いつまでも同じ口過《すぎ》、然《(しか)》も、次第に[五三]さびしきやうに相見え申候。

[五四]我等事、おの/\に見かぎられ、堺《さかい》を出《(いで)》し時は、江戸までの路銭《ろせん》さへなくて、「伊勢《いせ》への[五五]ぬけまいり」と偽《いつは》りを申《(まうし)》、[五六]大小路《あふしやうち》の両替屋《りやうがへ》にて、[五七]かりどりして罷《(まかり)》く

所である点を、西鶴は二十不孝・三の二、永代蔵・四の五、胸算用・三の四などでも詳述する。
一八 納得しない。受け入れない。
一九 鬢の後方を厚く残した髪形。堅実・地味ではあるが、時代遅れで野暮とされる髪形。
二〇 奈良名産の麻の晒《(さら)》し布。麻の最上品で、帷子に最適とされた(万金産業袋・四)。
二一 薄い藍色で、安価な染色。　二二 帷子には漆で定紋を描いた。　二三 中に芯を入れて丸く縫った男帯。　二四 なめしていない安物の皮。
二五 帯の前に下げる巾着(袋型の財布)。小銭・鍵・印判などを入れる。　二六 扇の地紙の折れ目。
二七 十月二十八日は親鸞上人の忌日。一向宗(浄土真宗)の信者は、二十七、八日、寺院に参詣。
二八 欠かさず。原本「かゞさず」。「カカセ」(日葡)に従って改む。
二九 浄土真宗の主要な寺院、特に各地の別院。堺には信澄院(西本願寺別院、北御坊)や羅漢院(東本願寺別院、南御坊)がある(堺鑑・中)。
三〇 松の小枝を芯にして、手近な草花を集めて。
三一 三文程度のもの。「がの」は「…のもの」の意。
三二 質実、始末な人の風俗。革足袋は丈夫だが、夏にはむれやすく、また当時流行遅れ。
三三 確実な人だと人が信用する生活ぶり。
三四 たびたび。しきりに。
三五 医者詮索。良医をさがしたずねること。
三六 身体にさわらない。軽い味の白身の魚など。
三七 もと貴人の妻の意。ここは大町人の妻。
三八 「クワシ 果実、特に食後の果物」(邦訳日葡)。
三九 験気。病気が快方に向うこと。
四〇 病気見舞への返礼。快気祝い。
四一 タイミングをはかって。
四二 確実な担保のある貸し金の世話をし。
四三 主人の代理を勤める主要な手代。

だり、何に取《(とり)》つく嶋《しま》[一]もなく候へども、才覚《さいかく》[二]して刻《きざ》み[三]昆布《こぶ》に取《(とり)》つき、其元《(そこもと)》[四]にそれまではめづらしく、いそがはしき所にて、申候《(まうしさうら(へ))》[五]ば、よき仕出《(しだ)》[六]しとはやりて、年四五年《ねん》に金子八十両のばし[七]、松前《(まつ)まへ》[八]の昆布《(こぶ)》を引請《(ひきうけ)》、問屋《とい》に成《(なり)》、次第に分限《ぶんげん》に成申候は、手[九]にとるやうに覚へ申候得ども、銀親《(かね)をや》なくて手づまり申候時、爰元《(ここもと)》歴《(れき)》[一〇]〳〵金持《かねもち》へ出入《(いでいり)》申さるゝいしやを見すまし、わざとわづらひ出《(いだ)》し、其《(その)》いしやを、すこしの事にりやうぢをたのみ、薬《くすり》七八ふく呑《のみ》て、此礼《(この)れい》、金子一歩《ぶ》ばかり

四四 よい機会を見立てて。 四五 借り入れて。
四六 借金のうち差引計算して三分の一程。
四七 上手に。うまく。借り残しをわざとつくって、縁を切られないようにするところ。
四八 綱にして。たより・手がかりとして。
四九 先繰り。つぎつぎと。綱—繰る。
五〇 自分の手持ちの金。自己資金。
五一 商売が順調に進展する。 五二 商売のやり方や生活ぶりを指す。 五三 さびれていく。
五四 以下の江戸下りの趣向は四の二に類似するが、本章では江戸へ下るまでの過程がすこぶる簡略に記され、江戸での才覚ぶりが中心となると同時に、これまでの話題を生かして銀親にとり入る「仕掛」が詳述され変化をつけられる。
五五 抜け参り。主人や親に無断の伊勢参宮。
五六 堺の町を東西に貫く大通り。摂津・和泉両国の境界となっていた通り。
五七 借り取り。借りたまま返さぬこと。

一 たより。手がかり。慣用句「取りつく島もない」による表現。
二 知恵を働かせ工夫して。
三 昆布を削って細かくしたもの。女性が少なく男世帯の多い江戸では、簡便なおかずとして需要が多かった。小資本でできる江戸向きのアイデア商法で、永代蔵・二の三にも出されている。
四 「爰元」の誤りとも見られるが、江戸へ着いたばかりの事として書いているため、「そこでは」の意で「其元」と言ったものか。
五 「言ってみれば」の意ととり、「よき仕出し」にかかる表現と見る。「申」を衍字として「…にて候ば」と続けることもできる。
六 新趣向。新しい商売の工夫。
七 金銭をたくわえふやす、の意。

遣《つか》[一一]はしよく候を、小判《こばん》[一二]五両に絹綿《きぬわた》[一三]・樽肴《たるざかな》[一四]を急度《きつ(と)》[一五][一六]遣はしければ、此《(この)》いしや、心《(こころ)》当《あて》より各別《かくべつ》なれば、おもひの外手前者《(て)まへしや》[一七]のやうに、方《ほう》ぐ〵にていひありき、世間《せけん》[一八]買《かい》がゝりも心のまゝに罷成《(まかりなり)》候時、彼《かの》いしやを頼《たの》み、金子の入《(いる)》内証《ないしやう》[一九]を語《かた》れば、此《(この)》いしや請合《(うけあひ)》、小判五百両かりうけ、是《(これ)》より手まはしよく、いまだ二十四五年のうちに、財宝《ざいほう》の外《(ほか)》金子ばかり九千両、此《(この)》正月の棚《たな》[二〇]おろしに見え申候。金《かね》[二一]なくて金はもうけられぬうき世に候。其《(その)》心得あるべし。

八 北海道松前郡松前町。昆布の産地。
九 すこぶる簡単の意の成句。
一〇 由緒ある家柄の富裕な町人。
一一 支払えばよいところを。「遣はし」の後「て」または「候ば」脱か。
一二 「金子一歩」の二十倍となる。
一三 真綿をいう。
一四 祝儀用の酒樽と肴。→二二三頁挿絵。
一五 きちんと立派に。
一六 原本「つ遣し」。今改む。
一七 富裕な人。金持。
一八 諸方からの掛買いも思いのまま。金持と見られる人物には世間の方から掛買いを進めてくれるという世間のありようを、西鶴は懐硯・五の二「明て悔しき養子が銀箱」などで小説化。
一九 内々の事情。経済状態。
二〇 多くは正月十一日に行う商家の在庫調査。
二一 「銀がかねをためる世の中」(永代蔵・二の三)という現実認識を西鶴は随所で述べている。

挿絵解説 歴々の金持の家にとり入って銀親となってもらうべく、松前屋が進物(あるいは見舞品)を届けに来た所。右図入口には大棚を表す大暖簾が下り、角前髪の丁稚が片肌ぬぎで羽目板をふいている。土間にすわる梅鉢紋の男が松前屋、釘抜き紋の男はその従者。左図の座敷にすわって応対するのがこの家の主人。手前の縁には書付と包みが置かれている。背後のうなぎ綿をかぶったのが御内室、傍には腰元がひかえ、御物師が脇で縫物に精を出している。

何と申ても御江戸にて候。子どもども、[一]悪《わる》ぎのつかぬうちに御くだしあるべし。盗人《ぬす(つと)》ごゝろさへなくば、十年のうちには、小判三百両づゝもたせのぼせ申べく候。[二]其《(その)》上は、[三]銘《めい》ゝの手がら次第に御座候。爰元《(ここもと)》町人の風義《ふうぎ》、中〱[四]かる行《(ゆき)》に身を持《(もち)》申候。我等壱万両の身体《しんだい》なれども、今に風呂《ふろ》屋へ供《とも》つれず、ゆかたを自首《みづからくび》にまきて入《(いり)》にゆき申候。女房どもも、[五]大勢《あふぜい》の朝夕《てうせき》の食《めし》を盛《もら》せ申候。[六]見分《けんぶん》あしく候へども、此《(この)》始《し》末《まつ》、年中《ねんぢう》に[七]五十両やなどの違《ちが》ひ御座候。一日に二度しやくしを持《もて》ばとて、[八]手につゐてもなく、又香炉《かうろ》ももたれ申候。[九]おうへさまとて、[一〇]うちかけして、[一一]大《だい》こく柱《ばしら》にもたれて、[一二]細《ほそ》目づかひしても、[一三]あづまそだちの女の足《あし》の[一四]鍬平《くわびら》がなをるにもあらず候。

さて〱、[一五]世に金もたぬ程かなしき物はなく候。偽《うそ》も[一六]けいはくも悪心《あくじん》も、皆貧《ひん》よりおこり申候。貴様今の世わたり、半分《はんぶん》よりはいつわりのまし候様に承《(うけたまは)》り申候。口惜《をし》くおぼしめし、子孫《しそん》のために今一《(ひと)》かせぎあれかしと存《(ぞんじ)》候。

[一七]松前屋権太夫
江戸より

八月十九日

[一八]薬屋忠左衛門様

一 悪気。遊びぐせなどのつかないうちに。
二 三百両以上の金を持って帰れるかどうかは。
三 それぞれの働き具合による。
四 軽行き。手軽で外聞をかざらないこと。以下、再び「此文に身持の異見」(目録副見出し)を冒頭部とは異なった側面から提示。
五 奉公人たち多勢の食事。奉公人たちは主人の女房への遠慮から無茶食いなどができにくい。
六 見かけ。見た目。大町人の奥様が奉公人の飯をもって監視役をするのは見かけがよくない。
七 五十両くらいの。
八 杓子(の跡)が手についている訳でもなく。
九 お上様。奥様。
一〇 打掛け小袖。女性が帯をしめた衣服の上から掛けて着る裾の長い礼服。
一一 家の中央に立っているもっとも太い柱。
一二 目を細めて、気どった振舞いをする。
一三 「東そだちのするゝ〲の女は、あまねくふつゝかに足ひらたく、くびすぢかならずふとく、肌へかたく、心に如在もなくて情けにうとく、欲をしらず物に恐れず」(一代女・一の三)。
一四 土踏まずのない大きく平たい足。扁平足。
一五 同様の見方を西鶴は種々の作品で提示。「金銀なくては世にすめる甲斐なき事は、今更いふまでもなし」(織留・一の三)とも言い、貧により人の心がいじましくなるという認識を示す。
一六 軽薄。お世辞。
一七 本文中にあるように「松前の昆布を引請…」てもうけた町人ゆえの名。
一八 堺には薬種問屋も多いが、医者を利用して成功という話の縁で「薬屋」という宛名にしたか。
一九 以下の評文は、上方で失敗し江戸へかせぎに下る江戸下りの趣向の部分を中心に要約するが、本章全体の中でその部分は量的に少なく、

[一九]此《(この)》文《ふみ》の子細を考《かんが》見るに、泉州堺《せんしうさかい》を身体《しんだい》やぶり、二たび江戸にてかせぎ出《(いだ)》し、むかしの一門《もん》のかたへ、内証《ないしやう》を申つかはせしと見えたり。

二 二膳居《ぜんすへ》る旅《たび》の面影《をもかげ》

[二〇]抱乳母《だきうば》に気《き》を付《(つけ)》て、[二一]角《かど》の入《(いり)》たるさし櫛《ぐし》、さきのとがりたる笄《かうがい》、さゝせ申されまじく候。此《(この)》たび、長市郎に[二二]おもひ外《(ほか)》なるけがをいたさせ申候は、此[二三]出替《(で)かは》りより置《(おき)》申候乳母《うば》、今迄《(いままで)》は[二四]問屋《とい》方《がた》に居《いた》と見へ申候て、風義《ふうぎ》取《(とり)》つくらい過《すぎ》て、中〳〵目に立《(たち)》申候へども、「いづれにても[二五]四季《き》に八十目、同じ銀《かね》ならば、[二六]かつからの見よきがよい」とぞんじ、[二七]置付《(おきつけ)》申候。

すがたとは万事《ばんじ》違《ちが》ひ、気《き》だてよく、[二八]こまばたらきして、然《しか》もは[二九]うばいづきあいよろしく、嬉《うれ》しく思ふ折ふし、長市郎を抱《だき》あげしが、さし櫛《ぐし》の角《かど》は鼻のさきにあたり、かうがいにてひだりの目をつき、血《ち》はしばらくやみ申さず、大方死《しに》入《(いる)》程泣《なき》申候が、色〳〵[三〇]りやうじをつくし、命は別の事も無御座《(ござなく)》候へども、目はひとつつぶし申、是《(これ)》さへかなしくぞんじ候に、又《(また)》右のかたの目も、[三一]つれてあしく成《(なり)》、扨《(さて)》も[三二]因果《いんぐわ》なる事にて、ひとりの孫子《まご》、かくはなし申候。生《うま》れつきも大

目録の副見出しにある「身持の異見」と「銀かる仕かけ」が中心。四の二でも江戸下りの趣向をとりあげているために、本章では焦点の当て方を変え、変化をつけたと見られる。

二〇 子守り専門の乳母。乳を与える本乳母・乳姥(ちうば)に対する語。抱乳母をかかえることで手紙の筆者が裕福な家の者であることを示唆。なお、本章は、通常の手紙にある挨拶抜きでただちに話に入って行く形をとっている。
二一 角のとがった櫛。「本乳母・抱姥とて二人まで、氏すじやうまでを吟味して…かうがい・さし櫛をさゝせず」(織留・六の三)。
二二 「おもひの外」の「の」脱か。
二三 一年または半年契約の奉公人の交替期。春・秋に出替りがあり、西鶴は「世のさだめとて三月五日・九月五日」(織留・五の二副題)と記す。
二四 問屋長者(→三八九頁注二二)と言われるように問屋は万事に派手好み。その風に染まって容姿を派手に飾り過ぎているのである。
二五 一年の給料が銀八十匁。胸算用・三の三にも、銀八十五匁で乳母奉公に出る話がある。
二六 恰好。姿・形の見ばえのする方がよい。
二七 このままでも解釈できるが「付置」の誤りか。
二八 細働き。細かく気をくばってよく働くこと。
二九 傍輩付合い。奉公人仲間の付合い。
三〇 療治を尽し。種々治療して。
三一 ともに。一緒に。
三二 ここでは「不運なこと」の意だが、次頁四行目以下で伝える話を頭に置いて、母親の悪業が子の長市郎に報いたというとらえ方をしているために「因果」の語が用いられている。

かたなれば、随分《ずいぶん》そだてあげさせ、老《をい》のたのしみと、行《ゆく》すゑの事ども思ふ甲斐《かい》なく、[一]さりとてはかなしや、今は世間《せけん》[二]の口とて、「蟬丸《せみまる》[三]のおとし子」と、異名《ゐみやう》を付《(つけ)》て指《ゆび》をさゝれ、腹立《ふくりう》ながらせんかたもなく、[四]身をもやし申候。

今迄《(いままで)》は申さず候へども、長市郎が母《はゝ》の事、世に又《(また)》もなき悪人《あくにん》、同じ所に蜜夫《みつぷ》[五]をこしらへ、二《(ふた)》とせあまりもしのびあいしが、[六]七十五度にもおよびけるが、[七]はし〴〵此沙汰《(この)さた》いたせしに、長之進耳《(ちやうの)しんみゝ》に入れども、すこしも動《どう》ぜず、我子《(わが)》ながら落付《をち(つき)》て、一思案《(ひと)しあん》して、ひそかに其男《(その)》をぎんみいたせしに、女房《にようぼう》此事を通《つう》じて、隠《かく》し男に長之進《(ちやうの)しん》を闇《やみ》うちにいたさせ、其身も是《(これ)》をなげきかなしみ申候。それまではかゝるたくみ[八]とはしらず、夫《おつと》をうたれ、女の身にしてはふびんもひとしほまさり、おの〳〵力《ちから》をつけ申候。女房《にようぼう》まことがましく、「是非《ぜひ》に妻《つま》[九]のかたきを取《(とり)》て給はれ」と、此事《(この)》ふかくなげき申せば、御奉行《(ご)ぶぎやう》もふびんにおぼしめし、色ゝ御せんぎあそばし候へども、しれずして月日をすごしぬ。

世は定《さだ》めなき、俄後家《にはかごけ》となつて、わすれがたみの長市郎を愛《あい》[一〇]して、物おもふふぜい、あはれに見へし折節《(をり)ふし》、蜜夫《みつぷ》何とやら心がゝりに成《(なり)》て、世上《せじやう》よりうたがふやうにおもはれ、有夜《(ある)》欠落《かけをち》[一一]して、大和《やまと》[一二]より五日路《(いつか)ぢ》はなれ、勢州《せいしう》[一三]桑名《くわな》の渡《わた》し場《ば》につきて、夕風おもふまゝふけば、夜舟《(よ)ぶね》[一四]のこゝろがけにて、旅籠《はたご》屋に立寄《(たち)より》、

一　さてさて。本当に。
二　諺「世間の口に戸は立てられぬ」をきかす。
三　謡曲「蟬丸」で知られる蟬丸は「延喜第四の御子」であったが、「襁褓のうちより」盲目であったため、逢坂山に捨てられた。
四　ひどく口惜しく思う、の意。
五　密夫の宛字。姦通の相手の男。
六　諺「物には七十五度」をきかす。「物には七十五度とて、かならずあらはるゝ時節あり」(胸算用・四の二)。
七　世間のあちこちでひそかにこの噂をしていたが。
八　たくらみ。女房が仕組んだこと。
九　「つま」は男女ともに用いるが、ここは「夫(おつと)」とあるべきところ。
一〇　あやして、の意。
一一　主・親・五人組などに無断で逃亡すること。
一二　奈良。これまでの部分からは奈良の話とは分らず、突然ここで示される。
一三　伊勢国桑名の渡し場。海上七里を宮の宿(名古屋市熱田区)まで渡す渡し場。
一四　宮・桑名間の渡船について、一目玉鉾・三は「船番所」の項に「七つ(午後四時ごろ)かぎりに舟留」と記す。
一五　掛け合い。ありあわせの材料で作った食事。なお、この前後が候文体ではなくなり、普通の説話体となっているのは、奇談的な内容の描写に候文体が適合しにくいためか。
一六　「桑名…此浦の蛤、鯛、しろ魚名物也」(一目玉鉾・三)。

[一五]「かけあいの食《めし》を出し給へ」といひて座敷《ざしき》に通《とを》り、すこしのうちかり枕《まくら》、夢もむすばぬうちに、所の[一六]名物《めいぶつ》とて、岩花《かき》の汁《しる》に焼蛤《やきはまぐり》を匂《にほ》はせ、「申《(まうし)》〳〵」と起《をこ》して、「お食《めし》まいりませい」といふ時、目を覚《(さま)》して見れば、膳《ぜん》ふたり前居《まへすへ》ければ、「我壱人なるに二膳《ぜん》はすへける。一膳《ぜん》とれ」といへば、「最前《さいぜん》御両人御入《(おいり)》なされましたが、其《(その)》おひとりさまは、どれへ御ざりました」といふ。[一七]「是《(これ)》は不思義《ふしぎ》」そふなる皃《(かほ)》つきする時、亭主《ていしゆ》罷出《(まかりいで)》、「おまへ様と[一八]跡先《あとさき》に今一人、[一九]成程《(なるほど)》座敷へ御《(お》

一七「是はと」の「と」脱か。あるいは「不思義」を上下に掛かる語と見て、「是は不思義」と不思義(不審)そうな顔つきする時、の意か。今、後者とした。
一八 前後して。一緒に。
一九 間違いなく。確かに。
▽この前後の話と類似した話が、浅井了意作・堪忍記・一の七「色欲をとゞむべき堪忍」の第四話「王勤政が女を殺してむくひける事」にある。甚忍記を企画し、了意の作品を良く読んでいたと見られる西鶴ゆえ、同話を翻案・改作して本章にとり入れたものか(野間光辰)。同話の梗概は以下のごとし。唐の条陽《(てうやう)》の王勤政は隣家の妻と姦通し駆落ちを約束するが、その女は約束の日の前に夫を毒殺してしまう。王勤政は驚き、出奔して七十里ほど離れた江山県の「旅やに宿をかり」る。すると「膳のそなへを二人分もち出たり。王勤政がいはく、旅人は只独り也、二人のそなへはいか成故ぞやといふ。あるじのいはく、さきに帽子も着ざる人、汝の跡に打つれて立入侍べり、さて二人ぞと思ひ侍べりといふ。王勤政聞て大におどろき、さてはうたがふ所もなく、われすでに科人なれば冤《(あた)》をふくむ鬼つきてしたがふなり。此上はいづかたに逃ゆくともたすかるべからずと思ひ、引かへして里に帰り」、女が毒殺したことを白状して「女房とおなじく科におちてころされ」た。

挿絵解説 桑名の旅籠屋の一間で休む男の所に、女中二人が二膳の「かけあいの食」を運んで来たところ。ささげている膳には、汁椀と飯椀、焼蛤をのせた皿が描かれている。男の右手には煙管と煙草盆、左手には笠と脇差とが置かれ、濡縁ごしに庭の樹木を配して背景としている。

入《(いり)》なされました」といふ。

「それは、風俗《ふうぞく》[一]いかやうの者《もの》にてありけるぞ」とたづねければ、「年の程は三十四五と見えまして、すこし横《よこ》ぶとり給ひ、髪《かみ》はちゞみて中《(なか)》[二]びくなる白《(かほ)》、然《(しか)》も目の上に出来《でけ》[三]物の跡《あと》ありて、立嶋《たつじま》[四]の給《あはせ》に、柿染《かきぞめ》[五]の羽織《はをり》めして」と、段《だん》[六]〳〵申に、「是《(これ)》は」と横手《よこ(で)》[七]うつて、「成程《(なるほど)》此方《(このはう)》に覚《(おぼ)》へあり」と赤面《せきめん》して、此男《(この)》泪《なみだ》ぐむを、あるじ、「いか成《(なる)》御事」と申せば、「迚《とて》[八]も相果《あいはつ》る身なれば、大事《だいじ》を包《つゝ》まず語《かた》り置《(おく)》。我《(われ)》国元《くにもと》に長之進といふ者を、さる子細《しさい》あつて闇打《やみうち》にいたし、ひそかに立《(たち)》のき、あづまのかたへ身を隠《かく》さんと、是迄《(これまで)》まいりしが、只今《(ただいま)》の咄《はな》しの男、我手《(わがて)》にかけし長之進が、其夜《(その)》の出立《(いでたち)》にうたがひなし。扨《さて》は我身《(わが)》に付《(つき)》そひ、其《(その)》執《しう》心《しん》はなれず。かくあれば、何国《いづく》までものがるゝ所なし。我ゆへ[九]迷惑《めいわく》する人もあるべし。是《(これ)》より生国《しやうごく》に立帰《(たちかへ)》り、ありのまゝ[一〇]に命を帰《かや》さん」とおもひ定《さだ》め、二[一一]たび大和《やまと》にて、此段《だん》[一二]ゝを申上、すみやかに首《くび》うたれし。女も、のがれぬ所と、身を姿《すがた》[一二]の池《いけ》に沈《しづ》め、目前《もくぜん》におのれが悪事《あくじ》さらし申候。

其子《(その)》ながら長市郎は、長之進《しん》が形見《かた》とおもひ、此年月《(としつき)》二才迄《(まで)》そだてあげしに、今又《(いままた)》[一三]もうもくにいたし、彼是《かれ(これ)》うき事にあい申候。是に付《(つけ)》ても、長生《ながいき》[一四]はせまじきものに御座候。生《しやう》あるものを捨《すて》もならず、せめて世[一五]をわたる芸能《げいのふ》をさずけ置《(おき)》

一 身なりや様子。
二 鼻が低いこと。「横ぶとり」「目の上に出来物の跡」と醜男らしく描く。挿絵の密夫が端正な顔立ちで描かれているのと対照的。
三 腫れ物。「できもの」のなまり。
四 縦縞模様。
五 柿渋染め。麻や木綿を柿渋で染めた大和郡山名産のもの。
六 これまでの経過。一部始終。
七 両手を思わず打ち合せる、感嘆・驚きなどの時の動作。
八 どうせ。しょせんは。
九 自分の代りに疑われたりする人がいるかもしれないことをさしていうのであろう。
一〇 ありのままに白状して死のう、の意。「命を帰す」は、造物主から与えられた命を返して死ぬ、の意。「世は五つの借物、とりにきた時、閻魔大王へ返さふまで」(一代男・四の三)。
一一 これまでの一部始終。
一二 菅田の池。大和郡山市筒井町にある菅田神社の側の池。歌枕。
一三 盲目。
一四 「住み果てぬ世にみにくき姿を待ち得て何かはせん。命長ければ辱(はぢ)多し。長くとも四十に足らぬほどにて死なんこそ、めやすかるべけれ」(徒然草・七段)を想起させる行文。
一五 盲人として生きて行くための技能・技芸。
一六 「座頭」は盲人の官位の最下位をいうが、ここは「名高きお座頭」という言い方から見て、盲

申度《(まうしたく)》候。七才ばかりに罷成《(まかりなり)》申候ば、大坂へつかはし申べく候。名高《(な)だか》きお[一六]座《ざ》頭《とう》に、師《し》第《てい》の御契約《(ご)けいやく》頼《たの》み申候。後〳〵は[一七]勾当《かうとう》になし申候程のたくはへ、我仕置《(つかまつりおき)》候。いよ〳〵あはれとおぼしめし、[一八]御取持《(おとりもち)》頼み入《(いり)》候。以上。

十月廿一日

大和 長市郎
祖　母

多田屋利右衛門様

此文《(このふみ)》を考見《かんが》るに、我娌《(わが)よめ》の悪心《あくしん》、蜜夫《みつぷ》の因果《ゐんぐわ》あらはれ、おのれと命《めい》おはりたるありさまをしらせ、孫《まご》のふびんを書《(かき)》つゞけしは、まことにかなしき心ざしとぞおもはる。

三　御恨《(お)うら》みを伝《つた》へまいらせ候

[一九]今更なげき申事《(まうす)》にはあらず候へども、あまりなる御しかた、[二〇]むごひとも、つらひとも、恨みありとも、御むりとも、わけては申がたく、[二一]とかくなみだに筆《ふで》はそめしが、手もふるひ、文《(ふみ)》さへかゝれぬに候。もつとも[二二]つとめは、[二三]皆偽《いつ》は

人一般をさしていっていると見られる。

一七 盲人の官位の一。座頭の上、検校の下。その官位は朝廷から下されるが、その際官金（一定の上納金）を伝奏の久我家に納めることになっていたので「たくはへ」が必要となる。

一八 「名高きお座頭」への仲介。本章には、宛先の人物との関係を推測させる文言がないが、顔の広い大坂の親戚などを想定し、仲介を頼むという結びにしているのであろう。

▽堪忍記の一話を改作・翻案した部分を中心とする奇談的な因果話を内容とするが、それを報ずる者を「祖母」とし、盲目となった孫への不便さを語らせることで作品に厚みを加えている。書簡という趣向の導入が、身内の恥をさらしつつも孫の将来を思う語り手の設定を生んだわけだが、その設定が、単なる奇談の報告の域を超え作品全体を興味深いものとしているのである。

一九 手紙に普通の挨拶の文句抜きで、書き手の切迫した心情をたたきつける書き出し。「御恨みを伝へ」るという表題と結びつき、相手の「あまりなる御しかた」とはどのようなことなのかと思わせ、読者をただちに作中に惹き込むことになる。文反古中では異色だが、それ故に効果的な書き出しである。

二〇 「…とも」による並列が、筆者の感情のたかぶりを強調。

二一 ともあれ涙を流しながらに書き始めましたが。

二二 遊女の勤め。

二三 すべて嘘でかためて生きている身。「傾城に誠なしと世の人の申せども、それは皆ひがごと、わけしらずの詞ぞや」（三世相・三）。

りの身にさだめ置《おき》てから、それも[一]ことによるべし。[二]ちかふとつて、命をすつるより外はなく候。[三]神《しん》ぞ〳〵しにかねぬ女に候。

はじめより、[四]つねとは各別《かくべつ》のあいやう、[五]かたさま[六]此《この》里に御立入《おたちいり》あそばし候うちは、外の女郎《ぢよらう》に夢にも御あいあるまじきとの御事は、そなた様より御申出《おんまうしいだ》し、「それは御気《おき》づまりにて、[七]かつうは御なぐさみにならず。われ事は、おあきあそばすまでかはゆがりておたづねあらば、[八]みぢん[九]ぢよさいに[一〇]おもはぬに候。まづ〳〵[一一]する㒵をたのみにお目にかゝるに候。それよりうちに、[一二]御見はなしあそばし候おろかなる事もあるべく候。ずいぶん[一三]つまらん事のなきやうに[一四]お気《き》をとつて、そのうへはたゞ、かはらぬお情《なさけ》に逢《あふ》女、なじみの男とては外になし」と申候。其《その》時は、かたさまより外にはなく候。

されども、人も名をしる程に成《なり》まいらせ、すぎし年よりは、[一五]隙日《ひまび》なくつとめ申候も、[一六]まだしき時にかたさまの御心づかひゆへと、それは〳〵[一七]あだにぞんぜぬに候。今の身はやるにつけて、同じ男に[一八]なじみをかさねしを、にくまれはいたされぬに候。しかし、[一九]かたさまにおもひかゆるなど、いかにあさましき身にても、さのみ御をんわすれぬに候。

[二〇]此《この》かたにとゞけもなく、[二一]我等の定紋《ちやうもん》つけて見せかけられしは、すこし[二二]うたて

一 場合による。私の場合、嘘など言わない。
二 近うとって。てっとり早く。
三 誓いの言葉。神かけて。本当に。
四 普通とは全く異なった出会い方。ここは、男が一目で惚れ込んだことをいう。
五 方様。あなた様。
六 この遊廓。本章は大坂の新町を舞台とする。
七 一方。また。「かつは」をのばした言い方。
八 微塵。少しも。
九 如在。いい加減にとりあつかうこと。疎略。冷淡。
一〇 原本「おはぬ」。誤りと見て「も」を補う。
一一 末を頼みに。出廓後世話になることなどをたよりにして。
一二 御見放し。見棄てること。なお、作者は本章が女性(遊女)の手紙であることを考慮して、本文に仮名文字を多く使用している。
一三 「つまらぬ」の転訛。
一四 御機嫌をとって。
一五 客の来ない日。
一六 いまだしき時。まだ廓の生活に慣れずはやらなかった時。
一七 いい加減に。おろそかに。
一八 馴染み。客と親しい関係になること。
一九 あなた様を忘れて別の男に心を移す。
▽相手とのこれまでの関係を回想しつつ、自分が裏切るはずのないことを強調し、以下相手がとがめだてして来たことへの弁明を行う。それによって、冒頭の「あまりなる御しかた」といわれる相手の仕打ちが徐々に具体化される。
二〇 私の方に何の知らせもなく、勝手に。
二一 自分の紋所。遊女は各自の定紋を定めて衣服に付け、またその定紋を付けたものを馴染客に送った。遊所の定紋については色道大鏡・十

くは候へども、めい〳〵の物好《ずき》、二三此《この》ほうからと〻のへてつかはし候物にはあらず。きのどくながら、爰《ここ》は二四御りやうけんあそばし、御ゆるしなくては、我身《わがみ》立《たち》がたく候。此《この》程、二五越後《ゑちご》町《まち》二六扇子《せんす》かたにて、世間《せけん》の見るをいとはず、二七筑後《ちくご》の衆にひざ枕《まくら》させて、鼻《はな》の上《うへ》なるにきびをほり候を、御とがめもつとも。二八見せに出てばつとしたるやうにおもふ目からは、二九かたさまへ伝《つた》へられし太夫様、よくぞんじ候。たがひに三〇勤《つと》めなる身からは、さもしくおもふに候。

に詳しい。
二一 いやな感じですが。
二二 私の方でこしらえて贈物としたもの。
二三 大坂新町の佐渡島町。新町の南側にあたり、揚屋が多かった。
二四 御了簡。がまんして許すこと。
二五 大坂新町の佐渡島町。新町の南側にあたり、揚屋が多かった。
二六 新町佐渡島町の揚屋扇屋を洒落ていった呼び名。色道大鏡・十二では「扇屋次郎兵衛」、色里案内では「あふきや伊兵衛」。
二七 福岡県南部。大坂の新町遊廓は、土地柄、西国(九州など)からの大臣客が多かった。また遠隔地から来た遊客は遊びの裏を知らぬ野暮な客として描かれることが多い。
二八 客座敷に出て派手なことをしているという見方をして。
二九 あなた様へ自分のことを告げ口した。
三〇 遊女勤めの身である以上、客を手玉にとってだましたりするのはお互い様なのに、それを告げ口するのは。

挿絵解説　新町越後町の揚屋扇屋の客座敷で、筑後の客に膝枕をさせ、そのにきびを掘っている太夫白雲。梅鉢の紋をつけた男は気持よさそうに目をつむり、長煙管と煙草盆が脇に置かれている。二人の様子を見つめながら座敷を通る立姿の女は、告げ口をした太夫のつもりで描いたものであろう。

一 見下す。私のことを軽蔑して悪口を言うが、その本人自身が、の意。
二 客との痴話喧嘩の果てに。「くれがた」は、その終りがけ、日暮れの両意がかかる。くれがた—ちやうちん。
三 最高級の遊女である太夫が提灯を持って客の

人の事は[一]見おろし給ふが、其《(その)》身は、[二]口舌《くぜつ》のくれがたに[三]ちやうちんを持《(もた)》され、先《さき》に立《(たち)》て、「[四]てんぢくまでも[五]のぼりつめたる男なればこそ、[六]月夜に灯挑《ちやうちん》もちになつて、[七]ひがし口までおくります」と、よいかげんにまぎらかされしを、其《(その)》客、[八]川口屋の格子《かうし》の先《さき》にて、「[九]手のわるひ女郎の[一〇]くはたひに、かくのごとく是《(これ)》をも[一一]たす」と、[一二]此分《(この)わけ》をいひちらして、「あはぬむかしで御座る。おの／＼、酔狂《すいきやう》とおぼしめすな。けふにかぎつて、[一三]小盃《こさかづき》の徳右衛門といふ男」とわめかれしを、[一四]小太夫様、[一五]八重《(や)へ》ぎりさま、[一六]井筒《ゐづゝ》さまも御聞《(おきき)》あそばし、かくれなき事なれども、人にこそ申さね、つとめの身にはうれしきはすくなく、かなしき事かぎりなく候。

其《(その)》太夫さまに、[一七]京屋にて九日に御あひ候を、よく／＼ぞんじ候。一座に[一八]おかしき人あるのよし、[一九]我《(わが)》事御しのびとおもひやりて、あらため申さぬに候。[二〇]又《(また)》もや恋にあそばし候は、かんにんならず候。田舎人《いなか(びと)》にひざ枕させました事を御ぎんみつよきは、かたさまにはすこしおろかにぞんじ候。[二一]地《ぢ》の衆の[二二]名をしる男ならば、[二三]御せきも御もつとも、[二四]此《(この)》かたにも、それにはいたさぬに候。[二五]口添酒《(くち)そへ(ざけ)》さへうれしがり、すぎにし[二六]菊《きく》の節句《せつく》をつとめ、[二七]又正月の事を、今から[二八]宿へことはり申候。「外《ほか》へけいやくしやるな」、[二九]やり手にも其通《(その)とを》り聞《(きか)》せ、「違ひなきやうに。先約《せんやく》は我等になり」と、銀遣《(かね)つか》ふ事に念《ねん》を入れらるゝ、[三〇]此《(この)》りちぎなる男に、せめ

先導をすることなどは普通ありえないこと。よほどのことがあったことを示唆。
四 天笠。インド。はるかかなたの地、の意。
五 惚れてのぼせ上った。夢中になった。
六 諺「月夜に提灯」(無用な奢り、の意)をきかせた表現。明るい月夜に無用な提灯を持ち。
七 新町遊廓は東西二か所に門があり、東口の門は大坂の中心街方向への出口。
八 新町九軒町の揚屋川口屋。色里案内(貞享五年(一六八八)刊)では「川口屋安左衛門」。
九 手(遊女の手管)の悪い。たちのよくない。
一〇 過怠。あやまちの償い。罰。
一一 原本「もたぬ」。誤りと見て改む。
一二 こうなった事情。「分」は、恋の諸分、手管。
一三 小盃で飲んで酔ってはいない、の意。
一四 新町佐渡島町さかいや与市兵衛後家抱えの太夫(色里案内)か。
一五 好色万金丹(元禄七年(一六九四)刊)三の二、五の二に登場する「伏見屋の八重霧」か。伏見屋は佐渡島町上之町伏見屋藤左衛門。
一六 新町佐渡島町下之町丹波屋善左衛門抱えの太夫(色里案内)か。
一七 新町佐渡島町の揚屋京屋仁左衛門。京屋の様子は一代男・六の四に描かれている。
一八 あなたとあやしい仲の遊女。
一九 自分との事は人に隠していることと思いやって、吟味・詮索はしません、の意。遊廓では、馴染みの遊女がありながら断りなしに他の遊女にあうことは禁忌。普通は、客と新しい遊女に抗議するが、私はそれをしない、の意。
二〇 以前にも同様なことがあったことを示唆。今度そうなったら許さない、抗議(→注一九)をして徹底的に対決する、と脅したところ。
二一 この土地の人。

てそれ程の事は、気《き》[三一]のこりぬ事なれば、胸《むね》に手を入《(いれ)》、ひたい撫《なで》てよろこばし申候。

惣じてかゝる仕[三二]かけども、申さぬとても分知《わけしり》[三三]の御身の俄《にはか》なる悪《にく》みに候。お心ひとつにて、我《(わが)》身かたさまへたて[三四]申候事を、ひとつ〳〵御しあんあるべく候。そも〳〵誓紙《せいし》[三五]ばかり十三枚《まい》御取《(おとり)》あそばし候後、まげ[三六]目の不自由《ふじゆう》なる髪《かみ》を御切《(おきら)》せなされ候。其《(その)》上に、ひだりの手のひぢに、かたさまの年の数《かづ》二十七迄《(まで)》の入《(いれ)》[三七]ぼくろ、右ふとも〻にきせる[三八]焼《やき》、爪《つめ》[三九]をはなさせ、小指《こゆび》を切らせ、血染《ちぞめ》[四〇]のふくさ物、[四一]かたさまの一日に千べんづゝの夏書《げがき》[四二]、年中《ねんぢう》の日帳《(ひ)ちやう》[四三]、昼夜《ちうや》に十二の一時文《(いつ)とき(ぶみ)》[四四]、女郎のする程の事は、残らずかたさまへつとめ申候にゞ、今又其《(その)》御しかた、いかにしても世上《せじやう》[四五]が立《(たち)》申さず候。

其《(その)》わけは、一日も隙《ひま》のない身とはやり申候へば、いかな〳〵御気《(お)き》[四六]のつき申候事は、申あげぬに候。又、かたさまにも、三十日[四七]ながら御つとめなされかねまするわけにて、かく申にはあらず候。わが身を只今《(ただいま)》までいろ〳〵にきざまれ[四八]、其《(その)》男にあはぬ事はならず候。今より後、たとへばいかなる[四九]身に御なりなされ、人は見すて申候とも、われらは一日も御目にかゝらずば、此《(この)》身を立《(たて)》申さず候。[五〇]女にはにあいたる剃刀《かみそり》御ざ候。此御かへり事次第《(しだい)》に、覚悟《かくご》仕《(つかまつり)》候。かたさま

二二 人が名を知っている程の粋な大臣客。
二三 急ぎ。「せく…恨あるか、嫉妬の心にてか、立腹して胸へせきあぐる心也」(色道大鏡・一)。
二四 こちらでも。私も。
二五 口をつけて相手にさす盃。つけざしの盃。
二六 九月九日の重陽の佳節。九月九日、十日は新町の紋日(色道大鏡・十三)。客は両日つづけて揚げるのが普通。祝儀その他多額の金が必要。
二七 正月買いの約束。正月買いは客の名誉とされた(色道大鏡・一)が、その出費も多額。
二八 揚屋。揚屋へあらかじめ申し入れている。
二九 遊女を監督し、遊客と応対する老女。
三〇 律義。野暮でくそ真面目な。
三一 気の凝らない。気楽で簡単な。
三二 遊女の手管。客をあやつる手段・方法。
三三 粋人。「和気しり…当道の味をよくわきまへたるといふ心なり」(色道大鏡・一)。
三四 心中立てをする。以下に記される遊女の心中立ての具体的なありようは、色道大鏡・六「心中部」に詳しい。本章は、筆者の体験として心中立てのほとんどすべてを並列し、遊里の実状の一面を強烈に印象づけて、諸分秘伝の解説とは異なった位相のもとで心中立てが有効に生かされる。
三五 遊女が馴染み客に愛情の誠実なることを神仏に誓って与える文書。起請文。
三六 髷の結い目がうまく行かない程に髪を切らせる。色道大鏡・六「断髪篇」に詳しい。
三七 入墨。同・六「黥《(いれずみ)》篇」に詳しい。
三八 火のついた煙管を太股などにあててやくこと。熱さ・痛みをこらえることで実意を示す。
三九 爪を切り抜き指を切ることも、遊女の心中立て。色道大鏡・六「放相(爪)篇」「切指篇」に詳しい。

にはかまひなく候。只《ただ》ひとり行《ゆく》[一]夢路《ゆめぢ》の旅《たび》、わき道のなひ所にて、いつまで成《なり》とも相《あひ》まち申候。

折《をり》ふしつとめ[二]淋《さび》しく候はば、[三]あしき名の立申《たちまうす》事も口おしき御事なるに、[四]此《この》時節《じせつ》に相はて申は、女郎のうんのつきぬ所と、神〴〵をおがみ申候。こよひ明《あけ》まして昼《ひる》よりまへに、此《この》かへし、[五]駕籠《かご》吉右衛門より御こし、さなくば、是《これ》より人遣《つかは》し申候。[六]今やなどかゝるしよかんしんじ申べき事、おもはぬ外のなみだに候。心のさはがしきまゝに、[七]あら〳〵申入《まうしいれ》候。もはや人の見候も恥《はぢ》ならず、いつものやうに[八]封《ふう》じ目に印判《ゐんばん》はおさぬに候。以上。

十月廿一日　　　　　白《しら》雲《くも》

名所《めいしよ》屋
[九]七《しち》二《に》サマ

△此文《ふみ》の子細《しさい》を考《かんが》見るに、[一〇]分里《わけざと》の[一一]口舌《くぜつ》の文はしれた事、しれぬは、[一二]太夫にしら雲といふ替名《かへな》は誰《たが》事ぞ。是《これ》をひそかにおもふに、はやらぬ時によき男に[一三]のかれては、命も捨《すつ》る物也《なり》。[一四]時めく身と成《なり》、意気地《いきぢ》にて死《しぬ》べしとは、いか

四〇 袱紗に血書で誓文を書き記したもの。
四一 あなた様の名を、の意。
四二 本来は、四月十六日から三か月の夏安居(あけどん)の期間に経文を書写すること。それにならって一日千回ずつ相手の名を書いた所。
四三 日記帳。一代男・七の五「諸分の日帳」が具体例。
四四 一時(二時間)ごとに送る手紙。遊女がその思いの深さを相手にしらせるための手段の一。
四五 世間に対して自分の面目が立たない、の意。
四六 「気が尽きる」は、いやになる、うんざりする。ここは、具体的には金銭をねだること。
四七 一か月の間続けて。
四八 責めさいなまれ。心中立てにより、文字通り身体を切りきざまれてもいる、の意も含む。
四九 破産・勘当などで破滅することなどを示唆。
五〇 自殺の際、女は剃刀、男は脇差が普通。

一 死出の旅。冥土への旅。
二 はやっていないならば。「さびしき…傾城のうれずして、朝夕いとまある身をさしていふ詞なり」(色道大鏡・一)。
三 はやらぬゆえの自殺といった悪評。遊女の心中死を西鶴は「義理にあらず、情にあらず、皆不自由より無常にもとづき、是非のさしつめにて、かくはなれり。其ためしには、残らずはし女郎の仕業なり」(二代男・八の二)と評する。
四 このようにはやっている時。
五 遊里通いの駕籠屋の吉右衛門。遊里の手紙などの仲継ぎをすることも少なくなかった。
六 今さらこのような書簡をさし上げますこと。
七 おおざっぱに。だいたいのところを。急用などの時の書簡の常套句。
八 もう誰に見られてもかまわぬ、と決意を表明。

にしても勤《つと》め女にはやさしき。我も人も、無分別に女郎を手に入《(いれ)》、身に疵《きず》を付《(つけ)》さし、かならずのきさまに埒《らち》のあかぬ物にしなしける。是《(これ)》皆[一五]上気《うはき》の沙《さ》汰《た》也。迚《とて》も人にも勤《(つとめ)》ける身なれば、つよふ[一六]吟味《ぎんみ》だて、いらぬ物也。七二《(しちに)》とは、いかなる[一七]九兵へか九右衛門か、本《(ほん)》の名がしれずして、せめても也。

四　桜《さくら》よし野山難義《なんぎ》の冬《ふゆ》

[一八]千里《せんり》同風《どうふう》、[一九]其元《(そこもと)》海居《かいきよ》の難義《なんぎ》、難波《なには》風《(かぜ)》しのぎかね、隠《かく》れ家《が》はよし野と見定《さだ》め、山居《さんきよ》も殊《(こと)》更《さら》松風《しやうふう》[二〇]紙衣《かみぎぬ》を通《とを》し、焼《たき》火もひとり坊主《ばうづ》のたくはへ絶《たへ》て、[二一]「ふれるしら雪」と読《よみ》し[二二]本歌《ほんか》の詠《なが》めも、いかな〳〵目につかず、[二三]後世《ごせ》の事も外《(ほか)》になり候。

「無用の発心《ほつしん》」と、おの〳〵御留《(おとめ)》[二四]なされしを、今は悔《くや》しく候。

桜《さくら》時分《(じぶん)》見たとは、中〳〵[二五]替《かは》る飛鳥《あすか》川《(がは)》、月日も長《なが》ふ覚《おぼ》へて、さりとは明暮《(あけくれ)》住《すみ》うく候。わたくしにかぎらず、せつかくむすびし柴《しば》の戸を、いつとなく乱《みだ》れ次第の野となし、其《(その)》身は[二六]狼《あふかみ》に衣《(ころも)》、形《かたち》は出家《しゆけ》と見えて、心底《しんてい》はあさましき事に候。大かたは京に暮し、又親類《しんるい》の里に行《(ゆき)》て、住《すみ》所《(どころ)》のよし野はわすれ、跡《あと》に残られしそれ〳〵の仏達《ほとけたち》、何もない留守《るす》を預《あづか》り、[二七]彼岸《ひがん》・[二八]十夜にも、香花《かうげ》、たゝき鉦《がね》の

九 九兵衛、九右衛門などの遊里での替名(色道大鏡・六)。
一〇 遊里。分は、男女の色事、恋の手管などの意。 一一 痴話喧嘩。
一二 新町佐渡島町富士屋勘右衛門抱えの太夫、高間のことか(岩田秀行)。 一三 逃げられては。
一四 全盛。大いにはやっている。
一五 浮気の慣用字。
一六 遊女と客との間を疑い、詮索すること。
一七 七二が、九を分解したものであることよりの推定。→注九。
▽逃げようとする客をひきとめるための遊女の手紙という趣向による異色作。激しく相手に迫り、恨み、ついには死の決意を告げて相手の出方を待つ一通の書簡が、一人の遊女の生のありようを見事に浮び上らせる一章である。
一八 どこでも同じ風が吹く、の意で、本来は天下泰平を寿ぐ慣用句。ここは、どこも同じで住みにくい、の意に転用。
一九 そちら(難波)の海辺近くの生活。海居・難義の縁で難波、千里同風から難波風を出す。
二〇 紙子。厚紙に柿渋を塗って乾かし、もみやわらげて衣服に仕立てたもの。防寒用。
二一 「朝ぼらけありあけの月と見るまでに吉野の里に降れる白雪」(古今集・冬、百人一首)をさす。
二二 和歌。狂歌・俳諧歌等に対していう。
二三 来世での極楽往生を願うこと。
二四 原本「なされを」。今「し」を補う。
二五 「世の中は何か常なる飛鳥川きのふのふちぞけふは瀬になる」(古今集・雑下)による表現。
二六 堕落している僧をののしっていう諺。
二七 春分、秋分前後の七日間の法要を営む日。
二八 浄土宗で、陰暦十月五日から十五日朝まで十日十夜行う念仏の法会。十夜念仏。

音《をと》も聞《き》給はず、[一]同じ仏躰《ぶつたい》ながら、爰《(ここ)》の山住《(やま)ずみ》、迷惑《めいわく》なる事に候。其《(その)》中にも、おこなひすまし、座禅《ざぜん》に身をかため、[二]二六時《(にろく)じ》中《ちう》の勤《つと》めおこたらぬ坊主《ばうづ》は、まれに見え候。大かたは[三]世間僧《せけんそう》、是非《ぜひ》なくさま替《かへ》し者《もの》なれば、世の噂出《うはさばな》し、もつぱら四五人寄《(より)》ては[四]読《よみ》がるた、[五]精進《しやうじん》も落鮎《をちあゆ》のしのび料理《りやうり》、大酒《たいしゆ》の上《うへ》の[六]言葉《ことば》とがめ、[七]付髪《つけがみ》こしらへて、[八]芝居奴《やつこ》の口まね、かつて仏の道は、[九]外《ほか》より見るもかまはず候。

殊更《(ことさら)》近年《きんねん》、世上《せじやう》に女《(をんな)》出家《しゆけ》のはやり、都《みやこ》より人の娌子《よめご》、[一〇]親《をや》にふそく、あるひ

一 同じ仏像でありながら、ここ吉野山の諸庵にまつられる仏様は。吉野山でおろそかに扱われる仏を「山住」の語で表した所がおかしみ。
二 一日中。当時「一時」は二時間。
三 俗気の離れぬ生ぐさ坊主。以下の当世の出家のあり方に対する批判は、可笑記・五の八、九、浮世物語・三の二などの流れに立つ。また二十不孝・一の四でも「今時の出家形気」を評している。
四 めくりカルタの遊戯法の一。手持ちの札を早く打ち終った者を勝とする。
五 「精進も落ち」と「落鮎」をかけた表現。なまぐさ物を避ける精進をやめ、落鮎を隠れて料理し、の意。落鮎は、秋、産卵期に川を下る鮎。
六 言葉尻をとらえての喧嘩・口論。
七 かつらを作って頭にかぶり。
八 歌舞伎芝居の奴の声色(物真似)。
九 上下にかかる。仏の道は外にしていて、外から見るのも平気。
一〇 舅・姑に不平・不満を持ち。
一一 夫を嫌うこと。
一二 姦通などの不義が世間に知れて事件になることを恐れ、その言い訳のために。
一三 世間僧(→注三)に同じ。

は男[一一]嫌《ぎら》ひ、又は[一二]不義《ふぎ》の云分《いひわけ》に、[一三]うき世坊主《ぼうづ》の形《かたち》とは成《(なり)》候へども、[一四]むかし残りて美《び》なる面影《をもかげ》をつくろひ、たま〴〵まことある法師《ほうし》も、是《(これ)》にひかれて[一五]大事《だいじ》を取《(とり)》うしなひ、又、[一六]若《わか》びくに[一七]のきどくに勤《つと》めすますを、悪僧《あくそう》たよりて、いつの程にかそゝのかし、山を立《(たち)》のき、[一八]げんぞくする人数《かづ》をしらず。此中《(このなか)》にまぎれて、我ひとり[一九]すまし候得ども、おのづからそれに心ざし移《うつ》りて、[二〇]いやな事の目にかゝるといふも、はやいまだ仏心《ぶつしん》にいたらぬ所あればなり。

しかし愚僧《ぐそう》事は、[二一]一生《しやう》に妻子《さいし》持《もつ》てころし、遊女《ゆふぢよ》の、[二二]野郎《やろう》のたはぶれに身をなし、世におもひ残す事もなく、[二三]無常《むじやう》を見ての発心《ほつしん》、けふまでは、[二四]そまつなる御事、[二五]自身《じしん》の取《(とり)》あはせながら、毛頭《もうとう》御座なく候。尤《もつとも》、かりなる世とは兼《かね》て覚悟《かくご》の所、百年三万六千日、むなしく[二六]胡蝶《こてふ》の春をとまるに似たり。菟《と》角《かく》夢とぞんじ、只《(ただ)》[二七]洞然《とうぜん》として暮すうちにも、夏《なつ》は[二八]蚊《か》といふ身をいため、冬《ふゆ》は夜《(よ)》嵐《あらし》袖に吹込《ふきこみ》、此《(この)》難義《なんぎ》、素湯《さゆ》ではしのぎかね、[二九]おんじゆは破《やぶ》つて、寝酒《ねざけ》はすこしづゝたべ申候。是《(これ)》より外に、食物願《しよくもつねが》ひも御座なく候。いかな〳〵、魚鳥《ぎよてう》は匂ひもいやに成《(なり)》候。

是は堪忍《かんにん》いたし候へども、いかにしても寝覚淋《ねざめさび》しく候。[三〇]近比《(ちかごろ)》中兼《かね》候へども、年比《(としごろ)》は十五六七までの小者《こもの》壱人、[三一]御かゝへなされ、御《(お)》越頼《こしたの》み申候。見よき生《うま》れ

一四 剃髪前の色気が残っていて。
一五 仏道修行の心を忘れて堕落し。
一六 若比丘尼。年若い尼僧。
一七 奇特に。殊勝に。
一八 還俗。僧が僧籍を離れ俗人にかえること。
一九 行いすます。仏道に専念する。
二〇 僧・尼たちの堕落した所行が気にかかる。
二一 これまでに。
二二 男色相手の歌舞伎若衆。
二三 人の死を言う。ここは「妻子持てころし」をうけていったもの。
二四 仏道を粗末にすること。堕落した所行。
二五 自分で取りつくろって言うことではあるが、の意の挿入句。
二六 胡蝶→夢の展開は、荘周の故事(荘子・斉物論)による。荘子が夢に胡蝶となり、夢さめた後、荘子が胡蝶になったのか、胡蝶が荘子になったのか分からなかったという寓言。
二七 ぼんやりとして。「洞 ナガル、、トヲシ、ハルカ」(玉篇大全)。
二八 蚊というものが、の意。
二九 飲酒。飲酒戒は仏教の五戒の一。
三〇 大変。非常に。
三一 御雇い下さりこちらによこしてくれるよう。

挿絵解説 吉野山中の庵の中に立つ僧が、庵の前を通りかかる比丘尼と顔を見合せている場面。近年流行の女出家の一人とおぼしき尼姿の女が流し目を送り、好色そうな僧は尼を凝視している。本文の眼夢は、女出家などを相手に「そまつなる」事は全くしていないと強調しているが、絵師はおそらくこの僧を眼夢として描いていると見てよいであろう。庵の脇に松と手洗鉢、背景に山を描いて構図を整えている。

付《(つき)》なるは、中〳〵山家《(やま)が》へは[一]およびなく候。髪《かみ》の風《ふう》よく、すこし[二]備《こへ》たるを望みに御座候。色白《いろじろ》にさへ候へば、たとへ物かゝずとも、[三]口上《こうじやう》あしくとも、あほうにてもくるしからず候。[四]定《さだ》めは、棉《もめん》きる物、[五]生平《きびら》の[六]帷子《かたびら》、絹帯《きぬをび》一《(ひと)》筋《すぢ》、其外《(そのほか)》も心《(こころ)》付《づけ》いたし候。[七]五年程切《きつ》て、五十目ばかり[八]銀子借《かし》申べく候。それも[九]当分《とうぶん》は、弐拾五匁か三十目相渡《(あひ)わた》し、残《のこ》り、年〳〵遣《(つか)》はし候約束《やくそく》に御極《きは》め、頼《たの》み申候。すゑ〴〵其者《(その)もの》の心ざし次第に目をかけ、若《もし》出家などに成《(なり)》申候はば《〔ゞ〕》、此草庵《(この)そうあん》ゆづり申候。御存知《(ご)ぞんち》のごとく、外に[一〇]箸《はし》かたしとらする者持《ものもた》ず候。大かた[一一]かつかうは、其《(そこ)》元《(もと)》備《び》前《ぜん》屋九郎右衛門殿に居申候六三郎ぐらい成《(なる)》ものを望《のぞ》みに御座候。

　随分《ずいぶん》世は捨《すて》候へども、[一二]はなれがたき物は色欲《しきよく》に極《きは》まり申候事、今の身に成《(なり)》、[一三]おもひあたり候。[一四]此《(この)》心は[一五]出家《しゆけ》をつとめ皃《(がほ)》、其甲斐《(その)かひ》はなく候へども、せめて四五年も[一六]身をこらし見申《(まうす)》願《ねが》ひに候。此《(この)》事、かならず外へは御沙汰《(おん)さた》なされくださるまじく候。貴様御事は、[一七]兄弟《きやうだい》のけいやく仕《(つかまつり)》申候よしみに、心中《しんちう》を申遣《(まうしつか)》はし候。預《あづ》ケ置《(おき)》申候銀子の内、[一八]又たよりに弐百目御越《こし》たのみ申候。書物調《しよもつとゝの》へ申候。

　先日は、[一九]わけもなき事御申越《(おまうしこし)》、御異見《(ご)いけん》は悪敷《あしく》聞《(きき)》申さず候。もつとも爰元《(ここもと)》へも、[二〇]陰間《かげま》の子どもまいり候へども、近付《(ちかづき)》にもならず候。其《(その)》段は、御気遣《(お)きづか》ひなされくだされまじく候。此紙包《(この)かみづゝみ》、お内義様へ[二一]進《しんじ》申候。爰元《(ここもと)》に沢山《たくさん》なる[二二]袋葛《ふくろくず》三、又《(また)》、

一　及びなく。望むことはできない。
二　「肥たる」の誤りか。
三　口下手であっても。
四　小者を雇う際の契約条件。
五　晒していない細糸で織った麻布。
六　帷子。裏をつけない一重の衣服。維子は慣用。
七　奉公期間を五年程に定めて。年切→三六七頁注二六。
八　給銀を支払う、の意だが、銀を前渡しするゆえに「借」という。「借」は「貸」に通用。
九　さしあたりは。奉公を始める時点では。
一〇　箸一本譲る者もない。相続人の全くないことをいう成句的表現。
一一　恰好。姿形。
一二　「まことに愛著の道、その根ふかく源とほし。六塵の楽欲おほしといへども、皆厭離しつべし。その中に、たゞかの惑ひのひとつ止めがたきのみぞ…」(徒然草・九段)の主旨を「色欲」に変えて要約したものか。
一三　真実であることを実感した。
一四　こんな気持になっていては。
一五　出家修行している顔をしていても、その甲斐はないが。
一六　身を苦しめて修行をしてみたい、の意。
一七　義兄弟の約束。かつて男色関係にあったものであることを示唆するか。
一八　ついでがある折に。
一九　理由もないことを言って来られましたが。陰間狂いなどしていると疑われ、注意されたのであろう。
二〇　歌舞伎若衆として売れず、男色のみを売った少年。田舎まわりの陰間を飛子ともいう。
二一　さし上げます。書簡用語。
二二　袋入りの葛粉。葛粉は吉野地方の名産品で

二三 まげ物は、二四 塩漬《しをづけ》の穂蓼《ほたで》にて御座候。近日罷越《まかりこし》、二五 万《ばん》〳〵申《まうし》あぐべく候。其《その》内で二六 つちの義、御聞《おきゝ》立置《たておき》頼《たの》み上《あげ》候。以上。

卯月《うづき》十九日

よし野山
眼　夢

伊丹屋《いたみや》茂兵衛様
二七 人々御中

此文《このふみ》の子細《しさい》を考《かんが》見るに、たくはへありながら、二八 物好《ずき》の発心《ほっしん》と見えたり。山《さん》居《きよ》たいくつして、げんぞく心ざし、世間にかやうの分別《ふんべつ》なし、あまた也。魚鳥《ぎよてう》は堪忍《かんにん》なれども色は、と書《かき》しは、二九 あり事成《なる》べし。

吉野葛として知られる。
二三 曲物。檜や杉の薄板を円形にまげ、底をとりつけた容器。
二四 蓼の茎・穂を塩漬にしたもの。
二五 いろいろとお話し致します。書簡の常套句。
二六 丁稚。前述の「小者」のことをいう。
二七 書簡の脇付けの一。→四二〇頁注一。
二八 本文では「無常を見ての発心」となっており、齟齬があるように見うけられる。
二九 よくありそうな事。
▽「愚僧事は一生に妻子持てころし…無常を見ての発心」と記す僧が、吉野山中での隠棲の苦しみを語り、近年の出家たちの堕落を批判する前半と、「いかにしても寝覚淋しく」「はなれがたき物は色欲」と小者を雇うことを依頼する後半との対照が興味の中心となる一章。人間の性の悲しさを種々の話題で的確に印象付けるのは西鶴の常套だが、本章は近年流行の出家・隠棲者の話題を導入し、いささかおかしみを加えて世の姿・人の心を描くところが特色となっている。

万の文反古

元禄九年[一]

子ノ正月吉日

江戸　万[二]屋清兵衛

大坂　鴈[三]金屋庄兵衛

京　上[四]村平左衛門板

一 一六九六年。同年は丙子の年。同正月は西鶴没(元禄六年八月十日)後二年四か月余。

二 江戸青物町の書肆。貞享三年(一六八六)の五人女以後、西鶴作品の版元に名を連ねることが多い。江戸における本書の取り次ぎ・売りさばき元の役割を果していると見られる。

三 大坂心斎橋筋上人町の書肆。西鶴作品では浮世栄花一代男、西鶴織留の刊記に名を連ねる。大坂における本書の取り次ぎ・売りさばき元と見られる。

四 京二条通り堺町の書肆。本書の版元。世間胸算用、西鶴織留の刊記に名を連ねる。なお西鶴織留の刊記の書肆連名は本書に同じ。

西鶴名残の友

井上敏幸 校注

本書は、西鶴没後六年、北条団水によって出版された最後の遺稿集であり、二十七話全てに西鶴の咄の持ち味が発揮された、一種の笑話集である。確実に元禄期の執筆と推定されるものが十六話に及び、成立は元禄四、五年(一六九一、九二)まで下がると思われる。また、ほぼ全部が西鶴の遺稿であって、団水の手が加わった部分はきわめて少ないようである。

内容は、西鶴をも含めた古今の俳人・俳諧師達が登場し、それらの人々に関する逸話・奇譚を中心に、西鶴の俳談・漫談・手記を混じえ、更にそうした話材を笑いの雰囲気の中で語ったものである。従来本書に対しては、俳諧師西鶴が気楽に顔を出している、人生を徹見したものの淋しい微笑がある、等といった批評がなされている。だが、はたしてそのようにいえるのだろうか。この問いに答えるためには、本書における西鶴の創作意識・創作意図が何であったか、更には、元禄期における西鶴の心境が如何なるものであったかを理解しなければなるまい。それは、元禄期に入ってもなおかつ談林俳諧師であり続けざるをえなかった西鶴の心境そのものに求められよう。また、その心境よりする批判や自己の立場の主張がそのまま創作意図だったのである。

談林俳諧の旗手を自認する二万翁西鶴にとって、俳諧とは、和歌・連歌とは異次元にある、眼のさめるような作意・見立・軽口・洒落等々によって、全てを笑い尽すものであった。しかしながら、貞享から元禄にかけて流行した俳諧は、景気の句を中心とする連歌風の俳諧であり、談林俳諧は見るかげもなく廃れてしまったのである。つまり、本書における西鶴の心境とは、一言でいえば、当代俳諧への忿懣にほかならなかった。しかしてこの忿懣が、西鶴を咄へと傾斜させ、当代俳諧への批判に向わせ、己の理想とする俳諧の主張を行わせたのである。談林俳諧におけるあの豊かな笑いは、晩年の西鶴にとって、とうてい忘れることのできないものであった。否、それは西鶴の生命そのものだったのである。本書が、笑話集として書かれた必然性も、こうした西鶴の心境に求められるのである。

装丁　大本　袋綴　五巻四冊(一冊に合す)
刊年　元禄十二年(一六九九)四月
底本　ケンブリッジ大学蔵本

入絵

西鶴名残の友

一

洛陽[一]を去て七年、浪花西鶴[二]が草菴を守る雨[三]の夜、跡[四]は消せぬかたみの反古[五]のうちより、一書[六]を探り得たり。諸国[七]の雑譚、例の狂言をしるせり。みづから[八]筆を染ぬれば、故人にあふこゝろばせして、函底[九]に籠置《こめおき》、折ふしごとの寝覚の友とす。これを伝聞《つたへきき》、書林[一〇]某来て、強《しひ》て求めけるにまかせて、梓[一一]に行ふと也。

浪速滑稽林[一二]団水散人[一三]序

[一四]

一 師西鶴の七年忌にあたることを強調した言い方。西鶴が没した元禄六年(一六九三)、京都に居た団水は、大坂に下り墓を建て追善集西鶴置土産を刊行したが、実際に京都を去って大坂に移居し西鶴庵に入ったのは、翌七年の春。
二 大坂谷町筋四丁目錫屋町東側の西鶴庵。延宝より終生鑓屋町に住したと考えられてきたが、元禄五年十月と推定される西鶴書簡の出現で、死亡した折の住居は、鑓屋町(東西)に直角に交わる谷町筋(南北)の錫屋町東側であったことが知られた。同所は、大坂城代下屋敷であるが、錫屋町東側と下屋敷の間には、L字形に町屋があり、住宅環境は鑓屋町とほぼ変らなかったか。
三 草庵と雨は付合語。草庵―廬山の雨の夜、雨―草庵の内(類船集)。
四 筆の跡の意。「たれか世にながらへてみんかきとめし跡は消えせぬ形見なれども」(新古今集・哀傷・紫式部)を踏まえる。
五 西鶴が残した浮世草子の草稿類をいう。
六 本書名残の友。
七 諸国咄的話柄と西鶴独自の咄ぶりをいう。
八 西鶴自筆のものなので、故人に会ったような気がして。
九 箱の底に入れて置き。
一〇 本屋に強く勧められては、序文の常套文句。
一一 板木に彫り、出版すること。
一二 俳林に同じ。俳諧世界に遊ぶ者の意。「難波俳林団水」(織留・序)。滑稽堂とも署名。
一三 荘子・人間世の語で、世に役だたぬ人間をいうが、ここは雅号に添える用い方。
一四 「平元」。西鶴の遺印。西鶴庵二世として、置土産以降、松寿印とあわせ用いることも多い。
▽「諸国の雑譚、例の狂言」とは、本書が西鶴得意の諸国咄であり、かつ落ちのきいた笑話であ

西鶴名残の友

自[一五]筆

惣[一六]目録

（巻一）

ることをいう。また「故人にあふこゝろばせ」という言葉には、西鶴の文章を通して、西鶴のみならず広く諸国の俳人達に再会出来るとの意をも含めていることが、書名「名残の友」からも読みとれよう。

一五 団水筆の書入れ。目録題も団水筆。本書の版下が全て西鶴自筆であることの説明。

一六 各巻にあるべき目録が、巻一冒頭に集められている。団水による編集であろう。

一七 きわめて不釣合な取り合わせの意。摺小木は擂粉木(すりこぎ)。和漢三才図会・三十一に、「擂木・擂槌 俗ニ云フ須利古木。柳ノ木ヲ用フル者佳」とある。山椒樹で作るを良しともいう。

一八 蚊屋の模様の朝顔と主人公正道の夢にあらわれた美女の顔とをかける。

一九 大坂より堺へは三里(和漢三才図会・七十六)。わずか三里の隔りで、全く違ってしまう人間の心の持ち様をいう。

二〇 尾頭つきの、の意。

二一 桜の咲く頃、産卵のために瀬戸内海に入り込む鯛。「春陽を得て紅鰭(ひれ)赤鬚(ひげ)色を増す、是桜鯛と称す」(滑稽雑談・六)。ここでは、堺浦の名物、前の魚の代表としての鯛をいう。毛吹草・四に「前魚(まへのうを) 其品多ク之ヲ注スルニ及バズ。就中、鯛ノナリ余国ニカハル」とある。

二二 広く知られた京都の名産、御影堂扇と能登の名産、鯖(毛吹草・四)を、こともあろうに、京へ扇、能登へ鯖と、互に贈りあった話。格助詞「に」に、場所と方角の意を持たせ話の内容を暗示する。

二三 小さな片口鰯を洗って干したもの。田作り。

二四 鬼の食傷に最も効果ある薬はこれだの意。

二五 塩漬けの死骸を喰い過ぎた鬼の胸は塩辛さで燃えていたの意と、燃える火の車とを掛ける。

（巻二）

[一]

昔《むかし》[一]をたづねて小皿《こざら》

[二]一夜《や》庵《あん》の客の心

[二]

神代《じんだい》[三]の秤《はかり》[四]の家《いゑ》

節句《せつく》[五]かまはぬお客人《きやくじん》

[三]

今[六]の世の佐ゝ木三郎

浪《ろう》人のやせ馬一疋

[四]

白維子《しろかたびら》[七]はかり[八]の世

こしもと[九]が泪の才覚《さいかく》

[五]

和《わ》[一〇]七賢《げん》の遊興《ゆふけう》

酒[一一]より現《うつゝ》の道筋《すぢ》

一 山崎宗鑑の旧蹟を尋ねて、の意。
二 京都府乙訓郡大山崎町の離宮八幡北一町ばかりの竹林中に旧蹟があり（菟芸泥赴・八）、万治元年（一六五八）俳人梵益が宗鑑庵を再興し住した（新続犬筑波集・十一）。西鶴はこの庵を一夜庵と呼んだ（古今誹諧師手鑑、一目玉鉾・三他）が、この頃は、宗鑑が晩年に隠棲した香川県観音寺市の興昌寺に再興された一夜庵が有名であった（一夜庵建立縁起、一夜庵再興賛）。
三 神代（かみよ）を音読した語で、当時はともに濁る。
四 棹秤を納めるもの。皿やおもしを納める瓢簞形の部分と棹を納める棒状の部分よりなり、全体の形が琵琶に似る。琵琶を見たことのない田舎人の見立ての面白さを題名とした。
五 ここは、五節句等ではなく、立夏の節、または中国でいう清和節（陰暦四月一日）をいうか。
六 佐々木秀義の四男、四郎高綱の四郎の四より一を引いて作った戯名。高綱は、元暦元年（一一八四）正月、宇治川合戦の折、頼朝より与えられた名馬生唼（いけずき）に乗り、梶原源太景季と宇治川に先陣を争った逸話で有名。
七 かたびらは、夏用のひとえの汎称で、白帷子は七夕・八朔に着る習慣であった（和漢三才図会・二十八）が、ここは葬送の衣服の意。「維子」は西鶴の慣用。
八 はかないこの世の意の仮りと、葬送の衣服を借りるの意をかける。この頃すでに喪服を貸し出すかしいろやがあり、この意もきかせたか。
九 主人の側に仕え、身辺の雑用をする女。
一〇 中国晋代の竹林の七賢をまねた、日本の七人の俳諧師の遊興振り。
一一 酒に酔って、とんでもない道筋をたどってしまった話の意。

(巻二)

一

一二日入の一三鳴門《なると》一四浪の紅《くれな》ゐ

もし一五清少納言《せいしやうなごん》か

二

元日の一六機嫌《きげん》直《なを》し

一七大黒《だ(い)こく》の声いさぎよし

三

一八腰《こし》ぬけの仙人《せんにん》

無用の物まねを一九扨《(さて)》

四

二〇さりとては二一後悔坊《こうくはいぼう》

二二商《あき》人は其道一筋《すぢ》に

五

二三幽霊《ゆうれい》の足よは車《ぐるま》

二四今の世人二五気勢《きせい》なし

一二 ひのいり、日没の意。「いりひ」と読ませたのであろう。本文の章題には「入日」とある。増補下学集に「日入（ニッ）シユウ〈酉(トリ)六ッ時〉」、万民重宝記・下、世話字尽の条に「悠陽 いろ(日の没するさま、ひのいり)日入」とある。

一三 徳島県鳴門市大毛島と兵庫県淡路島門崎との間の鳴門海峡。大鳴門とも呼ばれるが、古くは単に鳴門と呼ばれた。和漢三才図会・七十九に「鳴門 大鳴門・小鳴門有リ、海上一ノ難所」。

一四 鳴門海峡の渦潮が起す波が、夕日に赤く映えるさまをいう。赤(あかき)—夕日(類船集)。

一五 清少納言晩年の諸国流浪伝説は、滋賀・福岡・広島県等に伝わるが、四国では、西鶴がここに記す徳島県鳴門市里浦町と、香川県琴平町の金刀比羅宮とに伝えられる。

一六 喜怒哀楽の調子、気分。

一七 大黒様の泣き声が、清らかで汚れない、すっきりとした声に聞えてきたの意。大黒は大黒天、恵比須と並称される福神。元来印度の神の名であるが、大国主と習合され、福袋と打出の小槌を持ち米俵を踏まえる姿で一般化し、特に江戸時代の商家で七福神の一と仰がれた。

一八 仙人のまねをして、飛行を試み、腰を抜かした者の話の意。本文標題は「腰ぬけ仙人」。

一九 さてもさてもあきれ果てたものだ、の意。

二〇 ほんとうに、まったく。

二一 固有名詞ではなく、後悔した者の意。

二二 商人は、商売の道にのみ専念すべきだ。

二三 幽霊の足と足弱車の足とを掛ける。西鶴時代の幽霊は足があるのが普通。足弱車は、謡曲の慣用語。車輪が堅固でなく、進みの遅い車より、足の進まぬたとえにいう。

二四 今の世の人、現代の人間はの意。

二五 心身の活力、精力。気精とも。

六　一ひと色《いろ》たらぬ二一巻《まき》

三三人大笑《わら》ひ種《たね》ぞかし

七　人にすぐれての四早道《はやみち》

五夜の殿《との》の六おとし子

一　七小野《をの》の八炭《すみ》がしらも消《きへ》時

女の中九しやうぎ

二　それ〱の名付親《おや》

一〇女郎も腹の物だね

（巻四）

一 色は、色気の意で、恋の句がないことをいう。
二 連歌・俳諧の百韻・五十韻・歌仙(三十六句)作品一つをいう。ここは俳諧の百韻。
三 虎渓の三笑を踏まえる。晋の慧遠法師は廬山の東林寺に居て、安居禁足の誓いを守り、まだ虎渓の橋を渡ったことがなかったが、ある日、陶淵明・陸修静の二人を送って覚えず橋を渡ってしまい、虎のほえるのを聞いて、誓いを破ったことに気付き、三人顔を見合わせて大笑いした故事。廬山記などで著名。また画題としても広く知られる。
四 足の早い者。諸藩における下級武士の役職名(俚言集覧)。ここは二つの意を掛ける。
五 夜の狐をいう。関西で、昼はきつね、夜は夜の殿。西国では夜の人という(物類称呼)。
六 落しだね、落胤。隠し子とも。
七 京都市左京区大原大長瀬町の小野山。歌枕。大原の里の東の山。比叡山西麓の惣名ともいわれる。小野—炭竈、炭—小野(類船集)。
八 形が大きく良質で、他に比べて焼け具合の優れた炭。「山城ノ国ニ於テ、鞍馬井ニ小野ノ里ノ産宜シトナス」(雍州府志・六)。ただし、ここでは最年長の炭焼の翁を暗示する。
九 将棋の一。大・中・小将棋とあったが、実際に行われたのは、中と小。小は現在に同じ。中将棋は縦横十二目、駒数各四十六枚。室町時代より元禄時代頃まで流行した。
一〇 遊女も腹に人の種を宿すことがあるの意。

三

[一一]見立物は天[一二]狗《てんぐ》の媒鳥《をとり》

[一三]川原の[一四]小芝居

四

乞食《こじき》も[一五]橋《はし》のわたり初《ぞめ》

[一六]鴻《こう》の巣《す》玉石

五

何ともしれぬ京の[一七]杉重《すぎぢう》

[一八]上戸の行の才覚

一

[一九]宗祇《そうぎ》の旅蚊屋《たびがや》

[二〇]望一《もいち》が紙帳《しちやう》も有《(あり)》

（巻五）

一一 珍奇な見世物として見立てたものの意。

一二 天狗を生けどりにするための囮(おとり)。囮は、鳥をさそい寄せて捕えるための同類の鳥をいう。

一三 京都市東山区の四条川原。鴨川の四条大橋から三条大橋付近までの河原をいう。

一四 大芝居に対して小規模の劇場をいうが、ここは臨時に小屋を掛け、奇術・曲芸・珍奇な物等を見せて入場料をとる興業物のこと。

一五 橋の完成を祝う儀式。多く土地の名望家で高齢の夫婦、また親・子・孫三代の夫婦の揃った一家を選んで行うのが通例。

一六 鸛(こうのとり)のこと。鴻(おおとり)は俗用。鶴に似て頸が長く、頭頂は丹(あか)くなく、翅は黒く中羽は白く、脚は赤く爪は鶴に似る。高木や楼台に巣をかける(本朝食鑑・五)。玉石は丸い石の意。鶴の巣にあるものを、松石または笙石といい、「この石を簀(たし)に付ること、露をうけず、息をとめるのみにも限らじ、定て神妙のことあるべき古伝ならんとなり」(柳淇園先生一筆)。

一七 杉の薄板で作った重箱。「肴物・餅・菓子、何にても盛り、檜の葉のかひ敷、四隅に造花等を立て飾とす。蓋あり、御前へは取て出す」(嬉遊笑覧・二下)。肴を盛ることは元禄末にすたれた(骨董集・上)。後には主に贈答用の菓子折として用いられる。

一八 上戸(じょうご)行き。酒飲み向きの工夫。

一九 諺「宗祇の蚊屋」に同じ。連歌師宗祇と同宿し、一つ蚊屋に寝たと自慢すること。風流風雅のことで嘘をつき、見栄を張ること。

二〇 杉木氏。伊勢山田の盲人で勾当、また俳人。望都・茂都、もういち・もいち・もいつとも。寛永二十年(一六四三)十一月四日没、五十八歳。作品は、望一千句、望一後千句等が著名。

二

一交野《かたの》の雉子《きじ》も喰《くい》しる客
　かしこ過たる大臣《だいじん》

三

二無筆《むひつ》の三礼帳《れいちやう》
　四同じ心の下人

四

五下帯《したをび》計《(ばかり)》の六玉《たま》の段《だん》
　七ふしなしの音曲《をんぎよく》

五

八年わすれの九糸鬢《いとびん》
　一〇坊主百兵衛がむかし

六

一一入歯《ば》は花の一二むかし
　無用の作り一三木

一 歌枕。大阪府交野・枚方両市の天野川右岸の台地。交野の原とも。交野―雉子(類船集)。↓五〇六頁注三、注六。
二 読み書きができないこと。また、その人。
三 年賀客の住所・氏名を控える帳面。三が日の間、玄関に机をすえ筆・硯とともに置いた。
四 主人と同様に、無筆であった奉公人。
五 犢鼻褌(ふんどし)。ここはまっぱだかで、の意。
六 謡曲「海士」の眼目である玉取り伝説の段。「もしこの玉を取り得たらば、この縄を動かすべし。その時人々力を合はせ、引き上げ給へと約束し、ひとつの利剣を抜き持つて、かの海底に、飛び入れば…」とある場面。
七 節は、歌の旋律をいうが、ここは謡曲・浄瑠璃等の音楽が成り立たないの意。
八 ここは、一年の最後の俳諧の会をいう。
九 月代(さかやき)を広く剃りさげ、両鬢を極端に細くした髪風。もとは武家の下僕や男達(おとこだて)の風。
一〇 寛文中頃より延宝末頃まで活躍した江戸の道化方坊主小兵衛をまねた、貞享・元禄頃の上方の道化役者。元禄六年(一六九三)刊・古今四場居色競(しばいいろくらべ)百人一首に「絵に残る姿も懐しい」とあり、この頃は活躍していない。晩年出家していたことが五元集の詞書で知られる。
一一 抜けたり、落ちた歯を、金属や硬質の木で模し作って入れたもの。総入歯は黄楊(つげ)の台に蠟石等を植え、欠けた歯は漆で固めたりした。
一二 うわべ。虚飾。入歯は昔のままの姿に見せようとするうわべだけの見せかけだ、の意。
一三 盆栽や庭木を人工的に様々に作ったもの。
一四 神都伊勢の地名にかかる枕詞。新古今集の頃より多用される。「神風やいすずの川の宮柱いくちよすめとたてはじめけん」(新古今集・神祇歌)、「神風や山田の原の榊葉に心のしめをか

一　美女《びぢよ》に摺《すり》小木

[一四]神《かみ》風や、伊勢《いせ》の国の山田[一五]に、風月長者《ふうげつちやうじや》[一六]荒《あら》[一七]木田氏《うち》の守武《もりたけ》、はじめて俳諧《はいかい》[一八]の本《ほん》式《しき》を立《たて》、是《これ》より世〳〵の作者《さくしや》、天《あま》[一九]の岩戸《いわと》のあかりをはしり、此《この》道の広《ひろ》き所をわきまへける。それまでは百韻《ゐん》[二〇]つゞけるといふ事もなく、発《ほつ》句・脇《わき》・第三過《すぎ》ては、する〴〵[二一]さし合の吟味《ぎんみ》もせず、前句《まへく》覚て[二二]うち越《こし》をわすれ、是云捨《いひすて》[二三]に同じ。其《その》節守武《せつもりたけ》、千句を出す事、ならびなき作者《さくしや》、守武・宗鑑《そうかん》[二四]を俳諧《はいかい》の父母《ちゝはゝ》ともいへり。是も和歌《わか》[二五]の一ていなれば、神国《しんこく》[二六]のもてあそびによろし。さるによつて、山田はする〴〵作者《さくしや》の絶《たへ》ぬ所なり。

其後、光貞《みつさだ》[二七]が妻《つま》とて、女には古今《ここん》ためしなき俳《はい》[二八]の世に隠《かく》れなし。是かりそめに好《すけ》るばかりにあらず、歌書《かしよ》[二九]の口談《こうだん》などして、世のたすけと成《なり》、むかしをきく[三〇]伊勢《いせ》・小町・小式部《こしきぶ》は、名を残したる歌人《かじん》ながら、それは見ぬ世の面影《おもかげ》を絵《ゑ》に移《うつ》して、「是ぞ」といふばかりは、まことすくなし。今の光《みつ》さだつまは、目前《もくぜん》[三一]の沙汰《さた》なれば、万人《ばんにん》のもてはやしけるもことはりぞかし。

其比《そのころ》伊賀《いが》[三二]の上野《うへの》に、正道《まさみち》[三三]といへる俳諧師《はいかいし》、七十余歳《よさい》まで、明暮たのしみは

けぬ日ぞなき」(歌枕名寄・十七)。 一五 外宮の鎮座地、山田原。歌枕。ここは門前町山田。当時は「ようだ」(名所方角鈔)。 一六 連歌・俳諧の風雅によって、心豊かに生涯を送った人の意。守武に対する西鶴の敬意をこめた言葉で、慣用的表現。「俳諧は、勢州の山田、風月長者荒木田氏守武よりはじめて」(俳諧のならひ事・西鶴序)等。 一七 連歌・俳諧作者。内宮禰宜を世襲した荒木田氏の一門薗田家に生まれ、天文十年(一五四一)一禰宜長官。天文十八年八月八日没、七十七歳。 一八 天文九年初冬、連歌の千句の法式を緩和した形で完成させた守武千句をいう。守武は、実作でもって俳諧の式目を示した。 一九 「あかりをはしり」は、すべて事の隠れた所がなく明白なさまにある事の意で、ここでは、天の岩戸が開く、にかける。 二〇 発句・脇・第三から挙句《あげく》までの百句を一巻とする形式で、俳諧連歌の基本。 二一 近接する句に、同種・類似の語があること、またそれを禁じた規定をいう。 二二 現在付けている句の直前の句を前句、更にその前の句を打越という。 二三 前句に付けるだけの作句法。即興的作風。 二四 氏名・出身など不明な点が多く、一説に支那弥三郎範重、近江の人といい、洛西山崎に閑居し、山崎宗鑑と称される。犬筑波集の撰者。天文末頃、八十六歳ぐらいで没。 二五 俳諧を和歌の一体とする考え方は、西鶴の基本的俳諧観であり、当時の一般的考え方でもあった。「俳諧も歌道の一体」(俳諧石車・二)等。 二六 伊勢の国をいう。 二七 伊勢山田の杉木吉太夫光貞の妻、美津女《みつじよ》。望一・利清門。正保四年(一六四七)没、六十五歳。なお、光貞妻は、望一の又従姉妹。 二八 俳諧作者であるとの名声は、の意。

[一]付句の外なく、思ひ入て、古代《こ[二]だい》の作者《さくしや》の事ども、ひとつもおろかに見ざりし。中にも光《みつ》さだがつまは、女[三]の身として其名を世上《せじやう》にふれし。「いか[四]なる艶形《えんけい》にもありつらん、夢にも一目見る事もがな」と、其女の自筆《[五]じひつ》に、「天《あま》の戸のすかし物かよ三ヶの月」と書《（かけ）》る短[六]尺《ざく》を、肌《はだ》身に付てわするゝ事なく、現《うつゝ》にもまぼろしにも此発句《ほつく》を覚て、「我又の世にうまれ替《かわ》り、かゝる歌道《[七]かどう》に心ざしの深《ふか》き女に、なれかし[八]〳〵」と、一筋《すぢ》の思ひ入にて、枕《まくら》引よせ我覚ずふしける。

二九 和歌・歌論書・物語等の講釈。
三〇 伊勢の御、小野小町、和泉式部の娘。
三一 今の社会の現実の評判なのだから。
三二 三重県上野市。 三三 未詳。

一 前句へ付ける句を思案すること。
二 西鶴の感覚では、ほぼ寛文初期(一六六一)以前に活躍した俳諧作者達をいう。
三 光貞妻は、犬子集に六句、伊勢俳諧新発句集に二十五句と、寛文中期までの俳書十種以上に載る、伊勢俳壇を代表する女流俳人。
四 どんなに素晴しい美人だったのだろうか。光貞妻の絵姿は、早く万治三年(一六六〇)刊の誹諧百人一句にあるが、貞享元年(一六八四)、西鶴は自ら古今俳諧女歌仙の巻頭にその姿を描いている(図)。 五 光貞妻自筆の短尺を、西鶴は古今誹諧師手鑑で紹介している。句は、あの細く美しい三日月は、天の扉に彫りつけられた透かし彫りにたとえるほかはないだろう、の意。

六 短冊(書言字考)、短籍(下学集)とも。和歌・俳句等を記す細長い料紙。
七 西鶴は、俳諧女歌仙・光貞妻の右上讃の文中でも「歌道に心ざしふかく」と記す。→注四。
八 「なれよかしなれよかし」の「よ」が落ちた表現。慣れ親しみたい、なじみになりたいの意。
九 連れ合い。女房。
一〇 涼しい秋の初風を待っての意であるが、ここは盆の十四、五日頃をいう。
一一 盆礼・盆歩きなどと言われる習慣で、嫁が実

此あるじの[九]つれたる女は、[一〇]秋の初《はつ》風まちて、[一一]親里に見舞《まい》けるが、めしつかへる[一二]女ふたり、律義《りちぎ》なる男一人つれて、はる〴〵[一三]我宿にかへり、「亭主《ていしゅ》の事いかゞ、此程の淋《さび》しささぞ」とおもひやられ、[一四]常《つね》の居間《ゐま》を見しに、あらざらん事を、[一五]合点《がてん》しかねて、奥《おく》座敷をたづねしに、[一六]すゞしの蚊《か》屋に朝白《あさがほ》を[一七]縫《ぬい》はへ、[一八]夏《なつ》ぶとんは紅《くれな》ゐの地紋《ぢもん》に、桐《きり》からくさしほらしく、[一九]房《ふさ》付の枕《まくら》に[二〇]すき髪《かみ》をうちかけ、年の程四十にあまれる[二一]女《ぢよ》らうながら、さかりといはば〔ゞ〕今なり。[二二]しどけなき寝姿《ねすがた》

家に礼に行くこと。関西では索麵を持って行き、一晩二晩泊ってくる。ただし、新婚二、三年間。
一二 召使いの下女二人と、実直な下男一人。
一三 自分の家。
一四 いつも居るはずの居間に夫が居ないことを。
一五 納得しかねて。不審に思って。
一六 生絹。まだ練っていない絹糸で作った蚊屋。京織の生絹の蚊屋地は、幅二尺、「色よく地合糸うつくしくして上品の物」(万金産業袋・五)とされ、高価でもあった。　一七 縫栄え。朝顔の模様があでやかに刺繡されていること。
一八 綿の薄い夏用のふとん。紅の地紋は紅色の布地に、桐と唐草模様を織出したもの。
一九 房の付いた上品な枕。木枕等は下品。
二〇 美しく梳いた長い髪を枕にかけている。宮中女官の垂髪(すべらかし)風の髪型をしていた。
二一 女郎で、女性の意となっているが、ここは上臈(じょうろう)の意で、身分の高い婦人の意。
二二 くつろぎ、うちとけきって寝ている様子。

挿絵解説　見開きの挿絵は、人物の配置以外は全く左右が続かない。左図の畳は途切れ、障子は、右図の回廊のごときに繋げられている。場面は、蚊屋の中にいる正道に向って、内儀が嫉妬に燃え擂粉木を振り上げようとしている所。右図左下隅の斜線で描かれた女性は、留守をあずかった老女であるが、とってつけたような印象はまぬがれない。その右上の三人の女性は下女達。日本永代蔵の挿絵を参考として描かれた人物が認められる。内儀は永代蔵・三の二右図扇軍の中の中央の人物を模写し、扇を擂粉木に、打掛の柄を小さく、はね元結はそのまま写したもの。右図右より二人目は、永代蔵・二の五右図の中央の召使を模写(→五六一頁付図)。

をちらりと見るより、[一]内義《ないぎ》は、[二]胸《むね》の火燃《もへ》あがり、抓《つかみ》つく程にも思ひしが、女ばかりにて亭主《ていしゆ》の見えぬに堪忍《かんにん》して、扨《(さて)》[三]勝手《かつて》に出て、留守《るす》あづけし老女《らうによ》に、「今《こ》宵《よひ》の[四]女中《ぢよちう》客は、何国《いづく》いかなる御方」と、たづねけるに、しらぬに極《きは》めて申せば、いよ／＼腹立《ふくりう》して、「あれは」とはるかに見せければ、「是[五]不思義《ふしぎ》や、忍《しの》び道はぞんぜず、お留守《るす》あづかりました台所《だい》よりは、鼠《ねずみ》も通《とを》りいたさぬ」といふ。

「さては」と身ごしらへして、[六]しやくしかけなる摺小《すりこ》木ふりあげ、月の影《かげ》うす／＼とさし入窓《まど》に身添《そへ》、立聞せしに、今迄見えぬ亭主《ていしゆ》の声《こへ》して、「同じ女とはいひながら、かゝる歌人《かじん》もあるに、我つれそふ女の、[七]ふつゝかにして、[八]碓《いしうす》を引うたさへ覚ず、いかに田舎《ゐなか》なればとて、[九]あさましき事ぞ。此道に心をよすれば、夫婦《ふうふ》の楽《たの》しみふかきに」と、悔《くや》みていふ声聞《きゝ》もあへず、「女目やらぬ」とうちければ、亭主《ていしゆ》夢さめて、美女《びちよ》と見えたる形《かたち》はなし。

「是はいかなる事ぞ」とたづねけるに、女はありのまゝに語《かた》れば、男もかくさず、「俳道《はいどう》より思ひ入ての女すがたならん」と、[一〇]沙汰《さた》してげり。

二　三里《り》違《ち(ご)》ふた人の心

一 内儀。当時の慣用。　二 嫉妬に燃える心。胸の炎・胸の焔(ほむら)とも。　三 厨(くりや)。台所。
四 女性の客。　五 不思議。義・儀とも、慣用。
六 杓子・擂粉木などを掛けておく道具で、台所につるす。多くは太い竹の節ごとに斜めに穴をあけ、この穴に差し込む。
七 いやしく、無風流・無骨で、の意。
八 碓は、穀物を精白する農具「からうす」であるが、碓を「いしうす」とも読ませた(新刊多識編)。いしうすは、磨・磑・石臼と書き米麦等を粉にする石で造った農工具の一。「碓を引うた」は、いわゆる臼挽歌で臼を挽きながらうたう歌謡。仕事歌で、ひなびたものとされた。　九 何の風情もないことだの意。　一〇 もっぱらのうわさだったということだの意。「してげり」は、中世以来の語りの口調「してんげり」を意識した止め方。
▽強い願望が就寝中の夢に現われ、それを他人に見られるという型の説話は、西鶴では他に二代男・四の二、世間胸算用・三の三の例があるが、ともに挿話的に用いられている。本話は、この説話の型を中心に据え、老いた俳諧師正道の願望の強さを説いたものであるが、それはまた、晩年の作者西鶴の深層にあったいつわらざる願望の一つだったともいえよう。今一篇、素材もよく似た作品に、新可笑記・四の二がある。本話と共通する部分もあるが、この作は、離魂の病を描こうとしたもので、むしろ怪異譚風のものとなっている。
二 徒然草・十段の「前栽の草木まで、心のまゝならず作りなせるは、見る目も苦しく、いとわびし」による。
三 つまらない、よけいなことを言ったものだ。
一三 いかにもそれらしく見せかけること。
一四 原本「慰」に誤る。　一五 私も含めて。西鶴自

[一一]兼好《けんかう》が作《つく》り木を嫌《きら》ふ事、詠《なが》めるためなれば、[一二]何をか無用《むやう》の言葉《ことば》と思ひしに、今時の世間《せけん》見合、とくと合点《がてん》をいたせり。草木《さうもく》作るはつねなり、[一三]人を作る程おかしきはなし。心あらん目からは、是《(これ)》恥《はづか》しき事なれば、面《めん》〳〵に[一四]嗜《たし》なむべし。出家《しゆけ》は殊更なり。今時の俳諧師《はいかいし》、[一五]我をはじめてまことすくなし。[一六]掛乞《かけごひ》とけんくわする心と、人がくれたればとて、あたら[一七]伽羅《きやら》を一日に焼捨《たきすて》、[一八]国土《こくど》の費《つゐへ》をして、[一九]道人《どうにん》のやうに見せかけ、世におそれぬ皃つきして、[二〇]神鳴《なり》のすかぬ時は、抹香《まつかう》を焼《たく》もおかし。形気《かたぎ》を作《つく》らずして、身を其《(その)》まゝ成人こそ殊勝《しゆしやう》なれ。

されば、[二一]津田《つだ》休甫《きうほ》といへる人は、[二二]俗姓《ぞくしやう》いやしからず。[二三]浮田の何がし殿につかえて、いまだ[二四]前髪《まへがみ》のさかりに、我一人にかぎらぬ御別《わか》れ、二君に心ざしなしとて、伊豆の海辺にて[二五]剃髪《ていはつ》して、それより魂《たまし》ひ入替りて、魚鳥《ぎよてう》も人の食《くわ》せ次第に、出家《しゆけ》といへばそれなり。世の楽《たの》しみに、俳道習《はいどうなら》はずしてかしこく、むかし貴人《きにん》のまじはり残りて、[二六]琴《きん》・棋《ぎ》・書《しよ》・画《ぐわ》とも学《まな》び得たり。

有時《(ある)》、大坂天満の寺町、[二七]栗東《りつとう》寺といふ所へ参詣《さんけい》せしに、[二八]住持《じうじ》幸《さいわい》とて気《き》を付、客殿《きやくでん》の椙戸《すぎと》に「何にてもうち付書《がき》を」とのぞまれしに、休甫《きうほ》筆とつて、三疋《びき》づれの虎《とら》の勢《せい》、「是は〳〵」と誉《ほめ》けるうちに、入相《あい》の鐘《かね》ひゞきわたりて、立帰りける。明れば、旦那《だんな》中《ちう》まいりて、「此《(この)》虎《とら》すさまじくして、何とやらつらがまへ

一六 借金取と争いをしてまで金を惜しむ気持。 一七 沈香(ちんこう)の最上品。輸入品として珍重され高価であった。
一八 大変な損失・無駄。西鶴愛用句の一。
一九 何事にも動じない優れた仏道修行者。
二〇 雷よけのまじない。「不醜此二字を其家の天井に押、十二灯明をそなへ、もつとも火を強くすべし。焼香にても又抹香にても強く焼べし」(陰陽師調法記)。
二一 津田氏また宇喜多氏、江斎。大坂生玉の住。貞徳門。「明暦ノ頃カ六十三ニシテ没ス」(誹家大系図)とあるが、寛文末頃まで生存か。犬子集に大坂俳人としてただ一人入集。寛文十一年(一六七一)刊・難波草に四十句入集。延宝元年(一六七三)刊・歌仙大坂俳諧師の巻軸にも見える(図)。

二二 俗人であった時の氏姓。原本「俗生」。
二三 宇喜多秀家。備前岡山城主。秀吉の寵を得、秀吉没後は五大老の一人。関ヶ原で西軍に与し敗北。薩摩に落ち、三年後に死罪を免れ駿河に幽囚される。慶長十一年(一六〇六)八丈島に流罪。五十年後の明暦元年同島にて没、八十四歳。
二四 元服前の若々しい盛り、小姓の頃。
二五 恐らく、秀家が八丈島に流される時、髪を剃り僧籍に入ったことをいうのであろう。原本「払髪」。
二六 士君子の重んずべき四つの上品な技芸。
二七 大阪市北区東寺町の曹洞宗の寺。薩州鹿児島福昌寺の末寺、寺領千石(和漢三才図会・七十四)。 二八 住職のこと。原本「住寺」。

[一]りちぎ成《（なり）》」といふにぞ、よく〳〵見れば、鬚《ひげ》[二]を書ずしてありけり。かさねて休《きう》甫《ほ》に此《（この）》事語れば、「まことそれよ」といひもあへず、硯《すゞり》取よせ、片角《かたすみ》に、毛貫《けぬき》[三]一本書添《そへ》ける。「此作意《さくい》[四]にて、俳諧《はいかい》の程思ひやられける」と、人皆感《かん》じぬ。

又、夏《なつ》の比《（ころ）》京にのぼりしに、佐太《さた》[五]の宮《みや》にて夕立にあいて、ひとつの帷子《かたびら》[六]ぬぎ捨《すて》、昼《ひる》ともかまはず、丸裸《はだか》に成て都《みやこ》を通りぬ。是など、[七]まねてなるまじき事ぞかし。其外一代の物語《がた》り、筆にいとまなし。惣じて世に[八]いだせる発句《ほっく》も、兼《かね》て

一 馬鹿正直そうな。
二 原本「鬢」に誤る。
三 毛抜。ひげ・鼻毛・刺(とげ)などを抜く金属製の具。はなげぬき(人倫訓蒙図彙・十一)。
四 機転。即座の機知。
五 大阪府守口市の淀川東岸にある佐太天神。佐太宮天神・佐太宮ともいう。本殿は寛永十七年(一六四〇)、拝殿は慶安元年(一六四八)の再建。神宮寺である菅相寺は、承応元年(一六五二)永井尚政の創建で、連歌の会が再興され、慶安元年には、尚政が狩野探幽に天神像を描かせ、江月に賛を依頼し、後水尾院の懐紙を添えて奉納している。また、京街道の休憩地として栄えた。「この地は都往返の官道なれば旅客常に詣し、前は淀川の流れにして、上下の船昼夜ともに往きあひて、船中より鳥居の整々たるを見るより、遥拝して行き過ぐるも多かりき」(淀川両岸一覧)。なお一目玉鉾には、芍薬の名所とある。
六 夏用のひとえもの。西鶴の慣用。
七 わざとした行為でない尊さをいう。「人を作る」こと多く、「見せかけ」だけの現代社会に対し、「身を其まま成る人」休甫の行為を紹介した。冒頭の一文「兼好が作り木を嫌ふ事」は、徒然草・十段の一節「木だち物ふりてわざとならぬ庭の草も心あるさま」を暗示したもの。三の四で再度休甫を登場させ、「其心より発(お)らずしては、まねてならざる事」だと記す。
八 俳書に載り、広く世に知れわたっている。

挿絵解説　挿絵は、夕立にあい帷子を捨て、佐太宮の鳥居の前を行く裸の休甫を描く。

工《たくむ》にあらず、[九]当座《とうざ》〳〵に思ひよりて、書捨《すて》にける。

其比は泉州《せんしう》の堺《さかい》にも、いまだ俳諧《はいかい》[一〇]の点者《てんじゃ》といふも定《さだ》めかね、有時初心《しょしん》の連中《れんちう》、[一一]金光寺《こんくはうじ》の藤《ふぢ》見に行て、やう〳〵春の一日仕事《しごと》に百韻《ゐん》つゞりて、[一二]雲紙《くもかみ》に移《うつ》して、しるべあるかたより、休甫《きうほ》に点《てん》を願《ねが》ふに、程なく其巻《まき》もどれば、いづれもよろこびひらき見るに、発句《ほっく》より点《てん》[一三]かけ出して、長点《ながてん》なしに九十三点《てん》かけられし。

「さては和歌《わか》[一四]に師匠《ししゃう》なし。俳諧《はいかい》は成物ぞ」といさみて、此浦の名物《めいぶつ》なればとて、車海老《くるまゑび》・きすご・小鯛《こだい》まじりの昼《ひる》[一五]の網《あみ》の物を、進上籠《しんじゃうかご》に入て、[一六]連衆同道《れんじゅどうぐ》して休《きう》甫菴《ほあん》にたづね、「百韻《ゐん》に大分掛《だいぶんかけ》られし点《てん》の御礼《れい》にまいりたる」よし申せば、「其俳諧は何の用《やう》にも立ず。かたはしからわるひ分《ぶん》を消《けし》て帰しぬ。けさぬ句どもは沙汰《さた》におよばす。以来《いらい》はすこしたしなみ給へ」と、目をむき出して瞋《しか》りける。

三　京に扇子能登《あふぎのと》に鯖《さば》

物毎《ごと》に気《き》のつかぬ人こそおかしけれ。[一七]松永貞徳《ていとく》、都《みやこ》花崎《さき》町に、年ひさしく住《すま》れし。其隣《となり》に、鞍馬《くらま》屋の吉左衛門といふ、[一八]銭《ぜに》見せ出して、身過大事《だいじ》と心得たる男あり。春見る桜嫌《さくらきら》ひにて、身は花色[一九]

九 その時その時に作って。
一〇 俳諧の評点者、宗匠。ここは専業の俳諧師。寛文中まで重頼の指導下で教養の高い遊俳が多かったが、後宗因、延宝に入り西鶴の影響下で庶民層に俳諧が広がり、俳諧師も多くなった。
一一 堺市宿屋町にあった寺。境内の藤が有名。この藤の話は諸国ばなし・四の五にある。
一二 鳥の子紙の上に青、下に紫の雲形をすいた紙。懐紙・短冊などに用いる。内曇(うちぐもり)とも。
一三 休甫がかけた批点。平点と特に秀逸な句にかける長点とがある。平点は一重、長点は二重の拘点(左右二種がある)を用いる。
一四 諺。和歌に師なし古歌をもて師とす、とも。
一五 日中に取り、昼の市に出す磯魚。「昼網・よりもの」とも。堺の夏の名物。江戸の夕河岸(ゆうがし)に同じ。
一六 俳諧の席で詠みあう会衆。本話の題は、この連衆の思いと休甫の批評の違いによる。
▽栗東寺の虎の話は典拠不明。元禄十四年(一七〇一)刊・百登(ひやくなり)瓢箪・一の八「ひげぬき」は本話によったもの。佐太宮で丸裸になる話は、撰集抄冒頭の増賀の逸話によるか。堺の連衆を叱りつけた話は、醒睡笑・六「推はちがうた」の宗養の話を用いたもの。なお、摂津名所図会大成・十二・栗東寺の項には虎の話を載せ、文化二年(一八〇五)刊・橘庵漫筆・五には、ほぼ本話をそのまま採り、挿絵も同じ構図のものを掲げる。
一七 歌人・俳人。幼名小熊、名勝熊。号逍遊、別号長頭丸・明心。初め三条衣棚、晩年五条稲荷町の花咲(開)の宿に住み、花咲の翁と呼ばれた。承応二年(一六五三)十一月十五日没、八十三歳。
一八 銭屋。専ら銭の交換を行い、本両替とは区別される。小資本で他の商売を兼ねるのが普通。
一九 縹(はなだ)色。紺より淡い色。俗に、はないろ。

の[一]紬《つむぎ》のつよきをかんがへ、明暮のもてあそびに、[二]二十五桁《けん》の十露盤《そろばん》を枕《まくら》にして、三十年此《(この)》かた同町《どうてう》に居ながら、貞徳の俳諧《はいかい》せらるゝとは、諸国《しよこく》の[三]目安《めやす》の談合《だんこ》いたさるゝ[四]分別者《ふんべつしや》とばかり合点《がつてん》し、「近《ちか》ひ隣殿なれども、一代[五]公事《くじ》訴訟《そしやう》いたさねば、貞徳をたのみ、「[六]俳諧《はいかい》書てくだされい」と、御無心申《(まうす)》事もなし」と、京に住《すみ》ながら、かゝる人もあれば、増《まし》て田舎《いなか》人は、たとへ[七]衛士《ゑじ》籠《かご》を、「雛《ひな》の綿《わた》の塵《ちり》よる物か」といふとも笑《わろ》ふまじ。

有時《(ある)》能登《のと》国の浦《うら》人、百韻《ゐん》の一巻点《まきてん》取にのぼしける印《しるし》に、「[八]京都は万《よろづ》に目はづかしき所」とて、随分《ずいぶん》扇を吟味《ぎんみ》して、五本入の桐《きり》の箱《はこ》、長《なが》の道中《どうちう》にてそこねぬやうに、幾重《いくへ》か包《つゝ》みて進上《しんじやう》申ける。「遠国《をんごく》より都へ扇をつかはしけるは、俳諧《はいかい》する程の作者《さくしや》には、気《き》のつかぬ事」とて、此返礼《へんれい》に、[九]鯖《さば》五さしおくられければ、[一〇]乗掛馬《のりかけむま》に付て、能登の国へ帰りけるもおかし。

又、[一一]北山岩倉《いわくら》のあたりなる里より、[一二]歳暮《せいぼ》の発句《ほつく》見せける次手に、雉子《きじ》の足に干鰯《ごまめ》むすび付てつかはしける。「是は」と笑《わら》へど、世は菟角《とかく》、[一三]物くるゝ友ぞよし。

一 紬糸・玉糸で織った絹布。高級ではなく丈夫なので日常着に重宝された。紬は商人に似合いのもの、ただし花色は流行遅れ。
二 算盤。室町末に輸入された計算具。梁(りは)の上の五玉一と下の一玉五が普通。二十五桁(たけ)は金融業者向き。振仮名「桁(んけ)」は原本のまま。
三 訴状。訴状は箇条書にする。俳諧の付句を懐紙に書く様に似る。
四 ここは知恵者の意ではなく、公事訴訟人の意。
五 訴訟状(目安)を奉行所へ提出すること。
六 俳諧とは目安のことと信じている人の言葉。
七 香道で空薫(そらだき)に用いる銀製の網籠。大きさは一寸程、針金の先に掛け、火鉢などに差して用いる。　八 諺、「都は目恥かし、田舎は口恥かし」をきかした文章(毛吹草・二)。
九 背を開き塩漬けにした鯖を、今一匹の鰓(らえ)の間に刺入れたものを一刺という。盆の贈答品に用いられ、味は生にまさるとされた。能登の産は上品、越中・佐渡が次ぐ(本朝食鑑・八)。
一〇 両側に葛籠(らつづ)二個を渡し、その上に蒲団を敷き人を乗せる道中馬。葛籠は旅行用の行李。
一一 京都市左京区岩倉。北山は地名ではなく、京都北方の山地をいう。近世は北岩倉村。農業のかたわら林業に従事する者が多かった。
一二 歳旦帳に載せる歳暮の発句。旧年の冬に準備する。雉子は入集料としての贈物。
一三 「よき友三あり。一には物くるゝ友」(徒然草・一一七段)。
▽鱓(めごま)は正月・婚儀の祝儀食品で、正月の季語。雉子に鱓を付けたのは、正月の歳旦帳への御礼の意とも、単なる祝いともとれる。はなし大全・上「籠舁(かごかき)が餞(むけはな)」に、祝いだといって籠舁が棒の先に鱓をつけていた話がある。どちらの解にしろ、俳諧をする田舎人の無知を笑

四　鬼《おに》の妙薬《めうやく》爰に有

[一四]道中《どうちう》あふぎの[一五]朝《あさ》風、水無《みな》月のはじめ、[一六]江戸伝馬《てむま》町より乗掛《のりかけ》仕立て、[一七]斎藤徳元《さいとうとくげん》といふ人、都《みやこ》にのぼる夏旅《なつたび》、汗《あせ》水の流《なが》るゝ[一八]玉川をおもふに、[一九]瀑布《さらしぬの》の袖の色、富《ふ》士《じ》の雪かと心の涼《すゞ》しさ、[二〇]三保《みほ》の松陰《かげ》に夕虹《ゆふにぢ》、今も天人《てんにん》の帯《をび》なるかと詠《なが》め、まだ[二一]うつの山蔦《つた》も青葉《あをば》にて、秋よりさきに見るもおもしろし。

日をかさねてけふ[二二]逢坂《あふさか》の関《せき》とまり、京のちかきを嬉《うれ》しく、[二三]夜をこめて鶏《とり》の鳴《なく》時《とき》、焼《たく》や[二四]出立をいそがせ、まだ人皃《がほ》見えぬに、[二五]大津《あふつ》馬《むま》を引たりや[二六]六蔵、旅人《りよじん》の眠《ねぶ》り覚しの[二七]こうたひとつは、酒機嫌《きげん》ぞとおかし。

やう〳〵[二八]粟田《あはた》口、蹴揚《けあげ》の水になれば、諸《もろ》〳〵の鬼《おに》ども、火の車《くるま》を引捨《すて》、清水《しみづ》を手してすくひ呑《のみ》、胸《むね》の燃《もゆ》るをたがひにあらそひ、後は鉄棒《てつぼう》を枕《まくら》として、「やれ〳〵くるしや」と、虎《とら》の皮《かわ》の腰当《こしあて》をなやまし、「もはや命がせまるなり。むかしより世の人たとへ置しごとく、[二九]鬼《おに》が死《しん》で行所がない」と、[三〇]おそろしき目より泪《なみだ》を流《なが》し、あの世此《(この)》世のさかい、角《つの》のうなだれて、此面影《おもかげ》、見るも哀《あは》れなり。中にも[三一]物になれたる鬼《おに》らしく、かしらすこしはげて、ぢごくの[三二]虎落《もがり》分別《ふんべつ》あり

った話。
一四 旅行用の扇で、里程・宿駅等を記したもの。
一五 朝から扇を使わねばならない程の、陰暦六月始めの暑い日をいう。
一六 日本橋の大伝馬町・小伝馬町の略称。
一七 草創期江戸俳壇の長老。連歌・仮名草子作者。名は元信、別号帆亭。岐阜に生まれ織田秀信に仕え二千石を領したが、関ヶ原敗戦後、京極忠高に仕え若狭の小浜に住む。寛永三年(一六二六)上京し、同六年(一説に五年)江戸へ移るが、その後も上京の機会は幾度かあったと思われる。里村昌琢と親しく、同門の誼で貞徳とも昵懇であった。正保四年(一六四七)没、八十九歳。
一八 汗の玉と、玉川をかける。歌枕、六玉川の一。多摩川に同じ。東京都西部を流れ、東京湾に注ぐ。「多摩川のさらす細布さらさらに昔の人の恋しきやなぞ」(一目玉鉾・二)。
一九 さらして白くした麻布。
二〇 静岡県清水市の三保の松原。歌枕。三保浦―松原・富士・天人(類船集)。羽衣伝説の地。「清見潟磯山もとは暮初めて入日残れる三穂の松原」(一目玉鉾・二)。
二一 静岡市西端の宇津谷峠。歌枕。宇津山―蔦の細道(類船集)。
二二 滋賀県と京都府の境、逢坂山にあった関所。
二三 「夜をこめて鳥のそらねははかるとも世に逢坂の関はゆるさじ」(後拾遺集・雑二・清少納言)。
二四 朝の旅立ちの際にとる食事。
二五 大津の宿駅にいた荷物馬。
二六 馬方の通称。
二七 馬方節。ここは小室節(人倫訓蒙図彙・三)。
二八 京都市東山区三条白川橋・蹴上辺。名泉は、「車道のかたはら」にあった(京羽二重・一)。
二九 諺。「鬼の死んだで行所なし」(譬喩尽)。引取人なしの意。

そふなる皃つきなりしが、徳元《とくげん》の[一]薬箱持《くすりばこもち》に気《き》を付、お馬《むま》の前《さき》にかしこまり、「御覧《らん》なさるゝ通《とを》り、我〳〵は、[二]ざいにんをさいなみまする役人《やくにん》どもにて、此《(この》度《たび)》大悪人《あくにん》の人ごろし目を、[三]御せいばいなされましたを見かけ、いづれも[四]火車《くわしや》をはやめ、[五]粟田口《あはた》までむかひにまいり、[六]心見に死骸《しがい》一口づゝたべ申候に、[七]思ひなる御事、[八]塩八付《しをばつけ》とはぞんじもよらず、皆《みな》〳〵たべすごして、咽《のんど》をかはかし、此水を呑《のみ》しに、[九]しよくしやういたしての難義《なんぎ》。ぢごくには近付《ちか》のおいしやも御座

二〇 諺「おにのめにもなみだ」(毛吹草・二)による。
二一 世間に通じている、世故(せこ)にたけている。
二二 強請分別とも。言いがかりをつけて金品をゆすりとる思案をめぐらすこと。もがりじあんとも。「もがりと言ふは、非道を元として言分をこしらへ、利を得るたくみなどする者をかく言ふなり」(色道大鏡・一)。

一 医者の薬箱を持って供をする者。薬箱は、薬剤と器具などを入れる引き出しのついた箱で、蓋の裏を使って調剤する。紐をかけ、風呂敷で包んで運ぶ。徳元が医者だったとの記録はない。ここは医師と俳諧師との服装の類似より、鬼達に徳元を医者と見間違えさせた。
二 罪をえて地獄に落ちた亡者を責めさいなむ鬼。獄卒のこと。
三 罪人を斬罪に処すること。
四 火の車。地獄にある火が燃えている車。生前悪事をなして死んだ者を地獄に運ぶ車とされる。
五 京都市東山区の東北地域。平安中期より刑場があった。蹴上の水より東、粟田口東端、日の岡(現山科区)との境界にあったとされるが、正確には定めがたい。貞享四年(一六八七)黒川道祐の石山再来に、蹴上の水を過ぎ、「粟田口刑戮場ニ到ル」とある。
六 ここは、鬼食いの洒落。「食物の試みをして味の善悪或は毒の有無をも心むるをいふ」(類聚名物考・四)。鬼飲み・鬼する・おにとも。
七 原本は「思ひのほかなる」の「のほか」脱か。

挿絵解説 火の車を引いて、鬼達が地上へ下り立った場面を描いたものであろう。鬼が肩にかついでいるのは長短の鉄叉、手にしているものは鉄杖。

れど、旅《たび》の事なれば、お情《なさけ》に一〇御養生《やうじやう》たのみたてまつる」といふ。

徳元《とくげん》かんがへ、「是《(これ)》はつねごとくのり一一やうぢにては行まじ」と、塩八付をも喰《くい》付たる、此あたりの一二烏《からす》をとらせ、是をせんじて呑《のま》せけるに、一三あぶなき命をたすかり、車《くるま》を飛《とば》せ、一四鉄火《てつくわ》をふらせ、「さらば〳〵」と声《こへ》をかけ、「あの世へ御越《こし》なされた時、お礼《れい》はあれにて」と申ける。

八 しおばっけ。ばっけは、はっけの濁り、はりつけの変化したもの。磔の刑に処された罪人が、刑執行の前に死んだ場合、その死体は塩漬にして置き、その塩漬の死体を磔にした。「金兵衛儀、其節自害致シ候ニ付、死骸牢屋へ遣シ、塩ニ詰置、品川ニ於テ磔ニ行フ」(御仕置裁許帳・元禄二年八月四日)。
九 食べすぎて腹をこわすこと。食あたり。
一〇 ここは、病気の手当てをしてほしいの意。
一一 療治。手当ての具体的方法、処置をいう。
一二 烏は人間の死肉を食べるとされた。「腥羶(せいせん)屍肉恣ニコレヲ食ス」(和漢三才図会・四十三)。「人の屍を待ち、牛馬の腸をむさぼり」(鳥之賦・芭蕉)。
一三 食傷の療法として、食傷を起した食物を再度食べさせることが一般的に行われた。「蕎麦に傷(あて)られたるには、再び蕎麦を用ふれば毒物ことぐ〳〵く嘔吐して平愈す、少分にても再び用ふべし。酒にあたれるに迎酒を用ふるに同じ」(松屋筆記・七十四)。
一四 焦熱地獄等の熱鉄の炎。「鉄火猛く盛んにして骨髄に徹る」「嶮しき岸の下にありて、常に鉄火の為に焼る」(往生要集・上)。
▽本話は、狂言・神鳴(かみなり)の趣向どり。和泉流で雷、狂言記は針立雷(はりたてかみなり)。東へ下る都の藪医者の前に雷が落ちて腰を痛める。雷は、医者に鍼を打ってもらって全治し、天上しようとする。医者に治療代を請求され、八百年間水損が無いようにする、また、医者を典薬頭にするといって昇天する。西鶴は、医者を徳元に、雷を鬼に翻案し、徳元に当意即妙の、きわめて庶民的な治療をさせることでもって、俳諧的機智に富んだ一篇の笑話に仕立てたといえよう。

入絵

西鶴名残の友

二

一　昔《むかし》[一]たづねて小皿《こざら》

[二]山崎《さき》の山のすがたは、むかしに替《かは》らぬ春の色、年《ねん》[三]〳〵花は同じ、歳《せい》〳〵人は同じからず。

爰《(ここ)》に住《すみ》給へる宗鑑法師《そうかんほつし》[四]の一夜庵《やあん》の跡《あと》ゆかしく、都にのぼり舟[五]を、汀《みぎは》につけさせ、永貞《ながさだ》[六]・保俊《やすとし》[七]・春倫《しゆ(ん)りん》[八]、此《(この)》外香具所《かうぐしよ》[九]の宇野河内《うのかわち》[一〇]といへる俳友《はいゆふ》、すける道《みち》とて、岩根《いわね》の玉笹《さゝ》わけ〳〵て、[一一]はるかなる苔路《こけぢ》は、いつ人の通《かよ》へるしるべもなく、松・椙《すぎ》・かしは、いやがうへに枝《えだ》たれて、比《(ころ)》は弥生《やよひ》のすゑなるに、気《き》[一二]の短《みぢ》かきほとゝぎすの鳴《なき》わたり、あまりに耳《みゝ》ちかければ、めづらし事は外に成て、「か[一三]しがまし此里過よ時鳥都《みやこ》の堕馬髻《たわけ》[一四]我を待《まつ》らん」と読《よま》れし狂歌《きやうか》も、今思ひあはせり。

ひだりのかたに、筧《かけい》の竹絶《たへ》て、[一五]まかせの水の落《おち》行風情《ふぜい》、爰ばかりの時雨《しぐれ》ぞかし。石居《いしずへ》の跡《あと》もそこ〳〵に残りて、庵《あん》は西南を請《うけ》られ、[一六]月はむかしの連俳《れんばい》、その法師《ほうし》すがた、今見る心して哀《あは》れふかし。おの〳〵発句《ほ(つ)く》して、木陰《こかげ》の瀑板《しやれいた》[一七]書付帰る時、月夜の四平といふもの、是《(これ)》は京のひがし川原[一八]にて、遊《あそ》[一九]び宿《やど》の亭主《ていしゆ》成《(なる)》

一　原本通り。「昔をたづねて」の「を」脱。
二　北摂山塊の最東端、淀川を挟んで男山に向きあう天王山の東南山麓の眺めをいう。中腹に宝積寺があり、南麓に大山崎がある。
三　「年々歳々花相似タリ、歳々年々人同ジカラズ」（和漢朗詠集・下、古文真宝前集・中）。
四　→四八一頁注二四。
五　大坂から伏見へ淀川を上る乗合船。ここは人を主に乗せる三十石船。近世の山崎は、西国街道最初の宿場ではあったが、対岸の橋本に繁栄を奪われていた。「汀につけさせ」は、わざわざ船を山崎に立ち寄らせた、の意。
六　大坂の立圃系俳人、岡山氏。遠近集等に入集。
七　大坂の俳人、武野氏。物種集等に入集。
八　大坂の俳人、浜田五郎左衛門。遠近集に五十六句、鸚鵡集、捨子集などに入集。
九　髪油・白粉・楊枝等を売る香具屋。香具店。
一〇　「高麗橋一丁目宇野河内」（難波丸綱目・四）。
一一　「遥かなる苔の細道を踏みわけて」（徒然草・十一段）。
一二　時鳥（ほととぎす）は、時を知っており、四月初めに鳴くものとされた。ここはそれによる滑稽表現。
一三　歌には小異があるが、宗鑑の狂歌として、天水抄、久留流、片言等で喧伝された。
一四　ばかもの。「堕馬髻　タハケ」（続無名抄・世話字尽）。
一五　庭に引き入れ、流れのままにしておく水。
一六　「久方の月は昔の鏡なれやむかへばうかぶ世々のおもかげ」（玉葉和歌集・雑一）による。
一七　風雨にさらされた板。されいた。額などの用材にするが、古い板戸などをもいう（片言）。
一八　鴨川東岸の四条川原。歓楽街。
一九　色宿の主人。宮川町・石垣町などには、かげま茶屋が多かった。

が、此商売《しやうばい》する程もなく、さりとてはかしこからず、うまれつきての[一]埒明《らちあか》ずなり。[二]世の中をあんじまじき事は、是が女房《にうばう》利発《りはつ》にして、男は年中《ねんぢう》踊《おどり》ありきて、いつが盆《ぼん》やらしらず。[三]此正月の礼《れい》に、大坂へくだりて、何のやうなきに、三月のするになつて、[四]さそふ水ありとて、のぼり舟の慰《なぐさ》みものにせられて、知恵《ちゑ》のない男こそおもしろけれ。

此男、宗鑑庵《そうかんあん》の木《こ》の葉《は》の中より、[五]瀬戸焼《せとやき》の小皿《こざら》一枚《まひ》ひろひあげて、「是は宗

一 何をさせてもだめな男。
二 世間とはよくできたもので何も心配することはない、の意。
三 年始の礼。新年の祝詞を述べるため、得意先・知人宅を廻り、挨拶をかわす。踊—盆—正月(類船集)。
四 小野小町の歌、「わびぬれば身を浮草の根を絶えてさそふ水あらばいなむとぞ思ふ」(古今集・雑下)による。謡曲「関寺小町」等でも有名。
五 愛知県瀬戸市及びその付近で産する陶磁器。桃山時代以降は、日常雑器類も多く焼かれた。
六 美顔用の白色の塗料で、「しろいもの」といい、女子用として「おしろい」という。普通のものは、水に解いて、延びのよい光沢のあるものが愛好された。原本は「粉白」とある。
七 一生、生涯での。一世一代の、の意。
八 原本「と」脱。
九 驚いたり感動した時、またはっとした時に、思わず両手を打合わせること。顔や体の横、或は片手を横にして打つとも。西鶴の慣用句。
一〇 月夜の四平。相手を見下した言い方。
二 平忠度。清盛の弟。寿永三年(一一八四)一の谷で戦死、四十一歳。
三 狐川は下海印寺・円明寺村の間を流れ

鑑お内義《ないぎ》、[六]白粉《おしろい》ときにうたがひなし」といふ。「是は汝《なんじ》[七]一代の見立」と、大笑《わら》ひの種《たね》[八]となし、又舟に乗《のる》時、[九]保俊横《やすとしよこ》手をうつて、「扨《(さて)》も惜《おし》や、[一〇]おのれが拾《ひろ》ひし小皿《こざら》を、其所に残し置ける」となげく㒵つきせしに、此男、さもいそがはしき中に、又其所に行て取て帰り、「[一一]むかしの忠度《たゞのり》は、[一二]狐《きつね》川よりひつ帰し、[一三]定家《ていか》の許《もと》に[一四]たばこ入を忘《わす》れて、見えぬ事をなげかれし。我等も俳諧《はいかい》の心こそなけれ、宗鑑《そうかん》の持《もた》れし道具《どうぐ》を[一五]あだにはいたさじ」といふ。「[一六]いかにもやさしき心入」と、

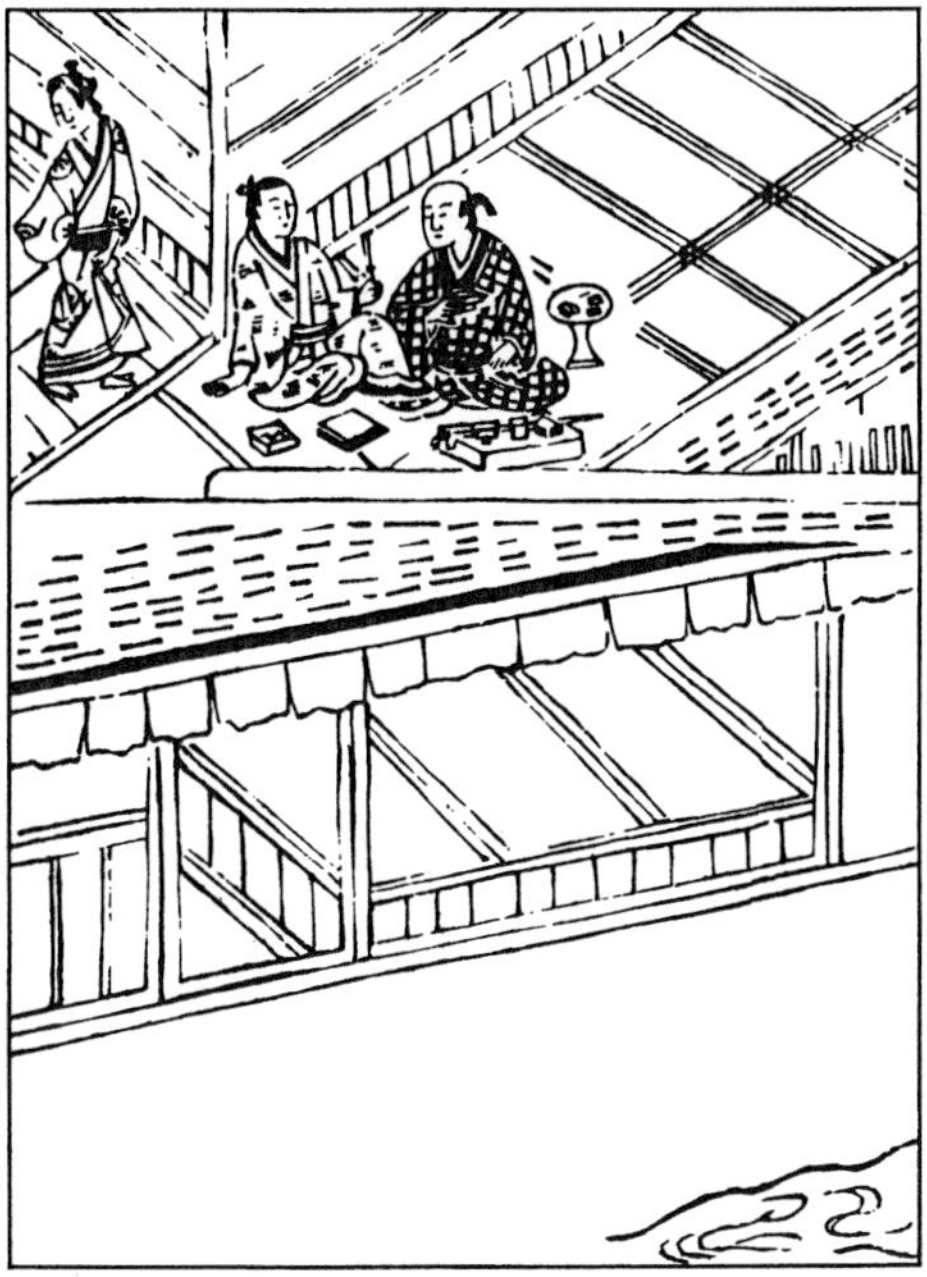

て水垂村の南にて淀川に落ちる(謡曲拾葉抄・三)とされているが、現在その場所は不明。小泉川(一名円明寺川)と淀川とが合流する付近一帯の名称との説もある。一目玉鉾・三の「きつね川」の箇所に、川筋は描かれていない(図)。

一三 事実は、俊成を訪ねる。ここはわざと息子の定家を出す。

一四 煙草入。刻み煙草を入れる携帯用の袋物。煙管筒(きせるづつ)と対で、懐中用と腰に下げるものとがある。煙草の渡来は、天正年間(一五七三―九二)とされている。

一五 粗略に扱うようなことはいたしませぬ。

一六 殊勝な心がけだの意。

▽小皿を取りに帰る月夜の四平の描写は、謡曲「忠度」の「さも忙がはしかりし身の、さも忙がはしかりし身の、心の花か蘭菊の、狐川より引き返し、俊成の家に行き、歌の望みを嘆きし」を下敷きにする。本話には、謡曲「忠度」の語句の使用が目立つ。「都を隔つる山崎や」「猪名の小笹を分け過ぎて」「時しも春の花」「一夜の宿」「木の下蔭」「春に聞けばや音凄き」「主(あるじ)」「舟に乗らんとて、汀のかたに」「時雨」等である。

挿絵解説　四条河原付近の色宿を描く。見開き下三分の二は、永代蔵・三の五の家並の図を模し、手前右下に川流を加える。上三分の一は、二階座敷を描くが左右は続かない。右図二階の人物のうち、くつろいでいる三人は、同じく永代蔵・五の一右図の上方右隅の三人を模写し、画面中に適当に配置した。川辺の編笠の武士は、色里三所世帯・下の二右図の右端より二人目を借りたか。左図二階の左端の女は、永代蔵・一の二の上方右端の女を模写(→五六一―五六二頁付図)。

皆〳〵同音《どうをん》にほめければ、此男、[一]しすましたる㒵つきおかし。

何やかや咄《はな》しの次手《つゐで》に、「「[二]泊《とま》り客人《きやくじん》、下。長《なが》あそびの客人、中。立帰りの客人、上」さる程に、宗鑑《そうかん》の作意《さくい》、気《き》のつかぬ客《きやく》の心得に成事」と、いづれもしばらく感《かん》じければ、此男、「是はもつとも」と思ひ込《こみ》、都の我宿に帰り、[三]右《みぎ》のごとく墨黒《すみぐろ》に書て、[四]大屋敷の入口に張《はり》付置ける。「客を引請て世わたりにせし宿の[五]壁書《へきしよ》に、さて〳〵道理《どうり》至極《しごく》なる事ぞ」と、見る人毎《ごと》いへるを、「よき事を聞出してしたり」とおもふもおかし。今の世にも、かゝる愚《おろ》か成者《もの》もある事ぞかし。さぞ此男、長生《ながいき》をすべし。

二　神代《じんだい》の秤《はかり》の家《いへ》

[六]洛陽《らくやう》の俳諧師《はいかいし》、安原正章《まさあきら》は、貞徳《ていとく》の跡《あと》に立て、貞室《ていしつ》と改《あらた》めて、世に高名《かうめい》を残されける。[七]地下《じげ》には住《すみ》ながら、歌道《かどう》にうまれつきたる人にして、[八]渡世《とせい》の商売《しやうばい》をはなれ、[九]朝夕大内山《てうせきあふうち》の心の花、常《つね》のもてあそびに、琵琶《びわ》をだんじ、平家《へいけ》を語《かた》り、我ひとりの楽《たの》しみとなして、然も都《みやこ》に暮《くら》しぬ。此琵琶《(この)びわ》、[一〇]蟬《せみ》丸の手にふれられし[一一]無名《むみやう》といへるびわなり。貞室《ていしつ》うき世の形見《かたみ》に、[一二]智恩院《ちをんゐん》に残しぬ。惣じて和歌《わか》に

一　うまくなし遂げたという自慢げな顔つき。
二　百物語・上に、「ある人山崎の宗鑑が庵を見物せしとて語りけるは、入口の額にあげし語、おどけたる軽口なりければ、書留め帰りしといふを見侍りしに、一、上の客人立帰り、一、中の客人日帰り、一、泊り客人下の下」。滑稽太平記・一にも同様の記事がある。惟中の一夜庵建立之縁起には、「上客立帰、中客一日、下客泊懸」とある。讃岐興昌寺の筆海帖には、この話を材とした句が多出する。
三　原本「石」に誤る。
四　大きな構えの色宿であることをいう。
五　かべがき。中世は法令公布の形式だったが、ここは注意書きとして掲示したことをいう。
▽一夜庵の書付を落ちに用いたのは、謡曲「忠度」の終りで、六弥太が箙(えびら)の短冊に、「旅宿の題」で、「行き暮れて木の下蔭を宿とせば花や今宵の主ならまし　忠度」とあるのを見て、忠度と知る場面の転用。
六　京都の俳諧師、安原氏。貞徳二世を名乗り、貞室と改号。寛文十三年(一六七三)没、六十四歳。
七　位階・官職などを持たない人、庶民。
八　貞室は紙商、通称は鎰屋(かぎや)彦左衛門。
九　宮中の雅やかな心を持ち。
一〇　平安初期の歌人・琵琶の名手。盲目で逢坂山に住んだ。敦実親王の雑色とも、醍醐天皇第四皇子などとも伝えられる。生没年未詳。
一一　枕草子で有名。枕草子春曙抄・五に「上東門院ノ名物ナリ、或説ニ蟬丸ノ琵琶」「焼失畢」とある。貞室が晩年琵琶に熱中したことは著名だが、無名を知恩院に残した話は不明。鵜尾冠・下には、家を売り小町の琵琶を買ったと伝える。
一二　京都市東山区、浄土宗総本山。

心をよする人は、ゆたかに年月おくらずしては甲斐《かい》ぞなし。

一とせ、住吉[一三]の汐干《しをひ》を心ざして、門弟《もんてい》の了味《りやうみ》[一四]など同道《どうく》して、弥生《やよい》[一五]のひとへにくだり舟、難波《なには》の浜《はま》につきて、爰《(ここ)》もむかしの京なれば、民《たみ》[一六]の竈《かまど》にしやくし掛《かけ》、青畳敷津《あをたゝみしきつ》[一七]のうらを見立、「しばらく借座《かりざ》[一八]敷《しき》もよしや」と、春の日二日は何となく暮《くれ》て、けふは三日の桃《もゝ》の花、伏見[一九]の城《しろ》山を、桜まさりと詠《なが》めしが、旅《たび》はさま〴〵に替《かわ》りて、「大坂酒[二〇]に曲水《きよくすい》[二一]の宴《ゑん》ぞかし」と、心祝《いわ》ひのこうたひ[二二]竹葉《ちくよう》より思ひ出して、「吸筒《すいつゝ》[二三]をわすれな。茶弁当《ちやべんとう》[二四]に火箸《ひばし》は入たか。からし酢《す》は此徳利《とくり》に有。塩《しを》は。堺《さかい》をはじめて見る事嬉《うれ》しや」と、下〳〵[二五]いさみて[二六]、駕籠《かご》ふとん敷《しき》て、「めしませい」といふ時、貞室《ていしつ》立出られしが、座《ざ》して、「けふの参詣《さんけい》成難《がた》し。いかにしても汐干《しをひ》の発句《ほつく》おもはしからず」と、する〴〵の者《もの》ばかり見せに遣《つか》はし、其身は宿《やど》に残られける。貞室《ていしつ》[二七]程の作者《さくしや》、世のつねの発句なきにはあらず。世の沙汰《さた》にならざる一句はいと口惜《をし》と、此道に執心《しうしん》ふかき事を感《かん》じぬ。其比《(そのころ)》、河州柏原《かしうかしはら》の里に、浄久《きよひさ》[二八]と名乗《なのり》て、無類《むるい》の俳諧好《はいかいずき》、老のたのしみ、是ひとつと極《きは》めて、句の善悪《ぜんあく》にもかまはず、只題目《だいもく》のかはりに、是ぞとのおもひ入、殊勝《しゆしやう》なり。貞室旅宿《ていしつりよしゆく》を聞付、「我宿の面目《めんぼく》なれば、是非《ぜひ》に草《くさ》の庵《いをり》をお目にかけたし」とむかへて、柏原《かしはら》の里に帰る。近在《きんざい》の俳友《はいゆふ》、「せめてはお皃《(かほ)》成《(なり)》とも見た

一三 大阪市住吉区、住吉神社付近の海岸での三月三日の潮干狩は有名。都からも人々が集まった。春の季語(難波鑑・二、滑稽雑談・五等)。
一四 京の人、宮川三郎右衛門長之。貞室門、寛文九年(一六六九)了味と改号(歳旦発句集他)。
一五 陰暦三月一日。「ひとへ」は、ひとひ(一日)。
一六 「高き屋に登りて見れば煙立つ民の竈は賑ひにけり」(新古今集・賀歌)の竈より杓子掛を連想。
一七 住吉神社西方の海岸。歌枕。「稲莚(いなむしろ)敷津の浦の松風に漏りくる時ぞ時雨共しる」(松葉名所和歌集・十四)の稲莚を、青畳に置きかえた。
一八 一時的に借り、自炊をして滞在する座敷。
一九 伏見城が廃され、以後は桃の名所となる。
二〇 「京・大坂・奈良・伊丹・鴻の池等名酒品々あり」(人倫訓蒙図彙・四)とあるように、玉造を中心に醸造される酒も有名であった。
二一 三月三日の遊宴。「水上より盃をながし、人々の前過ぎざるさきに詩を作りて酒くめる事也」(難波鑑・二)。
二二 謡曲「猩々」による小謡「万代までの竹の葉の酒」をいう。竹葉は酒の異名。
二三 酒や水を入れる携帯用の竹筒。水筒とも。
二四 茶の風炉を入れた携帯用の重器。携炉・提炉。
二五 したじた。奉公人。召使。
二六 奮い立って。
二七 潮干狩の発句にこだわる話は、浄久を尋ねた折、「この道に志深しといへども、折に従いよき句計は出ず、免し給へ」(河内鑑名所記・四)といって、幽斎と貞徳の発句を書き与えた(真蹟は三田家に現存)ことにヒントを得たもの。
二八 大阪府柏原市の大文字屋、三田(さんだ)七左衛門。肥料商で柏原船の事業にも携わる。貞徳門で俳諧・狂歌作者。河内鑑名所記を著す。元禄元年(一六八八)没、八十一歳。

し」と、浄久《きよひさ》の門《もん》に市をなしぬ。

都の客《きやく》めづらしく、もてなしけるに、折ふし麦《むぎ》[一]秋もちかくなれば、去年《こぞ》そこねたる唐竿《からざほ》[二]に心は付ど、取出す事も成難《がた》くて、「俳諧師《はいかいし》といふものは、気《き》のつかぬものにて、長《なが》あそびをする」と、勝手《かつて》の下女ども、お客《きやく》にたいくつするもおかし。[三]何がせかぬ貞室《ていしつ》、京に帰らん事をわすれ、「此次手《つゐで》に金剛山《こんごうせん》[四]へ参詣《さんけい》せん」と申されければ、柏原中《かしはらぢう》の牛《うし》に鞍《くら》置せて、浄久案内《きよひさあんない》して、彼琵琶《かのびわ》を大事《だいじ》にかけて、中年寄《なかとしより》[五]たる小《こ》百性《しやう》にもたせけるに、つゐに目なれぬ物なれば、四五人よりて、「是は何に成物ぞ」と、色〳〵僉儀《せんぎ》[六]をするに、ひとつも埒《らち》あかずどもの寄合なり。其中《なか》に分別《ふんべつ》らしき良つきして、「我目にて見極《きは》めたる所、一[七]りんも違《ちが》はじ。是は神代《じんだい》の秤《はかり》の家《いゑ》なるべし」といへり。

〔三〕　今の世の佐《さ》ゝ木《きの》三郎

[八]都《みやこ》出て櫃川《ひつ》をわたり、心の行水《(ゆくみづ)》につれて、伏見《ふしみ》[九]の里の日高《たか》く、茶筅売《ちやせんうり》[一〇]も見えず、酒商人《あき》も出ず。[一一]くだり舟待夕暮《まつ》までの淋《さび》しさに、油掛《あぶらかけ》[一二]の地蔵《ちぞう》の立せたまふ、西岸寺《さいがんじ》の長老任口《ちやうらうにんこう》[一三]の許《もと》へたづね、たがひに世の物語《がた》りもめづらしく、難波《なには》

一　季語、初夏。麦を刈り納める時節をいう。
二　棒の先にやや短い棒や割竹の束を連結し、稲・麦などを脱穀する農具。
三　何も急ぐことはない貞室は。
四　大阪府河内長野市にあり、当時は「こんごうせん」と呼ばれた。山頂の葛城神社は、大和・河内の農民に尊崇され、毎月丑の日の縁日、六月七日の護摩の行いに参詣の人々が群集した。
五　中年の小百姓。小百姓は小作層の水呑百姓とは区別された小高持ちの百姓。
六　僉議。多人数で評議・相談する。
七　絶対に間違いはない、の意。
▽貞室の浄久訪問は、明暦二年(一六五六)、またはそれ以前の夏。ただし本話の執筆時期は、浄久死没の元禄元年(一六八八)以降であろう。琵琶を神代の秤の家といった本話の落ちは、そのままの題で、元禄十四年刊の百登瓢箪にとられている。
八　「都出て伏見を越る明方はまづうち渡す櫃川の橋」(新勅撰和歌集・雑四・藤原俊成)による。櫃川は、山科川の古名で歌枕。山城名勝志・坤に「櫃川ハ北山科ヨリ流出シ、勧修寺東醍醐西ヲヘテ、木幡ノ西ニテ宇治川末ニ流合フ。櫃河橋、今六地蔵町中ニ在ル橋カ」とある。
九　京都市伏見区伏見町。歌枕を意識した記述。
一〇　茶筅売は、鉢扣《はちたたき》の扮装で売り歩いた。茶筅は伏見の名産(一目玉鉾・三)。
一一　伏見から大坂への乗合船。一番船は夜の五つ(八時頃)に出る。
一二　伏見区下油掛町にある浄土宗知恩院派油掛山西岸寺内の地蔵尊。石像で長五尺、油を懸けて祈れば、諸願成就すると言われた。
一三　西岸寺三世住職、別号如羊。宗因・重頼等と親しく、貞享二年(一六八五)春、芭蕉も尋ねた。貞享三年四月没、八十一歳。西鶴の訪問は寛文七

に帰る事をわすれぬ。

折ふし[一四]宇治《うぢ》のほたるは夜の花盛《さかり》見に、此所の俳友《はいゆふ》に[一五]多門院《たもんゐん》の門加《もんか》、[一六]兼《かね》松氏《うぢ》友世《ともよ》などさそひて、[一七]上林《かんばやし》のかたへ行けるに、「是非《ぜひ》」とすゝめられしに、[一八]隙坊《ひまぼう》主《ず》のこゝろやすさは、道すがら[一九]云捨《いひすて》して、[二〇]木幡《こわた》の里の歩行路《かちぢ》、涼《すゞ》みながらの慰《なぐ(さ)》み、程なく[二一]宇治橋《うぢばし》につきて、しばらく[二二]通円《つうゑん》茶屋に休《やす》みしに、同じ伏見の里に身を隠して、[二三]墨染《すみぞめ》のほとりに住《すま》れし、山名外見《やまなぐはいげん》といへる浪人《らうにん》、むかしは[二四]信州《しんしう》にて歴《れき》〳〵のよし、今は[二五]木曾《きそ》の麻衣《あさきぬ》[二六]十徳《とく》になして、ひそかに[二七]軍《ぐん》の指南《しなん》を世わたりの種《たね》となし、けふを暮《くら》して明日《あす》の身の上かまはざる取置、[二八]埒《らち》のあいたる人也。

かゝる渡世《とせい》の中にも、[二九]桃林《たうりん》にやせ馬《むま》一疋《ぴき》つなぎて、[三〇]朝暮《てうぼ》曲乗《きよくのり》をすけるに、[三一]「唐土人《もろこし》のかる業《わざ》も是には[三二]はだし」と、見る人毎度《まいど》おどろきける。此外見《ぐはいげん》も蛍《ほたる》見をもやうして、兵法弟子《ひやうほうでし》五六人ともなひ、老足《らうそく》のたすけとて彼《かの》馬にのりて、是も宇治につかれけるが、きのふふりし山水にごりて、川浪高《たか》く音《おと》なして[三三]渦巻《うづまき》、落合《おちあい》、しばし見るさへおそろしき。

「むかしの佐《さ》ゝ木・梶原《かぢはら》、[三四]先陣《せんぢん》・後陣《ごぢん》のわたり口も、かゝる荒浪《あらなみ》の中《なか》なるべし。是によつて、今の世までも名は残れり。末世《まつせ》にはわたす武士《ぶし》もあるまじ」と極《きは》めて、大笑《わら》ひしける。外見《ぐはいげん》[三五]はなはだしき男なれば、此言葉《ことば》を聞て堪忍《かんにん》しか

年(一六六七)夏。

一四　数万の蛍が鞠のように空に舞い上り、水面に落ちて散る(出来斎京土産等)光景をいう。

一五　伏見の高瀬道甘門、多門院。古今誹諧師手鑑、諸国ばなし・一の五に見える。

一六　伏見兼松源右衛門友世(寛文比誹諧宗匠幷素人名誉人)。古今誹諧師手鑑は金松氏に誤る。

一七　宇治茶師の総支配、代官をも勤めた上林家。

一八　西鶴が剃髪したのは、延宝三年(一六七五)中。

一九　懐紙に書き留めない俳諧の付合をしながら。

二〇　歌枕。宇治市木幡町。「山科の木幡の里に馬はあれどかちよりぞくる君を思へば」(拾遺集・雑恋)。　二一　歌枕。宇治川にかかる橋。

二二　宇治橋の東詰めにあった茶屋。諸人に茶を施した通円法師像が置かれていたのによる名称。

二三　京都市伏見区墨染町。当時は墨染七軒町・墨染横町と呼ばれ、旅人の遊び場として賑わった。原本「黒」に誤る。

二四　信濃の国の由緒ある武士であった。

二五　古来歌にも詠まれた木曾地方の麻の着物。信濃—木曾の麻衣(類船集)。

二六　儒者・浪人等が着る羽織に似た外出着。

二七　戦略・戦術・陣法などの教授。また兵法とも。

二八　こだわりのない、さっぱりした人。

二九　牛の異名であるが、ここは、桃の名所伏見をきかせる。「伏見の城山は桃林に牛馬の捨て置き」(武家義理・四の二)。

三〇　曲芸的に馬に乗ること。馬術の一態。

三一　中国人の軽業。見せ物芸の一としての軽業は、綱渡り・籠抜け・梯子乗りなどを行った。

三二　顔まけだ、とってもかなわないの意。

三三　原本振仮名「まく」。

三四　「陣」は原本「陴」。

三五　気性のはげしい男の意。

ね、「是程《（これほど）》の所を、今なればとて、我渡して見せん」と、[一]馬拵《むまこしら》へしたまふ時、「無用《むやう》」と留《とめ》る人有、「[二]是は」と望《のぞ》む人有。「[三]ふたつ取には、[四]舟《ふね》と橋《はし》とのある時なれば、心やすく渡り給へ」と、いづれも気遣《き》ひして、「是は〳〵」と詠《なが》めけるに、此浪人流石《ろうにんさすが》[五]手に覚へありて、はげしき瀬《せ》ゞを幾度《いくたび》か乗越《のりこへ》、然《しか》も[六]一もんじにむかひの汀《みぎは》にあがれば、おの〳〵[七]横手《よこ》を拍《うつ》て、「[八]いにしへの高綱《たかつな》を二たび目《もく》前《ぜん》に、是は〳〵」とほめければ、外見《ぐはいけん》もすこし[九]しすました皃《（かほ）》にて、「[一〇]其時の佐《さ》

一 渡河のための用意、したく。
二 これはまたとない見物だ。
三 二つのうちの一つを撰ぶこと。二者択一。
四 謡曲「頼政」の「舟と橋とは有りながら、渡りかねたる世の中に」の「渡りかねたる」をひねって、安心して渡れと言った。また、明良洪範続篇・二に、直相が渡った時、舟を用意して万一に備えたことを暗示したか。
五 業を身につけている、腕に自信がある。
六 この部分は、平家物語・九「生ずきの沙汰」の「一文字にざッとわたいて、むかへの岸にうちあがる」を、そのまま踏まえる。
七 →四九六頁注九。
八 源平時代の佐々木四郎高綱の雄姿を、いま再び眼前に見た思いだ、何と素晴しいことか。
九 →四九八頁注一。
一〇 韓愈の文章「原毀」の「己ヲ責メテ曰ハク、彼モ人ナリ、予モ人ナリ、彼是ヲ能クシ、我ハスナハチ是ヲ能クセズ」に基づく諺「彼モ人ナリ、ワレモ人ナリ」による表現。
一一 この洗濯をしている老女は、典拠である明良洪範続篇・二では、茶摘み女たちの中の老女となっている。西鶴が、川辺に登場させるにふさわしい人物に改めたことが知られる。
一二 この部分は、謡曲「鉢木」で、諸侍が佐野源左衛門尉常世を見て、「目を引き指をさし笑ひあへる」とある部分を踏まえる。浪人外見が「やせ馬一疋つなぎ」持っていたと記すのも、鉢木の「あれに馬(他では痩馬)をも一匹つないで持ちて候」による。 一三 笑った理由、わけは。
一四 鎧・胴丸・籠手・脛当など、武具一式を身につけての意。
▽冒頭伏見の描写は、寛文七年(一六六七)初夏、二十六歳の西鶴が、伏見西岸寺の任口上人を訪問

ゝ木、人間《にんげん》。我等も人の形《かたち》を得たり」といひけるを、川岸《ぎし》に物洗《あら》[一一]ひし老女《らうによ》、此人に指《ゆび》[一二]さして笑《わら》ひやまざれば、外見《ぐはいげん》心にかゝりて、「汝《なんじ》何ゆへに我を笑《わろ》ふ」と問《とい》給へば、「されば其事、此川《かわ》、馬にて渡り給ひ、なんぞ手柄《がら》そふに、高綱《たかつな》と同じやうにおぼしめす心入の程、いかにしても、武士《ぶし》にはおろかさに笑《わろ》ふ」といふ。「其子細《しさい》[一三]は」と、かさねてたづねければ、「其梶原《かぢはら》・佐ゝ木が爰を馬《むま》にてわたしました時は、むかふの岸《きし》に敵《てき》が、具足《ぐそく》[一四]・甲《かぶと》着て、弓矢・鑓《やり》・なぎなた持《も》(つ)

した事実による。大坂独吟集所収鶴永独吟百韻の詞書「伏見の里に日高につき、下り舟待ついとまありければ、西岸寺のもとへ尋ねけるに、折ふし淀の人所望にて、任口　鳴ますかよゝ／＼淀にほとゝぎす…」に、文章もきわめて類似している。蛍見に同道する門加の名前は諸国ばなし・一の五の伏見の北国屋の場面にも見えるが、年次は不明。浪人山名外見は、明良洪範続篇・二一の、甲府館林家の御付家老黒田信濃守直相が、幕府の御徒頭を勤めていた頃(明暦元年より万治二年の間)、御茶御用で宇治へ赴いた折の逸話による。直相が、名馬ではなく、自分の乗っている普通の馬でも渡りえたことを自慢しているのを聞いた茶摘み女の中の老女に、「佐々木・梶原殿の渡りし時とは、こと大いに変れり」と言われ、後々まで「言慎しまずんばあるべからず」と人々に語ったという話である。本話は古老茶話にも収められる。

挿絵解説　見開き全面に渦巻く宇治川を描き、右図左下に馬で川を渡る浪人山名外見を描く。左図左下方に、川岸で洗濯をしている老女を描く。外見の袖に、四つ目結の紋を大きく描いたのは、山名外見が佐々木高綱を気取っていることを暗示しようとしたもの。近江源氏佐々木流を名乗る家の六割以上が四つ目結の紋を使用したとされるからである。右図右上の右より二人目の武士は、永代蔵・三の五左図右方の武士を、同じく三人目の杖を手にした武士は、永代蔵・一の一右図左上隅の武士をそのまま模写し組合せたものか。左図左上方にかかる橋は宇治橋であるが、これも永代蔵・四の目録に描かれた中央の暖簾の図柄を参考にしたものか(→五六一―五六二頁付図)。

てゐました」[一]とかたりて、又笑ひける。

四　白帷子《かたびら》はかりの世

[二]烏丸《からす》大納言殿《なごん》の[三]御奥書《おくがき》、「[四]地蔵《ちぞう》かしらに蓼《たで》・摺小木《すりこぎ》、[五]鮹《たこ》の入道《にうどう》と千手観音《せんじゆくはんをん》、[六]折を嫌《きろ》ふべきや」とあそばされしは、[七]此(この)詞《ことば》皆俳諧《はいかい》といふ御珍作《ちんさく》、[八]此心にて付合をしるべし。

[九]雛屋《ひな》立圃《りうほ》、[一〇]はなひ草を種《たね》として、[一一]鍬《くわ》をかたげ、手をはなつ田夫《でんぶ》までも、[一二]雪月《せつげつ》花《くわ》の数《かづ》をもわきまへ、世の重宝草《てうほう》とて、そも〳〵[一三]俳諧《はいかい》のいろは付、是《これ》を見ぬといふ事なし。されば[一四]立圃の一流《りう》は、[一五]一句うつくしく、[一六]付はだをあらため、[一七]風流《ふうりう》過たるはやり言葉を出さずして、門弟《もんてい》も此すがたを背《そむ》かず、[一八]立以・[一九]定親《さだちか》・[二〇]可玖《かきう》、するぐ〳〵までも学《まな》びて道を広《ひろ》めぬ。

立甫は、連歌《れんが》をしつて、句がらをやすらかに仕立られければ、俳言《はいごん》うとからず。此程又、[二一]当流《とうりう》つかふまつる俳諧《はいかい》は、連歌《れんが》しらずして、皆すいりやうの沙汰《さた》なれば、百韻《ゐん》に六十句は連歌《れんが》の仕立といへり。是は[二二]あさましき事ぞかし。連俳《れんぱい》のわかちなくては、何を以《もつ》て俳諧《はいかい》と申べきや。是をおもふに、此一句のすがた

一　原本「た」脱。
二　烏丸光広。藤原氏。権大納言。細川幽斎より古今伝授を受ける。また、連歌・聯句・俳諧・狂歌作者。寛永十五年(一六三八)没、六十歳。
三　はなひ草の奥書。「追加　地蔵頭に蓼すりこぎ面を嫌、古来の制也。これをおもふに千手観音とたこの入道と折をへだつべき歟。余はなずらへてしるべし」とあるをいう。
四　先が丸く形が似ていることをいう。相似たものの喩で、諺としても用いられる。
五　鮹入道と千手観音との形態上の類似性をいう。
六　連俳用語。懐紙一折の中に、類似したものや縁の深い詞を出してはならないとする規定。
七　これらは皆、俳諧性を強く持つ詞である。
八　この俳諧性・俳意を以て付合を理解せよ。
九　野々口立圃。親重。雛人形の細工を業とし、雛屋、あるいは紅屋とも称す。別号松翁・如入斎。寛文九年(一六六九)没、七十五歳。連歌を猪苗代兼与に、和歌を烏丸光広に学び、和学・書・画にも長じた。息鏡山に立圃追悼集がある。
一〇　寛永十三年自序刊。俳諧作法書公刊の初めてのもの。
一一　諺「鍬かたげて手離す」。うっかり者、また無知無分別者をいう。ここは後者。
一二　四季の自然美を総称する語であるが、ここは百韻に許されたそれぞれの句数をいう。雪は八、月は七、花は四。なお、月・花は定座。
一三　はなひ草が俳言をいろは順に解説していることと、俳諧入門に最適であるの意をかける。
一四　立圃一門は、「犬子集のあらそひより貞徳をはなれ、一流を立て風俗をおこしけり」(貞徳永代記・二)といわれた。
一五　立圃一門の作は、「句作りやはらかに、俳言よは〳〵として、仕立うつくし」(貞徳永代記・

は、[二三]刀《かたな》・脇指《わきざし》をさしたる男の、ふんどしかゝざる心なり。菟角《とかく》、[二四]古風《こふう》・当風《とうふう》のまん中にありとしるべし。

いづれ以前《いぜん》は、[二五]無用《むやう》の吟味《ぎんみ》つよき事も有《あり》。[二六]泉州《せんしう》尾崎《をさき》の清章《きよあきら》といへる作者《さくしや》の、「手拭《ぬぐひ》おこせ佐夜《さよ》の中山」といふ一句いたせしに、「此手拭《ぬぐひ》は何者《もの》がおこせといひけるぞ、[二七]一句立難《がた》し」と、其《その》時の吟味《ぎんみ》、今おもへばおろかなり。世に長《なが》いきして、万《よろづ》むかしに成事を、ひとつ〳〵おもひ出すもあはれなり。

其立甫も、つゐに[二八]舟岡《ふなをか》山のけぶりの種《たね》に、野辺《べ》のおくりをする時、[二九]諸方《しよほう》の門《もん》弟《てい》、聞つけ次第に都にのぼり、死目《しに》にあいけるも殊勝《しゆしやう》なり。殊更京の弟子《でし》分《ぶん》は、昼夜《ちうや》枕《まくら》に付添《そひ》て、[三〇]りんじゅの時迄見届《とゞけ》ける。

爰《ここ》に[三一]堀《ほり》川の上《かみ》に、[三二]広親《ひろちか》とて、夫婦《ふうふ》ながら立甫俳《はい》の弟子《でし》にて、けふ別《わか》れ事をかなしみ、女の身なれば、代《かわ》りに手代葬礼《そうれい》に出しけるに、「白帷子《かたびら》なければ、[三三]天《てん》蓋持《がいもち》の役《やく》も成難《がた》し」といふ。かたびら二つ取出し、「いづれにても、気《き》に入たるを着《き》て行《ゆけ》」といふ。時に腰元《こしもと》が、「ひとつ借《かり》ましたひ」といふ。「我は何にかする」といへば、「[三四]紅《べに》うこんの着物《きる》の上《うへ》に是着《き》て、私《わたくし》も泣《なき》ます」といふ。

二)と評された。
一六 付肌。付句の付き具合。
一七 派手にすぎる、今風にすぎる言葉。
一八 喜多村宗清。別号休斎。大坂備後町住。初め令徳・貞室、のち立圃門。
一九 林氏。初号器水。大坂住。立圃門。
二〇 西村重親。通称善右衛門。初め吉竹、長愛子、薙髪して可玖。大坂大手御秡町住。立圃門。
二一 いま流行している最先端の俳諧。
二二 あきれはてたことだの意。
二三 しまらないの意で、俳意がない喩え。
二四 西鶴は、進むべき俳諧の道、正風を「古流・当流のまん中に広き道場あり」(珍重集)、「菟角(とかく)中をとりて正風の俳諧とはいへり」(俳諧のならひ事)と説き続けた。
二五 不必要なせんさく。原本「の」脱。
二六 大阪府泉南郡阪南町尾崎の大庄屋、吉田清章。通称九右衛門、俳号尾蝿。契沖・伏屋重賢等と交わる。宗因門。元禄九年(一六九六)没、六十一歳。
二七 一句としての意味が成立しないとの批言。
二八 京都市北区紫野にある火葬場・墓地。
二九 立圃臨終の様子は、立圃追悼集に詳しい。
三〇 臨終。りんじゅうに同じ。
三一 堀川上之町(京都市上京区西堀川通元誓願寺下ル)をさすか。 三二 未詳。
三三 葬礼の場合、棺の上にかざすきぬがさをいう。ここは、その天蓋持ちの役を勤めること。
三四 紅鬱金。紅色を帯びたうこん、濃い鮮黄色。
▽腰元の答え、「紅うこんの着物の上に是着て私も泣ます」が本話の落ち。白の小袖、袴が喪服(ろい)であるが、当時既に喪服一式を貸す店があり、貸喪服屋(かしいろや)と呼ばれた。腰元が喪服を色に取り違えている所が滑稽である。

五　和《わ》七賢《げん》の遊興《ゆふけう》

「二世の中に絶《たへ》て桜のなかりせば」と、業平《なりひら》読《よみ》しは、三交野《かた》の原の春四やむかし、今に五其《(その)》古《こ》木《ぼく》といへる根《ね》ざし残れり。此《(この)》里つゞきに、六雉子《きゞす》の声《こへ》はるかに、七禁野《きんや》といふ所に、草庵《そうあん》むすびて、八蒲釼《ほけん》といへる九俳《はい》の道心《どうしん》、うき世を外に見て、年久し

一　しちげんは濁る方が多い(下学集)。七賢は「嵆康(ケイコウ)・阮籍(ゲンセキ)・阮咸(ゲンカン)・向秀(シヤウシウ)・劉伶(リウレイ)・山濤(サンタウ)・王戎(ワウジウ)以上ノ七人、晋ヲ避ケテ竹林ニ栖ムノ隠逸ナリ」(下学集)、「竹ノ林ニ住ンデ琴ヲ引キ、詩ヲ作リ酒ヲ愛シテ心ヲ清メシメシ者共ナリ」(塵添壒囊抄・五)と尊崇されると同時に、「七人ハ放曠荒酔、賢トナスベカラズ」(和漢名数)とも評された。

二　在原業平の歌「世の中に絶えて桜のなかりせば春の心はのどけからまし」(伊勢物語・八十二段、古今集・春上等)。

三　河内国交野郡交野(現大阪府交野市・枚方市)。天野川右岸に広がる台地で、交野の原とも呼ばれた。歌枕。

四　伊勢物語・五段の歌「月やあらぬ春や昔の春ならぬわが身ひとつはもとの身にして」を踏まえるが、ここは言葉通り、交野の原の昔の春の様子は、伊勢物語の渚の院の桜で知られるようにまことに見事であったというために、序詞的に用いた。

五　業平が「交野の渚の家、その院の桜ことにおもしろし」として「世の中にたえて桜のなかりせば…」と詠んだ(伊勢物語・八十二段)桜は、波瀲(なぎさ)観音寺境内の五本桜であるとされた。河内鑑名所記・六・波瀲の項に、「古へは千本の桜有しとなり」と記し、波瀲観音寺の図の中央に「五

く住《す》めり。其法師《ほうし》[一〇]がら、唐人《とうじん》のごとし。白髪《しらが》まじりの髭《ひげ》ぼう〳〵として、軒《のき》の松風に乱《みだ》し、我と[一一]夢の覚め行までの楽寝《らくね》、団持事《うちはもつ》[一二]むつかしければ、身は蚊《か》に振《ふる》舞《まい》、髭《ひげ》[一三]は油《あぶら》付て鼠《ねずみ》の菓子《くはし》となせるもかまはず。扨《(さて)》も、世のひまに住《す》める捨坊主《すてぼうづ》[一四]ひとり心をすまして、折〳〵の気色《けしき》を発句《ほつく》の種《たね》として、七十余歳《よさい》の秋の月、何の心に曇《くも》りもなくて[一五]詠めし。

有時《(ある)》、国里をへだてし俳友《はいゆう》、[一六]しぜんと一度にたづねける。和州《わしう》の正式《しやうしき》[一七]、大坂

本ざくら」を描く(図)。なお同条には、西鶴の発句「絶て魚荷とふや渚の桜鯛」をも掲げる。
六 交野の雉子は古来著名。「きぎすなく交野の原を過ぎゆけばこのはもことに色づきにけり」(曾丹集)。交野—渚の桜—雉子(類船集)。
七 大阪府枚方市。天野川下流右岸、枚方台地の西端。地名は、平安時代に交野の原に設けられた禁野(禁猟区)に由来する。
八 俳諧・狂歌作者。後撰夷曲集、河内鑑名所記・六は、交野僧蒲釰。佐夜中山集は、渚之住。西鶴は、禁野釈蒲釰(古今誹諧師手鑑、物種集)とする。 九 俳諧を愛好する、仏道修行者。
一〇 法師柄。様子、姿。
一一 ひとりでに、おのずと。
一二 うちわを持つことも面倒なのでの意。人倫訓蒙図彙・八に「古詩ニ団扇ヲ謂ヒテ白団ト為ス。今俗、団扇ヲ団ト曰ヒ、俗ニうちはト云フ」とある。
一三 髭は油じみて、鼠がお菓子がわりに食べるのもかまわず。鼠が油を好むことは「油をのむ事、世の酒にひとし」(本朝文選・三・鼠ノ賦)、「灯ヲ昇リテ油ヲ吸フ」(本朝食鑑・十一)等に知られる。また、人間の髪を食べることも、「人の身につきて爪髪等を喰ふ」(松亭漫筆・上)に知られる。唐人—髭—鼠—油(類船集)。
一四 原本振仮名「ずて」と濁る。
一五 原本「く」脱。 一六 偶然にも。
一七 和歌・狂歌・俳諧作者。池田氏。号委斎、通称十郎右衛門。大和郡山藩本多政勝家臣。晩年は浪人。寛文十二年(一六七二)頃、入水自殺か。

挿絵解説 周囲に竹林を配し、蒲釰以下七名の酒宴の様子を描く。右図上方中央が蒲釰と思われるが、他は誰と特定できない。

の[一]秋月《しうげつ》、武州《ぶしう》の[二]未得《みとく》、京の[三]春可《しゆんか》、伏見の[四]道甘《どうかん》、備前《びぜん》の[五]胤及《ゐんきう》、かれ是《（これ）》客は六人、[六]亭坊《ていばう》ともに七人。草庵《そうあん》よりすこしはなれて、竹の林《はやし》にあそびて、わづか[七]手樽《たる》ひとつのたのしみ、[八]思ひざしに盃《さかづき》まはして、[九]ばうぜんと静《しづか》にして、折ふし[一〇]唐《から》うたをうたひ、扨も[一一]気《き》さんじの[一二]楽人揃《らくじんそろ》ひて、和《わ》七賢《げん》とや是を申べし。

されども、此《（この）》心に慰《なぐさ》みのかけたる事は、酒呑《のみ》きりて跡淋《あとさび》しく、「[一三]万事《ばんじ》あり次第に」といふうちにも、ひとり〳〵呑《のみ》たらずして、「今六七升《しやう》あれば、其外には何の望《のぞ》みなし」と、酒に[一四]古《ふる》里こひしく、才覚《さいかく》するに、ある里まではるかなれば、いづれもかなしく、ひとつの樽《たる》の香《か》を、[一五]伽羅《きやら》のごとく聞てまはして、又淋《さび》しくなりぬ。

時に、[一六]片《かた》山里の親仁《おやぢ》二人、我馬《むま》にのりつれて、秋祭《まつり》の買《かい》物と見へて、塩肴《しをさかな》もありしが、目に付物は酒樽《さかだる》なり。ふたりながらよい機《き》嫌《げん》にして、「[一七]山寺」うたひつれて、「[一八]ありさまのやうなる[一九]きみのよい人と、近《ちか》ひ[二〇]隣在所《となりざいしよ》に居《ゐ》ながら、今まで近《ちか》付にならぬもたがひにそんをいたした。酒といふ物もひとりは呑《のめ》ぬ。後《のち》の壱升《しやう》は、そなたのよい時、[二一]漬山枡《つけさんせう》くだされて、のみ口が各別《かくべつ》なり。いづれ二人して、一日仕事《しごと》に、ゆるり〳〵とのまば、八升は大かた残しはせまい」と、高《たか》咄しして行を、「扨《（さて）》も浦《うら》山し。酒呑《のみ》たらぬ世の中」と、明樽《あきだる》ふつて見せけれ

一 大坂の俳諧師。片山氏、通称清右衛門。名は正朝。立圃門。歌仙大坂俳諧師等に載る。
二 江戸の俳諧師、狂歌作者。石田氏。通称又左衛門。別号乾堂・巽庵。寛文九年(一六六九)没、八十三歳。両替店を営んだが、相模蟄居後、再び江戸に出て、徳元・玄札らと親交を結ぶ。狂歌集の吾吟我集は著名。
三 京都の俳人。寛文比誹諧宗匠幷素人名誉人に「京衆 毛吹草巻頭作者 百人一句入 朝生軒 春可」とある。重頼門。寛永年中没。
四 伏見住の俳人。高瀬氏。名正代。楽々庵。梅盛の兄。元禄四年(一六九一)没、八十歳。
五 備前国片上(現岡山県備前市)の俳人。岡本氏。名、仁意。貞徳門、のち季吟門。宗因とも親しく、談林の徒とも交わる。延宝四年(一六七六)没、六十二歳。
六 僧形の亭主、あるじ。ここは蒲釖のこと。
七 柄が二本出た、手にさげる樽。酒樽をいう。
八 思う相手に盃をさすこと。上座から順に盃を回したりしない、自由な酒宴の様をいう。
九 呆然。酒の酔にひたり、陶然としているさま。
一〇 和歌に対する漢詩。ここは朗詠するの意。
一一 気苦労のない、のんきな。
一二 悠々自適の生活を送っている者。
一三 あるだけで万事おしまいにしよう。
一四 自分の家が恋しくなったの意。
一五 沈香《（ちんこう）》の最良品で、香木の至宝とされた。
一六 辺鄙な山里。
一七 「山寺のや。春の夕ぐれ。来てみれば。入相の鐘に花ぞ散りける」という一節を持つ、謡曲「道成寺」をさす。
一八 おまえさま。下層庶民の俗語。
一九 こころもちのよい人。
二〇 となり村。隣りあっている村里。

ば、「爰は二二見捨《すて》て通《とを》りがたし」と、二三馬《むま》に樽《たる》どもおろして、「酒ゆへふしぎの出合なり」と、二四前後《せんご》覚ぬ大酒《たいしゆ》。和《わ》七賢《げん》もよい機嫌《きげん》にて、「さらば〳〵」と別《わか》れける。

此親仁《おやぢ》ども、むまのり違《ちが》へ、二五馬次第《むましだい》に行程に、里の夜道もよくしりて、めい〳〵の宿に帰れば、待《まち》かねたる妻《つま》や子ども、二六松火ともして、「おそひ帰り」と㒵《(かほ)》見れば、二七是の親仁《おやぢ》にあらず。「いかなる事」とおどろき、いづれも二八せんさくする所へ、隣《となり》の村より、「親仁《おやぢ》が替《かわ》りました」と替《かへ》にきて済《すみ》ける。

二一 山椒の青実を酒・塩で漬け浸したもの(本朝食鑑・四)。
二二 原本「見捨通り」。
二三 馬に付けていた樽を、の意。
二四 「せ」「ぜ」の清濁は混用、また通じて用いられた。
二五 馬が行くのにまかせていた。
二六 「まつび」は、炬(たいまつ)の火。藻塩草・十七に「たいまつ・つい松、たいまつなり」「松火、のの字を入ても言なり」とある。
二七 この家の、自分の家の、の意。
二八 詮索。たずねさがすこと。
▽本話は「親仁が替りました」で落ちとなるが、この落ちを導くために西鶴が用意したのは、諺「老馬道ヲ知ル(馬ニ道マカス)」だった。この諺は、韓非子・七に出て、蒙求の「管仲随馬」で広く知られていた。落ちへの展開は、酒を飲み尽した和七賢のそばを、「親仁二人」が「我馬にのりつれて」通りかかった時に始まり、この二人が馬を乗り違えた所で装置は完了していたといえる。

入絵

西鶴名残の友

三

[一] 入日の鳴門《なると》浪《なみ》の紅《くれな》ゐ

[一]世の中をわたりくらべて、[二]舟路《ふなち》は旅《たび》の難儀《なんぎ》なり。然も冬海《ふゆうみ》になつて、浪風あらき時、[三]阿波《あわ》の鳴門《なると》見にさそふ人有《(あり)》。

[四]行《ゆく》ゑもしらぬ淡路《あはぢ》嶋、[五]神代のむかし道、今に[六]馬次も定《さだ》まらず。[七]かりや・釜《かま》口などいふ里をすぎて、[八]志筑《しづき》といふ浦辺《うらべ》につきぬ。此《(この)》所は、むかし[九]礒善司《いそのぜんじ》がむすめ、静《しづか》がふる里といひ伝《つた》へて、木陰《こかげ》に塚《つか》、しるしの石は苔《こけ》むして、見るもあはれを残せり。[一〇]景野《けいの》の松原は、数《す》万本の木ぶり、ことごとく異風《ゐふう》にして、「是《(これ)》都近《ちか》くあらば、公家《くげ》のひる寝《ね》所なるべき物を」と詠《なが》め捨《すて》、[一一]ゆづり葉《は》がだけは、[一二]抑《そも〱》逆鉾《さかほこ》の一雫《しづく》よりなれる所、[一三]国のはじまり、此御神ぞかし。

程なく阿波《あわ》の[一四]徳嶋《とくしま》につきて、俳友《は(い)ゆう》に[一五]葎友《りつゆう》・[一六]釣寂《ちやうぢやく》・[一七]吟夕《ぎんせき》などにあいて、俳諧興《はいかいこう》行《ぎやう》の会《くはい》かさなりて、心ざしたる鳴門《なると》見にまかりしに、音に聞つるよりすさまじく、高浪《たかなみ》白雲の風につるゝごとく、渦巻《うづまく》中程は、[一八]竜宮摺鉢《りうぐうすりばち》かと、ひゞきわたるにおどろきぬ。[一九]久しく見るさへ魂《たまし》ひこりければ、慰《なぐさ》み替《かへ》て、[二〇]里の海士《あま》といふ所、[二一]「又も来《き》て見ん礒崎《いそざき》の松」と、西行法師《さいぎやうほうし》が読《よみ》残せしも、まことにおもしろの気《け》

一 伝兼好歌「世の中を渡りくらべて今ぞしる阿波の鳴門は波風もなし」(一目玉鉾・四)。
二 兼好の歌の意味はわかる、しかし容易でないのは、やはり舟旅である。
三 西鶴の徳島訪問は、元禄三年(一六九〇)或いは元年か二年の十一月より十二月にかけてとされる。
四 「由良の戸を渡る舟人かぢをたへ行ゑも知らぬ恋の道哉」(一目玉鉾・四)による。
五 謡曲「淡路」に「げに神の代の道直に。〱」とある。神代―淡路島(類船集)。
六 古代の宿駅は、由良・大野・福良(淡路常盤草・上)。現代もなお整備されていないの意。
七 兵庫県津名郡淡路町仮屋、および同町釜口。
八 兵庫県津名郡津名町志筑。
九 淡国通記・静前塚の条に「志筑ノ荘、田井ノ山中ニ在リ。二石塔有リ」とある。
一〇 兵庫県三原郡西淡町慶野。淡路常盤草・下に「松原の勝景によりて名付」られたとある。
一一 譲葉が嶽、踰鶴羽山。伊弉諾・伊弉冉を祭る踰鶴羽大権現鎮座の山。瓊矛(たまほこ)山とも。
一二 原本「仰」に誤る。 一三 淡路―おのころ島・日本の始(類船集)。 一四 西鶴は、明石・岩屋・志筑・福良・阿波の国徳島・撫養のコースをたどったかと思われる。 一五 荻野律友、琴枝亭。西鶴門。 一六 細井氏。春江堂。
一七 富松氏。修竹斎、可住庵。眉山の編者。
一八 鳴門は竜宮の東門といわれる(太平記・十八)。ここは渦潮の響を、摺鉢を摺る音に見立てた。
一九 見慣れていても、心が凍りつく思いなので。
二〇 歌枕。鳴門市撫養町辺の浦里。
二一 一目玉鉾・四に「西行法師が詠めし礒崎の松今に有」と記すが歌はない。遠碧軒記・三に西行詠歌として、「えにしあらば又も来て見ん里の蜑のをもがはりすな磯崎の松」を載せる。

色《しき》や。しばらく休《やす》まれし跡《あと》とて、草庵《そうあん》[一]あつて、今も法師《ほうし》のひとり住《すめ》り。常香《じやうかう》[二]の火をかりて、たばこ呑《のみ》けるに、「其《その》時西行《さいぎやう》わすれおかれし煙管筒《きせるづゝ》[三]」とて、取出して見せられける。布《ぬの》[四]の火うち袋《ぶくろ》に、覚書[五]の一冊《さつ》あり。何かと明て見るに、都出て爰《ここ》までの小遣《こづか》ひ、「五文、四つ塚《づか》[六]の茶《ちや》の銭《ぜに》。十文、牧方《ひらかた》[七]の天野川《あまの》にて昼休《ひるやす》み。弐文、西《にし》[八]の宮のゑびす殿への散銭《さんせん》」と、壱文の事までも、こまかに書とめられし。「此《この》筆《ふで》にて、歌《うた》など書残されなば、世の重宝《ちやうほう》なるに」と惜《をし》まれ、おの〳〵くりかへし、むかしを今見るに、其紙《かみ》のはしに、文字《もじ》薄《うす》〳〵と消《きへ》かゝり、「西行荷持《にもち》[九]八蔵」としるせり。「扨《さて》は其時も、銭《ぜに》はむしやう[一〇]につかひ捨ぬ事ぞ」と、大笑《わら》ひして帰る。

浜辺伝《はまべづた》ひの物淋《さび》しく、人倫《じんりん》[一一]はなれたる山[一二]ばらに、ひとつ[一三]庵《いほ》あり。松の風其まゝ琴《こと》の音《ね》の通《かよ》ひ、谷《たに》水落《おち》[一四]かた岩《いわ》をたゝきて颯《さつ》[一五]ゝの声をなし、しん〳〵として、しばらく立どまりしうちに、入日雲に埋《うづ》みて、時雨《しぐれ》一通《とを》り、間《ま》なく丸雪《あられ》にふり替《かわ》り、是さへ身にいたく難義《なんぎ》せし。程なく又雪気色《げしき》になりて、いづれも袖笠《そでかさ》[一六]して、庵《いをり》たのみにちかよりしに、板戸《いたど》うちよりしめて、ひかり[一七]を請《うく》る窓《まど》とても見えず。ゆがみ柱《ばしら》の壁《かべ》のすきより立眝《のぞき》しに、年の程は見定《さだ》めがたき老女《らうによ》の、霜《しも》いたゞける髪《かみ》ながら、よし[一八]あるさげむすびも、しやれておかしく、身は割織《さきおり》[一九]の藤《ふぢ》

一　この草庵は、撰集抄・四の七の明雲僧正の話による設定か。同話では「淡路の国にしばらく徘徊し…その国見ありき侍りしに…あやしくあさましき庵のやぶれのこる侍り…夕になりて僧正山の上よりいまそかりけり」とある。
二　仏前に絶やさないように供える香。不断香。
三　羅宇竹の両端に、火皿のある雁首と吸口を着けた、たばこを吸う道具。煙管(きせる)に同じ。
四　火打石・火打金・火口(ほくち)・付け木などを入れ、腰にさげ携行する袋で、布あるいは革製。
五　携帯用の小型のメモ帳。
六　京都府南区四ツ塚町。朱雀大路の南末、九条大路の羅城門旧跡付近。
七　大阪府枚方市天之川町。天野川と淀川との合流地点。淀川左岸の京街道の水駅で、歌枕。また東寺南出口とも。
八　兵庫県西宮市社家町の西宮神社。福神として戎(えびす)神を祭り、大衆の信仰を集めた。「二柱の神の御子蛭児(ひるこ)と申せし、今戎とぞあがめける」(一目玉鉾・四)。
九　荷物持ちの意。「八蔵」は下僕等の通称。
一〇　むやみやたらに。でたらめに。
一一　ひと。人間。「人倫のかよひなき、海中のはなれ島」(武家義理・三)。
一二　山腹。さんぷく。
一三　遠碧軒記に「里の蜑と云ふ所に屋敷のあと有りて墓は今なし(別条に、墓あり、この処にて死すと記す)」とある屋敷跡に、夢幻の草庵を現出させた。この草庵の描写は、撰集抄・七の一にヒントを得たもの。なお「里の海士」「礒崎の松」と清少納言屋敷跡との地理的関係は、阿波名所図会・上に描かれた図が参考となる。
一四　「落かた」は原本通り。「落ち方」で、落ちる所の意か。
一五　松風、鈴の音、雨音などを表す語。「山風の。

ごろもなど、まとふべきものが、二〇紅《くれな》ゐ裾《すそ》をかへし、夜ならぬに灯《ともし》かゝげて、書物読《よみ》ける風情《ふぜい》、只事ならずおそろし。とかふの言葉もかけず立のきて、是を沙《さ》汰《た》して見るに、二一昔日《その(かみ)》、清少納言《せいしやうなごん》、世に落《おち》て、二二四国の山家《が》にて、哀《あは》れむなしくなりけると成《(なり)》。「もしやは、その二三ぼうこんならめ」といへど、いづれゆかしがる心なくて、「いかにしても世の不思議《ふしぎ》是ぞ」と、二四半道《はんみち》ばかり過て、小者《こもの》ども二たび見せにつかはしけるに、「二五はや野と成て何もなく、其庵《いをり》の跡《あと》とおもふ所、

時雨降る音は。颯颯の鈴の声」(謡曲・竜田)。
一六 袖を笠の代りにかざすこと。
一七 外光をとり入れる窓。
一八 平安朝の女官を思わせる垂髪。髪を背中に長く垂らし、その端を結んだ髪型。
一九 古布を裂き、よこいとして織った粗末な着物。藤衣も、藤のつるの皮の繊維で織った着物。ここは両者を混ぜて織った着物とし、上代の粗末な着物を連想させたのであろう。原本振仮名「さきさり」。
二〇 紅の匂(におい)の意か。上着の紅を濃く、下に漸次薄くし、最下を白とする女房装束。ここは紅の匂の裾を返して座った姿を描く。
二一 昔時、往昔に同じ。むかし。
二二 清少納言の四国流浪伝説は、伝能因所持本系統本奥書に伝えられ、近世の注釈書(春曙抄・傍註)や随筆類に引きつがれた。
二三 亡魂。亡霊の意。
二四 一里の半分。半里。約二キロメートル。
二五 はや庵は消えて、野原があるだけだった。
▽この清少納言の夢幻の庵の設定は、撰集抄・七の一「唐ノ亭子ノ事」による。人里離れた雪の谷間で火影を見つけ、小家に近付くと、中にけだかき女房が「髪ゆりかけ琴をひ」いている。一夜の宿を乞い、翌朝目を覚すと野原の中の死骨の中に居たというもの。西鶴は、この話を瞬時の出来事に変えたのである。

挿絵解説　挿絵は、鳴門の入日を眺めている場面であるが、右上方の人物三人のうち、中央の武士は永代蔵・二の五左図の武士を模写。この図は既に二の三に利用。左側の人物は永代蔵・五の五右図中央の若衆を参考としたか(→五六二頁付図)。

つねの地《ち》に替《かわ》りて、下《した》より燃《もゆる》こゝち」と語《かた》りぬ。「[一]ねぬに夢見るとは此《(この)》事なるべし」と、[二]其《(その)》官女《くはんぢよ》の思ひ出しぬ。[三]是《(これ)》は歌人《かじん》の心をしのぶぞかし。女はひとしほやさしくありたきものなり。

いにしへにかぎらず今とても、爰に[四]源氏祖母《げんじばゞ》と名をよばれて、[五]阿波《あわ》の城下《じやうか》を[六]袖乞《ごひ》して、[七]けふもしれぬ命を、あすのたくはへするもあさまし。姿《すがた》は小町に似《に》て、心それにはあらず。さころも・枕草紙《まくらさうし》・伊せ物語の事は、[八]無本《むほん》にて註《ちう》まで覚へよく、殊更源氏《げんじ》の巻《まき》〳〵を、[九]水の流《なが》るゝごとく清《きよ》き女なれば、「あたら[一〇]玉《たま》を泥中《でいちう》に捨置《(すておく)》心」といへば、「京も田舎《いなか》も、[一一]人の大事《だいじ》は一心《しん》なり。あれ程やさしき芸《げい》を持《もち》ながら、袖乞《ごひ》の世わたり、皆聞給ふまでもなし」と、所の人の語《かた》りぬ。此祖母《ばゞ》、年久しく我隙成《ひま(なる)》まゝに、明暮《(あけくれ)》四方の[一二]雲行《(ゆき)》を見て、三日、五日さきの雨風を見覚へ、舟人のためにぞ成ける。有時、肥後《ひご》の国へ、此祖母《ばゞ》をつれくだり、日和見せて、所の重宝《てうほう》に成ぬべきものと、きれいに住家《すみか》を作《つく》り、栄花《えいぐわ》にやしなひ置、有時雨《あめ》の後の日和を見せけるに、祖母立出《(たちいで)》、「[一三]淡路《あはぢ》千光寺《せんくはうじ》山はどこにある」と申。「それは是からは見えぬ」といふ。「其山の雲行見ねば、日和はしらぬ」とぞ申ける。

一 寝もしないのに夢を見るとはこの事だろう。
二 官女は清少納言。「の」は「を」の意。
三 清少納言の伝説の跡を再確認させたのも、女流歌人の心を慕わしく思うからだ。
四 延宝七年(一六七九)刊・二葉集、山本西友の付合に「一むらの鷺たつな東西　六条まいり源氏のばゝかと肝をけし」があり、当時著名だった。
五 現在の徳島市。天正十四年(一五八六)以降の蜂須賀氏二十五万石代々の城下町。西鶴当時の藩主は、阿波守綱矩。
六 乞食をすること。
七 謡曲「卒都婆小町」の詞章「今日も命は知らねども。明日の飢を助けんと。粟豆の餉を袋に入れて持ちたるよ」を踏まえた表現。
八 本は持たないでも、註までよく覚えており。
九 水—流れ・玉。玉—水(類船集)。
一〇「勿体無い」の意。諺「玉を淵に投ぐ」を用いた表現。徒然草・三十八段の「金は山に棄て、玉は淵に投ぐべし」による。
一一 諺「万能一心」「万能足りて一心足らず」による文章。「万の芸能ありとも、一心不善なれば、無用の人となる」(俚言集覧)の意。
一二 日和見(ひよりみ)。雲行きなどを観察し、天候を予測すること。またその役目の者、能力を持った者。「輪雲やがてきゆれば大風を生ず、消えず久しければ風軽し」(元和航海書)といわれた。
一三 淡路国三十三所第一番千光寺のある山。津名・三原二郡(洲本市)にわたる。「コノ山淡路国ノ中心ニアタレリ」(淡国通記)とされた。
▽閑田次筆に、西国の老婆を浪華へ連れてきて天気を見せたが当らない。目当の山がなかったから、という話を載せている。
一四 京都市中京区室町通三条下ル、烏帽子屋町の別称。祇園会に黒主山、一名西行桜山を出す

二　元日の機嫌直《きげんなを》し

[一四]室《むろ》町通《とを》り西行《さいぎやう》桜の町に、[一五]御所染《ごしよぞめ》の絹商売《きぬしやうばい》して、[一六]菱《ひし》屋といへる人有（あり）。借宅《かりたく》わずかの世わたりの、年月俳諧《はいかい》をすけるもやさし。[一七]名乗《なのり》は重好《しげよし》とて、[一八]大発句《ほつく》帳にも見えける。此（この）人の妻《さい》は、[一九]五の宮様のするゐにめしつかわれて、[二〇]歌書《かしよ》の御文庫《ぶんこ》をあづかりし、四人の中のそのひとりの女なれば、今町人のせはしき世に住《すみ》ながら、[二一]ありしむかしの玉かづら、色作れる面影《おもかげ》つねに替《かは》り、不断《ふだん》[二二]紫《むらさき》に紋《もん》なしの小袖、いくつも同じ重《かさ》ね着《ぎ》して、其（その）色の[二三]うしろ帯《をび》、朝《あさ》見る姿《すがた》ことにうるはしく、諸人《しよじん》何となく気《き》を移《うつ》して、大内《あふうち》山の花の香《か》、どこやら自然《しぜん》とそなはりし所ありて、もとより琴《こと》をひき、歌《うた》の道にこゝろざしふかく、俳諧《はいかい》すける男の身にしては、たのしみふかし。誰《たが》いふともなく、此女房《によばう》を「絹《きぬ》屋のむらさき式部《しきぶ》」といへり。

此亭主《ていしゆ》、俳諧《はいかい》と女とに、いつとなく家業《かげう》外になりて、遊楽《ゆふらく》の琴《こと》の音《ね》も、[二四]碓《いしうす》にひきかえ、[二五]我すがた見と読《よめ》る十寸《ます》鏡《かゞみ》も、[二六]ふるかね買《かい》が手に渡して、身のうへ次第におもしろからぬ年くれて、[二七]余所《よそ》の宝《たから》をかぞほる隠《かく》れ蓑《みの》・かくれ笠《がさ》、小袋《こふくろ》を

町なのでいう。原本「通(とを)り」。
一五 寛永の頃東福門院の好みより流行した絹の染物。一名地白染ともいい、地色に花色・照り柿・黒柿・萌黄など多くの小色をまぜ、色変わりに模様を染め出したのが特色(万金産業袋・四)。
一六 室町には菱屋という呉服商が多かった。永代蔵・二の一、新可笑記・五の三は室町とのみ記し、織留・二の四は、この章と同じく「室町西行桜の町」とする。
一七 俳号を重好と称した、の意。鷹筑波、毛吹草、毛吹草追加その他に入集する重好か。
一八 大発句帳を、延宝二年(一六七四)刊の歳旦発句集をいうとすれば、重好の句は寛永十五年(一六三八)以前の部に「袴腰もするや千年の門の松」の一句がある。
一九 後水尾天皇の皇女、賀子(よし)内親王。女五宮と称せられる。二条光平の室として正保二年(一六四五)降嫁。天和二年(一六八二)落飾、元禄九年(一六九六)薨去、六十五歳。
二〇 宮中の文庫、東山御文庫をいうのであろう。
二一 面影―玉かづら(連珠合璧集)。「人はいさ思ひやすらん玉かづら面影にのみいとど見えつつ」(伊勢集)、「袖の上に変らぬ月の変るかな有りし昔の影をこひつつ」(風雅集・雑中)による。
二二 紫匂(むらさきのにおい)。濃い紫より下へ薄い紫をかさねてきる女官の装束。
二三 帯の結び目を後にする、後結び。嫁入り前の娘の姿であるが、後には広く行われた。
二四 →四八四頁注八。
二五 「曇るともよしや涙の増鏡我が面影は見てもかひなし」(新後拾遺集・恋二)。姿―鏡(類船集)。
二六 古道具屋。大店を道具屋、小店を古金棚(ふるかねだな)(人倫訓蒙図彙・四)といった。
二七 他人の財産を数える。「かぞほる」は数折る。

うち出の小槌《こづち》まで絵書《ゑ(がき)》たる、一舟《ふね》を敷寝《しきね》のよるの夢に、女は、二都《みやこ》の富士《ふじ》に煙絶《けぶりたへ》て、三黒《くろ》木小刀《こがたな》で割《わる》と見しは、心細《ぼそ》し。又男は、「四駿河《するが》のふじに白突《しろつき》の食《めし》を移《うつ》し、田《た》子《ご》の入海《うみ》は若和布汁《わかめじる》程に見た」と、夫婦《ふうふ》夢を語《かた》りあはせ、其比《(そのころ)》世界《せかい》見通《とを》しといふ、安部《あべ》の清明《せいめい》にうらなはせけるに、「是《(これ)》は大きなる仕合。いそひで江戸へくだりて、内義《ないぎ》もろともに五かせぎ給へ。我只今六拾弐文にて、七千貫目《ぐはん》に成《(なる)》事見てやるは、是程やすい物はなし」といふ。「さもあらば、我千貫目になる時、今の十二文百弐拾貫《ぐはん》目の手《て》形《がた》仕《し》て置《(おき)》、お初尾《はつを》あげましよ」といふ。「八先《さき》はしれぬうき世」と、十二燈《とう》を仏《ぶつ》だんへおさめけるも気《き》短《みぢ》かし。

それより江戸にくだり、身体《しんたい》取直《なを》し、八卦《け》の通《とを》り家栄《さか》へたる春の初夢に、あらたに御つげの句《く》に、「蔵《くら》の内《うち》にてなく声ぞする」。亭主《ていしゆ》気にかけて、元日の九祝《れい》義《ぎ》も勤《つと》めずして、奥座敷《おくざしき》に取籠《こも》り、鉢巻《はちまき》をして胸《むね》をいため、「当年は、別して心いわゐの思ひ寄数《よりかづ》〳〵なりしに、是はいかなる神の御夢想《むそう》なるぞ」と、枕《まくら》もあがらず、うちなげきし所へ、一〇高崎玄札《たかさきげんさつ》、駕籠《かご》に乗《のり》ながら、一一嘇《ものもふ》こはせて、「一二いまだ方〳〵なれば罷《(まかり)》通る」との口上、内義聞《きゝ》もあへずはしり出て、あるじのありさまを語《かた》れば、玄札此宿《やど》に入て、「これは目出たき前句なり。蔵《くら》の内にてなく声《こへ》ぞする、貧神《びんぼ》大黒殿《だいこく》にたゝかれて」と、一三跡《あと》付られければ、亭主《ていしゆ》、「扨も」

一 宝船を枕の下に敷いて寝ること。関東は正月二日、関西は大晦日。「七福神或は宝尽等を画く〈宝尽、丁子・打出槌・分銅・かくれ笠等也〉」(守貞漫稿・二十三)。なお小袋は沙金を入れた袋で、これも絵に描かれたもの。
二 比叡山の異称。
三 大原木(おはらぎ)とも。洛北より産する薪木。生木を蒸し焼きにしたもの。女房は貧の夢を見た。
四 富士山を真白い御飯が盛ってある形に、田子浦の海を汁に見立てた。亭主の夢は吉。なお、この発想は醒睡笑・六、昨日は今日の物語・上、仁勢物語その他で広く知られたもの。
五 職を探し求めること。
六 占師への定まりの礼金。十二銅、十二灯とも。
七 銀一千貫匁。
八 諺「一寸先は闇」と同じ意で用いられる成語。
九 「祝」は「礼」の誤刻であろう。
一〇 江戸の貞門五哲の一。高島氏。名は玄道。伊勢山田の人で、江戸へ出て医を業とした。延宝四年(一六七六)没、八十三歳。
一一 物申すの略。案内を請う時に言う言葉。
一二 まだ方々へ回らなければならないので、このまま失礼する、と挨拶の言葉を残しての意。
一三 前句に対して付句を付けたことをいう。西鶴はこの付合を自らの編著、物種集に「蔵の内にはなく声ぞする／貧乏神大こく殿にたたかれて　高崎玄札」として載せる。但し、この付合は、犬筑波集に「蔵の隅にも泣く声ぞある／大黒に貧乏神のたたかれて」とある。
一四 俳諧風の即興。
▽元日の物忌みは、落し話の一つの型であって、当時類話も行われた。貞享三年(一六八六)刊・鹿の巻筆・三の七「夢想の読みそこなひ」では、歌の下の句と上の句となっている。本話の焼き直し

と起《おき》あがり、此《(この)》一句に心さはりとして、其まゝつねの気《き》に成ける。即座《そくざ》に俳諧《はいかい》[一四]行のかる口とて、聞人興《けう》をもやうしける。

三　腰《こし》ぬけ仙人《せんにん》[一五]

世の時花言葉《はやりことば》[一六]に、人に替《かは》りたる風俗《ふうぞく》[一七]を見て、「しやらくさい」[一八]といふ事、泉《せん》州《しう》の堺《さかい》に、藤井徳庵《ふぢとくあん》[一九]といへる俳諧師《はいかいし》の、名乗《なのり》を社楽《しやらく》といふより、世界《せかい》[二〇]のてんがう口になれるはじめなり。

此《(この)》人つねに替りて、髭《ひげ》[二一]おのづからに延《のば》し、身に唐織《からをり》[二二]をまとひ、人のつきあいをやめて、我宿ながら、諸木《しよぼく》しげれる奥《おく》座敷に取籠《こもり》、仙術《せんじゆつ》[二三]をおこなふとて、三とせあまり気《き》をすまし、大かたは春秋の時節《じせつ》もわすれて、只ぼうぜん[二四]として夢のごとし。此心ざし、軒《のき》ちかき雀《すゞめ》も見なれ、梢《こずへ》の烏《からす》もちかより、朝夕《てうせき》の飯《はん》をわくれば、手よりすぐにはみける。「扨は仙家《せんか》[二五]も爰になりぬ。諸鳥《しやうてう》[二六]、我をおそれぬ事、其ためしなり。いよ〳〵是をまなびて、万人《ばんにん》に目を覚《さま》させん」と、明くれ其心になりぬ。

されば唐土《もろこし》の玄宗皇帝《げんそうくはうてい》[二七]は、音律《をんりつ》[二八]の名人にて、二月の初《はじめ》に花の咲《さか》ぬ事をおそし

が、元禄十四年(一七〇一)刊・百登瓢箪にもある。
一五 原本「一」。今順番に従い「三」と改める。
一六 流行語。「流行 ハヤル〈又作時行〉」。俗字に風愛・時花とも記す(書言字考)。
一七 みなり、よそおい。身のこなし、態度。
一八 志不可起・六下に「その身より高上に振舞う者をしやらくさいと云も、右のしやれたまねをするとの事か」とし、「一説に藤井元徳と云者、俳名社楽斎と号す。仙薬なりとて伝て常に服しけるが、最早飛行ならんかとて、屋上より飛けるが、落て腰を損ず。それよりあたはぬ事をする者を、しやらくさいと云うとぞ」と記す。ほぼ同様の記事が譬喩尽・七にも見える。
一九 堺の医師、藤井宗徳の長子。家督は弟宗余に譲り別家する。寿仙、法橋に叙せられる。幼名宗意、後玄柳、又徳庵。斎号を社楽と言う。禅を沢庵に、神道を吉川惟足に、歌道を光広に学ぶ。万治三年(一六六〇)没、六十二歳。古今誹諧師手鑑に「木の春や梅松が枝の金盞銀」の句が西鶴の作と並んで載るが、派手な篆書体が社楽の本領を発揮している。
二〇 世間でふざけて言いはじめた。
二一 原本「鬒」に誤る。
二二 蜀江錦を模した織物。徳庵の母の実家錦屋は、堺で始めて錦を織り出したことで有名。仙人の宿―錦(類船集)。
二三 飛行・不老不死・隠身・変身など、仙人の行う術をいうが、ここはそうした能力を身につけるための術。得仙・得道の術の意。
二四 呆然。気が抜けたような様子。
二五 仙人の住居。自分の家が仙家となったの意。
二六 振仮名、原本通り。↓五二七頁注三六。
二七 唐第六代の皇帝。在位四十五年(七一二―七五六)。
二八 各種楽音の調子をいうが、ここは音楽の意。

と、一楼台《ろうだい》にのぼり二羯鞁《かつこ》うち給へば、余《よ》寒《かん》払《はら》つて、梢《こずへ》の花開色《かいしよく》見せけるとなり。又三鄒燕《すうゑん》は四篳《ひちりき》の妙《めう》を得て、六月に冬《ふゆ》の調子《てうし》をふきて、霜《しも》をふらせし事も語《かた》り伝《つた》へり。

我も仙術《せんじゆつ》の五心見にとて、有時身を清《きよ》め、秋の夜の月曇《くも》りなく、六堺《さかい》の南北《なんぼく》一目に見わたし、七二階蔵《かいぐら》のやねより、八住吉《すみよし》のかたに向《むか》ひ、九観念《くはんねん》の眼《まなこ》をふさぎ、「一代の大願《だいぐはん》此時なり。心ざす所は、一〇生馬《いこま》山までの飛行《ひぎやう》ぞ」と、両の手をさしのべ

一 たかどの。また、高い建物。
二 羯鼓。鼓の一種。円筒の両面に革を張り、両手の撥で打ち鳴らす。主に雅楽に用いる。
三 戦国時代、斉の思想家。史記には騶衍とある。燕の昭王に師事されたが、恵王に投獄される。
四 ひつりつとも(人倫訓蒙図彙・八、増補下学集)。雅楽用の管楽器。前面に七、後面に二個の指穴があり、上端に蘆舌がさし込んである。
▽玄宗皇帝の羯鼓の故事は、節用集類で有名。「玄宗善ク之ヲ撃ツ。有時春寒ウシテ華遅シ。玄宗楼ニ登ッテ羯鼓ヲ撃ッテ華催ス。百花一時ニ盛ンニ開ク。之ヲ羯鼓楼ト謂フ也」(増補下学集)。また、鄒衍(燕)の故事も蒙求の標題「鄒衍霜ヲ降ラス」で著名だが、この部分の文章は、直接、堪忍記・四の十四「職人の堪忍・六」の中から抜き取り前後を入れかえたと思われる。堪忍記の文章は「もろこしの鄒燕といふ人は、篳篥に妙をきはめ、六月に冬の調子を吹ぬれば、たちまちに霜をふらしたり。…又玄宗皇帝は、音律の上手にて、二月のするに花咲きし事をそきを待かね給ひて、楼台にのぼりて羯鼓をうち給へば、たちまち余寒をはらひ、春の気あたゝかにきざして、梢の花ぶさひらけしとかや」。
五 ためしてみたいと思っての意。
六 堺市街をほぼ南北方向に貫く道路、大道筋。紀州街道の一部であり、幅は四間半。
七 二階建の蔵。二階建は、近世都市の特徴。
八 大阪市住吉区住吉。堺の中心は、大道筋と長尾街道の延長線、大小路(おおしようじ)の交叉点であるが、ここより住吉までは直線で五キロメートル弱。
九 祈るような気持で眼をふさいだ。住吉の人といわれた生馬仙人に飛行の成功を祈った。
一〇 大阪府と奈良県境の山。堺の中心より直線で十二キロメートルの距離。諸国ばなし・二の四に「生馬

て飛《とび》ければ、一一棒樫《ぼうかし》の枝《えだ》をこすりて、一二捨石《すていし》のたゞ中に落《おち》かゝりて、其まゝ腰《こし》をぬかし、「やれ仙術《せんじゅつ》一三はかなはぬ手あし」と、うめかるゝ声《こへ》におどろき、いづれもかけつけ、なを聞付《(ききつけ)》次第に、一四成安《なりやす》・一五成之《ゆき》・一六顕成《あきなり》などいへる俳友《はいゆふ》見舞《まい》て、徳庵仙人《とくあんせんにん》にちからを付、「かゝる事の鍛練《たんれん》するには、腰《こし》の骨《ほね》くだかずして、中《ちう》を飛《とぶ》事成難《がた》し。是程《(これほど)》の事に気《き》をうしなふは愚《おろか》なり。先へうたん酒を呑《のみ》給へ」と、おの〳〵すゝめければ、一七其時仙人《せんにん》はまなこを見ひらき、「其瓢簞《へうたん》一八から馬《こま》は出ぬか」

仙人といふ者、毎日すみよしより生駒にかよふと申伝へし」とある。
一一 庭のふち等に植える赤樫(あかがし)をいう(本草綱目啓蒙・二十六)。白樫はねばり強いが、赤樫は裂けやすく折れやすい(大和本草・十二)。
一二 築庭で、程よい場所に置かれた石。
一三 「かなはぬ」は、仙術が出来なかったの意と、手足が動かなくなったの意とを掛ける。
一四 成安は姓を俳号としたもの。通称四郎右衛門。堺正法寺祭華庵に隠居。寛文四年(一六六四)没。
一五 堺の俳人、池島氏。塵塚の編者。古今誹諧師手鑑には「堺 池島宗今」とある。
一六 堺の俳人、阿知子氏。編著に、堺最初の撰集境海草以下、続境海草、手操舟がある。古今誹諧師手鑑では別号林庵。
一七 謡曲口調を模す。「其時項羽はちつとも騒がず」(項羽)、「其時仙人驚き騒ぎ」(一角仙人)等。
一八 諺「瓢簞から駒が出る」。意外な物が、意外な所から出るのをいうが、ここは、道庵が仙術に対して未練を残していることをいう。
▽類話は、浮世物語・五の七「浮世房蛻(もぬけ)たる事」、はなし大全・上・十二「仙人のしならひ」などに見られるが、本話は十訓抄・七「思慮を専らにすべき事」の「河内国金剛寺の僧が松の葉を食い、両三年たって、身も軽くなったと考え、水瓶だけを腰につけ山の巌の上より飛ぶが、谷底へ落ち、弟子達に介抱されて一命をとりとめた」という話を原拠とし、それに堺と住吉の距離的近さから、住吉より生駒山へ毎日通ったという生馬仙人のイメージをかさねたもの。

挿絵解説 徳庵がまさに飛ぼうとする場面であるが、本文の叙述と合致しない。また、構図も左右が続かないものとなっている。

と、身のいたむ中にも、仙人心わすれたまはぬはおかし。

四　さりとては後悔坊《こうくはいばう》

何事も其《(その)》人によりて、風俗《ふうぞく》[一]の替《かは》りたるも一興《けう》あり。

むかし連歌師《れんがし》[二]の牡丹花《ぼたんくわ》は、うしの角《つの》を金銀の箔《はく》にだみて[三]、くれなゐの引綱《つな》付て、心の行所へ乗《のり》まはられしも、人がらそれにそなはり、世の人指《ゆび》[四]はさゝざり。津田休甫《つだきうほ》[五]が、紅鹿子《べにかのこ》[六]の女小袖着《き》て、昼中《はくちう》に大坂の町を通《とを》りしも、其身道者《どうしや》の徳《とく》あらはれ、目にかくる人もなかりき。此《(この)》人〳〵は、其心《しん》より発《おこ》らずしては、まねてならざる事なり。

讃州《さんしう》の一[七]三子《し》、瓢簞好《へうたんすき》て、さま〲そのなりの替《かは》りたる、十四五も腰《こし》に付し。「ひとつにてもすむべきか」といふ。それが物好《すき》なり。又武州《ぶしう》[八]の桃青《とうせい》は、我宿を出て諸国《しよこく》を執行《しゆぎやう》、笠に[九]「世にふるはさらに宗祇《そうぎ》のやどりかな」と書付、何心[一〇]なく見えける。これ又世の人の沙汰《さた》はかまふにもあらず、只俳諧《はいかい》に思ひ入て、心ざしふかし。

今時[一一]の宗匠《そうしやう》、[一二]一体《てい》子《し》細《さい》らしくせぬはなかりし。何とやら目立けれども、

一 →五一九頁注一七。
二 室町末期の和歌・連歌作者。牡丹花肖柏。別に、夢庵・弄花老人。中院通淳の子、通秀の弟。大永七年(一五二七)没、八十五歳。和歌・連歌を好み、早くより隠遁し、宗祇に師事、古今伝授を受け、新撰菟玖波集撰進を助ける。晩年池田より堺に移り、堺伝授の祖となる。
三 金銀泥・箔で、いろどりをほどこすこと。
四 うしろ指をさす。陰口を言い、非難する。
▽この逸話は本朝遯史・下・肖柏の項「ソノ洛中・洛外ヲ経歴スルヤ、牛ニ騎リ、金箔ヲ以テ牛角ニ塗ル。見ル者コレヲ怪ミコレヲ笑フ。肖柏恬然《(テンゼン)》トシテ意ニ介セズ」による(扶桑隠逸伝・下「牡丹花」もほぼ同じ)。
五 →四八五頁注二一。　六 紅色の鹿の子絞り。
七 讃岐(香川県)の俳人。中野氏。半孤軒・泉郎子と号す。古今誹諧師手鑑に載る。
八 江戸の俳人松尾芭蕉。初号宗房、後桃青。又芭蕉。別号、釣月軒・泊船堂・風羅坊など。元禄七年(一六九四)十月十二日大坂で没、五十一歳。
九 芭蕉は「笠の記」(貞享三、四年(一六八六―八七)の成立)に「ふたたび宗祇の時雨にぬれて、自から筆をとりて笠のうちに書きつけ侍りけらし 世にふるも更に宗祇のやどり哉」と記す。「世にふるは」は、天和元年(一六八一)の初案形。
一〇 同時代の芭蕉評に、大垣藩重役戸田如水の日記「心底計りがたけれども、浮世を安くみなし、諂《(へつら)》わず奢らざる有様なり」がある。
一一 織留・三の二に、「今時の点者」は「菓子袋に押すやうなる印判をこしらへ、軒号にびくりさせ」る「愚にして徳のなき」者だと酷評している。
一二 本当にもったいぶったものばかりである。
一三 人それぞれの身の処し方なのだから。
一四 心がうわついている、上っ調子の。

面《めん》[一三]〳〵の身なれば、無用《むやう》の異見《いけん》も成難《がた》し。

爰《（ここ）》に小商《こあきな》ひして、ゆるりと渡世《とせい》する人、わづかに俳《はい》の道をのぞきしに、[一四]うは気《き》なる若《わか》ひものども、宗匠《そうしやう》になれとてすゝめ、俄《にはか》に[一五]法体《ほつたい》させ、ひさしきなじみの妻《さい》を親《おや》里にもどし、[一六]浮世《うき》の隙《ひま》になして後、[一七]連衆《れんじゆ》ひとりも取もたず。世わたりの種《たね》つきて、二たび髪《かみ》の延《のび》るまでとて、夜〳〵[一八]花火線香《せんかう》を売《うり》けるが、秋よりさきはしらず。

五　幽霊《ゆうれい》の足よは車《くるま》

[一九]出羽《わ》の国蚶潟《きさがた》といふ所は、世に隠《かく》れなき夕暮[二〇]のおもしろき海辺《かいへん》なり。[二一]汐越《しをこし》の入江〳〵、[二二]八十八潟《がた》・九十九森《もり》、皆名にある所也。[二三]蚶満寺《かんまんじ》の前《まへ》に、[二四]古《こ》木《ぼく》の桜あり。是《（これ）》ぞ「花のうへこぐ海士《あま》の釣《つり》ぶね」と、読《よみ》しむかしを今見て、替《かわ》る事なし。惣じて歌執行《うたしゆぎやう》の人、それ〴〵の筆《ふで》を此《（この）》寺に残しぬ。今の世にもてはやしける俳諧師《はいかいし》もめぐりきて、爰《（ここ）》の気色《けしき》、発句《ほつく》それ〴〵に作《さく》あり。[二五]仙台《せんだい》の三千《みち》風、[二六]南都《なんと》の言水《ごんすい》、[二七]大津《つ》の道甘《どうかん》、[二八]南部《なんぶ》の友翰《ゆふかん》、[二九]最上《もがみ》の清風《せいふう》など、又は[三〇]秋田の桂《けい》葉《よう》・[三一]祖寛《そくはん》。[三二]大坂の玖《きう》也、岩城《いわき》にめされし折ふし、奥筋《おくすち》の名所《めいしよ》、日数《かづ》かさねて詠《なが》

一五　剃髪させ僧形となすこと。
一六　商売をやめさせ、暇な身分にさせた。
一七　俳諧に一座する人々。ここは門人。
一八　花火は近世では秋七月の季語。秋まではよかったとして、それ以後は知らないの意。
▽醒睡笑・一「ふはとのる」の第三話は、鍛冶職人が鞠を好み、印可を得て田舎に下るが、刀のなかごで五体付けの髪を焼いたため身分がばれ、元の鍛冶に戻ったというもの。本話の最後の話は、この話にヒントを得たものか。
一九　秋田県由利郡。日本海に臨んだ東西一・五、南北五キロメートルの潟。文化元年(一八〇四)陸地となる。
二〇　伝西行歌「松島や雄島の磯も何ならすただ象潟の秋の夕暮」(松葉名所和歌集・十二)による。一代男・七の七に「西行は何しつて、松島の曙、蚶潟の夕を誉めつるぞ」とある。
二一　日本海の海水が入ってくる浅瀬をいう。
二二　象潟の景勝。八十八潟九十九島が成語。
二三　象潟町象潟島にある曹洞宗の寺。干満珠寺。
二四　西行桜。境内阿弥陀堂の北の島の桜といわれ、伝西行歌「象潟の桜は波に埋もれて花の上漕ぐ海人の釣舟」(名所方角鈔)が喧伝された。
二五　三井友翰。大淀氏を称す。天和三年五月象潟を問い「西行桜木陰の闇に笠捨たり」と詠む。
二六　池西氏。貞享元年(一六八四)秋、象潟を訪う。
二七　伏見の道甘の誤り。→五〇八頁注四。
二八　幽閑の誤り。太田友悦。南部侯に仕える。
二九　山形県尾花沢市で紅花問屋を営んだ豪商、鈴木道祐。通称島田屋八右衛門。
三〇　能代市柳町八幡神社別当大光院の修験僧。本名尊為。
三一　大矢数等に見える釈祖寛のことか。
三二　松山氏。延宝四年(一六七六)没。寛文三年(一六六三)以降三度奥州岩城へ下る。

めつくし、此所殊にあかぬさまに、道の[一]記《き》にも書り。

[二]坂田《さかた》の湊《みなと》につゞきて、[三]袖の浦といふ所、古歌《こか》にも読《よめ》るとおもへば、すこしの松原も、つねならず物さびて、詠《なが》めなり。此所に寺有《(あり)》。住僧《じうそう》[四]連俳《れんばい》ずきにて見えわたり、床《とこ》に[五]唐木《から》の文台《ぶんだい》あり。見れば、玖《きう》也[六]裏書《うらがき》に、「文台や袖の裏書かへる鴈《かり》」としるせり。[七]「是もはや古《こ》筆《ひつ》になりけるよ」と、其法師《(その)ほうし》なつかし。

すぎにし事ども思ひ出して行に、同国《どうこく》[八]恋の山といふ麓《ふもと》につきぬ。程なふ日暮て、[九]しげき小笹《をざゝ》わけ〳〵てのぼるに、いとゞ木陰《こかげ》のこくらき所に、女の[一〇]さばき髪《がみ》して、岩《いわ》もる雫《しづく》を手して呑《のみ》、[一一]息《いき》にほのうをつき出し、身のくるしげなるありさま、うき世にある人ともおもわれず。おそろしき事大かたならず、にげあしに成ける。されども、同道《どうぐ》に出家《しゆけ》ありしが、かゝる時のためぞかし。すこしも動《どう》ぜず、「汝《なんじ》いかなれば世にまよふと見えてあさまし。心の程をさんげせよ。[一二]女人成仏《じやうぶつ》の一大事《だいじ》をさずけん」といへば、幽霊泪《ゆうれいなみだ》をこぼし、「是はありがたし。然ば、思ひ死《じに》の物語《かた》り。我跡《あと》にも前《さき》にも、一生《しやう》に男ひとり。然も、[一三]形《かたち》見よげなるとて、[一四]千度《ちたび》恋わびての契《ちぎ》り、たがひに死《しに》わかれたりとも、男持《もつ》な、女もたじとかためて、[一五]諸神《しよじん》・諸仏《ぶつ》をせいもんに立、[一六]ゆくするゑ長《なが》ふ思ひしに、いまだ死《しに》もせぬ内に、はや男[一七]目が気《き》が移《うつ》り替《かわ》つて、[一八]我より年行《(としゆき)》女にたわぶれ、自《みづから》を世にな

一　紀行文。玖也は宗因の代理として、磐城平七万石の領主内藤義概(俳号風虎)の下にいたり、俳書編纂にたずさわる。奉納于飯野八幡宮、奥州名所百番発句合、桜川等が著名。紀行作品に、東下り富士一見記、八島紀行等があるが、本紀行については不明。

二　山形県酒田市。古くは最上川南岸の袖ノ浦が酒田の湊として栄えたが、近世極初より最上川北岸(現酒田)へ移り、寛文十二年(一六七二)の西廻航路の整備により、日本海岸有数の湊町となる。永代蔵・二の五に大問屋鐙屋の繁栄を描く。

三　酒田市宮野浦の古名。歌枕。「君こふる涙のかゝる袖の浦は岩ほなりともくちぞしぬべき」(拾遺集・恋五、歌枕名寄・二十六)等古歌が多い。

四　連歌俳諧の愛好者であるような雰囲気があり。

五　紫檀・黒檀などの輸入材で作られた文台。ことは連俳の会席で、短冊や懐紙を載せるもの。

六　文台の板の裏側に玖也が自筆で「文台や…」の自句を認めていた、の意。

七　この筆跡も古筆となってしまったなあ。玖也は、延宝四年(一六七六)四月、五十歳代後半で没。

八　出羽国の歌枕。和漢三才図会・六十五に「恋ノ山ハ、酒田領ニ有リ。ソノ西海辺ニ袖ノ浦有リ」とあり、地理的関連から見て西鶴もこの説に従っていたと考えられる。

九　「恋の山しげきをざさの露分けて入りそむるよりぬるる袖かな」(新勅撰集・恋一・顕仲、松葉名所和歌集・十等)による。

一〇　髻を解き、後に長く解き散らした髪。

一一　息をするごとに口より火炎を吐き出し、の意。「ほのう」は、炎(ほのほ)。

一二　女性が死後に仏果をうること。仏教では、古来、女人成仏はむずかしいこととされた。

一三　顔だちがよい、美貌であるの意。

いものになれと、一九山伏《ぶし》・二〇神子《みこ》を頼《たの》みて祈《いの》るときけば、世にある甲斐《かい》なく、身をもだへしより、二一胸《むね》に火を焼《たき》て、「おのれ〳〵」と、最後《さいご》までにらみつめて果《はて》ける。今一所に夫婦《ふうふ》のかたらひ、取ころさで置べきやと、二二草葉《くさば》のかげから夜毎《ごと》に通《かよ》ひゆきしに、二階《かい》座敷にふたりの声を聞つけ、心のせくまゝにのぼれば、二三階《はし》の子をふみはづし、思ひの外腰《こし》をいためぬ。此体《てい》ならば本望《ほんもう》とげ難《がた》く」となげく。

一四 幾度も苦しい恋の思いを訴え続けた後の。
一五 互いに堅く約束し。
一六 誓文。ここは、神仏に誓ったの意。
一七 男のやつが。目は、相手に対する怒り。
一八 自分よりも年上の女に恋をしかけての意。
一九 修験者。ここは祈禱・占いを専らにする者。
二〇 梓神子《あずきみこ》。死霊・生霊の口寄せをする。
二一 嫉妬に胸の炎を燃えたたせ。
二二 墓の下、あの世の意。
二三 はしご段・階段の意であるが、現在とは違って単に横木を渡しただけの梯子。

▽恋の山の麓で女の幽霊に出会い、懺悔をさせ、女人成仏の一大事をさずけるといって、膏薬を付けてやる後半部の話には類話がある。宗祇諸国物語・四の四「嫉妬夢に怪し」がそれである。宗祇都を出て火打坂に宿った宗祇が、夢で三十ばかりの女に呼び止められ、願い事を打ち明けられる。夫銀七は、別の女に通うようになった。その女の命は取ったが、未だに夫の命は取りえていない。それは三十番守護神が枕上にいるからである。どうかこの毒薬で殺してほしいという。宗祇は、様々に嫉妬の罪を説き聞かせ、霊女を勧化する。理に伏した霊女は消え、宗祇も夢から覚める。このことを宿の亭主に語ると、それが銀七であったという話である。西鶴は、筋を簡略化し、俳諧的道具立てとテンポの速さでもって、勧化を膏薬にすり変え、見事に滑稽味溢れた一篇に仕立てたといえよう。

挿絵解説　挿絵は、恋の山の麓で女の幽霊に懺悔をさせたあと、女人成仏の一大事をさずけるといって、膏薬を付けてやっている所。なお、挿絵右下の挟箱持は、永代蔵・一の四右下隅の挟箱持を模写したもの(→五六一頁付図)。

「今時の人、次第〳〵に気勢《きぜい》なく相果《あいはて》、其幽霊《ゆうれい》なを又力《ちから》なし。さるによつて、此程最後に恨《うら(み)》はいふて、「七日がうちに取ころして」と、おそろしき皃《かほ》つきはすれど、むかしと替り、一念《ねん》よはく届《とゞ》きがたし。汝《なんじ》も思ひとまれ。侍《さむら》ひなれば、[一]腰《こし》ぬけとて役《やく》に立ねど、幽霊《ゆうれい》はくるしからず」と、[二]からやく付てとらして別れぬ。

六　ひと色たらぬ一巻《まき》

月も又都《みやこ》の[三]ひがし山こそおもしろけれ。[四]武蔵《むさし》野も影《かげ》には替《かわ》れる事なし。[五]駒《こま》をはやめ、関《せき》の岩角踏《いわかどふみ》ならし、けふ逢坂《あふさか》の山を越《こへ》、江戸より[六]田《た》代《しろ》松意《しやうい》、俳《はい》道執行《どうしゆぎやう》のためとて、[七]はる〴〵のぼりて、[八]京都《と》の作者《さくしや》に、残らず参会《さんくはい》して、ある日[九]知《ち》恩院《をんゐん》の門前《もんぜん》、[一〇]那波《なば》葎宿《りつしゆく》の庵《あん》に、好《すき》人寄合《よりあい》、[一一]三吟《ぎん》三百韻《ゐん》取立《(とりたて)》、何かめづらしき事いふにもあらねば、世の笑《わら》ひ草《ぐさ》になれるは、そも〳〵より合点《がてん》して、[一二]「虎渓橋《こけいのはし》」と題号《だいごう》するより、葎宿《りつしゆく》・松意・[一三]西鵬、是《(これ)》はと三人笑《わら》ひはじめて、一日の中《うち》におはり、[一四]花はなき桜《さくら》木にちりばめける。

やう〳〵[一五]執筆《しゆひつ》、[一六]文台《ぶんだい》を床《とこ》にあぐれば、[一七]北野《きたの》殿の御影《ゑい》まきて、昼《ひる》のくたぶれを

一　臆病なこと。卑怯者。諺にもいう。
二　外用薬。紙・布などに塗って患部にはる。
三　如意岳を主峰とする京都市東部の温和な山容の連山。麓に清水寺・知恩院などがある。
四　歌枕。月の名所。「行末は空もひとつの武蔵野に草の原より出づる月かげ」(新古今集・秋上・藤原良経、名所方角鈔、一目玉鉾・二)など古歌も多い。武蔵野―月(類船集)。
五　「駒」「関の岩角踏ならし」「逢坂の山」は、「逢坂の関の岩角踏みならし山立ち出づるきりはらの駒」(拾遺集・秋・藤原高遠)による。
六　通称新左衛門。談林軒・冬嶺堂。神田鍛冶町に住む。延宝三年(一六七五)、西山宗因に接し談林十百韻を興行、同十一月出版、一躍脚光を浴びるが、延宝末には消息を断つ。生没年未詳。
七　松意の上京は延宝六年秋。翌年冬には帰江。
八　京都の談林派、高政・常矩らをいうか。
九　東山区の浄土宗総本山知恩教院大谷寺の門前通。三条通南二、三筋目の知恩院門前より縄手通まで。二筋目知恩院古門前通は貞享頃に市街化した(京町鑑)。華頂山西麓に当り、白川が流れ、南に円山公園がある景勝の地。
一〇　京住。通称七郎右衛門。葎翁・江雲と号す。初め北村季吟に学び、後宗因に親炙した。
一一　三人で百韻三巻を作ろうと思いたち、の意。
一二　延宝六年末刊・虎渓の橋。この三百韻と定俊・西鶴両吟歌仙一巻を付す。原本「琥漢橋」。
一三　鶴字・鶴紋法度のため、元禄元年(一六八八)十一月より同四年三月まで、西鶴は西鵬と改号。
一四　板木の用材は桜。ここは出版したの意。
一五　会席で差合を吟味し、懐紙に句を記す役。
一六　文台を片付けるの意。→五二四頁注五。
一七　正式の俳席で床に掛ける菅原道真の肖像。
一八　知恩院古門前通に明石藩、付近に膳所、仁

取かへす行水《ぎやうずい》して、枕《まくら》して、しばし気《き》をやすめける所へ、軒《のき》つゞきに、去《さる》御方の[一八]下屋敷より、百韻《ゐん》あそばし、「三人して評判《ひやうばん》の[一九]点《てん》をせよ」と御[二〇]内証《ないしやう》ありける。いやとは申難《がた》く、是をひらき見しに、発句《ほつく》、[二一]当流《とうりう》のしかけ、[二二]取まはし、[二三]心行、殊更気色《けしき》のおもしろく、一句〱かんじて、脇書《わきがき》にかゝる口をつくし、付墨《つけずみ》七十三点《てん》、此《この》内長《なが》二十八として、三人の[二四]名《な》判《はん》を居《すへ》ける。大かたならずよき作意《さくい》と、又くりかへし見るに、百韻《ゐん》に[二五]恋《こい》の句一句もなし。「さて〱御新作《しんさく》、老眼《らうがん》おどろかし候。さりながら、此一巻《まき》に[二六]腎薬呑《じんやくのま》せたく候」と奥書《おくがき》して、帰しぬ。

七[二七]　人にすぐれての早道《はやみち》

[二八]山居《さんきよ》の身にも、松風の耳《みゝ》にかゝる時も有《（あり）》ける。むかし、[二九]吉野《よしの》の奥《おく》にて連歌《れんが》せしに、庵《いを》ちかき滝《たき》の音《をと》かしましく、[三〇]一座《ざ》のさはりとなれば、[三一]亭坊《ていばう》ひそかに[三二]萩柴《はぎしば》をなげ込《こみ》、川音絶《をとたへ》て、人の心もしづまり、[三三]さりとは気《き》の付《（つき）》たる事ぞかし。

其《（その）》草《くさ》ぶきの跡《あと》あれて、ひさしく住《す》める人なくて、軒《のき》は落葉《おちば》の埋《うづ》み、門《もん》は[三四]諸《もろ》葛《かづら》のはいまとひ、麓《ふもと》の道も定《さだ》めなく、いつの[三五]枝折《しをり》の跡《あと》もなくて、[三六]諸鳥《しやうてう》のとまり所と成《（なり）》けるを、近《ちか》き比《（ころ）》より都の人とて、[三七]びくに爰《（ここ）》に住《す》めり。いまだ其年廿とい

正寺藩の下屋敷があった(都すゞめ案内者・上)。
一九 批点・付墨(ずみけ)。平点(丸・拘・爪点)と特に秀れた句につける長点(二重拘)とがある。
二〇 内々での御依頼があった。
二一 現代風のやり方、作り方。
二二 付合のうまい処置のしかた、運びかた。
二三 付合法。付合を成立させる心入れ、呼吸。
二四 署名をしその下に花押を記すこと。
二五 月・花の句と同様大切なものとされ、恋の句のない一巻は、はした物と呼ばれた。
二六 精力をつける強精剤。
▽大名の百韻を評した部分には、景気尊重に傾く元禄俳壇への西鶴の皮肉がある。景気の句偏重が恋の句を忘れさせたとの謂である。
二七 原本「九」。第七話なので改めた。
二八 山中に隠れ住むこと。文反古・五の四に「隠れ家はよし野と見定め、山居も殊更松風紙衣を通し」という類似した文章がある。
二九 奈良県吉野郡北方の吉野山。歌枕。吉野―山(奥)―滝―河(類船集)。
三〇 寄り合った連衆の心が乱されるので、の意。
三一 庵の僧形のあるじ。→五〇八頁注六。
三二 萩や雑木の小枝を折ったもの。
三三 それにしてもよく気が利いた処置だ。ここは、後嵯峨院の連歌の会で、滝の響がさまたげとなり連歌に打ち込むことができなかったが、為教少将が山から柴を折ってきて滝の落ちる所をふさいだという井蛙抄・六の故事による。
三四 様々な蔓草の意。
三五 道筋を示す目じるし。「山に入に木の枝を折かけて道のしるしとするをいふ」(倭訓栞)。
三六 いろいろの鳥。振仮名、原本通り。「シヨチヨウ　モロモロノトリ」(日葡)。
三七 比丘尼。出家し、具足戒を受けた女子。

ふにその一うへあらじ、悪敷《あしく》二はそだたぬ風俗《ふうぞく》、いかなる人のおとし子三にやありけん。殊更《ことさら》四手などよく書て、ちり桜の花を拾《ひろ》ひ、五さくら色紙《しきし》を我とこしらへ、古《こ》歌《か》まじり自歌《じか》六読《よみ》て、ひとりの心を慰《なぐさ》めけるもよしや。是山居《さんきよ》七の徳《とく》といへり。

有時、八今井の正盛《まさもり》九、法隆寺《ほうりうじ》一〇の可慶法橋《かけいほつきやう》一一など、同道《どうぐ》一二四五人、大和《やまと》一三めぐりして、吉野の山にわけ入、彼《か》一四のびくにの事やさしく聞て、はる〴〵たづねのぼり、一五よの事歌道《かどう》の物語《がたり》に日を暮《くら》し、「かゝる所にましますかたとは見えず。何ゆへ

一 二十歳を越しているとは思われないの意。
二 育ちもよさそうな身なりである。
三 →四七八頁注六。
四 筆蹟はみごとなものである。
五 桜の花びらを押花として乾燥させ、色紙には りつけたものであろう。吉野の桜の歌と桜の押花を天覧に供した話が落栗物語にある。色紙は、詩歌・俳句・絵などを書く染色した厚手の紙。長方形(縦横十対九)の大きさや書法等が規定されるのは、室町末から近世初期頃。源流は小倉山荘色紙といわれる。 六 自作の和歌。
七 吉野の奥山に住んでいるおかげだの意。
八 奈良県橿原市。今井御坊(ごぼ)称念寺の寺内町。
九 今西氏。貞門俳人。明暦二年(一六五六)刊・貞室編・玉海集より寛文末年までの俳書に句が見える。今井町の惣年寄三家の一人、今西与治兵衛であろう。誹家大系図には、貞徳門、通称与二兵衛、著書耳なし草とする。
一〇 奈良県生駒郡斑鳩町の聖徳宗の総本山。聖徳太子の発願寺。南都七大寺の一。原本「隆」を「際」に誤る。
一一 三田浄久撰・延宝七年(一六七九)刊・河内鑑名所記に「法隆寺法橋哥慶」として、狂歌六首を載せる。西鶴の古今誹諧師手鑑には「和州前清浄院哥慶」として発句を掲げる。清浄院(現奈良市西大寺町)と法隆寺との関連など不明。
一二 四、五人でつれだっての意。
一三 大和の名所めぐりをしての意。
一四 歌を好み山居する比丘尼。
一五 ほかのことは話題にもせずの意。原本「よの事」の次に「なしに」を脱す。
一六 菩提心を起こすこと。出家得度すること。
一七 麻布の衣。中世以降僧の粗衣をいう。近世では僧衣をのみころもという。

の御発心《ほつしん》[一六]成ぞ」と、たづねしに、此《(この)》びくに泪《なみだ》をこぼし、麻《あさ》[一七]の衣を皃に当《あて》、「稀《まれ》[一八]人に問《とは》れましてのうき物語《がた》り、我うまれし里は、北国《ほつこく》の者《もの》なるが、父《ちゝ》は其国《くに》[一九]の守《かみ》につかえて、御前《ごぜん》[二〇]ちかふめされし。御祝義《しうぎ》[二一]の御能《のふ》有時、太夫[二二]、翁《おきな》[二三]の面《おもて》をわすれ、式《しき》[二四]三番《ばん》わたし兼《かね》て、身の難義《なんぎ》せし。其太夫が里は、六里《り》[二五]半の所を、我父《ちゝ》、城中《じやうちう》をかけ出、しばしのうちに彼《かの》[二六]取て来てわたせば、よろこび御前《ごぜん》[二七]を勤《つと》めける。其後人の沙汰《さた》[二八]しけるは、「鳥《とり》にてもならぬ事ぞ」と、不思義《ふしぎ》をたてそめ、是よ

一八 まれびと、まろうど。他から来た人、珍客。
一九 国主。ここは国主である大名の意。
二〇 大名のおそば近くに仕えること。
二一 祝賀・追善・正月等改まった折に上演する能「翁」をいう。普通の能と違い、筋はなく三人の舞手が順次祭儀的歌舞を行う。
二二 大名に召しかかえられた能役者。能太夫。
二三 「翁」を演じる時、シテが用いる白い彩色の白色尉(はくしきじよう)と、狂言方が三番叟(さんばそう)に用いる黒い黒色尉とがある。両面とも顎は切れており、両端を紐で結んである。髭は植毛で、白色尉では鼻髭は手描き、眉はボウボウ眉と呼ばれ、綿ないしは毛を丸く張り付ける。
二四 「翁」と総称される「千歳」「翁」「三番猿楽(三番叟)」の三曲。発生は興福寺維摩会の歌舞で、父尉は釈尊、翁は文珠、三番は弥勒を形どったものとされ、後、父尉は露払いに、更に千歳に改められ、室町中期に至り現行の形式となる。なお三番猿楽を狂言方が引きうけ三番叟が成立したのは鎌倉末とされる。
二五 約二十六キロメートルの距離。
二六 原本「彼」の次に「翁の面」又は「面」を脱す。
二七 大名の眼の前での演能を無事に終えたの意。
二八 噂。人々はその足の早さを訝ったのである。
▽正盛・哥(可)慶などが大和巡りをした事実は不明だが、吉野山人周可撰・寛文十二年(一六七二)刊・吉野山独案内および河内鑑名所記の内容からすれば、あるいは貞室が浄久を訪ねた折(明暦二年またはそれ以前。→二の二)のことか。

挿絵解説　図は、吉野山中の草庵に住む比丘尼と、そこを尋ねた正盛・哥慶法橋の三人を登場させ、咄の終りで沢山の狐が比丘尼を慰め元気づけている場面を描いたもの。

り[一]御前《まへ》もうとく成て、誰《たが》いふともなく[二]狐《きつね》の生《しやう》とて、[三]家中《かちう》のつき合絶《たへ》ける。是より母人心を付て、父《ちゝ》をさしころし、其身も即座《そくざ》に果《はて》給ふに、父《ちゝ》は狐《きつね》にうたがひなし。我十三の事なれば、[四]覚てかなしく、世に住《すむ》甲斐《かい》はなけれども、せめて[五]跡《あと》とふために此[六]姿《すがた》」と、[七]まことしからぬ物語《がた》りのうちに、色〳〵の狐庭《きつねには》に[八]つくばい、此びくにを[九]いさめける。

一 大名との関係も疎遠となっての意。
二 狐の生れつきだとの噂が広がっての意。
三 同僚である家臣達とのゆききも絶えてしまい。
四 事情が分るだけに、殊更に悲しく。
五 親の亡き跡を弔うために。
六 このような尼の姿になりましたの意。
七 奇妙な、本当とは思われない話を聞くうちに。
八 平伏し、うずくまる。
九 慰め元気づける。
▽本話の典拠・素材については未詳であるが、狐が早足であることは、日本霊異記以来広く伝承されている。菊岡沾涼の諸国里人談・五には、大和の源五郎狐が、片道十余日の関東までの道を七、八日で往復した話を記し、また秀れた人間が狐の性をあらわした話として、江戸の伯蔵主、京都の宗語狐の例をあげている。本話もこうした種々の伝承を利用したものといえよう。

入絵

西鶴名残の友

四

一　小野《をの》の炭《すみ》がしらも消時《きへ》

一柳桜も、年よりたる人の姿《すがた》を見るごとく、二冬《ふゆ》山の淋《さび》しき比《(ころ)》、三都《みやこ》にのぼりて、俳諧《はいかい》の友とせし四団水《だんすい》・五言水《ごんすい》など〔と〕、六うき世の事どもを語《かた》りなぐさみて、「何も心にかゝらぬ七楽介《らくすけ》、世間《せけん》のいそがしき時、ことに八隙坊主《ひまぼうづ》」と、我身をうち笑《わら》ひて、九北《きた》山の一〇在郷《ざいご》道を行に、松の嵐《あらし》のおとのみ。

「春は爰《(ここ)》らも人の山なるべきが、折ふしは京のあそびずきも、よもや出まじ」と思ひしに、麓《ふもと》に遠き森《もり》の陰《かげ》に、一一幕《まく》うちまはして、今は何か見る事もなきに、酒にみだれての一二こうた、聞《きけ》ば女の声《こへ》もして、すこし浦《うら》山敷《(やましき)》心になりぬ。なをまた奥《をく》の松の木《こ》の間《ま》に、一三あさぎに紅葉《もみぢ》染《そめ》こみたるきぬ幕《まく》の見えて、琴《こと》の音《ね》かすかに耳《みゝ》をおどろかし、「扨《(さて)》都《みやこ》なればこそ、一四師走《しはす》の廿日過て、野遊《ゆ》山《さん》の幕《まく》を所〱に見る事、余所《よそ》の国にはない事ぞ」と、一五せはしき心ゆたかになりて、それより岡《をか》の細道《ほそみち》をはるかに行て、一六竜安寺《りやうあんじ》の池《いけ》のはたにつきて、又おもしろし。岸《きし》の枯芝《かれしば》の上に一七氈《せん》・花むしろをしきならべ、此《(この)》池の一八鴛鴦《をしどり》のつまあらそひを見る事、近年《きんねん》はやりて、毎《まい》日人の絶《たゆ》る事なし。「是《(これ)》も京の冬《ふゆ》のひとつの詠《なが》め」とか

一「見渡せば柳桜をこきまぜて都ぞ春の錦なりける」(古今集・春上・素性法師)による。
二 季語の「山眠る」に相当する山の景色。「冬山惨淡トシテ眠ルガ如シ、冬ノ山ハモノサビシウテ、シヅマッタ心ナリ」(改正月令博物筌・冬四)。
三 西鶴の上京は、元禄三年(一六九〇)十二月中・下旬。この年の秋、団水は両替町通二条上ル町(北小路町)西側に新居を定める。西鶴はこの団水亭を宿とした。
四 団水、二十八歳。この前後より団水の俳諧点者としての活動が本格化してくる。
五 江戸で活躍していた言水は、天和二年(一六八二)三月上旬、京都へ移り、新町通六角下ル町(京羽二重・三)に住す。言水と団水とは一条を隔てるだけの近くに住んでいたことになる。
六 今の世の様々な話をして、心を慰めた。
七 悠々自適の生活をしている気楽な人。
八 暇な身分の我々であることだ。
九 広く京都北方の山をいうが、ここは西北の金閣寺辺より左大文字山・衣笠山一帯をいう。
一〇 田舎の道。振仮名「ざいご」は関西の訛。
一一 花見や折々の遊山などの折に、人目や風をさけるために張りめぐらすもの。絹の幕は贅沢。
一二 小歌。当代流行の俗謡小曲。
一三 浅葱・浅黄。薄緑色。もえぎの薄い色。
一四 暮の最も多忙な時節。
一五 落ち着かない心もゆったりとして。
一六 右京区竜安寺御陵ノ下町にある、枯山水式石庭で著名な臨済宗妙心寺派の寺。寺の前に細川勝元が掘らせたといわれる鏡容池がある。
一七 毛氈(毛織の敷物)と藺草《いぐさ》で織った花筵。
一八 竜安寺の鴛鴦は、近世を通じて有名。雍州府志・五に「冬ニ至リテ鴨鷲・鴛鴦群集シ水上ニ游泳ス。洛人奇観トナス」とある。

たりけるうちに、汀《みぎは》なる草庵《そうあん》より法師《ほうし》立出て、[一]手ぢかく餌をまきてまねきければ、かぎりもなくおし鳥爰にあつまりて、おのがさま〴〵のたはぶれ、[二]水は紅《くれな》ゐにいろどり、[三]浪に白玉をちらし、[四]夕日の移《うつ》り稲妻《いなづま》を久しく見るがごとく、[五]昼《ひる》とも夜ともわきまへのなき遊興《ゆうけう》、[六]御所《ごしよ》めきたる女臈《ぢよろう》中間《ま》は、此鳥によせての[七]歌《うた》給へるも有《(あり)》。又あなたを見れば、[八]人の内義《ないぎ》らしき風俗《ふうぞく》のあまたよりて、[九]歌なぐさみに[一〇]中将棋《ちうしやうぎ》さゝるゝなど、[一一]しやれ過たる今の世なりと思ひ、しばし見まはし

一 鴛鴦を飼いならすことは一般に行われた。本朝食鑑・五に「家々コレヲ養フ。雌雄相ヒ離レズ、群侶ハ乱レズ、式度有ルニ似タル、及ビ彩色ノ麗シキヲ愛シテ、庭池ニ放ツ。…毎(つね)ニ小魚・稲・麦ヲ食ス」とある。

二 雄の美しい色彩が水に映えるさま。鴛鴦の雄の羽毛は、冬季には五彩となり、頭に黒いひも毛、首に赤い糸毛がつき、また翼の一部に銀杏(いちょう)羽と呼ばれる大きな飾り羽がある。ただし夏季は雌と同じ地味な色になる。

三 水しぶきを立てて他の鳥を追い廻すさま。鴛鴦は「鳧(かも)・鴨(あひ)ト同居シ、ヤヤモスレバ鳧・鴨ヲ逐イ拒(ふせ)グ」(本朝食鑑・五)習性が強い。

四 冬雲の間より夕日が水面に照り映える様は、いつまでも稲妻を見ているようである。

五 夕暮のこの幻想的光景は、まさに昼とも夜ともわからない遊興だというべきである。

六 禁中勤めらしい女性達の仲間。

七 歌を詠んでおられる方もいらっしゃる。原本「歌」の次に「よみ」を脱す。

八 人妻らしいよそおいの一群がいて。

九 鼻唄をうたいながらのんびりと。

一〇 →四七八頁注九。

一一 気取り過ぎた遊びを好むのが現今の風潮だ。

一二 後室の宛字。「古室(こうしつ)」(栄花一代男・一)。夫の死後、再婚せずにいる妻。髪を肩のあたりで切り、家を守り、亡夫を弔うことが理想とされるが、俳諧では、後家は恋の句とされ、欲求不満のさまや誘惑される様子が描かれた。

一三 能の囃子に用いる四楽器の一つで、拍子をつかさどる手打ち鼓。胴・革・調緒(しらべお)より成り、左手で調べの緒を取って右肩に載せ、右手で打つ。挿絵左図の左端より二人目の女性が鼓を打っている場面として描かれている。

けるに、又[一二]古室《こ(う)しつ》の独《ひとり》すましたる㒵つきして、腰《こし》もとに[一三]小鞁《こつゞみ》うたせて、[一四]井筒《づゝ》の[一五]曲《くせ》舞《まい》うたはるゝは、是又[一六]いたりぜんさく。

彼《かれ》是見る程目がこえて、「[一七]同じ人間《にんげん》のうまれ所、田舎住ひのいと口惜《をし》。身は煙《けぶり》の種《たね》なる物を」と、[一八]かへるさに小野《をの》の[一九]炭竈《すみがま》を見物《けんぶつ》いたしけるに、是を焼翁《やくをう》は、いづくにても色の黒《くろ》きにかはる事なくておかしく、[二〇]引捨《ひきすて》たる柴《しば》つみ車に腰掛《こしかけ》て、三人ともにしばらく足《あし》を休《やす》め、里人をまねき、「此所は年ふりたる[二一]名所《めいしょ》なれば、

一四 世阿弥作とされる三番目物の夢幻能。五流現行曲。井筒の女と業平の恋物語を素材とする。

一五 能一曲の主題的要素を盛り込んだ、序破急の破の後段で、謡い所とされる部分の名称。「井筒」では、伊勢物語・二十三段で著名な「つつ井筒」の歌の贈答が扱われている。

一六 至穿鑿。極端に過ぎる物好み。

一七 同じ人間に生まれながら、田舎で暮らしているのは残念でたまらない。どのみち焼かれてしまう身の上だというのに。この独白が、西鶴自身の台詞であることが注意される。

一八 竜安寺からの帰りに、大原の小野山へ寄ったとするのは、地理的にはやや無理か。落ちを持った笑話とするためのフィクション化が、この部分から始まると読むべきであろう。

一九 木を蒸し焼きにして木炭を作るかまど。新古今時代より、冬の歌題となる。季語は冬。

二〇 炭竈の近くに放置されている柴を積んだ車。

二一 「炭焼く」「炭竈」を景物とする歌枕の地として著名。「小野山や焼く炭竈にこり埋むつま木とともに積る年哉」(長秋詠藻・上)。

▽この折西鶴は、団水と半歌仙二巻を巻き、翌年正月刊「団袋」に収める。だが同書西鶴序文では、都の俳風は一変し、老いた自分にはもはや寄りつき難く、付句毎に苦心を重ねてみたが、自分の足取りは重く、歌仙の中途までが精一杯だったとの述懐を記している。本文冒頭の、楽介・隙坊主と「我身をうち笑ひ」という一節には、その折の老の実感と自嘲にも似た寂しさがにじんでいるといえよう。

挿絵解説　右図は、中将棋をさす女性の一団、左図は、小鼓を打たせ、曲舞を謡っている場面を描く。左図手前は、竜安寺鏡容池の鴛鴦。

めづらしき咄《はなし》はないか」とたづねしに、「此前《まへ》此里に、一今浦嶋《うらしま》とて長《なが》いきの炭《すみ》焼《やき》ありて、二節分《せつぶん》の大豆《まめ》を百八十迄は祝《いわ》ひしが、其後は我年さへ覚へず。明くれ炭《すみ》火に身をかため、三くろがねのごとくになりぬ。此人すぎつる四六月の中比、俄《にはか》に、「身が暑《あつき》」といひ出して、大声あげてなげきければ、みな／＼五ふびんに思ひ、手毎に団《うちは》を持《もち》てあふぎけれども、「中／＼此風にて六燃《もゆ》る身の堪忍《かんにん》ならず」と、是なる沢《さは》水へ丸裸《はだか》にて飛《とび》こみしに、七此親仁《おやぢ》じゆっといふて、八つゐ消《きへ》、見るうちに形《かたち》は残らず」とかたる。「扨は、年／＼あいつもりての炭《すみ》火、水に消《きへ》ける」と、哀《あはれ》にこそ。

二　それ／＼の九名付親《をや》

「人の名も、武士《(ぶ)し》はことに替《かは》りたる一〇二字《じ》名を付べき事ぞかし。外《ほか》にまぎれずしてよし」と、江戸勤《づ(と)め》になれたる一一使者《ししや》男の申聞《(まうしきか)》せける。又一二俳諧師《はいし》の名乗《なのり》は、別《べつ》して類《るい》のなきを付て徳《とく》あり。

一三草《くさ》の名も所によりておもしろし。一四難波《なには》江の一五芦《あし》かる比《(ころ)》、一六ほとゝぎすの千句して、一七益翁《えきおう》・一八由平《ゆうへい》・一九来《らい》山・二〇如見《ぢよけん》・二一豊流《とよはる》・二二賀子《かし》・二三万海《ばんかい》などうちよりて、二四一日に満座《まんざ》して、

一　今の世の浦島太郎の意。
二　百八十歳までは確かに数えたが。節分の夜、自分の年の数だけ豆を食べる習慣であった。
三　鉄の古名だが、ここは極めて堅固なたとえ。
四　陰暦六月は、暑さが最もきびしい時節。
五　かわいそうだ、気の毒だと思って、の意。
六　燃えるような体の熱さにとても耐えられない。
七　燃える物をそのまま水に入れた時の音。
八　そのまま消えてしまい、の意。
九　命名のための仮親。童名と成人名とがある。
一〇　漢字二字による名乗。元服後の武士の実名。
一一　使者役・使番。「器量を撰び、発明にして弁舌あざやかにて礼式を知り、文字を知りて、片言を言はざるを上とす」(人倫訓蒙図彙・一)。
一二　俳号は、特に他に類例のないものがよい。
一三　「草の名も所によりて変るなり／浪速の芦は伊勢の浜荻」(菟玖波集・十四)による。一般には、「物の名も所によりてかはりけり」(謡曲・阿漕等)で知られる。
一四　歌枕。古代、大阪市の上町台地西に面していた海域。難波入江・難波の浦とも。
一五　夏の青芦を刈る。「夏刈りの芦の仮寝も哀なり玉江の月の明方の空」(新古今集・羇旅・藤原俊成)。なお、一般的に「芦刈」は秋の季語。
一六　この西鶴を含む八吟の、「一日ほとゝぎす千句」については、未詳。
一七　高滝氏、通称正左衛門。堺の人、後大坂住。初め令徳、後宗因門。大坂俳壇の古老の一人。
一八　前川氏、通称江介(また由兵衛)。大坂平野町住。宗因門。薙髪して半幽、また自入と号す。
一九　小西氏、通称伊右衛門。大坂平野町の薬種商の子。初号満平、由平門、後宗因門。別号、十万堂・湛々翁。享保元年(一七一六)没、六十三歳。
二〇　樋口氏、通称五貫屋。貝塚の人、大坂にて

夕暮《ぐれ》より酒になして、[二五]堀《ほり》江の[二六]棚《たな》なし舟にかるう取乗《のり》て、ほたる見に出しに、何やかや世上《せじやう》の咄《はな》しするうちに、[二七]台所《だいどころ》ぶねより、生酔《なまゑい》の九八といふ[二八]太鞁《たいこ》持罷出、「けふ[二九]歴《れき》〱のお寄合に、[三〇]御むしんが御座ります。わたくしの母親《はゝおや》は、御ぞんじの通り、[三一]取あげばゞは隠《かく》れなし。此《(この)》程さる所御子息《しそく》、[三二]間《ま》もなふおふたりまで出来《でき》まして、御親父《しんぶ》うれしがりやう大かたならず。本妻《ほんさい》は公家《くげ》衆の御息女《そくぢよ》、又妾女《てかけ》は[三三]新町の太夫を請出して、下屋敷に置れし。両方ともに男子《むすこ》どのなれば、「何とぞ世に替りたる名を付たし」と、此比《(このごろ)》色〱吟味《ぎんみ》あそばし、「菟角《とかく》わたくしの母によろしき名を付よ」と、[三四]吉日明後日《あさって》に極《きは》まる。どうぞ此名をたのみます」といふ。

いづれもかる口にまかせ、「先本妻《まづほんさい》は[三五]高家《かうけ》衆のむすめ、此腹《はら》から出生《しゆ(つ)しやう》したる子に、いやしき名は付られじ。是《(これ)》は琴丸《ことまる》と名付べし。又てかけは元来[三六]傾城《ぐはんらいけいせい》、此はらからうまれ出たるに、位《くらい》過たる名は無用《むやう》。是は三味線《しやみせん》丸とよぶべし」といへば、「それ〱の名付親《おや》さま」と、おの〱大笑《わら》ひしける。

点者となる。山海集等に入集。宗因門。

二一 岩崎氏、名豊春。大坂の人。宗因門。原本振仮名「とよはる」は、実名と俳号との混乱か。

二二 斎藤氏。紅葉庵。大坂住、宗因門。山海集、蓮実、難波丸、大坂みつがしら等撰。

二三 武村氏、名昌数。大坂住。以仙門。初号益友、別号素琴亭・曳尾堂。生没年未詳。

二四 一日で千句を成就し。満座は満尾に同じく、成就させる意。この頃、通常三日間とされた千句を、一日で巻きあげる速吟が流行した。

二五 堀江は、淀川の下流、天満橋・天神橋・難波橋、三大橋の間の天満川(現大川)をいう。また古代の歌枕。「夕暮は難波堀江の芦の葉に光を分て飛ぶ蛍哉」(松葉名所和歌集・二・藤原知家)。

二六 柵・踏立(ふたて)板のない、船底が板一枚の浅い川を行く船。大坂には、剣鋒(けんさき)・一枚・三枚枻(なた)などがあった(和漢船用集・五)。

二七 本船の傍で、煮たきする賄(まかない)船。

二八 客の機嫌をとり酒興を助ける男。末社。

二九 立派な人、偉い人。おえらがた。

三〇 無心。ここは、願い事を聞いて下さいの意。

三一 取上婆。産婦を助ける婦人。助産婦。

三二 続けて二人の御子息がお生まれになり。

三三 大坂の公許の廓の総称。現西区新町一丁目。揚屋三十軒、茶屋三十八軒、太夫十七人、遊女総数九八三名(色里案内)。京の島原、江戸の吉原と共に日本三大遊里の一。

三四 女諸礼集・四に「生れ子に名を付る事七夜の内たるべし。…名を数多く付る事祝儀とする」とある。明後日が七夜に当るのであろう。

三五 摂関家など、家柄のよい家をいう。

三六 太夫・天神・鹿恋など、上等の遊女の総称。

▽この話の発想は醒睡笑・二「名付け親方」であり、類話に私可多咄・五がある。

三　見立物は天狗の媒鳥《をとり》

四条川原の[一]皃《(かほ)》見せ芝居《しばゐ》、是《(これ)》ぞ冬咲《ふゆさく》花のこゝちして、一さかりのおもしろさ、[二]役者《やくしや》の入替りたる評判《ひやうばん》も、次第にいひやみて、[三]「春の事ども何がな」と、[四]仕組《しぐみ》の内談《ないだん》に気《き》をつくし、洛中《らくちう》の人の心を慰《なぐさ》めける種《たね》ぞかし。

又、[五]あまがへるの芝居《しばゐ》といふ、小《こ》見せ物の[六]木戸番《ばん》ども集《あつま》りて、「何ぞかはつたいきものをほしや。春の見せ物にしたし。はや、[七]馬に角《つの》、[八]かしらの白き烏《からす》、[九]大女房《によぼう》、[一〇]まめ蔵、[一一]両頭《りやうとう》の亀《かめ》、[一二]べらぼう、[一三]山枡魚《さんせういを》、[一四]ふた子、[一五]のぶすま、[一六]蟹《かに》右衛門、さま／＼の作り物も見せつくして、もしめづらしきけだ物もありや」と、丹波《たんば》の奥《おく》山、丹後《たんご》の浦／＼まで人やりて、海《うみ》山せんさくすれども、何か是《(これ)》ぞとおもふ物なく、又、京まはりの里／＼さがしけるに、[一七]女の奉公《ほうこ》人のなぐれ物より外はあらず。さりとはことをかきける。

有《(ある)》時、俳諧《はいかい》の会《くはい》におの／＼集《あつま》りて、世のおかしき事ども沙汰《さた》いたされし折ふし、[一八]川原の者《もの》のまいりて、「いづれもさまの[一九]御作意《さくい》にて、見せ物になりますもの、出してくださりませい」と、たのみければ、其中《なか》におどけたる人ありて、

一 毎年十一月が役者の交替期で、新規の役者を初めて見せる意で、十一月一日に始まる興行。
二 歌舞伎役者に対する芸評、また歌舞伎若衆の容色に関する取沙汰をも含んだ批評。
三 正月に興行する芝居。春狂言。
四 芝居の筋の組み立て。脚色、趣向。
五 雨天にも興行できる南京操芝居小屋から起った名称ともいわれるが、屋根付の小屋掛は、他の雑多な見世物小屋でも行われた。
六 見世物小屋等の木戸口を守り客を引く番人。「声高くわめくを第一とす。…小芝居の木戸番は様々に口をたたく」(人倫訓蒙図彙・七)。
七 諺。ないもののたとえ。
八 白い羽の鳥をいい、ありえない物のたとえ。
九 近江生まれの大女房およめが著名。身長七尺二寸、足の長さ一尺三寸(続無名抄・上など)。
一〇 きわめて背の低い男。頭大(ずおお)甫春、身長一尺二寸(続無名抄・上)。和漢三才図会・十では、この甫春を侏儒(いっすんぼうし)とし、三十歳ばかり、長(たけ)二尺に過ぎず、字を書き卦を置くとする。
一一 年代記類に記録が載る。明和八年(一七七一)刊の年表録・元亀二年(一五七一)、延宝八年(一六八〇)の条に「両頭の亀出づ」とある。
一二 続無名抄・上に「近比(寛文末)道頓堀に可坊(べらぼう)といふ男あり。頭鋭に尖り、眼満丸にして赤く、をとがひ猿に同じ」とある。
一三 和漢三才図会・五十に「洛ノ山川及ビ丹波・但馬処々ニコレ有リ。頭面鮎(なまず)ニ似、身ハ守宮虫(いもり)ニ似テ、ホボ山椒気(かざ)有リ」とある。
一四 奇形見世物、三本足の双生児などであろう。
一五 鼯鼠(むささび)に同じ。和漢三才図会・四十二に「肉ノ翅ヲ地ニ拡ゲテ氈衾(せんぶすま)ノ如シ。俗ニ野衾(のぶすま)ト曰フ。関東ニ毛毛加ト曰フ、西国ニテ板折敷(いたおしき)ト曰フ」とある。

「[二〇]それはよき事あり、おしへて取にやるべし。此（この）[二一]かしこき世なれば、中〳〵作りものなどを、請とる事にはあらず。古流《こりう》[二二]なれども孔雀《くじやく》か、中古《ちうこ》[二三]なれども力《ちから》持《もち》、すこしも手ぬきのない物を人も好《すく》事なり。さりながらこれらもふるし。新しき物は、松前《まへ》[二四]の一番梟《ばんふくろう》を、両方へはねを広《ひろ》げ、あたまに頭巾《ときん》[二五]をきせ、天狗《てんぐ》[二六]の媒鳥《をとり》に仕立、あたごさん[二七]にのぼり、生《しやう》の天狗をおとしてきて、「是や申（まうし）、太郎坊《ばう》のいけ取」と、十弐文づゝにて見する事ならば、ぜにの山を筑《つく》[二八]べし。此ま

一六 二本指の少女を蟹娘という類のものか。
一七 女の雇われ人で、就職口のない者。
一八 河原者ともいい、歌舞伎役者の卑称だが、ここは四条河原で小芝居を営んでいる興行師。
一九 よい思いつき。工夫、創意。
二〇 名案があるので、人に教えて取りにやらせるのがよかろう、の意。
二一 利口で抜け目なく、理屈ばった世の中なので。難波土産に「今時の人はよくよく理詰の実らしき事にあらねば合点せぬ世の中、昔語りにある事に当世請とらぬ事多し」とある。
二二 孔雀の見世物は近世初期より多く、延宝三年（一六七五）に大坂、天和二年（一六八二）にも江戸堺町で行われた。
二三 延宝二年、江戸堺町で、四歳の子が石臼に銭二貫目を乗せ持ち上げたのが始まり（延宝四年刊・大日本王代記）といわれる。
二四 蝦夷地方の梟は、島梟といい、総身黄白紫黒の斑があり、甚だ美彩で最も珍しいとされた（本朝食鑑・三）。一番は、最大級の意。
二五 ずきんに同じ。山伏などが用いる布製頭巾。
二六 囮に使うのは木菟（みみずく）が普通。目を縫い閉じて架の頭に繋ぎ、側に羅擌（あみばご）を設けておく（和漢三才図会・四十四）。天狗の囮なので、大型の梟を持ち出した所が滑稽。なお、梟に両耳はないが、挿絵にはある。
二七 京都市右京区愛宕山の天狗は、太郎坊と呼ばれ、真済が染殿の后に逢い、色に迷って死し、天狗になったと伝えられる（続無名抄・上）。
二八「筑」は、築くの意。

挿絵解説　愛宕山の天狗を、松前の島梟を囮に使って捕えようとしているところ。

へ、かゝる媒鳥《をとり》のためしあり。人にすぐれて鼻高《はなだか》の数馬《かづま》といへる浪人《ろうにん》、毎日浪《なみ》[一]屋のちや見せに腰《こし》かけて、京中の後家《ごけ》をおとしけるが、後には鼻自慢《はなじまん》の皃を見しりて、[二]祇薗《ぎをん》の村がらすが笑《わら》ひ立て、後家《ごけ》もかゝらざる」と語《かた》れば、[三]点者《てんじゃ》の物がたき[四]似船《じせん》・[五]常牧《じやうぼく》・[六]我黒《がこく》・[七]晩山《ばんざん》その外の連中《れんぢう》、「後家《ごけ》のをとりは、[八]新しき仕出し」と、笑《わら》ひ捨《すて》られけるとぞ。

四　乞食《こじき》も橋《はし》のわたり初《ぞめ》

垣根《かきね》の蔦《つた》かづら、[九]秋霜にいたみ、[一〇]朝皃《あさがほ》あさましく、花見し朝とは格別《かくべつ》に替りて、松の夕風、[一一]綿《わた》入着《き》よといはぬばかりの声さはがしく、南《みなみ》どなりには、下女が力《ちから》にまかせて、拍子《ひやうし》もなきし[一二]ころ槌《つち》のかしましく、うき世に住める[一三]耳《みゝ》の役《やく》に聞《（きけ）》ば、北隣《きたどなり》には、[一四]養子《やうし》との言葉からかい、後には[一五]俳言《はいごん》つよき身の恥《はぢ》どもいひさがして、跡《あと》は定《さだ》まつて[一六]盃事《さかづき》になるも、「おかしき人心」と、我はひとり淋《さび》しく、[一七]雀《すゞめ》の小弓《こゆみ》など取出して、手慰《なぐさ》みするに、竹の組戸《くみど》たゝきて、「[一八]亭坊《ていぼ》〳〵」とよぶ声、関東《くはんとう》めきたり。

「誰《たれ》か」と立出るに、あんのごとく[一九]其角《きかく》、江戸よりのぼりたる[二〇]旅《たび》すがたのか

一 石垣町の水茶屋。当時は有名な茶屋であったらしい。一代男・四の六他に出る。
二 私設の花柳街、祇園新地に群がる人々をいう。
三 京の俳諧宗匠の中でも、慎み深く律儀である。
四 富尾氏。通称弥一郎。芦月庵・柳葉軒。京都の人。宝永二年(一七〇五)七月没、七十七歳。
五 半田氏。通称庄左衛門。初号宗雅、別号蘭化翁・雲峰子。京都の人。元禄十年(一六九七)頃没。
六 中尾氏。通称四郎左衛門。別号青白翁・李洞軒。京都の人。宝永七年十月没、七十一歳。
七 爪木氏。初号永可。別号唫花堂・二童斎。京都の人。享保十五年(一七三〇)八月没、六十九歳。
八 新しく工夫して作り出したもの。新趣向。
▽京俳壇の中心に居た似船以下の俳諧師を登場させ、「物がたき」と形容した裏には、天和期の漢詩文調、元禄期の景気の流行を主導したこの連中に対する、西鶴的批判が窺える。
九 あきしも。秋の末に降りる霜。秋の季語(滑稽雑談・十五)。青みを持ちながら枯れるさま。
一〇 朝顔の花は、あきれるほどに見苦しくなり。「万物ハ秋ノ霜能ク色ヲ破ル」(和漢朗詠集・冬)。
一一 綿を入れた上着。絹布に入れたものを小袖、麻・綿布のものを布子(ぬのこ)という。冬の季語。
一二 砧(きぬた)を打つ槌。衣を打つ拍子。秋の季語。
一三 諺「耳の役に聞く」。いやいやながら聞く。
一四 養子婿と女房との言い争い。口喧嘩。
一五 極めて卑俗な言葉で、互いに身の上の恥をあばきたてていたが、の意。
一六 仲直りの印に盃を交わして酒を飲むこと。
一七 小弓の殊に小さいもの。遊戯用。また、成人の娯楽用。小弓引・雀小弓で、春の季語。
一八 庵主である私を呼ぶ声には関東訛があった。
一九 榎本、後宝井氏。別号螺舎(らしや)・晋子。江戸の俳諧師で芭蕉高弟。宝永四年没、四十七歳。

るく、[二一]年月の咄《はな》しの山、富士《ふじ》はふだんの雪ながら、さらに又おもしろくなつて、[二二]露言《ろげん》・[二三]一晶《しやう》・[二四]立志《りうし》・[二五]挙白《きよはく》などの無事をたづねて嬉《うれ》しく、一日語《かた》るうちに、互《たが》ひに俳諧《はいかい》の事どもいひ出さぬも、しやれたる事ぞかし。

其《(その)》つぎの日は、[二六]轍士《てつし》にさそはれて、道の程三里にたらぬ[二七]八尾《やを》といふ里へ、俳《はい》のもやうしありて行に、[二八]野道も折ふしは物の哀《あは》れに、萩《はぎ》も薄《すゝき》も見るかげなく、[二九]たちがれの綿《わた》木かゞつきて、[三〇]昼狐《ひるきつね》うろたへて、案山子《かゞし》の笠《かさ》は風にとられ、おどしの弓《ゆみ》は、[三一]色《いろ》鳥のとまり木と成《(なり)》、沢《さは》の浮藻《うきも》かたまりて、[三二]つなぎ捨《すて》たる小舟《をぶね》に、柳の落《おち》葉埋《うづ》みて、[三三]砂《すな》川の歩行《かち》わたりおかしく、[三四]なよ竹のむら〳〵茂《しげ》りたる[三五]岸根《きしね》を見れば、ちいさき棟《むね》をならべ、[三六]莚《むしろ》戸に煙《けぶり》立のぼり、乞食《こつじき》のすめる所と見えけるが、[三七]海道《かいどう》よりおのが住家《すみか》への細《ほそ》道に、すこしの溝《みぞ》川流《ながれ》しに、木竹をひろひ集《あつ》めて、五尺にたらぬ橋《はし》をかけ、けふ渡《わた》り初《ぞめ》とて、欠徳利《かけとくり》に酒を入て、祝義《しうぎ》といふもおかしく、しばし立どまりて様子《やうす》を見るに、白髪《しらが》あたまの乞食《こじき》、竹杖《づえ》を腰《こし》にさして、此橋《はし》をわたりそめければ、其《(その)》あとにつゞきて、色〳〵のかたわどもの渡《わた》りて、「是《(これ)》はめでたし」と、声をそろへてよろこびける。時に彼老人《かのらうじん》、あまたのものどもをちかふよびて、「よろづを我に[三八]あやかるべし。十三の年より乞《こ》食《じき》して、一日も[三九]ひだるいめにあはず。子ども十二人、生《うみ》のまゝそだてて、〔と〕夫婦《ふうふ》

二〇 身軽な感じの旅姿。其角は、時に二十八歳。
二一 其角は、西鶴の貞享元年六月五日の一日一夜二万三千五百句独吟興行の後見役を勤めており、二人の再会は四年振りということになる。
二二 福田氏。素竹軒・風琴子。江戸の人。初め調和門で調也、後露沾門。元禄四年没、六十二歳。
二三 芳賀氏。名治貞。別号崑山翁。京都、後江戸住。宝永四年没、六十歳余。西鶴画像で知られるように、師宣風の画をもよくした。
二四 二世。高井氏。名吉章。初号立詠、別号和階堂。江戸石町住。宝永二年没、四十八歳。
二五 草壁氏。江戸の人。芭蕉門人。元禄年間没。
二六 室賀氏。別号東鮒斎・風翁。宗因門。大坂の人、後京住。団水と親しい。宝永四年没。
二七 大阪府八尾市。河内木綿の集散地の一つとして、八尾寺内村が中核的地域となった。
二八 高麗橋より八尾へ三里とされるが、平野を通ったか、久宝寺を通ったか、コースは不明。
二九 実を摘み取ったあとの綿の木の枯れたさま。「かゞつきて」は、枯れた葉がかさかさと音を立てているのをいうのであろう。
三〇 昼間にうろついている狐。夜行性の狐が昼間出てくるのは、子が独立する秋だからか。
三一 秋に渡ってくるさまざまな鳥。秋の季語。
三二 大和川筋の剣先船、平野川筋の柏原船などが、水の涸れた川岸に放置されているさま。
三三 水が涸れ、川底の砂が白く乾いている川。その川を歩いて渡ることが面白いのである。
三四 女竹《(めだけ)》の別称。関東以西に生え、高さ三―六メートル、径一―三センチで群生する。稈で笛・籠等を作る。にがたけ・しのべだけとも。
三五 土手の下の水に近い部分。川岸。
三六 筵を垂して戸のかわりとしている貧家。
三七 街道。主要な広い道。

ながらそくさいにて、今八十八迄世に住《すみ》て、何か此《(この)》上の栄花《あいぐわ》、思ひ残す事なし」と、心のたのしみを申せば、いづれもあやかり物[一]とて、竹[二]の箸《はし》切てもらいける。

「それ〳〵[三]の身祝《いわ》ひおかしや」と、是《(これ)》を笑《わろ》ふに、其乞食《こじき》の中より、やせかれて色《いろ》[四]こじろき男出て、大木の榎《えの》木にのぼり、枝《えだ》にかゝりし塵《ちり》をさがしけるを、「何かする」とたづねければ、「是に此程まで鴻《こう》の巣《す》をかけしが、此巣《す》の中にありける石《いし》[五]は、笙《しやう》[六]の舌《した》をしめすによしと、古人《こじん》つたへける程に、たづねまする」といふ。「汝《なんじ》は笙《しやう》をふくか」といへば、「むかしはすこし覚《おぼへ》し事も御座候」と、ふところより、手なれし笙《しやう》を取出して、秋風楽《しうふうらく》[七]の調子《てうし》をふきける。「さるほどに人[八]はしれぬもの。乞食《こじき》[九]に筋《すぢ》なし、あれは極楽《ごくらく》の乞食《こじき》なるべし」と、聞捨《すて》ける。

五　何《なに》ともしれぬ京の杉重《すぎぢう》

春の海静《うみしづか》に、日影も入相《あい》の比より、明石《あかし》[一〇]の俳友《はいゆう》にまねかれ、椎本《しいがもと》[一一]才麿《まる》同道にて、昼《ひる》[一二]の桜《さくら》を夜咄しの生花《いけ》に見て、「はやよし野[一三]は散《ちつ》てしまい、奈良《なら》[一四]の八重桜

三八　感化されて、同じようにしあわせになれ。
三九　飢えてひもじい思いをしたことはない。

一　人が、あやかりたいとうらやむほどの果報者。
二　米寿に因んで、八十八の老人が切った枡掻（ますかき）の竹をもらう習慣があった。ここはその真似。
三　それぞれ身分に応じた祝い方があるものだ。
四　顔色がやや白い男。乞食となって、まだ日数があまりたっていないことを意味する。
五　→四七九頁注一六。
六　しょうのふえ。下部に匏があり、側面に吹口を設け、その上に竹管十七を立てる。管の下端に金属製の簧（たし）がある。これを笙簧という。
七　雅楽曲。盤渉（ばんしき）調。嵯峨天皇の勅による作。
八　諺。人間の測り知り難さをいう。西鶴の慣用。
九　諺。家柄によって、生まれながらに乞食になるわけではない。乞食に氏なし、乞食に種なし。
▽前半の其角の西鶴訪問は、元禄元年（一六八八）十一十一月頃と推測される。一日話して、互いに俳諧を口にしないとは洒落たことだと記しているが、「此ごろの俳諧の風勢気に入り申さず候」（長澄宛西鶴書簡）という、西鶴の心境も微妙にかかわっていよう。なお題材の似た話「乞食も夷講」が、はなし大全・中にある。
一〇　大坂に来ている明石の俳人に招かれて。
一一　椎本氏。初号則武。別号西丸・才丸。大和宇陀の人。初め西武（さいむ）門。宗因・西鶴にも親炙。延宝五年（一六七七）江戸下向。元禄二年冬より大坂住。元文三年（一七三八）四月二日没、八十三歳。
一二　昼見た桜を、夜会の席の生花に思い出して。
一三　吉野の桜は、彼岸桜より十日程遅く、立春より六十五日が盛りとされた（花譜・中）。
一四　興福寺、東円堂の八重桜が著名。開花は、一重に対し、十日ほど遅れる（花譜・中）。

も四五日のうちを盛《さかり》」と、たよりの筆《ふで》に、[一五]大墨但馬《あふすみたじま》よりしらせて、俳諧好《はいかいずき》の僧《そう》中、[一六]神主町《かんぬし》には[一七]西流・[一八]西任、「[一九]是非《ぜひ》此《（この）》春は待《まち》ける甲斐《かい》もなし」とて、「[二〇]南都《なんと》諸《もろ》白《はく》」と書付たる一樽《たる》、はる〴〵おくられけれど、[二一]我下戸なれば、さのみ嬉《うれ》しからず。折ふし酒ずきの人に、「きこしめせ」とて、封《ふう》を切ば、酒樽《さかだる》に餅《もち》をつめて越《こし》ければ、上戸どもおどろき、力《ちから》をおとしける。「[二二]呑《のま》ぬをしりて、此気《き》の付所、[二三]当流《とうりう》の作意《さくい》」と、語《かた》りければ、座《ざ》中高笑《ちうたかわら》ひして、「それは其《その》日の[二四]客《きやく》は不仕合、亭主《ていしゅ》は大慶《たいけい》」。

惣じて此程は、[二五]世間気《せけんぎ》いたりて、大かたの事はおかしからず。

近《ち（か）》き比《（ころ）》、[二六]西国衆《さいこくしゅ》京にのぼられ、さま〴〵地走《ちそう》の中にも、[二七]昼舟のくだりを、伏見迄おくり、酒にてもてなし、「さらば〳〵」と舟にのらるゝ時、京にて別《べっ》[二八]してかたより、使《つかい》取いそぎて、杉重《すぎぢう》ひとつ進上《（しんじやう）》申《（まうし）》て帰りぬ。此蓋《ふた》に、めづらしき書付有《（あり）》。「此杉重、[二九]牧方《ひらかた》のすこし下《しも》にて御開《ひら》きくださるべし」としるせり。其通《とを》りにして行に、次第に酒の酔《あい》出て、「[三〇]もはや取たまへ。ならぬ〳〵」といふ。「[三一]我等もひとつ過《（すごし）》ましたが、おさしならば呑《のみ》成とも」と、夢に酒もりて、我覚へずの御機《き》嫌《げん》おかしく、「程なふひらかたが見ゆる」といふ時、酔覚《あいさめ》に成て、「最前《さいぜん》のくはしの杉重を出せ」とて、ひらき見しに、一重《ぢう》には[三二]香《かう》の物・[三三]焼《やき》

一五 奈良曝・五「墨屋」の項に記載される「高天町大墨屋但馬」のことか。
一六 春日社の禰宜が住した町の俗称神主殿辻子（かんぬしどのずし）か。現奈良市高畑町井之上町。
一七 奈良の人。点滴集に「南都」として三十数句を収める。大矢数等に名が見える。
一八 奈良の人。点滴集に「南都」として十五句入集。大矢数・第八十四の発句作者でもある。
一九 是非この春はとお待ちしていましたのに、おいでがなくて誠に残念でした。
二〇 奈良名産の清酒。麴・米共によく精白したものを用いる。「世界第一ノ上品」（大和本草・四）。
二一 自分は酒が飲めないので。西鶴は下戸。「下戸なれば飲酒の苦をのがれて、美食を貯て人に喰せて楽む」（こゝろ葉、湖梅発句前書）。
二二 原本振仮名「のみ」と誤る。
二三 今の我々がよしとする俳諧風の趣向だ。
二四 見当違いのおかしさ。諺「上戸ニ餅、下戸ニ酒」を応用した一種の落ちと解される。
二五 →五三九頁注二一。
二六 近畿以西の、中国・九州の人々。
二七 伏見より大坂まで、淀川を昼間に通行する三十石舟。「朝に大坂に乗て、夕べに伏見に着く、是を昼舟と云ひ、夕べに乗て朝に致る、是を夜舟と云ふ。伏見より下るも又然り」（和漢船用集・五）。
二八 特に懇意な方より急ぎの使いが来て。
二九 大阪府枚方市。淀川左岸で、伏見・大坂の中間点、番所があり、三十石舟の停船場だった。
三〇 もう盃は置いて下さい。とても呑めません。
三一 私も少し過ごしましたが、お差しだというのなら呑みましょう。
三二 漬物一般をいう。こうこう。お新香。
三三 蒸焼きにしてにが味をとった純白の塩。

塩《しを》、又一重《ちう》には、[一]洗《あら》ひ食《めし》に[二]若菜《わかな》こまかにして、組《くみ》合ける。「扨も心を付たり」と、鍋《なべ》に川水を[三]汲込《くみこみ》、やき塩《しを》のかげんして、[四]水雑水《ぞうすい》を焼立《たき》、おの〳〵酔《ゑい》をさまして、正気《(し)やうき》になりぬ。

「さるほどに、ひらかたあたりにて、水雑水《ぞうすい》のよい程をかんがへて、此色《(この)》〳〵をおくりけるは、中〳〵下戸のなるべき事にはあらず。世に上戸程かしこきものはなし。かゝる咄しの種《たね》も、呑《のま》ねばならぬ物」と、明石《あかし》御亭主《ていしゆ》も、[五]ひと

一 飯を水で洗い白げたもの。水飯、みずめし。
二 春の蔬菜、みつば・みずな・せり・よめな等。
三 原本「扱」に誤る。
四 水を多く加えた雑炊。水の多い薄いおじや。
五 少しは酒が飲める方なので。「なる」は、酒がのめるの意。成口《(なる)(くち)》・成者《(なる)(もの)》は、呑める人。
六 秘蔵。ただし関西では「ひそう」と清音。
七 なかなかあけない、または、躍ったらあけるという洒落をきかした命名の大どっくり。

つはなれば、上戸をほめて、ひ[六]そうの箱《はこ》より、天《あま》[七]の岩戸《いわ》といふ大徳利《とくり》に、不老《ふらう》[八]酒《しゅ》といへる名酒《めいしゅ》をつめ置、是《（これ）》をもてなされて、人[九]の面《おもて》は、しろ〴〵とさむるや、名の酒なるらん。

八 京羽津根・三「銘酒所」の項に、「不老酒　油小路五条下ル二丁目　鍵屋」とある。

九 天の岩戸が開いて光がさし、人の顔が白々と見えるように、一夜明けてみると、酔いはすっきりとれて、気分がさっぱりしているのは、さすがに名酒の名酒たるゆえんである。

▽酒樽に餅をつめて贈る話は、寛文十二年(一六七二)の刊記を持つ曾呂里狂歌咄(菊屋喜兵衛版)・一に文章までも似通ったものがあるが、寛文十二年刊・狂歌咄(鈴木権兵衛版)にはない。菊屋版・曾呂里狂歌咄は、鈴木版狂歌咄・一の三丁から五丁(三・四・五ノ八の三丁分)に、曾呂利新左衛門の咄三丁分を入れ替えたもので、その出版は延享元年(一七四四)以降と推測されている。この名残の友の文章をとり入れたものと思われる。参考までに曾呂里狂歌咄の文章を掲げる。

「春雨のしつぽりとして物さびしきに俳友打ち寄り、昼の桜を夜咄しの生花に見て、はや吉野は散て仕舞、奈良の八重桜も四五日の中を盛りと、南都の友よりしらせける次で、南都諸白と書つけたる一樽、はる〴〵をくられけるは、俳諧好める人には気がはたらかず。我等酒を好まぬ事は日比よく知りながら、名物なればとて、南都諸白うれしからず。今宵の客衆の仕合と主《（あるじ）》不興ながら封を切れば、酒樽に餅をつめて越しけるにぞ、上戸どもは驚き力を落しぬ。主はきげんにて、我らが下戸を知りて、此気の付け所、あつぱれはたらきたる作意と、ひとり感じ…」。

挿絵解説　淀付近を描くが、構図はいま一つ素人風でまとまりに欠ける。右図右上隅に淀の大橋を描き、下に淀城、左図下方には、淀の水車、上方に山崎の宝積寺(俗称、たからでら)を描く。

絵入

西鶴名残の友

五

一　宗祇《そうぎ》の旅蚊屋《たびがや》

寺《てら》にかわれる猫《ねこ》[一]に鰹節《かつほぶし》見すれば、身をちゞめてにげありき、[二]諷《うたひ》うたひの軒《のき》の鶯《うぐひす》は、[三]口笛《ふへ》の音《ね》を出しぬ。されば[四]和歌《わか》に師匠《ししやう》なしとはいへど、[五]連俳《れんぱい》も其《(その)》功者《こうしや》に付そひたる人は、心ざしなくても自然《しぜん》と道《みち》を覚へり。

有時《(ある)》、旅《たび》宿にて、[六]山家《が》かよひの商人《あきんど》の集《あつま》りて、「今宵《こよひ》は[七]七月七日、星《ほし》もあふ夜の天《あま》の野、かさゝぎのわたせるはしといふは、烏口箸《からすくちばし》をくわへあふて、其上を星《ほし》のわたる事ぞ」と、[八]子細《しさい》語《かた》れば、いづれも手をうつて、「そなたは下《した》に置れぬ人、もしは[九]公家《くげ》のおとし子か」といへば、「我はいやしき身なれど、一とせ連歌師《れんがし》の[一〇]宗祇法師《そうぎほうし》、諸国《しよこく》を[一一]執行《しゆぎやう》し給ふ時、[一二]人の縁《えん》はしれぬものなり、東海道《とうかいどう》の[一三]岡部《をかべ》の宿《しゆく》にて相宿《あいやど》、同じ蚊《か》屋に寝《ね》た」といふ、むかし物語《がた》りおかし。

是《(これ)》を聞伝《つた》へて、ある俳諧師《はいかいし》、[一四]無筆無学《むひつむがく》にして、付合をする人有《(あり)》。「そなたは、いかなる事が種《たね》と成て、此《(この)》作《さく》の出る事ぞ」と、たづねしに、「我等[一五]ぬけ参《まい》りいたせし時、伊勢《いせ》の[一六]望《も》一とひとつの[一七]紙帳《しちやう》に寝《ね》て、それよりおのづから身が俳諧《はいかい》になつた」といふ。おの〳〵おかしく、「扨は、連俳《れんぱい》の間《あいだ》は、薄紙《うすかみ》程の違《ちが》ひなり。」

一　諺「猫に鰹節」をきかせ、環境によって猫さえ考えられない程変ってしまうことをいう。
二　謡をうたって、大道でまたは門付(かどづけ)して米銭を乞う者。浪人等おちぶれたものがする。
三　能の囃子の稽古などで、旋律の譜を口に唱え、笛の代用とする。その口笛を軒の鶯がいつの間にか習い覚えてしまう、の意。
四　→四八七頁注一四。
五　連歌や俳諧の場合もやはり同じことで。
六　人里離れた山の中の家々へ行商に行く商人達。
七　牽牛と織女星が、年に一度天の河で会う日。藻塩草・二に、「鳥と鵲と羽を並べて橋として彦星・織女を通也、是を鵲の橋と云也」とある。「天の野」の「野」は、「河」を間違って、また「口箸をくわへあふて」は、「羽を並べて」を間違って言ったものか。
八　もっともらしく、もったいぶって言う。
九　宮廷に仕える公家衆の御落胤なのか。
一〇　連歌の第一人者。別号、種玉庵・自然斎等。文亀二年(一五〇二)没、八十二歳。関東・越後・西国への旅を繰り返し、箱根の湯本で生涯を終えた。
一一　修行の意。原本は「して給ふ」とある。
一二　諺「縁は知れぬ物」。普通は男女間のこと。
一三　静岡県志太郡岡部町。蔦の細道で有名な宇津谷峠の西側。慶長七年(一六〇二)設置の宿駅。
一四　文字を知らず、読み書きもできないのに、俳諧の連句を作る人がいた。付合は、連句で、前句に次句を付けること。
一五　抜け参り。正式な伊勢参宮に対していう。奉公人や農村労働者が、親や主人の許可を得ず、手形もなく白衣を着て、伊勢参宮すること。慶安頃江戸の商人達がはやらせたといわれる。
一六　→四七九頁注二〇。
一七　紙製のかや。下賤の者の用いるもの。

宗祇《そうぎ》と同じ蚊屋《か》にねた人、連歌《れんが》をすれば、望一《も》と同じ紙帳《してやう》にねて、俳諧《はいかい》をせらるゝ事、是[一]きどく也。迚《とて》[二]も事に、望一《も》と同じ疳《かん》[三]をやみ給はば〔ゞ〕、座頭《ざとう》[四]に成《(なり)》給はん物を、目が見えて残念《ざんねん》」と笑《わら》ひける。

二 交野《かたの》の雉子《きじ》も喰《くい》しる客人

一 奇特。常人では出来ない感嘆すべきことだ。
二 「迚の事に」に同じ。いっそ、いっそのことに。
三 ひきつけなどを起す小児科の病名。疳虫によって起るとされた。目が悪くなるという。
四 当道における位階の名。近世初期に整理され、検校(けんぎやう)・別当(べつとう)・勾当(こうとう)・座頭(ざとう)の四階と、大衆(だいしゆう)に分けられ、座頭の中は、さらに四度十八刻に分けられた。幼年から師について歌曲管絃を習い、宴席に列するのを業とした。近世では筑紫琴(つくしごと)・三味線が主になり、鍼治・導引(どういん)の技を渡世とする者がふえ、また鍼治・導引(どういん)の技を渡世とする者が一般的となった。なお位階は一定の金額を納めることで売官された。
▽一篇は、近世初期より元禄頃まで流行した「宗祇の蚊屋」の故事を、俳諧風に落したところに滑稽味がある。西鶴は、崑山集・五の「おなじかやにねしはすなはちそふ義哉 貞徳 これは世の諺に、実なくて余情いふ事を宗祇のかやといふ事あれば、それを故事に用ひ侍る」という記述、また、祇空落髪の記に、来山がいう「宗祇の蚊屋に三年とは、ふるくもいひ伝へて」といった、当時の俳諧師仲間の伝聞などにもとづいたのであろう。
五 難波の浦と心(うら)珍しを掛ける。
六 紋熨斗目(もんのしめ)。万金産業袋・四に「石(こく)もち付きを紋のしめ」というとある。熨斗目は、生糸を経(たて)、練糸を緯(ぬき)にして織った平らな縞みのない綾地で、着物の腰の辺に筋や格子を織り出したもの。石餅(こくもち)付きとは、定紋を書くべき所を白抜きにしてあるもの。

挿絵解説 蚊帳の中で、望一と一緒に居る無筆無学の俳諧師を描いている。

誰《たが》物好《ずき》にて、遊女《ゆふぢよ》の小袖、是《これ》は難波[五]のうらめづらしや、紋《もん》[六]付の熨斗《のし》目、よき絹《きぬ》より[七]はいたりぜんさく。[八]定《さだ》まつて梅に鶯《うぐひす》の茶染《ちやぞめ》もおもしろからず。むかしは、[九]こうたの撥《ばち》音、今は茶《ちや》の湯《ゆ》・[一〇]楊弓《やうきう》を、女郎の手業《わざ》にもてあそびける。惣じて人の心、其《その》時にはやる事ども移《うつ》り気《ぎ》になつて、俳諧《はいかい》・やうきうに日を暮《くら》し、ひとつ覚へては、百もぞんじた皃《かほ》せらるゝもおかし。

有時《ある》、[一一]弥七、京の[一二]帥《すい》皃をいたさるゝ大臣《だいじん》を、りやうり好《ごの》みして振舞《ふるまい》けるに、此客《このきやく》物になれたる[一三]座付して、万《よろづ》に気《き》を付て、ひとつ〳〵ほめらるゝ事、皆[一四]伊《い》勢《せ》や日向《ひうが》なり。「まづ此焼《やき》物の[一五]鯛《たい》は、西《にし》の宮《みや》の海《うみ》でとれたる風味《ふうみ》と喰《くい》覚たが、亭主《ていしゆ》なんと」「成程《なるほど》ゑびす殿の御一門衆《もんしゆ》よりもらいました」「扨《さて》此雉子《きじ》は、交野《かたの》、又[一六]石花《かき》は桑名《くわな》、殊に[一七]柚味噌《ゆみそ》へ[一八]たゝきこまれし小鳥は、たしか[一九]猪《い》な野《の》の雲雀《ひばり》、初《しよ》献《こん》の酒は[二〇]舞鶴《まいづる》と呑《のみ》覚へたが、何と〳〵」「亭主《ていしゆ》も大きに[二一]我《が》をおりました。名物《めいぶつ》をふるまいましても、此ごとく所〴〵を喰《くひ》覚へなされましたお客、申請ました甲斐《かい》こそあれ。さても〳〵広《ひろ》ふ御らんなされたるしるし」と、手を拍《うつ》てかんじければ、いよ〳〵此客[二二]出来《でかし》だてにて、「さりとては此食《めし》の湯《ゆ》、つねていの水でわかしたる物ではなし。[二三]逢坂関《あふさかせき》の清水か、又は[二四]美濃《みの》国さめが井の水か、此二色は違《ちが》はじ」といふ。亭主《ていしゆ》あまりおかしく、「湯《ゆ》は御地走《ちそう》のために、[二五]有馬《ありま》へ取に

七 →五三五頁注一六。
八 きまりきった梅に鶯の模様の茶染めの小袖。
九 小歌と三味線をもっぱらもてあそんだが。
一〇 室内遊戯用の小弓。二尺八寸の弓で、九寸の矢を、七間半の距離で坐って射るのが定式。和漢三才図会・十七に挿絵がある(図)。

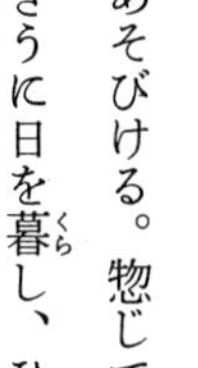

一一 願西弥七。京の名太鼓持、末社四天王の一人に数えられた。
一二 遊里の遊びに熟達し洗練されたようなふりをする遊客。大臣は、豪遊する上客。大尽とも。
一三 座配振り。座敷でのとりまわし、応接。
一四 諺。物事の内容が食い違っていて、定まらないこと。
一五 鯛は、西宮市の西宮神社(恵比須の宮)前の海でとれるものを前の魚と呼び、最上とされた。鯛―恵美酒殿―西宮(類船集)。
一六 牡蠣。桑名は焼蛤。尾州・勢州の境では、桑名の方に牡蠣なしという(日本山海名産図会)。
一七 味噌に柚の皮の摺下しや果汁をまぜたもの。
一八 雲雀等を骨付きのままたたく調理法。
一九 大坂の北西猪名川流域の平野、猪名野。原本「猪野(いなの)」。歌枕。猪名野は、枕詞「しなが鳥」(にほ・かいつぶり等水鳥)に繋がる(類船集)。
二〇 京、重衡酒造の銘酒(京羽二重織留大全・六)。
二一 我を折る。恐れ入る、閉口する意。
二二 手柄顔をする。得意顔に振舞うこと。
二三 大津市、逢坂の関の明神下の清水。歌枕。
二四 滋賀県米原町の名水。歌枕。美濃は近江の誤り。
二五 神戸市兵庫区、六甲山北面の温泉地。歌枕。湯は赤褐色で飲めない(有馬山温泉記)。

つかはしました」と申せば、いづれも相客《あい》の物馴《なれ》男ども、よい程に笑《わら》ひける。此事、[一]神楽《かぐら》が京みやげに聞《きい》てくだり、[二]正信・[三]竹亭《ちくてい》・[四]一礼《れい》・[五]昨非《さくひ》・[六]素竜《そりう》・[七]鬼貫《をにつら》など集《あつま》りし、俳諧《はいかい》の座《ざ》にて咄し出して、又、大坂にて一笑《わら》ひいたさせける。

三　無筆《むひつ》の礼帳《れいちやう》

皆、上がたの春を心がけて、諸国《しよこく》の俳友《はいゆう》、[八]のぼり舟の大湊《みなと》、[九]難波の梅すぎて、[一〇]大寺の桜咲比《さく(ころ)》、[一一]豊後《ぶんご》の西国《さいごく》、[一二]筑後《ちくご》の西与、[一三]美濃《みの》の木因《ぼくゐん》、[一四]備後《びんご》の西鷺《さいらう》など寄合て、国〱の雑談《ざうだん》、[一五]老の心も春めきておもしろく、俳諧《はいかい》は外になして、耳《みゝ》をよろこばせける。

されば、世に物を書ぬ程あさましき物はなし。此《(この)》すぎし正月、豊後《ぶんご》の[一六]国屋かたにて、其《(その)》家久しき武士《ぶし》に、無筆《むひつ》なる人あり。[一七]筋目《すぢ》にて、弐百石の[一八]知行《ちぎやう》はもらいながら、今の世にあはぬ奉公《ほうこ》人なり。[一九]物には類《るい》に集《あつま》り、めしつかひの家の子、はや五十におよべども、我名をさへ書事ならず。一生《しやう》物覚へひとつにて、よろづを[二〇]への字《じ》なりに勤《つと》めける。此男、[二一]玄関《げんくわ》の番《ばん》を請取《(うけとり)》、三日《が》日のうち、礼帳《れいちやう》を付ける。旦那《だんな》も下人も、無筆《むひつ》にて間《ま》をあはせけるこそおかしけれ。

一　神楽庄左衛門。京の太鼓持、末社四天王の一。
二　大坂の俳人。川崎庄左衛門。貞門系。
三　溝口氏。京都の俳諧師。元禄五年(一六九二)没。
四　中村氏。大坂の俳人。柏屋市左衛門。宗因門。
五　大坂の俳人。桑名屋清左衛門。原本「昨俳」。
六　柏木氏。儀左衛門・藤之丞。別号全故。歌・俳人、書家。大坂、後江戸住。正徳六年(一七一六)没。
七　上島氏。宗邇《(むねちか)》。別号犬居士。初め重頼、のち宗因門。元文三年(一七三八)没、七十八歳。
▽「交野の雉子も喰しる客人」を題名とした本話は、大鏡・六の、源公忠が、山城久世の雉子と交野の雉子の味を区別していたという逸話に、ヒントを得たものであろう。
八　地方から、大坂・兵庫など上方へ航行する船。
九　梅の咲く時節も過ぎて。難波の梅は、古今集序以来著名。難波—梅・この花(類船集)。
一〇　大坂四天王寺の糸桜。「コノ月摂州天王寺廻廊辺、花ヲ見ル人群リ集ル」(日次紀事・二月)。
一一　中村氏。通称島屋庄兵衛。別号松葉軒。大分県日田の人。西鶴門。元禄八年没、四十九歳。
一二　大塚氏。福岡県久留米市の俳人。西鶴門。
一三　谷氏。通称九太夫。別号白桜下。岐阜県大垣市の船問屋。享保十年(一七二五)没、八十歳。
一四　備後(岡山県)の俳人。西鷺軒橋泉。西鶴門。
一五　西鶴の心境。四の四の其角に訪われた時の対応振りに似る。元禄二年春の木因来坂の折か。
一六　大名の自分の領地にある屋形。国屋敷。
一七　家柄。家筋。立派な家柄であることをいう。
一八　藩が俸禄として家臣に支給した土地。采地。
一九　諺「類を以て集まる」。ここは意味的には「類に従う郎等共」で、主従相似るをいう。
二〇　諺「への字形」で物事の衰えたさまをいうが、ここは、どうにかこうにかまがりなりにの意。
二一　一語の中の二つめの「ん」が落ちる上方風訛。

礼《れい》[二二]かへしに出るとて、彼帳面《かのちやうめん》を見られけるに、鳥居《とりゐ》[二三]と太鞁《たいこ》と摺鉢《すりばち》とを絵《ゑ》に書置けるを、旦那《だんな》合点《がつてん》して、「是は宮川備前《びぜん》殿か」といふ。さて又、杜若《かきつばた》[二四]にさし鯖を書しを、「是は八橋能登《はしのと》殿なるべし」。其奥《おく》に不動《ふどう》[二五]を書置けるを見て、「是は読《よめ》ぬが誰《だれ》じやぞ」「監物様《けんもつ》」と申。「さて〳〵当字《あてじ》を書男かな。監物《けんもつ》には、鍾《しよう》[二六]馗大臣《きだいじん》か、樊噲《はんくはい》[二七]をなぜ書て置ぬぞ。是不動院《ふどうゐん》[二八]に読《よみ》まぎれて悪敷《あしき》」とて、しかられける。

四　下帯計《ばかり》の玉の段《だん》

津の国桜塚《さくらづか》[二九]の里に、落月庵西吟《らくげつあんさいぎん》[三〇]といへる俳諧師《はいかいし》有《あり》。一とせ万句[三一]興行《こうぎやう》いたされしに、所めづらしければ、大坂より連衆《れんじゆ》つゞきて、程なく満座《まんざ》[三二]のことぶきにまねかれ、花すゝき、野菊《ぎく》をわけて、池田[三三]海道《かいどう》の秋の気色《けしき》おもしろく、青木[三四]友雪《ゆうせつ》同道して、継駕籠《つぎかご》[三五]たてならべて行に、長柄《ながら》の渡しを越《こし》て、心よく眠《ねぶ》り機嫌《きげん》なれば、目覚しに手鞁《つゞみ》うつて、山姥《うば》[三六]をうたへば、跡肩《あとかた》[三七]の者《もの》、息杖《いきづゑ》[三八]を取なをし、休《やす》[三九]む重荷《をもに》にかた替《かへ》さまに、「又けふも、不拍子《ぶひやうし》なる旦那《だんな》殿をのせて、次第にもちおもりがする」といふ。

三が日の玄関番→四八〇頁注三。
二二 受けた礼に返しをすること。ここは、答礼。
二三 鳥居から宮、太鼓の皮から川、備前名産の摺鉢から備前の連想で、宮川備前と読ませた。
二四 三河国八橋(愛知県知立市)の杜若から八橋、能登(石川県)の名産刺鯖から能登を連想させ、八橋能登と読ませた。原本は「若杜」とある。
二五 不動明王は右手に剣を持つ。剣持つの洒落。
二六 疫病を払い魔を除く神。五月人形に作ったり、魔よけの人形とする。右手に剣を持つ。
二七 漢の高祖に仕えた。肖像画では剣を撫す。
二八 不動明王は剣を持っているからであるが、ここは真言宗の寺院、又は、出入りの山伏の名か。
▽本話と落ちを同じくする類話に、貞享三年(一六八六)刊の鹿の巻筆・三「無筆の玄関帳」、貞享四年刊のはなし大全・下「無筆の主従」がある。宝永四年(一七〇七)刊・徒然御伽草にも類話がある。
二九 摂津国豊島郡桜塚村。現大阪府豊中市内。
三〇 水田氏。通称庄左衛門。摂津巌屋の人。初大坂住で宗因門。別号落月庵は天和二年(一六八二)より使用。宝永六年三月二十八日没、七十余歳。
三一 百韻を百巻、連衆を集め十日程で成就する。
三二 満尾、完成させる。完成祝の宴席に招かれ。西吟は延宝末二回万句を興行しているが、本話と季節が合わない。この頃今一度催したか。
三三 中津川(現新淀川)最上流の渡し、長柄の渡しを渡った浜村(現東淀川区浜町)付近より、豊中市を経て池田市に至る道。池田道。
三四 青木氏。別号、松水軒。大坂の人。西鶴門。
三五 乗り替え用の駕籠。
三六 謡曲「山姥」。五番目物。
三七 駕籠などの後の棒をかつぐ者。
三八 駕籠かきなどが持つ杖。
三九 謡曲「山姥」の「休む重荷の肩を貸し」による。

此《(この)》言葉《ことば》耳《みゝ》にかゝりて、「それは我[一]〳〵が諷《うたひ》の事か。おそらく下《しも》[二]がゝり一流《りう》の大事《だいじ》、残らず習《なら》ひ請て、世におそろしきものはなきに、汝《なんじ》いやしき渡世の身として、何をか聞しりていふぞ」[三]「わたくしは、何もぞんぜねども、うたひの拍《ひやう》子《し》かたよき御かたをのせました時はかるし。素人《しろと》のうたひの時は、かならず駕籠がゆるぎ出まして、かたぼねがたまりませぬ」と、無用《むやう》の論《ろん》をいたす時、さ[四]きがたかきたる男のいへるは、「跡《あと》なる男は、すこしうたひの事は覚へましたはづが御座る。[五]うちはやしに、[六]千貫目程の[七]身体《しんだい》をなくなしまして、さるから[八]大《だい》名《みやう》の[九]能太夫になつて居《ゐ》ましたが、[一〇]御意《ぎよい》をそむきまして、お国をにげてまいつて、今は我等と[一一]棒組《ぼうぐみ》いたします」と語《かた》る。

「あれがうたひしりの能太夫ならば、是《(これ)》から桜《さくら》塚まで二里《り》こそあれ、其間《(その)あいだ》うたひうたはねば済《すむ》事じや。さりながら、[一二]口をたゝかねばならぬによつて、[一三]嘉太夫ぶしのしゆら[一四]を語る程に、[一五]十面《めん》つくりて身ゆすつて、あと程駕籠《かご》がおもたくとも、此方は[一六]習《なら》ひでかたる程に、いづれにてもふしの違《ちが》ふた所があらば申せ。菟角《とかく》あの男は、人の気《き》に入まじき生《うま》れつき、その大名《だいみやう》の御前《ごぜん》は、何としてそむきけるぞ」「其殿《との》、世にかくれもなき[一七]身体《しんだい》ならずなれば、能道具《のふどうぐ》残らず売払《うりはら》ひて後、[一八]俄能《にはかのふ》を仰《をゝ》せ付られしに、装束《しやうぞく》のない事を申上れば、「何ぞいしやうのい

一 自分。私。ここは西鶴自身のこと。
二 観世・宝生の二流を上掛(かみがか)り、金春・金剛・喜多の三流を下掛(しもがか)りと総称する。
三 原本は「ぎ」に近いが、「ぞ」と読んでおく。
四 駕籠の棒の前をかつぐ者。あとがたの対。
五 打囃子。鼓・太鼓などの打楽器を打ちはやすこと。座敷芸として、男子の嗜みとされた。
六 銀一千貫目は、一両を銀四十—六十匁として、二万五千—一万七千両に相当する。
七 自由に使いうる資産の意。身代・身袋とも。
八 諺。空(から)大名。立派な格式を誇るが、内実は困窮している者をあざけっていう。ここは、経済的に困窮している大名そのものをいう。
九 →五二九頁注二二。
一〇 大名の御意向、御意志に従わずに、の意。
一一 駕籠かきの相手、仲間。相棒。
一二 ものを言う。しゃべる。
一三 宇治嘉太夫の浄瑠璃節。硬派軟派の中間をゆく、繊細優美で上品な節とされた。延宝五年(一六七七)受領して宇治加賀掾藤原好澄と名乗る。別号竹翁。西鶴は嘉太夫節の愛好者。貞享二年(一六八五)嘉太夫のために「暦」「凱陣八島」を作り、小竹集をも編む。
一四 浄瑠璃劇における闘争の場面。修羅場。
一五 渋面。しかめづら。しぶづらとも。
一六 西鶴は加賀掾段物集・大竹集をいつも見ていたと自ら記しており(小竹集・序)、また加賀掾のツレを語っていた外記と知りあい、直接稽古をつけてもらう機会もあったらしい。
一七 財産などを上手に切り廻すことのできない者。暮しを立てることのできない不才覚者。
一八 原本「俄能を」は、「俄に能を」の「に」脱。
一九 紙で作った衣服。楮(こうぞ)紙に柿渋を塗り、乾してはもんで柔らげ、渋塗りのものは一晩夜

らぬ能《のふ》を吟味《ぎんみ》して仕れ」との仰せ、家老中相談《からうちうそうだん》して、「然《しか》らば[一九]紙子《かみこ》をひとつ仕立させつかはさるべし。浪人《ろうにん》に拵《こしら》へ、[二〇]鉢《はち》の木をいたさせましやうより外はなし」と申上る。「それも、おもへば[二一]太義《たいぎ》なる事なれば、それがしがおもひつけた。丸裸《はだか》になつて、[二二]海士《あま》の玉の段《だん》をつかまつれと申せ。せつかく衣装《いしやう》着ても、[二三]彼海底《かのかいてい》に飛《とび》入れば、ぬれて世の費《つゐへ》なれば、新しき布《ぬの》のふんどし一筋《すぢ》とらせ」と、[二四]小《こ》納戸《なんど》衆《しゆ》へ仰せ出されける。そもや、此《この》秋風の身にしむ比《（ころ）》、はだかで海《うみ》へはいるまねもなる物かと、[二五]御暇乞捨《いとまこいすて》にして、此仕合」と語《かた》りける。

五　年わすれの糸鬢《いとびん》

[二六]暮《くれ》て行とし浪の心よく、名残の芝居《しばゐ》見て、[二七]大和屋甚兵衛・[二八]宇治右衛門・[二九]藤《ふぢ》川武左衛門・坊主《ぼうづ》百兵衛などひとつに、ゆふべ人よりはやく、[三〇]道頓堀《どうとんぼり》の大黒風呂《だいこくふろ》に入て、身のきよくなれる事、毎日絶《たへ》ぬ垢《あか》おかしく、折ふし、[三一]江戸草履《ぞうり》取の墓《はか》原《はら》角蔵といへる者《もの》、[三二]髪肐《かみさかやき》を得たれば、是《（これ）》を板《いた》の間によびて、ひとり〳〵髭《ひげ》まで剃《そら》せて、[三三]きさんじに産毛《うぶげ》も残らず、さりとては[三四]きみよし。

「是をおもふに、[三五]下手《へた》にあたま剃《すら》すと、若《わか》ひ医者《いしや》の薬《くすり》を呑《のむ》程、世に心がゝり

露にさらし臭気を去る。冬の防寒具として秋に売られた。廉価で、貧者が用いることが多い。
二〇 謡曲。浪人佐野源左衛門常世が、大雪に迷った旅僧(実は時頼)を家にとめ、秘蔵の鉢の木、梅桜松を焚いてもてなすという曲。四番目物。
二一 大儀。ここは、経費がかかりやっかいの意。
二二 謡曲。→四八〇頁注六。
二三 謡曲「海士」玉の段の詞。
二四 大名の奥向き側近の役人。君侯の日常の食膳・衣服・調度の管理、調達などの雑用に当る。
二五 暇を願い出たまま飛び出して来まして、今のこうした境遇となってしまいました。
▽貧した能太夫が、紙子を着て「鉢の木」、裸で「海士」をしようといったという類話が、元禄十一年(一六九八)刊、初音草咄大鑑・六にある。
二六 年の瀬の迫る意にいう。「年浪は帰らぬ物と暮れぬなり昔を今に思ひなせども」(新千載集・雑上)等による表現。なお元禄三年の西鶴の句に「暮て行く時雨霜月師走哉」がある。
二七 大坂道頓堀の大和屋甚兵衛座の座元で立役をかねた二代目甚兵衛。元禄二年冬上京、同五・十五年来坂。俳諧は西鶴門で、俳号生重。
二八 小野山宇治右衛門。初め小野山賤妻(しづま)。貞享三年、大和屋甚兵衛座より上京、敵役として有名。俳諧は遠舟門。俳号、恋舟。
二九 初代。貞享・元禄頃、京一番といわれた武道方の名優。江戸下りも数度に及んだ。俳号、逸選。享保十四年(一七二九)没、九十八歳。
三〇 道頓堀六間丁の風呂屋(国花万葉記・六)。
三一 江戸役者の草履取。主人の履物を預る下僕。
三二 髪を結い、月代をそることが得意なので。
三三 気散じ。気楽に、くつろいだ気分で、の意。
三四 「気味良し」で、こころもちがよい、の意。
三五 危険極まりないもののたとえにいう。

なる物はなし」といへば、「いかにも其通《(その)とを》り、さらばお上手《じやうづ》にひとつ御無心《むしん》[一]」と、百兵衛があたまを持《もつ》てかゝれば、角蔵、是《(これ)》を見て、「骨《ほね》はおしみませねども、此《(この)》お中剃《なかぞり》[二]は御免《めん》なりませい、物節季《せつき》[三]の心おちつきませぬ時は、男と坊主《ばうづ》[四]との糸鬢《いとびん》のさかいが見えませぬ」といふ。いづれも大笑《わら》ひして、「何のために見えぬ程の細鬢《ほそびん》にいたしけるぞ。まづひえてひとつのそん」といへば、「其替《かは》りに、夏《なつ》の涼《すゞ》しさ」といふ。「面《めん》[五]〳〵あたまなれば、我心まかせの物好《ずき》」と、笑《わら》[六]

一 遠慮なく無理な願いをする事。「御」は接頭語。
二 月代の部分の髪を剃ること。なかずりとも。
三 年末で何とはなく心が落ちつきません。「物」は何とはなしにそうである意を表わす接頭語。
四 あまり糸鬢が細いので、糸鬢の髪の部分と、坊主に剃った部分との境界がよく見えません。
五 めいめい。各自。それぞれ自分の頭だから。
六 皆でどっと笑い、それを機に出掛けること。
七 大坂城東南部の玉造口となった要所で、奈良街道の起点。現在の東区南東部、天王寺区北部一帯の丘陵地帯。遠舟の俳諧会所は、玉造黒門(物種集等)にあり、場所は観音堂の東側黒門筋(明暦三年版・新板大坂之図)か。
八 和気氏。通称仁兵衛。別号、朧麿・東柳軒。宗因門。「遠船」は「遠舟」の誤り。活躍時期は、延宝期と元禄五・六年(一六九二―三)の二期に分かれる。ここは元禄期か。なお書家としても知られ、道頓堀東堀詰高津にも住したといわれる。
九 遠舟の庵号であろう。
一〇 平安朝以来、師走の月は「すさまじきもののためし」(更級日記)に引かれ、徒然草・十九段では「すさまじきものにして見る人もなき」と記される。ここは、徒然草の「見る人もなき」を「見る人もあり」とひっくり返した表現。
一一 大坂城の東南玉造にある玉造稲荷の社地にあった、大坂順礼第十番札所、観音堂。建武及び慶長・元和の兵乱の際、観音が和州室生山の巌窟に逃れ、泰平となって、境内の池より光を放って白竜東に飛び、尊像を連れ帰ったとの伝説が摂陽群談に伝えられる。

挿絵解説　観音堂の舞台で姥が火を見物している場面であるが、姥が火は、諸国ばなし・五の六の図とは相違する。

ひ立にして、それより[七]玉造《たまつくり》の[八]和気《わけ》遠船《ゑんしう》の[九]楽庵《らくあん》へ、年わすれの俳諧《はいかい》にまかりて、[一〇]「師走《しはす》の月見る人もあり」と、おの〳〵連《つれ》立て、[一一]観音《くはんをん》堂の[一二]舞台《ぶたい》にて、酒事にあそぶは、すこし物好《ずき》過たり。東《ひがし》に[一三]かづらき山、[一四]あきしのの《〔ゝ〕》里、[一五]高安《たかやす》につゞきて、[一六]くらがり峠《とうげ》、[一七]平岡《ひらをか》明神も手ぢかふ見えわたりぬ。

亭主《ていしゆ》、山〳〵を案内《あない》して、「扨《(さて)》、あれなる森《もり》より、世に[一八]沙汰《(さた)》いたす[一九]姥《うば》が火を、御地走《ちそう》に御目に懸《かく》べし。もはや、[二〇]八つの鐘《かね》も突《つき》たれば、出る時分《じぶん》」と、いひもはてぬに、雲にひかり移りて、子どものもてあそぶ程成、[二一]鬼灯《ほうづき》ちやうちん程成火に、数《す》百筋《すぢ》の糸《いと》を引て、きり〳〵と舞《まい》あがるは、おそろしく、おもしろし。「まゝならば、あの火を爰《(ここ)》に取《(とり)》よせ、たばこ呑《のみ》たし」といふ。「火鉢《ばち》へ入てあたりたし」といふ。「[二二]伽羅《きやら》を焼《たき》たし」と、心〳〵に[二三]てんがう口をいひ捨《すて》ける。

「あれは、手をたゝけば是《(これ)》へくる」といふ。皆〳〵立ならびて、手をうてども、此《(この)》火きもせず、へんじもせず。「扨は、此なかに[二四]本客《ほんきやく》がないと、姥《うば》が火も見立て、[二五]ぶあしらいにすると見えたり。是非《ぜひ》ともによびよせ」といへば、[二六]こんがうども、[二七]気勢《きせい》にまかせ、「ほい〳〵」とまねけば、此声《こゑ》に付て[二八]飛きたり、いづれものかしらの上《うへ》に火をふけば、気《き》を取うしないておそれをなし、やう〳〵魂《たまし》ひすへて、こんがうども我身を見れば、やけどにあふて、髪《かみ》の毛《け》のこげぬは

一二 観音は、補陀落山信仰によってか、山などの懸崖に建立される。参詣者のために、その崖の上に床を高く、橋のように架けわたした建物。
一三 大阪府の東南部に位置する金剛山地の一峰。標高約九六〇メートル。また金剛山地全体の呼称。
一四 奈良市秋篠町。歌枕。観音堂から見えない。
一五 大阪府八尾市内、高安の里。歌枕。
一六 闇峠。東大阪市と奈良県生駒市との境界にある峠。生駒山の南約二キロメートル、標高四五二メートル。江戸時代は、奈良街道の要所で、旅籠・茶店も多く参覲交替や伊勢参宮でにぎわった。
一七 東大阪市東部、生駒山麓にある枚岡(ひらおか)神社。平岡とも記す(和漢三才図会・七十五)。毎年正月十五日に行われる粥占の神事が有名。
一八 原本振仮名「沙(き)」と誤る。
一九 姥が火の伝説は、毎晩明神の灯明の油を盗む老姥がいたが、神罰であろうか死して後光物となり、近郷を飛行し、その火炎は姥が首より吹き出す火のごとくに見えたとある(河内国名所鑑・五)。また和漢三才図会・七十五には、一尺ばかりの火の玉で、これに出会った者は死ぬ者も少なくないと伝えている。
二〇 午前二時頃をつげる鐘の音も聞えたから。
二一 形・色ともに酸漿(ほおずき)に似た小さな丸提灯。葬礼やお盆の時墓前にたてる。また子供の玩具。好色万金丹・二の三に「鬼灯挑灯(ほおずきちょうちん)」。
二二 沈香の最良品で輸入品として珍重された。
二三 ふざけた言い方、冗談口。口転合(業)とも。
二四 大尽客の意。ここは、姥が火の姥を遣手とし、客を揚屋の遊客に見立てた表現。
二五 待遇が悪いこと。無愛想な態度。
二六 俳優の供をする者、また俳優の召使。金剛草履の替えを持って供をすることからいう。
二七 いきおい。元気。
二八 原本「飛(たき)」と振仮名を誤る。

なし。百兵衛ばかり、何の子細《しさい》もなきは、[一]糸鬢《いとびん》の徳《とく》、此時見せたり。

六 入歯《ば》は花のむかし

「梅・椿《つばき》も、[二]室咲《むろさき》はかぢけておもしろからず。[三]時節《じせつ》と春の梢《こずへ》は、おのづから詠《なが》めもよし」と、[四]柳に去年《こぞ》の水仙《すいせん》を生《いけ》まぜて、[五]釣釜《つりがま》のたぎりを聞る楽《たの》しみ、何かあるべし。此心《(この)》、[六]詫数寄《わびすき》をよしといへど、ことたらずしてはたのしみなし。

「世を心のまゝなる人の茶《ちや》事は、不自由《ふじゆう》なる体《てい》に仕かけたることそよけれ」と、[七]宇治の上林《かんばやし》の法師《ほうし》、俳諧《はいかい》の座《ざ》にて、語《かた(ら)》れしが、是《(これ)》も尤《もつとも》に思ひあたる事あり。

津の国の[八]野田といふ里に、[九]藤の咲比《さく(ころ)》、かならず[一〇]弥生《やよひ》のほとゝぎすの来《きたり》て鳴《なく》事有《(あり)》。「是をきゝにこよ」といへる[一一]楽坊主《らくぼうづ》に約束《やくそく》して、俳友《はいゆう》五七人、其《(その)》日の昼《ひる》まへより、草庵《そうあん》にたづねしに、[一二]見越《こし》の松・杉《すぎ》、さま〴〵に枝《えだ》ふらせ、[一三]びやくしん竜《りやう》に作《つく》り、[一四]つゝじの帆《ほ》かけ舟、[一五]こでまり・山吹《ぶき》の、おのれと咲《さき》し外は、皆[一六]兼好《けんかう》が嫌《きら》ひたる庭《には》木、[一七]へうたんの手水ひしやくさし、[一八]釣瓶《つるべ》のふるきに、摺鉢《すりばち》きせたる燈籠《とうろ》、いづれを見ても、[一九]子細《しさい》の過て、気《き》のつまる物好《ずき》なり。

発句《ほつく》望《のぞ》まれて、[二〇]八吟《ぎん》の歌仙《かせん》、[二一]詠草《えいそ(う)》書にしてしまへば、あるじ釜《かま》仕かけ置て、

一 糸鬢をしていることの有利さ。たまもの。
二 炉火を置いた室《(ろむ)》の内で、季節よりも早く咲かせた草花。梅・桃・桜・椿その他の草花も咲かせたが、春の香は十分ではないとされた。
三 時節が来て咲いた花の梢が本当の春であって。
四 「見渡せば柳桜をこきまぜて都ぞ春の錦なりける」(古今集・春上)。水仙は十一月ごろ開花。
五 自在鉤につるした茶の湯の素湯を沸かす釜。
六 茶の湯を好む者をいうが、ここは名物等を用いない佗茶。「一物も持たず、胸の覚悟一つ、作分一つ、手柄一つ、この三箇条の調いたるを佗数寄という」(山上宗二記)とある。
七 →五〇一頁注一七。
八 大阪市福島区野田。大坂城の北、京橋口より京橋を渡り、片町を通り抜けてすぐの、淀川と大和川の合流点にあった村。
九 野田の藤は、吉野の桜に比すべきものと称された。摂陽群談・十七に「野田村真入庵にあり。世俗吉野桜・野田藤と対し、花の頃群を成せり」とある。ただし和漢三才図会・七十四には「近年樹衰え花いたみて名のみ」とある。
一〇 春の郭公。毛吹草など、春の部に入れる。
一一 隠居して法体し、気楽に暮している男。
一二 塀越しに外から見えるように植えた松と杉。
一三 柏槙。和漢三才図会・八十二に「俗に柏杉《(びやくしん)》その緑葉を愛す…庭の砌に之を植え、撓《(た)》《(わ)》めて竜・虎・船・車の形にする」とある。
一四 庭の躑躅を帆掛舟の形に刈り込んだもの。
一五 小手毬。鈴掛とも。三、四月頃白い房状の花をつける。庭に植え切り花としても用いる。
一六 徒然草・十段の「前栽の草木まで、心のままならず作りなせるは、見る目も苦しく、いとわびし」とあるのを踏まえた表現。
一七 瓢簞で作った手水柄杓差し。茶礼口訣に「手

「けふおの〳〵御出とぞんじ、老人《らうじん》の手にかけて引《ひき》ましたばかりを御地走《ちそう》。さらば[二二]大ぶくにたてましてあげん」と、[二三]手前《てまへ》つくろひ過て、[二四]むかし行なり。殊に[二五]盆《ぼん》だてして、見せ皃に、[二六]正客《しやうきやく》にさし出せば、[二七]身をつくりて呑《のみ》かゝられしが、其次《つぎ》へもまはしかね、俄《にはか》に赤面《せきめん》して、「是《(これ)》はこれにてしまいます」と、ひとりして呑《のみ》て、茶碗《ちやわん》うちまで改《あらた》め、[二八]「近比《ちかごろ》〳〵面目《めんぼく》なけれど、わたくしの入歯《いれば》、此《(この)》なかへ落込《おちこみ》まして、[二九]いかにしても外へは進《しん》じ難《がた》くて、[三〇]かくの仕合なれば、御免《ごめん》」と、断《ことは》りいひ立に、広座敷《ひろざしき》へ出ける。「ちつともくるしからぬ御事」と、亭坊《ていばう》も客《きやく》も、同音《どうをん》に申ながら、興《けう》を覚《さま》して、其跡《あと》おかしくなりぬ。爰は又、あらためて一ぷく、是非《ぜひ》たつる所なれども、[三一]外に引たる茶もなく、又亭坊《ていばう》の[三二]仕舞《しまい》おさまりかねて、[三三]はやり歌をうたひ出し、どつと笑《わろ》ふくれける。

是をおもふに、惣じて詫《わび》たる事のよいといふ事はなし。[三四]あたま数《かづ》の焼《やき》物、猫《ねこ》といふもの世に住《すめ》ば、用心して、替釜《かへかま》かけ置、茶《ちや》の湯《ゆ》ありたき物ぞかし。次第にいたりたる世のさま、豊《ゆたか》なる御時のためし也。

水の使い様…手水鉢の前石に上り路次の景を見、柄杓の置き様見置きて手水使い、柄杓の柄に水を流し濯ぎ前の如く置く」とある。

一八 井戸水を汲み上げる桶、四角形。擂鉢は、漏斗状の土焼製。釣瓶に明り窓を刳り抜き、その上に擂鉢を逆に置き、露地の灯籠とした。

一九 細ごまと手が込みすぎていて。

二〇 亭主も入り八人で詠んだ三十六句形式の俳諧連歌。百韻でなく歌仙を巻いたのも、亭主が流行を追いかけている者であることを示す。

二一 正式な俳諧連歌の懐紙の書き方ではなく、懐紙を二つ折にせず、一句を一行ずつ書くこと。

二二 大服。茶の一服を大量に立てること。

二三 点前とも。茶の湯の所作をいう、お手前。

二四 昔風なやり方である。

二五 盆立て。茶入れが名物・拝領品などの場合、これを盆に載せて飾り扱う点法。盆点とも。

二六 茶会での上席の客。主客。

二七 居ずまいを正して、呑み始められたが。

二八 まったくもって。まことにまことに。

二九 どうしても、このまま次の方へ回せませんので。

三〇 このような次第ですので。

三一 その日に引いた茶はよくないとされた。分類草人木に「当座引きの茶は、石の香あつて悪し。一二三日以前に引べし」とある。

三二 点前を終え、順に道具類を収納すること。

三三 客は無関心を装って流行歌を歌いだした。

三四 客の人数だけの焼き魚をこしらえた場合は、必ず猫に引かれてしまうものなのだ。

▽「いたりたる世のさま」を苦々しく嘆きながらも、最後に「豊かなる御時のためし」と結ぶのは、草子の最後を祝言で納める当時の習慣に従ったものである。

西鶴一生涯のうち、[一]あらゆる書をつらね出す、[二]覚書一冊あり。[三]終焉まで書もらしたる事おほし。[四]かれこれ二冊を、[五]筆蔵と自号して、自筆の物あり。
[六]近日板行のねがひ、[七]菴主に請もの也。

元禄十二[八]己卯歳[九]首夏吉辰　[一〇]浪花書林　開板

一 様々な世界を描いた作品を、続々と出版した。
二 それらの作品を創作するに当って素材を提供した覚書、創作メモ帳一冊があった。
三 その覚書を見てみると、死ぬまでついに作品化できなかった題材も多く残っている。
四 また別に、都合二冊からなる書物もあった。
五 それには「筆蔵」と西鶴自身が題名をつけており、紛れもない西鶴自筆のものであった。
六 近いうちに出版したいとの願い。
七 北条団水をさす。団水は、元禄十三、四年（一七〇〇―〇一）の間に京都へ移住する。その明確な年次は不明であるが、この時点で西鶴庵に居たことは動かない。
八 己卯は「つちのとう」。一六九九年。
九 「四月吉日」に同じ。吉辰は善い日の意。
一〇 大坂の書店より出版した、の意。松寿堂万屋彦太郎かとの説もあるが、出版元は不明。

永代蔵　巻1の1右図

西鶴名残の友　挿絵解説付図

永代蔵　巻1の2

永代蔵　巻1の4

永代蔵　巻2の5右図

永代蔵　巻3の2右図

永代蔵　巻3の5

永代蔵　巻5の1右図

永代蔵　巻4目録

色里三所世帯　下の2右図

永代蔵　巻5の5右図

付録

京・島原遊廓図（『色道大鏡』『朱雀遠目鏡』より）

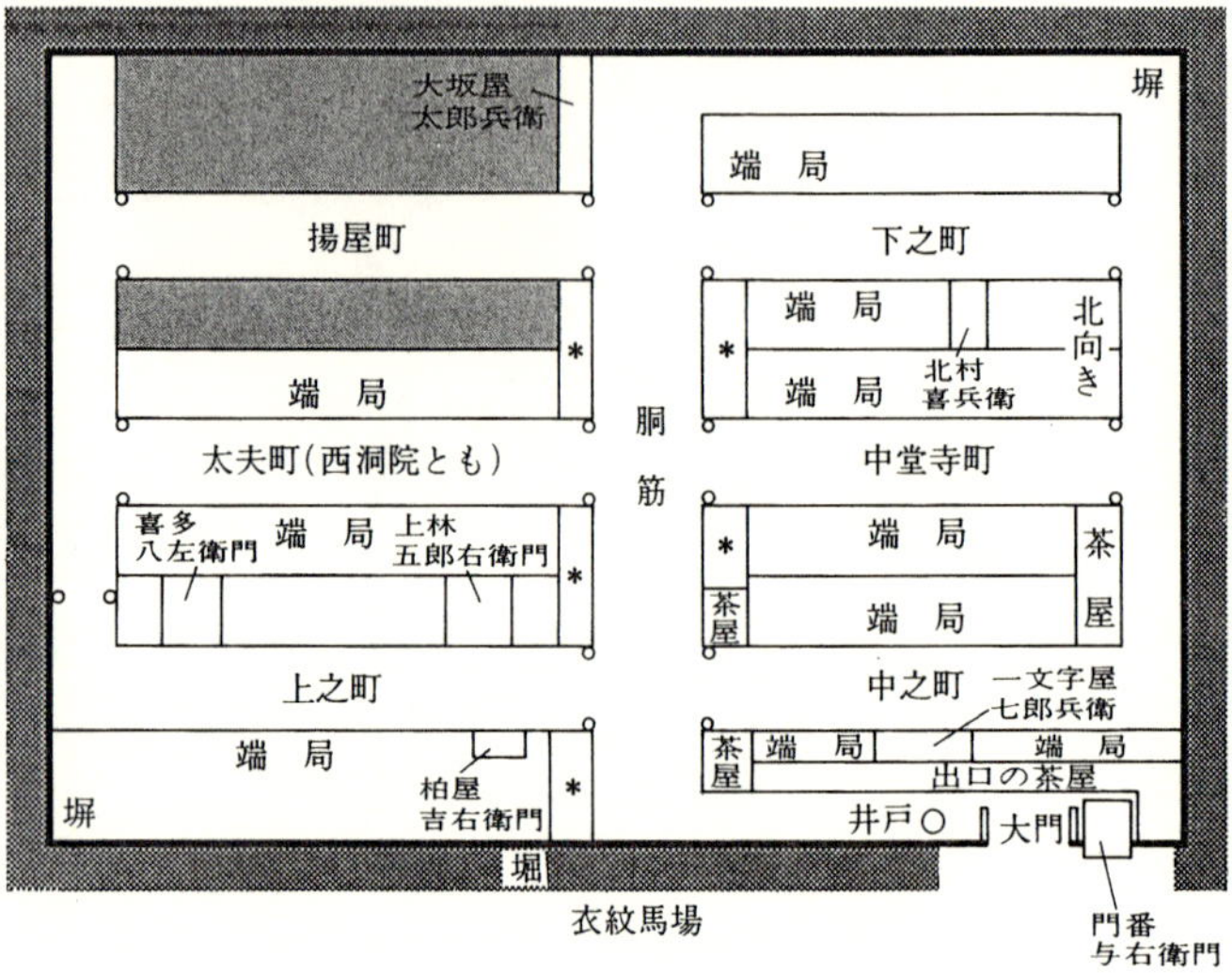

＊＝小間物屋・楊枝屋・紙屋・銭屋・豆腐屋・八百屋・餅屋・質屋など

島原揚屋町図（同上）

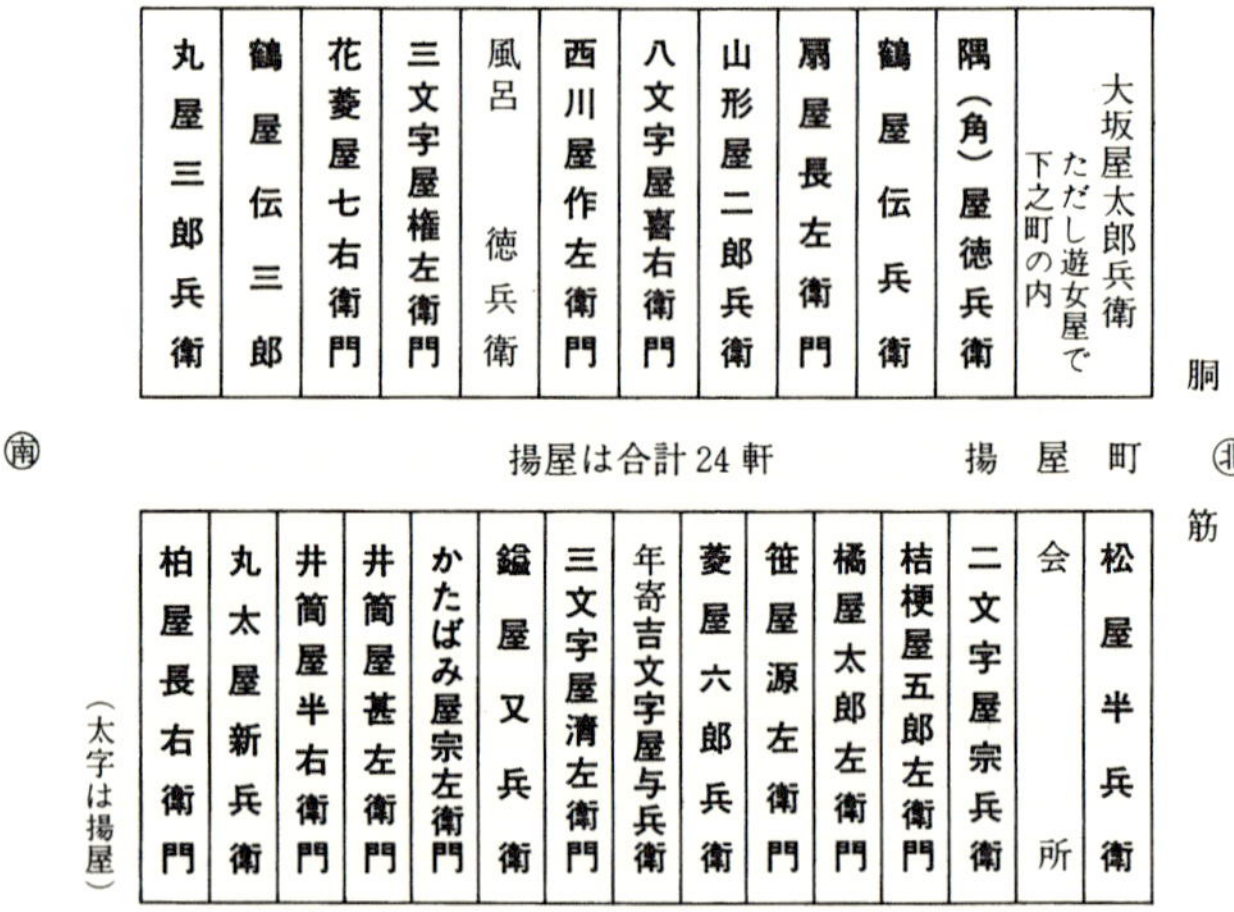

江戸・吉原遊廓図（元禄二年吉原「大画図」より）

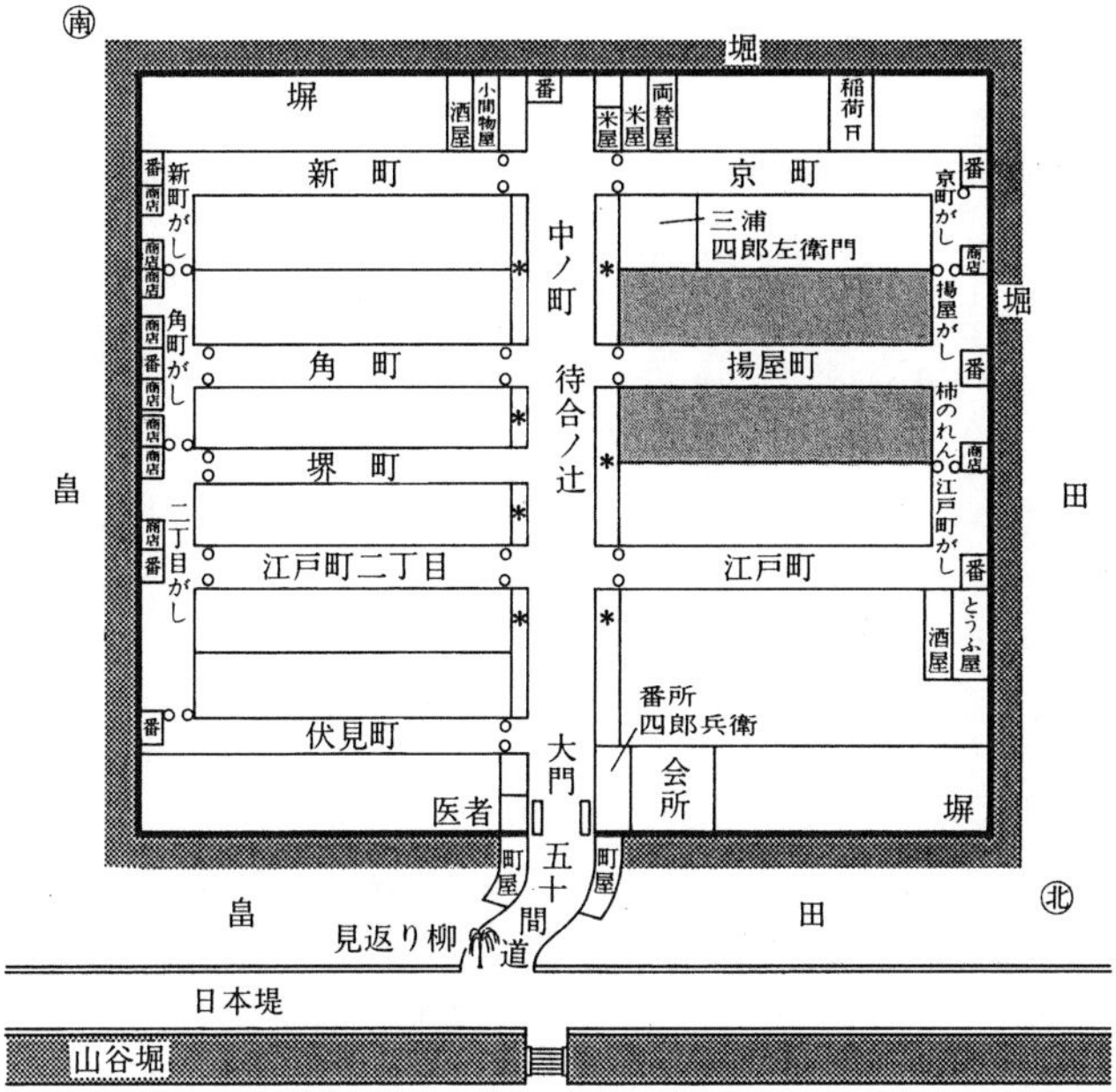

＊＝茶屋・小間物屋・薬種屋・煙草屋・うどん屋・足袋屋など

吉原揚屋町図（同上）

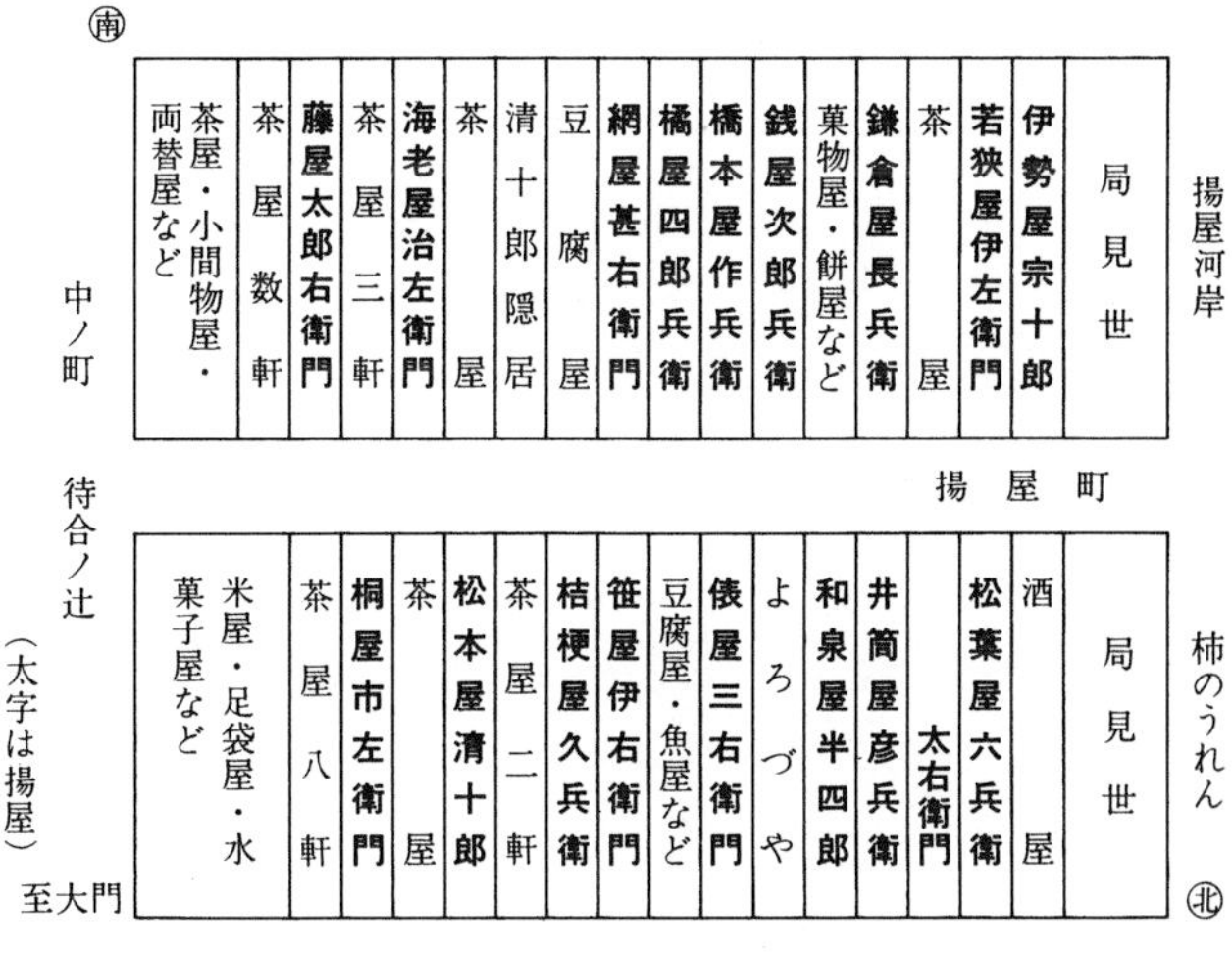

大坂・新町遊廓図（『色道大鏡』より）

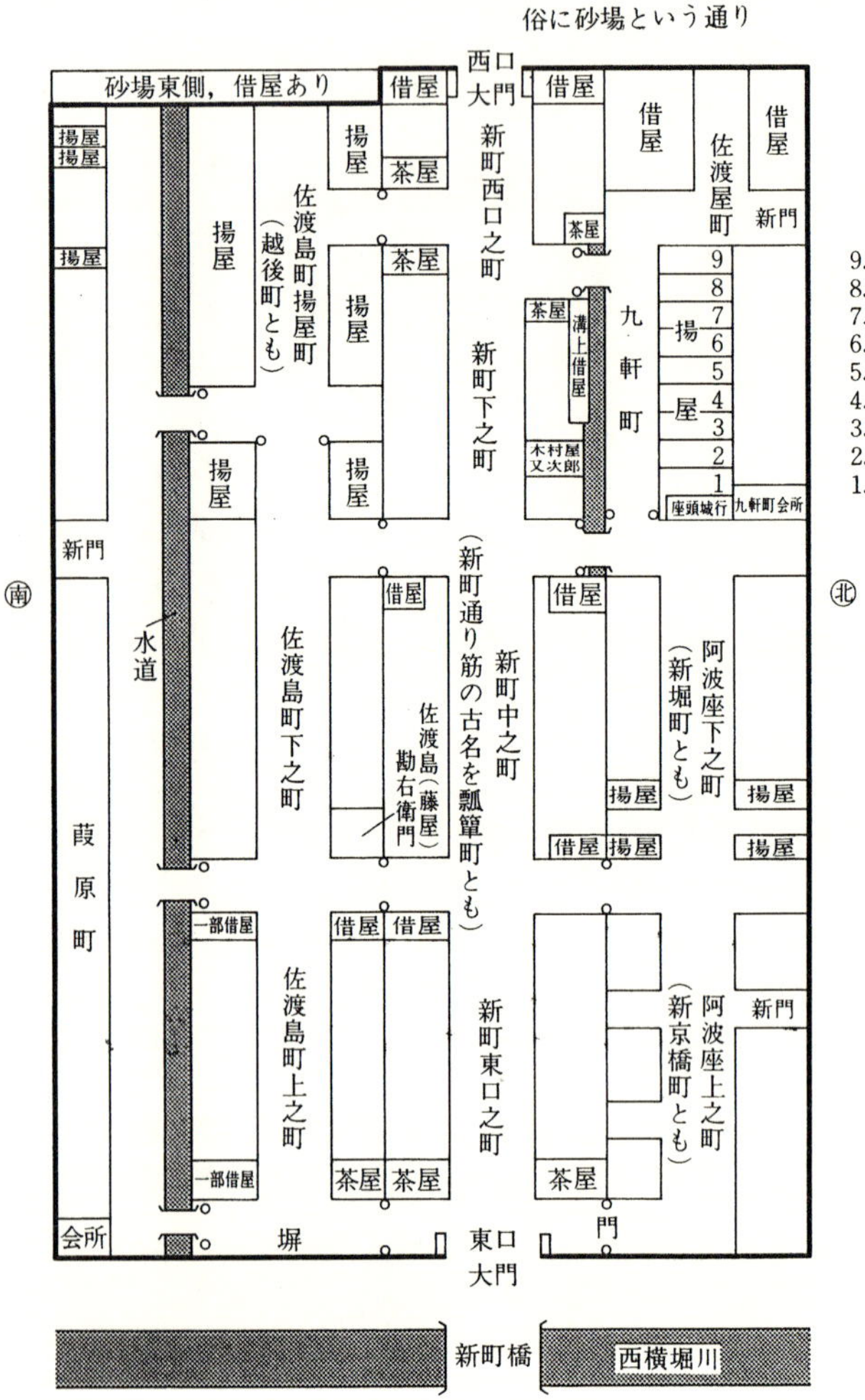

9. 住吉屋四郎兵衛
8. 平野屋長左衛門
7. 住吉屋長四郎
6. 吉田屋喜左衛門
5. 京屋作兵衛
4. 井筒屋太郎右衛門
3. 堺屋吉左衛門
2. 川口屋彦兵衛
1. 紙屋甚兵衛

揚屋＝九軒町に 9 軒，佐渡島町に 17 軒，阿波座町上下に 6 軒，葭原町に 3 軒，計 35 軒あり

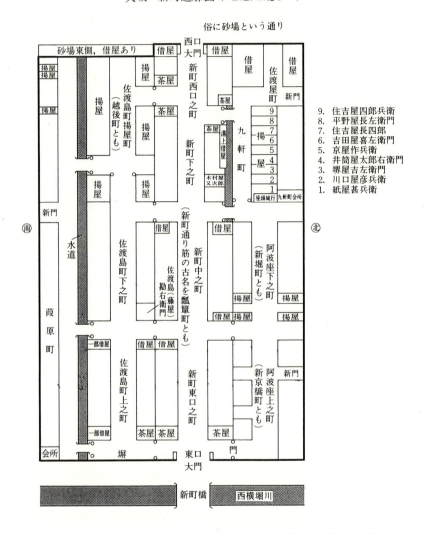

西鶴当時の通貨

（写真は実物の二分の一・日本銀行貨幣博物館蔵）

【金貨】 定形定量貨幣で、両、分(歩)で数えた。

大判　重さは四十四匁一分(京目十両)。表は中央上部に「拾両」、下部に「後藤」、花押を墨書し、判面上下左右に丸に桐の極印がある。裏は桐と花押の極印がある。大判座後藤四郎兵衛が鋳造。当時は慶長大判が使われ、小判八両前後に通用した。

慶長小判

小判　重さは四匁七分六厘。表に「壱両」「光次」花押及び扇面に桐の極印、裏に花押の極印がある。金座後藤庄三郎光次が鋳造。当時は慶長小判が通用した。

慶長一分金

一分(歩)金　小判一両の四分の一に当たる。重さは一匁一分九厘。表に桐の紋と「一分」、裏に「光次」花押の刻印がある。金座で鋳造。一分判ともいい、またその形から一角・小粒などともいう。

【銀貨】 称量貨幣で、何匁(もんめ)何分(ふ)何厘何毛と計量し、千匁を一貫目という。百匁などのきちんとした数は匁を目(め)ともいう。

慶長丁銀

丁銀　重さは四十三匁前後。「常是」「宝」と大黒像の極印がある。銀座の大黒常是が鋳造。西鶴当時は慶長丁銀が通用した。

慶長
豆板銀

豆板銀　重さは約一匁から五匁ぐらい。丁銀と同じ極印がある。銀座で鋳造。その形から小玉銀・小粒銀・細銀・露などともいう。

寛永通宝
一文銭

【銅貨(銭)】 定形定量貨幣で、文(もん)で数え、千文を一貫文という。表に「寛永通宝」と刻し、銭座で鋳造。銭緡(ぜにさし)で百文つないだのを百緡というが、一般に九十六文つなぎ百文に通用した。

【三貨の両替】 政治都市江戸は、武士階級が金貨を主として使ったので、江戸では金本位の経済が行われ、商業都市大坂は商人が銀貨を主として使い、大坂をはじめ上方では銀本位の経済であった。

三貨の両替は両替屋が取扱い、三都をはじめ大きな都市に本両替・銭両替(銭屋)などがあった。両替の相場は、慶長十四年幕府が金一両＝銀五十匁＝銭四貫文と定めたが、実際には相場は毎日変動した。

西鶴作品読解の上では、おおよそ金一両＝銀六十匁＝銭四貫文(四千文)と覚えておくとよい。

【当時の米価】 寛文・延宝期の京都の売り値は、米一石銀四十五匁から七十匁、貞享・元禄前半期の大坂の米相場では米一石銀四十匁から六十匁の間を変動した。一石の現価と比較するとよい。

解説

武道伝来記　解説

谷脇理史

貞享四年(一六八七)四月に出版された『武道伝来記』は、八巻八冊、各巻四章、計三十二話の短篇の集積からなり、西鶴の作品中でも『諸艶大鑑』『男色大鑑』と並んで、大部なものの一つである。それは、題簽の角書及び各巻目録の傍題に記された「諸国敵討」の語が示すように、敵討を素材としている(ただし、脚注にも随所で記したごとく、敵討と認めるには無理な話や、付け足りのように敵討を導入している話もある)が、その量のみならず質においても、西鶴武家物の代表作と見なすことのできるものである。その評価は、おそらく今後も変わることはないであろう。

と同時に『伝来記』は、西鶴がそのすべての短篇において武家の世界を対象とした最初の作品であり、西鶴武家物の第一作と称しうるものでもある。もちろん西鶴は、それ以前の好色物でも時に武家を登場させ、『西鶴諸国ばなし』『懐硯』などでも一部で武家の世界を取りあげてはいる。また、『男色大鑑』(貞享四年正月)の前半四巻の大部分は、男色をめぐる武家の話であるから、『男色大鑑』の前半四巻に、西鶴武家物の始発点をうかがうこれまでの見方も正当であり、故なしとはしない。しかし、『好色一代女』を出刊した貞享三年六月以後、新たな作品の世界を模索しつつ種々の素材を取りあげて書き続ける西鶴(その具体的なありようは、拙著『西鶴研究序説』第二部第六章「貞享三年の西鶴」

新典社、昭和五十六年、参照)にとって、『男色大鑑』前半四巻は、「大鑑」なるが故に武家の世界をも大幅に取り入れたというにすぎないものであったであろう。武家の世界にねらいを定め、同時代を生きる武家の心情や行為のありようをうかがおうとする西鶴武家物の成立、と同時に確立は、『伝来記』の出刊によって初めて行なわれたと見るのが妥当であろう。それを西鶴武家物の第一作と称するゆえんである。

しかし、右のような規定の仕方には、ただちに以下のような疑問が呈されるかもしれない。武家物の確立を『伝来記』に見定めるのは良いとしても、そこには一見したところ、同時代を生きる武家などは描かれておらず、はるか昔のことと時代が設定されている作品ばかりではないか、と。確かに、一見その通りである。だが、本当に西鶴は、はるか昔の武家のことを書こうとしているのかどうか。そのような設定を行なう西鶴には、それなりの理由、あるいは、西鶴なりの戦略があったのではないか。現在『伝来記』は、好色物・町人物の諸作品に較べて、必ずしも高く評価されているようではないが、以下、それを新たに見直して行くための視点を求めるべく、その方法上の特色を中心に西鶴の戦略をうかがってみることにしたい。

西鶴は、『伝来記』の自序でいう。

和朝兵揃の中に、為朝のくろがねの弓、むさし坊が長刀、朝比奈がちからこぶ、かげ清が眼玉、これらは見ぬ世の事、中古、武道の忠義、諸国に高名の敵うち、其はたらき聞伝て、筆のはやし詞の山、心のうみ静に、御松久かたの雲に、よろこびの舞鶴是を集ぬ。

右の序に、一読して難解な部分はない。西鶴は、「中古」にあった「諸国に高名の敵うち」を「聞伝て」書いた、といっているだけのようである。しかし、『伝来記』の本文と対応させてこの序を読み直す時、私は、ただちにいくつかの問題を感得する。それを今個条的に記せば、

①『伝来記』中には、どれだけ「中古」の「高名の敵うち」が描かれているのだろうか。三百年以上も前のこととはいえ、現在の我々はそれをほとんど探索できていないわけだが、果して西鶴は、「高名の敵うち」を事実に即して書いているのか。

②「筆のはやし詞の山」は、文辞が豊かであることの比喩に違いはないが、それは、「聞伝て」とともに、以下の話が、事実通りではなく文飾があること、あえて言えば虚構が交えられていることを示唆し、事実通りを伝えていないという作者の姿勢を意図的に読者に示しているのではないか。

③「心のうみ静に」は、作者のどのような姿勢を示そうとするものなのか。

④「御松久かたの雲に、よろこびの舞鶴」と、松平(徳川)氏の太平長久を寿ぎ、それを喜ぶ西鶴という寿詞は、序などの常套とはいえ、どこまで本心なのか。

等々の問題であるが、いずれにしてもこれらは、西鶴が『伝来記』を書く時の姿勢や意図、逆に言えば読者にどのような読み方を期待していたのか、という問題と関わってくるようにも見える。そしてそれは、我々が『伝来記』をどう読めば、西鶴の意図に即して読めるのかという問題につながって行くことになるであろう。

まず、『伝来記』は果して「中古」の「高名の敵うち」を事実に即して書こうとしているのか否かという点を問題にするために、作中での時代設定、舞台の設定、人物設定等について考えてみよう。

「中古」という言葉によって西鶴が示そうする時期が「近世初期の、寛永・正保頃までを含む時代(岩波文庫『武道伝来記』補注)」であるという指摘は、多くの用例から見て正しいであろう(私は、西鶴の場合、大坂落城(一六一五)以後を徳川氏の時代と見るという歴史認識を持っていたのではないかと思うので、西鶴の「中古」は、およそ元和から万治頃までを指すと見てよいと思うが、ここでの詳論は避ける)。だが、『伝来記』中に実在の年号が記される場合やその時代が作中の記述から推定できるものは、ほとんど右の「中古」の規定と齟齬を来たすものばかりなのである。

例えば、実在の年号を出してその作品の時代を示すものは、

①　巻一の三「天正の比…」(一五七三―九二)

②　巻五の一「後柏原院、大永の比…」(一五二一―二八)

③　巻五の四「天正三年十一月廿八日の夜」(一五七五)

の三例が見られる。また、年号を出していなくとも、巻一の一は、安土の城下のこととして書かれているから、これも天正時代(安土城は天正七年築城、同十年落城)という時代設定となっていることが明らかである。このように、明確にその時代が指示される右の四章は、すべて前述の「中古」の規定からはずれ、文字通り「信長時代」(当時は、はるか昔、の意も持つ)か、②のようにそれ以前ということになっているのである。

と同時に、右のように明確ならずとも、広島を舞台とする巻二の一に「福嶋安清とて、殿に筋目ある人」が登場すれば、その時代を慶長六年―元和五年の福嶋正則の時代のことと推定できようし、巻一の四の「先年、関が原の陣旅におきし時、かれが親安川権蔵、我らが先祖隼人と、同じ組下成しが」という記述から、この章の時代は、慶長末か元和頃かという推定もできよう。これらの場合は、前述の四章にくらべて時代が下ることになるが、やはり「中古」

とは称しがたい時代ということになろう。また、他の諸章では、「むかし」「以前」「過し比」「昔日《そのかみ》」「古往《いにしへ》」といった言い方で時代の設定が行なわれているが、前述の明確な四例が天正以前とし、後の二例もまた大坂城落城前後(いわば徳川政権確立以前)までの時代と思わせる史実を匂わせている以上、「むかし」等々で時代を明確に示さない諸章も、徳川政権確立以前の「むかし」のことという設定で一応書かれていると考えざるをえないであろう。

すなわち、西鶴は序で、「中古」の「高名の敵うち」を取りあげたと言いつつ、作品の内部では、「中古」(元和—万治)ではなく、慶長以前(徳川政権確立以前)のことと時代を設定しているがごとくなのである。しかし、『伝来記』は、本当にその時点の敵討を取りあげたものとして読むべきなのだろうか。また、従来行なわれているように、その設定された時代に史実や典拠(話の種)などを求めることができるのだろうか。もしそれらが不可とすれば、西鶴は何故そのような時代設定を行なっているのか。以下、時代の明示されている前述の四章を中心に、その点を問題にしてみよう。

まず、証文の一節として記されているため当然とは言えるものの、年月日まで明記されている巻五の四「火燵もありく四足の庭」を取りあげる。

本章は、「大雪軒より高く、国はへだてながら、目前の白山、水辺ははなれて、橇の浮舟漕通」うような所での話である。ある家に集った「朋友四五人」が、「夜のながきを重宝に、おとし咄も、耳馴たるははやいひ尽して、何と、化物の出る、百物語」を始める。

はなしの六七十もすむ比より、透間漏《もる》風も、それかとおどろき、片隅にゐたる男も、次第に輣出《にじりいで》、天井に鼠の噪ぐも、雷のおちかゝるかと疑はる。屋ねを物めがありくやうに聞へ、もはや九十七八にかたりつめたる時、皆々、面の色を違へて、五人一所に鼻を突合せ、今は、咄一つに極りたるにぞ、目を見合せ、手に汗を握り……(この前後に描かれる武士たちが、すこぶる臆病な太平の御代の武士として誇張され諷刺されている点に注意)。

といった状態の時、「榑椽《くれえん》より、爪の長き物這出る音、頻りなるに、心魂も消々となり」「障子を明る迄は叶はず、唾《つばき》にて穴を明て眖《のぞけ》ば」「火燵《こたつ》の櫓、椽より下におりて、霜枯の菊畠にはしり出たる」のを見る。その家の主人が「手鑓提《ひつさげ》てかけ出、ぼつ詰て突とめ」ると、

各々かけつけ、「まづは御手柄、是を殿の御耳に達せん」と、はやとり〴〵なるに、亭主躁がず、「これ、人のうたがふ事なれば、いづれも証拠状を書て給はれ」といへば、「心得たり」と、天正三年十一月廿八日の夜、畠山の末孫、友枝為右衛門重之、化生の者をしとむる所、実正明白なり。

と、各々が連判をすえ、

「いざ、正躰見せ給へ」と、蒲団をまくれば、日比《ひごろ》手飼の犬也。

ということになり、皆興ざめして「大笑ひして帰」って行く。ところが、その後、

是ざた一ばいに成て、「扨も今は、御代静謐に治り、血臭き事なきによつて、此比、去方にて、諸歴々衆、犬を突とめたりとて、証拠状を取、是をいひ立に、外に知行望むよし、向後、人の首捕《とる》刀を止て、犬を切には生くら物よし」と、名をさゝぬ計《ばかり》に評判……

することになった。かくて、この話がきっかけとなり、敵討の発端となる事件が起ることになるわけである。

右に見るように、この部分は、天正三年(一五七五)十一月二十八日の夜のこととして書かれている。しかし、「おとし

咄」や「百物語」の流行が寛文以後の状況を反映し、臆病武士の描写が、戦国末の天正の武士などではなく、「御代静謐に治り、血臭き事なき」太平の時代である当世(天和・貞享期)を背景にしていることはいうまでもない。すなわち、この章の西鶴は、天正三年のことと時代を設定しつつ、当世流行のものや当世の武士のありようを面白おかしく描いて、当世の武士を諷するという書き方をしているのである。何故そうしたのか。

その理由の一つは、これが犬を突き殺す話だからであろう。周知のように、生類憐みの令と一括される法令が出始めるのは貞享二年ごろからであり、犬に重点を置いて発令が行なわれるのは貞享三、四年からである。とりわけ貞享四年正月・二月にはそれまでのものを整備・強化した生類憐みの令が出され、その前後から取締りや処罰が行なわれているわけだから、いま貞享四年四月に『伝来記』を出刊する西鶴にそれが意識されていないはずはないのである。武士が犬を突き殺す話を当世のこととして書くのは、いかにもまずい、少なくとも百年以上前の、徳川政権確立以前のはるか昔の話にしておく必要がある、そうしておけば何かあった時の言い逃れも出来るだろう――西鶴が本章を天正三年とした理由の一つは、右のように推測できるであろう。

また、このような時代設定を行なう理由としては、臆病武士を滑稽に描きあげて諷し、「犬を切には生くら物よし」などという穏やかならざる世間の風評を平然と記したりする場合、あらわに当世のこととして書くことをはばかる必要があったのではないかということも理由の一つとして推定できる。というのは、『伝来記』中に、この外にも当世の武士のありようを諷していると見られる例が数多いが、その場合、支配層である武士を当世のこととして直接的に諷することを避け、あえて「むかし」のこととして書いているごとくだからである。

例えば、巻四の三「無分別は見越の木登」では、今時は、武道はしらひでも、十露盤《そろばん》を置ならひ、始末の二字を名乗ば、何所でも知行の種となりて、譜代の筋目正敷《ただしき》者は、かならず先知を減少せらる。世は色々にかはりて、今より末々は、諸侍たる者、刀の代に秤を腰にさして、商ひはやるべし。

と評判される人物が、主人公の父親であるが、この作品も「肥後のむかしの国の守」の時代のこととされている。また、巻二の二「見ぬ人皃《ひとがほ》に宵の無分別」では、当世風の仲人口にあざむかれて嫁を迎え、その不器量に怒り狂った男が仲人をなじると、

挟箱の蓋をあけて、金子弐百両取出して、「右に御契約は申さね共、あなたの御手前よろしきゆへに、此小判を送らるゝなり。今の世の中は、かうした事が勝手づく、女房がよいとて、御《ご》身躰《しんだい》のたよりにはなりませぬ。御ためのあしき事はいたさぬ」と、いかめしく見せければ……

といった場面が書かれて、金銭に動かされる当世の武家社会の風潮を諷するが、この章の時代の設定もまた「いにしへ」である。このような書き方に、当世のこととして書くことを一応はばかる姿勢を感得するのは容易であろう。

と同時に、巻五の四の場合には、この話の舞台となった土地が特定できないことにも注意する必要がある。確かに「目前の白山、水辺はなれて、橇の浮舟漕通ひて」とある以上、北陸または中部地方であることは言うまでもない。しかし、その広い範囲のうちのどこかは分からない書き方がしてあるのである。これは、後述の作品の舞台の問題とも関連するが、この場合は、右の話の種が生まれた場所を意図的におぼめかしていると見るべきなのではなかろうか。そして、そうした理由は、当然前述の犬の問題がある故と見てよいであろう。

ところで、このように時代を天正とし、場所をおぼめかしつつ、明らかに当世(天和・貞享期)の武家の風潮や徳川

政権の施策を諷する巻五の四のような作品を、当時の読者はどのように受けとめて読んだのだろうか。あえて推測すれば、以下のごとくである。

西鶴が「高名の敵うち」と称している以上、おそらくは後述のように事実に大幅な改変を加えていると思われるにしても、当時の読者の一部には、その話の種(素材とした当世の事実)が分かったかもしれない。そして、それを作者がわざわざ天正のこととし、北陸か中部のどこかとしていることに、作者の周到な配慮を見、実在の話の種をどう生かしているかに興味を覚えつつ、当世の武士のありように一笑し、「犬を切には生くら物よし」といった一言を痛快ととらえ、一応ははばかりを示しつつも衣の下から鎧をのぞかせて当世の武家の行為や心情を描いて行く西鶴に讃嘆していたのではないか。

いずれにしても、巻五の四は、天正時代のこととして読んで面白いわけのない作品である。これは、天正という時代の設定で一応のカムフラージュを行ないつつ、当世の武家や政治のありようを取りあげて書いた作品と見るべきなのである。

同様のことは、時代を明示した他の諸章についても言うことができる。

安土城下のことと時代を設定した巻一の一の前半部は、入道して眼夢と称した男が、仕えていた左京・采女という二人の小姓の殉死を憂慮して偽りの勘当をいい渡すものの、二人は見事に先腹を切って果て、それを知った眼夢も「三日も立ぬ」うちに命の限りとなったという話である。が、西鶴は、二人の小姓が「筋目たゞしき浪人の子共」であり、眼夢が「阿房宮賦」を誦して「世の替れる有様」を嘆ずるという風に、「安土の城下」(天正の頃)では具合の悪

いことをも平然と書いて行く。さらに、眼夢が次第に弱って行くのを知った小姓たちは、

　御死去も程はあらじ。願はくは見奉りて後、心静に御供申度物なれ共、兼て腹死《じゅんし》の事仕るまじきと、再三の仰せをかうぶりければ、是もまた主命をそむくの道理、武士は命を捨る所をのがれては、其名をくだすなり。

と、思い立つ日を定めて先腹を切ることになるわけだが、「兼て腹死の事仕るまじきと、再三の仰せ」が、寛文三年(一六六三)五月の殉死禁令以後の状況を背景に書かれている場面であることは確実であろう。さればこそ先腹を切るという発想が読者を驚かせ、武家の論理や行為のありようを衝撃力をもって読者に認識させるのである。やはり、巻一の一も、幕府の制禁を屁理屈で破るような話を当世のこととして書くことをはばかり、あえて「安土の城下」のこととしていると見られるのである。

また、巻五の一「枕に残る薬違ひ」の前半部は、大和の信貴城の姫君が都の高家に嫁入りするものの、夫が腎虚となって死に、南都の法花寺で仏道を志すうちに病となる、それを「大殿様、御歎き深」く、「御手前医者」に見せるが効験なく、出頭家老推薦の町医者と国家老推薦の牢人医者とが競いあって薬方を献ずる、町医者の薬方は誤っていたにもかかわらず出頭家老の威勢で無理にすすめたところ、七日後に姫君は死んでしまう、という話である。

この章の時代設定は、「後柏原院、大永の比」(一五二一―二八)と冒頭に記され、天正よりもまたはるかに時代をさかのぼらせていることになるが、これも前二章と同様、内容の上で当世のこととすることにはばかりがあり、わざわざ「大永の比」とことわってカムフラージュしているように見うけられる。

まず、高家の主が「酒婬の種となりて、枕二つの俤、次第に疲《やつ》れ」て腎虚で死ぬという冒頭は、今その事実を探索できないが、太平の御代の当世の大名・高家などによくありそうな話であり、近年の巷間の噂などを取り入れている

がごとくであるから、おそらく当世のこととして書くことによって、あらぬ推測が生まれたりすることをはばかる姿勢から、時代をはるかにさかのぼらせる必要があったのであろう。また、大名の姫君などの難病の際、時に町医者や牢人医者に薬方を献じさせる事例も江戸時代にはあったであろうが、「大永の比」に牢人医者や町医者があるはずもないから、これまた当世の事例がとり入れられていると見られよう。しかも本章で西鶴は、「大永の比」とわざわざ時代をさかのぼらせていながら、「髪の結振、信貴の城下にはやる、しめ付嶋田のふき鬢」(この髪型は天和・貞享期の流行風俗)などと平然と記している以上、この「信貴の城下」は例えば「江戸の城下」に、「大永の比」は「天和・貞享の比」に読み変えることを読者に示唆しているがごとくでもある。この章もまた、「大永」の頃としつつ、当世の武家のありようを描いている作品と見ていいのである。

年号を明記する残りの一つ、巻一の三「嗲嗒《ものもうどれ》といふ俄正月」も同様である。「天正の比」としつつ、六条の遊女町を舞台としたり、脚注で指摘したように随所に当世(天和・貞享期)のことを導入したりと、本章の書き方はまさに自在だが、おそらくは禁止された「俄正月」のことを冒頭に書き入れる必要から、当世のことではないという言い逃れのために、「天正の比」としたものであろう。これまた、天正の史実や武家を取りあげたなどと考える必要の全くない作品なのである。

これまで、時代設定が明示されている四章を中心に、それらは、天正(またはそれ以前)のこととしつつ、実は当世のことを書いていると論じて来たが、残念ながら現在、当世のどんな事実を話の種(素材)としているのかを突きとめることはできない。当時の読者の一部にはそれを考えつつ『伝来記』を読むことができた人たちもいたかもしれないが、西鶴がすでにカムフラージュを行ない、話の種をそのまま伝えようとしていない以上、仮に似たような史実を典拠ではないかと指摘しても、それは多くの場合、おぼろげな推測の段階を出ないであろう。せめて敵討事件の起った時点でも明示されていれば突きとめようもあろうが、それは前述のように、「天正の比」であり、「むかし」という指示があるにすぎないのである。

さらに西鶴は、話の種となったかもしれぬ事件が起った時点を右に見たように引き上げたり、おぼめかしているばかりではなく、前述の「信貴の城下」の例からもうかがわれるように、それが起った場所を変えている可能性も大なのである。さらには、登場人物名も一切実名を用いていないという推定もなり立ちそうである。私は、それもカムフラージュのためと考えてよいと思うが、まずその点について具体例をあげてみることにしよう。

すでに、前田金五郎も指摘している（「『武道伝来記』の事実と創作」文学、昭和四十一年七月）ことだが、寛文十二年（一六七二）二月三日、江戸市谷浄瑠璃坂で起った奥平源八らの当時著名な敵討（浄瑠璃坂の敵討）は、巻八の一「野机の煙くらべ」でその事件の発端が用いられ、巻七の二「若衆盛は宮城野の萩」で敵討の場面が用いられていると推定でき、その推定は、おそらく正しいと考えられる。しかし、巻八の一の場合、登場人物名が変えられているのはもとより、宇都宮の事件が丹波に転ぜられ、巻七の二では、同じく仮名を用いるばかりか、江戸市谷浄瑠璃坂を、わざわざ僻遠の地「陸奥」の「外の浜」に変えているのである。これが、近年に起った、公許されていない敵討事件をそのまま導入することをはばかったためであろうことは簡単に推定できるが、この場合西鶴は、事件の場所・人名を変え、一つの事件の発端と敵討の場面を二つの話に分割してしまっているのである。

とすれば、他の多くの章でも、史実とは異なる人物名が用いられ、場所が変えられ、時には一つの事件が分割されて用いられていると見なければならないであろう。

ただし、現在分かっているかぎりで言えば、例外が一つだけある。それは、事件の発端や経過、登場人物名を全く変え、その事件の起った時点をおぼめかしてはいても、寛永十一年(一六三四)の渡辺数馬・荒木又右衛門による伊賀上野の敵討を章末に取り入れ、伊賀上野でのこととして書いている巻八の四「行水でしるゝ人の身の程」の場合である。

だが、伊賀上野の敵討の場合は、それが『伝来記』執筆時より五十年以上も前の出来事であり、しかも公許の敵討であったから、もはやおぼめかす必要もなかったのだと考えるべきであろう(その場合でさえ、事件の発端や経過、登場人物名を全く変えている点に西鶴の配慮をうかがい、その配慮から生まれる『伝来記』の方法の特質を見るべきであろう)。と同時に、現在分かるかぎりで言えば、五十年以上前の公許の敵討であるこれのみが、あたかも偶然のように敵討の場所のみ事実をとり入れているということは、逆に他のものが、近年の出来事を種としながらも、意図的に場所・人名等を変えて虚構されたものであることを証することになるであろう。従って、もはや『伝来記』は、その設定された時代も、登場人物名も、一例を除き場所も、『伝来記』に書かれていることを事実と考えて読む必要のない、作者によって十二分の虚構が加えられた作品だということになるのである。

それでは、右のような虚構化を前提とした時、『伝来記』をどう読んで行ったらいいのか。簡略ながら本文の脚注でも随所で触れているので、今、一例のみをあげよう。

巻三の四「初茸狩は恋草の種」に次のような場面がある。「作州津山の古き城下に」沼菅半之丞という美少年がいた。半之丞には、「本町二町目、能登屋藤内とて、名を得し町六方」の恋人がいたが、「水野何がしの流を汲」む竹倉伴蔵が横恋慕し、「公儀の権威」をかりて藤内をおどしつけ、白昼の往来で恥をかかせる。

このような人物設定と場面が、「作州津山の古き城下」(他の章での前述の時代設定により、ここでは慶長九年森氏入城以前の津山と見る)のことでありえないのは言うまでもない。また、「水野何がしの流を汲」という伴蔵が誰かは分からぬとしても、この「水野何がし」で読者の思い起す人物が、著名な旗本奴水野十郎左衛門(寛文四年に切腹)であることは確実である。従って、この場面は、旗本奴と町奴の近年の争闘を話の種とし、江戸(または大坂)に舞台を設定すること(「本町二町目」という地名の出し方が両都市のどちらかを示唆しているものと見られる。脚注参照)をはばかって、意図的に「作州津山」に変えていると見てよいであろう。私は今、残念ながら江戸(または大坂)での近年の類似した具体的な素材を見出すことはできないが、この場面などは、旗本奴と町奴との間に時々あったであろう恋の鞘当てという近年の見聞を作者がとり入れ、それに十二分の虚構を加えて当世の武家の一面を描くべく話を仕立てていると見れば十分なのではなかろうか。

もちろん、西鶴が種とした実在事件などを確実に突きとめることができれば、それにこしたことはない。しかし、西鶴がカムフラージュを行ない、話の種を縦横に操作し、時・所・状況・人物名などを変え、さらには脚注でも指摘したごとく古典などの話を生かして話をふくらませたりしている以上、現在その追求は、不可能に近いように思われてくる。その追求を行なうことが必要であることを私も認めないわけではないが、その場合には、『伝来記』が右のような書き方をしている作品であることを十分に考慮に入れて、出来るだけ確実なもののみを問題とするに止めるべきであろうと思う。以上のような『伝来記』の方法を考えれば、いささかの話の類似からそれを『伝来記』中の一章の話の種と指摘し、それを前提に作品を読んで行こうとすることは、大方その作品の誤読につながってしまうことにもなりかねないから、おぼろげな類似による典拠等の指摘は、厳につつしまなければならないのである。

これまで私は、『伝来記』の西鶴は、当世の武家社会を当世のこととして書くことをはばかり、時・所・人名を仮構し、実在事件を取り入れる場合でも、それを自在に組み替え、創作を加え、意図的に虚構化している、と論じて来た。『伝来記』が、椋梨一雪『日本武士鑑』(元禄九年刊)序で「虚妄の説」と批判されていることはよく知られているが、『伝来記』の書き方を右のように見定めることができるとすれば、その批判はまさに正当なのである。しかし、西鶴は、後世のそのような批判を受けても全く動じなかったに違いないし、現代のように『伝来記』の記述に即して史実を読もうとする読者などが出てくれば、自らの「虚妄の説」を信ずる存在が生まれたことをあの世で時に笑い、時に楽しんでいるかもしれない。何故なら『伝来記』は、西鶴が意図的に「虚妄の説」として作ったものだったのであり、それは初めからそう読まれることを期待して書かれているものだったのだから……。

ここで、最初に提示した『伝来記』自序から感得できる問題をふり返ってみよう。西鶴は、そこでどんな読み方を読者に求めていたのか。

そこで西鶴は、「中古、武道の忠義、諸国に高名の敵うち、其はたらき聞伝て、筆のはやし詞の山、心のうみ静に」と書いていたが、この言葉と、すでに見た『伝来記』の書き方とは当然関連を持つであろう。西鶴は、「中古」と言いつつ、本文では時代をそれ以前という設定で書いていて齟齬があるわけだが、いずれにしてもこれが近年のことを取りあげていることへのカムフラージュであることは確実である。さらに、「聞伝て、筆のはやし詞の山」は、事実の正確な見聞ではなく、修辞を盛大に用いていることを強調する部分だが、これは、その作品が事実通りのものなどではなく、縦横に虚構が交えられていることを宣するものであったと見てよいであろう。と同時に、「心のうみ静に」

は、心静かに、時には冷徹に武家の行為や論理のありようを見つつ右のような方法で話を作って行く西鶴の姿勢を示し、『伝来記』が「虚妄の書」でありながらも、個々の武家や武家社会のあり方を冷静に見て、それを読者に提示するものであることを表明していると見ることができよう。西鶴は、『伝来記』を「虚妄の書」として意図的に書いていること、と同時に、それが武家の世界を平静な心で見つめているものであることを、すでに序において宣言していたのである。

そのように言った後西鶴は、「御松久かたの雲に、よろこびの舞鶴」と、徳川(松平)氏の治政の長久を寿ぎ、その太平を喜ぶ自分を描きあげている。このような寿詞が、序などの常套であることは言うまでもないが、「心のうみ静に」武家の世界を書いている西鶴が、単純に徳川氏を頂点とする武家の治政を喜んでばかりいるとは考えがたい所である。やはりここにもカムフラージュの姿勢を見るべきであろう(『伝来記』の冒頭と末尾の一文その他でも徳川氏への寿詞を書くといった念入りなやり方をしていることを含めて、この点を強調することは容易である)。

結局、西鶴は、その自序においてすでに、意図的にカムフラージュを行ないつつ「虚妄の書」を作りあげる姿勢を明示しているように見うけられる。そして、その序での自らの姿勢は、すでに簡略ながら見て来たように本文の中でも十二分に生かされているのである(なお、ここで触れることの出来なかったものは、本文の脚注に記したので御参照いただきたい)。

それでは西鶴は、何故このような姿勢で『伝来記』を書いたのか。その答は、二つの側面から考えることができそうである。

一つは、当時の出版取締りなどを配慮して、当世の武家の実事をそのまま書くことをはばかったのではないか、ということである。今ここで十七世紀における出版取締りの実状を詳論する余裕はないが、今田洋三が紹介する、明暦三年(一六五七)二月の京での町触れを最初(『江戸の禁書』吉川弘文館、昭和五十六年)として、出版の取締りが徐々に強化され、仮名草子以後文芸のあり方にもその影響が及び、作者の書き方にも変化が見られるようになるのは確かである(具体的な事例等は、拙稿「出版取締り令と文芸のあり方——十七世紀の場合——」叢書江戸文庫月報、国書刊行会、昭和六十三年四月、参照)。西鶴の場合、『一代男』から『一代女』の頃までは、出版取締りの対象となりそうなことも平気で書いているごとくだが、それでも御政道にかかわる問題は、例えば貞享暦改暦のことを持統朝のこととして浄瑠璃『暦』を仕組むなどの配慮を行なっているのである。現在、貞享三年(一六八六)に好色本の禁令が出され、西鶴がそれによって素材を転じたという説は否定されており(野間光辰『西鶴年譜考証』中央公論社、昭和五十八年、など参照)、それは正しいと思われるが、好色本の禁令は出ていないとしても、貞享元年発令の出版禁令の生きている当時、それとの関連で西鶴の方向転換を考えることは可能なのではないかと思う。というのは、貞享元年四月の禁令が、

御公儀の儀ハ不及申、諸人可致迷惑儀、其外可相障儀、開版一切無用ニ可仕候、うたがはしく存候儀ハ、両御番所江窺、御差図を受板行可仕候……

というものであることは周知だが、『一代女』が大名の妾狂いや武家の奥向き、三井呉服店の一番番頭のスキャンダルなど、右の禁令の適用を受けそうなことを平然ととりあげているのに対し、その後の西鶴は、そのような書き方をしなくなるようだからである。やや臆測のみを記す感じで、状況証拠をあげうるのみだが、私は今、『一代女』出刊の時点で西鶴に対して何らかの警告や注意があった可能性を考えることができると思っている。

しかし、右の点は臆測に過ぎるという批判もあろうから、今、これを認めていただく必要はない。だが、右の禁令に「御公儀の儀ハ不及申、諸人可致迷惑儀、其外可相障儀、開板一切無用」とある通り、「御公儀」、即ち徳川氏とその政治向きのこと、「諸人」(内実は大名・武家・大町人などを指すであろう)が迷惑し差障りのあることを作中に書くことが、禁令に触れることは間違いないのである。とりわけ御政道にかかわることや武家にかかわることは危いと見ていい。『伝来記』が、当世のことを徳川政権確立以前のこととして書き、時・所・状況を変え仮名を用いている理由の一つは、この禁令の存在と関係させて考えないわけにはいかないのである。

もう一つの答は、西鶴自身が本来持っている創作姿勢を考えることから出すことができそうである。西鶴は『一代男』以来、事実を事実らしく取りあげようとする姿勢を持っているようではない。随所に虚構をまじえ、古典のパロディを行ない、話を何とか面白くしようとすることに力をそそいでいるように見うけられる。例えば、著名なモデルの事件を取りあげる『好色五人女』の場合でも、実そのものを伝えるより、それを種にどのような虚構を加えるかに見所を置いて書き、「虚妄の説」とすることによって面白おかしく人の世のありようを種々の側面から描こうとする西鶴なのである(拙著『西鶴研究序説』第二部第四章「『好色五人女』論序説」参照)。出版取締り令ゆえに虚構化を余儀なくされた一面があると同時に、西鶴の創作方法自体に「虚妄の説」を欲求する一面があったことも、答の一つとして忘れてはならないであろう。

それでは、『伝来記』において、西鶴が意図的に「虚妄の説」を書いたことは、どのような意味を持ったのか。そして、それをどう把握して読めばいいのだろうか。

「虚妄の説」として書くことによって西鶴は、まず、前述のように時代・場所・人名等を仮構でき、自在に話を組み替えたりする自由を確保する。さらに、古典などの話をもじって導入して存分に虚構を加えることができる（この点について気付いたものは本文の脚注に記したが、管見の及ばなかった所も数多いことと思う。御示教を賜れば幸である）。そしてその虚構化の過程で西鶴は、当世の現実社会の武家の心情や行為のありようを作中人物に付与し、当世の武家の世界に対するその認識を自由に導入することができる。西鶴は、自らの目を十分に生かしつつ、話の種を取捨選択したり組み合せたり、創作を加えたりして、事実以上に話を面白く作り直して行くことができるのである。

そのような『伝来記』をどう読むべきか。答は簡単である。それは、西鶴自身、と同時にその読者である町人たちと同時代の浮世を生きる武家の論理や心情を虚構によって具体化し、読者に浮世の一面を認識させる、文字通りの浮世草子、当世を描いた本として読むべき作品なのである。それでは、そのように読むことで『伝来記』の個々の章の面白さをどう把握できるのか――その点については、不十分ながらも本文の脚注の随所で簡略ながら私見を記した。御参照たまわれば幸である。

西鶴置土産　解説

冨士昭雄

一

『西鶴置土産』は、五巻全十五章から成る短編小説集である。西鶴は元禄六年(一六九三)八月十日、五十二歳で没したが、門弟北条団水は京都から大坂の西鶴庵に駆けつけ、西鶴の葬儀の後、その遺稿を整理し、次々と刊行した。即ち『西鶴置土産』『西鶴織留』『西鶴俗つれ〲』『万の文反古』『西鶴名残の友』がそれである。『置土産』はその第一遺稿集として元禄六年冬に刊行され、西鶴好色物の最後の作品となった。

巻頭には無精髭をはやし、どこか病中の憔悴を感じさせる西鶴の肖像と、辞世の句を掲げる。辞世は「人間五十年の究り、それさへ我にはあまりたるに、ましてや」と前書して、「浮世の月見過しにけり末二年」とある。これは柿本人麿作と伝える古歌を下敷にして、五十二年の円満充足した生涯を顧みての達観した心境を吐露している。次に如貞・幸方・万海・信徳・言水・才麿・団水、七人の追善発句を掲載するが、いずれも西鶴追慕の情が篤い。また書名を『西鶴置土産』と命名し、掉尾の章(巻五の三)の文末を、「南無阿弥〲」と結ぶなど、追善出版の体裁を取る。

なお挿絵は、蒔絵師源三郎風といわれる。

跋文は、一時団水の文とされたが、現在は出版書肆の文とされている。その跋文によると、本作は西鶴の「病中の手すさびにとりし筆の迹」で、「ことには三の巻より四の巻にかゝりて自筆をよろこび、則取直さず出する者也」という。これは巻四の一本文末にも、「三ノ巻より是迄西鶴正筆也」と注記があるので、巻三の一から巻四の一までの四章(以下適宜「話」ともいう)は西鶴の清書した原稿があり、その遺墨の跡を伝える形で、そのまま版下として使い出版したというのである。ただし現在は西鶴自筆の謄写によるものを版下にしたと推定されている。

本作が西鶴最晩年の病中の作で、巻三の一から巻四の一までの四章が西鶴自筆で、他は未完成の草稿であるということになると、前記四章を除く十一章は団水の加筆補綴したものかという疑いも出てくる。藤井乙男は、文脈の混乱したところがあるのは団水の補綴のせいかと疑い(『西鶴文集』解説)、片岡良一は、本作が病中の書きさしであったらしく、それを団水が補筆して辻褄を合わせでもしたのであろうか、所々に文脈の乱れや文章の不調整を含んでいると指摘した(岩波文庫『西鶴置土産』解説)。また近年金井寅之助は精力的な書誌的調査を行ない、一連の論考があるが(参考文献参照)、『置土産』の本文及び版心(柱刻)の版下が数人の筆に成ることを解明し、また版下に切継ぎの痕跡があることに着目して、その原初の形態の復原を試みた。そうして従来諸家から批判の出ていた話については、団水が編集の際、二つの話を結合したり、添削の多い原稿のために語句が脱落などしたものがあるのではないか、と推論した。

この団水加筆の問題に関して谷脇理史は、一つには『西鶴織留』『西鶴俗つれ〴〵』の遺稿集に顕著なように、未定稿と推定される作品が、未定稿の形をあらわに残して出版されていること、二つには当時の団水は、すでに数点の浮世草子や俳書を出版しており、自作を師の作品にまぎれこませなければ出版できないような状況にはないことなどを論拠として、『置土産』においても、西鶴の草稿が、少なくとも意図的には改変されることなく出版されたものと判断せざるを得ないと論じた(「『西鶴置土産』の問題若干」文芸・言語研究5号、昭和五十六年三月。後に『西鶴研究序説』新典社、昭和五十六年、所収)。筆者もこの問題に関して基本的には谷脇説に賛同する。ただし以前団水加筆の問題で述べたように(「西鶴作品団水助作考」国語と国文学、昭和五十五年二月)、部分的には団水の補筆を認める立場に立つ。

『置土産』は、元禄六年八月十日の西鶴の没後、直ちに同年冬に刊行されたものだけに、前述のように本文の版面に切継ぎ、版心の乱れなど、あわただしい出版の跡があるばかりか、内容面でも文脈の通じない箇所や、未定稿のせいか筆力の劣る話がある。そのような『置土産』の瑕瑾ともいえる、文脈の乱れている箇所を二、三始めに挙げておこう。

「江戸の小主水《こもんど》と京の唐土《もろこし》と」(巻四の一)は、構成の上で前後二つの話が合成されてできている。前半の大尽は、太夫小主水に親しく逢うほどの羽振りのよい男で、貧しい身の上には書かれていない。一方後半の中橋のかくれ笠という大尽は、すでに落ちぶれていて、前半の大尽と同一人物とは受けとれない。しかも、柱刻の丁付の形式が、前半と後半とでは明らかに違っている。その前半と後半とを結びつけるものは、原本の「有人これを(五丁裏)是を聞て」の箇所で、金井寅之助の指摘のように(「西鶴置土産――錯簡・落丁を中心に――」解釈と鑑賞、昭和四十四年十月)、筆耕が西鶴の原稿を模写した時錯簡が生じたものと推定される。なお原本には「これを是を聞て」とあるのだが、本書では現行の諸注釈書のように、仮に「是を」を削除してある(三二九頁)。

「大釜のぬきのこし」(巻一の一)では、「世にある客を見捨」と、「揚屋のかどを」との間に脱文があると思われる(二六五頁)。谷脇理史は、その脱文の箇所に、後文の「いひかはせし事」から「気のつきる軒づたひ」までの文章を移せば、文意が通るように思われ、この推定が可能であれば、ここは一部分の錯簡になるという（前掲書）。確かに筋は通るように思われる。

また「都も淋し朝腹の献立」（巻五の三）では、「ほしき物をかへとて」の箇所（三五七頁）にも脱文があると思われる。

このように『置土産』を子細に検討すると不備な点がみられるが、花袋（後出）や白鳥（「西鶴について」改造、昭和二年五月）、あるいは暉峻康隆（『西鶴　評論と研究』下、中央公論社、昭和二十五年）ら研究者が、秀れていると指摘する巻一の一・三、巻二の一・二・三などが、本作の代表的な作品と言うことができよう。

二

西鶴は『置土産』の序文前半部で、「世界の偽《うそ》かたまつて、ひとつの美遊《びゆ》となれり」、「女郎はなひ事をいへるを商売、男は金銀費ながら、気のつきぬるかざりごと、太鞁《たいこ》はつくりたはけ、やりてはこはい皃《かほ》、禿《かぶろ》は眠らぬふり、宿のかゝは無理笑ひ、……亭主は客の内証を見立けるが第一、それ〴〵に世を渡る業おかし」と述べている。ここに言う「美遊」の世界は、西鶴の初期の好色物の舞台でもあった。

かつて山口剛は次のような所説を述べている（「西鶴好色本研究」『日本文学講座』13－15、新潮社、昭和二－三年。後に『山口剛著作集』第一、中央公論社、昭和四十七年、などに所載）。

『西鶴置土産』は好色物と町人物との中間にある。しかもこれは最も多く『二代男』と聯関して考ふべきである。『二代男』の遊びの態度と、これの遊びの態度の相異は、畢竟金と遊びの関係の見方の相異である。この相異は

『二代男』で一度扱つた材料をもう一度立場をかへて書き直したものに就いて見れば、極めて容易に明かにすることが出来る。問題は西鶴の齢と共に推移する心境に触れ、またそれを書きかへることをあへてする晩年の生活にも及んで来る。極めて興味ある問題であり、西鶴その人を知るためには重要な問題ではあるが、或は好色本といふ範囲内で扱ふべきものでないかとも思はれる。

右の所説は、『好色二代男』と『置土産』が類似の題材を扱っていることを指摘している。しかも『置土産』が晩年の西鶴の心境の深化と相俟って、『二代男』とは異なる世界を描いている。それは西鶴の金と遊びに対する見方の相違であり、『置土産』は好色物の範囲から踏み出して、町人物との中間に位置する、というのである。『置土産』は確かに町人物の『世間胸算用』や、『西鶴織留』「世の人心」の巻々と通じるものがある。それは貧窮にあえぐ庶民の暮らしを直視し、貧しい人々の、ふてぶてしく居直り、薄幸に甘んじる生き方を、客観的に淡々と描き切った点である。ここでは『置土産』と『二代男』の題材の類似している例を紹介し、その相違するところを考えてみよう。なお『好色二代男』は、『諸艶大鑑』の別名で、遊里における遊興の諸相を網羅的に描いた作品である。

まず『置土産』「大晦日《つごもり》の伊勢参わら屋の琴」(巻四の二)では、長崎の鹿という大尽が島原の吉野を身請けし、仲むつまじく閑居するさまが描かれている。これは島原喜多家抱えの太夫の三代目吉野のことで、実際の事件に基づき芝居や小説で喧伝された話が題材である。芝居では延宝八年(一六八〇)の春、京都嵐座において、嵐三右衛門が遊客小倉屋源兵衛に扮し、伊藤小太夫が傾城吉野になり、「吉野身請け」の狂言として評判をとった。小説では『恋慕水鏡』(天和二年刊)の巻二「吉野身請物語」がある。長崎の富裕な商人の息子で源《みなもと》という二十七歳の男が、延宝七年の春、上京して島原に遊び、吉野に執心し所持金を使い果したが、吉野が諸道具を質入れしてまで面倒をみた。これを国元の親が聞き、嫁にして不足はないと大金を送り、源は千両で身請けして長崎へ連れ帰ったと伝える。

そうして西鶴もまず『二代男』「花の色替て江戸紫」(巻一の五)で、この題材を取り込む。長崎の鹿が吉野を千三百両で身請けして、伏見に隠栖すると、かねがね吉野の身請けを願っていた越中の国の新という男は、北陸の雪のため上京がおくれ、吉野に逢えなくなったのを悲しみ、吉野の姿人形を作らせ、慕わしい名をもつ吉野山の麓に隠栖したと描く。そこでは、長崎の鹿は吉野を身請けして「伏見に墨染桜、人には見せずなりにき」とある。墨染桜は伏見深草の名所で、花の吉野の縁で用い、「伏見に住み」と「墨染」と掛詞仕立てで修辞を凝らしている。一方『置土産』は、東山の片陰、粟田口のほとりに身請けしたと記し、なおこの鹿の親類の男も、太夫の野風を身請けして、こちらが伏見の里で洒落た暮らしをしたという。両者の隠栖の地はいずれも京都郊外の閑静な地ではあるが、『二代男』が伏見深草、『置土産』が粟田口のほとりと相違するのは、西鶴が作品の主題なり情況に合わせて題材を千変万化させる虚実ないまぜの手法による。

ところで問題の「美遊」は、遊里を舞台とし、客は男を磨き洒落た遊びを心得、遊女は情けも張りもありいやみな客を振るなど、恋の駆け引き、意地の立て引きの上に現前するものだが、身請けにより、美貌で情けも俠気もある太夫が独占できるならこれ以上の望みはなかろう。「大晦日の伊勢参わら屋の琴」では、次のように述べる。

たとへ分限なればとて、七匣釜にてせんそくをわかし、さし鯖を霜月比にくふ人の目からは、たはけのやうにおもふべけれど、既に人間とうまれ、日本まれなる女郎を、ていけにするより外に、何楽み有べし。

身請けは、いかに大金持のすることとはいえ、庶民の目には馬鹿げたことに見えようが、日本にも稀な女郎を我が物にできたら、これ以上の楽しみはないだろうというのである。『置土産』の鹿は、さしずめ理想的な大尽の典型であるが、その暮らしはどうか。本文には次のように記す。

　吉野を千三百両に請出し、万事のつけ届をしまへば、三百貫目も残つて七貫目有けるとなり。

即ち、鹿は大金を使い果たし、閑静な隠栖がそれなりにできる程度になったと描かれているのである。金は持ち過ぎても、また反面乏しくても煩わしいものとしているようだ。

太夫左門を身請けして、世間の忙しい年末に伊勢参りに行くと得意気な五条の市も、そのような長崎の鹿と吉野のいわば琴瑟相和す優雅な暮らしぶりにはかぶとを脱ぐ。五条の市とはだれであろう。左門を身請けしたというのであれば、両替商大黒屋善五郎か、その左門を後に鳴滝の山荘に囲ったという三井秋風か(『古今若女郎衆序』)。大黒屋の住居は室町下立売上ル町なので(『町人考見録』中巻)、五条とは隔たるが、西鶴の例の虚構かとも思われる。西鶴はこの左門の身請けの艶聞を『二代男』「新竜宮の遊興」(巻六の一)で描いている。

以上の「大晦日の伊勢参わら屋の琴」は、それではどこが序文にいう「万人のしれる色道のうはもり、なれる行末」のテーマに合致するのかと、不審に思う向きもあるかも知れない。それは長崎の鹿が大金をはたいて望みの太夫吉野を根引きし、悠々と閑静な生活を享受したと描いているところにある。その例証を『近代艶隠者《きんだいやさいんじゃ》』から引こう。これはやや唐突に思われるかも知れないが、前述の左門―三井秋風と関連があるものである。

『近代艶隠者』は、西鷺軒橋泉作の浮世草子で、貞享三年(一六八六)出版された。作者は黄檗宗の禅僧で、西鶴の俳諧の弟子で、『名残の友』巻五の一にも登場する。

内容は、近世初期以来の市井に隠栖して風流閑雅を楽しむ人物の境涯を描くが、西鶴はこの作品に大いに共鳴するところがあり、版下を書き挿絵を描き、序文を呈して版行に助力した。文章は『荘子』など中国の詩文の影響が著しく詰屈で、小説としては談理に傾き理屈っぽい。全体に老荘的虚無思想が感得されるが、作者が禅僧であるのでその基盤となっているのは禅的な諦観である(野間光辰「『近代艶隠者』の考察」『西鶴新攷』筑摩書房、昭和二十三年、所収)。その『艶隠者』巻三の二「嵯峨の風流男《たはれを》」では二人の男の問答がなされる。一人は美々しく着飾り、妻妾郎党を引連れ花見に来た主人と、今一人は地味な服装ではあるが気品あり、供も連れず自由気ままに花見をする男である。後者の男は、前者の主人が大勢を連れて外を飾るが、気苦労で内に楽しむところのないのを批判し、一方自分の方は富を誇らず、家業を人に任せるが、世俗を離れるわけでなく、好きなように楽しんでいると、自由な境涯のよさを説く。主人の方は自分の及ばないことを反省する様子であった。この後者の男の素姓を人に聞くと、鳴滝あたりの艶男《やさを》(風流な隠者)であった、という筋で、鳴滝の竜宮という山荘を構えた呉服商三井六右衛門、俳号秋風をモデルとしている。秋風は『二代男』巻六の一にも登場するが、『俳諧京羽二重』(元禄四年)の中で「誹諧隠者」として掲げられる十四人の一人である。『艶隠者』は寛文期の『本朝遯史』『扶桑隠逸伝』から貞享期の『本朝列仙伝』の刊行という、当時の隠者好尚の風潮の中での所産でもあるが、これが『置土産』にも反映しているのである。

前述の「大晦日の伊勢参わら屋の琴」に戻ると、左門を身請けし、歳末の忙しい時期に女を連れて伊勢参りなどする者はおるまい、と得意気な五条の市は、『艶隠者』の美々しく着飾った主人に相当する。また鳴滝あたりの艶男に当るのが、長崎の鹿ということになる。同じく艶隠者の境遇でも五条の市と長崎の鹿とでは同列に扱われない。

さらにまた『二代男』「花の色替て江戸紫」に立ち戻ると、越中の新が吉野の姿人形を作らせ、吉野山麓に隠栖した話には後日談が続く。二年余り経った春のこと、江戸の中という大尽が身請けした小紫を連れて吉野の花見にやって来て、新が吉野を忘れられず隠栖しているのに感動し、折角我が物にした小紫を譲ったというのである。事柄の微妙な場面なので、原文を引いておく。新の身の上話を聞いた、中の言葉が始まるところである。

「さては松葉屋の新三郎殿にてましますか。名はさきだつて承りしに、是はあさましき御暮し。……我は妻子の有者なれば、過にし大坂の八木屋の市之允も、手に入て程なく、外へつかはしける。今又、紫も其約束にして、いづ方へも縁にまかするなれば、そなたに進ぜたし。よし野にもさのみおとるまじき女なり。又紫も、とても世に男を持《もつ》ならば、かゝる情しりを」と申せば、（小紫）真《まこと》なる皃つきになつて、「あなたさへ御合点にて、不便《ふびん》に覚しめし給らば、綿をもくり、落葉の煙に身はすゝけるとも、爰の住居をのぞみ」……

と旦那の手前をもはばからず、涙をこぼしたというのである。章題の「花の色替て江戸紫」とは、新が桜花のような吉野への思慕の情を断って、江戸紫にたとえられる小紫に想いを変えたという意である。『二代男』は『置土産』と同じ題材を扱っても、全体に明るく、沈静した雰囲気はない。他方『置土産』の方は、主人公が零落していて悲哀の度が深いとか、結末でも人生に見切りをつけた諦観遁世の境涯が描かれていて、『二代男』とは懸隔がある。

例えば、前述の越中の新が吉野の姿人形を作らせて身辺に置いたという題材と類似するのが、『置土産』「おもはせ姿今は土人形」（巻三の一）である。小紫の身請けを悲しんで、「こむらさき形《すがた》屋」と看板を出して、土人形を作る男が描かれる。四六大尽の誘いで再び遊里に通うが、没落してまた人形作りになったと、哀れな末路が描かれるのである。

三

『置土産』の内容は、西鶴の自序に、「凡《およそ》万人のしれる色道のうはもり、なれる行末、あつめて此外になし」というように、廓で豪遊した色道の達者、あるいは洒落た遊びで評判となった粋人たちが、やがて財産を蕩尽し、やむなく身を隠すことになった、その悲惨な末路の諸相を描いたものである。従ってそこには多分にモデル小説的要素が存在する。

「大晦日の伊勢参わら屋の琴」(巻四の二)の冒頭に登場する京の三木《さんぼく》は、島原の金太夫の遊女ながら無欲な心意気に惚れて身請けしたが、この大尽は太夫の五人七人根引きしても痛まぬ身代であったという。この三木とは、筑前秋月藩出入りの蔵元、三木権太夫であろう。京都下立売室町東入ルに住んだ大商人である(『町人考見録』中巻)。三木が金太夫はともかく、江戸吉原の小紫を身請けしたことは、其角の遊女評判記『吉原源氏五十四君』の花紫の評判の条より知られる。この小紫は吉原三浦四郎左衛門抱えの二代目で、色々と逸話に富み、『置土産』の別の章に描かれる。

「おもはせ姿今は土人形」(巻三の一)では、江戸のきかん気の男、三木が小紫を身請けして他の男を嘆かせたという。これはモデルの京の三木身請け話を潤色して江戸の大尽とし、小紫は唐物町横町の小店の女房となってお梅と呼ばれたと描く。また前述『二代男』の「花の色替て江戸紫」(巻一の五)では、小紫が江戸小田原町の中という大尽に連れられ、吉野の花見に出かけたという話がある。『置土産』に三木が再度登場するのは、あるいは未定稿の遺稿のせいと思われるが、片や京、片や江戸の三木であるのは、西鶴の例の自在な粉飾の筆のせいである。

ちなみに西鶴の人物造型の態度は、『二代男』首章で西鶴が示唆している。『二代男』の遊女が、そのモデルはありながら、「されども替名にして、あらはにしるしがたし。此道にたよる人は、合点なるべし。其里其女郎に、気をつけて見給ふべし。時代前後もあるべし」というのである。つまり西鶴は片々たる事実の見聞を基に、そのモデルなり題材に深い洞察を加え、小説としての虚構の上に新しい文学を構築しようとしているのである。

西鶴は、今日いう虚構に当たる寓言の効用に定見を持っていた。また、寓言と嘘とを峻別した。商人の商売上の嘘とか、「偽《うそ》は女郎の商売」(『好色盛衰記』巻三の二)という嘘は容認し、信義にもとる嘘は嫌った。『置土産』「偽もいひすごして」(巻一の三)や、「大釜のぬきのこし」(巻一の一)においては、主人公が、嘘のためいかに苦境に立たせられ、人々の嘲笑を買ったかを描き、人間の性癖を活写したが、彼等を非難したりしていない。しかし『永代蔵』「茶の十徳も一度に皆」の主人公、小橋の利助のような町人道にも外れた詐欺行為は、天罰が下ったところを描いて奇談に仕立てた。西鶴の文学観を示す寸言としてよく引かれるが、西鶴は、「寓言と偽とは異なるぞ、うそなたくみそ、つくりごとな申しそ」(『団袋』)という言葉を残している。俳諧に関する寸言だが、広く小説面に及ぼせば、嘘を否定し、寓言――真実を伝えんがための虚構――は肯定しているのである。

『置土産』の尾章「都も淋し朝腹の献立」の主人公、備利国は実在の人物である。その詳細は分らないが、『二代男』巻四の三には、「備利国が針立になるも、木半《きはん》が土人形をするも、嶋吉が古道具見世出すも、是皆味な事しり過てなり」とある。『二代男』の備利国は遊興の末、鍼医になったというが、『置土産』の備利国は東山の麓の隠者として登場する。また本文で備利国宅を訪れる二人の客は、「森五郎・鍔三郎などいへる者」とあるが、森五郎は『二代男』巻四の五に、鍔三郎は同じく巻六の三に登場する大坂の大尽である。

さて備利国に西鶴の面影が反映していると指摘したのは、山口剛である(日本名著全集『西鶴名作集』下・解説)。氏によると、主人公備利国は京の人で、西鶴は大坂であり、土地の違いこそあれ、主人公の庵主の法師に西鶴その人の面影をしのばせようとしたらしい。殊に本文の「彼《かの》法師美食好み」などの語句によって、西鶴十三回忌追善俳諧集

『こゝろ葉』にも伝えている「下戸なれば飲酒の苦をのがれて、美食を貯て人に喰せて楽む」という西鶴その人を連想させるほどの用意が認められる。西鶴当時の人々にとってはなおさらのことであったろう。また本文最後の行文の白帷子のこと、並びに「南無阿弥〳〵」の言葉などが団水の加筆であることは疑いのないことであろう。さらに考えれば、西鶴の作例でいえば、最終章を祝言めかすのが普通だが、この作品を自分の絶筆の意で書いたとすれば、西鶴自身こういう結びなり、語り口をしたのかもしれない、と推論された。これには賛意を表したい。

『こゝろ葉』には西鶴の生前をしのばせる発句や前書がある。例えば鷺助の発句に「虚労裡にふるきあはれを秋の風」とあり、西鶴が結核などの衰弱疲労のうちに死去したことをうかがわせるのだが、特に湖梅の発句の前文がよく引用される。それによると、

井原入道西鶴は、風流の翁にて、机に蘭麝を這し、釣舟に四季のものを咲せ、歌行曲引(歌曲の意)をさとりて、俳諧の通達なる事、浦山の賤の子も乳房を離してこれを訪ふ。下戸なれば飲酒の苦をのがれて、美食を貯て人に喰せて楽む。おもへば一代男、……

右の文に西鶴が下戸であると記すが、それは本巻所収の『西鶴名残の友』巻四の五に、「我下戸なれば」とある記事に照合して確かめられる。ただし野間光辰の指摘のように、西鶴はその小説や発句からみて、上戸ではないにしても少しはいける口であった(定本西鶴全集・十二巻解説)。そうして机に蘭の花や麝香の香りをはわせ、釣舟の花器に四季の花を咲かせ、興に乗じては音曲を口ずさむこともあったらしい。実際に西鶴は三味線の歌謡も作詞している(『松の葉』巻二所収)。

ところで『名残の友』には西鶴自身が登場する話がいくつかある。その一つ「乞食も橋のわたり初」(巻四の四)に

は、西鶴の草庵を江戸の其角が訪問する場面があり、それが前掲の備利国仮宅を大坂の友人が訪ねる場面とよく似ている。

要するに、『置土産』終章の主人公備利国は、零落して鍼医となったのが実像であったのかも知れないが、『置土産』では京都の歴々の町人を友とし、東山山麓の居ながら谷・峰を見晴らす所を借りて、楽々と隠者生活を送っているのである。そこにはモデルの備利国ならぬ艶隠者が造型されているのである。

作者は識らず識らずのうちに作品に自己を反映させるものだともいわれ、この最後の章も、末尾の「南無阿弥〳〵」の語句は別として、やはり西鶴の執筆になるものであろう。

四

『置土産』について田山花袋は、「西鶴小論」の中で次のように批評した（早稲田文学、大正六年七月）。

『置土産』は西鶴の遺稿だ。そしてまた『一代男』『一代女』以上にすぐれた短篇を其処に私は発見した。紅葉山人も言つた。「置土産は実に好い。文章も心持もすつかり枯れ切つてゐる。枯淡の中に絢爛を蔵してゐる。とてもあの真似は出来ない。」

実際私もさういふ気がする。かういふところまで西鶴は入つて行つたかと思はせる。『一代女』や『一代男』ではまだ性欲に執したところがあるが、『置土産』に行くと、ぐつと離れてゐる。さつぱりしてゐる。そこにある十種ほどの短篇には、恋の終、又は恋と人生、金と恋愛、さういふことを主として題材にしてゐるが、どれもこれも皆面白い。殊に草鞋銭もなくなつて京から大阪までてく〳〵歩く男、妾を囲つてゐた男が急に太夫買を覚えて身代を棒にふる話、ことに棒振虫の一話などは、世の中のあらゆる甘酸をなめつくした人でなければ、ちよつと書くことの出来ないやうなものである。モウパッサン、チエホフの中にも、かうしたすぐれた短篇は容易に見出すことは出来なかつた。

花袋は『置土産』の妙趣を的確に捉えている。『置土産』が『一代男』など初期の好色物と相違するのは、その後の西鶴の人生洞察の深化によるもので、中期の『好色盛衰記』などはその過渡的な様相を示している。

『好色盛衰記』は、その題名のように、好色生活の無常盛衰の諸相を描くものである。『盛衰記』全二十五話のうち、主人公の最終状況が衰話となるものがおよそ半分、その衰話のうち『置土産』にきわめて近い話は、巻一の二、巻三の一・二・三、巻四の三、巻五の三の六話ある。

そのうち「情に国を忘れ大臣」(巻四の三)は、『二代男』と『置土産』両方に通じる題材を取り上げている。即ち、色好みの遊び仲間が四天王寺参りの折、大変な美人に遭い、その素姓を聞くと、新町の藤屋の金吾で、身請け後は天満に囲われているという筋で、『二代男』「彼岸参の女不思儀」(巻五の五)と類似の話である。

また、「情に国を忘れ大臣」の太夫金吾に関する挿話は、『置土産』の題材である。金吾に惚れた客が多く、互に競い合い、身代を傾ける者が出たが、その中には土人形の彩色の職人になった者もいたという。これは『置土産』巻三の一の土人形作りになった話と通じる。

さて『盛衰記』に描かれる好色盛衰の諸相は、多く金で色を求める遊里を舞台とする。遊里では金次第で大尽遊びもできるし、粋人扱いもされるが、色に溺れ足しげく通えば、自然破滅につながる。『盛衰記』では色道に不可欠な金銭が、色と関連して注目されるようになる。金の問題は、早くは『一代男』にも出ていたが、豪遊の果て資産を費消した椀久を描く『椀久一世の物語』で大きく浮き彫りにされた。『盛衰記』は町人物の第一作『日本永代蔵』と同年に出版されており、西鶴の金銭に対する関心が高まった時期である。『盛衰記』中の金銭に関する評言を挙げてみよう。

これをおもふに銀《かね》さへあれば、何時成ともかしこく、花奢《きやしや》に分《わけ》しりとなつて、女郎町の栄花、殊更何事もならぬといふ事なし。今いふもふるけれども、極まる所は銀の世の中。(巻二の五)

色里がよひもその通、一金、二男と申。銀があるか、大臣ぶりがよいか、いずれにても此ふたつのうち、其身にそなわらずして、よねのくる(遊女が惚れる意)ものではなし。(巻五の二)

このように好色物における金銭への関心を強く示したのが『好色盛衰記』で、『置土産』はこの延長線上にある。試みに『置土産』から金銭に関する評言を挙げてみよう。

(金は)「なふてならぬ物なれば、つかひ捨ぬうちに分別せよ」と、身にこりたる人の異見も耳にいらず、皆になして合点のゆく人、それはおそし。昔より女郎買のよいほどをしらば、此躰迄は成果じ。(巻二の一)

いづれ女郎ぐるひの極る所は銀ながら、ひとつは又仕かけも有物ぞかし。(巻五の一)

なお、後期の『西鶴俗つれ〴〵』の中に、草稿時の『置土産』の連れ合いと思われる話がある。『俗つれ〴〵』巻二の一・二、巻五の一・二・三の五章である。例えば「作り七賢は竹の一よにみだれ」(巻二の二)では、浮世の俗事を見限り、悠々と楽隠居をする七人の老人がいるが、二人の老人がふとしたことから老いらくの恋に陥り、遊興に溺れて破滅し、それぞれ自殺をする顛末が描かれる。これは『置土産』「子が親の勘当逆川をおよぐ」(巻三の二)などに似通う。ただし『俗つれ〴〵』の方は、愛欲を戒める教訓的な評言が挿入されており、対象を傍観的に描く『置土産』とはいささか趣を異にする。

五

要するに、『置土産』は、遊蕩の果て零落した大尽たちの末路を描くが、悲哀を主題にした作品ではない。落魄して余裕のない身でありながら、「やまぬものは好色」と自嘲する話(巻二の一)や、隠居の身で愛欲に溺れ、息子から勘当されるという業の深い話(巻三の二)もある。貧にやつれながらも、昔の心意気や品位を失わない人々の心情が多く写されている。浮世の盛衰の相がしみじみと眺められている。それは生々しい現実への執着を超えた境地から産み出されたもので、全体に傍観的に淡々とした筆致で描いており、老荘の無為自然の思想ばかりでなく、仏教の諦観にも似た晩年の西鶴の心境を看取することが出来る。『一代男』におけるいわば性の謳歌や、『一代女』の感傷性などが払拭されて、遊蕩の末の悟りとも言うべき透徹した枯れた境地が『置土産』の世界であるといえよう。

万の文反古　解説

谷脇理史

『万の文反古』五巻五冊は、西鶴没後二年余の元禄九年(一六九六)正月に刊行された書簡体の短篇十七章よりなる作品であり、『西鶴置土産』(元禄六年冬)、『西鶴織留』(元禄七年三月)、『西鶴俗つれ〴〵』につぐ西鶴の第四遺稿集である。が、それは、遺稿集なるが故に、その執筆時期、西鶴没後の編者(北条団水かと推定されるが、『文反古』には他の遺稿集と異なり編者の序跋等がない)による加筆・修正の有無、さらには一部の作品に編者の補作があるのではないか、等々の問題が生まれざるをえない。現在、それらの諸問題について、多くの研究者の同意を得られる結論の出る段階まで来ているとは思われないが、遺稿集『文反古』を西鶴文学の中でどのように位置づけるかという基本的な問題を考えるための足がかりとして、まずそれらの諸問題についての私見を提示することにしたい。

山口剛が『文反古』のすべてを西鶴作とすることに疑問を呈したのは『西鶴名作集・下』(日本名著全集、昭和四年)解説においてであったが、その後も『文反古』は、その板下が西鶴自筆と認定されて来たこと、その作品が西鶴らしく、また優秀な質のものを数多く収載していると評価されたこと等によって、昭和二十年代までは、そのすべてを西鶴作品とすることに疑問の余地はないかのごとくであった。

そのような状況の中に一石を投じたのは、『文反古』の巻三の一の一節が貞享五年刊の『色道大鼓』（北条団水作）追加の一節とほぼ同文とも見られる部分を持つことを指摘した、板坂元「『西鶴文反古』団水擬作説の一資料」（文学、昭和三十年一月）であり、さらには、詳細な板下の究明により『文反古』の板下を擬筆と認定し、若干の作品を編者の補作と推定した中村幸彦「『万の文反古』の諸問題」（『西鶴・研究と資料』至文堂、昭和三十二年。後、『近世作家研究』三一書房、昭和三十六年、『中村幸彦著述集』第六巻、中央公論社、昭和五十七年、所収）であった。その後、前者に対しては、吉田幸一「『色道大鼓』と西鶴」（西鶴研究・8号、昭和三十年十月）による反論があり、後者に対しては、島田勇雄「西鶴本のかなづかい㈥―『万の文反古』について」（西鶴研究・45号、昭和四十五年三月）による強力な補強の論があるが、現在、前者の問題は後に触れるとして、『文反古』の板下を西鶴自筆と認定することを根拠に西鶴作を主張する考え方は、もはや説得力を持たないと見てよいであろう。山口剛の疑問提示以後現在までの経過と問題点についての詳細は、拙稿「『万の文反古』の問題若干㈤」（文芸言語研究・11号・文芸編、昭和六十二年九月）を御参照いただきたい。

しかし、板下が擬筆であるという点は一応認められるとしても、そこからただちに西鶴作への疑問を提示したり、西鶴作品・非西鶴作品をふるいわける操作を行なったりするのは、性急にすぎるようにも思われる。というのは、遺稿として残されたものの多くは、おそらく板下用紙に書かれてはいなかったであろうし、また、それを謄写して板下とすることができる程に整ってもいなかったであろうから、西鶴の原稿に忠実であったか否かは、板下の擬筆という点のみからは決定できないからである。また、確かに擬筆である以上、疑いを持たれるのは当然だが、『文反古』の板下には、後述のように草稿を忠実に写し取ろうとしたために生じたと見られる現象もあり、さらにその内容や執筆時期等を考えれば、西鶴作を疑う必要はないようにも思われるからである。かつて筆者が「『万の文反古』の二系列」(国文学研究・29集、昭和三十九年三月。『西鶴研究論攷』新典社、昭和五十六年、所収)、及び「『万の文反古』における書簡体の意味」(国文学研究・39集、昭和四十四年三月。『西鶴研究序説』新典社、昭和五十六年、所収)で論じたことではあるが、以下、結論のみを略記し、私の立場を明らかにしておきたい。

まず、『文反古』を原本で見れば明らかなように、そこには、句点の付されている章(巻一の二、巻三の一―三、巻四の一―三、巻五の二の八章。以下A系列と称する)と、句点の付されていない章(巻一の一・三・四、巻二の一―三、巻五の一・三・四の九章。以下B系列と称する)とがある。さらに、前者A系列の評文は「此文を考見るに…」で始まり、後者B系列の評文は「此文の子細を考見るに…」で始まるという一致を示し、各章表題上の[一]などの□の大きさも、前者は後者の一倍半の大きさを持っている。これらのことは、板下の上で二つの系列が存在することを示しているといってよいであろう。と同時に、このような些細な点の一致は、板下の筆者が意図的に行なった結果生まれるとは考えられないから(とりわけ評文の書き出しなどの一致を見れば)、作者の草稿にもこの二系列のものが存し、それが忠実にとり入れられていることを推測させる。また、『文反古』には、板下段階で書き入れられたと思われる小字による誤脱の修正等が、他の西鶴作品に比して数多く行なわれているが、それは、板下の筆者が原稿を参照し直すことで生まれた現象とも見られるから、その点も原稿に忠実に板下が書かれていることを示すことになるかもしれない。

また、以上のような一見して明らかな面のみではなく、A系列の諸章は、候文体を半丁以上にわたって崩している部分を持っているのに対し、B系列の諸章にはそのような部分がないという事実がある。これも、編集に際して統一をはかるための修正等が行なわれていないことの一証となるであろう。さらに、内容的に見た場合、A系列の諸章は、奇談的・説話的なものが多く、貞享三年(一六八六)後半期から四年にかけて書かれた西鶴作品の素材と類似し、巻三の二、巻四の一と『懐硯』(貞享四年三月刊)との関係に見られるように、同一の材料を別の趣向の中で用いたかと推定できるものまでも存している。それに対し、B系列の諸章は、元禄期に書かれる、いわゆる町人物的素材のものが六章をしめて一つのまとまりを示し、最晩年の西鶴の視点や発想から生まれたと見られる作品である(巻二の二、巻五の三、巻五の四は町人物とは異なるが、それらは「万の文反古」とすべくバラエティを生むために書かれた異色の作品と考えられる)。と同時に、A・B各系列で類似した趣向を各一か所ずつ用いている例が三か所に及ぶといった事実もある。そしてこれらのことは、前述した一見して分かる面と重なりあって、二種類の草稿が存在していたことや、両者の草稿の執筆時期に違いのあることを推定させるであろう。

以上の諸点から、『文反古』は、二つの系統の、執筆時期を異にする西鶴の草稿を編者が一つにまとめたものなのではないか、そしてその際、草稿の修正・加筆などを意図的に行なうことなく、むしろ草稿を忠実に編成しようとしたのではないかと考えられる(また、全十七章と半端な数なのは、『文反古』が、二系列の未完成な草稿であったことを示していると見てよいであろうし、数が整えられていないことも補作などが行なわれなかったことの一証となろう)。そして、その内容、創作方法、作品の内部徴証、西鶴の執筆動機等々より見て、A系列の草稿は貞享三年後半期から四年にかけての執筆、B系列の草稿は元禄二―四年(一六八九―九一)の執筆と私は推定している。その具体的な根拠は前出拙稿を御参照いただきたいが、私は、このように考えることで、山口剛以後提示されて来た『文反古』への不審は解決できるのではないかと思う。例えば、『色道大鼓』追加の一節と類似部分を持つA系列の巻三の一は、その執筆が貞享三、四年とすれば、吉田幸一の言うように、西鶴が団水に与えたものとも、あるいは同じ材料を西鶴も団水も用い、団水が『色道大鼓』に用いてしまったが故に西鶴が発表を留保したものとも考えられ（私は後者の可能性が高いと考えている。その点については「『万の文反古』の問題若干(下)」文芸言語研究・14号、昭和六十四年二月、参照）、西鶴作を疑う必要はなくなるであろう。確定的な資料が出現していない現在の段階で断定してしまうことが危険であることは承知しているが、私は、『文反古』全体を西鶴作と見て、擬作、加筆・修正、補作などの可能性を否定する立場をとり、二系列の作品をそれぞれ西鶴の創作活動の該当する時点に位置づけて考察すべきだと考えている。

しかし、すでに信多純一「『万の文反古』切継考」（野間光辰編『西鶴論叢』中央公論社、昭和五十年、所収）が、私見の二系列の草稿存在説に賛意を表しながらも、A・B両系列の位置づけについては疑問を呈し、岩田秀行「『万の文反古』二章臆断」（近世文芸研究と評論・14号、昭和五十三年六月）は、B系列の非町人物的な二章の執筆時期に関して、私見への疑問を提示している。また、檜谷昭彦「『万の文反古』の成立」（芸文研究・27号、昭和四十四年三月。『井原西鶴研究』三弥井書店、昭和五十四年、に改稿して収録）が、柱刻その他に書誌的な考察を加えてこの問題に言及し、岡本勝『万の文反古』（桜楓社、昭和五十一年）解説、「『万の文反古』の成立」（『松村博司先生喜寿記念国語国文学論集』右文書院、昭和六十一年、所収）などが、巻五の三その他についての擬作の可能性を論じ、高橋柳二「『万の文反古』の成立経緯について」（近世文芸・30号、昭和五十四年三月）などが、柱刻などから私見とは別の系統の草稿のあり方を推定する等々、『文反古』の位置づけの問題、擬作の可能性の問題などは、現在、決着をみているとは称しがたい状況にあるようである。従って今は、以上の諸論を参照しつつ、新たな作品への照射が期待される段階といえるようであり、『文反古』をめぐって追求されるべき問題は、当面少なしとしないのである。

以上のように、『文反古』は、その基礎的な問題において決着をみているとはいい難い作品であるが、それが、作品の質において秀作と評するに足るものを確保しえていること、書簡体小説として、日本の小説史において、また西鶴文学自体の中で、独自の位置を占める作品であること等については、従来の見方がほぼ一致しているといってよさそうである。そこで、以下では『文反古』の意図や方法の問題を中心にしながら、その文芸としての特色を考え、それをどう読むべきかという点にまで言及して行くこととしたい。

『文反古』の西鶴自序は、本書のねらいを示すばかりではなく、西鶴の文芸への姿勢を広く考える上でも有効なものであることは周知であるが、ここではまずそれをとりあげて、『文反古』における西鶴の創作意図や姿勢をうかがってみることにしよう。

「見ぐるしからぬは文車の文」と、兼好が書残せしは、世々のかしこき人のつくりおかれし諸々の書物、是皆、人の助となれり。見ぐるしきは、今の世間の状文なれば、心を付て捨べき事ぞかし。かならず、其身の恥を、人に二たび見さがされけるひとつ也。……おかしき噂、かなしき沙汰、あるひは嬉しきはじめ、栄花終り、ながく〳〵と読つゞけ行に、大江の橋のむかし、人の心も見えわたりて是。

西鶴はまず、「世々のかしこき人」が作った「諸々の書物」は、いかに多くても見苦しくはなく、「皆、人の助」となるが、見苦しいものは「今の世間の状文」であり、人に見られれば必ず「其身の恥」をさらすことになるものだという。が、言うまでもなく西鶴は今、見苦しき「今の世間の状文」を自ら創作した『文反古』を読者に提示する前言としてこの序を書いているわけだから、この「今の世間の状文」は、当然西鶴の作品と読み換えることが可能であろう。従って西鶴は、その作品が、「世々のかしこき人」の作ったような有用なものではなく、見苦しくその書き手の恥を世にさらすのみの何の役にも立たないものだと言っていることになる。

これは一見序文に多く見られる謙辞にすぎないようでもあるが、それが、「世々のかしこき人のつくりおかれし諸々の書物」と対比された上で、自らの作品の無用性が強調されていることには注意が必要であろう。なぜなら「転合書」(いたずら書き)「慰み草」「笑ひ草」と自らの作品を位置づけて来た西鶴にとって、これが当然といえば当然の言い方であるにしても、自らの作品を「人の助」となる書物と対比した後、この序の末尾で西鶴はみごとに居直っているからである。すなわち、さまざまな内容の「今の世間の状文」を読み続けていると、そこには「人の心も見えた」って来る、と。もちろんこの序では、表面的には、「人の助」となる諸々の書物に、今の世の「人の心」が見えない、などと書いてはいない。しかし、右の序の展開から見れば、無用な「今の世間の状文」(自分の作品)にこそ、「諸々の書物」からはうかがえない今の世の「人の心」が描き上げられているというニュアンスとなっていることは明らかである。ここには、『好色一代男』以後、「転合書」「慰み草」「笑ひ草」と称しつつ、人の心を描きあげて来た西鶴の自信を見ることができると同時に、そのような自己の文芸のあり方を自覚して読者に表明しようとする姿勢がうかがえるのである。

従って、このような自信と自覚の上に立って書かれた作品である以上当然ながら、西鶴は、『文反古』の中で今の世の「人の心」を多岐にわたって取りあげて行く。『文反古』全十七章は、約半数の章でいわゆる町人物的素材を取りあげているが、その書き手や受け取り手の置かれた状況、町人としての貧富の度合、その書簡の内容等はまさに区々であり、すこぶるバラエティに富んでいる。さらに、他の諸章は、敵討ち途中の浪人の手紙、僧の手紙、遊女の手紙、老婆の手紙等々であるが、奇事・異聞を報じ、自らの身の上を語り、というように、その差出し人も内容も種々であり、まさに「万の」を冠するにふさわしい変化に富んだ書簡集となっているのである。しかも、その多くは、「其身の恥を人に二たび見さがされ」る内容であり、それ故に、今の世のさまざまな「人の心」が、それぞれの書簡の中に具象化される。一つの状況設定の中で、恥多き自らの生のありようを他者に語りかけたり、その見聞を具体的に報告したりするそれらの書簡は、さまざまな世の姿、人間の生のありようを、現代の読者である我々にまで見事に印象づけてくれるのである。

と同時に、『文反古』は、候文体に慣れさえすれば、ごく一部の作品をのぞき、現代の読者にもすこぶる読み易い作品だといってよいであろう。何故なら、そこでは、候文体を採用したためもあって、他の作品に多く見られる俳文的な文体や修辞を欠いている(ただし候文体の崩れている部分を除く)ことが多いために、候文体を常用していた当時の読者はもとより、現代の読者にもすこぶる読みやすいものとなっているからである。ここでは個々の作品に触れる余裕がなく、またその見所等は簡単ながら脚注でも触れてあるので、興味深く変化に富んだ、と同時に読み易いそれぞれの書簡を読者諸氏が自ら読み味いつつ、西鶴の描くさまざまな「人の心」、「今の世間」のありようを感得していただくこととし、以下『文反古』の全体的な特色を若干の側面から略述することにしたい。

『文反古』の最大の特色といえば、すでに触れたように、そのすべての短篇が書簡の形をとっていることであるが、西鶴は、何故このような書簡体小説集の創作を思い立ったのであろうか。

その序文に見られたように、私信としての書簡という趣向が、「人の心」を描くものとして有効という自覚のもとに採用されたものであることは言うまでもないが、このような作品を思い立った理由としては、それ以前の書簡体小説の流行や候文体の持つ意味といった歴史的な背景をも考えてみる必要があろう。すでに暉峻康隆『日本の書翰体小説』(越後屋書房、昭和十八年。後、『近世文学の展望』明治書院、昭和二十八年、所収)が詳細に論じているように、古くは、『堤中納言物語』の「よしなしごと」を筆頭とする書簡体小説の伝統があり、近世に入っては『薄雪物語』の盛行、その追随作品の流行等々が、書簡体小説の創作を西鶴に思い立たせる一つの理由となったことは確かである。また、書簡文体である候文体が、日常生活の中で読者に馴染みの文体であり、読みやすく、読者の興味をひきやすいものを作りうるという計算もあったであろう。貞享三年後半期以後の西鶴は、さまざまな世界へとその素材を広げていくわけだが、そのような認識世界の拡大と同時に、右のような背景のもとに、西鶴は、書簡という趣向によって読者を惹きつけようとする試みを『文反古』の一部を書くことで行なったのである(前述の私見が正しいとすれば、西鶴は、A系列の作品を初めに試みたことになるが、それは、貞享三年後半期における西鶴が新しい世界を模索する過程で思いついた一つの試みと見ることが出来る。その点については、前出拙稿及び『西鶴研究序説』第二部第六章「貞享三年の西鶴」参照)。

しかし、西鶴以前にも書簡体小説が流行していたとはいえ、『文反古』は、それ以前の書簡体小説の流れを明確に断ち切った特異性を備えて書かれているといってよい。すなわち、それ以前の近世の書簡体小説の多くが、恋愛をめぐる往復書簡の型(『薄雪物語』など)や恋の種々相を設定して書かれた書簡の型(『錦木』など)をとり、擬古文体を生かして優雅な情調をただよわせたものであるのに対し、『文反古』は、すこぶる日常的な口語を生かした候文体を採用して散文的な種々の世界に幅広く素材を求め、しかも一通一篇としてそれぞれを独立させているのであり、従来の書簡体小説とは全く異なった相貌を示したものとなってしまっているのである。そのことは、『文反古』中でまともに恋をとりあげていると見られる唯一の書簡、巻五の三「御恨みを伝へまいらせ候」を一読すれば明らかなように、そこでは、伝統的な恋愛の情緒や恋愛の故事、優雅な美文や和歌の導入といった従来の書簡体小説の中心となっていたものが全く拒否され、ある遊女の逃げようとする男をつなぎとめるための手紙という状況設定のもと、男との往事をふり返り、それまで行なった心中だてのさまざまを述べたてて遊女の身のありようを訴えかけ、死を覚悟して相手の返事を待つ、という凄絶な世界が、見事な一通の手紙として形象されているのである。このように、従来の書簡体小説に常套的な素材であった恋を素材としてとりあげた場合でも、その内容・手法・文体等々によって、それまでのものとは全く異なった作品となり、伝統を断ち切ってしまっているのである。

また、その他の作品の場合、これまでの書簡体小説で取りあげられていない素材を対象とする以上当然とはいえ、そこに展開される世界は、それまでの伝統をすべての面で完全に断ち切った上で書かれたものである。年末をどうやりくりすべきかを息子に克明に指示し、「銀が銀をためる」厳しい現実の中を生きて来た自らの生を悔恨とともに語る巻一の一「世帯の大事は正月仕舞」、江戸で一旗上げようとしたが果たせず「大坂の土に成申度願ひ」ゆえにわずかの路銀を兄に無心する巻一の三「百三十里の所を拾匁の無心」、仙台に女房を置き去りにして京に上った男が「十七年のうちに二十三人」の女房を持ち替えた果てに今は落ちぶれ、その生を回顧する巻二の三「京にも思ふやう成事《なる》なし」、などを一読すれば明らかなように、それらは、とるに足らぬ生をいじましく生きて来た人間の生の報告として、この世に誇るべき何物をも持たぬ人のありようを具象的に浮び上がらせ、そのすこぶる散文的な世界によって、人の世の姿の一面、「人の心」の一面を強烈に読者に印象づけるのである。

右の三篇は、従来も西鶴作品中の秀作と評されているものであるが、その他にも興味深い作品が少なくない。敵討ちの途中で弟が敵を討ち損じて出奔してしまったことを報ずる巻二の二「安立町の隠れ家」、一家の主の死後、後妻だった女房のドライさと強欲ぶりを描き、同時に大名貸の手形が屑紙同然という現実を形身分けを報ずる形でさりげなく記す巻三の二「明て驚く書置箱」、実直な武士が忘れた金袋を猫ばばしたため武士は自害、その後その亡霊に悩まされ、死のうとしても死ねずにこの世を送っている男が義弟にその身の因果を告白する巻三の三「代筆は浮世の闇」等々、奇談の色彩を生かしながら、浮世の種々の側面を浮び上がらせている作品も多いといってよいであろう。これまた、『文反古』以前の書簡体小説には、全く見られなかった世界だったのである。

しかも、そのような世界は、一章一篇で完結しているが故に、往復書簡によって話を展開して行く書簡体小説に比し、より綿密な構成や作品展開の技術が必要とされることになる。というのは、西鶴は、一通の書簡に見出しをつけるのみで読者の前に提示する形をとり、その書簡の書き手や受け取り手、書き手の現在の状況等に、全く説明を加えないわけだから、それらを一章中で徐々に読者に分からせて行く必要があるのである。従ってそれは、一見無技巧的な書簡の形がとられているにもかかわらず、的確に計算された作品構成のもとに一章が展開されている場合が多い。その点については脚注にも簡略に記したが、多くの作品では、冒頭の数行で、手紙の筆者の現況、受け取り手との関係を具体的に読者に知らせ、その追いつめられた状況下にある筆者の立場などを具体化し、そのいささかならず奇矯な報告によって興味を惹き、結局は如何ともしがたい状況の中であきらめたり居直ったりして生きている人間のありようが浮び上がってくるように仕組まれているのである。

西鶴はその自序で、『文反古』に集められた書簡は、「張貫《はりぬき》の形《すがた》女を紙細工」する家に「塵塚のごとく」集められたものであり、そのさまざまの反古を「なが〳〵と読つゞけ行」くと、そこに「人の心も見えわた」ったと言う。もちろん、これは虚構にすぎないと見られるが、『文反古』が右のような実態を備えていることに注目すれば、実は、読者もまた、次のような読み方をすべきなのかもしれない。すなわち、今、読者が偶然に十七通のさまざまな古手紙を手に入れたとする。その手紙の書き手についての予備知識は全くないが、私信というものは、誰にでも好奇心をいだかせるものである。のぞき趣味、野次馬根性のない人間は少ない。好奇の目をもって想像力を十二分に働かせ、手紙の冒頭から読み進めつつ、その筆者の状況や人物像を思い描き、同時に受け取り手との関係やその反応などを予測する。その文章の展開にそって、時にうなずき時におかしがり、自らの想像力をフル回転させつつ読み進めて行けば良いのである。つまり『文反古』は、その形態ゆえに、与えられている情報を受けとめるのみでなく、想像力を働かせて積極的に作品に参加するつもりで読むことによって、いっそう面白さの増す作品となっているのである。受身で読むのではなく、偶然手に入れた他人の手紙を読むようなつもりで、大いに好奇心を働かせて「なが〳〵と読」み続ければよい、序文で西鶴は、そのように自らの姿を虚構しているわけだが、読者もまたそのような姿勢でそれを読み進めていけばいいのである。

しかも西鶴は、書簡の後に評文を添えている。想像力を働かして読んで来た読者には、ほとんど何の意味もない内容の要約のみの短文のものもあるが、中にはその評文がその作品世界を相対化し批評し、時に読者に笑いをもたらして浮世の諸相を認識させる場合も少なくはない。添え物的な評文もあることは事実だが、脚注にも記したように、一部の評文には、十分注目するに足るものもある。従って、それは、前述のような姿勢で読み進めて来た書簡を読者が再度ふり返る一つの手がかりとして生かすべきであり、ないがしろに読み捨ててよいものではないのである。

以上、『文反古』の書簡体小説なるが故の特色について触れて来たわけだが、右のような言い方には、実は、いささかの留保が必要かもしれない。というのは、全十七章のすべてが、同程度の作品の出来具合とはなっていないからである。すなわち、前述のA系列の作品中には、書簡文体が崩れていたり、書簡体を作品の趣向として採用したことの意味が生かされていない作品もあるし、B系列の作品の中にも、その出来に優劣があることは一読明らかだからである。

しかし、短篇を集めることによって成り立っている西鶴作品の場合、そこに秀作のみを期待することは無理であろうし、数をそろえる過程で、時に駄作のまじることは、致し方のないことでもある。私は、前出の拙稿で触れたように、A・B各系列の作品には、その創作時点や創作意図に差異があると考えているので、作品の出来具合とそれらの点とを関連させて論じる必要もあるのではないかという予測を持っているが、『文反古』が前述のような研究段階にあることを思えば、今、その点にまで言い及ぼす必要はないであろう。また、十七章の作品個々の私の読み方や評価は、簡単にではあるがすでに脚注に示した。それを御参照たまわり、いささかでも作品をより興味深く読んで行くための一助としていただければ幸である。

西鶴名残の友　解説

井上敏幸

『西鶴名残の友』大本五巻四冊は、西鶴没後六年の元禄十二年(一六九九)四月、西鶴庵を継いだ北条団水の手によって出版された第五番目の遺稿集である。全二十七話からなる本書については、古今の俳人・俳諧師達の逸話・奇譚集、あるいは俳諧師西鶴の手記・漫談・俳論であり、俳諧師西鶴が気楽に顔を出している、また、人生を徹見したものの淋しい微笑がある等々の特徴が繰り返し説かれている。しかし本書の特質が、野間光辰氏がかつて指摘されたごとく、西鶴の咄の持味が遺憾なく発揮された、咄の集であること、そしてその咄は笑話集的傾向が強いことを、まず確認しておく必要があるように思う。

編集者団水は、元禄七年西鶴庵に入って以来、未定稿としてほぼ現行の『名残の友』に等しい形で残されていたに違いない遺稿を、六年にわたって繰り返し読むことの出来た、いわば最初の読者だったわけで、この意味において本書の団水序には耳を傾ける必要がある。

団水は本作品を「諸国の雑譚、例の狂言」だといい、また、「みづから筆を染ぬれば、故人にあふこゝろばせして、函底に籠置、折ふしごとの寝覚の友」としたと述べている。「諸国の雑譚、例の狂言」が、ほかならぬ西鶴の咄の意であることはいうまでもないが、団水が本書に『西鶴名残の友』なる題名を付けたのも、単に序文にいう懐古の情、つまり西鶴の自筆に接するごとに懐しく西鶴を思い出すの意味からだけではなかったであろう。

団水が言いたかったことは、本書が、俳諧師西鶴が最も名残を惜んだ諸国の俳人・俳友達を次々と登場させ、その中で西鶴が自在に咄を展開する形をとっていること、従って本書の読者は、まさに今眼前に西鶴が咄をしている雰囲気を直ちに感得できる作品だということだったのである。ということであれば、団水のいう「諸国の雑譚」とは、西鶴の全作にわたる特徴といえる諸国咄的傾向をいっていることは勿論であるが、本書の場合は、特に登場する俳人・俳友達が全国にわたっていること、また咄の内容が俳人・俳友達の逸話・奇譚から、西鶴自身の手記・漫談・俳論的なものにまで広がっていることを示したものだったと考えられる。

続けて団水は「例の狂言」と言っているが、これも単なる言い換えなのではなく、「諸国の雑譚」の西鶴的咄ぶり・語り口が、西鶴の「例の狂言」、すなわち西鶴の例の笑いに満ちた咄なのだと言っていたに違いない。つまり、「例の狂言」とは、本書が秀れて笑話集的であるとの意味だったのである。

団水の言を借りて、以上のように『名残の友』を説明しても、実は、西鶴の創作意識、ないしは創作意図が明らかになったわけではない。諸国の俳人・俳友達の逸話・奇譚、また西鶴自身の漫談・俳論等が、なぜ笑話的に書かれねばならなかったのか、或いは、淋しい微笑の中で西鶴は、何故にそうしたことを語ろうとしたのか、そうした本質的な問いには、全く答えられてはいないからである。こうした意味での『名残の友』における西鶴の創作意識・意図を、どのように考えればよいのか、以下に私見を述べて解説にかえることにする。

結論的にいえば、元禄期における談林俳諧師西鶴の心境そのものが基本的創作意識であり、その心境に基づく様々な批判や自己の立場の主張が、そのまま創作意図であったということになる。ということであれば、問題は、(イ)なぜ「元禄期」といえるかであり、(ロ)なぜ「西鶴の心境」ではなく、「談林俳諧師西鶴の心境」といわねばならないかである。(イ)(ロ)の順に検討を加えていく。

まず(イ)の「元禄期」の問題については、既に先学による指摘がある。巻三の一「入日の鳴門浪の紅ゐ」は、元禄三年(一六九〇)十一月、鳴門見物に行き徳島の俳友達と俳席を共にした事実による(但し元禄元・二年とも)。巻三の六「ひと色たらぬ一巻」は、延宝六年(一六七八)秋の事実を踏まえたものであるが、そこに登場する西鶴の名が西鵬となっていることより、執筆時期は元禄元年十一月以降元禄四年三月までの間と推定されている。巻四の一「小野の炭がしらも消時」は、元禄三年十二月下旬京都に上った西鶴が、団水亭で両吟歌仙を試み、また言水も加わって北山に遊んだ事実による。巻四の四「乞食も橋のわたり初」は、元禄元年冬、江戸の其角が大坂錫屋町の西鶴庵を尋ねた事による。巻四の五「何ともしれぬ京の杉重」は、才麿の動静より元禄三年春以後。巻五の二「交野の雉子も喰しる客人」も、鬼貫の動静より元禄三・四年のこととされている。以上は、咄に登場する俳人や西鶴の動静などから知られる事実としての年次であるが、それぞれの一篇がそれらの事実を踏まえていることはいうまでもない。だが、『名残の友』の中には、一篇の中の出来事またそこに登場する俳人達が、遠い過去の人物達であるにもかかわらず、作品の執筆時期は元禄期と考えられるものが意外に多いのである。今列挙した年次の確定できる作品中の、巻四の一の特徴は、本文中に西鶴自身が登場し、「何も心にかゝらぬ楽介」「ことに隙坊主と我身をうち笑ひて」と自己描写を行なっていること、また今の世の中を批評して「しやれ過たる」と言い、「いたりぜんさく」の世だと非難している点である。この二点を、いま元禄期の西鶴の特色と考えてみれば、本書にはこれらに類似した叙述が多く見受けられるのである。

西鶴が自分を「隙坊主」と描き出しているものに巻二の三「今の世の佐々木三郎」がある。この一篇は、寛文七年（一六六七）の夏、伏見の任口上人を尋ねた事実によるとの指摘がなされているが、事実はそうであっても、当時二十六歳の西鶴が、自分の心境を「隙坊主のこゝろやすさ」と表現するはずはなく、寛文七年当時を思い起しながら、元禄期に入って本篇は執筆されたと考えられる。元禄元年十一月以降の執筆と考えた巻四の四の中に、「ひとり淋しく、雀の小弓など取出して、手慰みする」という自己描写の文章があって、今見てきた巻四の一、巻二の三に似通った心境が表現されていることが確認される。

また巻四の一に見られる当世批判、「しやれ過たる」「いたりぜんさく」の「今の世」という言い方に似通った叙述を持つ章は、巻四の三「見立物は天狗の媒《を》鳥《とり》」、巻四の五「何ともしれぬ京の杉重」、巻五の五「年わすれの糸鬢」、巻五の六「入歯は花のむかし」の四篇がある。巻四の三の「かしこき世なれば、中々作りものなどを、請とる事にはあらず」、巻四の五の「惣じて此程は、世間気いたりて、大かたの事はおかしからず」、巻五の五の、冬枯の景色を見て酒宴に遊ぶ自分達を「すこし物好過たり」といっている部分、巻五の六の「次第にいたりたる世のさま」といった表現が、それぞれ元禄期の西鶴を思わせる。

ところで、この当世批判の延長線上にあると考えられる叙述を持つ章に、巻一の二「三里違ふた人の心」、巻三の四「さりとては後悔坊」、巻三の五「幽霊の足よは車」の三篇がある。巻一の二は、津田休甫を主人公とした咄であることより、一篇における時間設定は、万治・寛文頃であると考えられるが、執筆時期は「見せかけ」ばかりで、「形気を作」り「人を作る」「今時の世間」を批判しつつ、「今時の俳諧師、我をはじめてまことすくなし」と述懐していることから、元禄期であると推測される。特に俳諧師批判の文章は、『西鶴織留』巻三の二「芸者は人をそしりの種」の、「今時の点者」「まことな」く、「愚にして徳」がないという批評に合致している。これらの俳諧師批判に一致する文章が、巻三の四の「今時の宗匠、一体子細らしくせぬはなかりし」である。巻三の五の「今の世にもてはやしける俳諧師もめぐりきて」という叙述も、事実からすれば貞享元年(一六八四)と考えられるが、末尾の批評「今時の人、次第〳〵に気勢なく相果、其幽霊なを又力なし」「むかしと替り、一念よはく届きがたし」には、元禄期西鶴の世間批判の特徴があるように思われる。

次に、作品中で自分自身を含めて、「老い」という言葉を用いていることも特徴としてあげられる。巻五の三「無筆の礼帳」は、延宝八年五月の木因来坂の折の咄かといわれているが、木因は元禄期(二年或いは四年)にも西鶴を訪ねており、本篇の文章「国々の雑談、老の心も春めきておもしろく、俳諧は外になして耳をよろこばせける」は、元禄期の執筆を思わせる。巻二の二「神代の秤の家」は、明暦二年(一六五六)或いはそれ以前の、安原貞室の河内柏原三田浄久訪問の事実を素材としたものであるが、西鶴の浄久描写は「無類の俳諧好、老のたのしみ是ひとつと極めて、句の善悪にもかまはず、只題目のかはりに、是ぞとのおもひ入」とあって、元禄元年八十一歳の高齢で、最後まで俳諧に執心しつつ没した浄久の事実を踏まえたものと見るべきであろう。巻二の四「白維子はかりの世」の中に、「世に長いきして、万むかしに成事をひとつ〳〵おもひ出すもあはれなり」という叙述があるが、咄の中に西鶴が顔を出していることから、本篇も元禄期の執筆であると考えられる。

以上をまとめてみれば、『名残の友』二十七篇中の十六篇、巻一の二、巻二の二・三・四、巻三の一・四・五・六、巻四の一・三・四・五、巻五の二・三・五・六が、元禄期に執筆されたと考えられる。

次に(ロ)の問題であるが、元禄期の談林俳諧師西鶴の心境が綴られているのは、まず以ってこれらの十六篇であったはずである。これらの中でどのように西鶴の心境が述べられているのか、さしあたって、(1)当代俳諧への忿懣、(2)咄への傾斜、(3)今時の俳諧師批判、(4)理想的俳諧世界の主張、の四点に絞った形で検討を加えることとし、さらに、元禄期の執筆の痕跡を見出しえない十一篇も、ほぼこれら四つの特徴のどれかに合致するものを持っているのではないかということを、以下紙幅の許す範囲内で論じていくことにする。

まず、当代俳諧への忿懣とは、西鶴自身の拠り所であった談林俳諧が急激にすたり、景気の句を中心とした俳風が、元禄俳壇を風靡していることに対する激しい忿懣の表明であった。巻二の四「白維子はかりの世」では、立圃の俳風を称讃する形をとって、「当流つかふまつる俳諧は、連歌しらずして、皆すいりやうの沙汰なれば、百韻に六十句は連歌の仕立といへり。是はあさましき事ぞかし。連俳のわかちなくては、何を以て俳諧と申べきや」と、元禄時代流行の俳諧を激しく非難している。貞享から元禄にかけて流行した景気の句は、蕉風の成立をうながし、西鶴のいう「連歌の仕立」による俳諧の盛行をもたらした。だが、談林の旗手として先端を走り続けてきた心算の西鶴にとっての俳諧は、和歌・連歌とは全く相容れない、眼のさめるような作意と見立による笑い、或いは軽口によって笑い尽すものでなければならなかった。こうした俳諧観を持つ西鶴にとって、現代流行のまるで連歌のような俳諧は、まさに「あさましき事」、あきれ果てて物もいえない体のものだったのである。「連俳のわかちなくては、何を以て俳諧と申べきや」という口調には、理解できない故の憤りさえもが感じられる。巻三の六「ひと色たらぬ一巻」は、一見、延宝六年秋、京で田代松意・那波葎宿・西鶴の三人が『虎渓の橋』の三百韻を巻いた折の事実を踏まえた一篇であるように見えるが、その三人が、ある方より百韻の点を乞われ、評点を施したという話の中の評判は、延宝期のそれではなく元禄期の評判だったのである。「発句、当流のしかけ、取まはし、心行、殊更気色のおもしろく」という評判の中で、「殊更気色《けしき》のおもしろく」といった部分は、延宝の談林俳諧における批評ではありえないからである。続く「大かたならずよき作意」ながら、「恋の句一句もなし。……腎薬呑せたく候」という揶揄も、連歌風の微温的な恋の句に対する批判だったのではないかと考えられる。また、巻四の三「見立物は天狗の媒鳥」において、元禄期の京都の宗匠達、似船・常牧・我黒・晩山等を「点者の物がたき」と揶揄したのも、やはり天和の漢詩文調から、貞享・元禄期の景気の句の風潮を押し進めてきたこれらの宗匠達に対する反撥心からであったかと思われる。

　ところで、こうした西鶴の当代俳諧に対する忿懣の表明は、現在のところ元禄元年三月と推定される書簡が最も早い。その書簡で西鶴は、「此ごろの俳諧の風勢気ニ入不レ申候ゆへ、やめ申候」と言い、さらに「嘉太夫ぶしの上るりニ、うき世をなぐさミ申候」と述べていた。「此ごろの俳諧の風勢」が気に入らない西鶴は、その「気に入ら」なさの程度が、自己の俳諧の根本否定となる体のものであることを察知していたが故に、俳諧を「やめ」たのであり、また、「嘉太夫ぶしの上るり」に逃げていたのである。『名残の友』の中に、あえて俳諧を「やめ」て咄に熱中したと述べている作品が、少なくとも巻四の一・四、巻五の三の三篇は見出せること、また嘉太夫節の愛好者であることを自ら述べている一篇巻五の四があることも、元禄期における談林俳諧師西鶴の心境と無関係とはいえないであろう。俳諧を嫌って咄に熱中しようとする気持こそが、この時期における西鶴の第二の特徴だったのである。

　巻四の四「乞食も橋のわたり初」には、元禄元年十一月、江戸の其角に訪われたその日の事が、「年月の咄しの山、……一日語るうちに、互ひに俳諧の事どもいひ出さぬも、しやれたる事ぞかし」と記されている。其角との久濶をいやすべく咄に夢中になり、互いに俳諧を口にしなかったことを「しやれた」ことだと一応余裕ある書き方をしているが、西鶴の今流行の俳諧に対する態度が、元禄元年三月の書簡通り、気に入らず「やめ」ているということを其角が察知していたと仮定すれば、一日中俳諧を口にしなかった其角の方こそが「しやれた」態度をとったことになろう。というのも、芭蕉の高弟である其角は、いわば今流行の俳諧推進者の一人であって、その俳諧が西鶴のよしとする談林俳諧と、文学的な意味あいにおいて次元を異にするものであることを、最もよく理解できた人物だったからである。わかりやすくいえば、其角は気を遣って、西鶴が嫌がっていることを口にしなかっただけなのである。巻五の三「無筆の礼帳」冒頭に、西国・西与・木因・西鷺など「寄合て、国々の雑談、老の心も春めきておもしろく、俳諧は外になして、耳をよろこばせける」とある場面も、あまりにも諸国の雑談が面白くて俳諧を忘れてしまったというのではなく、元禄二年(または四年)来坂の木因を迎えた頃の西鶴が、俳諧を「やめ」ていたために、必然的に「国々の雑談」に花が咲いたのである。「老の心も春めきておもしろく」「耳をよろこばせ」たと記しているが、この叙述の裏に俳諧が楽しめない淋しさが滲んでいることを見逃してはならないのである。

こうした西鶴の心境を最も端的に窺うことのできるのが、巻四の一「小野の炭がしらも消時」である。元禄三年十二月下旬、上京した西鶴は団水亭に留まり両吟歌仙二巻を試みるが、ともに半歌仙で「やめ」てしまう。その理由を西鶴は自から『団袋』序に、「ひと夜はなしまじりに両吟せしに、中々老の浪のよつてもつかぬぞ。……あとよりおよぎつけども、とかく足のおもたく、やう〳〵歌仙の中ほど、瀬を越所にして止ぬ」と記している。つまり西鶴は、弟子団水との二巻の両吟半歌仙を通して、自分がすでに今流行の俳諧について行けないことを痛感させられたのである。おそらくこの当代俳諧との決定的な断絶感が、団水との両吟俳諧の事実を記すことを潔しとせず、「俳諧の友とせし団水・言水などと、うき世の事どもを語りなぐさみて」と、あたかも咄ばかりをしたという叙述をもたらしたに違いない。それにしても、この一篇の冒頭部の冬の京都の描写には、ただならぬ淋しさがただよっているといえよう。

柳桜も、年よりたる人の姿を見るごとく、冬山の淋しき比、都にのぼりて、俳諧の友とせし団水・言水などと、うき世の事どもを語りなぐさみて、「何も心にかゝらぬ楽介、世間のいそがしき時、ことに隙坊主」と、我身をうち笑ひて、北山の在郷道を行に、松の嵐のおとのみ。

団水・言水の二人と世間咄をしながら、冬の北山の在郷道を「世間のいそがしき時、ことに隙坊主」と「我身をうち笑」って歩く西鶴の姿があるが、その西鶴の眼に映る景色は、「柳桜」も「年よりたる人の姿」に見え、耳に入るものは「松の嵐のおとのみ」であった。当代俳諧との断絶感からくる心の動揺が、こうした暗いイメージをもたらしたに相違ない。「北山の在郷道を行」くうちに、「師走の廿日過」ぎの野遊山の連中に出会い、西鶴の心はややほぐされてくる。さらに、絹幕を廻らし、琴の音も聞える一行を見て、さすがに「都なればこそ」こうした光景もあるのだと、「せはしき心」も「ゆたかにな」ったと記している。だが冒頭部で、「何も心にかゝらぬ楽介、世間のいそがしき時、ことに隙坊主」と、自分の心境を描いてみせた西鶴は、その舌の根も乾かぬうちに「せはしき心」と記していたことになる。どうやらこの書き方は、世間的な意味での師走の「せはしき心」なのではなく、当代俳諧との断絶を確認せざるを得なかった心の動揺からくる一種の「いらだち」だったと見るべきであろう。三人は更に足を延ばして、竜安寺の池の鴛鴦見物をするが、その見物の女性達、和歌を詠む「御所めきたる女臈中間」、また、中将棋をさし、曲舞《くせまい》をうたう後家の姿を見て、「同じ人間のうまれ所、田舎住ひのいと口惜」と記している部分も、やはり当代俳諧から突き放されてしまった西鶴の心の動揺がもたらした述懐だったと考えられる。さらに三人は、小野の炭竈見物に行き、里人を招いては「めづらしき咄はないか」と尋ね、終始咄に執着していることが理解される。勿論、この咄を求める西鶴の姿は他の西鶴作品中にも見受けられるが、巻四の一における老いた淋しい西鶴の姿は『名残の友』独自のものであって、当代俳諧との決定的な断絶感からくる咄への傾斜を、端的に示している一篇だったのである。

元禄の当代俳諧に対する忿懣の表明、その忿懣からくる咄への傾斜の二点についてみてきたが、次に、やはりそうした心境の中から出てきたに違いない「今時の俳諧師」に対する痛烈なる批判を、第三の特徴として考えてみることにする。

巻三の四「さりとては後悔坊」の後半で西鶴は、「今時の宗匠、一体子細らしくせぬはなかりし。何とやら目立けれども、面々の身なれば、無用の異見も成難し」と、総論的な批判を述べた後に、俳諧をかじっただけの小商人が、人々の口車に乗せられ宗匠となったが、その後一人の弟子もとりもたず、その宗匠は生活に困り、「花火線香を売けるが、秋よりさきはしらず」という落ちをきかした咄を載せている。また巻五の一「宗祇の旅蚊屋」では、「無筆無学にして、付合をする」俳諧師を登場させ、その男に「我等ぬけ参りいたせし時、伊勢の望一とひとつの紙帳に寝て、それよりおのづから身が俳諧になつた」といわせた上で、「迚も事に、望一と同じ疳をやみ給はば、座頭に成給はんぞ」いただけで宗匠になった愚者を、巻五の一も、常識では考えられない無筆無学の愚か者を「今時の俳諧師」として笑い飛ばしていたのであるが、巻一の二「三里違ふた人の心」の中では、「今時の俳諧師、我をはじめてまことすくなし」と、西鶴自身をも「今時の俳諧師」に加えた上で、「まことすくなし」と自分自身をも批判していたのである。ということになれば、「今時の俳諧師」を単なる笑話に出てくる愚か者で片付けるわけにはいかないことになる。西鶴は「今時の俳諧師」を登場させ、またそこに自分の姿をも認めることで、一体何を語ろうとしていたのかが問われねばならないであろう。

周知のごとく、「今時の俳諧師」を徹底的に批判した文章が『西鶴織留』巻三の二「芸者は人をそしりの種」にあるが、『名残の友』における「今時の俳諧師」も、やはり『織留』と同じ視点から論じられていたのである。いま、『織留』にいう非難さるべき「今時の俳諧師」と、称讃さるべき「昔日《そのかみ》の俳諧師及び諸国に著名な俳諧師」とを比べてみれば、ほぼ次のごとくである。「今時の俳諧師」とは、付合語も覚えられず、印記や軒号で身を飾り、ろくに付合もわからぬままに点料をとる、愚かで徳のない、偽りの心を持った者で、神様も「まことなき俳諧師」と見通しというものであり、称讃さるべき「昔日の俳諧師」は、歌書を見、礼式を習い、「心にまことあれば、自然と神慮に叶」う者、そして「諸国に著名な俳諧師」とは、「先廿年をへて八百八品のさし合を中《ちう》に覚へ、是より見合、文台に当座の了簡かぎりなき」者であった。この『織留』の論に従えば、『名残の友』巻三の四の小商人と巻五の一の無筆無学の俳諧師の描写は、最も愚かな「今時の俳諧師」を、西鶴の「例の狂言」でもって最大限にデフォルメしたものといえばよいのであるが、巻一の二で、「今時の俳諧師、我をはじめてまことすくなし」と記された場合、「今時の俳諧師」の中に明らかに西鶴が含まれており、そこには談林俳諧師西鶴、二万翁の立場、或いはそのことにこだわるが故の現在の微妙な心境が表現されていたということになる。「今時の俳諧師、我をはじめてまことすくなし」の一文は、津田休甫を讃美した冒頭部に出てくるが、その部分で西鶴は、「人を作る」こと、つまり「見せかけ」のために自分を飾ろうとする心を「偽り」と考え、そうした点を確かに持っている自分を、一切の「見せかけ」飾りも必要とせず、「身を其まゝ」に振舞った休甫に比べた時、西鶴は自分を「今時の俳諧師」の一人として、「まことすくなし」と捉えざるをえなかったのである。また本篇の結びは、休甫が百韻の点の礼に来た連衆に対し、「すこしたしなみ給へ」

と「目をむき出して」叱りつけたとなっているが、西鶴は休甫の点料に対する恬淡たる態度をもさして、「まこと」と捉えていたのである。このことは『織留』巻三の二の「作者の貧福にかまはず、まことをさばくを、まことの宗匠」という文章で確かめられる。金銭面においても休甫に比せば、西鶴は「今時の俳諧師」の一人なのであり、時には「偽りの心」でもって批点を施したことも否定できない西鶴だった。今や全くすたってしまった談林俳諧のことを考えるにつけ、西鶴は「まことすくな」き自分達のことが反省させられたのである。『織留』巻三の二で「惣じて芸事、すゑ〴〵の手に渡りて捨《すた》れるためし有」といった通りに、自分達の談林俳諧も、その流行があまりにも急激であり盛んであったばかりに、愚かで徳のない偽りの心を持った、まことなき俳諧師の横行を許し、そのことが談林俳諧の滅亡を招いたという認識にいたらざるをえなかったのである。

こうした反省と現実認識とが、西鶴をして逆に「まこと」の世界を描かせることになったと考えられる。しかしてその「まこと」の俳諧世界の描出には、追い詰められた談林俳諧師西鶴の最後の主張、或いは願望が込められていたことを見落してはならないであろう。

この西鶴的「まこと」の世界を第四の特徴と考え、『名残の友』に描かれた理想的俳諧師像あるいは理想的俳諧世界、さらには咄に広く取り込まれている談林的笑いについて見ておくことにする。

巻一の二「三里違ふた人の心」に登場する津田休甫が、「まことすくなし」と認めざるをえない西鶴にとっての理想的俳諧師であったことは、すでに第三の特徴の中で触れたが、「まこと」の人、つまり「形気を作らずして、身を其まゝ成人」という休甫のイメージは、巻三の四「さりとては後悔坊」の中でも、「其心より」する休甫の行為は「まねてならざる事」であり、「道者の徳」が現われたものだとされている。

しかしこのことだけでは、理想的俳諧師とはいえない。西鶴が強調するのは、「身を其まゝ成」る生き方・行為が即俳諧的「作意」そのものであり、「俳道習はずしてかしこ」き人物だったという点である。休甫に比して「まことすくな」き俳諧師西鶴の立場は、わずかに「諸国に著名な俳諧師」としての自負と、「廿年をへて八百八品のさし合を中に覚へ、是より見合、文台に当座の了簡かぎりなき」習練をつんだとする自信とに支えられたものだった。

こうした西鶴に対して休甫は、「俗姓いやしからず」生れ、琴・棋・書・画を学びえていた故に、俳諧は「習ふ」ことなく自在に出来たのだとしている。つまり、一般的俳諧師の習練といったものを超越した、天性の俳諧師であったと主張していたのである。この休甫礼讃は、大坂住の古俳人ということだけでは考えられない程の理想化が行われていることが注目されねばならないであろう。

他に理想的俳諧師として、巻二の二「神代の秤の家」の貞室、巻二の五「和七賢の遊興」の「俳の道心」蒲釼、さらに巻三の四「さりとては後悔坊」の中の芭蕉があげられるが、貞室は「此道に執心ふか」しとされ、芭蕉は「俳諧に思ひ入て、心ざしふかし」と称されている。貞室の場合は、いかなる場面においても「世の沙汰にならざる」ような句は作れないとする、「まこと」の俳諧師としての徹底したプロ意識が理想的に描かれており、芭蕉の場合には逆に、「世の人の沙汰」を一切気にすることなく、自己の俳諧一筋に没入している「まこと」の俳諧師の素晴らしさが述べられていたのである。巻二の五の蒲釼の場合も、やはり「俳の道心」という詞が示すように、俳諧への一途な思い入れが称讃され、無類の酒好きもそうした一途さを強調するものとして描かれていたといえよう。

ところで巻一の一「美女に摺小木」の冒頭部は、「神風や、伊勢の国の山田に、風月長者荒木田氏の守武、はじめて俳諧の本式を立」という文章で始まり、『名残の友』の作者西鶴が談林俳諧を理想とする立場が如実に示されているが、本篇には、それらとは異なった意味での西鶴の願望或いは夢が語られていることに気付かされる。

巻一の一の咄は、伊賀上野の俳諧師正道が、光貞妻のような「歌道に心ざしの深き女に、なれ」親しみたいと念じて寝入った所、枕に光貞妻が姿を現わす。それを内儀に見とがめられ、摺子木で打たれて女は消える。正道は内儀に「俳道より思ひ入ての女すがた」だろうと言ったというものである。夢の中で正道が、「かゝる歌人もあるに、我つれそふ女の、ふつゝかにして、碓《いしうす》を引うたさへ覚ず、いかに田舎なればとて、あさましき事ぞ。此道に心をよすれば、夫婦の楽しみふかきに」という部分があるが、これはそのまま晩年の西鶴の願望だったのではあるまいか。というのも巻三の二「元日の機嫌直し」の中に、室町通の菱屋、俳号重好の妻は「琴をひき、歌の道にこゝろざしふかく、俳諧すける男の身にしては、たのしみふかし」という似通った叙述があり、他にも歌を嗜む女性に対する特別の配慮を漏らしているからである。巻四の一「小野の炭がしらも消時」の中では、京都の女性達の様子、「御所めきたる女臈」(巻三の一・七)、さらには、歌道と都の風流とを結びつけた都住いに対する田舎住いの「口惜」しさを、西鶴自身がの「歌給へる」「中将棋さゝるゝ」、また「曲舞うたはるゝ」姿を見るにつけて、西鶴は「同じ人間のうまれ所、田舎住ひのいと口惜」と歎じている。

こうした歌道或いは女流歌人へのあこがれと、都の風流、都住いへのコンプレックスが、『名残の友』執筆時の西鶴の意識の中に強くあったことは、先に見た巻二の二の、理想的俳諧師としての貞室の描写の文章にも明らかである。「歌道にうまれつ」いた人で、琵琶・平家に通じ、しかも都に住んでいる人物だと説明されているからである。この貞室に対する西鶴自身の立場は、歌道をも修めず、都の風流にも乏しく、しかも田舎住いだということになる。こうした自己の立場の是認こそが、元禄期における談林俳諧師西鶴のいつわらざる心境の一つだったといって過言ではないのである。
巻一の一冒頭部で守武を「風月長者」と称讃し、更に「守武・宗鑑を俳諧の父母ともいへり」と述べているごとく、西鶴にとっての俳諧は、目の覚めるような「作意」と「見立」、さらに「軽口」によって笑い尽すことであった。元禄期に入って俳諧を「やめ」るといわざるをえなかった西鶴ではあったが、談林俳諧のあの笑いを忘れることはできなかったのである。談林俳諧で馴れ親しんだ笑いは、いわば西鶴の生命そのものだったからである。

こうした西鶴の心境が、『名残の友』に多くの笑話を登場させることになる。巻一の四における徳元の気転による笑い、巻二の一の見立の面白さと宗鑑の作意を利用した落ち、巻四の三の、物がたき京の点者達を笑わせた奇抜な作意、巻三の二の、玄札の即座の俳諧行の軽口による落ち、さらに巻一の二、巻三の四、巻四の二は『醒睡笑』を、巻一の三、巻四の四、巻五の三は『はなし大全』を用いた落し咄であり、全篇に「笑ひ」があふれているといって過言ではない。

『名残の友』は、まさに笑話集だったのであるが、その笑いの背後に、元禄期の談林俳諧師西鶴のやや淋しげな心境がのぞいており、そのことがかえって独自の味わいを醸し出していることを忘れてはならないであろう。

片岡良一　井原西鶴　至文堂　一九二六年
山口　剛　西鶴名作集・下・解説（日本名著全集）　同刊行会　一九二九年
暉峻康隆　西鶴 評論と研究・下　中央公論社　一九五〇年
野間光辰監修　西鶴　天理図書館　一九六五年
吉江久弥　西鶴文学研究　笠間書院　一九七四年
谷脇理史　西鶴研究序説　新典社　一九八一年
野間光辰　西鶴新新攷　岩波書店　一九八一年
野間光辰　補刪西鶴年譜考証　中央公論社　一九八三年
野間光辰編　西鶴論叢　中央公論社　一九七五年

武道伝来記

武道伝来記（古典文庫）　古典文庫　一九六二年
武道伝来記（近世文学資料類従西鶴編8）　勉誠社　一九七五年
頴原退蔵・暉峻康隆・野間光辰　武道伝来記（定本西鶴全集4）　中央公論社　一九六四年
横山重・前田金五郎　武道伝来記（岩波文庫）　岩波書店　一九六七年
麻生磯次・冨士昭雄　武道伝来記（対訳西鶴全集7）　明治書院　一九七八年
西島孜哉　武道伝来記　桜楓社　一九八三年
中村幸彦　「西鶴の組材」　上方139　一九四二年七月
一　色　豪　「葉隠と西鶴の武家物」　西鶴研究1　一九四八年十月
東　明　雅　「武道伝来記について」　国語と国文学27-9　一九五〇年九月
東　明　雅　「西鶴武家物攷」　西鶴研究4　一九五一年十月
中村幸彦　「西鶴文学における武家」　国文学2-6　一九五七年五月
小谷省三　「西鶴武家物の素材」　国文学（関西大学）21　一九五八年四月
檜谷昭彦　「『武道伝来記』の考察」　慶応義塾百周年記念論文集「文学」（国文学）　一九五八年
宗政五十緒　「『武道伝来記』の構造」　国語国文29-3　一九六〇年三月（『西鶴の研究』未来社　一九六九年　所収）
野田千平　「『武道伝来記』ノート―諸国敵討としての考察」　名古屋大学国語国文学7　一九六〇年十二月
塚本康彦　「西鶴の武家物」　古典と現代21　一九六四年九月
前田金五郎　「『武道伝来記』の事実と創作」　文学34-7　一九六六年七月

江本　裕　「西鶴武家物についての一考察」　国文学研究34　一九六六年十月

浅野　晃　「西鶴武家物の方法と主題」　国語と国文学48-10　一九七一年十月

矢野公和　「『武道伝来記』の世界」　共立女子短大紀要19　一九七五年十二月

植田一夫　「『武道伝来記』の世界」　就実論叢5　一九七五年十二月

田中邦夫　「『武道伝来記』の構造（上・下）」　大阪経大論集109・114　一九七六年三・十一月

森　耕一　「西鶴武家物考」　近世文芸研究と評論14　一九七八年六月

井口　洋　「『武道伝来記』試論—敵討の決断について—」　叙説　一九七九年四月

井口　洋　「続『武道伝来記』試論—相討ちについて—」　叙説　一九七九年十月

谷脇理史　「『武道伝来記』論序説」　文学51-8　一九八三年八月

西島孜哉　「『武道伝来記』論」　武庫川女子大学紀要31　一九八四年二月

谷脇理史　「『武道伝来記』の一面」　文学52-12　一九八四年十二月

谷脇理史　「格別なる世界への認識—西鶴武家物への一視点—」　日本の文学・第一集　有精堂　一九八七年

西鶴置土産

西鶴置土産　影印本　成文堂　一九七〇年

西鶴置土産（近世文学資料類従西鶴編15）　勉誠社　一九七五年

潁原退蔵・暉峻康隆・野間光辰　西鶴置土産（定本西鶴全集8）　中央公論社　一九五〇年

暉峻康隆　西鶴置土産（日本古典文学全集40）　小学館　一九七二年

麻生磯次・冨士昭雄　西鶴置土産（対訳西鶴全集15）　明治書院　一九七七年

中村幸彦　「西鶴の創作意識とその推移」『近世小説史の研究』　桜楓社　一九六一年

金井寅之助　「西鶴置土産の版下」　ビブリア23　一九六二年十月

金井寅之助　「西鶴置土産—錯簡・落丁を中心に—」　解釈と鑑賞34-11　一九六九年十月

島田勇雄　「『西鶴置土産』の自筆版下をめぐって」　神戸大学文学部紀要1　一九七二年一月

金井寅之助　「西鶴置土産の版下、再び」『近世大阪芸文叢談』　大阪芸文会　一九七三年

吉江久弥　「西鶴置土産」『西鶴文学研究』　笠間書院　一九七四年

谷脇理史　「『西鶴置土産』論の前提」『西鶴研究序説』　新典社　一九八一年

早川由美　「『西鶴置土産』の諸版」　東海近世・創刊号　一九八八年三月

万の文反古
万の文反古（古典文庫）　古典文庫　一九五五年
万の文反古（近世文学資料類従西鶴編18）　勉誠社　一九七四年
万の文反古　武蔵野書院　一九七九年
万の文反古　桜楓社　一九八三年
潁原退蔵・暉峻康隆・野間光辰　万の文反古（定本西鶴全集8）　中央公論社　一九五〇年
東　明雅　校注万の文反古　明治書院　一九六八年
神保五弥　万の文反古（日本古典文学全集40）　小学館　一九七二年
岡本　勝　万の文反古　桜楓社　一九七六年
麻生磯次・富士昭雄　万の文反古（対訳西鶴全集15）　明治書院　一九七七年
滝田貞治　「西鶴遺稿集をめぐる諸問題」　西鶴研究2　一九四二年十二月
暉峻康隆　『日本の書翰体小説』　越後屋書房　一九四三年
板坂　元　「『西鶴文反古』団水擬作説の一資料」　文学23-1　一九五五年一月
中村幸彦　「『万の文反古』の諸問題」　慶応大学国文学論叢『西鶴研究と資料』　一九五七年
谷脇理史　「『万の文反古』の二系列」　国文学研究29　一九六四年三月
谷脇理史　「『万の文反古』における書簡体の意義」　国文学研究39　一九六九年三月
檜谷昭彦　「『万の文反古』の成立」　芸文研究27　一九六九年三月
島田勇雄　「西鶴本のかなづかい（二）―『万の文反古』について」　研究（神戸大学）45　一九七〇年三月
吉江久弥　「『万の文反古』襍考」　人文学論集（仏教大学）4　一九七〇年九月
信多純一　「『万の文反古』切継考」　『西鶴論叢』　中央公論社　一九七五年
岩田秀行　「『万の文反古』二章臆断」　近世文芸研究と評論14　一九七八年六月
白倉一由　「『万の文反古』論」　山梨英和短大紀要12　一九七八年十月
高橋柳二　「『万の文反古』の成立経緯について」　近世文芸30　一九七九年三月
富士昭雄　「西鶴作品団水助作考」　国語と国文学57-2　一九八〇年二月
吉江久弥　「西鶴の書簡体小説への関心と『万の文反古』」　人文学論集（仏教大学）17　一九八三年十二月
岡本　勝　「「二膳居る旅の面影」考―『万の文反古』研究ノート―」　『後藤重郎教授停年退官記念国語国文学論集』　一九八四年
有働　裕　「『万の文反古』試論」　学芸国語国文学19　一九八八

四年三月

岡本　勝　「『万の文反古』の成立」『松村博司先生喜寿記念国語国文学論集』　一九八六年

谷脇理史　「『万の文反古』の問題若干(上)」　文芸・言語研究12　一九八七年九月

矢野公和　「『万の文反古』成立時期についての一試論」　共立女子短大(文科)紀要31　一九八八年二月

西鶴名残の友

影印本西鶴名残の友　笠間書院　一九七一年

西鶴名残の友(近世文学資料類従西鶴編19)　勉誠社　一九八〇年

潁原退蔵・暉峻康隆・野間光辰　西鶴名残の友(定本西鶴全集9)　中央公論社　一九五一年

麻生磯次・冨士昭雄　西鶴名残の友(対訳西鶴全集16　明治書院　一九七七年

潁原退蔵　「西鶴著作考」『江戸文芸論考』　三省堂　一九三七年(潁原退蔵著作集17　中央公論社　一九八〇年　再録)

片岡良一　「『置土産』と『名残の友』とに示された晩年の心境」『井原西鶴』　至文堂　一九二六年(片岡良一著作集1　中央公論社　一九七九年　再録)

中村幸彦　『八文字屋本集と研究』解題(未刊国文資料)　同刊行会　一九五七年

中村幸彦　「万の文反古の諸問題」『西鶴研究と資料』　至文堂　一九五七年

中村幸彦　「西鶴がくだれる姿」(日本古典鑑賞講座17『西鶴』)　角川書店　一九五七年

前田金五郎　「地方俳壇としての堺」　国語と国文学34-4　一九五七年四月

今　栄蔵　「西鶴名残の友」　国文学解釈と鑑賞25-11　一九六〇年十月。

宗政五十緒　「西鶴後期諸作品成立考」『西鶴の研究』　未来社　一九六九年

若木太一　「『西鶴名残の友』挿絵考」　語文研究28　一九七〇年五月

岡　雅彦　「西鶴名残の友と咄本」　近世文芸22　一九七三年七月

吉江久弥　「西鶴名残の友」『西鶴文学研究』　笠間書院　一九七四年

吉江久弥　「『西鶴名残之友』二題」　鷹陵　一九七五年六月(『西鶴　人ごころの文学』　和泉書院　一九八八年　再録)

吉江久弥　「西鶴の芸道観—『西鶴名残之友』を中心に—」『西鶴論叢』　中央公論社　一九七五年(『西鶴　人ごころの文学』　再録)

乾　裕幸　「『西鶴名残の友』の芭蕉評」『西鶴論叢』　中央公論社　一九七五年

浮橋康彦　「西鶴名残の友」『西鶴物語』　有斐閣　一九七八年

新 日本古典文学大系 77
武道伝来記 西鶴置土産 万の文反古 西鶴名残の友

1989年 4月20日　第1刷発行
2024年11月8日　オンデマンド版発行

校注者　谷脇理史《たにわきまさちか》　冨士昭雄《ふじあきお》　井上敏幸《いのうえとしゆき》

発行者　坂本政謙

発行所　株式会社 岩波書店
〒101-8002 東京都千代田区一ツ橋 2-5-5
電話案内 03-5210-4000
https://www.iwanami.co.jp/

印刷／製本・法令印刷

ISBN 978-4-00-731494-0　Printed in Japan